东方往事

老園 悟正 著

上

百花洲文艺出版社
BAIHUAZHOU LITERATURE AND ART PRESS

图书在版编目（CIP）数据

东方往事 / 老圁, 悟正著. —— 南昌 : 百花洲文艺出版社, 2023.8
ISBN 978-7-5500-4771-6

Ⅰ.①东… Ⅱ.①老… ②悟… Ⅲ.①电视文学剧本—中国—当代 Ⅳ.
①I235.2

中国国家版本馆CIP数据核字(2023)第123655号

东方往事

老圁　悟正　著

责任编辑	胡青松
封面设计	黄敏俊
制　作	周璐敏
出版发行	百花洲文艺出版社
社　址	南昌市红谷滩区世贸路898号博能中心一期A座20楼
邮　编	330038
经　销	全国新华书店
印　刷	江西省和平印务有限公司
开　本	787mm × 1092mm 1/16　印张 64
版　次	2023年8月第1版
印　次	2023年8月第1次印刷
字　数	800千字
书　号	ISBN 978-7-5500-4771-6
定　价	98.00元（全二册）

赣版权登字 05-2023-172

邮购联系　0791-86895109
网　址　http://www.bhzwy.com
图书若有印装错误，影响阅读，可向承印厂联系调换。

导　言

　　平时不太翻看中国近代史，因为这段历史太沉重、太黑暗、太悲摧，惨不忍睹。尤其不愿看到那个叫老佛爷的老太婆那副专制弄权、祸国殃民的丑态；当然还有那些没完没了的卖国条约。每每看见这些，心里总会涌起一种莫名的屈辱和悲哀，甚至是伤痛。这种伤痛有时会持续很久，很椎心，也挺伤人的。这其实很可笑。不读这段历史，这段民族的屈辱史就不存在了吗？那个专权祸国的老佛爷就永远不会在华夏大地出现了吗？这种掩耳盗铃的做法，真的很可笑，很蠢。其实近代史中也有例外，抗日战争就是中国近代史甚至是中国历史上最壮烈、最辉煌的一幕。中国人民的百年愤懑像火山般喷发，大刀向鬼子们头上砍去。侵华日军陷入了我人民战争的汪洋大海之中，最终中国人民以三千五百多万人伤亡的惨重代价，赢得了抗战胜利。但遗憾的是，在一些史学家和文学家的笔下，胜利者中却很少看见中国平民的身影。笔者从小学启蒙到耄耋之年，读到的多是抗日英雄以及他们惊天动地的丰功伟绩，而中国平民在这场关乎生死存亡的民族战争中所作出的牺牲和贡献，涉猎得还远远不够。据统计，中国平民在抗战中的伤亡占绝大多数。三千余万同胞的生命啊，他们的鲜血足以染红华夏大地、长江黄河。而在海晏河清的今天，我们的这些罹难同胞的亡灵尚没有得到足够的追忆和缅怀。

　　退休后有机会去上海住了几年，上海的朋友偶然会对我讲起些旧上海的陈年往事，其中有很多是上海平民抗日救亡的故事，特别是20世纪30年代犹太人在上海生活时，上海民众对犹太难民的救护，中犹两国人民风雨共沐、共同抗击东西方法西斯的故事。这些故事鲜活生动，使人耳目一新。原来人民群众中蕴藏着如此巨大的能量。有位伟人说过：人民，只有人民才是创造世界历史的动力。是啊，没有人民的坚持，哪有抗战的胜利，哪有新中国。伟人的话证实了今天的历史进程。朋友的故事也给我很多新的启迪，上海民众守护救助犹太人的故事，就是中国人民在世界反法西斯战争中的一枝奇葩，就是中华民族传统的正义和仁爱精神的体现。我突然有种冲动，想把这些故事记录下来。于是，在朋友的帮助下，我走访更多经历过那个时代的上海人，这些人虽都已是垂暮之年，但热情洋溢、记忆清晰。在谈到旧上海的这些前尘往事时，他们滔滔不绝，如数家珍，就像在谈论他们自己家里的事情。他们的热情也鼓励了我。于是我们开始收集整理这些故事，并查阅了大量有关文档资料，着手创作电视连续剧《东方往事》。《东方往事》创作历时五年，于去年年底完成。

《东方往事》的故事背景是二战期间，纳粹德国对犹太民族实行灭绝人性的迫害和屠杀，幸免于难的犹太人纷纷逃离德、奥及其占领国，很快形成一个国际性犹太难民潮，而西方各国却将这些面临屠戮的犹太人拒之国门之外，大批犹太难民陷入绝境。

这时，在古老的东方大地——中国上海却向这些绝境中的犹太人敞开了生命之门，接纳并庇护了一批批蜂拥而至的犹太难民，给他们提供食物、住房，为他们遮风挡雨、治病疗伤，使这些劫后余生的犹太人重燃生命之火。上海这座遥远的东方之城，已成为他们心中的诺亚方舟、避难天堂！他们怀着感恩之心，与上海人民真诚相处，共赴时艰。在共同抗击东西方法西斯的岁月里，与上海人民结下了深厚情谊。据不完全统计，从 1938 年德国纳粹发动震惊世界的"水晶之夜"到 1941 年太平洋战争爆发，仅三年间上海收容接纳犹太难民多达三万余人，其数量是美国、英国、法国、西班牙、比利时、荷兰、南非等国接纳人数的总和！值得提示的是，当时的中国正处于与侵华日军的残酷战争中，上海也已沦为日寇铁蹄下的一个黑暗恐怖的孤岛，上海民众在日寇蹂躏下缺粮少食，挣扎在恐怖和饥饿的死亡线上。但就是在这种情况下，上海人民依然义无反顾地向犹太难民伸出援手，拯救了数万犹太人。佛说：救人一命，胜造七级浮屠。那上海人民的这份仁慈、这份功德，该造多少级浮屠呢？西方的一位哲人说：拯救一个人，就拯救了整个世界。《东方往事》正是从这种人性思维出发，缅怀并纪念上海民众与犹太难民同舟共济、生死相依的艰难岁月。

《东方往事》以真实的历史、真实的人物为背景素材，再现当年上海民众救助犹太难民的动人故事，再现 20 世纪 30 年代上海滩的风云变幻和岁月沧桑，以及上海各派政治势力的明争暗斗、恩怨情仇。但在保护犹太难民方面，他们出于共同的道德文化理念，又同仇敌忾，与上海人民一道，粉碎了纳粹和日寇联手灭绝犹太人的希特勒"最后解决方案"以及"梅辛格计划"，使犹太人重获新生。

故事尽可能真实地还原了犹太难民在上海的那段被尘封的历史，讲述了犹太姑娘杰思敏一家在上海的生活和遭遇，以及上海各阶层人士对危难中的犹太人的同情和守护，赞美了华夏民族尤其是上海人民曾经的善良、仁爱以及不畏强暴、舍己救人的豪情义举。从这些历史碎片中，我们看到了正义的力量、人道的光辉和人性的永恒！正如联合国前秘书长安南先生曾说：“如果说纳粹对犹太人惨绝人寰的大屠杀暴露了人性中最丑陋、最黑暗的一面，那么上海犹太难民的经历表明，即使在漫无边际的黑暗中，仍有人性的光辉熠熠闪烁。”

在《东方往事》的创作过程中，为增强作品的可读性和角色的辨识度，加强对人物性格塑造，更真实地还原20世纪30年代上海滩的风俗民情，我们尝试突破传统电视剧的创作手法，加强了人物对话和场景的描述，采用了大量数据和写实手法，希望能更真实客观地体现规定情景和人物内心世界。这只是一种尝试，欢迎各界朋友提出宝贵意见。

即此，谨向为创作本剧提供帮助的南京艺术学院张辰晨、薛漫白老师，吴剑先生，及上海各界朋友致谢。

作者

2021 年 12 月 6 日

故事梗概

　　1937年7月，侵华日军制造了"卢沟桥事件"，大举侵华。中国军民奋起抵抗。两河流域、京浦沿线成为中国抗日战争的主战场。大批难民涌入上海。岁末，上海沦陷。昔日的东方巴黎上海在日寇铁蹄的蹂躏下，变成了断壁残垣的孤岛鬼城。

　　日军老牌特务土肥原贤二受命来上海组建"对华特别行动委员会"，成为上海侵华日军华东驻屯军的实际指挥官。他大力鼓吹"大东亚共荣"，竭力推行他一手炮制的掠夺中国的"河豚鱼计划"，拉拢上海工商界人士，妄图恢复上海经济为日军的侵华战争输血。他第一个拉拢对象就是上海商界巨子李衡甫。李衡甫是上海著名的实业家、金融家，是上海商界颇具号召力的领袖人物，是个有着家国情怀的民族资本家。他为了保护硕果仅存的上海民族产业不落入敌手，拯救缺粮断炊、挣扎在死亡线上的上海数百万民众和数十万难民，与敌酋土肥原贤二斗智斗勇。他不惜背上"汉奸""卖国贼"的骂名，出任上海工商联合总会会长，带领工商各界复工复产，拯救了上海的民族工业，使数百万上海市民、难民免受饥寒、屠戮之灾。但他的行为却受到社会各界和商业同仁的质疑，甚至不被自己的儿子所理解，这使他陷入深深的痛苦和家国矛盾中。最后他选择了民族利益和国际人道，在保护上海犹太难民的海外赈济款的斗争中，与上海日军宪兵司令久保田同归于尽。他维护了一个中国人的民族自尊和人格尊严，实现了生命涅槃。

　　上海淞浦医院院长李廷琛是李衡甫长子。淞沪会战期间，他组织民众上火线抢救国军伤员，并将这批伤员安置在自己的淞浦医院。上海沦陷后，为躲避日伪追杀，他以采买药品为名远赴德国避难。在柏林，他目睹了他的老师玛丽一家和无数犹太人在纳粹的屠戮下苦苦挣扎，亲身经历了震惊世界、残忍血腥的"水晶之夜"，深感世界法西斯给人类带来的灾难。为了营救玛丽老师一家，他放弃已采买的整船医药，冒死带领老师一家和一百多名犹太人逃离柏林。在海上漂泊数月，历尽艰辛到达中国上海。此时的上海滩已是难民如潮、民生凋敝，笼罩在死亡和恐怖的黑暗中。为保护老师一家和无数犹太难民，他联络社会各界为难民排忧解难、送粮送药，为犹太难民在上海的生存而竭尽全力。他的义举使犹太少女杰思敏深受感动并深深地爱上了他。杰思敏是他的老师玛丽的长女，美丽、善良且吃苦耐劳。在长期的漂泊生涯中，她深深地感受到人类的不公和人性的黑暗，在苦难中变得勇敢坚毅。李廷琛对这个苦难中的少女也有着深深情愫，但他秉承东方人道德礼义的传统文化素养，不愿被人视为乘人之危的伪君子，出乎情止乎礼，始终与她保持着距离。但在一次次的患难中，他们的爱情日渐成熟，最后双双投入反法西斯战场。

汪墨樵是上海帮会首领，上海滩名噪一时的风云人物。淞沪抗战时，他组织"上海抗敌后援会"并担任会长，亲率运输队和抢救队上前线运送粮食和抢救国军伤员。上海沦陷后，他闭门不出，暗中组织抗日武装"上海抗日义勇军"，并为其提供武器、军费。他深爱难民出身的歌女茉莉，多次帮助茉莉组织义演募捐赈济难民。当茉莉遭到凌辱时，他冒死从敌酋久保田手中夺回茉莉。太平洋战争爆发后，日寇加紧了侵华步伐，疯狂镇压抗日组织和抢劫财富。在这国破家亡的危难时刻，他毅然毁家纾难，舍去爱妻奔向抗日战场，用生命实现了"做人不做狗"的豪情壮举，谱写了家国情仇的绚丽篇章。

1941 年日军偷袭珍珠港，二战全面爆发。纳粹德国派党卫军上校梅辛格远赴上海实施希特勒"最后解决方案"，与上海日军宪兵司令久保田密谋制订"梅辛格计划"，抓捕了犹太科学家科恩夫妇和大批犹太难民，准备在浦东滨海加以屠杀。李廷琛联络汪墨樵和国共两党抗日武装力量，一举摧毁了日军在上海崇明岛的化武基地，营救出科恩和大批犹太难民。科恩在美国海军和中央情报局的护送下到达美国并参与"曼哈顿计划"核武研制，为人类正义和世界和平事业做出了积极贡献。

20 世纪 20 年代发生在上海的这些故事，其背后都有底层百姓的身影。海东青是蒙古族青年，因不堪蒙古王公的欺凌，放火烧了王宫，杀了王爷一家后逃入深山，与狼群猴群为伍，练就一身纵跃攀爬的好轻功。后随李廷琛来到上海，成为沪上名满江湖的侠盗。为了营救科恩，在刺杀纳粹党卫军上校梅辛格时不幸罹难。少年芦柴棒祖孙三代逃难来到上海后，父亲和祖父先后被日军枪杀。他孤身一人流落上海。他性格刚强，同情弱者，处处呵护、帮助犹太女孩莎拉。在莎拉被绑架时，他孤身涉险将莎拉救回。最后在营救犹太人的战斗中壮烈牺牲，年仅 15 岁。这些生活在社会最底层的民众，用生命诠释了人性中最光辉的一面。这些故事虽已远去，但往事并不如烟。铭记苦难，远离暴虐，弘扬真善美，人类的未来才充满希望。

人物小传

李衡甫： 男，58岁，日本早稻田大学经济学博士，上海巨富，民族资本家。精明、睿智、深明大义。李家祖上曾是清廷重臣，李衡甫秉承祖训原在东北投资建厂。"九一八"事变后，将东北产业转移到上海，以实业救国之思想，报效中华。先后开办淞浦面粉厂、淞浦医院、淞浦银行、淞浦船舶厂以及港口码头等，成为上海工商业界的行业领袖。上海沦陷后，为了拯救上海的难民和犹太人，也为了拯救中国的工商业和金融业，李衡甫不惜背负"汉奸"的骂名与日酋土肥原贤二和久保田虚与委蛇，斗智斗勇。同时以上海工商总会的名义联络上海各界力量，粉碎了土肥原贤二掠夺中国的"河豚鱼计划"，使上海数百万民众和难民得以生存，保护了上海的工商业、金融业等民族产业。但他的这些做法却不被上海民众和工商界同仁理解，面对各界的误解和质疑，甚至与自己亲生儿子产生隔阂。他充满痛苦与挣扎，最终选择杀身成仁，舍生取义，与日本上海宪兵司令久保田同归于尽，实现了自己的生命涅槃。

李廷琛： 男，26岁，李衡甫长子，德国医学博士，上海淞浦（犹太）医院院长。善良、正直，有着强烈的爱国心和民族情怀。淞沪会战时，他组织民众向前线国军输送大批医药，抢救伤员并送往自己的淞浦医院治疗。上海沦陷后，为救助难民他远赴德国采买医药器械，亲身经历了纳粹为灭绝犹太人制造的"水晶之夜"。他放弃了整船的医药器械，冒死救出一百多名犹太人，并将他们送往上海，其中有他的恩师玛丽一家。在经过海上漂泊的千辛万苦后，终于到达上海。到沪后为了犹太难民的生存而日夜奔波，借助上海平民、工商界、青帮、军统和新四军等各阶层的力量，一次次粉碎了德日法西斯屠杀犹太人的计划，保护了国际著名的犹太籍原子物理学家科恩，并将他送往美国参与"曼哈顿计划"。他的身上体现了中国人见义勇为的民族精神，他为中国抗战和世界反法西斯事业做出了重要贡献。

李廷瑞： 男，22岁，李衡甫次子，李廷琛的弟弟。耿直、侠义、桀骜不驯。对父亲的"汉奸"行为十分不满，对难民、穷人充满同情。有艺术天赋，酷爱摄影和音乐，不受封建礼教的束缚。大胆地追求爱情，甚至对方是哥哥的情人。上海沦陷后，血淋淋的现实教育了他。他逐渐成熟，用摄影记录着日寇的血腥暴行，积极投入拯救犹太人和反法西斯斗争的事业中，从一个纨绔子弟成长为一个浴血沙场的抗日战士。

李季方：男，62 岁，东北人。倔强、耿直、忠诚。从小父母双亡，流落江湖。后被李家收留，教习李廷琛兄弟武艺，随李家南迁上海后转为管家，对李家忠心耿耿。为保护大少爷李廷琛远赴德国，并协助将一百多名犹太难民救回上海。在日寇威逼李衡甫交出国际援助上海犹太难民的赈济款时，坚守在李衡甫身边，最后和李衡甫一道与日酋久保田同归于尽。

海东青：绰号"草上飞"，男，22 岁。侠肝义胆，身怀绝技。蒙古王爷家包奴的后代，有祖传放鹰走马的本事。当姐姐遭王子霸占蹂躏，自己也受到王府追杀时，他逃进深山老林，与狼群猴群为伍，练就一身轻功绝技，从此飘零江湖，行侠仗义。为给姐姐报仇，他一人夜闯王府，杀了残害姐姐的四王子一家，放火烧了王府，后辗转逃到中原。在一次偶遇中认识李廷琛后，因敬重李廷琛的学问和人品，两人遂成为莫逆之交。其后成为沪上有名的劫富济贫的飞贼侠盗。他同情弱者，疾恶如仇，多次配合李廷琛救助犹太难民，并捐出自己劫富济贫所得的全部财产。在李廷琛的帮助下意识到什么是真正的抗日，随后诛杀了恶名昭著的汉奸市长傅宗耀。为了拯救美国中央情报局特工，他冒死大闹跑马场，最后惨死于梅辛格等纳粹的枪下。海东青是无数中国抗日英雄中的一员，民族义士。他的死体现了中国人的侠义、正直，体现了中国底层民众的民族情怀和献身精神。

楚孝仪：男，56 岁。上海滩的纺织大王，是上海工商界极有影响力的人物。具有强烈的家国意识和民族正义感，是李衡甫肝胆相照的朋友。在李衡甫被骂作汉奸的最艰难的时期支持他，为保护中国民族工商业以及解决上海沦陷时老百姓的生存问题做出了重要贡献。

汪墨樵：男，42 岁。上海青帮掌门人。精明能干、心狠手辣，有担当。虽出身草莽，但重情重义，有强烈的民族自尊和民族情结。深爱难民出身的歌女茉莉，当茉莉受到日本人欺凌时，以铁汉柔情，拼死相救。对上海滩颇受人尊敬的李氏家族十分敬重，协助李氏家族做了大量维护民族工商业的事情。为救助中国难民和犹太难民做了大量善事，组建了上海唯一的民间武装上海抗日义勇军。为了营救百名即将被日寇屠杀的犹太人，他率领义勇军和日寇展开了殊死搏斗，不幸遇难。

茉莉：女，22 岁。漂亮而有风情，善良、正直，富有同情心。为避战乱逃到上海，逃难中父母双亡，无依无靠，在街头行乞。汪墨樵见其孤苦，又天生一副好歌喉，遂将她包养，请名师指点调教，使其成为上海滩著名歌星。对李家兄弟情有独钟，但知道自己与其地位悬殊，只能将自己的情愫深深埋藏，嫁给了汪墨樵。为了救助中犹难民，她多次为难民义演募捐，甚至涉险为"隔都"犹太难民投放食物。当面临久保田欺凌，汪墨樵拼死相救时，她也感知了汪墨樵对自己的真情厚意。多次化解汪墨樵与李家父子的矛盾，鼓励汪墨樵与李家父子携手抗击屠杀犹太人的德国纳粹，真心爱上了这个叱咤上海滩的草莽英雄。抗战胜利后，她从澳门回到汪墨樵的故乡，守着汪墨樵的陵寝，含辛茹苦将儿子带大，回归她的田园生活。

小莉：女，18岁。汪府女佣。15岁时为避战乱，随父亲逃难到上海。进城时父亲被日军杀害，小莉险遭凌辱，幸被李廷瑞所救，推荐给茉莉为伴。在汪府，小莉虽身为女佣，却和茉莉形影不离，情同姐妹。

张圣财：男，38岁。原青帮香堂堂主，后为汪府管家。沉着、干练、重情义，是汪墨樵所信任的部下和兄弟。虽混迹青帮，却疾恶如仇、为人耿直，不齿青帮败类殷燕农甘为鬼子走狗的恶行。同情穷人和犹太难民。为拯救科恩一家，曾严惩纳粹凶犯施瓦茨，协助汪墨樵组织江北抗日义勇军与日军展开殊死搏斗。在解救科恩的南头吞战斗中沉着勇敢，为战斗胜利立下了汗马功劳。

张工品：男，42岁。精明干练、老谋深算，是汪墨樵好友。租界巡捕房总华捕。此人虽属于租界上层人物，通吃黑白两道，但良知未泯，颇有民族自尊心。曾主动保护抗日义士海东青的遗体。受汪墨樵和李氏父子的影响，为维护租界治安，制止日军和纳粹在租界制造事端、绑架杀人，曾多次向日方交涉或抗议，为公共租界里的中犹两国难民做了不少工作。

伦纳德·科恩：男，48岁，犹太人。典型的和平主义者。柏林哥廷根大学物理系教授，世界顶级的量子物理科学家。从不参与政治，也毫无政治理念，一生的追求就是用自己的科研成果为人类造福和提高人类文明。当德国纳粹追杀他与他的家人时，他不理解自己为什么就被自己的祖国所抛弃，人类为什么要制造战争和杀戮，为什么要制造种族仇恨。他深爱自己的妻女，觉得是自己给家人带来了灾难，为此感到深深自责和痛苦。流亡到上海后，一桩桩血淋淋的事实使他逐渐清醒。特别是爱妻玛丽的惨死，使他彻底认识到只有消灭战争才有世界和平。在李廷琛等人的帮助下，他决定去美国参与核研，使美国早于纳粹制造出原子武器。去美国前，他亲手击毙了纳粹刽子手，也是杀害他夫人玛丽的凶手梅辛格，由一个和平主义者成长为反法西斯战士。

玛丽·科恩： 女，42岁，伦纳德·科恩夫人。柏林医科大学教授，李廷琛导师，雅利安贵族，高贵冷傲，善良正直。她一心支持丈夫从事的科研工作。希特勒上台后，纳粹开始了对犹太人的清洗。因为丈夫是犹太人，玛丽被从柏林医科大学的工作岗位上离开。"水晶之夜"爆发后，她和全家开始了生死未卜的流亡生活。到达上海后，她勇敢地挑起了家庭生活的重担，以自己的温柔和坚毅劝导丈夫要成为一名真正的勇士，勇敢地加入反法西斯的行列中。当纳粹追杀到上海时，为保护丈夫和女儿，她被纳粹秘密逮捕，面对梅辛格的威胁和凌辱，这个高雅贤淑的雅利安女人进行了拼死抗争。临死前，她狠狠地打了梅辛格一记耳光，勇敢地对纳粹暴行进行了反击，被凶残成性的梅辛格枪杀，结束了她高尚而艰辛的生命之旅。她用生命体现了人格的高贵，捍卫了最后的人性尊严。

杰思敏·科恩： 女，18岁，伦纳德·科恩长女。曾就读于柏林维也纳音乐学院。纯真、善良、早熟，热情奔放，向往自由。"杰思敏"是希伯来语茉莉花的意思。她曾经有着无忧无虑和天真烂漫的童年，但希特勒上台后，这一切都随着逃亡生活消失殆尽。在残酷的现实中，她饱受了人生苦难。在上海的难民生活使她迅速成熟。这位富有音乐天赋的犹太少女，在苦难中见识了人性中最光辉与最阴暗的一面。为了生存，她和母亲一起承担了全家生活的重担。她白天做清洁工，晚上在舞厅弹琴……用她的勤劳、美好和纯洁给战争中的人们带来希望和力量。她深爱李廷琛，少女的痴恋热烈而奔放。但她的爱情只愿意奉献给李廷琛一个人。在经历弟弟和母亲的惨死后，她毅然奔向反法西斯战场，成为一名出色的反法西斯战士。

莎拉·科恩： 女，9岁，科恩家的小女儿。聪明、淘气、热情、天真烂漫，是全家人的宝贝。怀中的小狗豹子是莎拉最好的朋友。即使面对苦难的逃亡生活和死亡威胁，也没有放弃对美好生活的向往和追求。在上海，这个东方国度曾让她着迷，她结识了一批像芦柴棒这样的中国难民孩子，并与他们建立了纯真的友谊。她对李廷琛有着崇拜的痴迷，她甚至提出要姐姐杰思敏把李廷琛让给她。她的顽皮和率真让一家人十分头疼。被日本人绑架的经历让莎拉第一次知道，死亡原来可以离自己那么近。在芦柴棒、李廷琛、尚云谦和豹子的帮助下，她终于历尽艰辛回到上海。她和芦柴棒等中国孩子的纯真友谊是中国人民和犹太人民伟大友谊的象征，是两个苦难民族实现伟大复兴的希望之花。抗战结束后，在李廷瑞的陪护下从澳门到美国寻找父亲，最后成为一名蜚声国际的东方器乐演奏家。

亚伯拉罕·米兹拉希： 男，68岁。犹太宗教和社会活动家，善良、正直。犹太人的拉比，上海犹太人的精神领袖。因西方排犹，早年就来到了中国上海，并在上海安家落户娶妻生子。德国纳粹上台，特别是"水晶之夜"后，大批欧洲犹太难民逃来上海。他为这些犹太同胞的生存和生活日夜操劳，做了大量工作。为了不让美国国际救助协会救助犹太难民的三千万美元资金落入日本人手中，被日酋久保田残忍虐杀，用生命实现了成圣之路。

梅丽娅·米兹拉希： 女，60 岁，亚伯拉罕的妻子。善良、慈祥、敦厚的老太太，笃信犹太教。看见丈夫惨死在久保田之手，决定与丈夫同赴天堂。她亲吻丈夫的全身后，一头撞向久保田，最后惨死在久保田的军刀下。

西蒙·菲舍尔： 男，45 岁。善良、正直，富有同情心和正义感的日耳曼人，一个普通的、有良知的德国商人。经营医药和医疗器材生意。希特勒上台后，他不忍看到纳粹对生命的荼毒和战争的惨烈，协助李廷琛将科恩一家和一百多名犹太人送出德国。盖世太保施瓦茨将其一家逮捕，押送他来到中国上海寻找李廷琛并抓捕科恩。离开柏林前，他变卖了全部财产以营救妻女，并托人将李廷琛的一船医药器材和自己的妻女送往中国。来到上海后，一面与施瓦茨周旋，一面将德国人要屠杀犹太人的计划告诉李廷琛，为解救科恩及其他犹太人赢得了宝贵的时间。同时积极参加解救犹太人的战斗，成为一名出色的国际和平战士。最终在李廷琛的帮助下，去苏北根据地与妻女团聚。

麦卡德： 男，35 岁。德国人。西蒙·菲舍尔的业务助理，反对法西斯战争的德国平民。受西蒙委托，在西蒙随施瓦茨去中国后，将西蒙家产全部变卖，并将西蒙妻小营救出狱，然后将一船医药器材和西蒙妻小送到上海。

李尔克： 男，22 岁。玛丽夫人的学生，杰思敏的追求者。激进、冲动，擅长演讲，曾参加德国政治锡安犹太复国会。在学生中具有一定的号召力，团结了一批和他一样的犹太年轻人。主张暴力复国，通过武力方式抗击纳粹对犹太民族的残害。逃来上海后，在李廷琛的淞浦医院担任医生。为抗击日寇和纳粹在上海对犹太人的迫害，秘密组织抵抗力量，成立上海犹太人锡安公会，秘密散发传单，鼓吹复国，遂使日军公开逮捕大批犹太难民。在营救这批犹太人的战斗中，英勇牺牲。

史帝芬·怀兹： 男，62 岁。犹太籍美国人，美国犹太人社团最有影响力的人物。为援助上海的犹太难民，他向世界犹太人募捐，并组织考察团从美国来到上海。到上海后，却被日本人和汪伪政府蒙蔽，险些将援助犹太难民的赈济款三千万美元交给日资银行。后在李家父子及米兹拉希等人的帮助下识破了日本人欺骗行径，将资金交给了米兹拉希的犹太银行。

詹森：男，58 岁。美国驻华特使，在中国待了 12 年。詹森对美国对华政策具有重要影响。抗战爆发后，为争取美国对华军援做出了极大努力。随着"珍珠港事件"的爆发，美国加快"曼哈顿计划"核武的研究。为寻找该计划的核心研究人员科恩，他临危受命，积极联络陆允明、李廷琛等国共两党地下组织成员，千方百计地找到科恩并动员其早赴美国。同时组织国共两党及青帮的武装力量，联络新四军一举摧毁了日军的远东化武基地，成功救出科恩并联络美国中央情报局将其送往美国。为美国研究出核武器争取了时间，为结束战争、实现和平做出了贡献。

陆允明：男，33 岁。深沉老练，有民族情怀。李廷琛在中学时的学长。国民党上海军统局负责人，同时在新四军上海情报机关担任要职。其表面身份是美国驻沪特使詹森的翻译官，后为美国驻上海总领事馆参赞。三重间谍。利用职务之便暗中搜集日本人的情报并将情报传递给美国中央情报局、国民党军统及新四军，为上海人民的抗日斗争做出了重大贡献。为配合美国的"曼哈顿计划"，动员上海各阶层的力量，协助保护了犹太籍物理科学家科恩并将其送往美国。动用国共两党在上海的秘密武装力量，一举摧毁日军在上海的化武基地和纳粹集中营，拯救了一百余名面临屠杀的犹太难民，为抗日救国做出了贡献。

施莫林：男，26 岁。日耳曼人。正直、坚毅。德国党卫军中尉，也是杰思敏的初恋男友。对希特勒发动战争、屠杀犹太人十分反感，后加入德国反战同盟，被美国中央情报局招入麾下，长期潜伏在德军内部搜集情报。太平洋战争爆发后，他向美国中央情报局提供德军研制原子武器的情报，使盟军得以摧毁德国在挪威的重水加工基地，成功地击沉纳粹运送重水的潜艇，为美国"曼哈顿计划"的研究赢得了时间。受中央情报局派遣来到上海，寻找科恩并负责将其安全送往美国。到上海后，为保护科恩一家，与追杀科恩的纳粹党徒施瓦茨展开对决。在跑马场刺杀梅辛格失利后，与詹森、陆允明和李廷琛等制订出详细的科恩赴美计划，并亲自驾机送科恩在南海与美海军会合。为完成自己的使命错失了自己人生中最真挚的爱情，展现了一个士兵的豁达胸怀和使命感。

尚云谦：男，50 岁。新四军江北武工队负责人。早年曾在天津开武馆，后被李衡甫招募到府中当武术教练，是李廷琛、李廷瑞兄弟的师父。"九一八"事变后，他随李家南迁上海。眼看国家山河破碎，遂辞去李家教师，投奔新四军，并多次被派往上海执行任务。当新四军得知日军在崇明岛建造化武基地，他奉命带领武工队前往上海。途中救下了被日本浪人绑架的莎拉，并护送其回家。通过李廷琛与上海青帮和国民党军统联手，一举摧毁了日寇在崇明岛的化武基地，营救了科恩和一百多名犹太难民。后收编了汪墨樵的青帮武装。是一名出色的新四军指战员。

芦柴棒：男，11岁。为逃离战乱，随爷爷、父亲来到上海。父亲为得到一点食物被日军杀害，爷爷也相继去世。因而沦为孤儿，靠街头卖报、擦鞋、卖火柴、香烟过日子。倔强、机智、侠义，有一套自己在街头生活的经验。跟犹太女孩莎拉是好朋友。在莎拉被绑架的时候，独自一人涉险找到莎拉，为保护莎拉一路乞讨，与莎拉建立了真挚的友谊。最后在解救莎拉父亲和犹太人的战斗中，不幸罹难。他身上闪现着朴素的人道主义精神，绽放着中犹友谊的未来之光。

爷爷：芦柴棒的爷爷，70岁。忠厚朴实的农民。为避战乱，带着全家来到上海。儿子为抢几个窝头被日军枪杀，自己也在抢粮风潮中被日军杀害。

土肥原贤二：男，54岁。阴险、凶残、伪善，著名的国际间谍，长期潜伏中国。中国通。参与制造"皇姑屯事件"和"九一八"事变，策划成立伪满洲国和华北自治。狂热的军国主义者，"大东亚共荣圈"的积极倡导者，侵华日军将领中的另类。1938年6月担任日军"对华特别行动委员会"负责人，升任大将，成为上海日军的最高指挥官。他一手策划了"河豚鱼计划"，妄图通过该计划控制上海乃至全国的工商界和金融界，疯狂地掠夺中国财富为日本的侵略战争服务。自以为了解中国，但是并未真正理解中国的民族精神和文化内涵。中国人的仁义道德和抗争精神，是他永远无法理解的文化噩梦。在与李衡甫等上海各界人士的博弈中，他的"河豚鱼计划"以惨败告终。东京审判时被判绞刑，这个笑面杀手也被永远地钉在战犯的耻辱柱上。

久保田：男，35岁。典型的军国主义者。穷凶极恶，嗜血残暴。日本驻上海宪兵司令部大佐（后升任少将）。与土肥原贤二在对华经济政策和观念上有差异。梅辛格来上海后，积极配合"梅辛格计划"的实施。犹太集中营的建造和犹太新年海上沉船计划，就是他策划并具体安排执行的。他杀人如麻、掠夺成性，毫不掩饰自己的贪婪。为了占有国际财团对上海犹太难民的援助资金，他和土肥原贤二命令小野宪一成立东亚商业银行。阴谋失败后，穷凶极恶地杀害了米兹拉希夫妇，并枪毙了小野宪一。但他并没有放弃获取这批赈济款。当他最后把枪口对准李衡甫时，大义凛然的李衡甫将其诱至犹太银行，用手雷与其同归于尽，结束了这个军国主义者罪恶的一生。

小野宪一：男，50岁。土肥原贤二的旧相识。伪善、精明、市侩。伪满洲国中华联合制片公司董事长，长期潜伏在中国的日本特务。他在中国的生意，都是日本军部支持的生意，意在掠夺资源，抢占市场，破坏中国民族资本。为了占有国际社会对上海难民的援助资金，在土肥原贤二和久保田的授意下成立上海东亚商业银行，最后沦为土肥原贤二经济掠夺的牺牲品，死于久保田的枪下。

莆田川：男，38岁。日本浪人。狡猾、贪婪。曾留居德国，后为伪满洲国日本黑龙会首领。来上海后，任上海德国领事馆的司机。由于精通德语，在施瓦茨抵达上海以后，成为施瓦茨的翻译。此人视财如命，在协助施瓦茨寻找科恩的过程中，没少从西蒙身上搜刮好处。但也正是因为贪财这一弱点，被西蒙利用，套取了不少有用的情报帮助李廷琛。此人虽热衷于日本军国主义扩张政策，但毕竟是日本平民，也是日本军国主义的祭品。战争使他家庭破碎。他内心深处十分厌恶战争，向往和平安宁的生活。

约瑟夫·艾伯特·梅辛格：男，43岁。绰号"华沙屠夫"，冷面刽子手，纳粹的党卫军上校和柏林盖世太保头目，血腥残忍的法西斯分子。为执行希特勒灭绝犹太种族的"最后解决方案"亲临上海，并制订屠杀上海犹太难民的"梅辛格计划"。与土肥原贤二和久保田达成血腥交易，欲在上海崇明岛修建犹太人集中营。为了防止科恩逃往美国，制订了一个又一个诱捕暗杀计划，抓捕了科恩夫人并以其为要挟。在美国中央情报局、新四军武工队、上海青帮及国民党军统联手抗击下，他在崇明岛屠杀犹太人和修建犹太人集中营的计划被彻底摧毁。最后时刻，这个双手沾满犹太人鲜血的刽子手杀害了科恩夫人，被科恩亲手击毙，终结了其罪恶的一生。"梅辛格计划"彻底破产。

贾森·施瓦茨：男，30岁。凶残、嗜血，毫无人性的纳粹匪徒。搜捕科恩博士的执行人，党卫军上尉。曾是科恩的学生，十分了解科恩研究的重要意义。觊觎杰思敏的美貌，曾经产生过很多肮脏的想法，并由爱生恨。为了毁灭杰思敏及其家人，出卖科恩科研成果，并从德国一路追杀到中国。联合日本人绑架了杰思敏的妹妹莎拉，不择手段地追捕科恩，并秘密逮捕了科恩夫人。最后在新四军武工队和青帮武装解救犹太人和科恩夫妇的战斗中，他带领党卫军拼死保护梅辛格，死于李廷瑞的枪下。这个凶残的法西斯匪徒得到应有的下场。

沃纳·卡尔·海森堡：男，56岁。德国人，希特勒"铀计划"项目负责人。著名原子物理专家，曾与科恩同事，同为哥根廷大学物理系教授。

傅宗耀： 男，66岁。汪伪上海市长。贪婪、狡诈、唯利是图，商人出身。早年投靠晚清重臣盛宣怀。北洋时期又巴结军阀孙传芳，官商勾结一跃成为上海巨富，曾任中华总工会会长。抗日战争后主动投靠日本人，出卖中国资源。深受侵华日酋松井石根青睐，被推为上海市长。任伪职期间，为效忠日寇不择手段搜刮民财，横征暴敛，打击民族工商产业，使昔日繁华的上海滩变成死城孤港。是个十恶不赦的民族败类，不折不扣的汉奸、卖国贼。他曾竭力拉拢李衡甫和汪墨樵等社会精英，但李汪等均不齿其卖国行径，不愿与他为伍。国民党军统和共产党特工多次策划除掉这个大汉奸，均告失败。最终被民间义士海东青诛杀，结束了其罪恶的一生。

殷燕农： 男，35岁。汪墨樵手下青帮头目，卑鄙、狡诈、邪恶。为了名利不惜投靠日本人，任汪伪上海市警察局的行动科科长。残害百姓，坏事做绝。为巴结日军上海宪兵司令久保田，将汪墨樵的爱妻茉莉绑架到久保田处，幸亏汪墨樵及时赶到救出茉莉。事后被汪墨樵割去一只耳朵，以示惩戒。但他不以为耻，继续作恶，将汪墨樵组织抗日义勇军事秘告久保田，甚至为纳粹屠杀迫害犹太人出谋划策，并亲自参与纳粹对犹太人的屠杀，是个死心塌地的恶棍、汉奸。最终被汪墨樵清理门户击毙。

谢润林： 男，35岁。汪伪上海市警察局情治科科长。自以为精明能干，又受过高等教育。瞧不起殷燕农并长期与他明争暗斗。此人情商极高，交游广阔，与社会各界均有交往，做过不少坏事。为图利甚至向日美和国共各方出卖情报。但他的做人理念是做人不做狗、图财不害命，没有数典忘祖。关键时刻他将殷燕农出卖汪墨樵的信息告诉汪墨樵，使汪墨樵夫妻逃过一劫。他虽身为日伪鹰犬，但总算没有忘记自己是个中国人。

洪少雨： 男，45岁，农民。老家沦陷后举家逃难到了上海，为了养活一家，不得不加入上海的抢米风潮，所幸躲过一劫。虽然一家人日子过得苦巴巴，但仍有浓烈的家国情怀。偶然认识李廷琛，受李廷琛对犹太人的无私帮助的影响，向关押犹太人的"隔都"运粮送粮，一起帮助犹太人在上海生存，体现了中国底层百姓的包容和善良的民族属性。

洪家姆妈： 女，43岁，洪少雨的老婆。勤劳、善良、热情。为躲避战乱，跟着老公一起逃难到上海。她乐善好施，自己节衣缩食，却把自家的口粮分送给犹太人。她是上海底层劳动妇女的典型代表。

洪阿秀： 女，20岁，洪家的女儿。朴实、善良，心灵手巧，热爱工作，富有同情心。随父母一起在上海讨生活。生活再苦，却不以为苦。李廷琛帮助她进了淞浦医院，最终成了一名有一技之长的护士。

艾伦： 男，48岁。英国人，大力神号船长。贪财，但坚毅、勇敢，同情犹太人，有丰富的航海经验。在李廷琛的影响下，将科恩一家和一批犹太人送离柏林。

海盗船长： 男，50岁。英国人。虽为海盗，但坚毅正直，同情弱者，厌恶战争，是个义盗。

海盗船副： 男，36岁。英国人，海盗船副首领。

冯·基尔卡： 男，德国驻沪总领事馆领事，实为德军最高统帅部军情处少将，远东军情处处长。

古德里安： 男，德国驻沪总领事馆武官，德国国防军上校。

其他人物

何凤山： 男，中华民国驻维也纳总领事，杰出外交官。

沙逊族人： 上海巨富，早年来上海经商的犹太后人。

嘉道理族人： 上海巨富，早年来上海经商的犹太后人。

哈同族人： 上海巨富，早年来上海经商的犹太后人。

德吉巴丹： 男，70岁。藏族。蒙古铁观寺住持方丈，原为西藏昭仁寺的护法大喇嘛，得道高僧，人称"德吉活佛"。

阿登巴措： 男，49岁。蒙古族。海东青父亲，蒙八旗科尔沁王爷的鹰马包奴。

海东青母亲： 女，32岁。中原人。善良贤惠。

格桑： 女，14岁。海东青姐姐，善良美丽的蒙古族少女。

刘姆妈： 女，48岁。汪府女佣。伶牙俐齿。

吴妈： 女，42岁。李府女佣。勤劳善良。

护士长： 女，38岁。淞浦医院（犹太医院）护士长。

卢小嘉： 男，21岁。李廷瑞好友，排名小六子。浙江督军卢永祥独子。

小兰斯德尔： 男，50岁。美国人，五角大楼情报局上校。

公共租界负责人： 男，50岁。英国人，上海租界工部局主董。

教务秘书： 男，霍普金斯医科大学教务处秘书。

村田： 男，日军大佐，军国主义者。

中村秀一： 男，日本宪兵中尉。

李士群： 男，48岁。大汉奸，汪政府76号特务机关头目。

冯·洛曼奇： 男，德国驻沪总领事馆文化参赞。

梅辛格副官： 男。柏林盖世太保总部副官。

四王子： 男，26岁。蒙古科尔沁王爷的儿子。凶残暴戾。

苏锡文： 男，52岁。汉奸，上海市代市长。

李香兰： 女，28岁。日本人，满洲影映公司三栖明星，在日占区很有影响。

目　录

五十二集电视连续剧

东方往事

片头：资料画面叠印

【两河流域、京浦沿线，烽烟四起，炮火震天。国军将士和日本军队展开殊死搏斗。

【村庄，日本飞机疯狂地俯冲扫射，沿江村落一片火海。百姓们扶老携幼逃离，纷纷攀上江边小船和竹筏，无数人落水，场面凄惨。

第 一 集

1-1． 景：黄浦江上海城郊码头 日 外

【乌云压城，混浊的黄浦江浮尸漂流。

【插着太阳旗的日本炮艇吼叫着掠过江面。

【外滩高楼林立，高楼上插着不同国籍的国旗在寒风中微微颤抖。

1-2. 景：黄浦江岸一废弃码头 日 外

【一艘艘竹排靠岸，大批难民蜂拥上岸，被日军挡在江边，接受检查。

【一对中年夫妻带着一个十五六岁、满面污垢的光头少年在日军的枪刺下接受检查。

【站在一边的日军军曹盯住少年的脸，猛地上前，一把扯开少年的衣服，露出少女丰满的胸膛。

军曹：（连声怪叫）女的，女孩！刁民，抓起来！

【两个日军冲上来，抓住女孩就要将她带走。中年夫妇扑上前去，死死拽住女孩不让

日军带走。日军举枪射击，中年夫妇中弹倒下，却还死死抱住女孩的脚。日军对他们又连开数枪。难民们愤怒了，高喊着向日军冲去。人潮汹涌，几个日军被难民按在地上。岸上的日军开火了，机枪喷着火舌。枪声和哭喊声乱成一片。难民们一排排倒下。

【江岸的小树林中，李廷瑞正架着摄像机拍摄日军的暴行，猛见被吓呆的女孩捂着前胸站在弹雨中不知所措。他来不及思考，提着摄像机飞快蹿出树林，跑到那个茫然失措的光头女孩身边，混乱中一把拉着她钻进小树林。子弹在他们脚下溅起阵阵尘土。

旁白＋字幕： 1937年7月，日军大举侵华，中国军队奋起抵抗。大批难民涌向上海。11月，上海沦陷，昔日的东方巴黎变成一座人间炼狱，一座孤城、鬼城、死城。近六百万上海民众和几十万难民在饥饿与血泊中挣扎……

1-3. 景：闸北废墟 日 外
　　【路边，两辆黑色轿车缓缓驶过。

1-4. 景：一辆黑色轿车车内 日 内
　　【一个身着黑色西装、戴礼帽的男子坐在后座，一双戴着白色手套的手轻轻撩开车窗上的纱帘。

1-5. 景：闸北废墟 日 外
　　【闸北被轰炸后的断瓦残垣。几个衣不蔽体的妇女坐在废墟上，干瘪的奶房低垂着，茫然无助地望着远方。怀中的孩子嘶哑地啼哭着。
　　【几个半大的孩子在废墟中挖掘着可以果腹的东西，把刨到的所有可以吃的东西塞进嘴里。一个孩子被噎得直翻白眼。

1-6. 景：黑色轿车车内 日 内
　　【车内的土肥原看着这一片废墟和那些绝望的妇女、濒死的孩子，不由得紧皱眉头。他的身边坐着影佐祯昭。
　　字幕： 土肥原贤二，日军中将，日本对华特别行动委员会首席执行官。影佐祯昭，日军大佐，上海梅机关机关长。

【汽车驶过闸北进入一个工业区。窗外依然一片萧条冷落。家家工厂的大门紧锁着，空无一人。高耸的工厂烟囱孤立在空中，烟囱中却没有冒烟，仿佛俯视着这个悲惨世界。

【两人沉寂着，谁也没有说话。

土肥原：（喃喃自语）我四万余皇军将士的生命就换来这么一座死城……

1-7. 景：上海南京路街景 日 外

【黑色轿车驶入街头。轿车内的土肥原和影佐祯昭继续观察着。

【曾经上海最热闹的南京路几无行人，所有商店包括四大百货公司——永安、先施、新新、大新都大门紧闭。街上几无行人，偶尔有几个行人，也都低着头急急忙忙赶路。只有成群的难民沿街乞讨，乞讨声此起彼伏，不绝于耳。

【一辆辆架着机枪的日本摩托车和满载日军的卡车呼啸而过，巡视着街面。

【瘦瘦的芦柴棒一身破衣服夹在难民堆中，拉着爷爷的手，冲着路对面紧张地张望。

1-8. 景：黑色轿车内 日 内

土肥原：影佐君，上海的街头很安静。

影佐祯昭：将军，您来过上海吗？

土肥原：来过，二十年前我就来过。这里曾经是亚洲最大的金融中心和商品集散地。上海港每年的货物吞吐量数以千万吨计。这里有世界上最繁华的商场和最美丽的建筑，比我们的京都可壮美多了，是我梦寐以求的好地方。

影佐祯昭：难怪将军刚到上海就视察市容。可今天的上海或许要让将军大失所望了。

土肥原：（沉吟自语）工厂停业，商场关门……六百万上海人吃什么？穿什么？这座城市还怎么维持？让上海的六百万人都去死吗？人死光了，对我帝国"圣战"有什么好处？

影佐祯昭：有钱人倒可以在黑市上买到点粮食，没钱的就只有等死或者去跳黄浦江咯！将军您是不知道，现在黄浦江可是热闹了，每天都有上百人往里跳。

1-9. 景：上海南京路里弄 日 外

【一个光着上身的难民从小巷中窜出来，手里抱着一个小包，慌不择路。

【身后，两个身穿黑色制服的伪警紧追不舍。伪警边追边喊。

伪警： 抓住他！抓住他！抓住那个偷窝头的贼！

1-10. 景：上海南京路街头 日 外

【光身难民慌不择路，从里弄跑上大街。

【芦柴棒眼尖，一眼看到了他。

【芦柴棒拉着爷爷的手，指着光身难民，跳起来挥手，挤出人群，朝光身难民狂呼起来。

芦柴棒： 阿爹！阿爹！我在这儿！爷爷也在这儿！你别跑呀……

【冲出来的光身难民和紧随其后的伪警，让黑色轿车突然间一个急刹车。

【紧接着，路上巡视的日本摩托车上的机枪响了。

【两辆黑色轿车被拦了下来，停在路边。

【光身难民一头栽倒在路中间，兜中的黑窝头撒落在血泊中。芦柴棒和爷爷冲出人群，匍匐在光身难民的身上大哭起来。

【难民们三三两两慢慢蹭过来，偷偷捡起掉在地上带血的窝头，塞在自己的衣服里迅速离开。人越围越多。一辆黄包车也被堵在路上，车上坐着穿着旗袍的茉莉，身后还跟着两个帮会里身穿短打的弟兄。茉莉叫车夫停车，跳下车，跟着往里张望。

【巡警开枪示警驱散了人群。茉莉却往前凑过去，两个跟班只有跟着她。芦柴棒趴在光身难民的身上号啕大哭，茉莉凑前俯身，发现躺在地上的光身难民还有气息。

茉莉： （对着跟班急喊）赶紧把人家抬起来，送医院。

【两个跟班十分踟蹰，支支吾吾。

跟班甲： 茉莉小姐，不干咱们的事，咱们走吧。

茉莉： 那怎么行，这人还有口气，不能不管。

跟班乙： 您要出了事，老大面前我们交不了差。

茉莉： 少废话！快！把人放我车上！赶紧送医院！

1-11. 景：上海南京路街头 日 外

【黑色轿车上，土肥原和影佐祯昭从车上下来。另一辆轿车上也下来两个日军佐官，站在土肥原身后。

【车夫拉着光身难民疾奔，茉莉扶着芦柴棒的爷爷伴跑着，跟班拉着哭喊着的芦柴棒急匆匆离去的背影。

【土肥原站着没动，脸色阴沉地注视着这一切。

土肥原：影佐君，你看上海这样下去行吗？

影佐祯昭：军部不是派您来了吗？现在的上海市长就是个混蛋，是个不学无术之徒，只知道溜须拍马、巧取豪夺、中饱私囊，根本不懂经济和管理。但他是松井石根将军推荐来当这个上海市长的，谁也奈何不了他。

土肥原：他叫傅宗耀吧？我派人去查过这个人的情况。这个人是当狗发家的。早年是工部侍郎盛宣怀的一条狗，据说他送给盛宣怀四姨太一乘黄金软轿，后来又成了江浙军阀孙传芳的一条狗，当上了江浙沪的盐务总督办，发了大财。这种狗一样的东西能委大任吗？我看这回松井石根将军是看走眼了。

影佐祯昭：那将军准备怎么办？

土肥原：走，我们现在就去宪兵司令部。影佐君，你陪我走一趟。

【土肥原反身对身后的两个佐官说道：

土肥原：你们先去宪兵司令部告诉久保田大佐，就说我已到上海，待会在宪兵司令部召见他和傅宗耀市长。请他通知傅市长在司令部等我。

俩佐官：（行礼）是，将军。

【土肥原和影佐祯昭上车，绝尘而去。

1-12. 景：淞浦医院前庭 日 外

【淞浦医院的大门敞开，医院院子里挤满了或坐或卧的难民，有的难民就将晾在院子里的纱布和床单扯下来，裹在自己身上。

1-13. 景：淞浦医院大厅 日 内

【医院前厅里，地上躺满病人。走廊和楼梯上都塞满了人。三五成群地挤在一起，虽然人多，但除了病人的呻吟声，显得十分安静而有序。

【护士们正在给因饥饿而发昏的难民分着杂面窝头。人群中，淞浦医院的院长李廷琛正专注地为每个躺在地上的病人检查病情。

【黄包车闯进医院。茉莉指挥着两个跟班将光身难民从黄包车上抬下放在地上。茉莉拉着芦柴棒的手，大声呼叫着医生。

茉莉： 医生，医生，快救救人啊，这个人快不行了……

【李廷琛发现躺地上浑身是血的光身难民，赶紧穿过人群奔来，捂住难民还在汨汨流血的伤口。

李廷琛： 护士，护士，还有床吗？送手术室。

【一个护士跑过来。

护士： 手术室有床，可是什么药都没有了……

李廷琛： 止血药也没有了吗？先给我两卷纱布。

护士： 院长，纱布也没有了。

李廷琛： 那怎么办？你把工作服脱下来，撕成纱布，快！

【护士赶紧脱下工作服，拼命地撕扯着，但怎么也撕不开。

李廷琛： 用牙咬！快！

【护士又撕又咬，把工作服撕成一条条。这时，光身难民突然睁开眼睛，大声嘶喊。

光身难民： 芦柴棒……芦柴棒……爹……窝头……窝头……

【光身难民的声音逐渐微弱，李廷琛拼命地给他进行人工呼吸，但光身难民最终还是闭上了眼睛，头歪到了一边。李廷琛腾出手来，翻了翻难民的眼睛，无奈地冲茉莉摇了摇头。

【茉莉眼中噙泪，掏出了自己的手绢递给李廷琛。

茉莉： 院长，我知道您也是尽力了。擦擦手吧。

李廷琛： （缓缓站起身来，没有接过手绢）失血过多。如果能做手术，也许人不会死……

茉莉： 谢谢您。也就您这里……就淞浦医院还肯收病人。

李廷琛： 什么药都没有，我们现在还能救人吗？算什么医院？

【李廷琛说完掉头离开，茉莉望着他离去的背影，满怀感激地冲他喊了一声。

茉莉： 李院长，谢谢你……

【李廷琛回头，狐疑地望着茉莉。

李廷琛： 您认识我？

茉莉： （有点失措）啊，不，不认识你，但我认识你弟弟，他叫李廷瑞。是他告诉我的，他有个哥哥叫李廷琛，是淞浦医院的院长。

李廷琛： 那你是廷瑞的朋友了，幸会。你叫什么名字？这位死去的难民是你的什么人？

茉莉：我叫茉莉。这位大哥我也不认识，但我看见是被日军的机枪打死的，好像是他拿了人家几个窝头。我心里不忍，就把他送你这来了。可他还是死了。

【茉莉边说边抹着眼泪。李廷琛久久地凝视她泪花闪烁的面颊，掏出一块手绢递给她。

李廷琛：擦把脸吧。人死不能复生。上海天天在死人，中国天天在死人。杀人偿命，欠债还钱。这笔账我们记下了。茉莉小姐，请回吧。

【李廷琛说完大步离去。

【一边失声痛哭的芦柴棒紧紧搂着茉莉，大声呼号着。

芦柴棒：爹爹死了吗？他真死了吗？（反身抱着茉莉身边的爷爷）爷爷，爷爷，爹就这么死了吗？我们怎么办呀？爹呀……

茉莉：别哭了，小兄弟。咱们一定要活下去。别哭，好好再看看你阿爹……

【茉莉忍不住又哽咽起来，打开随身的钱包，拿出里面的钱给跟班。

茉莉：想办法把人埋了吧。

1-14. 景：上海日军宪兵司令部　日　外

【上海日军宪兵司令部黑漆牌匾在日光下扎人眼目。

【门前站着四个全副武装的日本宪兵。

1-15. 景：土肥原办公室　日　内

【日军上海宪兵司令部司令久保田和伪市长傅宗耀在沙发上等着土肥原。

傅宗耀：不知土肥原将军这么快就到上海了，本来应该办个迎庆仪式好好接待一下，现在都来不及了。好在我提前为将军准备了办公室和寓所，但我心里还是有些忐忑。

久保田：你不了解我们这位老师。他可是个神秘人物，来去无踪，来中国搞谍报近三十年，有时军部都找不到他的踪影。但他为帝国创下了赫赫军功，曾受到天皇陛下的亲自接见。我和他都是帝国陆军大学毕业，他早我三年，是我学长，但他毕业后留校任教，还当过我的教官，不久即被派往日驻满洲驻屯军参谋部任参谋。从1926年到1931年，绘制满洲地图、开矿修路、组织大日本满洲开拓团和撬掉张作霖这只老狐狸，都是他一手策划的。他力主军部出兵占领满洲以后又一手策动成立"满洲国"，受到天皇嘉奖。他还是松井石根将军的挚友。松井将军指名把他从关东军特高课课长、奉天特务机关机关长提为皇军第十四师团中将师团长，连续攻占华北、华中十余个县市，天皇曾把他誉为"帝国之鹰"。

傅宗耀： 他的事我早有耳闻。我也是对他十分仰慕，但不知他的脾性如何，有什么爱好。大佐可否跟我说说？今后我们也好相处。

久保田： 说起我这位学长啊，见多识广、多谋善断且作风凌厉、翻云覆雨。你我今后可要好好适从了，千万别让他拿到半点破绽，他可是什么事都做得出来的。兰封会战时，一个旅团长未接到他的命令擅自攻城，城攻下来了，歼敌两千余名，算是取得了一个大大的胜利。可你猜怎么着，结果这个旅团长寸功未得，反而被当众责打三十军棍，还险些被送上军事法庭，理由是违抗命令擅自采取军事行动。这位旅团长算是到了血霉了。我当时还是他手下的联队长。

傅宗耀： 听你这么说，我脖子根都有点发凉了。人在江湖，谁还能不出个错？万一有个什么事儿让他逮住了，我这市长……

久保田： （哈哈一笑）所以嘛，我提醒你，千万别犯在他手里。你虽然属南京政府管辖，可他现在是帝国对华特别行动委员会首席执行官，南京都得听他的。万一真有事犯在他手里，恐怕就不是市长位置的问题了，是否能保住脑袋都难说。

门外卫兵（OS）： 土肥原将军和影佐祯昭机关长到。

【房门大开，土肥原一身戎装和影佐祯昭昂首步入。久保田和傅宗耀肃然起立。

久保田： 卑职迎请将军来迟，请恕罪。我来介绍一下，这位是土肥原将军，这位是上海市长……

【土肥原挥手打断久保田，冲傅宗耀微微点头。

土肥原： 不用介绍，这位是傅宗耀市长吧。

傅宗耀： （谄媚地）是是，鄙人正是傅宗耀。久仰将军威名，本已安排庆典迎请将军，未想将军来沪如此神速，此鄙人之失。鄙人今后能常得将军教正，将更加奋发，为皇军竭尽全力……

【土肥原挥手打断傅宗耀，走到沙发上坐下，示意影佐祯昭在他身旁坐下，对傅宗耀开门见山地说道：

土肥原： 傅市长，听说你是松井石根将军点名来上海的，想必也是中经天纬国的大才子，请坐。

【傅宗耀侧身坐起。

土肥原：傅市长来上海多久了？

傅宗耀：哦，有半年了。

土肥原：哦，有半年了。我初来乍到，有几个问题向市长讨教。上海有多少家银行？哪些是外资的？哪些是中资的？有多少钱庄？这些银行和钱庄是否还开展业务？每日转入和汇出的金额是多少？大洋是多少？黄金是多少？法币是多少？美元是多少？请傅市长给我介绍一下。

【傅宗耀有些忸怩不安，趋前答道：

傅宗耀：皇军占领前，上海好像有中央、交通、农业、中国几家国有银行，至于……至于外资银行和商业银行嘛……这些银行和钱庄有开业的，有关张的，都是下边税务科管辖，本人尚未仔细统计。至于他们的营业额嘛，本人……本人……

【土肥原久久地盯着傅宗耀，半晌没有说话。

土肥原：傅市长作为上海市长，不知道上海有多少银行和钱庄，也不知道每天从上海流出的外汇是多少，怕有些说不过去吧？那好，我再请问傅市长，上海有多少家工厂？粮食加工业是多少，服装业是多少，制造业是多少？这些工厂开工的多少？倒闭和关门的是多少？市府每月或每天能收到多少税金？这些税金干什么用了？你来上海已经半年了，给皇军送了多少粮食，送了多少军饷？这些问题请傅市长逐个回答，我想知道市长大人给帝国的"大东亚共荣"做了多少贡献，好上报军部，给傅市长请功请赏。

【傅宗耀汗如雨下，双手有些微微颤抖。

傅宗耀：这个嘛，这个嘛……待本人回市府后咨询一下，再向将军如实报告。

土肥原：（强压怒气）你这个市长，不知道上海有多少家银行，有多少家工厂。我来跟你说。除了你说的四大银行外，还有私人银行、钱庄、钱号共260家。美英等国包括花旗在内的外资银行有22家，国民党当局每年从这些银行和钱庄收取4.6亿银圆，仅此一项就相当于我大日本帝国每年政府收入的两倍，足够维持我皇军一百个师团的军费开支。这些银行现在已经全部停止业务。上海年产值一百万以上的，包括江南机器制造总局在内的工商企业共89家，年总产值92亿，现在已全部停工。傅市长，你知道吗？仅上海的这些收入，就足以维持我"大东亚圣战"。你作为上海市长，不知道上海多少工厂、多少银行，你觉得你恪尽职守了吗？

【傅宗耀见土肥原的脸色越来越阴沉，话也越来越不留情面，知道今天在劫难逃，于是干脆破罐子破摔，装出一副满不在乎的神情，貌似惶恐地顶撞道：

傅宗耀：如果将军认为鄙人不称职，鄙人愿辞去上海市长一职，并愿接受将军的任何责罚……

【久保田闻言，有意无意地撞了傅宗耀一下，用眼神制止傅宗耀说下去。土肥原不经意地扫了久保田一眼，继续说道：

土肥原：傅市长，别急，我还有话没问完呢。上海现有多少人口？常住居民多少？外流人口多少？每天消耗多少粮食？这些粮食从哪儿来？是当地生产的，还是从外地运来的？作为上海市长，这些你总该知道吧？

【傅宗耀的脸色涨得通红，支支吾吾地答道：

傅宗耀：皇军占领上海前，上海人口好像是六百万。现在是多少人，还来不及统计。至于流民，每日都有大批难民涌入上海，究竟有多少流民……市府也没有设立专门机构统计，估计没有一百万，也有七八十万吧……至于说粮食嘛……粮食嘛，皇军占领上海时，已把上海粮仓、粮库、粮食工坊的粮食全部带走。现在上海已断了粮源，粮仓、粮库空了，粮食加工工厂都停工了，运河和黄浦江的粮运，因为军管也已停运了。上海已经没有粮食资源……

土肥原：（猛拍桌子，满脸怒容）别说了，我只问你一点，你要吃饭吗？你家的粮食从哪儿来？

傅宗耀：（嗫嚅着）我家的……我家的……

土肥原：（一声冷笑）不好说是吧？我来给你说，皇军离开上海时曾留下一座粮仓，在陆家嘴。这些粮食本来是招募兵员用的，五斤小米就可以招募到一个支那人当兵，这些粮食招募到的士兵如以国民党的建制计算，足可招募三个皇协军，十万士兵。你家以及你的那些亲贵们的粮食都是从那座粮仓运来的，你家倒是有粮食，可上海的几百万民众吃什么？都让他们去死吗？人都死光了，谁替我们上前线，对帝国"圣战"有好处吗？我前方将士还在等着上海的粮食和军需品。你作为上海市长就是这样管理的吗？我皇军数万将士换来的就是这么一座对帝国"圣战"毫无用处的死城吗？你这不仅仅是渎职的问题，你这是犯罪，是对帝国的背叛，是反帝国罪。你轻飘飘的一声辞职就能辞其咎吗？就能全身而退吗？傅宗耀，我告诉你，就凭我现在所掌握的你的这些罪行劣迹，我现在就可以逮捕你。你不要以为你是南京政府的人，只要你背叛帝国，南京政府也救不了你。

【傅宗耀面如死灰，汗如雨下，不敢吱声。

【影佐祯昭缓缓起身，走到傅宗耀面前拍了一下他的肩膀。

影佐祯昭：傅市长，土肥原将军和我一样都是搞特工的军人，什么事你能瞒得住他？你们中国有句俗话，得饶人处且饶人。我也是这么跟将军说的。他真要处置你，你还能活到今天吗？你作为上海市长，你做的这些事说得过去吗？不忠于帝国就是死罪。况且你是明目张胆、巧取豪夺，你把皇军的一点军需给养都掏空了。你把皇军置于何地？把帝国置于何地？将军对你责罚几句还不都是为你好吗？去吧，去向将军认个错。我想将军也不会太为难你。（转对土肥原）将军，我得先回去了。傅市长首倡中日亲善还是有功的，请将军放过他这一次，我想他一定会引以为戒，好好报效帝国。

【影佐祯昭说完向土肥原深鞠一躬，大步离去。

【久保田见土肥原的脸色有所缓和，立即趋前大声说道：

久保田：（立正）将军教训得极是，首先是要恢复上海的金融业、制造业、工商业，支援皇军的"大东亚圣战"。但上海每天都有流民闹事，抢粮事件不断发生。工商界都是些老奸巨猾的商人和工厂主，他们就是不开工、不开业。国民党军统和共产党地下特工不断地煽动民众，暗杀我皇军和政府官员……光应付这些事，我和傅市长就焦头烂额，日夜不得消停。昨天我还和傅市长商议，对上海的那些老奸巨猾的工商业主采取果断措施，不服从者一律格杀勿论，没收工厂、财产……

土肥原：你住口！杀杀杀！你就知道杀人！我们建立"大东亚共荣圈"的宗旨是为了杀人吗？你把这些工厂主、企业家都杀光了，谁来给你恢复生产？谁来给你创造财富？谁来给皇军提供装备、提供粮食？还怎么创建"大东亚共荣"？支那人都知道以夷制夷，我们就是要用支那人为我们办事，为我们"圣战"服务。皇军为攻占上海四万将士玉碎，就是要让上海变成我们大日本帝国的金库、粮仓、战略基地。要达到这个目的，首先就要恢复上海的金融和工商业，要让这些支那人、土地、资源为我所用，懂吗？

【傅宗耀走到土肥原跟前，向土肥原深鞠一躬。

傅宗耀：（诚惶诚恐）将军教训得极是。傅某作为上海市长确实有很多失职之处，让将军失望了。傅某今后当尽力弥补。在将军的指导下为帝国建功立业。将军初来上海，对上海的这些工商业者可能了解不多。他们个个刁滑奸诈，表面不作声也不顶撞你，但就是拖着不办。他们好像也形成了一股势力、一种组织，步调很一致，一起拖着不开工、不营业，法不责众，还真拿他们没办法。

土肥原：他们的行动如此统一，肯定有人暗中指导，或者有一个我们看不见而对他们有绝对影响的人。这个人必须找出来，如他能为我所用，我们不就省去了很多事吗？你来上海半年，你想过这些事吗？

　　傅宗耀：我让76号去探查过，但一直没有结果。

　　土肥原：糊涂！76号是用来对付共产党和国民党的，这些工商业者是他们对付的对象吗？你能说他们是共产党、是国民党吗？让工厂开工、商店开业，为皇军征税、派款、收集钱粮是你市长的事。你知道他们有一个看不见的头儿，为什么不在这方面下功夫，让他为我所用？

　　傅宗耀：我倒是注意到一个人，是淞浦产业的老板。据76号和警察局报告，这个人虽是上海最大的产业巨头，但从来深居简出，也不接触外面的任何人，没有半点政治色彩。但我觉得奇怪的是，好像所有工商业包括金融业的人都对他十分尊重，就是说话也要看他脸色。我现在也摸不清他的背景、来头。

　　土肥原：这个人叫什么名字？他旗下办了些什么产业？他什么出身？什么文化？来上海有多久？

　　傅宗耀：他叫李衡甫，听说他原来是张作霖的经济顾问。张作霖死后，他举家迁来上海。他在上海旗下产业很广，有船舶制造、水上运输、粮食加工、医院，他还有一家银行，叫淞浦产业银行，还有……

　　土肥原：（打断）行了，我知道这个人。他曾经是东北最大的实业家，我们甚至还共过事。他是张作霖的经济顾问，我是张作霖的军事参议。傅市长，你很不幸碰上这么一个对手，我可以断言，他就是你说的那个能够操控上海工商界的人。老兄，不是我说你，你和他虽然同是支那人，但你们不是一个层面的支那人。论智慧、论实力、论能力，你只能给他当跟班。你为什么不在他身上下功夫？说句实话，如果让他来当上海市长，他可能会干得比你好一百倍、一千倍。

　　傅宗耀：可那个李衡甫深居简出，也没有什么朋友，要见他一面都难。偶然见一次，他也不跟你说半句话。对付这种人……对付这种人……

　　土肥原：他不出门，你不会上门吗？你这个市长不会找不到他家吧？好吧，初次见面就不跟你多说了。请你俩来，就是告诉你们，我是日本军部对华特别行动委员会首席执行官，对支那，特别是已被我军占领的支那地区有策划和行动权，今后上海所有的军、政行动都必须提前向我报告，包括上海市府、驻屯军特高课、上海宪兵司令部和76号。我们的工作重点就是让上海成为我们"大东亚共荣圈"的战略起点、"大东亚圣战"的战略基地，为皇军提供军粮、军饷、军需和兵源。你现在要做的第一件事，就是要让上海所有的工业、商业、制造业、金融业开工开业，恢复生产和运营。我给你十天时间，希望十天后我看到的上海是另一番景象，是我们帝国需要的大世界。

傅宗耀：（迟疑地）十天……十天……

土肥原：怎么？十天做不到是吗？我知道你做不到，但有人做得到。你可以把上海工商界那位暗中的领头人找出来，把他推到前台，成立上海工商联合总会，让他当会长。你做不到的，我相信他做得到。傅市长，你在上海做的这些事我给你记着，就看你今后的所作所为了。你再做半点损害帝国的事，我随时找你算账。去吧，以后每天向我提供一份市政报告。

1-16. 景：李廷瑞工作暗房 日 内

【这是位于苏州河畔的一栋小屋，室内陈设简单，只有一张床、一个床头柜、一张桌子和两个水池。一个水池是洗漱用的，另一个水池是冲洗照片用的。冲照片的水池上悬着两根铁丝，铁丝上挂满了已冲洗好的底片。

【光头少女眼睛红肿，不断地呜咽着，泪水在她涂满烟灰的脸上冲出了一条条沟壑。

【李廷瑞打开抽屉，拿出汽水、果汁、面包、甜饼等食物堆放在光头少女面前，少女不肯吃。李廷瑞拿出毛巾打湿了递到少女面前。

李廷瑞：姑娘，擦把脸吧。我知道你很难过，可人死不能复生，我们活着的还得好好活下去。活着才有机会报仇。姑娘，别哭了。擦把脸，吃点东西。

光头少女：（怯怯地）你……你是什么人？

李廷瑞：我？当然是好人啊。你看，我把你从鬼子的机枪下救出来，藏在我家里，还给你吃的。你看我像坏人吗？

光头少女：为什么要救我？我爹娘都让鬼子给打死了，我也不想活了……

李廷瑞：不，姑娘，你要活下去。救你是因为你是中国人，我也是中国人，中国人都死了谁给你爹娘报仇？我们都要好好活着，你、我，所有的中国人都要好好活着。活着才能打鬼子，才能给你爹娘报仇，给所有被鬼子祸害的中国人报仇。

光头少女：（失声痛哭）可我爹娘都死了，我们一家人都死光了，我还怎么活啊……

【面对光头少女的痛不欲生，李廷瑞显得手足无措，将毛巾塞到她的手上，高声喝止道：

李廷瑞： 别哭了，哭有什么用？能把你爹娘哭活吗？把脸擦干净，吃点东西，吃饱了就在我那床上休息一下。我现在得出去了，给你找个好人家。

光头少女： （大惊失色）你，你要干什么？找人家？你给我找人家？我才十四岁……

【李廷瑞知道光头少女误会了他的意思，忙解释道：

李廷瑞： 唉，姑娘你误会了。找人家就是把你送到一个安全的地方，有饭吃，有衣穿，也没人欺负你。唉，跟你说不清，到时候你就知道了。你现在待在屋里别动，待会我过来接你。

【光头少女扑通一声跪倒在李廷瑞面前磕头，声泪俱下。

光头少女： 大哥，我知道你是好人，你不会害我的，是吗？我给你磕头了……

【李廷瑞不知所措，一把将光头少女拎起来，扶她到床沿坐下，将桌上的食品推到她面前。

李廷瑞： 好，你叫我大哥，那你就是我小妹。小妹，听哥一句话，哥不是坏人，哥既然救了你，就要把你保护好。记住，哥今后就是你的亲人，不管你今后走到哪里，哥都要把你当成妹妹，把你保护好，让你衣食不愁。哥说到做到。好了，我现在要出去了，在家等着我。我没回来前千万不要出门。记住了？

【光头少女噙泪点头。李廷瑞出门，将房门反锁。

1-17．景：李家大宅李衡甫书房 日 内

【李衡甫坐在书桌前挥毫疾书，李季方悄悄推门进来给李衡甫递上一杯茶。

李季方： 老爷，市府来电话，让您明天上午八点半去市府开会。

【李衡甫"嗯"了一声没有抬头，继续在写着什么。李季方把茶放在书桌上，躬身站在李衡甫身后。

李衡甫： 季方，你去歇着吧。我得把这封信写完，这是给我安徽老家大哥的信。时局多变，国难当头，李家世代忠良，绝不能屈节于日倭，老家的那点薄产可赈济那些无家可归的难民。听说家乡正在组织一些抗日义勇军之类的组织，也可把这点薄产捐给他们。国都没了，还留着这个家干什么……哎？这都几点了？廷琛怎么还没回来？

李季方： 快五点了。我刚给大少爷打了个电话，他说还有几个病人等着抢救，他今晚可能不回来了。老爷，别等他了。您先休息会儿，我们先吃饭。

【书桌上的电话响了，李衡甫抓起电话，电话中传来楚孝仪的声音。

楚孝仪（OS）： 衡甫吗？市府来电话让我们明天去开会，估计还是傅宗耀逼我们开工生产的事，工商界的朋友都没个主意，让我来问你，这事我们应该怎么办？

李衡甫： 孝仪，你觉得这个事还能拖吗？我们扛得住吗？就算我们扛得住，上海的数百万百姓扛得住吗？上海的那些工商界的朋友们扛得住、拖得起吗？上海是中国的上海，是中国人的上海，就这么完了吗？我们停工停产已经半年了，我们的初衷是不想为日本人生产，不想为他们提供一粒粮食，可现在我们自己的同胞不同样在死亡线上挣扎吗？孝仪，上海不能完，上海的工商业不能完。我们必须开工，但我们是有条件地开工，在保证我们的同胞不饿肚子的情况下开工。我们不能硬顶着，必须与日寇斗智斗勇。拯救上海、拯救上海的工商业、拯救上海的老百姓，这份艰难沉重的担子就落到你我这些工商业者的身上了。我估计，日寇可能要对我们下手了。我们死不足惜，可上海的老百姓呢？难道作为中国人仅仅是不当汉奸吗？难道仅仅是保住自己的名节吗？不，孝仪。虽然我们上年纪了，但我们可以用我们的方式保家卫国。我们有条件地开工，就是要保住上海，保住上海的老百姓。留得青山在，不愁没柴烧。只要我们不死，我们总有复仇的一天。孝仪，请你把我的这种意思，向工商界同仁们讲一讲。开工不是卖国，不是汉奸，我们是在用我们的良心、用我们的智慧和实力爱国、报国。

楚孝仪（OS）： 我们有些同仁和朋友可不会这么想。如果我们一开工，他们就会骂我们是汉奸、卖国贼。那这恶名跳进黄浦江也洗不清了。

李衡甫： 那我们就扪心自问，我们是不是汉奸、卖国贼？如果我们问心无愧，那就让他们骂好了。国难当头，我不下地狱谁下地狱。我想他们总有一天会明白，什么是卖国，什么是救国。孝仪，希望你能理解我。

楚孝仪（OS）： 衡甫，我理解你，支持你，我会尽量做好同业同仁的工作。

李衡甫： 谢谢。

【李衡甫说完，无力地放下电话。李季方忙上前搀扶着李衡甫。

1-18. 景：大世界舞厅 夜 外

【夜幕中，大世界霓虹闪烁，大幅歌星海报挂在墙外，海报上是风情万种的红歌星茉莉。

1-19. 景：大世界舞厅 夜 内

【舞厅里衣香鬓影。

【舞台上，茉莉在乐队的伴奏下演唱。台下的观众无不为她的歌声倾倒，叫好声不断。

【楼上一个硕大的包厢里坐着青帮老大汪墨樵和租界总华捕张工品。张工品端着酒杯不时地叫好。此刻汪墨樵的目光也盯在茉莉的身上。他四平八稳地坐着，身穿一袭十分低调的长衫，戴着金丝眼镜，倒显出一种儒雅的气质。

【他的专座外，远远站着几个青帮小弟，皆是一身黑色短打，只有站在包厢里的殷燕农一身绸长衫。汪墨樵示意殷燕农，殷燕农赶紧凑过来，汪墨樵跟殷燕农耳语一番，殷燕农连连点头。

【李廷瑞则坐在一个很不显眼的位置上。他一边注视着台上演唱的茉莉，一边回头望着楼上包厢里的汪墨樵。

1-20. 景：大世界舞台上 夜 内

【茉莉一曲歌毕，台下掌声雷动。

【服务生送上两个硕大的花篮，一个花篮上垂着写着大大的汪墨樵大名的绸带，另一个花篮上写着李廷瑞的名字。

【茉莉接过花篮，冲着台下鞠躬道谢。

1-21. 景：大世界汪墨樵包厢 夜 内

【殷燕农捧着一个首饰箱子走进包厢，将箱子递给汪墨樵。汪墨樵没有接箱子，站起身来，示意殷燕农跟着，和张工品打了个招呼，然后走出包厢，向舞台走去。

1-22. 景：大世界舞台上 夜 内

【茉莉在舞台上鞠躬感谢，台下众人一片喧嚣，大声喝彩。

【两个青帮小弟走上台为汪墨樵开路。

【茉莉见汪墨樵上台，掩盖着惊讶。只见汪墨樵走到舞台中央，殷燕农紧跟其后。

汪墨樵：今日，汪某人在此有一事要宣布。

【众人立刻安静，乐队也停止了演奏。汪墨樵故意环视四周，又清了清嗓子。

汪墨樵：诸位都认得这位是大世界的红歌星茉莉小姐。茉莉小姐不止在大世界，而是现在整个上海滩首屈一指的红歌星。我汪某人最早混上海滩，不过是个小瘪三，现在有兄弟们帮衬，有几分薄面。有幸得到茉莉小姐垂爱，今天，我要当着诸位的面，向茉莉小姐求婚。

【此言一出，台下爆发出一片雷鸣般的掌声和喧嚣声。茉莉略感意外，但又不好说什么，只好低下头羞涩地站在汪墨樵身边。

【汪墨樵暗示殷燕农，殷燕农立刻打开了那只箱子，小小的箱子分了很多层，放了一层层的珠宝。在场众人无不惊呼汪墨樵出手大方。台下又爆发出一阵疯狂的叫好声。

汪墨樵：这只箱子便是鄙人求婚的诚意。

【不等茉莉开口，殷燕农立刻诌媚地把箱子塞到茉莉的手上，并暗示乐队奏乐。乐队音乐一起，在场众人一阵起哄鼓掌。舞台上玫瑰花花瓣从天而降。

【茉莉面露一丝难色，看看手中的箱子，又看看汪墨樵，却也不敢退还给他，只得勉强收下。

1-23. 景：大世界门口 夜 外

【深夜，汪墨樵挽着茉莉走出大世界。微醺的张工品举着酒杯追了上来，一把拽住汪墨樵。

张工品：墨樵，今天是你大喜的日子，我是特地赶来祝贺的，你走也不打个招呼，是不是有点重色轻友啊？好，我也不为难你。你们这对璧人先把我这杯酒给喝了，算是我对你们的祝贺。但这不算完，等你们结婚的时候我再找你们算账。喝吧……

【张工品说着把酒杯送到汪墨樵面前。汪墨樵接过酒杯笑着喝了一口。

【茉莉有些尴尬，羞红着脸接过酒杯也喝了一口，一阵咳嗽。张工品哈哈大笑，汪墨樵趁机将她扶进车内。

1-24. 景：汪墨樵车内 夜 内

【茉莉略有些紧张地坐在车里，汪墨樵却十分自在地叮嘱司机。

汪墨樵：先送茉莉小姐回去。

司机：是，先生。

【茉莉紧张地望着窗外。

汪墨樵：有点害臊了？

【茉莉摇了摇头。

茉莉：汪先生，你刚才在大世界来那么一出，让人一点准备都没有。又是求婚，又是送我珠宝盒，让人挺尴尬的。

汪墨樵：向你求婚，是要娶你做夫人。先求婚后结婚，这是规矩也是礼仪。必须这样做，才是明媒正娶，才显得隆重。

茉莉：我一个讨饭到上海的孤女，会唱几首小曲，哪里能做夫人，值得你这样隆重。

汪墨樵：我汪墨樵也是小赤佬卖烂水果、香烟起家的，都是苦人。我就是要热热闹闹地给你办个三媒六聘的婚礼，上海滩的名流都要到场。

茉莉：太招摇了……

汪墨樵：你要是怕人说闲话，那就绝对不收份子钱，也不要贺礼，免得背后说汪家这个时候娶媳妇是为了敛财。咱们大开流水席，起码办他三天，上海滩有名有姓的都得来吃这顿喜酒。

茉莉：要是有人一定要送呢？

汪墨樵：这还不好办，你是夫人你做主。

茉莉：那不如多开几个赈济灾民的粥摊，这样我们既办了喜事也做了善事。

汪墨樵：好，一切都听你的。

【车内一阵沉默。半晌，茉莉怯怯地问了一声。

茉莉：汪先生，我以后是不是就不能在大世界唱歌了？

汪墨樵：汪某人的夫人，想做什么做什么。

茉莉：但是汪先生……

汪墨樵：茉莉，你应该叫我墨樵。我知道我这个年纪做你父亲都可以，让你受委屈了。

茉莉：墨，墨樵，这是说哪里话，我不是这个意思。我知道做了人家老婆哪还有天天去唱歌的道理，但我天性喜欢唱歌，我怕……

汪墨樵：什么都不用怕。有我在，你想做什么就做什么。你嫁给我，没有卖给我，这个道理我还是懂的。

茉莉：墨樵……

1-25. 景：茉莉居住的小楼前 夜 外

【汪墨樵的车在一栋小楼门口停下。司机赶紧下车，拉开车门，扶着艳装的茉莉下车。汪墨樵摇下车窗向茉莉挥挥手。

汪墨樵： 晚安，明天我过来接你。

【茉莉进屋。汪墨樵的汽车刚走，黑暗中又一辆小车悄悄开来停下，李廷瑞从车上下来。

李廷瑞：（轻轻地对车上说了一声）你坐着别动，就在车上等我。

【李廷瑞关好车门，四顾无人，走近屋前伸手按响了小楼的门铃。屋内传来茉莉的声音。

茉莉（OS）： 谁？

李廷瑞： 我，李廷瑞。

【茉莉一边梳着头发，一边出来开门，看到西装革履的李廷瑞。

茉莉： 李二少爷，这么晚还在外面闲荡，快进屋吧。

【李廷瑞一边随她进屋，一边笑嘻嘻地说道：

李廷瑞： 不是闲荡，是围着你转。刚才在大世界我还送给你一个大花篮，但不如汪老板送你的大，在哪儿我都比他矮半截。

茉莉： 你说话怎么老没个正行，嬉皮笑脸的。人家汪先生哪又得罪你了？

【两人说着进屋。这是一个不大的单人住宅，有厨房、厕所、一间房间，还有一个小小厅堂。

【厅堂墙上挂着几张大大的茉莉的照片，四周摆着几盆鲜花。梳妆台上放着汪墨樵刚才送的珠宝箱子。床头柜上放着一条洗干净的手帕。

茉莉： 二少爷，深夜来访，怕有急事吧？说吧，什么事？

【李廷瑞一改过去玩世不恭的样子，脸色凝重。

李廷瑞： 今天还真有事找你。刚才我在大世界看见你接受了汪墨樵的求婚。我希望你能告诉我你是真心的，还是受人胁迫。

茉莉： 你这么晚到我这来就是为了问我这句话吗？真心的又怎么样？胁迫的又怎么样？你能改变这一切吗？

李廷瑞：（十分严肃）茉莉小姐，请相信我能改变这一切。我知道你活得不容易，但请相信我能改变。

茉莉： 你怎么改变？

李廷瑞：我带你逃出这个地方。

茉莉：逃走？为什么？别胡说八道了，你不要命了吗？

李廷瑞：我没有胡说八道，为了你我什么都可以豁出去。我现在就等你一句话，如果，你是被强迫嫁给他的，我一定会救你出去。

【茉莉有点黯然神伤，她的大眼含着泪，久久地凝视着李廷瑞，目光中含着感激。

茉莉：（轻声说道）你怎么救我出去？就你一个人吗？

李廷瑞：对，就我一个人，还有你。我们可以去重庆，去香港，还可以去延安。中国这么大，世界这么大，我就不相信没有我们俩落脚的地方。

茉莉：是啊，世界这么大，要逃跑总是有地方可去的，可我不会逃走。

李廷瑞：不逃也可以。我明天就可以同你去教堂结婚，上海圣约翰学校的老师和同学们都可以为我们证婚。我倒要看看汪墨樵能把我怎样。

茉莉：二少爷，我很感激你，你是个善良的人，是个好人。可我告诉你，我跟汪先生好是心甘情愿的，没谁胁迫我。我感他的恩，念他的好。他把我从一个落难的女孩培养成一个歌手，他帮我安葬了我的父母，他是真心地喜欢我、爱我。我不能辜负他。二少爷，我知道你对我好，你的这份好，我来生再报吧。

李廷瑞：茉莉，结婚不是儿戏，像你这样纯洁美丽的姑娘，又是刚到上海不久，你知道汪墨樵是什么人吗？他是上海滩的黑帮老大。这种人能够真喜欢你、真爱你吗？就算他对你有恩，你犯得着用一生去报恩吗？茉莉，如果你觉得欠他的，那么好，他在你身上花了多少钱，我还给他，这样两不亏欠，你还是自由身。自由你知道吗？就是不受任何人的胁迫，过自己想过的生活。

【茉莉忍不住扑哧一声笑了。

茉莉：你这个人越说越没谱了，说的都是什么话。我这不是挺好的，怎么就受人胁迫了？我怎么就不自由了？再跟你说一次，我的李二少，我嫁给汪墨樵是心甘情愿的，没谁胁迫我。如果你今天晚上是来跟我说这些的，那么我已经明确答复你了，你也可以走了。但愿我们今后还是好朋友。

李廷瑞：（长叹一声）那么好吧。如果你心甘情愿地嫁给那个可以做你父亲的老头，我没什么好说的。但我必须告诉你，我喜欢你、爱你。我们成不了夫妻，但我今生今世都是你的亲人。如果有一天你需要我，我死也会死到你面前。

【茉莉摇了摇头，又深深地叹了口气。

茉莉：（有些伤感）二少爷，有些事你不会懂。人嘛，好多时候是说不清楚的。你看，这花儿好看吗？好看得很吧？但也好看不了一阵子就要谢了。二少爷，我知道你是好人，你哥哥也是好人，我虽然只见过他一面，但他那种对难民的热情热心，让我深受感动。你看，这是他的手绢。

【茉莉说着拿起床头柜上洗干净的手绢，珍爱地抚弄着。

茉莉：（自言自语）今天的情景我一直忘不了，他对难民就像对自己的亲人。我也是难民，我见了他也像看见了自己的亲人。或许我这一辈子都忘不了他。

李廷瑞：（十分沮丧）要是今天来的是我哥哥，你肯定就能相信他。

茉莉：你们兄弟俩，还真是有趣，又不一样。

李廷瑞：那好，茉莉小姐，我把心都掏给你了。既然你是真心诚意地和汪墨樵好，那我也不痴心妄想，君子不夺人所好。我现在就送上我的祝福，祝你幸福。不过茉莉小姐，我想请你帮我一个忙，可以吗？

茉莉：什么事，你说吧。

李廷瑞：今天在东城门，我正在拍摄一组日本人杀害难民的胶带，见一个十四五岁的少女正被日本兵纠缠。女孩的父母已经被日本人打死了，我趁乱把她救了出来。她一个女孩一瞬间双亲尽失，无依无靠，怪可怜的。我家也不能收留她，我想你是好人，想把她托付给你。她在你身边也没谁敢再欺负她了。你算是做了一件好事，今后她跟在你身边也可以帮你做些事。这也帮了我一个大忙。行吗？

茉莉：都说李家二少爷狂放不羁，没想到还有这样的菩萨心肠。这么多难民，你救得过来吗？

李廷瑞：你没见当时的情况，日本兵枪杀了她的父母，她吓呆了，站在弹雨中也不知道逃跑。我要不把她救出来，她就是个死，或者被日本人抓去，那还有个好吗？我想谁看见当时那个情况都会那么做的。

茉莉：那孩子多大了，姓什么叫什么，是哪里人？

李廷瑞：这个……我也来不及问她。唉，她现在就在我车上，我把她带进来你看看吧。

【说完也不等茉莉答复，掉头出门，把车上的女孩带进茉莉的屋里。

李廷瑞：（对茉莉）就是她。你自己问她吧。

【茉莉走近女孩端详着，女孩惊恐地后退，两手捂紧胸前被撕破的衣服，脸上涂满锅灰，光头下面一双大眼泪光闪烁。

茉莉：（轻声地）姑娘，你多大了？

女孩：……

茉莉：姑娘，你从哪来？

女孩：……

茉莉：姑娘，你姓什么？

女孩：……

【茉莉连问女孩好几声，女孩都没有回答，只是睁着惊恐的大眼往李廷瑞身边退缩。

茉莉：（对李廷瑞）不会是个哑巴吧？

李廷瑞：不会的。我拉她逃跑的时候，在我的洗印室里，她都跟我说过话，还问我要带她到哪儿去。听口音好像是河南那边的。唉呀，你就先别问她啦，她都吓傻啦。你干脆给个话吧，这孩子你救还是不救？

茉莉：二少爷，你这是求我帮忙吗？你深更半夜带个陌生人到我家来，我都不能问几句吗？

【李廷瑞本来就十分伤心，加上茉莉对光头少女又有点不放心，不由得火冒三丈。

李廷瑞：真没想到，美艳如花的茉莉小姐竟没有一点点悲悯之心。向汪老板学的吧？那好，算我看错人了。姑娘，我们走。

【说着拉着那姑娘就要出门。茉莉赶紧走上前堵在门口。

茉莉：二少爷，你这少爷脾气也得改一改吧。你深更半夜带个陌生人到我这儿来，我总得问两句吧。我也是逃难到上海来的，刚来时也跟这姑娘一样。看到她我就想到几年前的我。好吧二少爷，这姑娘我收下了。但我不是帮你的忙，我是看这姑娘无依无靠，上海现在就是个魔窟，弄不好连小命都丢了。今后就让这姑娘跟着我，二少爷，你的目的已经达到了，请回吧。

李廷瑞：我就说天仙一样的美人不会那么铁石心肠。好吧，谢谢！告辞了！记住，我还会来找你的。

第一集完

第二集

2-1. 景：上海市伪政府会议室 日 内

【会议室，伪政权五色旗和日本的太阳旗下面是汪精卫和日本天皇的大幅画像。大会议室里坐满了人，傅宗耀居中而坐，室内鸦雀无声。只有头顶转动的电风扇发出嗡嗡的声音。

傅宗耀：鄙人傅宗耀作为上海市长，代表上海市政府诚邀工商界通力合作。在座诸位皆是工商业优秀之人才，希望诸位能够体谅上海时局困难现状，摒弃旧怨，亲善日本。

【傅宗耀特意环视了四周，目光落在人群最前面一身黑绸缎长衫的李衡甫身上。李衡甫却面无表情，对傅宗耀的目光毫无回应。李衡甫身边坐着的是他的老朋友楚孝仪。

傅宗耀：长话短说，请你们来就是宣布两件事：第一，三天之内，必须成立上海工商业联合总会，并且推选出一位会长，统领协作，方可见成效；第二，上海所有民营工厂七日内必须全面复工。

【此言一出，立刻引发哗然。傅宗耀轻咳几声，才逐渐安静。

傅宗耀：这也是为大家考虑。如若不然，工厂用地将被皇军无条件征用。既然不开工，无用才会闲置，土地便是浪费。想必如此征用，诸位也不会有意见。

【众人不免轻声交头接耳。

李衡甫：傅市长，既然话说开了，还有什么招一并宣布吧。

傅宗耀：没有复工的工厂除了没收，工厂的所有人也将以反帝国罪的嫌疑进行调查。并且……没收名下一切财产。

【本来还有人在轻声议论，此言一出，立刻鸦雀无声。众人都把目光凝聚在李衡甫身上。李衡甫却掏出怀表看了看时间。

【墙壁上的挂钟发出了咣咣的报时声。

傅宗耀：今天宣布的内容是当局的决定，没有讨价还价的余地。三天之内，诸位必须给我个答复。我这都是为大家好，日本人可什么都做得出来，这算是我给大家的忠告吧。散会。

【会议室守卫的士兵将大门打开，众人望向李衡甫，看他的举动。李衡甫刚准备离去，却被傅宗耀叫住。

傅宗耀：衡甫兄，请留步。

李衡甫：不知市长大人有何指教。

傅宗耀：岂敢。鄙人忝列市长之位，有很多不明之处还想请您指点。请到我的办公室里详谈吧。

【楚孝仪回头看了看李衡甫，随着众人狐疑地走出会议室。

2-2. 景：傅宗耀办公室 日 内

【傅宗耀的办公室跟会议室一样，挂着汪精卫和日本天皇的画像。傅宗耀故意将李衡甫迎到办公室角落里的沙发和茶几，并且故作亲密地给李衡甫倒茶。

傅宗耀：衡甫兄，把您请进来，实在是有些事情，我有些为难。

【李衡甫静静坐着，也没端杯子，也没看傅宗耀。

傅宗耀：衡甫兄，上海今天的情况你也看到了，所有的工厂停产，所有的商场关门。难民无数，饿殍遍地。上海的百姓也几乎家家断粮，百姓冒死抢粮的事件不断发生。这样下去上海还能维持多久？日本人不会给我们粮食，我们只能靠自己。否则上海数百万人都得饿死，这些饿死的无辜百姓毕竟都是我们的同胞啊！兄弟也难以向日本人交代。希望衡甫兄能够体谅兄弟的苦衷，算是帮兄弟一把，开工吧。只要你的工厂能开工，一切都好商量。

李衡甫：（冷冷地）上海的工商业不是我李某一家，大家同气相投都不开工，我李某说了有用吗？就算我李家一厂开工，可杯水车薪对有数百万人口的上海有用吗？再说，漕运停了，粮源进不来，你让人家拿什么开工生产。傅市长，我可能帮不上你这个忙。

傅宗耀：衡甫兄，过谦了。您是上海的工商巨头，产业遍布航运、金融、制造业。您在工商界德高望重，只要您开个头、说句话，上海滩的工商业者谁不敬重您三分？其实，今天跟衡甫兄说这番话，也是为衡甫兄好。日本人要我三天之内成立工商总会，并点名要您当会长。如果衡甫兄断然拒绝，你想日本人能放过你吗？我想，后果将对衡甫兄十分不利。我这也是念在同胞之情，提前给衡甫兄打个招呼，望衡甫兄权衡利害，三思而行。

李衡甫：傅市长，你也是中国人。你刚才说饿死的上海人都是我们的同胞，我很感慨！是啊，谁都不愿意我们中国人死于异族的践踏之下。但你是上海市长，是他们的父母官，我只是一介草民，你都不能拯救上海百姓于饥寒水火，我一区区草民又能有何作为？这事我实在无能为力，还请市长大人体谅。

傅宗耀：（脸色陡变，阴阴一笑）看来，衡甫兄是不愿帮兄弟这个忙了。但不管衡甫兄你怎么看我，我还是对衡甫兄十分敬重，不愿看着李家有所不测。（话音陡变）据有关线报，李兄的两位少爷都是上海滩的风云人物。"八一三"战事中，两位少爷都在虹口前线出现过，特别是大少爷李廷琛带着十余人在硝烟中抢救国军伤员，有四十余名伤员被直接送往淞浦医院。皇军占领上海后，这批伤员不知去向。据说，皇军特高课和76号正在追查这批伤员，这事恐怕与大少爷不无干系，特高课肯定要请大少爷去宪兵司令部接受调查。我想，两位少爷都是人杰，我也不想日本人伤害他们。我希望李兄能在工商界复工开业这事上帮我一把，兄弟作为上海市长说不定到时还能在日本人面前为大少爷开脱开脱。

李衡甫：傅市长，什么意思？威胁吗？医者救死扶伤，岂能见死不救？淞沪战役期间，天天有人送伤病员来淞浦医院，作为医院，岂能不管不救？难道这也犯了王法不成？

傅宗耀：其实我也知道李大少爷是热血青年，冒着枪林弹雨抢救国军伤员，傅某作为中国人也十分钦佩。问题是，日本人可不管你这么多，他们现在要抓这批国军伤员，而这批伤员又是大少爷从战场上抢救下来，直接进了你们李家的淞浦医院。现在又不知下落，难道这批伤员还能飞了不成？

李衡甫：医院只管治病救人，人治好了，他们要出院、去哪里，这是医院管得到的事吗？如果傅市长要帮助日本人无端生事，我李衡甫也没有办法。中国死了那么多人，仅南京就死了30余万，也不在乎我李家一脉。欲加之罪，何患无辞，傅市长你就看着办吧！鄙人提醒你，别忘了你还是中国人。

【李衡甫说完，起身就走。】

2-3. 景：李家大宅客厅 日 内

【李廷琛回家，老管家李季方赶紧迎接了上去，端上泡好的菊花茶。】

李季方：大少爷，今天这么早就回来了，昨天一宿没睡吧？看你这衣服都是血迹，快脱下来吧。

李廷琛：（边脱衣服）医院缺医少药都要关门了，还怎么抢救伤员病患？看着伤病员们一个个死去，我这个当医生的心里难受啊！父亲呢？

李季方：（向门外叫）吴妈！吴妈！

【吴妈进屋。李季方把大少爷的衣服递给她。吴妈接过，转身出去。】

李季方：老爷一大早就被傅宗耀来电话叫到市政府开会去了。

李廷琛：现在还没回来？

【李季方摇了摇头。

李廷琛：说什么事了吗？

李季方：没有，只是要老爷立即赶去市政府。

李廷琛：家里有什么吃的吗？

李季方：想办法弄了点白米，煮了点粥。我去给你端来。

李廷琛：你们吃了吗？

李季方：老爷一早就走了，我们都还没吃呢。

2-4. 景：李衡甫汽车内　日　内

【李衡甫安坐于车上，傅宗耀的话，犹在耳畔。

傅宗耀（OS）：……特别是大少爷李廷琛带着十余人在硝烟中抢救国军伤员，有四十余名伤员被直接送往淞浦医院。皇军占领上海后，这批伤员不知去向……皇军特高课和76号正在追查这批伤员，这事恐怕与大少爷不无干系……两位少爷都是人杰，我也不想日本人伤害他们……

2-5. 景：李家大宅客厅　日　内

【李廷琛已经换了家里穿的干净衣服正坐着吃饭。门外汽车响起，李季方一听到车响赶紧向大门迎去。

【李衡甫拖着疲惫的身体回来了，看到大儿子李廷琛在家，冲他点了点头。

李季方：老爷，您终于回来了。

【李季方赶紧上前接过李衡甫身上的大衣。

李季方：老爷，还没吃早餐吧？我去给您盛碗粥来。

李衡甫：不用了。季方，你坐下，廷琛，你也坐下，有事跟你们说。

李廷琛：父亲，您先吃点东西。

【李衡甫抬头看了看座钟，时钟正指着十点。

李衡甫：廷琛，医院的事情立即了结，你马上离开上海。越快越好。

李廷琛：那怎么能行，医院里不能没有我。

李衡甫：你必须走。傅宗耀已经知道"八一三"运送药品的事情，他也知道伤员的事。特高课和76号正在追查那批伤员的去向。

【李廷琛愣住了。

李衡甫：那批伤员安顿妥帖了吗？

李廷琛：鬼子进城的头天晚上，已安排云谦师父送他们去了江北。云谦师父派人来说，已安全抵达，这批伤员全都当了新四军，估计现在伤也好得差不多了。

李衡甫：那就好，这我就放心了。季方，你去码头问一问，今天还有没有去欧洲的船票，最好是晚上的。

李季方：好的，老爷。

【李季方起身出门。

李衡甫：廷琛，你必须尽快离开上海。傅宗耀今天问我关于伤员去向，就是那批你从虹口前线救下来的那批伤员。特高课和76号都在调查此事，就说明日本人已经有了准备，动手抓人是迟早的事情。也许就在这两天。

李廷琛：父亲，如果是这样，我更不能走。我这么一走，不就是把你和廷瑞推进他们的刺刀下了？一人做事一人当，伤员是我救的，也是从淞浦医院走的，如果日本人要问责，让他们尽管来问我好了。

李衡甫：胡闹！现在是逞能的时候吗？你不走，今天抓了你，明天连坐廷瑞，整个李家迟早都要被扣上个名目一锅端了。我都想好了，淞浦这段时间救助难民，医药紧缺，你就以采买药品的名义出去，躲得越远越好。

李廷琛：父亲，我还是不能走，我担心我走了，你和廷瑞的麻烦就更大了，日本人不会放过你们的……

李衡甫：（斩钉截铁）这事没什么商量，你必须走！今晚就走！家里的事不用你管，我都做了安排。我估计日本人这两天就会有所行动。

【李廷琛还要说什么，被李衡甫挥手打断。

李衡甫：你现在就去收拾行李。你是德国留学的，对德国比较熟悉，你还是去德国吧，就以采买药品的名义，我会多给你准备一些现金。

李廷琛：（迟疑地）父亲，我听你的，正好前一阵子发去德国的询问有了回音，药品物资可以准备一船。这一船西药要是能运回来，倒是可以解决医院的燃眉之急。

【电话铃响，李衡甫拿起电话，传来李季方的声音。

李季方（OS）： 是老爷吗？今天到欧洲的船票已经全没有了，明天凌晨还有三张到德国的船票，头等舱的，票价翻了三番，要不要买？

李衡甫： 买，三张票都买下来。让廷瑞也去。

李季方（OS）： 好的，老爷，我这就办。

李衡甫： （放下电话）廷琛，把廷瑞也带走，这样我就彻底放心了。

李廷琛： （忧心忡忡地）廷瑞也走？父亲，你想干什么？他走了，你身边一个亲人都没有了……父亲，你可别做蠢事。

李衡甫： 这你别管，家里不是还有季方和吴妈吗，我一个老家伙，谅日本人也不能把我怎么着。

李廷琛： 还有我的淞浦医院，那么多难民缺粮缺药，我这一走，他们只能等死。

李衡甫： 六百万人口都在日本人的屠刀下，整个上海就是一座难民城、死亡城。现在是秋季，冬季一到，难民饥寒交迫。这样拖下去，别说是难民，全部上海人都得死光。

李廷琛： 那政府就不管了吗？傅宗耀请你们去，是要干吗？

李衡甫： 要我当会长，逼着工商界开工。

李廷琛： （跳起来）那怎么行，开工就是要逼着所有人跟他一样做汉奸。

李衡甫： 不开工，就是大家一起死，我和工商界的全体同仁都是有通敌嫌疑、抗日分子，没收财产，接受调查。

李廷琛： 那你怎么办？

李衡甫： 我都这把年纪了，没什么可怕的。现在的问题是如何保住上海的工商业，还有中国的这么点薄弱的工业基础，让上海的数百万民众不被饿死冻死。如果能达到这个目的，我死也瞑目。

李廷琛： 父亲……

李衡甫： 好了，别说了。儿子，记住一句话：你父亲是中国人，他永远不会当汉奸。我有些累了，去休息一下，廷瑞一早出去还没回来，等他回来了立刻告诉我。

【李衡甫说完，缓步上楼，走到一半又停下来对李廷琛说。

李衡甫： 廷瑞能到哪儿去呢？你季方叔回来，让他派人去找找。

【李廷琛看着颤巍巍上楼的父亲，鼻头一酸，粥也不吃了，转身回房。

2-6. 景：李家大宅李衡甫书房 夜 内

【李衡甫已经换了家常的绸褂，坐在办公桌前，仔细看着上海的报纸。报纸上是各种伪政府亲善日本的宣传。书房门轻轻敲了两下。李季方进来。

李衡甫： 船票拿到了吗？

【李季方点了点头。

李季方： 现在局势不好，有钱人都想去国外，船票挺紧张的。最后三张去德国的船票，我全拿来了。

李衡甫： 廷瑞还没回来吗？这都几点了。

李季方： 二少爷几乎天天这样，早晨出去深夜回家。有时晚上出去，早晨还不回家。我今天还派人去找过他，但没找着，估计也快回来了吧。

【李衡甫一声长叹。李季方端了杯茶给李衡甫。

李季方： 老爷，您吩咐买三张船票，两位少爷两张，还有一张您准备让谁陪他们去呢？

李衡甫： 是呀，我也为这个事情犯难了！李府上下老的老，小的小，也没谁合适的，这需要一个有胆识也稳重的人，最好是亲人。我想让面粉厂的吴厂长陪他们去，但我现在也没和他打招呼，也不知他能不能去。

李季方： 老爷，要么我跟着一起去吧，只是我担心您一个人留在上海……

【听到这里，李衡甫愣住了。

李季方： 我一身功夫，一路上还可以照看两个少爷的衣食起居。

李衡甫： 廷琛、廷瑞都是你看着长大的，你要是能跟着，我还有什么不放心的呢。可是季方，你我都是上了年纪的人，这一路上，也不会太平，我还是有些担心哪……

李季方： 老爷，要我说，两个少爷走了，我也走了，您一个人留在上海，还要看着日本人和傅宗耀一伙人的脸色，谁来照应您？李家一共就这么几个人，我看不如您也走吧，回老家。离开这个地狱般的城市，眼不见、心不烦，也不用受这些日本人和狗汉奸的窝囊气。

【李衡甫无奈地摇了摇头。

李衡甫： 老家？我哪儿还有家？天津的房子和保定的房子都让日本人占了，哪儿还有老家可回。

李季方： 那就到我老家去，清粥小菜，糊口总是可以的。总比待在上海天天看着日本人的脸色强。

【李衡甫一声叹息。

李衡甫： 要走，淞沪会战之前，我就走了。可李家走了，李家的产业搬不走，上海的工商业搬不走。我们这些人都走了，上海的工商业也就都完了。那些产业工人们怎么办，上海的老百姓怎么办，逃难的难民们怎么办，他们吃什么？我个人荣辱安危事小，可上海百姓的安危这些岂能弃之不顾？国家兴亡、百姓安危，匹夫有责啊！

李季方： 那这个傅宗耀，就是条日本人的狗，是大汉奸。如果您留下来，他能放过您吗……

李衡甫：（打断李季方的话）我知道，留下来的结果只有两个，要么被日本人和傅宗耀这帮汉奸所害，要么会背上汉奸卖国贼的骂名，遗臭万年。

李季方：（大惊失色）老爷，那您还要留下来？

李衡甫： 偌大的国家，工商业的基础都在上海，我不留下来，这些全得丢。丢下来就是留给日本人，那我们这些工商业者就是国家的罪人。

李季方： 老爷，我懂了。您这是准备毁家纾难、杀身成仁啊……

【镜头移上墙壁上李家的家训：中学修身，西学兴邦，农工医商，永不为官。李衡甫对着家训陷入沉思。

李衡甫： 季方，别说了，我想好了，尽管国家山河破碎，我还是一个中国人。我知道应该怎么做。

李季方：（怔怔地）老爷，那您先去休息吧。我在这儿等着二少爷。

李衡甫：（摇了摇头）明天就要走了，我今天一定要等他来。季方，你也去收拾一下，多带现钞和黄金，这次去还不知道何时才能回来。

【楼下传来汽车喇叭声。

李季方： 可能是二少爷回来了，我下去开门。

【李季方说完赶紧下楼。一会儿，李廷瑞噌噌地闯进书房。

李廷瑞： 爸，这么晚了，你还没睡。

李衡甫： 我在等你回来。廷瑞，你也老大不小了，总不能这样天天游手好闲、无所事事吧。你这一天到底干什么去了，我都等你一天了。

李廷瑞：你等我干什么？是啊，我都这么大人了，我做我该做的事，总不能一天到晚待在家里吧。我怎么游手好闲了？全上海的人现在还有几个人在做事，你让我干什么去？去给日本人做事吗？

李衡甫：除了给日本人做事，就没有别的事可做吗？让你去西洋留学，你不去。你说你是中国人要留在中国做事，那你这样一天到晚灯红酒绿、纸醉金迷，这就是你要在中国做的事吗？

李廷瑞：爸，请你给我一点尊重好吗？谁灯红酒绿、纸醉金迷了？日本人都欺负我们到这份儿上了，天天杀人、横征暴敛，老百姓都没法活了！我早说过我要去从军、去抗日、去打日本人，你又不让我去，说抗日救亡的路有很多条，上战场不是唯一的路，我不知道我的路在哪儿，我能干什么？像你一样窝在家里吗？

李季方：二少爷，好好跟老爷说话，他也是为你好。

李廷瑞：为我好就天天把我关在家里吗？爸，你说吧，你要我干什么，我还能干什么？我都听你的，你怎么说我怎么做，行吧？

李衡甫：（身子微微发颤）好！好！你听我的，我现在要你同你大哥去西洋、去留学，农工医商，学什么都可以。你给我走，明天一早就走。

李廷瑞：什么？你要我出国留学？在这国难当头，每个中国人都在日本人的屠刀下讨生活的时候，你要我离开中国、离开上海？爸，这是逃避，这是怯懦！我不做这种懦夫！我不去！

李衡甫：（腾地从椅子上跳起来，指着李廷瑞）你……你这个逆子……（话没说完又跌坐在沙发上）

李季方：（一把扶住李衡甫）二少爷，这是你爸呀！我虽然是个外人，是个粗人、下人，本不该讲这话，你太过分了！他让你走是为你好，是为了保护李家一脉，保住上海，保住咱中国这点微薄的产业。我希望你能体谅你爸的这份苦心。

李廷瑞：我走了，他就能保住上海？保住中国的产业吗？我看他是想保住李家的这份产业。爸，实话告诉你，我不会走的，不会离开上海，也不会离开这个家。我倒要看看，我敬爱的父亲怎么保住上海，怎么保住中国的民族资产。

【李廷瑞说完转身上楼。

李季方：二少爷……二少爷……

李衡甫：（浑身颤抖）让他去，让他去……由他去，逆子。

2-7. 景：上海日军宪兵司令部 日 外

【傅宗耀特意整了整衣冠，才随着日本军官走进了久保田的办公室。】

2-8. 景：久保田办公室 日 内

【久保田正在看当日刚收到的报纸，见到傅宗耀，故作亲密。】

久保田：傅桑，今天的报纸上都是你的好消息。

傅宗耀：谈不上好消息，鄙人正是为了此事来向您报告的。

久保田：愿闻其详。

傅宗耀：昨天从您这回去后，我就把土肥原将军的命令向工商界做了传达，并让他们今天到市府来开会。在会上我当众宣布凡不与皇军亲善者，也就是不开工、不复业者一律没收财产，土地、设备充公，违令者接受皇军特高课调查。这三条禁令一出，看来那帮老家伙坐不住了。

久保田：你们中国有句话，下猛药治顽疾。

傅宗耀：只有上海能够全面笼罩在大日本帝国的光芒下，我这个市长才能做一点有效率的工作。

久保田：乱世用重典，对上海这些老奸巨猾的商人不给他们些厉害，他们都不知道跟皇军玩虚的是找死。刚才，就在静安寺街头，一帮支那猪公然挑衅皇军的威信，抢夺粮食，还撕毁你们市府的公告，对付这些暴民，我已命令当街击毙，让上海人看看大日本皇军的威信不容挑衅。

傅宗耀：杀得好。敢这么公然违抗皇军命令的就该杀。

【久保田发出得意的笑声。】

2-9. 景：久保田办公室外走廊 日 内

【土肥原已经脱下了黑色西装，换上了日本军装。军靴走在地板上发出咯吱咯吱的声音，他身后跟着两个表情严肃的日本军官。听到久保田办公室里传出的笑声，土肥原不由得皱眉。

2-10. 景：久保田办公室 日 内

【久保田办公室的门被猛然推开，久保田看到门口的土肥原立刻站起身，行礼。

【傅宗耀赶紧也跟着鞠躬。土肥原轻轻点了点头。

久保田：将军回来了。傅市长今晚在锦江饭店给您准备了酒宴，算是给将军接风洗尘，务请将军光临。

傅宗耀：是啊，务请将军光临。

土肥原：不去。我没兴趣参加什么晚宴。刚才我到你给我准备的办公室看了下，搞那么多瓶瓶罐罐、花花绿绿的干什么？都给我拿掉。我的办公室只要摆一个武士刀架，一盆天皇菊，还有几张军事地图就可以了，一张上海地图，一张支那地图，一张世界地图。

傅宗耀：那，那是不是太简单了？留套沙发吧？

土肥原：不用，有个桌子、几把椅子就可以。隔壁的会议室可以加几把椅子。

久保田：（对傅宗耀）按将军说的去办。

傅宗耀：好的。我这就去重新布置。

【傅宗耀向土肥原鞠了一躬，转身要走，被土肥原叫住。

土肥原：傅市长，昨天，你的警察在上海街头开枪了？打死了上海的平民？

久保田：抢粮的不是平民，是暴民。

土肥原：不对，你们还打死了两个工厂主和一家绸布庄的老板。谁让你们这么干的？

傅宗耀：那是……那是他们不听市府的命令，拒不开工开业，还撕了市府的布告，所以……所以……

土肥原：所以你命令警察开枪？还叫来了宪兵队的人？是吗？

【土肥原猛一拍桌子，久保田和傅宗耀立刻闭上嘴，噤若寒蝉。

土肥原：上海占据了中国经济命脉的一半。大日本帝国不仅仅需要中国的土地、城市，还需要这里的资源、财富，还需要这里的人，需要这里的企业家、金融家，需要这些帮我们创造财富的人。昨天跟你们讲了那些道理，今天你们就违抗命令，当众杀人，还杀了几个工商业者。你们把这些人杀光，把上海毁掉，对日本有好处吗？谁来帮助帝国实现"大东亚共荣"？

久保田：是，学生知错了。

土肥原： 上海绝对不能成为第二个南京。南京，是首都。占领它是为了摧毁中国人的意志。我们在南京杀了那么多人，得到的仅仅一座废城。为这事儿我已经向松井石根将军说了我的看法，上海不能成为南京，上海是支持我大日本"圣战"的唯一战略要地，上海可以创造巨大财富，而这一切财富都是我大日本帝国需要的。把上海毁掉就等于断了我大日本帝国的财源，等于壮士断臂。懂吗？

【土肥原坐在沙发上，盯着站立在一旁的久保田，久保田冷汗直冒。

久保田： 是，学生知错了。

土肥原： 我这次来上海还有一个秘密使命，就是要执行"河豚鱼计划"，这是经过军部批准且由我全权负责落实的。这项计划的宗旨，就是要确保上海成为我们的战略物资基地。你把这些上海人都杀了，谁来实现我的"河豚鱼计划"？靠你们吗？

【土肥原说着从文件包里取出两份文件，分别交给久保田和傅宗耀。

土肥原： 这是"河豚鱼计划"的誊印本，你们拿着。这是我起草的，也是军部批准的，这是帝国在支那实施的经济政策的总纲领，这是命令。你们不仅要好好阅读，还要好好研究，要不折不扣地执行。文件中提到三种人不能动：上海的民族资本家不动，上海本地的帮会势力不动，上海的外国人不动。听清楚了吗？

傅宗耀： 听清楚了。上海的民族资本家不动，上海本地的帮会势力不动，上海的外国人不动。

土肥原： 很好。这三种人既不是国民党也不是共产党，不是我们要消灭的对象。振兴帝国，实现"大东亚共荣"还得依靠他们。他们可以为我们维持稳定、创造财富，是我们的利用对象。昨天在大街上杀人的事今后绝不可以发生。如果再发生这样的事，久保田大佐，我拿你是问。听明白了没有？

久保田： 明白了，一切按将军的指示办。

土肥原： 那我就等着看结果，看你们对帝国的忠心。

【傅宗耀和久保田躬身站立，不敢吱声。土肥原口气略有缓和。

土肥原： 傅市长，上海的工商联合总会还没成立吧？你们上次说的那个李衡甫找到了没有？这个会长一定要他来当。我知道这个人不好对付，我在满洲和华北的两次行动都毁在他手里，但他确实是个人才。他是我们日本早稻田大学毕业的经济博士，是我们大日本帝国培养的精英，我了解这个人，他现在是想保住名节不当汉奸。他作为支那人，我们可以理解，但我们就是要利用他这一点，拉他过来。只要他当了这个会长，中国人就会骂他汉奸、卖国贼，他还回得去吗？他就只有一条路，他就必须死心塌地为帝国服务。打蛇打在七寸上。你必须做好他的工作。

傅宗耀：（惶恐地）今天上午我召集工商界人士开了个会，会上宣布了皇军的命令和市府的决定，要求他们三天内成立工商总会，七天内全部复工，否则以不亲善皇军论处。我还找了李衡甫单独谈话，要他出任总商会会长。可是他，可是他……

土肥原：他拒绝了？是吗？你是用恐吓的语气跟他说话的吧？有一种人死都不怕，李衡甫就是这种人，他能吃你这一套吗？你呀，对付中国老百姓还行，可和李衡甫打交道，你还差几成火候。算了，李衡甫的事你别管，我去找他。

傅宗耀：是是。

2-11. 景：李家大宅饭厅 日 内

【饭厅内，李衡甫坐在桌边随手翻着报纸，报纸上写着"谁开工谁就是汉奸""饿死不当日本狗"。李衡甫长叹一声，将报纸推到一边。

【李季方走了进来，他今天叫吴妈多炒了几个菜，又拿了一瓶酒放在桌上。他想给李衡甫把酒满上，被李衡甫挥手止住。

李衡甫：廷瑞呢？廷琛还没回来吗？

李季方：二少爷倒是在院子里，他说他不饿，让我们先吃。大少爷还在医院里，我刚给他打了电话，他说他还有些事要交代，办完事就回来。他让老爷先吃。

【李衡甫脸色有些凄然，喃喃说道：

李衡甫：明天一早就要走了。这一走还不知道何年何月才能回来，现在在一起吃个饭的时间都没有。

李季方：老爷，别等他们了，你看天都黑了，我今天还叫吴妈多做了几个菜，还准备了一瓶酒，让你们爷几个喝杯酒钱钱行、说说话。可他们年轻人有年轻人的事，头齐脚不齐的。老爷，别等他们了，你先吃点饭吧。我去给你盛。

【李季方说着拿起桌上的碗就准备盛饭，被李衡甫止住。

李衡甫：放那儿吧，我不饿。你先吃点东西吧。行李、盘缠都准备好了吗？

李季方：我和大少爷的箱子都收拾好了。照您的吩咐多带了二十根金条。二少爷不去，那还多一张船票怎么办？

李衡甫： 先拿着吧。我去给吴厂长打个电话，看看他能不能去。

【李衡甫说完上楼。李季方叹了一口气，低头收拾碗筷。

2-12. 景：傅宗耀小洋楼外 夜 外

【夜色中，一座法式小洋楼在花园中心，一个黑色的身影贴在墙壁外，往上攀缘，轻轻推开了一个窗户，探身而入。

2-13. 景：傅宗耀小洋楼卧室 夜 内

【傅宗耀的这间卧室虽然在一栋法式洋楼内，却装修成了日式风格。房间内，一片旖旎春色。

【傅宗耀已经脱下了中山装，换上了日本浴衣，躺在榻榻米上，一片狼藉。而他身边的女人菊子也是日本女人的打扮。菊子的和服松散，露出洁白的胸部。菊子给傅宗耀端来了一杯酒和下酒的小菜。

菊子： 您今天辛苦了。

傅宗耀： 李衡甫这个老狐狸，我今天宣布工商业亲日的三个原则，他根本无动于衷。我拿他那个宝贝儿子"八一三"的事情敲打他，看他还怎么硬顶着。

菊子： 希望李衡甫能妥协，如果上海还是这样一座鬼城，您还真不好交代。

傅宗耀： 抓住了李衡甫，工商业里剩下的那帮老朽，我已经准备了后招，他们不就范，我会让他们一个个家破人亡。他们支撑不了多久就会全部乖乖听话的。不听话，随便给个罪名，都是掉脑袋的罪。迟早，整个中国都会是大日本帝国的天下。

菊子： 真的吗？您准备怎样做？

傅宗耀： 不开工的就是不合作。不合作的，就是有通敌嫌疑。有嫌疑就得抓，就得接受调查，就得没收财产。你说是不是？

【傅宗耀得意地哈哈大笑，菊子笑嘻嘻地赶紧给傅宗耀倒酒。

菊子： 如果有人逃走了呢？

傅宗耀： 工厂没有脚，可逃不走，慢慢就能收拾干净了。

【突然，墙旮旯处一条黑影跃起。傅宗耀还没反应过来，一柄利刃已架在脖颈上。菊子翻身坐起,一道银光闪过,菊子的袖子被一枚飞镖钉在床上,动弹不得。

傅宗耀: 你……你是什么人?(狂喊起来)来人啊,快来人啊……

【海东青一把揪住傅宗耀的头发,将利刃顶在他的喉头。

海东青: 再喊,我这飞刀可不长眼。

傅宗耀:(跪地求饶)不喊了,不喊了。饶命,饶命。你是什么人?要干吗?

海东青: 你不认识我,我可认识你。你是上海最大的汉奸、日本人的走狗,小爷坐不改姓行不改名,沪上义盗草上飞,海东青,你海大爷。

傅宗耀: 久仰大名,久仰大名。好汉千万不要伤害我的性命,你要多少钱?我给,我给。

海东青: 你这个汉奸,你帮着日本人干了那么多伤天害理的事,巧取豪夺,祸害百姓。今天又在大街上杀了那么多难民,还抓走了那么多人,你十恶不赦,死有余辜。

傅宗耀: 好汉饶命,好汉饶命。那不是我杀的,我从来没杀过人。

海东青: 你还狡辩,警察局不是你的人吗?我亲眼看见警察当街开枪杀人,那不都是你让他做的吗?他们还叫来了日本人,可怜那么难民,不就是抢了几斤白面吗?你们也下得了手。

傅宗耀: 小人该死,平时对那帮警察管教不严。我回去一定好好整顿,再不准他们祸害百姓。

海东青: 你这狗官的话我能信你吗?

傅宗耀: 请好汉信我一次,信我一次。我也是人生父母养的,我一定痛改前非,痛改前非。

海东青: 好,小爷今天就信你一次,留你一条狗命。但你记住,今后如果再帮助日本人祸害中国百姓,小爷下次来就没这么客气了,一定取你项上人头。小爷这次也不能白来,给你放点血,让你长点记性。

【海东青刀锋一转,在傅宗耀的胳膊上划了一道,鲜血喷涌。傅宗耀杀猪般号叫起来。

【海东青放开傅宗耀,走到床边顺手抓起一只猫,一刀将猫头砍下,丢在傅宗耀的床上。

海东青: 听清了,傅宗耀。再不悔改,这只猫就是你的下场。

【海东青说完纵身跳上窗台,反手一镖,将墙上傅宗耀与松井石根的合影相框打落在地。随后跃下窗台,消失在茫茫夜色中。

2-14. 景: 李家大宅李衡甫书房 夜 内

【李衡甫和李廷瑞坐在屋内,父子俩相对无言。

【李季方和李廷琛推门进来。

李季方: 老爷,大少爷刚刚回来,知道你在等他,我就同他过来了。

李廷琛: 爸,你还没休息,都凌晨两点了。

李衡甫: 等你呀。你要出远门啊,我们总得见个面吧。

李廷琛: 医院里事多,还有一百多个伤病员,对他们和那些医护人员都要有个交代,没想到一下子搞这么晚。

李衡甫: 别解释了,孩子。我了解你,你马上就要走了。我只是希望你走前和你见个面。其实见了面也没什么要说的。时间很紧,我只叮嘱你一句话,欧洲也不太平,德国也在加紧备战,看来一场大战是避免不了的。到了欧洲千万不要惹事。这个世界本质上是没有道理可讲的。你是个成熟的人,遇事谨慎些,多和季方叔商量,多给我来几封电报,让我知道你的情况。我不叫你,你千万不要回来。孩子,不管你走到哪里,别忘记自己是中国人。这块土地上有你的父老乡亲,有你的兄弟姐妹,他们还在日本人的屠刀下过着非人的生活。不指望你能够解救他们,只希望你不要忘记他们。记住他们就是记住了自己的祖宗,记住了自己的根。你就知道你从哪里来,要到哪里去!这算是我对你的嘱托吧。好了,天快亮了,抓紧时间休息一下吧。四点钟我和廷瑞去送你。季方,天亮前你也去休息下吧,上年纪的人要保持足够的体力。去吧,都去吧。到时候我会去叫你们。

李廷琛: (眼圈微红)爸,你也去休息一下吧。我去德国轻车熟路,一路上还有季方叔陪着,我们不会有事的,您就放心吧。

李衡甫: 好了,你们都去歇会儿吧。再磨蹭就天亮了。去吧,都去休息吧。

【李衡甫打开门,将恋恋不舍的三个人让出门外。

2-15. 景: 李廷琛房间 夜 内

【李廷琛的房间十分朴素简单,靠墙的书架上是一批已经翻旧的德文书籍。墙壁上,挂着他求学时师生们的合影,照片中间站着的德国女人玛丽气质高贵。衣架上挂着西装和大衣。墙角放着收拾好的皮箱。

【李廷琛进门。他从书架上拿出一本书翻了起来,随后又走到墙壁上挂着的合影前凝视着玛丽，喃喃地念叨：

李廷琛：老师，好久不见你了，真想你，你好吗？也许我们很快就能见面了。

【一身黑衣的海东青站在窗外树上探身用小石子敲着窗户。李廷琛拉开窗帘，打开窗户。海东青像荡秋千一样，用一根缆索荡进窗户。

海东青：我来找你好几天，看你房间一直黑着灯。今天总算碰见你了。

李廷琛：这几天医院里事情多，都没回家。

【海东青大摇大摆地躺到房间的小沙发上，跷着脚。李廷琛一边收拾东西，一边问道：

李廷琛：有事吗？

海东青：我今天又看见警察在街上杀人，还贴了告示，告示上还有傅宗耀那个老家伙的签名。我知道这个大汉奸又在祸害百姓，我气不过，刚刚去了一趟傅宗耀那个老家伙的私宅，警告了那个老家伙，还在他胳膊上放了点血，让他今后不准坑害上海百姓。他如果还继续帮助日本人作恶，我一定要了他的狗命。

李廷琛：（勃然大怒）海东青，你想没想过你这样做的后果？

海东青：我这样做不对吗？那些狗官三妻四妾，杀人掠货，专替日本人办事，丧尽天良。我这是在惩处那些汉奸，是侠义之举，也给那些狗官一些教训。算了算了，你也没心思听我的义举，不说了不说了。你这是要出远门啊？

李廷琛：嗯，要去一趟德国。

海东青：唉，这时候去德国，为什么？非去不可吗？

李廷琛：是的，非去不可。跟你也解释不清楚。

海东青：那咱们只能再见了。

李廷琛：不，你跟我一起去德国。

海东青：我去？我去干什么？我又不认识洋文，又不会给人看病。小爷好不容易在上海滩闯出了名号，现在上海滩谁不知道我"草上飞"？小爷现在也算得上是上海滩响当当的人物，这一下子走了……

李廷琛：（有些焦躁地）傅宗耀已知道"八一三"抢救国军伤员的事情，他能放过我们吗？

海东青：你这是要逃跑？别怕，我帮你宰了这个狗汉奸。

李廷琛：你别胡来好不好？你以为傅宗耀是什么人！

海东青：他不就是日本人手下的一个狗官吗？我海东青难道现在还怕当官的？我今天就差点宰了他。

李廷琛：你这是不知天高地厚，这是玩火。傅宗耀可不是普通官员，他是汪政府里的首脑，身后是日本人。你整了他，他怎么可能善罢甘休。傅宗耀一定会报复。

海东青：（得意地）我还怕他报复？我随时可以取他狗命。

李廷琛：逞一时英雄，算什么好汉，还将自己带入险境。

海东青：什么险境？我现在不是好好的吗？

李廷琛：海东青，你要是还认我这个大哥，就跟我一起上船。傅宗耀要是借着缉捕你的名义杀人抓人，那将有多少人受你牵连？

海东青：这我倒没想过。那你说我该怎么办？

李廷琛：走，同我去欧洲，先避过这个风头。马上就走，不要殃及无辜。

海东青：好吧好吧，反正我也没出过洋。你说什么就是什么吧，谁让你是我大哥呢。跟你走一起吹吹洋风，把我的名号带到欧洲去，让洋人也知道中国有小爷这号人物。

2-16. 景：十六铺码头格林威斯号上 夜 外

【格林威斯号的水手正在做着起航前最后的准备。李廷琛无言地站在甲板上，身子一动不动，望着码头上送行人群中的李衡甫。天空中飘起了点点细雨。李季方含泪手扶甲板护栏，拼命地向人群中的李衡甫挥手告别。海东青不愿意面对这种离别场面，躲在甲板上的人群后面，只露出半张脸。

【汽笛长鸣，格林威斯号缓缓起锚。

2-17. 景：十六铺码头 夜 外

【码头上送行人群中，李廷瑞站在父亲李衡甫的身后，给他打着雨伞。李衡甫望着远去的邮轮，站在那儿一动不动，雨水打湿了李廷瑞的肩膀。

李廷瑞：父亲，回去吧。

【李衡甫转身，看到李廷瑞，李廷瑞上前扶住李衡甫。

李廷瑞：父亲，大哥不在家，您别太难过。我现在也长大了，家里的事，我也能分担。

【李衡甫看着李廷瑞被打湿了的肩膀，抬起手给儿子掸了掸雨水。

李衡甫：（眼中噙泪，轻轻说了一声）走吧。

2-18. 景：李家大宅大院 夜 外

【李家司机将车慢慢开进院子，院子里已经停放了一辆黑色轿车。李廷瑞下车，一边拉开车门扶李衡甫下车，一边盯着那辆黑色轿车。

李廷瑞：天都这么晚了，还有客人来造访，什么人啊？

李衡甫：不管什么人，你回你的房间去，不要出来。

2-19. 景：李家大宅客厅 夜 内

【土肥原在大厅踱步，似乎在欣赏大厅的字画和陈设，他依然穿着他那套黑色西装。看到李家父子回来，他迎下台阶，摘下白手套，伸出双手。

土肥原：李先生，阔别多年，您好啊。

李衡甫：（假装不认识）您是……

土肥原：我是土肥原贤二呀，我们在满洲和天津曾多次见面，我们是老朋友了。

李衡甫：是土肥原先生，稀客。造访寒舍，有事见教吗？

【李衡甫说着径自走进大厅。李廷瑞狐疑地盯着土肥原。

李衡甫：廷瑞，有客人来，你回房歇息吧。

【李廷瑞点点头，上楼。

土肥原：我们是故人，久别重逢，中国有句古话"有朋自远方来，不亦乐乎"，李先生好像不欢迎啊。

李衡甫：怎么会？来者都是客，中国是礼仪之邦嘛。土肥原先生，里边请。

土肥原：当年在天津与李先生一别，屈指数来已有八年，没想到今日在上海重逢。

李衡甫：是啊，那次您回国好像是1930年，1931年您又回来了，我们的东三省也丢了，据说还是您组织策划成立了"满洲国"。您可真是对中国情有独钟啊！

土肥原：李先生是在指责我皇军占领东北吗？我今天来本来只想跟李先生叙叙旧，您看，我还给先生带来了两瓶日本清酒。

【土肥原说着提起桌上的两瓶酒又放下。

土肥原：现在看来，先生是没兴趣跟我喝酒叙旧了。那好吧，我们就谈点别的。我虽是日本军人，但我在中国服役已经三十余年，对中国的历史文化还是有些了解的。我想先生也是大儒之后，出身名门，不会不了解中国历史和现状。康熙年间，中国的土地有一千三百万平方公里，仅东北和蒙古土地面积近三百万平方公里，东欧、中亚、新疆也有近三百万平方公里。这片广袤的土地不断被沙俄蚕食、侵占，阿尔泰、江东六十四屯、库页岛、乌拉尔、黑龙江东、乌苏里以及海参崴、塔吉克、外兴安岭等地，现在全都成了苏联的领地、领土，他们现在还觊觎着东北的蒙古、兴安岭、长白山、旅顺、大连甚至山东的青岛、威海卫……清政府对失去这大片土地毫不痛惜。

李衡甫：你们日本人不也在觊觎中国的土地吗？整个东北你们都占了。热河和察哈尔你们不也占领了吗？我们的澎湖、台湾你们不也占领了吗？我们的藩属国琉球、朝鲜你们不也占领了吗？你们现在可以跟苏联平分秋色了，还眼红苏联吗？不会是分赃不匀吧？

土肥原：您知道，我们日本是个东亚小国，国土和资源都十分有限，向外发展是我们的既定国策。当初，我们只想跟清廷合作共同开发满洲，可却遭到百般刁难。如果，我日本帝国再不动手，整个东北和外蒙必为苏联所占领，故我帝国毅然决定出兵东北，遏制苏联对满洲的侵吞。从这个意义上说，大日本帝国是在帮助中国收复失土，防止苏联的进一步侵吞。现在的"满洲国"不还是中国的皇帝在管理吗，"满洲国"也还是中国的土地。李先生博古通今，不会不了解中国这段历史。坦率说，我们占领东北、成立"满洲国"，是在帮助中国抵御外侮，防止中国的领土再次沦丧。建立我们亚洲人的"大东亚共荣圈"，让亚洲人管理亚洲人。李先生作为中国人，该感激我们大日本帝国才对啊！

李衡甫：听土肥原先生这一番说教，倒长了不少见识。我虽然是个商人，但我是中国人，对中国的历史还是有所了解的。我就没听说过，出兵进犯别人的国家、占领别国的领土，还说是在帮助别国抵御外侮。按照土肥原先生的逻辑，我们中国人还真得感激日本帝国，但我心里还是有很多疑问，只是碍于土肥原先生是日本军人，我没有必要，也不敢向先生提出质疑。我们还是免谈吧。

土肥原：今天我来拜访李先生是以朋友的身份，不是以帝国军人的身份。中国有句老话：言者无罪，闻者足戒。李先生是华夏精英，是我土肥原仰慕的人物，先生有什么事尽管说，我土肥原洗耳恭听、择善而从。

李衡甫：既然土肥原先生这么说，我一介老朽也没什么可怕的。日军占领东北是为了保护中国领土不受异族侵凌，那么请问，去年的"七七·卢沟桥"又是怎么回事？一月之间，占我长城、北平、天津、保定、石家庄……乃至整个河北，继而又向我华北、华东大举进攻，贵军的松井石根大将叫嚣三个月灭亡中国。是啊，俄国和西方列强都侵犯过我中华，都强迫我中华与他们签订过那些极不平等的条约。可西方列强，包括英、法、美等国，只是想打开与我国的通商口岸，俄国也只是局部地蚕食我国的土地。可日本不同，日本是要亡我中华，是要侵吞整个中国！土肥原先生，刚刚您也说了，你们的国策就是对外扩张。是啊，从你们国家的明治维新开始，你们的伊藤博文首相就已经制订了亡我中国的计划，从朝鲜、台湾、澎湖、东北着手，进而占领整个中国，乃至整个东南亚，这就是你们的"大东亚共荣圈"吧。还有，你们占领上海后，把上海的粮食和物资劫掠一空，致使工厂倒闭、商店关门、百姓断炊、饿殍遍地，市民稍有不慎即遭捕杀，每天都有上百市民罹难。亚洲最大的都市上海，变成了一座孤城、鬼城。这难道就是您说的"大东亚共荣"吗？特别是南京，你们一次杀了数十万中国人，这就是你们的中日亲善吗？土肥原先生，我知道在您面前讲这些话，我这是在找死，但我是中国人，必须说人话，大不了就是一个死。我们中国还有一句话：民不畏死，奈何以死惧之。话我说了，要杀要剐，悉听尊便。

土肥原：（哈哈大笑）李先生误会了。我虽然是帝国军人，也不会这么狭隘。李先生是中国人，我是日本人，我们都得维护自己的国家，服从国家的利益。战争是残酷的，不是你死就是我亡，不可能不死人。至于说，我们在南京杀了几十万人，李先生，恕我打个不恰当的比喻，别说是杀人，就是杀几十万头猪需要多少人力和时间？好吧，就如李先生所说，我们在南京杀了几十万人，这也是向你们中国人学的呀！李先生是大学问家，不会不知道中国战国时，秦将白起在长平一役就坑杀赵俘四十万人吧。要说杀人，中国人才是我们的老祖宗。满洲人应该也算是你们中国人吧？清廷入关后在江浙沪三省就杀了汉民近二百万人，仅扬州十日屠城就杀了八十万人，这样说来，就算像先生说的我们在南京杀了几十万人，但比起你们中国人杀人就是小巫见大巫。好了，我本来不想谈论这些不愉快的话题，既然先生提起我就不能不说了。不管李先生怎么看我，怎么看待我们帝国的宏图伟业，我今天来是真心地探望老朋友、关照老朋友，希望李先生相信我的真诚，您是我在中国最尊重、最钦佩的人，否则我今天不会来拜访您。

李衡甫：（微微一笑）哦，真的吗？土肥原先生真是巧舌如簧，口吐莲花，侵略变成了保护，杀人变成了理所应当。好了，土肥原先生。知道您今天来找我就没安什么好心，我也不想与您多费口舌，有话直说吧。

土肥原：先生误会了。我要杀您等不到今天。在满洲、在天津您几次坏了我的事，不，是坏了我大日本帝国的事。可我伤害了您吗？满洲的事您还记得吧？

　　李衡甫：（冷冷地）不记得。

　　土肥原：先生不记得，我来提醒您。当年，我还在做张作霖的军事参议时，力荐张大帅修建一条满蒙铁路与我们的南满铁路连接，成立满洲铁路局，算是中日合资，共同修建、共同管理。张大帅也同意了我的方案。可后来就是因为您的一句话，让我的计划付之东流。李先生还记得当时您是怎么说的吗？

　　李衡甫：先生是要故技重演，还是要寻衅杀人。您不必躲躲闪闪，来个痛快的吧。

　　土肥原：当时您当着张大帅的面问我，铁路修好了，路权归谁，谁来管理。我说，路权当然归日本军方，管理权归满洲铁路局，日中共同管理。您当时怼了我一句：路权凭什么归日本军方？地是中国的地，修路是中国的人，钱是中国的钱，铁轨是中国鞍山的铁轨，连枕木都要在中国就地取材，凭什么你们拥有路权？当时就因为您的这一句话，张大帅拒绝签约，让这个项目彻底破产。

　　李衡甫：老朽上年纪了，这些陈年旧事我哪记得这么多。看来土肥原先生旧事重提，还是要报这一箭之仇吧。

　　土肥原：恰恰相反。我不仅不恨您，反而更敬重您。您想啊，先生是中国人，我是日本人，我们各为其主，我能恨您吗？在这个问题上先生确实棋高一着，我土肥原只有仰慕的份，岂能恨您。

　　李衡甫：（冷冷一笑）行了，土肥原先生，别惺惺作态了。我不仅彻底断了你们的财路，还断了你们的运输线，让你们从东北掠夺来的资源、黄金、矿藏、农产品完全运不出去。您不恨我，还会爱我吗？朋友，什么朋友，没有你们这场侵略战争，我们可能是朋友，但现在我们是敌国，你我是敌人。您今天来老朽已知您想干什么，不过老朽已是将死之人，不在乎您怎么处置我，有话直说吧。

　　土肥原：还有，我们第二次打交道是在天津，我要成立一个华北投资银行，日中合资，这个计划也得到民国当局行辕的同意。我当时也是诚心诚意地邀您加盟，因为您是留日的经济博士，可以说是自己人。我给您的条件也很优惠，不管您投资多少给您一半股权。您记得您当时说了一句什么话吗？

　　李衡甫：不记得了。

土肥原：您说：银行成立后发不发行货币？发行货币拿什么作质押？我当时没有正面回答您，只说我日本国金融业都是金本位，自然以黄金做质押。但是被您断然拒绝。您的理由是：我大中华从秦始皇统一到现在都是银本位，现在民国所有的货币都是银票和银圆。而你们国家是金本位，发行的是金票和金圆，在国内不能上市，也无法兑换，老百姓也不认。所以，您又一次拒绝加盟。这个银行项目也因您而泡汤。

李衡甫：土肥原先生好记性，这件事让您空手套白狼的计划彻底流产，您能不记恨我吗？不过，土肥原先生，今天您是强者，是占领者，您可以为所欲为。但我还是那句话，我李某是中国人，不会做损害中国人利益的事，您就别打我的主意了。我不会听您摆布的。

土肥原：（哈哈大笑）李先生，您又误会了，这两件事我是彻底栽在您的手下，我输了，您赢了，我刚才说了正因如此，我敬重您。您忠于自己的国家，而且思维缜密、有识有胆，不为一己之私所动。可惜呀，中国像李先生这样的人太少了。

李衡甫：土肥原先生，您有话直说吧，别说那些多余的话了。

土肥原：那好吧，我就直截了当了。我认为李先生出身名门，又是饱学之士，有济世经国之才，做个商人实在可惜，是对您才能的埋没。我想举荐李先生当上海市长，为您的国家和我帝国的"大东亚共荣"做点贡献。

李衡甫：（哈哈一笑）土肥原先生真抬举我了，我哪能当什么市长，况且我李家忠厚传家，我这一代乃至我的父辈就没有当官的，能做个商人有口饭吃足矣，先生就不必为我操心了。

土肥原：虽然开口知道您一定会拒绝，但还是应该开口。有件事李先生可能不知道，我现在是大日本帝国对华特别行动委员会的负责人，总部就在上海，负责对华，特别是对上海的一切政务，我非常希望和李先生这样的人合作、共事、交朋友，也希望随时能得到先生的帮助，这是我发自肺腑的心里话。

李衡甫：那我祝贺土肥原先生又升官了，恭喜恭喜。但我是不会做官的，李家的子弟也没有人会做官。

【李衡甫示意土肥原看前堂悬挂的横匾，匾上赫然写着十六个描金大字：中学修身，西学兴邦，农工医商，永不为官。

李衡甫：这是我祖爷爷留给我辈后人的训诫。既是祖训，也是家学。土肥原先生，您是个中国通。作为一个中国人，我能忤逆祖宗吗？我不会去当什么市长的，您还是另请高人吧。

　　土肥原：那好，我尊重李先生的意愿，不做政府里的官，但是，以李先生的人望，在工商业联合总会出任会长一职您是不能推脱的。

　　李衡甫：当局已经要求工商业七天之内必须复工，您还有什么不放心的？

　　土肥原：复工是大日本的希望，是"圣战"的需要。但对上海的中国人就没有好处吗？就拿粮食来说，上海的马路上可不长粮食，再不复工上海的所有人都要饿死。先生和工商业者复工生产，可不全是为日本人做的。

　　李衡甫：（揶揄一笑）拿走一座空城，心有不甘？

　　土肥原：李先生可以代表工商业提要求。

　　李衡甫：复工了，也随时可以关张。工人们随时可能罢工。几个厂长，代表不了上海。

　　土肥原：我相信的是李先生。

　　李衡甫：码头都封了，船都在十六铺开不出去，粮源和各种物资也运不进来，开得了工吗？

　　土肥原：我可以给李先生的淞浦船舶发通航免检特别通行证，只要是李先生认可的粮运船只，一律放行。

　　李衡甫：看来土肥原先生是非要拉我下水了，否则是不会善罢甘休。那么，好吧，国难当头，我就来当这个汉奸、卖国贼吧。但我也是有条件的。一、我李家生产的原材料，从来都是自采自运，以确保产品质量。不仅如此，上海所有开工复工的工厂生产所需的原材料及其运输，凡我认可的您必须给他们运输安全保障。

　　土肥原：可以。只要是您淞浦产业认可的企业皇军一律放行，日本宪兵司令部和水上稽查绝不插手。我亲自签发通行许可证。

　　李衡甫：二、所有开工的企业商铺的交易税费一律按民国政府的税管条例征收，你们日本军方不得横加干预和额外征收。三、各工厂企业只生产自己的传统商品，不接受军品生产加工。如厂家愿意承接加工生产，厂家也只负责加工，不提供原材料。这三个条件如果土肥原先生做不到，那就另请高明吧。我们也没必要再浪费时间了。

　　土肥原：李先生真是个人物，面面俱到，滴水不漏。好吧，一切按您说的办。只要您出山，我们接触多了，您总能感到皇军的亲善。

　　李衡甫：亲善不能光停留在嘴上。现在日本人和警察、皇协军天天在大街上抢劫、杀人。我希望上海今后不要再有这种情况发生。这也算是我答应土肥原先生的一个条件吧。

土肥原： 抓人、杀人不是我皇军来华的目的，但是作为战争不可能不死人。对一些武装的抵抗分子，皇军必须予以消灭，但我可以向先生承诺皇军绝不杀害上海百姓，社会治安问题由政府当局和警察部门负责处理，皇军也不插手。

李衡甫： 您现在大包大揽，就怕到时候又兑不了现，那我就不好说话了。

土肥原： （站起身来）李先生放心，只要我还在上海，我的命令还没有谁敢不服从、不执行，我们就这么说定了。深夜长谈，我很开心，我想李先生也应该很愉快。（说到这诡谲一笑）格林威斯号已经出了码头，令公子已安然离开上海。夜深了，就不再打扰。最后我还给李会长一个承诺，只要您当好这个上海工商联合总会会长，日本军方会提供您和您的全家在上海的一切保护。不管李家以前做了什么事，皇军一律不予追究。告辞。

【李衡甫慢慢拿起放在手边的茶，抿了一口。

李衡甫： 送客。

2-20. 景：李家大宅书房窗口 凌晨 内

【李衡甫站在窗边，望着窗外土肥原黑色的汽车驶出李家花园，陷入沉思。反身走回桌前，拿起了电话。

2-21. 景：楚孝仪书房 凌晨 内

【楚孝仪书房电话铃声大作。楚孝仪接起电话。

2-22. 景：李家大宅书房 凌晨 内

李衡甫： 孝仪。他们派人来了。答应了三点要求：所有复工的原材料由淞浦产业进行采购；所有上海工商界复工的原材料通过淞浦船运运输；日本宪兵司令部将签发免检特殊通行证，货船在码头不需要接受检查。

楚孝仪（OS）： 日本人真是闻风而动。对了，廷琛上船了吗？

李衡甫： 走了，送走了。

楚孝仪（OS）： 那我准备准备，通知有关同仁，把你的意见向他们传达。

【李衡甫挂断了电话，尽显疲惫。准备回房歇息，转身发现李廷瑞站在身后，看着自己。

李廷瑞： 恭喜父亲荣任上海工商联合总会的会长，我李家又要大发其财了。

李衡甫： 廷瑞……

李廷瑞： 别说了，我什么都听见了。你是我父亲，你要投靠日本人我也没有办法。我不知道土肥原贤二是什么人，但他是日军在上海最大的头儿。上海发生了这么多惨案，死了这么多的人，难道跟他们没有关系？你居然和这种人在打交道，而且还是朋友，还要当什么会长。父亲，你口口声声说你是中国人，这是中国人做的事吗？

李衡甫： 廷瑞，你听我说……

李廷瑞： 父亲，别说了，我什么都知道了。你是我父亲，我奈何不了你，但我也长大了，我虽然是你的儿子，但我还是中国人，真正的中国人，我会走好我自己的路，做一个中国人该做的事。我也希望父亲走好自己的路，给李家留点体面，不要让外人戳着我们的脊梁骨骂我们是汉奸、卖国贼。

【李廷瑞说完转身上楼。

李衡甫： 廷瑞……廷瑞……

【李衡甫话没说完，身子一软，倒在沙发上。

第二集完

第三集

3-1. 景: 南海海域 日 外

【格林威斯号烟囱冒着浓烟，在大海中缓缓航行。

3-2. 景: 格林威斯号甲板上 日 外

【李廷琛站在舷梯边眺望大海。落日的余晖将他长长的背影留在甲板上。

3-3. 景: 格林威斯号餐厅 夜 内

【餐厅到了晚上，桌椅被收到一旁，改成了舞厅。音乐声震耳欲聋。侍者们端着酒，穿梭在跳舞的客人中。海东青不停尝着各种洋酒，虽然英文不行，但是连说带比画，还是显得十分愉快。李廷琛独自一人坐在一旁，显得百无聊赖。

【一杯葡萄酒出现在李廷琛的视野中。

李廷琛: 不了，谢谢。

【李廷琛的眼前出现一个陌生的西装男人。

何凤山: 这样的良宵美景，歌舞升平的场面现在可不多见，也就是格林威斯号上还能有这难得的狂欢。不去融入其中实在太可惜了。

李廷琛: 先生是中国人吧。难得先生有如此兴致，我有些食不甘味，实在是没有先生的雅兴，也找不到那种欢愉的感觉。

何凤山: 兄弟，您这是怪我用酒精歌舞麻痹自己吗？

李廷琛: 看得出先生也是有教养的人，但人各有志，各有选择，就算是不理解也会尊重。

何凤山: 人类贪欲的原罪都是一样的。现在深陷战争疾苦的又何止是中国人，在残暴的杀戮面前每一个人受到的威胁都是同样的。

李廷琛: 侵略是对人性和自由的践踏。侵略者缺少对生命起码的敬畏与尊重。

何凤山: 世界不是孤立存在的，现在每一个国家的一举一动都在牵扯着世界其他国家领导人的神经。就拿欧洲来说，法国撤下北欧盟国以后在地中海积极应战，内忧外患应接不暇。德国民主复兴党的口号也越来越激进，他们叫嚣着要驱除伊斯兰余孽，光复普鲁士正统。英美两国也在积极备战，准备应付可能发生的战争和灾难。

李廷琛：没有遭到军国主义和法西斯主义的蹂躏和杀戮，恐怕欧美列强也不会有多少正义感去帮助那些受蹂躏的国家、民族。就拿我们中国来说，日本人从1931年就侵我中华，占领我东三省，掠我土地，杀我平民，蒋委员长一直向国联呼吁，请求国际援助，制止日本的法西斯暴行，可有用吗？自由、平等、博爱，或许只是他们的一种信仰，他们真的会去帮助那些受到欺凌的国家和民族吗？真的会去制止那些丑恶、暴行和杀戮吗？

何凤山：看得出兄弟是个很有思想、很有民族气节的青年，我很敬重您。但信仰是一种力量，人类文明是当今世界的趋势，邪恶势力或许可以得逞于一时但终究不会长久的。我们还要有这个信念，人类文明、正义必将战胜邪恶、残暴，世界的未来是光明的，我们必须要有这个信念。

李廷琛：先生说得很有道理，我刚刚实在是鲁莽，还未请教先生贵姓。

何凤山：在下何凤山，国民政府驻维也纳的总领事。

【李廷琛接过何凤山刚才递过来的酒，与他碰杯，一饮而尽，两人亲切地交谈起来。

3-4. 景：南海海域 夜 外

【茫茫大海上，格林威斯号孤独航行的剪影。

3-5. 景：李家大宅书房 日 内

【书房的电话一直响个不停。楚孝仪望着坐在办公桌前一言不发的李衡甫，楚孝仪急得满头大汗，只有不停地擦汗。

【电话铃声刚断，就又开始响起新的一轮。楚孝仪忍不住干脆站起来，一把抓起电话放在了一旁，任由电话里的人在不停地嚷嚷。

楚孝仪：衡甫，今天我们复工的告示一贴出去，各种议论、指责都来了，说我们是在为日本人做事，还有更难听的，说什么这是卖国……

李衡甫：（打断楚孝仪）别说了，这都在预料中。

楚孝仪：那还复工吗？还没复工，就在骂我们是"汉奸"。

李衡甫：（坚定地）复工！我还是那句话，国难当头我不下地狱谁下地狱。我们问问自己的良心，我们在做什么，我们是不是汉奸。我们不做汉奸，也永远不会做汉奸，我们就永远是一个有良知的中国人。

楚孝仪：衡甫，我知道你的人品。我就是怕你把廷琛送走，就是要跟日本人拼命，不是拼命就好。你是我们上海工商界的擎天柱，我相信你的睿智，我会跟你走。我们是不是汉奸让历史做结论。

3-6. 景：格林威斯号甲板 夜 外

【皓月当空，月光洒在深黑色的大海上，泛着片片粼光。甲板上空荡荡的，月光下一人扶着船栏的背影。李廷琛凝视着茫茫无际的黑色大海沉思着。

3-7.【闪回】回忆：霍普金斯医学院教室 日 内

【李廷琛夹着课本走进教室，却发现教室里有人正在争执，已经围了一圈人。中间是一个身材魁梧金发碧眼的日耳曼学生和一个犹太学生。

日耳曼学生：这是我的座位。

犹太学生：很抱歉，我真的不知道。我是刚刚转到医学院的。

日耳曼学生：这里有编号。

犹太学生：对不起，对不起。我没有注意到这个细节。

【犹太学生赶紧手忙脚乱地收拾起自己的书本，往后坐。

日耳曼学生：（鄙夷地）犹太猪。

【这引起了犹太学生的注意，也引起了教室里其他犹太学生的警觉。

犹太学生：你不可以这样侮辱我。

【日耳曼学生自恃人高马大，卷起了袖子。

日耳曼学生：我就骂你了，敢打架吗？

【李廷琛冲上前挡在犹太学生的前面，指着那个日耳曼学生。

李廷琛：你怎么可以骂人？这就是你日耳曼的文明吗？

日耳曼学生：关你什么事？你这个东亚病夫。欠揍是吧？

【日耳曼学生说着撸起袖子就要打架。李廷琛正想教训教训这个狂妄的德国同学，也拉开了架势。这时身后响起了一个威严的女声。

玛丽：住手！

【日耳曼学生只得放下已经卷起袖子的胳膊。

玛丽：教室是求知的地方。既然大家都在我的教室里求学，所有的学生无论种族都享有平等的权利。

日耳曼学生：可是，他占了我的座位，他是个犹太人。他可能把我的座位弄脏了。

犹太学生：我没有。我只是……

玛丽：在你们进校的时候，就曾经对着上帝做出承诺，许下了誓言。希望你们每一个人都永远记住"希波克拉底誓言"。不分人种、族群，上帝面前，人人平等。

日耳曼学生：好吧。那就算了。

玛丽：我们的专业是医学，一个医者最基本的责任是治病救人，这是上帝赋予我们的使命。病人就是亲人，面对病人，就不应该考虑病人的民族、国籍、地位、政治信仰或任何其他因素。你的职责就是把病人的病治好。在我这里所有人都是平等的，都将被平等对待。

日耳曼学生：我尊重您，可您也是德意志人。

玛丽：我是德意志人，可我也是医生，需要对人和生命有最基本的尊重。我的教室不欢迎种族歧视，如果你坚持你的观点，你可以离开。造物主告诉我们，人生而平等，在我的教室里不允许种族歧视，更不允许种族迫害。天赋人权，上帝面前人人平等。

【玛丽转身，擦干净了黑板，仿佛没有受到任何影响，站在讲台上开始上课。

3-8. 回忆：霍普金斯医科大学礼堂 日 内

【李廷琛头戴博士帽，身着毕业袍在玛丽的带领下跟外国同学一起宣誓。

众人：仰赖医药神阿波罗、阿斯克勒庇俄斯、阿克索及天地诸神为证，鄙人敬谨宣誓，愿以自身能力及判断力所及，遵守此约……

3-9. 景：格林威斯号甲板 夜 外

【海东青端着酒杯，无声无息来到李廷琛身后，拍了一下李廷琛的肩膀，打断了李廷琛的回忆。

海东青：已经离开上海了，你瞧瞧，整个船上连中国人带着洋人，就你愁眉苦脸。好不容易逃出来，你还有什么放不下的？

【李季方走到两人面前。

李季方：（轻声道）大少爷，大少爷——我找你好久，你怎么会在这儿？

李廷琛：（继续对海东青）我走了，淞浦医院怎么办？那么多难民，谁顶着？

海东青：你那个医院，现在要人没人，要药没药。还不如开个粥铺，舍难民一口粥喝。

李季方：（瞪着海东青）上海沦陷后，淞浦实业已经在上海开了近百个粥棚，天天施粥、施窝头，救了无数难民，这些你不知道吗？现在上海花天价也买不到粮食，还怎么开粥棚？（扭头对李廷琛）大少爷，不要理他。你就放心吧，医院虽然缺医少药但老爷不会不管的，有他在，医院不会有事的。

李廷琛：父亲有父亲要操心的事。要不是傅宗耀威胁他，逼着他开工……

李季方：要我说，老爷就是不开工，日本人能把他咋的？又能把你咋的？"八一三"的时候多少上海市民都运过东西。仅青帮弟兄就有数百人给国军送粮食、医药、搬运伤员，傅宗耀追究得过来吗？

海东青：傅宗耀那小子就是吓你们呢！小爷早知道他敢威胁你们父子，早就收拾那兔崽子了。

李廷琛：哪有那么简单。我是真的担心他一个人孤掌难鸣。季方叔不应该跟着我们走，留在他身边，他也能有个帮手。

海东青：老头儿，昨天我跟你摸了两把，你的功夫还真是了得，年轻时也是个响当当的人物吧！

李廷琛：（喃喃自语）要是云谦师父在就好了，他功夫好，人也稳重，他要是在父亲身边我也就放心多了。

海东青：云谦？什么云谦？他是个什么人？什么来头？

李廷琛：他叫尚云谦，山东人。当年他父亲带着他一家人去东北闯关东，因为一身功夫做了张作霖的武术教练。1931年"九一八"事变，日寇占领东北，他只身逃往内地，我父亲收留了他，见他一身好功夫，就让他带着我和廷瑞习武。他不仅一身好拳脚，一把飞刀更是百步穿杨，神出鬼没。

海东青：那这么说，这个叫尚云谦的也是你的师父。你们兄弟到底有几个师父？

李廷琛：我们家虽是书香门第，但祖上戎马半生，东征西剿，习武之风尚在，门下曾有文武幕僚数百人。我父亲崇尚祖风，也曾收留了几个文武兼备的义士，季方叔、尚云谦都是，这些人都是我的师父，季方叔、云谦师父对我最好。

海东青：你把这个姓尚的说得这么神，看来你很敬重他，小爷倒想跟他见一见，跟他切磋切磋、交个朋友。

李廷琛：海东青兄弟，我就希望这次德国之行能顺利，能见到我敬重的老师玛丽夫人，买完药品，装船早点回国。

海东青：玛丽夫人？女洋人？

李廷琛：人家虽然是个女人，但她不仅是我的老师，还是了不起的医学家。

海东青：我看你啊，以后要娶个洋人媳妇。

李廷琛：你说点正经的好不好。男人一事无成，谈什么娶媳妇！

3-10. 景：李家大宅客厅 日 内

【客厅里，满满当当站了一屋子人。有的拿着报纸，有的三三两两议论。

3-11. 景：李家书房 日 内

【楚孝仪急得满头是汗。

楚孝仪：衡甫，楼下都是工商业协会的同仁，你可不能下去。这闹起来，没办法收场。

李衡甫：不开工也没办法收场。

楚孝仪：给你推了，说病了。

李衡甫：不但要开工，还要给开工的工人预支半个月薪水。工人有了钱，才能买口粮，才能活下去。上海街头抢粮开枪打死人的事，不能再发生了。

楚孝仪：我回去就安排下面的人去提一些银圆。

李衡甫：淞浦产业都要开工，我说病了，也挡不住人家骂。

楚孝仪：大家都对复工有想法。我去说说。

李衡甫：躲着不是办法。

楚孝仪：我就是怕你要鱼死网破。衡甫，我们这么多年相交的老朋友，我平时也不大佩服什么人，但我是敬佩你的。你做什么决定，我都跟着你，誓死相随。

李衡甫：孝仪，你我知交多年，我了解你，有几句话我得先跟你说，要跟日本人斗下去，仗还有得打，日子还长，没有十年八年战争不会结束。我们不能回避更不能逃避，我们只要一开工就成了"汉奸""卖国贼"，人人得而诛之，躲了日本人，还有汪政府的人，还有国民党军统的人，还有共产党除奸队。工商业协会都是咱们相交多年的老兄弟老伙计，如果这些人还要躲，那我李衡甫也躲不过来。走吧，我只交代老弟一句，如果万一我遭到不测，你必须顶上去，带领工商界的同仁跟日本人干到底，哪怕身败名裂顶着千古骂名，也要保住我们的同胞不被饿死，也要保住上海的这点菲薄的民族资产不被日倭劫走，保住一个中国人的良心和气节。孝仪，这就是老哥对你的嘱托。

【楚孝仪半晌没有出声，双泪横流。

3-12. 景: 李家大宅客厅 日 内

【本来一屋子人，一看到李衡甫和楚孝仪下楼，渐渐安静下来，所有的目光都凝聚在他一个人身上。

李衡甫: 大家既然推选我作为沪上工商业联合会的会长，就请各位同仁相信我，复工不是贪生怕死，我李某一把年纪也不在乎生死，但诸位想想，如果我们不复工上海的老百姓吃什么、穿什么？他们就只有活活地饿死。傅宗耀在会上说得很清楚，如不复工，财产没收，厂房和机械设备也全部落到日本人手上，我和各位同仁均以通敌论处，接受他们的所谓"调查"，实际上我们已经成为他们的俎中肉。傅宗耀绝不敢做这样的决定，甚至上海日军也不敢做这样的决定，这一定是侵华日军的最高当局的指令。各位想想，如果走到这一步，我和各位同仁都要成为日寇的刀下鬼。我知道各位都是有骨气的中国人，早把个人生死置之度外。可是，诸位想过没有，我们死了，后人还会记住我们，说我们是有骨气、有气节的中国人。可是，上海六百万无辜的百姓和上百万的难民，他们怎么生存？他们也跟着我们一块儿去死吗？再说了，中国就一个上海，是中国最大的工业基地。中国就这么点家底，而这些家底就在诸位的手上。如果把我们这点微薄的产业弃之不顾，或者拱手让给日本人，那我们就是民族的罪人，就是真正的汉奸、卖国贼。个人的一己荣辱事小，民族大义才是我们每一个中国人应该追求的风骨和风范。各位都是上海的工商巨子、产业精英，不会不明白这个道理，恢复生产就是在给日本人做事、就是卖国、就是汉奸吗？各位可以扪心自问，我们是在卖国、是在做汉奸吗？不，我们是在拯救上海，拯救上海的工商业，帮助上海的民众在我们民族存亡最危险、最艰难的时刻渡过难关。留得青山在，不怕没柴烧，只要中国的民众活下来，我们的国家就有希望。所以，复工是我们工商业协会和所有上海人的活路，上海不能变成第二个南京。如果有人骂我们是"汉奸""卖国贼"，那就让他们骂好了。民族危亡，国难当头，我们个人的一己荣辱又算得了什么。我希望各位在我们国家生死存亡的关键时刻，以大局为重，保住上海的百姓和中国民族工业的这点家底，为我们的民族复兴积蓄力量，做个真正的中国人。如果各位还不理解，那就骂我李衡甫好了，骂我李衡甫是"汉奸""卖国贼"。我是准备复工，至于各位复不复工，我勉强不了，只请各位好好想想，什么是卖国什么是爱国。老朽话尽于此，各位看着办吧！

【李衡甫说到此早已声音哽咽，泪满双颊。楚孝仪赶紧上前，扶住李衡甫。

楚孝仪：（高声说道）衡甫兄，你比我们想得深远，我理解你，听你的。我名下产业明天全部复工。

【大厅瞬间死一般的寂静。突然，爆发出一片呼应声。

众人：（齐声）衡甫兄，我们听你的，明天复工……

3-13. 景：淞浦产业纺织厂大门口 日 外

【紧闭的工厂大门开了一条小缝。工头把招工启事贴在了布告栏里，立刻围上了一群难民。

难民：（欢呼）招工了！招工了！

3-14. 景：淞浦面粉厂大门 日 外

【大门一开，蜂拥而至的工人就冲进了工厂的大门。

【一辆黑色的轿车停在马路一侧，土肥原坐在车上。看到这一幕，他颇为得意，命令司机开车，汽车缓缓开走。

3-15. 景：日本对华特别行动委员会 日 内

【土肥原正在自己的办公桌前泼墨挥毫。宣纸上画着一泓湖水，湖中两只田鸭在交颈嬉戏着，湖边的一棵桃树上开满鲜花，几丛修竹若隐若现。一位老人高挽裤脚站在水中撒网捕鱼，岸边的蒿草中摆放着一只倒卧的鱼篓，几条硕大的鱼在草丛中蹦跃着。土肥原正在画上题写着苏轼的《惠崇春江晚景》诗。

【门外一声报告。

土肥原：（头也没抬）进来。

【久保田和傅宗耀进屋，见土肥原正在伏案作画，悄声蹑足走到桌前，也不敢说话伸长脖子看着。土肥原依然没有抬头，只说了一声。

土肥原： 你们坐吧。

【久保田和傅宗耀离开桌子却不敢坐下，站立等候。

【土肥原写完最后一笔，把笔轻轻摆在一边，欣赏着自己的画作，口中轻轻念道：

土肥原： 竹外桃花三两枝，春江水暖鸭先知。蒌蒿满地芦芽短，正是河豚欲上时。来，你们都过来看看。（说完满意地搓搓手，自己给自己倒了一杯茶）

【久保田和傅宗耀走到画前，装出欣赏的模样端详着，口中啧啧赞叹。

傅宗耀： （谄媚地）好画呀好画！真没想到将军还有如此神技，我们中国的画家恐怕要望洋兴叹了。将军画的好像是苏轼的《惠崇春江晚景》吧，寓意高远，惟妙惟肖，堪称一绝。

久保田： 老师，我不懂中国画，但我觉得这幅画太美了，有点像我的老家北海道农村。我离开日本多年，您的这幅画倒让我想起我的老家了。

土肥原： 北海道我去过多次，可没有这样漂亮哟。你看，蓝天、湖水、田鸭、桃花、修竹、蒿草，特别是那几条鱼，活蹦乱跳充满生命力。知道那是什么鱼吗？我们北海道可没有哟。

傅宗耀： 根据苏轼诗中写意，那应该是河豚鱼吧。将军喜欢吃河豚鱼吗？

土肥原： 喜欢。可惜现在不是河豚鱼的上市季节。知道我为什么将上海的工业复兴计划叫"河豚鱼计划"吗？河豚鱼是美味的佳肴，但没搞好可是要毒死人的。就像我们现在脚下的这块土地，治理好了管理好了，它就是我们大日本帝国的聚宝盆，足可支持我帝国"圣战"。可如没管理好，上海不仅会变成一座死城臭港，更要命的，是它有可能演变成反我"大东亚圣战"的策源地、爆发地。它的存亡将影响全世界。你们想过这个问题吗？知道为什么吗？好啦，今天没时间跟你们讲这些了，回去好好想想吧。你们今天来有什么事要报告的，说吧。

傅宗耀： （拿着一张报纸躬身上前）将军，我是来给您报告好消息的。上海工商业协会在那个李衡甫的带领下，几乎全部在七天内复工了。这都是将军的虎威把那个李衡甫镇住了，我们大日本帝国占领上海，总算取得了初步成效。

土肥原： 这个李衡甫还真是个人物，人望极高，想得也挺周到。居然想起来要给工人预支半个月薪水。这笔钱发下去，上海市面上暂时不会有骚乱。

久保田：可是，他还是在我们监视下，把他的大儿子送离了上海。我担心他不会真心与皇军合作。

土肥原：（淡淡地说）你以为他会真心与我们合作吗？只要他能为我所用，管他真心不真心。没看到今天的报纸吗？多家报纸都在骂他死心塌地地投靠日本人，骂他是"汉奸""卖国贼"，他已经没有退路了，真心假心都得为我所用。至于李廷琛离开上海，那是他忌惮我皇军对他全家不利，他已经知道这是我有意放他一马，让他感恩，死心塌地地为帝国效力。你记住，李衡甫就是一条河豚鱼，懂吗？

久保田：可他的儿子李廷琛是个抗日分子。据说皇军进攻上海时，他曾带着一批人上前线抢救国军伤员，后来这批伤员又不知去向。我怀疑，这批伤员是他藏起来了，这种人就得死。

土肥原：（站起身来对着久保田厉声说道）你有证据吗？这是在上海，要管理好这座城市，首先就得保持稳定。记住，上海现在是我们大日本帝国的上海，发挥上海对帝国"圣战"应有的作用。今后，如果没有大的动乱和直接危害我皇军的事件，不能动辄就杀人。要杀人，也让汪政府和76号去杀，皇军不宜亲自出面，特别像李衡甫这样的上海工商界的首领，你若杀了他儿子，他还能跟我们皇军合作吗？不仅不能动他，他的全家皇军都应该予以保护，明白吗？

久保田：明白。

土肥原：（对傅宗耀）市长大人，您连日奔波，也辛苦了。

傅宗耀：那是应该的。在大日本帝国的光辉下，鄙人甘为驱使。李衡甫能就范，使上海工商界全面复工，这都是将军的功劳。

土肥原：傅市长还是应该盯紧他。一旦他有什么对皇军不利的行为，或者做些表面功夫而实际阳奉阴违的事情，市长大人可及时向我报告，但不得擅自行动。

【傅宗耀赶紧点头。

土肥原：（嘲弄地）我听说有贼进了您的府上，受了一些惊吓？可有什么丢失的东西？

傅宗耀：是个毛贼，只是胆子太大了。刀子就直接亮在眼前。现在上海，大批难民，鱼龙混杂。

土肥原：菊子夫人，可是女中豪杰，曾在我手下服役多年，能好好保护好您的安全。

久保田： 您大可以将负责安全的工作，交给菊子夫人，她可是武林高手，曾获军中跆拳道女子第二名。

【傅宗耀赶紧点头答应。

3-16．景：印度洋海域　日　外

【一轮红日跃出海面，霞光中波涛涌动，分外灿烂。

【格林威斯号像一片柳叶在大海中颠簸。

3-17．景：格林威斯号甲板　日　外

【地平线已经出现，船上的人经过了近两个月的漂泊，此刻忍不住都聚集在甲板上欢呼。海东青在人群中，一溜烟爬上了船头高处挥舞着帽子。

李季方： 海东青，下来！

海东青： 不下来。

李季方： 没规矩。如果不是大少爷，说不定你已经蹲班房了。再这样没规矩，我就把你扔海里去。

海东青： 在船上头晕了两个月，终于要见着地了，我能不高兴吗？

李季方： 我看还是船上好，免得你到处扑腾。

海东青： 老头儿，我还会两句"来是康姆去是狗"（学说英语）。你连一句洋文都不会诌。这不会洋文，上了岸你可就变哑巴了。这时候你教训我，你等着吃苦头。

李季方： 你这个小子，要不是大少爷一定要带着你，就应该把你丢进巡捕房，让你吃牢饭。

海东青： 不是大少爷非要带上我，我还不爱来呢。洋人有什么稀奇的，我海东青上海滩看多了不稀罕看。大洋马、白俄妞，海大爷什么没见过。

【海东青几步便爬了下来，被挤在人群外，站在另一头的李廷琛背影寂寥。李廷琛望着卷起的金色浪花出神。李季方凑到李廷琛身边。

李季方： 大少爷，马上就要上岸了。到时候，你可得看住了那个小子。

李廷琛： 季方叔，您就别担心了。海东青知道轻重。

李季方： 他一个小滑头，他懂什么。

李廷琛：他就是故意气您，您一生气就上了他的套。千万别生气。

李季方：一路上，我都悬着心，我只是担心这小赤佬给你添麻烦。

李廷琛：嗯，我知道，我不会让他闯祸的，倒是家里的老父亲让我放不下心。

李季方：大少爷，老爷有楚先生呢。

李廷琛：孝仪叔对父亲，肯定是肝胆相照。

李季方：老爷说话，有人听。

李廷琛：我们一走，也不知道是能让他放开手脚，还是让他腹背受敌。

3-18. 景：德国柏林港海关 日 外

字幕：柏林

【从格林威斯号上下船的客人，分成几个队，按照德意志公民和其他国家公民排队等待检查。除了海关官员，旁边还站着表情冷峻的党卫军注视着一个个入境的人。海东青和李季方都没有经历过这种场面，海东青故意显得满不在乎。李季方则不停擦着额头上的汗，显得有些紧张。

李廷琛：季方叔，没事。他们就是看一看证件。

【然而话音未落，一个犹太人就被拖出了队伍，党卫军立刻上前，粗暴地将他带离。

犹太人：（德语）放开我！我是合法的公民！

【周围人沉默着，只听见那个被抓的犹太人凄惨的呼救声。

【李廷琛将三人的证件交给了海关办事员。办事员仔细核对了三个证件，终于将证件交还给李廷琛。

办事员：（英语）欢迎。

3-19. 景：德国柏林港海关 日 外

【李廷琛带着李季方和海东青，走在海关外。

李季方：那些当兵的怎么可以随便抓人呢，看来这里也不是个讲理的地方。

海东青：老头儿，没想到你也心虚。

李季方：我心虚什么。我看这些洋人眼光还是不行，就应该把你也拽出去。居然没有一眼看出来你这个小贼。

海东青：拽我干什么，我一看就是行侠仗义那种，好汉。

李季方：我看，你就是烧成了灰也是瘪三。

【海关四周，随处可见的纳粹宣传海报。街角也站着巡逻的党卫军。李廷琛四处张望，心中忐忑。

李季方：大少爷？

李廷琛：季方叔，也不知道出了什么事，这里这么多军人。

李季方：这世道，真是到哪里都不太平。

李廷琛：海东青，这里跟上海不一样。

海东青：知道知道。我就是跟老头儿斗斗嘴。我又不是三岁小孩，知道轻重。再说，我一身功夫，飞得快。

李季方：再快也会让人一枪打下来。

海东青：你这老头儿，你怎么就不盼我点好呢。

3-20. 景：柏林佩加蒙酒店大厅 日 内

【酒店里挂着大幅希特勒的元首画像。虽然依然响着轻柔的钢琴曲，但大厅里并没有太多的客人。前台有一个布告的架子，上面醒目的标着：本店不接受犹太人。李廷琛看着布告，忍不住叹息。

海东青：这是什么啊？

李廷琛：没什么。

【李廷琛从服务员手上接过了钥匙。

服务员：（德语）李先生，这里有一张给您留的字条。

李廷琛：（德语）谢谢。

【服务员递给李廷琛一只信封。李廷琛打开了信封，里面是西蒙留下的字条。西蒙约他晚上在白天鹅咖啡馆见面。

3-21. 景：佩加蒙酒店房间 日 内

【李廷琛、李季方、海东青一同进了房间，放下了行李。海东青十分好奇，东张西望，拉开窗帘。窗户外面远处可以看到教堂的尖顶，而楼下就是大街。

海东青： 洋人真行啊，洋人的庙也这么高。

李廷琛： 海东青，你下午好好跟李师傅在房间里。我出去一趟。

海东青： 你就放心吧。

李季方： 除非绑着，我可看不住这个小兔崽子。

海东青： 我有翅膀。

李季方： 翅膀还挺硬。

李廷琛： 海东青，以后不可以这样对季方叔。这里是德国，不是在上海。季方叔是为你好，也是为我们大家好，以后我不在的时候你必须听季方叔的。

海东青： （极不情愿地点头）知道了。

3-22．景：霍普金斯医科大学 日 外

【深秋的柏林，金黄的落叶满地。秋风一起，路上的行人无不匆匆，李廷琛也不由自主裹紧了身上的大衣。

【菩提树下大街的校园里依然安静，学校创始人洪堡的雕像寂寞地伫立在安静的校园中。学生们夹着课本匆匆而过，一群戴着袖标的日耳曼青年，挥舞着手臂骑着自行车呼啸而过。

3-23．景：霍普金斯医科大学教务处 日 内

【教务处的墙壁上也挂着元首画像。公办人员全部是清一色的日耳曼人。金发的中年教务秘书接待了李廷琛，拿着厚厚的一沓文件，仔细寻找，终于指着其中一行。

教务秘书： 玛丽·科恩？

李廷琛： 是的。她是最优秀的医学教授。

教务秘书： 你看，她几年前就已经被解职了。

【李廷琛大为惊讶，拿过那个登记表，发现确实写着解职的字样。

李廷琛： 我能记下来科恩夫人的地址吗？

教务秘书： 可以，我们没有规定不允许这样做。

【教务秘书拿出纸笔，李廷琛记下了地址：普斯顿大街6号。教务秘书犹豫了片刻。

教务秘书： 你离开德国很久了吧？

李廷琛：是的。从毕业之后，就没有回过德国。您知道，科恩夫人是我的老师，我们感情很深。

教务秘书：好吧。你最好白天去那里。那是个犹太人聚居的地方。

李廷琛：那里不安全？

教务秘书：犹太人，晚上可能会经常有检查。

李廷琛：谢谢。

教务秘书：（友善地）如果我是你，我可能不会去那里。

【李廷琛愣了一下，仍微笑着告别。

3-24. 景：普斯顿大街 日 外

【普斯顿大街十分安静，路上没有行人，街道也还干净。李廷琛在路标的指示下终于找到了普斯顿大街 6 号。

3-25. 景：普斯顿大街 6 号 日 外

【李廷琛站在门口刚准备举手敲门，却被屋内传出的牧笛声吸引。牧笛声悠远哀伤。李廷琛敲门，牧笛声停了下来。一会儿，门开了。一个穿着连衣裙的犹太少女站在门内。犹太少女狐疑地看着站在门口的中国陌生人。

杰思敏：您好。

李廷琛：您好。

杰思敏：请问您找谁？

李廷琛：请问，玛丽·科恩夫人住在这里吗？

杰思敏：您是？

李廷琛：我曾经是她的学生，我是在霍普金斯医科大学找到她的地址的。

杰思敏：请进。

3-26. 景：科恩德国家客厅 日 内

【屋外一片萧瑟，屋内却依然温馨。墙壁上挂着全家福。靠在窗边的琴谱旁，放着一支牧笛。小客厅里虽然朴素，但茶几上的玻璃花瓶里依然插着几枝雏菊给房间带来一丝生气。房间有一些寒冷，壁炉却没有点火。

【身穿旧呢子长裙的玛丽披着家常的旧毛线披肩，匆匆进来，看到李廷琛十分惊喜。

李廷琛：（快步上前）老师。

【玛丽紧紧地拥抱了李廷琛，并请他在沙发上坐下。

玛丽：李廷琛，真是太高兴了。你什么时候回来的？

李廷琛：我去了学校，但是他们说您已经离开了。

玛丽：这已经不是现在的事情。

李廷琛：所以给了我这里的地址。

玛丽：这个元首上台之后，整个国内的气氛都跟你在的时候不太一样。

李廷琛：我下船的时候就感受到了，气氛很紧张。

玛丽：他们说犹太人是世界的敌人，邪恶事物的根源，一切灾难的祸首，民族生活秩序的破坏者。对犹太人的邪恶没有清醒认识的人都是罪人，都阻碍了德意志民族的发展，都要受到惩处。

李廷琛：这是什么逻辑！真是无稽之谈！

玛丽：我虽是雅利安人，但我是犹太人的亲属。我想，在他们眼里，我也是他们所说的"罪人"。

李廷琛：当时，大学里那么多的科学家，那么多教授都是犹太人。

玛丽：是的，可这些教授和科学家，他们现在的命运都很惨。他们失去了一切就业的机会，有的甚至不能在商店里买东西，很多人干脆就被他们关进了集中营。

李廷琛：怎么会这样？犹太人难道不是人吗？这个社会还有公理人权吗？

玛丽：当局禁止犹太人从事所谓的高贵职业。政府里没有犹太人，没有人能为犹太人说话。医生、司法，都不允许，甚至不允许犹太人进公共浴室。

李廷琛：真是可笑。现在应该是文明社会。

玛丽：我丈夫他们的哥廷根大学整个物理系糟糕透了。

李廷琛：哥廷根大学有全世界最好的物理系。

玛丽：现在不行了，能走的人都已经走了。霍普金斯医科大学也没好到哪里去。我也被解职了，我的这些家人都在这里。现在已经禁止德国人和犹太人通婚。

李廷琛：真是糟糕透了。

【杰思敏端来了茶，和两小块司康饼干。

玛丽：幸亏我们还有茶，让我们保留一点待客之道的礼貌。

杰思敏：妈妈，还有刚烤好的司康。

玛丽：廷琛，你一定不记得了。你离开德国的时候，杰思敏还是个小姑娘。

李廷琛：杰思敏，你长大了，你还记得我吗？

杰思敏：（有点羞涩地点点头）记得，这支牧笛还是你给我的。

李廷琛：刚才我在外面就听到了音乐。我就知道一定是你在吹奏。杰思敏，你吹得真好，你是个有音乐天赋的好姑娘。

玛丽：现在艺术馆和音乐厅都不让犹太人进入了。杰思敏的音乐天赋现在只能在家里这个小客厅里展示了。

杰思敏：妈妈，这没什么。我正好多一些练习的时间。我去看看莎拉，她午睡应该醒了。

【杰思敏出了客厅。从走廊上传来了杰思敏和科恩讲话的声音。

玛丽：一定是我丈夫取了报纸回来了。正好，你们可以谈一谈。他特意订了一份犹太人办的报纸。

【科恩戴着一副旧眼镜，身上穿着旧毛衣，毛衣领口露出衬衫领子。衬衫一尘不染。脚上的皮鞋也有一些旧了。脸上没有更多的光泽，但是头发梳得整齐干净。

科恩：李……廷琛？

李廷琛：科恩先生，能再见到您，我真是太高兴了。

科恩：遥远的东方，真是太遥远了。真不敢想象那个神奇的国度是什么样子。

李廷琛：从上海港启程，坐船至少也得两个月。

科恩：如果以后使用航空器就不一样了。现在的飞机，其实可以加大航程。

李廷琛：但愿吧。

科恩：还有刚出炉的司康，真是太好了。你必须得尝一尝。我从不知道了不起的医学院教授加上未来的音乐家能做什么，了不起的厨师，伟大的味道。

【李廷琛本有些舍不得吃这些东西，但不忍拒绝科恩的好心。

李廷琛：好吃。

科恩：玛丽现在能烤非常棒的面包。我们已经很久不出去买面包了，我们不需要面包。我现在除了看报纸，在家里是最没有用的。

李廷琛：中国有句话，"塞翁失马，焉知非福"。

科恩：我们德国人也会说"厄运的背后是好运"。

玛丽：廷琛，今天留下来跟我们一起吃晚餐吧。我去布置餐桌。

【还没等李廷琛拒绝，玛丽就走出了客厅。

科恩：柏林是不是一团糟？政治家们都是混蛋。你的祖国怎么样？我看到报纸上，都是战争的消息。

李廷琛：淞沪会战之后，首都从南京迁到了更内陆的地方。淞沪会战打得很惨，日本人到了南京屠城。

科恩：唉，在战争中，人的残暴，比最可怕的野兽还要残忍。

李廷琛：我听说，很多犹太裔的人，已经离开了德国。

科恩：是的。哥廷根大学的物理系已经散架了。但我不会走。我们是德国人。从我的爷爷开始就住在这里。我哪里都不会去。政治人物会有任期，他不可能一直当选。

李廷琛：战争一旦开始，局势就会迅速恶化。我觉得看现在气氛，很难说接下来会发生什么。有机会还是应该尽快离开，去安全的地方。

科恩：我们还有信仰。这里是祖国。李廷琛，你能轻易放弃你的祖国吗？

李廷琛：这不一样。

科恩：我的同事们离开这里。我知道，这里很危险，我跟我的妻子甚至不得不失去了工作。我们互相鼓励，盼着情况能好一些。但现在已经几年了，没有更好。

李廷琛：而且还在恶化。

科恩：科学是没有国界的。但我永远相信，科学家是有国籍的。德国是我的祖国。

【一个卷曲头发，穿着花裙子的小姑娘跌跌撞撞追着一只小猎犬跑下楼梯，她身后紧跟着杰思敏，一直呼唤她的名字。

杰思敏：莎拉！莎拉！

【莎拉扑向了科恩。

莎拉：爸爸。

【杰思敏气喘吁吁地追过来，从父亲手上接过了莎拉。

杰思敏：对不起，莎拉醒了。

莎拉：爸爸，你看豹子又长大了。

李廷琛：这是莎拉吗？还认识你的李叔叔吗？（走上前去）我离开德国的时候，你才这么大（用手比画了婴儿的大小）。

【莎拉指着地上的小猎犬。玛丽回到客厅，看到这一幕忍不住笑了起来。

玛丽：莎拉，这是你李叔叔。

李廷琛：（走过去一把抱起莎拉，欣喜）莎拉，你长大了。

【莎拉腼腆地垂下了头。

李廷琛：老师，我今天不能留下来吃饭了。我还是告辞了。

玛丽：为什么不留下来？我们难得见一面，家里也难得有一个老朋友拜访。你不用担心我们的生活。

李廷琛：我这一次来柏林是为了采买一些医药器材，我们约了晚上见面。

玛丽：好吧。如果你执意要走。但愿我们还有机会再见。

李廷琛：我一定会来看你的。

【玛丽紧紧拥抱了李廷琛。

3-27. 景：普斯顿大街6号 夜 外

【夜幕低垂，科恩家的窗户里透出暖黄的光。

【李廷琛离开了科恩家，压低了帽子，晚秋的寒风卷动着地上的枯叶。

【李廷琛出门后忍不住回头看了看放着杰思敏谱架的窗户，不由得轻轻叹息。

3-28. 景：德国科恩家客厅 夜 内

【莎拉看着李廷琛出门，搂着姐姐的脖子。小猎犬豹子在茶几旁嗅来嗅去。

莎拉：他为什么不留下来跟我们一起吃晚餐呢？

杰思敏：莎拉，还有一块刚烤的司康。

莎拉：那我要留下一小块给豹子。

杰思敏：好，给它留一小块儿。

3-29. 景：上海李家大宅李衡甫书房 日 内

字幕：上海

【李衡甫穿着家常半旧的褂子，桌子上摊开着报纸。

【报纸上，都是李衡甫带领上海工商业企业主开工的消息，赞美他亲善日本。

【报纸上是一摞传单，上面大骂复工的人都是汉奸。

【李衡甫怔怔地坐在椅子上，心中凄苦，两眼迷惘。

第三集完

第四集

4-1. 景: 柏林街头 夜 外

字幕: 柏林

【夜晚的柏林街头，依然灯光璀璨。商业街的玻璃橱窗里依然透露出一片欣欣向荣的景象。行人行色匆匆，偶有一群群纳粹青年呼啸而过。

【李廷琛穿过呼啸的党卫军和秘密警察的摩托车，来到另一条街道上。

4-2. 景: 天鹅堡酒吧 夜 内

【天鹅堡是一间白天经营咖啡，晚上经营酒的小酒吧。李廷琛推门而入，酒吧播放着音乐《军旗下的士兵》。李廷琛皱了皱眉。他作为一个陌生人，引起了酒吧酒保的注意。酒保刚要招呼他，西蒙在靠窗的角落里跟他挥手示意，并示意酒保再加一份一样的啤酒。

西蒙: 怎么样? 还顺利吗?

李廷琛: 下船的时候遇到一点问题，但好歹都过去了。很久没喝过这么好喝的啤酒了。

西蒙: 这是比利时的。修道院里教士们的传统佳酿，他们有一些秘方。

李廷琛: 很不错。柏林的夜晚还是这么安静美丽。这个酒吧也很好，啤酒很地道。可这么美好的晚上却播放着军乐，与这气氛很不协调，甚至有些刺耳。

西蒙: 刺耳吗? 过两天可能你就习惯了。现在的柏林跟你在的时候不同了。现在能听见的，能看到的都是军人的身影、军人的歌声。别说酒吧了，就是在教堂时时都会响起军歌军乐，让你感觉不到上帝的存在，能感觉得到的只有我们的德意志军队和士兵。

李廷琛: 怎么会这样? 要打仗吗?

西蒙: 不知道。自从我们的元首上台后，这里的一切都变了。李廷琛，跟你做完这单生意，我就要离开德国了。

李廷琛: 你也是犹太人?

西蒙: 我不是犹太人，可我的很多生意伙伴都是犹太人，很多人都走了。

李廷琛: 德国已经完全纳粹化，随时可能爆发战争，在这里生活确实很不安全，生意也会越来越难做。"

西蒙：不，我不是为了钱。我在美国有亲戚。你知道，美国有不少德裔移民。他们很开放。我对这个国家，现在的所有的一切都很失望。我不能让我的孩子生活在这种环境中。

李廷琛：他们还很小。

西蒙：不能接受种族迫害的教育。欧洲已经完蛋了。

李廷琛：你们要去哪里？

西蒙：美国吧。那毕竟是块新土地。

李廷琛：好吧，美国也许会好一些。

西蒙：李先生，货品已经运往汉堡港。我觉得这里极不安全，时刻都可能出事。

【酒吧里广播里的音乐戛然而止，突然变成了新闻。本来还有些热闹的酒吧，一下子安静了，连酒保也停止了工作。所有人的注意力都被吸引在了广播上。广播里传来一个德国人歇斯底里的吼叫声。

广播（OS）：（德语）行刺，这是暴力的种子。应该立刻让冲锋队行动，应该组织起来。让所有的日耳曼人组织起来，组织一场对犹太人的"自发性"的示威，党对此不应干涉……

李廷琛：出什么事了？

西蒙：你刚来，现在所有人都紧张兮兮的。

李廷琛：风声鹤唳。

西蒙：7号的时候在强迫出境的犹太人中，有个波兰国籍的裁缝死在闷罐车里了。他儿子，真是个小伙子，在巴黎对着德国大使馆的三秘恩斯特·冯·拉特开枪。现在冯·拉特死了。麻烦大了。

李廷琛：演讲的人很有煽动性。

西蒙：那是戈培尔，一个混蛋。

李廷琛：他是什么人？

西蒙：什么二号人物？他在煽动。他在煽动这些人报复。这些人，真是可怕。他们终于找到借口了。

李廷琛：会很严重吗？

西蒙：冯·拉特真是倒霉蛋，他是个好人。李先生，你们赶紧走，不要在柏林逗留。

李廷琛：我是个外国人，应该还算安全。

西蒙：不要侥幸。这些人，都没有底线。为了达到自己的目的，简直是魔鬼。

【突然，窗外一声巨响。所有人的目光被吸引过去。李廷琛和西蒙眼看着街对面的玻璃窗应声而碎。

4-3．景：柏林街头　夜　外

【一群佩戴着纳粹袖标的暴徒，从四面八方涌上街头，手持火把和棍棒，看到犹太人的商店就上前砸碎玻璃。

【路上有人大声呼救，却没有人停下脚步。

一群暴徒：（叫嚣着）烧掉教堂。

李廷琛：这些都是平民？

【西蒙摇了摇头。

西蒙：这些人都是化了装的冲锋队，你看，盖世太保的人就站在那儿，他们不会制止。他们是一伙儿的。

【周围的店铺已经一片狼藉。纳粹暴徒们破门而入，将犹太平民从房子里拖出来，按在地上毒打。

【突然一个年轻的犹太人猛兽般冲向了纳粹，站在林荫树下的盖世太保向他开枪射击。犹太青年猝然倒地，鲜血喷涌，顿时气绝。一个满头白发的老太太，追上来，伏在他身上失声痛哭……

4-4．景：佩加蒙酒店门前　夜　外

【酒店门前，被砸碎的玻璃遍布大街。党卫军的军靴在碎玻璃上踏出喳喳的声响，盖世太保押着装满犹太人的军车呼啸而过。

西蒙：（紧张地）我不能送你进去了。你一定要注意安全。

李廷琛：我们码头见。

西蒙：你放心。三天后在码头交货。我一定会等你们。

【海东青不知何时，出现在李廷琛的身边。

李廷琛：你怎么跑出来了？

海东青：老头儿从下午就开始念叨，说你怎么还不回来，就担心你出事。我说没事，他非要说外头这么乱，你还不回来就是出事了。你说这老头儿也是，怎么不说点好，就瞎

担心。

李廷琛： 走吧，赶紧回去。

【突然，一辆押着犹太人的军车向着李廷琛呼啸而来，车上站满了盖世太保。李廷琛和海东青赶紧闪避，车上一个被捆住双手的青年突然纵身跳下车来，还没爬起身，车上的盖世太保端起自动枪就是一梭子，车没有停，绝尘而去。那青年身中数弹，大口地喷血。李廷琛赶紧上前把青年扶到路边解开他的双手，那犹太青年已经不行了。李廷琛贴在他嘴边听见他断断续续的喘息，他抓住李廷琛的一只手，将一个物件塞入李廷琛的手中。

伊姆雷： 普斯顿……大街……6号。

李廷琛： 海东青，快点，搭把手。

【李廷琛和海东青将犹太青年挪到路边，展开手掌，那是一只带血的雅利安贵族徽章，这枚古老的徽章上镌刻着雅利安家族和勋位。

【李廷琛掏出了手绢，擦干净血污，这才发现，血污下死去的犹太青年正是他恩师玛丽的儿子——伊姆雷。

李廷琛： 伊姆雷！伊姆雷！

【然而，伊姆雷已经再没有呼吸。

旁白＋字幕： 1938 年 11 月 8 日，德国法西斯当局开始了对犹太人灭绝人性的迫害与屠杀，当晚，十余万犹太人被杀害或送进集中营，柏林所有犹太人教堂被焚烧，住宅商店被捣毁，被砸的玻璃碎片在火光的映衬下闪烁着血色光芒。这是德国历史上最黑暗最血腥的一夜，史称"水晶之夜"。

【柏林街道，满街的玻璃碎片和着鲜血在霓虹灯的映衬下闪烁着血色光芒。

4-5. 景：佩加蒙酒店房间 夜 内

【窗户外的打砸抢声不绝于耳，伴随着哀号、哭泣、哀求，还有汽车呼啸而过的警报。

【海东青辗转反侧难以入眠，从床上坐了起来，却看到李廷琛不知何时一直站在窗口。

李廷琛： 海东青，天亮之后，我要出去一会儿。

海东青： 我跟着你一起去。

李廷琛： 你跟季方叔在房间里。这里毕竟是雅利安人开的旅馆，安全一些。季方叔要对好提货单，房间里还有金条，不能没有人。

海东青：你也是太操心。老头儿也是老江湖，哪需要你嘱咐。外头这份儿闹腾。明天，我得跟你一起去，不然我得被老头儿烦死。

李廷琛：（背对窗户）教堂的火已经烧完了。

【海东青从床上起来，凑在李廷琛身后，望着窗外。

【夜色中燃烧的犹太教堂。

海东青：真够可以的。那么大的教堂，一个个都烧干净了。

李廷琛：比黑暗的中世纪还要黑暗，不知道花多少时间才能重新点燃光明。

4-6．景：柏林街头 日 外

【李廷琛紧紧抱着一只小皮箱，海东青寸步不离地跟在他的身后。

李廷琛：一晚上，不知道抓走多少人。

海东青：反正不关咱们的事儿。咱们办完事，还是赶紧溜。这洋人的面包还是没咱们的饭香。

【犹太教堂门前，燃起的火还没有熄灭。滚滚黑烟冲向天空。

海东青：怎么都没人救火呢。

李廷琛：连教堂都烧了……你记得咱们刚上岸的时候，你还说这里最高的建筑就是教堂。

海东青：走吧走吧。这可不是看热闹的时候。

【李廷琛的脚步却无法移动。

【一个纳粹军官领着一小队党卫军跑步过来。

纳粹军官：（吼着）全中队必须在两个小时内，把整个街区所有的犹太教堂都清理完毕，改成停车场为德国人使用。

【教堂堆满了灰烬，四处都是烧毁的祈祷书。纳粹军官捡起一本残存的《圣经》扔给了一名跪在地上的犹太教士。

纳粹军官：烧掉！

【教士木然接过，一页页撕下，投进火堆中。一本本犹太《圣经》被扔进火里，而周围几个犹太人站在被焚烧的教堂前祷告，不愿离去，任由戴着纳粹袖标的平民侮辱。海东青挽起袖子，就要冲上前去，被李廷琛死死拉住。

李廷琛：（压低声音）别冲动！

海东青：总不能看着他们欺负人吧。

李廷琛：你不懂。

海东青：都是洋人，居然还有个三六九等。

【教士亲吻了最后一页纸片，闭上眼睛，纵身投进熊熊火焰中。李廷琛和海东青都不忍继续看下去，别过了头。

【纳粹军官傲慢地瞥了一眼这两个东方人。

4-7. 景：柏林街头 日 外

【街道上依然一片狼藉。秋风吹过，天空中飘舞着黑蝴蝶般燃烧后的灰烬。

【盖世太保驱赶着犹太人在清扫街道上的碎玻璃和血迹，这些犹太人一个个蓬头垢面、鼻青脸肿。有的年轻女人被撕去了裙子，脱去了靴子，赤脚在碎玻璃上殷殷流血。一个老人步履蹒跚，跌坐在地上。一个盖世太保抬手一枪托，喝令站起来，同时拉动枪栓，可怜的老人连滚带爬，爬起来又跌倒，盖世太保对趴在地上的老人前后左右连开四枪，将老人钉在地上，老人趴着不敢动弹，浑身颤抖。盖世太保哈哈大笑，没人敢多看一眼，没人敢停下手中的活。

【李廷琛从口袋里掏出了那枚已经擦拭干净的带着棱角的家族徽章，咬着牙看着眼前发生的一切。拳头紧握徽章，鲜血从指缝流了出来。

海东青：走吧。别看了。看了心里不痛快。

李廷琛：海东青，等会儿你在外头等着。

海东青：行，咱们老规矩。

4-8. 景：科恩家客厅 日 内

【施瓦茨一身党卫军军装，站在客厅中，对自己所做的一切都十分得意。玛丽挡在丈夫科恩先生的前面直面着施瓦茨。杰思敏则紧紧护着妹妹莎拉。

施瓦茨：犹太人，特别是有钱的犹太人应予逮捕，人数视现有监狱能容纳多少而定。

玛丽：我的丈夫已经失业几年了，你们没有权力逮捕他。

施瓦茨：可是，您的丈夫是极其危险的物理学家。科恩先生，您是德国最危险的科学家，首当其冲进入死亡营的就是您这样的人。但是，现在我没有这样做。

玛丽：他是最纯洁的人，他的双手比你这样的人干净。

施瓦茨：夫人，您可是雅利安人，嫁给这样的犹太猪，您应该感到羞耻。您甚至还纵容您美丽的女儿杰思敏小姐交往一些犹太朋友。

【施瓦茨上下打量着杰思敏，玛丽拦在了杰思敏的前面。

玛丽：应该感到羞耻的是你们这些强盗。如果您完成了您的任务，现在请您从我的家里离开。

【施瓦茨凶恶的双眼瞪着玛丽，转身离去时，飞起一脚踢飞了向他低吼的小狗豹子，豹子忍痛坚持爬起来追上去，施瓦茨早已带领党卫军骑着摩托车飞驰而去。

4-9. 景：普斯顿大街6号 日 外

【李廷琛带着海东青正要进入，突然停住了，打量着昨天还整齐的花圃被踩得一塌糊涂。墙壁上画着六角星的大卫犹太星标志。黄色的油漆桶倒在地上。科恩家的门大开着。

海东青：就这里？

【李廷琛点了点头。

海东青：我在外面。

【李廷琛站在门前，略微有一些迟疑。虽然门大敞着，李廷琛却把门拉上，又重新敲了敲门。直到屋内传来一声微弱的声音。

科恩（OS）：请进。

4-10. 景：科恩家客厅 日 内

【门窗、吊灯、家具全被砸毁，地毯上也被泼上了颜料和油漆。放在窗边的谱架刚刚被杰思敏扶正，但琴谱已经浇上了油漆。茶几上的花瓶已经碎在地上，雏菊已经枯萎，满地狼藉。科恩和玛丽强作镇静。

玛丽：真是糟糕，希望你不要介意。

李廷琛：外面很乱。

玛丽：一切会好起来的。

【李廷琛欲言又止。

玛丽：很抱歉，家里连茶都没有。

【玛丽扶好了挂在墙壁上的全家福。李廷琛从口袋里掏出了那枚族徽，交给了科恩。科恩十分震惊地望着李廷琛。

李廷琛：很抱歉……

科恩：这是伊姆雷的。伊姆雷的……玛丽，你看这是伊姆雷的……伊姆雷……

【科恩显然被李廷琛带来的噩耗击晕了，双眼发直，双唇颤动，语不成声地呼唤着儿子。杰思敏抱着小妹妹莎拉坐在客厅的楼梯上啜泣着。莎拉突然挣脱杰思敏，扑向玛丽，大声哭喊着。

莎拉：伊姆雷……伊姆雷……哥哥……哥……我要哥哥。妈妈，我要哥哥。

【玛丽强忍泪水，颤抖着双手抚摸着儿子留下的族徽。

玛丽：莎拉，不哭，我们不哭。你哥哥永远不会回来了，但他活着，永远活着，永远和我们活在一起……

【说到这儿，玛丽也掩面啜泣起来。杰思敏冲过去抱住莎拉，三人抱头痛哭起来。科恩站在原处，一动不动，嘴唇抽搐着，泪流满面。

【窗外传来一阵汽车发动机的声音和一声刹车的声音。

【海东青敲了敲玻璃窗。李廷琛赶紧跑到窗边，打开了窗户，海东青蹿了进来。

海东青：来了个穿黑制服的，戴着那个标，正停车呢。冲这边来的，就一个人，要不要我去收拾他？

李廷琛：胡闹。你待着别动。

【沉浸在悲痛中的科恩一家人却没有被这声音惊醒。

4-11. 景：普斯顿大街 6 号 日 外

【一个穿着党卫军中尉制服的年轻人从一辆涂有党卫军标志的吉普车上跳下，急匆匆走来。

4-12. 景：科恩家客厅 日 内

【李廷琛起身看着窗外，又轻轻拉上窗帘。

李廷琛：党卫军的人来了。

【这几个字一下子把身处噩梦中的一家人惊醒。玛丽就要忙着搀扶着科恩躲到楼上去。然而还没来得及离开客厅，那个穿着制服的年轻人已经站在了客厅里。

【杰思敏看到来人是施莫林，就扑向了施莫林的怀中。施莫林轻轻抚摸着杰思敏的后背，尽力安抚她。看到来人是施莫林，玛丽和科恩都松了一口气。小狗豹子也友好地嗅着施莫林的裤脚。施莫林却打量着科恩家客厅里出现的李廷琛。

施莫林：你们是？

【科恩一家才注意到站在李廷琛身后的海东青。

玛丽：这位是我从前的学生，中国人李廷琛。这是……

李廷琛：这是我的朋友海东青。

【施莫林依然狐疑地打量着这两位中国年轻人。

玛丽：施莫林，你放心，他们是刚刚来柏林。

施莫林：这个时候来柏林？

李廷琛：为中国的医院买点药品。

【施莫林这才放心点了点头。

施莫林：我是偷偷跑出来的。昨天，元首在慕尼黑出席了庆祝啤酒馆政变15周年的活动。戈培尔发表了演讲，后面就都不受控制了。据说接下来，犹太男子都会被捕，押送到达豪或者布痕瓦尔德之类的地方，那里都建了集中营。

玛丽：我们会死在那里吗？

【施莫林欲言又止地看着科恩。

施莫林：我想跟科恩先生单独谈谈。

【科恩迷惘得抬着头，仿佛听不懂施莫林的话。

玛丽：我的丈夫是我们的家人。我们没有任何需要彼此隐瞒的。施莫林，没关系。

科恩：施莫林，我没有秘密。

施莫林：贾森·施瓦茨……

科恩：他刚刚走，你都看到了，这里都是他的杰作。

施莫林：科恩先生，施瓦茨向梅辛格上校报告了您的原子研究内容。

科恩：我的研究内容？我已经失去工作几年了……我的工作毫无进展……都在我的大脑中。

施莫林：科学家、企业家和宗教界人士在内的七种著名人士和知识分子，全部送往死亡营。

玛丽：不需要审判？就这样送往死亡营？

施莫林：没有审判。

科恩：是报复吗？报复我拒绝参加纳粹支持的毁灭人类的海森堡计划？不，我相信海森堡不是那样的人。

施莫林：施瓦茨认为您的科研成果是海森堡计划的核心，您比所有的科学家和知识分子都更加危险。

科恩：施莫林，你觉得呢？你觉得我看上去能杀人吗？我危险吗？

施莫林：科恩先生，您必须赶紧离开这里。可以先藏在我的家里，我的家族是血统纯正的日耳曼人，那里比较安全。我一定会找机会送您……（深情望着杰思敏）……你们所有人离开柏林，离开德国。

科恩：施瓦茨一直是个我认为非常有科学天赋的年轻人。他曾经是我最喜爱的学生，聪明，具有想象力……施瓦茨，非常棒。我研究的是物理，我热爱哲学，我一直告诫我的学生们要远离政治和战争。他会变得这样邪恶，毫无人性，现在看来，我完全没有成功。

玛丽：施莫林，你们一家都很善良。但现在……如果被盖世太保发现，你们全家都会受到牵连。不能连累你们。

施莫林：（着急地）可是老师……

玛丽：（挥手打断了施莫林）上帝总会为我们开一扇窗的。即便要离开德国，我们也应该有个合理合法的途径。廷琛，走，我们现在就到大使馆去看一看。我就不相信这个世界的正义善良会淹没在邪恶之中。

李廷琛：好的老师，我们现在就去大使馆。

【玛丽裹紧了披肩。

李廷琛：杰思敏，看好你的妹妹和爸爸，不要出去。

【杰思敏点了点头。

施莫林：现在已经没有大使馆对德国犹太人开放了。

玛丽：人类的良知还是在的，一定还有个别的国家会对犹太人开放的。世界不会关闭所有的大门，不去试一试，就永远不知道答案。

李廷琛：尽量收拾好东西。希望你们能顺利地拿到签证，万一拿不到……我一定想尽办法在我离开之前，把你们一家人送出德国。

4-13. 景：柏林使馆区 日 外

【长长的使馆区街道，寒风萧瑟。高高的围墙上露出飘着的各国国旗。然而，从街道一头走到另一头，全没有一家开门。黑漆的大门紧闭。紧闭的大门外是犹太人排起的长龙。穿着黑色的长袍，头戴白色或黑色小帽留着大胡子的犹太男人还在呢喃地祈祷。

【没有喧嚣，没有哭闹，甚至没有抱怨，他们默默地等候大使馆开门，在寒风中瑟瑟发抖，偶尔，传来隐隐的抽泣声……李廷琛陪同玛丽静静地穿过那一条条犹太人的长龙，玛丽的眼中充满哀伤。不知是哪个领事馆传出一阵舒伯特的《冬之旅》乐曲，使静谧的使馆区笼罩着一片令人窒息的死亡气息。玛丽微微抬起头，斜视着那使馆屋脊上一面面五颜六色的国旗，她绝望了，噙泪的明眸充满了悲哀和鄙夷。

玛丽（OS）：你们向全世界兜售你们的信念、博爱、平等、人道、人权，现在却对这些面临杀戮的可怜人关上大门……你们害怕了，胆怯了，我鄙视你们……主啊，拯救这些濒死的灵魂吧，他们是无罪的……

【李廷琛轻轻搀扶着玛丽，默默离开使馆区。

4-14. 景：科恩家客厅 日 内

【玛丽失神地走进客厅，颓然地坐在沙发上。科恩悲哀却充满期待地望着她，玛丽冲他使劲地摇了摇头，扑在桌子上失声痛哭。

李廷琛：科恩先生，德国不能再待下去了。大使馆都关了门，根本拿不到签证。

科恩：真的要走吗？

李廷琛：再往后局势肯定会更加恶化。

科恩：我还是个孩子的时候就住在柏林，我们一家人都生活在这里。我的爱情、我的家庭，甚至我的事业都在这里。

玛丽：（突然抬起头来）不，伦纳德，亲爱的，我们必须走。我们不能再待在这儿了，这里没有正义、没有人性、没有人权。这个国家现在已经沦为邪恶轴心，统治这个国家的是流氓。这个国家已经没有我们的容身之所，这里没有你的事业。我们全家都必须走，远离邪恶。

【科恩木讷地站着，盯着手中的族徽出神，屋内一片死寂。杰思敏抱着莎拉哭泣，泪眼迷惘不知未来的莎拉紧紧地搂着小狗豹子，肩膀耸动着。李廷琛从沙发上拿起了玛丽的披肩，给她披上，紧紧握着她的手。

【门铃响了，杰思敏尽量掩盖自己哭过的痕迹。

杰思敏：施莫林说他会再来的。我去看看。

【脱下了制服的施莫林，匆匆进屋。

施莫林：我刚刚接到命令，所有支队的抓捕计划必须在明天之前完成。老师，你们一刻也不能耽误了，必须马上离开柏林。

【玛丽点了点头。

李廷琛：（略一沉思）老师，我们的船装了药品，在汉堡港。如果能上船，就可以离开德国。

施莫林：我送你们走。

李廷琛：不行，这一家四口，目标太大，你是党卫军军官更不能露面，你不能去。

施莫林：那你们……

李廷琛：我让我的朋友去找了我们的药商，他能弄一辆装了药的货车。

施莫林：你们是不是想直接去港口？去港口的公路到处都是检查站。

李廷琛：那也得走。刚刚你不是说所有支队已经接到命令，明天都得完成抓捕任务，那今晚应该就是最危险的一夜。

施莫林：那如果你们要去港口，也得换条路走，绕过大路。要多花一点时间，但那样安全些。

【李廷琛听见海东青那熟悉的口哨声。

李廷琛：好的，我现在回去安排一下，我晚上九点开车过来接你们。你们稍许收拾一下，不要带太多的东西。记住，晚上九点。

【李廷琛说完，匆匆出门。科恩一家目送着。

4-15. 景：佩加蒙酒店房间 日 内

李廷琛：季方叔，我们今晚就离开柏林，船我会通知好提前离港。你收拾好东西，随时准备离开酒店。

　　李季方：（狐疑地）大少爷，是不是出事儿了？

　　李廷琛：没有。我只是想把我老师他们一家带上，他们是犹太人，怕路上有麻烦。

　　李季方：有麻烦你还带上他们！这不行！德国人每天都在捕杀犹太人，万一出事了……

　　李廷琛：（口气坚决地）季方叔，这事儿您就别管了。我会尽量安排好（反身拿起房间内的电话）请接奥普斯曼药业……

4-16．景：普斯顿大街6号　夜　外

　　【街上没有灯光，一片死寂。李廷琛扶着玛丽爬上后车厢，杰思敏最后一个出来，想想又返回。

4-17．景：德国科恩家客厅　夜　内

　　【杰思敏返回屋内，急忙摘下墙上的牧笛和全家福，正撞上匆匆赶来的施莫林。黑暗中，杰思敏亲吻了一下施莫林。然后，使劲将他推开，反身跳上卡车。

4-18．景：普斯顿大街　夜　外

　　【科恩一家都上了车，李廷琛和海东青用药箱挡住了一家人。货车发动。

　　【小猎狗豹子才从家里跑出来，一路追着汽车狂吠。

　　【莎拉拍打着车窗，让李廷琛停车。她等不及车停稳就跳了下去，把豹子抱上了车。

　　【施莫林望着货车离去。

4-19．景：柏林街头　夜　外

　　【李廷琛紧张地握着方向盘，与施瓦茨带领的摩托车车队擦肩而过。

4-20．景：科恩家客厅　夜　内

　　【施瓦茨带着一队党卫军破门而入，遍寻房间也没有见到科恩一家的踪影。施瓦茨气急败坏地向房间里的党卫军吼着。

　　施瓦茨：还愣着干什么？不能让他们跑了，快追！

【施莫林开着车，车上站满党卫军，在科恩家门口停下。施莫林跳出车，对着匆匆出门的施瓦茨叫道：

施莫林： 人呢？

施瓦茨： 你还来问我？我现在没空跟你说。

施莫林： 你不能走！刚接到上校电话，科恩是我们的重点缉捕对象。我今天必须要带他走。

施瓦茨： 我来的时候，这里已经人去楼空。你找我要什么人？想邀功吗？你放开我！

施莫林： 什么？人跑了？那一定是你放跑的，这事你必须跟梅辛格上校说清楚。

施瓦茨： 你别这么胡搅蛮缠好不好？我还要去追人，你放开我！

施莫林： 那不行，这事你必须跟梅辛格上校说清楚。我是奉命而来，否则我也脱不了干系。

施瓦茨：（暴怒）我现在没工夫跟你啰唆，你放不放手？再不放手，我可动粗了！

施莫林： 动粗也轮不到你。你把人放走了，还想溜？没那么容易！

【施莫林说罢，拔出枪来，顶住施瓦茨。他带来的党卫军也齐刷刷地端起枪来。

施瓦茨： 你要干什么？

施莫林： 不干什么，同我去见上校。咱们把责任分清，究竟谁放跑了人！

【施瓦茨怔住了……

4-21. 景：山间公路 夜 外

【柏林到汉堡的公路上，一辆货车在夜色中疾驰。破旧的路牌指引着方向。

4-22. 景：货车驾驶室 夜 外

【李廷琛紧张地操纵着方向盘，副驾驶上坐着海东青。

海东青： 快到了吗？

李廷琛： 应该快了。

海东青： 你带着这一家子人，老头儿肯定要嘟囔一路。

李廷琛： 季方叔也是深明大义的人，这种救人于危难的事情，他肯定义不容辞。

【突然，前面公路边停着的两辆军车车灯大开。

4-23. 景：公路 夜 外

【军车上的警笛声突然响起，紧接着响起密集的枪声，在车灯和探照灯的照耀下，车上被反绑着双手的犹太人纷纷跳下车，冲向路边的田野，四散逃开。车上的另一挺机枪又响了，在探照灯的照射下，逃散在田野里的犹太人一个个中弹倒下，被党卫军当成了活靶子。不到两分钟，田野上的犹太人全部倒下，党卫军冲上去，清点尸体。

4-24. 景：公路 夜 外

【李廷琛的货车被一个党卫军少尉拦下时，李廷琛和海东青都不由紧张起来。李廷琛低下头，压低帽檐遮挡住自己的脸。

少尉：不用紧张，几个坏人而已。我们也是例行检查。

李廷琛：好的。

少尉：车上什么东西。

李廷琛：一些出口的药品。

【少尉打量着李廷琛的一身西装。

少尉：您的德语很流利。日本人？

李廷琛：日本现在跟德国的关系，可是非常紧密的。

少尉：友好国家。他呢？

李廷琛：我的手下，但是他不会说德语。

少尉：德语，最美丽的语言。（对身边的党卫军）上车检查。

【车上满满地装着大大小小的药品和器械。眼看着搜查范围距离科恩一家的藏身之处越来越近，海东青握紧了座位下的手枪。这时，两个党卫军向少尉报告。

党卫军甲：已经清点到了二十九具犹太人的尸体，尚有一具犹太人的尸体不知去向。

【少尉目露凶光。

少尉：必须抓住！不能放过任何一条漏网之鱼。

【少尉挥了挥手，表示让李廷琛一行通过。然后少尉立刻率领党卫军追查那名失踪的犹太人。

【李廷琛立刻发动货车迅速离去。

4-25．景：汉堡港口检查站 黎明 内

【西蒙提着两瓶酒与一个党卫军军官热情地打招呼，并将酒瓶塞在军官手里。

西蒙：天气真是要命。现在晚上这么冷。

军官：很快就要下雪了。

【西蒙忍不住看表，焦急等待，终于看到了晨曦中，一辆货车慢慢驶来。

4-26．景：汉堡港口检查站 黎明 外

【李廷琛停车，看到西蒙。

西蒙：（热情地拥抱李廷琛）嗨，李。你们终于来了。

李廷琛：（贴在西蒙耳边）车上有很重要的人，不能让他们上车检查。

【西蒙愣了一下，不着痕迹地拍拍李廷琛的肩膀，以示领会。

西蒙：约翰中尉，这是我的中国朋友，做了很多次生意。（指着货车上的标识）您看，我工厂里的车，您再熟悉不过了。

军官约翰：靠边，货单。

西蒙：我那些瓶瓶罐罐您还看不腻！来来来，我车上还有两瓶好酒。港口的晚上太冷了，喝口酒，暖暖身子。

军官约翰：您上次给的威士忌还是很不错的。

西蒙：这次的酒更好！您要是喜欢威士忌，回头我专程给您再送两箱。

【军官接过酒和货单拦住了一旁想要上车的党卫军，对李廷琛一行人放行。

【西蒙跳上车，向车窗外的约翰中尉做了个鬼脸，并向他挥了挥手，最后跟随李廷琛一起前进。

4-27．景：汉堡港口 日 外

【汉堡港，风雨如磐，大力神号像一个疲惫的老人斜躺在泊位上漂浮。

4-28．景：大力神号驾驶舱 日 内

【驾驶舱内，大力神号的船长艾伦一边使劲擦拭着转向舵，一边冲身旁的李季方大声

吼叫。李季方语言不通，却毫不示弱，二人大声争吵着。

4-29. 景：港口 日 外

【李廷琛停好了车，海东青也跳下了车。

海东青： 我还以为老头儿得在这边夹道欢迎呢。

李廷琛： 我先上船看一眼。

【西蒙紧张地站在货车旁，向远处张望。

4-30. 景：货车上 日 外

【小猎犬豹子发出呜呜的声音，莎拉紧紧抱住它，从箱子的里面探出头来。

莎拉： 爸爸，我们到了吗？

杰思敏： 莎拉，安静一点。

莎拉： 我只是问一问。

玛丽： 莎拉，耐心一点。

莎拉： 我们会坐船吗？

玛丽： 是的。我们马上就会上船。

莎拉： 我还没坐过这么大的船呢。

玛丽： 或许，航行会让你觉得有趣。

【玛丽看到西蒙挥手示意，招呼着全家从车上下去。

4-31. 景：大力神号甲板 日 外

【船上不知道什么时候藏了好些犹太人，水手们正在把这些人赶下船。

艾伦： 李，你终于来了。西蒙，这些都是偷渡的犹太人，我们不能带着他们出海。

西蒙： 李，货物现在都堆在岸上了。

【李廷琛打量着这一百多位犹太人，他们紧紧依偎在一起，沉默如待宰的羔羊。

艾伦： 我知道你要带四个人走，但这些人不能一起走。

【科恩一家不知什么时候也站在了甲板上。

李廷琛： 这里有多少人？

艾伦：我没有数清楚，总是一会儿发现一个，一会儿发现一个，总有一百多吧。

李廷琛：一百多……

艾伦：我们不能带着他们走。我拒绝。我要报告给党卫军。

李廷琛：不，不。我想那样的话后果就太严重了。

科恩：他们不走，我也不走。我不能抛下自己的同胞，将他们的生命弃之不顾。

【玛丽面露难色。

玛丽：伦纳德，别……这不怪他们。

科恩：玛丽，那是我们的同胞。

李廷琛：（犹豫一下）那好……所有的人我都带走。

艾伦：你疯了吗？！那是不行的。

李廷琛：所有人都必须跟着大力神号离开德国。

艾伦：（坚决地）我拒绝开船。

李廷琛：你必须开船，这些人必须离开德国。我给他们付船票，你的所有损失由我付。

艾伦：那……他们可以离开德国，但是我得在最近的港口把这些人放下来。

李廷琛：好的。但是，你必须保证这些人在你船上是安全的。

艾伦：船上的货物加上这一百多人会超载，影响吃水的水位线。长期超载航行就是自杀。李先生，你一定是疯了，这样谁也保证不了航行的安全！

李廷琛：那也不能眼睁睁看着他们死。

艾伦：（十分为难地）李先生，这样长期超载真的很危险，弄不好我们都得死。

【看着李廷琛对这么多非亲非故的犹太人不离不弃，科恩一家非常动容。望着眼前逃上船的犹太人一双双绝望的眼睛，李廷琛沉吟半响。

李廷琛：（坚定地）西蒙，我这次必须把这船人带走，现在船上装的是一百多条生命，这次的货品我暂时带不走了。

西蒙：我知道，完全理解。

李廷琛：季方叔，把那只箱子拿来。

李季方：这……

李廷琛：拿来吧。

4-32. 景: 大力神号驾驶室 日 内

【一箱子金条打开在艾伦的面前。

李廷琛: 我们用半箱金子,给这些难民买船票。

【西蒙十分动容。

西蒙: 以后这些货物,我都要还给你。

4-33. 景: 码头道路 日 外

【码头外,发动机的轰鸣声传来。施瓦茨带着党卫军搜捕队骑着摩托车急急赶来。

4-34. 景: 大力神号甲板 日 外

【站在高处的海东青,立刻从船头跳下来。

4-35. 景: 大力神号驾驶室 日 内

海东青: 那帮人来了。

【李廷琛赶紧跑出驾驶室。

4-36. 景: 汉堡港码头 日 外

【施瓦茨带着摩托车车队进港。

4-37. 景: 大力神号驾驶室 日 内

【李廷琛让艾伦船长赶紧起锚离港。

李廷琛: 开船!

艾伦: 起锚,开船……糟糕,锚起不来了!

【海东青这个时候仿佛懂了艾伦的意思。

海东青: 我去看看。

【海东青顺手摘下了驾驶室内的一把太平斧。

4-38．景：大力神号船头 日 外

【海东青抡起大斧砸了下去，锚链断了。大力神号颤动了一下，缓缓移动。

4-39．景：汉堡港码头 日 外

【赶到码头的施瓦茨远远看见大力神号甲板上的杰思敏。

施瓦茨：（咬牙切齿）杰思敏，我一定要杀了你。

【大力神号缓缓离港。

4-40．景：大力神号甲板 日 外

【李廷琛跑到了甲板上，看到站在甲板上的杰思敏。杰思敏愤怒地盯着施瓦茨。小狗豹子朝着岸上的施瓦茨狂吠。

4-41．景：汉堡港码头 日 外

【施瓦茨看着缓缓离港的大力神号，一声怪笑，夺过一个党卫军的长枪，瞄准杰思敏。

4-42．景：大力神号甲板 日 外

【李廷琛飞身将杰思敏扑倒，子弹从李廷琛的头顶飞过。

【杰思敏望着李廷琛，眼中充满了感激和惆怅。

4-43．景：汉堡港码头 日 外

【码头上的施瓦茨暴跳如雷，瞪着血红的眼睛望着大力神号渐渐远去。

4-44．景：梅辛格办公室 日 内

【梅辛格坐在办公桌前查看一摞被捕犹太人的名单。门外传来报告声。

梅辛格：进来。

【施瓦茨推门进屋，行纳粹礼。

施瓦茨：（双手递过一份文件）报告上校，这是这两天抓捕的犹太人名单，其中教授、医生和律师等高级职业者共 44 名，商贸金融、企业管理者共 84 名，一般犹太人 282 名。

总计抓捕 410 名，失踪 12 人，我们正在追查这些人的下落，并通知当地警局协助。已抓捕的 410 名犹太人已经分别送往达豪集中营和布痕瓦尔德集中营。请上校指示下一步行动。

梅辛格： （随手翻着文件）这失踪的 12 人是什么身份？

施瓦茨： 报告上校，这 12 人是三户犹太人，一户是伦纳德·科恩、他夫人玛丽·科恩、他大女儿杰思敏·科恩和他小女儿莎拉·科恩，一户是银行家柯夫曼·博特维斯一家四口，一户是普通犹太人，是个钟表修理匠。这 12 人中，伦纳德·科恩是物理学家，玛丽·科恩是医学教授，柯夫曼·博特维斯是柏林商业银行董事长。这三人是我们的重点缉捕对象。

梅辛格： 如果我没记错，伦纳德·科恩是你的老师吧？你还对他的女儿杰思敏很有好感。为这事，你还和施莫林争风吃醋。有这事吗？

施瓦茨： 报告上校。我确实有点喜欢杰思敏·科恩，但当我知道她的犹太人身份后，就和他们一家断了一切联系，不再和他们一家来往。

梅辛格： （一声冷笑）那就好。有人向我报告，说你有意放跑了伦纳德·科恩一家，但我相信你对帝国的忠诚。你也必须用你的行动来证明对帝国的忠诚。你接下来的工作是继续完成我对你下达的抓捕指令，特别是伦纳德·科恩一家。你必须要把他们全部抓捕归案。你用行动来证明对元首的忠诚。

施瓦茨： 是！

4-45．景：李家大宅客厅 日 内

字幕： 上海

【李廷瑞脚步轻快地从外面回来。仆人吴妈赶紧给他送上茶。

【李廷瑞看到了客厅桌子上的请柬，打开一看是汪墨樵、茉莉婚礼的请柬。

李廷瑞： 这是什么时候送来的？

吴妈： 刚送来。楚老爷来了在书房和老爷说话呢。

【李廷瑞端详着请柬，若有所思。

4-46．景：李家大宅李衡甫书房 日 内

【李衡甫一张张翻阅着报纸和传单，忍不住苦笑。

【楚孝仪愁眉苦脸坐在沙发上，不住地唉声叹气。

李衡甫：孝仪，这些都是预料之中的。不理会就是了。

楚孝仪：不理会？可堵不住背后议论声讨。这是日本人的报纸，从开工到现在，多少日子了，前后得有三个月。

李衡甫：这三个月，上海难民中，解决了多少人的糊口。

楚孝仪：你管人家吃饭，人家可不管你食不甘味。你看看这传单，这传单上都是骂咱们是汉奸。可日本人办的报纸上，都说咱们是皇道乐土的良民，是皇军最好的合作伙伴。看看，这其实是把咱们往死里推，让我们没有回头路，死心塌地地当汉奸。

李衡甫：我们还有回头路吗？从我们准备复工的那一刻起，我们就没有回头路了。但是，我们还有一颗中国人的良心。我们自己应该知道自己在做什么，清楚自己是不是汉奸、卖国贼。孝仪，这话我已经跟你说过多少次了。我们活着，国人会骂我们是汉奸；我们死了，还要遗臭万年。但是，只要我们的死和遗臭万年如果对中国的抗战有好处，如果能拯救上海饥寒交迫的民众，能为我们中国的工商业留下一脉根基，那我们的死和遗臭万年也是值的，我死也瞑目，这就是我们的良心。孝仪，没谁让我们这样做，是我们的良心让我们这样做，是作为一个中国人的良心让我们这样做。

【楚孝仪不住点头。

李衡甫：我劝你，非理勿视，非理勿听。

楚孝仪：什么意思？

李衡甫：咱们有自己的道理，人家骂也有人家的道理。道不同，理也不同。你我问心无愧，这些东西，不看也罢。

【李衡甫话音未落，李廷瑞连门都没敲就跑了进来。

李衡甫：就这么进来，没有规矩。

李廷瑞：孝仪叔好。父亲，这是汪墨樵派人送来的请束。

【李衡甫接过了请束，打开看了一眼。

李衡甫：我在会客，有事情回头再说。

李廷瑞：父亲，这个茉莉可是上海滩现在最红的歌星，风头盖过金嗓子周璇。汪墨樵这种帮会里的人，娶红歌星可是轰动的大事。

李衡甫：你又在动脑筋？

李廷瑞：是的，父亲。你不也在动脑筋吗？现在整个工商业界，在你这个会长的带动下不是全都开工了吗？我只是想去参加一下茉莉的婚礼，也没做什么卖国求荣的事，凑个热闹而已。也许你认为这又是什么不务正业吧。那好吧，父亲，你务你的正业，人家下了帖子你去不去我管不了，但茉莉的婚礼我是一定要去的。

【李廷瑞说完，将请柬扔在桌上，出门而去。

【楚孝仪从桌上拿来请柬打开，仔细琢磨。

李衡甫：（气极）这个孽子……

楚孝仪：别和孩子一般见识，他还在为我们开工的事生气呢，年轻人有年轻人的想法，随他去吧。不过衡甫，这个汪墨樵可不是一般人。他下帖子请我们，这是要明媒正娶地大婚了，这份面子我们还是要给的，我们都必须要去。可他请柬上又写明了不收贺礼，这是卖什么药？

李衡甫：哪能真的空手去，只能多不能少，他收不收是另外一回事。他要是不添这句，还可以人不到礼到。这帖子一下是人到，礼也得到。

楚孝仪：这个汪墨樵，太鬼了。

李衡甫：汪墨樵虽然是个帮会中人，但这个人却有他正派侠义的一方面。"七七"事变枪声一起，他立即动员江淮六省成立忠义救国军，拉起一支两万多人的队伍，所有军费军饷全由他承担下来。这支军队后被国军和新四军收编，成为正式的抗战队伍。淞沪会战开始，为了阻止日本人循水路夹击上海、南京，他将自己的 20 余条船，包括两艘客轮自沉吴淞，以滞阻日军循江东上。淞沪会战激烈进行时，他每日给前线国军送去两万张煎饼，组织十几个担架队抢救国军伤员，他可是为抗战做了大贡献的人哪！

楚孝仪：是啊。我也听说他组织江浙沪抗敌后援会。为抗战提供资金，招募了很多医护人员赴前线抢救伤员、设立前线救护医院。上海沦陷，为了摆脱日本人的纠缠，他疏散弟子、闭门不出，人物呀！

李衡甫：过去我总觉得，汪墨樵这个人不管做了些什么，好事也罢，恶事也罢，终究是帮会中人，成不了大事也不足挂齿。现在看来，是老朽不识泰山了，他应该是你我值得敬重的人。

楚孝仪：是啊，他这次大婚，我们正应该借此机会表示我们的敬重之意。哦，对了，廷瑞不是想去参加他们的婚典吗？带他去吧，也好让他历练历练。

李衡甫：我也不是说不让他去，你看他……

楚孝仪：你就别跟他赌气了。廷琛有消息了吗？

【提到李廷琛，李衡甫不由心头一紧。

李衡甫：倒是没有发电报回来。照着时间算，我琢磨着他已经办完事了。其实我倒是希望他先不要回来，上海这么乱，日本人又这么盯着他。唉……

楚孝仪：听说德国也不太平。廷琛稳重，这些事我想他会考虑的。

李衡甫：但愿吧……

第四集完

第五集

5-1. 景："大世界"门口 日 外

【"大世界"装饰一新张灯结彩，门口被贺喜的宾客堵得水泄不通。爆竹炸得震天动地。

5-2. 景："大世界"茉莉化妆间 日 内

【化妆间内一片宁静。镜子中的茉莉一袭白色的婚纱更显得年轻纯洁，风华绝代。光头少女在一边帮茉莉拾掇着衣裙，不时地拿一面大镜子让茉莉看着自己的妆容。她今天也穿着一身鲜艳的衣裙，光头也用一块丝巾包扎起来，上面还有两个大大的蝴蝶结，显得眉清目秀、清纯秀丽。

茉莉：姑娘，你来汪府这么久了，也没给你取个名字。姑娘姑娘地叫着怪别扭的，待会儿老爷来了，向他讨个名字好吗？

光头少女：（羞涩地点了点头）一切听夫人的。

【化妆间的门被推开，汪墨樵兴冲冲地走了进来，上下打量着茉莉。

汪墨樵：夫人是我见过的天下第一美人，今天更是特别。能娶到你这样的大人，我汪墨樵死而无憾。

茉莉：（娇嗔地）老爷就会拿我开心，大喜的日子什么死呀活的，多不吉利啊。唉，老爷，你看这姑娘都来汪府这么久了，还没有名字呢。你给取个名字吧，免得姑娘姑娘地叫着倒显得生分了。

汪墨樵：是啊是啊，我看你们俩就像两姊妹，她今天也很漂亮啊，和她进府时已判若两人。这样吧，你叫茉莉，她就叫小莉，怎么样？

茉莉：小莉？这名字太好了！那她以后就是我妹妹了。小莉，还不过去谢过老爷。

小莉：（乖巧地走到汪墨樵面前躬身便拜）谢谢老爷！小莉给您磕头了。

汪墨樵：（忙将小莉挽住，笑道）免了免了……

5-3. 景："大世界"门口 日 外

【李衡甫的汽车也停在"大世界"的门口，李衡甫和李廷瑞从车上下来，站在门口的殷燕农跟身边的小弟耳语之后立刻迎接上去。

【李廷瑞跟在父亲的身后,一边跟着进去,一边在人群中四处张望。

李衡甫: 贺喜要有贺喜的样子。

李廷瑞: 我知道。我就是看看茉莉在哪里。

李衡甫: 那是汪夫人。

【李廷瑞不以为然。

李廷瑞: 在上海滩,茉莉这样一个柔弱孤女,嫁给那种身份的人,汪墨樵定然是仗势欺人。

【李衡甫瞪了他一眼。殷燕农引着汪墨樵专门来迎接李衡甫。李廷瑞只得闭嘴。

汪墨樵: (远远一揖)李会长赏光还带着令公子,汪某人真是三生有幸。

李衡甫: (快步上前)汪先生大喜的日子,上海滩无不震动。我哪里能不来道贺。

【李廷瑞看到父亲的眼色,赶紧把手上的礼盒打开。礼盒内一对极为上等的翡翠手镯晶莹剔透。汪墨樵拿起手镯端详。

汪墨樵: 现在难得一见这么好的东西。

李衡甫: 宫里流出来的。

汪墨樵: 好东西。

李衡甫: 一点心意。上海滩也只有汪夫人才配得上宫里的东西。

【汪墨樵哈哈大笑,又放了回去。李廷瑞要递给殷燕农,却被汪墨樵笑眯眯地拦住。

李衡甫: 一点薄礼,汪先生不要就是嫌弃了。

汪墨樵: 既然说了不收礼,就请李会长能体谅我的难处。

李衡甫: 那怎么好意思?

汪墨樵: 有人要在背后说我娶妻是为了敛财。

【汪墨樵给殷燕农使了眼色。殷燕农立刻朗声宣布并故意拖长了声调。

殷燕农: 上海工商总会会长贺喜,上等翡翠手镯一对,舍仁义粥铺。

【殷燕农宣布完,立刻引发一阵掌声,李廷瑞没想到汪墨樵这种安排,十分讶异,李衡甫却十分淡然。殷燕农这才把礼盒接了过来。随后而来的是一阵热闹的招呼声。李廷瑞左右张望,看到了人群中的主角,立刻指给父亲,李衡甫却表现得极为淡然。人群中的张工品笑容满面。

李廷瑞： 父亲，总华捕张工品。这婚礼真有趣，猫和耗子是好朋友。幸亏汪墨樵还不至于弄一帮日本人来喝喜酒。

李衡甫： 青帮交游广阔，这不算什么。跟着我进去，别乱发你年轻人的议论。

5-4. 景："大世界" 日 内

【"大世界"内已经跟往日截然不同，舞台上摆着的是祖宗的牌位。中西结合，不土不洋。

【李廷瑞坐在父亲身边，百无聊赖。托着酒杯的服务生穿梭在宾客中。众位宾客已经按照西式的酒会觥筹交错。

【舞池中，有人在乐队的伴奏下翩翩起舞。汪墨樵不住地跟人群中的朋友拱手道谢，目光却盯在李衡甫身上。他穿过人群，来到了李衡甫的身边。李衡甫赶紧举杯道贺，一饮而尽。

【李廷瑞看到汪墨樵过来，立刻瞅准机会溜之大吉。

汪墨樵： 李会长好酒量。

李衡甫： 汪先生大气度。

汪墨樵： 我请会长来，是真心实意想同您交个朋友。没想到还是让您破费了，还望会长海涵。

李衡甫： 汪会长此言欠妥，我们难道不是好朋友吗？汪会长的仗义疏财、惩恶扬善，上海谁人不知谁人不晓。能让上海的百姓沾沾您的喜气、福气，这也是鄙人的荣幸。

汪墨樵： 我这个人出身寒微，也没读过什么书。我想贺喜两个字，有它的意思。我说说，李会长您别见笑。

李衡甫： 愿闻其详。

汪墨樵： 贺喜贺喜，重点在一贺字，有人是衷心祝贺，祝贺我汪某人年过半百喜得娇妻。比如李会长，商界巨擘，德高望重，带着如此厚礼为我汪某贺喜，这是真心诚意地抬举我汪某，我汪某敢不感激涕零。还有很多苦人穷人，他们食不果腹还要养活妻儿老小，他们拿什么给我汪某贺礼，但他们今天也来了。他们虽然没有李会长这样出手大方，但是他们也是真心的，比如我手下的这些青帮弟子。哪怕他们空手而来，但却情真意切，这份心意，我汪墨樵也同样感铭五内，不敢有丝毫小觑。但有些人则不同，可也有人说不得有些虚情假意，虽然满口贺喜，无非是恭维而已。有人借我之名抬高自己的身价，有人借我之手达到己之目的，还有人惧怕我手下那帮弟兄，意在溜须拍马怕给自己找上麻烦。李会长，您说我说的是不是有些道理？所以呀，我汪某人处处小心行事，广交天下朋友，总怕遭人暗算。如果小弟真有这么一天，还望李会长能伸手拉兄弟一把。

李衡甫：汪先生大喜之日何出此言，先生仁义、济世悯民，上海滩何人不知。听人说先生仅在上海，设立粥棚粥厂就有一百多个。此大慈大悲之善举，鄙人自愧不如。常言道，人在做天在看，先生大德天必佑之。

汪墨樵：岂敢岂敢，说到舍粥一事，汪某倒十分为难，沪上青帮兄弟十余万，个个要养家糊口，可他们却忍饥挨饿，从黑市上弄来的粮食全部放在了赈济难民的粥棚粥厂。可现在的粮食越来越紧，从黑市上弄点粮食也越来越难，眼看我那百十个粥棚就要断炊。听说李会长弄到了船运免检的特别通行证，商界同仁也都从李会长的淞浦航运解决了货物食品的运输问题，我也想请会长拉我一把。

李衡甫：汪先生言重了。您有什么需求，请讲。

汪墨樵：李会长来，又带着重礼。我还敢有什么请求，有也是非分之想。

李衡甫：工商业亲善日本，全面复工，也是为了给上海百姓谋一条活路，挣一口饭吃。总不能眼睁睁看着市民饿死。只要是为了上海百姓，汪先生有事但说无妨。

汪墨樵：好吧，汪某就直言了，有两件事要请会长帮忙。一是我青帮弟子都是苦汉出身，码头上混饭吃。现在没有通行证的船进不来，有通行证的船也惹不起。我只想请您高抬贵手帮我带几箱物件，搭您的船靠个岸，赏我手下的弟兄一口饭吃。二是我汪家粥厂已断粮三天，无数难民在粥厂前长跪不起，有的难民猝然倒下再也爬不起来，汪某也是中国人，见此惨状却无能为力，恳请李会长再出援手，帮汪某弄点粮食，哪怕黑面渣粮也行，让我的粥厂能继续开炊，救救那些濒死的难民。

李衡甫：回汪先生，关于汪记粥棚断炊，难民饿毙一事，老朽当尽全力，三日内送一百吨粮食到十六铺码头，汪先生派人来取即可，分文不取，既是帮了汪先生的忙，老朽也是积了阴德。至于十几箱货就能帮着贵帮众弟兄渡过难关，老朽也一定不负所托，但有一桩，如果这东西有毒，那就不仅会咬了人的手，甚至会要了人的命，那老朽就恕难从命了。还望汪先生能予体恤。

汪墨樵：（起身对着李衡甫一躬到地）真心谢过李会长，帮了我的大忙，但那十几箱货物关系到我青帮兄弟的身家老幼，此事还请会长网开一面，帮兄弟一把。

李衡甫： 淞浦的船太小，码头滩浅，怕货太沉，沉了船，大家都过不去。

汪墨樵： 您真是太小心了。

李衡甫： 小心行得万年船。

【汪墨樵故意放声大笑。张工品已经脚步跟跄举着杯子一路嚷嚷着，殷燕农搀扶着他冲着汪墨樵和李衡甫过来。

张工品： 墨樵，今天你大喜，这一杯我可得敬你。

汪墨樵： 总华捕，你的酒我是一定要喝的，我不喝，怕你抓我。

张工品： 我这个总华捕在你面前，捕谁。要抓也要抓走新娘子。找你老头子搓气。

【说完，两人都哈哈哈大笑。张工品打量着李衡甫，虽然已经微醺，但立刻明白了。

张工品： 我看你是要跟会长大人讨生意做。你不奉公守法，可也要小心。

汪墨樵： 我哪里敢不规矩。李会长果真是如传言一样，正人君子，德高望重。当今乱世，他还是全心全意地做诚信生意。李会长刚刚帮了我一个大忙，分文不取送我汪记粥厂一百吨粮食，汪某感恩戴德。只是李会长做人太过淳厚，我刚提出要会长帮我带些物品上岸，李会长却要避嫌，借滩浅船小予以婉拒。我想会长也是事出无奈，他爱干净，我对他更加敬重。

【此话一出，李衡甫也只得陪着苦笑。

5-5．景："大世界"宴会厅 日 内

【殷燕农凑到汪墨樵身边，指了指手表，提醒汪墨樵。

殷燕农： 快到时辰了。请大家入席吧。

【汪墨樵点了点头。殷燕农奔上舞台中间，向众人宣布。

殷燕农： 各位宾客，请大家入席。

【楚孝仪却逆着人群往李衡甫身边挤过来。楚孝仪有所顾忌汪墨樵，又要赶紧把情况跟李衡甫说明，楚孝仪有些不知所措，一头汗都顾不上擦一擦。

楚孝仪： 衡甫，唉，你先别过去。

李衡甫： 这吉时到了，不能耽误了汪先生的好时辰。

楚孝仪： 是的是的。可是你看这事真是……怎么想得到呢。

李衡甫： 怎么了？

楚孝仪： 咱们工商业同仁本来坐在一起，有人说咱们开工的人都是汉奸，要跟咱们割席分坐。

【汪墨樵一听这话，立刻拉住了李衡甫的手，就往主桌走。

汪墨樵： （一边安抚李衡甫，扶他坐下，起身高声说道）诸位，今天你们是卖我汪墨樵的面子才来的，今天来的人都是我汪墨樵的兄弟，这里没有汉奸。李会长不仅是我的客人，还是我尊敬的兄长，谁要是再议论李会长就是跟我汪墨樵过不去。希望大家不要再有议论。来，喝酒！我敬大家一杯！（端起杯子，一饮而尽）

【音乐起，茉莉亭亭玉立出现。一身白色婚纱的茉莉比往日更加耀目，汪墨樵走到茉莉身边，茉莉轻轻挽起了汪墨樵的胳膊。

【李廷瑞垂头丧气地站在人群里，楚孝仪看到他，赶紧把他拉到自己身边。

李廷瑞： 我父亲怎么站在了汪墨樵那桌了。

楚孝仪： 有人说咱们是汉奸，不肯坐在一起。这是人家给面子，给台阶。

李廷瑞： 汪墨樵真是好手段。

楚孝仪： 你这个孩子。你父亲不容易，又要小心日本人，又不能得罪青帮，还要忍受整个上海滩的流言蜚语。他难啊……

李廷瑞： 这也是他自找的。

楚孝仪： 孩子，你不懂你父亲，他是步履维艰，稍有不慎就是家破人亡。

李廷瑞： 还是怕死。

楚孝仪： 我们这些老骨头怕什么，他是怕一招不慎再连累了别人。

5-6. 景：李家大宅李衡甫书房 夜 内

【李衡甫依然坐在写字桌前，桌上有一封电报。

楚孝仪： 今天的事情，你别往心里去。工商业协会里，你说话没人不听。有些误会，迟早也会解开。

李衡甫： 清者自清，倒也不会为了这个担心。我约你来，是请你看一看这个。

【楚孝仪打开电报，立刻面露惊喜。

楚孝仪： 廷琛已经启程回国了？这怎么回事？

李衡甫： 廷琛离开上海以后就没了消息，我给德国的器材商西蒙发了电报，这是他的回电。船已经离开汉堡港了，药品和器材都没有带走，船上有一百多个犹太人。你说，这孩子要带着这些人去哪儿？这么多人怎么生存？

楚孝仪：现在土肥原不是已经答应要保护你们一家了吗？船已经出海了，担心也没有用。廷琛是个稳重的孩子，他一定有自己的考虑和办法。

李衡甫：汪墨樵今天提出要搭淞浦船运，运鸦片。

楚孝仪：你答应了？

李衡甫：没有。没给面子，得罪人。

楚孝仪：他摆明了不收贺礼，是要狮子大开口。可是你怎么办？

李衡甫：我看汪墨樵未必是这种人，各有各的活法。他手下徒众数万，总得吃饭吧？再说，抗战以来他的一些作为，确实值得你我尊重，今后还有很多事，我们还得借重他。他不是个没有良心的中国人，有些事今后还得和他商量着办。

楚孝仪：日本人、帮会，还有这些只会嚷嚷的人，都得小心。还有一件更要命的事，国民党、青帮和共产党除奸队，几乎每天都在上海展开行动。昨天光华银行的行长刘蓝清莫名其妙死在自己的办公室里，据说他已经和日本人签订了成立东亚开发银行的合约，共产党、国民党和上海的老百姓一片哗然，说他是汉奸，现在也说不清他的死究竟是国民党还是共产党把他给除了。你我现在在众人的眼里，也是汉奸、卖国贼。这种事防不胜防。这是最大的危险，你我都得留意。

李衡甫：我一个人，孤家寡人。我早已想到这一点，从开工的那天起就早把生死置之度外。我只是担心廷琛、廷瑞和你们工商界同仁的安危。

楚孝仪：廷琛是正直而稳重的人。倒是廷瑞现在还不够成熟，尽量少让他外出，免得他在外面招摇惹事。廷琛这时候要在你身边就好了。

李衡甫：眼下的上海，他也不能回来。可是不回来，能漂去哪里？天也晚了，你回去吧，路上注意安全。我再想一想。

【楚孝仪点了点头，起身而去。

5-7.景：李家大宅院子 夜 外

【楚孝仪站在院子里，望着李衡甫窗户里依然亮着的灯光，不由叹息。

5-8.景：李家大宅李衡甫书房 夜 内

【李衡甫站在窗前，看着窗外漆黑一片。月亮挂在天空，却不是圆月。李廷瑞站在身后，给父亲披上了衣服。

李廷瑞：父亲，应该休息了。

李衡甫：是啊。你哥哥今年不能回来过年了。

李廷瑞：海上不过两个多月，哥哥一定可以回来与大家一起守岁的。

5-9.景：英吉利海峡 日 外

【海上，大力神号宛如一片落叶漂泊着。

【远处，一艘小艇卷起一条白浪，冲着大力神号驶来。

5-10.景：大力神号驾驶室 日 内

【艾伦船长举起望远镜看到了那艘快艇。法国国旗清晰可见。

艾伦：法国海洋警卫队。

【李廷琛立刻来了精神。

李廷琛：快跟他们联系。总算可以找到落脚的地方了。

【艾伦不以为然。艾伦试着跟他们联系，却没有得到回应。

艾伦：你也看到了，他们并没有接待的意思。

李廷琛：好不容易有这样的机会，我们不能放弃。我们再想想办法。

5-11.景：大力神号船舱内 日 内

【船舱内，人挨着人的犹太难民已经面呈菜色。

李廷琛：法国海洋警卫队离咱们不远。

【众人一下子骚动起来。然后李廷琛接下来的话却让船舱内重新陷入沉默。

李廷琛：但我们发出的求救信息并没有得到回应。

玛丽：是法国海洋警卫队吗?

李廷琛：是的。插着法国国旗。

玛丽：我去试试吧。尽我所能，我的法语应该还没忘光。

【所有人都投来感激的目光。

5-12. 景：大力神号驾驶舱 日 内

【玛丽一口流利的法语，跟对面海洋警卫队沟通。

玛丽： （讲法语加中文字幕）我们从汉堡港离开，需要补给。

接线员： 但我们没有收到大力神号的离港信息，需要检查之后才能让你们靠岸。你们的注册国籍是一艘新加坡船。

玛丽： 是的。大力神号是一艘在新加坡注册的船。

【李廷琛鼓励她继续说下去。

玛丽： 船长是英国人威廉·艾伦，但我们的船主是中国人。

接线员： 好吧。你们可以靠岸。

【玛丽听到这话，立刻示意李廷琛和艾伦。

【李廷琛和艾伦长舒一口气。海东青挂在门框上，也忍不住鼓掌表示高兴。

海东青： 还是洋人跟洋人好说话。

玛丽： 我要把这个好消息，告诉大家。

5-13. 景：大力神号甲板 日 外

【犹太难民纷纷从船舱内走了出来，站在甲板上冲着远方欢呼。

5-14. 景：大力神号驾驶舱 日 内

【对讲机发出一阵叫嚣声。艾伦立刻接了起来。

5-15. 景：大力神号甲板 日 外

【艾伦气喘吁吁跑上甲板，欢呼的人群被打断。

【玛丽立刻明白发生了什么事，跟着艾伦跑回驾驶舱。

5-16. 景：大力神号驾驶舱 日 内

【对讲机里传来压制不住的吼声，玛丽沉默不语。

【艾伦把望远镜默默递给李廷琛，李廷琛接过望远镜发现巡逻艇的炮筒已经对准了大力神号并且慢慢逼近。

　　玛丽：他们问甲板上的是不是犹太人……

　　李廷琛：犹太人怎么了！我们只是需要一些补给！

　　玛丽：他们不允许靠岸。如果我们再往前，他们就开炮。

　　李廷琛：季方叔，赶紧叫他们进船舱。

【李季方赶紧跑出驾驶舱。

5-17. 景：大海 日 外

【法国海洋警卫队威慑性地往大力神号的旁边发射警报。

5-18. 景：大力神号甲板 日 外

【原本欢呼的犹太难民被这一变化震惊了。

【莎拉紧紧抱着小猎犬豹子，豹子对着警卫队的方向狂吠。

　　科恩：莎拉，别紧张，没关系的。

【莎拉强忍恐惧，点了点头，握着爸爸的手。

5-19. 景：大海 傍晚 外

【火红的太阳把大海照出金色的波浪。周围一望无际。

【犹太难民依然三三两两在甲板上透气。

【艾伦和李廷琛也站在船头的栏杆旁。艾伦从口袋里掏出了一瓶威士忌，暗示李廷琛要不要尝一尝。李廷琛微笑着拒绝了。

　　艾伦：李，我现在跟你一样。不，我还是跟你不一样。我只是稍微懂了一点你们中国人。

　　李廷琛：是吗？

　　艾伦：有一些同情心。

　　李廷琛：同情我？

　　艾伦：我差点要把这些人都赶下去。其实，我也跟这些犹太人一样，没有故乡，没有祖国。我这样的人一辈子都活在船上，大海里从这里到那里，船和大海就是我的一切。如果我当初把这些犹太人赶下船，让他们死在德国人的手上，我的灵魂将下地狱，一百多口鲜活的生命呀……

李廷琛：漂泊的灵魂，一定可以找到安息之所。善良的人，上苍必定会给他们以庇佑。

艾伦：（点点头）你想过下面去哪里吗？不知哪个国家能够收容他们。

【李廷琛摇了摇头。

李廷琛：欧洲的政局变化，尤法把握。而且这些难民没有签证，必须沿着海岸线寻找可以接收的国家。

艾伦：我们往北走吧。试试看那些没有跟德国人签协议的国家能不能收留他们。

李廷琛：荷兰？或者其他国家？

艾伦：首先，我们得越过英国人的海域。

李廷琛：祝我们好运吧。

5-20．景：大力神号驾驶舱　日　内

【艾伦驾驶着船，航线一路往北。李廷琛匆匆回到驾驶舱。

艾伦：人都安顿好了吗？

李廷琛：藏好了。

艾伦：但愿他们不会上船检查。

李廷琛：从英国去荷兰，这一路行吗？

艾伦：已经开始了航行，不能回头。没有签证的犹太人还有其他地方可以去吗？

【李廷琛也不由沉默了。

【离李廷琛不远的船舷边，海东青和李季方正在抬杠。

海东青：要说英雄，你也不是英雄，我也不是英雄，你们家的大少爷才是真正的大英雄。像我这种，也就只能算个好汉。

李季方：好汉，我看你就是个小上匪。

海东青：你这个老头儿，我夸你的大少爷，你还非要把我踩在脚底下。

5-21．景：大海英吉利海峡　日　外

【海面上，两艘英国海军的巡逻艇霸气地向着大力神号冲来。李廷琛和艾伦冲进驾驶舱，拿起步话机和英国海军联系。

英军巡逻艇的大喇叭：这里是英国领海。你们已经进入了英国海岸警戒线。请你们立即离开英国水域。请立即离开英国水域。

艾伦：我是船长艾伦，英国公民。我的这条大力神号货轮是在新加坡注册的货轮，现在需要补给淡水、食物和燃料。请求靠岸，请求靠岸。

巡逻艇上的大喇叭：你们是从哪里离岸的？抵达港是哪里？如果你们的抵达港是英国，那你们已经偏离了航向。

艾伦：我们是从汉堡离港的。准备在英吉利的任何一个港口靠岸。我们只是需要补充点食物和燃料。

【巡逻艇的喇叭换上一个粗重的声音：我们没有收到汉堡给我们任何你们货轮的信息。请你们立即离开大英帝国水域。否则，我们将视为入侵，强行驱离。

【这时，英海军巡逻艇拉响战斗警报，开足马力向大力神号冲来。艾伦恼怒的一拳砸在方向舵上。

艾伦：该死！

【李廷琛摇了摇头，示意艾伦将船驶离海岸。

5-22. 景：大力神号船舱内 日 内

【幽暗的船舱内，空气混浊，灰尘飞舞。一百余名犹太难民紧紧地挨在一起，一双双眼睛都盯着从梯子上下来的脚，眼睛中都是期盼的眼神。

【艾伦身后从梯子上跟着下来的是李廷琛。两个人都目光低垂。

艾伦：很抱歉。

【船舱里传来了轻轻的叹息声。

艾伦：我作为大力神号的船长，向英国方面恳求希望能够补充淡水、食物和燃料，但依然不被接纳。

【船舱中有压抑的啜泣声。

玛丽：感谢您，谢谢您所做的一切。但这不是您的责任。

【虽然有玛丽的理解但艾伦依然沮丧。

科恩：我们没有祖国，《圣经》就是我们的方向。杰思敏，给大家唱一首祈祷歌吧。

【杰思敏噙着眼泪，点了点头。轻柔的歌声响起，难民们不由得低声跟随吟唱，悲凉的歌声同荡在窄小的船舱内，飘向无垠的海空。

【李廷琛靠在梯子上，望着眼前的一切，深受触动。透过窄小舱口照进来的阳光把影子拉长，投射在舱板上。

5-23. 景：淞浦面粉厂 日 外

字幕：上海淞浦面粉厂

【面粉厂铁门大开，机声隆隆，工厂的大烟囱冒着黑烟。看得出工厂正在紧张地生产。远远地，一群学生模样的人打着横幅，带领着一群衣衫褴褛的难民汹涌而来。学生们高呼着口号。

学生们：（齐声）我们不当亡国奴，我们要吃饭，我们要生存！打倒大汉奸！打倒汉奸、卖国贼！打倒大汉奸李衡甫！

【所有的难民跟着呼叫着口号。一时人声鼎沸，呼号震天。

【一个学生跳到队伍的前面，指着面粉厂。

带头学生：同胞们，前面就是大汉奸李衡甫的面粉厂。砸了他的厂子！砸了淞浦产业！同胞们，冲啊！

【数百难民，一声呐喊，冲向面粉厂。

难民们：（齐声）冲啊！砸了汉奸的产业！砸了李衡甫的面粉厂！

【难民们勇往直前，地动山摇，蜂拥而入冲进面粉厂。几个工厂保安想阻止他们，但被他们推翻在地。难民们冲进车间、仓库，连砸带抢。他们从仓库里扛出一包包的面粉，夺路而逃。整个工厂一片狼藉。

5-24. 景：淞浦面粉厂厂长办公室 日 内

【楼上，面粉厂的吴厂长正在慌乱地对着电话呼喊。

吴厂长：警察局吗……快！快……一群难民正在抢劫我们的面粉厂……机器也被他们砸烂了……你们赶快来人哪！晚了，我们的厂子就完了！

【吴厂长说完，放下电话，走到窗口，看到楼下无数的学生和难民们，还在不断地打砸。不少难民扛着面粉，冲向大门。他冲着楼下保安大喊着。

吴厂长：（声音颤抖）保安，保安，关上铁门！锁上！锁上！不要让他们把面粉抢走！不能让他们出去呀……

【说着，他手足无措地在房内转了两圈，又抓起电话。

【几个保安赶紧把铁门关上，用大锁把门锁死。

5-25. 景：李家大宅李衡甫书房 日 内

【李衡甫对着电话大吼着。

李衡甫：什么？你通知警察局了……这不惊动日本人了吗？你真糊涂！这是要死人的！唉……

【李衡甫放下电话，略一思索，又抓起电话。

李衡甫：警察局吗？我是李衡甫……我们淞浦面粉厂内部出了点问题，你们不用管了，我们自己会解决……什么？你们已通知宪兵队了？谁让你们这么做的？这是我们自己的事，不要你们管！不要你们管！

【说完摞下电话，略一踌躇，推开门。一边冲下楼梯，一边大呼着。

李衡甫：司机！司机！快备车！快！

5-26. 景：淞浦面粉厂 日 外

【学生们正在使劲地砸着面粉厂的大门。难民们扛着一袋袋的粮食，手中拿着木棒也在帮着砸门。有的难民一边跑着，一边还在往嘴里塞着面粉，面粉撒落一地……门外，一阵阵警笛声和枪声传来。警察和日本宪兵开着车从大门两侧疾驰而来，宪兵队的卡车上架着机枪。

【铁门突然被砸开，难民们扛着面粉冲出厂门。车上的枪声突然响起，跑在最前面的几个难民应声倒下，殷红的鲜血染红了他们身边的一袋袋面粉。其他的难民惊叫起来，又纷纷地跑回面粉厂的铁门内。

【一辆黑色的轿车飞快地迎向宪兵队的卡车，戛然停下，挡住卡车。李衡甫跳下车，边跑边冲着厂门大喊。

李衡甫：同学们、老乡们，不要惊慌！我会让你们走的，你们拿到的都是你们的，只是现在你们不要慌乱，我会放你们走……

【话未说完，日本宪兵和伪警也已赶到。宪兵们端着枪就要往里冲，日本宪兵的卡车也已绕过李衡甫的轿车，冲到工厂门口，车上的宪兵拉开枪栓，把机枪对着面粉厂大门。李衡甫见状，急忙迎向日本宪兵，大声呼喊。

李衡甫：我是李衡甫。这个面粉厂是我淞浦产业，这是我们内部的事情，不劳你们出面了。你们回去吧，我们的事我们自己解决。

【日本宪兵没有停下脚步，冲着李衡甫奔来，还在不停地放着枪。李衡甫迎上前去，抓住一个日本宪兵的胳膊，大声吼道：

李衡甫：谁是你们的头儿？我找你们的头儿说话。

【拎着手枪的宪兵中尉中村秀一跑步上前，对着李衡甫"啪"的一下立正。

中村：您就是李先生？这里发生了什么事？我们是来保护你们的。我们接到报告，一群暴民正在打砸你们的工厂。上边命令，要将这群暴民就地处决。

李衡甫：我跟你们说过了，这是我们内部的事，我们自己会解决，你们请回吧。

中村：李先生，我们是奉命而来。

李衡甫：你们奉谁的命令？

中村：皇军宪兵司令，久保田大佐。

【这时，几十个伪警也都端着枪围了上来，气势汹汹地对着李衡甫。

李衡甫：（对宪兵中尉）那就请你对久保田先生讲，淞浦产业总裁李衡甫说这是他们内部的事情，不劳我们出面。

中村：（迟疑地）这……

李衡甫：你不好说是吧？那我跟他说，请把步话机给我。

中村：（对身后宪兵）接久保田司令。

【中村接过步话机，呼道：

中村：久保田大佐吗？我是中村秀一。淞浦产业的李衡甫先生不让我们进厂，您看……

李衡甫：我来跟他说吧。（夺过步话机）久保田先生吗？我是李衡甫。我的面粉厂出了点问题，因资金问题没有按时给工人们发工资，有几个工人家里已经断粮了，我已经同意他们到工厂拿一部分面粉作为对他们的补偿，他们不是暴民。这是我们厂内部的事情，是我们没处理好，惊动你们了。很抱歉，这事儿你们就不用管了。请把你们的人叫回去吧。我们自己的事，我们自己解决。

【步话机内传来久保田的声音。

久保田（OS）：李衡甫先生吗？我们接到的报告可是暴民暴动，正在打砸你们的面粉厂，还抢走不少粮食。李先生，对这群暴民就不能手软，杀他几个，他们下次也就不敢了。

李衡甫：我不是说了吗，他们不是暴民，是我的工人。这事儿是我们做得不好，拖欠他们的工资。给他们一点粮食，也是我的意思。如果要追究什么责任，追究老朽好了。请你即刻把你们的人叫回去。

【这时，又有两辆卡车呼啸而来。车上装满拿着棍棒的青帮弟子。头前那辆车的驾驶室里坐着殷燕农和楚孝仪。他俩跳下车，也朝着李衡甫跑来。

久保田（OS）：李先生，皇军向你们做过承诺，不能让你们的产业受半点损失，特别是粮食。我现在是在保护你们。不杀他几个，不好向土肥原将军交代呀。

李衡甫：我会向土肥原将军说明情况，现在请把你的人调回。

久保田（OS）：那好吧。你去向土肥原将军交代。将军怪罪下来，我可不负这个责任。请把步话机给中村中尉。

【李衡甫把步话机递给中村。中村接过话筒。

中村：（毕恭毕敬）是……是……我这就回营。

【中村关了步话机，向着宪兵呼叫道：

中村：全体收队，回营。

李衡甫：（对跟在身后的伪警）辛苦了，你们也请回吧。

【一个伪警头目向李衡甫一个立正，反身向伪警喊道：

伪警头目：收队，全体上车，回局。

【宪兵和伪警的两辆卡车先后离去。楚孝仪拉着李衡甫的手，关切地说：

楚孝仪：好险啊，不是你来得及时，这里又要血流成河。

殷燕农：（一脸诏媚）李先生，我们汪老板接到楚先生的电话说大批暴徒正向你们的面粉厂赶来，说恐怕要出事。汪老板立即要我集结弟兄们赶来，帮你们维持。还好，总算没出什么大事。

李衡甫：请代我谢谢汪老板，改日我登门道谢。今天来的弟兄们都辛苦了，每人一块大洋，我会让人送到汪老板府上。（转身对工厂大门叫道）开门，让他们走。

【李衡甫转对学生和难民。

李衡甫：你们可以走了，我李衡甫是不是汉奸，你们迟早会知道的。走吧，你们拿到的粮食都可以带走。

【厂门大开，难民们依旧站在那儿，把肩上的面粉和粮食全部放在地上，然后默默地离开面粉厂。

楚孝仪：我的那几十个粥场，也被人抢了。熬粥的大锅，也被人砸了。看来这不是一次偶然事件，我怀疑这是一次有组织的破坏。

【李衡甫看见殷燕农还站在那儿，问道：

李衡甫：殷先生怎么还没走？是嫌每人一块大洋还不够犒劳弟兄们的吗？

殷燕农：（急忙解释）不，不。昨天我们汪老板说，我们几十个粥场已经没有粮食了，眼看着这些粥场都要停下来。我们汪老板命我，想尽一切办法，花再多的钱，也要弄到粮食，不能让粥场停下来。可我……可我现在上哪儿去弄粮食啊？我想请李先生帮个忙，从淞浦船运借我们点粮食，我们汪老板一定会感谢李先生的。

李衡甫：好，请告诉汪老板，赈济灾民是我们大伙的事。我会通知淞浦船运再拨一万斤大麦给你们粥场，不用还，你们现在就可以去淞浦粮仓去取，就说是我说的。

殷燕农：（忙不迭地点头哈腰）谢谢李先生，谢谢李先生。你可帮了我和汪老板的大忙了，谢谢，谢谢。李先生真是好人呀！

李衡甫：不用谢，这不是帮你和汪老板，这是我的自我救赎。我不能让我们的同胞活活饿死，不能让我们中国人断子绝孙。请告诉汪老板，今后有什么需要，只要我李某能办到的，我一定尽力。

【殷燕农走后，李衡甫缓缓走到倒卧路旁的几具遇难者尸体边，久久凝视，眼圈一红，交代身边的吴厂长，哽咽着说：

李衡甫：把他们埋了吧，设法找到他们的家人。（指着地上几袋带血的面粉）把这个给他们送去。下次如有这样的事发生，不准报警。

吴厂长：好的，我这就去办。

5-27．景：上海租界街头 日 外

【熙熙攘攘的人群中，几个报童高声叫喊。

报童：唉，看报！看报！昨日学生和难民砸了淞浦面厂。大汉奸、卖国贼李衡甫叫来

日本人弹压，数位难民被当场击杀，场面惨不忍睹……唉，看报！看报……

5-28．景：土肥原办公室 日 内

土肥原：（对着电话吼道）你们 76 号干什么吃的，光天化日之下，光华银行的行长居然在自己的办公室被人暗杀了，这还有谁，不是共产党就是国民党。发生这样的事已经不止一次了，凡跟我们亲善的，无论军界、政界、商界，已经被他们杀害不少，要加强对他们的保护，绝不允许再发生这种情况，否则"大东亚共荣"就是一句空话。光华银行的案子限你们十天内破案，一定要把杀害刘行长的凶手抓到，而且你们必须保证，今后绝不允许再发生这样的事。告诉李士群，每月给我报送一份执行"海豚鱼计划"的工作报告，听明白了没有。

电话机（OS）：明白！

【土肥原恼怒地放下电话。门外传来报告声。

土肥原：进来！

【傅宗耀抱着一摞报纸进来，向土肥原深鞠一躬。

傅宗耀：（兴冲冲地）将军，您看，李衡甫这下有大麻烦了。前些时候，我派了几个亲日的学生鼓动难民闹事；这几天那些学生和难民砸了上海数百个粥棚，抢走了粮食；昨天他们又去砸了李衡甫的淞浦面厂，被皇军开枪打死数人。现在整个上海都沸腾了，大骂李衡甫"汉奸""卖国贼"，看来他是必须死心塌地地跟着我们走了。我让报社大造舆论，看，这都是各家报纸今天的新闻，有的赞扬李衡甫与大日本帝国的亲善，有的口诛笔伐李衡甫是"大汉奸""卖国贼"，必须遭到惩处。

【傅宗耀兴冲冲地将一摞报纸在土肥原面前展示。

土肥原：（随手翻着报纸）很好！很好！舆论造得越大越好，这下李衡甫只能死心塌地地跟着我大日本干了。傅桑立了一功，今后就要这样干，让他没有回头路。这样我的"河豚鱼计划"就不会有太大阻力了。不过，傅桑，最近国民党和共产党的活动特别猖獗，政府要员和与我大日本亲善的商界人士被他们暗杀了不少，你也要注意特别像李衡甫这样的商界精英，你要严令警署对他提供特别保护，不仅是李衡甫，所有与我大日本亲善的各界精英再不能受到伤害。上海这台制造财富的机器不能停运，以确保我"大东亚圣战"的成功。这就要看你这个上海市市长的了。

傅宗耀: （连连点头）是是，属下明白，请将军放心。

5-29．景：李宅客厅 日 内

【李衡甫坐在客厅的沙发上，一张张地翻阅着报纸。他双眼微红、脸部痉挛、双手颤抖，看得出他在极度地掩饰内心的痛苦。吴妈端着一碗粥进来。

吴妈: （近乎哀求）老爷，吃点东西吧，您一天都没吃东西了，毕竟上年纪的人了，多少总得吃点啊。

李衡甫: （没有抬头只挥了挥手）吴妈，我说过了我不饿，你端走吧。廷瑞还没回来吗？

【客厅门被"砰"的一声推开，李廷瑞背着摄影机闯进来，看见李衡甫也没打招呼，径直上楼。

李衡甫: 廷瑞，你这一天都上哪儿去了，饭也不回来吃。你干点正经事好不好？

李廷瑞: （在楼梯上停下，冷笑着）我不干正经事？爸，祝贺你又帮着日本人干了件正经事，日本人更赏识你了，咱们家又要发大财了。爸，恕儿子说句不孝的话，您干的这些事还是人事吗？昨天淞浦面粉厂的事，整个过程我都拍摄下来了，那几个难民好惨啊，为了一袋面粉，为了那点粮食，被鬼子给杀了。您不是在场吗？这就是您说的正经事！爸，我真不知道你还是不是中国人，可你儿子是，我是中国人，我看见我们的同胞死去，我痛心我难过，我手上没有枪，有枪我会和鬼子干，我现在只有一台摄影机，这就是我的武器。我要把鬼子在中国造的孽，把我们中国人的苦难记录下来。以后找他们算账，血债血还。这就是我在干的事。您可以说我不干正经事，那好，您干您的正经事去吧。您儿子也会把手中的事干完，做一个中国人应该做的事。

【李廷瑞说完，撇下李衡甫噌噌上楼。李衡甫望着儿子，坐在那儿没说一句话，眼泪终于忍不住落了下来。

5-30．景：大力神号船舱 日 内

【在玛丽的带领下，所有人把自己的食物都拿了出来。在杰思敏的帮助下，一份份分好。

李廷琛: 艾伦船长，这不是个办法。口粮和水就算按照人头分，也会有彻底断绝的时候。我们还是得再想办法。

【杰思敏把自己分到的那份放在了莎拉的面前。

莎拉：姐姐，你不饿吗？

杰思敏：姐姐不饿，你吃吧。

莎拉：姐姐，我也不饿，我们多喝点水吧。你给大伙儿唱首歌，听到你的歌声，我和大家都能快乐些。

【杰思敏点了点头。

李廷琛：（看着姐俩，自语）我们不能坐以待毙了。

5-31．景：大力神号驾驶舱 日 内

【除了李廷琛，还有船长艾伦和几个年轻力壮的犹太男子。海东青虽然听不懂，但也跟着比画来比画去。

【桌子上艾伦船长的面前放着一本航海地图和航海日志，他拼命地摆手摇头。

艾伦：不行不行，这太危险了。

李廷琛：现在这是唯一的办法。海东青？

海东青：有什么事，你就说。我反正，都行。

李廷琛：咱们俩是中国人，咱们去找水。

海东青：这周围都是海，去哪儿找？你疯了吧。

李廷琛：船上有救生筏。

海东青：我可是旱鸭子……海东青不会游泳。

李廷琛：给你救生衣。没人上岸找水找粮，都活不了。

海东青：好吧好吧。我听你的，你是我大哥，走到哪儿都你说了算。

5-32．景：大力神号甲板上 日 外

【在艾伦船长和几个犹太男子的帮助下，救生筏试图被放下船。李季方虽然有诸多不放心，一直跟在李廷琛身后喃喃，但廷琛没有理会他。

【船员们几经努力，终于把救生筏放下大海。

【然而，李廷琛和海东青刚刚登上救生筏，正要解开缆绳，救生筏就被浪头打翻。

【海东青在水里不停地扑腾。

【几个人一见不好，立刻把救生筏拖回来。然而，装淡水的水桶却漂远了。李廷琛和

海东青被水手们拉上船，重又回到甲板上的李廷琛一身水淋淋，望着漂走的水桶出神。李季方不住地唉声叹气。

艾伦： 等上了岸再想办法找装水的东西吧。

【杰思敏给李廷琛递上了自己的干毛巾让他擦擦头发上的水。海东青强忍着笑。

海东青： 我海东青到底是不如你。英雄落难，还是有小姐体贴温柔。

李廷琛： 你别胡说。

李季方： （脱下自己的衣服走到海东青跟前）小子，你行不行，不行就别逞能了。来，先把这湿衣服换掉。

海东青： （推开李季方递来的衣服）我怎么不行啦，不就洗了个澡吗？跟着大少爷，死了也值。你的衣服你自己穿吧，我不要。

李季方： 你小子还挺倔嘛。我可告诉你，这可不是上海的大马路上，这是大海，弄不好要死人的。你这一身功夫，死了怪可惜的。这样，我这就跟大少爷说你不行，你是个旱鸭子，我去。老朽一把年纪了，万一有什么不测我也不在乎。再说跟着大少爷保护大少爷是我的事，你就一边乖乖待着去吧。

海东青： 去去去，哪儿凉快哪儿待着去，别在我面前卖老，保护大少爷难道不是我的事。再说这一船人，没粮食没水都得死。你不说你是好人吗，要死也轮不到你，好人就不该死。你不说我是个小贼吗，万一有个不测那就让我这个小贼去死吧。我可给你说，别再到大少爷那里说三道四。我陪大少爷陪定了，你就留在船上，帮着照看这些可怜的犹太人，你也就积德了。

李季方： （无奈一笑）好吧小子，听你的，今天我才闻到你小子身上那点人味。（说着拍了拍海东青，顺势轻轻地给他一拳）

5-33．景：大海 日 外

【几经尝试，救生筏终于带着李廷琛和海东青漂远了。

5-34．景：大力神号甲板 日 外

【大力神号上，男女老少都翘首企盼，将所有的希望都寄托在远处的一叶扁舟上，异口同声地低声祈祷起来。

5-35. 景: 海上 日 外

【眼看着就要靠岸, 救生筏被一艘飞驰而来的小艇劫持。小艇上海盗都半蒙着面。

【海盗们用枪指着李廷琛, 海东青纵身准备反抗, 却被李廷琛拦住。

李廷琛: 海东青, 咱们跟他们走。

海东青: 他们什么人, 咱们跟他们走还能有命吗?

李廷琛: 这就是海盗。

海东青: 我还是上海滩有名的侠盗呢。

李廷琛: 海盗没有国籍, 漂在海上。他们一定有淡水和食物燃料。跟他们走。

海东青: 走就走吧, 他们要敢动你, 我先敲掉他们几个。

【李廷琛和海东青被带上了海盗的小艇。

5-36. 景: 海盗小艇 日 外

海盗船副: 你们到底是什么人?

李廷琛: 我们只是出来寻找淡水。

海盗船副: 用这样的小艇, 远离陆地, 寻找淡水?

【小艇上的海盗无不哈哈大笑。

海盗船副: 你们是东方来的?

李廷琛: 我们是中国人。

海盗船副: 中国? 很遥远。你们就靠这样的小船?

李廷琛: 我可以为您解释。我们船叫大力神号, 注册在新加坡, 船长是个英国人, 从汉堡港出发。但是我们船上只有一百多个犹太难民。

海盗船副: 犹太难民? 整个欧洲都不欢迎犹太人。你们东方人的生意真是不一般。

李廷琛: 这不是生意, 他们虽然是犹太人, 但却是一百多条鲜活的生命。德国纳粹要杀他们, 我们把他们从枪口下救了出来。

海盗船副: 你们要带着这些人去哪里?

李廷琛: 不知道。我们本来就很匆忙, 如果碰到有可以停留的港口, 就可以放下他们。

海盗船副: 我不相信, 带我上船。

【海盗船副用枪顶着李廷琛。李廷琛发现海东青撸起袖子就要动手，一声断喝。

李廷琛：海东青，你要干什么，不要动！现在这是我们唯一的机会了，我要带他们上船看看。

第五集完

第六集

6-1．景：大力神号甲板 日 外

【艾伦看着望远镜里逐渐靠近的小艇，却带着海盗的标志。艾伦立刻招呼所有人严阵以待。

【然而，船头上站着被绑住的李廷琛和海东青。

【李季方十分懊丧，一看见两人被捆绑便要上去搏命，被李廷琛厉声喝止。

李廷琛：季方叔，别动。他们不是坏人。

【李廷琛带着海盗上了大力神号。眼前的景象让见多识广、以海为家的海盗们也不禁动容，甲板上瑟瑟发抖的犹太难民聚在一起。

海盗船副：这里很危险，很容易发生瘟疫。

艾伦：我当然知道。

李廷琛：所以，我们必须尽早找到落脚的地方。

【孩子们因为长期海上的漂泊显得营养不良，都睁大了恐惧的眼睛望着这些突如其来的陌生人，犹太难民们都渐渐地围上来向海盗们逼近。

6-2．景：大力神号驾驶舱 日 内

【海盗船副的目光落在了药箱上。

海盗船副：打开。

【李廷琛只得打开了药箱。

海盗船副：船上有医生？难怪这里还没有发生瘟疫。

李廷琛：只有一点简单的东西，没有足够的药品。

海盗船副：你是医生？

【李廷琛点了点头。

【海盗船副拎着被绑着的李廷琛就要下船，李季方和海东青见状飞身上前，左右挟持着海盗船副。

李廷琛：别动，你们都别动，我同他们去看看。季方叔，看住海东青不准乱来。

【玛丽挺身而出，挡在海盗们的前面。

玛丽：为什么要带走他？

【海盗船副打量着眼前这个虽然憔悴，但难掩高雅气质的雅利安女性。

海盗船副：我们的船长病了，需要他去看病。他说他是个医生。

玛丽：我也是个医生。我跟你们上船去。

【海盗船副打量了一下眼前的玛丽。

海盗船副：你是什么人？

玛丽：我曾在霍普金斯医科大学任教。你们要带走的这位中国人，曾经是我的学生。

海盗船副：当然，女人更安全。既然你愿意，那你跟我们走。

李廷琛：科恩夫人，这怎么行。您一个孤身女性，怎么能去海盗船上，太危险了。还是我去吧。毕竟我跟他们打过交道。

【李季方也忍不住插嘴。

李季方：大少爷，这次我一定要跟你去，你走到哪里我也不会再离开你。

李廷琛：季方叔，您年纪大了，就好好在船上。我不会有事的。

李季方：不行不行。这出去找水，就带回来一帮凶神恶煞的洋人强盗。海东青那个小子平时嘴巴厉害，到了这个时候也陪你一起绑着回来。不行不行，这一次说什么，我都要跟着去。

海东青：老头，你可别这么说。我要动手，你们大少爷拦着不让。

【正当他们争论不下，海盗船副却看懂了其中的争论，用手指着李季方，示意让李季方跟着。

海盗船副：看好船上的人，年纪大的老人会比年轻人安全一点。

【剩下的海盗将船上的人围成一个圈，用枪盯着。玛丽、李廷琛和李季方一起上船。

【海东青眼看着他们离去，自己却帮不上忙，急得抓耳挠腮。

李廷琛：海东青，艾伦船长不会功夫。这里就交给你了。

海东青：知道知道。

李廷琛：如果我们真的……出了事……海东青，你得帮助艾伦船长把这一百多犹太人安全送上岸，听明白了吗？

海东青：不会不会的……

李廷琛：（海东青话没说完就将他打断）海东青，我跟你说正经的，也是我对你的嘱托。一定跟艾伦船长尽力保护好船上犹太难民的安全。

【一向桀骜不驯的海东青突然眼圈一红，使劲点了点头。杰思敏望着母亲，眼眶中含着泪，紧紧搂着莎拉。玛丽跟丈夫没有缠绵的道别，只是两双手紧紧握在了一起。

6-3. 景：海盗小艇 日 外

【李廷琛、玛丽和李季方三人踏上了海盗们的快艇。快艇卷起白色海浪，留下一船上的期盼目光和科恩发出的一声深深叹息。

6-4. 景：海盗船船长室 日 内

【船长室，海盗船长斜躺在床上，皮肤粗糙黝黑，这是经年累月的海风吹拂和强阳光照射所致，胸前文身是一只匍匐着的黑色海狼，浑身隆起的肌肉使他显得孔武有力，但胳膊却一直耷拉着，使不上力叫痛。

玛丽：没有 X 光机，现在很难下判断是什么原因引起的。

李廷琛：没有外伤，也没有出血。

【李廷琛看了看李季方，李季方会心一笑。

李季方：这不难办。咱们爷俩一起动手。

李廷琛：先正骨，再针灸，双管齐下。

李季方：按咱们说法，抻着了没养好又受了风寒。小事。

【李廷琛对着一筹莫展的玛丽解释。

李廷琛：我们中医骨科的方法应该可以解决。

玛丽：我听说过中国医学的很多传奇故事，用草药之类的。骨科也很神奇，你们对人体骨骼和肌肉的研究十分厉害。

【李季方从随身的袋子里掏出了一个针灸包。

玛丽：要用这些吗？

李廷琛：先让关节复位，再针灸让肌肉恢复弹性。

玛丽：这几根小小的银针就能解决问题？

李廷琛：这就是中医的神奇了。完全没有问题。

海盗船长： 你们东方人的治疗？

李廷琛： 看起来不怎么样，是吗？但是很有效果。

海盗船副： 我们能相信你们吗？

玛丽： 我没有 X 光机，无法最终下判断。但我相信我的学生，他的为人，和他的承诺。如果不是因为他，我们也不会带着那么多犹太难民漂在海上。

【海盗船长还有迟疑，玛丽补充。

玛丽： 我相信他，也请你们相信他。如果效果不尽如人意，或使你们船长伤痛加剧，我愿意沉船，换取一船人的性命。

李廷琛： 老师，您对我也太不信任了。

玛丽： 我相信你，才愿意许下这样的承诺。

【海盗船副示意两个海盗一左一右把玛丽挟持起来。

海盗船长：（对船副）别拦着他们，让他们试试。把那个女的放了。

海盗船副： 好吧，你们可以动手了。（对挟持玛丽的两个海盗）把这个女的放了。

【李季方笑笑跟李廷琛互相使了个眼色，两人上前拎起海盗船长那只耷拉的胳膊借力使力，李季方猛一用劲让关节复位。

【海盗船长一声哀号，发现自己原先不能动的胳膊已经可以自由活动。

【接着李廷琛用银针在海盗船长身上扎了几针，帮助韧带迅速恢复弹性。

【海盗船副和几个海盗围着船长，发现真的手到病除，无不惊讶赞赏。

海盗船长： 这真是太神奇了，他们是什么人？

海盗船副： 这是我们在海上遇到的一艘新加坡船，发现他们船上装了一船的犹太人，还有几个医生，我就把他们带过来了。

【李季方十分得意。

李季方： 洋鬼子是不是开了眼了？

【李廷琛笑眯眯点了点头。

海盗船长： 你们是不是魔术师？

李廷琛： 不，不。我们都是真正的医生。我的老师科恩夫人，是整个欧洲都有名的医学教授。

海盗船长： 不，东方的魔术。这就是魔术。你知道，这个胳膊，折磨我很长时间了。

完全不能用力。

李廷琛： 那就好。

海盗船副： 我们应该留下一个医生在这里。

海盗船长： 不，我们虽然缺一个医生，但还是应该信守承诺，应该放他们回去。我也过去看看。

6-5．景：大力神号甲板　日　外

【在船上翘首企盼好消息的犹太难民们终于看到了回来的小艇。在李廷琛三人的陪同下，海盗船长带着船副再次登船。

【船上一百多犹太难民的隐忍和坚强，于困境中依然充满希望的精神，甚至是难民手中依然抱着的《圣经》都深深打动了海盗船长。

6-6．景：大力神号驾驶舱　日　内

【驾驶舱内，李廷琛和海盗船长促膝而谈。

海盗船长： 从纳粹的屠刀下救出一百多犹太人，真是太不可思议了。

李廷琛： 11月10号，德国纳粹已公然举起了屠刀，逮捕并屠杀所有的犹太人，柏林整个城市被暴动的人占领，所有的犹太教堂被焚之一炬。我不得不带着我的老师科恩一家逃离柏林。等到了港口才发现船上藏了这么多犹太难民，我们只得放弃了船上的货物，带上这些犹太人匆匆逃离。可没料到船下了海就再没有机会靠岸，没有一个国家愿意接收这批犹太人，甚至不给一口水、一粒粮食、一点食品。大力神号就像一片落叶，在茫茫大海上漂浮，与世隔绝。

海盗船长： 真是幸运。我可以给你们弄一些水和吃的。

李廷琛： 那真是太感谢您了。

海盗船长： 我可不是什么善良的人。我只是感谢你。但我得提醒你，你们不能在海上一直漂着。要知道，即使是我们这种长在船上的人，也会有秘密的落脚的地方。

【这个提示让李廷琛陷入沉默，望着驾驶室上的地图陷入沉思。

海盗船长： 整个欧洲沿海的国家都不会接纳犹太人。

李廷琛： 是的……去哪里呢……我们本来想往荷兰走，但是在英吉利，不让我们靠

岸……

海盗船长：意大利是德国盟国，不可能接受犹太人。西班牙内战里左派下了台，葡萄牙、荷兰当然也不会冒犯德国。

李廷琛：哥伦布新大陆，达伽马的船队，都没经历过这样的苦恼。

海盗船长：或许，你们东方好一些。你们那么神奇。

李廷琛：是吗？我可是从上海逃出来的。

海盗船长：整个欧洲都不行。往南边走，过了马六甲海峡，近东、远东……或许可以找个地方放下这些难民。

【李廷琛不置可否地点了点头，望着地图上那些陌生但名字又仿佛熟悉的城市。目光依然落在了上海。

海盗船长：东方，越远越安全。离德国纳粹那帮混蛋远一点。你也许觉得海盗是混蛋吧？我们只是挣一点钱，我们谋财不害命。他们可不一样。他们可是要杀死无辜的人，他们是要奴役全世界，他们比恺撒更可怕，他们才是真正的魔鬼。

【海盗船长掏出一个金属酒瓶，拧开酒瓶喝了一口，然后把酒瓶递给李廷琛。

海盗船长：来，你也喝一口吧。海上风大。

李廷琛：我是不喝酒的，好吧，我也来一口。

【李廷琛说着接过酒瓶猛喝了一口，呛得连连咳嗽。

李廷琛：（喃喃自语）上海，遥远的东方……他们的触角会伸到那么远的地方吗？

海盗船长：鬼知道这群魔鬼能干出什么事。

李廷琛：你说得对，这可能是现在唯一可行的路。可是……中华民国……上海……可现在上海却被日本人占领着……

6-7．景：大力神号甲板 日 外

【从海盗船上，一箱箱的食物和淡水被送到了大力神号。难民们无不兴奋。

【艾伦船长指挥着众人。

【而科恩则在人群的深处，依然捧着《圣经》祈祷。仿佛发生的一切与他毫无关系。

【玛丽默默注视着这一切，却没有打扰丈夫。

【莎拉拉着姐姐杰思敏的袖子，抱着小狗豹子。

莎拉：姐姐，我们有了食物，是不是就可以回家了？我想回家。

杰思敏：爸爸妈妈和我都在这里。不好吗？

莎拉：但这是船上，我想回家。

杰思敏：我们会回家的。

【杰思敏紧紧握住了莎拉的手。

莎拉：姐姐，你弄疼我了。

【杰思敏才松开了不知不觉握紧的手。

6-8. 景：海盗船船长室 日 内

【茫茫大海上，传来夸张的电报声。

【在海盗船副的陪伴下，李廷琛在海盗船长的帮助下，打开了海盗船上的高频电报发报机。

李廷琛：一封发往上海。

海盗船长：还有吗？

【李廷琛沉吟片刻。

李廷琛：中华民国驻维也纳总领事何凤山。

6-9. 景：大海 日 外

【海盗船和大力神号并行在海面上。太阳慢慢降落。

6-10. 景：海盗船船长室 夜 内

【船长室里，李廷琛和衣而卧，旁边的海盗船长已经鼾声震天。电报机突然发出了响声，收到了回复。

【李廷琛立刻跳了起来，惊醒了睡眼惺忪的海盗船长。

李廷琛：有了回电。

【海盗船长在发报机前。

海盗船长：凤山，何，去上海，中华民国放行。

李廷琛：没了？

海盗船长：没了。

李廷琛：太好了。太好了。

6-11. 景：李家大宅李衡甫书房 日 内

【楚孝仪匆匆赶来。李衡甫赶紧把他迎接到桌前。

李衡甫：外面冷吧。

楚孝仪：彤云密布，要下雪了。

李衡甫：是啊。天不好。你先喝口茶，暖暖身子。

楚孝仪：你急着叫我来，一定是有要紧事。

【李衡甫把电报推到楚孝仪面前。

李衡甫：说是昨天半夜到的。急电。

【楚孝仪立刻放下了手中刚端起的茶。

楚孝仪：廷琛来的？

李衡甫：是啊。所以，今天请你来商议。

楚孝仪：这还有什么可商议的。你说呢？

李衡甫：久久没有消息，一接到电报就是这样的。

楚孝仪：你也别怪他，将在外君令有所不受。再说，这最起码证明从汉堡港出来，一直没有消息，这也是报了平安。

李衡甫：送他走，本想着避过风头。没想到……

楚孝仪：你有什么打算？

李衡甫：工商业协会，原来也曾有过几位犹太商人。

楚孝仪：现在从俄国来了不少犹太人，也有从满洲来的。现在都是由犹太救助协会统一安排。

李衡甫：这我知道。美国人的钱，倒是给这个协会。犹太人对自己人还是很不错的。

楚孝仪：这一批人说多不多，说少不少。还是得想办法妥善安置。廷琛跟美国特使的武官关系仿佛不错？

李衡甫：不是武官，是美国驻上海总领事馆参赞。原来是有些来往。

楚孝仪：走走他的路子，美国人要是愿意接手，这边的犹太救助协会的压力就轻多了。

【楚孝仪话音未落，李衡甫的电话就响了。

【李衡甫接起了电话，在电话中与来电的人未曾多聊，便放下了电话。

李衡甫：犹太救助协会的会长米兹拉希先生已经得到了消息，请我们过去商议安排这些人的事。

6-12. 景：大力神号甲板 日 外

【杰思敏帮助李廷琛按照年龄、身体状况，将数量不多的口粮和水按照人头仔细计算分配使用。

莎拉：姐姐，我们吃完了这些东西，就可以回家吗？

杰思敏：每天只能吃规定份额的东西。

莎拉：他们说，我们永远不能回家了。

杰思敏：不。我们一定可以的。莎拉，你想听你最喜欢的歌曲吗？

【杰思敏踏上甲板上吹响了牧笛，悠扬的家乡童谣给所有的犹太人一丝对家乡的怀念和对未来的憧憬。

【难民清理甲板，阳光照射在清洁一新的甲板上光可鉴人。

【船头，只有杰思敏和李廷琛两个人。

李廷琛：谢谢你，杰思敏，你的音乐能抚慰人心。

【杰思敏依然眉头紧锁。

杰思敏：也可以抚慰你吗？你也能感觉到音乐中的情感？

李廷琛：是的。温暖、力量、坚定，在绝望中永不放弃。

杰思敏：所有人，我们所有人都依靠你。你太难了。

李廷琛：你想过要去哪里吗？

杰思敏：莎拉想要回家。但我们都知道，暂时回不去那个家了。去哪里都一样，我们需要活下去。

李廷琛：杰思敏，我的家乡在打仗，被别的国家的军队占领。但是，那里现在对犹太人还是安全的。你愿意去吗？

杰思敏：上海？

李廷琛：上海。中国驻维也纳领事发了电报，中华民国放行。

杰思敏：上海在哪里？上海也有海吗？

李廷琛：上海很远，中国有句俗话叫天之涯海之角，大概上海就在那个地方。上海当然有海，你听说过东海吗？上海还有一条美丽的黄浦江。东海之滨，浦江之畔，那是我的故乡，我就是在那儿长大的。

杰思敏：能孕育出你这样的人才，那应该是个神奇而美妙的地方。我愿意去。只要能在你的身边，李廷琛，我愿意去。

李廷琛：上海是个美丽的地方，是生我养我的地方，我热爱她。可是，杰思敏，上海也许不是像你想象中的那样神奇而美丽的童话世界。况且现在，已被日本军国主义者占领着，我的同胞和你们一样被蹂躏、被屠杀。昔日的东方巴黎，现在已沦落成一座孤岛，充满血腥。可杰思敏你也看到了，你们一家和这一船的犹太人，没有一个地方可以收留你们。世界之大，或许只有上海才是你们的容身之处。我不敢保证你们在那里生活得很好，但我和我的同胞一定会竭尽全力地护卫你们，帮助你们渡过黑暗，迎来曙光。人类的未来是光明的。

杰思敏：我不知道上海现在是个什么样，但上海有你，有你的家人和同胞，能和你们生活在一起，我会觉得很温暖、很安全。我不知我父母是怎么想的，但我会尽力说服他们去上海，去那块神秘的东方国度。

李廷琛：谢谢你，杰思敏，谢谢你对我和我的同胞的信任。可我们只有一条船，如果决定去上海，需要征求船上所有人的同意。我们不能代表任何人做决定。上海很遥远，我也不能保证上海永远安全。杰思敏，你能说服大家吗？

【杰思敏睁着迷惘的眼睛。

杰思敏：我愿意，为了你为我们做的一切……我愿意试一试。

6-13. 景：大力神号船舱 日 内

【乌压压的人挤在船舱内，但却十分安静。玛丽站在前面，手中有一个铁皮桶。

玛丽：杰思敏已经跟大家介绍过上海的情况，也解释了我们的遭遇。如果愿意去上海，就请把写着自己名字的纸条放进这个桶里。

【铁皮桶传过一只只手，所有人的名字都在里面。

李廷琛：我知道，这只是写了名字的纸条。但我也知道，这是你们把生命交给我。我一定会带着你们到安全的地方。请相信我。

6-14. 景: 大海 日 外

【在海盗船的护送下，大力神号在茫茫大海上前行。

6-15. 景: 大力神号甲板 日 外

【海盗船长和他的手下都对有情有义带领了一船犹太难民的李廷琛留下了非常好的印象，甚至愿意从此以后认作朋友。尤其是海盗船副和海东青，虽然语言不通，但一副兄弟情深的样子。

海盗船长: 再往前，就是马六甲了。后面，就不是我的力量所能保护的范围了。好在从海图上看，从马六甲到上海，大概也只需要两周的时间。

李廷琛: 我知道。

海盗船长: 一路平安。

李廷琛: 我们中国人的话，送君千里终有一别。

海盗船长: 我们西方人说再见，就是还会再相见。我以后也会跟人说东方人看病有魔术，东方人很神秘，很勇敢，很善良，很了不起。

【海盗船长跨前一步紧紧地拥抱着李廷琛，海盗船副紧紧地拥抱着海东青，然后带着众人跳上了小艇，小艇疾驰而去，浪花中传来海盗船长的声音。

海盗船长: （英语）再见，李……

【大力神号船汽笛长鸣。甲板上，全体船员和犹太人向远去的海盗小艇挥手告别。

6-16. 景: 汪公馆大厅 日 内

【汪墨樵虽然是上海滩首屈一指的人物，家中却布置得相对朴素。既没有虎皮也没有武器挂在墙上，乍看之下和一般富贵人家没有什么区别。

【满堂红木家具，椅子上堆放着拍得松软的丝绒靠垫。只有大厅里挂着的罗祖画像，以及供奉的香案，才能透露出汪墨樵青帮老大的真实身份。

【汪墨樵毕恭毕敬敬香，等在旁边的刘姆妈并不敢先开口。

汪墨樵: 夫人呢?

刘姆妈: 老爷，夫人下来了。

【汪墨樵点了点头。

汪墨樵：饭摆好了？

刘姆妈：夫人交代饭厅里坐着不舒服，让摆在麻将房里。说那里拢上火盆暖和，等老爷去了一起开饭。

汪墨樵：知道了。

【汪墨樵闭上眼睛，口中念念有词。

6-17．景：汪公馆麻将房 日 内

【麻将房放着一张黑漆的四方桌子。房间内的花架上水仙花含苞欲放，为了增加喜气，花蕊上还剪了一点红纸点缀。桌子上，不过是豆浆油条粢饭团之类的家常早点。

【茉莉换了半新的家常衣服，头发梳在脑后，反倒比在"大世界"唱歌时更显得年轻，愈发清纯可人。看她这身打扮，汪墨樵倒是愣了一下，又立刻恢复了平静。

汪墨樵：早说了不用等我，你饿了先吃。

茉莉：一起吃饭也有胃口。

【汪墨樵与茉莉一起安静吃早饭，两个人都有些拘谨。外头传来有人说话的声音，茉莉抬起了头。

汪墨樵：刘姆妈，叫他进来说话。

【屋外远远答应了一声。殷燕农垂着手进来，看到茉莉，立刻点头问好。汪墨樵却连头都没有抬。

殷燕农：师父好，师娘好。

汪墨樵：事情办妥当了？

殷燕农：师父交代要找的人找到了。

汪墨樵：带进来吧。

【殷燕农却吞吞吐吐，没有动弹。汪墨樵这才放下筷子。

汪墨樵：人不是找到了吗？夫人要见一见。

殷燕农：人是找到了。在河滨大厦里，但是不肯出来。我们想了很多法子，但又想是为夫人办事情，师父又叮嘱要礼貌。

汪墨樵：找到了就好。不肯来，也要替夫人安顿好。

殷燕农：已经安排弟子给弄了吃的。下面该怎么办，没有师父师娘的话，也不敢擅作主张。

汪墨樵：茉莉，金银珠宝你又说不喜欢。我知道你一直惦记着抢粮时候那个小阿弟，我让人去寻。燕农会办事，果真叫他们给寻到了。你总归可以放心了。

【茉莉十分惊讶汪墨樵的这份礼物。

茉莉：谢谢您，劳您费心。

汪墨樵：小事情。一家人的事。

茉莉：那我能去看看他吗？

汪墨樵：先吃过早饭，急什么。我让燕农送你过去。燕农，吃过早饭了吗？坐下来一起吃一点。让刘姆妈再拿只碗来。

【殷燕农看着汪墨樵的脸色不错，才对着茉莉继续开口。

殷燕农：师娘，您的事情，我师父是第一放在心上的。我们弟子哪里敢不认真办。

茉莉：劳动你们了。

殷燕农：小阿弟人小脾气大，小小年纪，瘦得跟个芦柴棒一样，脾气硬。请他来白相，他理都不理，说耽误他捡煤渣。

【茉莉倒被这一两句逗笑了。看到茉莉被逗笑，殷燕农确定事情没有办得十分成功也不要紧。

汪墨樵：你要是想去看看等下让燕农送你过去。

茉莉：不麻烦了，我自己出去。

殷燕农：（赶紧说）不麻烦不麻烦。

汪墨樵：出了租界，外头市面乱。

茉莉：小阿弟没见过大场面，胆子小。人都跟着去，他不自在的。汽车过去也太张扬，等会儿叫个黄包车送我去就行。

【汪墨樵对这个提议不置可否。茉莉也不敢再次勉强。

6-18．景：上海街头 日 外

【茉莉坐在一个黄包车里，殷燕农一路小跑跟在旁边，身后空着一辆黄包车不坐，却偏要如此陪着茉莉。茉莉有点不好意思。

茉莉：你不用跟着我的。

殷燕农：租界里，现在流民多，乱。师母要是有个闪失，师父面前我们这一些弟子也没办法交代。

茉莉：等一下我自己进去就好了，你不用跟你们师父交代。

6-19. 景：河滨大厦 日 外

【河滨大厦是沿着苏州河的一排破房子。大厦是个美化的名字，不过是难民集中的棚户区。污水横流，路上都是跑来跑去衣衫褴褛的难民。

【茉莉虽然一身朴素打扮，但她气质典雅，还是显得跟这破败的环境格格不入。走进这个号称"河滨大厦"的棚户区，正在左右张望，突然身后响起喊她名字的声音。她回头一望，只见挎着摄像机的李廷瑞向她奔来。

李廷瑞：茉莉小姐？茉莉？果真是你！

茉莉：廷瑞少爷，没想到在这里碰到你。

李廷瑞：我也没想到能遇见您。您到这里有事吗？

茉莉：找个人。

李廷瑞：我对这里很熟。

茉莉：我找一个瘦瘦的小男孩。我本来以为一下子就能找到，绕了半天也不知道在哪里。

【茉莉比画着。

李廷瑞：我知道了，一定是芦柴棒。他就在后面那个棚子。

茉莉：谢谢你了。我自己去。

【李廷瑞一声口哨，几个捧着烟盒沿街叫卖的半大小子呼啸而来。芦柴棒冲在头一个。

芦柴棒：李廷瑞，米都发完了。

【芦柴棒看到李廷瑞身边的茉莉，露出了惊喜又不敢相信的表情。

芦柴棒：旗袍姐姐！

茉莉：你还记得我？

芦柴棒：我是不会忘记你的。

茉莉：我让人来找你，你也不肯过来。

芦柴棒：帮会里的几个人，今天早上刚走。原来是你要找我，我是不认得他们，不跟他们走。

茉莉：你还挺有防备。

芦柴棒：叫我去我就去呀。我一天到晚事情多，不得闲。

茉莉：你个小人，你还有多少事情。

李廷瑞：你别看他，这一带他最忙，又要弄米，又要卖香烟，又要弄报纸……

【芦柴棒不好意思地抓抓头傻笑。

茉莉：看到你还好，我就放心了。你真的不想跟我回去吗？

【芦柴棒摇了摇头。

芦柴棒：我在这里过得自在。再说我要跟爷爷在一起，还有这么多小兄弟。我要是跟你去了，这些人都要丢下。不过，你要是有空可常来看看我，我要是有空也可以去看你。

【李廷瑞端起摄像机拍下他姐俩亲热交谈的画面。

6-20. 景：河滨大厦附近里弄 日 外

【河滨大厦的整片区域都是贫民棚户区。茉莉在李廷瑞的陪伴下，穿梭其中。

茉莉：说出来，您也会笑话。我也是逃难到上海的。

李廷瑞：那你家里人呢？

【茉莉摇了摇头，双眼泛红。

茉莉：死的死，散的散。

李廷瑞：你在上海没有亲人吗？

茉莉：现在嫁人了，也算有亲人吧。

李廷瑞：那怎么能一样呢。对不起……我不是那样意思。

茉莉：我们这种人命苦，一点点甜头就够了。一想到一开始连个落脚的地方都没有就觉得现在怎么样都好。我可是连街头也睡过。

李廷瑞：难民们流离失所的日子也不知道哪里是头。

茉莉：等到什么时候不打仗就好了。

李廷瑞：我现在也很失落。我爹一天到晚骂我游手好闲不干正事，可我现在能干什么呢？我想去打鬼子去拼命，可我爹当初又不同意我投军。看到上海被鬼子糟蹋成这样，天天会有无数的难民死去。我现在最想做的就是把同胞们的苦难拍下来，留下些这个悲惨世界的影像，让全世界的人都知道日本人在上海造的孽，知道日本人给中国人民带来的沉重灾难，为日后亲善这些日本禽兽的罪行留下些证据。茉莉，我该叫你姐姐呢还是叫你妹妹，但是不管怎么叫，从我第一次见到你，我就觉得你是我最亲近的人。

茉莉：你就叫我姐吧，以后我就是你姐。

李廷瑞：我爸总说我游手好闲，可目前我只能做这些，你能理解我吗？

茉莉：我能理解，我也不知道自己能做什么，只觉得自己一介女流，赤手空拳，使不上力气，也不知道干什么好。

李廷瑞：您会唱歌啊，唱歌也能鼓舞人。

茉莉：我那些歌曲，都是"大世界"里的人听的。

李廷瑞：过去也有进步歌曲。

茉莉：不让唱了。

李廷瑞：您……结婚后，听不到您唱了。

茉莉：哪有嫁了人还在唱呢。我就是想唱，也不行吧。

李廷瑞：为什么不行？虽然上海被日本人占领，四万万人也没有放弃抵抗。每一个人都可以为难民做自己力所能及的事情。你能唱歌，就唱歌。有人有力气，就出力。总之，只要大家齐心努力，就能把日本人赶出去。

【李廷瑞哼唱起《新女性》的电影歌曲。

李廷瑞：……新的女性是生产的女性大众，新的女性是社会的劳工，新的女性是建设新社会的前锋，新的女性要和男子们一同翻卷起时代的暴风，暴风我们要将它唤醒民族的迷梦，暴风我们要将它造成女性的光荣。

【茉莉也随着李廷瑞轻声哼唱起来。

李廷瑞：茉莉姐，你的声音真好听，嗨，你倒是可以办一场沪上筹款演唱会呀，把筹来的款项赈济那些难民。

茉莉：是呀，阮玲玉、周璇不是都办过演唱会吗？她们都是我最喜欢的歌星，我想我可以向她们学，办一场赈灾演唱会。

李廷瑞：把那些大老板都请来。

茉莉：有钱出钱，有力出力。

李廷瑞：（高兴地跳起来）那真是太好了，我想你一定可以超过她们，红遍上海滩。

茉莉： 可是我一个人也办不成。如果能有人支持、响应，一场演唱会下来，一定可以帮助这些穷人过一个年。

李廷瑞： 我可就第一个要参加，你丈夫汪墨樵先生也可以帮助你，他可是上海滩的大人物，有他的支持什么都妥了。

茉莉： （有点羞涩地）那……我就要第一个邀请你。

李廷瑞： （兴奋地）好，咱们一言为定。

【殷燕农远远地盯着两人。

6-21．景：汪公馆客厅 日 内

【客厅内坐了几个客人，汪墨樵叼着烟，漫不经心地听着殷燕农汇报刚才茉莉和李廷瑞见面的事情。殷燕农看似低眉顺眼，实则观察着汪墨樵的神色。

汪墨樵： （淡淡地）知道了，你走吧。

【墙壁上的钟嘀嗒走着。外面传来有人说话的声音。

汪墨樵： 刘姆妈？是不是夫人回来了？

【话音刚落，茉莉充满信心地回来，与侧身而出的殷燕农擦身而过。见到茉莉回来，汪墨樵才显得精神。

汪墨樵： 出去了蛮久。

【众位客人一见汪夫人回来，无不起身问好。

汪墨樵： 累了吧。我还有事情要谈一谈。

【茉莉略微踟蹰。

汪墨樵： 有事情要讲，你便先讲。这里都是自己兄弟。

茉莉： 河滨大厦的难民苦得很。

汪墨樵： 钱已经施给了粥铺，下面的兄弟操办得不错。我们正在谈这个事。

茉莉： 我只是想，快过年了。我想在"大世界"办一场赈灾义演。

汪墨樵： 茉莉，事情虽然不错，但你已经是汪夫人，现在是乱世，遇事要多考虑。

茉莉： 我知道，做了人家老婆，自然不应该抛头露面。但是这是义演，不为了别的，就是善心做做好事。

【汪墨樵沉吟片刻。

汪墨樵： 你是真的想办？

【茉莉赶紧点头。

汪墨樵： 如果要办，就当正经事情做。青帮都是苦出身，穷帮穷，也是应该的。

【众人无不点头称是。

茉莉： 那你们谈，我先去看看。

汪墨樵： 刘姆妈，给夫人准备点点心。

【茉莉脸上漾开的笑意，明艳迷人，对着汪墨樵感激地点头。

汪墨樵： 点心点心，这是夫人对上海难民的一点心，也是我对夫人的一片心。

【看到茉莉走后。

汪墨樵： 燕农？

殷燕农： 师父。

汪墨樵： 这件事你怎么看？

殷燕农： 师娘心软，看到河滨大厦的那些难民总是难过。

汪墨樵： 办义演呢？

殷燕农： 师娘的事情，自然是听师父的意思。

汪墨樵： 不但要在"大世界"唱，还要请广播公司的来录音。

殷燕农： 广播公司的大喇叭一响，整个上海滩那真是无人不知，都有耳福了。

汪墨樵： 请的人，要仔细斟酌。

殷燕农： 那要下帖子去请。

汪墨樵： 要让人家看看不管是谁当家，上海滩青帮都能一呼百应。这件事交给你去办。

殷燕农： 是。

6-22. 景：李家大宅李衡甫书房 日 内

【楚孝仪坐在桌前，对着李衡甫唉声叹气。李衡甫也面色凝重。桌子上放着两张请柬。

楚孝仪： 汪墨樵这个混蛋，这不是强取豪夺又是什么？娶亲说是不要贺礼，谁敢空手去。他的粥棚断炊了，我们给了他一百吨粮食。这一会儿又是什么赈灾义演，那还不是要让我们放血，上海滩的好人都让他做了。

李衡甫： 汪墨樵虽是青帮会首，但他也是苦汉出身，赈灾救民也是积德行善。孝仪，我们要支持才对啊。

楚孝仪： 行善，这是逼着大家出钱，给他扬名。

李衡甫： 孝仪，过去我和你一样对汪墨樵有看法，逼良为娼，开赌放贷，干的都是下三烂的勾当。但自从淞沪会战以来汪墨樵做的这些事，件件都是抗战救民的好事。老实说，他的作为你我都未必能做到那个份上，这种人值得敬重。至于说名不名的，你我栽在名上的亏还不够吗？为了救民于水火，为了保住上海这点民族基业，我们成了国人眼里的"汉奸""卖国贼"，我们的名声好听吗？汪墨樵能放开手脚，不计利害拯救难民，这不正是我们要做的。这样的人还不该出名吗？这叫实至名归，总比我们同仁中那些束手束脚、独善其身只保自己名节的人好吧。

楚孝仪： 衡甫兄，我们是多年的交情。你要是出头倡议，我没有二话。汪墨樵这个人狡诈多智、心狠手辣，我只想提醒你，可不要吃他的亏。

李衡甫： 汪墨樵的面子不能不给。而且国难当头，凡我同胞，都要以团结为要。

楚孝仪： 上次拒绝他借船，堵了他的方便之门，他不会轻易罢休。

李衡甫： 青帮一向睚眦必报。这一回也不可能善罢甘休。再不去，就是彻底跟他为敌，更与青帮为敌。

楚孝仪： 青帮到底不能得罪。

李衡甫： 汪墨樵这个人不是一般人。这么些年，你看上海滩风云多变，他屹立不倒，喜怒不形于色，结交各路朋友。他有他的算盘。

楚孝仪： 这一回，他卖的什么药？

李衡甫： 不管他卖的什么药，只要他能帮助难民，帮助上海的百姓，这也是救国之举，我们就该支持。你放心，浪再大，也一定守得住。

楚孝仪： 衡甫，十六铺可是青帮的地盘。廷琛马上要回来，还带着一帮犹太人，我有些担心，只怕他要找麻烦。

李衡甫： 我看汪墨樵不是这样的人，看他现在做的这些事，哪样不是为了穷苦百姓。这批犹太人是从纳粹的屠刀下逃出来的，按说也是难民，他是个有血性有担当的人，不会见死不救的。当然，我会亲自出面，去给他打招呼，救救这批逃出纳粹魔掌的犹太人。

楚孝仪： 廷琛的船到哪里了？

李衡甫： 按时间算应该快到香港了。

楚孝仪：那就快回来了。

李衡甫：其他的事情都安顿好了。美国人愿意在后面支持，事情就好办。反倒是这件事火烧眉毛。

楚孝仪：让廷瑞出马最好。

李衡甫：廷瑞性情冲动，不谙世事。

楚孝仪：要历练。廷瑞年轻有年轻的好处，鲁莽一些也不碍事。我看他现在就有长进，别看他一天到晚在外面很少回家，但据我所知，他每天都是在外面拍摄难民的疾苦和日本人的行凶作恶。等他成了家，再多经一些事，就更不一样了，他的成就恐怕远超你我。

【李衡甫不再抱怨儿子，两个老兄弟对着请帖，各有心事。

【但还没等他们沉默，李廷瑞就跑了进来，看到楚孝仪在，又站在门口敲了敲门。

【李衡甫无奈摇头。楚孝仪忍不住笑。

李衡甫：又不敲门，没规矩。

楚孝仪：廷瑞毕竟是年轻人，不讲究这些繁文缛节。我们老了，不必为这些小事过分责备。

李廷瑞：（对着楚孝仪深鞠一躬）还是孝仪叔懂我们年轻人，（嬉皮笑脸地）廷瑞这厢有礼了，祝孝仪叔福如东海寿比南山。

李衡甫：别嬉皮笑脸的，有什么事？

李廷瑞："大世界"要办难民筹款义演。

李衡甫：你什么意思？

李廷瑞：茉莉亲自给我下了帖子。她是在做好事，我必须去捧场。

【李衡甫接过帖子，果真是以茉莉的名字下的，与其他的帖子不同的是，这个帖子还画了几朵茉莉花。

李廷瑞：父亲，茉莉义演是为了赈济难民，这是一件好事。

李衡甫：要称呼汪夫人。廷瑞，汪夫人为什么亲自给你写了请柬？

【李廷瑞有些不以为然地点点头。

李廷瑞：我在河滨大厦给难民送粮碰到她寻人。她倒是个热心，又有侠义气概的女子。我小看了她，她这个人不是普通歌女。

楚孝仪：青帮出面，筹款定然不成问题。

李廷瑞：我原先倒是误会了她。本以为她不再登台，没想到为了难民她竟然说动了汪墨樵。

楚孝仪：这也是好事。廷瑞，你就替大家好好张罗，到时候我们大家都去捧场。

李衡甫：廷瑞，这可不是游戏。

楚孝仪：廷瑞做这些事最合适不过。

【李衡甫虽然还有些犹豫，但也只能默许。

楚孝仪：衡甫兄，就把船运的事放下，暂且都不提，让廷瑞把义演的事情料理了，也好摸摸汪墨樵的脉。

6-23. 景：大力神号甲板上 夜 外

【李季方站在护栏边，望着黑沉沉的大海，从口袋里掏摸了半天，却无奈地叹了口气。海冬青不知什么时候鬼兮兮地站在了他的身后，冷不丁地将一包香烟塞在他手中。

海东青：找这个的吧？

李季方：你小子，挺能藏。

海东青：老头儿，省着点。这鸟不拉屎的地方，抽完就真没了。

李季方：（不由叹气）还是你小子鬼精，总能想着你季方叔。

海东青：这包烟是我从海盗船长那给你摸来的，我这一身功夫也只有你老头知道，给你做点事应该的。

李季方：乱世出豪杰，可惜了你这一身功夫，老朽是老了，也不可能有什么大作为，只希望你回到上海以后，做出点惊世骇俗的壮举，别一天到晚偷鸡摸狗。

海东青：你还别看不上偷鸡摸狗，船上什么都没有，没吃没喝，倒是有一只狗，也不能吃。我看，我们都要饿死在这船上。到时候，我们没捞到吃的，都喂了鱼。

李季方：都怪我。

海东青：你又不是洋人，别冲大辈儿。

李季方：要是能回去，我真没脸见老爷了。走的时候，我还说能看住大少爷。当时就应该拦着。要是拦着，现在船也快到上海了。

海东青：话可不能这么说，这要是一船药还能发大财呢，可大少爷救了一百多条性命。常言道，救人一命胜造七级浮屠，大少爷这是行了多大的善，积了多大的德啊。我海东青这辈子跟大少爷是跟定了。

李季方：小子，我们大少爷可是正人君子，你怎么会认识大少爷？看得出你对大少爷也是忠心不二，大少爷对你也是爱护有加，你常来无影去无踪来李家，都是在大少爷的卧室，连我都没见过你几次，难道你真就是上海滩传闻的那个花贼草上飞？我就奇了怪了，你是从哪冒出来的？怎么有这么一身好功夫？我们大少爷又怎么会交上你这么个朋友？

【海东青从怀中摸出一个金属酒壶，拧开盖喝了一口。

海东青：老头儿，你别问了，要问你问大少爷去。小爷有名有姓，有爹有妈，不是从石头缝里冒出来的。

【说完掏出酒壶又喝了一口。李季方上前一步就想夺下海东青手中的酒壶，海东青闪身避开。

海东青：想抢，这酒可不是偷来的，是海盗船长给我的，一直没舍得喝。我知道你嗜酒如命，都给你吧。（说着将酒壶扔给李季方）

李季方：（接住酒壶拧开盖喝一口）真香！好久没喝这么好的酒了。猴崽子，谢谢你啦，总没忘了关照李叔，挺仗义的，回到上海你李叔请你喝，咱们一醉方休。唉，你还没回答我，你怎么认识我家大少爷的。听大少爷说，你是蒙古人，在蒙古，你也曾干过一番大事业，听说把蒙古王公都给宰了，连我们大少爷都对你十分敬重。

海东青：（脸色突然阴沉）别问了，都过去了。蒙古草原的那个包奴已死了，现在活着的是十里洋场的侠盗、义盗，海东青。

【海东青有点恼怒，掉头就走。李季方叫着海东青，跟着他进了船舱。

6-24．景：大力神号底层大货舱 夜 内

【货仓内横七竖八地躺满了犹太难民，昏黄的舱灯照着他们蜷缩的身体。李廷琛陪着科恩一家坐在舱梯上，玛丽小声地和李廷琛说着话。

玛丽：李，看看我这些同胞，他们就在这样的环境过了两个多月。他们像畜生一样，忍饥挨饿，晚上蜷伏在这冰冷的铁板上。这个世界完全颠倒了，怎么都是恶人逞凶、好人受难。

李廷琛：老师，世界不会总这样的，被颠倒的一切还要被颠倒过来。好在，最危险的时期已经过去了，我们的船已经过了马六甲海峡，再有五六天航程就到上海了。一切都会

好起来的，老师请相信我。

【一只硕大的老鼠从他们身上穿过，玛丽惊叫一声，把仰卧的杰思敏和科恩都惊醒了。科恩跳了起来，一把搂住玛丽。

科恩： 怎么了？怎么了？

李廷琛： 没什么，没什么，一只老鼠，老师吓着了。

玛丽： （有点不好意思）伦纳德，放开我，我只是有点不习惯。这船舱里密不透风，空气混浊，还有许多蟑螂、老鼠之类的寄生物，我是担心这里发生流行病，那可就糟了。唉，有瓶消毒液也好啊。主啊，怜悯怜悯这些苦难的灵魂吧。

李廷琛： 老师，放心吧，厄运就会过去，上海就要到了，我会想尽一切办法保护您的同胞。天快亮了，你们继续休息吧。

【科恩放开玛丽，默默地祈祷起来。李廷琛拍了拍玛丽，站起来轻轻走出舱外。

6-25. 景：大力神号甲板上 夜 外

【李廷琛走近船舷，沉沉的天空压着黑黑的大海，没有月亮没有云彩。李廷琛的心里也是沉沉的，他努力回忆着自己在德国留学的日子。

【沉思中的李廷琛发现身后有人，回头一望是杰思敏。

杰思敏： （关切地）李，你怎么还没休息，天快亮了。

李廷琛： 你怎么出来了，这里风大，快回舱休息吧。

杰思敏： 快到中国了，有些兴奋，也不知道上海是个什么样，等待我们的会是什么命运。

李廷琛： 放心吧杰思敏，中国有句俗话，叫"好人一生平安"。我们一定会平安到达上海，上帝将赐予我们好运。

杰思敏： 李，你是好人，你救了我们一家，还救了我们这么多同胞，这一路你辛苦了。李，感谢你，感谢你为我们付出的这一切。

李廷琛： 快别这么说，杰思敏，我想任何一个有良知的人都会这么做。

【东方显出一抹晨曦，船突然颠簸起来，杰思敏有些站立不稳，一个跟跄差点摔倒，李廷琛赶紧上前将她扶住，杰思敏紧紧抓住他的手，晨曦中，两张脸庞慢慢靠拢……

第六集完

第七集

7-1．景：上海"大世界"门口外 日 外

【"大世界"门口依然热闹。吹吹打打的乐队穿过整个大街。"大世界"的歌女一边拍手一边拽着一个大的红布，走在最前头就是茉莉。

【茉莉今天一身朴素装扮，反而像个女学生。路边围观的行人纷纷解囊，将钱扔入布中。

【李廷瑞激动地在人群中跑来跑去，拿在手中的是他的宝贝摄像机。茉莉看到李廷瑞，跟他挥手。

【李廷瑞挤过人群，挤到茉莉的身边。

李廷瑞：你还真厉害，我倒是小看你了。

茉莉：还不是你的提议。

李廷瑞：我也只是提了一句。你是出力的人。

茉莉：不过是一场义演。姐妹们也都是苦人儿，愿意响应罢了。

李廷瑞：谦虚。

茉莉：我看你手里拿着摄像机。今天可要记录下来。

李廷瑞：那是自然。这是最能鼓舞上海民众的时刻。

【李廷瑞端起摄像机，一边后退一边对着茉莉不停地拍摄。

7-2．景："大世界" 日 内

【义演与往常不同，花篮堆满了走廊。条幅上写着各位认捐的数额。"大世界"里面更是挤满了人。

【舞台上，茉莉依然是一身朴素大方的穿着。一曲终了，掌声如雷。

主持人：感谢茉莉小姐献唱。欢迎大家踊跃捐款，一枝玫瑰一块银圆。捐款最高的爱心人士，将获得点歌的荣耀。

【立刻有人嚷嚷十个银圆。

【李廷瑞没有等大家张口便举手。

李廷瑞：全包了。

主持人：这里的玫瑰全包了吗?

李廷瑞：自然。我一个人全包了。

主持人：这里可有五百朵。

李廷瑞：既然是义演，难道还嫌捐款多吗?

【众人不免喧哗。

7-3．景：汪墨樵包厢 日 内

【汪墨樵坐在自己的包厢里，面对场上这一幕坦然自若，只是目光停留在茉莉的脸上。

【与汪墨樵同坐一张沙发的是租界总华捕张工品。张工品此刻自斟自饮品味着杯中琥珀色的洋酒，对场上的一切显得并不在意。反倒是站在旁边的殷燕农额头上冷汗直冒。

汪墨樵：燕农，刚才我听说台上的五百朵玫瑰，李家的二少爷全包了。那别人要捐怎么办? 吩咐下去，再加一千朵，交代弟兄们精神点，不能出任何差错。

殷燕农：（擦着头上的汗）是，我这就去办。

7-4．景："大世界" 日 内

【李廷瑞拿起了一枝花，送到茉莉的手上。

李廷瑞：汪夫人，你看见了，这五百朵玫瑰我全包了，今天你得为我唱几首歌吧。

茉莉：（悄声地）哪有你这样的，那别人要捐怎么办。这是赈灾义演，有良心的中国人都会表示一点意思，你这么大包大揽，别人都没法表示了。你这么做会得罪人的。

7-5．景："大世界"卡座 日 内

【楚孝仪不由色变。

楚孝仪：廷瑞这样怕是要得罪人。少年人不知轻重了。

李衡甫：不碍事。这样也好看看汪墨樵的意思。

7-6．景："大世界"舞台上 日 内

【茉莉见众人依旧在喧哗。

茉莉：今天是赈灾济贫义演。茉莉感谢诸位赏光。

【众人听到茉莉讲话，都安静了下来。

茉莉： 大家肯解囊相助，自然不是看在我的面子上。我也不敢贪功。我是在河滨大厦看到难民的惨状心中难安，李先生也启发了我，才想起来办个义演。更得了诸位的捧场。这一次李先生肯出手，是为了难民的温饱。这花只图个彩头，既然我是这次义演的倡议者，我提议无论捐款多寡均只得玫瑰花一朵。

【众人听了茉莉的一番话，掌声四起。大厅中有人高声喊叫，"我捐 10 块"，"我捐 20 块"，"我捐 30 块"……一时哗然，气氛热烈。

主持人： 请乐队奏乐，下面有请茉莉小姐为大家献唱。

【乐声起，一束追光打在麦克风前的茉莉身上，大厅里响起茉莉清亮透迤的歌声。

茉莉（唱）： 五月的风，吹在花儿上。朵朵的花儿吐露芬芳，假如呀花儿确有知，懂得人海的沧桑。她该低下头来哭断肝肠……

7-7．景："大世界"汪墨樵包厢　日　内

【李衡甫带着李廷瑞来到汪墨樵包厢，汪墨樵微微起身点了点头，请李衡甫坐下来。

李衡甫： 汪老板，犬子闹了笑话，他来赔个不是。

汪墨樵： 令公子是快意少年。

李衡甫： 到底是汪老板大度。

汪墨樵： 募款都是为了帮助难民，没有什么。

李衡甫： 汪老板，好胸襟。

汪墨樵： 我是瞎子摸黑，碰运气。

李衡甫： 汪夫人这一次可见出女中豪杰了，果真名不虚传。美人要配英雄。

汪墨樵： 李会长，今天能赏光就是鄙人和夫人莫大的荣幸。

张工品： 汪老板今天是幕后英雄。

【三人哈哈大笑。

李衡甫： 有一事相求，还请汪老板借一步说话。

【汪墨樵跟张工品使了眼色。

张工品： 你们是有要紧事谈。我要在这里好好欣赏汪夫人的歌声，哪里都不去。

【殷燕农要跟着，也被汪墨樵拦住。

【殷燕农眼睁睁看着汪墨樵将李衡甫带上了楼。

7-8．景：土肥原办公室 日 内

【土肥原并没有身着军装。广播里传出的正是茉莉义演的歌声。土肥原的办公室里还有久保田和傅宗耀。

土肥原：这个歌声跟满映的李香兰一样。

傅宗耀：还是李小姐的歌声更有大和民族的气质。

土肥原：青帮汪墨樵和他的夫人做这样的义演，你身为上海市市长，为什么没有去？

傅宗耀：这是民间活动。

土肥原：这个活动很好，你应该支持。这样才是一个共荣的局面。

傅宗耀：这……

土肥原：你不用以上海市政府的名义，但是可以用你个人的名义。

【傅宗耀连忙点头。

土肥原：上海的帮会可是一支很强大的力量，人多势众，组织严密，遍布整个上海滩，混迹于上海各个阶层。这样的一股势力，很难在短期内消灭，不能消灭就只能合作、利用。久保田，对这个汪墨樵可要用心盯着。关了吧。

傅宗耀：将军，不好听吗？

土肥原：我不喜欢音乐。歌曲只有两种，一种消磨意志，一种煽动情绪。

傅宗耀：那将军喜欢什么？

土肥原：河豚，你们中国的河豚鱼，美味又危险，我喜欢这种风格。李衡甫是河豚，汪墨樵也是河豚，所有上海的工商界富商、金融家都是河豚，要把他们吃了，欣赏他们的美味，但又不能使我们自己受到伤害。傅桑，控制他们，利用他们，让他们为我们创造财富。这是为我大日本帝国创造辉煌的时刻。我希望你能发挥支那人的聪明才智，落实我的"河豚鱼计划"，将上海的工商业抓在手上，让上海、让中国为皇军服务，为"大东亚共荣圈"服务。

7-9．景："大世界"汪墨樵办公室 日 内

【"大世界"里汪墨樵的办公室，这里的装修极尽奢华。跟汪公馆的中式装修不同，

这里一切西化。门一关，外面的音乐声一点也传不进来。汪墨樵给李衡甫倒了一杯威士忌。

汪墨樵：我这里是真正的苏格兰威士忌，好东西。

李衡甫：得谢谢汪老板这杯酒。不喝这杯酒，我还真不好意思开口。

汪墨樵：上海滩，做生意，大家互相关照。李会长有话尽管说，只要汪某能办到的没有不办的道理。

李衡甫：那老朽就直言了，有一事相求，还得请汪先生网开一面。

汪墨樵：不敢当，不敢当。您是上海工商总会会长，家大业大，能有什么事请需要我相助？

李衡甫：您是知道的，犬子不成器，淞沪会战惹了一些麻烦，也有一些误会。日本人和汪政府对此耿耿于怀，傅宗耀为此数次敲打老朽，逼老朽就范，我担心他们不会放过犬子，故让他去德国采购一批药品和器材，也有意让他避避风头。

汪墨樵：这是一笔好生意。现在上海滩的西药比金子还紧俏。

李衡甫：哪知道德国也不太平，纳粹高举屠刀，公然要杀害德国乃至欧洲数百万的犹太人。汪先生大概听说了，仅 11 月 8 号一个晚上，柏林的犹太人被杀害和被抓去死亡营的就有十余万人。

汪墨樵：听人议论过，但是令公子应该不至于受到牵连吧。

李衡甫：犬子在德国读的书，老师一家都是犹太人，又有一些犹太朋友。犬子不忍看着他们遭纳粹毒手，就放弃了整船的西药，把他的老师和一些犹太民众塞进船舱，历经千辛万苦，在海上漂泊两个多月，总算使这批犹太人逃过一劫。再过几天，犬子将带领这批犹太人登临上海，该时希望汪老板网开一面，放他们上岸，给他们一条活路。

汪墨樵：一船洋人？

李衡甫：是的，洋人，犹太人。一群刚刚逃离死神的犹太人。

汪墨樵：会长把我们青帮当什么人，我们可不收人头税。人口出入境是政府的事，我们青帮哪管得着？

李衡甫：正因如此，我才来求助您汪先生。现在上海是日本人和汪政府的天下，这批犹太人没有护照没有签证，甚至没有国籍，日本和德国是盟国，肯定不会放他们进入上海。犬子准备让这些人从十六铺码头登陆，故特来求助汪先生，请先生高抬贵手放他们一条生路。

汪墨樵：（沉吟半晌）他们可是想从十六铺偷渡入境。十六铺虽是我青帮兄弟在那里讨生活，但法国巡捕和伪警也常在那里巡视，万一被他们发现，我青帮恐担待不起。

李衡甫：从大清至今，十六铺码头都是青帮的天下，法租界也好，伪警也好，那都是官样文章，其实当家的还是汪先生。我知道法租界的总华捕张工品先生也是汪先生的朋友，我想只要汪先生能网开一面，那帮人也不敢得罪汪先生。再说了，上海也好十六铺也好，都是我中华民国的土地，民国政府驻维也纳总领事何凤山先生，已电报特许放这批犹太人入境。汪先生，你是仁义之人，这可是上百条鲜活的生命啊。

汪墨樵：好吧，李会长，穷帮穷苦帮苦，一群落难的犹太人也真值得怜悯。令公子侠肝义胆，不畏生死把他们从德国救出来，这也是积德行善，我岂能不帮他。我答应你，令公子带人来我绝不阻拦。

李衡甫：（站起身对汪墨樵深深一揖）老朽谢过汪先生，说句真心话，老朽也敬佩汪先生，如果国人都像汪先生一样，我泱泱中华，何至于国破民凋、山河破碎。老朽告辞！

【门被轻轻地敲响。

汪墨樵：进来。

【茉莉举着杯酒，摇曳生姿地进来。

茉莉：我正到处找您。

汪墨樵：有事情？

茉莉：他们说您同李会长上了楼。我想你们大概在谈事情，见着半天没下来，所以上来看看。

汪墨樵：我们正好谈完了。你来得巧。

茉莉：我来是要谢谢李会长和令公子解囊相助。

李衡甫：这可不敢当。

茉莉：我一向敬重李会长，这一次更是敬佩你们对难民的慈悲之心。

李衡甫：一场义演，不是单看李家。李家不过响应汪先生倡举，尽绵薄之力而已。

茉莉：要是没有李会长在，哪有这一呼百应。你们的事情谈好了，我倒是有事情还要再求你们帮忙。我想要加演一场。

汪墨樵：夫人会不会太辛苦了？

茉莉：有你们两位大靠山，我是背靠大树，哪有多少辛苦。开了嗓子，不让唱，倒要哑了。

【汪墨樵和李衡甫哈哈大笑，茉莉也笑容满面，左手挽着汪墨樵右手挽着李衡甫正要下楼，门被突然推开，李廷瑞站在门口端起相机，镁光闪烁，留下这一珍贵的纪念（定格）。

7-10. 景："大世界"楼梯上 日 内

【众人看到茉莉挽着汪墨樵同李衡甫一起下了楼梯。

【茉莉走向麦克风，乐队奏乐。

【李廷瑞偷偷冲着茉莉顽皮地眨了眨眼睛。

7-11. 景：吴淞口 日 外

【大力神号汽笛长鸣。远处是日本人的军舰，飘着太阳旗。

【李廷琛站在甲板上，李季方陪在旁边。海东青依然吊在桅杆上。

海东青： 你别愁眉苦脸的。咱们马上就要到家了。

李廷琛： 上海……也不知道什么样了。

海东青： 还能怎么样，你走的时候什么样现在还什么样。船到桥头自然直，说的就是咱们。

李廷琛： 但愿如此。

海东青： 你总是担心日本人。我看日本人这一次不会为难咱们。

李季方： 大少爷，你是担心青帮吧？

李廷琛： 父亲一向对帮会里的人都敬而远之。等到上岸的时候，您带着犹太难民一个个上岸。有什么事，只管叫他们找我谈。千万不要在码头上跟人起了冲突。

李季方： 我知道厉害。你也得把其他人都安排好了。

李廷琛： 父亲让我采买医药器械，我却一事无成。马上要见他，只觉得惭愧。

李季方： 老爷一定能体谅其中的难处。

7-12. 景：大力神号船舱 日 内

【船舱内光线昏暗，科恩紧闭着嘴唇紧紧捧着一本《圣经》。

【玛丽则在缝补一件袖口脱线的毛衣。

【莎拉紧紧依偎在姐姐杰思敏身边。

李廷琛： 船就快在上海码头靠岸了。我建议你们一家人都暂时隐藏真实的身份。

玛丽： 这是什么意思？那么其他人呢？

李廷琛： 其他人都保留自己的身份，只有你们一家需要换一个新的身份。这样更安全。

科恩： 我不同意。

李廷琛： 科恩先生，这不是为了其他的目的。万一有人知道您的下落，这样会很危险。

科恩： 我离开了柏林，离开了德国，我已经放弃了自己的科学研究。我不是具有威胁性的人。我从没有开过枪，没有伤害过任何人。

玛丽： 我的丈夫是个正直的人。

李廷琛： 这是为你们安全考虑。上海已经沦陷了，是日本人的天下，而日本是德国人的盟国，科恩先生是德国纳粹主要的抓捕对象，万一德国人照会日本人协助抓捕先生，那事情将变得很糟糕。当然，如果科恩先生一定不愿意，我也理解。

科恩： 不，你们不会理解。隐藏身份，忍辱偷生，像老鼠一样活在船舱最阴暗的角落里。

李廷琛： 夫人，大家是从党卫军的枪口下逃出来的。

玛丽： （点点头）伦纳德，我请求你考虑两个女儿的安全，暂时忍耐。我知道，这是艰难的。但我们不能再失去任何亲人。

【科恩望着两个女儿，不得不强挤出一点微笑，点了点头。

科恩： 那我该叫什么名字？

玛丽： 科恩，你是上帝的儿子，是我亲爱的丈夫，你善良、勇敢，忠于自己的信仰。希腊神话中有个叫普罗米修斯的天神，他盗取天火，造福人间，希望你能像他一样，就叫你普罗米修斯吧。

李廷琛： 这个名字很好，但是老师，你们一家的姓也要改，这样日本人就无法从犹太难民中找到你们的蛛丝马迹。

玛丽： 那这样吧，从我们两个女儿的名字中各取一字组成我们全家的姓。杰思敏，莎拉，那就叫杰拉吧。

李廷琛： 很好。今后我在外人面前就叫你们新名字了，你们也要注意千万不要暴露你们的真实姓名。

7-13．景：黄浦江上，大力神号甲板　日　外

【科恩夫妇挽着手，走出船舱。玛丽的头轻轻靠在丈夫的肩膀上。

玛丽：亲爱的，把一切都忘记。从踏上上海的那一刻起，我们得把很多事情都忘记。你甚至要忘记自己的名字，你现在的名字是普罗米修斯·杰拉。

科恩：忘记我的过去，我的身份，我从事了几乎一生的事业，我热爱的工作，甚至还要忘记我的名字，忘记我们的儿子。

玛丽：我们最心爱的儿子已经死了，死在纳粹的手中。但我们得活下去。伦纳德，你必须活下去，鼓足勇气活下去。为了我们一家人，我们所有人都爱你，你必须要活下去。

【海风吹着玛丽的披肩，伦纳德望着妻子，给她裹紧了披肩，轻抚着她被吹在风中的发丝。

7-14．景：十六铺码头　日　外

【十六铺码头上停放的船只都显得安静。

【长江口，只有日本炮艇在嘶吼着掠过江面。

7-15．景：大力神号甲板　日　外

【甲板上众人都十分紧张地望着远处的十六铺码头。科恩一家混在难民中，玛丽紧紧握着丈夫的手。

【大力神号船缓缓驶进十六铺码头。

李廷琛：大家不用紧张，就按照我们之前说好的，依次下船。会有犹太救助协会的人帮助大家办理身份证明。

7-16．景：十六铺码头　日　外

【大力神号靠岸进入泊位，跳板慢慢放下。

【在李季方带领下，衣衫褴褛、蓬头垢面、面呈菜色的犹太难民们沉默着依次走下跳板。

【下了船的犹太难民正惶恐地张望，突然一群身着黑衣的马仔跑步向前，将刚刚下船的犹太难民团团围住。犹太难民不知这是什么意思，有犹太儿童吓得哭了起来。黑衣马仔们的身后黄包车上跷着二郎腿坐着的殷燕农戴着墨镜才下来。殷燕农身后还带着法巡捕房

的巡捕。

【李季方想要上前理论，却被殷燕农推开。李廷琛本来站在队伍的最后，打算确定所有难民都下了船再下船。现在不得不穿过人群站在了最前面。

殷燕农：原来是李公子的船，得罪，得罪了。

李廷琛：原来是青帮的兄弟。大力神号，有证件，是合法的船。不知道还有什么问题。

殷燕农：我现在不是替青帮干活儿。青帮不敢拦着李公子发财。我现在是奉了巡捕房总华捕的命令办差。这是公事在身。现在非常时期。无论哪个国家的货船，都必须检查。

【李季方摸了口袋就要往殷燕农口袋里塞，这点贿赂却进不了殷燕农的眼睛。

殷燕农：货品和申报必须一致，也是防止有人趁乱走私。过去的皇历是过了这个码头，有违禁品是青帮的责任。现在一切责任都是巡捕房的。

李廷琛：船上什么也没有，只有犹太人。

殷燕农：申报上写的可是西药。西药现在可是严格限制的东西。搜！

【李廷琛还要阻拦，但青帮的人已经上船。

青帮甲：船上是空的。

殷燕农：空的？船上一定有夹层。连人带船，一起扣留。不查清楚，不能放行。

【殷燕农的手下立刻上来就要抓人。犹太难民语言不通不明就里。

李季方：你们凭什么抓人！

殷燕农：你这个老头再废话，我一枪崩了你。

【海东青看见殷燕农拿枪顶着李季方，一副耀武扬威的样子，不由冷冷一笑，飞身上前，在殷燕农的胳膊肘上猛地一托，殷燕农的手枪飞上了天。海东青纵身跃起将手枪接在手上，顺势在殷燕农的肩上蹭了一下。殷燕农站立不稳摔倒在地。海东青将手枪顶在殷燕农的胸前，嘻嘻一笑。

海东青：小子，来粗的，小爷就看不惯你这种咬人的恶狗。叫他们都后退，否则小爷送你上西天。

【说着拿枪猛戳殷燕农的胸前，殷燕农痛得哇哇怪叫。

殷燕农：（面无人色，忙不迭地叫）后退！后退！别乱动……

【青帮弟子和巡捕纷纷后退。李廷琛抢步走到海东青面前。

李廷琛：（厉声）海东青，你干什么！还不把枪放下！放下！

【正在这时，两辆轿车飞驰而来，在码头戛然停下。

【李季方冲着汽车跑了过去。

【开了车门，从车上下来了李衡甫。跟着李衡甫同车来的还有犹太宗教公会和救助协会会长亚伯拉罕·米兹拉希夫妇。

李季方：老爷，季方没有用啊……

李衡甫：季方……这一路辛苦你了。

李季方：我没用，以为自己还可以，一路上拦不住少爷，也帮不上忙。

李衡甫：平安回来就好。

【李季方忍不住擦拭了眼角的老泪。

【殷燕农从地上爬起来，擦着冷汗。后面轿车的车门开了，下来的却是汪墨樵。

【殷燕农赶紧跑到汪墨樵跟前，还未开口就被汪墨樵挥手喝止。

汪墨樵：燕农，带着青帮的弟子全部退下。米兹拉希先生，您可以带着这些犹太人，离开十六铺码头。

米兹拉希：谢谢汪老板特意跑一趟，辛苦您了。改日，我一定代表犹太救助协会登门道谢。

汪墨樵：客气，小事情。李会长，咱们也改日再见。燕农，等会儿来家里一趟。

【殷燕农点头如捣蒜，汪墨樵向李衡甫拱拱手，绝尘而去。

米兹拉希：李廷琛，人都在这里了吗？

李廷琛：所有跟随大力神号离开汉堡的难民都在这里，一个也不少。

【米兹拉希握着李廷琛的手，点了点头。

【李廷琛回头却发现殷燕农躬身站着，呆若木鸡。旁边站着提着枪的海东青。

李廷琛：海东青，还不把枪还给殷管家。

海东青：（对殷燕农）下次让小爷看到你这熊样，敲碎你脑袋。接着！

【海东青说着将手枪扔给殷燕农，转身跟李廷琛挥挥手，眨眨眼睛，嘻嘻一笑，飞身离去。

李季方：海东青这个臭小子，就这样跑了？

李廷琛：他就是这样的脾性。留不住他。您就放心吧。

【李季方叹了口气。

李季方： 这个小子，有了地方就想飞。

【李衡甫打量着李廷琛，几个月不见，李廷琛又黑又瘦，胡子拉碴。

李衡甫： 人能平安回来，一切都可以再谈。回来就好。

李廷琛： 父亲。

李衡甫： 回家再说吧。

李廷琛： 父亲，我还得把这些犹太人安顿好了，才能放心回家。

李衡甫： （点了点头）也好。善始善终。家里已经把花园里的别苑打扫干净，那一家子重要的客人就安排在那里。余者都由米兹拉希先生的犹太救助协会统一调度，安排在河滨大厦。

【李廷琛点了点头。

米兹拉希： 欢迎大家。经历了重重波折，祝愿大家能在上海安顿下来。

【科恩一家拎着小小行李，莎拉紧紧抱着小狗豹子。李廷琛却将他们拦了下来。

玛丽： 我们不跟他们一起走吗？

李廷琛： 老师，我父亲在家里花园的别苑给你们安排了住处。

玛丽： 那么其他人呢？

李廷琛： 其他人会由犹太救助协会统一安排。

科恩： 我不去。

李廷琛： 为什么？

科恩： 我是犹太人，我必须和我的同胞在一起。

李衡甫： 你的老师不同意这样的安排？

【李廷琛点了点头。李衡甫拉着李廷琛走到科恩夫妇面前。

李廷琛： （对玛丽和科恩）这是我的父亲，这是我的老师玛丽和普罗米修斯先生。

李衡甫： （流利的英语）欢迎欢迎，欢迎玛丽老师和普罗米修斯先生。我们中国人尊师重道，对自己的老师表达尊敬而已。

玛丽： 感谢李先生的精心安排，我代表船上一百余名犹太同胞由衷地感激。我理解我的丈夫。我们在大力神号上和所有人一起度过生死的考验。现在到了上海，我们依然应该在一起。那是我们的同胞。

【科恩听到妻子这一番话，点了点头。

李廷琛：老师，既然这样，我也不能勉强。在我的家里，可能会安全一些，也可能反而引人注意。（对李衡甫）爸，我们尊重他们的意愿吧。

李衡甫：（对玛丽）好吧，我尊重你们的意愿，愿上帝护佑你们一家，护佑所有犹太人。

玛丽：我们一家，我们所有人都非常感谢您做的一切。

李廷琛：杰思敏，照顾好一家人。我会去看你们的。

【杰思敏点了点头。

7-17．景："大世界"汪墨樵办公室 日 内

【殷燕农惴惴不安地跟在汪墨樵的身后。汪墨樵坐在沙发上，殷燕农立刻给汪墨樵点烟。

汪墨樵：燕农，你觉得今天这件事你办得如何？

殷燕农：弟子……弟子……太过于鲁莽了，但我也是为了帮里。李衡甫总是看不起我们，我是咽不下这口气，但没算计到这个老狐狸。弟子该死，罪该万死。

汪墨樵：燕农，经此一事，我倒是觉得不错，你这个人对帮里很忠心。

殷燕农：弟子不敢当。弟子都是您一手提拔，自然是要尽心，死了也是应该的。

汪墨樵：你现在不同过去。我既能力荐你去上海警察局，而且当了行动科的头，你就要在这个职位上好好办事。记住，做人要有良心，做事要有底线，不准为难老百姓，也不能真心为日本人办事，别忘记你是中国人，别忘记你还是青帮弟子。今后，但凡日本人要做什么祸害老百姓的事，你必须事先向我报告。你是知道青帮规矩的，到时候我可不会手软。

殷燕农：这个一定，这个一定，弟子唯师父之命是从，不敢有丝毫不尽心。

汪墨樵：你虽然进了警察局，算是官府的人，但遇事不可任意妄为。我再重复一遍，不能真心为日本人办事，更不能借着日本人的势力为虎作伥、祸害百姓。听明白了吗？

殷燕农：是是，弟子明白，弟子明白。弟子尚有个不明白的地方，还想请师父能点拨一下。

汪墨樵：说吧。

殷燕农：这个李衡甫在上海滩是响当当的人物，他到底是谁的人？我想破了头也想不出来，这个人云遮雾罩看不明白。

汪墨樵：李衡甫这个人可不一般。上海滩卧虎藏龙，这么多人来来往往，像李衡甫这

样的人着实难得一见。李衡甫在中国人里可算是最出色的那一种。他是做生意，他要是混帮会，也是第一流的。

殷燕农：他有那么厉害？

汪墨樵：你以后在他面前把过去江湖上那套习气收起来。江湖上的规矩归规矩，商场里有商场里的门道。咱们到了哪个山头，唱哪个山头的歌。

殷燕农：我就是不服气。他表面上不言语，背地里却看不上咱们帮里弟兄。

汪墨樵：李家是官宦之家，书香门第，与社会各界渊源颇深。以后，政府里有我们青帮的人，行更要事注意分寸，不可授人以柄。特别对李衡甫这样的商界泰斗，更要懂得尊重。

殷燕农：（连连点头）是是，弟子记住了。

7-18．景：外滩 日 外

【难民们上了一辆破旧的客车，客车挤得满满当当。

【莎拉把头伸出窗外，怀中的小狗豹子看着路上的行人兴奋地吠叫。

【玛丽紧紧挽着丈夫的胳膊。

【李廷琛尽力用胳膊护着杰思敏，免得她被挤到。

【杰思敏知道他的善意，对他投来感激的目光。

杰思敏：莎拉，把头伸回来。

莎拉：姐姐，这里就是上海吗？

杰思敏：这里就是上海，神奇而古老的东方。

莎拉：可是这里没有海。李哥哥，上海为什么没有海？

李廷琛：这里有海，上海就是长江出海的地方。长江是一条贯穿中国的非常大的江。

莎拉：像多瑙河一样吗？

李廷琛：对，像你们的多瑙河一样。可是又不太一样。

杰思敏：这里以后就是我们的家。

莎拉：我们会回自己的家吧？

【杰思敏拉着莎拉的手。

【车窗外，外滩的万国旗飘扬在空中，各国国旗都有。德国的国旗也在其中，却分外刺目。

莎拉：那是我们的国旗。这里为什么挂了我们国家的国旗？

李廷琛：上海就是这样一个地方。很多国家的人都会来上海工作、生活，有些人回家了，有些人留在这里。

莎拉：那我们呢？

杰思敏：莎拉，我们要在这里建一个更美的家，但是总有一天，我们一家人还会回家的，回到我们原来的家。

莎拉：我知道。姐姐，神奇的东方，童话里说这里有很多神奇的人。李哥哥就是这样神奇的人。海东青叔叔也有很厉害的功夫。中国功夫很厉害。

杰思敏：谢谢你。

【李廷琛摇摇头，抿嘴一笑。

李廷琛：应该快到了。

【科恩轻轻吻了玛丽的额头。

科恩：东方巴黎，就当作是巴黎吧。

玛丽：我们不会分开的。

7-19. 景：河滨大厦难民收容所 日 外

【车子停在了河滨大厦的门口，难民们依次下车。发现所谓的"大厦"并不干净。

米兹拉希：很抱歉，请大家原谅这里的条件。现在上海有很多难民。中国也在打仗。所以，暂时只能这样安排。

李廷琛：米兹拉希先生，这里……

米兹拉希：这里只是暂时居住。我们还在想办法。一会儿会有人来送吃的和水。

玛丽：感谢您为我们所做的一切。这里已经很好了。

米兹拉希：我们会尽量想办法。难民收容所人口密集，要注意防止火灾。我带你们看给你们的住处。

【一行人穿过仓库。这里实际上已经人满为患，各色难民已经占据包括楼梯在内的每寸空间。端着烟盒子的芦柴棒和爷爷也在其中。芦柴棒看到莎拉怀中的小狗，忍不住淘气想要逗弄它，豹子却发出了威慑的呜呜声，吓得芦柴棒缩回了手。

莎拉：豹子，没有礼貌。嘘。安静。

杰思敏：莎拉，快跟过来。

【莎拉望着芦柴棒，微笑着跑向姐姐。

7-20．景：河滨大厦科恩家房间 日 内

【一间仅可落脚的房间，不足四平方米。

米兹拉希：现在只能这样了。这是你们家的住处。

玛丽：感谢您。

米兹拉希：我再看其他人家。

【玛丽看着捏紧了自己的衣裙、有些胆怯的莎拉，将莎拉抱在自己的怀中。

玛丽：莎拉，你害怕了吗？你可是非常勇敢的。

莎拉：妈妈，这跟故事书上说的不一样。

玛丽：书上说了什么？

莎拉：英雄们会遇到一些奇遇。

玛丽：那么你呢？你是小英雄吗？

莎拉：我当然是了。

玛丽：从我们离开家，我们就开始了一场冒险的旅行。

莎拉：带着豹子一起吗？

玛丽：当然，豹子可是你的朋友。

莎拉：会遇到什么？

玛丽：这里的生活会像合宿野营一样有趣。

莎拉：真的吗？可是只有豹子。

玛丽：那你就去交交朋友。你看，这里有很多中国孩子。或许中间有人已经期待和你做朋友。

莎拉：好吧。

7-21．景：河滨大厦难民收容所 日 外

【米兹拉希翘首期待，终于看到了一辆货车开了过来。

【货车停在了收容所的门口。

【驾驶室里跳下来李廷瑞。米兹拉希打开了车门，牵着茉莉下了车。

茉莉：米兹拉希先生，你们等着急了吧。

米兹拉希：已经安顿好了。但是这里没有可以喝的水也没有吃的。

茉莉：刚出租界就遇到封路检查。

李廷瑞：幸亏有茉莉在，不然还不知道困多久呢。

茉莉：这算什么。赶紧把东西发给大家。

7-22．景：河滨大厦 日 内

【茉莉和李廷瑞跟在米兹拉希的身后，按照米兹拉希手中的名单依次分发。

【排队的犹太难民十分安静，耐心等待。拿到食品的难民都向李廷瑞和茉莉深鞠一躬，然后离去。

李廷瑞：（对排着长队的犹太人）各位，你们按着米兹拉希先生念着的名单自己上来拿吧，每人一份。

【李廷瑞摘下背在身上的摄像机，茉莉跟着他。

李廷瑞：（对茉莉）看着这些骨瘦如柴的犹太人，我心里就有一股莫名的感动，文明、礼貌，保持着人性和高尚。他们可是刚从纳粹的枪口下逃出来的呀。

【他端起摄像机，缓缓地扫拍着这些衣不蔽体、骨瘦如柴却井然有序的犹太人。

7-23．景：河滨大厦楼梯 日 内

【楼梯上，芦柴棒和爷爷依偎着。看到茉莉，芦柴棒十分兴奋。

芦柴棒：旗袍姐姐！

茉莉：让你来找我，总也不见你来。

芦柴棒：我能养活自己，不麻烦你。

【茉莉看着爷俩满面菜色。

茉莉：能吃饱吗？

芦柴棒：凑合吧。能吃饱。

茉莉：给你。

【茉莉塞给爷俩两个馒头，迟疑了一下，又塞给他们一个。

【芦柴棒挣扎起来，向茉莉深深地鞠了一躬。

芦柴棒： 这是给洋难民吃的。我们不要。

茉莉： 这是姐姐义演募集的款项买的面粉。不论洋难民还是咱们中国人，都是一样受苦的。我说给你，就是给你。好好拿着。

【芦柴棒这才接过馒头。

7-24．景：河滨大厦科恩家 日 内

【科恩一家也领取了自己的食物和水。玛丽将馒头和水放在地上，像祭品一样整整齐齐。谁也没有开口说话，谁也没有碰那馒头。玛丽带着大家向这些食物和水鞠躬。

【玛丽轻轻拿起了一个馒头，交到了孩子们的手上。

莎拉： 妈妈，这是中国人吃的面包吗？

玛丽： 这里是东方，是中国，是上海。这叫馒头。这不是主赐予我们的食物，这是中国人给我们的，是饥肠辘辘的上海平民从口中抠出来给我们的救命粮食。孩子们，记住他们，永远感恩。

莎拉： 知道了，妈妈。

【玛丽拿起了一个馒头，递给了莎拉。莎拉将馒头掰成了两半，将其中一半塞进小狗豹子的嘴里，自己才狼吞虎咽地吃起另一半。

玛丽： 明天起，我们不能坐等恩赐。我们要自寻活路，谋求生计。我们必须自食其力。

李廷琛： 老师，刚刚下船，经历了那么长时间的海上漂泊，大家应该休息一段时间。

玛丽： 不，我们不能就这么等着。上海也在经历着战争，这里有这么多难民。我们不能什么都不做。

李廷瑞： 大哥，可是这些人来了，能做什么？

玛丽： 这块土地既然接纳了我们，这里的人民也展开了双臂。我们没有什么不能做的，我们一定可以依靠自己的力量在这块土地上活下去。

米兹拉希： 谢谢您。谢谢您能这样身为表率。李廷琛，我也感谢你带了我们的同胞到上海。大力神号是第一艘抵达十六铺码头的船，之后可能还会有。

李廷琛： 还有？

米兹拉希： 是的。从奥地利或者欧洲其他国家。希特勒不仅是在德国和奥地利屠杀犹

太人，他已经在整个欧洲追杀犹太人，估计还有大批难民将逃来上海。

李廷琛： 都是经历了九死一生的人，愿上帝护佑他们平安来到上海。米兹拉希先生，他们来到中国不容易，我们可要尽最大的努力安顿好这些从血泊中爬出来的犹太人。

【米兹拉希不由垂泪。

米兹拉希： 简直不敢相信这些都是真的。野蛮的禽兽。

李廷琛： 幸运的是我们逃出来了。

米兹拉希： 如果不是亲眼看到，我可能永远无法相信你带着这些难民经历了怎么样的颠沛流离来到中国。你是劈开红海的摩西。

李廷琛： 米兹拉希先生，我相信每一个看到那一幕的中国人，都不会袖手旁观。我只是恰好在那里而已。

玛丽： 杰思敏，我们就把这里当作自己的新家吧。

杰思敏： 好的，妈妈。

【杰思敏打开了行李箱，从薄薄的行李里拿出了全家福，仔细地擦拭着上面的灰尘，小心翼翼地挂在床头的墙壁上。科恩看着照片里儿子曾经鲜活灿烂的笑脸，强忍悲痛离开。

杰思敏： 爸爸不高兴了吗？

玛丽： 没事。我去看看他。

莎拉： 我也要去。

杰思敏： 你好好在这里跟李廷琛哥哥待着。

7-25. 景：河滨大厦楼梯 日 内

【科恩面对墙壁，颤抖的肩膀可以看出他在强忍悲痛。

【玛丽站在他的身后轻轻抚摸着他的后背安抚他。

7-26. 景：河滨大厦科恩家 日 内

【茉莉看到杰思敏腰间别着的牧笛，十分好奇。

李廷琛： 这是牧笛。

【杰思敏将牧笛递给茉莉，茉莉却示意杰思敏吹奏一曲。杰思敏沉吟片刻，不知是否要答应。

米兹拉希： 杰思敏，给大家吹一首祝祷曲吧。

【杰思敏吹奏起牧笛，哀伤的犹太祝祷曲响起。

7-27．景：河滨大厦难民收容所大厅 日 内

【原本在忙碌的犹太人纷纷放下手中的事情，全体站起来，随着笛声庄严地哼唱着祝祷曲。

【杰思敏一曲终了，米兹拉希手捧蜡烛，走到楼梯上，带领大家诵经。所有人都跟着虔诚祈祷。

【烛光摇曳。李廷瑞端起摄像机记录起这一切。

米兹拉希： 耶路撒冷是我出生的地方，那里坐落着至高无上的上帝的圣殿。耶路撒冷不是犹地亚这一个国家的母亲城，其他大部分邻近土地也都以此为母亲城。甚至还有遥远的他乡，不用说幼发拉底河另一边的国家，甚至欧洲，还包括亚洲的大部。

【科恩闭着的眼角滴落着泪珠。

米兹拉希： 许多睡在尘土中的人将苏醒并获得永生，随着弥赛亚——一个被赋予永恒荣光的人子的到来，善良将战胜邪恶。

【莎拉紧紧抱着小狗豹子，目光纯洁又专注，宛若天使。

【呜呜的小狗豹子也仿佛听得懂这样的祈祷。

【李廷琛从未经历过这样虔诚的宗教场面，此刻被眼前的一切深深震撼。

【趴在门口的芦柴棒，好奇地伸长脖子偷偷往里张望。

【莎拉怀中的小狗豹子吸引了他的注意力。芦柴棒脏兮兮的笑脸冲着莎拉咧嘴一笑。

【莎拉也好奇地看着这个中国男孩。

【李廷瑞的摄像机在不停地拍摄。

7-28．景：李家大宅饭厅 日 内

【餐桌上的菜已经摆好，李衡甫一人端坐着却没有动筷子。李季方垂立一旁。

李季方： 老爷，您先吃饭吧。

李衡甫： 再等等。

李季方： 我去河滨大厦把大少爷、二少爷叫回来。

【李衡甫摇了摇头。

7-29．景：河滨大厦难民收容所 日 内

【米兹拉希终于合上了祈祷的书，望着在场的所有人。

米兹拉希： 每一个安息日都是因为工作。今天就请好好休息。

【众人陆续散去。

科恩： 米兹拉希先生，我们是被主抛弃了吗？

米兹拉希： 我们与主立约，不曾失信。约柜里存着上帝与摩西在希腊山立约的两块法板，上面刻着"摩西十诫"，它是希伯来人与上帝特殊关系的象征。希伯来人在逃出埃及，辗转希腊、征服迦南的时候，约柜都被随身携带从未丢弃。

科恩： 那我们现在为什么会遭遇这样的痛苦？

米兹拉希： 考验，对纯净人性的考验。上帝让我们降生到这个世界，就是为了经历痛苦，使人类在痛苦中创造文明和辉煌。

7-30．景：河滨大厦走廊 日 内

李廷琛： 米兹拉希先生，您辛苦了。

米兹拉希： 李廷琛，年轻人，我想要跟你谈一谈。

李廷琛： 是。

米兹拉希： 感谢你把我的这些同胞带出地狱。

李廷琛： 米兹拉希先生，不要再感谢我了。感谢的话，说了太多，让我深感羞愧。这只是尚有良知的人都会做的。

米兹拉希： 或许吧。这个世界上的良知常常让人怀疑，有时候太少，有时候又让人佩服。但这依然需要足够的勇气。

李廷琛： 后续还有犹太难民，犹太救助协会如果需要帮助，您只管开口。我虽然不能保证一定可以解决，但只要能提供帮助就会尽力。

米兹拉希： 大力神号上的这些难民都没有签证。

李廷琛： 大力神号曾经收到过维也纳总领事何凤山的电报。

米兹拉希： 上海的局势变化总是无法预测。没有合法的身份，不知道会不会日后被驱

逐。上海是一座"孤岛"。重庆政府委任的总领事的电报能有多少人承认，这不能保证。

李廷琛：上海的局面暂时不会再发生战争了吧。淞沪会战一路打下来，日本人也元气大伤。日本人如果在上海轻举妄动，就是跟租界里的这些国家宣战。

米兹拉希：我担心的是没有合法的身份，不仅仅会被驱逐，就是眼前也有大问题，没有身份就没有粮食配给。现在是非常时期，一切都凭口粮本。协会就算能从自己的渠道募集到善款，但总不能一直靠黑市解决口粮。

李廷琛：从汉堡出来，一路上最困难的就是吃什么喝什么。本来想到了上海总能想到办法。可惜还是难办。

米兹拉希：总能想到办法。孩子，回家吧，好好睡一觉。我们所有人都需要好好休息。

李廷琛：回家？

米兹拉希：孩子，应该回家，这趟路程太辛苦了。

李廷琛：我还是先回淞浦医院。本来离开上海是为了医院。这一下走了这么久，不知道医院还能不能正常运转。医院里的病人还等着我能从德国带回药品，可是现在，两手空空。

【李廷琛和米兹拉希的身后，站着不知道什么时候出现的杰思敏。

杰思敏：米兹拉希先生。

米兹拉希：年轻的女士，有什么事吗？

杰思敏：我想跟李廷琛单独谈一谈。

米兹拉希：好的。我正好也要告辞了。再见。

【米兹拉希拿着帽子，带着他的文件包离开。

【一下子只剩下杰思敏和李廷琛，气氛有些尴尬的暧昧。

杰思敏：我刚才听到了你和米兹拉希先生的谈话，对不起，我不是有意偷听的。

李廷琛：没有关系，我们并没有谈什么需要保密的事情。

【看到杰思敏低着头，李廷琛只得继续解释。

李廷琛：对你，我很坦荡。

杰思敏：我不是那个意思。

李廷琛：杰思敏，我要走了，我还有点事情。

杰思敏：我，我听说你要去你的医院。我能跟着你一起去吗？你放心，我不会碍事。不会给你添麻烦。

李廷琛：你不舒服吗？

杰思敏：我没事。

李廷琛：你应该先好好休息。

杰思敏：我只是想看看有什么我能帮上忙的。

【李廷琛打量着杰思敏真诚的目光。

李廷琛：那好吧。

7-31. 景：河滨大厦外弄堂 日 外

【上海的冬日，寒风呼啸，阴冷刺骨。

【杰思敏跟在李廷琛的身边，两人保持着礼貌的距离。

【李廷琛看到街上的人排着长队等着招工，淞浦实业的门口人最多。预先支取半个月工钱招收熟练工人的通知招揽了很多人，甚至需要巡捕来维持秩序。

【街上随处可见巡捕巡街，偶尔呼啸而过的汽车载满了日本兵。

【天空中，工厂的烟囱冒着烟。

【李廷琛看着这个场景，忍不住停住了脚步。

杰思敏：李廷琛，这些人排队在做什么？

李廷琛：没什么，找工作。

7-32. 景：李家大宅饭厅 日 内

【李家大宅的餐厅，李衡甫依然端坐没有动筷子。

李季方：老爷，这菜都凉了。要么，让吴妈再热一热吧？

【李廷瑞推门而入。

李廷瑞：大哥还没回来呢，该不会是出什么事了吧？我去看看。

【李廷瑞说着卸下背在身上的摄像机，拎起外套就向外走。

李季方：二少爷，二少爷！

【李季方还想叫住李廷瑞，李廷瑞却已经出门而去。

李季方：二少爷还是这风风火火的急性子。

李衡甫：让他去看看也好。

李季方： 这兄弟俩还真是各有脾气。大少爷持重，二少爷爽直。

7-33．景：河滨大厦科恩家房间 日 内

【薄薄的行李箱里本来就没有什么东西，随身携带的不过是全家福和几件衣服。

【玛丽擦拭着房间的每一处。

【莎拉跟在妈妈的身后，也忙着收拾，她的宝贝放在了一个小盒子里。

莎拉： 这是艾伦船长送我的帽徽，这是海盗给的金币，可惜他说这是假的……妈妈，可我觉得看着也很漂亮，也是金色的……

玛丽： 莎拉，这些都是记忆。

莎拉： 妈妈，我只想保存好的记忆。

玛丽： 如果没有糟糕的记忆，我们怎么知道快乐是让人怀念的。每一段经历都是一段人生，里面都有值得回忆的部分。

【莎拉抱着妈妈，玛丽轻轻地亲吻女儿柔软的头发，给她把散乱的头发重新梳好辫子。

莎拉： 妈妈，我爱你们，爱你们所有人。

玛丽： 这里是我们的新家，我们会在这里生活，一切都会好的。

第七集完

第 八 集

8-1. 景：土肥原机关，土肥原办公室　日　内

【土肥原的办公室里，傅宗耀跟着久保田应传而来。

【土肥原的办公室里拉着厚厚的窗帘，用一块投影正在看手摇的拷贝电影，说是电影实际上是快速报道"满洲国"情况的新闻片。看到傅宗耀进来，放映员停下了手中的工作，关上了机器，打开灯，退了出去。

【昏暗的房间立刻明亮起来，傅宗耀这才看清楚土肥原的办公室里坐着一个陌生的男人。

【久保田毕恭毕敬地向这个陌生男人行了军礼。

【傅宗耀上下打量着这个中年人，只能等土肥原介绍。

傅宗耀：土肥原将军。

土肥原：傅桑来了。

傅宗耀：将军在看电影，我们来得不凑巧，打扰了您的雅兴。

土肥原：今天叫你过来，有事情要听听你的意见。

傅宗耀：将军，您是著名的中国通，我自然是知无不言，言无不尽。

土肥原：那是最好。既然李衡甫的事情已经万事俱备，那我们也没有必要再等了。上海工商业的头脑就是李衡甫，只有控制住他才能控制住上海的经济命脉。

傅宗耀：（毕恭毕敬）将军所言极是，我们会加强对李衡甫的控制。听说他的大儿子李廷琛回来了，还带来了一船犹太人，是从十六铺码头进上海的。

久保田：不过，上岸的时候青帮给了点颜色。

土肥原：（饶有兴致）哦……是吗？他们玩了什么把戏？

久保田：汪墨樵先让手下的弟子阻拦，又亲自出来道歉。我记得老师的指示，上海的帮会势力不能动，所以没有插手。

土肥原：这样做很好。汪墨樵这样的人，是很有势力的。只要控制帮会，某种意义上就能控制上海。我们没有必要与帮会为敌，控制帮会最好的办法就是与帮会合作。中国的俗话"强龙难压地头蛇"。我们大日本的军人再厉害，也没有必要用在对付帮会势力上。

对帮会，只要用智慧。要让帮会里的人跟我们做朋友，为我们所用。

傅宗耀：将军您真是慧眼如炬。

土肥原：我在小野君的面前，这只是老生常谈。我来介绍一下，这位是小野先生，他可是闻名支那的满映公司的创始人。我们现在需要的是宣传，宣传"大东亚共荣"，宣传中日亲善，宣传"大东亚圣战"，宣传做得好就能控制国际舆论。可如何搞宣传，小野先生可是最有经验的人。而且，小野先生还是金融专家、实业家，是我特意把他从满洲调来。

傅宗耀：久仰久仰。

土肥原：我们要在上海成立像满映一样成功的电影公司。公司既需要像傅桑这样了解上海的中国人，也需要像小野这样的了解中国的日本人，把日本人和中国人的力量联合起来。

傅宗耀：上海市政府一定竭诚配合行动。

土肥原：上海不同于东北和华北。我们还没有能力对租界全面接管。

小野：这只是个时间问题。

土肥原：电影是不用枪炮的部队。跟随战争的节拍，以电影为手段，宣传"大东亚共荣"的思想，实现一个以大日本帝国为中心的皇道乐土，这就是我们的追求。

傅宗耀：将军您真是厉害。听君一席话，真如醍醐灌顶。

土肥原：我们不仅要有自己的电影公司，还要有我们自己的报纸，甚至原有的一些有影响的报刊，我们都要设法收买过来。总之，要调动一切力量加强宣传攻势，让全世界知道，大日本帝国的"大东亚共荣圈"日渐繁荣、壮大。

小野：（站起身来恭敬地）小野一定不负将军所托，尽快在上海建立我大日本帝国自己的电影公司，控制上海的所有宣传机构，为我大日本帝国的"大东亚圣战""大东亚共荣圈"竭尽全力。

土肥原：小野君，你先坐下。还有两件事你必须去办，这是任务。一，上海黄浦港的海运正在逐步恢复，上海乃至支那的大批物资，特别是军需战略物资都通过上海港出港或转运，每年收取大量外汇。你必须尽快在上海成立一个帝国独资的外汇银行，开展证券、存储和外币结算业务，必要时可发行纸币进入社会流通。总之，成立这个银行的目的，就是要把上海各大中外金融机构的外资结算、储备、流通都囊括在我帝国银行的手中，为帝国积累黄金、外币，保证帝国对战备物资的采购。这个银行的设立，从某种意义上说将决定我帝国"圣战"的前景。二，收集上海各大金融的黄金、外币结算量、储存量，以及他们对哪些国家进行有关战略物资的金融、贸易和结算。必要时，我们的帝国银行要取而代之，明白了吗？

小野：（恭敬地）明白，那……那这个银行的资本金……

土肥原：对外称以满洲小金沟三百吨黄金做资本，这个资本量将超过上海的所有中外银行。关于小金沟金矿的事我已和关东军的植田谦吉将军联系，他完全赞同，你就放心去办吧。但记住，这只是名誉上的资本金，是对外宣传用的，你不可以动用该金矿的哪怕一盎司黄金。

小野：（迟疑地）那……这只是个空壳银行……

土肥原：你是帝国的金融家、企业家，我相信你有办法。上海有名望有实力的金融家、企业家很多，你不会利用他们联合他们吗？只要你能控股，银行成立后谁敢不听你的。这些事不用我教你吧。这就是我调你来上海的目的，也是你的使命。从现在起，你就是帝国在上海的宣传和财政金融的总代理。希望你不辱使命，不要辜负帝国对你的期盼。

小野：是，属下明白。我在来上海之前，了解了一些上海工商界和金融界的情况。我还和如今的工商协会会长李衡甫打过交道。上海工商界我还认识几个人，我会好好利用他们。

土肥原：你们认识那就更好办了。

小野：李衡甫这个人，城府很深。关东军占领了热河的金矿之后，我们就再也没有见过了。只怕他并不愿意见到我这位故人。

土肥原：小野君，既然是老朋友就好打交道，李衡甫这个人在上海很有名望，而且实力也很强。一定要拉住他，不仅是他，凡上海有名望有实力的资本家，你都要尽可能地拉拢，树立你的人望。（转头对久保田和傅宗耀）你们也听着，你们必须全力以赴地支持小野君在上海的一切工作。有情况，立即向我报告。

久保田：（起身立正）是。

傅宗耀：（恭敬地）好的，我一定全力配合。

8-2. 景：淞浦医院走廊 傍晚 内

【淞浦医院跟李廷琛离去时一样，依然人满为患。

【看到李廷琛回来，护士长立刻就跑了过来。病人也立刻从走廊的加床上坐了起来。

【杰思敏望着医院里的病人。

杰思敏： 这就是你去德国的原因，为了这些病人。

李廷琛： 可是我没有完成自己的承诺，我走的时候答应他们会带着药品回来，会给他们做手术。

【杰思敏低着头，沉默。

护士长： 李院长，您终于回来了。

李廷琛： 医院还好吗？

【护士长摇了摇头。

李廷琛： 请把我离开以后至今的病历记录整理给我，我在办公室里等你。

8-3．景：淞浦医院李廷琛办公室 傍晚 内

【李廷琛看着记录，眉头紧锁。

护士长： 医药不济，只能做最基本的治疗。入冬之后，病人虽有增加，但最近上海的市面还算平稳，外伤的人不多。只是……

李廷琛： 这是在预料中的事情。

护士长： 还有……

【护士长狐疑地打量着李廷琛身边的杰思敏，吞吞吐吐。

李廷琛： 没关系。这是杰思敏小姐，是我老师的女儿，你有话只管说。还有什么困难？

护士长： 您走了之后，好几位大夫都陆续辞职去了后方。护士也招不到人。护士小姐一结婚就辞职回家，本来还想慰留，但这个世道，别说招人就是能把人留住，也不容易。

李廷琛： 我回来了，咱们想办法，总能想到办法。

护士长： 人手不够，只能一个人当两个人当三个人用。李院长，上海什么时候才能太平？

李廷琛： 再艰难的世道，淞浦医院也得撑下去。

护士长： 我听说，您把药品留在德国了？

李廷琛： 嗯，这件事说来话长。把病人的记录给我找来，我要看看。

护士长： 好的。

【办公室的门被一下子推开了，李廷瑞站在门口，看到屋里有人，就又敲了敲门。

【李廷瑞看到护士长正在跟李廷琛说话，不好意思地挠挠头。李廷琛望着弟弟无奈地摇了摇头。

李廷琛：还是这样，先进门再敲门。

李廷瑞：大哥，家里都在等你吃饭呢。

李廷琛：你先回去吧，别让父亲担心。我再把医院的事情料理一下就回去。

李廷瑞：走吧走吧，也不是今天能弄好的。你走了那么久，家里也有好多事呢。

【李廷瑞拉着李廷琛就往外走。杰思敏跟在后面。

8-4．景：淞浦医院走廊 傍晚 内

【望着走廊里的病人，李廷琛一路看过去，转身才发现身后一直安静跟着的杰思敏。

李廷琛：我还是先送你回去吧。

【杰思敏摇了摇头。

李廷琛：上海跟柏林不一样。你刚来不熟悉，还是送你回去吧。

杰思敏：是我们的原因给你造成了困扰。

李廷琛：杰思敏，这不怪你。这和大力神号没有关系。

杰思敏：可是，这些也是生命。

李廷琛：现在想当初的决定自然是鲁莽的。但是，当时无论如何考虑即便左右权衡，再难选择最终都要选择。救人是唯一的选择。我没有后悔过。

李廷瑞：哥，这位是刚随你来上海的犹太姑娘吧？

李廷琛：是的。这是杰思敏小姐，这是我的弟弟李廷瑞。

李廷瑞：您好。杰思敏小姐，欢迎来到上海。您下船的时候就已经进入我的摄像镜头了。我们不是第一次见面了，很高兴我们再次见面，今后有什么事，只管包在我们兄弟身上。

李廷琛：杰思敏，中国有两句话，一句是"车到山前必有路，船到桥头自然直"。就是说事到临头，总会想到办法。

杰思敏：那万一想不到办法，又怎么办呢？

李廷琛：所以还有一句，"山重水复疑无路，柳暗花明又一村"。在绝境中，只要不失去信心，转机时刻都会出现。

杰思敏：（真诚地盯着李廷琛的双眼）你真难。

李廷琛：总应该有信心。

杰思敏：有什么事，我可以帮得上忙，请一定告诉我。

8-5. 景：李家大宅花园 夜 外

【李廷琛站在门口，一路上风雨飘摇都没有犹豫，此刻站在门前，反而踟蹰。

李廷瑞：大哥，怎么不进去？进去吧。

【李廷琛点头，却没有移动脚步。

李廷瑞：是怕父亲？他不会怪你的。

李廷琛：不是担心这个。

李廷瑞：那还有什么可不放心的？

李廷琛：父亲现在在外面有其他身份吗？

李廷瑞：工商联合总会的会长呗。但是父亲现在很少出门见客。

李廷琛：说来说去还是为日本人做事。

【李廷琛此话一出，李廷瑞也沉默了。

李廷琛：工厂都复工了？

李廷瑞：上海绝大多数的工厂都复工了。父亲一开始这样做，我也很有意见。报上也有人写文章说复工就是汉奸，但也不是只有父亲一个人这样。工商业里有头有脸的人都被傅宗耀喊去了。说是共议，但其实都是听傅宗耀的。

李廷琛：傅宗耀是明摆着的汉奸，早早就投靠了日本人。

李廷瑞：如果不复工，工厂查封没收，被挂上抗日的罪名，不是抗日也是嫌疑。日本人不动手，就让傅宗耀动手。

李廷琛：进了 76 号，只怕就没有几个能活着出来。

李廷瑞：现在父亲的名声不好听，躲在家里不见客，就算父亲有不得已的原因，我也看不惯这样积极开工。而且……算了，说到底还是亲爹，没得选。

8-6. 景：李家大宅饭厅 夜 内

【李廷琛和李廷瑞进门，看到父亲依然端坐在饭桌前。

李廷琛：（淡淡地）爸。

李衡甫：回来啦。

李廷琛：回来了。

李衡甫：我们已经半年没见面了，这一路你辛苦了。

李廷琛：不辛苦，你嘱托我去采购药品，我没有完成你的嘱托，药没带回，倒带来一船犹太难民，给您添麻烦了。

李衡甫：儿子，你做了一件好事，救人一命胜造七级浮屠。作为中国人，仁义道德，见义勇为，是我们的民族传承。我为李家有这样的后人感到欣慰。

【李廷琛没有说话，脱下大衣，默默地坐在一旁。

【李廷瑞一看到气氛有些紧张，就跟李季方使了个眼色，两人赶紧打圆场。

李廷瑞：大哥，吃饭吧，我都饿晕了，父亲也等了你老半天。你不回来，父亲是不会开饭的，还让我去找你，我都要饿死了。

李季方：是呀，老爷等你半天了，那个一品锅炖得正合适，你们父子该好好吃一顿团圆饭。

李廷琛：父亲，对不起，医院的事我不放心，去看了看，耽误您吃饭了。

李衡甫：季方，柜子里有好黄酒开一坛。我们父子难得吃一顿团圆饭，今天好好喝两杯。

李季方：对对对，老爷说得对。

李衡甫：季方，这一路上你也辛苦，坐下来咱们一起吃饭。

【父子三人围坐在一起，却谁都不开口。

【李季方拎着烫好的酒，故意嚷嚷着过来。

李季方：烫烫烫，真是好酒。廷瑞，今天你可不能灌你大哥酒，他刚下船得好好休息。

李廷瑞：我大哥才最应该多喝几杯。这才是接风洗尘。

【李季方倒上了酒，故作不经意地问。

李季方：大少爷，海东青那个贼小子怎么一下船就没影了？

李廷琛：海东青还是这样无拘无束，不用担心他。

李廷瑞：大哥，你风尘万里，漂洋过海，你辛苦了。父亲刚刚也夸赞你救了那么多犹太人，做了好事、善事，体现了我民族大义，也继承了我们李家的家风。来，大哥、爸，今天这顿饭是为大哥接风洗尘，也为我们的重逢，大家干了这杯。

【李衡甫满面笑容端起杯子，李廷琛却沉默无语坐着没动。这时门铃突然响了。李季方放下了杯子就去开门，转身回屋，手里拿着一封信。

李季方： 老爷，有人送来一封信。

【李衡甫打开了信，里面是一封请帖。李衡甫看到请帖，脸色阴沉。

李衡甫： 季方，给孝仪打个电话，他要是有空请他过来一趟。算了，不要叫他了。

【李衡甫慢慢地独自上楼，兄弟俩皆不知发生了什么。李季方刚要起身，便被李廷琛喊住。

李廷琛： 季方叔，您别动了，我上去看看吧。

【李廷琛紧跟着李衡甫上楼了。

8-7．景：李家大宅李衡甫书房 夜 内

【李衡甫刚刚放下了电话，看到儿子紧跟着进了书房，冲儿子点了点头。

李廷琛： 什么人？要紧吗？

李衡甫： 不是什么大事。一个故人来了上海，要跟老相识们见一见。

【李廷琛拿起了请帖，看到小野宪一这个日本人的名字。

李廷琛： 日本人？

李衡甫： 这个小野宪一是我在东北认识的一个日本商人，很多年前他刚到中国的时候穷得叮当响。

李廷琛： 现在这个人为什么要到上海？

李衡甫： 他后来在满洲，有很多传闻。我们也断了联系。听说关东军把热河的金矿都交给他了。

李廷琛： 父亲，您不能去，您现在去，上海百姓会怎么看您？上海工商界要怎么看您？以后您还怎么面对上海工商界？

李衡甫： 不去恐怕不行，人家专程邀请，又是东北故人。再说，去了会会他，也可以知道他的意图。他不会是单独来找我叙旧，他一定是带着目的来找我的。

李廷琛： 正因如此，更不能去。管他什么意图，日本人找您还能有什么好事，无非是进一步拉您下水，让您死心塌地为他们办事，当汉奸。

【李衡甫震惊地望着儿子，半晌说不出话。

李廷琛： 您可以称病不去，您也可以说公务繁忙无暇见客也行。总之，您再不能和这

些日本人厮混了。

【李衡甫明白儿子误会他了，他有些气急败坏。想不到自己的儿子，最珍爱的儿子，这样不理解自己。他不想解释，直截了当地对李廷琛说：

李衡甫：（有点负气）廷琛，这事你别管，你还年轻，你不会理解你的父亲。你有你的想法，你可以认为父亲是"汉奸""卖国贼"，是"日本人的狗"，是"民族的罪人"。我不想再跟你说什么，你走吧！

【说完，他向李廷琛挥挥手，示意让他出去，自己颓然坐下。

李廷琛：那您的安危呢，万一日本人有什么图谋。您一定要去，我陪您一起去。

李衡甫：你，你陪着我我就能安全了。日本人要杀我，国民党要杀我，共产党要杀我，中国的老百姓都要杀我，我都理解。如果我是汉奸，他们就杀得好，杀对了。因为在他们眼里，你的父亲是汉奸，是卖国贼。可我最痛心的是，我的儿子，我最珍爱的儿子，居然也认为我是汉奸。我还能说什么呢，儿子，那就让我去死吧，我死有余辜。

李廷琛：父亲，我不是这个意思。您是我的父亲，我了解您，尊重您，我知道您是个堂堂正正的中国人，我曾经为有您这样的父亲而骄傲。我相信您不会做出对不起国家、民族的事。我甚至能想到您心里是怎么想的。可是父亲，您千不该万不该，您不能当这个商会会长，不能带领商界同仁开工复业。今天，从我重新踏上上海这片土地，就听见国人对您的一片骂声。刚才我去了一趟医院，翻了翻这几个月的旧报纸，日本人称赞您是中日亲善的使者，中国人骂您是日本人的走狗、"汉奸""卖国贼"。父亲，恕儿子直言，这个汉奸的骂名您能洗得清吗？作为您的儿子，您知道我心里的感受吗？好吧，父亲，您要去就去吧，您是父亲我是儿子，您要做的事情儿子挡不住。况且有些事，已经无法挽回了。今后，您做您的，我做我的，您还是我的父亲，我还是您的儿子。您的养育之恩我永远不会忘记的，我们都好自为之吧。

【李廷琛说完掉头离去，李衡甫怔怔地坐着，望着儿子出门，老泪纵横。

8-8. 景：河滨大厦阳台 夜 外

【河滨大厦的阳台上晒着各种难民们清洗干净的破衣服。

【河滨大厦紧靠着苏州河，河面波光闪闪。河面上的船也纷纷停靠在岸边，亮起了点点灯光。

【科恩站在露台上，想要抽烟，从口袋里掏香烟，却发现手中的烟盒里只有最后一支烟。他烦躁地将烟盒捏扁。

【一双手体贴地递上打火机。科恩这才发现不知道什么时候妻子已经来到了身边。

玛丽：抽吧，让紧绷的神经放松一下。

科恩：这是最后一支烟了。

玛丽：抽吧。

科恩：这还是从家里出来的时候口袋的烟。

玛丽：我知道。在大力神号上，漂泊那么久你都舍不得抽。

科恩：真的可以放松了吗？

玛丽：（点点头）嗯，我想是的。从踏上上海的那一刻起或许就是我们生活的转折。

【科恩不置可否，手中的香烟升起袅袅的烟。

科恩：莎拉在哪儿？

玛丽：在屋里，或者可以说在家里，她和杰思敏在一起。

【科恩沉默良久，点燃了香烟却又不急于吸，手指尖的红色火星闪烁。

玛丽：你在想他？

科恩：是的。还在想这一路的经历。玛丽，你不想他吗？

玛丽：我当然非常想念我们的儿子。失去他的日子，让每一刻都那么难熬。但我们必须振作，必须为了活着的亲人继续坚持。

科恩：我们还有杰思敏和小莎拉。

玛丽：我们会永远在一起。

科恩：我会努力找一份工作。

玛丽：你已经不是原来的伦纳德·科恩，你现在是普罗米修斯·杰拉，记住，普罗米修斯，职业是教师。原来的生活都忘记。

科恩：我可能是一个泥瓦匠、鞋匠，也可能是个钟表匠，从没有研究过物理学。

玛丽：但你永远是你，是我亲爱的丈夫。

科恩：玛丽，他们会发现吗？

玛丽：发现我们逃走了吗？

科恩：对。发现我们逃到了上海。

玛丽：他们一定知道我们逃走了。但是上海这么远，他们不会来的。

科恩：真的吗？

玛丽：伦纳德，连施莫林都不知道我们逃去了哪里。

科恩：可是，他们是看着我们上了船的。

玛丽：亲爱的，别再担心了。今天好好睡一觉，明天，我们要在这里开始新的生活。

科恩：对，找一份工作，重新开始。

【玛丽将儿子佩戴过的族徽别在科恩西装的内袋上。

【月亮升起，望着漆黑又陌生的苏州河，对未来一无所知的夫妻俩紧紧相拥在一起。

8-9. 景：赌场 夜 内

【烟雾缭绕的赌场，殷燕农坐在一个高高的角落里看着整个场地的赌徒。一个青帮小弟给殷燕农捶背。

殷燕农：老头子不让我来看看场子，他是要让我喝西北风呀。自打跟了老头子，我就一直帮他撑场子、看场子，没有这些赌场，老头子也不至于发家这么快。现在倒好，不让我来看场子了，说什么现在我是警局的人。我要真靠警局的那每月十几块大洋的薪水，那我全家还不得饿死啊。

小弟：那是那是。赌场是我们的聚宝盆，您就是那聚宝盆的基底，基底没了还说什么聚宝盆，哪能说不干就不干的，起家的根本生意不能丢啊。

殷燕农：本来嘛，不来赌场倒也罢了，我还可以做点黑土白面生意。可李衡甫那个老家伙，求他带几箱货也被他拒绝。老头子也拿他没辙。我就不信这个李老头那么干净。他断了我的财路，我要让他断子绝孙。我让你盯着他们，有没有什么新的情况？

小弟：犹太洋人都穷得很，好像也没发现他们从犹太人那里拿到什么好处。李廷琛的那个医院嘛，也不像有西药的样子。

殷燕农：跑了一趟德国，说是去采购西药，可一点西药都没带来，却带回一船洋瘪三，这演的是哪出？都说李衡甫家里有脑子，我就不相信这里头没有文章。你继续给我盯着，只要他有把柄落在我手上，我就借日本人的手杀他全家。

小弟：老头子晓得要不开心的，我是怕他寻你霉头。

殷燕农：现在我是警察局的人，老头子也奈何不得我。他的那一套早就过时了，就会玩一些红白脸的事。继续给我盯住了，事成之后我重重有赏。

小弟： 是是。

8-10. 景：虹口区街道 日 外

【公共租界的日本区，日本浪人横行，拖着木屐，在路上大摇大摆。街道两边是各色各样的酒店、茶座。

【李衡甫的黑色轿车缓缓行驶。

8-11. 景：艺妓馆祇园月屋门口 日 外

【李衡甫的汽车停在了祇园的门口。祇园月屋的门牌挂在一侧，李衡甫下了车，打量着这个闹中取静的日本园林风格的艺妓馆。拉门已经打开，两个身着和服的日本女性毕恭毕敬地跪在门口，等着李衡甫进来。

8-12. 景：祇园月屋走廊 日 内

【长长的地板走廊被擦得一尘不染，刚才在门口迎接李衡甫的两个日本女人低着头在前面引路，雪白的袜子不见一丝污渍。

【直到走到一扇拉门前，停住了脚步。日本女人跪在地上，拉开拉门，请李衡甫进去。

8-13. 景：艺伎馆餐室月屋 日 内

【李衡甫走进月屋，拉门轻轻在他身后关上。

【屋内宽大方正，正席一侧端坐着米兹拉希，两个日本艺伎正轮番着劝酒，李衡甫见状有一些心惊，又让他有一丝疑惑。米兹拉希看到进来的人是李衡甫，不由舒了口气。

米兹拉希： 您也被请来了吗？

李衡甫： 岂敢不来。（悄声地）咱们都不能酒后误事啊，到时候说者无心听者有意，解释起来就麻烦了。

米兹拉希： （点点头）我完全没有想到，您也会被请来。

【门外一阵嘻嘻哈哈的声音。

【拉门被再次推开，站在门口的是一身整齐西装的小野宪一，而跟在小野身后的是一身轻便和服的土肥原。

【李衡甫和米兹拉希不约而同地起身，小野故作亲近地跨前一步向李衡甫和米兹拉希深深鞠躬。

小野宪一：二位，久违了。我刚到上海，土肥原将军就说二位也在上海，我跟将军说这二位可是我的老朋友了。将军说，故友久别重逢总得好好庆祝一番，这不，我把你们二位都请来了，今天我们得好好叙叙。

【土肥原已经微醺，被久保田搀扶着，他一看到李衡甫和米兹拉希都到了，一把推开久保田，故作亲近地上前拉着米兹拉希和李衡甫坐下。

土肥原：今天只是故友聚会，二位不要拘泥。您二位和小野先生都是旧相识，我和小野君也是至交，今天这里都是老朋友，朋友聚会随意即可，我今天高兴，也希望大家能一醉方休。

【土肥原说完便哈哈大笑，转头欣赏着屋子另一边正在翩翩起舞的艺伎，附庸风雅地拿起筷子，随着音乐击节起来。

土肥原：二位，今天是小野君做东请二位，我是不请自来，你们谈你们的事叙你们的旧，不要因为我而扰了你们的雅兴。

李衡甫：我可没什么雅兴，我只是应邀而来。将军是集上海军政于一身的大人物，能有此雅兴，倒让老朽自愧不如。

土肥原：今天是先生有朋自远方来，我只是跟着过来凑个热闹，以示亲善和友谊。

李衡甫：小野君，我们面也见了，酒也喝了，该谈正事了吧。不知小野君有何见教？

小野宪一：今天请二位来，主要是老友重逢总得庆贺一下，故聊备酒水与老友喝杯酒叙叙旧而已，倒也没什么正事。既然李先生问起，敝人就在二位面前炫耀炫耀。我在满洲为"满洲朝廷"做了些事，有开矿、办厂、修路，还办了个满洲影视公司，主要是记录"满洲国"成立以来这些年的变化。现在的满洲可今非昔比，老百姓的生活蒸蒸日上，工农业产值亚洲第一，甚至超过大日本帝国的一倍。我带了几张我满映公司拍摄的拷贝，请二位鉴赏鉴赏我"满洲国"的风情。（掉头向土肥原）将军也好久没到"满洲国"去了吧，您可是我满洲"建国"的大功臣，没有您就没有今天的满洲。您也看看吧，这可是您的大手笔。

土肥原：看你这神秘兮兮的，我怎么不知道你带来了这么些宝贝。好吧，今天我也沾沾光，看看今天的满洲想必是姿容绝代、风情万种了。

【小野宪一做了个手势，艺伎们立刻停止了表演，鱼贯退出。两个日本人将一台放映机放到桌上，灯光立即暗了下来，放映机嗡嗡地响，一幅幅图像落在原先准备好的幕布上。

【米兹拉希挨着李衡甫，土肥原十分得意。

【幕布上的图像是"满洲国"的街景。街道整洁，人们见面互相脱帽致敬，每个人脸上都洋溢着安定幸福的微笑。街道两旁，商场林立，货架上货物丰盈。市场上人群熙攘，叫买叫卖声此起彼伏，一片繁华景象，看起来"满洲国"似乎是个一派祥和的皇道乐土。紧接着播放的是机声隆隆的工厂，高大的烟囱冒着浓烟。车间内的工人们穿着清一色的工装，井然有序地工作着。再接下来的画面就是矿山、煤窑，长长的铁路线，一列满载货物的列车鸣着长笛从远处飞驰奔来……

【图像结束，灯光骤亮。

土肥原：（假装沉思，若有所悟地自言自语）真是想不到，仅七年时间，满洲的变化如此之大，从荒凉破败、人生凋敝的边塞变成今天的皇道乐土。真希望上海也能像满洲这样发扬光大，成为支那乃至全世界的金融、贸易、工业中心。上海是有这样条件的。这就是我，也是大日本帝国的期盼。

久保田：将军放心，我大日本皇军所到之处，就没有做不到的事。我敢保证，数年之后上海一定要超过满洲，成为"大东亚共荣"的中心，成为世界最大的金融之都、贸易之都、商业之都、工业之都。

【土肥原点点头。李衡甫和米兹拉希震惊、沉默。

小野宪一：我毫不怀疑将军和大佐阁下对上海的预判。李先生、米兹拉希先生，可搞建设是要花钱的，现在中国军队还在处处与皇军对抗，帝国暂时还没有力量用大批资金建设上海，这就要靠全体上海人，特别像二位这样德高望重的金融家、企业家。我，小野宪一今天到上海也算半个上海人了，今后我一定和二位加强合作，同心协力共同建设将军和大佐阁下期盼的新上海。

【米兹拉希和李衡甫依然端坐着，沉默着，没有反应，气氛顿时凝重起来。

土肥原：（有些不耐烦）小野君，我看你说了半天也没有说到点上，你要和李先生、米兹拉希先生合作，你究竟想要怎样合作？我听了半天也没听明白你的意思。李先生、米兹拉希先生，你们都是上海人，难道你们不希望建设繁荣鼎盛的大上海吗？你们一直沉默着，我也不清楚你们到底在想什么。

李衡甫：将军，城市建设是政府的事，我和米兹拉希先生都是一介平民，把我们两家当光卖净又能有多大作为。我李衡甫被将军所感召，也为了中日亲善，带上海工商界的同仁开工生产，总算使上海这台古老的机器重新运转起来。上海能有今日之稳定，我李家也算是尽了绵薄之力。米兹拉希先生就更为艰难。犹太难民越来越多，这些难民一时也找不到合适的去处，米兹拉希先生的犹太救助协会没有任何进项，还要解决所有难民的吃穿住，银钱、粮食都十分紧缺。倒是上海工商界和帮会搞了些慈善机构，设立了数百个粥棚，为中国难民和犹太难民施舍一些食物。政府当局没有拿一分钱、一粒粮食赈济这些难民，所有犹太难民的压力都落在米兹拉希先生身上。这种局面能维持多久都是问题，更遑谈建设什么新上海。

土肥原：（故意哈哈大笑）上海真是个美丽的地方，不仅中国人都涌向这里，连被西方认为最富有的犹太人也蜂拥而至，这里大概就是《圣经》中传说的天堂了。

李衡甫："八一三"以后，号称"东方巴黎"的上海很多地方已然变成一片焦土，还谈得上美吗？

土肥原：焦土的地方也可以重建，也可以开出鲜艳的花。我相信上海不仅可以美丽如昔，还会比原来更繁荣更美丽，成为我"大东亚共荣"的皇道乐土，成为我帝国治下欣欣向荣的新上海。

李衡甫：（淡淡一笑）但愿吧。（转身对着小野）小野君，您不是自称半个上海人吗，将军倡导建设新上海，您不会袖手旁观吧。据老朽所知，您可是满洲的第一富豪，皇军把热河的小金沟金矿都交给您了。您还是满洲开发银行的当家人，建设新上海您可是责无旁贷哦。

小野宪一：那是那是，建设新上海是将军和我们大家共同的心愿。我既然来了上海，自当与诸位携手同心，共同努力建设将军提倡的新上海。只是我初来乍到，人生地疏，今后还望李先生多多指点、扶持。我想以李先生在上海滩的人望和财力，一定是敝人的坚实后盾。（说着端起酒杯）这里我先敬李先生一杯，算是与李先生今后合作的开始吧。

李衡甫：（十分淡定地端坐）这酒就免了吧，老朽从来滴酒不沾。小野君今天邀我和米兹拉希先生来，想必总是有事相商，小野君就请直截了当吧。

土肥原：先生怕是喝不惯我们的清酒吧。改日，我请先生喝你们中国的好酒，茅台，怎么样？

李衡甫： 清酒、茅台都是好酒，只怕将军和小野先生都是醉翁之意不在酒吧。（说完哈哈大笑）

小野宪一： 好吧，李先生既已把话说到这个份上，那敝人就直言了。二位都是我的故朋老友，请二位来，一是叙旧，与二位套套交情；二是敝人确实想在上海办几件事，希望得到二位鼎力相助。具体什么事，我们再另约时相商。坦诚告诉二位，敝人没有半点军方背景。今天土肥原和久保田将军能来，是给了敝人极大的面子，为我们老友重逢表示祝贺，也是为我和二位今后的合作表示支持。我希望我们下一次见面，二位能让我结识一些我不熟悉的工商界的同行，包括犹太同仁，比如沙逊、哈同和嘉道理家族等商界翘楚。我说过，我将与沪上有影响有实力的商界同仁精诚合作，为实现土肥原将军所提倡的"建设新上海"竭尽全力。今天仅是个开始，来日方长，望能如愿。这就是今天我约请二位的由衷之语。

土肥原：（哈哈大笑）小野君，痛快。你们三位是故旧亲朋，相信你们会为了建设上海这片皇道乐土而精诚合作。我是军人，不能加入你们的商界活动，但只要是为了建设新上海，今后，凡我土肥原能办到的事，我无不鼎力支持。

小野宪一：（鼓掌）谢谢将军，谢谢将军。（向侍者示意）奏乐！

【《菊花与武士刀》的音乐声响起。

8-14. 景：德国盖世太保总部会议室外走廊 日 内

字幕： 德国 柏林

【施瓦茨站在会议室门外，却被卫兵阻拦，听到梅辛格上校在屋内的怒吼。

卫兵： 梅辛格上校正在开会。

8-15. 景：柏林盖世太保总部会议室 日 内

【梅辛格面对一屋子神情严肃的人，怒吼。

梅辛格： 德国陆军在发展大型火箭方面花费了5.5亿马克，而"铀计划"的经费只有100多万马克。这样"铀计划"的经费就严重不足。

【梅辛格的对面是一位清俊的中年人。

字幕： "铀计划"的项目负责人，沃纳·卡尔·海森堡。

海森堡：（对梅辛格的呵斥深感不满）梅辛格上校，这不仅仅是钱的问题，这是科学，科学是要人去研究的。

梅辛格：海森堡博士，您是整个项目的负责人。所有的科学家都围绕着您工作。您是最了解情况的。如果美国人先于德国制造出这种可怕的武器会怎么样，您比我更了解。

海森堡：元首可能会在1942年之前闪电战取得胜利，我对此深信不疑。

梅辛格：这就是您没有进展的理由吗？

海森堡：这当然不是。科学是个复杂的问题。我只是一个理论物理学家。

梅辛格：还有什么问题，铀矿吗？德国已经占领了捷克斯洛伐克的铀矿，那是全世界最大的铀矿。我们有最强大的化学工业，我们仍然拥有世界上最好的科学家。

海森堡：不，我们并没有。我曾经的同僚或离开祖国，或放弃事业，甚至还有许多人带着自己的研究去了天堂……你知道哥廷根大学的伦纳德·科恩吗？

梅辛格：我知道，他是我的副官施瓦茨的老师。

海森堡：科恩的研究，是现在所有人中最接近成功的。科恩的加入，对"铀计划"是至关重要的。

梅辛格：可现在伦纳德·科恩已经逃离了德国，下落不明，生死不明。难道没有他，我们的铀计划就不搞了？我们的原子武器就造不出来了？

海森堡：您的这个问题，元首和戈林元帅都亲自给我打过电话。我的回答是，不是造不出来，而是他的研究最接近原子裂变。如果有他的参与，我们有可能在半年至一年内造出我们需要的原子武器；如果没有他的参与，我们将重新在这领域加强研究，那么我们的计划将推迟三至五年。元首听后显然很不高兴，但他依然在电话里鼓励我，对我说，海森堡博士，你是我们德意志最杰出的原子理论专家，也是全世界最顶端的原子物理专家，我相信你一定能够造出我们国家需要的这种武器。或许情况真像你说的那样，要推迟三至五年，或许你的武器还没有造出来，我们已经占领了整个欧洲。但我依然希望你尽快地研究出我们需要的这种武器，我对你有信心。你有什么要求，可以直接找希姆莱或戈林元帅。梅辛格上校，我刚才的话不知道是否回答了你的问题？

梅辛格：您的意思是说，如果没有科恩，那么我们的计划就要推迟三至五年？

海森堡：是的，我是这样回答元首的。我最近可能会去找一次希姆莱将军。

梅辛格：你找希姆莱将军准备提出你什么要求？

海森堡：找到伦纳德·科恩。

梅辛格： 我建议你最好不要去找希姆莱将军，他很忙。你提的这个要求，我会向希姆莱将军报告，我甚至现在就可以很负责任地告诉你，无论伦纳德·科恩逃到哪里，我梅辛格都将找到他，并把他带回国。如果有什么意外，我将按照元首和希姆莱将军的指令，让他永远消失，绝不能让他落到美国人的手里。如果你一定要去找希姆莱将军，也请你把我刚才对你说的话，向元帅转告。

海森堡： 上校，你的意思我明白。我相信你能够找到伦纳德·科恩，并把他带回国来。但我不希望他死，因为他死了，我们的铀计划依然要推迟三至五年。

梅辛格： 好的，博士。我将按照元首和希姆莱将军的命令去做。

8-16. 景：梅辛格办公室 日 内

【梅辛格怒火未消。施瓦茨行了纳粹军礼，双手递交给梅辛格一份文件。

梅辛格： （强压怒火）这是什么？

施瓦茨： 柏林地区抓捕失踪人员登记表。

【梅辛格接过文件，翻阅，突然他停了下来，指着其中一行。

梅辛格： 伦纳德·科恩？

施瓦茨： 是的。

梅辛格： 伦纳德·科恩是著名物理学家？

施瓦茨： 是的。

梅辛格： 科恩是你的老师？

施瓦茨： 是的。

梅辛格： 他是什么时候失踪的？

施瓦茨： 11月10日之后就下落不明。

梅辛格： 去年的11月10日？

施瓦茨： 是的。

梅辛格： 你为什么不报告？

施瓦茨： 做了报告。

梅辛格： 当作普通人失踪处理的，是吗？

施瓦茨： 按照规定处理的。

梅辛格：（突然暴怒）是你放走了他？

施瓦茨：我们一直追到码头，但是，让他狡猾地逃脱了。

梅辛格：不！是你放走了他，当时你就在码头。你不知道他是我们重点缉捕的犹太猪吗？你为什么把他当成一般的犹太人放走？而且是你亲自送到码头。你当时为什么不通知我？你当时为什么不通知海岸警卫队缉捕？施瓦茨，你知道你这样做的后果吗？你知道你这样是对元首的背叛吗？你知道你犯下的罪行吗？

施瓦茨：他当时是上了一条很小的民用商船，排水量不大，而且船上还有其他难民。事情发生得十分突然，我想伦纳德·科恩和他们一家绝对没有生还的可能。船小人多，补给不足，也没有靠岸的可能。在茫茫大海上，他们必死无疑。

梅辛格：蠢货！如果他们没死呢？是你来承担这个后果还是我来承担这个后果？

施瓦茨：我将对此事负责到底。

梅辛格：你负责到底？你拿什么负责？你放走了日耳曼民族最危险的敌人，就因为这个人曾经是你的老师？你不感到羞耻吗？你还无耻地爱上了他的女儿，你以为这些事我都不知道吗？我当时之所以没有惩处你，只因为你是个纯正的日耳曼人，觉得你是个可以培养的忠于元首的年轻人。但没想到，你会做出这种对不起国家，对不起元首的事。施瓦茨，你的所作所为还牵连了我，你这种人就得死！

施瓦茨：（惶恐不安）上校，施瓦茨任凭您处置。

梅辛格：我可以把你送军事法庭，我也可以以叛国罪，现在就枪决你。但我现在还不想这么做。我还想给你一次赎罪的机会。

施瓦茨：那上校要我怎么做？

梅辛格：十日内确定伦纳德·科恩的最终下落。

施瓦茨：是。

梅辛格：滚吧！

施瓦茨：（立正，大声）是！

8-17.景：柏林街头 夜 外

【铁青脸的施瓦茨穿着制服，街上匆匆而过的人都躲避着他的摩托车。

8-18．景：天鹅堡酒吧 夜 内

【天鹅堡酒吧的玻璃窗上挂着彩灯，依然闪烁，照耀着晚上的路面。

【唱片机中传出轻柔的音乐。酒吧里却十分安静，酒客们独自喝酒，没有人互相聊天或者打招呼。

【坐在吧台上的施莫林手中的啤酒只剩下半杯，他已经喝得半醉。

【门外传来一声急刹车的声音。有人好奇地抬头望向窗外，又赶紧低下头，生怕引起对方的注意。

8-19．景：天鹅堡酒吧外街道 夜 外

【施瓦茨将摩托车停在了酒吧外，直冲进酒吧。

8-20．景：天鹅堡酒吧 夜 内

【施瓦茨冲进来的动静太大，酒保抬头看到施瓦茨的制服立刻行了纳粹礼。施莫林却丝毫不为这些所动。

【施瓦茨看见施莫林冲上去就是一拳，两人大打出手。

8-21．景：德国码头 日 外

【西蒙带着工人正在清点码头上正在装船的货物，远处传来摩托车的轰鸣声。

【西蒙听到了声音，看到施瓦茨带着人骑着摩托车抵达码头。西蒙有点紧张，下意识地整了整自己的西装。

第八集完

第九集

9-1. 景：德国码头 日 外

【党卫军的车队在码头停下。施瓦茨下了车，直奔西蒙，西蒙强作镇静。

西蒙： 您好。

施瓦茨： 西蒙先生，我们需要您跟我们一起回去，配合调查。

西蒙： 我什么都不知道，我只是个合法经营的商人。

施瓦茨： 您最好配合我们的工作。

西蒙： 好吧。但是我的货物还没有装船，请稍等。

施瓦茨： 不，请立刻跟我们离开。您的货物会有其他人替您安排。

【西蒙只得放下手中的东西。

西蒙： 我跟你们走。

9-2. 景：德国街道 日 外

【装着西蒙的囚车驶过一所小学的门口。西蒙看见自己的太太和孩子被身着制服的盖世太保带上了一辆车。

9-3. 景：施瓦茨车内 日 内

【西蒙猛烈地拍着车窗，希望引起妻子和孩子的注意。

施瓦茨： 有点担心她们是吗？

【西蒙并不理睬施瓦茨的威胁。

施瓦茨： 西蒙先生，这就需要你好好地配合我们的调查。只有对帝国和元首忠贞不渝的德意志公民才值得尊重。

【然而妻子和孩子最终也没有看到车内的西蒙，西蒙颓丧。

9-4. 景：盖世太保审讯室 日 内

【审讯室阴暗潮湿，挂着各种刑具。西蒙被绑在椅子上。

施瓦茨：再问你一遍，伦纳德·科恩一家去了哪里？

西蒙：我不知道，我根本不认识什么伦纳德·科恩，我认识的人都是做药品生意的。

【施瓦茨一声冷笑，从自己的公文夹中拿出了一个文件。

施瓦茨：我是愿意相信你的，你是血统高贵的日耳曼人。但是很可惜，我手上却是你不诚实的证据。这是从你办公室搜到的。

【施瓦茨拿出的是西蒙与淞浦医院的购药合同，在西蒙眼前晃一晃。

施瓦茨：这张合同上药品的数量、品种、药品到达港口和你向海关报关的一模一样。上面还有中国人李廷琛的签名。我现在只问你这个在合同上签字的人多大年纪、男的女的、外部特征、身高、讲哪国语言、有什么习惯动作？这些你总该知道吧。

西蒙：我的生意伙伴很多，我不记得这个签字的人。

施瓦茨：（有些光火，大声地）那他是哪里人你总该知道吧，他买的这些药品运往何方你总该知道吧。

西蒙：那合同上不都写着吗？我说过我已不记得这个签字的人。我签的合同太多，我对这份合同的签字已经没有印象。这份合同是我向海关报的关，但货船却是采购商自己雇的。出了柏林港口，船向哪开、在哪卸货，我怎么知道。

施瓦茨：这批药品是不是你亲自送上船的？合同上的淞浦医院是哪个国家的？在什么地方？这你总该知道吧。

西蒙：这个合同和报关单上写得清清楚楚，我不懂你的质疑是什么意思。客人付了钱我就要按合同发货，货都是在我的货品仓库提走的，我没有必要把货送上船。至于淞浦医院在什么地方，是哪个国家的，我根本不知道，也没有必要知道。

施瓦茨：（暴跳如雷）看来你是不愿意配合我们。但是西蒙，我有很多办法让你开口，你的妻子孩子还在我们手上。你知道，一个不忠于祖国不忠于元首的人，会是什么下场！

西蒙：上尉，我的一家和你一样都是纯粹的日耳曼人，我忠于自己的国家和元首，我做的是合法生意，我和我的家人都应该受到国家法律的保护，你没有权力这样对我和我的家人。你不仅逮捕我、折磨我，还同样地逮捕和折磨我的家人。你这样做是违法的，我要向你提出抗议。

施瓦茨：我是在行使国家赋予我的权利，逮捕你是以国家的名义。在没有抓到国家的叛徒前，我不会放过你和你的家人。我有权这样做。

西蒙： 你们这是构陷，是迫害，是违背国家法律和元首意志行为。我要控告你。

9-5. 景：柏林大街 日 外

【施莫林一身便装在大街上匆匆走着。天色阴沉，寒风凛冽，他戴着一顶黑色的鸭舌帽，帽檐压得很低，不时地撩起袖口看手表。路边矗立着一座电话亭，他闪身推门而进。

【电话亭内，施莫林拿起电话拨号。

施莫林： 耶和华吗？我是丘比特。撒旦的太阳工程还在继续，他们在寻找普罗米修斯，我等候新的指令。

电话（OS） 丘比特，你出色地完成了耶和华的指令。撒旦运送重水潜艇已被成功摧毁，但你的身份有可能已经暴露。耶和华的指令是你立即离开魔窟，前往夏威夷接受为期三个月的特殊训练，听候耶和华的新指令。联系时间不变。

施莫林： 何时启程？存放我处的羊皮书如何处理？

电话（OS）： 启程越快越好。羊皮书拍照后就地销毁，微缩胶卷制成秘囊随身携带，交夏威夷耶和华总部。

施莫林： 明白。

【施莫林挂断电话，仔细观察电话亭四周后匆匆离去。

9-6. 景：施莫林家 夜 内

【夜色如墨，施莫林家十分安静。他小心翼翼地打开了墙壁后面的夹层，里面是关于科恩和铀计划的所有资料。施莫林将文件拍照后全部焚烧销毁。

【火光映红了施莫林的脸，桌子上有他写的遗书。最后一张杰思敏的照片在他的手上凝视了很久。

施莫林： 杰思敏，我现在不得不带着铀计划的材料离开德国，去夏威夷接受中央情报局三个月的紧急训练。杰思敏，你要相信，我一定会找到你。我永远保护你，直到你能平安回到我的身边。

【施莫林亲吻了照片，照片也被投入了火中，杰思敏纯洁的笑脸在火中化为灰烬。

9-7. 景：普斯顿大街6号 夜 外

【深夜的普斯顿大街十分安静。施莫林的手中是一小束鲜花。院子里的花草早已衰败。

【施莫林推了推大门，虽然大门紧闭，但并没有锁上。黑洞洞的房间敞开着。

9-8. 景：德国科恩家客厅 夜 内

【客厅里一片漆黑，施莫林掏出袖珍手电，照射着破败的客厅，是施瓦茨带人搜查过后的一片狼藉。光束停留在钢琴上倒着的花瓶，他将那束鲜花插入花瓶。施莫林的耳畔回响着杰思敏的笑声和她的琴声。

施莫林（OS）：杰思敏，今天是你的生日，祝你生日快乐。不管你在哪里，我的祝福永远伴随你。

9-9. 景：李家大宅客厅 夜 内

字幕：上海

【李衡甫满面疲倦地回到家，却发现客厅里李廷琛依然在等待。

李衡甫：你怎么还不睡呢？

李廷琛：父亲……

李衡甫：我知道你放心不下。没事。

李廷琛：只是暂时没事吧。

李衡甫：今天，土肥原贤二和小野宪一都在。他们还邀请了米兹拉希先生。你放心，这一回不是要吃掉我们。

李廷琛：他们找米兹拉希先生干吗，犹太救助协会又没有肥肉让他们吃。

李衡甫：但是米兹拉希先生是诱饵，他们想通过米兹拉希先生接触更多的犹太富商，如上海的沙逊、哈同和嘉道理家族。这个小野宪一，就是今天请我去的那个日本人，其实就是日本人的经济间谍。他下一步的行动可能就是了解上海工商界、金融界有实力的企业家，以亲善和合作为名，明抢暗偷把他们掏空，必要时也可能使用绝对手段。这是个非常危险的人物。

李廷琛：那必须劝米兹拉希先生小心。

李衡甫：小心再小心，犹太难民都需要赈济。本来米兹拉希先生早已向一些犹太富商倡议过向难民捐款，只是沙逊、哈同和嘉道理等人在淞沪会战前就已去美国，故捐款一事被搁置至今。上海的百多万中外难民，包括犹太难民，都是我们工商界和帮会组织在赈济。但随着难民不断增加，这种局面又能维持多久呢。各地抢粮事件不断发生，很多赈济灾民的粥棚粥厂，都让难民给砸了。日本人借此血腥镇压。每次抢粮事件发生后，都有大批难民倒在枪口下，血流成河。上次我们的淞浦面粉厂也遭到学生和难民的抢砸，幸亏我很快赶到现场，才制止了一场血腥。随着犹太难民越来越多，米兹拉希先生的犹太救助协会处境也越来越难，要钱没钱，要粮没粮。犹太人虽然不会闹事，但看着他们贫病交加，一个个鲜活的生命无声地倒下，有良知的中国人谁不心痛，特别是米兹拉希先生天天奔走呼号：救救犹太人，救救这些无罪的灵魂。可有限的捐款只是杯水车薪，米兹拉希先生已经是走投无路了。

李廷琛：（沉默半晌）美国人知道这些情况吗？美国是犹太富商最多的国家，如果美国国会有人动议救救上海的犹太人，这糟糕的局面会不会好些呢？

李衡甫： 如果美国人出手，事情当然会好得多。可美国人，包括在美国的犹太富商，又怎么知道上海的情况呢。他们远在万里之遥的太平洋彼岸，远水也解不了近渴呀。不谈了孩子，夜深了，都是些伤心事。只能走一步看一步了。我要去睡了，你也早点歇息吧。

【李廷琛看着父亲慢慢上楼的疲惫的背影，不由沉思起来。

9-10. 景：上海街头 清晨 外

【清晨的冬日太阳穿过薄雾，一片迷茫。

【上海的里弄里苏醒，渐渐热闹起来，人声喧哗。

【老虎灶边挤满了排队打开水的人，大家热络地打招呼。

9-11. 景：河滨大厦难民收容所 日 内

【河滨大厦更是热闹。芦柴棒招呼着小兄弟们背着烟匣子就要出去干活儿。

【莎拉站在门口好奇地看着这些中国孩子。

【小狗豹子忍不住凑上去，闻了闻芦柴棒。

9-12. 景：河滨大厦科恩家 日 内

【窄小的房间内，玛丽已经想到了新的办法。用两根铁丝在小小的煤炉上烤热馒头片。

【杰思敏看着妈妈的创意之举。

玛丽：杰思敏，来尝尝中国式的吐司面包。

【杰思敏看着带着焦黑的边的馒头片，大口地咀嚼。

杰思敏：妈妈，你真是太了不起了。简直跟真正的面包一模一样。

【莎拉也赶紧伸手想要尝一尝，却不慎被烫到了手指头，忍不住龇牙咧嘴。

玛丽：今天就是我们在上海的第一个早晨。

杰思敏：我们都应该为以后的生活好好做打算。莎拉也得长大。

玛丽：既然是生活，就要好好生活。除了莎拉，大家都尝试找找工作。虽然收入可能不高，但只要有收入，我们就能不全部依靠犹太救助协会的救助。

杰思敏：我可以帮助妈妈操持家务。

玛丽：杰思敏是最棒的小主妇。

杰思敏：可是我还得学着用这个煤炉，还要学着像妈妈那样烤中国吐司。

科恩：我不知道我会做什么。

【科恩垂头丧气的这句话，让本来强打起精神的一家人陷入了沉默。

科恩：我一辈子都做一份工作，搞物理研究，研究未知的世界。但现在的世界对我来说，我真是一无所知。我从没干过别的活儿，我简直一无是处，是个废人。

杰思敏：爸爸，你是我见过最了不起的人。我们不是说好了吗，忘记关于物理学的、关于科学的一切，把过去统统忘记。你是我见过最心灵手巧的人，也是我见过最有智慧、最有耐心的人。如果想学，什么都可以学会。

莎拉：爸爸，我也什么都不会。你不要难过，我们是一样的。

【科恩抱着女儿莎拉，接受了杰思敏的鼓励。

科恩：谢谢你，杰思敏。你是个天使。

杰思敏：爸爸，我爱你。

科恩：我也爱你。

9-13．景：河滨大厦领粮点 日 外

【米兹拉希正给犹太难民分发着馒头。

【同住在河滨大厦里的中国难民在中庭给犹太难民让出领取救济粮的区域。

【挤在角落里的中国难民中，饥饿的儿童看着馒头咽口水。但是，没有一个中国人上

去和犹太难民争抢干粮。

【杰思敏将自己拿到手的馒头掰开一半，递给一个痴痴盯着馒头的难民小孩。孩子没有拿，一扭头跑了。

杰思敏： 他为什么不要？

米兹拉希： 这里的中国人即使再饿，也没有抢过我们的食物。

【洪家姆妈一直帮着米兹拉希给犹太难民分发救济粮食。洪家姆妈是个中气十足的大嗓门，因为天生一双笑眼和上扬的唇角，看起来总觉得脸上笑盈盈的。

洪家姆妈： 这里是中国，咱们中国人再怎么样也是主人。你们远方来的都是客，哪有当主人的从客人手里拿吃的道理。

杰思敏： 可是，你们不饿吗？

洪家姆妈： 上海那么大，听说现在很多工厂都在招工。我们有手有脚的，出去找个活计，怎么都能讨口饭吃。倒是你们一群洋人，人生地不熟，连中国话都不会说，活也难找，今后怎么过日子哟？

杰思敏： （对着米兹拉希）拉比，我们也能找工作吗？

米兹拉希： 上海有很多外国人的产业，只是如今外面世道太乱，能不能找到？找到什么样的？工作待遇如何？这些都说不好……

洪家姆妈： 我当家的天天在外面奔走，我让他也帮你们打听打听。

杰思敏： 那真是谢谢您了。

米兹拉希： 夫人，您帮我这么久，辛苦了。这些（递上一个装了几个馒头的布袋）请您收下。

洪家姆妈： 站在这儿帮着递点东西而已（指了指角落里的犹太难民），给那些家里孩子多的多分点，都是长身体的时候。

【洪家姆妈推了推米兹拉希递布袋过来的手。（镜头特写）米兹拉希碰到洪家姆妈因为长期挨饿而浮肿的手，手上的凹陷久久没有恢复。

【洪家姆妈往中国难民聚集的棚区走去。

杰思敏： 拉比，她的手？

米兹拉希： 嗯，因为饿，所以浮肿了。唉……谁都不容易。愿上帝之光早日照耀到这里。

9-14. 景：河滨大厦外巷弄堂 日 外

【芦柴棒带着几个小伙伴蹲在地上分着卖烟卷的铜板。

【莎拉抱着小狗豹子远远地看着。

孩童甲：哎，老大，你说咱们能买了那个洋人小孩的小狗吗？

孩童乙：对呀，我听说狗肉可香了呢！

【芦柴棒眼疾手快地一人给了一个脑瓜崩儿。

孩童甲乙：（齐声）哎哟！

芦柴棒：没看见人家抱在手里的是自己养的宝贝？你家人养着你，是为了留着吃啊！

孩童甲：（委屈）人跟狗能一样吗……

芦柴棒：我跟你们说，这条街上的小孩我说了算，那洋小孩的狗，谁都不准动！（挥舞着拳头）不然，小心我不客气。

孩童甲乙：（齐声）哦。

芦柴棒：赶紧拿钱买点吃的去。能填饱肚子就不错了，还想着吃肉。

【芦柴棒打发走自己的小伙伴，回头再找莎拉，已经不见她的踪影。

【洪少雨拿着一张粮本走来。

洪少雨：芦柴棒，过来过来。

芦柴棒：怎么了，洪叔？

洪少雨：（扬起手中的粮本）看到这是什么没？

芦柴棒：什么呀？

洪少雨：粮本。凭这东西，可以在上海商店里买米和面粉了。

芦柴棒：洪叔，还是你有本事，这东西都能给你弄来。

洪少雨：（从中撕了两张）拿去，带上你爷爷，去买点吃的回来。

芦柴棒：好嘞！

【芦柴棒一路小跑冲进河滨大厦，向爷爷报喜。

9-15. 景：河滨大厦中国难民棚区 日 内

【洪家姆妈给了洪阿秀一个布兜，把粮本用破布裹了又裹。

洪阿秀：（埋怨）娘，别裹了，也没人会抢。

洪家姆妈：呸呸呸！知道这东西你父亲费多大劲儿才弄来吗？要是丢了，我们这个月都要喝西北风去了。

【不远处芦柴棒和爷爷一起，也准备去买粮。

芦柴棒： 阿秀，阿秀，好了没?

洪阿秀： 嗯，来了。哎呀……好了，娘。

洪家姆妈： 老爷子，就麻烦你带着我们家阿秀一起去了。

爷爷： 没事，应该的。没你们家少雨，我跟这孩子都不知道……

洪家姆妈： 快别这么说。大家一路逃难走过来，跟一家人一样。

【爷爷带着洪阿秀和芦柴棒走远。洪家姆妈看着三人的背影。

洪家姆妈： 阿秀，一定要跟紧爷爷，照顾弟弟。

洪阿秀： 知道了。

【洪少雨从棚子里走出来。

洪少雨： 阿秀他们买米去了?

洪家姆妈： 嗯。你这是要去哪里?

洪少雨： 听说那个可以预支工钱的淞浦实业在码头有招工，我去看看。

洪家姆妈： 这年月还有地主愿意预支工钱的?

洪少雨： 什么地主! 淞浦实业的大老板叫李衡甫，是上海工商总会的会长，都说他是给日本人做事的，关系好得很。

洪家姆妈： 给日本人做事的汉奸能好吗?

洪少雨： 这我们可管不了。饿死了连命都没了，拿什么跟日本人拼。不说了，我先去看看，能不能招上还两说。

洪家姆妈： 嗯，那你路上小心。

9-16. 景：河滨大厦门口 日 外

【洪少雨在河滨大厦门口遇到科恩带着莎拉。洪少雨出于礼貌点头致意。

【科恩领着莎拉走过来，递上一张字条。字条上是玛丽用不太熟练的中文写的：请问去哪里找工作?

洪少雨： 哦，你要找工作啊? （看着莎拉抱在怀里的豹子，指着它摇了摇了手指）但是，外面很乱，不要带着小狗去。

【莎拉虽然听不懂中文，但是聪慧机灵立刻明白洪少雨的意思。扭头跑回家，安顿小狗豹子。

洪少雨：（对科恩）你可以去城隍庙附近找工作。城隍庙知道吗？

【科恩为难地摇摇头。

洪少雨：这听不懂中国话可怎么办？你有笔吗？（比画出要写字的样子）

【科恩明白了，立即掏出口袋里的旧钢笔。

洪少雨：（边写边说）我给你画个地图，按照这个走，去城隍庙找工作……这个，是你要去的地方，城隍庙……这样走……再这样走……行了。

科恩：（很不熟练的中文）谢谢。

9-17．景：李家大宅李衡甫书房　日　内

【李廷琛翻阅着桌上的账簿。

李廷琛：父亲，工厂复工以后光是工人工资一项就比以前翻了一倍。

李衡甫：嗯。

李廷琛：虽然因为战争已经有不少工厂关闭了，竞争压力没有那么大，可是，我们应该没有足够多的生产任务来维持开销。

李衡甫：说下去。

李廷琛：现在淞浦下属的各家工厂还在继续招工，这样下去，工人开销这一项只会越来越大。李家自然有家底可以支撑一阵子，只是我不知道父亲打算支撑多久。

李衡甫：你觉得我在让李家坐吃山空？

李廷琛：我知道父亲一定另有打算。

李衡甫：如果我说没有。你信吗？

李廷琛：不信。父亲既然出任工商总会会长，一定和日本人有所交换。

李衡甫：你只是担心我用什么去交换了，是吗？

李廷琛：是的。

李衡甫：如果我说没有呢？

李廷琛：那么我就会担心父亲的安全。日本人不会白白给了便利，如果现在没有提出，只怕是之后的野心更加可怕。

李衡甫：且走且看。如今，如果工厂不开工，上海这些没有收入的百姓怎么活？我们李家有基底可以耗，他们没有。你今天突然提起要看账簿，应该有别的原因。

李廷琛：（沉吟片刻）我想从家里的面粉厂调一批面粉送到河滨大厦。突然增加的这些犹太人，而且犹太难民还在不断涌向上海，光靠米兹拉希先生那里原来就不多的救济粮根本就不够。

李衡甫：之前有一批要运去香港的面粉，因为船不够还留在仓库里。明天你去找厂长让他安排人送去河滨大厦。

9-18. 景：李家大宅客厅 日 内

【李廷琛准备出门，李衡甫站在门口。

李廷琛：父亲，我的学长陆允明现在为美国总领事詹森先生工作。这次从德国归来发现，虽然整个欧洲血雨腥风，但我想美国的情况应该会好些。

李衡甫：但是，这里是被日本人占领的上海，恐怕美国人能做的也很有限。

李廷琛：总得试一试，父亲，眼下，无论什么途径都得试一试。

李衡甫：也好，上海的粮食储备吃紧，码头现在虽然还是青帮的势力范畴，但日本人早就渗透进去，粮食、药品这些战争紧缺物资在上海的流通早就在日本人的管控中。

【两人正说着，李廷瑞背着摄像机从楼上下来，看上去也是一副要出门的样子。

李衡甫：你这是要去哪里？成天在外面野着。

李廷瑞：我哥这不也是要出门吗？怎么能就说我一个人。

李衡甫：你哥是有正经事要去处理。

李廷瑞：我的摄影机就是我的武器。都是日本人造的孽，弄得现在百姓没吃没喝，生存都成了问题。咱们中国人如果都不自救，像现在这样等着国际上其他国家的可怜和施舍，简直就是丢人丢到国门外！

【李廷瑞一通慷慨陈词，说完摔门而去。

李廷琛：父亲，廷瑞他还年轻……

李衡甫：（疲倦地摆摆手）罢了，到底是年轻没有顾忌能这样直抒胸臆。你的话廷瑞总是听得进，你赶紧追上去嘱咐两句，他这样极不冷静地出门，别再惹出什么事端。

9-19．景：李宅外巷弄堂 日 外

【李廷琛追出来的时候，李廷瑞走出李家大宅一段距离。

李廷琛： 你走得倒是快。

李廷瑞： 不走还不是等着挨骂。父亲总是这样顾虑重重，日本人侵略我们的时候犹豫过吗？烧杀抢掠的时候犹豫过吗？

李廷琛： 那你也不该那样顶撞父亲。

李廷瑞： 哥，你是不知道父亲现在与日本人走得多近。

李廷琛： 那你也应该知道父亲和犹太人难民走得更近，我可是被他和米兹拉希先生一起从码头接回来的。

李廷瑞： 算了，不说了，你总是和父亲站在一边的。我今天还有拍摄计划要完成，有什么事晚上回家再说。

李廷琛： 你去哪儿，我顺便送你。

李廷瑞： 不用了。我自己会去。

【李廷瑞的话，随着弄堂里冰冷的风消散在空中。

9-20．景：上海街巷 日 外

【一阵狗吠声。小狗豹子从小巷中穿出，紧紧咬着科恩的裤脚。莎拉追逐着豹子也跑了出来。

莎拉： 爸爸，爸爸，你这是要去哪儿呀？

科恩： 莎拉，你怎么跑来了？

莎拉： （宠溺地将豹子抱在怀中）我追着豹子，谁知道它是来找爸爸了。

科恩： 我要出去找工作，你快回去。

莎拉： 我要一起去。带我一起去吧，爸爸。自从来了上海，每天都只能待在大厦里，灰扑扑的墙，灰扑扑的天，灰扑扑的人脸……和故事里说的都不一样。

科恩： （看着莎拉渴求的小脸，实在是不忍拒绝）带你去可以，但是，得把豹子送回家。

莎拉： （委屈）豹子也想一起去。

科恩： 我们对上海都不熟悉，万一豹子跑丢了都没法找。让豹子和妈妈在家等我们，好不好？

【莎拉犹豫了很久，终于点了点头。

9-21．景：上海老城厢 日 外

【老城厢与外滩仅一街之隔，一边是十里洋场万国旗帜飘扬，街上许多外国人衣着光鲜亮丽，灯红酒绿，汽车鸣笛，即使是坐在黄包车里的中国人也大多锦衣华服；另一边的老城厢则聚集了上海本地的贫民，男女老少挤在逼仄的小窝棚里，有些甚至没有房子就居住在江边的船上，人们衣衫褴褛，面黄肌瘦。

莎拉：爸爸，为什么他们穿得那么不一样……爸爸，为什么那些人要住在船上……爸爸，为什么那个宝宝被放在盆里漂走……

【面对莎拉一连串天真的疑问，科恩无法回答。他只好默默抓紧了莎拉的手。

科恩：别看了，莎拉，走吧。

9-22．景：城隍庙街景 日 外

【芦柴棒拉着爷爷和洪阿秀走在城隍庙的街道上。衣衫褴褛的难民们或提着米袋，或挑着米桶，神情麻木，直勾勾地盯着商店里的存粮。芦柴棒领着爷爷和洪阿秀走进了一家粮店。

9-23．景：米店 日 内

【米店店主看了一眼破衣烂衫的爷孙三人。

店主：赶紧走吧，店里没有余粮了。

芦柴棒：切，狗眼看人低。

店主：撒泼也没用，赶紧走，没有粮本什么也买不了。

爷爷：掌柜的，你误会了，我们不是叫花子，我们有本。阿秀，快。

【在爷爷的催促下，洪阿秀手忙脚乱地从包袱里翻出被层层包裹的粮本。

洪阿秀：掌柜的，您看，我们有，我们要买米。

【米店店主看着眼前的粮本，看了看眼前瘦骨嶙峋的三人，于心不忍，长叹一口气，摇了摇头。

店主：老人家，你们被骗了。这个粮本是国军还在时发的，现在的上海只认上海市政府分发的新粮本，每个登记在册的上海市民有配额，您手上的这种早就不能用了。

洪阿秀：怎么会？掌柜的，这是我父亲今天刚给我的。

爷爷：是啊，掌柜的，您行行好，再打眼瞧一瞧。

店主：我是做这行当买卖的，我能不知道吗？老人家，赶紧回吧，回去找找卖这粮本给你的黑心贩子，兴许还能追回点损失。

【店内突然涌进几个日本浪人，叽叽喳喳地挥舞着手中日占当局分发的军票。为首的浪人将军把票拍在了米店店主面前的柜台上，另一手将自己的武士刀重重放在柜台上。

日本浪人：米，拿来。

店主：太君别急，这就拿，这就拿。

【米店店主忙着给日本浪人拿米。店门口的一名饥饿的难民无法忍受。

饥饿难民：狗汉奸，刚才我们中国人买米的时候一直刁难。把米都给日本人拿去了，是要看着我们中国人饿死吗？

爷爷：小兄弟，快别这么说，小心祸从口出。

【日本浪人大声喧哗，与饥饿难民怒目相对，提刀而来。

日本浪人：你刚才说什么？

店主：太君，太君，米拿好了。

【日本浪人一把推开米店店主，袋子里的米散落一地。一旁的芦柴棒虽然害怕，还是忍不住咽了一口口水。

饥饿难民：狗娘养的小日本，抢我们粮食！老子骂的就是你们！

店主：快走，快走，别说了。

【米店店主赔着笑脸，一边拦着日本浪人，一边催促饥饿难民赶紧离开。日本浪人已经拔出了武士刀，一众人推推搡搡从店内打到街上。

【洪阿秀吓得缩在墙角不敢动，爷爷紧紧地把芦柴棒护在自己身后。芦柴棒忍不住从爷爷的胳膊缝里往外张望。

9-24. 景：城隍庙米店门口 日 外

【日本浪人和饥饿难民在街道上吵吵嚷嚷，引起了周围行人的注意。城隍庙本就聚集了来寻找工作或乞讨的中国难民，眼见着同胞被欺负，纷纷围拢过来。日本浪人虽然手中拥有武器，但自知不是数以百计的中国难民的对手，眼见形势不对，便重新往米店退去。

饥饿难民： 你再横啊！还敢杀人不成！这里是我们中国人的地盘！

【围堵的难民越来越多，积压的愤懑情绪似乎借此找到了宣泄口。愤怒的群众高声呐喊。人群中，不知是谁喊了一嗓子。

男声（OS）： 抢啊！

【难民即如潮水一般，涌向周围的店铺。

9-25. 景：米店 日 内

【店内涌入大量难民，店门早被挤破，难民们抢的抢，吃的吃。洪阿秀眼见这种情况，也要加入人群抢米，被爷爷死死抓住。

9-26. 景：城隍庙裁缝铺 日 内

茉莉： 老板，那就麻烦您了再赶赶工，我们家老爷只肯穿您做的长衫。

裁缝店老板： 汪太太哪儿的话，这点小事还劳您特意跑一趟，下次您摇个电话，我们亲自送去府上。

茉莉： 老爷的事情，我还是亲自经手才放心……

【茉莉的话被画外音的一声"抢啊"打断，随即传来纷扰的打砸抢的声音。司机冲了进来。

司机： 汪太太，不好了，街上难民闹起来，乱得很，咱们赶紧走吧。

9-27. 景：城隍庙街景 日 外

【临街的店铺被抢得干干净净，连警卫兵站岗的木棚都被捣毁殆尽。街上还是聚集着很多难民捡食着地上散落的米面。

9-28. 景：米店门口 日 外

【芦柴棒眼尖，远远看见了马路对面被堵着一辆黑色轿车，车里坐着的正是茉莉。

芦柴棒： 旗袍姐姐！阿秀，跟我走，是旗袍姐姐。爷爷，跟好我。

【芦柴棒拉着洪阿秀在人群中一路狂奔，他爷爷跟在身后被人群挤得跌跌撞撞。

9-29．景：城隍庙街景 日 外

【芦柴棒带着洪阿秀艰难挤到了茉莉的车旁，激动地拍着车窗玻璃。

芦柴棒：旗袍姐姐！旗袍姐姐！

茉莉：你怎么跑这儿来了？

芦柴棒：旗袍姐姐，这儿太乱了，你的车能带带我们吗？

茉莉：快上车。

芦柴棒：哎，爷爷呢？

洪阿秀：我不要……车上那人是流氓（指着凶神恶煞的司机），我不上这车。

茉莉：这都什么时候了，还在乎这些。

芦柴棒：不行，我爷爷不见了。我得找他去。

茉莉：别慌，这时候不能乱跑。（环顾四周）这车是要不得了，来，跟我走。

【茉莉分别拉着洪阿秀和芦柴棒，贴着抢粮的人群外围往街口走去。

茉莉：不管发生什么事，你俩都要跟着我，绝对不要松手，知道吗？

9-30．景：城隍庙路口 日 外

【殷燕农带着警察局行动科的警察赶来，身后是日本人架着机枪的军车。

【久保田站在指挥车上，指挥着宪兵封锁街道。

【宪兵扛来了路障，将道路唯一的出口封锁。久保田大手一挥，后排的宪兵紧步跟上，架好了机枪。

【茉莉赶紧拦着周围群情激昂的难民。

茉莉：别抢了，有枪。

芦柴棒：别推我姐姐。走开！走开！

【殷燕农看见了拉着芦柴棒和洪阿秀艰难在人群中前行的茉莉，心中暗叫不好。

殷燕农：师娘，这里，这里。

【茉莉拉着芦柴棒和阿秀艰难地来到路障边。

殷燕农：师娘，你怎么到这儿来了？

茉莉：日本人这是要做什么？

殷燕农：师娘，政府的事情你就别管了。快，跟我来，我让他们放你出来。

茉莉：（拉着芦柴棒和洪阿秀）我们得一起走。

殷燕农：这俩是谁？师娘，您别为难我，我把您带出来都费劲。

茉莉：那就去叫你师父。我在这里等他。

【茉莉和殷燕农僵持不下，被堵住去路的难民越来越多，人声嘈杂。日本宪兵已经举起上着刺刀的枪威胁难民后退。

久保田：殷队长，怎么回事？

殷燕农：报告，这位是青帮汪墨樵先生的夫人，茉莉小姐。现在被困在人群里了。

久保田：（饶有兴致地打量着茉莉被旗袍包裹得玲珑有致的身体）哦，茉莉小姐。

茉莉：我已经是汪太太了。

久保田：那么，放汪太太出来。（指着芦柴棒和洪阿秀）他俩留下。

茉莉：我带着侄子和丫鬟一起逛街，当然要一起回去。

久保田：殷队长，这是汪太太家里的人吗？

殷燕农：是是。

久保田：汪太太自己如此体面，怎么带出来的人这么破烂。

茉莉：我侄子刚从外地来投奔我，这不是赶紧带他出来买点像样的衣服，来的路上刚给买的丫头，回去专门伺候这小子。

殷燕农：可不，这孩子昨天夜里刚到的，我亲自去接的，坐船来上海晕得不行，吐完睡了一路。汪太太心疼他，没让叫醒，直接扔床上就睡了，这还脏得跟个泥猴儿似的。

茉莉：那是，家里的床给糟践得不像样子，正好让这丫头回去洗换干净了。

殷燕农：这位夫人的丈夫汪墨樵就是这上海滩道上的第一把交椅。

【久保田的耳边回响起土肥原关于"上海帮会势力不动"的命令。

久保田：开闸，请汪太太回家。

【茉莉带着芦柴棒和洪阿秀离去，久保田紧盯不放的神情被殷燕农看在眼中。

9-31．景：城隍庙街角 日 外

【科恩牵着莎拉，被街角的日本兵和巡警驱赶。

科恩：（拿出口袋里的地图）工作，我要去那里找工作。

巡警：这里戒严了，你赶紧走。

【日本兵拿着枪在莎拉面前挥舞，莎拉紧紧抱着科恩的手臂。

巡警： 外国人也不行，赶紧走，赶紧走。外国人就在租界好好待着，没事别出来乱晃。

【科恩望向不远处被拦在路障里的中国难民，眉头深锁，抱起莎拉离开城隍庙。

9-32．景：城隍庙戒严街区 黄昏 外

【被围困已久的难民们已经从最初的惶恐逐渐演变为暴躁。难民们一边嚼着抢来的大米和面粉，一边试图冲破日本宪兵的封锁线。

【殷燕农站在了日军军车的引擎盖上，耀武扬威地鸣枪三发。

殷燕农： 大家安静，皇军有令，粮食是按需分配的，不能抢。大家把抢来的粮食放回闸口的粮桶里，然后在道歉状上画押就可以离开。

难民甲： 我们吃自己的粮食为什么要道歉！

难民乙： 就是，日本人凭什么规定我们不能吃饭！

难民甲： 我们不道歉！我们没有错！

【难民们一呼百应，呼啸而上，大骂殷燕农是汉奸，打破辕门，推倒旗杆，企图冲破日军戒严的封锁线。

久保田： （命令机枪手）开枪。

【机枪疯狂地扫射，冲在最前面的难民一排排应声倒下。弹雨中，难民们一哄而散，慌不择路，哀号着夺路而逃。

【芦柴棒的爷爷体力不支，在难民们的冲撞中跌倒路边。随后，一个难民摔倒在爷爷的面前，爷爷伸手刚想扶他，那个难民却露出野兽一样戒备的神色，将因跌倒散落在地上的生米拼命往嘴里塞。这个难民刚刚爬起来，一颗子弹就穿过难民的身体，难民应声倒地，嘴里的生米混着鲜血散落在地。爷爷忍住呕吐，绝望地闭上了眼睛……这时，又一群难民冲过来，从爷爷的身上跑过去，爷爷支撑着想站起来，又被后面的难民撞倒在地，无数双脚从爷爷的身体上踏过。枪声继续着，一批批难民再次倒下，堆积在爷爷的身体上……不知过了多久，当枪声停息，城隍庙街道已空无一人，路上已尸积如山，殷红的血像一条条小溪从尸堆中流出，四周是死一般的寂静……

【爷爷听见外面的声音逐渐安静下来，艰难地从尸体中爬出来，准备去寻找芦柴棒。

【久保田看着爷爷颤巍巍的身体从尸堆中艰难爬出，端起了手中的机枪。

【久保田的主观视角：瞄准镜里，爷爷与射击焦点逐渐对焦。

【一梭子子弹射来，爷爷身中数弹，倒地毙命。

9-33．景：城隍庙阴暗街角　外　黄昏

【颤抖的摄影机主观视角：城隍庙街上全部是难民的尸体，血水混着散落的米面填满了尸身间的空隙。日军机枪冒火的枪口，难民们一排排倒下……

【李廷瑞扶着摄影机的手因为愤怒而颤抖，血红的眼中极力压抑着泪水，摄影机在不停地扫动着……

【突然，镜头被一只大手遮住，李廷瑞这才注意到不知什么时候汪墨樵带着一众青帮弟子赶到。汪墨樵挥手招来几位青帮弟子，上来两人一左一右架起李廷瑞。另一个青帮弟子收起摄影机和支架。

汪墨樵：来人，送李二公子回家。

李廷瑞：我不回去。

汪墨樵：（压低声音）想活命，就当今天自己没来过。（拍了拍李廷瑞的摄影机）东西要收好。（然后向弟子挥了挥手。夹着李廷瑞的两个人不由分说，架着李廷瑞就走。）

9-34．景：上海街头　黄昏　外

【科恩拉着莎拉走远了，身后响起了枪声。科恩无言地拉着莎拉的小手站在那儿，眼中噙泪却不敢回头。

莎拉：爸爸……

科恩：祈祷吧，莎拉。

莎拉：祈祷什么，爸爸？

科恩：祈祷苦难的灵魂会在天堂获得安宁。

莎拉：爸爸，我们以后也要那样抢食物吗？不能像以前一样让姐姐带我去买面包吗？我不喜欢那样，爸爸，我觉得害怕，您知道的我跑得不够快。

科恩：（蹲下来，让莎拉依偎在自己的怀里）不会的，莎拉，我相信人性中的善良最终会打败邪恶，动乱的世界最终会走向和平。走吧，莎拉。

莎拉：那一天什么时候到呢？

科恩：我也不知道，但我相信总会有那么一天的。

【几个日本浪人大声喧哗着走来。科恩搂紧了莎拉赶紧让到了一边。科恩想带着莎拉往日本浪人行进的反方向走去，莎拉却指向了日本浪人的方向。

莎拉：爸爸，你看……

【父女俩边走边说，莎拉不停地回头看着那几个日本浪人，突然一声尖叫。

9-35. 景：路边擦鞋摊 日 外

【一个日本浪人走到一个中国擦鞋小男孩的面前，一脚踩在他的擦鞋箱上。

浪人甲：给我擦。

小男孩：先生，这……这是拖鞋。

浪人甲：擦。

【小男孩战战兢兢地伸出手，并不知道应该如何处理眼前的木屐。小男孩还没碰到木屐，浪人甲就发出夸张的叫声。其他浪人如同收到讯号一般涌上前去，一个浪人扇了小男孩一个耳光，鲜血顺着男孩的嘴角流下来；另一个浪人踢翻了小男孩的鞋箱，鞋油、鞋刷散落一地。小男孩顾不上擦拭脸上的血迹，跪在地上大声哭喊。

小男孩：太君饶命！太君饶命！

【科恩看不下去，冲了过去。

科恩：住手，他还是个孩子。

【突然出现的洋人，让日本浪人有所收敛。浪人乙上下打量着科恩，发现科恩的西服有些破旧，皮鞋上也沾满了灰尘，努了努嘴提醒浪人甲。浪人甲拔出了自己的武士刀，步步逼近科恩。

莎拉：（惊恐）爸爸！

科恩：莎拉，站在那儿千万别动。

【浪人甲用刺刀挑起科恩的礼帽，与同伴一起抛接传递。科恩搂着莎拉看着这群暴徒。莎拉突然冲过去，狠狠在浪人甲的腿上咬了一口，浪人甲吃痛狠狠地甩开了莎拉，莎拉跌坐在地。科恩赶紧扑上去护住莎拉。日本浪人对科恩一顿拳打脚踢后，扬长而去。

莎拉：爸爸，对不起。（摸着科恩狼狈不堪的脸）

科恩：莎拉，你没事吧？有没有哪里疼？

莎拉：没有，爸爸，我很好。

【莎拉捡起科恩的礼帽，抖了抖灰重新给科恩戴上。莎拉看着散落一地的擦鞋用具。

莎拉：爸爸，那个孩子不见了。

科恩：跑了就好，不然挨打的就该是那个可怜的孩子了。咱们把东西收拾好，等他回来。

莎拉：（乖巧地点头）这个箱子好神奇，这样都没坏。爸爸，你看！

科恩：这是中国特有的结构方式，叫榫卯。

【科恩在泥地上，用树枝画着图给莎拉讲解着榫卯结构的力学原理。

9-36．景：擦鞋摊 黄昏 外

【科恩父女坐在街边，默默无言，莎拉眼中噙泪。

【科恩从怀中摸出半个窝头递给莎拉。

【一个八九岁的难民女孩牵着全身裸露的小男孩站在他们面前，怯怯的神情掩饰不住饥饿眼神。

【莎拉将手中的窝头掰下一半递给男孩，男孩没接，扭头拉着女孩就走。

科恩：莎拉，快晌午了，你该休息了，你躺在我怀里，我们就在这等那个擦鞋的男孩吧。

9-37．景：擦鞋摊 夜 外

【夜幕降临，久等不到小男孩回来。莎拉躺在科恩的怀中没动，一双明亮的大眼睛直勾勾地盯着昏暗的苍穹。科恩轻轻地推了推她。

科恩：莎拉，天都黑了，那个男孩还没来，我们要不先回家吧。要不你妈妈、姐姐又要惦记我们了。我们先把那孩子的擦鞋箱保管起来，明天我们再过来等他来取好吗？

莎拉：好的爸爸，听你的。

【科恩轻轻地扶起莎拉，拢了拢莎拉的头发，吻了吻莎拉的额头，然后，一手牵着莎拉一手提着擦鞋箱，缓缓离去。

【南京路上的街灯亮了，父女俩疲惫地走着，灯光在地上留下两道长长的身影……

9-38．景：河滨大厦洪少雨家 夜 内

【屋内一灯如豆，洪阿秀伏在洪家姆妈身上，泣不成声。

洪家姆妈：别哭了，阿秀，后来呢？芦柴棒呢？

洪阿秀：我不愿与那些个流氓一起，出了城隍庙我就撒腿跑来找你们了。芦柴棒估计还和他的"旗袍姐姐"在一起。看那位贵太太倒是不错，对芦柴棒也很好。

洪家姆妈：你呀你，芦柴棒还是个孩子，你怎么能把他丢下你自己跑。

洪阿秀：我害怕呀，日本人的机枪不停地扫射，我周围的人一排排地倒下。我和芦柴棒伏在死人身上才躲过来的呀。

【洪少雨满头大汗地回来，神色凝重。

洪家姆妈：有消息吗？

【洪少雨一屁股坐在凳子上，油灯在他的眼里映出两堆火。

洪少雨：（咬牙切齿）没活口，被堵在弄堂里的难民全死了。

9-39．景：楚孝仪办公室 夜 内

【一职员正和楚孝仪讲着城隍庙的抢米惨案。

职员：……东家，事情就是这样。被堵在里边的三百多人没留一个活口。估计我们厂里也有不少的员工家属被堵在里面了。东家，您看我们现在该怎么办？

楚孝仪：饥民那么多，今天是城隍庙，明天不知道是哪里……去，到我们几个厂子都去问问，有多少工人家里有人在城隍庙遇难的。如果有，叫他们去账房领一个月的工钱，算是慰问金吧。

职员：东家，难民越来越多，抢米风潮不断发生，工人们情绪都极不稳定。如果再有工潮发生，那就麻烦了。

楚孝仪：等我去和衡甫兄商量后再说吧。

9-40．景：李家大宅书房 夜 内

李季方：楚老爷，您等等，老爷正在打电话。

【楚孝仪却等不及李季方的通报已经走进书房，进门时，李衡甫刚刚挂上电话。

李衡甫：季方，没事，你先下去。

楚孝仪：看来你已经知道了。

李衡甫：日占当局开始发粮票本的时候我就担心，如今上海又突然涌入这么多难民，

本来就紧张的粮食肯定不够，可我没想到……孝仪，如果你的面粉厂从今天开始二十四小时不停机生产，可以增加多少产量？

楚孝仪： 应该至少可以增加三到四成。

李衡甫： 那就请你这样执行，如果人手上有任何问题，我们淞浦可以补足。

楚孝仪： 你这是要做什么？

李衡甫： 上海没有粮食，抢粮的事情就还会发生。所有在上海的人，即使不死在日本人的屠刀下，也会饿死在上海城里。

楚孝仪： 可是，凭我一己之力，厂里就算多出那三四成的产量，也是杯水车薪。更何况原材料也不够啊，即便满负荷地生产，增产的粮食市民和难民也买不到。所有的米粮现在都得通过市政府发的新粮本才能买到，上海粮食实行配给，绝大多数上海人根本拿不到粮本。现在大力生产，等于是给日本人多一层掠夺的机会。

李衡甫： 现在上海首要解决的问题是生存，至于名声这种身外物真的不重要。现在不是独善其身的时候，就算大家骂咱们是发战争财，是汉奸，我们心里清楚自己不是就行。明天，我会用商会会长的名义发一份公文，要求上海所有的粮食生产企业，都要二十四小时生产，证明所有粮食生产企业的加班加工都是我的决定。原料和工人的不足，由我负责统筹安排。有人要骂我是日本人的狗，就让他们骂好了。

楚孝仪： 我不是在乎自己会被别人怎么看，我只是不知道自己现在这样做究竟是在帮你保住上海百姓的性命，还是把你往大家眼中的"汉奸"路上推了一把。

李衡甫： 廷瑞下午一早就说去了城隍庙……

楚孝仪： 不会的，廷瑞那孩子机灵，你别乱想。

李季方（OS）： 二少爷回来了。

李衡甫： （不动声色地）回来就好。孝仪，我还得去趟宪兵队。

第九集完

第十集

10-1. 景：土肥原办公室 夜 内

土肥原：（故作亲近）衡甫兄，您来得这么巧，我正要找您。

李衡甫：兄长这个称呼实在是折煞我了。将军可以叫我一声李会长。

土肥原：李会长这么着急赶来，想必是有重要的事。那您先说吧。

李衡甫：将军自然是知道我要问什么的。将军说过如果我做了联合商会的会长，上海的中国人都会非常安全。如今，宪兵队在城隍庙开枪，今天出现在那里的饥民无一幸免。将军是不是有点出尔反尔？

土肥原：平民自然都是奉公守法的，同时也是大日本帝国的子民。今天下午城隍庙聚众闹事的都是抢粮的，是扰乱上海市经营秩序的流民、乱民、暴民。宪兵队只是协助肃清了暴乱秩序而已。

李衡甫：肃清秩序不是使用机枪的理由，更不可能成为滥杀无辜的借口。

土肥原：我们只是协助保障中国的治安，目的是善意的。

李衡甫：中国四万万同胞自然都会保护自己的家园，不需要将军插手。

土肥原：哦？那乱民抢的可是你们中国人自己的店铺。你们的同胞应该学习我们大日本帝国的团结一致，不然等你们内部混乱结束，你觉得你的四万万同胞还能剩下多少？李会长，现在上海的问题是粮食短缺，这次的矛盾主要是因为粮食，你们中国人因为吃不上饭都开始抢了，你觉得这个问题应该如何解决？

李衡甫：我已经交代商会同仁加紧生产，增加上海粮食的产量，也会去向傅市长请示取消粮本限定的交易，因为难民涌入，无法及时跟进发放粮本也是这次事件的成因之一。

土肥原：李会长果然心系家国，消息灵通，办事极有效率。可惜，再加强生产也是需要原料的，你们中国的话，巧妇难为无米之炊。现在皇军的运输船队忙不过来，东北的麦子、江南的稻谷都运不进上海，没有生产粮食的原材料，你们面粉厂的机器也是空摆设。

李衡甫：我淞浦船运的船只和上海所有的货运船只，都可以提供运输协助。

土肥原：（哈哈大笑）这也是我要找李会长的目的。有李会长的这句话，我放心了。大日本帝国在华北有一批小麦，内河运输到底还是中国的船只更加方便，我只担心沿江码头的青帮、船帮乘机滋扰。

李衡甫：江淮两岸的帮会问题我自会去解决，我倒是担心皇军的检查站和水上稽查找麻烦。

土肥原：这李会长大可放心，我会为李会长亲自签发粮食运输通行证，保证沿途皇军和水上稽查不会为难你们，您就放心吧。

【土肥原转身从抽屉中拿出一本通行证，递给李衡甫。

土肥原：这是我为你们淞浦船厂亲自签署的航运通行证，你先拿着吧。用完了，我再继续给您签发。李会长，您现在该了解我中日亲善的诚意吧。记住，这些通行证只能运输粮食。

【李衡甫接过通行证，向土肥原微微一鞠躬，转身离去。

【土肥原目送李衡甫离去，然后拿起电话。

土肥原：接宪兵司令部。久保田吗？让你带着宪兵队去维持秩序，谁允许你开枪杀人。你杀的不是中国军队，是中国的平民。

久保田（OS）：那些都是辱骂大日本帝国的支那猪，而且正在和帝国皇民争抢粮食，这些暴民死不足惜。

土肥原：混蛋！你们宪兵队的职责是什么，是杀中国老百姓吗？我们现在的首要任务是占领中国，占领这里的一切，包括土地和民众。大日本帝国的主要战场不在这里，你宪兵队和枪药需要用在与敌方军队的战斗上，枪杀平民只会激起中国人更激烈的反抗，刺激更多的人与皇军为敌。

久保田（OS）：是是，属下明白。但是……如果上海为皇军生产的粮食都让这些中国猪给抢了，那前线的皇军吃什么。不把这些中国猪给收拾了，他们还要消耗更多粮食。所以……

土肥原：糊涂，目光短浅。中国人也是人，也要吃饭。李衡甫和上海工商界能与我们合作，就是想保住上海人，包括难民不被饿死。如果他们这个基本目的达不到，他们还能跟我们合作吗？工厂停工了，粮食没有了，皇军上哪儿筹粮去。再说了，你不给他们一点粮食，上海人都死光了，那我们占领上海又有什么意义。中国人的事只能由他们自己去管理，他们不是还有政府、警察、皇协军吗？要杀人也要让他们自己去杀，犯得着皇军动手吗？这样浅显的道理你不懂吗？

久保田（OS）：是是，老师教训的是，学生今后一定谨慎。

土肥原：我们是占领者，是胜利者，但我们要注意皇军的形象，全世界都在盯着我们。你天天杀人，而且杀的都是老百姓，世界会怎么看待我们大日本帝国，我们还怎么实现"大东亚共荣"。久保田，我警告你，下不为例。如再发生这种情况，如果我的计划毁在你的鲁莽上，我一定严惩不贷。

【说完重重地放下电话。

10-2. 景：汪公馆 夜 内

【汪墨樵回到家中，茉莉正在客厅给芦柴棒上药。

汪墨樵：你让我好找。

茉莉：我刚从城隍庙回来。

【汪墨樵注意到茉莉强作镇定，却因害怕而忍不住颤抖的手，上前安抚地握住。

茉莉：城隍庙的情况怎么样？

汪墨樵：（轻轻摇了摇头）这孩子哪儿来的？

芦柴棒：我是旗袍姐姐的朋友，但我现在得回去找爷爷。

【茉莉别过头，不愿意让眼泪掉出来。

汪墨樵：满脸满身的伤，跟个小叫花似的，回去也不怕把你爷爷给吓着。

茉莉：就是，芦柴棒，今晚就住在我这里，我让人通知你爷爷叫他别担心。

芦柴棒：那可不行，没我捏腰我爷爷可睡不着，再说了，脸上这点伤根本不算什么，我根本就不疼。

【芦柴棒说着话，扯到了脸上被玻璃碴划破的伤口，疼得龇牙咧嘴却撑着不叫出声音。

汪墨樵：年纪不大，倒是个硬骨头。你住哪里？我叫个人送你回去。天色晚了，免得让拍花子给你拍走。

芦柴棒：大叔，不用，这上海我熟悉得很。能把我拍走的人，还没生出来呢！

汪墨樵：瞧瞧这口气，你再厉害，你姐姐也不能同意。

【汪墨樵招了招手，两名短打扮的青帮弟子进屋。

汪墨樵：送这个小兄弟回家，务必看着他进屋。

【芦柴棒抬头望了望泪流满面的茉莉，默默地跟着两名青帮弟子离开。

【汪墨樵掏出手帕怜爱地给茉莉擦着脸上的泪。

汪墨樵： 今天吓着你了。以后改衣服这种事让下人去做就行。

茉莉： 那孩子的爷爷应该还在城隍庙，能派人去找找吗？今天燕农打了半天照会，那个日本人才肯放我们走，那么多机枪……

汪墨樵： 城隍庙没有活口了。

茉莉： 什么？他们怎么可以？那么多中国人……

汪墨樵： 这群土匪，总有一天我会收拾他们！

茉莉： 芦柴棒太可怜了，刚没了父亲母亲，现在又没了爷爷。

汪墨樵： 你放心，我先派人好生看顾他。这孩子今天也受了不少惊吓，这时候告诉他也是刺激。隔几日，你要是还不放心，咱们再把他接过来，放家里养着。这么个瘦成麻秆似的小孩，汪家不差他一口饭吃。

10-3．景：淞浦医院院子 夜 外
【被人抬着的受伤难民穿梭在淞浦医院的院子里。

10-4．景：淞浦医院大厅 夜 内
【李廷琛的身后跟着护士长，将病人分流。

李廷琛： 上百个病人全部都是踩踏造成的骨折。

护士长： 说是日本人在城隍庙开了枪，听到了枪响。

李廷琛： 城隍庙？理由呢？

【护士长摇了摇头，看了看周围没有可疑的人才凑近低声对李廷琛嘀咕。

护士长： 听说是难民与日本浪人争抢粮食，后来日本人来了，堵住难民开枪，听说死了几百号人。后面的人听到枪响就往外跑，也不知道前面发生了什么，四散逃开。这些病人都是被踩伤的。

李廷琛： 没有枪伤的病人吗？

护士长： 听说抢粮的难民都被堵在弄堂里，日本人用机枪扫射，没有活口。

李廷琛： （一声长叹）我们尽量想办法救治这些送来的危重病人。

护士长： 可是……李院长，我们的止痛药、止血药和外伤药品都很紧张。

李廷琛：淞浦医院总不能见死不救。把所有的库存药都拿出来，救活一个是一个。还愣着干吗，快去。

【护士长有些迟疑，但是不得不听命于李廷琛。

李廷琛：不要让情况恶化，把医院所有能吃的东西全部分发给伤员，或许还能增强一些他们的体力。我再去想一想办法。

10-5．景：上海外滩路边 夜 外

【外滩熙来攘往的人已经散去，店铺纷纷落下了门板准备打烊。

【莎拉却和爸爸科恩一直坐在街边角落。莎拉打量着每个路过行人的鞋子。

莎拉：爸爸，那些人为什么欺负那个男孩子？

科恩：他们错误地认为自己比擦鞋的男孩子高贵。

莎拉：他们不是一样的吗？

科恩：他们不一样。

莎拉：他们都是黑色的头发、黑色的眼睛和一样颜色的皮肤。

科恩：那些穿着木屐的是日本人，并不是中国人。

莎拉：可是他们看起来真的差不多。

科恩：是啊。可是他们不一样，他们是坏人。

莎拉：为什么好人和坏人都长一个样子？

科恩：每一种人里面都有好人、善良的人，也会有坏人。

莎拉：那些日本人欺负那个擦鞋的中国男孩，他们就是坏人。

【莎拉看了看爸爸，终于鼓足勇气问道：

莎拉：爸爸，我有一个问题。他们是不是像施瓦茨一样，像他们把我们家里弄脏弄乱一样，同样的人也会互相欺负。

【科恩的心被刺痛了，他盯着莎拉无辜的棕色大眼睛，眼角含着泪。

科恩：无论是谁，欺负别人都是不对的。欺负任何人，都不对。

【莎拉若有所思地点点头，紧紧依偎着爸爸。

10-6.景：河滨大厦外 夜 外

【科恩拉着莎拉走在回家的路上，父女俩边走边说话。

莎拉：爸爸，这就是我们到上海第一天的生活吗？这一天我仿佛看到了很多，也经历了很多。我仿佛长大懂事了，是吗？

科恩：是的，莎拉，经历就是人生，你会很快长大的。

莎拉：爸爸，我们今天没有完成任务，妈妈会不会失望？

科恩：不会的，虽然今天我没有找到工作，但我们还有明天、后天。我一定能找到工作的。妈妈会理解爸爸的。

莎拉：可是，爸爸你有了这个。

【莎拉指了指父亲肩膀上的擦鞋箱，箱子的背带太短，高大的科恩背着显得有些滑稽。科恩拍着肩膀上的擦鞋箱，不由笑了。

科恩：对，爸爸今天做了一天擦鞋匠。

莎拉：爸爸是最帅的擦鞋匠。我要回家宣布，我的爸爸是最帅的擦鞋匠。可是这个箱子，是那个中国小男孩的。

【科恩像突然想起了什么，蹲下身轻声地对莎拉说：

科恩：莎拉，回家之后不要提城隍庙抢粮和日本浪人的事。

莎拉：爸爸，为什么？哦，我知道，你是怕妈妈担心吧。你放心吧，我不会说的，这是我们俩的亲身经历，是我们俩的秘密。

科恩：我的莎拉真的长大了，明天爸爸还要守在那个地方，得把这个箱子还给那个男孩。

莎拉：那明天我能跟你一起去吗？

科恩：好的，明天我带你一起去，让你多点见识。

莎拉：我也可以保护爸爸。

【科恩起身拉着莎拉的手往家里走去。

10-7.景：河滨大厦科恩家 夜 内

【家中的玛丽准备好了晚饭，小狗豹子首先听到外面的动静，赶紧站起来，对着门口吠叫。

杰思敏：一定是爸爸他们回来了。

【杰思敏连忙站起来开门，看到科恩带着莎拉回来，玛丽赶紧给他们倒了水。

玛丽：你们终于回来了。

科恩：是啊。本来觉得时间还早，但好像天突然就黑了。

【豹子扑向莎拉，一个劲地舔她的手和脸。

莎拉：豹子，你想我了吗？

玛丽：冬天的太阳总是下去得这样快。

科恩：你看，我们不是好好的吗？

杰思敏：是的。莎拉，豹子一直趴在门口等你们。

【科恩喝着玛丽给他倒的水。

科恩：亲爱的，我知道你是担心我们。刚刚到上海的两个外国人，一个什么也不会的中年男人和一个小姑娘。不过你放心，我们什么事也不会有的。

莎拉：是啊。妈妈，我会保护好爸爸的，我们这一天过得很开心。豹子，你也要在家保护好我们的新家。

科恩：只是，我还暂时没有找到工作。不过，玛丽，你放心，一天会比一天好的。今天我们安全地出去，又回来，明天会有进步。

莎拉：妈妈，这水比牛奶还要好喝。

玛丽：这里人口居住密集，每天都要集中提供热水。

【莎拉点了点头。

莎拉：今天我们还是吃中国吐司吗？

玛丽：是的。

【没等妈妈和姐姐准备好，莎拉就拿了一片塞在了自己的嘴里。

莎拉：妈妈，你可不知道，上海真是个有意思的地方。你说得对，上海就像一个游乐园。

【看到女儿塞得满满的嘴，玛丽给她擦掉了嘴角的馒头渣。

杰思敏：莎拉，不可以一边吃东西一边说话。这样不是淑女，也不雅观。

莎拉：我才不要当淑女呢。我要当小英雄，把那些坏人都……

【莎拉自知失言，忙用手捂住自己的嘴。

10-8. 景：淞浦医院院内 夜 外

【小院里躺满了被踩踏致伤的难民，有的有亲眷陪着，但他们束手无策，毫无办法，只能听着受伤难民们痛苦的呻吟声、叫骂声。

10-9. 景：淞浦医院 夜 内

【医院的病室塞满了受伤的难民，医院的过道也被难民塞得水泄不通。他们躺在冰凉的过道上，大声地呻吟着、呼喊着。李廷琛和一些医护人员在他们中间奔忙。有些难民大声呼痛、咒骂，李廷琛不时地俯下身安抚着他们，但又无奈地离开。

李廷琛：护士长，医院里真的一点止痛药、消炎药都没有了吗？这些病人急需医治，再不医治，他们会死的，不死也得落个终身残疾。你带人快去药库清点一下，看看还有什么消炎止痛药、绷带、石膏之类的，给我列个单子，送到我办公室来。不能这么下去了，我得去想办法，花再大的代价也要弄到这些救命的药品。还有，通知所有医生和护士，今晚都不要回家，这些伤员需要救护，救治不了，陪陪他们也好。

护士长：（有些迟疑）院长，你说的这些药品早就没有了，药库已经空了，其他药品也救不了这些被踩伤的病号。

李廷琛：不管什么药，你都清理一遍，登记药名、数量，列个单子送到我这儿来。我在办公室等你。我要拿这些药到其他医院换一些我们急需的药，哪怕中药也行。快去吧。

【说完绕开病人噔噔上楼。

10-10. 景：淞浦医院李廷琛办公室 夜 内

【李廷琛推开院长室门，发现海东青坐在桌边，手里拿着人体模型在端详着。李廷琛也不理会。

李廷琛：有事啊？

海东青：没事就不能来看看你？你也不问问我这些天干吗了。

李廷琛：我还用问吗，报上都写了。

海东青：你看的这都是什么报纸，什么烂记者写的，我海大爷是他们写的这种盩贼吗？

李廷琛：我知道你本事大得很，来我的办公室也不打个招呼。

海东青：大少爷，我是来告诉你些事的，日本人又杀人了。我刚从城隍庙跑出来的，惨啊,大少爷,尸积如山,血流成河。日本人堵住城隍庙的各个通道,对着人群扫射。被堵在那里的难民、上海百姓,无一幸免。我要不是这身本事,我今天也难逃一劫。大少爷,日本人这样欺负我们,这口气我们就忍了吗?我海东青也是七尺男儿,堂堂中国人,岂能看着日本人在我中国人的土地上这样横行。我今天来就是跟你打招呼的,这口气我不能忍,血债血偿。以后行侠仗义的那一套我不干了,我专杀日本人,见一个杀一个。小爷豁出这条命,跟这些畜生拼了。

李廷琛:(冷冷地望着他)你,就你一个人?你以为你这样拼命就是抗日英雄吗?海东青,不是大哥说你,你这火暴脾气什么时候能改一改。你这样沉不住气,你能杀几个日本人,有用吗?

海东青:我管不了这么多了,杀一个是一个。我也不想当什么英雄,小爷就是忍不下这口气,就是要为死去的中国人报仇。大哥,你是我心中的圣人、恩人,要不然今天我也不会来跟你打招呼。平时我都是听你的,今天不管你怎么看我,这个仇我是一定要报的,为中国人报仇雪恨。

李廷琛:(有些光火)不行,海东青,你这是蛮干,你这是拼命,我不准你这么做。我们不是梁山好汉,我们是堂堂正正的中国人,中国人是最有智慧的人,我们要和日本人斗智斗勇。日本一个蕞尔小国,他能耗多久,只要我们中国人团结起来,四万万同胞齐心协力和他们干,我们就能把日本人赶出上海,赶出中国。这不是你一个人逞匹夫之勇能办到的。

海东青:(负气)好好好,大哥,也许你说得有道理,可小爷我就是憋不下这口气。今后,你干你的我干我的,但你永远是我的大哥。只要我海东青不死,我会常来看你。大哥如果想我了,就在你家卧室窗前摆个花瓶,我就会进屋与你相见。大哥要我做什么,我海东青万死不辞。再会,我走了!(说毕跳上窗沿一跃而下)

李廷琛:海东青!海东青!

【李廷琛追到窗前,楼下一片漆黑,海东青早已不知去向。门被轻轻地敲了几下,护士长进屋,将几张清单交给李廷琛。

护士长:这就是我们医院的全部家底了。院长,您看着办吧。还有,医院的医护人员走了大半,留下的我们这些人就算二十四小时不吃不睡,也安顿不了这些病员、伤员。院长您得赶紧想办法补充人员,否则医院真是名存实亡了。(说完离去)

【李廷琛无力地在办公椅上坐下，翻弄着手中的纸页，不时摇头叹息。电话铃声突然响起。李廷琛抓起电话，电话里传来陆允明的声音。

陆允明（OS）： 廷琛吗？估计你就还在医院。城隍庙的事你应该知道了，詹森先生想知道你院的伤员情况，还有犹太难民的安置情况。你能来总领馆一次吗？

李廷琛： 学长，我正要找你。我淞浦医院缺医少药，已经难以为继了，正要向你求助。我明天什么时候过去？

陆允明（OS）： 我明天一天都在总领馆，你来前给我个电话就行了。明天见，我这里有好咖啡。

【李廷琛放下电话，继续翻阅着手中的纸页。

10-11. 景：河滨大厦科恩家 夜 内

【科恩一家围坐在小桌前，只有烤的杂面馒头。

莎拉： 妈妈，你不知道爸爸有多厉害，他就是个骑士。妈妈，上海虽然没有海，但我从来没有见过那么多的人在街上走来走去，做什么的都有。还有很多我没见过的，他们吃一些我也没见过的东西。

玛丽： 我知道，这一天你见过了很多东西，长了很多见识。

莎拉： 但是妈妈，我还没有交到新的朋友。

杰思敏： 你一定会遇到的。

玛丽： 莎拉是个热情的孩子，一定会交到朋友的。

莎拉： 杰思敏，你知道我今天以为自己能交到一个中国孩子，结果，他跑了……

科恩： 莎拉，他会回来的。

【莎拉意识到自己差点说漏了嘴，立刻假装不存在这件事。

【玛丽看到他们父女俩，也假装不知道。

杰思敏： 爸爸，你又跟莎拉有秘密。

科恩： 这怎么可能？

莎拉： 我的爸爸是最好的爸爸。

【河滨大厦难民收容所的一家人被这种温馨的气氛笼罩。

10-12. 景: 汪公馆客厅 夜 内

【戴着学生帽的李廷瑞被刘姆妈带进了汪公馆的客厅，他背着一个挎包，塞得鼓鼓囊囊。第一次来到汪墨樵的公馆，李廷瑞难免好奇。

刘姆妈： 请您稍等，夫人说马上下来。

【见到仆人离去，李廷瑞便把挎包摘了下来，抱在怀里，坐在沙发上。一会儿听见身后高跟鞋的声音。茉莉来到前厅，身后跟着小莉。

茉莉： 什么宝贝值得你这样抱着。刘姆妈说有人找我，我还想着谁能这么晚了，到汪公馆来找我，想了一圈人也没个头绪。没想到居然是你。那一定是有要紧的事。

【李廷瑞看着茉莉身后的小莉，有些吞吞吐吐。茉莉会意，转身对小莉说：

茉莉： 小莉，你去帮刘姆妈收拾收拾吧，我跟李廷瑞有点事。

小莉： 唉，知道了。（转身离去）

李廷瑞： 茉莉，我也是想了半天才想到你，这包东西我想先放在你这里，帮我保存几天行吗？你放心，我一定会回来取的。

茉莉： 什么要紧东西？

李廷瑞： 这你就别管了。

茉莉： 你不说清楚，我不能收。

李廷瑞： 白天城隍庙出了事。

茉莉： 芦柴棒……早上也在，是我把他强行带离的。

李廷瑞： 他没事吧？

茉莉： 他自己倒是还好。

【李廷瑞顾不上听茉莉说完，便打断了她。

李廷瑞： 我早上正好在城隍庙，拍了些东西。这些东西，日本人肯定不愿意被公布于众，这就是日本人对无辜百姓开枪的证据，这就是战争罪，反人类罪。小野的电影厂是日本人的，给他剪辑他肯定会销毁的，但拿回家更危险……

茉莉： 不行不行，你们家里都被日本人盯住了，拿回家里太危险了。

李廷瑞： 所以，我就想到你了。日本人眼下还不至于敢对汪公馆下手。

茉莉： 那好，你就放我这儿吧。

李廷瑞： （嬉皮笑脸地）茉莉，你真好。长得好，心也好，我要有你这个红颜知己就好了。唉，可惜我没这个福分。

茉莉：（娇嗔地）别那么酸溜溜的，别忘了这是汪公馆。就凭李家二少爷这名号，人又这么英俊、潇洒，找什么样的姑娘不好找，怎么会……

李廷瑞：你还别说，如果今天你不是汪太太，我死也要把你抢过来。其实，汪先生是上海滩的风云人物，行侠仗义，是条真汉子。你嫁给他，也算是美人配英雄吧。不过我总心有不甘……

茉莉：（捂住李廷瑞的嘴）快别说了，这话要让汪先生听见，他饶不了你。

李廷瑞：好了好了，不说了，说句笑话罢了。就算我有这贼心也没这贼胆。说正经的，这事还真给你添麻烦了。这包里还有很多淞沪会战和日本人屠杀伤员、平民的拷贝，这些罪证如果让日本人知道了，放在你这，肯定会有很多麻烦。你最好和汪先生说一声，让他知道。他要同意就放你这，他要不同意我立即拿走，免得连累你们。

茉莉：你这人真有意思，想放我这儿又怕给我们惹麻烦。你不了解汪先生，他是深明大义之人，不用跟他说，他能理解。

【李廷瑞笑了，有些不好意思。

茉莉：你就踏实放在我这里吧。我亲自给你保管好。

李廷瑞：日本人的罪行总有一天要公诸天下，这些记录就是最真实的证据。

茉莉：嗯，我知道了。

10-13. 景：汪公馆麻将房 夜 内
【汪墨樵站在窗口，房间里一帮人正在搓牌九。

10-14. 景：汪公馆花园 夜 内
【茉莉一路送着李廷瑞到了门口，李廷瑞跨上自己的自行车飞驰而去。茉莉没有发现身后二楼窗户边站的人。

10-15. 景：汪公馆麻将房 夜 内
【殷燕农看着站在窗边的汪墨樵背影。

殷燕农：师娘去了半天，要回来了吧？我这替师娘打一圈，打得不好，要把师娘的体已输掉了。

汪墨樵：小事情，你接着打吧。

殷燕农：师娘到底是不放心，我们兄弟送个人回河滨大厦，再要出事，不配出来办事了。

汪墨樵：你们接着玩吧，我下去有点事。（说罢转身下楼）

10-16. 景：汪公馆客厅 夜 内

【茉莉低着头，抱着装满了胶片的书包，急匆匆就要上楼。但一抬头，楼梯上汪墨樵盯着她。茉莉不由自主停下了脚步。汪墨樵的目光盯着茉莉怀里的包，茉莉无处可藏。

汪墨樵：来了朋友？怎么不请他坐一坐，等会儿一起吃了夜宵再走？

茉莉：不是什么要紧朋友，讲两句闲话就走了。

汪墨樵：手里的东西也是朋友的？

茉莉：嗯，不不，这是我的。一点女人的小东西。

汪墨樵：茉莉，交朋友还是要当心一点。

茉莉：你们牌打得怎么样？我去收拾一下就下来。让燕农再替一会儿吧。

【茉莉说完就想绕过汪墨樵上楼去，却被汪墨樵拦住。

10-17. 景：汪公馆麻将房 夜 内

【殷燕农点了一支烟，看了看墙壁上挂着的钟，站起身，掸了掸身上的烟灰。

【殷燕农走到门口听到楼梯上汪墨樵和茉莉的对话，故意站在门口磨蹭，把麻将房的门开了一条小缝，装作无意地跟依然坐在麻将桌前的人闲聊。

殷燕农：叫刘姆妈弄一点水果来。

【殷燕农的目光却停留在门外。

10-18. 景：汪公馆客厅 夜 内

【楼梯上的汪墨樵一把夺过茉莉怀里的包，拽着茉莉就要上楼。茉莉挣扎着不肯，汪墨樵却不肯放手。

10-19. 景：汪公馆卧室 夜 内

【汪墨樵拽着茉莉回到卧室，强压低声音，一回到卧室才放声说话。

汪墨樵：这是什么东西？

茉莉：这是人家给我拍的歌唱记录。我现在已经不在"大世界"唱歌了，留一点纪念也不行吗？

汪墨樵：这是定时炸弹。茉莉，你个小丫头不要搞鬼。你不说以为我猜不出来，这是会惹上麻烦的东西。

茉莉：这是心意。

汪墨樵：人家说相信你，是拿你当挡箭牌。我看见了，是李家的那个小子送来的吧？

茉莉：你监视我？

汪墨樵：他是什么人你知道吗？这种懵懂青年以为自己爱国，不在乎送死。别人躲都来不及，你倒好，偏给自己找麻烦。青帮要不是有弟兄有枪，早就被人收拾了。

茉莉：我知道，把我关在家里你最放心。

汪墨樵：关？现在关得住，管不住了。

茉莉：跟在你汪墨樵的身边，多少人盯着你就有多少人盯着我？哪有安生？

汪墨樵：汪公馆睡不了安稳觉，打扰你了。那你自己看着办吧。

【汪墨樵转身离去，门重重地在他身后关上。

【茉莉这才觉得心惊。看着李廷瑞留下装满了胶片的包，茉莉左右为难，但毅然开了自己的衣柜，把它藏在了最里面。

10-20. 景：上海南京路 夜 外

【夜幕下的南京路恢复了往日的繁华。橱窗里依然是锦衣华服，陈设精美。

【"大世界"的霓虹灯依然闪烁，放着流行的软绵绵的歌曲。

【电影院散场的人蜂拥而出，大影院的大海报上是东宝和松竹电影公司的电影，海报上是日本明星李香兰的大幅照片。

【酒醉的洋人拎着酒瓶，跟跄其中。这种歌舞升平中，却没有中国人的立足之地。装满水的清扫水车过后，即使血迹都被清洗干净。

10-21. 景：河滨大厦 夜 外

【沿着河滨大厦的外墙，人们围着一个个瓦盆哭哭啼啼地在烧纸钱。

10-22. 景：河滨大厦科恩家 夜 内

【趴在窗台上的莎拉望着楼下的人，十分好奇。

杰思敏：莎拉，关上窗户，外面的烟太呛人了。

【莎拉依然没有动静。杰思敏走过去就要关窗。

莎拉：不，我还想再看看。爸爸，你看他们在做什么？为什么一边烧纸一边哭呢？他们遇到了很伤心的事情吗？

【科恩肃穆地为死去的人祈祷。莎拉看着窗户下，突然十分兴奋。

莎拉：李哥哥！

【莎拉拼命地挥手。

10-23. 景：河滨大厦科恩家 夜 内

【李廷琛站在科恩家的门口，心中感慨万千。

科恩：有人死去了。

【李廷琛点了点头，依靠在门框上显得异常疲倦。

杰思敏：你看起来十分疲倦，应该好好休息。

李廷琛：我也不知道为什么，有一些不放心，所以过来看看你们。

玛丽：我们很好，谢谢你的照顾。这里的人都很好。医院里好吗？

李廷琛：城隍庙抢米，日本人开了枪，死的，都是最穷苦的老百姓。

【房间里一片安静。

玛丽：李廷琛，有人受伤了吗？我们能做点什么？

【李廷琛摇了摇头。莎拉悄悄牵起了科恩的衣角。

莎拉：爸爸，那个擦鞋的小男孩会不会也在里面？

【科恩无奈地摇了摇头。

科恩：莎拉，我不知道。

李廷琛：淞浦医院没有收到一个枪伤的患者，送来的都是因为踩踏造成的伤害。

【看到李廷琛痛苦的样子，莎拉把小狗豹子放在了李廷琛的手上。

莎拉： 李哥哥，你抱着豹子，我难过的时候摸着它，它舔一舔我的手，我就不难过了。

李廷琛：（挤出笑容）谢谢你，莎拉。

科恩： 让我们一起为这些受苦的人祈祷吧。

莎拉： 他们的亲人在给他们烧纸也是在祈祷吗？

李廷琛： 是的，希望他们在另外一个世界里能够幸福。

科恩： 这个世界从来就没有真正的幸福。三千多年前，圣者摩西带领犹太人穿过红海，渡过千山万水，在巴勒斯坦定居。后来，罗马人把犹太人从巴勒斯坦赶出去，又被阿拉伯人冲击得四分五裂。从此犹太人失去了自己的家园，流落到世界各地。当时的犹太人估计也和我们现在差不多，但我们的信仰还在，灵魂还在，在世界各地苦苦支撑。凭着聪慧和勤奋，我们这个苦难的族裔，才承嗣至今。《圣经》说，当民不民国不国，必有饥荒、瘟疫和地震，而后才会有圣贤、智者和大荣耀的人，驾着天上的彩云降临，为百姓死，免除通国灭亡。我们犹太族当年的摩西就是这种圣人。祈祷吧，为东方的圣人降世而祈祷，为世人的灵魂纯净而祈祷。

【杰思敏轻轻唱起了祈祷的歌曲。

杰思敏： 四处流浪，充满魅力的小小灵魂，是寄宿于身体的客人和伴侣。如今你将前去哪里？去黑暗、寒冷、阴郁的地方。

【玛丽给李廷琛倒了一杯水。桌子上只有烤热的馒头片。

玛丽： 跟我们一起吃一点吧。

杰思敏： 这是妈妈发明的中国吐司。

李廷琛： 这是送来的馒头？

玛丽： 我们不能一直等待援助。我们得自力更生。

【李廷琛看着手中的馒头片。

杰思敏： 不好吃吗？当然，这不是真正的面包。

李廷琛： 不不，很特别。我从来没有想过中国馒头在玛丽夫人的手上能变成这么特别的食物。我只是在想，一下子来了这么多犹太难民，却吃不上无酵面包，或许应该开一家面包店，如果您愿意。不过开面包店是浪费了您的能力。

玛丽： 我反对这样。

杰思敏：我也不同意。

玛丽：你已经帮助了我们太多，我们只有依靠自己在这里生活，才是真正地生活在这里。对了，医院怎么样？

李廷琛：医院……缺医少药。

玛丽：如果需要我的帮助，请不用客气。

李廷琛：我真的很需要您的帮助，但是如果您来了，会觉得淞浦医院是个可笑的地方。虽然是个医院，但是并没有几个医生，更缺乏药品。我的医院并不能提供最有效的治疗，甚至也很难解决病人的痛苦。但我们没有放弃，我正在尽全力采购药品，也准备去找米兹拉希先生，请他在犹太难民中帮我寻找有专业基础的医护人员。我想我们一定能够克服目前的艰难时期，更有效地医治那些痛苦中的病患。

杰思敏：李，你一定能做到的，你简直无所不能，在大力神号上居然也能治好海盗船长的胳膊。

【莎拉被这句话逗得咯咯直笑，故意学着船长胳膊脱臼哎哟的样子，全家都被莎拉顽皮的样子逗笑。

玛丽：李廷琛，我们真的不需要你更多的帮助，让我们自己试试看，我想我们能活下去。但是，如果淞浦医院需要，请不用客气。虽然我可能所知有限，但我是个医者，治病救人是我的天职，我一定会竭尽全力。你带来的一百多个犹太难民中有几个是我的学生，我可以去找找他们，他们都是学医的，说不定对你有帮助，如果愿意，他们也可以去你医院帮忙。

杰思敏：我也愿意帮忙，我和妈妈一同去你们的医院，帮你做些力所能及的工作。

李廷琛：那太好了，有老师的帮助，我相信医院一定能重整旗鼓，救死扶伤，成为一个真正的医院。至于开面包店，我只能尊重你们的意见。但是如果玛丽老师您有时间，可先到淞浦医院来帮帮忙。

玛丽：好的，廷琛，如果你们医院真需要人帮忙，我们随时等候你的召唤。但是，你如果是为了照顾我们一家，那就不必了。我相信我们能养活自己。

李廷琛：谢谢老师，我的医院真的缺医少药，很需要您的帮助。这几天我刚回来，医院里乱糟糟的，我还需要整理整理，再搞点药，过几天我会过来请您。今天很晚了，我还得赶回医院，我要走了，有需要请随时通知我。

10-24．景：河滨大厦 夜 外

【芦柴棒被汪墨樵的手下护送回河滨大厦，看到一路上烧纸的人，芦柴棒把跟在身后的手下甩开，一溜烟跑回了河滨大厦。

【洪阿秀哭哭啼啼蹲在芦柴棒和爷爷的门口。芦柴棒跑到洪阿秀的身边，洪阿秀睁开了泪眼婆娑的眼睛，看到芦柴棒好端端地站在自己的面前，紧紧抱住了芦柴棒，反而哭得更厉害。

芦柴棒：阿秀，不要哭了。爷爷呢？我爷爷呢？

洪阿秀：芦柴棒，我以为见不到你了！

芦柴棒：你不要哭了，爷爷呢？爷爷怎么不在。

【洪少雨和洪家姆妈一看到芦柴棒回来，赶紧也赶着跑了过来。

【科恩送李廷琛出来，看到这一幕不由两个人都停下了脚步。

李廷琛：这是怎么了？

洪少雨：李先生，你跟洋先生也帮我们想一想办法。阿秀，不要哭了。

【洪阿秀啜泣着。

洪少雨：城隍庙出了事，日本人下了命令，天亮前无人认领的尸体就要丢在城郊一起烧掉。

李廷琛：对着平民开枪，现在又要毁尸灭迹。

洪少雨：日本人丧尽天良。我们商量着怎么也要把尸体运出来，不能这样一把火烧了。家里爷爷可是他的最后一个亲人。他一个小孩子，怎么办得了这个事？

科恩：我可以。

【众人全都惊讶地望着科恩。

李廷琛：普罗米修斯先生，你要陪他去把尸体领回来？

科恩：我知道你们在讨论死者的问题。如果不是你，我可能永远不会知道他去世的消息。在这个世界上，每一个灵魂都需要安息。

洪少雨：那只能辛苦这位洋先生做个哑巴先生。得换件衣服。

李廷琛：那就这么办。要委屈普罗米修斯先生换件中国贫民的衣服。

10-25．景：街道 晨曦 外

【科恩扮作中国难民的样子，牵着芦柴棒混迹在中国难民的队伍中，沉默前行。

【上海的黎明前有南方特有的阴冷，谁也不知道阳光会何时照射到这片土地。

【科恩像对待自己的孩子一样，紧紧拽着芦柴棒的手。

10-26．景：河滨大厦科恩家 清晨 内

【科恩拖着疲惫的身体回到家的时候天还没有亮，他亲吻了熟睡的莎拉。

【玛丽轻手轻脚地走到他的身边。科恩拥抱了等了一个晚上已经眼睛红肿的妻子。

玛丽：给你准备了一点吃的。

科恩：谢谢你。你等了一个晚上吧？

玛丽：你们都是最好的人。

科恩：我今天还要去找找工作。

玛丽：我们都不会放弃。

10-27．景：美国驻上海领事馆陆允明办公室 日 内

【陆允明刚刚和詹森结束今天的工作汇报。詹森递给陆允明一封信。

詹森：这是上海犹太救助协会会长米兹拉希先生给我的信，你也看看吧。

【陆允明仔细地翻看着信。

陆允明：他是在告诉您上海犹太难民的情况。是啊，上海的犹太难民越来越多，吃的、住的以及生活必需品都毫无着落。犹太救助协会只是个民间机构，不赢利也没有任何收入。要安顿这些越来越多的犹太人，米兹拉希先生的压力真的很大。信上说，沙逊、哈同和嘉道理家族把所有在上海的置业都安排住进了犹太人。李廷琛从德国带来的那一百多个犹太人被安置到了河滨大厦，与中国难民挤在一起，吃、住乃至喝水都是问题。詹森先生，我想米兹拉希先生说的都是实情，那您准备怎么办？

詹森：糟糕的是，西方各国除了美国还在接收犹太人，其他国家都拒绝犹太人入境，逃来上海的犹太人会越来越多，上海又被日本人占领。如何解决这越来越多的犹太难民的生存，确实是个大问题。

陆允明：米兹拉希先生向您诉说上海犹太难民的苦难乃至生存问题，是希望能得到您

的资助。出于人道，我想先生您一定会竭尽全力给予帮助。

詹森： 我个人能有多大作为。况且我的身份是美国政府的官员，也不能擅自行动。我昨晚想了一夜，唯一的办法是尽快把上海犹太难民的情况报告给美国国会，让国会出面号召那些在美犹太富商给予资助，成立一个上海犹太难民赈济会，由他们出面赈济那些上海的犹太难民。

陆允明： 您的想法很好，但要说服国会，让旅美犹太富商了解上海难民的情况，恐怕也很困难。

詹森： 所以，我想请你写一份详细的关于上海犹太难民的情况报告。这份报告，我不仅要给美国政府和国会，而且参众两会议员也要人手一份。现在美国高层和两会议员有不少都是犹太裔，现任美国财长摩根索就是犹太人。他们一直很关心世界各地犹太同胞的情况，特别是纳粹制造"水晶之夜"惨案后的情况。你的这份报告将起到关键作用，越详细越好，包括他们原来在德国时所从事的职业。

陆允明： 我有一位学弟李廷琛，这次就是他帮助一百多个犹太人逃离德国。他放弃了在德国采购的整船医药和器材，用装药的船把这批犹太难民带到上海。在海上漂泊的两个多月里，他与这批难民朝夕相处。我想，他对这批难民的情况一定非常了解。昨晚，他给我通了电话，想请我帮助他解决一些问题，我让他今天上午到总领馆来找我，估计他现在正在来总领馆的路上。

詹森： 那你就好好跟他谈谈，尽量详细地了解一下上海犹太难民的情况，以及日本人对他们的态度，越详细越好。

【电话铃响起，陆允明抓起电话，电话中响起总领馆警卫的声音。

警卫（OS）： 有位中国的医生说要找您，他叫李廷琛。可以让他进来吗？

陆允明： 让他进来吧。告诉他，我的办公室在二楼。

【放下电话，他同詹森走到了窗前，见总领馆大门缓缓开启，一辆黑色轿车驶进院内。

詹森： 你们好好谈吧。记住，越详细越好。我回办公室去了。

【詹森说完离去。陆允明则站在办公室门口等候李廷琛。

10-28．景：上海街道 日 外

【科恩带着莎拉回到了昨天遇见小男孩的地方，科恩蜷缩着身子蹲在路边一众擦鞋的中国儿童中，显得格外突兀。

【莎拉在路边采摘着小雏菊，编成花环。

莎拉：爸爸，你看，这个花环好看吗？

科恩：非常好看。

莎拉：爸爸，我知道你昨天晚上在我睡觉的时候，做了很重要的事情。

科恩：你是怎么知道的？

莎拉：我是梦见的。我爸爸是最勇敢的爸爸。爸爸，这个花环是我奖励你的王冠。

【科恩好脾气地让女儿把雏菊花环戴在自己的头上。

第十集完

第十一集

11-1. 景：美国驻上海总领事馆陆允明办公室 日 内

【李廷琛刚上二楼，陆允明抢前一步，拉住李廷琛的手。

陆允明：廷琛，我们好久不见了，今天得好好谈谈。我给你准备好了上好的咖啡，来，到我办公室去。

李廷琛：我都忘记咖啡是什么味了，今天沾你的光，我得好好品尝品尝。

【说着话两人来到陆允明办公室，陆允明拖过一把椅子请李廷琛坐下，自己忙着煮咖啡。

陆允明：最近事情太多，抽点时间真是太难了。我的时间完全不受自己的支配。

李廷琛：我也是。最近去了一趟德国，原本是想去采购一批药品、器材。你知道，上海的药品和器材都让日本人控制了，现在倒好，数十吨药品丢在德国，倒带回一船犹太难民。（脸上露出一丝苦笑）

陆允明：这是好事啊，学弟。用中国话说，你是在积德行善。你拯救了一百多条生命，功德无量啊。说句时髦话，你的这次行动是你的人生壮举，体现了慈悲、怜悯和中国人的见义勇为。陆允明自愧不如啊。这两天报纸上是怎么说的？说你是中国的摩西，从纳粹魔鬼的屠刀下，救出了一船犹太人，并把他们引渡到一个"充溢着牛奶与蜜"的国度——中国的上海，东方的巴黎。（说完哈哈大笑）

李廷琛：唉，陆允明，说两句正经的好不好，还"充溢着牛奶与蜜"。上海现在都成什么样子了，昨天城隍庙的枪声，还没把你惊醒吗？据说被日本人屠杀的难民有六七百人啦，真是尸山血海。我那医院现在是人满为患，都是些被踩踏致伤的难民，缺胳膊断腿的，内脏出血、肋骨全断的。我那个医院就是个人间地狱。我们缺医少药，只能看着他们一个个在痛苦中挣扎，在痛苦中死去。我回天乏术啊，学长！

陆允明：上海的惨状我能不知道吗？作为中国人我能不心疼、能无动于衷吗？实话跟你说吧，我虽在美国总领馆工作，每日足不出户，但日本人的一举一动都在我的眼里。重庆知道，华盛顿也知道，国民党知道，共产党也知道。这就是我的工作。我也在为民族存亡做贡献。我不在意把我看成什么人，我只想告诉你，你我都是中国人，都在做自己该做的事，我们是殊途同归。

【咖啡煮好了。陆允明给李廷琛倒了一杯咖啡，端了一小碟糖块放在李廷琛面前。

陆允明：品品，要加糖你自己放。刚才光顾着和你说话，咖啡都煮过头了。（说着端起杯子抿了一口）还好，还好，总算没烧糊。你快喝啊！

李廷琛：（端起杯子抿了抿）嗯，又香又醇。好东西啊，是巴西咖啡吧？

陆允明：你还真是行家。这东西，上海沦陷后就难得一见。这是戴先生的手下不知从哪儿弄来的。好了好了，不谈这些，咱们言归正传吧。说，找我干什么？

李廷琛：两件事。一，我那医院缺医少药，每天都有伤员、病号死去，烦劳学长无论如何给我弄点救命的药品，如止血、止痛、消炎之类的药。我不愿看见我医院的病人一个个死去。二，上海的犹太难民越来越多，包括我从德国带来的那一船犹太人。他们缺衣少吃，个个面黄肌瘦、骨瘦如柴。这是饥饿导致的啊。上海的犹太救助协会会长米兹拉希先生天天疲于奔命，呼吁社会各界的救助。好在上海的工商界和帮会组织不断地给予赈济，我父亲的面粉厂和粮食加工厂，瞒着日本人将每天生产的粮食偷运出一部分，赈济在死亡线上挣扎的中外难民。犹太难民也是我们主要赈济的对象，但还是杯水车薪，长此以往恐怕难以为继。拯救这些难民的生命，成为我们这些活着的中国人当务之急。我恳请学长，通过美国驻沪总领馆将这些情况报告给美国政府，希望美国政府能给予关注、资助。号召美国的犹太富商救救上海这些濒临死亡的犹太同胞，让他们能存活下去。这两件事希望学长能予帮助。

陆允明：你的这两个要求我现在就答复你。你的第一个问题是要解决你医院的医药问题，这个问题我可能无能为力。你知道现在日本人对上海的医药，特别是那些救命的、治伤的药品控制得十分严。老百姓在黑市买一片消炎药都不允许，抓住了以通敌论处，就地处决。美国现在和日本还没有撕破脸，表面上保持着中立，也不可能运送大批药品来日占区。但我可以尝试动员美国在上海的教会医院，看看他们有没有这些药品支援一下你们医院。估计有也不会太多，我只是尽力而已。一旦有消息，我立即通知你。至于第二个问题，请你写一份关于上海犹太人的情况报告，包括你从德国带来的那一船犹太人的情况。你最好拟一份名单，说明他们的年龄、性别，以及原来在德国所从事的工作。注意，越详细越好，报告写好后立即送到我这儿来，我让詹森先生将你反映的情况提交美国政府和国会，号召在美国的犹太富商出资出力救助他们在上海的犹太同胞。这事越快越好，你看这样行吗？我恐怕也只能做到这些了。

李廷琛： 谢谢学长！你能这样做我已经很欣慰了，但只怕远水解不了近渴。你知道这些犹太人每天都在饥饿的死亡线上挣扎，只怕他们等不到那一天……

陆允明： 我知道，李廷琛，我会尽力做好詹森先生的工作。他是美国的老政客、老外交家，在政府和国会都有一定的影响，只要他能全力以赴地办这件事，我相信他一定能成功。而且，你作为医生你应该知道，人的求生欲是天赋的，具有无穷尽的潜力。犹太人聪明、能干、勤劳，是个了不起的族群，他们一定能自食其力渡过劫难。况且还有我们这些有良知的中国人在帮助他们，我想他们一定能坚持着活下去。你的那份报告很重要，某种意义上决定他们的生死存亡。你要尽快写好，让美国乃至全世界都知道上海这批犹太难民的苦难境遇。愿上苍保佑他们！

李廷琛： 感谢学长。我们一言为定！喝了你的咖啡，也记住了你的承诺。再见！

陆允明： 等等，你刚才提到你的父亲李衡甫先生，我见过他，他是个好人。但他现在的名声很不好，老百姓和报纸天天骂他是汉奸，国民党的军统、中统，共产党的上海特科，也都盯上了他，甚至把他列入了锄奸对象，但我知道他绝不可能当汉奸。你要多关注、保护你的父亲。没有急事、大事，千万别让他出门。记住了？

李廷琛： 你怎么知道这些事？我和父亲都没有发现有人盯上我们。

陆允明： 这些你就别问了。我说过，你有你的工作我有我的工作。我只是希望好人一生平安。再见！

11-2. 景：街道 日 外

【一直等到中午，小男孩也没有出现。

【科恩面前的擦鞋箱上突然多了一只穿着皮鞋的脚。

【对方看着一脸茫然的科恩示意他赶紧擦鞋。

【科恩看着周围其他正在忙碌地擦鞋儿童，犹豫着打开了擦鞋箱。很快，一双皮鞋被打理得锃亮。客人满意地在擦鞋箱盖上丢下一毛钱。

【莎拉赶紧递上自己手中的一朵小雏菊，客人笑着摸了摸莎拉的脸，满意地离开。

莎拉： 爸爸，你真是太厉害了。你擦的鞋子比其他人都更加干净，锃亮锃亮的。

【科恩拿起那枚铜板左右端详。

科恩：没想到爸爸是个优秀的擦鞋匠。莎拉，我想我可能找到工作了。

莎拉：爸爸，你要做什么？

科恩：咱们一定要等到那个孩子，把鞋箱还给他。但是，在他没来之前，我也可以擦鞋赚点钱（递给莎拉刚才客人给的铜板），不是吗？

莎拉：我的爸爸是最厉害的，我要好好谢谢这些找我爸爸擦鞋的人。

科恩：无论客人打赏多少，都送一朵你的小花。

莎拉：对。送他们一朵小花。那我可以每天都跟你一起来吗？

科恩：当然。

莎拉：那太好了！我们回家都告诉妈妈。

【莎拉高兴得跳起来，突然一屁股跌坐在马路上，脸色苍白，爬了半天也没爬起来。她干脆躺倒，双眼紧闭。

科恩：（大惊失色）莎拉，莎拉，你怎么啦！哪儿不舒服吗？

【科恩赶紧摸摸莎拉的脉门，抚摸着莎拉的脸颊，轻轻地摇了摇，显得手足无措。

莎拉：爸爸，我有点头晕，眼睛看不见东西了……

科恩：莎拉，不怕，不怕，爸爸在这，爸爸带你回家，我们回家。（说着抱起莎拉就走）

莎拉：（声音微弱地）箱子，箱子，那男孩的箱子……

【科恩猛回身，一把拎起擦鞋箱，抱着莎拉快步离去。

11-3．景：河滨大厦科恩家 日 内

【科恩抱着莎拉回到家中，小狗豹子冲过来围着科恩转。科恩把莎拉轻轻放在床上，豹子立刻趴到床前低声鸣叫着。科恩一看玛丽不在，看到桌子上放着个小小的纸包，他知道这是玛丽留给他们的面包。他拿着一块面包，走到莎拉跟前。

科恩：莎拉，莎拉，面包，妈妈留下的面包，你吃点好吗？

莎拉：（睁开眼睛轻轻叫道）妈妈，我要妈妈……

【科恩撕下一块面包轻轻塞进莎拉的嘴里。莎拉大口地嚼着。

科恩：妈妈马上就回来了。孩子啊你这是饿了，你先吃点面包好吧。我马上去找妈妈。

【莎拉一连吃了好几片面包，科恩又给她倒了一杯水，扶着她喝下。桌上剩下的两小片面包，科恩全部拿给了莎拉。

莎拉：我不要，爸爸，我好了，头不晕了，眼睛也不黑了，这两片面包您吃吧。

科恩：好孩子，把这两片面包也吃了吧，爸爸不饿。爸爸现在去找你妈妈，一会儿就回来。吃完你就躺下休息，等爸爸回来。

莎拉：好的，爸爸，我等你和妈妈回来。

【豹子在屋里来回窜着，一会儿围着科恩转，一会儿又趴在床前，显得十分烦躁。科恩轻轻地摸了摸豹子的头，示意它坐下。

科恩：豹子，好好看住莎拉，不要乱走。莎拉，那爸爸走了啊，一会儿就同妈妈回来。（说完亲了亲莎拉，匆匆出门）

【路上，科恩四处寻找着玛丽，口中还轻轻地呼叫着，不觉走出了河滨大厦，沿着小路一直找到了码头。

11-4．景：码头 日 外

【玛丽挎着篮子，面前放着针线剪刀，脚下是一个小簸箕。寒风中，玛丽正在做缝穷婆，为穷苦劳工缝补衣服鞋袜，随苦力给一两个铜板。科恩紧走两步上前，拥抱了一下妻子，对着玛丽的耳边轻轻说：

科恩：玛丽，你怎么到这儿来了？莎拉刚刚有点不舒服，说头晕。我已经把她抱回了家。刚才她吃了几片面包，说好些了。我估计她是饿极了，或者是低血糖，你快回去看看。

玛丽：（大吃一惊）莎拉病了？走，我们回家。

【玛丽匆匆收拾了一下针线簸箕，将手上正在缝补的衣服送到一个船工的手上。

玛丽：很抱歉，衣服没补完，家里有急事，哪天我再来，一定帮你把衣服补好。钱我不要了。再见！

【玛丽说完拉着丈夫匆匆离去。

11-5．景：河滨大厦科恩家 日 内

【玛丽和科恩匆匆进屋，看见床上的莎拉已经睡着了。玛丽赶紧上前摸了一下莎拉的额头，又用耳朵贴着莎拉的胸脯听了听，对着科恩摇了摇头。

玛丽：没什么大问题，估计是太饿了。孩子正是长身体的时候，需要营养。在海上漂流了几个月，身体太虚弱了，看看今天晚上的情况再说吧。

科恩：杰思敏呢？这两天我很少见到她。

玛丽：她这两天一直在外面找工作。昨天江边来了很多犹太难民，她帮助米兹拉希先生去安置这些难民去了。

科恩：都怪我！如果我不是犹太人，玛丽，你不嫁给我，你就不会受这么多苦了，我们一家也不会流落异乡，杰思敏也不会放弃她心爱的音乐、找不到工作，你也不会去当缝穷婆了。

玛丽：伦纳德，你不可这样责备自己。受苦难受迫害的不只是我们一家，也不仅仅是我们犹太人。你看看那些中国难民，他们遭受的苦难甚至比我们更多。我们能从纳粹的屠刀下逃出来，已经是上帝的眷顾了。当缝穷婆有什么不好，自食其力，杰思敏也会找到工作的，我们都能靠自己的劳动养活自己。你不也在当擦鞋工吗？亲爱的，一切都会好起来的。别忘了我们的结婚誓言，无论贫穷还是疾病，都无法让我们分离。

科恩：你明天就不要出去了。我明天还要去等候那个擦鞋的男孩，把箱子还给他。他如果没来，我还可以帮客人擦鞋，赚一点是一点。

玛丽：杰思敏如果再找不到工作，可以先让她去李廷琛的医院打打工。等莎拉的病情稳定了，我也准备接受廷琛的邀请去他的医院帮忙。

【两人互相凝视，紧紧相拥。

11-6. 景：河滨大厦围墙外 日 外

【洪少雨陪着芦柴棒在围墙外烧纸。

【芦柴棒跪在前面一边烧纸一边啜泣，给爷爷磕头。

【莎拉知道这是芦柴棒在祭奠他的爷爷，他转身将花瓶里的一束雏菊用头绳扎好，飞快地跑下楼。将雏菊放在芦柴棒烧纸的墙角边，反身站在芦柴棒的身边，对着雏菊，深深地鞠了一躬，嘴里轻轻地祈祷着。接着看了一眼还在痛哭哀号的芦柴棒后，带着豹子回到房间。

11-7. 景：河滨大厦科恩家 晨 内

【科恩一家都在忙碌。杰思敏在忙着帮玛丽烤馒头。科恩在整理擦鞋箱，准备出门。莎拉正在穿衣服，豹子围着她转。

玛丽：莎拉，你不该起床，你今天还应该好好休息。

莎拉：妈妈，我没病，你看我这不是好好的吗？你说过的，好孩子不该老赖在床上的，这样长不大。

玛丽：好吧，可你今天只能在屋里转转，不许出门。你的病还没完全好，知道吗？

莎拉：好的，妈妈，我听你的。豹子会陪我玩的。

【杰思敏给每个人倒了杯水，把烤好的馒头分发给每个人。

杰思敏：我们吃早餐吧。感谢上帝赐予我们食物。爸爸，你昨天把晚餐都给莎拉吃了，你今天多吃一片馒头吧。

科恩：不，把那片馒头留给莎拉吧，她正是长身体的时候，需要能量和营养。

【杰思敏没有坚持。在一片祈祷声中，全家开始吃早餐。科恩将最后一片馒头放在莎拉面前。

莎拉：留给豹子吧，它也是在长身体的时候，我希望它快快长大，它是我最好的朋友。爸爸，我知道你今天还要去等那个擦皮鞋的男孩，我听妈妈的话，今天就在家中好好待着。你早点回来。我和妈妈在家等你。

科恩：好女儿，在家好好听妈妈的话，爸爸爱你。

【说完轻轻地吻了一下莎拉，提起擦鞋箱就要出门。莎拉猛地跳下床，追到门口。

莎拉：爸爸，早点回来，莎拉等着你。

【莎拉站在门口望着科恩高大的身形远去。

玛丽：杰思敏，你今天哪儿也别去，就在家好好陪着莎拉。我还要去码头一趟，我答应过那个船工，要把他那衣服补好的。

杰思敏：好的，妈妈。你不要太辛苦了，码头风大，早点回家。

【玛丽收拾好簸箕准备出门。李廷琛突然出现在门口。

莎拉：李哥哥。

李廷琛：莎拉，好点了吗？你看我给你带什么来了。

【李廷琛从带来的大兜里取出一瓶瓶的牛奶、蛋糕、奶酪、水果等，摆了满满一桌子。

玛丽：廷琛，你不该这样，我说过我们家不需要特殊照顾。莎拉已经好了，你这样做让我很为难。

李廷琛：老师，莎拉是个孩子，她昨天的情况就是因为缺乏营养引起的。她身体太虚弱了，她是病人，她需要补充这些营养，您是医生您知道的。

杰思敏：妈妈，廷琛是好意，收下吧，别难为他了。

玛丽：好吧，廷琛，请相信我们能养活自己，下不为例。

李廷琛：谢谢老师。还有一件事，我想今天就请您和杰思敏去我们医院看看，我们那儿太缺乏医护人员了。

玛丽：（略一思索）好吧，我答应过你，医生救死扶伤，随时听候你的召唤。

李廷琛：太好了，车就在大厦门口候着。

玛丽：不用，我们天天要工作，你总不能天天用车来接送我们吧。（转身对莎拉）莎拉，我和你姐姐要出去一趟，你今天不能出门，好好在家休息，有豹子陪你。

莎拉：妈妈，我没病，我可以同你们一起去。

玛丽：不行，妈妈和你姐姐是出去工作。好莎拉，听话，在家等妈妈回来。

【莎拉还想说什么，被玛丽厉声打断。

玛丽：听话！

【玛丽将莎拉安顿到床上，同杰思敏随李廷琛出门。屋里只剩下莎拉一人，顿感空荡荡的。

【莎拉百无聊赖，无精打采地抚摸着豹子，口中念念有词。

莎拉：豹子，可怜的豹子，你是只孤独的羔羊，我是个孤独的牧羊人。快点长大吧，豹子，你带着我冲破层层樊篱，奔向蓝天、碧水、大草原……

【一阵哭声传进小屋，莎拉飞快地跑到窗前，正看见芦柴棒跪在地上一边烧着纸一边大声地哀号。看来芦柴棒已经哭了很久，声音都嘶哑了，一旁的洪阿秀在不停地劝着，最后终于把芦柴棒拉了起来。芦柴棒一边被洪阿秀拉着走，一边还不断地回头"爷爷，爷爷"地干号着。莎拉认识那个男孩，就是住在楼梯转弯处的，她每天出门、回家都要经过他家门口。前几天听说他爷爷在城隍庙被日本人打死了，父亲还给他爷爷收了尸。

【趴在窗口的莎拉看到这一幕。她觉得这男孩挺可怜的，决定去安慰安慰他。莎拉从墙上摘下了姐姐的牧笛，招呼上豹子。

莎拉：豹子，走，跟我走。

【豹子欢蹦乱跳地跟着莎拉跑了出去。

11-8. 景：河滨大厦楼梯间 日 内

【芦柴棒住的连房间都算不上，实际上是楼梯间隔出来的一个小小的空间。

【莎拉往里面探头探脑。还是满脸泪痕的芦柴棒被这个突然钻进来的小脑袋吓了一跳，没想到小脑袋的下面又钻进来豹子的狗头。语言不通的莎拉不知应该如何安慰芦柴棒，送给他小花，也无法缓解芦柴棒的悲痛。焦急的莎拉连比带画也没有办法表达自己的意思。

【莎拉想吹响姐姐的牧笛用音乐安慰芦柴棒，但是腮帮子鼓得像塞满食物的仓鼠，憋得满脸通红也没有能够吹响牧笛，看着费力又怪异的莎拉，芦柴棒忍不住扑哧一笑。她注意到莎拉裙角上的鞋油，问她是不是在当擦鞋童，语言障碍的两个孩子你来比画我来猜竟然也弄懂了对方的意思。芦柴棒用上海话教莎拉吆喝擦皮鞋，莎拉也怪腔怪调地学习这声吆喝，又被自己逗得哈哈大笑。

芦柴棒： （用上海话呼叫）擦皮鞋嘞……

莎拉： （学上海话）擦皮鞋嘞……

【两个孩子都被自己的怪腔怪调逗得哈哈大笑。

【芦柴棒指了指莎拉吹不响的牧笛，从口袋里掏出了一片树叶。

【小小的树叶发出了清脆的音乐声。莎拉觉得这小竹片居然能发出美妙的声音，便唱起了她最熟悉的德国童谣。

【芦柴棒便用竹片伴奏。

【莎拉表示想要跟着芦柴棒学习吹树叶。

【芦柴棒故意把嘴巴的口型摆得夸张，莎拉就跟着学，终于可以吹响一声，莎拉开心得咯咯笑。

【两个异国的孩子就这样认识了，开始了他们纯洁的友谊。

11-9. 景：淞浦医院病房 日 内

【一间间病房塞得满满当当，走廊也躺满了呻吟着的病人。换了白大褂的玛丽陪着李廷琛巡视病房，他们侧着身子询问着一个个病人。病人们痛苦的哀号、叫骂声，让玛丽胆战心惊。

11-10. 景: 淞浦医院李廷琛办公室 日 内

【李廷琛请玛丽夫人坐下。玛丽仔细翻阅着一摞摞病案记录。

玛丽: 没有止痛药、消炎药,既不能给病人做手术,也不能解决病人的痛苦。廷琛,你这个医院办得太艰难了,充其量只能起个收容病人的作用,但重伤病人根本没有康复的可能。

李廷琛: 没有办法。所以,我在没有西药的情况下,尽量采取中医治疗的办法。中国的中草药中也有一些可以镇痛和消炎的药品,只是疗效慢一些,就这样我们也治好了不少伤势较轻的病人。只要能找到合适的替代品。老师,我现在都在开始研究中草药了。

玛丽: 那么风险呢?

李廷琛: 中国的中草药沿用了几千年,古人对风险早有评估。当然,还需要不断尝试,才能最终确定。

玛丽: 其实,在外科和化学药品飞速发展之前,我们雅利安人也多用草药治病。我很有兴趣跟你一起学习。我还可以把我脑子中记着的那些草药,给写下来。

李廷琛: 这太好了,这可真是中西医结合。

玛丽: 廷琛,能跟你一起解决淞浦医院的困境,我真的非常骄傲,也骄傲曾经教过你这样的学生。只可惜,我写完了,还需要你的翻译。

【李廷琛桌子上的电话响了。李廷琛接起了电话。

陆允明(OS): 廷琛吗?告诉你个好消息,你要的消炎镇痛的西药,我和詹森先生给你搞到了一些,是上海两家教会医院,同仁和同济,他们是无偿捐助。数量可能不多,这类药品他们也很紧张,聊胜于无吧,我们还在想办法。

李廷琛: 太好了,学长,谢谢你,我会跟他们联系的。

【李廷琛挂了电话,高兴地跟玛丽分享喜讯。

李廷琛: 老师,美国总领馆回了电话,说是从两家教会医院给我们搞到了一些急需药品。我现在就想去这两家医院联系一下。

玛丽: 真是太好了,这是你的爱心感动了上帝。快去吧!

【办公室的门被敲响了,门外站着茉莉。

李廷琛: 茉莉小姐,你怎么来了?

茉莉: 我有点事情想请你帮忙。

李廷琛：很着急吗？

茉莉：（摇了摇头）一点小事，我想去唱片店买几张外国唱片，学唱几首外国民歌。可我不懂外语，想请你陪我去帮我翻译一下歌词的内容。你能陪我去一趟吗？

李廷琛：好的。但我现在有点急事要出去。改天你来个电话，我们直接到唱片店见面，好不好？

【茉莉只得点了点头。

11-11. 景：河滨大厦科恩家 夜 内

【科恩洗干净了手，坐在桌前。科恩端详着洗干净的手，不由惊叹。

科恩：那个神奇的植物，居然可以把手洗得这么干净。

杰思敏：中国管这个植物叫皂角，据说是植物的果实。

科恩：世界真是神秘，有那么多未知的世界。

玛丽：伦纳德，世界是神秘，生活很无常。告诉你一个好消息，昨天的缝穷婆今天已经是淞浦医院的医生了。我又能从事我治病救人、救死扶伤的职业了。当我再次穿上白大褂时，我居然会那么激动、兴奋。尽管没有药品，但我仔细聆听每个病人的倾诉和希望。我用发抖的手记下他们的痛苦和如何治疗。我现在才知道，我是多么热爱我的这份工作。我还发现，我的女儿杰思敏是个多么善良、美丽、勤奋的姑娘。她虽然不懂医护，可是她不怕脏，不怕累，认真学。她像一个真正的医者一样，倾听病人的呼声，给他们端茶送水，打扫卫生，像一个美丽的天使，慰藉着他们的灵魂。伦纳德，我们应该为有这样的女儿而骄傲。

莎拉：妈妈，爸爸也很了不起，他今天赚了两毛三十个铜板。这样算算，爸爸今天擦了五十双鞋，而且双双擦得锃亮。爸爸是全上海最好的擦鞋匠。

科恩：目前我只能做这样的工作。不过，没想到我居然在擦鞋上是个有天赋的工人。如果我能制造一个擦鞋的机器，大概就会成为全上海擦鞋最多的擦鞋匠。

玛丽：依靠劳动赚钱，是值得骄傲的。我本来还有点担心你不适应这样的生活。

【杰思敏像往常一样给每人倒了一杯水，给大家分发着烤馒头。

杰思敏：妈妈，今天我们全家都很好，爸爸丰收，我们有了新的工作，这大概也是中国的新年给我们带来的福音吧。

莎拉： 我今天也有收获，我交了一个朋友，他是个很好的男孩，我教他吹牧笛，他教我吹树叶。中国真是神奇，两片小小的树叶居然能发出那么响亮悦耳的声音。那个男孩一定能成为我的好朋友。

杰思敏： 你动了我的牧笛，你会把它弄坏的，下次不准你动。我们要开始吃饭了，大家祈祷吧。

玛丽： （收拾桌子）莎拉，洗干净了手才能吃饭。

【莎拉赶紧跑去洗手，一家人围坐在一起吃晚餐。虽然只是吃的烤馒头，喝的开水，但其乐融融。

11-12. 景：乐器唱片店 日 内

【茉莉慢慢看着架子上的唱片，却又不断往外张望。

【终于看到了李廷琛，但在李廷琛的身后又看到了陌生的犹太少女杰思敏。

【茉莉向他们点了点头算是打过招呼。

茉莉： 本来早就想约你，但是最近出来不太方便就耽搁了。

李廷琛： 我也是因为医院的事情抽不出空，但我一直在等你电话。这不，你刚来电话我就赶过来了。

【茉莉看了看杰思敏，有点尴尬地点了点头。

茉莉： 这位是……

李廷琛： 噢，这是杰思敏，是我德国老师的女儿。这次他们一家同我一起来到中国，昨天老师和她到我医院里来帮忙了。听说我来唱片行，这里还有钢琴，就跟我一块来看看。她和你一样最喜欢音乐，是柏林音乐学院的高才生，要不是因为战争，她一定是欧洲一流的音乐家。

茉莉： 我算什么，怎么能跟人家比，我不过是唱唱歌。讲出来也不怕您见笑，我连谱都不认识。

店主： 汪夫人是天赋异禀，听一听就会了。

【茉莉觉得店主的话显得十分刺耳，瞟了店主一眼，羞红着脸低下头。

茉莉： 我还想请您帮我找一张唱片。

店主： 您说名字，我替您找。

茉莉：我就是不记得名字。我只记得曲调。

【茉莉断断续续地哼唱起来。

【杰思敏仔细听着，缓缓走到钢琴边，随着茉莉哼唱的旋律弹奏起来。

茉莉：（兴奋地）对对对，就是这个。

【茉莉随着钢琴节奏，不由大声唱起来。唱片屋登时响起悠扬的琴声和歌声。一曲终了，歌声琴声戛然而止。

李廷琛：这应该是南美歌曲《最后的莫西干人》，这可是世界名曲。茉莉，你真行，现在都在学习演唱外国歌曲了。

茉莉：大少爷，汪公馆有很多旧唱片，每张我都放到留声机上听听。碰到我喜欢的，我都会跟着哼唱几句。其实这些歌叫什么名字说的是什么，我都不知道。今后还得请您给我推荐一些适合我唱的外国歌曲，把歌中的故事讲给我听。你就做我的音乐老师，好吗？

李廷琛：不不，我虽然很喜欢音乐，但其实我没有太多的时间去欣赏，音乐知识很有限。倒是杰思敏是音乐天才，以后你们俩多接触、多交流，她一定能给你很多帮助，你们也一定能成为好朋友。

杰思敏：汪太太，您的音色很美，音域也很宽。您是个有天赋的歌手。希望多联系多接触，您还可以教会我很多中国歌曲，我还可以向您学习中文，好吗？

茉莉：那太好了，杰思敏，谢谢你了。今后我们就是朋友了。

李廷琛：我就知道你们一定会成为好朋友的。祝贺你们，能让你们成为朋友我很高兴。

杰思敏：能认识汪太太我也很高兴。只是廷琛，你没发现吗，刚才给汪太太弹奏时，我都发现我的手指有些僵硬了。长期不练琴，只怕我原来的那点音乐功底都要丢了。这是我最担心的，但现在也顾不得这么多了。生存第一，能活下来已经是上天的恩赐了。（说完不禁眼圈一红）

【李廷琛不知道怎么安慰她，只是拍了拍她的肩膀。

李廷琛：会好的会好的，一切都会好起来的……

茉莉：（突然发声）唉，能找到一份弹琴的工作就好了。我倒认识一个酒吧的老板，我刚流落到上海时曾在他那唱过歌。他那有个小型乐队，还有一架钢琴。我去找找他。如果你能在他那弹琴，还有一份收入，这不两全其美吗？只是，我不知道杰思敏小姐愿不愿意去酒吧工作。

杰思敏：（兴奋地）这太好了，我愿意，我愿意！只是不知人家愿不愿意收留我。茉莉姐姐，我们刚认识就给你添麻烦了。

李廷琛：这真是件两全其美的好事。茉莉，这次就看你的了。上苍眷顾好人，你一定会成功的。拜托了！

茉莉：（有点酸酸地）杰思敏也是我的朋友，我给朋友办事要你拜托什么。杰思敏，这事还不知道成不成，但我会尽力的。如果成了，我会陪你去一趟黑玫瑰酒吧。

【李廷琛有点不好意思，假装对茉莉酸酸的态度不以为意。

李廷琛：好的好的，汪夫人说得对，这没我什么事。这是你们两个的交情，那就一言为定，我们在医院等你的好消息。

11-13. 景：电车站 日 外

【电车站上人来人往，杰思敏和李廷琛情愫暗生。

李廷琛：其实你刚才弹得很好。

杰思敏：你是没感觉到，我对弹奏确实有些生疏了。我想念我的钢琴，我想继续我的音乐人生。

李廷琛：总有一天，音乐、钢琴，那些美好的生活都会回到你的身边。

杰思敏：真希望那一天早点回来。

李廷琛：（有点黯然）那时候恐怕你就要回家了。

【李廷琛和杰思敏沉默了。电车来了才打破了这种沉默。

李廷琛：车来了，路上小心。

【杰思敏点了点头。上车后通过车窗看着站在车站上的李廷琛，李廷琛也在望着她，四目相望却没有更多的语言。

11-14. 景：街道 日 外

【李廷琛满怀心事地默默走在街上。

11-15. 景：城隍庙附近街道 日 外

【李廷琛回家的路上被莎拉蹩脚的上海吆喝吸引过去。

李廷琛：莎拉，你怎么也出来了，你的病好些了吗？

莎拉：李哥哥，我没病。昨天我一个人在家里，没病都憋出病来了。

科恩：她死缠着我不放，玛丽也说她没病，就是身体太虚了。河滨大厦人多，空气混浊，让她出来走走呼吸呼吸新鲜空气也好。我就把她带出来了。

李廷琛：没事就好，不过也要注意休息。唉，科恩先生，也给我擦一次鞋吧，我就是个普通客人。

【科恩微笑着坦然认真地给李廷琛擦鞋，一双鞋被擦得锃亮。

【李廷琛给了一块大洋作为小费。

李廷琛：科恩先生，我不知道要跟你说什么。我只能把大家带出德国，我还想为你们做更多的事，但我什么也做不了。

科恩：你已经做了太多。没有人像上帝那样全能。

【莎拉从身后拿出一束自己珍藏的小雏菊花束。

莎拉：每一个擦鞋的客人都会得到一束花。

李廷琛：谢谢你，莎拉。

莎拉：当然，不过，给你的很特别。

【说是花束也就是比平时的雏菊多了几根芦苇做装饰。莎拉用自己的发带给花束扎了个蝴蝶结，塞进李廷琛的手中，散着一边的辫子羞涩跑开。

11-16. 景：土肥原办公室 日 内

【小野宪一垂手站立，向土肥原汇报工作进展。

小野宪一：将军，我最近的工作进展很不顺利。关于成立放映公司的事，将军指示要与李家二少爷李廷瑞合作，让中国人自己宣传"大东亚共荣"的伟大设想和辉煌业绩。可那个李廷瑞却十分不识抬举，我已经下了三次请帖约他见面，都被他断然拒绝，而且放言："我不跟日本人合作。"他平时也不在家里待着。上海这么大，他踪迹不定，我也不知道上哪儿找他。故到目前为止，我甚至都没有和他见面。据我了解，这个人在上海名声很不好，拈花惹草，不学无术，纸醉金迷，率性而为，是个典型的纨绔子弟。和这种人合作，即使公司成立，他也不会有很大作为。特请示将军，能不能不与他合作，另找一个在上海文化圈有影响的人，同时又与我大日本亲善的人合作。或先成立一个我帝国独资的影业公司，先把上海的宣传舆论工作开展起来，不负将军所托。我这里可是万事齐备啊。至于成立银行的事情，将军也曾有过交代，要把上海工商界、金融界有名望有实力的人拉进来，但我方必须控股，只要他们的资本进来了，就由不得他们了。要说金融界实业界有名望有影响的人，属下当然第一个想到的是李衡甫。可这个李衡甫十分狡诈，以种种名义予以拒绝。不仅是他，上海工商界、金融界有头有脸的人，我都约他们谈过，可没有一家愿意与我们组建银行。我考虑可不可以先从热河小金沟金矿借点黄金做做样子，哪怕十公斤二十公斤也行，对外可宣称以一百吨甚至更多黄金做资本，成立一家帝国独资的上海东亚银行，先把业务开展起来。只要钱进了我的银行，不管是个人还是企业，这钱就不是他们的了。我甚至可以发行股票债券，把上海的现金和实业统统囊括到帝国的名下。将军您看……

土肥原：（脸色阴沉地打断他）不行！该说的都跟你说过了，我不想再重复。我只想让小野君记住一点，这里不是满洲，这里是中国，是上海。你的影业公司也好，你的银行也好，如果他们知道了都是日本人办的，他们中国人，特别是那些老奸巨猾的中国商人，有谁愿意和我们打交道？他们会把钱存到你的日资银行里吗？他们会把他们的工厂、土地抵押给你日资银行吗？你的债券、股票还有谁来认领？我想这些你应该比我更清醒。我还是这么一句话，无论是影业公司还是银行，都必须要把他们的人、他们的钱拉进来，把他们绑在我们的车上。只要方向盘在我们手上，车往哪儿去就由不得他们了。小野君，我可能过高估计了你。我们虽然是朋友，但我们各自都肩负着帝国的使命。如果你完不成你的使命，使我的"河豚鱼计划"遭受挫折，损害了帝国的利益，你应该知道你将面临什么后果。你可以走了！

小野宪一：（悻悻地）将军……

土肥原：（挥手打断）走吧，记住我对你说的每一句话，我这都是为你好。

11-17. 景：土肥原办公室外走廊 日 内

【小野宪一退出，看见匆匆赶来的久保田和殷燕农，向他们点一点头，匆匆离去。殷燕农回头望了一眼满脸沮丧的小野。

【久保田和殷燕农走到土肥原办公室的门口，轻轻敲了敲门。

久保田：（大声）报告！

土肥原（OS）：进来！

11-18. 景：土肥原办公室 日 内

【久保田和殷燕农推门而入，毕恭毕敬地站在土肥原一侧。

土肥原：（正伏案疾书，头也没抬）有事吗？

久保田：老师，刚刚接到殷科长报告，说李会长运进的粮食和您签发的船运通行证严重不符，还夹杂了其他很多物品，如棉花布匹等。我皇军水上稽查又不能对他们的船只进行例行检查。殷科长说，这样下去，只怕，只怕对皇军不利。这种人不值得皇军重用。

【土肥原放下笔，淡淡地问道，语气中充满冷酷。

土肥原：我说过要重用李衡甫吗？

久保田：……

土肥原：这些情况都是殷科长提供的吗？

殷燕农：（声音发颤）我，我是听手下的弟兄们说的。

土肥原：把李衡甫这个会长给你当怎么样？

殷燕农：（冷汗涔涔）小人不敢！小人不敢！

【土肥原盯着殷燕农，冷冷问道：

土肥原：殷科长是中国人吗？

殷燕农：是……

土肥原：李衡甫是中国人吗？

殷燕农：是……

土肥原：（猛拍桌子）李衡甫既然是中国人，他能够真心诚意地为皇军办事吗？他能够真心诚意地效忠皇军吗？

殷燕农：（扑通跪倒在地）小人可是真心诚意地效忠皇军的，请将军明察，明察……

土肥原：李衡甫不当这个会长，能有今天这个局面吗？工厂全部开工，银行也几乎全部开业。给皇军提供的粮食补给，虽然没有全面完成，但源源不断。汪政府税收收入全部上缴皇军做军饷，上海的产值已接近战前的水平。这些绩效是你们能够完成的吗？久保田大佐，你常说中国人是支那猪，也许你说得有道理。但李衡甫不是。他比那些支那猪，甚至比你都高明。他表面与我们亲善，实则貌合神离，我何尝不知道。但我们要利用他，他也在利用我们。中国有句俗话，叫水清无大鱼。你不给他一点方便，他能死心塌地地效忠我们吗？上海能有今天之局面吗？况且他要的这点方便，并不是为了他的一己之私，他只是希望他的同胞不被饿死而已。中国人都死光了，这是我们大日本帝国需要的吗？也许他玩了一些手段，多弄了点粮食赈济饥民，或克扣了一点皇军的军粮。我们不也利在其中吗？殷科长报告李衡甫的这些情况，当然是皇军所不能容忍的。那么好吧，殷科长，我限你十天之内把李衡甫账粮不符合夹杂私货的情况调查清楚，究竟差额是多大，多余的粮食干什么用了。查清楚了再来向我报告。

殷燕农：（跪地磕头）是是，十天，十天……

久保田：还不快滚，滚！

【殷燕农颤巍巍地爬起来，抱头鼠窜。

【室内只剩下土肥原和久保田两人。久保田躬身站立。土肥原久久地盯着他没有说话。

土肥原：久保田，你是帝国军人，是我大和民族的精英，这种奴才的话你也信吗？中国从1840年到现在整整一百年了，这一百年来闭关锁国，夜郎自大，以天朝自居，不思进取，引来西方列强侵凌，屡战屡败，割地赔款，内忧外患，积弱不振。最坏事的就是像殷燕农这帮奴才，他们为一己之私，卖主求荣，互相厮斗，愚昧麻木，贪生怕死，不说人话不干人事。我在中国从事谍报工作近三十年，深谙这些人的凶残狡诈。煌煌中华沦落到今天这般田地，都拜这些奴才所赐，这也是我大日本帝国必胜中国必败的原因之一。当然，目前我们还要用这些奴才，否则我们难与中国这个庞然大物对峙。但要用得恰到好处，不能被他们所左右。他们只是一条狗而已。我们真正要用的还是像李衡甫这样的人才，他们有影响有实力有能力，很多我们办不到的事他们能办到，他们才是这个民族的精英层。用好了，他们将帮助我帝国建功立业。当然这些人很难驾驭，但能不能驾驭他们，能不能用好他们，这就要看你我的智慧了。要把这些人除掉很容易，你久保田大佐一声令下，两个时辰内你可以把上海工商业主全都杀光。可这是我们的目的吗？这是天皇的御意吗？大佐，好好想想，作为你的老师，我当然希望我的学生能为帝国建功立业。但是，如果你被这些支那猪所利用，影响了我帝国"圣战"，坏了我帝国称霸东亚的"大东亚共荣"，我也不会因为你是我的学生而手软。这些话我再不会对你说了，你好自为之吧。

久保田：（一个立正）是，老师教训得对，学生记住了。

11-19. 景: 上海警察局殷燕农办公室 日 内

【殷燕农推门进办公室，摘下帽子摔在一边，烦躁地在屋里走了两圈，然后拿起桌上的水瓶，摇了摇，发现瓶里空荡荡的，他把水瓶猛地放回桌上，大声吼道:

殷燕农: 人呢，都死光了吗! 来人!

【两个伪警应声入内。

伪警甲: （谦卑地）科长回来啦。

殷燕农: 老子不在家你们都跑哪儿去了，一个鬼影也不见。去，给我打瓶水来。

【伪警甲赶忙提起桌上的水瓶往外走。伪警乙躬身站着没敢动。

殷燕农: （吼道）站那儿干什么，钉在那儿啦! 叫你们去十六铺码头查点淞浦产业船只仓库，查找有没有什么违法禁运和走私的情况。你们查得怎么样了?

伪警乙: 十六铺码头和淞浦产业仓库都是青帮势力范围，我们警局的人根本进不去。租界巡捕也常在那里巡视，我们已经跟他们发生几次冲突了。昨天我们两个弟兄还被他们打伤了。

殷燕农: 你们是死人啦，白天进不去不会晚上进去吗? 青帮的人虽然凶悍，可他们只是一群亡命徒、一群老百姓，可你们是警察。警察是干什么的? 警察就是专门对付这些老百姓的。抓他几个到局子里来，他们就得来求我了。

伪警乙: 科长，青帮您都惹不起，每次行动您也总不出面，我们这帮喽啰……

殷燕农: （暴跳如雷）一群废物。滚，滚出去!

【伪警乙赶紧出门，正好和拎着开水的伪警甲撞个满怀，水瓶掉地上砸个粉碎，两人被开水烫得哇哇直叫。

第十一集完

第十二集

12-1. 景：小野宪一公寓 夜 内

【小野宪一公寓很宽敞，但摆设有点不伦不类。厅堂最醒目的地方挂着天皇肖像，肖像下面却摆放着一尊笑容可掬的弥勒佛像。小野宪一有些烦躁不安，在厅堂来回踱步。屋外响起敲门声，小野宪一开门，门外站着一身便服的殷燕农。

小野宪一：（有点诧异）是你。有事吗？

殷燕农：（满脸堆笑）小野先生来上海已经几个月了，殷某公务在身，一直无暇来拜望先生，得罪得罪。（一边说着一边自行进屋）

小野宪一：殷科长是个忙人，今日光临寒舍肯定是有事赐教，请坐，有事请直说吧。

殷燕农：小野先生爽快，殷某今天来只是想和先生交个朋友。先生刚来上海人生地不熟，殷某在上海土生土长，在这十里洋场倒是门清路清，说不定还能帮先生做点什么。

小野宪一：我在上海还真有些事要做，只怕殷科长帮不上我的忙。

殷燕农：我们上海人常说一句话：世事难料。鄙人虽然人微言轻，不像先生财大位尊，又是天皇子民，可大有大的难处。今天我和久保田大佐去土肥原将军处，见先生满面沮丧，估计是受了将军的申饬吧。

小野宪一：（警惕地）我和将军之间的事，殷科长就不要打听了吧。

殷燕农：先生见外了。我只想跟您交个朋友，岂敢打听您和将军之间的事。如果我猜得不错，先生的诸般烦恼都是因上海各界不配合先生的工作所致，使先生孤掌难鸣，工作难以进展，引起将军不悦，小可猜的是也不是？

小野宪一：（沉吟不语）……

殷燕农：先生不必矜持，我今天来就是诚心要帮您的。您虽是天皇子民，又有军方背景，可您毕竟是日本人。中国人特别是金融界工商界的人士，谁敢和您打交道？这也正是先生的烦恼吧。

小野宪一：殷科长把话说到这个份上，想必一定有什么主意了吧。

殷燕农：其实这也不是什么难事，中国有句话叫"打蛇七寸"。小野先生想要联络上海工商界金融界，只需要扳动一个人就行，这个人就是李衡甫。李衡甫是上海工商联合会会长，富可敌国，众望所归，上海工商界金融界人士无不看他脸色行事。只要他能跟先生合作，您还担心孤掌难鸣吗？

小野：（轻蔑地一笑）我还以为殷科长有什么好主意呢。李衡甫要那么好对付，还要劳动殷科长给我出谋划策吗？实话跟你说吧，我都找了李衡甫三次了，帖子也送了三次，都被他退了回来，他连面都不见，更遑谈什么合作。

殷燕农：先生，我看您还是太厚道了。土肥原将军都那么倚重他，他能看得上先生您吗？据我所知，此人一生洁身自好，一身傲骨，以正人君子自居，他能主动结交日本人吗？中国有句俗话叫"敬酒不吃吃罚酒"，先生对他恭敬有加，他却毫不领情，断然拒绝。既然他不吃敬酒，难道先生就不能罚他吗？给他一杯苦酒，逼着他喝也得喝不喝也得喝。先生想过吗？

小野：殷科长有什么高招，直截了当吧。真能令李衡甫就范，鄙人自有重谢。

殷燕农：谢不敢当。我只劝先生对付李衡甫这种人不必太厚道。李衡甫这种人是把名誉看得比生命还重的人。给他准备一盆脏水，然后正告他，逼他就范。他要还不识相，这盆脏水就泼过去，让他跳进黄河也洗不清，让他遗臭万年。到那时，他还狂得起来吗？还敢不听先生的摆布吗？

小野：（有点着急）你倒是说呀，什么脏水？

殷燕农：你不是一直在贩卖烟土吗？当然，你贩卖烟土是皇军允许的，是做皇军军饷用的。你可以运几箱烟土装进淞浦船运的空船内。据我了解，淞浦船运的粮船在十六铺卸货后，空船全部在淞浦船运的专用码头停靠过夜。那个码头紧靠租界，晚上无人看守，你只要把几箱烟土运到码头，塞进他们的任何一条船上，就算大功告成。然后电话通知我，我立即亲自带警员去搜查，人赃俱获，叫他百口莫辩。您看……

小野：（喜形于色）这倒是个办法。好，我们一言为定。事成之后，那几箱烟土归你了，我再给你两条黄鱼，我们银货两讫，从此再不许提起此事。

殷燕农：痛快！我们一言为定。

12-2. 景：黑玫瑰酒吧 日 内

【下午的酒吧没有什么客人，只有三三两两的酒客。

茉莉：老板，这位是我的朋友杰思敏小姐。她在柏林音乐学院专门学习过钢琴。

酒吧老板：那太好了，自从茉莉小姐您去了"大世界"以后，我这酒吧到晚上可是冷清到不行。

茉莉：老板您高抬了。

酒吧老板：能入您眼的，肯定是很好的。

茉莉：我就负责引荐，能不能用还是您定夺。

酒吧老板：那我也不客套了，劳烦杰思敏小姐给我们演奏一曲。

【杰思敏走到钢琴边，自从离开柏林她就再也没有机会弹琴。看着眼前熟悉的黑白琴键，她的眼睛不禁有些湿润。轻轻敲击一个琴键，这台钢琴的音色犹如这战火纷飞的上海一般，有着蒙尘的沙哑。杰思敏拭去眼角的泪滴，端正坐好，行云流水地完成了演奏。

茉莉：老板，您觉得如何？

酒吧老板：简直太棒了！这么优美的琴声在我这里真的是委屈了。不过，我这儿的情况您也看到了……

杰思敏：没有关系，先生，我都可以，只要可以让我有机会弹琴，什么脏活累活我都愿意做。

12-3．景：河滨大厦科恩家 日 内

杰思敏：妈妈，爸爸，我找到工作了！

玛丽：真的吗？在哪里？做什么？

杰思敏：我的朋友茉莉小姐带我去了一家酒吧，他们需要一位弹奏钢琴的伴奏。妈妈，我又可以弹琴了。

玛丽：感谢主！这还真是太好了！

科恩：是啊，你又能弹琴了，真是太好了。我太想念你的琴声了，杰思敏。

杰思敏：对呀，而且还有酬劳。酒吧老板非常慷慨，他说演出的所有小费都归我自己所有。

科恩：（环顾了狭窄逼仄的房间）真可惜，我们没有钢琴让你练习。

杰思敏：没关系的，爸爸。（纤长的手指敲击着木窗台）这样我也可以练习指法，闭上眼睛我就能够听见自己弹奏的旋律。

【莎拉抱起小狗豹子，学着大人的模样，旋转着跳起了狐步舞。

莎拉：我知道，我知道，是这首曲子，对吗？

【一家人看着莎拉滑稽的舞步笑成一团。

杰思敏：对了，妈妈，我要找找我的琴谱。今天酒吧老板说了好几首曲子，说那都是上海现在最时兴的，我太久没练琴都有些生疏了。

玛丽：（面露难色）杰思敏……

12-4.【闪回】景：德国科恩家杰思敏房间 夜 内

字幕：德国

【这是科恩一家在柏林的最后一个晚上。房间内因为匆忙收拾行李像被强盗洗劫了一般凌乱。

【杰思敏摊在床上的行李箱已经塞满，她抱着自己厚厚的一沓琴谱，想来想去把行李箱的长裙拿出一部分，放进自己的琴谱本。

【玛丽端着打包好的食物进屋。

玛丽：放进箱子，这是我们全家在路上的食物了。

【杰思敏看着塞得满满的箱子，犹豫着，最后终于把琴谱拿出来，将母亲打包好的食物放进了行李箱。

（闪回结束）

12-5.景：河滨大厦科恩家 日 内

杰思敏：（强颜欢笑）对不起，妈妈，是我没把琴谱带来。其实，没有琴谱也不打紧。我可以请茉莉小姐陪我去唱片行找到原曲多听一听。

【小狗豹子一阵叫唤，站在门口兴奋地摇着尾巴。莎拉不知道什么时候跑了出去，抱着一沓日军印发的宣传页和芦柴棒站在门口。

莎拉：姐姐，你看。

杰思敏：这是什么？

莎拉：这是我的朋友芦柴棒和我以前捡的，你看，还有……

【说着莎拉拉着芦柴棒的手进屋，芦柴棒一脸羞涩地从身后摸出一把尺子。

芦柴棒：这个给你。

莎拉：我们可以用这个画五线谱，然后重新制作琴谱，是不是？

玛丽：哦，莎拉，我的小天使，你真是太聪明了。

科恩：（看着宣传页上日军的宣传标语）让这些罪恶的恺撒之信发挥些美好的作用吧！杰思敏的琴声总是那么动听，希望音乐可以洗涤那些罪恶的灵魂。

12-6．景：河滨大厦 夜 外

【洪家姆妈拦住了正要回家的玛丽，递上了一件泛旧却清洗得非常干净的袍褂。

洪家姆妈：夫人，听芦柴棒说您的女儿找到了工作。

玛丽：是的，真是太好了。有机会一定要让杰思敏给您演奏一曲。

洪家姆妈：我们乡下人哪里听得懂钢琴那么高雅的东西，但我知道，弹钢琴是个体面差事。杰思敏小姐一定需要一件新衣服。

玛丽：是的，我也正为这发愁。出去看了一圈，就算是旧衣店的衣服也太贵了。

洪家姆妈：您看，这件怎么样。我女儿做工的时候带回来的，这样好的料子，我们这些做粗笨活计的实在是穿不上，本来想留着过年改给芦柴棒。谁知道那小伢讲究还挺多，非说女孩穿过的他不要。您看呢？

玛丽：这样多不好意思。

洪家姆妈：跟我客气什么。

12-7．景：河滨大厦 夜 内

【科恩家的小角落，一家人都已安睡。

【玛丽就着昏暗的灯光修改着从洪家姆妈手中拿的那件旧袍褂，并在袖口特意绣上了自家的族徽。

12-8．景：黑玫瑰酒吧 日 内

【杰思敏穿着玛丽连夜改制的新裙子来到酒吧。

酒吧老板：杰思敏小姐……（错愕）穿得这么漂亮啊！

杰思敏：老板，您要求的《第三号波兰舞曲》我已经练熟了，您看，是不是先给您试演奏一遍？或者，咱们先彩排一下？

酒吧老板：杰思敏小姐，我们从来不彩排。来我们这里的客人，大多都是买醉的，其实也没有人会认真欣赏。

【酒吧老板有些惭愧地陈述着事实，同时将手中的脏围裙往身后藏了藏。

杰思敏：您说得很有道理。我还是没有什么经验，是我理解错了。（指了指酒吧老板手中的脏围裙）请问，这是要给我的吗？

酒吧老板：这……说起来真是抱歉，您也看到了，咱们的酒吧实在是人手不足，恐怕得麻烦您在不演奏的时候打扫一下场内的卫生。

杰思敏：好的，请放心交给我吧。

【杰思敏接过酒吧老板手中的围裙，利落地擦起吧台和桌椅。

12-9. 景：淞浦医院院长办公室 夜 内

【李廷琛伏案核对着医院药品的库存，眉头深锁。一旁的护士长正在向李廷琛报告医院的情况。

护士长：……同仁和同济医院赠给我们的那几箱药又用完了。今天送来的两个重伤员，我们已没有药抢救，如不尽快动手术，恐怕他们熬不过今晚了。

李廷琛：玛丽夫人推荐来的几位犹太医生怎么说？他们采取了什么措施吗？

护士长：因为没有最基本的消炎药，他们也不敢给伤员动手术，只能采取最简单的绷带止血法。他们要我来请示你怎么办。如果四小时内不动手术，即便以后再动手术保住了生命，恐怕以后也要截肢，终身残废。

李廷琛：我刚给同仁医院的戴尔院长打过电话，他答应我再给我一箱止疼药和一箱消炎药。你赶紧派人去拿，一刻也不要耽误。通知李尔克等犹太医生，药一到，立即进行手术。

护士长：好的，我立刻派人去取药。

【护士长说完转身出门，又被李廷琛叫住。

李廷琛：护士长，你等等。我给戴尔院长写个借条，你让他们带去，这样稳妥些。

【说完抽出一张纸，快速地写着。此时，门外响起敲门声。

李廷琛：（头也不抬）请进。

【茉莉和拿着相机的李廷瑞推门而入。

茉莉：李院长。

李廷琛：汪夫人，您怎么来了？（边说边将手中的纸条交给护士长）

【护士长接过纸条，向茉莉和李廷瑞点了点头，匆匆离开。

茉莉：院长大人，以后别汪夫人长汪夫人短的，都说了叫我茉莉就好。

李廷瑞：我和茉莉小姐带了些食物去河滨大厦分发给难民，发现有几个挖煤渣的小孩烫坏了手，一串串的大水泡怪吓人的。茉莉怕孩子的手发炎，故带着他们来咱们医院做处理，顺便来看看你。

茉莉：知道你日夜为难民的事操劳，很辛苦，但听说黑玫瑰酒吧今晚有一场新的演出，想让你放松一下，特意请你一起去欣赏，我想你一定会喜欢的，算是我和廷瑞对你的犒劳。

李廷琛：那几个被烫伤的孩子呢，我得去看看。

茉莉：噢，已经包扎好了，我让小莉送他们回家了。

李廷瑞：哥，这些小事你就别管了。茉莉小姐是专程来请你去黑玫瑰酒吧看演出的。你赶紧准备准备我们走吧。

李廷琛：你没看见我这么忙吗？什么样的演出值得你们两个这么兴奋，还非要拉着我去。

茉莉：看来李大少爷是不给我这个面子了。

李廷瑞：哥，人家茉莉是专程来请你的，她推荐的演出肯定是值得看一看的。别磨蹭了，你也放松一下，咱们走吧。

李廷琛：看来，我不去，你是要赖在这里不走了。好吧，我换件衣服，你们就在这等等。（说完走进里屋更衣室）

【屋子里只剩下李廷瑞和茉莉两人。李廷瑞故意向茉莉眨了眨眼，眼角眉梢都是笑。

李廷瑞：（调侃地）茉莉，我怎么越看你越觉得漂亮。我想这么漂亮的人一定有颗漂亮的心，可惜呀，我看不到你那颗漂亮的心，你能给我看看吗？

茉莉：（羞红了脸）说什么呢，就知道胡说八道。下次再这样，不跟你玩了。

【西装革履的李廷琛从里屋走了出来，对着茉莉和李廷瑞。

李廷琛：走吧！

12-10. 景：黑玫瑰酒吧 夜 内

【李家兄弟跟着茉莉来到杰思敏工作的酒吧。虽然，李廷瑞一路上问东问西，茉莉始终保持神秘三缄其口。

【杰思敏穿着围裙正在酒吧中忙碌，手中的托盘满是装着残酒的杯具。一名醉汉步履蹒跚地从杰思敏身边走过，撞翻了杰思敏手中的托盘。李廷琛赶紧上前，将托盘稳住，可是酒杯中的残酒都洒在了他的身上。

杰思敏： 对不起……廷琛，你怎么在这儿？

李廷琛： 茉莉邀请我们来看演出，是你要表演吗？杰思敏，你怎么围着围裙？在这工作吗？

【杰思敏低头看了看自己围裙上的油污，摇了摇头又点了点头，强颜欢笑。

杰思敏： 廷琛，你的衣服脏了，我帮你清洗。

李廷琛： 小事，不必了。杰思敏，告诉我，你怎么会在这儿？

茉莉： （生气地）杰思敏，怎么让你做这些？老板呢，我找他去。

杰思敏： 茉莉，你别生气。他这里人少事多，我在这里只是演奏几首曲子，拿老板那么多薪水我自己也过意不去。这些清洁打扫都是随手帮忙，我是自愿的。老板是非常厚道的人，你千万别误会。

李廷瑞： 杰思敏，钢琴家的手都是接受过上帝亲吻的，怎么能干这些粗活。

杰思敏： 干活就是干活，没什么粗活细活，只要力所能及，能干一点就干一点。医生治病救人是干活，做饭洗衣打扫卫生也是干活，这年头能有个活干就不错了。能生存的人才能活着，如果生存都是问题，自己养活不了自己，还有什么体面和尊严可谈呢。

茉莉： 杰思敏，廷瑞也是为你好，话怎么越说越严肃了。今天我们是特意来庆祝你找到新工作，为你的第一场演出捧场的。时间差不多了，你是不是应该准备准备？

杰思敏： 对，还有十分钟了，我得去后台了，你们先坐。

茉莉： 我陪你去。

【茉莉陪着杰思敏往后台化妆间走去。李廷瑞摘下摄影机笑嘻嘻地挡在她们前面，举起摄影机就拍。

李廷瑞： 第一次看见杰思敏围着围裙的样子，还真像个中国的家庭主妇，难得一见的好场景我可不能放过。在中国我可没见过这么漂亮这么美丽的主妇。（笑盈盈地边说边拍）

茉莉： （娇斥地）去，没见过你这么没皮没脸的。

【李廷瑞闪过一旁，对着李廷琛笑道：

李廷瑞：哥，你别往心里去。杰思敏的话不是针对你的。

李廷琛：我当然知道。杰思敏的话很有道理。这世道已经没有是非善恶，能活下去就不错了。杰思敏只是想在这恶浊的世界里干净地活着。

李廷瑞：我不是不知道，整个上海都疯了，日本人在杀人，中国人求生存，难民们只想活下去，而租界里的有钱人却花天酒地，汉奸特务横行，平民百姓惨遭屠戮。唉，不说了不说了，这个世界已被颠倒扭曲，我每天在镜头里看到的都是比邪恶更邪恶的存在。哥，我不知道这个丑恶的世界还要延续多久？

【李廷琛沉默着。一阵激烈的鼓点响起，全场灯暗。

12-11. 景：酒吧舞台 夜 内

【一束追光打在酒吧舞台上。说是舞台，其实就是酒吧角落的一个木台子，木台的一边是一架漆面斑驳的古旧立式钢琴。

【杰思敏已经脱掉了脏围裙，穿着玛丽改制的裙子踏上舞台。酒吧内的客人或沉迷买醉，或借着酒劲大声喧哗，并没有人理会舞台上的杰思敏。

【杰思敏向乐队点头示意，开始自己的表演。

【一曲悠扬的钢琴曲从杰思敏跳跃的指尖轻柔地流淌出来……

12-12. 景：吧台 夜 内

【李廷琛、李廷瑞和茉莉斜倚在吧台旁边，李廷瑞对酒吧内的客人无视杰思敏的演出心存不满。

李廷瑞：你看看这些人，就这样用酒精把自己麻醉在歌舞升平的美梦里，做个木然的行尸走肉。

茉莉：这里和租界不同，去那里消费的都是上海各界的权贵人物。而这里……

【李廷琛尝了一口眼前杯中的酒，劣质酒精的味道让他忍不住皱眉。一旁同样喝了一口的李廷瑞则直接被呛得咳嗽不止。

李廷瑞：咳咳咳……这是什么酒？又辣又涩，像刀子刮了喉咙似的，谁喝得下去。

茉莉：现如今上海的粮食连填饱肚子都成问题，哪儿能有那么多余粮酿酒，好一些的地方能掺水勾兑，其他的怎么酿出来的真是不好说。（说着指了指游走在座位间卖烟的小贩）你看，他那盒子里装的也未必是烟草，裹着树皮草根也不是不可能。

　　李廷琛： 上海，已经穷途末路到这般田地了吗？

　　李廷瑞： 哥，你看看这些人，宁可喝假酒抽假烟也不愿推开门去看看外面真实的世界究竟是什么模样！只是可惜了杰思敏的音乐才华却只能为这些人演奏。

　　茉莉： 不，她至少有我们这些懂得欣赏她的美与天赋的观众。

　　李廷瑞： 面对罪恶无动于衷、不去抗争和假装不存在罪恶，是助长魔鬼肆虐生长的温床。

　　李廷琛： 世界不会永远这样，但凡是人心中都有善恶美丑，我想这些酒客们也一样。他们并非不能欣赏美，只是这个肮脏的世界蒙蔽了他们对美的欣赏。

　　李廷瑞： 是的，至少我们能够不辜负杰思敏的表演。

　　【李廷瑞伏在茉莉身边耳语，茉莉会心一笑。

12-13. 景：酒吧舞台 夜 内

　　【台上杰思敏行云流水般的弹奏，却仍然掩盖不住台下酒客们的喧闹。杰思敏纤秀的手指在琴键上跳跃，努力让自己沉浸在自己的演奏中，但台下的喧嚣和叫喊声依然盖过了杰思敏的琴声。突然一声清亮的小号响起，高亢的号声霎时使台下停止了喧闹。接下来号声变得平缓低沉，随着杰思敏的琴声和谐地伴奏，原来是李廷瑞不知道什么时候上台来为杰思敏助阵。杰思敏微笑着点头致谢，指尖继续在黑白琴键上跳跃。

　　【一束追光突然打向上台口。茉莉风姿绰约地轻提裙角，缓步登台。

　　【茉莉声若黄莺出谷的演唱，成功引起了台下观众的注意。

　　酒客甲： 今天的曲子似乎和往常不一样。

　　酒客乙： 台上的好像是茉莉。

　　酒客丙： 胡说，茉莉可是"大世界"的台柱子。

　　酒客甲： 再说了，自从青帮老大汪墨樵把她娶回家，茉莉就再也没有抛头露面唱过歌。我看你这瘪三就是酒喝多了，看花了眼。

　　酒客乙： 你们自己看！之前"大世界"门口的大海报我天天都能看见，绝对不会看错。

　　【酒吧里，越来越多的客人被舞台上宛若天籁的表演吸引了注意力。虽然三人是初次合作，但默契惊人，奉献了一场非常完美的表演。琴声刚落，台下的酒客们发出一阵疯狂的掌声和叫好声。

12-14. 景：酒吧门口 夜 内

【李廷瑞还在为刚才精彩的演出意犹未尽。

李廷瑞： 哥，你看见了吗？眼看杰思敏那个音就要漏掉，我及时垫了一段……

杰思敏： 真的，多亏了你的帮助。

茉莉： 说你胖，你还喘上了。还不是人家杰思敏反应够快，要不然你那段吹完，没人接上还不就掉在地上了。

【李廷琛走在三人身后，晚风将他们的欢声笑语送入他的耳朵。杰思敏注意到李廷琛落后的步伐，也放慢了脚步。

杰思敏： 我们太吵闹了，是不是？

李廷琛： 不不，我只是在想还能听见你弹琴，真好。

杰思敏： 你听过我弹钢琴吗？

【李廷琛微微一笑，脑海中闪回第一次听杰思敏弹琴时的情景。

【（闪回）德国柏林科恩家楼下，李廷琛站在院子外看着窗户里露出的杰思敏的谱架，悠扬的钢琴声响起。（闪回完）

李廷琛： 美好的音乐总是相似的。

李廷瑞： 哥，你们俩说什么呢？

李廷琛： 只是和杰思敏聊一些音乐的事。

李廷瑞： 杰思敏，你别听我哥的，他啊，从来就对这些风花雪月不感兴趣，别看他留过洋，实际上跟我爸一样，迂腐得很，说搞艺术就是不务正业。

杰思敏： 现在的情况，谈艺术的确是不太合适。

李廷瑞： 杰思敏，我可不是这个意思。

茉莉： 你呀，就是话多。时候不早了，咱们也早点回去吧。

李廷瑞： 哥，咱们一人一个送两位小姐回去，展现一下绅士风度。

茉莉： （看着杰思敏望向李廷琛不舍的眼神）李二少，你不如跟我走一趟，正好小莉也好久没见到你了，前两天还和我说起你来着。

李廷瑞： 也好。那么，杰思敏，今天就此别过，期待下次和你一起演奏。

12-15. 景: 街道 夜 外

【没有了茉莉和李廷瑞,李廷琛和杰思敏一路有些尴尬。

李廷琛: 河滨大厦还住的习惯吗? 听茉莉小姐说,那里的中国难民也越来越多。

杰思敏: 虽然人多,可是中国人都很热情,像你一样,住在这里觉得很热闹。你常常和茉莉小姐见面吗?

李廷琛: 那倒也没有,廷瑞倒是常见面。早些时候,他救了个小姑娘留在茉莉身边当了个使唤丫头,就是刚才说到的那个小莉。

杰思敏: 你们家的人都很好,你的弟弟和你一样有正义感。

李廷琛: (被杰思敏说得有些不好意思)其实,看到你们那样的情况每一个中国人都会,也都应该伸出援手,就拿你今天的衣服来说,袖口的纹样一看就是中式的,对不对?

杰思敏: 你真厉害。妈妈说这是住在窝棚区的洪家姆妈给的……

【杰思敏边说边抚摸着袖口,突然触碰到袖口的族徽。原本愉快的聊天气氛,瞬间冰冷了起来。

李廷琛: 这枚是?

杰思敏: 这不就是你送回家里的那一枚,哥哥的徽章在爸爸身上。

李廷琛: 杰思敏,我很抱歉。

杰思敏: 这不是你的错。

【杰思敏突然停下来,泪眼婆娑地凝视着李廷琛,李廷琛也凝视着杰思敏泪光闪烁的眼睛,掏出手绢轻轻地擦去她眼中的泪痕。

李廷琛: 不要这样,杰思敏,一切都会好起来的。世界不会永远这样黑暗。你们一家能逃出纳粹的毒手,这是上苍对好人的护佑,这就是光明就是希望。好好地活下去,日子再艰难也要坚持着活下去。噩梦总会过去,黎明总会到来。相信那一天已经不远了。你们一家都将在明媚的阳光下生活。

【杰思敏不想让李廷琛看见自己哭泣的样子。擦身而过的时候,李廷琛还是借着月光看见了杰思敏眼角的泪珠。杰思敏突然掉回头,搂住李廷琛深深地亲吻着,李廷琛有点不知所措。突然杰思敏又猛地推开李廷琛,掉头跑去。李廷琛追了上去,轻轻叫道:

李廷琛: 杰思敏,杰思敏……

12-16．景：河滨大厦楼下 夜 外

杰思敏： 我到了，谢谢你。

李廷琛： 赶紧回去吧。明天你还有演出吗？

杰思敏： 每天都有。不过，你刚从德国回来，还是多陪陪家人比较好。反正我的演出每天都有，你想听我弹琴，随时都可以来。

李廷琛： 好。

杰思敏： 对了，有件事我想拜托你。如果，我是说如果，妈妈向你问起我的工作，请告诉她我就是在酒吧演奏。至于，那些打杂的活……

李廷琛： 你放心，我会帮你保密的。

杰思敏： 谢谢。那么，晚安了。

李廷琛： 快回去吧，我看着你进去。

【李廷琛目送杰思敏走进河滨大厦，直到她的裙角消失在黑暗中。

12-17．景：河滨大厦科恩家 夜 内

【听见熟悉的脚步声，小狗豹子欢快地摇起了尾巴。

莎拉： 姐姐，一定是姐姐回来了。

玛丽： 莎拉，慢点，别跑。

【莎拉一头撞进了刚到家的杰思敏的怀中。

杰思敏： 我的天，妈妈今天做了什么好吃的，这么大力气。

莎拉： 姐姐，快给我说说你的新工作。那里的舞台大吗？人多不多？你演奏的什么曲子？

玛丽： 你一次问了那么多问题，让杰思敏先回答哪一个？快让你姐姐坐下。

科恩： 工作很辛苦吗？回来得似乎比预计晚了一些。

杰思敏： 没有，今天的演出非常成功。我只需要在吧台等待着弹琴，大多数的时间甚至有些闲得无聊……对了，茉莉和李家两兄弟特意来酒吧看我的首演，我和李廷瑞的合奏，大家非常喜欢。

莎拉： 什么？廷琛哥哥去了，那你应该叫上我的！

【莎拉说着跑到床边，扒在窗台上拼命地在黑夜里张望。

莎拉：姐姐，廷琛哥哥有没有送你回来？他为什么不上来坐一坐？他有跟你问起我吗……

杰思敏：他……他很忙的，没待一会儿就走了。你的问题我帮你记着，下次问问他。

莎拉：哼，我不要，我要自己去问。廷琛哥哥为什么这么多天都不来了？

玛丽：傻孩子，他需要工作。时间不早了，我们说好的等杰思敏回来就睡觉，对不对？

莎拉：好的，妈妈。

【莎拉依次亲吻了家人们，大家互道晚安。玛丽在莎拉和杰思敏拥抱的时候，注意到杰思敏裙角的污渍。玛丽感到有些疑惑，却没有问杰思敏。

12-18. 景：汪公馆麻将房 夜 内

【汪墨樵和茉莉陪着张工品和一个长衫马褂的中年人正在打麻将。张工品的桌前堆着一大堆筹码。汪墨樵的后面躬身站着青帮二香堂的堂主张圣财。门轻轻敲了几下。张圣财走到门前，见刘姆妈站在门口。

刘姆妈：下面来了两个小兄弟，有要事要见老爷，我让他们在厅堂候着。

张圣财：老爷在打麻将，我去看看吧。（说罢出门）

12-19. 景：汪公馆前厅 夜 内

【两个黑衣的年轻人站在堂前，一边擦汗一边说着什么。见张圣财下楼，立即趋前躬身。

黑衣人甲：张堂主，我们兄弟奉老头子之命巡视江边，见一辆卡车关着车灯悄悄开近淞浦船运码头，几个人从车上卸下几个箱子，装进一艘淞浦船运的空船里，然后开车匆匆离去。

张圣财：看清楚了箱子里装的是什么吗？没听见他们说什么吗？

黑衣人乙：箱子是密封的，看他们搬得很吃力，应该很沉。估计里面装的是红土和白面。那几个人倒是说了几句话，但离太远，听不清他们说什么，好像是说日语。

张圣财：说日语？日本人？

黑衣人甲：应该是日本人，我隐隐约约地还看见一个人身上还挎着一把东洋刀，那箱子就是装鸦片的箱子，所以这才赶来向老头子报告。

张圣财：你们先在这候着，我先去报告汪先生。

【楼梯上人声喧哗。汪墨樵和茉莉送客人下楼。张圣财赶紧迎上去，在汪墨樵耳边说了几句。汪墨樵立即向张工品等拱了拱手。

汪墨樵： 总华捕，二位慢走。我有点小事要处理，我让夫人送送你们。茉莉，你代我送送二位吧。

张工品： （打趣地）汪先生晚上都有公务，叫夫人送我，这黑灯瞎火的也不怕我把夫人拐跑啦。（说着在茉莉的陪同下走出大厅）

汪墨樵： （对着两个黑衣青年，正色）你们看清楚了是日本人？

黑衣人甲： 距离太远没看清楚，但他们说着东洋话挎着东洋刀。

汪墨樵： 你们断定是黑土？

黑衣人乙： 也不知道是红的白的黑的，但可以肯定的是，装黑货的箱子，很沉。

汪墨樵： 箱子装进了淞浦船运的空船，你们肯定？

黑衣人甲： 那是淞浦船运的专用码头，停靠的都是淞浦船运的船。

汪墨樵： 好，这事不准对任何人说。你们先回去吧。圣财，给他们每人一块大洋。

【汪墨樵正反身上楼，见茉莉回来，遂挽着茉莉一同上楼。

12-20. 景：汪公馆二楼客厅 夜 内

汪墨樵： 茉莉，你先去休息吧，我想和圣财商量点事。

茉莉： 什么惊天大事啦，这么晚了还不休息。不嫌我碍事吧？我要陪着你！

汪墨樵： 我真有事，茉莉，你先去休息吧，这没你们女人家什么事。

茉莉： （娇嗔地）不嘛！

【张圣财进屋。

张圣财： 汪先生，您看这事……

汪墨樵： 圣财，坐。我看这事不简单。西药和毒品只有日本人能运，抓住中国人运输这些东西，就地枪毙。日本人把这些东西装到淞浦船运的船上，莫非要栽赃李会长？不对呀，李会长现在是亲日派，土肥原对他也十分敬重，要栽赃也应该是中国人啦。

张圣财： 汪先生，您说得对，如果有人想借日本人的手除掉李会长，那也应该是中国人。难道李会长得罪了什么日本人吗？这世道血腥混沌，阴阳颠倒，什么事都有可能发生。

茉莉： （着急地）你们是说有人要栽赃陷害李会长？那你们快想办法呀，说不定今天晚上就出事。唉，真急死人！李会长知道吗？

汪墨樵： 茉莉，别添乱好不好。我们这不是在想办法吗？

张圣财： 夫人说得对，要不要先通知李会长？

汪墨樵： 不，来不及了，对方黉夜做手脚，显然是做足了功课。这招好歹毒。不行，必须得赶到他们前面，否则就有杀身之祸，我得先把李会长保护起来。后面的事后面再说吧。茉莉，你先睡吧。（说完转身进了书房）

张圣财： 夫人，您回房歇息吧，我还要等老爷吩咐。

【茉莉迟疑了一会儿，转身上楼。

12-21. 景：茉莉卧室 夜 内

【茉莉进屋，匆匆拿起床头电话。

茉莉： 接淞浦医院院长室……

12-22. 景：汪墨樵书房 夜 内

汪墨樵： （对着电话）情况就是这样。我看这是有人要栽赃李会长。我们得先动手，你现在要先派人去查抄淞浦船运的每一条船，晚了就怕来不及了，先把那几箱烟土弄到手，再派人到李府把李衡甫带到巡捕房保护起来。

张工品（OS）： 日本人的事恐怕巡捕房不好插手吧，弄不好日本人要找麻烦的。

汪墨樵： 哎呀，我的总华捕大人，这种偷鸡摸狗、栽赃陷害的下三烂的事，土肥原、久保田他们总不会干吧。能干这种龌龊事的，肯定是李会长曾经得罪过的那些日本商人、浪人，或者是汪政府的人。再说了，淞浦船运码头紧靠租界，也是您的管辖范围呀。这送上门的黑金子你还往外推吗？别再犹豫了，再晚就来不及了。

张工品（OS）： 好吧，我现在就派人去搜查。按老规矩，黑货拿到了我们一家一半。

汪墨樵： 这次我那一半不要了，全都给你。但今天得辛苦你了，立即行动。

张工品（OS）： 好，一言为定。

12-23. 景：黑玫瑰酒吧 夜 内

【背着擦鞋箱的科恩来到杰思敏打工的酒吧，放眼望去三三两两的酒客醉倒一旁。舞台上，灯光一片黑暗，并没有看到杰思敏的身影。一个服务生看见科恩站在门口，迎上前去。

服务生： 您好，先生，请问几位？

科恩： 不不，我是来找人的。请问你们这里弹琴的杰思敏在哪里？她应该已经上班了。

【服务生见科恩不是来消费的客人，立即换上倦怠冷漠的表情，随手一指后厨的方向。

12-24．景：酒吧后厨 夜 内

【酒吧的后厨实际上只是后门外的一条窄巷，支上棚顶，再塞上两个煤炉，能够加工些简单的食物，就把这个地方称作厨房了。

【科恩站在门口的时候，杰思敏正弓着腰在清扫煤灰。晚上表演用的裙子被她挂在一边，身上的裙子因为工作沾上的油污一看就知道已经好几天了。

科恩： （迟疑）杰思敏？

杰思敏： 爸爸，你怎么来了？

科恩： 你不是说你的工作是弹琴吗？

杰思敏： 是的，爸爸。但是已经演奏过了，现在酒吧也打烊了，我也只在帮助老板收拾收拾后厨，打扫打扫卫生，他们这人手太少，我只是帮个忙而已。您看，酒吧已经没有客人了。

科恩： （掏出手绢擦着女儿脸上的炉灰）你不应该做这些……

杰思敏： 没关系的，爸爸，这不脏，很容易就洗干净的。表演前，我打理一下再换上衣服，一样非常漂亮。而且，我烤的面包很受客人们的欢迎，您知道的，没有人能够拒绝妈妈的配方。

【说着，杰思敏从烤炉中拿出一块刚烤好的面包递给科恩。

科恩： （咬了一口）没错，这就是玛丽·科恩的味道。

杰思敏： 面包很受欢迎，老板非常高兴。您看，老板还因为这个给我加薪了。

科恩： 如果我再有用些，你就不用为了这些钱而忙碌。

杰思敏： 爸爸，这不重要。重要的是，我们一家人能够在一起，而且，我喜欢工作，工作让我觉得自己还活着。您坐一坐，我这就收拾完了。我换件衣服，我们一块回家吧。

12-25．景：街道 夜 外

杰思敏：爸爸，我刚来的时候，没几个人愿意听我的演奏，后来是茉莉和李廷瑞给我找来很多中国民歌，特别是一些江南水乡的民谣。这些歌曲都是他们中国人熟悉的，慢慢地他们就喜欢听我的弹唱了。现在我每弹完一曲，台下都是一片掌声。爸爸，我喜欢这种感受，我仿佛找到了自己的价值。

科恩：那些中国人，可能和我在德国时候一样，觉得这是他们听过的最好听的音乐。

杰思敏：您也一样，爸爸，我听莎拉说了，整条街没有人的皮鞋能比您擦过的更亮。

科恩：杰思敏，给我唱一首歌吧，我好久没听你唱歌了。这样的夜晚太适合听歌了。

杰思敏：好的，爸爸，您想听什么？不过这是在马路上，我只能轻声地哼唱。

科恩：好的，就唱莎拉最爱听的那首童谣吧。

【杰思敏轻声地哼唱着一首德国童谣，科恩认真地听着。杰思敏的哼唱声在朦胧夜色中逐渐变大，清亮婉转。

【意识流镜头：科恩仿佛回到了莱茵河畔，眼前是奔腾的河流、茂密的森林以及缀满鲜花的草地。杰思敏站在草地上吹着牧笛，笛声在蓝天白云上飘荡……

【意识流镜头结束。

12-26．景：街道 夜 外

【上海街道，几辆驾着机枪的日宪兵摩托车飞驰而过。杰思敏的哼唱声停了下来，科恩也从幻觉中回到上海街头。科恩轻轻地握着杰思敏的手，有点伤感。

科恩：杰思敏，你刚才的歌声把我带回了故乡，我仿佛又看见了那片绿色的森林、美丽的河……

杰思敏：爸爸，这里也有美丽的河，这里还有我们的新家。我交了很多中国朋友，他们都对我很好。爸爸，不管在哪儿，我永远爱你。

【月亮从云层中透出半张脸来，照着这回家的父女俩。

12-27．景：码头 夜 外

【印有"淞浦船运"标记的货船静静地停在泊位上。

【巡捕房的人带着搜查令，上船搜查，从船上抬下几箱货物。

【巡捕们撬开木箱，红彤彤的烟土呈现在眼前，一股鸦片的迷香随着腥咸的海风散开。

【几个闻讯而来的船工见状，满脸错愕。

12-28．景：李家大宅客厅 日 内

【李衡甫端坐于客厅，正在看今天的报纸。李季方匆匆来报。

李季方： 老爷，巡捕房的人来了，还带着搜查令。

【李季方话音未落，一队巡捕已经齐刷刷地站在李家客厅中。

巡捕甲： 淞浦船运运送烟土证据确凿，烦请李老爷和我们走一趟。

李季方： 一定是有什么误会。咱们家是做正当生意的……

巡捕甲： （亮出拘捕令）这是总华捕亲自签的拘捕令，如果有问题，你们可以带着律师亲自去巡捕房问。现在，我们的任务只是把李衡甫带走。

李衡甫： 季方，少安毋躁。我跟着走一趟。

李季方： 可是，老爷……

【李廷瑞从楼上走下来。

李廷瑞： 爸，怎么回事？他们是什么人？

李衡甫： 没事。你和季方去医院找廷琛，一切听他的。我先去一趟巡捕房。

12-29．景：街角 日 外

【李家大宅的街角，小野宪一看着巡捕们带着李衡甫出门，押送上车，暗觉不好，赶紧拦了一辆黄包车。

小野宪一： 去对华特别行动委员会，快！

12-30．景：土肥原办公室 日 内

土肥原： 什么，李衡甫被巡捕房逮走了？罪名是贩卖烟土？你亲眼看见了？

小野宪一： 是的，我一大早去李府，还没进门就看见巡捕房的人把他带走的。我还特意打听了一下，说烟土是从淞浦船运的船上查到的，人赃俱获。

土肥原： （冷笑一声）这是你的杰作吧？我说过，不要莽撞！不要莽撞！现在好了，鸡飞蛋打。

小野宪一：（满脸惶恐）将军，我没有，我没有……我今天去李府，就是想找他好好谈谈……

土肥原：（挥手打断）行啦，别说了，你那点猴戏不说我也知道，你是想逼李衡甫就范。李衡甫那么好对付的？也难为你了。

小野宪一：将军，我知道错了。本来事情是万无一失的，不知道是谁走漏了风声。

土肥原：这已经不重要了。不过，这样也好。

小野宪一：恕我愚钝。将军的意思，我实在不太明白。

【土肥原没理他，伏案疾书。随后，递了一张文件给小野宪一。

小野宪一：将军，您这是？

土肥原：带着这个，去巡捕房把李衡甫接出来。叫上记者，越风光越多人越好。一定要把这件事给我做大做漂亮，让全上海的人都知道。这也是给了你一个接触李衡甫的机会，你等于救了他一条老命。去吧。

小野宪一：是，谢谢将军。

12-31. 景：淞浦医院 日 内

李廷琛：廷瑞，你说的是真的吗？

李廷瑞：我亲眼看着被带走的，巡捕房白纸黑字的拘捕令还能有假？哥，父亲一定是疯了，居然碰鸦片。

李廷琛：你别胡说，父亲是这样的人吗？这里显然是有人想栽赃陷害父亲，只是现在我们还找不到这个栽赃的人，也不知道他为什么这样做。巡捕房是租界的人，别的人说不上话，我得联络一下陆学长，请他关注下这件事，要巡捕房查清楚这件事的来龙去脉。廷瑞，你现在去一趟码头，关照一下船工们，确保他们的安全，别让人趁机欺负咱们的工人。

李廷瑞：哥，这可是贩毒。

李廷琛：别乱说，究竟是怎么回事我们也不知道。我们得相信父亲。你按我说的做。

【李廷瑞离开后，李廷琛迅速拿起电话打给陆允明。

陆允明（OS）：廷琛，你还不知道吗？

李廷琛：怎么了？

陆允明（OS）：小野宪一带着"鸦片运输证明"去了巡捕房，说你父亲运送的烟土是日占当局特许，用作伤员治疗的。

李廷琛：什么？这怎么可能？

陆允明（OS）：巡捕房迫于压力已经把你父亲放了，门外很多记者。

李廷琛：这是个陷阱。他们这是把贩毒的帽子硬扣在我父亲头上。

陆允明（OS）：我也觉得事情很蹊跷。往好处想，人总是放出来了。不过廷琛，上次我已经跟你说过了，国共两党的特工都认定你父亲是汉奸，甚至上了被锄奸的名单。只是有人力保，你父亲才避开了一次次险境。这次又多了个贩运鸦片的罪名。廷琛啦，我是了解你父亲的，我相信他的清白，他不会运毒的。但你也要劝劝他行事多谨慎，不要再出头啦。人言可畏，日本人也不会放过他。再这么下去，国共两党锄奸队也不会放过他。保护好自己，善自珍摄吧。

【李廷琛挂了电话，越想越不放心，脱下白大褂，立即往家里赶。

第十二集完

第十三集

13-1．景：李衡甫书房 日 内

【李衡甫坐在书桌前，面前的报纸上是自己和小野站在巡捕房外的合影，标题字体醒目地写着"号外！商会会长联合日方贩运烟土"。另一边，土肥原亲自签发的"鸦片运输证明"静静躺在书桌上。

李季方： 老爷，别看了。

李衡甫： 季方，放着。我得好好警醒自己。孩子们呢？

李季方： 二少爷还年轻，说话也是冲动，大少爷已经安排他去船厂安抚工人们，您就让他忙去吧。

李衡甫： 廷琛做事总是妥帖的。

李季方： 老爷，大少爷在门外等着。你要见一见吗？

李衡甫： （疲倦地按着太阳穴）让他进来吧。

【李季方退出书房，李廷琛走了进来，轻轻关上了门。

李廷琛： 父亲。

李衡甫： 坐下吧。

李廷琛： （看着桌上的运输证明）我们是中计了，对不对？

李衡甫： 这重要吗？现在全上海都认为我们李家帮了日本人，说是运烟土治伤员，谁都知道烟土是用来做什么的。我到底还是把李家世代的声誉赔了进去。

李廷琛： 父亲，恕儿子不孝，有些话我已经憋在心里很久了，一直没机会对您说。

李衡甫： （声音沙哑）我知道，你不是没机会对我说，你是不想对我说。你不是这么久没回家吗？你是在躲着我。我知道你想对我说什么，但是我还是希望你说出来。不会是要跟我划清界限吧？

李廷琛： 父亲，我是您的儿子，我是在您的怀里，在您的教导下长大的。我理解您一片报国之心，也理解您的忧国忧民。我知道，您殚精竭虑地想保住上海的这点工业基础，不想看着上海几百万百姓和难民活活饿死，您宁肯背负"汉奸""卖国贼"的千秋骂名。作为您的儿子，我为有您这样的父亲感到骄傲，您这是毁家纾难。我相信您、崇敬您，您永远是我的父亲。可是父亲，如今国家山河破碎，百姓流离失所，泱泱中华已失去了半壁江山。蒋委员长数百万军队，尚难以御敌。我们家一介平民，又能有多大作为。其实您做的这些我都能理解，父亲真正的目的不是在帮日本人，而是在拯救我们的同胞。可是天下沦亡，父亲您又能救得了多少呢，又能坚持得了多久。而且，您千不该万不该，不该当这个会长。您这一当会长，就要向工商界的同仁发号施令，大家都拿您当靶子、挡箭牌，您就成了汉奸的头，成了卖国贼的头。这次又弄出个帮日本贩运鸦片的罪名，这显然是有人栽赃陷害，说不定就是日本人下的套，他们要把您往独夫民贼的不归路上再推一把，您跳进黄河洗得清吗？

李衡甫： 那么儿子，你告诉我，我该怎么做？

李廷琛： 作为中国人，尽中国人的本分，不出头，不露脸，不和日本人交朋友，守住中国人的良心和道德底线。我们虽然不能上前线杀敌，但也绝不能和日本人合作。上海的工商界金融界这么多人，他们也是中国人，他们怎么做我们也怎么做。不给日本人当靶子，不给中国人当挡箭牌，别让天下骂名都落到我李家身上。父亲，这就是儿子对您的希望。

李衡甫： 儿子，我让你失望了。你刚才说的，父亲一样都做不到。或者说，我已经都做了，现在想退退不回来，既然我已经迈出了这一步，我也不想退回来。儿子，你还年轻，有些事你不会理解的。你一腔热血，报国心切，我能理解你。只请你记住我一句话，我所做的这一切都是在守住一个中国人的良心。你可以不认我这个父亲，但我问心无愧，你的父亲和你一样，是个堂堂正正的中国人。

李廷琛： 父亲，我说过，我是在您的教导下长大的。我了解您、信任您，相信您是个堂堂正正的中国人，不可能做出危害国家、民族、同胞的事情。但是父亲，您知道您现在的处境吗？日本人把您往叛国的路上推，中国的老百姓说您是汉奸卖国贼，国民党军统要置您于死地，共产党特科也非杀您而后快。据陆允明讲，您都上了他们的锄奸名单了。父亲，听儿子一句话吧，后退一步，保全自己。您的处境实在太危险了。儿子不愿意看见您，我敬爱的父亲枉死在自己同胞手上。

李衡甫：（惨淡一笑）儿子，你以为父亲是苟且偷生之人吗？自打日本人占领上海的那一天起，他就没想过要保全自己，他早就做好了死的准备。我一介老朽，死不足惜。你父亲最心疼最遗憾的是，背着汉奸卖国贼的骂名，给祖宗后代蒙羞，这才是我死不瞑目的原因所在。

李廷琛：可是父亲，求生是人的本能。蝼蚁尚且偷生，您这样做不是自绝生路吗？儿子实在不明白，您到底想要做什么？

李衡甫：（挥手打断）该说的都给你说了，我不想再说什么了。说也多余，你不会理解的。你去吧，我想静一静。

【李衡甫闭上眼睛，看起来满是疲惫。李廷琛静静站了一会儿，叹了口气，退出书房。

13-2. 景：十六铺码头 日 外

【一艘艘轮船靠岸，大批欧洲的犹太难民涌入上海，涌向上海犹太难民集中的河滨大厦，寻求落脚点。

13-3. 景：河滨大厦 日 内

【米兹拉希和茉莉、李廷瑞接待着不断涌入的难民。

【走廊和楼梯都已经没有空余的地方。一张床至少已经安排睡两个人，但还是人满为患。

【难民们排着队等待领取食物配给。茉莉、洪家姆妈和其他中国难民正在给排着队的犹太难民分发着馒头和水。茉莉看着身后见底的竹筐和面前密密麻麻排队的人群，眼中满是焦虑。

茉莉：米兹拉希先生，这样下去不是办法。

米兹拉希：我知道，市政府、哈同家族、中国商会，甚至是日本宪兵司令部我都去过了，像个乞讨的乞丐，可是，能争取到的救济根本赶不上这一批又一批逃来上海的无家可归的人们。

【杰思敏过来，将整理登记的厚厚一沓犹太难民身份记录递给米兹拉希。

杰思敏：米兹拉希先生，江边又来了几船难民，总有几百号人。协会负责接待的人跟我说，实在没地方可安排了。这是他们的登记名册。这批人还在码头上候着，他们让我来找您想办法。这批人怎么安顿？

米兹拉希：（捧着沉甸甸的名录）难道上帝真的遗弃这些可怜的人们了吗？还是，我们的祈祷不够虔诚。

茉莉：请不要绝望，米兹拉希先生。我们总能有解决的办法。

米兹拉希：这里太挤了，已经没有一寸地方再安排更多的人。上帝啊，我上哪儿去给这些同胞找地方？

茉莉：总不能让越来越多的犹太难民住在码头上吧，哪怕有个遮风避雨的地方也好呀。

李廷瑞：唉，我倒想到一个地方。摩西会堂怎么样？这本来就是犹太教的教堂。

茉莉：是呀，那地方蛮宽松的，安顿几百人应该没有问题。我们怎么就没想到呢。

米兹拉希：摩西会堂是我们上海犹太教人的朝圣圣地。那里有我们的灵魂，有我们的信仰，是主传播福音的地方，也是主在天堂的居所。这个会堂是沙逊、哈同、嘉道理三大家族出资兴建的。占用这个地方，主会降罪的。

李廷瑞：我想主不会降罪的，当初摩西带领犹太人劈开红海建立犹太国，就是秉承主的意愿。主和摩西总不会看着他的子民流离失所吧。

茉莉：是呀，米兹拉希先生，能给这些从纳粹枪口下逃出来的难民有个庇护之所，应该就是主的意愿。

米兹拉希：我主慈悲，能给这些同胞找个遮风避雨的地方，又何尝不是我的心愿？我虽是拉比，但这事我做不了主。至少我应该得到哈同等几个家族的同意。这事关上海几万犹太难民的福音。这样吧，我回去商量一下，如果他们同意，可把这里的犹太难民先挪一部分过去，这里本来就是中国难民落脚的地方，实在太拥挤了。

13-4．景：淞浦医院李廷琛办公室　夜　内

【李廷琛走进办公室，办公室看起来空无一人。

李廷琛：你来了。

【海东青从窗帘后闪身而出。

李廷琛：你都听说了。

海东青：大报小报，街谈巷议。哈哈，老爷子现在不仅是汉奸卖国贼，而且又多了一条罪名——帮日本人贩毒。你没听说吗？

李廷琛：他是我父亲，我相信他不可能为日本人贩毒。

海东青：可人们言之凿凿，说是巡捕房从淞浦船运的船上搜出来的，人赃俱获；又说日本人亲自把他从巡捕房里接了出来。你觉得这些都是假的吗？

李廷琛：我没有证据说这些都是假的，但人永远只相信自己想相信的。

海东青：那你准备怎么办？老爷子现在是跳进黄河也洗不清了。

李廷琛：我不知道怎么办。这事我父亲自己也有责任。他要不当这个商会会长，这些烂事也不会摊到他的头上。

海东青：看来你还是在责怪你父亲，难怪你这么久也不回家，是怕沾汉奸卖国贼的包。我没说错吧？

李廷琛：你说得不对。我虽然没有证据证明我父亲没有和日本人贩毒，我也知道他不是汉奸。但他当了这个会长，别人就说他在替日本人办事，就是汉奸。这事说得清吗？

海东青：所以你就避嫌，你就疏远你父亲。你父亲是不是替日本人贩毒，你左一个没有证据右一个没有证据，看来你还是怀疑老爷子贩毒的。我说大哥，今天不是海东青说你，你拿点血性出来好不好。人家都欺负你家老爷子到这份上，你还怎么待得住。我海东青没读过书，没你的学问大，可我认定一点，没有你老爷子出头当这个会长，上海就不会有粮食，上海的百姓和难民就统统都要饿死，连我海东青填饱肚子都要去偷、去抢、去杀人。他救了无数的中国人，这样的人会当汉奸？会帮日本人贩运烟土吗？这明明是有人在陷害你老爷子，把这盆脏水泼到他身上。你这个当儿子的，不仅不去给他申冤出头，不去把那个陷害老爷子的乌龟王八蛋抓到碎尸万段，反而责怪自己的父亲，赌气不回家，不见他老人家。你知道他老人家心里有多难受吗？别人可以骂他、糟践他、泼他脏水、啐他口水，可你是他儿子啊。你能这样怀疑他疏远他吗？我海东青一生只敬重两个人，你是其中一个，可这件事我海东青不服你，也不能眼睁睁地看着老爷子蒙冤。我今天来，就是来向你说清楚两件事：一，老爷子是好人，在他倡导下，救了数以万计的上海老百姓和难民，这样的人不会是汉奸卖国贼。你作为他的儿子，这样怀疑他、疏远他，你做得不对，我不服。二，请你给我提供一点线索，究竟是谁这样陷害他老人家，你不出头我出头，我要抓住这狗杂种碎尸万段，替老爷子，也替你，洗冤雪耻。

李廷琛：海东青，你不要胡来好不好。他是我父亲，我能不了解他吗，能不了解他的人品，能相信他是帮日本人的汉奸吗？但这事情太复杂，现在只知道是日本人做手脚，你找谁去？这件事连我父亲自己都说不清，只知道是别人给他下了套，是栽赃陷害。但人海茫茫，上哪儿去找这下套的人。这件事我当然不会放过，可现在一点头绪都没有，你叫我怎么下手？海东青，我们是好兄弟，我知道你一身是胆，是江湖义士，你能这样看待我们李家，我很感激。但现在漫无头绪，我们千万不要胡来。可以肯定，这是一场有背景有策划的阴谋。但你我都要理智，否则还要酿出更大的乱子来，甚至伤及无辜。好兄弟，血性不体现在冲动上，等事情有了眉目我第一个找你商量。

海东青：你是他的儿子，我听你的，但这件事我不会放下。小爷就是看不惯这种暗地泼人脏水的勾当，看不惯好人蒙冤坏人得意，这个抱不平我还打定了。我等你的回话。我走了！

【海东青说完飞身而出。留下李廷琛孤独的身影。

13-5. 景：上海美国总领馆陆允明办公室 日 内

【办公室坐着陆允明，李廷琛，米兹拉希。陆允明拿出一份电报。

陆允明：（兴冲冲地）米兹拉希先生，廷琛，好消息！詹森先生一直把上海的情况告知美国国会，刚刚收到回应，美国国会将派犹太裔财团代表史蒂芬·怀兹先生来上海考察。怀兹先生和美国的犹太同胞们非常关心大家在上海的生存情况，已经在向各界筹备救助资金，该款将专用在留沪犹太同胞的救助上。

米兹拉希：感谢上帝！这是真的吗？

李廷琛：怀兹先生什么时候能来？大概能募集到多少资金？

陆允明：这个电报没说，大概行程还没定。至于说赈济金能够募集多少，恐怕要等怀兹先生考察回国后再定。但根据詹森先生的报告和美国国会的热情关注，还有美国各界犹太巨商的热烈响应，这笔赈济款恐怕不在少数。

米兹拉希：真是幸运，我们的祈祷被上帝听到了。

李廷琛：米兹拉希先生，接下来我们还有很多工作要做，要做好接待怀兹先生的准备，尽可能避免日本军方和汪政府插手。不管这笔赈济款多少，都要有一个妥善的银行接收，并保证这笔资金用于赈济犹太难民。我们回去准备准备吧。（转对陆允明）学长，请多提醒詹森先生随时和美国国会和美国犹太赈济会联系。

陆允明：关于怀兹来沪考察的事，请二位务必保密，无关人员还是不要让他们知道为好。

【陆允明说毕，送李廷琛和米兹拉希一起离开总领馆。

13-6. 景：土肥原办公室 日 内

【小野宪一躬身站在土肥原的办公室聆听指示。

土肥原： 小野君，这段时间你的工作做得很不理想，交代你的两件事基本都没有头绪，甚至连你要找的人都没有见到。你的电影公司虽然成立了，但里面没有一个中国人，也没有一个中国人愿意投资你们公司。一个日本人办的电影公司，中国人会来看吗？即便电影拍好了，你准备演给谁看？向谁宣传？更糟糕的是，东亚银行的筹备工作一点头绪都没有。你甚至连要找的人都没找到。你准备办个日资银行吗？我知道，以你的财力，办个中小型银行还是不成问题的。你可以从你的满洲开发银行挪一部分储备金过来，办一个纯日资的银行。但哪个中国人，哪个中国企业愿意把钱放在你这？谁愿意和你做生意打交道？我当然知道做这些工作难度很大，我也知道你正在努力地做这些工作，也正因如此，我没有对你的一再拖延过多责罚。你这次策划栽赃李会长贩卖烟土的事，你的本意是威胁李衡甫，逼他加盟你的东亚银行，否则就把这盆脏水泼他身上。但我跟你说，你的这种下三烂的手段对付不了李衡甫，搞不好适得其反，让上海人、让全中国的老百姓都以为是皇军在暗中胁迫李衡甫。好在巡捕房没有穷追到底，我也给你打着掩护，说他贩运烟土是我们的特许。小野君，你看看你都做了些什么。

小野宪一： （面如死灰）我只是想完成将军的指令，情急间出此下策，辜负了将军的信任。小野知错了……

土肥原： 你不是辜负了我的信任，你是辜负了帝国的信任。如果真出了大乱子，你就是对帝国的犯罪。好在这些都过去了，我也不再追究。你好自为之吧。还有，你的电影公司必须尽快开展工作，多拍一些展现上海在我大日本帝国的治理下一片繁荣昌盛的纪录片，宣传上海是我大日本帝国的皇道乐土，以及市民安居乐业的情况。导演和摄影都必须要用中国人，要让中国人为我们做宣传。听你说李衡甫的二儿子是个纨绔子弟，灯红酒绿，不务正业，但他喜欢文艺喜欢摄影，你为什么不在这种人身上下功夫呢？你要不择手段地把他拉过来，李家的人在上海还是很有影响和号召力的，我们要让李家全家为帝国的共荣效力。

小野宪一： 将军，李家二少连面都不肯跟我见，能拉他过来吗？

土肥原： 中国有句谚语"有钱能使鬼推磨"，还有一句"重赏之下必有勇夫"。李家二少本身就是花天酒地、纸醉金迷之徒，多给他钱，甚至许给他股份，满足他的一切愿望，他这种人能不动心吗？这些事还用我来教你吗？小野君，我的耐心是有限的，你看着办！去吧！

【小野宪一唯唯而去。

13-7. 景：上海街头 日 外

【李廷瑞背着摄像机匆匆走着，后面追上来一个男孩，像个报童，一把拽住李廷瑞，将一张名片塞进李廷瑞手上。

报童：您是李先生吗？前面酒吧有个女士说要找你。喏，这是她的名片。

【李廷瑞翻看着手上的名片，见名片上有一个漂亮的女人头像。头像边写着一行小字：满映公司李香兰。

李廷瑞：你认识这位小姐吗？

报童：不认识，但她说认识你，让我把这张名片给你。她在后面那个酒吧等你。

【李廷瑞端详着名片上那个美丽头像，感觉仿佛在哪儿见过，名字很熟悉。犹豫半晌，终于对报童说：

李廷瑞：好吧，你带我去。

【李廷瑞跟着报童走进一家酒吧。

13-8. 景：酒吧 日 内

【酒吧内客人不多，紧靠窗户的桌边坐着一男一女。那女的端庄艳丽，一袭旗袍更显出她凹凸有致的身材，风姿绰约。见李廷瑞进来，她忙站起来，笑容满面地挥手道：

李香兰：李二少，李二少，这呢！

【李廷瑞迟疑地走到她身边，注视着她那似曾相识的美丽面孔。

李廷瑞：您是……

【李香兰扭动身姿，搀扶着一脸惊愕的李廷瑞坐下。

李香兰：您呀真是贵人多忘事，我是李香兰呀，两年前我来上海专场演出，还是您给我录的像呢，怎么就不记得了。

李廷瑞：（满脸错愕）原来您就是鼎鼎有名的满映大明星李香兰女士，难为您还记得我。怎么，找我有事呀？

李香兰：（娇嗔地）我的李二少爷，没事就不能来看看你吗？我可是一直在想着你呀，今天好不容易碰上了，我一定要陪你喝两杯。服务生，给我上一瓶法国顶级杜松子酒。

【服务生将酒托上来，分别倒在三个杯子里，礼貌地退下。

李香兰： 忘记给你们二位介绍了，这位是上海工商协会李会长的二公子李廷瑞，这位是满洲东亚银行，也即将成为上海东亚银行董事长的小野宪一先生。

小野宪一： （赶忙站起来）李公子我是久仰大名，只是难得一见，今天总算是通过李小姐见面了。幸会！幸会！

李廷瑞： （皱着眉头）原来你就是小野宪一，如雷贯耳。我胆小，我怕被雷给打晕了，想着还是回避一下。小野先生多次找我，不知有何见教？

小野宪一： （有些尴尬，赶忙坐下）哪里哪里，哪敢有什么见教？久仰李公子快人快语，豪爽仁义，助弱扶贫。鄙人刚到上海，只想交几个像李公子这样的有影响的朋友。今天能与公子见面，鄙人三生有幸。

李香兰： 二位别只顾说话呀，今天是我请李公子来的，是我做东。咱们见面就是朋友，来，我们先喝酒再谈事。（说着端起酒杯）来，李公子，我敬你。

李廷瑞： 李小姐，很对不起，我是滴酒不沾的。我很仰慕李小姐的才情，歌影双辉。如果不是因为战争，能认识李小姐一定是我的荣幸。但今天我们已成敌国，李小姐的这杯酒我实在难以下咽，还望李小姐见谅。

李香兰： （轻轻放下酒杯）我非常理解李公子。我和李公子一样，从不过问政治，我感兴趣的就是艺术、唱歌、演电影，这是我一生的爱好，也是一生的追求，就像李公子喜欢摄影、导演一样。今天看到李公子一身傲骨，浓浓的家国情怀，更增加了我对李公子的敬重。喝酒只是个形式，我想，李公子不喝这杯酒，也不会影响我们这种私人友谊。

李廷瑞： 谢谢李小姐体谅。我想小野先生多次找我，恐怕不仅是为了与我这个无名小卒交朋友吧。小野先生，我们不必绕弯子，今天当着李小姐的面，你有话就直说了吧。

小野宪一： 李公子痛快。其实我也只是仰慕李公子的艺术才华，鄙人在上海搞了个电影公司，希望全上海乃至全中国的著名艺术家加盟，我要把这个电影公司做成中国最大最好的影业公司。这不，我把李香兰女士也请来了。如果李公子也能加盟我的电影公司，这将是鄙人的荣幸。

李廷瑞： 很抱歉，小野先生，我就是个自由制片人，闲云野鹤，题材自定，无拘无束惯了，对加盟任何艺术团体不感兴趣。

小野宪一： 天下熙熙皆为利来，天下攘攘皆为利往。独立制片也好，自由撰稿也好，没有不为利益所驱使。我小野也是读过几年书的人，但在商言商，今天我就打开天窗说亮话。我仰慕李公子的影响和才华，只要李公子能加盟我的公司，我将不吝重金，我甚至可以将公司三分之一的股权让给您。李公子，您看如何？这可是笔无本买卖。

【李廷瑞听罢，冷哼一声，提起摄像机就走。

李廷瑞：谢谢你的好意，那三分之一的股权还是你自己留着吧。告辞！

【李香兰见势不妙，赶紧按住李廷瑞。

李香兰：李公子李公子，少安毋躁。小野先生是生意人，说的话都是生意经。（转对小野宪一）小野先生，不是我说你，你也不看看你面前的这位是什么人，他们李家富可敌国，李公子追求的是自由个性，他能把你那点股权放眼里吗？（转对李廷瑞）李公子，实不相瞒，我这次来上海就是为了拍摄一个犹太难民的纪录片。德国人要把犹太人赶尽杀绝，大批犹太难民逃来上海，他们食不果腹、夜宿街头、无依无靠，苦不堪言。但凡有点良心的人，谁不动容。据我了解你们李家，从李会长到你的大哥李廷琛，都在为这些犹太难民劳心劳力，奔走呼号，甚至冒着杀身之祸拯救犹太人，光赈济难民的粥厂就设置了一百多个。这份义举、这份慈悲，谁不敬仰？我这次来沪，就是要拍一部犹太人在上海生存的纪录片，让全世界知道犹太人的苦难。李公子，你是李氏一脉，相信你和你的父兄一样，富有同情心、怜悯心。但我只是个歌手、影星，我有这份悲悯却没有这份能力。这样，我今天以我个人的名义请求你加盟这个项目。让我们共同努力，把上海犹太人的苦难拍出来，公之于世，让全世界知道德国人的暴行、犹太人的苦难。这也算是积德行善吧。我们不要任何酬劳，只想安抚自己的良心。李公子，我的这个请求，想你不会拒绝。

李廷瑞：想不到李小姐有这份仁慈和义举，我要拒绝倒显得我李廷瑞冷血无良了。好吧，我答应你，做你项目的合作人。但我是有条件的，希望你能理解。一，我有完全的创作自由，想拍什么拍什么，不受任何制约；二，版权、片权、放映权归我和李女士两人，除犹太组织外，任何政治组织和商业机构都无权挂名。李小姐，我这两条不算过分吧。

李香兰：李公子真是快人快语，我完全赞同。我补充一点。三，剪接后的所有成片，摄影和导演都必须是李廷瑞。怎么样，足见我李香兰对你的敬重和诚意吧。

李廷瑞：好，一言为定！

李香兰：一言为定不行，我们还要有个合作议定书。白纸黑字，足见彼此诚意。

【李香兰说着从包里拿出一支笔、一张纸，推到李廷瑞面前。

李香兰： 李公子，你写吧。你写了，我签字画押就是。

李廷瑞： 签约可以，但今天不行，改日吧，我今天约了人，还要赶过去。告辞！

【李廷瑞说完拿起摄像机，跳上酒吧门前的一辆黄包车离去。

【酒吧间只剩下小野宪一和李香兰两人。小野埋怨李香兰。

小野宪一： 香兰，你怎么可以答应他不按照我们的指令办。什么创作自由，他想拍什么拍什么，那他拍的不是我们要的怎么办？还有什么版权、片权、放映权都归他，还不能挂任何政治组织和商业机构。那怎么能说明这些片子是我们公司拍的？

李香兰： 小野先生，你怎么聪明一世糊涂一时。他拍的东西有我一份，怎么制作，怎么剪辑，挂谁的名还不是由我们，但导演、摄影都是他李廷瑞，这才是土肥原将军要的，也是美国犹太考察团希望看到的。等我们签了约，你赶紧拿到土肥原将军那里交差吧。其实那就是一张废纸，真到那时，只要你一句话，就说李香兰是满映的人，她无权在外边和任何人合作搞项目。那他所谓的合作书，不就是一张废纸吗？

小野宪一： （连连点头，狎笑）高，还是李小姐高！我今晚要好好犒劳犒劳……

李香兰： （娇嗔地）去，没皮没脸。

13-9. 景：上海街头 日 外

【上海街头店家纷纷挂上了灯笼，橱窗上贴着"兔年大吉"的条幅。面街的窗口也有人家伸出了一条条腊鱼。从布店里买了布出来的人，互相作揖道喜。

【莎拉牵着爸爸科恩先生的手，好奇地东张西望。科恩先生依然背着擦鞋箱。

【摆摊人的摊子上放满了各式关于兔子的玩具，大声吆喝叫卖。

莎拉： 爸爸，他们在做什么啊？

科恩： 他们在准备庆祝中国的新年。

莎拉： 新年？新年不是在秋天吗？

科恩： 那是我们犹太人的新年。

莎拉： 那他们的新年也叫吹角节吗？

科恩： 不是，他们的新年好像叫过年，又叫春节，有点像我们的吹角节。全世界都有自己的新年，新年的叫法也不同。

莎拉： 新年就是新的开始，是吗？中国人的新年会给我们带来好运吗？

科恩：是的，每个国家都有自己的新年，人们都祈祷在新的一年中，能给自己带来好运，期盼一种新的生活。可是莎拉，无论生活有多么糟糕，无论我们在哪里过新年，你要记住，永远不要丧失对生活的信心，不要丧失对幸福的期盼。就像我们常说的"明年耶路撒冷相见"。

【莎拉似懂非懂地点了点头。

13-10. 景：河滨大厦难民营 日 内

【洪少雨拎着一只空的竹篓唉声叹气地回来，迎面碰见洪阿秀和洪家姆妈。

洪阿秀：你去了一上午怎么还是两手空空地回来。

洪少雨：（大声发着牢骚）排了一上午米店也不开门，说是没米了，连棒子面、红薯干等杂粮都没了，这年还怎么过。册那，鬼子没来的时候，虽说日子苦些，但总还有口饭吃。每年过大年时，村上杀口猪，家家还有块肉吃。现在倒好，过年都得饿肚子，连个棒子面窝窝头都吃不上，这哪像过年的样子。

洪家姆妈：下午再去看看，弄点棒子面红薯干也好啊。

洪少雨：我不去，反正米店也不开门，满街都是饥民、难民。我在米店排队时，就亲眼看见两个难民一头栽倒，再也没有爬起来。这都是鬼子造的孽。真不知道鬼子藏粮的地方在哪里，我要是知道，我就带着难民去抢他娘的。死在鬼子的枪下是死，饿死也是死，死也来个痛快的！

洪家姆妈：出去你可管住你这张嘴，发牢骚就是抗日，就是暴民。少雨啊，家里老的老小的小，你可不能出事啊。

洪阿秀：阿妈，这年可以不过，这日子总得过吧。这连充饥的粮食都没有，这日子还咋过啊。

洪家姆妈：那也不能去偷去抢吧。城隍庙抢粮的事死了那么多人，你们就忘了吗？

【米兹拉希、茉莉、李廷瑞、芦柴棒等人突然来到，正好听见洪少雨一家在议论过年的事。芦柴棒不知从哪里弄来一面小破锣，进门就不停地敲。破锣的哐哐声让难民们都走出自己的屋子里，登时过道里挤得满满的。

【米兹拉希挤上楼梯的转弯处，茉莉和李廷瑞紧随其后。

米兹拉希：告诉大家一个好消息，经与沙逊等家族联系，他们同意把摩西会堂用来接待犹太难民，说这是对上帝最诚挚的祈祷，也是上帝的安排。我们商量了一下，这里的犹太难民全部搬到摩西会堂。我希望今天这些人就能搬过去，新来的难民已经在码头上待了几天了，他们也将安排在摩西会堂。万一安排不了，这里还要安排一些新的难民。我希望这里的犹太难民搬走后，中国难民暂时保持原状，空出来的地方有可能还要接纳新的难民。这里名单上的犹太难民，今天就可以开始搬了。摩西会堂的所有房间都已经做了分配，每个屋子的门上都贴着住户的名单。我的话讲完了，不知道大家听清楚了没有。

【整个会堂一片喧嚣声。

【茉莉和李廷瑞边走边商量。

茉莉： 杰思敏家里没人，我们得赶紧去淞浦医院通知她和玛丽尽快搬家。好在他们家里也没什么东西，如果需要帮忙我们就过来吧。

芦柴棒： 我可以帮他们搬家。只是今后要找莎拉玩，就不方便了。

李廷瑞：（面色凝重）茉莉，刚刚我们进来时，你听见洪少雨一家在说什么？说是市面上买不到粮，连棒子面杂粮都没有。他们得在饥饿中过这个年，洪少雨都准备联络难民抢粮了。说的虽然是牢骚话，但人到了绝境的时候，也说不定能做出些极端的事情来。我不知道怎么才能帮助他们，光靠汪老板和我家的那些粥厂是解决不了问题的。我们得想想办法，给他们弄点粮食，好歹让他们过个年。

茉莉： 上次还是你们李家帮了墨樵一把，给墨樵的粥厂弄了些粮食，要不然早就断炊了。饥民们若急了眼，打砸抢的事就会不断发生，这样下去要出大乱子的。

李廷瑞： 我们都去想想办法，总得让难民们活下去，你也回去跟汪老板说说，他神通广大路子广，给这些难民弄些杂粮也好啊。

茉莉： 好的，我现在就回去跟他商量商量。听他说，粮帮的船运全停了。上次从浙西偷运了几船粮，中途被鬼子截获了，粮食一粒没运进来，还被打死了四个弟兄。唉，这世道，中国人真的没活路了。

李廷瑞： 没活路就不活了，大不了是个死，我也不能再这么窝窝囊囊地活下去。先设法把难民过年的粮食解决一下，解决多少算多少。茉莉，我得走了，我心里堵得慌。

【李廷瑞说完，撇下茉莉，大步流星地离去。

13-11. 景：楚孝仪面粉厂 日 内

【楚孝仪面粉厂机器轰鸣，粉尘迷漫。工人们戴着口罩，将一袋袋加工完的面粉装袋。

【经理拿着生产的记录，跟在楚孝仪的身后。

经理：董事长，这是咱们的记录。

楚孝仪：不能再增加了吗？

经理：所有的机器已经饱和，真的不能再增加了。淞浦用的是德国机器，出粉量更多一些。本来还有一些面粉厂看着风向，这两天都开工了。

楚孝仪：淞浦带头，工商业都得顾及上海市民。

经理：老百姓可怜，摊上这样的年头。不过……

楚孝仪：不过什么？

经理：咱们这边增加生产，日本人也跟着派军需状。

楚孝仪：尽我们所能。不管是咱们还是淞浦，过年了，总要让上海的老百姓吃到一顿年夜饭。

13-12. 景：十六铺码头 日 外

【运稻谷和麦子的船插着淞浦船运的旗子，一艘艘靠岸。码头上的工人鱼贯而下卸货。

13-13. 景：青帮一座航运楼 日 内

【窗前，汪墨樵拿着望远镜看着码头上的情况，码头上的一切都尽收眼底。殷燕农站在他的身后，揣摩汪墨樵的心情。

殷燕农：您也看到了。除了日本人的船，就属淞浦的船多。现在码头上哪还有我们弟兄说话的份。

汪墨樵：李衡甫弄的都是粮食？

殷燕农：何止粮食，布匹、燃料，凡是上海吃的用的短缺的，他都运。

汪墨樵：燕农，咱们是自家人。弟子们有什么想说的，你也不必吞吞吐吐。

殷燕农：我殷燕农算什么，都是靠帮里才有一口饭吃。见人办事长见识哪一点不是您教的。李衡甫现在这么嚣张，说到底还是沾上了日本人。拿着那张土肥原将军给的特别免检通行证，眼睛里还能有谁。码头本来是咱们的地盘，现在日本人说了算，胳膊扭不过大腿。

汪墨樵： 那依着你的意思呢？

殷燕农： 外头不懂事的人说您娶了茉莉小姐之后就不大管事。

汪墨樵： 那你呢？

殷燕农： 您是上海滩数一数二的人物，夫人是数一数二的美人。我是说英雄配美人。不过，夫人常混在难民里头。难民营里又总有李家捐的粮，好处、名声都让李家占了。

汪墨樵： 夫人是个女流，心软，这些事，她不懂。可你也算是青帮当家的，也是个江湖人物，你也不懂吗？李衡甫有什么好名声，现在都成卖国贼了。燕农，做人大气点。李衡甫这样做，难道是想挤垮我们青帮吗？你以为他是真心投靠日本人吗？说句实话，没有李衡甫，别说上海的几百万百姓，恐怕连你我吃饭都成问题，更不用说他数次给我们赈济难民的粮食。他有他的做法，我们有我们的做法。我倒觉得他有些做法比我们高明。我们只想让我们的弟兄们吃饱肚子，而他的做法却是为了整个上海百姓活下去。仅这一点，我就自愧不如。我倒在考虑怎么和淞浦船运联手，利用他在日本人那的优势，给码头的弟兄们讨口饭吃。

殷燕农： 可有人议论您是避着日本人的锋芒。依我看，青帮和日本人本来井水不犯河水，虽说是强龙难压地头蛇，但咱们跟日本人再怎么样也得敷衍着意思意思，不然这以后码头上都是淞浦。

汪墨樵： 只要淞浦干的这一切都是为国家、为百姓，我们把码头暂时让出去又有何妨。再说码头也不是我们青帮的，只是青帮弟兄多在码头讨生活而已。李衡甫有本事弄到日军的特别通行证，他的船不靠码头靠哪里。如果我们有本事弄到日军的特别通行证，我们也要靠码头，我们的船和粮帮的船现在不也停靠在码头吗？只是我们没有日军的通行证，我们的船就无货可运，也动不了。这事要怪也只能怪日本人。李衡甫是顶着"汉奸""卖国贼"的恶名来做这些事情的。你要我跟日本人意思意思，我不知道你什么意思，你是不是觉得我也应该跟日本人拉拉关系，让世人骂我和青帮弟兄都是"汉奸""卖国贼"。告诉你，我没这本事，我也没这种胸襟，我做不到！李衡甫究竟是什么人？我现在还不好说，但有一点我敢肯定，李衡甫不是你和一般老百姓眼中的"汉奸""卖国贼"。他没有挤垮我们青帮的野心，他也不可能真正地投靠日本人。

【汪墨樵说完转身就走，殷燕农悻悻地跟着，不再作声。

13-14. 景：淞浦面粉厂厂区 日 外

【李廷瑞背着相机骑着自行车进了淞浦面粉厂。几辆满载面粉的卡车停在库房前。司机们都围着面粉厂的吴厂长在签字和领取通行证。李廷瑞将自行车放到一边，跳上一辆卡车发动了车子。吴厂长和司机听见汽车声响，忙奔过来，看见李廷瑞坐在驾驶室里。

吴厂长：二少爷！二少爷！你干什么，别闹……

李廷瑞：（把头伸出车窗外）吴厂长，我有点要紧事去办，借你车用一下，用完了给你送回来。

【说完猛踩油门，汽车向厂门口冲去。吴厂长跟在车后追着，一边叫着。

吴厂长：二少爷！二少爷……

【李廷瑞的卡车没有停，呼啸着冲出厂门，撞飞了工厂的大门。吴厂长愣住了，望着远去的卡车目瞪口呆。

13-15. 景：上海日本宪兵司令部土肥原办公室 日 内

【土肥原的桌子上堆着各种上海今日的报纸，报纸的大标题要么是己卯年大吉，要么是上海工商业庆祝己卯的标题。

【土肥原十分满意地频频颔首，久保田和傅宗耀都垂手侍立一旁听候土肥原的训导。

土肥原：这些新闻是我们的新闻处安排发表的，还是这些报馆主动安排的？

久保田：这些都是报馆主动刊发的。

土肥原：很好。工作上很有成绩，上海工商业终于看到了一些主动性。这样才可以改变我们在"大东亚圣战"中的不利局面。

久保田：根据我们的调查，上海工商业联合会中之前没有开工的商户全部在年前开工。

土肥原：李衡甫是他们的头脑，一时间不能理解头脑做的举动，四肢无力，也是很常见的。但再迟缓，也最终会跟上头脑发出的信息。市长，虎年马上就要过去了，我在"满洲国"的时候，是很喜欢"满洲国"的老虎。老虎可是很威风的野兽，是兽中之王。大日本皇军就是一只威猛的老虎。这一年皇军大显神威，攻占了华北、华东、华西等十余处大中型城市，吃掉了国民党军队近二百万人。即将来到的一年是支那的兔年，老虎吃掉兔子，还有什么悬念吗？（说毕，得意地大笑）

傅宗耀：（谄媚地）我看将军就是一只老虎，别说兔子了，再威风的野兽看到将军您，也会变成驯服的小猫。

土肥原：不管是真的驯服还是假的，驯服就是驯服。李衡甫不希望难民中发生暴动，我们也不希望，我们的利益是拧在一起的。

傅宗耀：您是"大东亚共荣圈"的英雄。我们只盼能理解您思想的百分之一，好好效忠天皇陛下。

土肥原：（有点得色）最近各位的工作做得不错，希望再接再厉，完美地实现我的"河豚鱼计划"，为天皇陛下效忠。

13-16. 景：李家大宅李衡甫书房 日 内

【李衡甫的书桌前也摊着几乎和土肥原一样的上海报纸，楚孝仪面前的茶只剩半杯，看起来已经坐了一会儿。

楚孝仪：衡甫兄，您倒是说句话啊！

李衡甫：孝仪，这也不是坏事。

楚孝仪：我知道这不是坏事。工商业的同仁能开工的全都开了工。

李衡甫：岂止是开工，能扩大产量的现在也都开足了马力。

楚孝仪：我不知道别人的心里到底怎么想，这样的消息出来，不就是说咱们工商业都是唯利是图吗，为了钱才这样卖力。

李衡甫：记者报馆需要博眼球，标题越是耸动，越是卖得好。燕雀焉知鸿鹄之志，他们爱怎么说就怎么说去吧。

楚孝仪：那也应该有个底线。

李衡甫：城隍庙抢粮风波中，真正死在城隍庙的难民数一数数得清。但上海这么多难民，因为饥饿，因为疾病，死去的人只怕就算不过来了。但日本也在不断地消耗，据说到目前为止，侵华日军也死伤病残近四十万人。中国有四万万五千万同胞，日本有七千万人，能多活一个中国人，就能给抗日增加一分力量，拼死也要把日本人拼光。

【李衡甫书房的大门被一阵急迫的敲门声打断。

李衡甫：进来。

【李季方推门进来，身后跟着淞浦面粉厂的吴厂长。

李季方：老爷，面粉厂的吴厂长说有急事要见您。说……说是二少爷闯了祸。

李衡甫：……

李季方：老爷，您可别上火。二少爷虽然淘气，但是讲道理的。

李衡甫：廷瑞在面粉厂做了什么？你慢慢说。

吴厂长：二少爷……二少爷开着车撞坏了工厂的大门，把一车面粉给抢了。

【李衡甫呆立片刻。

李衡甫：李家是出了强盗。

13-17. 景：李家大宅客厅 日 内

【李廷瑞喜气洋洋满不在乎地回到家中，李季方看到李廷瑞如此满不在乎地回来。

李季方：我的好二少爷，你怎么闯了这样的祸？

李廷瑞：面粉厂吴厂长来了？

李季方：能不来吗？

李廷瑞：季方叔，你就别担心了。

李季方：你闯了祸，还有胆子回来！趁着老爷没看见，出去两天，等他气消了。

李廷瑞：季方叔，论闯祸，我大哥比我厉害。我大哥带着被通缉的江洋大盗都逃到欧洲了也没事。我不过是拿了一车面粉。

李季方：你这个孩子，怎么不知道轻重呢？大少爷的事能一样吗？

李廷瑞 轻重？我爸知道轻重吗？面粉厂吴厂长还在书房吗？父亲要发火就冲我来吧。我反正心安理得。

【李廷瑞快步上楼，只剩下李季方一个人唉声叹气。

第十三集完

第十四集

14-1. 景：李家大宅李衡甫书房 日 内

【书房的门哗啦一下被李廷瑞推开了，屋子里的人都看着他。面粉厂吴厂长本来已经急得一头汗，此刻看到罪魁终于舒了口气。

吴厂长： 二少爷来了，二少爷来了。您问他。

楚孝仪： 衡甫，咱们都是上了年纪的人，切不可激动。

李廷瑞： 父亲，你让吴厂长回去。这件事，我一人做事一人当。

【面粉厂吴厂长见李廷瑞回来，赶紧告辞而去。

李衡甫： 廷瑞，面粉是工厂的，货物来往皆需凭证。你无故拿了工厂的面粉是要做什么？

李廷瑞： 面粉，我已经送到难民区了。

李衡甫： 难民区？看来你是要当绿林好汉，先劫了你的父亲，再抢了自己家里的产业。

李廷瑞： 我早就想问您了，仁义道德是什么，仁义道德不是挂在嘴上的。上海市民已经饿得不怕死也要抢粮食。我本以为父亲是慈悲为怀的仁人君子，不会看着上海的市民和难民在新年中倒下做饿殍路毙的，会多给难民赈济粮食，少一个人倒下，就多一份抗战的力量。可是父亲，你做了吗？咱们家的工厂，天天加班加点，工人们没日没夜地生产粮食，这些加班生产出来的粮食都上哪儿去了？老百姓会怎么看我们？民众会怎么看我们？他们会说你仗着日本人的势力发国难财。

楚孝仪： 廷瑞，外人不了解你父亲，可以理解；你做儿子的，不了解你父亲，不应该。你父亲正是因为看见新年将到，不能让上海的市民、难民在新年中连充饥的食物都没有，所以才加班加点生产粮食。可生产粮食的原材料不是天上掉下来的，是要花钱去买的。你刚才问加班生产出来的粮食去哪儿了，我来告诉你，全部以最低廉的价格提供给各粮店，供应给上海市民。如果日本人知道了，这是会有杀身之祸的。刚才我还在跟你父亲商量，将上海所有的粥厂每天每个粥厂增加一百斤粮食。你知道这是一笔多大的费用吗？凡是赈济难民的粮食，你父亲就没有收过一分钱。那些领到食物的难民，也没有花过一分钱。孩子，你也老大不小了，体谅体谅你的父亲吧。你父亲会在乎你从自家工厂抢走的那一车面粉吗？但你想想，你的这种类似抢劫的做法对吗？你的这一车面粉又能发挥多大作用？能跟你父亲的付出相提并论吗？你父亲赚了多少钱，是不是发国难财，家里不是有账目吗？你怎么不去看看？你怎么这样不理解、不懂你父亲呢？

李廷瑞：我不管。我看不懂账目，我看见的是上海天天在饿死人。我们家有粮食就应该帮助他们，赈济他们。人们都说我是李家的二少爷，我这二少爷连一车面粉的主都做不了吗？

李衡甫：（勃然大怒）你做不了主，也轮不到你做主。你吃着家里的饭，现在摔碗摔筷子，不愿在李家待，大可以从家里滚出去。

李廷瑞：我早就不想姓李了。外边的人都说我们李家发着汉奸财，发着战争财。说心里话，一开始我不相信我的父亲是这种人，但是无数的事实摆在我面前，当什么商业会长，上海所有的工商业的同仁都跟着你开工生产，为日本人服务。前段时间又帮着日本人贩运毒品。这些难道不是事实吗？今天为了一车面粉，况且这些面粉还是为了赈济那些饥饿中的难民，你居然要我滚出去。好吧父亲，我听您的，我现在就滚出李家。父亲，希望你好自为之。

【李廷瑞说完转身就走，被李季方一把拽住。

李季方：二少爷，我虽然是李家的下人，但我也曾经是你师父，今天我就倚老卖老，以师父的名义教训你几句……

李衡甫：季方，让他走让他走。他今天是把他的心里话都说出来了。我本来还以为你是有坏人怂恿，倒是真没看出来，儿子是这样看待他的父亲。这样的父子关系还有什么意思，我们各行其道吧。

李季方：不，老爷。我跟在你身边三十多年了，比二少爷的年龄还长得多，二少爷小时候我抱过他，带过他，陪他玩，教他武艺。说心里话，我无儿无女，我早把大少爷二少爷看成我的儿子一样。可二少爷今天的所作所为，说的这些混账话，我这个师父都看不过去。廷瑞，或许在你眼里我是外人，但是在我的心里，李家一家都是我的亲人。今天老爷发脾气，难道是因为你抢了一车面粉的事吗？有些事情可能你还不知道，我来告诉你。老爷把安徽老家的万亩良田全部都卖了，把家里的数十间老宅子也全部都卖了，把家里祖上留下的金银细软卖的卖当的当。据你的二大爷来信说，这些田产房屋总共价值28万大洋，老爷嘱咐二大爷把这些大洋一部分捐赠给皖北的新四军，剩下的全部分发给当地的农民和难民。为了抗日，为了赈济当地的百姓，李家已经没有家了，老爷把家都毁了，老爷把老家的全部财产都捐给了抗日部队和百姓，他会在乎这区区的一车面粉吗？我说句不好听的话，你以李家二少爷的身份强抢工厂的面粉，今后工厂还怎么管理，还怎么生产，还有什么规矩可言？廷瑞，你也老大不小了，我和你孝仪叔都觉得你成熟了不少。今天看来，你没有长进。你连自己的父亲都不了解，你还谈什么爱国、抗日、救民。你读了这么多书，都读到狗肚子里去了。你也不想想，老爷不出头，不当这个商会会长，上海的工商业不复工、不开工，上海的几百万市民和难民还能活到今天吗？你以为你抢了一车面粉就是做了好事善事，就是救了上海的难民？你就是在抗日？那么老爷呢？他做的这一切是为了什么？他是顶着"汉奸""卖国贼""日本狗"的恶名，冒着杀身之祸在做这些事。你拿什么跟你父亲比？作为儿子居然这样不理解自己的父亲，开口"汉奸"闭口"发国难财"。这样侮辱自己的父亲，你不羞愧，你不脸红、不害臊吗？你还算个男子汉吗？今天我说句不中听的话，你这样对待你的父亲，这样伤害你的父亲，在这样险恶的形势下，你居然还要离开你父亲。这不仅仅是不孝不仁不义的问题，更是猪狗不如！

【李季方说毕，将李廷瑞猛推一把。李廷瑞站立不稳，踉跄后退，瞪着惊愕的眼睛，半天说不出话来。

楚孝仪：季方，说得好！这也是我要说的话。廷瑞太不懂事了，由他去吧，有他后悔的时候。

【李季方走到老泪纵横的李衡甫面前。

李季方：老爷，别难过了。俗话说得好，崽大不由爷。廷瑞大了，也由不得你了，随他去吧。但我相信他还是李家一脉，他现在只是历练太少，让他到外面闯荡闯荡也好，相信总有一天他能够认识到什么是美丑善恶，那时他会为有你这样的父亲感到庆幸、自豪。老爷，千万别伤心，不值。我这就叫吴妈给你打打热毛巾来擦把脸。

【李衡甫点了点头。李季方转身打开书房的门发现李廷琛站在门口。

李廷琛：季方叔，你们刚才的讲话我都听到了，你不仅教训了廷瑞，也教训了我。自己的儿子不了解自己的父亲，就是猪狗。去吧，叫吴妈打把热毛巾来。

【李季方拍了拍李廷琛，出门而去。

【李廷琛大步走到李衡甫面前。

李廷琛：父亲，儿子错了。季方叔说得对，儿子们错怪你了，做儿子的不了解自己的父亲，就是猪狗。不仅是廷瑞，我也是。儿子向你赔罪了。

【李廷琛说毕，直挺挺地跪在李衡甫面前，望着自己的父亲两行羞愧的泪水夺眶而出。李衡甫无言，轻轻拍了拍李廷琛。

【李季方推门而进，李廷琛接过他手中的热毛巾，轻轻地擦拭着李衡甫的满面泪痕。

【呆立一旁的李廷瑞爬到李衡甫的身边，长跪不起。李衡甫俯身相搀，李廷瑞失声痛哭。

楚孝仪： （对李廷瑞）别哭了别哭了，知错能改是为勇，你毕竟年轻，缺少历练，你父亲也不会计较的。今天如果不是季方说出一些实情，有些事连我也不知道。你父亲才是当世真正的仁人义士，也增加了我对他的敬重，看到你们父子摒弃前嫌，重归于好，我很欣慰。俗话说打虎亲兄弟，上阵父子兵。只要中国人都能同仇敌忾，小日本的末日就不远了。衡甫，好好休息，保重身体。只要有你在，我们工商界的同仁就有主心骨了。告辞，有事只管吩咐。

【楚孝仪说毕，离去。

14-2. 景：摩西会堂大厅 日 内

【玛丽将烤好的无酵面包抱在怀里。摩西会堂里挤满了犹太难民，连个落脚的地方都没有。玛丽艰难挤过人群，在难民中寻找米兹拉希的身影，却看到李廷琛陪着米兹拉希穿梭在难民中给儿童进行体检。

玛丽： 米兹拉希先生，我们得到一些面粉，我给大家送一点刚刚烤好的面包。

【米兹拉希打开了包着面包的布，十分感动，随后将面包分给众人。

米兹拉希： 谢谢您夫人。在这样困难的时刻，您还在伸出援手。

玛丽： 不用谢我，是廷琛的弟弟廷瑞送来的面粉。廷琛，不知道你弟弟是怎么弄到的面粉，但愿他没有惹上麻烦。

【李廷琛苦笑。

李廷琛： 我这个弟弟，最想干一番事业，只是做事有点鲁莽。

米兹拉希： 你弟弟是个善良而正直的年轻人，他做的这一切都是为了难民和饥民的生存，愿主护佑他。

玛丽： （对米兹拉希）这里的人看起来越来越多了。

米兹拉希： 是的，前一段时间到了多艘从奥地利、苏台德、波兰、捷克斯洛伐克转来的难民船。最近还到了几艘法国、英国的船。看来整个欧洲都有可能陷入战争。

玛丽：新来的这些难民情况怎么样？

李廷琛：米兹拉希先生正在帮我一起给儿童做体检。但是……

米兹拉希：整体的情况很不好，糟糕透了，由于饥饿和缺乏营养，他们身体都很虚弱。不知道以后还会不会再有难民船。如果再来难民，上海真的没法安置了。

玛丽：欧洲再也回不去了吗？

米兹拉希：纳粹建了很多毒气室，不放过一个犹太人。

玛丽：毒气室？搞种族灭绝吗？犹太人犯了什么罪？

米兹拉希：身为犹太人，就是犯罪。

玛丽：他们全都会死吗？

米兹拉希：可能吧。新来的难民家里有被关进去的，现在都已经联系不上了。

玛丽：愿主保佑所有的人。

14-3. 景：摩西会堂科恩家 日 内

【科恩家窄小的空间内，米兹拉希面色凝重。莎拉怀抱着豹子，脸色发红，坐在大人们中间听米兹拉希讲话。

杰思敏：莎拉，你应该去休息。下午你还嚷嚷着肚子疼，又恶心呕吐。

莎拉：我不，我已经好了。

玛丽：莎拉，如果你要留下来，就要安静，让米兹拉希先生跟爸爸把话谈完。

米兹拉希：……那是一条不归路，纳粹把他们送上一列列火车，不准他们带自己的行李，说这只是一次搬家，那边都给他们准备好了生活用品。

莎拉：我们也在搬家，从柏林搬到了上海。他们和我们一样吗？

杰思敏：莎拉，安静。

莎拉：我只是提了一个问题。

杰思敏：米兹拉希先生，很抱歉。

米兹拉希：没关系。莎拉是个聪明的孩子。莎拉，搬家是强制性的，强迫你离开原来住的地方、曾经的朋友和亲人。

莎拉：那真是太遗憾了。

米兹拉希：在上车之前，他们没有人知道目的地，怀着侥幸以为最糟糕的是送到遥远的地方去种地，但迎接他们的却是集中营的劳役场、毒气室和活体实验室。

科恩：没有人反抗？

【米兹拉希摇了摇头。科恩紧紧拉着妻子玛丽的手，沉默着。

米兹拉希：看起来你们已经适应了上海的生活。

玛丽：杰思敏一直在帮我照顾莎拉。

莎拉：我不需要人照顾我，我还可以照顾豹子。

玛丽：好好好，你是最能干的小姑娘。莎拉每天都在陪着我丈夫在街头擦皮鞋。

【米兹拉希端详着莎拉的小手和小脸。

米兹拉希：莎拉，疼吗？

莎拉：当然是有一点疼。但是，我也不想一个人留在家里。

玛丽：让莎拉一个人留在家里，我们也不放心。

【米兹拉希点点头。

米兹拉希：要是能有一所学校就好了。

杰思敏：可是场地、建校、教师……

科恩：我是做教师的，深知教师的责任太重大了，要塑造人的灵魂，特别是儿童教师。我没能力做这样的事。但如果有场地，我可以去帮助建设学校，搬砖瓦、做泥水匠，都可以。

米兹拉希：好吧，我们总会想到办法的。

【众人一阵沉默。

【门外有轻轻的敲门声，杰思敏去打开房门。

【门外站着的是李廷琛，李廷琛的身后跟着芦柴棒。

米兹拉希：廷琛，怎么样？

李廷琛：所有的犹太孩子经过一个多月的海上漂泊，都有不同程度的水肿，身体情况都很糟糕。

米兹拉希：在经历海上漂泊之前，犹太难民中有很大一部分已经辗转多时，没有良好的营养和生存条件，一直被死亡威胁。

李廷琛：我来找您商量，能否通过与哈同、沙逊、嘉道理家族沟通，为犹太孩子单独申请补助。

米兹拉希：金钱的补助只怕也解决不了问题。孩子们缺的是食物和营养。

李廷琛： 现在的上海，白粉比面粉更好买。即使弄到了经济上的补偿，还得弄到吃的才行。

米兹拉希： 你的弟弟已经想办法给难民营送了一车面粉。

芦柴棒： 我已经吃上了。不过，好吃的还是要等到过年。

【芦柴棒拍着自己的肚子。

李廷琛： 我这个弟弟，做事鲁莽。真要捐面粉，也不用抢。

米兹拉希： 我有另外一个想法，现在不管是河滨大厦还是摩西会堂，都已经没有能力再收容难民。如果，您的父亲，李衡甫先生能够在上海积极倡议，为犹太难民募捐一块用地。那么，我们犹太救助协会一定会把这块地用来修建难民营。

李廷琛： 我这个父亲，我们倒是很难说工作上的事。眼下最紧要的就是孩子们的健康。淞浦医院本来就缺医少药，如果因为营养不良生病了，或者抵抗力太弱感染了流行病，不但又是额外的负担，也会有更大的麻烦。

【正在说话时，身边的莎拉突然晕倒。李廷琛上前一把抱住。

李廷琛： 发烧了。

【打开莎拉手臂上的衣服，水痘赫然。

李廷琛： 水痘！

【众人不免惊呼。芦柴棒大声哭叫着莎拉，声音有点沙哑。

玛丽： 都怪我。莎拉早上就不舒服，我却没有意识到她可能生病了。

李廷琛： 莎拉也是经历了海上的长途跋涉和生活环境的改变，免疫系统下降很正常。现在又是上海的冬季，她每天在户外，都可能被传染。

芦柴棒： 这可怎么办，这可怎么办。我认识的人得了水痘都活不下去了。我不想失去莎拉。

【芦柴棒终于忍不住流下了眼泪，扭头跑出去。

李廷琛： 淞浦医院里也没有更好的有效药。

玛丽： 这可怎么办。水痘的传染性在初期往往很严重。

米兹拉希： 只怕水痘会引起难民的恐慌。看来，真的只能防患于未然。

李廷琛： 我是得过水痘的，我可以照顾莎拉。

玛丽： 真的吗？

李廷琛：不如，你们一家一起搬到我的家里。

科恩：这不合适。

李廷琛：莎拉必须跟其他的犹太儿童暂做隔离，而且……条件肯定会比摩西会堂的环境要好。现在的情况莎拉最需要良好的环境休息。不然，如果情况进一步恶化，就会更加棘手。

【杰思敏怀抱着身体滚烫的莎拉，眼泪大颗大颗地落下来。

杰思敏：我不想失去我的小妹妹。

科恩：玛丽，你跟杰思敏随李廷琛去吧。

玛丽：你呢？

科恩：我要留在这里。亲爱的，我们一家已经给李廷琛添了足够多的麻烦，不应该再享受特殊的照顾。

李廷琛：可是，我们是朋友。

科恩：不，正因为是朋友才必须拒绝这样的帮助和好意。我希望留在这里跟我的犹太同胞一起生活。

李廷琛：好吧。普罗米修斯先生，我同意你的安排。

杰思敏：豹子，你好好在家陪着爸爸，听见了吗？

【豹子摇着尾巴。

14-4. 景：摩西会堂门口 夜 外

【深夜，寒风中的摩西会堂，十字架下依然闪着微弱的灯。

【风中飘起了点点雪花。杰思敏抬头望着夜空，搂紧了莎拉。

【李廷琛将自己的大衣交给了杰思敏，杰思敏感激地望着李廷琛。

【杰思敏将大衣裹紧了莎拉，紧紧怀抱着莎拉。

14-5. 景：摩西会堂科恩家 夜 内

【科恩站在窗口，看着离去的妻子玛丽和杰思敏抱着莎拉。

米兹拉希：普罗米修斯，让我们一起祈祷吧。主不会抛弃爱他的孩子。

科恩：是我的祈祷还不够虔诚吗？

米兹拉希：孩子，主永远与我们同在。

科恩：米兹拉希先生，我从来没有离开过我的妻子，在同一城市里没有跟她分开过。疾病不能夺走我的小女儿。

米兹拉希：我们永远不要放弃对未来的希望。

【芦柴棒拉了拉米兹拉希的手。

米兹拉希：芦柴棒，让我们一起等待。

芦柴棒：米兹拉希先生，莎拉能跟我们一起过年吗？

米兹拉希：希望，永远不要丧失信心，让我们一起祈祷。

14-6．景：盖世太保总部走廊 日 内

字幕： 柏林

【一身党卫军制服的施瓦茨神情严肃冷酷，腋下夹着文件夹，军靴走在地板上发出沉重的声响。

14-7．景：盖世太保梅辛格办公室 日 内

【施瓦茨将一份报告交给梅辛格。梅辛格迫不及待地翻阅着，厚厚的报告显然让他不耐烦。他随手将报告扔到桌上，大声责问施瓦茨。

梅辛格：我现在没时间看你的报告，伦纳德·科恩现在在哪儿？查到了没有？是死是活？

施瓦茨：报告上校，我已经逮捕了药材商西蒙一家，并搜查了他的办公室，拿到了他和那个中国人李廷琛的供货合同。根据合同提供的情况，这个中国人李廷琛采购的这一船药品是要送往上海，而伦纳德·科恩正是搭乘李廷琛的货船离开德国的。后来我又到海关调查核实，证实运输这批货物的是大力神号，是在新加坡注册的一条货轮。11 月 10 号离开柏林港，到达港是中国上海。我又要求我们柏林海关询问上海海关，大力神号是否到了上海港，船上装的是什么货物。经咨询中国海关后，确认大力神号没有进入上海港。现在有两种可能：一是大力神号在海上已经沉没；二是大力神号在其他国家靠岸，科恩等人也可能在其他国家登陆。至于他现在在哪个国家，目前无法查清。

梅辛格：欧洲国家和亚洲国家都不可能接受犹太人。大力神号在海上沉没的可能性也

不是没有，但不能确定。戈林元帅和希姆莱将军命令我必须找到科恩。现在我们连科恩的生死都无法确定，我无法向戈林元帅和希姆莱将军复命。据我们驻上海的总领事馆发来信息，最近上海港抵达了十余艘运送犹太人的船只，大批犹太人涌进上海，说不定科恩也在这批犹太人中。我最近正在拟定一个计划，要将这批逃到上海的犹太人消灭。现在上海已被我们的盟国日本占领，不管科恩在不在这批犹太人中，这些犹太人都得死，这也是元首的意思。施瓦茨，我现在就命令你，你立即带着西蒙赶往上海。你的任务是在上海日占当局的帮助下，从上海犹太人中查找伦纳德·科恩的下落。如果科恩确在上海，你暂时不要惊动他，等待我的命令，你只需盯紧他、看住他，以及掌握他的活动规律。我的计划一旦被两位元帅批准，我就会以远东战局观察员的身份去一趟中国，将伦纳德·科恩以及所有逃到上海的犹太猪处决。你听明白了我的命令吗？

施瓦茨：明白。

梅辛格：我会通知我们在上海的总领馆给你安排一个懂中文的助手，这个人必须绝对可靠，最好是我们的盟国日本人。

施瓦茨：是。

14-8. 景：李家大宅客厅 夜 内

字幕：上海

【李廷琛抱着莎拉进了客厅，将莎拉安置在沙发上。李季方赶紧上前。

李季方：大少爷，这……哎哟，这不是莎拉小姐吗？

李廷琛：莎拉发了水痘，摩西会堂条件太恶劣。淞浦医院现在无法进行传染病隔离，我只能先带她回家。

李季方：那我赶紧去请老爷下来。

【李季方匆匆上楼，李廷瑞听到动静下楼看，看到哥哥带着莎拉、杰思敏和玛丽一起回家。

李廷瑞：莎拉在我们家里养病最适宜。杰思敏和玛丽夫人都陪着更好，家里更热闹。我就觉得咱们家里阴沉沉的。

14-9. 景：李家大宅李衡甫书房 夜 内

【李衡甫和楚孝仪对着一张上海地图。

楚孝仪：衡甫，上海的地价现在可是奇高。逃避战乱的难民也好，身上有些余钱的乡绅也好，把上海的地价炒得飞上天了。这个时候要买地建难民营，可不是一笔小花费。

李衡甫：我知道。大头在地价上。可是建材、人工哪一样也不便宜。

楚孝仪：这件事，咱们不能充大头。不然，外头有些人就要揣测这里面有利。

李衡甫：这我自然知道。没有金刚钻揽来了瓷器活，也做不下去。咱们也不能一口吃个胖子。

楚孝仪：从长计议。我看着日本人的动作，对犹太人倒是态度模糊。这模棱两可里有文章。是不是再等等，看看情况再说？

李衡甫：上海的犹太难民越来越多，吃的住的都是问题，只怕难民们等不了。

【李季方急匆匆敲门。

李衡甫：进来。

李季方：老爷，楚先生。

李衡甫：怎么了？

李季方：大少爷带了病人回来。

李衡甫：淞浦医院住不下了吗？我这个儿子悬壶济世，现在要把家里也给捐出去。

李季方：是三个犹太人。

李衡甫：真是……

楚孝仪：我先告辞了。廷琛一片仁善之心，别怪他。

14-10. 景：李家大宅客厅 夜 内

【李衡甫下楼看到了面容憔悴的母女三人。

李衡甫：女士们，很抱歉，突然造访毫无准备，只怕怠慢了各位。

李廷瑞：父亲，家里那么多空屋子，找人收拾出来两间就是了。

李衡甫：都是女眷又带着病人不合适。

李廷琛：父亲，水痘传染性很强，我们花园的东厢房长期没人住，可不可以把他们安排在那儿？

李衡甫：很好，那里也安静。季方，赶紧派人把那几间房间打扫下。被褥和日常用具要配备齐全。

李季方：好的老爷，我去安排。（说毕离去）

玛丽：给你们添了麻烦。真是抱歉。

李衡甫：您是廷琛的老师。孩子年龄也小，也是我们应该做的。廷琛，你安顿好她们母女就到我书房来。

14-11. 景：李家大宅东厢房 夜 内

【玛丽将莎拉安顿好，却发现杰思敏站在窗前，望着天上的月亮出神。玛丽轻轻走到了杰思敏身后，唱起了生日快乐歌。玛丽轻柔呢喃的歌声中，杰思敏紧紧拥抱着母亲。

玛丽：杰思敏，生日快乐。

杰思敏：谢谢妈妈。

玛丽：很遗憾，我来不及给你准备礼物，没有音乐，也没有聚会。

杰思敏：不，妈妈，有您在，我们还能活下去，这就是您给我最大的礼物。

玛丽：我们要感谢这个世界，感谢收留我们的中国人。

杰思敏：妈妈，我会永远为善良的人祈祷。

【母女俩紧紧拥抱在一起。

14-12. 景：摩西会堂 夜 内

【窗口下，科恩也在月光下手捧《圣经》默默祈祷。

14-13. 景：李家大宅李衡甫书房 夜 内

【李廷琛推开书房的门，父亲已经换了家常的衣服，仿佛一直在等他。

【李衡甫放下了手中的地图，望着眼球已经布满红血丝、十分疲倦的儿子。

李衡甫：客人安顿好了？

李廷琛：都安顿好了。父亲，您找我有事？

李衡甫：也没什么大事，我只是想告诉你，上海一下子涌进来这么多难民，安置他们是当务之急。你天天在淞浦医院，最近的情况你可能还不知道。米兹拉希先生及哈同、沙逊、嘉道理家族商量要建犹太社区。米兹拉希先生说地价是个问题。

李廷琛：这是件好事，上海的犹太人越来越多，现在已经人满为患，无法安排了，还不知道以后会来多少。

李衡甫：上海已经沦陷，都控制在日本人手里，现在也只有租界暂时安全，但一下子地价飞涨。日本人让傅宗耀出面拍卖中国土地，他本来就是日本人的傀儡，所以把建房土地开了个天价。我们只能再想想办法。

李廷琛：父亲，米兹拉希先生说地价是个问题，是不是需要我们的帮助？

李衡甫：我叫你上来，就是想跟你商量这个事。建犹太社区当然是个好事，但上海的犹太人越来越多，恐怕不是十亩二十亩地就能解决的。傅宗耀把土地价格抬得这么高，米兹拉希的意思很明白，要建一个能容纳几万人的社区，沙逊、哈同、嘉道理等家族恐怕也很困难。我在想建犹太社区这件事，我们也责无旁贷。但淞浦产业自复工以来，不仅没有利润，一年的时间不到已赔进去八万大洋，这样下去我们家也支撑不了多久。但建犹太社区的事我们必须出钱出力，跟你商量也就是想问问你的意见，我们出多少为好。出多了，我们家底出不起，还要维持今后的生存；出少了，我又担心你们兄弟对我产生误会。

李廷琛：父亲，这件事您做主吧。您办事沉稳，我和廷瑞都听您的。我上次偶然听季方叔说，我们家的亏空很大，您是拿一生的积蓄往里填。诶，对了，能不能以上海工商联合总会的名义，倡议上海工商界的同仁帮助一下这些犹太难民。我想众人拾柴火焰高，大家支持一下，或许会减少哈同等家族和我们家不少压力。

李衡甫：这倒是个办法。明天我就请你孝仪叔过来商量。

14-14. 景：李家大宅花园 夜 外

【有个黑衣人跳在树枝上，树枝在黑暗中上下摆动。黑衣人盯着花园东厢房亮着的窗户看了许久，又跳着树枝离去。

14-15. 景：李家大宅李廷琛房间 夜 内

【李廷琛疲惫地回到自己房间，听到小石子敲玻璃窗的声音。

李廷琛：不用我开窗，你自己又不是进不来。

【窗户开了，一身黑衣的海东青坐在窗台上。

海东青： 你看你，你这个人，我要是不跟你打招呼，就是我这个人不请自来，没有规矩。

李廷琛： 你不请自来的地方还去得少吗？

海东青： 越是不欢迎我的地方，我越是要去；欢迎我的，我反倒要客气有规矩了。

【说完，做了个鬼脸，嘻嘻一笑。

海东青： 我还没问你呢，你在家藏了三个犹太妞，好本事。你是怎么把她们带回家的？我一路上在大力神号上就觉得这犹太妞挺不错。

李廷琛： 别胡说，那是因为莎拉生了水痘，必须隔离。水痘是一种传染性很强的病，如果留在难民中那将造成严重后果。不懂就不要乱说。

海东青： 知道知道。我就是开开玩笑。

李廷琛： 这种时候你还有心开玩笑。

海东青： 你怎么不高兴了？水痘，总不会为难你李大医生吧。

李廷琛： 犹太难民要么挤在河滨大厦，要么挤在摩西会堂，食物严重匮乏，特别是那些儿童严重缺乏营养。莎拉的水痘就是因此而引发的。她在海上颠簸两个多月，免疫力极其低下，幸亏她的病发现及时，没有传染开，不然就是一场灾难。

海东青： 我也听说那地方已经挤不下了，你父亲和米兹拉希先生商议着要建犹太社区。

李廷琛： 谈何容易！建社区的土地都控制在汪伪政府的手上，傅宗耀要的是天价，乘机发国难财，他不达目的岂能轻易罢手。现在最要紧的还是难民儿童的营养问题，如果再有莎拉这样的病情发生，那后果不堪设想。(自言自语)要是这些儿童每天有瓶牛奶就好了。

海东青： 不就是土地和牛奶吗，这两件事交给小爷了。你就别发愁了，我的大少爷。

李廷琛： 海东青，你可不要贸然行事。

海东青： 我办事，你放心。小爷是你的朋友，也是中国人，我不会让你失望。你就等着听信吧。

【海东青跃上窗台，飞身而去。

李廷琛： 海东青，海东青！

【李廷琛追到窗口，但是夜色蒙蒙早已不见海东青的踪影。

14-16. 景：傅宗耀小洋楼卧室 夜 内

【傅宗耀在日本夫人菊子的陪伴下，在供奉的天照大神前认真参拜。

傅宗耀：参拜天照大神，是我效忠天皇每天必做的功课。

菊子：日本天皇乃是万世一系。始祖就是天照大神。这可是天皇对您的信任。

傅宗耀：那是自然，这也是关系国本。大日本皇军在中国战场上所向披靡，看来"大东亚共荣"的那一天很快就要到来。

菊子：看来今天又有好消息。

傅宗耀：越是战事紧张，越有人要在我的头上动土。所以，特别加强了安保，一定万无一失。今天给你的东西你可要收好。

【傅宗耀拍了拍床头的首饰盒。

菊子：知道了。我马上放到保险柜里。那以后我们都可以高枕无忧了。

傅宗耀：有你在，我还怕什么。不过，国共两党的人最近折腾得厉害，还是小心点为好。

【窗帘抖动。

傅宗耀：谁！

【菊子偷偷摸枪。

海东青：（飞身跃到床前）不要动。

【海东青的刀架在了菊子的脖子上。

傅宗耀：你……你是……

海东青：怎么了？不记得你海大爷了？

傅宗耀：你是怎么进来的？

海东青：你以为你这点手段拦得住我？我今天来不是取你性命。

傅宗耀：好好好，你说什么我都答应。

海东青：犹太难民要建社区，上海的土地都在你的手上，你得划出一块土地建犹太社区。

傅宗耀：好好好，你先把她放了。

海东青：这个日本婆娘，我还不稀罕呢。还有，从明天开始，你每天要派人送牛奶去河滨大厦和摩西会堂，不管是中国难民还是犹太难民，十岁以下的孩子每人一瓶。

傅宗耀：送到河滨大厦？摩西会堂？这两处的难民实在太多，也不知道有多少孩子。一下送那么多牛奶，而且每天都要送，我怕，我怕我真的做不到，日本人知道了可不会善罢甘休。

海东青：看来你是不答应了。（手中的刀在菊子的脖子上又紧了紧）

傅宗耀： 别别别，有事好商量。

海东青： 小爷可不是来跟你商量的。你要不答应，等不到日本人收拾你，小爷今天就要了你这对狗男女的小命。

傅宗耀： （气急败坏）好好，我答应你，答应你。

海东青： 记住，每天最少三车牛奶，送到这两个难民区。少了一瓶，小爷下次来就不会这么客气了。

【海东青翻身要走，顺手将床头的首饰盒抱住，飞身跃窗而去。只留下傅宗耀气得跳脚又无可奈何。

菊子： 要叫人追吗？

傅宗耀： 追什么追，都是一帮饭桶。人家能轻松进来，就能轻松出去。拦不住进来，也拦不住走。明天，明天，我要把这帮饭桶一个个都给收拾了。我看，这个人跟李衡甫那个老狐狸是一伙的，等我找到机会一定收拾他这个老东西。

14-17．景：李家大宅李廷琛房间 清晨 内

【李廷琛被突然而来的寒风吹醒，风吹动了窗帘。李廷琛穿着睡衣就要关窗。窗口的海东青随手丢给他一个盒子。

海东青： 接着。

李廷琛： 这是什么？

海东青： 这还有一个。

李廷琛： 你一个晚上又没闲着。

【李廷琛打开的首饰盒里都是价值连城的首饰，而另一个盒子里都是金条和银圆。

海东青： 钱不多，就这些，全给你。

李廷琛： 你又从哪里弄来的？

海东青： 那你就别管了。万一吃了官司，都是我的事。这就算我也给犹太难民弄地盖房子出了力。

李廷琛： 那我也只能代替他们谢谢你。

海东青： 有人会每天送三车牛奶到河滨大厦和摩西会堂。你记得收。

李廷琛： 你从哪里弄来的牛奶？

海东青：当然是从日本人嘴里挖出来的。李廷琛，我这样算不算为抗日做了贡献?

【没等李廷琛答复，海东青随即哈哈一笑飞身跃窗而去。

14-18. 景：李家大宅李衡甫书房 日 内

【李廷琛捧着两个箱子，李衡甫坐在办公桌前。

李廷琛：父亲。

李衡甫：我让人把早餐送到东厢房了，免得她们来回受了风寒。

李廷琛：谢谢。父亲，这两个箱子，请季方叔想办法换成钱，捐助给犹太难民救助协会。

【李衡甫打开了箱子。

李衡甫：这是从哪里弄来的?

李廷琛：不管从哪里来都是一片心意。

李衡甫：君子爱财，取之有道。既然要捐款，自然要问清楚款项来源。

李廷琛：这是海东青的一份心意。固然君子有所为有所不为，但是，父亲，取了财更要用之有道。这些钱的来路自然不干净，但犹太难民的苦楚，我们只要还有同情之心，就不能坐视不管。

李衡甫：沙逊和哈同家族都已经答应出资。

李廷琛：海东青用的也不是正当的手段。但是，这些钱如果最终用在了好的地方，也算是善举。

李衡甫：既然如此，这笔捐款也被记录在案。无名氏也是有名字的。廷琛，既然这样，我马上就带着这笔捐款到犹太赈济会，助米兹拉希先生一臂之力。

李廷琛：还有，海东青说，傅宗耀已经答应了划出一块土地建犹太社区，可通知米兹拉希先生尽快与傅宗耀联系。

14-19. 景：犹太救助协会米兹拉希办公室 日 内

【米兹拉希坐在椅子上，低着头手捧《圣经》喃喃祈祷。

【李衡甫和楚孝仪进屋。

米兹拉希：李先生、楚先生，你们来啦，请坐！很抱歉我这里连杯热水都没有。

李衡甫：我们不是来喝茶的，米兹拉希先生，告诉你一个特大喜讯，傅宗耀已经答应给建犹太社区划一块土地了。

米兹拉希：（惊喜）哦，真的吗？在什么地方？多大面积？

李衡甫：这些我们也不知道。我们来就是请您尽快与汪政府联系，说是无偿划拨，也不知道是真是假。即便是要通过拍卖，也要争取拿到一个合适的价格。

【这时从屋外走进一个头戴礼帽、佩戴着汪政府徽章的中年人。

中年人：请问哪位是米兹拉希先生？

米兹拉希：（站起身来）我就是。您是……

中年人：我是市府土地科的，傅市长给你们犹太救助协会在虹口区特批了一块土地，说是建犹太难民社区。这是地契，请收好。

【说毕，从怀中掏出一份公文信来，交给米兹拉希。米兹拉希双手接过，手因激动而有些颤抖，连声道谢。中年人说声再见，转身离去。

楚孝仪：快打开看看。

【米兹拉希这才想起手中捧着的公文函。忙打开信函，抽出里面的一张地契。李衡甫和楚孝仪也起身凑过去看。

楚孝仪：（边看边念）虹口区东郊……十五公顷……这不就是被日本人炸成一片焦土的区域吗？

李衡甫：是的，就是那块土地。整个虹口区都是一片断壁残垣，现在已没人在那儿居住了。

米兹拉希：有地了，有地了，终于有地了。上海的犹太难民终于有块可以安身的土地了。（激动得声音颤抖）

李衡甫：（手捧着地契仔细揣摩）说是划拨，实为租赁。你们看，下面还有行小字，注明使用期十年。十年以后，每公顷土地每年由犹太救助协会上缴政府一百块大洋。

楚孝仪：这个傅宗耀啊，巧取豪夺，真能捞啊，连难民都不放过。

李衡甫：管不了那么多了，这已经证明汪政府是同意建难民社区的，算是合法的了，也不怕他们今后拿这件事做文章。十年以后那是十年以后的事了，先把眼前的问题解决就好。

米兹拉希：是的是的，李先生说得对，先顾眼前，以后的事以后再说。能给犹太难民安个家也是做了件好事，这也是主的意愿。现在我们就商量一下怎么建这个社区吧。

李衡甫：少安毋躁。米兹拉希先生，这两箱子东西是今天刚刚收到的，是一位无名者捐助的。他愿意为修建犹太社区尽一份绵薄之力。

【米兹拉希手捧着盒子不由热泪盈眶。

米兹拉希：谢谢谢谢。主永远保佑着善良的人。

14-20．景：上海日本宪兵司令部土肥原办公室 日 内

【傅宗耀被带进了土肥原办公室，满面堆笑。

傅宗耀：将军，今天真是一切顺利。

土肥原：他们顺利拍到了那块地？

傅宗耀：哎哟，您今天没在现场，真是可惜。举牌子一波三折，也不知道犹太救助协会到底从哪里弄到这么多钱。

土肥原：按照我们的计划进行，这样很好。

久保田：将军，我觉得这样的行动效率低下。

土肥原：哦？久保田大佐，你有什么更好的做法？

久保田：阻挠拍卖，让犹太社区的计划破产，这样最简单便捷。现在不但犹太社区有了眉目，而且通过拍卖联合了上海原有的犹太财团、工商业协会和犹太救助协会，甚至还会有美国人的势力渗透。

土肥原：你是觉得不建犹太社区更好，是吗？让这些犹太人露宿街头、无家可归，最好让他们冻死饿死，帮助德国人灭了这批在上海的犹太人？这就是你的想法，你的目的？久保田，你是皇军大佐，又是我的学生，我本不想过多地申饬你，但你的愚蠢让我意外。我问你，我们要征服的是犹太人吗？犹太人建社区，用了我们一寸土地，花了我们一分钱吗？德国人虽然是我们的盟友，但他们的犹太灭绝政策，欧美各国支持吗？我们也要把犹太人逼上绝路吗？让他们来帮助中国军队成为我们的敌人吗？相反，犹太人自己盖社区，我们光卖中国人的土地就收了一大笔钱，体现我们对犹太人的亲善，而且在国际上也有一个好的形象。特别是美国的犹太富商，正在为在上海的犹太难民募捐。如果美国犹太富商的考察团来了，看见他们的同胞衣衫褴褛、食不果腹、流离失所，他们还能把这笔赈济款交给我们吗？久保田君，你也算是我帝国的精英，是帝国在东亚最大城市上海的宪兵司令，从某种意义上来说，你决定着上海各阶层生杀予夺的大权。我希望你遇事多用脑子，多想

想怎么做才对帝国有利。帝国需要的不仅是忠于他的人，更需要能为帝国带来利益的人。我不想跟你多说了，你自己好好想想吧。

久保田：（立正）将军高瞻远瞩，属下记住了。

傅宗耀：（满脸媚笑）听了将军的这番话，属下茅塞顿开。也只有将军才有这样的胸怀和远见，鄙人长见识了。

土肥原：我的"河豚鱼计划"，就是逐渐地用各种方式，在不知不觉中将上海本地资本家的钱慢慢掏空，让上海每一寸土地都派上用场，用于皇军"圣战"，用于"大东亚共荣"。

傅宗耀：鄙人一定不负使命，为帝国效力。

14-21. 景：李家大宅东厢房 夜 内

【莎拉躺在床上，手里拿着镜子端详着自己的脸。玛丽拿过莎拉手中的镜子，扶莎拉躺下。

玛丽：莎拉，你虽然不发烧了，但现在病还没有好。

莎拉：妈妈，你看，我的水痘为什么还没有下去？我是不是变丑了。

玛丽：不会的。李廷琛哥哥正在给你调药。这可是东方的神药，擦了这种药莎拉会变得更漂亮。

【李廷琛端着药走进来。玛丽站起来。

玛丽：莎拉，躺下，妈妈给你敷药。

李廷琛：老师，我来吧。

【李廷琛将一块毛巾放在莎拉枕下，随后拿出一个热敷包贴在莎拉的脸上，来回熨烫着。又拿一把小小的刷子沾着碗中的药液，轻轻地涂抹在莎拉的脸颊上。

莎拉：李哥哥，我就喜欢你给我敷药。

玛丽：莎拉，不要说话，闭上眼睛，让李哥哥好好给你敷药。

莎拉：李哥哥，他们说得了水痘的人，脸上会变得很丑。

李廷琛：你不会变丑的，我给你用的是中国最传统的中草药，我们的莎拉永远是最漂亮的姑娘。

莎拉：我真是担心。我要是变丑了，李哥哥你还会喜欢我吗？

李廷琛：我们的小莎拉只会越来越漂亮。

莎拉： 妈妈，我真想马上长大。

玛丽： 长大嫁人吗？

莎拉： 是的。我要嫁给像李哥哥这样的人。李哥哥，妈妈说我们会回家的。我要是回家了，你会常来看我吗？

李廷琛： 会的。我会常来看我们的小莎拉。

莎拉： 谢谢你，李哥哥。昨天你给我讲了个故事，一个非常可怜非常可怜的小英雄。他没有家，没有亲人。他很穷，很可怜，但是他有一身很厉害的功夫，像有翅膀一样能在墙壁上飞着走，是真的吗？

李廷琛： 是真的，这个人你见过的，就在上海。等哪次有机会我带他来看你好吗？

莎拉： 好的，李哥哥，我们一言为定，你一定要带这个小骑士来看我。

李廷琛： 好的，莎拉，一言为定。今天的药敷完了，记住，不要用手抓脸，再痒也不能抓。记住啦！

玛丽： 莎拉，很晚了，你该睡觉了，你李哥哥也要去休息了。

莎拉： 不嘛，我还要听李哥哥给我讲故事。

玛丽： 莎拉，不可以这样，你李哥哥在医院忙了一天，还去药店给你买了很多药，回来又给你调药、敷药，他很辛苦的。你现在必须安静地睡觉，妈妈陪你。

莎拉： （睡眼蒙眬）好的，妈妈，我听你的……

李廷琛： 莎拉，好好休息，我明天过来看你。晚安！

【李廷琛发现莎拉已经睡着了，便给莎拉掖好了被子，轻轻地走出房间。

14-22. 景：李家大宅东厢房窗外 夜 外

【杰思敏站在窗外看着屋内的一切，眼睛湿润了，嘴唇翕动着，像在祈祷。她久久地站在窗前，陷入沉思。

【杰思敏回忆画面（意识流镜头）。

【柏林科恩家小院里种满了花卉，几棵树上结满了果实，常青藤爬上了屋顶，又从屋顶蔓延下垂。屋内传出清脆的钢琴声，整个庭院充满了一种祥和、温暖的气息。

【年轻英俊的李廷琛轻轻敲了敲门，屋内的琴声戛然而止，门随即打开，系着围裙的玛丽站在门口，伸出双手把李廷琛迎进屋内。

【李廷琛随玛丽进屋。

玛丽：很高兴你能来我们家做客，我今天特意为你做了几样中国菜，希望你喜欢。

李廷琛：谢谢老师，不知道老师还能做中国菜。上帝给了老师一双神奇的手，不仅能治病救人，还能烧得一手中国菜。

玛丽：现学现做的，希望你喜欢。

【科恩从楼梯上下来，一把搂住李廷琛。

科恩：李，欢迎欢迎！你是来我们家的第一个中国客人，希望你把中国的神奇带给我们犹太家庭。你是玛丽最好最喜欢的学生，我儿子伊姆雷驻校不常回家，希望你常来我们家做客，给孩子们讲讲你们东方的故事，让孩子们长些见识。

李廷琛：好的，科恩老师，如果您不嫌打扰，我会常来看望您。我在德国没有亲人，玛丽老师和你们一家就是我的亲人。

玛丽：你们别顾着自己说话，给客人倒杯水吧，我得去厨房了。

【玛丽转身走回厨房。杰思敏赶紧给李廷琛端来一杯水，反身又端来一碟司康。

杰思敏：请坐！我该叫你叔叔呢，还是叫你哥呢？

李廷琛：（有些为难）你就叫……叫什么都行，就叫我李廷琛吧。我知道你叫杰思敏，你今年 13 岁，对吧？

【杰思敏睁大眼睛，惊异地点点头。

李廷琛：你的钢琴弹得真好，我刚在屋外听了好半天，看来你很有音乐天赋。我给你带来了一件东方小礼物，希望你喜欢。（说着从怀中掏出了一支小牧笛）知道这叫什么吗？

杰思敏：（接过牧笛惊喜地）这是什么，乐器吗？

李廷琛：是的，这叫牧笛，我们中国农村中很多孩子会帮着家里放牛，他们会一边骑在牛背上一边吹着牧笛。这牧笛虽小但音色清亮、悠扬，牛群听到这笛声都会很安静地吃草，变得很温顺。有的牛儿走远了，听到笛声就会循声跑回来。

杰思敏：真奇妙，这就是你们东方的魔笛吗？李，能给我演奏一曲吗？

李廷琛：（接过牧笛）好的，我试试。

【李廷琛将短短的牧笛放到唇边，客厅里立即响起了中国的《歌唱二小放牛郎》（字幕：牛儿还在山坡吃草，放牛的却不知哪儿去了……）一曲未了，李廷琛发现玛丽、科恩都在客厅静静地听着，小小的莎拉也步履蹒跚地下了楼梯。李廷琛将牧笛递给杰思敏，抢前一步将小莎拉抱了起来……

　　【杰思敏接过牧笛，珍爱地抚弄着。

　　【回忆镜头结束。

第十四集完

第十五集

15-1. 景: 李家大宅东厢房窗外 夜 外

【窗外的杰思敏正沉浸在对昔日的遐想中，一件上衣轻轻地披在她身上。她猛回头，看见身后站着李廷琛，忙擦了擦眼中的泪水。

李廷琛: 还没去休息呢。莎拉已经睡着了。

杰思敏: 你明天还要去上班，应该早点休息。

李廷琛: 我们走走好吗?

【李廷琛和杰思敏漫步在花园中。空中传来阵阵蜡梅的幽香。

杰思敏: 好香啊，这是什么花?

李廷琛: 这叫蜡梅。这是一种很奇特的花，冬天开花，风雪越大，开得越艳丽。特别到晚上，幽香袭人。这种花好像只有中国才有。

杰思敏: 中国真是神奇，连花都这么特别，斗雪而开，幽香袭人。其实你今天给莎拉用的热敷包，还有那种敷在脸上的药，我也觉得很神奇。就一点中药和两勺白醋，居然那么好用。莎拉也不觉得痒了，真好。

李廷琛: 那不过是中国民间药方，专门用于水痘的，因陋就简而已，但很管用。

杰思敏: 廷琛，请允许我这样叫你。你帮了我们这么多，真不知道该怎么感谢你才好。真想有这么一天，我能用我的一生报答你。

李廷琛: 我们是朋友，我做的这一切都是应该的，我真的不希望你报答，只希望我们的情谊地久天长。

杰思敏: 仅仅是情谊吗? 我想的可能更多。

李廷琛: (扯开话题) 杰思敏，今天的夜色真好，好久没听到你的笛声了，能为我吹奏一曲吗?

杰思敏: 好的。你想听什么呢?

李廷琛: 只要是你喜欢的，我都喜欢。

【杰思敏点点头，取出牧笛吹了起来，和婉的笛声将他们带回往昔的幸福时光和海上无助的漂泊中。

【月华如练，星光璀璨，笛声悠扬。

15-2. 景：摩西会堂 日 内

【米兹拉希面对一个个等待而渴望的犹太难民。

米兹拉希：各位静静，各位静静，报告大家一个好消息，经过赈济会的多方奔走，当局已经同意我们建立犹太社区。我们也争取到了捐款，并且购买了土地。我们即将开工建设，请有技术能力的难民参与建设和改造工程。普罗米修斯等二十五人是泥瓦工，艾尔伯特·辛格等十五人是水电工、挖管工……

【伴随着这一声宣布，台下所有难民一阵欢呼，有的犹太妇人热泪盈眶，紧紧咬着手绢让自己不要哭出声。科恩也激动地握着自己的手。

米兹拉希：我提议，我们明天就正式开工，让我们的所有同胞都能早日搬进新居。

15-3. 景：建筑工地 日 外

【工地上人声鼎沸，挖土的挖土，搬砖的搬砖，大家都在热情高涨地忙碌着。

【科恩在工地上认真地学习砌墙。

【米兹拉希鸣钟招呼大家休息。科恩没有停下手中的活，还在认真地将一块一块的砖抹上泥灰，仔细地砌墙。

米兹拉希：大家今天辛苦了。明天是安息日，无论我们身在何处，我们都必须休息，祈祷。

【众人散去。有了工作犹太难民们神情都轻松了许多，有说有笑纷纷离去。科恩却依然还在工作着，米兹拉希走到他身边。

米兹拉希：普罗米修斯先生，您垒墙的技艺精进很快啊，您看您垒的墙又直又厚实，您会成为一个很优秀的泥瓦工。今天太晚了，您也回家吧。明天是安息日，好好在家陪陪家里人。祝您好运，上帝保佑善良的人。

科恩：谢谢。

【工地上已经无人，科恩收拾好泥刀等工具，最后离开了工地。

15-4. 景：摩西会堂 日 内

【科恩认真擦拭着陪伴他多日的修鞋箱子，箱子里的工具和鞋油一件件摆放整齐。

【豹子发出呜呜的叫声。

科恩：豹子，莎拉过几天就回来了。

【科恩走过去抱住了豹子。

科恩：你想她们了是吗？我也一样。不过她们就快回来了。事情还是在往好的方向发展。莎拉的水痘已经没有危险了，我也找到了一份工作。看来，追逐着我们的不幸就要过去了。

【豹子挣扎着从科恩的怀中跑出，对着门外吠叫。科恩打开房门，豹子扑到了芦柴棒的怀中。

芦柴棒：普罗米修斯先生，我来看看莎拉。她回来了吗？

科恩：还没有。不过她已经好多了。这两天就能回来了。

芦柴棒：那就好。我可是答应了要跟她一起过年的。

科恩：莎拉能有你这样的朋友，真是幸运。芦柴棒，我有一份礼物想要送给你，但不知道你会不会接受？

芦柴棒：礼物？送给我的吗？

科恩：我得到这个擦鞋箱十分意外。可是，自从有了这个擦鞋箱，我们一家人当然包括莎拉都越来越好，认识了很多新的朋友，在善良的人们的帮助下，在上海生活下去。现在，我想把这个代表了幸运的擦鞋箱送给你，莎拉最好的中国朋友芦柴棒。

【芦柴棒呜呜哭了。

科恩：我的中国小伙子，你怎么哭了？

芦柴棒：这个礼物……还从来没有人给我送过礼物呢。普罗米修斯先生，谢谢您。

科恩：很抱歉，这不是什么贵重的东西。

芦柴棒：普罗米修斯先生，您把擦鞋箱给了我，您怎么办？

科恩：米兹拉希先生在筹建犹太人社区。我在那里找到了一份建筑工的活儿。所以，这个擦鞋箱我暂时用不上了。

芦柴棒：您以后能盖出外滩那样漂亮的大楼。我有一次偷偷去看，站在底下往楼上望，我帽子都掉在地上了。

科恩：我可没有那么厉害。我要努力学习把砖头砌平。

芦柴棒： 那我也得当个像模像样的擦鞋匠。我以后就不用再到处捡煤渣、卖报纸了。我以后要跟您一样，整条街里，我擦的皮鞋最干净最亮。

科恩： 上海滩最棒的擦鞋匠——芦柴棒。

芦柴棒： 我以后也会攒到钱，总有一天，芦柴棒要开上海滩最好的鞋行。

【芦柴棒破涕为笑。

芦柴棒： 普罗米修斯先生，谢谢您送了我这么棒的礼物。我今天本来是来看莎拉的，我好久没看见她了。我现在想去看看莎拉，把您送给我这么好的礼物告诉她。等她病好了，我也可以像您一样天天带着她出去擦鞋，免得她一个人窝在家里，怪憋闷的。她一定会很高兴的。您说可以吗？

科恩： 好的。可她现在住在李廷琛家里。她可不能离开那个房间，在人家家里也不可大声喧哗。知道吗？

芦柴棒： 知道，知道。李哥哥家里我很熟的。那我去了啊。

科恩： 去吧，去吧。我想莎拉也很想你。把擦鞋箱带去，我都收拾好了。

【芦柴棒十分高兴，背起擦鞋箱就要出门。突然豹子蹿过来一口咬着他裤腿，嘴中呜呜叫着，似乎在请求他把它也带去。

芦柴棒： 哦，豹子，你也想莎拉了吗？好吧，我把你也带走。但你可得乖乖地跟我回来。（转对科恩）我把它带走好吗？

【科恩微微点了点头。芦柴棒千恩万谢地出门，豹子活蹦乱跳地跟在后面。

15-5. 景：上海街头 夜 外

【上海街头，小孩嚷嚷着点炮仗。夜空中不时升起阵阵火烟，绽放出美丽的花朵。

15-6. 景：李家大院东厢房 夜 内

【莎拉已经起床，一个人站在窗前看着窗外夜空中闪烁的烟花，痴痴地发神。身后的门被轻轻推开，豹子冷不丁窜了进来，一下扑到莎拉身上，又舔又叫。莎拉一看是豹子，又惊又喜，也一把抱住豹子。芦柴棒紧跟着走了进来。

莎拉： 哦，豹子，豹子，你怎么来了？想死我了。哎，我的小豹子都变成小伙子啦。快，让我看看。

【莎拉说着捧着豹子的头，端详着。芦柴棒笑着也不说话，把手反到背后，看着莎拉和豹子的亲热劲。莎拉猛抬头看见芦柴棒站在旁边。

莎拉：（惊喜地）芦柴棒，是你吗？这么多天不见你们，我想你们都想疯了。

【莎拉跳起来，又一把抱住芦柴棒。

芦柴棒：莎拉，你好点了吗？你看，我给你带来了什么。

【芦柴棒像变魔术一样，把挽在背后的手亮出来，手中拿着一束缀着两支夜来香的雏菊。莎拉大为惊喜，一把将那束雏菊夺过来。

莎拉：这是给我的吗？哇，好香。芦柴棒，你真好。谢谢你，我的好芦柴棒哥哥！

芦柴棒：当然是送你的。你闻闻，再闻闻，香吗？这可是我们上海最好的鲜花，叫夜来香，越到晚上越香。

莎拉：（爱不释手）嗯，真的，又香又好看。芦柴棒，谢谢你了，你真好。

芦柴棒：你看看，我还给你带来了什么。

【芦柴棒说着从口袋里掏出一把白果，在莎拉面前晃了一下，忙又把手塞进了口袋。

莎拉：白果，我知道是白果。快给我，快给我。再不给我，我可要抢啦。我都闻到白果的香味了，馋死我了。

【莎拉说着一只手已经揣进了芦柴棒的口袋，掏出一把白果。芦柴棒忙将手捂住另一个口袋。

芦柴棒：别抢，别抢，都是你的。尝尝，先尝尝，香不香，刚出锅的……

莎拉：（边剥边吃）香，真香！芦柴棒，只有你最懂我。

【豹子围着他们俩绕来绕去，嘴里呜呜地叫着，好像在为他们两个小朋友相聚而高兴。莎拉塞了一颗白果在豹子嘴里，豹子一边嚼着，一边摇着尾巴。

莎拉：芦柴棒，豹子在为我们高兴呢。你看，我们的豹子已经长大了，变成了大小伙子啦。以后我们出去一定要带着它。

芦柴棒：那是当然，豹子是我们的小兄弟嘛。莎拉，我今天来就是告诉你个好消息。你爸爸今天送了我一件礼物，你知道是什么吗？擦鞋箱。他把他的擦鞋箱送我了。今后我就可以带着你上街擦皮鞋啦，我们把豹子也带去。这样我们可以天天都在一起啦。你高兴吗？

莎拉：真的吗？那我爸爸呢？

芦柴棒：你爸爸有了新的工作。听说犹太人在盖自己的定居点，你爸在工地上干活呢。

他说他会成为一个了不起的泥瓦匠。我说我也会成为一个了不起的擦鞋匠。我们都会成为上海最了不起的人。你说对吗?

莎拉: 是的,你们都是上海最了不起的人。唉,就是我最无用,一天到晚病恹恹。我不知道我今后还能干什么。

【莎拉说到这有些沮丧。芦柴棒赶忙安慰她。

芦柴棒: 别别,莎拉。你这病不是好了吗?过两天我们又可以在一起啦。你可以跟着我做你最喜欢做的事。你也会成为一个了不起的人。(讨好地)莎拉,过两天你知道是什么日子吗?那是我们中国人最好的日子,就是过年。知道什么是过年吗?就是一年中最快乐、最安逸的日子,又叫春节。春节过好了,一年都有好运。听米兹拉希先生说,你们犹太人也有自己的春节。那叫什么,叫什么号角节。莎拉,我真高兴,不管是什么节,我们又可以在一起了。

莎拉: ……芦柴棒,你真好,你和李廷琛哥哥他们一样好。能有你这样的好哥哥做伴,这是上帝的眷顾。

【莎拉说着竟喜极而泣,抽抽噎噎地哭了起来。

15-7. 景: 摩西会堂 日 内

【摩西会堂里,犹太难民都没有出去工作。在安息日里,有人祈祷,有人在打扫卫生。

15-8. 景: 摩西会堂科恩家 日 内

【科恩一人在家,学着玛丽的样子烘烤馒头,笨手笨脚的被烤糊的馒头烫了一下。豹子不停地围着他转悠。玛丽推门而进,手上提着一包食品。

科恩: (惊喜地)亲爱的,你怎么回来了?莎拉好些了吗?

玛丽: (拥抱了一下科恩)回来看你呀,伦纳德。莎拉好多了,估计再过两天她就可以回来了。你好吗?你看我给你带什么来了?

科恩: 感谢主!莎拉终于好了。玛丽,我想你们。

玛丽: 我也想你。李廷瑞知道我要来看你,特意包了一包食品让我带给你。我不肯要,他就生气了,说大过年的,怎么能拒绝我这点心意。他还给了我两张画,说这是他们中国人的门神,贴在门上就可以挡住妖魔鬼怪,让一切邪恶的魔鬼躲得远远的。来,我们把它贴上好吗，愿中国的神给我们带来好运。

科恩： 李家一家都是善良的人，愿主保佑他们平安！愿他们新年好运！玛丽，今天是安息日，也是中国的除夕夜，让我们为天下的好人祈祷吧，祈祷新的一年里厄运远去，主降福祉，祈祷苦难的灵魂早入天堂，祈祷天下的好人平安幸福。

玛丽： 好的，伦纳德，我们祈祷，今天我陪你和中国朋友过节，一起迎接新年。

15-9. 景：李家大宅客厅 日 内

【李季方带着仆人在客厅里包饺子。李家的客厅也摆上了祭祖的贡品。莎拉的脸上还有没有掉的痂，看着李季方手中包的饺子入了迷。

李季方： 莎拉，有意思吗？回头给你特别包个柳叶的饺子。

【李季方往饺子里塞上了一枚洗干净的铜钱。

莎拉： 为什么要在里面放钱呢？

李季方： 这个啊，可不是一般的钱。一锅饺子，谁要是能吃到包了钱的，谁就是新年运气最好的人。

莎拉： 那一定是我。我生了水痘都已经好了，我是运气最好的人。

李季方： 你想试试看吗？

【莎拉点了点头。

李季方： 来来来，我来教你。

【李季方手把手地教莎拉和杰思敏包饺子。李廷琛下楼，看到这一幕，十分感慨。

杰思敏： 中国的食物真是有趣。

李廷琛： 辛苦你们了。

杰思敏： 要自己学着包，才有意思。

李季方： 大少爷你放心，饺子馅是特意准备的。

【李廷琛点了点头。

李廷琛： 你们都在这里。廷瑞他人呢？

李季方： 二少爷一大早就出去了，说是跟人一起送饺子去了。

李廷琛： 他什么时候会包饺子了？

李季方： 二少爷的事哪有准啊，想一出是一出。

莎拉： 廷琛哥哥，你看我包得怎么样？

【莎拉手上是一个圆疙瘩。再看莎拉的脸，已经变成了一只花猫。

杰思敏： 莎拉，你看看你，像一只小花猫。

李廷琛： 你这个不像个饺子，倒像是我们中国人吃的元宵。

莎拉： 元宵是什么？

【李廷琛刮了一下莎拉的鼻子。

李廷琛： 到时候你就知道了。

莎拉： 可是，那个时候杰思敏就要带着我离开这里了。

15-10. 景：摩西会堂 夜 内

【烛光摇曳，米兹拉希带着犹太难民祈祷。

米兹拉希：《圣经》就是我们犹太的圣殿。《圣经》是我们随身携带的祖国，是随身携带的耶路撒冷。我们曾在巴比伦的河边坐下，一追想锡安就苦了。我们把琴挂在那里的柳树上。明天，柠檬树将绽放花朵，橄榄树将尽情欢乐，你的双眼将雀跃，鸽子也将飞回你的神圣高塔。

【科恩十分虔诚地亲吻《圣经》。

米兹拉希： 不过异族的节，不尊异族的神。但我们依然感谢异族的朋友提供的帮助。

【祈祷结束，众人纷纷站起来。玛丽和科恩也依次上前亲吻米兹拉希。玛丽挽着科恩的手臂，两人离去。

15-11. 景：摩西会堂科恩家 夜 内

【微弱的灯光下，坐在窄小的房间里，面对桌上简陋的菜肴，科恩将玛丽冰凉的手拢在蜡烛的微光下取暖。

玛丽： 明年让我们耶路撒冷见。

科恩： 今天可不是逾越节。

玛丽： 我知道。

科恩： 不知道战争什么时候会结束。我们一家……侥幸逃了出来，不知道什么时候能回家。

玛丽：一定有那么一天的。

科恩：我现在可不是德国人，我的祖国不知道为什么恨透了我们。我们的同胞想让我们全部死掉。

玛丽：但我们依然要活下去。

科恩：玛丽，你恐惧吗？

玛丽：当然。

科恩：我时常感到恐惧。我们必须生存下去的漫长的路让我恐惧。我以为失去了我们儿子的时候，我就应该去死。

玛丽：你别……

科恩：死亡的威胁又激发着我强烈求生的欲望。玛丽，如果你不嫁给我，你不会变成无家可归的难民，也不会过上现在这样躲躲藏藏、居无定所的生活。是我连累了你和孩子们。

玛丽：不，即使如此，我也要跟你在一起。就算我没有遇到你，没有爱上你，没有嫁给你，那些杀人的恶魔也不是我真正的同胞。我永远也不会跟他们站在一起。

科恩：谢谢你。

玛丽：上海，我现在很喜欢这里。

科恩：明年让我们耶路撒冷见。

玛丽：好，明年让我们耶路撒冷见。

15-12. 景：汪公馆客厅 夜 内

【汪墨樵的公馆里人来人往，青帮弟子都围在汪墨樵的身边依次给他磕头。殷燕农站在最前头，毕恭毕敬。汪墨樵望着众弟子，满面笑容地打赏。

殷燕农：弟子们给师父您磕头了。

汪墨樵：燕农，今年操办得不错。你也辛苦了。

【芦柴棒也要磕头，却被汪墨樵拦住。

汪墨樵：芦柴棒，你不用。不是青帮弟子不用磕头。

茉莉：芦柴棒也是尊敬您。他有这份心，您就收了吧。

汪墨樵：你是他的姐姐，我们是平辈人的关系，给我磕头就是要折我的寿。

茉莉：青帮弟子真是难做。芦柴棒，那就不磕了。刘姆妈，把东西拿来。看看姐姐给你准备的新衣服。

15-13. 景：李家大宅客厅 夜 内

【李季方端着大托盘，托盘上的一只只碗里都是四个白白胖胖的饺子。李廷瑞凑上前，一个个碗里看过去。

李廷瑞： 要我说啊，还是杰思敏包得好看。

李衡甫： 杰思敏小姐，过来坐吧。

【李廷琛为杰思敏拉开了椅子。李廷瑞却立刻坐在了杰思敏的身旁。莎拉却要挨着李廷琛坐。

李衡甫： 科恩小姐，不要客气。我们一家过年难得这么热闹。

【莎拉吃了一口饺子，差点被烫到，可是又忍不住接着吃。

莎拉： 这玩意圆溜溜的，像个丸子，真好吃。

李廷琛： 莎拉一定是新年里运气最好的人。

莎拉： 当然了。这是我在中国最高兴的一天。我以后要天天"过年"。

李衡甫： 孩子，年可不是天天过的。（转头对李廷瑞说）面粉都送去了？

李廷瑞： 嗯，按您的吩咐给河滨大厦和摩西会堂各送了一车。

李衡甫： 廷瑞，我知道你是个善良的孩子，只是以后不要事事率性，这样容易落人口实。万一日本人借着维护治安的名义有所行动，后果不堪设想。无辜者再牵连其中，更是非你我所愿。

李廷瑞： 知道了，父亲。

莎拉： 廷瑞哥哥，芦柴棒也有年夜饭吃吧？

李廷瑞： 你还惦记着芦柴棒。

莎拉： 芦柴棒可是我在中国最好的朋友。

李廷瑞： 芦柴棒也没有亲人了。结果，他说茉莉就是他的亲人。茉莉接他过年去了。

李廷琛： 茉莉……

李廷瑞： 茉莉真是个聪明人，要是能读读书，也是中华民国妇女中的佼佼者。

李廷琛： 廷瑞，没想到你还挺关注妇女解放。

李廷瑞： 你还真以为我是个不学无术的纨绔子弟吗？也不看看，咱们家的父亲是什么人呢。

李衡甫：科恩小姐，我听说你能弹一手好钢琴。廷琛母亲去世早，也曾在上海女子教会学校专习音乐。家里这架钢琴，一直没有人再弹。廷琛和廷瑞都不像他们的母亲，对音乐没什么天赋。如果你愿意，为我们弹一曲吧。

杰思敏：好的。

【杰思敏走到钢琴边，略思片刻，轻轻触碰了琴键。琴声如水，一曲中国古典歌曲《良宵》的旋律从杰思敏的指尖缓缓流出。大家好像置身于那恬静的春江花月夜，又仿佛听见那苏州河畔的古刹钟声。一曲终了，余音袅袅。大家都久久地沉浸在安详静谧中。李廷瑞欣喜若狂，跳起身来鼓掌。大家也跟着鼓掌。

李廷瑞：杰思敏，我多次听你弹琴，今天晚上你是弹得最好的。我喜欢听你弹琴，喜欢你的音乐。如果不是因为战争，你会成为世界上最出色的音乐家、演奏家。杰思敏，再弹一曲吧。弹一曲我们中国水乡的民歌《茉莉花》，好吗？这首歌是我最喜欢的中国民谣。

杰思敏：好的。我现在已经学会了不少中国民歌。

【清新活泼的《茉莉花》乐曲在客厅流荡。所有的人都忘记了吃饭，屏息倾听着那充满江南水乡风情的悠扬琴声。

【不知道为什么李衡甫百感交集，不禁热泪盈眶。

【李廷琛知道父亲又想起了什么烦心事，为了排解父亲心中的烦忧，他对杰思敏笑着说：

李廷琛：杰思敏，我还没有听过这么美妙的琴声。你看，我们全家都沉浸在你的琴声中了。不过今天是除夕夜，是我们中国人大喜大庆的日子，再给我们弹一首欢乐的曲子吧，就算是你今天在这个特殊的日子里为我们家开了一场音乐演奏会。

杰思敏：好的。我刚才弹的曲子是有点悲凉，不过我对中国音乐知道得还很肤浅，会弹的曲子也不多。前两天我从一家商场过，商场播放的音乐倒是挺欢快的，我也不知道叫什么名字。我试着给你们弹弹吧。

【杰思敏说着拢了拢头发，屏住气息，触动琴键，欢快的旋律从指尖迸出，由慢而快，由远而近，像龙舟竞渡，又像玉落珠盘，错落有致，步步登高。

李廷瑞：（跳起来）《步步高》，这是《步步高》，广东音乐。杰思敏，你真是天才，居然把我们国家的民乐发挥得这么好。

李廷琛：别嚷嚷，你坐下，好好听。

【琴声戛然而止，大家沉浸在快乐中，七嘴八舌地赞美起来。

莎拉：姐姐，你弹得真好。我虽然听不懂，但是我很快乐，以后我就跟着你学音乐。你教我好吗？我会弹得和你一样好的。

【杰思敏摸了摸莎拉的头，轻轻点头。李衡甫微笑着，眼中却噙满了泪，无限感慨。

李衡甫：（喃喃自语）天才，美丽的天才。我要有这么个女儿就好了……

15-14. 景：汪公馆客厅 夜 内

【芦柴棒穿了新衣服却觉得哪里都别扭。殷燕农站在汪墨樵身边侍立一旁。

芦柴棒：姐姐，这新衣服真硬挺，走起路沙沙的，胳膊也得板着。

汪墨樵：芦柴棒穿了这一身，倒叫你打扮得很有派头。

茉莉：你这孩子，怎么不会享福呢。新衣服还要叫不舒服。穿着打补丁的破衣服就舒服了？

芦柴棒：我不要新衣服。

茉莉：人家孩子过年的时候都盼着穿新衣服。你为什么不喜欢呢？

芦柴棒：新衣服穿了都会变成旧衣服。

茉莉：那姐姐以后经常给你新衣服。

芦柴棒：我不要。莎拉爸爸送给我一只擦鞋箱，我以后就认真擦鞋了。

茉莉：这样也挺好。

芦柴棒：姐姐，我不想要新衣服。我想识字读书，以后做大事情。

茉莉：有志气，姐姐倒是小看了你。

汪墨樵：好样的芦柴棒，晓得读书好。

芦柴棒：我们穷孩子都不认字，不会算账，一辈子就是受苦受穷的命。

茉莉：那姐姐资助你读书。

【芦柴棒并没有兴奋，依然低着头看着自己的脚尖，沉默不语。

茉莉：难道你要跟姐姐客气，担心以后报答不了我？我送你读书，你只要好好读书就是最好的报答。姐姐没什么亲人，把你当作亲弟弟看。要是以后你长大了，读书成才有了孝敬我的一天，那就是姐姐的福气。

汪墨樵：你不懂芦柴棒。

茉莉：我不知道我弟弟的心思，你就能晓得了？

殷燕农：师娘，我师父可是一等一聪明厉害的人。我们想不到的，师父都能想得出来。

汪墨樵：我虽然不能打包票一定猜得准，但芦柴棒的心思，我总还是能猜到几分。

茉莉：你倒是说说我听听。

汪墨樵：芦柴棒，你想要的不是一个人读书，是希望你们河滨大厦里的穷孩子都能读上书，我说得对不对？

【芦柴棒惊讶地望着汪墨樵，使劲点了点头。

汪墨樵：芦柴棒的心思我懂。

茉莉：没想到，你还真是厉害。

汪墨樵：我也是穷苦人家的子弟。到上海滩闯江湖，不说九死一生也是见过很多穷人，受了很多苦。正好借着芦柴棒这件事，青帮要领头在上海滩开一个义学，收的就是贫苦读不起书的孩子。

【芦柴棒抽泣，茉莉拉过他给他擦眼泪。

茉莉：答应了你怎么反倒哭了呢。

芦柴棒：我可以读书了。

茉莉：这个傻子，走吧走吧。我带你去洗洗脸，现在像个花猫。

【茉莉带着芦柴棒离去，汪墨樵挥了挥手，弟子们散去，只留下殷燕农一人。殷燕农给汪墨樵点了烟，烟雾缭绕中，殷燕农偷偷打量着汪墨樵。

殷燕农：师父，等过完了年，弟子就找人办起来。

汪墨樵：不用你插手。这件事还是要用夫人的名义做。你好好在警察局干。

殷燕农：是。弟子知道。

汪墨樵：他们知道你是我身边得力的人，把你放在他们眼皮底下，是他们想用你牵着我。可是，燕农，你也是青帮在日本人面前的一道屏风，一只听风声的铃铛。你响了，哪里就必然动一动。

殷燕农：师父您难道觉得日本人还没放心？

汪墨樵：燕农，你知道为什么这件事我不让你出面，反而让夫人出面呢？

殷燕农：师父自然有师父的道理。师娘又是一副菩萨心肠。

汪墨樵：日本人自从进了上海滩，抢粮的时候开过枪，天天抓什么抗日分子危险分子，搞得上海鸡犬不宁，人人自危。但是再狠，不比在南京，南京可是屠城的。日本人自然不是因为心肠好，对上海市民格外怜悯。

殷燕农： 师父，你对日本人不放心？

汪墨樵： 你能相信日本人吗？日寇居心叵测，烧杀掳掠，祸害的都是我们中国人，我能放心吗？

【殷燕农听到这话，偷偷打量着汪墨樵。

汪墨樵： 芦柴棒这孩子虽然小，但有志气，有见识。读了书，长了本事，前途不在你我之下。抗日救国不是一朝一夕的事情，说不定我们做不到的，他们这一代能做到。

殷燕农： 那青帮呢？

汪墨樵： 青帮，也是一样，长了本事才能站得稳。燕农，青帮鱼龙混杂、良莠不齐，什么人都有。杜先生和我早有想法，我们青帮要想得到百姓的支持和社会的认可，就应该多做些善事、好事，光做些赌场、烟场和收点保护费的生意可不行。我们更要敢为穷苦人出头，敢仗义执言，多为底层百姓向官府豪绅交涉。路见不平，我们青帮能拔刀相助，这才是我们青帮存在的意义。太炎先生早就建议杜先生要加强对青帮弟兄的教育，青帮人多势众，可以轮流办些学习班、培训班之类的东西，向帮内兄弟灌输一些爱国爱民的道理，制定一些规矩、规则，使青帮在民众中能有一定的社会威望，我觉得这个提议很好。只可惜现在生逢乱世、民不聊生，这个愿望恐怕很难实现了。

殷燕农： 师父说的这些我都不懂，我想的不管是国民政府还是日本人当道，我们青帮弟兄都得活下去，都得有口饭吃，师父常说青帮弟兄都是苦出身，再苦再难，师父也不会放弃我们不管，只要有师父在弟兄们就有主心骨，我们一切听师父的。

【汪墨樵瞥了眼殷燕农，没再说什么，向殷燕农挥了挥手。殷燕农悻悻退下。

15-15. 景：李廷瑞工作暗房 日 内

【此刻李廷瑞正在暗房内洗印照片。突然门外响起了敲门的声音，李廷瑞赶紧放下手中的活儿，擦了擦手，去开门。看到门外站着茉莉和芦柴棒，赶紧把他们请进门。

李廷瑞： 茉莉小姐，你们怎么找到这里来了？

茉莉： 打扰你了。

李廷瑞： 没有没有。我还有几张照片，已经洗完了，等会儿干了就行。

茉莉：我是无事不登三宝殿，来求你一起想想办法。

李廷瑞：有什么事你就说吧，就是再抢一次粮也没事。顶多是被老爷子再狠狠臭骂一顿，把我这个忤逆子赶出家门。

茉莉：芦柴棒想要读书。他一说，没想到汪老板不但答应了资助，还说干脆他出钱成立一个义学。场地租金他来想办法。但是，办个学校可不容易。有了地方，还得要有房子；有了房子，还得要有老师。教什么、学什么、怎么教、教多大的孩子，这些事都得要有人管起来，所以我来找你商量。

李廷瑞：好啊，办学校是好事啊。我看呀，茉莉，这件事你就管起来。你来当这个校长最好。

茉莉：不不，我一个乡下女人，也没读过几天书，我哪能当什么校长。我今天来找你，就是想把你搜出来，让你来当这个学校的头。这事还不能拖。孩子们天天在长大，不能耽误了他们。

李廷瑞：这样吧。学校的头还是你来当，我保证尽全力帮助你，有事你发话，我跟你跑腿就是了。你有汪老板做靠山，谁敢不卖你的面子。只是你刚才也说了，孩子们天天在长，可不能耽误了他们。有地有钱盖房子也不是一天两天的事，要找个现成的地方才好。

茉莉：好吧，这件事情我们就算说妥了。这也是积德的事，可不许反悔。至于找现成的房子嘛，我们都去想想办法。我看现在上海的空房子很多，我回去跟墨樵商量商量。廷瑞，这件事如果办好了，你也算是帮了我一个大忙了。

李廷瑞：我的茉莉小姐，你跟我还客气什么，是你帮了我一个大忙。我爸天天在家里骂我游手好闲、不务正业。这不，你给了我个办学校的机会，我爸还能说我不干正事吗？这是你帮了我啊。我们就这么说定了。

15-16. 景：上海街头 日 外

【芦柴棒坐在李廷瑞的自行车后座上咧着嘴笑。黄包车夫拉着茉莉也脚步欢快的紧紧跟随。

15-17. 景：淞浦医院李廷琛办公室 日 内

【李廷琛从窗口看见了李廷瑞带着茉莉和芦柴棒，满腹狐疑。

【李廷瑞、茉莉和芦柴棒进屋。

李廷琛：你们三个怎么一起来了？

李廷瑞：关键时刻找大哥帮忙。

李廷琛：我除了看病还有什么，你不会是又闯了祸惹父亲生气了吧。

李廷瑞：大哥，你别拆我的台，我们今天是有正经事。

茉莉：这次可是有大事来找你的。

李廷琛：那有什么我能帮上忙的。

李廷瑞：茉莉说服汪老板为芦柴棒和莎拉这样的难民孩子筹建义学。这应该是个大事吧？所以她说来找你商量。

李廷琛：这真是太好了。你们准备怎么办呢？

李廷瑞：除了这个，我还想着要办一个成人班。犹太难民现在也有语言问题，办一个成人班，教一些哪怕是简单的对话，也很有必要。

李廷琛：廷瑞，你可算干了好事。这是正经事。这件事也算是当务之急。但光靠你们这几个人可不行，我去跟米兹拉希先生商量一下。

茉莉：汪老板已经答应了出地出资。我刚才跟廷瑞商量，先开两个儿童班，一个是犹太学生班，一个是中国难民同学班。再办一个成年班，愿意学习的犹太人和中国人都可以进来，主要是解决犹太人和中国人的语言交流问题。可现在还需要老师啊。有点文化的中国人和犹太人都可以来当老师，先办起来再说。我回去跟墨樵商量商量。为了不耽误孩子们，有没有现成可以做校舍的房子？如果有就最好。房子可以慢慢盖，让孩子们先上学。

李廷琛：这样很好哇。现在上海找个空房子不难。老师也不是问题，我和廷瑞都可以去。我再去找找米兹拉希先生，请他在犹太人里边物色几个。

李廷瑞：犹太老师也应该没有问题。哥，你医院里边不是有几个犹太医生吗？李尔克还有杰思敏他们都可以做老师啊。

李廷琛：廷瑞这次倒是挺积极的啊。好吧，我回头跟他们说说，应该没有问题。

15-18．景：李家大宅客厅 日 内

【李廷琛跟李廷瑞一起回到李家大宅，却看到客厅里放着行李。客厅里，杰思敏抱着莎拉正在跟李衡甫和李季方告辞。看到李廷琛回来，莎拉从姐姐杰思敏的怀中挣脱，扑向

了李廷琛。

李廷瑞：怎么了，科恩小姐，你们这是要走吗？

杰思敏：莎拉的水痘已经好了，我们应该走了。

李廷瑞：那怎么能行，多养一段时间不好吗？

杰思敏：廷瑞，我们一家人总不能一直住在这里。

李廷琛：莎拉刚刚好，抵抗力还比较差，最好再住一段时间。

李季方：少爷说得对，这病刚好，应该再养一养。莎拉小姐在，我们这里也热闹。

【莎拉巴望着姐姐，杰思敏摇了摇头。

杰思敏：非常感谢你们一家人的帮助。我们总要靠自己的力量在上海生活下去，把爸爸一个人留在摩西会堂，妈妈和我也都很不放心。

李廷瑞：让科恩先生也一起来咱们家不就行了。

杰思敏：廷瑞，你真是个乐天派。李伯伯，谢谢您的招待和照顾。

李衡甫：不用谢，这都是应该的，如果杰思敏小姐执意要回家，我们尊重你的意思。季方，叫司机备车，把科恩小姐送回去。

李季方：是。

李廷琛：我送你们回去吧。正好，我要找米兹拉希先生。

【李衡甫颔首表示同意，李廷瑞却显得懊丧。

15-19. 景: 街头 日 外

【汽车上，李廷琛和杰思敏都很沉默。莎拉也闷闷不乐。杰思敏望向车窗外，春天的风吹动了杰思敏的发梢。

杰思敏：冬天就要过去了。

李廷琛：上海的春天总是很短暂。龙华的桃花开的时候，很好看。

杰思敏：夏天的时候，我们一家人总是在柏林的施普雷河河边散步。

李廷琛：黄浦江让你失望了。

杰思敏：不，这里非常好。谢谢你。

【望着杰思敏美丽纯洁的眼睛，李廷琛一阵慌乱，连忙调转了目光。

15-20. 景：摩西会堂 日 内

【米兹拉希挂断了电话，看到李廷琛立刻从桌子前站起来迎接过去。

米兹拉希：汪老板刚刚给我打了电话，他把一切都告诉我了。

李廷琛：会说中国话，能够交流，会有很大帮助。

米兹拉希：汪老板愿意提供场地租金。这真是太好了。

李廷琛：汪夫人虽然是一介女子，但无论是胆识还是心地都让人钦佩。

米兹拉希：读书，接受教育，对我们犹太人来说从来都是大事。要好好地筹备。

李廷琛：我和我弟弟愿意做这个学校的老师。

米兹拉希：你们为犹太救助协会提供的帮助是上帝给我们最好的礼物。

李廷琛：如果老师不够，也请米兹拉希先生在犹太人里面选拔一些人当老师，我们也会去找些中文老师。

米兹拉希：这样最好，我们应该尽快把这所学校办起来。

15-21. 景：上海街头 日 外

【芦柴棒换上了自己穿习惯的旧衣服，坐在擦鞋箱边等着客人。莎拉拿着一小束野花找到了芦柴棒。芦柴棒看到莎拉也特别高兴。

芦柴棒：莎拉，你的病终于好了。

莎拉：当然了。廷琛哥哥看病是非常厉害的。

芦柴棒：水痘会留疤瘌的。我还担心呢，你一生病就变成丑八怪了。可我今天见你不仅没有变丑，还越来越漂亮了。

莎拉：当然了。姐姐和廷琛哥哥对我的照顾很仔细。爸爸把擦鞋的箱子送给了你，真是太好了。你可以天天在这擦鞋，我可以天天过来陪你。我把豹子也带来，好吗？

芦柴棒：（故作神秘）我告诉你，我马上就不擦鞋了。我要去上学读书了。我听说，咱们俩以后天天能一起读书。读书，不好吗？

莎拉：真的吗？这不可能，你一定是在骗我。

芦柴棒：我怎么会骗你呢。这可是我姐姐跟汪老板商量的，米兹拉希先生也同意了。我还学了两句洋文呢，来是康姆去是狗。

【两个小伙伴笑成一团。

芦柴棒：我以后读了书，要当大人物。

莎拉：我读了书……要回家。

15-22. 景：临时学校 日 外

【临时学校前，一大群犹太孩子和中国孩子排成行队。米兹拉希站在人群前面，手中捧着《圣经》和一小罐子蜂蜜，杰思敏跟在他的身后捧着一筐苹果。人群中还有汪墨樵和茉莉等人，以及科恩夫妇和李尔克。李廷瑞拿着相机记录着这个时刻。

米兹拉希：大家称呼我为拉比，拉比在我们希伯来语中是老师、先生的意思。这是我们犹太人对师长的尊称。我并不敢说比在此的诸位更有知识，我只是读了《圣经》《塔木德》，对教规、律法和宗教仪式有所了解。而今天，我们在这里举行入学仪式，这不仅仅是中国儿童的入学仪式，也是不远万里来到中国避难的犹太儿童的入学典礼。我们要选择这个民族的语言，了解他们的文化，在这里等待主的怜悯和赐福。

【米兹拉希蘸取蜂蜜涂在《圣经》的封面上，让入学的学生轻轻舔食蜂蜜，并递给他们每人一个苹果。

米兹拉希：愿从今天起，你们能从知识中获得甜蜜和幸福，拥有智慧。

【众人鼓掌。莎拉和芦柴棒看着对方脸上的蜂蜜，笑的声音最大。

【李廷琛则按照中国习惯点燃了鞭炮，并给每个孩子准备了书包。鞭炮中绽放着一张张灿烂的笑脸。李廷瑞招呼众人排队，拍下了一张临时学校开学的大合影。

15-23. 景：日本宪兵司令部土肥原办公室 日 内

【土肥原看着报纸上汪墨樵临时学校的新闻，仔细地划出报纸上一个个人名。

土肥原：你对上海帮会势力还是不够了解。

久保田：是。

土肥原：你怎么看待汪墨樵？

久保田：汪墨樵的大弟子在警察局。

土肥原：汪墨樵的手很长，这是他把自己的眼线放在我们身边。

久保田：自从他娶了现在的夫人，就很少露面。年轻的夫人十分漂亮，据说是上海滩最红的红歌女。

土肥原： 你看看这张照片。

久保田： 这是他所捐资的一所贫民义学开学仪式，他并没有对将军的命令有任何忤逆。

土肥原： 没想到一个帮会会捐资办学。他或许是在试探我们的态度，这种人我们既要充分地利用他，用他来安抚、平息社会的动荡，又不能被他反利用，煽动民众对皇军的不满。他跟李衡甫那种人不一样。他比李衡甫狡猾。李衡甫和汪墨樵都是中国人中厉害的那一种，但是又不一样。一种是望不到底的水，深不可测；一种是浅滩上的一条龙，龙翔浅底，伺机而腾飞。今天的报纸上，对他的报道正面多于负面。这是好事也不是好事。

久保田： 将军是不是觉得弘报处的工作有失误。

土肥原： 这样会显得我们的文化教育黑暗，至少是不重视。反倒觉得汪墨樵这样的帮会组织更加重视社会教育。其实我们的宣传舆论工具可以展开对各种学术的讨论，分散或抵消民众的反日情绪。汪墨樵搞的这所义学，究竟要达到什么目的，他宣传教育的是不是有反日抗日的内容。久保田，你要弘宣课加紧监管。如有上诉内容，立即取缔。

久保田： 是。我立刻通知弘宣课派人去检查，严密监视。

土肥原： 办这个学校也是好事，起码这所学校是在我大日本帝国治理下办起来的。但是不能只让他们学中文，更不能学英文，而要学日文，要学习日本文化。上海现在是我大日本帝国治下的皇道乐土，这里的民众都是我天皇陛下的子民，他们必须会说日文，必须懂日本文化，这也是我们工作的一个重点，从根本上让他们亲善我们日本，我们弘宣科应该加强这方面的工作。你去把我的意思告诉弘宣课，你可以走了。

【久保田行礼离开，只剩下土肥低头沉思。

15-24．景：临时学校 日 内

【李廷瑞正在上课。下面是一张张孩子们纯真的脸，认真而灿烂。同学们中坐着莎拉和芦柴棒。

李廷瑞： ……中国古代有个大诗人叫杜甫，他写过一句很有名的诗，叫"朱门酒肉臭，路有冻死骨"。什么意思呢？同学们，我来给你们讲个故事……

15-25．景：柏林盖世太保审讯室 日 内

字幕： 柏林

【几个党卫军士兵推推搡搡，将西蒙带到施瓦茨面前。

施瓦茨： 西蒙先生，经过我们的审查，以及根据您的自述，我们现在判定您与伦纳德·科恩失踪一案并无直接联系。你将被释放。

西蒙： 我要控告你们。我一直都是无辜的。

【施瓦茨傲慢地打量着受了刑的西蒙。

施瓦茨： 你被释放并不意味着你获得自由。三天后，我们将一起去远东。

西蒙： 我不去。我不离开德国。

施瓦茨： 我们要追踪你放走伦纳德·科恩的路，去中国把他们抓回来。

西蒙： 你们放了我。我根本不认识任何叫伦纳德·科恩的人。

施瓦茨： 我知道你不认识，但是你认识带走他们一家子的中国人——李廷琛。李廷琛可是你重要的生意伙伴。你总不能否认你从来不跟中国人做生意。

【施瓦茨摇晃着手中西蒙公司的货品清货单和上海货物的接收地址淞浦医院。

施瓦茨： 你带着我找到科恩，你就自由了。

西蒙： 我根本不认识你们要找的人。

施瓦茨： 这不由你说了算。

西蒙： 我可以跟着你们一起去远东找那个什么我根本不认识的人。但我要求在出发之前见我的妻子和孩子。我必须确定她们安全。

施瓦茨： 这个要求我不能答应你。帝国已经下了最大的决心，一定要除掉这个国家的叛徒，肮脏的犹太猪。不然，你们一家人都会生活在集中营。你自己也将被以叛国罪处决。

西蒙： 不……你们没有权利这样做。

施瓦茨： 并且在你完成任务之前，你是没有权利要求任何事情的。我今天就可以放你走，我也不怕你跟我要花招，别忘记你的妻儿老小还在我手上。记住，西蒙，三天后我们在不来梅港码头见。

【西蒙发出愤怒的抗议声，施瓦茨反而十分得意。

第十五集完

第十六集

16-1. 景：西蒙的药品仓库 夜 内

【仓库的昏暗灯光下，一箱箱药品整整齐齐地堆放在一起。西蒙紧张得揉搓着手上的帽子。麦卡德一身朴素的衣服，一一清点药品。

西蒙： 麦卡德，你放心，这些药品的批号都已经被涂抹了。即使有人查，也查不出来。

麦卡德： 这可不是一小批药品。

西蒙： 我知道。

麦卡德： 你不会有事吧。自从他们把你带走，我和妻子都很担心你。

西蒙： 谁知道呢。谁知道明天会怎么样。麦卡德，咱们一起合伙，已经有二十年了吧。

麦卡德： 今年正好二十年。我是个孤儿，从小你把我当亲人抚养大。二十年前，你让我跟着你干，从此走上了医药销售这条路。你是我的兄长，也是我的父亲，是我在人世间唯一的亲人。

西蒙： 可是现在我必须走了。这些药品是我欠人家的。我走以后请务必把这些想办法运往中国上海。接货的人是我们的老客户淞浦医院的院长李廷琛先生。

麦卡德： 现在的船不好找，但你放心，我一定会想办法。

西蒙： 一定要找到船，无论花什么代价也要把这些药品平安运抵上海，否则我的良心将受谴责。这是一船救命药。

麦卡德： 您放心，人在药在。我一定把这船药品运抵上海。

西蒙： 另外还有件事情要你去办。这件事也许很艰难，但我没有别的人可以嘱托。

麦卡德： 说吧，只要我能办得到。

西蒙： 我走后，你要尽快地将我在柏林的所有财产变卖，包括公司。用这些钱把我的太太斯娃·西蒙和女儿洛娃·西蒙从警察局救出来，带着她们一同上你的船。好在现在警察局和盖世太保是两个系统，他们互相并无关联。我的妻女是无罪的，只是被盖世太保送警察局暂时羁押，救出她们是有可能的。关押无辜平民是违宪的，你只能从这个角度做好警察局的工作。要不惜一切代价，你能做到吗？

麦卡德： 你不回来了吗？

西蒙：我不知道能不能回来。我甚至不知道我能不能活下来。盖世太保的人要我陪他们一起去上海，去杀害一家无辜而善良的人。我不会配合他们的，我不想让我的手沾满血腥。我很可能被他们杀害，但我不希望我的妻女永远生活在黑暗里，永远生活在法西斯的屠刀下。我希望她们远离德国，远离这个人为刀俎、我为鱼肉的法西斯国家。希望她们在阳光下生活。麦卡德，如果我死了，这就是我的遗愿。我希望你能保护她们。希望你们都能够远离战争和杀戮，在充满人性光辉的土地上生活。

麦卡德：天哪，这帮魔鬼。这些钱也汇往上海吗？

西蒙：不必汇往上海，李廷琛先生不缺钱。这些钱除了营救我的妻女的用途外，剩下的可以以支票形式存放在瑞士银行。这是我在瑞士银行的开户行和我的委托书及签名。

【西蒙从口袋中掏出一份已签名的委托书，郑重地交给麦卡德。

麦卡德：大哥，如果我能营救出斯娃和洛娃，我该怎么对他们说？把她们放到哪里是你希望的？

西蒙：你什么都不用对他们说，她们什么都知道。你和她们能远离战争和杀戮就是我希望的。你的船不是要途经瑞士吗？你可以在瑞士把她们先放下来。你也可以让她们随你一起到上海。上海有租界，这得看她们的意愿做出决定。但我希望你能和她们生活在一起。你只需告诉她们，只要我活着，我就会去找她们。如果我死了，她们也要有自己的生活。

麦卡德：（声音哽咽）大哥，我们不能再见面了？

西蒙：但愿。但愿有一天战争结束，我们还能活着见面。

【黑夜中，麦卡德和西蒙紧紧拥抱。

16-2．景：汪公馆客厅 日 内

字幕：上海

【茉莉款款从楼梯下来，看到汪墨樵坐在客厅里，面前放了一个装衣服的大盒子。

茉莉：刘姆妈说你有事情？

汪墨樵：拿了件衣服，看看喜不喜欢。

【茉莉打开盒子，里面是一条做工精致华美的长裙。

汪墨樵：换上我看看。

【茉莉捧着衣服去换，茶几上压着的是黄包车皇后的报名表，表上已经填好了名字。

报名者写上了汪茉莉，而推荐人也写了汪墨樵。

【茉莉换好衣服，美艳动人。

汪墨樵：不错，很不错。

【茉莉发愣不知道汪墨樵是什么用意。

汪墨樵：刘姆妈说你出去了，去哪里了？

茉莉：芦柴棒他们上课，我也想跟着听听。

汪墨樵：喜欢吗？

茉莉：我现在又不在"大世界"唱歌了。这样的衣服，哪里用得上。

汪墨樵：茉莉，你原先是蜚声上海滩的红歌星，嫁给我汪墨樵，就是青帮老大的夫人。整个上海滩谁敢不卖你几分面子。

茉莉：汪夫人这个头衔就够了，哪需要这样的衣服装门面。

汪墨樵：我知道你现在把时间和精力都放在救助难民上，抛头露面的事情不做。既已嫁人就是嫁人的样子，我也很欣赏。

茉莉：你是觉得我的心思没全放在你身上？

汪墨樵：我又不是毛头小子吃飞醋。

茉莉：那你什么意思，跟我说这些，又送东西。

汪墨樵：这里只有我们两个人，我有体己话跟你说。

茉莉：我知道了，你说我认真听。

汪墨樵：李衡甫上一次运毒的事情你记得吗？

茉莉：这怎么可能不记得，上海滩闹多大的新闻，当时人人都说他是做了汉奸，又有人说他是被栽赃嫁祸。

汪墨樵：青帮跟李衡甫不同。青帮没钱，李衡甫有钱；李衡甫没有人，但青帮有人。日本人迟早要对青帮动手。我现在是明哲保身，不愿意帮会里的弟兄跟日本人直接冲突对着干。胳膊拗不过大腿，国军都打不赢，我们这点人，说到底也不算什么。

茉莉：但我看你也不是想要跟日本人合作。

汪墨樵：人怎么能和畜生合作？假如沾上给日本人办事的骂名，那就只能像李衡甫这样落个千夫所指，做再多好事，也会有人戳着脊梁骨骂你是汉奸。

茉莉：那咱们怎么办。

汪墨樵： 茉莉，有你这句咱们，我感到幸福，这说明我们夫妻是一条心的。但我们老躲着藏着也不行，饭还得吃，日子还得过。作为青帮老大，为了帮里的弟兄，该做的我还得出头。

茉莉： 那是自然。其实我早就明白，你现在处处都是躲着日本人，都是为了我和帮里的弟兄，不想给青帮招灾惹祸。

汪墨樵： 是的。委员长几百万大军不也败走麦城吗？青帮和日本人硬顶不行，但躲躲藏藏也不是长久之计。特别是我这青帮老大，如果不为他们所用，他们迟早不会放过我。但青帮不能完，不能销声匿迹，该吃的吃该做的做。国难当头，只要不做祸害百姓的事，这日子该怎么过还怎么过。茉莉，你不要怪我。给青帮老大做夫人，除了风光，还很辛苦。

茉莉： 你要做什么，又何必客气。我欠你的恩情，我这辈子还你。人家都说你是为了我隐退江湖，什么英雄难过美人关，说你整日沉浸在温柔乡里。我倒觉得是我拖累你了。

汪墨樵： 夫妻间别说谁拖累谁的话，当初我娶你是委屈你了。

茉莉： 我当初嫁给你，这辈子就跟定你了，我只希望不拖累你，你只管做你该做的事。只要是不帮着日本人做事，我一定是支持你维护你的。你让我做什么都可以，除了杀人放火我不行。我能做的，我绝对听你的。

汪墨樵： 好吧，茉莉。我想搞一个竞选黄包车皇后的大赛，打破青帮沉寂的局面，也让日本人看看我们青帮的实力。你能参选吗？

茉莉：（扑哧一笑）我以为多大的事情，不过是这件事。黄包车皇后，都是年轻小姐去的。我一个妇人，哪有人选我。你给我买票啊。

汪墨樵： 对，我就是要买票。不仅我买，我青帮的十万弟兄每人都要买。上海的平民，特别是那些有头有脸的人都会买。这次大赛的所有收入，我汪墨樵一文不取，除了留下一点救济帮里的老弱病残外，其余全部赈济上海的难民，包括犹太难民。我原来兴办难民义学，也是想让那帮日本猪狗看看青帮在上海的实力，让他们不敢轻易对我们下手。

茉莉： 行，你搭台，我唱戏。

16-3. 景：外滩街头 日 外

【外滩的旗帜飘扬，锣鼓喧天，十分热闹。数百辆黄包车上都坐着一名美艳女子。有的是西洋贵妇，有的是名门闺秀，有的是日本女人，甚至还有青楼花魁，不分肤色，皆盛装打扮。这些黄包车停在各弄堂口，蓄势待发。茉莉穿着那条汪墨樵送的裙子也在其中。

【紧靠黄浦江边，搭建着一座巨大的观秀台，台上坐满了各界精英，还有洋人和外国使领馆人。傅宗耀领着久保田等几个日本军官不请自来，大步跨上观秀台。因台上位置已经坐满，汪墨樵只好临时叫人在台前摆放一排椅子，让傅宗耀和久保田等日军官员坐下。台上台下挤满了手拿相机的记者。

【傅宗耀和身旁的久保田说着什么，突然奔向台前，反客为主，对着麦克风大声说：

傅宗耀：上海一年一度的黄包车皇后票选，乃是本地一大盛事，也是我上海再次繁荣的体现。我作为上海市市长，必须参与并支持这样的传统盛会，并代表政府感谢汪墨樵先生倡导和参与，我预祝这次盛会圆满成功。现在我宣布，比赛正式开始。

【伴随着一声尖锐的哨响，数百辆黄包车从四面八方冲出。每辆黄包车后面都贴着一个大大的阿拉伯数字，穿过观秀台时，台上全体评委起身鼓掌。

【茉莉的黄包车一马当先。

16-4．景：看台上 日 外

【久保田在看台上拿着望远镜观察着整个黄包车皇后的比赛。殷燕农站在他的身后小心地面对久保田，不肯放过久保田任何一点微妙的心思。谢润林虽然也跟在身边，却对殷燕农的曲意逢迎十分看不惯。

久保田：看来这次的黄包车皇后非汪夫人莫属了。

殷燕农：是是。

久保田：像汪夫人这样漂亮的女人，不要说中国，就是日本也难得一见。世界上也是很稀少的。

殷燕农：您看，我师父确实是上了年纪。现在的心思都放在夫人身上。

久保田：汪墨樵现在不管事了？

殷燕农：算是半隐退。帮会有规矩，这个位子没有传下去不能算退。但依我看，不过是架子还在，大家还买几分薄面。万一……可能就不好说了。

久保田：我看，你就可以接替你的师父。你的忠心会让青帮和我们大日本皇军更好地合作，效忠天皇陛下。

殷燕农：我哪行？我得跟在太君的身边，效忠的是天皇陛下。我是对天皇大大的忠心。

我现在的一切全靠您栽培。

谢润林：那是自然。殷队长的忠心，可算是一等一的。把汪墨樵弄下去，牺牲个把女人，不算什么。

【殷燕农发现谢润林一副洞察一切的表情。

殷燕农：女人的事是女人的事。

谢润林：这可不是一般的女人，师娘就是不一样。

【久保田丢下了望远镜离去。

【殷燕农和谢润林紧跟。

谢润林：（小声嘀咕）我跟青帮没有渊源，我不怕也不忌讳为了女人得罪汪墨樵。

殷燕农：我也不怕。

谢润林：我可不相信。你怕我先下手。

【谢润林十分得意，殷燕农暗自生气。

16-5．景：外滩街头　日　外

【殷燕农远远看着久保田离去的汽车和被人簇拥着的茉莉，狠狠往地上吐了一口痰。

殷燕农：想抢在我前头，门都没有。

伪警：咱们去跟师父请个安吗？

殷燕农：师父不会计较的。回去吧，咱们还有差没办呢。

16-6．景：上海宪兵司令部土肥原办公室走廊　日　内

【殷燕农又正好撞见了谢润林。两个人各有心事地相视一笑。

16-7．景：宪兵司令部土肥原办公室　日　内

【土肥原闭目养神，听着殷燕农和谢润林的汇报。傅宗耀和久保田也在会议桌前。

殷燕农：犹太难民社区的中文学校每天授课，不但教授犹太人中文，还开了义学。幕后出资人确实是青帮老大汪墨樵。但出资有限，只有房租和教材费用是免费的，教师是志愿者，有中国人也有犹太人，他们不拿薪水。

土肥原：还有吗？

殷燕农： 久保田大佐上次说外国侨民聚会学习要重点监控，很可能被别有用心的人利用，成为反日宣传的集会。我们对他们的重点监控很有成效，目前尚未发现任何异动。只是现在学习日文的积极性显然不如中文。

土肥原： 嗯。

殷燕农： 这样的学校，办下去，很容易出乱子。不如彻底关掉，断绝危险。

土肥原： 嗯……情弘科呢？

谢润林： 我们上次抓获的两个抗日分子都是重庆的，另外那个购买药品的是新四军的人，他在购买药品的时候落网的。我们还在审讯。但是，可见江北的新四军活动因为物资封锁，已经十分困难。

土肥原： 上线呢？

谢润林： 他们都是单线联系。一旦破坏，就断了。

土肥原： 干得不错。虽然没有抓到上线，但也威慑了他们。他们只要缺少药品，迟早还会联系。所以，不能放松，对消炎、外伤、止痛的药品要严格监管。

谢润林： 是。

土肥原： 我们占领中国，希望建立"大东亚共荣圈"。中国文化已经存在数千年，要禁止一个学校是没有用的。我们不但要在军事上占领，还要在经济上控制，但是更重要的是文化上渗透和瓦解。这不是一朝一夕可以做到的。你们警察局要有耐心。好在他们的文化虽然持续了几千年，但终归是腐朽落寞的奴才文化。这也是我们统治中国所需要的。没有必要一禁了之，否则还会惹出大麻烦。不但会失去了人心，还会把日本放在犹太人的对立面。不强迫犹太人学习日语，他们现在生活在上海，当然是学习生活中的语言更急迫。但是对中国人不管是难民还是市民，都必须学习日语。中国是我们的占领国，而且要长期占领，实现"大东亚共荣"。所有中国人都是天皇子民，他们必须学习日本文化，效忠万世一统的天皇陛下。所以不管是汪墨樵出资兴办的义学，还是民国政府原来的大中小学都必须学习日语，否则予以取缔。市长，您说呢？

傅宗耀： 是是。

土肥原： 久保田，你去参加黄包车皇后的活动很好，要不断亲善汪墨樵这样的上海帮会，利用帮会的力量控制中国人。你这次去参加黄包车皇后选秀活动有些什么体会？

久保田： 将军，我最大的体会是中国人多，而且他们都热衷于自己的民族习俗。这次同傅市长参加这个选秀活动，是我第一次见识到中国人的狂热，也是第一次看到这么多中国人集聚在一块。据傅市长和殷科长介绍，黄包车皇后选秀上海年年都要搞一次，皇军占领上海后，这个活动停了两年。今年的这个活动是皇军占领上海后的第一次。将军，您是没到现场去看，真是人山人海、彩旗飘扬，黑压压一眼望不到边的人群，发出一阵阵山崩海啸般的呐喊声。据殷科长说，参加这一次黄包车皇后选秀活动的人有二三十万，是上海历年来参加人数最多、形式最隆重的一次，上海青帮老大汪墨樵亲自出面组织各界人士参与，光青帮弟子就有十万余众。他亲自下帖子邀请工商业、金融业、制造业等头面人物，还邀请了洪帮、粮帮、船帮、斧头帮等上海各帮会参与，他甚至让他的众弟子通知上海平民积极参与。所以这一次选秀活动盛况空前。想想有些、有些……

土肥原：（哈哈大笑）有些心悸，有些害怕，有些紧张，对不对？

久保田：报告将军，是的。我是有点紧张。我想如果这几十万人一起呐喊向我们冲过来，这种排山倒海的冲击力，谁能阻挡得了？哪怕我面前摆着一百挺机枪，恐怕也挡不住这股人海洪流，终将被这股洪流所吞没。当然，我这只是设想。

土肥原：很好，久保田大佐。你能有这种设想，能有这种紧张感，你应该是帝国最优秀的军人了。我想你应该可以当将军了。我的"河豚鱼计划"里曾经有一条，就是不要轻易冒犯帮会势力。今天你已经见识到帮会的力量了，其实你真正见识到的是中国人的力量，四万万五千万人哪。如果他们众志一心，铁了心和我们对着干，你想想，这个民族你能征服吗？好就好在他们是一盘散沙，绝大部分都是没有民族意识，只顾低头拱食、麻木不仁的支那猪。各人自扫门前雪，愚昧、麻木、自私，这是他们的文化造成的，是他们最致命的民族劣根性。这就是我们大日本帝国必将战胜他们的保证。但要统治这样的一个国家，光靠我们的力量行吗？光靠杀戮行吗？不！我们还得依靠像傅市长、殷科长、谢科长、李会长和汪帮主这样的民族精英。他们是中国人，也懂得如何管理、驾驭中国人，只要他们能忠于我们，就不愁控制不了中国。久保田大佐，我很高兴你对中国人有了进一步的认识。相信你和傅市长能把上海管理好，更好地控制和驾驭中国人。傅市长，你说呢？

【久保田立正，站着听训，面无表情。傅宗耀战战兢兢，极不自在。

傅宗耀：是是，将军说得是。我和久保田大佐一定根据将军的训示进一步把上海管理好，让上海再度辉煌，成为大日本帝国的"圣战"基地。

土肥原：很好。我等着你的捷报。久保田，你呢？

久保田：一切听老师安排，为天皇陛下效忠。

16-8. 景：摩西会堂 日 内

【摩西会堂内，杰思敏行色匆匆。茉莉捧着给学生带来的本子交给杰思敏。

茉莉：这个是带给你们的作业本。

杰思敏：谢谢了。

茉莉：杰思敏，我看你很辛苦的样子。

杰思敏：我每天除了上班，还要去淞浦医院帮忙。

茉莉：玛丽夫人可以当李院长的好帮手。我是想做护士，可是也不会。

杰思敏：我去帮忙也就是打杂。李廷琛帮了我们家那么多的忙，淞浦医院里缺少人手，我就是帮帮忙。现在有了中文学校，我也想多学一点中文，可以跟病人更好地交流。

茉莉：你还挺有想法的。我也想着以后多认识一点字。不瞒你说，我唱歌既不识谱，也看不懂好多歌词。

杰思敏：这怎么可能？你会唱那么多歌曲。

茉莉：我全靠脑子记。唱歌，人家唱几遍，我就记得住会唱了。歌词也全靠记住。

杰思敏：那我以后教你识谱。

茉莉：那我要叫你杰思敏老师了。

杰思敏：不，我怎么敢当你老师。我说我要跟你学中文，那不我也要叫你老师吗？那我每天见了你，还要向你鞠躬，说一句茉莉老师好。你不难受吗？

【杰思敏做了个向茉莉鞠躬行礼的姿势，茉莉被逗得哈哈大笑。

茉莉：杰思敏，我觉得你特别厉害。人好看，会弹钢琴，歌也唱得好听。不如，我介绍你去"大世界"弹琴吧。你可以练琴，也轻松不少。

杰思敏：我行吗？

茉莉：你有什么不行，一定可以的。

杰思敏：好久没有机会好好弹琴了。茉莉，谢谢你。

茉莉：你放心，"大世界"虽然什么人都有，但是你是我介绍去的，没有人敢欺负你。我在"大世界"还存了很多演出服，都送给你。

杰思敏：这怎么好意思呢。你的那些演出服都是很贵重的。

茉莉：我也不再演出了，放着还不是浪费了。这样吧，今天晚上在黑玫瑰酒吧见面，我陪你一块儿去"大世界"熟悉一下环境，顺便选几件你喜欢的演出服，你看这样行吗？

杰思敏：好吧，今天晚上我们黑玫瑰酒吧见，我等你。

16-9. 景：上海日本宪兵司令部门口 日 外

【殷燕农和谢润林走出了宪兵司令部的大门，两个人都知道对方心怀鬼胎。

谢润林：殷科长最近的行动是可圈可点。

殷燕农：到底没有抓到新四军，没有大案子，做点小事。

谢润林：我看你师父是个麻烦。我是替燕农兄担心。

殷燕农：担心什么？

谢润林：中国有句话，叫"一日为师，终身为父"。师父的女人就是你的母亲。你连母亲的主意都敢打？

【谢润林说完扬长而去。殷燕农恨得牙痒。

16-10. 景：李家大宅李衡甫书房 日 内

李廷琛：父亲，您叫我。

李衡甫：我听说，医院的药品更难弄了。

李廷琛：所有的药品都要经过日本人的核查，人名、药名、数量都要严格记录。那些敏感的药更是如此。幸亏我那经常收到些同济、同仁等教会医院的捐助，否则我们医院早就断药了。

李衡甫：日本人是坐不住了。你凡事小心。

李廷琛：父亲放心。日本人加强对药品的控制也不是一天两天了，不过最近查得特别紧，这说明前线日军伤亡惨重，也十分缺乏抢救药品，我会加倍小心。爸，医院还有很多病人在等着我，我得去医院了。

【李衡甫点点头。李廷琛离去。

16-11. 景：黑玫瑰酒吧 夜 内

【杰思敏在一个靠窗的小桌边坐着。老板不时过来跟她说话。

16-12. 景：黑玫瑰酒吧 夜 外

【一辆黄包车在酒吧门口停下。茉莉下车，殷燕农不知从哪儿窜了出来，挡住茉莉。

殷燕农： 师娘，真巧，我正想找您。有个客人说是您老家亲戚，特意来上海找您的，好像有什么急事。师娘，我陪您去见见他吧，人家来一趟不容易。

茉莉： 燕农，你帮我接待一下吧，我这里约了人要见面，还要去办事。等我办完事再去找你。

殷燕农： 师娘，这可不好，我答应了人家。你就去一趟吧。

【一辆黑色轿车悄无声息地开了过来，车上下来一个矮胖男人。

殷燕农： 走吧，车来了。

【黑胖男人不由分说，一把挽住茉莉，和殷燕农一左一右挟持她上车。

【坐在酒吧间的杰思敏看到这一切，飞快跑出酒吧。黑色轿车已飞驰离去。

【杰思敏愣住了，迟疑片刻，反身回酒吧拿起了吧台上的电话。

16-13. 景：淞浦医院李廷琛办公室 夜 内

【电话铃响，李廷琛拿起桌上电话。

杰思敏（OS）： 廷琛，不好了！茉莉被两个男人劫持上了一辆汽车。

李廷琛： 杰思敏，不要慌。那是两个什么样的男人？你看清楚了吗？

杰思敏（OS）： 有一个好像是汪墨樵的弟子，就是我们刚到上海，要搜查我们船的那人。另一个是矮矮胖胖的男人，我不认识。

李廷琛： 你现在在哪里？你看见挟持茉莉的汽车往哪个方向走的？

杰思敏（OS）： 我现在在黑玫瑰酒吧，原本我和茉莉说好了在这碰面，她带我去"大世界"试唱的，我正在等她，看见她从一辆黄包车上下来就被两个男人挟持上了一辆黑色轿车。我追到门口，车子已经开走了，应该是向东方向吧。

李廷琛： 杰思敏，你现在就在酒吧等我，我现在就过来，千万别动。

【李廷琛放下电话，沉思片刻，又立即拿起电话。

李廷琛： 接汪公馆。

16-14. 景：汪公馆麻将房 夜 内

【麻将房内烟雾缭绕，汪墨樵叼着象牙烟嘴一边打牌一边吞云吐雾。张圣财站在汪墨樵的身后指指点点。张工品坐在汪墨樵的对家，十分得意，面前放满了筹码。旁边的两位却没有说话，只听汪墨樵和张工品闲谈。

汪墨樵： 工品，等会儿吃一下夜宵。你过过嘴再走。

张工品： 等夫人回来，一起吃。夫人让你替一替，我看夫人是输怕了，不敢再玩了。（说完哈哈大笑）

汪墨樵： 别扯，她是去"大世界"办点事。

张工品： 你躲着做"寓公"，天天放夫人出去跟那些年轻人来往，哄着夫人替你办事。

汪墨樵： 替我办什么事，我还要替夫人打八圈。妇道人家惜老怜贫，她也是苦出来的人。弟子们成器会办事，我就乐得躲躲清闲；弟子们不成器，我就辛苦一点。

张工品： 燕农这个孩子倒是能干。

汪墨樵： 能干？能干倒是能干，只怕他比你我还能干，怕是今后要栽在能干上面了。

张工品： 我看燕农对久保田倒是挺巴结的。

汪墨樵： 这就是他能干的地方。本来嘛，现在日本人当道，弟子们在日本人手底下讨口饭吃也不容易，我也能理解。我担心的是，如果死心塌地地帮日本人办事，忘了自己是中国人，那我作为青帮老大可容不得这种人。工品，你是了解我的。今后我的弟子在外面有不懂事的地方，看我薄面，你得关照还得关照。说到底，青帮的人到底是青帮的人。辈分再低的小兄弟受了委屈，我们也不能白白让他们受委屈。你得给他们出出头，撑撑腰。但如果他们忘了自己是中国人了，帮着日本人欺负中国人，那你也不必手软。该关的关，该抓的抓。我也不会放过他们。工品，这也算是兄弟我拜托你了。

张工品： 现在的上海滩，可跟日本人来之前不一样。你能躲清闲，我就辛苦了。日本人天天在头上盯着，警察局里天天抓人，一会儿江北的共产党一会儿重庆的人，一会儿是报馆里的先生。现在的事，不好办啊！但你老兄拜托的事，我张某人可是要管到底的。你就放心吧。

汪墨樵： 有你这句话，我也就放心了。好在大家现在还买我几分薄面。

张工品： 我也想找个时机往后面退一退，难哦。

【汪墨樵微笑着听着张工品的话，手上却没有停下洗牌。

汪墨樵： 八圈都要打完了，怎么还不回来。

【小莉急匆匆走进来。

小莉： 老爷，有电话找您听。

汪墨樵： 啥宁？

小莉： 他说姓李。我估计是李家大少爷。先问太太在不在，说太太不在，找老爷听。

汪墨樵：（站起身来）你们先玩吧，我下去接个电话。小莉，等太太回来就把夜宵端上来。圣财，你来陪张督察摸两把。

【汪墨樵说完撇下众人，匆匆下楼。

16-15．景：汪公馆客厅 夜 内

【汪墨樵接起了电话，但随后神色便凝重起来。

汪墨樵： 谢谢您。我们家里的人我们自己处理起来，比别人方便。您放心，您也多多保重。

【放下了电话听筒，沉思片刻，对小莉说：

汪墨樵： 小莉，都有谁知道今天太太去"大世界"了？

小莉： 太太说要出门是昨天晚上回来定下来的，司机晓得。上午太太起来之后，没有会过客，只有几个香堂管事的来请安。晚上出门时我要跟太太同去，太太没让我去，说一会儿就回来。

汪墨樵： 知道了。让司机立刻备车。去楼上把张圣财叫下来。

小莉： 是。

【张圣财陪着叼着烟的张工品和两个客人下楼来。

张工品：（哈哈笑着）夫人输怕了跑掉了，你也要跑？

汪墨樵：（脸色铁青）诸位要走啦？好吧，那我就不送了。圣财，你帮我送送客人。

【张工品见汪墨樵脸色铁青，知道有事，出门时回头说了声。

张工品： 只要不是人命官司，警察局、巡捕房你放心。

汪墨樵： 家里一点事，不劳工品兄。

【张工品刚出门，汪墨樵烦躁地抓起电话。

汪墨樵： 接16铺码头。万堂主吗？我是汪墨樵。立即召集守候仓库的所有兄弟带上

枪支，守在你那，等我电话。

【汪墨樵说完，放下电话。张圣财进屋。

汪墨樵： 客人送走了？

张圣财： 送走了。汪先生，看你脸色不好，是出什么事了吗？

汪墨樵： 夫人被人绑架了。

张圣财： 夫人被绑架了？谁吃了豹子胆，敢干出这种事？

汪墨樵： 通知各香堂，今晚所有兄弟不准休息，全部出去给我寻找夫人下落。今晚就是把上海给我翻个遍，掘地三尺也要把夫人找出来。谁找到夫人，我汪墨樵重赏。

16-16．景：谢润林办公室 夜 内

【两个伪警匆匆进屋。

伪警甲： 科长，奉您的指令，我们这两天一直盯着殷燕农。半个时辰前，殷燕农从宪兵司令部出来，上了久保田的汽车。我们弟兄俩开车远远地跟着，久保田的汽车在黑玫瑰酒吧附近停下来，守在那儿好像是等什么人，鬼鬼祟祟的。我们在远处死死盯着他。不一会儿一辆黄包车在黑玫瑰酒吧门前停下，车上坐着汪墨樵的夫人茉莉，殷燕农赶紧过去拦住茉莉，两人不知说了些什么，我们隔着远，听不清。这时久保田的车上又下来一个男人，和殷燕农两人一起把茉莉架上了久保田的车飞驰而去。我们紧随其后，殷燕农的汽车直奔日租界而去，最终在祇园艺伎馆停了下来。殷燕农和另一个男人把茉莉送进了艺伎馆。茉莉好像一直挣扎着，看起来好像是一次绑架。

谢润林： 你们看清了那女人是茉莉吗？

伪警乙： 不会错的。"大世界"的歌星，汪帮主的夫人，谁不认识。看来茉莉上车下车都是极不情愿的。我们心里还在嘀咕呢，殷燕农是汪墨樵的弟子，他怎么敢绑架帮主夫人。

谢润林： 好，你们这趟差办得好，我给你们记着。继续盯着殷燕农。他的一举一动随时向我报告。记住，千万别让他发现。好了，你们可以去了。

伪警甲乙： 是！

【两个伪警刚离开办公室，谢润林立即抓起电话。

16-17. 景：汪公馆客厅 夜 内

【电话铃响。汪墨樵抓起电话。

汪墨樵： 我是汪墨樵，你是谁？什么事？

陌生人（OS）： 汪先生，别问我是谁，我是来告诉你，你的夫人被殷燕农送进了日租界祇园艺伎馆。

汪墨樵： 你是谁？听你声音是谢……

【对方啪的一声放下电话。汪墨樵随即放下电话，又立刻拿起电话。

汪墨樵： 接16铺码头。万堂主吗？带上所有弟兄和武器立即赶往日租界祇园艺伎馆，我在那儿等你们，越快越好。

【放下电话，走到客厅的香堂边，从香案下摸出一把枪，打开弹夹，压满子弹，对张圣财说：

汪墨樵： 你带了枪吗？

张圣财： 没带。

汪墨樵： 记住，以后不管到哪儿，身上都要带武器。今天你就别去了，看好家。再叫几个兄弟来。我一个时辰没回来，你立即赶到江北，集合队伍，应该怎么做，不用我交代，你应该知道。

16-18. 景：祇园月屋门口 夜 外

【茉莉被殷燕农和另一个男的从车上拉下来，看到祇园艺伎馆的门牌，立刻意识到眼前出现的情况，反而镇静下来。

茉莉： 你把我带到这里干什么？

殷燕农： 师娘，客人在里面等着。

茉莉： 日本艺伎馆？

殷燕农： 现在的上海滩是日本人的天下，我现在是警察局的人，也只能奉日本人的命令行事，还请师娘谅解。

茉莉： 你还记得我是你师娘？日本人给了你多少好处。

殷燕农： 师父在人家面前也要低头。

茉莉： 他比你要脸。

【殷燕农强扭着挣扎的茉莉，拉开了推门，一把把茉莉推进了祇园月屋。

16-19. 景：上海街头 夜 外

【汪墨樵的汽车一路飞奔。汪墨樵安坐在汽车上，但神情凝重，令人胆战。后座上的两个青帮弟子神色紧张。

16-20. 景：黑玫瑰酒吧外 夜 外

【李廷琛急匆匆骑着自行车赶来，看到杰思敏站在门口松了口气。

杰思敏：（赶紧迎上去）你来了，茉莉被人绑走了。

李廷琛：你能确定绑他的人是殷燕农吗？

杰思敏：我不知道他叫什么名字，我只知道他就是我们刚到上海下船时，为首刁难我们的那个人。

李廷琛：坏了。

杰思敏：我也在想，他是青帮的人，怎么敢对茉莉这样。

李廷琛：一定是出事了。你没有也牵扯在里面就是不幸中的万幸。

杰思敏：茉莉到底怎么了？她可是我们的朋友。

李廷琛：我现在也说不好。我已经通知了汪墨樵。他应该有能力保护好茉莉。

杰思敏：不知道他们会把茉莉送到哪儿去，不知道汪帮主能不能找到她，如果找不到恐怕真要出事了。

李廷琛：杰思敏，快，我们走。

杰思敏：去哪儿？

李廷琛：我先送你回家，你就在家待着，哪儿也别去。

16-21. 景：祇园月屋 夜 内

【和式的房间内，只有久保田一个人面对茉莉，殷燕农已经不知去向。久保田一身日本浴衣，神态轻松。久保田自斟自饮一杯清酒下肚。

久保田：我对茉莉小姐倾慕已久。不管是茉莉小姐的容貌还是歌喉，甚至是茉莉小姐的脾气，我都很欣赏。今天有的是时间，可以好好谈一谈。

茉莉：请人得有礼貌，你们这样是绑架。

久保田：邀请还是绑架，只是一个名词的变化。

茉莉：强盗。殷燕农呢？他去哪里？

久保田：殷燕农是把您送到我这里来的。送来了，他自然就可以走了。您怕了？

茉莉：怕什么？怕你吗？强盗有什么好怕。你才是心虚了吧。

久保田：现在整个上海滩，除了将军，没有人在我的头上。

茉莉：我看你也没有把他放在眼中吧，你只是怕他。

久保田：你觉得会有人来救你吗？

【茉莉沉默了。久保田则十分得意。

16-22. 景：祇园月屋外 夜 外

【汪墨樵的车停在了祇园月屋的外面。汪墨樵下了车，两个拿着手枪的青帮兄弟紧跟着他。汪墨樵拔出手枪对身后跟着的青帮弟兄叮嘱。

汪墨樵：我进去，你们不要轻举妄动，不要伤了夫人。看到了殷燕农这个赤佬，绑了带回去。

手下：不行，师父，你不能一个人进去。万一有个什么情况，我们也好帮您应付。您要是出了事，我们怎么办？帮里得有您掌舵。

汪墨樵：不，你俩就在这候着。张堂主马上会带码头上的兄弟过来，现在应该在来的路上了。不管里面发生了什么事情，你们都不要轻举妄动。如果我十分钟还没有带着夫人出来，这说明里面已经出事了，但你们一定要等着弟兄到了以后，才可以行动。告诉万堂主带着所有兄弟往里冲，不管里面有谁，中国人还是日本人。特别是殷燕农，不用顾忌直接开枪。

手下：师父，如果真有殷燕农这个赤佬，我第一要做掉这个人面兽心的东西。

汪墨樵：记住，十分钟内我和夫人没有出来，你们也要等到万堂主来才能行动。还有交代万堂主的弟兄们都要保护好自己，全身而退，然后通知上海滩的全体青帮弟兄赶去江北，与我们的义勇军会合，全部加入新四军和日本人公开干。听明白了？

手下：（声音哽咽）听明白了。师父，您保重。

【汪墨樵转身提枪进了祇园。

16-23. 景：祇园月屋 夜 内

【久保田步步紧逼，茉莉被堵在墙角，无处可逃。

久保田：我本来以为茉莉小姐嫁给汪老板是迫不得已，没想到，茉莉小姐对汪老板也是一片深情。

茉莉：你这种禽兽，根本不会懂人的感情。

久保田：茉莉小姐，我喜欢你不是一天两天了。我虽是帝国军人，但我也是个人，我是真心地喜欢你。你如果不顺从我，你以为你跑得了吗？现在不仅上海，全中国都是我大日本帝国的皇道乐土。也就是说，全中国都是我日本人的天下。汪墨樵敢得罪我吗？敢得罪大日本帝国吗？你是个聪明人，他会为了一个女人得罪大日本帝国吗？没谁会来救你的。茉莉小姐，今天你从也得从，不从也得从。这是我对你的最后告诫。

茉莉：我宁可死，也不会让你如愿的。

久保田：我可舍不得你这么漂亮的姑娘死了。

【久保田淫笑着，一步步逼近茉莉。茉莉全身战栗着，步步后退靠墙角。久保田上前一把搂住茉莉。茉莉尖叫着挣扎。这时突然门被一脚踹开。汪墨樵提枪站在门口。

【汪墨樵飞身上前举枪顶着久保田的脑门。

汪墨樵：放开她。

【久保田愣住了，茉莉乘机挣脱了久保田，扑向汪墨樵的怀中。

【汪墨樵一手扶着茉莉，一手拿枪指着久保田，缓缓后退。

【茉莉泪眼婆娑地望着汪墨樵，浑身颤抖。

汪墨樵：夫人，让你受惊了。

茉莉：我，我没事。

【久保田睁着血红的眼睛望着汪墨樵，缓缓拿起桌上的枪，但迟迟不敢开枪。

久保田：（怒吼）别动，再动我打死你。

汪墨樵：你打死我，你也活不了。我们今天来个鱼死网破。我死了，我身后还有十万青帮兄弟。你可以试试，今天我们要是动了手，死的恐怕就不是你一个久保田，而是整个上海滩的日本人。

久保田：为了一个女人值得吗？跟日本宪兵司令部对着干可不是明智的选择。

汪墨樵：你的将军大人没跟你说呢，跟青帮对着干更不明智。

久保田：你少拿土肥原将军威胁我。

【汪墨樵根本不把久保田和他手中的枪放在眼中，扶着瑟瑟发抖的茉莉退出门外，走出了艺伎馆。

16-24．景：祇园月屋外 夜 外

【祇园门外已经被几十个手拿德式自动步枪的青帮兄弟包围着，见汪墨樵扶着茉莉出门，纷纷上前，被汪墨樵挥手止住。他扶着茉莉上了自己的汽车，对着众人大喊一声。

汪墨樵：上车。回家！

16-25．景：祇园月屋内 夜 内

【艺伎馆里的久保田气得大喊大叫，像条疯狗，连开数枪，打碎了屋内的全部吊灯。

16-26．景：李家大宅李衡甫书房 夜 内

【李衡甫看到李廷琛进来，放下了手中的笔，宣纸上是两个饱含墨汁的大字：慎独。

李廷琛：汪夫人确实是从黑玫瑰酒吧被人强行带走的。

李衡甫：看来汪墨樵想做"寓公"也做不成了。

李廷琛：汪墨樵很在意夫人。

李衡甫：不管是因为面子，还是真的看重，这件事都不好收场。汪墨樵要是真的跟日本人火拼，伤了日本人，日本人是不会善罢甘休的。如果日本人对汪墨樵动手，青帮手上有枪，这口气也不会咽下去。

李廷琛：难道青帮要跟日本人对着干？

李衡甫：汪墨樵本来打着韬光养晦的算盘，这一下珠子散了。他对日本人的态度藏不住。我只是担心失去了青帮以后，上海滩就没有制衡。日本人、汪政府、国民党、青帮，四足鼎立，彼此牵制。但要是少了哪个，以后日本人都要横行上海滩。失去上海，中国金融就失去了半壁江山。

李廷琛：没想到，日本人居然毫不忌惮，敢对汪墨樵动手。

李衡甫：很难说日本人是故意投石问路，还是真的无所顾忌。但不管哪一种，上海乃至中国前途堪忧。

李廷琛：汪墨樵自保尚且如此困难，何况普通民众。

李衡甫：看来汪墨樵还是个有血性的男人，日本人这次没有得逞，一定不会善罢甘休。但只要我们所有人团结一心，互相配合，日本人再猖狂，也讨不到便宜。

【李廷琛听了父亲的话，不由点头赞同。

16-27．景："大世界"内 夜 内

【殷燕农故作平静地进入了"大世界"，一眼看见了正在喝着咖啡的谢润林，立刻凑到他的身边坐下。

殷燕农：谢科长好悠闲，一个人坐这品咖啡，也没叫两个小姐陪陪。"大世界"的小姐可是上海滩最漂亮的。

谢润林：漂亮的小姐谁都喜欢，可我没这个兴致。就算有这个色心，也没这个色胆。不像殷科长一天到晚围着美人转。

殷燕农：你这话什么意思？你看见我围着美人转了？

谢润林：殷科长的事情，我当然是非常关心的。

殷燕农：谢谢你了。

谢润林：刚刚我看见你师父汪先生带着手下弟兄，匆匆在这转了一圈。他铁青着脸，见了我连招呼都没打，手下那帮弟兄还拿着家伙。我悄悄地打听了一下，说是汪老板的夫人被人绑架了，汪老板正带着手下找夫人。

殷燕农：（假装吃惊）哦，谁吃了熊肝豹胆了，敢绑架我师娘？

谢润林：是啊，我也在想，这上海滩除了日本人恐怕还没人敢打汪夫人的主意吧！不过殷科长艺高人胆大，说不定这事恐怕跟殷科长多少还有点牵连。

殷燕农：（脸色煞白）你，你说什么……

谢润林：（慢条斯理）汪夫人失踪，汪老板自然着急得很。我可是听说，汪老板为了夫人，可什么事都做得出来。

殷燕农：你说这话什么意思。

谢润林：殷科长，我没什么意思，我们是同僚，我也把你看成是自己兄弟。这些话小弟可以不说，这不关我的事，可我这一切都是为殷科长好。不错，汪夫人确实是美人。美人谁都喜欢，日本人也喜欢。我是怕你帮了忙，还落了埋怨。燕农，我虽然不是青帮的人，但是

对青帮是很敬重的。这件事，成与不成，都得罪人。弄好了，日本人看重你了，你将官运亨通，可你怎么向你师父交代；弄不好，两边都得罪了，可是要出人命的。先前我不敢拦着你，怕你误会是我想抢了你的功劳。现在，兄弟可劝你一句，兵行险招可不是明智之举啊。

段燕农：（气急败坏）你，你在监视我。

谢润林：你怎么聪明一世糊涂一时了。你忘了我是干什么吃的，汪政府上海警察局的情治科长，我和你一样，说难听点，都是日本人的一条狗。我不仅要盯着上海六百万人的一举一动，还要保护好上海所有的日本人。特别是像久保田这样的大人物，他要是出了什么事，我可是要掉脑袋的。我能不保护好他吗？你对他做的那些事，我能不知道吗？兄弟，别傻了，这件事弄好弄不好，都可能招致杀身之祸。

段燕农：（急眼）姓谢的，你在威胁我，你盼着我死是不是。

谢润林：不，我是在帮你，帮你出主意。你想啊，你已经把人送到日本人的屋里去了，该做不该做的你都做了，你总不能把你师娘扒光了送到他床上去吧。日本人对你已经很满意了，成与不成，日本人都不会怪罪于你的。可汪老板这边就不一样了，得罪了他，他下手可狠，他能放过你吗？

段燕农：（惊恐万状，却强装镇定）我倒想听听，你给我出的什么主意。

谢润林：你帮了日本人，日本人自然看重你。汪老板那边呢，只要夫人没事，我估摸着你也没什么大事。你想啊，你现在是汪政府警察局的人，得罪你就是得罪了日本人。汪老板何等精明，他会为了他眼中的一条狗去得罪日本人吗？再说了，他做事一向漂亮，讲的是人面、场面、情面，把脸面看得比性命还重。不管他夫人有事没事，毕竟被日本人弄去过一次，他还能把这个事大肆张扬吗？他只能大事化小，小事化了。你想，他还能把你怎么着，不过，这有个前提，就是你必须主动向他认错。你师父是个吃软不吃硬的人，这点你比我更清楚。我该说的都说了，你自己看着办吧。

【段燕农左思右想，最后无可奈何地叹了一口气。

段燕农：谢科长，我原来小瞧了你。你比我能干，兄弟，服你了。

第十六集完

第十七集

17-1. 景: 汪公馆客厅 夜 内

【汪墨樵将自己的大衣披在茉莉身上，拥着茉莉进门。小莉守在门口，见茉莉回来赶紧迎上前去。

小莉: 太太，太太。

汪墨樵: 太太没事，受了点惊吓。你送太太上去，服侍太太睡觉。

小莉: 是，老爷。

【茉莉紧紧握住汪墨樵的手，汪墨樵拍了拍茉莉的手，茉莉才慢慢松开，深情地望着汪墨樵。

汪墨樵: 不用担心我，上去好好睡一觉。我这里再交代一下就上去看你。

【茉莉点了点头。刘姆妈凑近汪墨樵低声说道:

刘姆妈: 汪先生，张督察又来了，他在麻将房等你。

汪墨樵: 知道了。你也上楼照看下夫人吧。

17-2. 景: 摩西会堂 夜 内

【杰思敏和一家人一起在祈祷。杰思敏的面前是一个小小的十字架项链。

杰思敏: 妈妈，主的祝福会跟随吗？

科恩: 杰思敏，你足够虔诚，主永远相随。

杰思敏: 我希望主能保佑我爱的人。

【听到敲门声，杰思敏去开门。莎拉发现来人是李廷琛，特别高兴。

莎拉: 廷琛哥哥。

杰思敏: 莎拉，安静。

玛丽: 汪夫人怎么样了？

李廷琛: 已经没事了。

【科恩一家都松了一口气。

李廷琛: 杰思敏，我想跟你单独谈谈。

【杰思敏有些不好意思，望向母亲，玛丽夫人点了点头算是答应。

杰思敏：好吧。

李廷琛：我们不会走太远。

莎拉：我不能一起去吗？

李廷琛：外面太冷了，你的病刚刚好，不能受凉。我有一点事情想要跟你姐姐说。我们很快就回来。

莎拉：好吧。

【杰思敏拿起了台子上的《圣经》旁边的十字架，跟随着李廷琛出门。

17-3．景：上海街头 夜 外

【杰思敏和李廷琛漫步街头。月亮在天上，杰思敏望着天空中的月亮。

杰思敏：今天月亮真漂亮。茉莉小姐能平安，真好。我听说你们中国人总是把圆圆的月亮和一家人的团圆放在一起。

李廷琛：杰思敏，今天的事情你都看见了。

杰思敏：看见什么？

李廷琛：你们约好在黑玫瑰酒吧门口见面时出的事。她是想介绍你去"大世界"唱歌。

杰思敏：是啊，谁知道会出现今天的意外。

李廷琛：杰思敏，我只是想告诉你，上海是个十分险恶的地方，现在又被日本人占领着，像汪墨樵这样的青帮老大，尚且难以自保。我们平民百姓，特别像你这样的犹太难民，就更要谨慎。"大世界"鱼龙混杂，各色人等都有，流氓地痞、间谍特务、无良商人无不混迹其中，我很担心你在那种地方工作，我希望你慎重考虑一下。

杰思敏：我知道那种地方，我不是什么都不懂的无知少女。"大世界"不就是唱歌跳舞，寻欢作乐的地方吗？你放心，我会保护好自己。

李廷琛："大世界"本来是青帮汪墨樵的地盘。但是日本人占领之后，汪墨樵跟我父亲一样，为了不招惹是非，现在很少出门，"大世界"就交给殷燕农了。殷燕农是个典型的地痞流氓，现在又是伪警官员，他一向觊觎我们李家，处处跟李家过不去，他也知道我和你家的关系，我只担心他会对你下手。人心叵测，防不胜防啊！

杰思敏：谢谢你，廷琛。我知道你是在关心我，为我担心，我感到很幸福。我其实很羡慕茉莉，她是个好人，有个好的归宿，她是个真正幸福的女人。

李廷琛：是吗？她是孤女，四方飘零，连个亲人也没有。虽然逃来上海，但幸亏被汪墨樵看到，成了他的夫人。

杰思敏：我羡慕她的正是这一点，她虽然受了很多苦难，但她现在终于有个爱她的人。这个男人为了她可以不顾一切，甚至放弃生命。这种女人还不值得羡慕吗？

李廷琛：也许你是对的，爱情是人类个体最高追求。无论是男人或者是女人，为了深爱着的对方，可以放弃自己的生命。这种人不仅幸福，而且幸运，甚至崇高。崇高的爱情是人类的文明，具有普适价值。

杰思敏：你不希望成为这样的人吗？你面前就站着一个深爱着你的女人，你难道不爱她吗？你不希望做一个像汪墨樵那样的幸福男人吗？

【李廷琛站住了，深情地注视着杰思敏闪光的双眸。

李廷琛：杰思敏，每个民族都有自己的文化背景。中国有一句话叫执子之手，与子偕老。如果我深爱着一个女人，而这个女人也同样深爱着我，我一定会像汪墨樵一样，用自己的生命去保护她。这才是真正的爱情，我向往这种爱情。

杰思敏：（目光热情）那你爱不爱你眼前的这个女人呢？

李廷琛：杰思敏，坦率说，我喜欢你。在这个世界上，除了我母亲之外，还没有别的女人这样占据我的心，这或许就是爱情吧。这种爱情应该包括忠诚、道义和信仰。

杰思敏：廷琛，你没有回答我的问题，真正的爱情当然包括忠诚和道义，至于信仰是可以改变的。我爸爸是犹太人，信仰犹太教。而我的妈妈是雅利安人，她原来是信天主教的。他们相爱的时候有很多人反对。可是我的妈妈还是不顾一切地嫁给了我爸爸，这才是真正的爱情。她为了爸爸放弃了天主教，改信了犹太教。

李廷琛：（笑了）科恩先生和玛丽夫人都是非常好的人，他们很幸福，有忠贞的爱情，有你和莎拉这样的好女儿。你们一家都是幸福的。

杰思敏：你不想追求这样的幸福吗？

李廷琛：想，但中国人传统上讲究父母之命媒妁之言，这就是东方的文化。这也是文化的力量。记得西方有个裴多菲诗人说过，生命诚可贵，爱情价更高。若为自由故，两者皆可抛。我不知道这是不是西方文化，但裴多菲的这首诗体现出了一种信仰，是人性的价值和人类共同的追求。

杰思敏： 你是不是想说，这世界上还有比纯贞的爱情更值得追求的东西。

【李廷琛沉默。杰思敏打量着手中的十字架，悄悄把十字架又放回了口袋。】

17-4. 景：汪公馆客厅 夜 内

【客厅外一阵闹哄哄，几个青帮小弟阻拦不住，殷燕农还是闯了进来。】

青帮小弟： 师父……我们……

【殷燕农一看到汪墨樵立刻跪在了地上痛哭流涕。】

【汪墨樵淡淡地看着他，回头看了张工品一眼，却看见张工品走进麻将房的背影，麻将房的门轻轻在他身后合上了。】

【汪墨樵坐在客厅的沙发上并不抬眼看跪在地上的殷燕农，反而是拿起了茶几上果盘里的水果，端详了半天挑了一个最红最大的苹果慢条斯理地削起了苹果皮。】

汪墨樵： 夫人去"大世界"办事，你为什么强行带她出去，送她去艺伎馆？

殷燕农： 师父，弟子罪该万死。弟子有难处。

汪墨樵： 好，师父疼你，我是最讲道理的，我听听你的难处。

殷燕农： 现在上海滩，日本人最大。赚钱的生意都在日本人的手上。我有师父提拔，在政府里当了个科长，但兄弟们也要吃饭，我是想替帮里分一杯羹。警察局天天抓抵抗分子，没有门路。连小野想弄点钱，把偷运黑面的事栽在李衡甫身上，也被他摘了个干净。咱们几次求他，他都不给面子。我们小的没有脸，他连您也不放在眼里。我是一直咽不下这口气。

汪墨樵： 嗯。燕农，苹果吃吗？师父我苹果皮削得最好了。

殷燕农： 师娘确实漂亮，说上海滩第一美人也没人敢反驳。久保田是早就惦记着夫人了。师父，他的这个心思真不是一天两天。他是迟早要把师娘弄到手才行。我脑子不好，被猪油蒙住心，我只想着师娘是个女的，用一个女人跟日本人做生意是笔划算的买卖……

汪墨樵： 你很有孝心啊。

殷燕农： 师父，您是看着我长大的。我对您，对帮里什么时候有过二心。这件事，师父您打我也好，骂我也好，就是一枪打死我，我也是活该。师父，您打死我不要紧，您不能惹了日本人。您打死我，不就是给日本人难堪吗？师娘好歹也没出事……

【殷燕农话还没说完，汪墨樵甩手一个耳光。另一只手里的水果刀"嗖"的一声向殷燕农掷去，殷燕农的一只耳朵掉了下来。殷燕农趴在地上捡起自己的耳朵，捂着流血的耳窟窿哭喊，强忍着剧痛爬到汪墨樵脚下。

殷燕农：师父，饶命。师父，饶命。

【汪墨樵抓住殷燕农的另一只耳朵，一字一句地教训他。

汪墨樵：你记住，男人要像个男人的样子。我汪墨樵永远不拿自己的女人做交易。

【殷燕农瑟瑟发抖。

殷燕农：弟子，弟子以后再也不敢自作主张了。

汪墨樵：燕农，你现在是政府里警察局的人，以后就不要叫弟子了。青帮庙小，容不下你。

殷燕农：燕农谢您放一条命。谢谢汪老板饶命。

汪墨樵：滚吧。以后别让我看到你。

【殷燕农捂着耳朵，连滚带爬，走到门口又折返跪在了汪墨樵脚下。

殷燕农：师父，弟子知道错了。师父要赶弟子出去，弟子也无话可说不敢辩解。日后，师父还要多多保重。

汪墨樵：去吧。

【汪墨樵默默走回麻将房。客厅里的小弟和佣人立刻把地上的血迹擦拭干净。

17-5. 景：汪公馆麻将房 夜 内

【张工品一个人坐在麻将房，一手拿着杯子，一手往杯子里倒茶，自饮自品，怡然自得。见汪墨樵进来，也没抬头，继续捂茶。

汪墨樵：工品，你怎么一个人坐在这，你不是回去了吗？

张工品：坐着等你呀，知道你有事，回去了也睡不着，这不又回来了吗？夫人没事吧？

汪墨樵：夫人没事，谢谢工品兄惦记。看你一夜没睡，墨樵谢过了。

【起身向张工品一鞠，张工品连忙起身。

张工品：免了，免了，我们之间哪这么多礼节，那小子说得没错。茉莉到底没出大事。

汪墨樵：我知道。我只是给了他点教训。一点教训不给，也说不过去，再说那畜生不仅背叛师门，而且死心塌地地跟着日本人，心甘情愿地当汉奸。仗着日本人的势力连我都敢动，今后还不知道怎么祸害百姓，这种人留着迟早是个祸害。

张工品：那小子身后站着久保田，久保田可不比土肥原，这条狼凶残狡诈，嗜血成性。你这次拿枪顶着他，让他威风扫地，他岂能善罢甘休。墨樵，你可要有点准备。

汪墨樵：现在上海是人家的天下，我一直躲着、闭着，停下了手上的所有买卖，到头来还是难逃黑手，看来只能拼个鱼死网破了。

张工品：墨樵，我正是为这事才折回的。这事可不能草率。蒋委员长数百万军队又怎样，河北丢了，上海、南京丢了，济南、太原、武汉、长沙相继失守。就算你青帮在上海有十万徒众，也不能和日本人对着干。这次茉莉出事，你也有错，你养了条狗，养了个家贼，家贼难防啊。

汪墨樵：我也后悔不该把他弄到警局去，现在养虎为患，今后还不知道会干出多少伤天害理的事，这条狗我不能再留他了。

张工品：你现在要收拾他都难，他身后是日本人，是久保田，你要动他，久保田更不会善罢甘休。青帮将面临着一场浩劫，甚至会殃及整个上海。

汪墨樵：我已经退无可退，只能破釜沉舟，拼个鱼死网破了。

张工品：墨樵，现在拼命还不是时候，据我所知，土肥原是不想得罪你，他还想利用你帮他们守护上海这一方太平，以彰显他的能耐。他比久保田聪明，他知道得罪了你就等于增加了一个强劲对手，而这个对手神出鬼没，无处不在，遍布上海滩，防不胜防。久保田这次动到你头上，肯定是违背他的意愿的，我们不如利用这件事来做做文章，大肆渲染殷燕农吃里扒外，欺师灭祖，百般讨好久保田，让土肥原意识到这事情的严重后果。殷燕农在久保田那里算个宝贝，但在土肥原眼里，他就是条狗，土肥原要是拿他作法，说不定可以借日本人的手除了这条狗。

汪墨樵：（连连点头）工品兄说得对，我将尽力为之。能借日本人的手除了这条狗当然好，但除了这条狗还有别的狗会钻出来。日本人固然可恨可杀，但更坏事的还是那些投靠日本人的中国猪狗。从南京汪政府到上海伪政府，全国有多少这样的汉奸组织。据说还有近两百万人的皇协军，人数都已经超过了侵华日军。杀了殷燕农这个畜生，对整个局势不会有任何影响。

张工品：这就不是你我能管的事了，抗击日寇是政府的事，军队的事，蒋委员长的事。这事情不是搓麻将，搓麻将简单，盯着上家防着下家，自己不能胡也不让别人胡。无论赢了、和了、输了，大家都一笑了之。可抗战打仗是要死人是要流血的，你总不能把你的青帮弟兄全部送上战场吧。就算你能送上去，那又如何呢，九牛一毛而已。

汪墨樵： 工品兄，实不相瞒，我还真有跟日本人破釜沉舟，鱼死网破的打算。蒋委员长不是说了吗：守土抗战，人人有责。我不懂这些大道理，就说作为一个中国人，眼看着这帮日本豺狼，在中国的土地上横行霸道、杀人放火，我心里就憋着一股邪火。你看吧，日本人没来之前，我青帮弟子在上海滩不说呼风唤雨，起码没人敢欺负咱，兄弟们还有口饱饭吃。现在倒好，吃了上顿没下顿，连肚子都填不饱，还要受日本人的欺负。弟兄们早就红了眼了，多次请缨要跟日本人拼命，是我一直拦着，不想让弟兄们流血送命。他们死了算是为国捐躯，但他们的妻儿老小怎么办？现在看来，拼也是死，不拼也得死，大不了就是一死，与其这样忍辱偷生，还不如轰轰烈烈地干他一场，说不定还有条生路。

张工品： 墨樵啊，你我兄弟，真人面前不说假，这件事你岂止是想，你早就已经在做了。我问你，青浦、淮阳突然冒出来的那几支抗日义勇军是哪儿来的，是国民党还是共产党的，都不是，是你汪老板的。你把杜老板留下来的德式枪械全部送过去了，把五个香堂的副堂主都调过去了。从溃散的东北军人中，挑了三名营团级军官做教练。这些事不会是传闻吧。

【汪墨樵大吃一惊，随即镇定，用疑惑的眼神看着张工品，不置可否。

张工品： 兄弟，别这么看着我，你瞒天瞒地不该瞒着我，你也瞒不住我，别忘了我是巡捕房的总巡捕。我的眼线虽然没你的多，但各国来沪的间谍，你知道有多少吗？包括国共两党的特务都要和我打交道。我一得到这个情报，我就知道这支队伍是你老弟的杰作。你想啊，在中国，除了蒋委员长有德械装备，还有谁有，只有你青帮老大有啊。我今天深夜重返你府上，就是要告诉你，墨樵，可千万不要意气用事啊。虽说日本人敢对你下手，但好在夫人只受了点惊吓，并无大碍。这事还得忍着点，现在还不是拉队伍拼命的时候，你知道鬼子在上海有多少军队吗？两个旅团八个联队共计三万余人。这且不说，光久保田的宪兵队就三百多人。你如果在盛怒之下，不计后果地把你那一百多人的队伍调进城来和久保田拼命，兄弟今天说句你不爱听的话，你这是以卵击石，给人家包饺子还不够。凭久保田的宪兵队就可以灭了你。墨樵，我们相处也有二十年了吧，人都是有感情的，我们的关系不仅仅是在利益上，我是把你看作比亲兄弟还要亲的兄弟。我不能容忍自己的兄弟吃亏，更不愿看到自己的兄弟有杀身之祸。你的为人、你的性格，兄弟我都十分地了解和敬佩。说句掏心窝子的话，我不愿看见你这样的好兄弟有任何不测。何去何从你三思吧。

汪墨樵： （十分动容）工品，就凭你今天深夜折返不休不眠地劝诫我，你对我的这番情义，我对你的这份感激之情，是要带到棺材里去的。我这一生，交的都是一些场面上的人，也没几个真正的朋友，除了茉莉，就是你了。多余的话我就不说了。可是工品，人活着不能扬眉吐气，但起码也不能窝囊憋屈、忍辱偷生。日本人这样欺负我们，我们也不能老是躲着、避着、藏着，就这样他们也不会轻易放过我们。倒不如放手一搏，拼个你死我活，也不枉做了回男人，做了回中国人。淞沪会战时，战斗那么惨烈，我看到我们国军将士个个视死如归，前仆后继，我就痛心，我就难过，恨不得跟他们一样去上阵杀敌。从那以后我一直有一个念头，就是想组织一支队伍，和国军一样跟鬼子们拼了。不错，青浦的那支队伍是我拉起来的，但我没用帮里的弟兄，只招募了些逃来上海的难民，大概一个连的兵力，还给他们配置了一条补给船，花重金请了三个原东北军的军官做教官。据说这些士兵都已具备了讲武堂的初级战斗水平，他们也多次袭击了日军的后勤部队和日军碉堡，自己造成了一些伤亡。现在的问题是缺医少药，轻重伤员均得不到有效的治疗，我想这样下去也不是办法，总得有个万全之策才好。既然工品兄今天提到此事，我和盘托出，还请工品兄指教。

张工品：老弟一片报国之情，我自愧不如，十分感动。但你想过没有，一支百十来人的队伍能成什么大事，你纵有万贯家产又能维持多久，况且现在缺医少药，又无固定后方，你又如何解决。久而久之，这支队伍岂不成了流寇。墨樵啊，这件事你做得过于草率，光有一腔热血不行，光凭你一己之力也不行，万事都要谋定而动，三思而行啊。

汪墨樵：我已经想好了，队伍既然拉起来了，我就不能让他溃散、垮掉。现在日本人虽然知道有这么一支小股武装，但没有番号，也不知其姓国姓共，也没引起他们太大的注意。目前生存应该没有问题，倒是这些伤员们是个问题，他们不能随部队游动，又得不到有效治疗。我想找找李家大少爷李廷琛，他手上有所难民医院，看看他能不能接受这批伤员。如果他能帮这个忙，目前我就没有什么后顾之忧了。万一日本人要对我下手，我可以带着这支队伍和日本人舍命一搏，拼一个是一个，我也可以带着这支队伍投奔国军或者共军。我汪某人一生都在玩命，这次玩把大的，跟这帮日本畜生势不两立。

张工品：精神可嘉，但我觉得还没到那一步，久保田这次吃了点亏，但只要土肥原在，量他还不敢对你轻易下手。你也不要自乱心神，先稳住大局，你还是上海十万青帮的总舵把子，这才是你的实力所在。这也是日本人不敢对你下手的原因，这点我看你应该学学淞浦产业的李衡甫。他是那种数典忘祖卖国求荣的人吗？他会真心投靠日本人吗？打死我都不相信，但人家玩得转。日本人利用他，他也利用日本人。他背负着一个汉奸的骂名，但他保住了上海整个民族产业，拯救了无数上海人的生命。他这才叫忍辱负重。可当下国人，包括日本人吧，又有几个人了解他体谅他。墨樵老弟，我扪心自问，我感到羞愧脸红，同样是中国人，他的为人我做不到，他的睿智我做不到，他对国家的贡献我更做不到。别看我是租界总巡捕，可现在国难当头，我却还在为洋人效命，对中国抗战民族复兴无寸功可言。可是墨樵，你不同，你手下十万青帮弟子就足以让鬼子头疼，这就是你的优势。能伸能屈，借力使力，说不定鬼子还反求于你，你何不往这方面去想，以己之长，克彼之短，这才是我们要做的。

汪墨樵：工品兄言之有理，对李会长的人品操守、所作所为，我与您的看法一致。我也想与他携手共同对付日本人，但几次试探都被他婉言拒绝。上次我想请他的粮船给我带几箱黑土，其实也是对他的一次试探，他也没有接招，一笑而过。此人高深莫测，想与他联手，难哪。不过这一次茉莉被绑架，倒是他的大公子李廷琛来给我报的信，就凭这一点，李家就有恩于我，更何况李会长的人品修为、深明大义，我汪某也是看在眼里、记在心中，自叹不如。只可惜他不愿与我联手，对我保持一种若即若离的态度，还真弄不清楚他葫芦里卖的什么药。

张工品：墨樵啊，这就是李会长的高明之处。说句你不爱听的话，上海沦陷前青帮恶名远播，也确实做了些让李衡甫这种所谓君子所不齿的事。从他内心来讲，他只想做正经生意，不愿和任何帮派有所牵连，但以他的为人，他不愿轻易得罪你汪帮主，对你恭谦客气也只是表面文章而已。但淞沪抗战以来，他也应该看到青帮的所作所为，看到你对报效国家的一片赤诚。我想人都是有情之物，只是身处乱世，各具戒备之心，他并非不想与你联手抗日，只是他十分老到谨慎，不想暴露自己，不想让人摸清他的路数。只要你这个总舵把子放下身段，遇事多与人家商量或讨教，他了解你的真实想法，当然你也要有些作为，让他知道你的真实想法和为人，恐怕他拉你还求之不得，怎会拒你于千里之外。好了，天快亮了，我也该走了，茉莉还在房间等着你哪。

【张工品说毕哈哈一笑，起身告辞。出门时，又十分认真地说了一句。

张工品：老弟，意气用事不行，单打独斗更不行。为今之计，只有联合上海各行各业各阶层，包括上海六百万市民和近百万难民，和日本人斗智斗勇，才有可能生存下去。至于李衡甫，老哥送你四个字：心诚则灵。告辞。

【张工品反身出门，钻进汽车。汪墨樵拱手相送。天边，已现晨曦。

17-6．景：上海街头 日 外

【街头报童的手上都是小报。报童嚷嚷着卖报，路过的人听到报童的吆喝纷纷停下脚步买上一份报纸。

报童： 看报看报，沪上名流大亨汪墨樵举办盛大的黄包车皇后竞秀大选，汪夫人茉莉拔得头筹艳压群芳，获"沪上黄包车皇后"美誉。看报看报，神秘西洋妇人入住李家大宅，沪上名流成西洋金龟婿。看报看报，看报看报。

17-7．景：李家大宅李衡甫书房 日 内

【李衡甫的写字台对面坐着楚孝仪，手里拿着几份小报，标题都是李廷琛和犹太女人的。

【李廷瑞没有敲门，手里拿着报纸就冲进了父亲的书房。

李廷瑞： 父亲，你看小报上写的我大哥要娶杰思敏，还什么金屋藏娇。

李衡甫： 廷瑞，又不敲门。

李廷瑞： 父亲，孝仪叔。父亲，您看看，这些报纸上都写些什么乱七八糟的。这简直是诽谤。

李衡甫： 知道了。这件事，你不用管。去把你大哥叫来。

【李廷瑞只得出去，走到门口又反身回来。

李廷瑞： 父亲，孝仪叔。不知道你们发现了没有，最近多了好几家小报，这几家小报好像每天都提到我们李家和整个上海的金融业和工商业界的传闻，有的纯粹是无中生有，甚至原来上海的几家专门报道新闻的报纸，也出现了这种情况，不是粉饰太平就是报道些无聊的花边新闻。而这些所谓新闻都是对上海民众的麻痹和欺骗，这正是日本人所需要的。我怀疑这里边有人暗中操纵。

李衡甫： 我知道了。去把你大哥叫来。

【李廷瑞出门。楼梯上传来他沉重的脚步声。

楚孝仪： 衡甫，看来廷瑞成熟了不少，他能发现并能思考这些问题。这个上海新闻舆论的变化连我也没注意到。

李衡甫：这是件很可怕的事情。国难当头，民众关心的应该都是国家命运、国家前途的家国大事。而日占当局用这些宣传舆论来造谣惑众，掩盖真相。老百姓也没有其他的消息来源，只能看报纸上的这些消息，他们说白的就是白的，说黑的就是黑的。百姓永远看不到事情的真相。据我所知这也是土肥原"河豚鱼计划"的一部分，那个日本商人小野在满洲搞的就是这一套舆论垄断，欺骗国人、欺骗世界。

楚孝仪：这两天所有小报都在传李家金屋藏娇，说廷琛要娶个洋媳妇，犹太难民钓了金龟婿。我原本以为这仅仅是小道消息，以讹传讹而已，听你这么说，这是日本人在做文章。

李衡甫：岂止是做文章，更是包藏祸心。他们黑我李家，说李家如何如何帮日本人办事，如何如何发了国难财，又如何如何骄奢淫逸，其实都是冲我来的。让民众认为我李衡甫就是铁定的汉奸，让我没有回头路，让我死心塌地地为日本人办事。

楚孝仪：这件事，清者自清。您不是说过吗，国难当头，我不下地狱，谁下地狱。这个汉奸的恶名我们是背定了，那也就由他去吧。可是衡甫，廷琛是个好孩子，男大当婚，我们可不能耽搁了他的婚事。

李衡甫：我的儿子我了解，玛丽是他的老师，他们一家都是廷琛从德国纳粹的枪口下救来上海的。或许他和杰思敏互相都有好感，但目前也只是一般的朋友关系。廷琛是个比较理性、传统的人，不可能越雷池一步，更不会乘人之危。杰思敏一家是他救的，现在又都是难民。这个时候如果娶了杰思敏，哪怕他们是真心相爱，可悠悠众口的风言风语，也会说他是恃强凌弱、欺男霸女。李家岂不又多了个骂名。

楚孝仪：但杰思敏一家确实在你们李家待了不少日子，还在你们李家过的年。那些狗仔记者就不会放过，你说得清吗？

李衡甫：说不清就不说，由他们说去吧。当初赵匡胤千里送京娘，又有谁能说得清。我还是那句话，清者自清。好歹由人说去。我倒是担心，科恩小姐是个很好的姑娘，她的母亲又是廷琛的老师，不要让人家产生误会，或者损害人家的名誉。我想廷琛的忧虑正是这一点。

【书房外敲门声。

李衡甫：进来。

李廷琛：父亲，您叫我？孝仪叔好。

李衡甫：报纸你都看了吧。

【李廷琛点了点头。

李廷琛：无聊的小报没有新闻了，就拿我们开涮。我还要跟杰思敏和科恩夫人解释，不要让人家名誉受损。

李衡甫：当着孝仪叔，大家不是外人。孝仪叔准备给你送礼金了。我刚才还在跟孝仪说李家不能乘人之危。

【李廷琛犹豫了片刻。

李廷琛：父亲，您的意思我明白。我也是这个意思。而且，杰思敏原有婚约，我就更不能夺人之美了。这也是中国的一种道德文化吧。

楚孝仪：廷琛，看得出你是喜欢杰思敏的，杰思敏也是喜欢你的。你们相爱而不能相亲，孝仪叔真为你们感到遗憾。

李廷琛：生逢乱世，国尚不国，何以为家！我这事还是放一放吧。

17-8．景：陆允明办公室　日　内

【陆允明在发报机前全神贯注接收信息。

【陆允明把收到的信息，翻译成文字。

文字内容**字幕：**太平洋波诡云谲，注意收集气候变化。

【陆允明点燃了一支香烟，并用剩下的火柴烧掉了纸条。

17-9．景：久保田办公室　日　内

【殷燕农的头上裹着厚厚的纱布和绷带。久保田亲自给殷燕农倒了一杯酒，殷燕农受宠若惊。

久保田：来尝尝我们日本人酿造的山崎威士忌，比苏格兰的更具有风味。这可是很难得一见的好酒，在日本都很难喝到。

殷燕农：谢谢。

久保田：让殷科长挂彩了。

殷燕农：属下失职没有把事情办好，让您也受了牵连。

久保田：土肥原将军今天的确训斥了我。但是，他也不得不承认我的判断，青帮的汪墨樵并没有把我们大日本天皇的部队放在眼中。土肥原将军接受了我的解释，茉莉小姐并

没有受到伤害，这只是一次事前保密的试探行动。

殷燕农： 土肥原将军没有怪罪您那就是最好的。

久保田： 汪墨樵有人有武器，他在上海，是比重庆和江北的新四军更让人不舒服。这根刺，插在上海的中央，迟早要连根拔起。

殷燕农： 汪老板在上海这么多年，盘根错节。朋友多，敌人也多。他眼里有谁啊，他常说的是强龙难压地头蛇。

久保田： 这件事也让我看到了你殷科长的忠心。

殷燕农： 为了大日本帝国，我是肝脑涂地死不足惜。

久保田： 这几天，你好好休息，养养伤。

殷燕农： 一点小伤，不碍事。

久保田： 茉莉小姐确实是美人。汪墨樵居然为了她敢拿枪对着我，也是有胆量的人。

殷燕农： 他是栽在了女人手里。

久保田： 殷燕农。

【殷燕农立刻站起来。

久保田： 我已经替你向大日本帝国军部申请了五级的金鸱勋章。

殷燕农： 我将永远效忠大日本天皇陛下。

久保田： 不但如此，鉴于你的忠心，我还将把上海警察治安的管理交给你负责。只有交给真正忠心并且值得信任的人，才是最明智的选择。信任是需要不断被考验的，包括我自己。

殷燕农： 我一定保护好日本侨民在上海的一切安全。

久保田： 来，让我们干杯。

【久保田和殷燕农的酒杯碰在一起。

17-10. 景：久保田办公室外走廊 日 内

【殷燕农得意洋洋从久保田办公室离开，谢润林却等在门口。

【秘书走出来对谢润林鞠躬。

秘书： 谢科长，大佐马上要去开会，他现在没有空见您。

谢润林： 知道了。

【谢润林看着殷燕农的背影冷笑。这时他反身追上已经走远的殷燕农。

谢润林： 恭喜啊。

殷燕农： 哪里哪里。你不是要见大佐吗？怎么走了？

谢润林： 我也没什么大事。大佐被土肥原将军叫去了，我就等等。

殷燕农： 我就说嘛，大佐还是很信任你们情治科的。

谢润林： 我刚要恭喜兄弟你高升。

殷燕农： 升职也是为大日本天皇效忠。我是更看重金鵄勋章。

谢润林： 我是不行，我没有兄弟你豁得出去。汪墨樵下手也够狠的。

殷燕农： 识时务者为俊杰。山不转水转。人呢，不能认死理。不要说上海滩，蒋委员长都被打到重庆了，我看中国也迟早是日本人的。汪墨樵是老头子了，跟不上。

谢润林： 是啊，顾虑太多。

殷燕农： 谢科长，你知道我这个人的，我是有仇报仇。

谢润林： 那是那是。

殷燕农： 谢谢你给我出的主意。

谢润林： 我哪里是出主意，我就是也想帮帮忙。

殷燕农： 咱们改天。

【谢润林看着殷燕农离去的背影，狠狠地啐了一口。

谢润林： 过河拆桥，忘恩负义。我看你能嚣张到几时。

17-11．景："大世界"内 夜 内

【"大世界"依然灯光璀璨，衣香鬓影，人来人往。外面的一切风诡云谲跟这里的醉生梦死永远是两个世界。

【吧台上的谢润林已经喝醉，双眼迷离。远远地，他只看到一个衣冠楚楚的青年男子走向了自己。走近了才发现是陆允明。

陆允明： 怎么了？借酒浇愁？

谢润林： 原来是你呀。

【陆允明示意侍从。

陆允明： 双份威士忌。

谢润林：我也再加一杯。

陆允明：被人撬了墙脚？

谢润林：你不是给美国人干活呢吗？怎么别人的事，你都知道？

陆允明：你应该问问上海滩还有几个人不知道你的事。

谢润林：赤佬，没见过世面的东西，舔人家屁股，把人家当祖宗供着，比自己亲爸爸还亲。我是不跟他一般见识。

陆允明：我知道。你们76号出身的，跟他那种大字不识几个白相人谈不到一起。

谢润林：咱们说个真话，你看好汪政府吗？

陆允明：你是问我的意思，还是问特使？

谢润林：不爱说就算了。

陆允明：我的意思不重要。特使毕竟是美国人，代表美国的利益。重庆政府里，蒋夫人和美国人的渊源那么深，美国人要转头支持汪政府不太可能。

谢润林：唉，人人都说我们情治科就是汉奸。都是给人家做事，你给美国人跑腿卖命，怎么就没人说你汉奸呢。

陆允明：我不过是个参赞，哪有你活动能力强。

谢润林：强什么呀，饭碗都让人家摔脸上了。要我说，日本人、美国人，就这些洋人不管东洋西洋，一个也靠不住。谁不是想捞一笔就跑。我以后也要多考虑考虑自己。

陆允明：发财倒是实惠。

谢润林：想发财没有门路。

陆允明：你来往人员那么多，稍微透点动向消息，债券都跟着跳一跳。到你手上的要么是美元要么是小黄鱼。

谢润林：行啊，一手交钱一手交货。日本人要是想对美国人干点什么，我要是知道了，给你吹风。

陆允明：再来一杯？

谢润林：好啊。

【谢润林和陆允明相视一笑，算是达成了交易。

17-12. 景：摩西会堂内 日 内

【安静的摩西会堂突然大门洞开。莎拉和犹太孩子正在复习功课，认真地写作业，平静被瞬间打破。

【小野宪一陪着傅宗耀带着大批记者突然闯入。李廷瑞也举着相机混在其中。李廷瑞不明就里，神情茫然。

【傅宗耀带着人拎着大米和吃的，叫嚷着让人赶紧把东西分发到难民手中。

傅宗耀： 鄙人身为上海市市长，是为上海市民服务的普通一员。之前，因为战事频发，社会动荡，跟这里的朋友难得有机会接触。大家不远万里来到敝国，颇为辛苦。之前多有不便是上海政府招待不周。

【傅宗耀的一席话并没有众人的掌声。

米兹拉希： 市长先生，感谢您的探望。我是犹太救助协会会长米兹拉希。

【傅宗耀赶紧跟米兹拉希握手。小野宪一推了李廷瑞，让他挤进人群拍下照片。

傅宗耀： 我听说有儿童罹患了水痘。所以，上海市政府跟日本宪兵司令部联合，已经联系好了一家医院为大家提供免费的体检和医疗。

小野宪一： 哪一位是生水痘的孩子？

【莎拉不由自主地往人群里躲，却被傅宗耀一眼看到。傅宗耀抱着莎拉，就要去医院。莎拉在傅宗耀的怀中不安地挣扎，豹子蹿上去狠狠咬住傅宗耀的裤脚，发出愤怒威胁的低吼。

傅宗耀： 看看看看，这样瘦，应该去检查。

【小野宪一示意李廷瑞赶紧拍下这一场面。

李廷瑞： 可是，莎拉的水痘已经好了。

傅宗耀： 好了又怎样，可以再检查一下。是不是，小野？

小野宪一： 日资医院的条件和日本医生的水平，还是很值得信赖的。

李廷瑞： 我哥哥李廷琛是全上海最好的医生。

小野宪一： 这是亲善的行为。

李廷瑞： 我看这是骗子的行为。我不拍了。

【李廷瑞眼看着小野宪一和傅宗耀如此气势汹汹地上门抢人十分愤懑，关了摄影机，转身离去。

17-13. 景: 中华联合制片厂 日 内

【小野宪一指着报纸，面露不满。李廷瑞却不以为然。

小野宪一: 李君，今天的报纸没有一张用了我们的照片。这样是不行的。

李廷瑞: 新闻的生命是真实。安排了这样的摆拍，强迫人家配合，这样的新闻摄影我干不了。

小野宪一: 李君，你还年轻，这个世界上一就是一，二就是二的事情很少。跟大日本帝国和皇军玩小聪明，可是没有好处的。

李廷瑞: 这样骗人的照片，我不会拍。拍了，我也会毁掉。

小野宪一: 你以为你有这样的权利吗？

李廷瑞: 他们一家人都是住在我们家里的。那个小姑娘的水痘明明就是我哥哥不眠不休照顾好的。药品限制，淞浦医院里人满为患，为了不要让水痘这种传染病造成更大面积的流行，我哥哥自己照顾。现在，傅宗耀这种人，颠倒是非，利用报纸欺骗公众。

小野宪一: 把拷贝交出来。你的职务从现在起被解除了。

李廷瑞: 我和你没有任何关系，你也没有资格解雇我，你们假借电影公司的名义制造假新闻，欺骗舆论、欺骗民众，我要揭露你们。

小野宪一: 与大日本帝国的宣传部为敌，没有你的好处。

【李廷瑞拂袖而去，重重地将门关上。小野宪一气得将桌子上的电影拷贝和报纸都推到了地上。

17-14. 景: 李廷瑞暗房 日 内

【李廷瑞一个人在暗房内，洗印出的照片挂了满墙。然而，面前的一排都是杰思敏。

【杰思敏的影像在相纸上慢慢显出。杰思敏的正面、侧脸，杰思敏和妹妹讲话的样子，都让李廷瑞深深凝视。

李廷瑞: 杰思敏啊杰思敏，你是纯洁的象征。目光中又充满了忧伤，这样的忧伤让人忍不住探究。可惜啊，你的忧伤里没有我，我的忧伤里全是你。

17-15. 景：淞浦医院李廷琛办公室 夜 内

【李廷琛满身疲惫地推开了办公室的门，却发现办公室里米兹拉希坐在桌前等着他。

李廷琛： 米兹拉希先生。

米兹拉希： 您看到报纸了吗？

【李廷琛疲惫地点了点头。

米兹拉希： 我很担心。我知道您不是在意名誉上的赞美的人，但是……

李廷琛： 您很担心？

米兹拉希： 是的。我一直在为此感到不安。犹太难民流落到上海，他们是难民。傅宗耀这样的人又带着日本人来，我非常紧张。难民的身上也有利益。

李廷琛： 米兹拉希先生，您别着急。

米兹拉希： 不，这绝对不是我虚妄的担忧。一开始难民身上没有任何好处，所有帮助难民的人都只是出于善良和道义。现在不一样了，所有人都在流传着犹太难民会从美国那里得到一笔巨额的援助。

李廷琛： 是这样……

米兹拉希： 我不知道，也许，不是这样。我没有得到任何这笔援助的后续消息，但也许，他们的行动和来源比我更快。

李廷琛： 您为了犹太难民，每天奔波得太辛苦了。

米兹拉希： 这不是杞人忧天，犹太民族的历史是苦难的。我们经历过的苦难，证明了一切。

李廷琛： 我能为你们做什么？

米兹拉希： 如果有一天，我没有办法再照看这些难民们，请帮助他们，不要抛弃他们。

【米兹拉希亲吻了李廷琛的面颊。

17-16. 景：德国不来梅港 日 外

字幕： 德国不来梅港

【冬日的寒冷还未褪去，港口的仓库屋顶上依然有点点积雪，墙壁上刷着纳粹标语，港口已经没有往日繁忙的迹象。

【停泊在港口上的一艘游轮发出尖锐的长鸣，即将离港。船上的西蒙紧紧地裹着大衣，施瓦茨也脱去了党卫军制服，身穿一身黑色西装和长呢子大衣。但即使如此，他锃亮的军靴依然透露出他的真实身份。

施瓦茨： 西蒙先生，你今天看起来很从容。

西蒙： 很抱歉，我是不是应该表现出我很恐惧？

施瓦茨： 幸运女神不会永远伴随。希望你此行一帆风顺。

西蒙： 女神也不会眷顾恶人。祝你此行平安。

【施瓦茨露出了满不在乎的微笑。轮船再次发出笛声，慢慢起锚驶出港口。

17-17. 景：上海街头 日 外

字幕： 上海

【牛毛般的春雨洒在上海，浦江两岸的树木发出了新芽，燕子在河滨大厦的屋檐下呢喃。

【科恩跟着上工的工人们一起离开了摩西会堂。

【店铺也开了门，卖纸扎的祭品和清明糕团的店铺也都亮出了招牌。

17-18. 景：河滨大厦 日 内

【茉莉来到河滨大厦，紧跟在后的小莉拎着一大篮子的锡箔纸。芦柴棒和莎拉凑到跟前，莎拉十分好奇这些金银色的纸，芦柴棒却看着这些锡箔纸发呆。洪阿秀一看，立刻明白了茉莉的用意。

洪阿秀： 芦柴棒，发什么呆，赶紧过来叠元宝。

莎拉： 这是什么？

芦柴棒： （声音哽咽）清明节了，茉莉姐姐给我送来了我爷爷的祭品，好久没去看我爷爷了，他坟上的草也不知道长多高了。

茉莉： 芦柴棒，给爷爷烧了纸，爷爷在那个世界里晓得芦柴棒惦记着他，心里也是高兴的。

芦柴棒： 嗯。

莎拉： 茉莉姐姐，我从没有见过这个东西。

茉莉： 莎拉，这个叫锡箔纸，拿它叠成元宝烧掉，我们死去的亲人就能收到。收到了，他们就知道我们还想着他们，记挂着他们。

莎拉：死去的人都可以收到吗？

茉莉：当然了。

芦柴棒：莎拉，洪家姆妈最会讲故事了。她知道得最多。洪家姆妈，莎拉是洋小囡，你告诉她。

洪家姆妈：莎拉，你是外国小囡，你不知道。人啊，是不会死的。人死了之后就会变成鬼，到了阎王那里，阎王有个册子，上面记着你这一辈子做的事。好事做得多就投胎去了，坏人就要去十八层地狱里受苦。鬼上了奈何桥，喝了孟婆汤，前世的事情忘得干干净净才好投胎重新做人。

莎拉：我也想念我死去的哥哥，我也要给他烧。

茉莉：莎拉最懂事了。姐姐教你。

第十七集完

第十八集

18-1. 景：摩西会堂 夜 内

【烛光映照下，米兹拉希手捧《圣经》神情庄严。

米兹拉希： 犹太社区有条不紊地修建，大家都在劳动，工程的进展比预期的更快。感谢所有人辛勤的劳动。在工作日勤奋工作，在安息日赞美主。我们每个安息日聚集在这里，让我们的肉体和灵魂都得到净化。主是我们唯一的神。

【科恩一家亦在其中，莎拉的注意力依然停留在手中的元宝上。反倒是人群中几个年轻的犹太男子显得不那么耐烦。米兹拉希注意到了这一情况，米兹拉希不得不停了下来，直到他们安静。

米兹拉希： 我们犹太人总在逾越节互相祝福，明年让我们耶路撒冷见。我在年轻时也怀疑过主对我们的考验。耶路撒冷的历史是犹太人的历史，是这个世界的历史。耶路撒冷的历史也是天国的历史和尘世的历史。这一切都被记录在《圣经》里，我们赞美主，主永远与我们同在。《圣经》不是一本简单的书，它取代了犹太国家和圣殿。《圣经》是犹太人随身携带的祖国，随身携带的耶路撒冷。

【米兹拉希抚摸着《圣经》，注视着那几个犹太青年。科恩压低了声音希望莎拉能丢掉手中的元宝。

科恩： 莎拉，不要再玩这个了，扔掉。

莎拉： 我不。

【科恩和莎拉的低声争执吸引了米兹拉希。

米兹拉希： 莎拉，你手中的银圆宝是中国朋友给你的吗？

莎拉： 这是芦柴棒给我的。他说中国人会烧掉它，让死去的亲人知道我们在想念他们。

米兹拉希： 中国人有他们的传统，我们也有我们传统。他们总在清明节怀念和祭祀自己离开的亲人。科恩先生，不要谴责莎拉。莎拉是个可爱的孩子。

科恩： 这是异教的做法。

米兹拉希： 我们每一个人都有在欧洲失去的亲人。我们也怀念自己的亲人。怀念和悲伤不是罪。死亡是我们的永恒伴侣。长久以来，朝圣者为了死在耶路撒冷，葬在圣殿山周围，为末日来临时的复活作准备而前往耶路撒冷，数千年来他们没有停下脚步，他们还在继续前往，前赴后继地奔赴在朝圣路上。

科恩：不……

米兹拉希：普罗米修斯先生，我们可以犹太教的方式为大家在欧洲死去的亲人祈祷。

【莎拉抱住了米兹拉希。

莎拉：芦柴棒说这样他就可以见到爷爷了，我也想我的哥哥，我也想见到他。

【科恩和妻子玛丽听到这里，不由垂泪。

18-2．景："大世界" 夜 外

【"大世界"的墙壁上已经摘下了茉莉的大幅照片，换上了杰思敏的画像。门口的花牌上写着西洋少女杰思敏深情献唱的招牌。

【"大世界"依然热闹，人们为了一睹"大世界"新头牌杰思敏的表演蜂拥而至。大门口堆满了献给杰思敏的花篮。

18-3．景："大世界" 夜 内

【杰思敏登台，环视了舞台下的观众。

【第一排醒目地方，李廷瑞鼓掌最卖力。杰思敏有一些尴尬，但很快就镇定了下来，轻启歌喉。杰思敏的歌声引起掌声雷动。

【谢润林依旧坐在他每天固定的吧台位置上。陆允明坐在他身边，将一只信封交给他。谢润林打开看了一眼，里面都是绿色美元钞票。谢润林很自然地把信封塞到了自己西装的内袋里。

谢润林：上海滩除了黄金，现在就是美元好使。黑市都只认绿票子。

陆允明：特使对我们的合作很支持。

谢润林：美国人大方。我是官场不得志，合作什么啊，咱们兄弟就是聊聊天。

陆允明：你天天晚上泡在"大世界"，彻底让给他了？

谢润林：让？你小看我了，我是不屑于跟他争。他什么身份，我什么身份。我是76号出来的情治官员，他不过是十六铺码头的一个青帮小混混，他做的那些下三烂事情，我做不出来。

陆允明： 那是。那是。

谢润林： 现在的上海滩要多乱有多乱。你知道我为什么老待在"大世界"吗？我告诉你，这"大世界"就是个小上海。"大世界"最安全。这里鱼龙混杂，什么人都有。谁的脉你也摸不准。谁也不敢动谁。有一个算一个，这要是全逮起来，一个个审问，说不定还真能审出几个共产党。

陆允明： 你们特务工作的就是眼界不一样。哪有你说得这么邪乎。这里来的，可都是有名有姓的。

谢润林： 想保命，想挣钱，就不能一条道走到黑。我这给日本人干活，也得想想自己。人家说不定觉得江北的更靠得住呢。

陆允明： 江北？你是说新四军？

谢润林： 陆大哥，我跟你说实在话，你给美国人干活，人人都知道你肯定有重庆的背景，但要是有一天说你是共匪，我也不吃惊。这年头，谁都得多找几条路。我就是看不上殷燕农那条狗走的路。

陆允明： 你可别害我。把我说那么邪乎，让我送死呢。

谢润林： 我跟你说，日本人也是邪门了。也不知道他们准备要干什么，这两天把所有电码本都作废了，换了新的。

陆允明： 全部吗？

【谢润林笑而不语故作神秘。

陆允明： 酒保，加一杯双份威士忌。

【酒上桌，谢润林才不再卖关子。

谢润林： 我们说到底是后娘养的，所有的密码本都换了。原先的机密本全部销毁，只留一本普通密码本。

陆允明： 不会吧。

谢润林： 我说的你还不信。

陆允明： 动静够大，出事了？

【谢润林摇了摇头。

陆允明： 泄密了？难道是共党或者重庆的人破译了他们的密码？

谢润林： 我看日本人要对付的还不仅仅是国共两党，恐怕还有更大的动作。别忘记他们最终目的是所谓"大东亚共荣"，这就包括整个亚洲和太平洋地区。

陆允明：但是作废所有密码本，尤其是机密密码，只留下一本普通密码本，这可不是一件小事，这是日本军部最高级别的决定。

谢润林：管他谁的决定，反正就这么个事。

【杰思敏一曲歌毕，谢润林的目光转向了舞台，跟着鼓掌。陆允明也假装刚刚在认真欣赏杰思敏的歌声。杰思敏鞠躬谢幕，从台侧走到了李廷瑞的身边。

李廷瑞：杰思敏，我就知道你在台上能看到我。

杰思敏：你怎么天天来？

李廷瑞：我离开那个什么电影厂了。他们挂羊头卖狗肉，制造假新闻，宣扬中日亲善，完全是在欺骗中国人，我还能帮他们作恶吗？

杰思敏：那你也不能天天来"大世界"吧。这里可不是什么好地方。

李廷瑞：你在这里唱歌，你不也天天来吗？

杰思敏：我是来工作的。

李廷瑞：那我就是来陪你工作的。"大世界"鱼龙混杂，流氓地痞、豪绅恶吏什么人都有，上次茉莉小姐还被人算计呢。有我在没有人敢欺负你，你根本不用害怕。

【杰思敏略显尴尬地微笑，李廷瑞却不以为然。

18-4．景：陆允明办公室密室 夜 内

【深夜，陆允明将灯光调暗，依然守在发报机面前，将电报整理清楚发送了出去。

字幕电报内容：获悉日本军部下令废除原各等级密码本，已使用新密码本。原来的密码本只使用单一的普通密码，怀疑日军近期将有大型军事行动，望予下一步行动指示。

【电报发出后，陷入了死寂的安静。陆允明摘下了耳机，推开了窗户。窗外是上海的黑夜，没有一点灯光。春雨滴滴答答落在屋顶上。

【陆允明若有所思。

【突然电台发出了叫嚣声，陆允明立刻关上窗户，坐回电台前，仔细地记录下收报的内容。

字幕电报内容：情报意义重大，通知重庆方面，由重庆方面告知美方。注意保护身份，以免暴露。

18-5. 景：摩西会堂科恩家 夜 内

【杰思敏拖着疲惫的身子推开了房门，莎拉已经熟睡，长大了的豹子现在已是一条凶猛的狼犬，此刻他正警惕地趴在莎拉床前。听到杰思敏的脚步，豹子猛地蹿过去亲了亲杰思敏的脚，亲热地围着杰思敏转圈。玛丽披着衣服，端着一个油灯迎着杰思敏过来。科恩也轻轻地接过了杰思敏的包，挂在了墙壁上。

玛丽： 杰思敏，累了吧，赶紧休息吧。

杰思敏： 妈妈，谢谢你一直在等我。

科恩： 杰思敏，爸爸现在有工作，爸爸很心疼你。如果你觉得辛苦，你可以不用去"大世界"唱歌。

杰思敏： 不，爸爸，我去"大世界"唱歌不觉得辛苦。"大世界"有钢琴，有音乐。

科恩： 我亲爱的女儿，你应该在柏林的音乐厅演出。

杰思敏： 爸爸，我爱的爸爸，音乐只要是音乐，给人以美的享受，能够带给人们快乐，无论在哪儿演奏，都是一样的。

科恩： 好吧，是爸爸觉得你太辛苦。

玛丽： 莎拉已经开始上学了，我们都有一些收入，虽然很微薄，但是如果只是因为钱，杰思敏，你不用那么辛苦。

杰思敏： 妈妈，我喜欢音乐。而且，也有很多人是因为真的喜欢听我唱歌才来的。我的头像现在已经挂在"大世界"的门口了。对了妈妈，李廷瑞也常常来"大世界"听我唱歌。你放心，不会有人骚扰我。我爱你们。

玛丽： 好吧，杰思敏。

18-6. 景：淞浦医院药房 日 内

【淞浦医院的药房里摆放着两排中药柜子。玛丽和李廷琛站在柜子中，一个字一个字地学习这些中药的名字和药性。

李廷琛： 硫黄原是火中精，朴硝一遇便相争；水银莫与砒霜见，狼毒最怕密陀僧；巴豆性烈最为上，偏与牵牛不顺情；丁香莫与郁金见，牙硝难合京三棱；川乌草乌不顺犀，人参最怕五灵脂；官桂善能调冷气，若逢石脂便相欺；大凡修合看顺逆，炮爁炙煿莫相依。

玛丽：这些都是中药名字编的歌谣?

李廷琛：不仅仅是中药的名字,而且把不能一起用的药,也放在了歌谣里。

玛丽：这些歌谣都非常珍贵,我也要背下来。

李廷琛：中国有很多职业是父子相传,一家人靠一个手艺吃饭。小时候就混在药铺里,这些东西耳濡目染,成年后就继承家业。

玛丽：你呢?

李廷琛：我和弟弟不成器,没有人继承父亲的事业。我留洋学了医,希望能解救国人体质;我弟弟爱好文艺,想从思想上开启民智。只有我父亲在实业救国。

玛丽：你们都是很好的青年,善良、忠诚。你们和你父亲从事着不同的职业,但都是在为社会做贡献。

李廷琛：我们谁都没有为父亲分担更多。

【李廷琛的惆怅让玛丽深受触动。

玛丽：廷琛,我愿意多学一点中医的知识,你能教我吗?

李廷琛：当然可以。

玛丽：中国人几千年的智慧,让人惊讶。我们德国人也有用草药看病的传统,但我们使用的草药很有限。

李廷琛：夫人,中医中药有自己的长处。但是,现在也只是万不得已。我对病人依然感到抱歉。如果有消炎药物,有更好的止痛药,就能够在最短时间内消除病患的痛苦,这依然是我的第一选择。

玛丽：我明白。

李廷琛：我的朋友答应我会竭尽所能帮忙,从香港转运药品。但船运现在这么紧张,英国人对运出来的药品也加大控制。就算船开出了香港,抵沪之后,日本人也不会放松。费尽千辛万苦进的一点药品,最后能送到淞浦医院用在难民身上的,也不过是杯水车薪。

玛丽：廷琛,在德国我是你的老师,现在你是我的老师。

【李廷琛摇了摇头。

李廷琛：您永远是我的老师。我不过是把我们传统中医的一些概念告诉你罢了。春天就要到了,很快上海就会热起来。

玛丽：难民们居住面积窄小,卫生条件差,很容易有疫情。我可以在难民中做一些预防的宣传。

李廷琛：那真是太好了。

玛丽：我有几个学生，也是跟随犹太难民船来到上海。他们也可以帮忙。事实上，我很担心他们。他们到了上海，只有普通的工作，心中怀着年轻人的愤懑。每一个人身上都有悲伤的故事。我总是很担心，他们会有什么疯狂的举动。

李廷琛：国仇家恨，每个国家的年轻人，都不会愿意任人宰割。

【玛丽哀伤地点了点头。

玛丽：米兹拉希先生和您的父亲一直在上海为犹太人奔走。他们太辛苦了，他们都是好人，愿主保佑他们。

李廷琛：我听说我父亲的银行提供贷款让有技术的犹太难民做生意。

玛丽：我听说纳粹驱赶屠杀犹太人，就是因为犹太人勤劳、智慧和拥有财富。这些在这里却被当作优点，被尊重。这或许就是东方的文明吧。

18-7. 景：美总领馆詹森办公室 日 内

【雨过天晴，清晨的阳光照在房间里，詹森显得心情愉快。早餐摆在桌子上，一边喝着咖啡享受着早餐，一边看着新一天的报纸。陆允明夹着文件夹匆匆而来。

陆允明：早上好，詹森先生。

詹森：陆，来坐下来，跟我一起吃早餐？

陆允明：我已经吃过了。今天天气不错。

詹森：是啊，今天是个很好的天气。让人心情愉快。对了，有什么事情？

陆允明：重庆转发来一封电报。

【詹森把餐巾丢下来，接过了文件。詹森的眉头拧了起来。

詹森：日本军部把密码本都作废了？这个消息准确吗？

陆允明：是的。经过监听，除了静默的电台，确实如此。

詹森：所以呢？

陆允明：重庆方面的谍报专家分析了情报并加强了对日本军部电台的监听，日本外务省与檀香山日本总领馆的往来电报数量突然剧增。被破译出的电报有六七十封。

詹森：这么多？不是故意泄露的吗？

陆允明： 日本外务省多次要求檀香山日本总领馆报告美军舰艇在珍珠港的数量、舰名、停泊位置、进出港时间；珍珠港内美军休息的时间和规律。

詹森： 什么规律？

陆允明： 主要是星期天。星期天美国的夏威夷的海军舰队会休息。

詹森： 那么还包括夏威夷气候情况？

【詹森离开了餐桌，拿着那份文件陷入沉思。】

陆允明： 重庆方面的情报专家分析，日本军部极有可能想要在檀香山的珍珠港动手，时间会是周日。

詹森： 日本人的野心太大了，情报的真实性值得怀疑。我当然会把这个消息汇报给美国国会，但是……

陆允明： 消息的来源十分可靠，并且监听的日本外务省电报确实有销毁密电码和电报本子的通知。

詹森： 日本要是对美国宣战，意味着全世界都会陷入战争。理智的人不会选择同时开辟两个战场。

陆允明： 日本军部那些人全是战争疯子。

詹森： 我们得让国会那帮人知道，我们可能在跟疯子做对手。我会尽力说服他们，但我没有信心。他们总怀疑别人的情报系统有问题。其实，他们自己才是最大的问题。

18-8. 景：上海街头 日 外

【街头，几家犹太店铺相继开门。眼镜铺，照相馆，甚至还有修理自行车的铺子。简单的彩带，挂在门头上。招牌上用几种文字写着店招。】

【在鞭炮声中，米兹拉希和李衡甫等人给这些店铺的开业剪彩，周围都是兴奋的笑脸。米兹拉希拉住了李衡甫。】

米兹拉希： 李会长，请留步。

李衡甫： 米兹拉希先生有什么指教吗？

【米兹拉希和李衡甫漫步街头。】

米兹拉希： 上海工商业将犹太难民吸收进入协会，为他们争取贷款。李会长，感谢您做的一切。

李衡甫：贷款是收取利息的。这不是一项慈善。

米兹拉希：在欧洲犹太人被驱逐的时候，在上海还有人愿意给我们提供贷款，让我们有工作的机会，能够生活下去，这是祈祷来的结果，主的悲悯。

李衡甫：在商言商。犹太难民中很多人有技术，现在提供一点帮助就能让他们的生活走上正轨，也能方便上海市民的生活。何乐不为呢。授人玫瑰手有余香。

米兹拉希：李会长，我们一直在跟美国犹太协会联系。不管是上海的沙逊、哈同家族还是美国的帮助，这些钱都会有人觊觎。您是我们在上海最可以信赖的朋友。

李衡甫：这一大笔钱，像掉在恶狗眼前的肉，谁不垂涎。

米兹拉希：肥美的羔羊，任人宰割。

李衡甫：米兹拉希先生，我明白你的不安。上海就像犹太人，战争之前是东方巴黎，淞沪会战后已成为断瓦残垣。国民政府退到大后方，上海是一座"孤岛"。

米兹拉希：您觉得战争之火会再次烧到上海吗？

李衡甫：我们都是老朽了，局势远非你我可以左右。尽人事听天命吧，就算粉身碎骨，也不改其志。

米兹拉希：我漂泊一生，不知道还能活多久，我总盼望在有生之年可以去耶路撒冷。但现在……我把希望寄托在这些年轻的孩子们身上。

李衡甫：日本宪兵司令部对战争物资管控得更加严格。战事的发展没有他们预期的那么乐观。抵抗的力量一直存在。

米兹拉希：希望和平有一天可以降临。

18-9. 景：摩西会堂 夜 内

【烛光下，在米兹拉希的带领下，犹太难民们都在虔诚祈祷。台子上摆放了鲜花和石头，并放满了被珍藏的亲人的照片。

米兹拉希：鲜花是安慰，石头则代表永恒。鲜花会枯萎，但石头却坚硬。我们曾经在亲人的墓碑上摆满石子寄托我们的哀思。而现在，我们用照片作为墓碑，追思我们的亲人。在纸条上写上我们的心声，让心声直达天国。死亡并不可怕，死是生的开始。

【面对《圣经》，科恩轻轻地抚摸着胸口。在蜡烛的火光中，科恩仿佛看见了儿子灿烂的笑容。

18-10. 景：摩西会堂 夜 内

【米兹拉希合上了《圣经》。

【莎拉拽了拽科恩的手，科恩抱起了女儿，轻轻地亲吻。

18-11. 景：摩西会堂外 夜 外

【科恩脱下了外套，内衣口袋中的族徽被他掏出来，放在手掌里摩挲。科恩把外套交给了妻子。玛丽装作没有看到他的举动。

玛丽： 杰思敏，给我们唱支歌吧。

杰思敏： 是啊，妈妈，自从去"大世界"唱歌之后，我就很少为家里人唱歌了。

玛丽： 伦纳德，亲爱的你想听什么？

科恩： 我？我什么都可以，杰思敏，你想唱什么都行。

杰思敏： 妈妈，拉比说我们只要记得我们的亲人，我们的亲人就会安息。

玛丽： 是的。我们怀念着那些离去的人，我们不能谴责主的不公平，我们祈祷。我们要有勇气面对我们的敌人。

杰思敏： 这一切苦难都会过去，是不是妈妈？

玛丽： 杰思敏，永远不要失去信心。

杰思敏： 只有祈祷吗？我们为什么不能拿起武器？

科恩： 杰思敏，武器？无论什么样的武器都是用来杀人的，最终都会让无辜的人失去生命。我们的手上不能沾染无辜的鲜血，不然我们就跟恶魔没有分别。

【杰思敏唱起了一首哀伤的思念亲人的歌曲。全家都沉浸在杰思敏的歌声中。

18-12. 景：珍珠港 日 外

【（历史影像资料）珍珠港被日军轰炸。

画外音： 1941年12月7日，日军突袭美军的珍珠港基地，太平洋战争爆发，美国启动"曼哈顿计划"，正在寻找世界各地最优秀的科学家，要抢在纳粹德国之前研究出原子武器，伦纳德·科恩是他们寻找的主要目标。

18-13. 景: 詹森办公室 日 内

【办公桌上电话铃声此起彼伏, 铃声大作。詹森却对此置之不理, 他的办公桌前纸张凌乱。他急匆匆地收拾起最重要的文件, 最终干脆一把扯断了电话线。陆允明拎着箱子匆匆赶到。

詹森: 陆, 都已经安排好了吗?

陆允明: 已经都安排好了。

詹森: 我奉调回国的消息已经通知了重庆国民政府?

陆允明: (点了点头) 是的。

【詹森仿佛终于松了口气, 叹气连连, 点了一支烟。

詹森: 终于可以坐下来抽一支烟, 然后就要滚蛋了。美国政府的紧急召回令真是让人措手不及。

陆允明: 您一路平安。

詹森: 但愿如此吧。这里就拜托你了。我喜欢上海, 喜欢中国。你知道我父母都是传教士, 我们一家很早就来到中国。我在这里长大, 直到回美国上大学。我都觉得我不是美国人。我吃惯了这里的食物, 我在这里有很多的朋友。中国诗人说"少小离家老大回, 乡音无改鬓毛衰", 说的就是我这样的人。

陆允明: 乡情难忘。

詹森: 这个时候还能有飞机将我接回华盛顿, 可见来者不善。回去了, 要面对质询。

陆允明: 您是最了解东亚问题的专家。国会需要您的汇报。

詹森: 需要我? 我们把情报提供给国会和五角大楼的时候可没有人信任我们, 愿意听取我们的看法。还有一些人抱怨我们插手中国事务太多, 现在看来是国会的这些大人物太自信了, 对日本人想得太乐观。但我想美国政府不会放弃上海, 更不会放弃中国, 对日宣战是意料中的事, 以后一定会更加支持中国抗日。

陆允明: 现在日本首鼠两端, 兵源不足, 物资不足, 战线太长而得不到补给, 他们的失败是迟早的事。中国的抗日形势应该更加乐观。

詹森: 日本人真是疯了。东亚和太平洋同时开战。新西兰和澳洲也会参战。美国的太平洋舰队必须牢牢守住太平洋上的军事基地才行, 只有那样的跳板才能扼住日本的战争机器。

陆允明：日本人希望速战速决。

詹森：他们在中国东北就没有成功。这是一场苦战。你要密切注意上海日方动向，动用一切手段获取日军情报。

陆允明：是。

詹森：上海的犹太人也被德国人盯着。德日同盟，日本人先前的态度很模糊，一直在观望。以后就会慢慢明确了。

陆允明：詹森先生，时间差不多了。我送您去机场吧。

詹森：等我抽完这支烟。你不用送我去机场，看着飞机飞走，也是令人悲伤的事情。我觉得我们之间应该是有一些友谊。但因为一些特殊的原因，让你我无法坦诚。

陆允明：您这是什么意思？

詹森：在上海很少有人只有一个身份。除了重庆，我相信你还有别的一些途径或者朋友。

【陆允明沉默。

詹森：你不用觉得我是在威胁你。我一直很欣赏你，你这样的年轻人如果在美国也会有非常好的前途。我只是想告诉你，美日宣战，我离开上海，自己要注意保重。

陆允明：谢谢您。

詹森：跟日本人战争是团结一切可以团结的力量。美国人必须团结重庆，也可能要团结江北的人。

【詹森站起来，掐灭了手中的香烟，披上了风衣。陆允明赶紧拎起了箱子。

18-14．景：美国总领馆　日　外

【陆允明将箱子交给司机。詹森坐在了车子上。

詹森：再见。祝你好运。

【陆允明敬礼，看着詹森的汽车离去。

18-15．景：摩西会堂　日　内

【摩西会堂，祈祷的地方被米兹拉希摆上了一个收音机。

【科恩仔细地调波段，终于传来了女播音员几乎毫无感情的播音声。

女播音员（OS）：12月7号，日本海军大将山本五十六指挥了南方军和联合舰队，

发动代号为"虎，虎，虎"的突袭。183架日本飞机第一轮空袭，共击毁美国飞机180多架，共击沉美军四艘战列舰亚利桑那号、加利福尼亚号、西弗吉尼亚号和俄克拉荷马号以及一艘布雷舰奥格拉拉号。靶舰犹他号亦沉没。

【科恩十分震惊，目光呆滞。围着收音机的所有人也都陷入沉默。

18-16. 景：土肥原办公室 日 内

【土肥原的办公室里坐着久保田、傅宗耀和殷燕农等人，也都在认真听着广播。

女播音员（OS）： 日本皇军第十四集团军及特种部队共57000人，协同海军第三舰队，第十一航空联队，陆军第五飞行大队，已一举攻占菲律宾，美国溃不成军，50000余人投降。美国统帅麦克阿瑟逃亡新西兰，现皇军正向澳大利亚乘胜进军……

傅宗耀： 依我看，这是大日本皇军取得的伟大胜利。这可不是一般的胜仗，这是伟大的胜利。

久保田： 这对于人类历史也是一个值得纪念的日子。近代的工业革命把人类带入了现代化。大日本皇军的这次胜利也是把环绕着太平洋的东亚人民带进了现代化。

土肥原： 我刚刚从军部得到消息，大日本帝国已经向美、英两国正式宣战了。

傅宗耀： 这真是振奋人心的消息。这伟大的气魄，可不是一般人能拿出来。殷科长，今天报纸上肯定都是日美宣战的消息。上海的安防尤其是租界里的治安，可都在你的身上了。英国人现在也是大日本帝国的敌人，你可要多加人手，免得有人闹事。

殷燕农： 是，我立刻去安排。

土肥原： 市长，你们应该还有很多工作，都去忙吧。这只是宣战。等到取得真正的胜利再让我们庆祝，你们再来分享"大东亚共荣"的荣誉。

傅宗耀： 是是。

【傅宗耀发现土肥原并不积极，赶紧带着殷燕农小心翼翼地离开了土肥原办公室。

久保田： 将军，您是怕大日本帝国向全世界腐朽落后的力量宣战吗？

土肥原： 你觉得我是怕了吗？

久保田： 不，您一直是军部里的强硬派。

土肥原： 建立世界新秩序，而不仅仅是大东亚范围。这是我的理想。日本列岛面积窄小，人口众多，呼吸都让人觉得不够畅快，难免有窒息的感觉。所以，我们才要占领更大的土地。但是同时两线作战，如果不能速战速决，将部队拖入泥潭，就一定会面临失败。

久保田：我们现在不是已经取得了胜利了吗？

土肥原：混账！

【土肥原将手中的茶杯狠狠摔在了地上，杯子的碎片和茶水飞溅了一地。久保田不明所以，不知道土肥原为什么听到了胜利的消息却并不高兴。

土肥原：军部里的一帮蠢货，这个时候还在洋洋得意。这次偷袭行动完全是失败的行动，并没有摧毁美国太平洋舰队的主力，给了美国人反扑的机会。同时美英宣战，日本海军和空军要受到很大压力。太平洋岛屿上必须建立补给站，不然无法抵达美国本土。那些岛屿，疟疾，蚊虫，将带来伤亡惨重的消耗。

18-17．景：摩西会堂 日 内

【广播结束，只剩下了电流的噪音。犹太难民们都惴惴不安。

莎拉：爸爸，为什么日本人跟美国人打架了，大家都这么紧张？

科恩：莎拉，大家只是有些担心。

米兹拉希：大家先不用担心，暂时还不会蔓延到上海。

李尔克：拉比，您总是这样安慰大家。你怎么能保证不会把上海的犹太难民当作被交换的对象？

米兹拉希：对于战争的胜利，没有人能保证。但我们要相信，主永远与我们同在。

李尔克：拉比，我们应该反抗，应该战斗，应该进入世界反法西斯同盟，消灭法西斯。

米兹拉希：用武力对待敌人，却不再相信神的指引。

李尔克：难道真要等到神的降临来救我们吗？只有世界末日，以赛亚才能重新降临世界。

【科恩紧紧地搂着女儿莎拉。

科恩：莎拉，我们已经无处可去了。

【莎拉瞪着迷惘的大眼睛望着父亲。

18-18．景：淞浦医院李廷琛办公室 日 内

【窗帘晃动，海东青一跃而入。办公室的门才响了，李廷琛和玛丽一起进来。李廷琛

看到海东青毫不惊讶，玛丽却十分高兴。

玛丽：海东青，我们很久没见了，见到你真高兴。

海东青：玛丽夫人，我也是老欢喜见到你的。我其实常常来看李廷琛，只是我们难得碰到。

李廷琛：你来去无踪，哪有几个人能见到你。

海东青：我今天来是有个大消息。日本人要跟美国人打仗了。

李廷琛：海东青你又胡说。

海东青：我才不是胡说。不信你自己看。

【海东青从怀里掏出一张报纸。李廷琛赶紧拿过来仔细看了起来。

李廷琛：这是今天的报纸？

海东青：自然。街上的人都嚷嚷着日本人要跟美国人打架了。我特意来找你拿个主意。这个珍珠港到底在哪里？是啥地方？

李廷琛：是太平洋夏威夷上的一个岛。

海东青：我们从德国回来怎么没见过？

李廷琛：海东青，地球是个圆的。我们从一头就到了上海，这里在另一头。

海东青：我想着日本人怎么这么厉害，我就听说美国人世界第一厉害。他们几个小弟打来打去，现在要打到美国人头上了。

李廷琛：这不是实力的角逐，而是军国主义者的贪心驱使，用鲸吞世界的心填满自己无限的贪婪。

【海东青若有所思地思考着李廷琛给他的解释。

玛丽：美日真的宣战了？

李廷琛：是的。

玛丽：廷琛，我要赶紧回家一趟。

李廷琛：好的。医院的事情你不要担心。

【玛丽脱下了白大褂，就立刻离开了办公室。

海东青：玛丽夫人老紧张的啊？

李廷琛：她一定是很担心科恩先生再受到刺激。

海东青：唉，这个世道，真是见了鬼，洋人和中国人日子都不好过。我看，这个世界已经颠倒了，只有坏人才有好日子过。

18-19．景：上海街头 日 外

【日本浪人拿着军票，强买强卖，店主不答应就干脆抢，还一脚踢翻了摊位上摆放的货品。

【李衡甫坐在汽车里，路过目睹了这一切。

李季方：老爷，日本人这下更得意了。

李衡甫：多行不义必自毙。

李季方：话是这么说，这小本生意哪里禁得住他们这样祸害。

18-20．景：李家大宅客厅 日 内

【李廷琛回家，却发现家里客厅里聚集了好些人。一见到李家大少爷回来，众人立刻围了上去，七嘴八舌，但李廷琛还是不知道出了什么事。李廷瑞推开众人。

李廷瑞：安静安静。

李廷琛：这是怎么了？

李廷瑞：都是工商业协会的同仁来找父亲。

李廷琛：父亲呢？

李廷瑞：说是带着季方叔出去了。

李廷琛：没出什么事吧？

李廷瑞：出事？可是出大事了。今天日本轰炸珍珠港的消息一出来，就炸了锅。外头都是拿着军票明抢的浪人。小商户们无法支撑，一大早就来找父亲想办法。

【大门推开，李衡甫在李季方的陪同下终于回来。众人仿佛久旱逢甘霖。

李衡甫：大家都来了，请大家到我的书房来。季方，给客人们倒茶。

李季方：是。

商户：会长，我们绝对不是为难您。我们实在是没有办法，来找您想办法了。

李衡甫：大家的苦楚，我明白。既然是行会，自然是维护大家的利益。请吧。

【李廷琛看着父亲带着众人上楼，心中十分感慨。

李廷琛：廷瑞，父亲这几日都这么忙吗？

李廷瑞：父亲不是一向如此吗？

李廷琛：对。父亲从来都是一个样子。

李廷瑞：大哥，父亲的事情，我们都分担不了。

18-21．景：李衡甫书房 夜 内

【李廷琛走进父亲的书房，发现父亲一个人枯坐在书房内，显得十分疲惫。

李廷琛：父亲。

李衡甫：廷琛，有事吗？

李廷琛：他们终于走了？

李衡甫：小本生意，一家人糊口的来源。日本人拿着军票换东西，就是明抢。哪吃得消。

李廷琛：父亲。淞浦实业，是我们李家的家产。但您常说李家是为了中国守住一份实业发展的希望。儿子不孝，学了医，不能继承家业。我有一个想法，破釜沉舟。

李衡甫：好啊。怎么办？破釜？

李廷琛：将淞浦医院直接捐献给犹太救助协会。

李衡甫：这样啊？

李廷琛：捐献之后，我依然主持负责淞浦医院的日常工作。淞浦医院将不再属于个人，而是隶属于红十字会，成为一个平民的慈善组织，将受到国际法的保护。

【李廷瑞站在门口进也不是不进也不是。

李衡甫：廷瑞，进来吧。

李廷瑞：父亲，季方叔让我给你送点点心。

李衡甫：你哥哥想把淞浦医院捐献给犹太救助协会。

李廷瑞：大哥，你比我行啊。我也就是从面粉厂运一车面粉，你这是干脆把面粉厂都捐了。

李衡甫：廷瑞，你觉得大哥这样不好吗？

李廷瑞：我？

李衡甫：你不是觉得李家当了汉奸才赚了钱吗？

李廷瑞：父亲……

李衡甫：廷琛，捐吧。李家为国家和民族守住财富。国之不保，身外之财也没有意义。

去通知米兹拉希先生接收。不要拖延，日本人迟早会动手的。

18-22．景：摩西会堂 日 内

【莎拉早已适应了上海的生活，并和中国孩子玩成一片。她现在不但会说流利的中国话，还认识了不少中国字，甚至当起了其他犹太孩子的小老师。她在小黑板上歪歪扭扭写着中国字。

莎拉：妈妈，你看，我现在已经有五个学生了。

玛丽：莎拉，你真是个了不起的小老师。

科恩：莎拉，爸爸为你骄傲。现在连莎拉都找到"工作"了。

莎拉：爸爸，我永远爱你。

玛丽：亲爱的，不用着急。我们可能还要在上海待很久，你可以慢慢寻找自己想做的事情。

【玛丽投给科恩体贴的目光。

科恩：谢谢你，玛丽。

莎拉：妈妈，现在我觉得一切都那么美好。除了见不到李廷琛哥哥以外，生活得特别好。

玛丽：你应该叫他叔叔。

莎拉：我不，我就要叫他哥哥。叔叔就太老了。

杰思敏：妈妈，莎拉现在还学会了上海话。

莎拉：我的上海话老灵光，比杰思敏强多了。妈妈，李廷琛哥哥为什么不来看我们，他在忙什么。他不会忘记我们吧？

玛丽：李廷琛哥哥现在很忙，他除了要忙医院的事情，医院有很多病人，还在跟米兹拉希爷爷在忙着筹建更大的犹太社区和犹太学校。

【莎拉对着镜子练习自己蹩脚的上海话，还挤眉弄眼地学着抛媚眼。杰思敏只能无奈地摇头。门响了，杰思敏立刻去开门。米兹拉希和李廷琛正站在门口。莎拉特别激动地立刻迎了上去，抱住李廷琛。而他们的身后还跟着李尔克等几个年轻人。

玛丽：莎拉，不可以这样缠着李廷琛叔叔，你已经是个大姑娘了。

米兹拉希：科恩夫人，不请我们进来吗？

玛丽：当然，都请进。

【小小的屋子一下子站得满满当当，甚至必须站在门口。

米兹拉希：李廷琛告诉了我一个他的重大决定，他将淞浦医院捐献给我们犹太救助协会，改为专门救助犹太难民的慈善医院。我已经代表犹太救助协会接受了他的馈赠。

玛丽：真的吗？那真是太好了。

米兹拉希：协会决定您将担任这所医院的院长，还有您的学生李尔克等人也都将在这所医院工作。

玛丽：这怎么可以，那李廷琛呢？

李廷琛：我还将留在医院工作，协助您把这所医院做成专门救助犹太难民的慈善机构。

米兹拉希：玛丽夫人，您的几个像李尔克这样的学生，您也可以根据他们的特长在医院安排一定的职务，让他们也可以为犹太同胞真正做一点事情了。

【李尔克有些不好意思地站在门口。

杰思敏：太好了。李尔克，祝福你。

李尔克：我只是……谢谢你杰思敏。

莎拉：廷琛哥哥，你不当院长了，工作不会像过去那样忙吧？以后能经常来看看我吗？我非常想你。

杰思敏：莎拉，你廷琛叔叔不当院长也会很忙，他还会有很多工作要做。除了我们一家，他还要帮助在上海的所有犹太人，还有他的中国同胞。

【杰思敏虽然在跟莎拉说话，目光却一直热情地望着李廷琛。李廷琛却回避着杰思敏的目光，走到莎拉面前。

李廷琛：莎拉，我会的，再忙我也会来看望你们一家。这里有我敬爱的老师和她的亲人，她的亲人也是我的亲人，当然还有你，我能不来吗？

【莎拉噘噘嘴，满脸不高兴。

莎拉：（赌气地）我就知道你不是专门来看我的。

【莎拉的话引起满屋的笑声。

18-23．景：美国五角大楼走廊 日 内

字幕：美国

【詹森跟随在两位身着美军制服的军官的身后，显得十分紧张。

18-24. 景：美国五角大楼秘密会议室 日 内

【一个佩戴上校军衔的美国军官在办公室里等待着詹森，而在他身边则是一个表情更加严肃身着黑色西装的男人。

詹森：您好。

小兰斯德尔：您好，詹森先生。我是五角大楼情报局约翰·小兰斯德尔上校。很高兴见到您。

詹森：您好，上校先生。不知您紧急召见我有什么事。

小兰斯德尔：五角大楼很感谢您在战争开始之前就提供的情报。关于日军更换密码本，并且一直关注夏威夷檀香山天气和气候情况的电报。

詹森：可惜，并没有起到作用。

小兰斯德尔：军事专家们会对情报进行分析，这中间产生了错误判断当然是不可弥补的，但也是无法完全避免的。

詹森：上校，我不是军人。您不需要为此跟我解释。我想，我也不是来听你解释的。

小兰斯德尔：美国军方有一项绝密的计划，代号"曼哈顿计划"。这项计划由司令格罗夫斯将军全面负责。最开始这项计划的安保工作是由陆军的反情报机构主管，负责人是陆军情报局的 G.V. 斯特朗少将。现在移交给中央情报局的埃德加·胡佛。我是陆军就曼哈顿工程建立全套保安工作机构的负责人。

詹森：上校，我还是不知道，我需要做什么。我为美国国会工作。

小兰斯德尔：您不需要知道"曼哈顿计划"的具体内容。您依然要完成美国国会交给您的工作，回到上海继续您的外交工作，并且搜集情报，帮助军方判断美日战争的发展。除此之外，您还有一项高度秘密的任务。

【詹森不由自主挺直了腰。

小兰斯德尔：我们需要您面对《圣经》起誓，您将严格保密。

詹森：（举起右手）我会永远效忠美利坚合众国。

小兰斯德尔：我们根据情报，有一位德国纳粹追杀的物理学家极有可能以难民身份逃到了上海。此前他是哥廷根大学的教授，犹太人。这个人对于曼哈顿计划至关重要。我们需要您回到上海，极其秘密地找到他，并将他安全护送到美国。

詹森：如果他不愿意呢？如果他不想来美国呢？

小兰斯德尔：我们尊重他的个人选择。但要保护好他的安全，尤其不能让德国人发现他。他如果落入纳粹的手中，将是巨大的损失。您这次到中国执行使命已得到国会的特别授权。

【小兰斯德尔将两封信放在了詹森的面前。

小兰斯德尔：这两封信请你带给他。一封是美国总统罗斯福给他的亲笔信，另一封是他的好朋友爱因斯坦给他的亲笔信。您务必将这两封信当面交给他。

【詹森接过信，端详着信封上的签名，轻声念道：

詹森：收信人伦纳德·科恩，发信人阿尔伯特·爱因斯坦、富兰克林·德拉诺·罗斯福。

小兰斯德尔：是的。

詹森：可是就算找到他，战争将会让他无法越过太平洋。

小兰斯德尔：特使先生，有关这次秘密行动的一切相关事宜，您直接对五角大楼和中央情报局负责，接受五角大楼和中央情报局的指令。

【说着站起身来，指着身后的黑色西装的男人向詹森介绍。

小兰斯德尔：特使先生，这位是中央情报局的施莫林上尉。他将同你一块去上海寻找伦纳德·科恩，保护好科恩，并将他安全地送抵美国。施莫林先生是德国人，他曾是科恩女儿杰思敏小姐的未婚夫，也曾是德国党卫军的军官。他是我们中情局秘密发展的高级特工，太平洋战争爆发，纳粹加强了他们"铀计划"的研制。我们根据施莫林上尉提供的情报，美国海军成功地击沉了运送重水的德国核潜艇。英国空军成功地摧毁了纳粹在挪威的重水生产基地。为此，罗斯福总统授予他二级军功勋章。昨天我们把他从檀香山秘密训练基地调过来，配合您执行这项秘密任务。他认识科恩，而且和科恩一家有很好的关系，他也了解纳粹党卫军的内部情况。他以你随从的名义一同去上海。任务只有一个，就是保护伦纳德·科恩，并把他安全送抵美国。从现在起，你们就是亲密战友。祝你们合作愉快，圆满完成任务。

施莫林：（热情地与詹森握手）詹森先生，很高兴认识您。今后我们就是亲密的战友和同事了。

詹森：我也一样。施莫林先生，很高兴认识您。

小兰斯德尔：还有两个情况必须告诉你们。据中央情报局最近情报，纳粹柏林党卫军总部施瓦茨上尉突然失踪。失踪前，他曾逮捕一个叫西蒙的药商。据了解，这个西蒙曾帮助过伦纳德·科恩逃离德国，估计施瓦茨的失踪与追杀科恩有关。另一个情报是柏林党卫军头目梅辛格上校给纳粹头目递交了一份"梅辛格计划"，该计划的主要内容也是寻找伦纳德·科恩，并把他绑架回德国。同时计划在上海建立犹太人集中营，妄想杀害在上海的全部犹太人，以完成他们元首对犹太人最后的解决方案。据分析，纳粹党卫军总头目希姆莱很可能批准这项计划。如一旦批准，梅辛格上校很可能亲自去上海执行这项计划。这个梅辛格上校，现在是柏林党卫军的头目。他曾在波兰屠杀十余万犹太人，素有"华沙屠夫"之称。他是个极其凶残、狡猾的家伙。你们到达上海后，要密切关注这两人的动向及日占当局的情况，制定出精确可行的确保伦纳德·科恩安全的周密计划。随时和 CIA 取得联系，必要时，可向海军夏威夷基地请求支援。好了，时间紧迫。你们明天将搭乘一架大型军用运输机离开美国，先到新西兰，再改乘民航机到上海。不留你们了，祝你们好运。

【小兰斯德尔与他们一一握手道别。

第十八集完

第十九集

19-1. 景：淞浦医院 日 外

字幕： 上海

【李廷琛和杰思敏正在看着工人们将淞浦医院的牌子摘下，换上犹太救助协会医院的招牌。

李廷琛： 杰思敏，你还好吗？

杰思敏： 我看起来有点疲倦是吗？

李廷琛： 你看起来瘦了。

杰思敏： 我可是犹太难民，我这种人能发胖吗？

李廷琛： 但看起来你心情不错。

杰思敏： 晚上唱歌，白天到医院里帮忙，很忙碌，但是我很愉快，很充实。

李廷琛： 这么辛苦，还能让你感到快乐。

杰思敏： 这里有你……也有妈妈，还有朋友们。

【李尔克从大门出来，径直走到杰思敏身边，将一份折叠的油印小报交给了她。

杰思敏： 这是什么？

李尔克： 这是我们的油印小报《锡安之声》。

李廷琛： 杰思敏，我还要和你妈妈办些交接手续。我先走了。

【李廷琛说毕，转身进了医院。杰思敏打开了小报，边看边问。

杰思敏： 这是你们的小报？米兹拉希先生他们知道吗？

李尔克： 他们这些老人家总是小心翼翼。我们犹太人之所以受到这么多的打压和苦难，都是因为一直在退让。数千年来我们没有祖国，我们的民族受到各国的歧视。现在，我们的同胞遭到纳粹的屠杀，祖先和我们的鲜血染红了红海、地中海、爱琴海和莱茵河。这都是因为我们的软弱、逃避。上帝是公平的，我们曾经有自己的祖国，我们的祖国在埃及、在巴勒斯坦，耶路撒冷就是我们的圣都，我们必须回到那里去。我们不怕流血、不怕死亡。我们是圣子、圣灵，上帝不会抛弃我们的。

杰思敏： 那你们准备怎么做？

李尔克：战斗！向一切邪恶势力开火，直到生命的最后一刻。

杰思敏：李尔克，这里是中国。我们是犹太难民，是中国收留了我们，是中国民众在帮助我们。战斗，你向谁战斗？

李尔克：当下中国不也被日本人占领了吗？中国人的命运和我们是一样的。他们不也在日本人的屠刀下生活吗？日本军国主义和德国法西斯是一样的魔鬼，只有消灭了这些魔鬼，我们才能回到我们的祖国，回到我们的故乡。

杰思敏：我不反对你们的观点，但也不完全认同。我今天还有很多事情要做，我们找时间再讨论吧。但有一点，不管我是不是认同你们的观点或者是参加你们的行动，我希望我们所做的一切都必须得到我们父辈和米兹拉希先生的认同。

李尔克：杰思敏，我希望你好好看看我们这份小报。在上海的犹太同胞中，有越来越多的人，特别是年轻人，都接受我们的观点。他们说我们的《锡安之声》是黑暗中的一盏灯，照亮了我们前进的方向，也照亮了我们的未来。

杰思敏：有时间我会好好看的。再见。

【李尔克看到杰思敏离去的背影，略显惆怅。】

19-2．景：摩西会堂科恩家 夜 内

【莎拉趴在窗口。】

玛丽：莎拉，晚上的风有点冷，你应该把窗户关上。

莎拉：我在看廷琛哥哥什么时候送杰思敏回来。

玛丽：时间还没有到。

莎拉：廷琛哥哥每天送姐姐回来，可是他很少上楼来看看我。

玛丽：你放心，他是很关心你。因为你还小，他觉得这么晚了，你应该睡觉了。

莎拉：一定是这样的。

19-3．景：上海街头 夜 外

【从"大世界"后门里，杰思敏匆匆跑出来，看到站在后门口等着她的李廷琛，十分安心。】

杰思敏：谢谢你每天都来接我。

李廷琛：晚上太危险了。我处理完医院的事情，正好来接你，一起走路散散步。

杰思敏：今天的月亮真好。

李廷琛：春天来了，风也是暖的。

【两个年轻人漫步在路上。两情缱绻，却发乎情止于礼，李廷琛迟迟没有更进一步的表示。

李廷琛：李尔克最近的工作上了正轨，他是个很好的医生。

杰思敏：是吗？他是我妈妈原来的学生。

李廷琛：嗯。

杰思敏：他是个有点毛毛躁躁的年轻人。

李廷琛：是吗？你很了解他？

杰思敏：不……一种感觉。

李廷琛：一种感觉……

杰思敏：我……我们随意地聊聊吧。

李廷琛：好啊。

杰思敏：不知道战争什么时候才能结束。

李廷琛：总有一天会结束的。到时候你就可以跟玛丽夫人科恩先生一起，一家人回到德国，回到你们过去的生活。

杰思敏：是吗？我们还能回去吗？

李廷琛：一定。和平总有一天会来。到时候你会有自己的家庭，自己的孩子。

杰思敏：（愉悦地）我的孩子？那他一定非常可爱。

李廷琛：那当然。施莫林是个很可爱的青年人。

杰思敏：你就这么肯定我会嫁给他？

李廷琛：他是你的未婚夫。

杰思敏：可是，如果现在我不爱他呢？你知道，时间是位伟大的魔术师，什么事情都有可能发生变化，什么事情都是上帝的安排。

李廷琛：科恩小姐……

杰思敏：你愿意接受我的爱吗？

【杰思敏勇敢地注视着李廷琛的眼睛。李廷琛显得有些不知所措。

李廷琛：很抱歉。科恩小姐，我……我不能接受你的爱……

杰思敏： 为什么？

李廷琛： 科恩小姐，你……也曾经爱过别的人吧？

杰思敏： 是的。施莫林是个非常好的人，他的正直、性格和外貌，都曾使我深深地迷恋，但这一切都已经过去了。我现在知道了，我那时的感情只是一种青春的萌动，没有理性的思考，也没有经过任何考验。我今天说爱你，是因为你的人格、风范和大爱征服了我的心，是理性、深沉甚至是崇拜的感情。中国有句俗话叫人往高处走，我虽然只是一条小小的溪流，但我既然看见了无垠的大海，那些江河也就不值得我留恋了。

李廷琛： 不……科恩小姐……我不是什么大海，况且我还有很多顾虑。在你的坦荡和勇敢面前，我甚至显得畏缩和怯懦。

杰思敏： 你难道心里已经有了爱的人？

李廷琛： 与此无关。

杰思敏： 李廷琛，感觉告诉我，你是爱我的。但你为什么要逃避？为什么要逃避爱情？

李廷琛： 我没有逃避，我只是不能开始。

杰思敏： （拿起胸前的十字架）李廷琛，今天当着主的面我告诉你，我爱你。也请你告诉我，你爱不爱我。

【李廷琛躲避着杰思敏的眼睛，半晌无言。

【杰思敏哭着跑开。李廷琛大喊，杰思敏却没有停下。

李廷琛： 杰思敏，杰思敏。

杰思敏： （猛转过身）请你不要跟着我！

【李廷琛只得远远跟在杰思敏的身后一直送她回到摩西会堂。

19-4. 景：摩西会堂科恩家 夜 外

【站在窗口的玛丽看到了杰思敏哭着回家。

19-5. 景：摩西会堂科恩家 夜 内

【杰思敏擦干了眼泪，开了屋门，却发现母亲站在门口等着她。

19-6. 景：摩西会堂科恩家 夜 内

【玛丽给杰思敏倒了一杯热水。

杰思敏：谢谢妈妈。

玛丽：杰思敏，不要难过。

杰思敏：妈妈，我觉得我的心已经碎了。我要死了。

玛丽：你愿意听听我的意见吗？

【杰思敏点了点头。

玛丽：越是珍贵的爱情越需要经历磨难的考验。也只有经历了考验的爱情才会发出耀眼的光芒。

杰思敏：可是他拒绝了我，拒绝了我的爱情。

玛丽：杰思敏，我觉得李廷琛不是那样的人。他只是有许多的顾虑。或许他没有足够的勇气。当有一天他拥有足够的勇气时，你会发现他的爱情比你想象得更加深沉。

19-7. 景：摩西会堂 夜 外

【夜色下的摩西会堂，李廷琛望着科恩家亮着灯的窗户。窗户里传出了忧伤的牧笛声。他站在墙外迟迟不肯离去。

19-8. 景：摩西会堂科恩家 夜 内

【垂泪的杰思敏，吹着牧笛，寄托着心中的忧伤。

19-9. 景：摩西会堂 日 外

【清晨的阳光照在摩西会堂。

19-10. 景：摩西会堂科恩家 日 内

【莎拉拉着科恩给自己量身高。芦柴棒偷笑。

芦柴棒：莎拉，你每天都要量身高，还要踮脚。

莎拉：我没有踮脚。我只是把明天会长高的部分加进去。

芦柴棒：你要长那么高干什么？

莎拉：我当然希望自己长高一点，快一点长大。这样就能嫁给李廷琛哥哥了。

芦柴棒：长太高了就是大洋马。

莎拉：李廷琛哥哥才不会在意呢。不然，他早就娶了别人。他一定是等着我长大。

芦柴棒：我们中国女人都有裹脚的习惯，脚越小男人越喜欢。你这大脚的洋婆娘可不好找婆家。

【莎拉生气，挥起小拳头追打芦柴棒，口中不停地喊着。

莎拉：廷琛哥哥就喜欢我，他一定会娶我的。气死你，气死你……

19-11. 景：日本宪兵司令部 日 内

【日本宪兵司令部内洋溢着一种胜利的喜悦。挂在墙壁上的条幅十分刺眼：实现"大东亚共荣"的宏伟蓝图，为八纮一宇效命，为天皇陛下效忠。

【久保田身后跟着几个日本军官和小野宪一、殷燕农、谢润林等人，久保田看到这样的条幅十分得意。

久保田：为八纮一宇的全面实现而战斗，这才是大日本帝国现在应该有的气度，我们的终极目标是征服东亚、征服世界。

小野宪一：拥有鲸吞一切的民族追求，我作为一个日本人感到非常骄傲。

久保田：岂止如此，我们日本的男儿，都是勇猛精进的强者。

小野宪一：皇军在太平洋战场上一路高歌猛进，连我都恨不能放下电影公司的事情，到战场上去。

久保田：小野先生也要弃商从戎了吗？

小野宪一：拿枪可能不行了，但是我可以做战地记者把战场上武士们勇猛的事迹记录下来。

久保田：小野先生的一腔热血真是让人钦佩。

小野宪一：我最喜欢的就是日本皇军的军歌：皇国风气护身宝，武士自古尊如魂。可叹自打维新后，日渐凋零武士刀。重振雄风再出世，今日何分敌与我。

久保田：直到敌灭亡，并肩共前进，寒光齐出鞘，决死冲向前。每次听到《拔刀歌》，我也跟小野先生一样感到热血澎湃。战死沙场，效忠天皇陛下是武士精神的传统。

小野宪一：您一直都是军功卓越的日本军人。

久保田： 在作战上，我是不肯有丝毫退让的。

小野宪一： 我这样的人大概就会让将军和您笑话。我是没有机会上战场的。

久保田： 我可不能跟将军相提并论。将军是天皇陛下都赞赏的军人。

小野宪一： 您太谦虚了。

久保田： 将军最近的心情，可越来越难理解。我们快点过去吧，迟到又要受到将军的申饬。

19-12. 景：日本对华行动委员会会议室 日 内

【会议桌前坐满了人，一边坐的以久保田为首的各级军人，一边坐的傅宗耀、李士群、谢润林、殷燕农等政府官员和小野宪一。土肥原正襟危坐，表情凝重，会议室内鸦雀无声。土肥原环视着会议室里日军的各级将领，又挨个打量着 76 号的李士群、警察局情治科的谢润林和行动科的殷燕农，最终目光又落在了久保田的身上。

土肥原： 久保田大佐，宪兵司令部里到处张灯结彩、喜气洋洋，我不知道有什么值得庆贺的。对于袭击珍珠港的战况，我很不满意，我跟军部里那些自以为是的家伙不一样。我们并没有消灭美军太平洋舰队的主力。我们是在挑衅一只压抑着愤怒的狮子，迫使帝国三面受敌，兵力分散，中国、苏俄、美国。特别是美国的加入，将对帝国"圣战"十分不利。仅太平洋战场就从支那和满洲抽调陆军一百余万。现在满洲关东军的总兵力不到原来的一半，沙俄和美国现在是同盟，万一沙俄出兵满洲，皇军拿什么抵御？支那战场也是这样，皇军全部兵力不到 10 个师团。难怪我们在支那战场连连失利，长沙武汉岳阳久攻不下，如此下去，别说占领东南亚、澳洲，就是要占领支那全境，三五年也未必能毕其全功。

【全场鸦雀无声。

土肥原： 最近美国海军对我皇军的飞行拦截十分准确。我们在太平洋的兵力部署，美国总是先我而动。我们在支那战场的进攻路线，蒋介石也总是预先有安排。武汉长沙会战皇军损失惨重。据我的情报人员报告，我们更换电报本和密电码一事，美军和中国方面也早已知道，目前正在加强破译工作。一旦他们破译成功，我们将无秘密可言。形势如此严峻，决定着帝国存亡。我不知道诸位如何高兴得起来？以上情况我已直接上报军部，帝国应重新拟定战略部署。关于情报泄露问题，上海是各国间谍的交汇点，也是国共两党特工的主要活动基地，我怀疑很多情报是从上海泄露出去的。还有，国共两党的特务暗杀活动在上海越来越猖狂，很多与我们亲善的各界精英都被暗杀。即将担任浙江省省长的张啸林被杀，大通银行的董事长李峰在办公室被杀，甚至连皇军公共租界警务处处长赤木亲之也被暗杀。诸位，敌对国的活动越来越猖狂，我怀疑我们内部有通敌分子，有奸细，有叛徒。

【会议室死一般的寂静，人人表情严肃，大气不敢出。

土肥原：上海是"大东亚圣战"后勤基地，是"大东亚共荣圈"中心中的中心，目前上海的情况十分严峻复杂。上海的治理牵涉到帝国"圣战"的成败，上海必须要保持稳定，为帝国"圣战"提供外汇、资金、战略物资和军需补给等，这份责任就落到在座各位的肩上。

【土肥原停顿了下，阴冷的目光环视着正襟危坐的军政要员们。目光最后落在李士群的身上。

土肥原：李桑，76 号是皇军特高课组建的特务机关，你是 76 号的副主任。听说你们最近抓了不少人，也杀了不少人，但我不知道你们杀的都是些什么人，能不能跟我说说。

李士群：将军，国民党军统近来对我们的中储行发行中储券百般阻拦，还杀了我们几个银行的高级职员，我们对国民党的几家银行进行了报复，如国民党的农业银行、交通银行、中央银行，抓了他们一批人，也杀了他们一批人。这批银行现在已经停止营业了，听说他们现在向美国、新加坡转移，这样我们政府的中储券才有可能发行。

土肥原：具体点，杀了多少人？杀的都是些什么人？我们从中得到了些什么？得到多少金条、银圆、美元、法币？还有多少债券、股权？

李士群：明的暗的，杀了大概有一百多人吧。反正这几个银行已经瘫痪了，也没人来银行上班了。至于我们收获了什么，您说的那些黄金、银圆、美元等，目前我们还未采取行动，正在等待上峰指令。我们随时可以采取行动，炸开他们的金库、银库，有多少拿多少。

土肥原：（脸上现出一丝轻蔑的冷笑）杀人掠货，这就是你们的做法吗？把这些银行都抢光了、赶走了，你们的中储行就能发行货币吗？就能取代黄金美钞吗？你们有这种实力吗？"大东亚共荣圈"就靠你们的中储券来建设吗？皇军将士就能依靠你们的中储券来补充军饷吗？荒唐至极，愚蠢至极。你们 76 号的目标是什么？是对付国共两党，是对付抵抗分子。这些银行的职员是共产党，是国民党吗？他们是公开和皇军作对的抵抗分子吗？你们这样做，适得其反。只能激起上海金融界与我们公开为敌，迫使他们撤离上海，停止在上海的一切金融业务。上海又要变成一座死港、臭港、空港，你们的中储券就会变成一堆垃圾。回去告诉你的上司，靠杀人、抢劫解决不了问题，更不是长久之计；靠中储券取代不了国际货币，取代不了黄金、美元、法币。国际市场不认识什么中储券，大日本帝国需要的是黄金、美元。不论发行什么货币都需要上海金融界的认同和参与，否则没人和我们打交道、没人和我们做生意，也没人拿黄金美元兑换你们的中储券。要发行中储券或军票都要各大银行的参与，由他们来发行，以他们的银行资本做抵押。这样支那人才会相信，世界市场才会认可，帝国才能得到需要的财富和军费。这么重大的一件事情，杀几个银行职员就能完事吗？你们这样做只会把帝国"圣战"拖入泥潭。说句不客气的话，你们这样做是在全世界面前给天皇抹黑，是在破坏我八纮一宇的宏伟目标，是在破坏我"大东亚共荣"的实现。

李士群：将军，我们是奉命而行。

土肥原：我不知道你是奉谁的命令，会议开始我就讲了，除了天皇陛下我不怀疑，我怀疑与我接触过的每一个人。出这种主意，做这种事的人，我怀疑他就是帝国的敌人。我现在是对华行动特别委员会的首席执行官，回去告诉你的上司，不管是汪主席、胡主席还是周主席，就说这些话是我说的。今后大凡牵涉到对支那的政策，特别是上海的一切事务都必须提前和我土肥原商量。你李士群还有丁默邨，今后76号制定的任何计划都必须向宪兵司令部特高课报请，再由他们向我汇报。没有我的批准，你们不准擅作主张，否则军法处置。

【李士群俯首低眉，沉默不语。

【土肥原逼视着李士群，一字一顿地说：

土肥原：我的话，你听到了没有？

李士群：（低声）听到了，将军。我将把您的话一字不漏地向我的上司报告。

土肥原：（满脸杀气）我怀疑我们之中一定有帝国的叛徒、间谍，我会密切注视着你们。现在我命令。

【土肥原站起身，所有人齐刷刷地起立。

土肥原：一，各部门恪尽职守，做好本职工作。特别是宪兵司令部特高课、76号、市政府、警察局，你们要严密监视来上海的各色人士，包括外国人。发现可疑人士，立即拘捕。二，监督并清查本部门的工作人员。不管是支那人、外国人还是日本人，只要发现可疑者立即采取行动，严防情报外泄。三，坚决执行"河豚鱼计划"，维持上海稳定，使上海真正成为帝国"圣战"的大后方。加强对各租界的监督管理，必要时可强行进入交战国租界执行任务。听明白了没有？

众人：明白。

【土肥原指着久保田、小野宪一、傅宗耀。

土肥原：你你你，三人留下，其余人散会。

【众人纷纷离去。会议室只留下土肥原、久保田、小野宪一、傅宗耀四人。

土肥原：（脸色阴沉）小野君，你来上海多久了？

小野宪一：半年多了。

土肥原：交代你办的两件事，办得怎么样了？

小野宪一：报告将军。影业公司已经办起来了，目前已经在开展工作，正在拍摄中日亲善的纪录片，宣传、宣扬支那地区已成为大日本帝国的皇道乐土，只是现在公司还没有中国人投资，也没有中国人加盟。将军要求的是必须要有中资企业的投资和中国人的加盟，故公司暂时还不能以中资或合资公司的名义挂牌。至于筹建东亚投资银行一事，由于上海的所有中外银行和企业拒绝加盟或联合，银行缺乏必需的资本金和储备金，唯一一家有意向和我们合作的大通银行董事长，前不久遭国民党军统暗杀。故我的东亚投资银行暂时不能挂牌成立，但属下正在积极努力寻找合适的中资加盟。

土肥原：这就是你来上海半年的全部成效？看来我不仅高估你了，而且把你这个废物委以重任，是我犯了致命错误。我要向军部和天皇请罪。我不想和你多说什么，现在有个特别重要的情况想让你知道，据帝国情报人员从美国得到的消息，美国国会和犹太富商都十分重视上海犹太难民的情况，正在募集资金准备赈济上海的犹太难民。听说这是一笔不小的赈济款，金额不会少于三千万美元，美国国会准备派人来上海考察犹太难民的处境。你的东亚投资银行，必须赶在美国犹太考察团来沪之前成立。而且必须将这笔数额巨大的犹太赈济款放进你的银行，我们一定要把这笔资金拿到手，不能出半点纰漏。如果再出差错，你将以叛国罪论处。还有犹太考察团来上海之前，你必须拍好一部与犹太人亲善的专题纪录片，主要内容是我大日本皇军如何善待犹太难民，这就不用我多交代了吧？

小野宪一：将军，银行没有储备金是不能开业的，我……

【土肥原挥手打断小野宪一，神情冷酷。

土肥原：小野君，别再说了。今天我还认你这个朋友，所以给你一道最后指令，我刚才已经说了，如果再有闪失，也就是说你完不成我的指令，上海就是你的葬身之地。

【土肥原说完不再理睬小野宪一，转身对久保田和傅宗耀。

土肥原： 久保田大佐，傅市长，帝国外交部和军部转来德国外交部和盖世太保总部密电，德国将派出一个叫梅辛格上校的远东战局观察员来上海，随行人员有二十名，此前这个梅辛格上校已派出一个叫施瓦茨的盖世太保打前站。此人是否到了上海，尚未查明。据情报分析，梅辛格上校此次来上海是要寻找一个叫伦纳德·科恩的原子物理科学家，并将他带回德国，同时消灭逃来上海的近三万名犹太人，要求我帝国军部予以配合。我已上报军部，上海是帝国"圣战"的后勤保障基地，是"大东亚共荣圈"的中心，上海必须保持稳定。德国虽然是我们的盟国，但一支外国军队来我占领区进行如此大规模的军事行动，并屠杀这么多的外国移民，十分不妥。这将给帝国在国际社会造成极其恶劣的影响。上海不是维也纳，不是华沙，上海是我大日本皇军治理下的上海，是天皇陛下治理下的东方巴黎，上海不能乱，不能在上海公开杀人，特别是外国侨民。鉴于德国是我们的盟国，我们可以配合他们的一些行动，但我们没有责任和义务帮助他们在我们的占领区制造血案。军部完全同意我的建议，命令我在维护帝国利益的前提下伺机行事。久保田，德国人来了由你接待，但你不得自作主张。德国人提出的任何要求，你必须向我报告，牵涉到外交事务让他去找傅市长，由政府出面处理。傅市长，你也不得自作主张，保持适当的外交礼节即可。听明白了没有？

久保田、傅宗耀： 明白。

土肥原： 都回去准备准备吧。记住，不准自作主张，有事随时向我报告。

19-13. 景：上海机场 日 外

【上海机场出口处。人群中走着詹森和施莫林。站在出口处的陆允明忙迎上去，接过了詹森的箱子。

詹森： 没想到，我们这么快就又见面了。

陆允明： 没有送您到机场，这次，是一定来接您了。

詹森： （指着身后的施莫林）这位是我的同事施莫林先生。（指着陆允明）这位是总领馆参赞陆允明先生。

陆允明： 幸会。

施莫林： 幸会。

19-14. 景: 汽车上 日 内

【车上副驾上坐着陆允明，詹森和施莫林坐在汽车后座。】

詹森: 回到上海，除了普通的搜集情报，还有一项非常重要的秘密任务。通过截获的一封重要情报，我需要来上海找一个德裔的理论物理科学家，并且要说服他，最终把他送到美国。

陆允明: 他是随着难民来到上海的吗？

詹森: 可能，但没有确切的证据。事关战争局势，罗斯福总统亲自过问此事。你需要全力以赴，从犹太难民中找到他。

陆允明: 纳粹一直在追杀逃出德国的犹太人。他很有可能已经更换了身份。

詹森: 我知道。改名换姓，逃出了集中营，不会那么容易信任我们。如果他不愿意到美国来，我们需要保证他的安全。

陆允明: 最了解犹太难民情况的是米兹拉希先生和李廷琛。我跟李廷琛很熟悉，我可以找他帮忙。犹太救助工作都在进展。

詹森: 我需要见一下米兹拉希先生。

陆允明: 我立刻去安排。不过据我所知，米兹拉希先生最近很忙，他是上海犹太难民救助会会长，所有在上海的犹太难民生存、生活问题，都要他去解决。他也是一个60多岁的老人，他也够难的。

詹森: 美国犹太联合会正在积极为上海犹太难民募集资金，据说他们正在组织一个远东犹太难民考察团来上海考察。这应该是个喜讯吧，我也要告诉米兹拉希先生，让他做好接待准备。

陆允明: 考察团什么时候来呢？

詹森: 现在还不知道。国会会提前通知我。

【施莫林始终没有说话。】

19-15. 景: 詹森办公室 夜 内

【陆允明给詹森倒了一杯咖啡，在詹森对面坐着。】

詹森: 尽快约见米兹拉希先生，这次见面要高度保密。美国国会对上海犹太难民的情况十分关注，不仅约见了多名旅美犹太富商，还找了世界犹太人联合会的会长帕罗米思琪先生和世界首富罗斯柴尔德家族。这些家族和财团都十分关心远东犹太难民的情况，无一例外地承诺出巨资支援上海的犹太难民，估计这是一笔不小的巨额赈济。国会还指定犹太国际救援会的会长史蒂芬·怀兹先生专门负责此事，我在华盛顿已与怀兹先生见过面，向他详细介绍了上海的犹太难民情况，把你代我向国会写的报告也给了他一份。他表示必要时他会亲率考察团来上海。这个特大喜讯必须尽快让米兹拉希先生知道，让他有所准备，同时做好上海犹太难民自救工作。

陆允明：上海总商会会长李衡甫先生已经组织全上海的粮食加工厂和面粉厂每天必须向上海难民提供两车粮食的赈济，中国难民和犹太难民各一半。上海三百多个粥棚粥厂日夜不停地生产，以确保上海难民基本生存。这三百多个粥厂，总商会李会长和青帮汪墨樵先生就占了一大半。这半年多来，上海的难民就没有一个因饥饿而死去。李衡甫先生的淞浦银行还向犹太难民免息贷款，帮助他们开展各项业务活动。犹太社区的建设工作也正在加紧进行，估计不久就可完成。所有犹太难民都可以在社区开始新生活。

詹森：听到这些消息我很欣慰。这是上海对世界反法西斯做出的巨大贡献，也是上海民众国际主义的具体体现。上海人民的大爱之心给黑暗的国际世界带来了光明和希望，我将把这些情况不断地向国会汇报，希望通过他们给上海的犹太难民争取更多的援助。

陆允明：还有，李廷琛把他的淞浦医院捐给了犹太救助协会，现已改为犹太救助医院。青帮的汪墨樵先生为难民开办了难民义校，不少犹太儿童也进入了这所学校学习。

詹森：日本人没有干预吗？

陆允明：暂时还没有。只是要求义校增加日文课程，不给难民医院配发药品。现在医院最头痛的事就是缺医少药。李廷琛正在为这个事日夜奔忙，但收效甚微。

詹森：这事我再想想办法，看看能不能通过美国以慈善的名义向上海的各教会医院多运送些急救药品，然后再以慈善医院的名义提供给难民医院，慈善事业是受国际法保护的。

陆允明：这个方法很好，我们应尽快地努力实施。美日现在已成敌对国家，只怕这个办法也很难奏效。

詹森：美日宣战，要在战争中保证上海的犹太难民能够获得帮助，保证资金安全，实在是太困难了。

陆允明：但我们也不能眼睁睁看着捐款被日本人拿去，变成给他们战争加油的工具。

詹森：上海现在是日占区，一切都在日本人的武装控制之下，日本人不需要巧取豪夺，他们可以明火执仗地抢劫。所以要保住这批犹太人的赈济资金，确实是件很难的事情。等和米兹拉希先生见面后，我们要重点讨论这个问题。还有就是寻找伦纳德·科恩的事也需要米兹拉希先生的全力以赴，事关战争大局，牵涉到世界光明与黑暗的决战。据五角大楼的情报分析，有百分之八十可能科恩已逃来中国，现在的问题是我们如何找到他，同时保护好他，并把他送到美国。这是我这次重返中国工作的重中之重。陆，寻找科恩的重要性，不用我再跟你多说。必要时我们愿意付出任何代价。

陆允明：詹森先生，我明白你的意思，只要伦纳德·科恩在上海，只要他还活着，请相信我，一定能找到他。

詹森：陆，我知道你的身份，你和国共两党都有千丝万缕的关系，但光靠你一个人是不行的。要在数万犹太难民中找到一个隐姓埋名的陌生人是不可能的。但我们必须要找到他，我担心的是德国人已经走在我们前面。据 CIA 情报，一个曾专门负责缉捕科恩的盖世太保上尉两个月前已失踪，CIA 分析这个人很有可能来到上海了。当然他的目的就是寻找科恩。如果他先我们找到科恩，后果将不堪设想，所以这项工作从明天开始以你的特殊身份调动国共两党以及上海各阶层的力量和资源，特别是上海帮会的社会资源，在最短的时间内找到科恩，并保护好他的安全。记住，这一切工作都必须在绝对秘密的情况下进行。这就是我对你的最后指令。

陆允明：明白了。我将全力以赴地执行您的指令。我将尽快地安排米兹拉希先生和您见面。还有我的学友李廷琛也是我工作的重点。凭我的直觉，科恩一家就是他从德国救助并送来上海的。

詹森：好吧。我等着你的好消息。每天的工作进展都要向我汇报。时间不早了，明天还要工作，你先去休息吧。

【陆允明起身离开，回到自己的办公室。

19-16. 景：陆允明办公室 深夜 内

【陆允明推门进屋，拉开灯，发现屋里坐着一个人，吓了一跳。那人见陆允明进屋，忙站起身。陆允明这才看清是詹森的随从施莫林。

陆允明：施莫林先生，是你。你怎么一个人在这坐着，也不开灯。

施莫林：习惯了。开不开灯都一样。也怕惊扰了你和詹森先生的谈话。

陆允明：这么晚了还来找我。有事吧？

施莫林：我这次同詹森先生来，除了完成他的指令外，我还有一项国防部的特殊指令。在从机场到总领馆的车上，我听说你跟李廷琛很熟，是学友。我也有个中国朋友叫李廷琛，但不知道是不是你这位学友。他是个医生，曾在德国留学，如果你跟詹森先生说的是这位的话，我想单独和他见次面，要请你尽快地安排一下，而且越快越好。

陆允明：估计你说的就是我的这位学友，他是医生，淞浦医院的院长，也在德国留过学。说起我这位学友，很有趣。前不久，他还去过一次德国采购药品，可药品没带回一箱，却带回一船逃出集中营的犹太人。

施莫林：那就确切无疑是他了。请您尽快安排。这事请高度保密。

陆允明：这事要不要让詹森先生知道？

施莫林：可以。我要干的事，詹森先生不会干预的。他只会支持。今后我们在一起工作的机会还更多，有很多事还需要得到你的支持。应该说，今后我们应该是亲密战友。

陆允明：方便的话，能不能告诉我，你在美国是为哪个机构服务？

施莫林：以后你就知道了。很抱歉现在还不方便告诉你。哦，还一件事你必须知道，最近纳粹将派一个叫梅辛格上校的党卫军来上海，他的目的就是寻找一个犹太籍的核科学家，并屠杀在上海的数万犹太人。此前两个月，他派了一个叫施瓦茨党卫军上尉来上海，目的也是寻找这个犹太籍的科学家。如果他先我们找到这个人，那将是一件很糟糕的事，所以希望你能尽快行动，约见李廷琛。夜深了，我们明天都有任务，你也早点休息吧。

【施莫林离开。陆允明关上门，陷入沉思。

19-17. 景：楚孝仪印刷厂 日 内

【一队荷枪实弹的日本士兵抬着印板不顾工厂工人的阻拦直接进了车间。楚孝仪在工厂经理的陪同下匆匆赶来。

楚孝仪：太君，这是……

军曹：根据命令，将征收工厂印刷新币。这是新币模板，你们要好好保护。如有损坏，你们统统都得死。

楚孝仪：这……

【不顾楚孝仪还要再理论，日军军曹就把他驱赶了出去。

印刷厂经理： 楚先生，您看这可怎么办？

楚孝仪： 印刷新币，这是要发新钱啊。他们这是要干什么？

印刷厂经理： 那咱们……

楚孝仪： 只能先听他们的。别跟他们硬顶，别让他们开枪，不能让他们伤了咱们的人。

19-18. 景：李家大宅李衡甫书房 日 内

【李衡甫的桌子上摆着几张印刷的半成品。楚孝仪愁眉苦脸。

楚孝仪： 衡甫兄，他们可是荷枪实弹来的，抬着印板直接往里冲。

李衡甫： 嗯。

【李衡甫却没有开口，急得楚孝仪一头汗，从桌上拿起军票的半成品递到李衡甫面前。

楚孝仪： 看看，这明明是一种新币嘛。有面额，有中日两国文字，还有他们日本天皇头像。他们就用这种私印的假币来套取黄金美元吗，这不是抢劫吗？

李衡甫： 孝仪，少安毋躁。他们侵略中国就是来抢劫的。军票他们本来就有。抢米风潮之前就有日本浪人拿着军票抢粮食。

楚孝仪： 我知道，可是一张两张不算什么，闹一闹多多少少那是有数的。现在开印了。难道他们是要强行推用这种新币取代银圆和法币？

李衡甫： 对咯，你注意到没有，这次他们强行开印的新币和以往的军票还不同。过去他们用军票强买强卖，还只是日本人强行使用，并没在市场流通。这次不同，他们是准备大规模地在市场推行这种伪币，以这种废纸套取黄金、银圆和法币。届时物价飞涨，黑市横行，一场新的金融灾难就要开始，市民们再也无法维持生计了。

楚孝仪： 拿着军票抢米抢粮，现在是印了伪钞赤裸裸地抢钱。日本人这是要把中国的财富抢劫一空，把中国人往绝路上逼。咱们就不能想个什么法子不让他们这么干吗？

李衡甫： 他们要在上海办银行了。

楚孝仪： 早听说他们要办银行。他们办银行不就是想印这些伪币来盗取中国的财富吗？

李衡甫： 这种假币一面世，日本人肯定要强制使用，同时取消法币和银圆在市面流通。到时候黑市横行，金银暴涨，物价必然飞涨。特别是粮食，饿殍遍地和易子而食的故事又要发生了。

楚孝仪：唉，生在这个乱世，安生过日子也是奢望。

李衡甫：务必让开工的面粉厂继续开工。不管出现什么事，也要让上海市民能填饱肚子。

楚孝仪：淞浦的稻子和麦子只要不断，只要能运进上海，工厂就不会停工。

【李衡甫站起来，收拾了桌子上的提包。

李衡甫：季方，让司机备车。我要去一趟宪兵司令部。

楚孝仪：衡甫，你这是要干什么？

李衡甫：事到如今，必须会一会儿土肥原了。

楚孝仪：你可不能去啊。你总不能跟日本人讲道理。

李衡甫：必须跟他把这件事说清楚。发行新钞是可以把钱都刮出来，可是然后呢，日本人也得考虑后果。

楚孝仪：衡甫，你听我一句，现在这个时候，你得自保为上。现在可跟日本人刚刚到上海的时候不一样。现在已经不是骑虎难下的问题，现在多少人认定了你是要跟汪政府的人站在一起。

李衡甫：悠悠众口堵不住，还能管别人怎么看。

楚孝仪：别人的嘴巴长在别人身上，但你总不能真的把屎盆子就这样扣在自己头上。这样下去，不是汉奸也被人家说是汉奸了。

李衡甫：那我就算把这把老骨头扔在日本宪兵司令部，也要为上海市民据理力争。这时候不争，总不能看着出了事再收拾。

19-19. 景：宪兵司令部会议室 日 内

【会议室里满满当当。除了土肥原，还有公共租界和上海各家银行包括外国银行的人。

土肥原：发放新币当然是为了加强市场流通，不让美金黄金一家独大。当然也是为了加强金融业管理，为大日本帝国的"圣战"提供金融保障。

公共租界负责人：那是你们日本人的事。我们英日现在是敌对的关系，怎么进行市场货币对接？

土肥原：我是帝国军人，只能执行命令。至于你提出的那个货币对接的问题，还是留待双方的金融专家去研究吧。

19-20. 景：日本宪兵司令部大门 日 外

【李衡甫的汽车慢慢停在了门口，守门的日本卫兵来检查。

李衡甫： 上海工商业联合会李衡甫求见。

【日本卫兵立刻去岗亭拨通了电话，挂断了电话又出来搬开了路障，李衡甫的汽车长驱直入。

19-21. 景：日本宪兵司令部院子 日 外

【汽车在大楼边停下，司机给李衡甫拉开了车门。天空中飘起了小雨。

【李衡甫下车，注意到挂在墙壁上的条幅：实现"大东亚共荣"的宏伟蓝图，为八纮一宇效命，为天皇陛下效忠。

19-22. 景：日本宪兵司令部 日 内

【李衡甫走进司令部大厅。大厅正中挂着日本天皇的照片，照片两边挂日本国旗和军旗。地面上铺着一条巨大的象征日本右翼的黑龙的马赛克地砖。

19-23. 景：日本宪兵司令部会议室 日 内

【李衡甫在日本军官的带领下走进了会议室。土肥原向李衡甫点了点头。李衡甫站着环视众人。本来还在吵吵嚷嚷的众人，都安静了下来。

土肥原： 李会长，难得一见。

李衡甫： 土肥原将军，以及在座诸位，我不请自来叨扰你们会议了。我来，是有几句话想跟大家谈一谈。

土肥原： 李会长是上海工商协会的会长，我们在这里正在召开关于发行新币的讨论会。发行新币是银行业金融业的事情，所以才没有请您来。一点点小事而已，希望李会长不要介意。

李衡甫： 我来正是为了谈谈对你们发行新币的看法。

土肥原： 没想到，我们一点点的小举动，就引起了这么大的反应。（转头对站在身边的一位军官说）副官，去搬把椅子来请李会长坐下。

李衡甫： 不用，老朽只是说几句就走。土肥原将军，我知道你们发行新币的用意，我也知道你们要做的事，老朽拦阻不了。但我知道，将军是个睿智的人，应该考虑到这样草率发行新币的后果，故老朽不揣冒昧给将军提几个问题供将军参考。发行新币，以什么做储备金？新币以什么做质押？新币发行后，与现在市场上的黄金、银圆、法币是不是同时流通？如果同时流通，那么新币和现行市场流通的黄金法币等的比值是多少？新币和国际流通的美元、法币如何置换？上海的进出口贸易是否用新币结算？如何结算？上海是亚洲最大的港口和金融中心，货物中转结汇都在上海，有哪个国家愿意用新币结算？如果世界各国都不和上海做生意，那么上海如何创造财富？你们需要的财富和物质又从何而来？上海岂不又要变成一座死港空城？当然，你们也可以禁止现行的黄金、银圆和法币等在市面流通，强行推行新币。但老百姓拿到这些既无储备又无质押的新币有什么用？有哪个商场粮店能把粮食和物品卖给他们？这可是牵涉到上海六百万市民的生存问题。老百姓如果连活都活不下去，又有谁来帮你们生产、加工你们所需要的军粮和军需品？到那时，这些没有生路的老百姓恐怕也只能揭竿而起、拼死一搏。这是你们愿意看到的后果吗？这就是所谓的"大东亚共荣"吗？国人都骂我亲善日本是汉奸，老朽今天说的这些话还真是为将军着想，为"大东亚共荣"着想，为保住上海作为你们的战略基地着想，老朽还真的当了一回汉奸。将军是个明白人，好好想想老朽说的话，恳请将军谨慎行事，暂缓发行新币。

【会议室众人鸦雀无声，土肥原沉吟半响。

土肥原：李会长，我虽然是对华行动委员会的负责人，但发行新币，是日本军部的决定。我作为军人只是执行命令。具体发行多少新币，什么时候发行新币是你们汪政府财政部的事。我作为上海市军政负责人，是决定不了这种牵涉帝国命运的财政决策的。

李衡甫：上海的金融体系十分脆弱，如果将军强行发行新币，我敢断言上海的金融体系必定崩溃。到那时，受害的不仅是上海所有的企业、所有的行业、所有的市民，恐怕受害最大的还是您，还有大日本帝国。

土肥原：您会不会夸大其词了？

李衡甫：老朽话尽于此，唯请将军权衡利害。老朽告辞。

【李衡甫说完转身就走。土肥原急忙离座一把扯住李衡甫。

土肥原：李会长慢走。您的话让我很为难。我一向是十分钦佩李先生的。上海的事情，我还是想多多听取您的意见。

李衡甫：其实有很多事我不想多说，我一个老朽说了也没人会听。其实如果强行发行新币，后果比我刚才说的严重得多。不仅仅是商家罢市，工人罢工，难民抢粮，社会动乱的问题。将军想想，人到了活不下去的时候什么事情做不出来，大的不谈，就拿上海六百万市民和一百万难民来说，恐怕都要被逼上梁山。将军，到那时，您准备怎么办？

【土肥原沉默着，似乎在认真考虑李衡甫的话。

第十九集完

第二十集

20-1．景：日本宪兵司令部会议室 日 内

【土肥原端起杯子喝了一口水，把茶杯重重地放在桌上，并没有回答李衡甫的话，但两眼射出冷峻的光，直勾勾地盯着李衡甫。

土肥原：李会长的话恐怕还没说完，我愿闻其详，请继续说吧。

李衡甫：将军刚才说我的话夸大其词。我只想问将军一句话，新币的发行，首先危害的是上海。如果因为发行新币而使上海的金融瘫痪、工厂倒闭、公司破产，百姓冒死反抗，上海必将成为动乱的中心，将军作为上海的军政负责人，能辞其咎吗？将军愿意看见这种局面吗？军部又能够放过将军吗？将军认真想想，我这是夸大其词吗？将军口口声声把我当成是你的朋友，我能看见朋友陷入这种危险的境地吗？

土肥原：李会长，您是上海的工商翘楚、金融专家。我一定认真考虑您的建议，并将您的建议上报军部。在军部没有答复之前，我可以命令在上海暂缓发行新币。

李衡甫：我相信将军的明智，也相信将军有能力制止这一危害帝国的愚蠢举动。我等着将军的决策。（说完转身欲走）

土肥原：李会长慢走。正好，我还有一件事，要请李会长代为操办。皇军需要赶制一批冬装，50万套件，需要在入冬之前完成。李会长您看……

李衡甫：制作军品的工厂，需要回去之后召集了厂主才能确定。老朽不能越俎代庖。50万套件，这么大数额，棉花棉布等原材料从何而来？上海的服装加工业有这个能力吗？

土肥原：这就是我要跟李会长商量的事了。我相信李会长不会让我失望。

李衡甫：这我恐怕不能答应您。我这里答应您了，回去完不成，只怕您不会轻易放过我。

土肥原：李先生，这恐怕不是您答应不答应的问题。您作为商会会长，有责任帮助皇军，其实这批冬装是装备我守护东北、防范沙俄入侵的关东军将士用的。说白了，这是我皇军将士用生命、鲜血为你们守卫东北边境。您必须动员有关商家厂家全力以赴生产军品，而且必须保证质量。如果有人以次充好，拖延时间，那就是抵抗分子。皇军将严惩不贷。

李衡甫：但是上海局势动荡，制作棉衣需要棉花和布匹，采买和生产都需要时间。

土肥原：我相信您的能力。我也给您做好了一些准备工作，我们已委托小野宪一先生

作为生产指导，并且已经采购了相当数量的棉布棉花等原材料，全面帮助您控制生产时间和提高生产质量。至于结算的方式，当然必须用南京政府已发行的新币。但我考虑到这样做李会长会很为难。这样吧，我去找小野宪一，让他用部分新币、法币和银圆结算。李先生，我可是在冒着得罪朋友的风险、牺牲朋友的利益帮您哟。当然您也是我的朋友，我得罪一个朋友，帮助一个朋友。希望您能体谅我的一点苦心。

【土肥原说完装出一丝苦笑。李衡甫意识此时争亦无益，沉默着。

土肥原：李会长，您说的暂停发行新币，咱们算是谈好了。我会尽力说服军部，但军部会不会听我的，我就不敢保证了。好了，该说的我们都说完了。希望李会长常来我陋室坐坐，我也能常向李会长讨教讨教上海的治理问题。我还有些公务要处理，今天就不留会长了。

【土肥原说完，站起身来，对着已经变得安静的与会众人。

土肥原：诸位，我和李会长的谈话，你们都听见了，我已经尽了最大的努力保护各国的在华利益。日本帝国不仅希望中日亲善，而且希望与所有世界各国都能亲善。帝国与各国的在华利益是一致的。好了，我话已说完，你们可以走了。

【租界众人纷纷离去，随李衡甫离开会议室。

20-2. 景：李家大宅客厅 日 内

【楚孝仪看着外面淅淅沥沥的春雨，客厅里的茶已经凉了。直到听到汽车的声音，立刻跑了出去。

20-3. 景：李家大宅花园 日 外

【李衡甫下了车，看到楚孝仪，楚孝仪紧紧握住了李衡甫的手。

李衡甫：走，进去说。

20-4. 景：李家大宅李衡甫书房 日 内

【李季方端了一碗热滚滚的姜汤。李衡甫已经脱下了长衫，换了家常的衣服。

李季方：老爷，淋了雨，赶紧喝一碗热姜汤。上了年纪，禁不住风吹雨打。

李衡甫：沾衣未湿杏花雨。这不算什么，让风吹一吹，人还轻松一些。

楚孝仪：看你不回来，我也不敢走。

李衡甫：季方，你先去吧。

楚孝仪：衡甫，到底怎么样？

李衡甫：日本人的胃口，是吞下整个世界。上海只是他们侵吞世界的起点，一个策源地。我把他们发行新币的后果都跟土肥原说了，土肥原也已经意识到他们不能失去上海，强行发行新币对他、对上海、对他们所谓的"大东亚共荣"都无好处，都将造成毁灭性打击。

楚孝仪：那土肥原怎么答复的？

李衡甫：土肥原说，发行新币的事他做不了主，具体操作是汪政府财政部的事。但他答应将我的建议向军部报告，不管汪政府财政部是否坚持，上海都可以暂缓发行。

楚孝仪：能争取到这一步就不错了。你这趟去找土肥原还是有成效的。

李衡甫：但是，土肥原提出，在立冬之前要加工生产出50万套日军冬装。我提出原材料和运输问题，还有上海的生产能力问题，他说小野宪一已经采购了棉花棉布等原材料，我们上海只承担生产加工。我以生产能力和生产时间太紧为由，没有答应他，说要和有关服装加工工厂商量。但土肥原的意思是这事没什么好商量，我是上海工商业协会的会长，这事他就找我。意思也就是我不答应也得答应，实际也就是强制性的。

楚孝仪：什么？那结算方式呢？

李衡甫：这件事，你就不要参与了，由我来开这个头吧。

楚孝仪：那怎么行。不管怎么说，这是服装行业的事，要出面也只能由服装协会来组织，哪能放着你一个人来。

李衡甫：我知道我一个人不行，我淞浦产业就一个纱厂，也搞不了服装加工。但日本人是强制用新币结算。最后土肥原总算答应了用部分新币、部分法币和银圆结算。这样加工企业就等于要亏损最少一半，我不带这个头，哪个工厂会干？

楚孝仪：那不行。衡甫，不能事事都你一人出头，这也不是你一个人的事。我好歹是上海的服装大王。这件事由我出头吧，也没人敢说我什么。

李衡甫：孝仪，你别蹚这浑水了，在世人眼里我已经就是个大汉奸，这辈子想洗清也洗不清了。多个骂名而已，由他去吧。

楚孝仪：衡甫，别的事我都听你的，这件事由不得你，我是上海的服装大王，又是上海纺织协会的会长，我不出面日本人也会找我的。我知道你是担心我也被国人骂是汉奸。

但是我要不挑这个头，将没有人来接这笔赔钱的业务，日本人能放过这些服装厂家吗？到时候恐怕就是一场血雨腥风，上海的纺织服装行业将很可能完蛋。这是人家用刺刀逼着你干，我死不足惜，一把年纪了又无儿无女。可是那些行业同仁呢，上有老下有小的，也惨死在日寇的屠刀之下吗？这批强盗有什么做不出来。衡甫兄，这事就这么定了，我来牵这头。我也豁出去了。你说得对，悠悠众口你堵不住，人家爱怎么骂怎么骂去。我们自问良心，做一个中国人该做的事就行了。

20-5．景：摩西会堂科恩家 日 内

【杰思敏给大家准备了饭菜。科恩却显得食不甘味。莎拉不但自己吃饭，还偷偷把面包丢在地上给豹子。

玛丽：莎拉。

莎拉：妈妈，豹子也饿了。

玛丽：豹子要等一会儿才能吃饭。

莎拉：好吧。

杰思敏：爸爸，您怎么了？

玛丽：亲爱的，今天你看起来闷闷不乐。

科恩：我没事。

玛丽：今天在工地上还好吗？

科恩：都很好，非常好。

玛丽：是因为太累了吧。

科恩：不，工地很顺利。今天下雨，我们活儿也干得很轻松。

玛丽：那就好。

杰思敏：我知道了。妈妈，我知道爸爸在为什么发愁。

科恩：我没有发愁。

杰思敏：犹太社区就要竣工，爸爸担心失去他的工作。爸爸，我们现在已经开始依靠自己的力量在上海生活下去，您不需要担心生活的问题。我已经在"大世界"唱歌弹琴，还有妈妈，妈妈也在医院里工作。就算您没有了工作，我们的收入也可以维持家庭的基本生活。对了，妈妈，我很想茉莉，我想找时间去看她。上次的事情之后，我总觉得有点愧

疚，觉得她是为我的事遭到绑架的。

【科恩看着女儿消瘦的双颊，摸了摸女儿的脸。

科恩：在柏林家中，我们一家人常在客厅听你弹琴。现在，你每天弹琴，爸爸却听不到了。你每天都回来得很晚。杰思敏，你太辛苦了。看着你这样，爸爸很难过。

杰思敏：我……爸爸……

莎拉：我知道姐姐在忙什么。

杰思敏：莎拉！爸爸，您知道我很享受那里的工作，而且还有钢琴。

科恩：不，原先音乐是享受，现在的音乐是为了谋生。杰思敏，爸爸依然觉得对不起你。音乐是美好的，工作是为了生存。

杰思敏：爸爸，我很好。

科恩：这都是因为我，因为我的犹太血统。如果不是因为我，生活不会变成这样。

莎拉：爸爸，我知道姐姐的秘密。姐姐除了唱歌，她还在印书。

杰思敏：莎拉，我没有！莎拉，你不许乱说。爸爸……

科恩：你在做什么？

玛丽：杰思敏很好，她只是最近结交了一些朋友，你放心都是一些很好的孩子，一些犹太年轻人。亲爱的，你知道，年轻人应该有一些自己的朋友。

科恩：杰思敏，你在跟那帮人混在一起吗？

杰思敏：爸爸，他们没有做坏事。

科恩：他们在做什么？杰思敏，你跟爸爸要有秘密了吗？

【杰思敏犹豫了一下，站起身，从枕头底下摸出了两摞油印的小报，交给科恩。小报的标题是"锡安之音"。

【科恩看了看小报还给了杰思敏，一言不发。一家人沉默。

【杰思敏狠狠瞪了莎拉一眼，莎拉却无奈地耸了耸肩膀，豹子睁着无辜的眼睛盯着盘子里的面包。

20-6. 景：汪公馆 日 内

【汪墨樵家的院子中，来了不少青帮弟兄，都是黑衣短打，兜里鼓鼓的，还藏着家伙，在院中来回地不停巡视着。刘姆妈忙里忙外。几个抱着琵琶等乐器的评弹艺人在刘姆妈的指引下往里走，被几个黑衣人拦下搜身。张圣财下楼见无异常，示意放他们进去，又向几个巡视的弟兄交代了几句，才反身进楼。

20-7．景：汪公馆麻将房 日 内

刘姆妈： 先生，评弹师傅到了。

汪墨樵： 好好好，去把夫人喊下来。我们先点了听起来。工品，听说这个"赛周璇"嗓子亮得很。

张工品： 夫人这几日还好吗？

汪墨樵： 还好还好。这几天没出门，我也就放心。

张工品： 夫人不出门，你也不出门。想见你一面还得到你家里来。

汪墨樵： 总归要避一避风头。

张工品： 日本人真要找麻烦，你避得开吗？

汪墨樵： 是啊，这正是我担心的问题。要么离开上海，远走高飞；要么和鬼子拼死一搏，鱼死网破。

【茉莉穿着家常的旗袍，袅袅婷婷地进来。

茉莉： 张大哥来了。你们怎么不先点一支曲子听？

张工品： 你是内行，你不点，我们哪里敢动。

茉莉： 倒叫您取笑了。那好吧，我先点一支弹词开篇《杜十娘怒沉百宝箱》。那支好听，我喜欢杜十娘。

张工品： 夫人果然会点。可汪夫人不是杜十娘，汪先生也不是那无情无义的书生李甲。汪先生可是个有情有义的，为了你可以舍命的真男人啊。（说完哈哈一笑）

茉莉： 去！见面就拿我们两人开涮。（对艺人）开始吧。

【评弹艺人朱唇轻启，三弦和琵琶也响了起来。

【刘姆妈却紧紧张张进来，手上还有一个拜帖。汪墨樵打开拜帖看了一眼，跟刘姆妈耳语一番。汪墨樵跟张工品使了个眼色，两个人一起往外走。

茉莉： 你们两个倒好，人家一支曲子没有唱完，你们就要溜了。

汪墨樵： 出去闲话两句就回来。

【汪墨樵拍了拍茉莉的肩膀，让她安心。

20-8．景：汪公馆客厅 日 内

【汪墨樵将那份拜帖交给了张工品。张工品神色一惊。

张工品：小野宪一，满洲首富，这个人怎么跑到上海来了？他可是纯粹的军方背景。

汪墨樵：这个人我从未谋面，他突然派人送来的。

张工品：这份拜帖你准备怎么办？他可是要吃讲茶。

汪墨樵：不想让夫人知道，所以叫你出来，问问你的意思。

张工品：这个小野跟日本宪兵司令部的关系非常复杂。

汪墨樵：日本人，他有什么背景，有什么身份，我不管，总归他是日本人，我是中国人，我不想与他打交道。

张工品：他要吃讲茶。讲茶，就在一个讲字。他在按我们的规矩办。

汪墨樵：吃讲茶是我们帮会内部的规矩，我跟他素昧平生。他也不是帮会中人，我和他也无过节。他跟我喝什么讲茶。

张工品：（沉吟）莫不是为了上次久保田唐突了夫人的事情要道歉？

汪墨樵：他道什么歉？他是想替久保田收拾烂摊子，还是想给久保田挽回面子？

张工品：听说，他过去在东北。满映是他一手弄起来的，现在风靡全球，表面上是拍电影的文化人，实际上可不简单。身后，有煤矿，有金矿，还有一家银行。关东军和满洲皇帝都对他礼让三分。

汪墨樵：帖子写得很规矩，找了懂事的人写的。

张工品：嗯，派头足，也给足了我们面子。但不知道他葫芦里卖的什么药。

汪墨樵：他给了面子，我就不好驳回他的面子。

张工品：看来这个人是个"中国通"，他知道按我们的规矩办事。这个人恐怕不好对付。

汪墨樵：他既用我们的规矩办事，我们要是不去，倒显得我们不讲规矩了。我倒是要去会一会儿他。只是夫人……

张工品：夫人的事情，你倒是尽可以放心。万一有事情，我一应料理。只是你要多带几个弟兄去。

汪墨樵：不用，两个足够了。夫人的事就拜托你了。

【门哗啦一下打开了。茉莉站在门口，气鼓鼓地瞪着汪墨樵。

茉莉：你要干什么？

汪墨樵：没事，你不好好听曲，来听我们闲话。

茉莉：我在门口都听见了。你不能去。

汪墨樵：为什么？当缩头乌龟？

茉莉：我就不许你去。

汪墨樵：这是我们男人的事，你别管好不好。

茉莉：日本人都是一个路子的坏人。上次的事，他们肯定不会就那么罢休。而且，你已经惩戒了殷燕农，伤的是他的耳朵，巴掌可是打在日本人脸上。这么多天没有动静，已经够让人担心的了。今天却来了个日本人要跟你喝什么讲茶，这不明摆是个圈套吗？

汪墨樵：是圈套也得去。我想他们还没有胆子要跟青帮撕破脸。

茉莉：我就是不准你去。这个人不过是个商人，他能代表久保田给你赔不是吗？

张工品：汪夫人，据我了解这个日本人是有军方背景，但他也不是黑道上的人。刚才我们议论，他可能是在为上次的事代久保田来赔不是，但也仅仅是猜测，他或许找墨樵是有其他的生意要谈。他是满洲首富，有名有姓。久保田要报复墨樵也只能暗中下手，不可能找个有一定社会地位的富豪来动手吧。我搞巡捕工作多年，深谙那些杀人凶犯的心理和套路。久保田再蠢，也不可能明目张胆地杀害上海青帮的首领。这点请汪夫人放心吧。

汪墨樵：茉莉，这个日本人不是帮会里的人，也不是日本黑道的人，而且有名有姓，有产业，还是个有头有脸的人。他按照我们的规矩来，是客气。这客气我们不接着，以后的麻烦会更大。茉莉，我能把你从艺伎馆里平平安安带出来，现在也不会让你有事。

茉莉：我是担心你。

汪墨樵：我想日本人暂时还不敢轻易动手。如果他们不识好歹，我已经有过交代。如果我有什么差池，青帮的弟兄就是把上海滩拆了，也会替我报仇。跟日本人动手，不管算不算烈士，也算死得其所。

【茉莉这才犹豫地点了点头。

张工品：这倒是句真话。太太，你放心，孙悟空闹天宫也不敢把上海滩掀起来。聚贤茶楼虽在公共租界，到时我也会多派巡捕巡视。真的有事，那帮杂种一个也跑不了。

20-9．景：聚贤茶楼 日 外

【聚贤茶楼的两侧街道布满巡捕骑警。汪墨樵的汽车停在茶楼外，张圣财下车，给汪墨樵拉开车门，茶馆跑堂的吆喝着上来迎接。

跑堂： 汪老板里面请。客人已经等一会儿了。

20-10．景：聚贤茶楼包间 日 内

【汪墨樵身后跟着张圣财走进包间，见包间内只有小野宪一一个人。小野特意穿了一身中国长衫，见汪墨樵进来，起身相迎，态度谦和，满脸堆笑。

【汪墨樵回身向张圣财说了句什么，张圣财退出包间，在门口守候。

小野宪一： 汪老板，幸会幸会。兄弟初来乍到，之前未拜码头，得罪得罪。请坐。

汪墨樵： 好说。久仰小野先生大名。

【小野宪一和汪墨樵坐下，并将放在桌上的上好燕窝滋补品捧到了汪墨樵的身边。汪墨樵不以为然地看了一眼。

小野宪一： 一点滋补品，请汪老板转交给夫人。

汪墨樵： 这是什么意思？

小野宪一： 小意思，给夫人压压惊。

汪墨樵： 夫人的事，已经料理过了，不懂事的人惩处了。说到底这是青帮的事，不需要别人插手，也不要别人点头。

小野宪一： 是是。我只是想跟汪老板交个朋友，以后做生意方便一些。

汪墨樵： 跟我做生意？上海的生意人这么多，小野先生，您是不是选错了人。有话可以直说。

小野宪一： 大日本皇军需要赶制一批军用棉衣。

汪墨樵： 现在可是春天。再说了，军品生意，怕是拿不到钱吧。我们青帮弟兄没有祖产，可还是要吃饭的。

小野宪一： 军品生产，可不能等到了冬天再动手。我已经收购了便宜的棉花，即将抵达上海。还望到时候汪老板能不计前嫌，千万通融，靠岸卸货给个方便，给我一些库房存储棉花布匹。

汪墨樵： 码头现在不姓汪，我手下的兄弟只是卖个苦力。您在东北有矿，有铁路，有

银行，在上海有电影公司，您的能力和实力都比我大。我没有这么大的面子。

小野宪一： 日美宣战，军费上肯定有所吃紧。青帮的弟兄就是我们的好弟兄。如果能用一部分军票抵押……

汪墨樵： 不可能。我们只认现钱，不认识什么军票。否则，只能按规矩办事。

小野宪一： 规矩也是人定的。现钱，日本可是刚刚在太平洋上取得了了不起的胜利。重庆政府鞭长莫及。汪老板说的现钱，不能按照银圆和小黄鱼算吧。那可就真让人为难了。

汪墨樵： 实在东西就行，花纸片，码头的弟兄们不认识，这玩意印多少是多少。

小野宪一： 好，我们来点实在的。我留下两成棉花跟汪老板分账。

汪墨樵： 请，喝茶。

小野宪一： 请。

【小野宪一和汪墨樵抿了抿杯子里的茶。小野宪一站起来，打开了包间的门。

小野宪一： 茶房，来一客梅花糕。

茶房： （吆喝）梅花糕来了。吃了糕步步高。

20-11. 景：詹森办公室 夜 内

【陆允明坐在发报机前，将密电发往延安。

字幕电报内容： 美特使秘密任务寻找德裔物理学家，望指示。

【然而发出去电报后，却是安静。

20-12. 景：不来梅港外 夜 外

字幕： 德国不来梅港

【凄风苦雨中，两艘小快艇来往于波涛上。穿着厚厚的黑色雨衣的麦卡德站在快艇上，亲自将药品送到停在外海上的一艘渔船上。

【最后一箱药品装上了船，麦卡德也登上了渔船，清点药品，向船长交代了几句，然后走进船舱。

【船舱里的斯娃和洛娃见麦卡德进来，忙迎上去。

斯娃·西蒙： 船要开了？

麦卡德： 是的，马上开。

洛娃·西蒙：去上海？

麦卡德：是的，去上海，去寻找你爸爸。

斯娃·西蒙：谢谢你把我们从监狱救出来。麦卡德，愿主保佑你。

麦卡德：主会保佑所有善良的人，也会拯救更多无辜的人。夫人，我已经遵照西蒙大哥的嘱托将药品全部送上了开往中国的渔轮。我知道这艘船不可能直接航行到中国。但这是我能找到的中立国最大的渔轮。航行中或许会换别的船，或许会在海上漂流很久。但我相信，没有人会放弃，这批药品一定能平安到达上海。愿主保佑我们一路平安。

【渔船缓缓移动，继而开大马力迅速消失在茫茫大海中。

20-13．景：久保田办公室 日 内

字幕：上海

【久保田得意洋洋地接待小野宪一。

久保田：东西送出去了？

小野宪一：汪墨樵不敢不收。

久保田：这样，我也可以向将军汇报了。

小野宪一：将军为了战事日夜忧虑。

久保田：讲茶的茶可不如我们日本的茶。

小野宪一：那是。我们的茶汤色碧绿，才是真正茶的祖宗。

久保田：汪墨樵那么容易就退让了？

小野宪一：狮子大开口，喂饱了就好了。

久保田：他对殷燕农下手可没有丝毫手软。

小野宪一：他对我们也没有手软。棉花他留了两成。

久保田：可真是不少。

小野宪一：应该也是借此试探诚意。上海现在是我们的地方，如果真想做什么，汪墨樵是阻拦不住的。

久保田：这是我们计划中的。将军的话，是很有远见的。

小野宪一：那是自然。将军可是天皇都信任的智囊。

久保田：先把李衡甫这样的人拖下水，扣上一个不明不白汉奸的帽子。再让汪墨樵这

样的帮会头子跟我们有更多的生意往来。只有丝丝缕缕所有的利益都勾在一起,才能让这些有相当实力的中国人为大日本帝国的"圣战"做贡献。

小野宪一: 那是自然。

久保田: 我一定会向将军申请,让他好好地表彰你。

20-14. 景: 李廷瑞工作暗房 日 内

【暗房里拉着厚厚的窗帘,密不透风。手摇的印刷机下一张张《锡安之声》的小报被印刷了出来。

杰思敏: 李尔克,这里是不是特别好,完全符合你的要求。

李尔克: 李廷瑞,这里不会被发现吧?

李廷瑞: 这里非常安全,不会有人来搜查。至于这间工作暗房,只有我一个人用。你放心就好了。

李尔克: 这里真是太好了。杰思敏,谢谢你。

杰思敏: 可要谢谢李廷瑞的帮助。

李廷瑞: 蜡板要放好。万一被人发现,这个是最麻烦的。

李尔克: 有一天要是能用铅印的,就方便多了。印得也快,质量也好。

【敲门声却突然响了。

【李廷瑞和李尔克等人都十分紧张。李尔克立刻暗示杰思敏把蜡板藏起来。

【李廷瑞去开门。打开门,门外站着的是米兹拉希,这让众人都十分意外。

李廷瑞: 米兹拉希先生?您怎么找到这里的?

米兹拉希: 小伙子,你不请我进去吗?

【李廷瑞不得不将米兹拉希请了进来。窗帘拉开,屋子里灰尘飞舞。油印机赫然在桌上。

米兹拉希: 李尔克,你的青年复国会已经比犹太救助协会还要热闹了吧?

李尔克: 米兹拉希先生,我们只是年轻人聚在一起。

米兹拉希: 我很担心你们的安全。

【米兹拉希看到了杰思敏慌忙之中没有藏好的油印了一半的《锡安之声》。

米兹拉希: 杰思敏,你也在这里。给我看看,你们的报纸。

杰思敏: 米兹拉希先生,李尔克他们没有做什么不好的事情。

米兹拉希： 我明白，给我看看。

【杰思敏只好拿了出来。

米兹拉希： 耶和华的城，以色列圣者的锡安……锡安哪，兴起！兴起！插上你圣洁的双翅，飞向我们的圣城耶路撒冷，那里是我们的家园。《以赛亚书》中的赞美，永远在这里。

李尔克：（动情地）耶路撒冷啊，我的圣城，我的圣殿，我的家园，我若忘记你，就忘记了回家的路，情愿我的双手忘记技巧，我的大脑忘了思维，我的舌头贴于上膛……

米兹拉希： 看来，我这个拉比要退下来了。李尔克的羊皮卷《以赛亚书》已经背得非常非常熟了。

李尔克： 米兹拉希先生，我不是有意冒犯你。

米兹拉希： 李尔克，你不应该撒谎。年轻人中你有很多追随者，即使不是追随你，也会被你的思想蛊惑。

李尔克： 我能蛊惑大家什么。难道我能许以任何我不能许以的东西吗？

米兹拉希： 像杰思敏这样的姑娘，也被你吸引。这是无可奈何的。年轻时候总是更加激烈地看待这个世界和状况。

杰思敏： 我……

米兹拉希： 我只是很担心你。

李尔克： 杰思敏，米兹拉希先生并不是在责怪你。他只是在谴责我。他对于犹太人应该如何生活有他的看法。我则有我的看法。

米兹拉希： 李尔克，请不要怀疑我，孩子。犹太复国思想很容易在犹太青年中蔓延。一旦获得更加实际的支持，我不知道，你们会不会做出激烈的行为。

李尔克： 我们总不能坐以待毙吧。我们总是等待，等待主的复活，等待明年在耶路撒冷见。如果我们不拿起武器，我们明年还能在耶路撒冷见吗？我们民族复兴的愿望还能实现吗？敬爱的拉比，我们的族裔已经在沉默中等待了两千多年。

米兹拉希： 年轻人，你们刚刚逃离欧洲的战场，逃出了纳粹的集中营。你们侥幸没有被屠杀，这是你们的幸运，这是主的怜悯。你们应该珍惜。

李尔克： 那都是因为我们没有自己的祖国。我们青年复国会的青年现在每个人都在锻炼身体，希望有朝一日可以建立我们自己的锡安之国。我们在上海，不可能永远待下去。我们应该战斗。

米兹拉希：战斗……战斗……年轻人，这里是上海，是中国，而且是日本人占领下的上海，不是耶路撒冷，不是德国，也不是欧洲，你们要向谁战斗。你们这样做是要闯祸的，日本和德国现在是轴心国，他们是一伙的。如果纳粹知道上海有一帮你们这样的犹太复国组织，他们能放过你们吗？你们这样做不仅是在挑衅纳粹，而且非洲、欧洲、中东、整个阿拉伯世界会放过你们吗？年轻人，我只是担心你们的安全，不要忘记上海是日本人的天下，而日本是纳粹的同盟军，我们好不容易从纳粹的集中营逃出来，从死神手上逃出来，我只希望你们平安地活着，别再惹事。

李尔克：米兹拉希先生，我们没有惹事。我们只是在做自己该做的事。我们犹太人没有祖国，没有自己的家园。我们没有反抗，我们沉默着，满世界流浪，我们在沉默和流浪中度过了两千多年。可最后，还是难逃厄运，被纳粹血腥屠杀。多少同胞被活活地送进毒气室、死亡营、焚尸炉，被枪杀、被活埋、被做活体标本。米兹拉希先生，我神圣的拉比，您不是常说我们是上帝的宠儿吗？我们跟上帝是有契约的吗？但现在全世界都抛弃了我们，我觉得上帝也抛弃了我们。您也常说上帝面前人人平等，可我们犹太人有过平等吗？我们被迫害、被杀戮，甚至被种族灭绝。人类社会给过我们哪怕一丝丝的公正吗？上帝！上帝在哪儿啊？再不反抗、再不战斗，这个地球上还会有我们犹太民族吗？我们没有贪欲、没有野心，我们只想有自己的祖国，有自己的家园，有一块繁衍生息的土地，不被歧视、不被迫害、不被屠杀，这个要求也过分吗？敬爱的拉比，我们犹太人也是人啊。我们也曾有自己的祖国，有自己的家园。埃及、巴比伦、耶路撒冷，都曾经是我们的祖国、家园，我们只想回到我们自己的家园，有自己的国家，这难道有什么错吗？

米兹拉希：李尔克，我没说你的想法错了。我和你一样，我也想有自己的祖国，在自己的祖国建设自己的家园。我也知道我们曾有自己的祖国。尼罗河、刚果河、莱茵河都有我们的家园。红海、地中海、波罗的海、印度洋，我们的同胞都在那儿生活。可年轻人，我们得正视现实。现实是我们已经失去了这一切。我作为拉比，只能认为这是主的安排。过去的都已成为历史，哪怕这是个错误，那也已经都是事实，无可挽回。我们已经没有什么东西可以失去了，如果再失去生命，失去你们这些从死神身边逃出来的年轻生命，那我们这个民族真的一无所有了，就真的要从地球上灭绝了。年轻人，珍惜生命吧。生命存在一天，民族复兴就有希望，人性之光就永远辉煌。你刚才说人类对我们没有一丝丝的公正，上帝也没给过我们怜悯。年轻人，你太偏激了。上帝创造了人类，同时也带来了人性，在这个世界上人性是永恒的，人性的本质就是公正、怜悯、善良、宽容。请问你脚下站着的这块土地是哪里的？如果没有这块土地，不知道你李尔克今天会在哪里。是这块土地收留了我们，使我们得以逃过血雨腥风，是这块土地拯救了我们的生命。但这里不是巴比伦，不是巴勒斯坦，不是德国。这里是中国，这里是上海，是这里的中国人民帮助我们生存。而且这里的人民也被日本占领者统治着、奴役着。你口口声声说的战斗战斗，我不知道你要跟谁战斗，跟日本人斗吗？日本作为德国的盟国，只要纳粹向日本人知会一下，我们在上海都很难待下去。你们这样做，是给所有的在上海的犹太人都增加了危险，后果是灾难性的。孩子，凡事要谨慎，现在还很难说纳粹会放过我们这批逃来上海的犹太人。我们今天没有被杀害，我们还能够生存下来，都是由于中国人的庇护，是这些善良的中国人在帮助我们。我们要感恩他们，这是主的恩典，决不能再给这些善良的中国人制造麻烦，带来祸殃。李尔克，我亲爱的孩子，珍惜吧，珍惜我们现在所拥有的一切，珍惜自己的生命，珍惜中国人的善良和他们对我们的无私庇佑。愿上帝保佑你，保佑所有善良的中国人和所有年轻的犹太人。

【米兹拉希说完，悲伤地离去。杰思敏看着米兹拉希蹒跚离去的背影，心中十分不忍，两眼噙泪。

杰思敏： 李尔克，你不应该那样跟米兹拉希先生说话。他是个善良的人。

李尔克： 我知道。可善良没有用，难民难道不都是善良的人吗？我们只有自己保护自己，才能强大，才能不被欺负。

20-15．景：上海美国总领馆詹森办公室 日 内

【办公室坐着詹森和施莫林。陆允明领着米兹拉希进了办公室。詹森起身迎接。陆允明给米兹拉希倒了一杯咖啡。四人在一张小方桌前坐下。

陆允明： 欢迎米兹拉希先生来总领馆做客。介绍下，这位是我们的总领事詹森先生，这位是詹森先生的助手，这位是米兹拉希先生。

米兹拉希： 詹森先生请我来，是不是有什么好消息要告诉我？

詹森： 是的，米兹拉希先生，确实有个好消息。美国国会对上海的数万犹太难民十分关心，并通告全国，尤其对旅美犹太富商通报了上海犹太难民的艰难处境，动员他们伸出援手救助这些难民，其中包括世界犹太人联合会的会长帕罗米思琪先生和世界首富罗斯柴

尔德家族。这些犹太富商和犹太组织对上海犹太难民十分关注。我从国会了解到，世界犹太联合会为上海的犹太难民募集资金近三千万美金，并已着手组建上海犹太难民考察团，由美国犹太人救助会会长史蒂芬·怀兹先生亲任团长，将于近期来上海。因美日交战，考察团可能搭乘中立国的班机，这样可能在行程上会稍有延缓。你们要随时做好接待工作。这应该是个好消息吧。三千万美金，这可是个不小的数字，足够保证上海全部犹太难民的生活费用。

米兹拉希：感谢上帝！我们终于有救了。也感谢您和贵国国会做出的努力。人类的善良终将战胜邪恶。

詹森：还有一个坏消息要告诉您。据美国国防部情报，德国纳粹将派出一个叫梅辛格的盖世太保上校来上海，目的是寻找一个叫伦纳德·科恩的核物理学家，要将这个科学家就地处决或绑架到德国。这个梅辛格上校拟定了一个所谓的"梅辛格计划"。在处置伦纳德·科恩的同时，追杀在上海的所有犹太难民。米兹拉希先生，这对你们来说是个噩耗。你们也必须要有所防备。我们和日本是交战国，不可能出面保护你们。但我们会尽可能地向你们提供帮助。还有，这个伦纳德·科恩是纳粹缉捕的重要对象，这个人不能落到纳粹的手中。要请您在犹太难民中找到这个人，及时地向我总领馆通报。我们都有责任保护这个人，保护这个犹太籍的科学家。

米兹拉希：魔鬼的凶焰终于要烧到上海了。愿上帝拯救这些无辜的灵魂。至于您说的那个叫伦纳德·科恩的物理学家，我好像没有印象。在上海的所有犹太难民的名单中，也没有这个人。我回去再去查一查所有登记在册的犹太难民，看看能不能找到这个人。请领事先生给我点时间，只要这个人在上海，我总能通过种种渠道找到他。

詹森：米兹拉希先生，找到这个人是当务之急，重中之重。牵涉到当前的这场决定人类命运的大决战，我只能跟您说这些。拜托您了。还有一点，您必须千万注意，寻找这个伦纳德·科恩要在绝对秘密的情况下进行。日本和德国已结成同盟，德国非常有可能通过日本人下手。对日本人，对德国人，我们都必须保持高度的警惕，绝对不能让他们知道伦纳德·科恩的下落。

米兹拉希：我知道了。我也感觉到纳粹要找的这个人的分量。放心吧，正义终将战胜邪恶，上帝永远庇护善良的人。我这就告辞了。我想把您带来的好消息，告诉所有的犹太人。再次感谢总领事先生。您是个好人，愿主保佑您。

【施莫林和陆允明始终没说一句话。陆允明将米兹拉希送出使馆。

20-16. 景：摩西会堂科恩家 日 内

【杰思敏拖着疲惫的身躯回家。玛丽轻轻地抚摸着女儿的后背。

玛丽： 杰思敏，你不应该瞒着父亲。

杰思敏： 妈妈，我没有。我只是觉得这件事并不是坏事，为什么不行？我知道，米兹拉希先生不同意李尔克的看法，但米兹拉希先生也没有反对。这只是看法不同而已。

玛丽： 杰思敏，爸爸和我都希望能远离政治。

杰思敏： 这不是政治。这是我们的生活。我们的生活已经变成现在这样了。我们不应该争取吗？

【科恩站在门口听到了杰思敏的话，阴沉着脸。

科恩： 你妈妈说得对。我希望我们全家都离政治远一点，远离那些肮脏的东西和肮脏的人。

杰思敏： 那些年轻人中有非常好的人。我也是犹太人，我有责任帮助我的同胞。

科恩： 你记得你的哥哥是怎么死的吗？

杰思敏： 哥哥死在纳粹的手上，就是因为不为了我们的权利争取，就是因为我们像羔羊一样等着被宰割。

玛丽： 杰思敏！你在胡说什么！

【杰思敏被母亲的吼叫声惊吓到了，意识到自己说的话，看到父亲铁青的脸，杰思敏低下了头。

科恩： 孩子，不管是隐忍还是抗争，都是艰难的选择。我只是不希望你们受到任何伤害。

【玛丽轻轻地拥抱着丈夫。杰思敏的眼泪顺着面颊滴落。

20-17. 景：摩西会堂科恩家门口 日 内

【李廷琛捧着一袋子面粉又拎着鸡蛋和黄油，站在门口，听到哀伤的牧笛声，不由放慢了脚步。

20-18. 景：摩西会堂科恩家 日 内

【站在门口的李廷琛看到杰思敏的样子，大为惊异。杰思敏赶紧假装无事擦掉了眼泪。

李廷琛：夫人，杰思敏，你们这都是怎么了？

玛丽：没事。你看，我们都没事。

李廷琛：好吧。

玛丽：你有一些时间没有来了。

李廷琛：嗯……

玛丽：廷琛，陪杰思敏出去走一走吧。杰思敏，去吧。

【杰思敏点了点头，看了科恩一眼。

杰思敏：爸爸，一会儿见。

20-19. 景：上海街头 日 外

【杰思敏和李廷琛走在上海街头。两个人长久地沉默。

杰思敏：你不该再来我家。你送了东西，但那不是礼物，我不能收。

李廷琛：我想……如果有我能帮助的地方，请告诉我。

杰思敏：（摇了摇头）不，您已经帮助了我们太多。

李廷琛：我听说了……那些事情。我不知道科恩先生是不是在为那些事情生气。你……不用担心，是我弟弟说的。

杰思敏：不……这不怪你们。这是我们犹太人的事。

李廷琛：我很想帮你们。

【杰思敏看着李廷琛热情真诚的眼睛，却不由低下了头。

杰思敏：可是你并不愿意接受我的感情。你是不是觉得你拒绝了我，我伤了心。你送我一些东西，实际的，全家人都需要的，就能把我的伤心掩盖过去。你也就不再愧疚。不，李廷琛，如果纯洁的爱情造成的伤痕那么容易被掩盖，那就不是真挚的爱情了。那么，爱得就不够深。我们的事情，我不会跟任何人提起。

【李尔克拿着一束从围墙上剪下的蔷薇花。看到杰思敏和李廷琛，李尔克并没有回避。他反而坦然地走到两个人的面前。

李尔克：杰思敏，我知道你一定不在家。

杰思敏： 你去过了吗？

李尔克： 您好，李院长。

【李廷琛点了点头。

李尔克： （对杰思敏）这是送给你的。对不起，我想买一点红玫瑰，我听说你最喜欢红玫瑰。但是……我只有这种中国玫瑰，但是很香，你闻一闻。

杰思敏： （对李廷琛）请不要再给我们任何特殊的帮助了。

【杰思敏说完，接过李尔克手中的花束，挽着李尔克离去。李廷琛看着杰思敏和李尔克离去的背影，有点怅然若失。

第二十集完

第二十一集

21-1. 景：上海美国总领馆陆允明办公室 日 内

【施莫林坐在桌前一边看着英文报纸，一边喝着咖啡。房门开了，陆允明领着李廷琛进来。李廷琛看见施莫林，十分惊愕。

李廷琛： 是你，施莫林？你怎么会在这？

施莫林： （上前拥抱李廷琛）李，没想到吧？我们在上海又见面了。

陆允明： 原来你们是老相识啊。来来，快坐下说话。

【施莫林拉着李廷琛坐下，陆允明倒了一杯咖啡放在李廷琛面前。

陆允明： 看来不用我介绍，你们早就相识。是这样，施莫林先生是昨天同詹森先生一起来的。他来要找的第一个人就是你李廷琛，我说李廷琛我认识，是我学友。所以施莫林先生要求我赶紧和你联系，他要和你单独见面。这不，我今天就把你们约在一块了。施莫林先生，要不要我回避下？你们单独谈。

施莫林： 不用。我跟他谈的事都与你有关。我说过，我们以后就是战友，还有我们的李先生，我们要共同完成一件美国最高当局给我们的特殊任务。时间紧迫，我就直截了当了。

【李廷琛疑惑地看了下陆允明。陆允明假装没看见，没吭气。

【李廷琛知道施莫林要问什么，故十分坦然，等着施莫林问话。

施莫林： 首先祝贺你们平安到达上海。听说你们在海上漂泊，吃了不少苦头。我老师一家还好吗？

李廷琛： 好谈不上，玛丽老师拒绝所有帮助。只能说他们一家都很平安，连小狗豹子都很健康，也长大了。

施莫林： 那就好。这是我们分别三年来，我最牵挂的一件事。我无时无刻不在想念他们。科恩先生身体好吗？

李廷琛： 身体还好。只是觉得他心情很压抑，沉默寡语，很少说话。哦，对了，他现在已经改名了，叫普罗米修斯·杰拉。以后请你这样称呼他。

施莫林： 谢谢你，我知道了。那他现在在干什么呢？还有我的玛丽老师、杰思敏、小莎拉。

李廷琛： 社会各界给犹太人争取到了犹太社区的土地。普罗米修斯先生在新建的犹太社区的工地上干活，玛丽老师在我的医院干活。我的淞浦医院已经赠予上海犹太赈济会，专门接收犹太难民。玛丽老师现在在这所医院当院长，我协助她工作。杰思敏也在这所医院帮忙，晚上她去一家上海最大的夜总会弹琴唱歌，现在她已经是著名歌星了。莎拉在一所帮会出资兴办的难民义校上学，她还交了一帮中国朋友。他们一家都不愿享受特殊照顾。目前，他们都和其他犹太难民在一起生活。

【陆允明听见他们的谈话，微微有些惊愕。他没想到他们有这么深的渊源。但他始终没插话，只是安静地听着。

施莫林： 我这次同詹森先生来上海，可以说主要的工作对象就是他们一家。我刚才跟你说的美国国防部给我们的一个特殊任务，就是保护普罗米修斯先生一家，特别是普罗米修斯先生。国防部要求我们安全地把他送往美国。美国总统罗斯福先生亲自过问此事，授权国防部动用一切可能的手段把他安全送抵美国。据国防部情报，两个月前，纳粹已派党卫军上尉施瓦茨秘密潜入上海，这个人您也应该认识，就是在德国追捕老师一家的那个混蛋。他还带来了西蒙，你曾经的贸易伙伴。施瓦茨来上海的目的，无疑是为了追杀老师一家。现在他是否已到上海，尚不可知。最近我们的情报人员又获知，纳粹最高当局又派出一支以梅辛格上校为首的远东战区观察团来上海。其真实目的，还是要暗杀或绑架普罗米修斯先生去德国。形势已十分严峻，其中的紧迫性和重要性就不用我多说了。您是土生土长的上海人，对上海的情况十分了解，您也是真正的知情者和当事人，我们需要您的帮助。但现在上海是日占区，德国和日本是同盟国也是轴心国，施瓦茨和梅辛格的行动必然会得到日本的支持和配合。我们要在日本人的眼皮底下开展营救工作，将十分困难和危险。李，您是个了不起的中国人，勇敢而富有同情心。您能在党卫军的枪口下救助恩师一家，不，是一船犹太人。仅凭这一点，您就是我们可信赖的战友。如何保护好恩师一家，并把普罗米修斯先生送往美国，是我们共同的责任。

李廷琛： 你需要我怎么做？

施莫林： 一、事关重大，纳粹的追杀活动已到了上海，而普罗米修斯先生的安危，美国当局高度重视。我们立即成立一个营救小组，由詹森先生、陆允明先生、我和你四人组成，制定营救计划，并实施营救。二、加强情报工作。了解施瓦茨和梅辛格是否已到上海？他们住在哪里？是否已开始追杀活动？特别要了解所谓"梅辛格计划"的具体内容，了解他们具体的暗杀计划和行动方案。三、调动可以调动的一切力量，保护好普罗米修斯先生和他们一家，必须万无一失，必要时可动用一切手段。四、制定好保证普罗米修斯先生安全抵达美国的详细计划。美国海空军及特种部队都可予以配合。李，目前您最重要的、最紧迫的工作就是要保护好普罗米修斯先生和他们一家的安全，了解施瓦茨及梅辛格的活动规律。这些工作光靠我们几个人是不行的，必须调动您认为可行的社会力量，同时又要高度保密。最好能把普罗米修斯先生一家转移到一个最安全的地方，并且要有足够的保卫力量。

李廷琛： 好在到目前为止，老师一家的身份还没有暴露。

陆允明： 但上海的情况十分复杂，各国间谍密布。这里是日占区，日军特高课和汪伪政府的 76 号的活动十分猖獗。很多日本浪人和一些中国人都是他们的眼线，汪政府也可以从犹太难民中进行排查分析。据说汪政府正在搞一个什么无国籍难民隔离区，实际上也是对犹太难民进行的一种隔离和限制措施。所以我觉得，最好是尽快地把你们老师一家先转移到一个安全的地方，并加强守卫。这样做，虽然不能保证万无一失，但起码可以减少意外发生。

李廷琛： 找个安全的地方，应该不难，我可以想办法。我担心的是普罗米修斯先生不会离开犹太群体，更不会接受什么对他的特殊保护。

施莫林： 这样，詹森先生想尽快见到普罗米修斯先生，向他转达美国政府对他的关心，同时转交他的好友爱因斯坦和美国罗斯福总统给他的亲笔信。李，这个工作只能由您去安排了。

李廷琛： 好的，我立即去安排。但在哪儿见面合适呢？总领馆行不行？

施莫林： 不行，不能在总领馆见面。日美交战以来，恐怕总领馆都被特务包围了。说不定总领馆周围的这些房屋、高楼都安装了日伪特务的高倍摄像机，进出总领馆的每一个人都在他们的监视下留下影像。你可以找一个不起眼的小咖啡厅或酒吧，联系好了，立刻通知我或陆先生。另外，我们联系时，最好不要打电话。我们总领馆的电话恐怕早就被人监听了。

李廷琛： 好吧。我会尽快和普罗米修斯先生联系。今天就谈到这，我得告辞了。医院还有几个病人等着我动手术。

【李廷琛起身告辞。施莫林和陆允明将他送到楼梯口。分手时，施莫林还对李廷琛说了一句。

施莫林：请不要告诉玛丽老师和杰思敏一家我来上海了。

【李廷琛犹豫了一下，点了点头。

21-2.景：上海街头 日 外

【五月的上海，艳阳高照。芦柴棒背着擦鞋箱子躲在屋檐下，一边摇着破扇子一边吆喝着"擦皮鞋嘞"，嗓子有点嘶哑。

【玛丽、李尔克、洪阿秀和杰思敏等人推着一车子消毒药品和消毒器材过来，累得满头大汗。芦柴棒远远望见，忙扔下扇子，跑上去帮着一起推车。

玛丽：芦柴棒？

芦柴棒：玛丽夫人，您好。李尔克哥哥，你好。

【李尔克也点了点头。

玛丽：你长高了，还晒黑了。

芦柴棒：夫人，我现在是真正的男子汉了。

玛丽：莎拉很想你。她说现在你们都在学习，很少有时间和你一起去玩了。

芦柴棒：知道知道，我也想同她像过去一样带她去玩。可现在，你看我要帮人擦鞋，总得赚几个钱吃饭吧。还得去读书，一天到晚忙得晕头转向的。

杰思敏：芦柴棒，你可是我见过最聪明最勇敢的中国男孩子。看来现在也有了烦恼。学习中遇到困难了？

芦柴棒：还好还好。过去看见别的孩子念书，老是想着自己能念书多好啊。可现在真正读起书来，才晓得读书也不是一件容易的事。好在莎拉经常帮我，我现在还学会了几句简单的洋文呢。

杰思敏：莎拉也说你经常帮她，有些中国话她听不懂，都是你给她解释。

【芦柴棒听见杰思敏夸他，得意地呵呵笑了起来。

芦柴棒：玛丽夫人，你们这是要到哪儿去？

玛丽：去河滨大厦啊。现在天气渐渐热了起来，那边人也拥挤，要经常去那边消毒，帮他们打扫卫生，否则很容易出现传染病。所以我们医院要经常去那边帮助他们，给他们宣讲一些卫生知识。

芦柴棒：我来帮你们，我跟你们一起回去。

【芦柴棒说着就跟着一起推车。玛丽和杰思敏阻拦不住，只得由他去了。

【远处一辆黑色轿车缓缓驶来。

21-3．景：黑色轿车内 日 内

【陆允明开着车，副驾上坐着戴着墨镜的施莫林。施莫林不停地向陆允明询问着什么。突然，施莫林轻声叫喊。

施莫林 陆参赞，慢一点，慢点……您看前边推车的好像是我的老师玛丽夫人和杰思敏。

【陆允明也看清了推着车的正是玛丽和杰思敏，还有芦柴棒和李尔克。他干脆把车缓缓停在路边。

陆允明： 是的，是玛丽院长和杰思敏。她们这是要到哪儿去？哦，我知道了，她们肯定是要去河滨大厦，那里住满了中国难民。她们原来也住在那儿，前不久才搬到摩西会堂去的。听李廷琛说，他们医院每周都要去这几个难民居住点消毒和帮助打扫卫生。

【施莫林深情地看着玛丽和杰思敏推着车从自己的车旁过去，口中喃喃自语。

施莫林： ……三年了，老师。三年了，杰思敏。三年没看见你们了，你们瘦了，黑了，受苦了。我找你们来了。

陆允明： 我们要不要下车，打个招呼……

施莫林： 啊不，暂时不要让她们知道我已来上海。我们今天还有很多事要做。上海街道、环境、租界、日本人的布局，我都要尽快地掌握了解。我们现在去摩西会堂看看吧，那是我老师一家居住的地方。我必须熟悉那的环境、道路，还有犹太医院和"大世界"舞台。

【汽车继续前行。

21-4．景：河滨大厦 日 外

【河滨大厦里依然人满为患。芦柴棒帮着玛丽喷洒药水消毒。

【杰思敏和洪阿秀往公共的水桶里放着明矾药片。

【李尔克拿着一根长长的竹竿，正在清除屋顶上的蜘蛛网。

洪家姆妈： 玛丽院长，一开始觉得这个味道刺鼻子。现在闻起来，倒是香的。跟我们端午节做的药包一样，越闻越喜欢了。

玛丽： 习惯了就好了。

洪家姆妈: 闻了就觉得干干净净。你不晓得,芦柴棒现在也是知道要洗手的。爱干净了。

玛丽: 芦柴棒是个好孩子。他学起东西来很快的,干起活来也很能干。

【芦柴棒听到洪家姆妈和玛丽表扬他,有些不好意思。

芦柴棒: 我干干净净,擦鞋的客人也相信我能把鞋子擦干净擦得亮,人家给的钱也多。莎拉都是干干净净的。我知道,干干净净讨人喜欢。我是在向她学。

21-5. 景: 河滨大厦棚户区 日 内

【洪家姆妈帮着玛丽和芦柴棒推着车走进河滨大厦的棚户区,河滨大厦的难民们看到了玛丽都纷纷跟她打招呼。芦柴棒给每家都发一瓶消毒液,洪家姆妈热情地拉着玛丽往自己的棚户走去。

洪家姆妈: 玛丽院长,我等了你好几天呢。

玛丽: 洪家姆妈,哪里不舒服吗? 如果身体不舒服可以来医院里找我。

【洪家姆妈笑笑,拽着玛丽,来到自家门口,从屋里拿出一双绣满图案的童鞋塞给玛丽。

洪家姆妈: 拿着拿着,不要客气。

玛丽: 这是什么?

洪家姆妈: 这是给你们家莎拉的。你们没搬走之前,你们家莎拉经常到我屋里来玩,她最喜欢听我讲故事的。你们从这里搬走后,我就很少见到她了。其实我每天都很想见到她。端午节马上就要到了,就想给莎拉一点小礼物。

【玛丽打量鞋子上的绣花动物,一头雾水。

洪家姆妈: 这是中国传统的图案,人人都认得。我教给你,蝎子、蛇、蜈蚣、蟾蜍、壁虎。端午节,天气热,"五毒"醒,不安宁。给小孩子穿上这个鞋子,就把坏东西都踩在脚下了。给莎拉保平安的。

【芦柴棒把脑袋凑过来。

芦柴棒: 姆妈,姆妈你偏心,我都没有。

洪阿秀: 你皮得像猴子一样,五毒看到你还不赶快跑,被你捉住要打死的。

【芦柴棒冲着洪阿秀做鬼脸,众人哈哈大笑。

玛丽: 谢谢您。

洪家姆妈: 我们才是要谢谢您,您跟观音菩萨一样。我们今年一个拉肚子生病的都没有。过去哪有不生病的，肠子拉穿了都有。

玛丽： 我只是宣传一些卫生知识，并没有为你们做太多的事。

洪家姆妈： 阿秀不也在你的医院吗？她跟着你也学了新的手艺，现在干干净净地干活，以后也是正正经经的护士小姐。再往后要是能嫁人，也能找个好人家，不要再一辈子受苦。

玛丽： 这是我该做的事。阿秀是个好姑娘，人聪明，手脚也勤快。她一定能成为一个最棒的医护人员。谢谢您给莎拉的礼物，谢谢您对莎拉的祝福。

21-6．景：棉纺厂　日　内

【李衡甫和楚孝仪一起检查产品。楚孝仪指着一包包棉花犯愁。

楚孝仪：（顺手扯开一包棉花）你看看，你看看，这些都是这样的。棉花几乎都是残次品。

李衡甫： 每一包都是如此吗？

【楚孝仪又愤怒地上前扯开几袋棉包，露出里面的陈棉烂絮。

楚孝仪： 你看，你看，这哪里是滥竽充数，这简直就不是东西。用这种东西做出来的棉衣能合格吗？还不光如此，每一包都不够分量。做好了棉衣还要上秤，结果肯定是不合格。到时候日本人倒打一耙，说我们以次充好、缺斤少两。他们要追究起来，就可以把我们置于死地。

李衡甫：（沉吟半晌）……

楚孝仪： 衡甫，这活儿真不能做。赔钱不说，做了里外都是错。

李衡甫： 现在不是做与不做的事，我们没有选择。

楚孝仪： 那怎么办？做了还落个汉奸的骂名，结果还是个死。

李衡甫： 我们不做，日本人也会强迫其他的工厂做。棉花还是这些棉花，谁也变不出好棉花来。你少安毋躁。进棉花的是小野宪一？汪墨樵知不知道这个事？

楚孝仪： 这批冬装所有的原材料都是小野进的，不知道他怎么跟汪墨樵谈的，他答应给汪墨樵两成的棉花。

李衡甫： 他真大方。好，这事我知道了。我得先找汪墨樵核实一下。

楚孝仪： 衡甫，你得给我个主意。做还是不做？

李衡甫： 做。我刚才说了，我们没有选择。我们不做，日本人强迫其他工厂做。后果和我们一样，都是灭门之灾。这件事是我答应土肥原的，我会去找土肥原。我要他亲自来看看这堆破棉烂絮，这可是他们日本人自己搞来的。无论谁做，也变不出好棉花来。做与不做，由他选择。

楚孝仪：对。做与不做，由他选择。衡甫兄，还是你有办法。不过，上海今后的形势会更加艰难。据说日本人在太平洋战场连连失利，东北边境苏俄屯兵百万，随时可以打击日军。中国战场由于国军的拼死抵抗，日本人也没讨到什么便宜，现在处于相持阶段。日本人现在三面受敌，只能加强在占领区的抢劫掠夺。被掠夺的主要对象除了东北，恐怕就是我们上海。

李衡甫：不仅如此，我们要有足够的思想准备，上海很可能会涌入更多难民，不仅要让这些难民生存下来，还要让上海几百万市民不挨饿受冻，保护上海的这点民族产业。孝仪，我们肩上的担子很重啊。

楚孝仪：我们不能左右战局。上海的形势发展，也难以预料。我们这把年纪，活着就要为我们的中国同胞尽点人事。尽量让他们有工作，有活儿干，能挣口饭吃，好歹要活下去。实业救国是谈不到了。

【楚孝仪边说边苦笑着摇头。

楚孝仪：现在嘛，你是上海滩第一大汉奸。我嘛，第二大。

21-7. 景：土肥原卧室 深夜 内

【土肥原盘腿坐在床上练气。一柄军刀横放在两腿上，双手握着刀柄和刀身，双眼微闭，深深地运气吐纳，类似中国的气功。突然床头电话铃响，土肥原将刀提在手上，飞快下床抓起电话。电话中传来李衡甫清晰的声音。

李衡甫（OS）：土肥原将军吗？我是李衡甫。打扰您休息了，但事关重大，不敢拖延，只好深夜叨扰了。

土肥原：是李会长。有什么要事吗？

李衡甫（OS）：纺织业协会向我反映，您交代加工的 50 万套军服的棉花布匹等原材料陆续到达。但所有棉花均是残次品，陈棉烂絮。用这样的材料给皇军加工军装，皇军穿在身上如何御寒作战？不知这批棉花是谁进的货？这不是欺骗皇军吗？还有每包棉花的分量都缺一到两成，而交货时，是要按件上秤的。到时，即使这 50 万套军装如期完成，也是一堆破棉烂絮的残次品，且分量严重不足。我如何向将军您交代？为对将军负责，我还亲自去了码头看货，并拆了几个棉包，包包如此。厂家反映，这批军品他们不能接，也不敢接。接了，不仅仅是赔钱，还要掉脑袋。我考虑这事情太重大，我也变不出好棉花来，这单军品是我答应将军的，皇军一旦追究下来，我也难辞其咎。故黄夜向将军报告，请示如何处理。

土肥原： 李会长，这事我知道了。这批军品的生产刻不容缓，不允许厂家消极怠工、借故推托，但我相信你的能力和影响。你放心，这件事我将严查严惩，给你一个满意的答复。

李衡甫（OS）： 那好。因工期太紧，我等待将军尽快给我一个答复。不叨扰您了，晚安。

【土肥原放下电话，咬牙切齿，将手中军刀拉出一半，又"砰"的一声推回。

21-8. 景：土肥原办公室 日 内

【土肥原全副戎装坐在桌前看报纸，面色冷峻。久保田和小野宪一坐在沙发上。土肥原突然站起身来，拿着几份报纸甩在久保田和小野宪一的面前。久保田和小野宪一赶紧起身立正。

土肥原： 这就是你们情弘课做的好事，所有的报纸居然没有大日本皇军的一点消息。写的不是家长里短，就是一些花边新闻，还有汪政府的采取了什么什么利民措施，治理有方。你们把皇军的威望，把皇军在前线浴血奋战的伟大战绩置于何处。

久保田： （喏嚅地）将军，最近前方战况……前方战况对我军十分不利。支那战场呈胶着状态，长沙……长沙久攻不下，我军损失惨重。太平洋战场更是……更是……

土肥原： 混蛋。什么是宣传？宣传就是我说是白的就是白的，我说是黑的就是黑的，是黑的我也可以说成是白的。你们司令部的那帮混蛋是干什么吃的？气可鼓而不可泄，这道理连支那人都知道。我前方将士遇到了一点小挫折，就不敢报道了？我更要报道，更要宣传，宣传皇军的伟大胜利，宣传皇军让敌人闻风丧胆。这就是舆论，就是导向，要让全上海、全中国、全世界的人都深信我大日本皇军是不可战胜的。真不知道你这个宪兵司令部的司令官是怎么当的，一点起码的政治常识都没有。我警告你，久保田，下次再发生这样低级的错误，我拿你是问。

久保田： （站得笔直）是是，老师教训的是。学生今后一定对情弘课严加监管，一切按老师的命令行事。

土肥原：还有你，小野君。你收买的那几份报纸都说了些什么？什么难民抢馒头、抢粥，警察又开枪，杀了多少人，抓了多少人。又是什么市政府给犹太难民新建了犹太社区，犹太难民感激政府，兴高采烈地准备喜迁新居。这些都是在给汪政府歌功颂德。汪政府算什么？他们不过就是我大日本帝国治下的一条狗，要他干什么就得干什么。他还得干好，干不好皇军可以废了他。一切功劳和荣誉都属于皇军，属于帝国，属于天皇。你那么起劲地宣传他们干什么。

小野宪一：是是，将军。我回去就责令他们把所有的报纸全部收回……

土肥原：别说了。还有，上次让你制作一部犹太人的纪录片，进行得怎么样了？让你成立东亚投资银行的事，进行得怎么样了？我告诉你，美国的犹太考察团马上就要来了，他带来的可是三千万美元。这可是到口的肥肉，牵涉到帝国的"圣战"。如果这笔巨资被别的银行拿走了，后果我不说你也知道。因为那时，你就是帝国的罪人。帝国不会放过你，我也不会放过你。掉脑袋的就不只是你小野宪一，而是你全家。还有你在满洲的全部财产，也不复存在。

【土肥原声音不高，但充满杀气。小野已经两腿发软，站立不稳，手指发颤。

土肥原：还有我把 50 万套皇军冬装原材料的采购权给了你，你自己心里清楚，你弄了些什么破烂回来。我 50 万皇军将士在零下四十度的白山黑水间坚守，你就拿这些破烂做成的衣衫让他们穿吗？你这不是想活活冻死他们吗？你还是个日本人吗？就凭这一点，我今天就可以砍了你。小野宪一，过去我看你发迹不易，认你这个朋友。你来上海一年了，不仅一事无成，今天还做出这样毁我皇军、损害帝国的事来。我还能认你这个朋友吗？我能因私情而损害帝国利益吗？从今天起，我没有你这个朋友。

【土肥原说到这，"嗖"地拔出武士刀，走到小野宪一面前，手起刀落，将一只沙发扶手砍了下来。小野宪一已经面无人色，浑身颤抖，跌坐在那只没有扶手的沙发里。土肥原还刀回鞘，回到自己的桌边坐下。

土肥原：（平心静气）小野宪一，从现在起，你虽然不是我朋友，但你还是日本人。我今天也不杀你，你还有几件必须要办的事，我给你立功赎罪的机会。十天之内，你把 50 万套皇军冬装的原材料换成合格产品。我不管你用什么方式，你都必须要办到。另外，为了惩治你，也为了给皇军争光。原来用一半军票给李衡甫结算的决定取消，改由你出资，用全部银圆和厂家结算，并主动上门给李会长道歉，这个道歉只是你个人的道歉。能做到吗?

【小野宪一挣扎半天,才从沙发上站起来。

小野宪一:（声音发颤）能办到……能办到……一定按将军的命令办。

21-9.景:摩西会堂 日 内

【米兹拉希在摩西会堂内准备五旬节,虽然只有简单的鲜花,但依然装饰一新。科恩陪着米兹拉希布置着会堂。

米兹拉希:请把那些花拿过去。

科恩:好的。

米兹拉希:玛丽夫人是一位天使。

科恩:是的。她是我见过最好的女人。

米兹拉希:整个夏天,难民营里这么多人,我也一直很担心。除了担心战争,最担心就是暴发瘟疫。这里人口密集,卫生情况很难保证,饮水、清理垃圾,都是问题。我们缺少药品,每天都小心翼翼。玛丽夫人带着难民医院的医护人员过来消毒,帮着难民打扫卫生,宣传防疫知识。难民们非常信任她,他们和她相处得非常好。

科恩:我一直为她骄傲。

米兹拉希:普罗米修斯,你知道年轻人都在忙什么吧?

【米兹拉希注视着科恩,科恩在他的目光下低下了头。

米兹拉希:我这个拉比已经没有用了吧?

科恩:不,米兹拉希先生。您拥有的智慧是任何人都比不上的。

米兹拉希:可是现在,或许有很多人都觉得我已经是个愚蠢懦弱的老头了。连杰思敏这样的姑娘都会认为我是软弱的。或许李尔克他们的想法和做法才能挽救我们的民族。

科恩:拯救我们民族的方式永远不应该是战争。

米兹拉希:不,战争和反抗是两件事。

科恩:这像倒进了水里的牛奶,分不开。反抗一定导致战争,会有更多的人在战争中死去,我们会失去亲人,我们的敌人也会失去亲人。这对人类来说就是灾难。

米兹拉希:我最近也在常常祈祷,在询问主,想知道主指引的方向。是不是只有拿起武器,才能为自己争取一片家园?

科恩： 上海只是我们的一个临时避难处。我知道我们迟早有一天要离开上海，但我不知道我们真正的家园在哪里，哪里是我们的祖国，哪里是我们的故乡。我们的祖先在尼罗河、刚果河、红海、地中海、爱琴海、印度洋、莱茵河、波罗的海都有过踪迹，都曾建设过自己的家园。但这些美丽的家园，都被历史的烟尘淹没了。我们犹太人最终还是流离失所，满世界飘荡。我从小跟着祖父在德国生活，我曾经以为德国就是我的祖国、我的故乡。可是现实却无情地嘲弄了我，纳粹把我们赶出德国，甚至赶出欧洲。今天，我和我的一家还有我的犹太同胞，又漂洋过海逃到世界的东方上海。这里是东海之滨，有美丽的长江、黄浦江，但这里是我们的祖国吗？是我们的家园吗？我想不是。我们终有一天还得离开上海，离开这美丽的黄浦江、长江，终有一天还得四处流浪。我不知道我们犹太人的归属到底在哪里。我亲爱的拉比，我是个虔诚的犹太教徒，我丝毫不敢抱怨上帝的不公平。但我多么期盼，我们犹太人能有我们自己的祖国，有自己的故乡和家园。

米兹拉希： 总有一天，我们一定会回到故乡。在那里才能有真正的五旬节，庆祝真正的丰收。明天？明年？到底什么时候我们的孩子才能重新回到耶路撒冷？

科恩： 但我们的家园最终会在哪儿呢？在埃及？在普鲁士？还是在耶路撒冷？我不敢断言李尔克他们的想法和做法是错的，包括我的女儿杰思敏。但我反对暴力，反对流血，反对用战争占领土地。我坚信上帝是公平的，一切邪恶都将在上帝公平面前灰飞烟灭，得到应有的惩处。

米兹拉希： 是的，上帝是公平的。但战争也有正义和邪恶之分，正义的战争必将得到上帝的庇佑，我们祈祷上帝惩恶扬善，期盼这一天早日到来。一切听上帝的安排吧。

【科恩沉默着。望着福音坛上那袅袅的升腾的香烟和闪烁的灯火。

21-10. 景：摩西会堂 夜 内

【米兹拉希和李尔克在福音坛上打扫卫生，给祭坛添油加香，在祭坛周围布满鲜花。科恩一家也赶来帮忙。莎拉的脚上已经穿上了洪家姆妈做的那双红色的五毒鞋。莎拉总是忍不住端详自己脚上的新布鞋。

米兹拉希：（对科恩一家）今天，我们已经统计了工期。犹太社区的工程已经在收尾了。这比预想的更加快速。今天是逾越节后的第四十九天，是纪念摩西创立"十诫"的日子，我们在摩西会堂庆祝我们即将建成的犹太社区……

【莎拉抑制不住兴奋的心情，跑到米兹拉希跟前。

莎拉：米兹拉希爷爷，我脚上的鞋子好看吗？

米兹拉希：很漂亮，莎拉。这是一双中国鞋，是哪个中国大妈送给你的吧？

莎拉：是的，米兹拉希爷爷，是洪家姆妈让我妈妈带回来的。

米兹拉希：在中国，这是一双躲避瘟疫的鞋子，这里面有最美好的祝福。

莎拉：我第一次穿上这种鞋子，真是有趣，我很喜欢。

米兹拉希：的确很好看。感谢这块土地的容留，感谢这座城市的人们给予的帮助。在我们的故乡，五旬节正赶上小麦和水果收获，因此也叫丰收节。这是一个欢乐的节日，人们要用鲜花将家中装饰一新，节日的前一天晚上要吃丰盛的节日饭，饭中要有牛奶和奶酪。节日当日要诵读"十诫"。就像中国的端午节一样，辟邪惩恶，喜庆丰年。现在，我们将在上海，在我们新建的社区迎来这个节日。

李尔克："十诫"只是人们的善良愿望。在这样一个弱肉强食的世界，强盗和凶手能遵守我们的"十诫"吗？

米兹拉希："摩西十诫"的第六条是什么？

李尔克：不可杀人。

米兹拉希：是的，不可杀人。还有，不可贪恋他人的房屋，也不可贪恋他人的妻子、仆婢、牛驴，即他人所有的一切。

李尔克：他们不就是因为贪恋我们的房屋、我们的财产，甚至我们的智慧，才把我们赶出了家园吗？他们不仅杀人，毁灭了我们家园，还要灭绝我们犹太族群。

莎拉：李尔克叔叔，妈妈说我们会回到自己家的。

玛丽：莎拉，也许，这里就会成为我们第二个家。

莎拉：那我要在这里，这里有李廷琛哥哥。

杰思敏：莎拉……

莎拉：我说错了吗？我喜欢这里。

杰思敏：但这里不是我们的故乡。

莎拉：但是《圣经》里说耶路撒冷才是我们的故乡。柏林也不是我们的故乡。我们是流浪者，我们没有家。

【米兹拉希没有回答李尔克的话，他抚摸着莎拉的秀发。

米兹拉希：是的孩子。我们现在是流浪者，我们没有家，没有故乡，也没有国家。但上帝是公平的，人类是有良知的。我们总有一天要回到我们的家、我们的故乡，那就是耶路撒冷。但上帝不主张战争、不主张暴力，"摩西十诫"是我们犹太民族永远的信条。但如果有一天，上帝让我们拿起枪，反抗暴力、反抗暴政、反抗屠戮、反抗战争，那我们就必须拿起枪，以暴制暴，用正义的战争消灭邪恶的战争，让人世间永远充满阳光、充满爱。

【莎拉瞪着迷茫的眼睛望着米兹拉希，科恩的表情痛苦而哀伤。

21-11. 景：摩西会堂科恩家 夜 内

【挂在墙壁上的全家福和牧笛被杰思敏小心翼翼地摘下来，并交给了玛丽。玛丽用一块干净的布仔细地把全家福包好，放在了那只伴随他们漂洋过海来到上海的小小的皮箱内。

杰思敏：妈妈，给你。

玛丽：杰思敏，搬到了犹太社区，生活会有改善，别垂头丧气的。

杰思敏：妈妈……

玛丽：我知道你的担心。

杰思敏：李尔克他们觉得这里非常好，但安逸的生活会让意志薄弱的人忘记我们民族的苦难。他们不是因为不尊重米兹拉希先生，不是因为不尊重拉比，是因为信任他，有不明白的地方才想告诉他，知道他的想法，受到他的指导。

【玛丽摸着女儿的头发，轻轻亲吻。

玛丽：不会的。爸爸虽然一直沉默，但他无时无刻不在思念我们失去的亲人，思念我们失去的家园，无时无刻不在思念我们惨死在纳粹手上的犹太同胞，无时无刻不在思考我们犹太人的出路和未来。你要理解你爸爸。

【杰思敏含泪点头，拥吻玛丽。

21-12. 景：犹太社区 日 外

【众多犹太难民一起搬家，小小的街巷被庆祝和围观的人堵得水泄不通。犹太难民的家当都很简单，但即使如此俭薄，却都喜气洋洋。窗户上都贴上了祝福的画。

米兹拉希：今天，我们的犹太社区终于建成。我们不再需要挤在狭窄逼仄的空间里，呼吸混浊的空气。

【众人掌声雷动，各处欢声笑语。

【李廷瑞端着相机也在人群中拍照。

【洪少雨一家人也在帮助莎拉一家搬家。经过了犹太难民义校的学习，虽然还是有一些困难，但简单的中文加上比画也能沟通。

【莎拉牵着洪家姆妈的手，豹子摆着威武的身姿跟在她的脚边。

莎拉：姆妈，你看。

【莎拉跟洪家姆妈展示着那双五毒鞋。

洪家姆妈：不大不小，正正好。

【莎拉开心地跟芦柴棒跑在人群中，招呼着洪家一家人。

莎拉：米兹拉希爷爷，米兹拉希爷爷。

米兹拉希：莎拉小姐。

莎拉：米兹拉希爷爷，我要给你介绍我的朋友。

【米兹拉希笑眯眯地看着莎拉和莎拉身后的中国朋友洪少雨一家人。

米兹拉希：您好。

洪少雨：米兹拉希先生，您好。

米兹拉希：谢谢你们愿意当我们犹太人的朋友。

【玛丽和科恩一起走在人群中，科恩紧紧握着玛丽的手。

科恩：你还记得我们一起去维也纳吗？

玛丽：这里很像是吗？

科恩：一条河穿过城市，到海。河上有船，有微风，有海鸟在飞。

玛丽：这里就是小维也纳。建筑是犹太人设计的，犹太人盖的。有餐厅、蛋糕房和服装店。这里跟欧洲一样。

科恩：不，这里的空气是另一种空气。

玛丽：生存是艰难的，但我们没有被主抛弃。

科恩：跟随时会被屠杀的欧洲相比，这里是天堂。我们在这里甚至有朋友，有爱。

玛丽：对，这里还有愿意接受我们的邀请，来我们家里拜访的客人。

科恩：但我依然觉得悲伤。

【玛丽轻轻地握着丈夫的手。

21-13. 景：犹太社区科恩家 夜 内

【科恩一家团聚在一起，用苹果沾蜂蜜。一只小小的苹果，被切成小块，一家人分食。莎拉脸上沾满了蜂蜜，高兴得手舞足蹈。豹子围着莎拉转，两眼盯着莎拉手上的苹果片。

莎拉： 妈妈，蘸着蜂蜜的苹果片真好吃。这是我们来中国后第一次吃这种蘸着蜂蜜的苹果片。原来在德国家里的时候经常吃，现在我几乎把这味道忘了。哦，豹子，可怜的豹子，你也想吃吗？你已经长成魁梧的男子汉了，你是我们家的一员。这么好吃的东西，应该有你一份的。妈妈，我给豹子几片苹果，好吗？

玛丽： 好的。以后吃什么，都要给豹子一份。它不仅是我们家的一员，而且是我们家忠诚的守护者。

【莎拉拿起几片蘸着蜂蜜的苹果片塞进豹子口中。豹子高兴地跳起来，摇着尾巴，走到每个人的身边，嗅着他们的裤腿，表示感谢。一家人都被豹子的滑稽动作逗笑了。小屋里充满了欢快祥和的气氛。突然屋外响起敲门声。

莎拉： 有客人来，一定是廷琛哥哥。我去开门。

【莎拉冲到门前，拉开门。一看果真是李廷琛，立刻扑进李廷琛的怀里，欢快地叫着。

莎拉： 果真是廷琛哥哥，我就知道是你。这么久没来，想死我了。

玛丽： 莎拉，快放手，你得让客人进来啊。廷琛，快进屋。

李廷琛： 老师好，科恩先生好。你们一家今晚真热闹啊！愿这种祥和和欢乐永远伴随你们。

【豹子也围着李廷琛跳前跳后，摇着尾巴，表示欢迎。李廷琛把手上提着的两包食品放在桌上，摸摸豹子的头，表示感谢。

玛丽： 你又给我们带吃的来了。廷琛，你真不可以这样。你给我们一家帮助太多了。我们现在已经习惯上海的生活了，我们能养活自己。你看，我们现在不是已经生活得很好吗？

科恩： 是啊，小伙子。你对我们一家太好，这样会使我们感到羞愧的。请您尊重我们的意愿，我们能养活自己。杰思敏，快给廷琛端把椅子来，请他坐下。

李廷琛： 这不算什么，这都是我们家里现成的东西，顺手提了点来。你们这么说，我倒反而不好意思了。

【杰思敏搬来家里唯一的一把破旧椅子，又端来一小碟蘸着蜂蜜的苹果片，放在李廷琛面前。

杰思敏：感谢你来我们家做客，没什么好招待你的。尝尝几片苹果，这是我们犹太人的食品。

李廷琛：谢谢。也许我今天来得不是时候，打乱了你们一家的欢乐。我今天来，是要告诉你们一个很沉重的消息：纳粹已经注意到科恩先生的行踪了。据美国国防部情报，两个多月前，纳粹已经派了施瓦茨和西蒙来上海。他们带着西蒙，肯定是要通过我，找到你们一家。现在还不知道施瓦茨他们是否已经抵达上海。这个施瓦茨，你们一家肯定是熟悉的。最近又接到情报，纳粹可能派出一个以梅辛格上校为首的远东战局观察团来上海。这个梅辛格是柏林盖世太保的头目，也曾是施莫林和施瓦茨的顶头上司，是个狂热的纳粹分子，号称"华沙屠夫"，他在波兰曾一次杀害10多万犹太人。据情报分析，他此次来上海的真实目的，就是要处决逃来上海的犹太难民。当然主要目的还是科恩先生。我是今天才知道这个消息的，故我赶紧赶来通知你们。

【听到这个消息，科恩全家如雷轰顶，但无人说话，屋内一片死寂。科恩突然发问。

科恩：你是怎么知道这个消息的？

李廷琛：我有个同学陆允明，现在是美国驻上海总领馆的参赞。是他今天把我请到了总领馆，由总领事詹森先生亲口对我说的。他告诉我，科恩先生的处境十分危险。美国最高当局对此高度重视，指令国防部动用一切手段保护您的安全，并把您安全送抵美国。詹森先生这次专程回上海就是要完成国防部给他的这项特殊任务。他说他带回了美国罗斯福总统给您的亲笔信，还有您的同事爱因斯坦教授的亲笔信。他要求我尽快与你联系，他要尽快与你见面。他带来的这两封信要我亲手交给你。

【屋内一片沉寂，只有豹子在屋里不安地走来走去。

李廷琛：玛丽老师、科恩先生，你们看……

科恩：（愤怒地）不，我不认识什么总领事先生，更不认识美国总统。我和他们没有关系，我也不会去见他们。他们既有这样的好心肠，为什么他们当初也和其他欧洲各国一样，不给我们犹太人发放签证。他们的人道和怜悯应该是对所有的犹太人，而不是对我们一家提供保护。我谢谢他们的好意。

玛丽：（已恢复镇定）廷琛，既然是美国总领事亲口跟你说的，看来这些消息都是真实的。纳粹已经追杀到了上海，到了我们家门口，我不知道我们该怎么办。德国和日本是同盟国，我们是处在两台巨大的国家机器碾压之下，已经逃无可逃。

李廷琛：玛丽老师，我觉得我们首先要考虑的是你们一家的人身安全。施瓦茨知道你们一家是搭我的药船离开德国的，这艘船的报关目的地是中国上海，他也知道沿途各国不可能收留你们。那么你们的最终到达地，必然是上海。他这次带着西蒙来，就是想先通过西蒙找到我，再通过我找到你们一家。我相信西蒙不会出卖我，但他们可以通过汪政府，轻易地找到淞浦医院，也就是说可以很轻易地找到我。当然，他们不可能从我这得到你们一家的任何情况。这里是中国，是上海。虽然是日占区，但毕竟不是德国，不是柏林。他们奈何不了我，我也会加强防范。但玛丽老师现在是犹太难民救助医院的院长，杰思敏也经常去医院帮忙。他们只要找到医院，就能轻易地发现玛丽老师和杰思敏，然后他们就可能采取跟踪、盯梢等手段找到你们家，找到科恩先生。纳粹当局既然派出施瓦茨和梅辛格两拨人不远万里地追到上海，看来纳粹也是下了很大决心。不达到目的，是不会轻易罢手的。这点，我和詹森先生的看法是一致的。在日占区，纳粹只要掌握了你们的行踪和住址，要保护你们一家的安全就十分困难。故詹森先生提出，必须给你找一个安全的地方。当然，这个地方必须十分隐蔽。不仅纳粹找不到，就是日本人也找不到。这样才能保证你们的相对安全，少出意外。然后由美国军方出面，将你们转移到美国。我觉得詹森先生是有诚意的，这也是目前唯一可行的方法。

科恩：我说过，我哪儿也不去。我不能离开我的犹太同胞，要死要活都跟他们在一块。我不能和老鼠一样，东躲西藏。既然纳粹已经不远万里地追杀到上海，他们就不会轻易地放过我们一家。我也不想寻求什么保护。从希特勒制造"水晶之夜"起，我们那么多的同胞遭到杀害。我早就把生死置之度外了，一切听从命运的安排，听从主的安排。廷琛，你不用再说了，我不会离开上海的。

李廷琛：（表情严峻）科恩先生，你们一家的处境已十分危险。您不会怀疑我的真诚和友谊吧？形势如此危急，纳粹已追杀到您的门口。我是真为你们一家的安危担忧。今天我讲几句过头的话，请您不要介意。玛丽夫人是我敬爱的老师，杰思敏是我这一生中唯一深爱的人，小莎拉也是我心中的天使。我爱你们家的每一个人，包括您科恩先生。我了解您是个正直、勇敢、善良和心中充满了大爱的人，您永远是我尊敬的父辈和导师。您说您早把生死置之度外，可您想到过玛丽夫人没有？想到过杰思敏和莎拉没有？她们是您的夫人和女儿。如果您有个意外，他们怎么办？您要让她们陷入悲伤和绝望的境地吗？科恩先生，我对您一向是敬重的。有些话，我本不应该这样直截了当地说出来。我这样说出来，您会误认我在谴责您的自私和意气用事，但这是我的心里话。因为您的生死决定着她们的命运，决定着她们的生死。她们是您最亲爱的人，也是我最敬重、最亲爱的人。科恩先生，您好好想想吧。为了她们，您也得活下来。

【科恩沉默着，双手微微颤抖。玛丽和杰思敏早已双眼垂泪，站着一动不动。小莎拉也双眼微红，轻轻地抚摸着豹子。屋里的空气像冻结了，死一般的寂静。

【玛丽打破了沉寂。她擦干了眼泪，走到李廷琛身边，热情地拉着他的双手。

玛丽：谢谢你，李廷琛。谢谢你救了我们一家。谢谢你在我们逃亡路上，给予我们的帮助。也谢谢你今晚带来的消息和忠告，虽然这是个凶讯。但你却让我们进一步看到了这个世界的不公和我们一家的险恶处境。您今天说的话，我相信我们一家人都会永远铭记。您说得对，我的丈夫是个善良正直的人。给他点时间，让他好好考虑。

李廷琛：好的老师。我知道你们一家都是善良而正直的人。其实詹森先生也非常敬重科恩先生。他本来已经卸任了总领事的职务，已经回到美国。这次是受了国会总统和国防部的指令，以特使的身份重回上海，为的就是科恩先生和你们一家。他还带来了美国总统和爱因斯坦的亲笔信，而这两封信是受命必须亲手转交。我想科恩先生哪怕出于礼貌，也应该和詹森先生见个面。至于接下来的事，您和科恩先生考虑决定吧。我想美国当局也会尊重你们的意愿。

玛丽：这点你放心。我丈夫是个有情有义的人。爱因斯坦是他最好的朋友和同事，就是为了爱因斯坦这封信，我丈夫也会和詹森先生见面的。

李廷琛：那好吧，老师。我等着科恩先生的答复。我现在回医院了，请随时和我联系。夜深了，祝你们晚安。

第二十一集完

第二十二集

22-1. 景：犹太社区 日 内

【茉莉带着小莉，身后的两个弟兄抬着一箩筐的粽子。米兹拉希看到茉莉来了，便迎接上去。

茉莉：米兹拉希先生，您好。

米兹拉希：汪夫人，您来了。

茉莉：端午节到了，吃粽子是我们中国人的传统习惯，我丈夫找人做了一些粽子分给帮里的兄弟。我要了一些，送到您这来，为犹太同胞喜迁新居表示祝贺。数量不多，一点心意吧。

米兹拉希：谢谢您，汪夫人。谢谢您对我们犹太难民一如既往的帮助。

茉莉：我没什么亲人，只有一个认下的弟弟芦柴棒。可是，我很想有亲人，不管是中国人还是犹太人。在这个世界上，我只希望多几个朋友、多几个亲人。

米兹拉希：非常感谢您把我们犹太人当成朋友、当成亲人。您是个善良的人，愿上帝保佑您。

22-2. 景：李家大宅客厅 夜 内

【李家父子三人坐在餐桌边，餐桌上摆满了丰富的菜肴。李季方端来最后一道菜，提起酒壶给李家父子三人的酒杯里斟满酒。

李季方：你们父子三人难得聚在一块。今天端午节，大家好好喝两盅。

李衡甫：季方，来，一起坐下来喝两盅。

【李季方坐下，见他们父子三人好像各怀心思，都不说话也不动手，便忙端起酒杯，站起身来。

李季方：咱们四个老爷们，真挺没意思的。菜也齐了，酒也满了。你们父子三人凑在一块也不容易。今天又是过节，怎么的也得动手吃饭吧。好，我先干了。祝老爷健康长寿，祝两位少爷事业有成。

【李季方说完，将杯中酒一饮而尽。

李衡甫：是嘛。我这两个儿子，长大了，跟我们两个老头都没有话说了。

李廷琛：爸，你误会了。儿子今天确实没有什么心思喝酒。有一件大事，像铅块一样压在我心里，很沉重。

李廷瑞：就是。爸，我理解大哥。大哥是在想着河滨大厦和摩西会堂的犹太难民们。他们在异国他乡怎么过节？恐怕他们现在连吃的都没有。我也是这么想的。我们在这里高高兴兴地过节，满桌子的菜肴这么丰富。我想到他们，我心里就难过。这酒，我怎么喝得下。

李廷琛：廷瑞，这时候你能想到那些难民们，我很欣慰。这说明你善良、正直，富有同情心，你真的成熟了，不是过去那个玩世不恭的李廷瑞了。可是弟弟，你刚才的话只说对了一小半。犹太难民的危机，现在远不是个温饱问题。好吧，爸爸，这里都是一家人，为了不引起您的误会，我就把我知道的情况向您透露一些。据美国驻上海总领馆消息，德国盖世太保最高当局已派出两拨人马到上海来，目的就是要屠杀在上海的犹太难民。他们的第一个目标就是我的老师玛丽夫人一家，特别是她的丈夫科恩先生。科恩先生是世界著名的理论物理学家。希特勒正在研制一种毁灭人类的原子武器，而科恩先生的研究成果，正是这种武器成功的钥匙。所以纳粹不惜代价都要找到科恩先生，并把他绑架回德国。如果带不回德国，那就就地处决，杀害他全家。据说纳粹的第一批杀手，两个多月前已经离开德国。很可能现在就在上海。第二批杀手是一个叫梅辛格的盖世太保上校带队。名义上是远东战局观察团，他们可以坐专机公开来上海。上海是日占区，日本和德国是同盟国，他们可是沆瀣一气、无恶不作的。爸，老师一家已危在旦夕，逃来沪上的所有犹太人也已危在旦夕。这酒，我怎么喝得下。

【李廷琛说完，屋内一片沉寂。李衡甫猛地端起酒杯，一饮而尽，将酒杯重重地放在桌上。李季方赶紧将李衡甫的酒满上。

李廷瑞：哥，你这消息准确吗？你从哪儿知道的？

李廷琛：我今晚跟你们说的这些话，是美国最高当局的最高机密。你们要千万千万注意保密。这些情况是美国驻上海的总领事詹森先生和我的同学陆允明亲口告诉我的，而且他们也知道玛丽老师一家是我带来上海的。詹森先生要我转告科恩先生，有两封信要亲手转交给他。一封是美国总统罗斯福先生的亲笔信，另一封是科恩先生的好友爱因斯坦教授的亲笔信。詹森先生还要求尽快地见到科恩先生。他们也在制定一个秘密计划，就是如何确保科恩先生的安全，并希望能安全地把他护送到美国。我想你们也应该知道这件事情的严重性吧。

【李衡甫听完，半晌没说话。突然抓过李廷琛的酒杯，仰脖一干，然后把酒杯重重地摔在地上。默默地离席，回自己的书房。李季方赶紧起身跟了过去。酒席旁只剩下李廷琛和李廷瑞兄弟。

李廷琛：（一字一顿）廷瑞，这可是天大的机密，关系到我的老师一家和在沪的全体犹太难民的安危，你不可向任何人泄露一个字。

李廷瑞：知道，哥。有什么用得上我的地方，招呼一声，我跟这帮畜生拼了。

22-3. 景：李季方房间 夜 内

【李季方推门进屋，开灯后发现海东青坐在窗台上。

海东青：老李头，等你半天了。今天是端午节，估计你家老爷少爷还在里头胡吃海喝哩。按小爷脾气早走了。想想，人都来了，好事也做了。你看，知道你好这一口，给你弄来了一坛子百年女儿红，还有一瓶乾隆年间的杜康酒。本来想跟你喝两盅，可你来这么晚，把我一点酒兴都等没了。不喝了，小爷走了。哦，还有，请你转告大少爷，香港和上海通航了。他不是缺药吗？现在可以从香港进货。但现在日本人对药品还是查得很严，只能以渔船运。我也在帮他想办法。听明白了？我走了。

【海东青说完，仰身翻出窗外。李季方一边叫着海东青，一边追到窗口，窗外灰沉沉一片。海东青已踪迹全无。

22-4. 景：李廷琛房间 夜 内

【李廷琛正在屋内打电话，电话中传来陆允明的声音。

陆允明（OS）：……要想尽一切办法，让他和詹森先生见面。形势已十分危急，不允许有任何意外。约好了，你通知我。我会具体安排见面地点。

李廷琛：好的。晚安。

【李廷琛刚放下电话，敲门声响起。李廷琛开门，李季方进屋。

李廷琛：季方叔，是你。这么晚了你还没休息。有事吧？

李季方：刚才海东青到我屋里，给我送来了一些好酒。本来是想陪我喝酒的，说是等我好久了，不想喝了。走的时候，让我转告你香港和上海已经通航了。要进药品，可以从香港进。但日军依然查得很严，只能用渔船运输。我知道你没睡，就赶紧把海东青留下的话转告给你。

李廷琛： 他怎么知道这些情况？

李季方： 他没说。他说他也在想办法。大少爷，我觉得这小子挺可怜的，也没个家，孤苦一人，四处漂泊。心里有话，也没谁可以说。他做的这些事，也都是些行侠仗义、除暴安良的事，想到的都是别人。过去我总对他有看法，以为他就是个小混混，还担心他把大少爷您带坏了。现在看来，是我老糊涂了。我远不如他。他是个可以以命相依的人，他对你很尊重。以后见着他，请你也向他转告下，就说我李季方想他，希望他常来我屋里坐坐。他心里有话可以跟我说，我们可以成为忘年交，成为生死与共的好友。

李廷琛： 好的，季方叔。我一定把您的话带到。我想他也是很敬重您的。您看，他知道您好喝一口，他就想方设法帮您弄点酒来。他是把您当成前辈，当成良师益友。您说得对，海东青是个好人，不仅值得交往，而且还值得我们学习。好了，季方叔，太晚了，你回房歇息吧。

【李季方默默地离开。李廷琛站在窗前思索着，望着黑暗中的点点灯火。

22-5．景：十六铺码头 日 外

【一艘香港转道而来的货轮，慢慢地靠岸。

22-6．景：货轮船舷 日 外

【轻装简行的施瓦茨穿着一身西装，但黑色的礼帽被压得低低的。黑色的风衣衣角被风吹起。

施瓦茨： 西蒙，你看看这上海。你去过巴黎吗？

西蒙： 去过。

施瓦茨： 上海可是号称东方巴黎。我们的军队在元首的带领下已经占领巴黎。法国的巴黎，已经属于我们。西蒙，你不高兴吗？

西蒙： 我们生意人，只知道做生意，有一个好的环境，能和全世界贸易通商，不希望看见烽烟四起、民不聊生、死亡杀戮。能够安下心来赚钱，创造财富，钱拿在手上才稳妥。

施瓦茨： 你真是个平庸的日耳曼人，我为有你这样的同胞而羞愧。算了，不和你说了。

船就要靠岸了。等我们抓到了伦纳德·科恩，我一定要带你好好领略一下上海的风光。说不定哪一天，我们伟大元首也会在这里拥有自己的一片土地。

【船慢慢地靠岸。

22-7. 景：上海德国总领馆 日 内

【总领馆内，保持着安静和悠闲。打字员也十分悠闲地喝着下午茶。

【施瓦茨架着西蒙，推开了总领馆的门。打字员慌乱地站起来。

打字员： 你是怎么进来的？

施瓦茨： 领事人在哪里？

打字员： 在在在……在楼上……您是谁？

施瓦茨： 党卫军上尉施瓦茨，难道没有人通知过你们吗？

打字员： 呃……他们说您还在香港。

【西蒙一路被架着跟着施瓦茨上了楼。

22-8. 景：德国总领馆古德里安办公室 日 内

【施瓦茨将西蒙摁在沙发上。面对着古德里安，施瓦茨表现强势。

古德里安： 您要来上海的消息，我们的确得到了命令。但是没有人具体通知我们您什么时候才能到上海，所以我们没有任何准备。您离开香港的时候，应该提前给我们发一封电报。

施瓦茨： 我们离开香港十分匆忙。但是秘密任务，是不可能完全依照计划行事的。

古德里安： 好吧。您的任务既然是秘密任务，那我就不多问了。有什么事要我协助的，您说吧。

施瓦茨： 梅辛格上校让你帮我找的人呢。

古德里安： 是的，莆田川。一个日本人壳子的日耳曼人。他已经在川崎饭店等你好几天了。这家饭店是日本人开的，万无一失。

施瓦茨： 我们刚来上海，人生地不熟，川崎饭店在哪儿我都不知道，语言也不通。你派个人送我去。

古德里安： 我让总领馆的车子送你去。

施瓦茨：（拽起西蒙）西蒙，跟我走。

22-9．景：川崎饭店大堂 日 内

【黑色的汽车停在川崎饭店的门口，施瓦茨带着西蒙步入大堂。

前台：您好。

施瓦茨：德国大使馆为我们订好了房间。

前台：施瓦茨先生，您的钥匙。您的朋友，在那里等您。

【顺着前台的手，施瓦茨看到大堂咖啡厅里，一个身穿黑色西装的男人，站起来默默地向他点头。

【施瓦茨走近，莆田川按照日本人的方式鞠躬。

莆田川：您好。我是莆田川，愿意为元首的事业效劳。

施瓦茨：你是使馆的司机，听说你的德文和中文都说得很好。

莆田川：我是元首的崇拜者。

施瓦茨：愿我们合作愉快。

莆田川：我会全力以赴完成使命。

22-10．景：川崎饭店房间 日 内

施瓦茨：西蒙，三天之内找到买药的那个中国人，淞浦医院李廷琛。

【西蒙沉默不语。

施瓦茨：从他那里找到伦纳德·科恩的下落。你放心，你不会一个人面对的。莆田川会一直跟我们。他会充当我们的嘴和舌头。西蒙，你不要以为你还能耍花招。

西蒙：我还能耍什么花招。我现在跟你一起关在这个房间里。我做什么都在你的眼前。

施瓦茨：你别忘记了自己是日耳曼人。你的家人还在梅辛格上校的手中。小小的过失就可能让我们的行动失败，让伦纳德·科恩逃跑，这会给你们全家带来灭顶之灾。找到李廷琛，不要惊动他。我和莆田川自有办法对付他。

【施瓦茨用凶悍的目光盯着西蒙。西蒙迎着施瓦茨的目光，没有说话。

22-11. 景：上海街头 日 外

【西蒙故意装作很疲倦。】

西蒙：施瓦茨居然不让我休息一下。他让我找的这个人，我真是不知道在哪里。你知道吗，我在这里什么人都不认识。上海不是一个小镇，这里的人比柏林看着还要多。

莆田川：上海很大，要找个人的确不是一件容易的事。

西蒙：就是这样的。简直完全不讲道理。只是为了他的军功。

莆田川：李廷琛应该不是无名之辈。不过，如果你希望用你的方式找到李廷琛，我想，只需要一点花费。

西蒙：您知道吗，从德国到上海的这一路上，都是我花的钱。能多花一点钱，让我舒服一点，那也好了。可他花我的钱，一路上不停地折磨我。

莆田川：我也许可以帮您？

西蒙：花钱我不怕，做医药生意几十年，在柏林我还是有点资产。如果花钱，能让我过得舒服一点，我一定会好好地报答你。

莆田川：上海可是一座销金窟，处处要用钱。您愿意花钱就好，那您一定可以得到满意的回报。

西蒙：你现在要带我去哪里？

莆田川：在上海找人，不能错过了上海滩的大人物。他就是十里洋场的"皇帝"，上海的门神。在上海滩，特别在租界就没有他办不了的事。我们得先去拜会他，这叫拜山。

西蒙：拜山？什么拜山？

莆田川：你不懂，不先拜他，你在上海什么事都办不了。走吧。

22-12. 景：汪公馆香堂 日 内

【汪墨樵的公馆里难得安静。汪墨樵正在喝茶，张圣财进来。】

张圣财：外头有个不认识的先生带着个洋先生。

汪墨樵：没有人跟他们说我不见客吗？

张圣财：我说这个话，不管用的。他说是您以前就认识的人。

汪墨樵：拿帖子了吗？叫什么？

【张圣财把帖子递给汪墨樵。】

张圣财：什么人？

汪墨樵：日本人。

张圣财：那不要见了。见了，太太要不开心了。

汪墨樵：这是个故人。

张圣财：无事不登三宝殿，多一事不如少一事。

汪墨樵：总要弄清楚他来干什么。叫他进来吧。

【张圣财转身离去。

22-13．景：汪公馆门口 日 内

【莆田川带着西蒙站在门口。西蒙对汪墨樵家门口摆放的关公十分好奇。莆田川却很淡定。张圣财回来了。

张圣财：汪老板让你们里面请。

22-14．景：汪公馆客厅 日 内

【汪墨樵坦然自若，并没有任何惊喜或者惊讶。

汪墨樵：莆田川先生，我们好久未见了。

莆田川：我以为汪老板已经想不起来我这号小人物了呢。

汪墨樵：那怎么会呢。我汪墨樵靠的就是这副好记性，过目不忘才交了不少朋友。

莆田川：我知道汪老板近来不太见客，我也是怕麻烦汪老板，要不是有大事真的不敢来叨扰。

汪墨樵：我现在只想跟夫人，轻轻松松地过日子。

莆田川：能者多劳，汪老板是躲懒。

汪墨樵：笑话。

莆田川：我只是想让汪老板帮我找个人。

汪墨樵：谁？

莆田川：（对西蒙）谁？

【西蒙懵懵懂懂，用德语口音艰难地叫出李廷琛的中文名字。

西蒙：李廷琛。

汪墨樵：李廷琛？我不认识这个人，名字都听不懂。

莆田川：认不认识不重要，您在上海滩认识那么多人，有那么多青帮的兄弟。只要把这个消息放出去，我相信就会有人替您办的。

汪墨樵：你不告诉我原因，我为什么要帮这个忙？

莆田川：您在上海滩找个人不过举手之劳。您只要答应了帮这个忙，我相信两个帝国会感谢您。

汪墨樵：两个？

莆田川：德国和日本。

汪墨樵：原来是带着日本军方的指令来找我的。好，我可以下令让手下的兄弟去找。但需要时间。

莆田川：有消息到川崎饭店找我们。

汪墨樵：川崎饭店？日租界？

莆田川：汪老板，这件事可不能让人知道。

汪墨樵：你能保证他也不说吗？

【汪墨樵指着西蒙，向莆田川发问。

莆田川：他听不懂。他现在就是个哑巴，凡事都要靠我给他翻译。

汪墨樵：川崎饭店，我记下来了。

22-15. 景：上海街头 日 外

【西蒙看到街上的擦鞋孩子，故意从口袋里掏出一些钱扔了出去，引起大家的哄抢。

【莆田川赶紧拉走了人群中的西蒙。

莆田川：你这是要干什么？

西蒙：我只是觉得那些孩子很可怜。

莆田川：愚蠢。

西蒙：我觉得你今天带我见的那个人，并不热情。

莆田川：你不明白上海的人。这里的人不会把他们的想法直接表现出来。而且，他是上海根基最深的人。

西蒙：昨天你不是说要带我参观上海吗？

莆田川：东方巴黎，可是个花钱的地方。

西蒙：也许，会碰到一些犹太人。也许，会找到施瓦茨想要见到的那个伦纳德·科恩。

莆田川：看来，你也不是什么都不明白。

22-16. 景：汪公馆客厅 日 内

【汪墨樵一直坐在客厅里，茉莉款款从楼上下来。见到汪墨樵一个人坐在客厅中。】

茉莉：你怎么一个人坐在这里。

汪墨樵：你来了。

茉莉：张圣财说有客人，走了吗？

汪墨樵：走了。

茉莉：我看你闷闷不乐，别是有什么事情。

汪墨樵：这个莆田川是我早年认识的一个日本浪人。坏，不讲信用，贪财。他今天来，还带了一个德国人。

茉莉：日本人要找人，不去宪兵司令部，找我们？

汪墨樵：他要找李廷琛，李家的大少爷。

茉莉：这……找李廷琛？日本人找他干什么？

汪墨樵：我怀疑这个事情肯定是有日本军方的人。一个日本人，一个德国人，两个人，一起来，恐怕不会有什么好事。

茉莉：李家不是无名之辈，就算可以隐瞒，现在也不可能拖延时间。迟早也瞒不住。关键还是要让他们早早防备。

汪墨樵：防备？怎么防？现在这是日本人的天下。汪伪政府早就盯上了他。淞沪会战的时候，他带那么多人在前线抢救伤员。日本人早已把他恨之入骨。就算我这里可以推脱说找不到，日本人和汪伪政府要找他，那还不是举手之劳。

茉莉：墨樵，李家很少跟日本人打交道。日本人也不是不知道李家，现在居然有日本人要通过你找李家大少爷，你也不能总推脱什么都不知道。躲得了初一，躲不了十五。这件事总得让他们知道，让他们有个防范。

汪墨樵：夫人。我知道李家父子都是好人。可人家是找上门来求我帮忙。事没给人家办，反而把这事捅出去了。这恐怕不太好吧。

茉莉：行了，行了。这件事你别管。我来吧。我起码得把日本人和德国人找他的事告诉他们家里人。我一个女人家，家长里短，都是随口闲聊。他们也怪不上你。

汪墨樵：你知道我有两个不愿意。

茉莉：我知道，你不愿意牵扯政治，更不愿意再跟日本人的事有关系。但是咱们既然知道了，就不可能袖手旁观。你也知道李家父子都是好人，好人得有人护着。你是青帮首领，你不管，谁管？

汪墨樵：好吧，夫人。你说怎么办就怎么办吧。

【茉莉拿起了电话，拨通了李家的电话。

22-17. 景：李家大宅客厅 日 内

【李廷瑞接起了电话。

李廷瑞：茉莉？你有什么事吗？

茉莉（OS）：就是没事，打个电话。也不行吗？

李廷瑞：行行行。

茉莉（OS）：你是不知道，自从出了那件事。老汪就一直把自己关在屋里，也不让我出门。说是为了我，现在必须深居简出，也不见客。今天倒好，破例见了两个外国人。

李廷瑞：什么外国人？

茉莉（OS）：一个是日本人，说是什么老朋友。还带着一个连中国话都听不懂的德国洋人。几个人在那里嘀嘀咕咕讲了半日，饭也不吃。

李廷瑞：这有什么？汪先生交游广阔，认识几个外国人不是很正常吗？

茉莉（OS）：我看不正常。这个日本人和德国洋人说要找你大哥李廷琛。找到李廷琛，让老汪去川崎饭店找他。那地方都是日本人，能有几个好人。他明明知道我讨厌日本人，他还答应帮他们找人，这不是存心惹我生气吗？日本人找你大哥，肯定没什么好事。

李廷瑞：日本人找我大哥？川崎饭店？

茉莉：是的，还有个德国人。你哥哥在吗？

李廷瑞：他这些天一直在医院里。

茉莉：那就算了。等有空，我约你一起去犹太社区，看看杰思敏他们。哦，记得把日本人和德国人找你大哥的事，告诉他。我挂了啊。

【茉莉说完就挂了电话,一头雾水的李廷瑞陷入沉思。

李廷瑞: 日本人、德国人……川崎饭店……糟糕。

【李廷瑞快步跑到楼上。

22-18. 景:李家大宅李衡甫书房 日 内

【李衡甫坐在书房内,房间里坐着米兹拉希和楚孝仪等工商界人士。门外响起敲门声。李衡甫在说话,没听见。李廷瑞见敲门没反应,推开门就闯了进去。

李衡甫: 又不敲门,没礼貌。

楚孝仪: 这次你错怪他了。他是敲了门,你没听见。我看廷瑞比原来更有礼貌了,也老成了。

李廷瑞: 各位叔叔伯伯好,父亲,茉莉打了个莫名其妙的电话,说了一些莫名其妙的事情。

李衡甫: 汪夫人?重要吗?

李廷瑞: 我就是听不懂,才来找您。

李衡甫: 我这里还有事,你先出去吧。

22-19. 景:詹森办公室 夜 内

【陆允明坐在发报机前,接收着电报。

字幕电报内容: 帮助寻找隐藏伦纳德·科恩,1号。

22-20. 景:李家大宅客厅 夜 内

【李衡甫的书房终于有了动静,李廷瑞立刻从沙发上站起来。看着米兹拉希等人离开了父亲的办公室,李廷瑞才看到了父亲已经消瘦的身影。

李衡甫: 你来吧。

李廷瑞: 父亲,您这每天都在忙什么?

李衡甫: 小野宪一正在奉命筹建一个所谓的能够为犹太人服务的商业银行,东亚银行。他们应该还是为了美国援助的资金。

李廷瑞: 为了钱,真是什么都能干出来。爸,这好办。我们帮助犹太救助协会办一个自己的银行，这不就解决了吗？美国的犹太人肯定相信上海的犹太银行。难道还可能把钱投到他们日资银行吗？

李衡甫：（面露欣喜）孩子，你孝仪叔说得不错，你的确有长进了。我们商量的正是这件事。可是我们的银行得抢在日本人的前面。但成立银行也不是一时半刻的事。必须统筹各方力量，还要尽快开展业务。既不能让日本人最终得手，又要保证安全。对了，汪夫人今天到底什么事？

李廷瑞：不知道。她夹七夹八说了很多。最后才说到，有个日本人还带着个德国人去找汪先生，要汪先生帮助寻找一个叫李廷琛的人。他觉得这两个外国人找大哥，绝对没什么好事。故她把这件事告诉我，要我转告大哥，加强防范。最后还特别交代我一定别把这件事情忘了。我想到前两天大哥跟我们说的那些话，觉得事态挺严重的。可能是德国人通过日本人来找大哥的麻烦。故我赶紧把这情况告诉你。

【李衡甫也感到事态严重，沉思片刻。

李衡甫：廷瑞，你现在立刻赶到医院里，把今天茉莉跟你说的话，全部都告诉你哥哥。不要打电话，你亲自去。要亲眼看到他，再告诉他。不管怎么样，让他不要回家，李家不安全。

李廷瑞：好的，我现在就去。

22-21. 景：上海街道 夜 外

【李廷瑞骑着脚踏车，在夜晚的上海街道飞驰。

22-22. 景：淞浦医院玛丽办公室 夜 内

【李廷琛和玛丽正在讨论病案。李廷瑞匆匆地闯了进来。

李廷琛：廷瑞，这么晚了，你满头大汗地赶来，有什么急事吗？

【李廷瑞看看玛丽，欲言又止。玛丽赶紧把病案合上。

玛丽：看来你们兄弟是有事要说。天也很晚了，我就先回去了。再见。

【玛丽说完，离开办公室。李廷瑞见玛丽走了，赶紧对李廷琛说。

李廷瑞：父亲让我来找你。茉莉打了一个莫名其妙的电话，她说家里来了两个人找汪墨樵。一个是日本人，一个是个连中国话都听不懂的德国人。他们找汪墨樵，是想通过汪墨樵找到你。茉莉觉得这事很蹊跷，知道你从来不跟日本人打交道，他们找你，能有什么好事？故她打电话告诉我，要我一定把这事转告你，让你加强防范。我把这情况告诉父亲，父亲要我立即赶来跟你说。并要你最近千万不要回去，我们家现在很不安全。

李廷琛：好，这事我知道了。你先回去吧。注意这两天少在外面跑。在家多陪陪父亲。

【李廷瑞答应一声，离开办公室。

22-23．景：李家大宅李衡甫书房 夜 内

【敲门声。李衡甫开门，见是李季方身后跟着小野宪一。

李季方：老爷，小野来了，一定要见您。这么晚了，我拦不住他。

【李衡甫打起了精神。

李衡甫：躲不了就见吧。

小野宪一：李会长，多次打电话求见，都被你拒绝了。我今天要是再见不到你，我就要被土肥原将军劈了。这次是将军要我来见你，要我就上次棉花的事情向你道歉。李会长，上次棉花的事情是我用错了人。他们瞒着我进了这样一批烂棉花。其实我也不知道。将军知道这事后大发雷霆，差点当场就劈了我。将军还惩罚了我，说原来拟定的用一半军票收货，现在要我个人用大洋支付。那就是说，这批军品全部用银圆支付。李会长，你总是赢家。小野对你心悦诚服。今后，还要请李会长多多指点、多多扶持，加强合作。过去我有什么做得不对的，还请您海涵。这里，我给您道歉了。

【说毕，站起身来毕恭毕敬地向李衡甫鞠了个90度的躬。

李衡甫：不必了不必了。我李某人受不起你这么大的礼。只要小野先生今后别把我往阴沟里推，我就感激万分了。小野先生，你面也见了，也道歉了。天也不早了，小野先生也该回去了。老朽就不送了。季方，帮我送送小野先生。

【李衡甫向小野宪一拱了拱手。李季方赶紧拉开门，走到小野身边。

李季方：小野先生，请吧。

小野宪一：慢慢，我还有话要对李会长说。听说李会长这段日子一直在筹措一个银行，也不知进行得如何。其实我到上海来，也有这么一个打算，就是想在上海办一个银行。我也可以把我在满洲的银行挪到上海来。李会长如果有兴趣，我们可以合资办，不管李会长出资多少，我们都以中日合资的名义办一个银行。而且李会长在我们联合银行的股份不少

于一半。不知李会长意下如何？

李衡甫：（哈哈一笑）小野先生真是大气和豪爽。不管我李某出资多少，都以合资的名义，还给我不少于一半的股份。这样的好事，怎么就光让我摊上了？如果我李某只出一块大洋呢？是不是小野先生也能兑现诺言呢？

小野宪一：（支吾半天）嗯……嗯……我想，我想李会长是上海商界巨子，富可敌国，办一个银行哪会只出一块大洋，玩笑玩笑。

李衡甫：（哈哈大笑）确实是跟小野先生开个玩笑。实话对你说吧，我的银行都已经开不下去了，我也不想再开银行了。上海的工商业者这么多，银行家也这么多，小野先生何不去找找他们呢？这么优惠的条件，我想总有人会干吧。你几次三番地找到老朽，偏偏老朽又不想干，您这不是徒劳无功吗？

小野宪一：李会长在上海商界和银行界都德高望重、举足轻重，上海还有谁的资产和影响能望其项背？只要我们能够携手合作，那合作的人肯定是大有人在。我也是仰慕李会长的人品和实力。既然李会长不愿和我合作，我也勉强不了。但我还是想请李会长再三考虑一下。这么优厚的条件，李会长就一点都不动心吗？

李衡甫：好了好了，小野先生就别再多费唇舌了，就算我李某人不识抬举好了。这事，以后请不要再找我了。送客。

22-24．景：汽车内 日 内

【汽车上坐着李衡甫和楚孝仪两个人。

楚孝仪：咱们现在是送钱的老头。

李衡甫：散财的童子，散钱的老头，胡子都这么长了。

楚孝仪：你说什么，咱们都一块儿干。

李衡甫：得通知米兹拉希先生，筹办犹太银行要加快速度。昨晚小野到我家来，是土肥原让他来的。第一件事是就上一次棉花的事向我道歉，同时告诉我，土肥原要他把原来商定的用一半军票结算那批军装的加工费，统统改用大洋结算。这样，你和那些加工厂家可以减少很多损失。第二件事就是拉我进入他的东亚银行。他们的用心就是想以与李家合作的名义欺骗上海人民，招揽存储和开展业务。但我想他们的最终目的还是想骗取美国犹太社团的那笔对上海犹太难民的赈济款。这个被我当场拒绝。

楚孝仪： 狼子野心，昭然若揭。他自以为得计，真是可笑。

李衡甫： 还有更可笑的呢。他承诺我，不管我出资多少，都给我不少于一半的股份。只要以合资银行的名义对外开展业务。我跟他开了个小小的玩笑，我说如果我出资一块大洋，你也给我一半股份吗？他支吾了半天，说了一大堆废话。我说算了吧，你还是回去休息吧，别找我。我自己的银行都不想要了，我还去办什么银行？

楚孝仪： 那我们现在帮助米兹拉希办犹太银行。到时候他又有话说了。你不是说不办银行吗，怎么又办起犹太银行了？他甚至会对外散布舆论，说我们办犹太银行是想赚犹太人的钱，说我们有私心。

李衡甫： 私心也好，公心也好，问心无愧就好了。犹太银行办起来了，我不在里边担任任何职务，也不拿银行的任何股份。他们造什么谣都不攻自破。

楚孝仪： 有时候真不知道自己做得是对还是错。

22-25. 景：上海犹太难民协会 日 内

【办公室内，米兹拉希和哈同、沙逊、嘉道理家族的人，一起商量筹办犹太投资银行的事。

米兹拉希： 情况你们都知道了。美国国会十分重视上海犹太难民的生存情况，动员全美犹太富商赈济上海的犹太难民。据说已募集到三千万美元。美国犹太国际救援会会长史蒂芬·怀兹先生亲自来上海考察，主要考察内容：一是上海犹太难民的生存情况，二是已募集的三千万资金存放在哪个银行，并以何种形式赈济犹太难民。所以筹办一个犹太人自己的银行是当务之急。今天请你们来，一是我代表已经喜迁新居的上海犹太难民向你们表示感谢，当初如果不是你们慷慨地将摩西会堂提供给难民居住，恐怕我们很多同胞都要冻死在上海街头，为此我代表上海犹太同胞向你们三大家族表示感谢。二是上海的犹太难民越来越多，他们的生存问题依然十分艰难。我向美国驻上海总领馆的詹森特使写了一封信，请求转交美国国会人道主义救援会和美国犹太国际救援会，希望引起他们高度重视，向全美富商募集资金救助上海犹太难民。美国犹太国际救援会会长怀兹先生将亲自来上海考察。现在的问题是我们犹太人必须成立一个我们自己的银行，方便这近三千万资金的存放，同时制定并实施救助上海犹太人的具体措施。今天请各位来，就是商讨如何成立我们犹太人自己银行的事，请各位谈谈自己的意见。

哈同后人：我们哈同家族和沙逊、嘉道理一样，对我们的同胞都充满着同情。但资金依然困难。我们一直有地产和外贸的生意。但现在因为战争，我们的地产有很大的损失。由于日本人封锁港口和沿海，我们的外贸运输也已经停滞。现在要组建一个银行，我想我们三家的实力远远不够。

沙逊后人：淞沪战争以来，我们家族在上海的产业遭到重创。制造业全部停顿，地产被日本人和汪政府全部霸占或没收。我们在上海的产业，因无人打理，早已变成一堆垃圾。我的叔父两个月前惨死在纳粹的集中营，在欧洲的族人都被德国纳粹追杀。我非常希望能给上海同胞提供帮助，使他们能在上海生存下来。可上海是日占区，已远没有昔日的辉煌。我们家族还得时时防着日伪当局巧取豪夺，甚至抢劫。其实我们在上海的生存，现在也十分艰难，如果要我们这几家再组建一家银行，我想恐怕都没这个能力。

米兹拉希：（满面愁容）各位，我知道你们说的话都是实情。你们这几大家族在上海的产业已经被日本人洗劫得差不多了。但是在上海，还有比你们更有实力的犹太人吗？我们在上海的同胞已经在死亡线上挣扎。现在好不容易在美国募集到一批赈济款，这批巨款总要有个银行存放吧，总要有具体的发放计划和安排吧，总要有具体的人来操作和实施吧。万一这批巨款落到别的银行手里，谁能保证这笔钱能够实实在在地用于我们犹太同胞，帮助我们犹太同胞生活、创业。各位，我一个将被上帝召唤的老人如何能担得起这么大的责任。你们给我出主意也好。

【屋内众人面面相觑，一片沉寂。屋外传来汽车喇叭声，李衡甫和楚孝仪从车上下来，直奔屋内。屋内众人见李衡甫，纷纷起身行礼。李衡甫朝众人拱手。

李衡甫：今天真巧，各位犹太同仁都在，是在讨论成立犹太银行的事吧？怎么样，都安排好了吗？

米兹拉希：李会长，楚先生，请坐。我这连杯茶都没有，不能款待二位，惭愧。刚才我正在和哈同先生几位商讨成立犹太银行的事。看来，这事难哪。他们几家在上海的资产，几乎被日本人和汪政府洗劫一空。原来所有的业务，现在也几乎全部停顿。他们家族在欧洲的家人，有的已经被杀，没死的也都进了集中营，全无音讯。他们表示组建银行，拿不出资金。我很理解他们，他们的处境确实也十分艰难。可是没有我们犹太人自己的银行，即使怀兹先生来了，他把钱交给谁啊？又怎能保证这笔赈济款用在我们犹太同胞的身上呢？李会长，我难哪。我这个拉比，是万能的上帝派来传播福音的，是来拯救我们这些苦难同胞的。可是……可是，唉！

李衡甫： 各位的情况我都知道一点。我也很同情各位的难处。但事关重大，这笔赈济款牵涉到上海犹太难民的存亡。据我了解，日本军方对这批犹太难民的赈济款虎视眈眈，多次派人与我接洽成立联合银行的事。我想他们的目的就是争取将这笔巨款存放在他们的银行。这笔钱一旦落入他们的手中，各位想想，将是什么样的后果。他们真能把这些钱用于上海犹太难民的生存和创业吗？所以我断然拒绝了他们的要求。不能让他们盗用我与他们合资的名义欺骗舆论，欺骗即将来华考察的怀兹先生。这笔钱如果进了他们的腰包，这等于为日本军国主义添油打气，使他们更嚣张、更凶残，对中国、对全人类犯下更大更血腥的罪行。三千万美金不是个小数字，这是全世界的犹太人对他们在上海犹太同胞的赈济款，是帮助上海犹太难民生存的救命钱。绝对不能让日本法西斯所劫持，否则我们对不起这数万逃来上海的犹太难民，对不起为拯救上海犹太同胞而倾囊相助的全世界犹太人。我想，这些道理不用我多说，各位应该比我更有感受、更有这种担忧。现在的问题是，如果怀兹先生把这笔钱带来了，而犹太人有自己的银行，那可以名正言顺地放在自己银行。如果没有自己的银行，那这笔巨款放哪里？放在其他的银行，你们放心吗？总不能把这笔钱放到米兹拉希先生家里吧？关键是如何用这笔钱来救助犹太难民，如何帮助他们创业。这些要有人操作和安排，要有相应的方法和规矩。这些事也都不是米兹拉希先生一个人能办到的。老朽今天来，就是提醒各位。创立犹太人自己的银行是当务之急，刻不容缓。有什么难处，老朽和大家一起商量。总之，这笔钱不能落到日本人手上。我刚才说过，这是上海数万犹太难民的救命钱。大家都想想办法吧。

嘉道理后人： 李会长，你说的很有道理。我们想的跟你一样。你能这样关心我们上海的犹太难民，我们十分感动。你已经为我们在上海的犹太同胞做得太多太多。想到这，我们十分惭愧，也愧对我们的同胞、我们的族裔先人。现在的问题是，办银行我们缺乏资本金，特别是现金。您知道，上海沦陷后，我们几家，不，包括在上海的所有犹太商人都被日本人和汪政府洗劫一空。特别是太平洋战争爆发以来，我们家族在香港的产业也被日本人霸占，我们几大家族也早已名存实亡。办银行除了资本金和质押金，更重要的是现金流，因为开展银行的各项业务都需要现金支付。我们实在是拿不出这些现金呀。我说句实话请李会长不要见笑。我们现在在上海的生活费用都全靠当卖一些父辈们收藏的文物珍品，或者是廉价出让或出租一些小型物业来维持开支，家里佣工从原来的 34 名到现在不足 10 名，包括保镖、厨师、司机、佣人。其实我们现在在上海，除了家族的名声之外，我们实际已经一无所有，哪里还有什么实力办什么银行。

楚孝仪： 听说你们三家在上海还有些产业，比如地产、航运、码头、旅店、大型仓储等。只是"八一三"以后，你们都停止经营了，有的业务你们都已经放弃了。这样下去，坐吃山空，今后的日子恐怕会更艰难。

嘉道理后人： 不放弃能行吗？日本人占领上海后，内河沿海都实行禁运，码头航运这一块就死了。仓储和旅店有的被日本人征用，没有征用的也无人问津。这战火纷飞的年代，哪有几个生意人会租用你的仓库、住你的旅馆。至于地产，大片的土地都被汪政府征用，他们拿去拍卖，拍卖款进了他们的腰包。小块的土地只能做个住宅用地。这年头又有几个人还会买地盖房？连电话公司都让日本人给霸占了，接线员都换上了他们汪政府的人。您说的这些业务，还能继续吗？

李衡甫： 好了，你们的这些情况我也都了解一些。这样吧，我今天就不客气地问你们一句：你们是想坐以待毙，还是想东山再起？

哈同后人： 李会长，这还要问吗？我都曾经想过与其这样苟且偷生地活下去，还不如早点自行了断。作为一个犹太人，帮不了苦难中的上海同胞，父辈祖辈留下的产业也被人抢的抢、占的占，几乎荡然无存。这不都是被日本人祸害的吗？

李衡甫： 当务之急是要建立你们犹太人自己的银行。只要你们愿意干，愿意为你们的犹太同胞做点事，就没有干不好的事。虽然你们都还很年轻，缺乏经验，但你们朝气蓬勃，老朽也会尽力地帮助你们。你们回去以后，把你们在上海的财产统计一下，包括土地、码头、船只、物业。不管这些财产是日本人占了还是汪伪政府占了，你们统统列个详细清单，自己估一个价值质押给上海工商联合总会。我将按照你们的财产估价，付给你们现钱。你们可以把这批现钱作为银行的资本金，用于银行业务。这个银行一旦成立，就是你们犹太人自己的银行。米兹拉希先生作为上海犹太救助会的会长，他也是你们犹太人的拉比，所以银行的董事长和行长均由他担任，你们三个家族可以各派出一个人担任副行长，负责开展银行业务。

沙逊后人： 那怎么么行。李会长，这不是让您拿钱给我们办银行吗？我们几个家族的那些破铜烂铁能抵押几个钱？那您太亏了，这个事我们不能干。

李衡甫： 是的，就是我拿钱帮你们犹太人开办一个银行。目的就是不能让全世界犹太人帮助上海犹太难民的这笔赈济款落到日本人手中，要由你们犹太人自己管理，从而更好地帮助你们上海同胞生存、创业。你说你们几家的一堆破铜烂铁当不了几个钱，但你们那些破铜烂铁，我也不要，只是名义上的。要不然日本人的宣传机器又要胡说八道了，质问我李衡甫凭什么把这么多钱给你们犹太人。如果以质押的名义，那就说你们犹太救助协会借我李某人的钱，与你说的那些破铜烂铁做抵押而已，这是名正言顺的。那些东西，那些土地、码头还是你们的，而且我希望你们把这些资源，充分地整合利用起来。日本人再封锁，总会有办法的。用得上我李某的地方，我也会尽力帮忙。你们看怎么样？

米兹拉希：（十分感动）李先生这样帮助我们，就是拯救我们这些迷途羔羊的天使。但这份福音来得太突然，我不敢相信，也不敢接受。我们犹太人数千年的苦难应该都是上帝的安排，是上帝要我们赎罪，是上帝给我们的惩罚，不是人力可以改变的。我作为拉比，作为犹太救助会的会长，我不敢接受李会长的这份恩惠。

【屋内一片嚷嚷声，三大家族的后人都不肯接受李衡甫的这份慷慨。他们觉得中国人和犹太人非亲非故，也素无瓜葛。犹太人是个勤奋而自信的民族，不应该心安理得地接受一个中国人的恩惠，而且这份恩惠是以牺牲一个中国家庭数代人的艰辛拼搏为代价的。这是他们犹太人的良心和自尊上都不能接受的。

楚孝仪：好了好了，各位别争了。我来说两句吧。你们各位说得都对，李会长凭什么这样帮助你们犹太人。如果有人这样帮助我楚孝仪，我也会觉得不安的，甚至惭愧。但现在是什么时候，逃来上海的犹太难民已超过三万人，这三万犹太人要吃、要穿、要生存、要活下去。可他们现在是要吃没吃，要穿没穿，每天都有犹太人非正常死亡。那些犹太难民历经千辛万苦从西方逃到上海，是对上海的信任，觉得上海可以容纳他们，可以救助他们。这也是我们上海民众的荣耀。我与李会长相识相交三十年，深知他的豪爽、正直和悲悯之心。上海被日本人占领以来，上海的六百万民众也处于水深火热之中，也在死亡线上挣扎，仅逃来上海的中国难民就有近百万。这些难民也和犹太难民一样，缺吃少穿，与死亡相伴。李会长毁家纾难，设法弄来粮食，开设粥厂一百多个，施粥赈粮，以减少这些难民的死亡概率。上海的数百万市民也面临着同样的问题。日本人搞海陆禁运，粮食根本进不了上海。我们的上海同胞同样面临死亡。我们的李会长为了拯救这些饥饿中的同胞，不惜冒着汉奸的骂名带头开动粮食加工的机器，又从日本人那弄来粮食运输的许可证，使粮源得以源源不断地进入上海，这才使我们上海的数百万同胞包括犹太难民勉强维持生命。但李会长的个人能力是有限的。他的义举，虽然使工商界的同仁纷纷效仿，但毕竟不能从根本上解决问题，但他还是尽力为之。用你们犹太人的一句话来说，就是一切听上帝的安排吧。但现在，上帝给了你们犹太难民一个继续存活的机会，那就是全世界的犹太人都关心到上海的犹太难民的生存问题，募集了一大批资金。如果这批资金能够实实在在地用在上海犹太难民的身上。我想，你们这批犹太同胞是能够活下来的，而且还可以在上海重建家园。

李衡甫：多余的话就不用说了，我理解各位心情。千百年来的历史证明，犹太民族是个伟大的民族。你们虽然没有自己的祖国，但你们在世界各地都建立了美丽富饶的家园。现在是非常时期，你们从纳粹的屠刀下逃来上海，几乎一无所有，又如何维持自己的生活。特别上海又被日本人占领，日本人对从美国来的这笔赈济款虎视眈眈。如果这笔钱落到日本人手上，那就不仅仅是改变不了上海犹太难民的处境，还等于支持了日本军国主义的侵略战争，那将是对人类的犯罪。所以老朽准备倾囊相助，支持你们犹太人创办你们自己的银行，使这笔钱能够实实在在地用在上海犹太难民的生存和创业上，也是为了阻止日本军国主义的经济掠夺，为削弱日寇、抗击日寇做点贡献。但我帮助你们也是有要求的，我的要求就是这笔钱必须实实在在、完完全全地用在上海犹太难民身上。这是我唯一的要求。诸位都是你们银行的经营者，是犹太民族的精英，我相信你们能够尽心尽力为你们犹太同胞重建家园，为你们的民族复兴做出贡献。但今天我丑话说到前头，如果我发现你们不能履行职责，不能完成帮助你们在上海的民族同胞生存和创业的使命，甚至出现截留、挪用银行资金的行为。我李某有权罢免除米兹拉希先生外，其他任何银行负责人，当然也包括你们在座的三位。我这唯一的要求，不知是否过分？

哈同后人：完全应该。李会长为了我们犹太人的生存，真的是倾其所有、鞠躬尽瘁。我们保证不做任何让李会长失望的事情。我们犹太民族是懂得感恩的民族。上海民众，特别是李会长，对我们民族的悲悯和支援，我们和我们后代将永远铭记。既然李会长不方便在银行担任具体职务，我建议李衡甫先生担任银行的总顾问，楚孝仪先生担任银行的总监事。二位可随时查阅银行的有关业务和收益情况，重要情况处置和重大人事任免均报请李会长决定。诸位，你们意下如何？

沙逊后人：同意同意。

嘉道理后人：我一百个赞成。

李衡甫：好。各位如此盛情，我李某却之不恭。我接受这份邀请。银行成立后，我们大家各司其职，按规矩办事。我和楚先生走后，务望各位抓紧办理筹建银行的各项事宜，确定银行各部门的负责人和业务员。如你们选拔出来的这些人缺乏业务知识，可让他们到我淞浦银行各部门实习。必要时，我可从淞浦银行调几名业务骨干来你们银行工作。因形势逼人，我要求这个银行争取在一个月内开张营业。还有，开办银行肯定有收益。其收益部分，米兹拉希先生、你们三个副行长和总监事楚孝仪先生各提取10%，剩下的50%还将用于上海犹太难民的发展救助，以及银行的发展经营上。老朽分文不取，免得日占当局和社会上悠悠众口又污我老朽是为利而为。

【众人一片赞同声。米兹拉希泪流满面。

第二十二集完

第二十三集

23-1. 景: 淞浦医院李廷琛办公室 日 内

【李廷琛推门进屋,发现海东青坐在自己的椅子上,正悠闲地喝着茶,手中还拿着一个人体穴位分布模型端详着。见李廷琛进来,坐着没动,眼中继续盯着那个模型。

海东青: 叫我来干什么? 我知道你没事不会找我。

李廷琛: 没事就不能找你啦? 想你啦,见个面还不行吗?

海东青: 别扯。你心里想的是那个洋小妞。你什么时候想过我? 不过这也很正常。那小妞又漂亮又文艺,人也善良,配你倒是挺合适的。

李廷琛: 你别胡说。让人家听见挺尴尬的。以后这种玩笑少开。找你来还真有点事。

海东青: 是吧是吧。我就知道你有事。说吧说吧,什么事?

李廷琛: 这段时间,你能不能多去川崎饭店转转,盯住那个叫莆田川的日本人和那个叫施瓦茨的德国人。那个德国人,你应该认识,就是那个追杀我老师一家的盖世太保上尉。这次他来还带着那个药材商西蒙。西蒙你是认识的,是我的药材供应商,显然他们是想通过西蒙找到我,通过我再追寻我老师一家。

海东青: 施瓦茨? 那个追到码头并向杰思敏开枪的混蛋? 他怎么跑到上海了?

李廷琛: 是的,就是他。他是纳粹军官,这次来上海,估计还是追杀我老师一家。德日结盟,日本人一定会保护施瓦茨并为他提供方便。川崎饭店又是日本人的地盘。请你去,只是打听消息并盯住他。看他到了些什么地方,或有什么危害我老师一家的举动。你一个人千万不要轻举妄动,更不要被对方发现。

海东青: 知道了知道了,大哥。这种畜生你还留他干什么,干脆做掉他,不就少一个祸害吗?

李廷琛: 海东青,千万不可莽撞。我们要搞清他们来上海的真实意图。这件事牵涉面很广,我们不能像他们那样动手杀人。如果他真要祸害我老师一家,或其他祸害我们中国人的事,到时候我们再动手不迟。可你现在千万不能暴露你自己,听见了吗? 只是让你盯住他。有情况立即告诉我。

海东青: 知道了知道了。没别的事了吧? 那我走了。

【海东青不等李廷琛说话，转身便离开了办公室。

23-2．景：犹太社区 日 外

【李廷琛独自一人穿过新建的热闹干净的犹太社区。孩子在他身边嬉笑穿过。一切都显得一派祥和。

23-3．景：犹太社区科恩家 日 内

【李廷琛站在窗前，看着楼下嬉闹的孩子。科恩沉默地给李廷琛倒了一杯茶。李廷琛捧着这杯茶，却犹豫着不知道怎么开口。

科恩：孩子们这样玩耍的声音，是天使的声音。

李廷琛：听到这样的声音会以为战争从未发生。

科恩：很抱歉，我这里只有茶。

李廷琛：咖啡现在可是紧俏的东西。

科恩：但这茶很好。我现在已经喜欢上了中国的茶。我原来从来没有喝过这么香的茶。

李廷琛：科恩先生……

【两人短暂的沉默，李廷琛看着茶杯里升起的氤氲热气。

科恩：李廷琛，玛丽不在，我想你一定是特意挑了这个时间来找我，你一定有很重要的话想说。如果有让你为难的事情，请你不用担心。我们可以坦诚地谈话。

李廷琛：施瓦茨来了。

【科恩并没有显露出心慌和不安。

科恩：他终于还是来了。

李廷琛：科恩先生，我只是希望确定，在上海有没有人知道您的真实身份。

科恩：我的真实身份？伦纳德·科恩，我也不知道他到底是一个什么样的人。什么样的人值得一个德国纳粹的军官，这样苦苦追踪。我本来以为伦纳德·科恩是一个极其普通的人，普通的科学家，对世界和宇宙充满好奇，探索未知的世界和未来。他唯一对这个世界的错误，可能就是身为一个犹太人。我不知道身为犹太人是不是一种原罪。

李廷琛：您明白里面的原因。他们会特意到上海，寻找您的踪迹，是因为什么。

科恩：我当然知道。我早已把我的一切交给上帝，生死对我已无关紧要。我只希望我

的亲人能够平安。

　　李廷琛：科恩先生，在上海有没有人知道您在德国的一切？

　　【科恩注视着李廷琛深邃的目光，没有闪躲和回避。最终坚定地把自己的答案说了出来。

　　科恩：没有。我永远不会承认我和德国原子物理学家伦纳德·科恩有什么关系。我们只是恰好同名而已。在上海也没有伦纳德·科恩，只有普罗米修斯·杰拉，是个擦鞋匠。

　　李廷琛：这没有用，科恩先生。您的那个学生，盖世太保中尉施瓦茨已经到了上海。您知道他来的目的就是为了您。上海是日占区，日伪政府可以用排查的方法很轻易地找到您，而施瓦茨也可以很轻易地认出您。为了您的安全，我和詹森特使还是希望你们一家能够转移到一个安全的地方。杀人狂魔已经追到家门口了，为了防止不幸发生，我们必须这样做。

　　科恩：我上次已经对你说了，我不会离开我的犹太同胞，我的生命已经交给上帝。我相信上帝的安排。

　　李廷琛：科恩先生，这不仅是您个人的生死问题。您的生死牵涉到玛丽夫人、杰思敏和莎拉的安危，甚至生死。

　　【科恩沉默着，不再说话。

　　李廷琛：还有，总领馆的特使詹森先生想与您见个面，亲手转交罗斯福总统和您好友爱因斯坦的信。您考虑得怎么样？您准备什么时候去见他？

　　【科恩依然沉默，不再说话。但他避开李廷琛期盼的目光，低头喝茶。

　　李廷琛：科恩先生，我在期待您的答复。

　　科恩：李先生，我虽然是犹太人，但我还是个人。在上帝面前人人平等，我希望您和詹森先生能够尊重我的意愿。当我认为有必要和詹森先生见面时，我会主动约见他。

　　李廷琛：我想我和詹森先生都会尊重您的意愿。但形势逼人，我希望科恩先生能理性地思考，做出理性的选择。再见。

23-4.景：川崎饭店大门 日 外

　　【海东青一身小开装扮，从川崎饭店门口走出，还有日本妇人与他打招呼。海东青没有理睬，扬长离去。

23-5．景：淞浦医院李廷琛办公室 日 内

【李廷琛坐在办公室里，海东青坐在沙发上，舒服地瘫着。

海东青： 施瓦茨和西蒙都住在那里。他们身边还跟着一个日本翻译，大概就是你说的那个日本人莆田川吧。

李廷琛： 他们为什么来上海？

海东青： 他们跟川崎饭店内部的人极少来往。没人知道他们的真实身份，施瓦茨总是跟西蒙分开行动。西蒙跟那个日本人在一起，走街串巷，吃吃喝喝，也没干什么正经事。施瓦茨……很神秘，平时就待在旅馆不出门，连吃饭都是西蒙和那个日本人送到他房间。我盯了他几天，没发现他到底在做什么。

李廷琛： 听到过他们说什么吗？

海东青： 他们的话我也听不懂，但他们确实经常提到一个叫伦纳德·科恩的人。

【李廷琛沉默了。海东青从沙发上坐起来。

海东青： 你到底在担心什么？反正暂时也没有人知道那个科恩先生到底是哪个科恩。他们要找的那个科恩是不是在上海，是不是玛丽夫人的丈夫。

李廷琛： 可是这种不确定的安全不知道能持续多久。我们把他们一家人从德国漂洋过海带到了上海，我们当然应该保护他们的安全。但我不知道施瓦茨来到上海之后，这样的平静还能持续多久。

海东青： 你看你愁的那样。你知道这个施瓦茨是冲着你老师追到上海来的。这个施瓦茨又是个杀人如麻的魔鬼，何不干脆宰了他，永绝后患。

李廷琛： 你呀你呀，海东青。你以为事情就这么简单吗？现在日本人还没有什么大动作。如果你杀了这个施瓦茨，那势必引起日本人的警觉。他们来个对犹太人的全城搜捕，我的老师一家肯定难逃厄运。实话跟你说吧，伦纳德·科恩不仅是德国人要追杀他，美国人和日本人也在找他。如果一旦发现了他，我不知道等待他的会是什么命运。

海东青： 那就更要把那个什么施瓦茨给除了。他那副不死不活的鬼样子，小爷早就看不惯了。除了他，上海也没有谁认识你老师的丈夫伦纳德·科恩了。

李廷琛： 海东青，不要盲目行动。施瓦茨已经跟日本人勾搭在一起。杀了施瓦茨一定会引起日本人的注意。我不是跟你说过，日本人也对科恩先生感兴趣吗？他们也不会放过

科恩先生。所以我们一定要沉住气，摸清他们的情况，再动手。

海东青： 被你这么一说，难道就只能干等着吗？这真是让人憋气。

李廷琛： 不过，海东青，你还是提醒了我。得找更多的人一起保护科恩一家的安全。

23-6. 景：汪公馆客厅 日 内

【李廷琛站在客厅里。

刘姆妈： 夫人说了，马上下来。请您去小客厅里稍坐一会儿。

23-7. 景：汪公馆小客厅 日 内

【小客厅里明显是茉莉日常活动的地方。墙壁上挂着她之前的演出照片。钢琴上也放着她的唱片。窗台上，摆着几盆茉莉，洁白的小花吐露着淡雅的香气。茉莉站在了门口。

茉莉： 哟，是大少爷。您可是稀客呀。有事要找我吗？

李廷琛： 是的。我还没有来得及感谢你，就又要先开口请你出面帮忙。真是让人惭愧。

茉莉： 哪里需要这么郑重地道谢。不过是闲聊了几句家常。我不过是给人家做夫人的。夫人能做的事情就这么多。要是能帮上忙，也不过是一些小事情。

李廷琛： 不，您是女中豪杰。我现在是相当敬佩您的。

茉莉： 我哪里担得起李院长的敬佩？

李廷琛： 难民与你非亲非故，你却在全力以赴地帮助他们。这还不值得敬佩吗？

茉莉： 我也是苦出来的。总会心里生出一点不忍心。

李廷琛： 想请你，帮忙在汪老板身边求个情。不管做什么，你的身后都有汪老板这棵大树。

茉莉： 何必如此客气。说吧，我能帮上的，我一定帮忙。

李廷琛： 上次你打电话告诉廷瑞，说有一个日本人和一个德国人在找我。我今天上门就是告诉你，这个日本人和德国人的背后还有一个叫施瓦茨的德国人，这个叫施瓦茨的德国人正是在德国追杀我老师玛丽一家的恶人，是个盖世太保军官。他们不惜漂洋过海，从欧洲追到上海。就是想通过我，继续追杀我的老师玛丽一家。

茉莉： 我猜到了。但不知道要我做什么？

李廷琛： 能不能请汪老板出面，保护好我老师玛丽一家的安全。

茉莉：青帮直接出面？

李廷琛：是的。我知道汪老板现在尽量低调。但上海也只有他能办得了这件事。

茉莉：好。我知道了。我试试看。

李廷琛：谢谢汪夫人。如果汪老板同意了帮忙，请告诉我一声。

23-8．景：土肥原办公室 日 内

【土肥原面对久保田的汇报显得已经有些不耐烦。

土肥原：说来说去，就是这些毫无进展的情报。

久保田：是我们工作的不足。

土肥原：不是你们的责任，是中国的抵抗力量，一直在变换方式。对了，那个德国人怎么样？

久保田：德国对于犹太灭绝的政策没有任何松动。

土肥原：日德结盟，外务省那帮笨蛋从来不会采取强硬的措施，只会随声附和。既然那个德国人被派作代表要在上海继续追杀犹太人，那么你在可能的情况下配合他。毕竟德国是我们的同盟国，但要注意我们只是配合。杀人的事由他们自己去干。特别不能容许他们在闹市杀人。

久保田：是。

土肥原：如果没有我们，德国人在上海什么也做不成。可是我们的军队什么时候才能把触角伸到欧洲呢，什么时候才能真正结盟，实现平等的关系。德国人在上海找我们做帮手，只有利于他们，我们的利益他们却无法提供。屠杀犹太人，这不是战争。在我们的占领区，却要我们服从他们的意志，让我们也背上帮助德国人屠杀犹太人的恶名，这是政治上的不平等。让我们成为他们的帮凶，凭什么？这事要慎重。在我们的占领区一切由我们说了算。懂吗？这是政治。

久保田：是。

土肥原：还有，小野这个蠢货，交代他的事没一件办妥了。情报显示美国的犹太考察团就要来了。关于皇军优待犹太人的纪录片，他搞好了吗？建立东亚银行的事，现在也毫无着落。你要督促他。在美国考察团来到之前，他必须把这两件事办好。绝不能让美国的这笔赈济款落入别的银行。如果他把这笔钱放走了，那他就是帝国的罪人。我绝不会放过他。

久保田：也许他……真有什么难处。

土肥原：我不管他有什么难处，这种事只有他能出面。我们军方是不能出面的。把他从满洲调来上海，不就是要他办好这些事情吗？他当初不也是信心满满地一口承诺吗？不也是拍着胸脯信心满满的吗？怎么，今天都不算数了？上次给皇军加工50万套冬装的事，他居然采购一批破棉烂絮给皇军做冬装。就凭这件事，他就该死。如果这一次，他再放走了犹太人的这笔钱，你知道该怎么办。

久保田：知道，老师。我会亲手劈了他。

土肥原：还有他在满洲的银行，满铁的股份，以及他和他夫人名下的财产统统没收。

久保田：（大声）是！学生明白！

23-9．景：川崎饭店施瓦茨房间 夜 内

【施瓦茨怒气冲冲地盯着西蒙。

施瓦茨：你跟那个日本人又在外面跑了一天，还是一无所获。

西蒙：我们很努力，但是上海实在是太大了。

施瓦茨：寻找科恩一家的进展过于缓慢，甚至毫无线索。这不是上海的问题，一定是你对元首忠诚的问题。

西蒙：不，您不应该这样怀疑我。或许我现在还不能跟您有机会展现我的忠诚。但最起码您不能怀疑一个尽忠职守对我们的元首充满了忠诚和热爱的日本友人。他没有必要替我隐瞒。

施瓦茨：是吗？我可以通过他来信任你？

西蒙：请你相信，我现在已经有了思路。之前是寻找的方法不对，但现在一定可以找到李廷琛。

施瓦茨：你的计划？来跟我谈谈你的计划。

西蒙：我只是希望不要打草惊蛇。因为李廷琛并不是我们的目标，只有科恩才是大鱼。

施瓦茨：那么对于科恩你有什么计划？

西蒙：如果科恩一家真的跟李廷琛在一起，或许真的是在李廷琛的帮助下逃到了这个鬼地方。如果不能先争取到李廷琛的信任，科恩一家很可能就再次逃跑了。

施瓦茨：你认真思考过了？

西蒙： 上尉先生，我是忠诚的。您想想，科恩是个非常狡猾的人。他是在您的眼皮底下从柏林一路逃出去的。我完全没有任何经验，我只能更加小心翼翼。

施瓦茨： 好吧。我相信你。

西蒙： 谢谢您。

施瓦茨： 这一回，你和我，都不容有失。如果再让科恩从我们眼前溜掉了，你就是第一个死的人。只有你死了，才能向元首谢罪。

23-10. 景：上海街头 日 外

【西蒙带着莆田川故意在上海街头招摇过市。

西蒙： 法租界就这么大吗？

莆田川： 不，我们今天只走了法租界的十分之一。再说，除了法租界，还有英租界、日租界、公共租界。除了租界，上海这么大，我怎么知道你要找的那个人是在哪里。你就这样在这里绕来绕去？能找到你要找的那个人吗？天气又不好，我可不愿跟着你受这份罪。

西蒙： 我不是刚来上海吗，我对上海的情况又不熟悉。施瓦茨把你从总领馆要出来，当然是希望得到你的帮助。我也只能依靠你呀。你不是也去找了那个什么青帮老大吗？你说过，他在上海就没有办不好的事。我们这不是一直在等他的消息吗？你说不愿意在这里绕来绕去，那我听你的。你想到哪儿去，我陪着你就是。上海是东方巴黎，你不是说有很多好吃好玩的地方吗？你也可以带我去逛逛啊。愿意吃、愿意喝、愿意玩，我都陪着你，费用我出。

莆田川： 西蒙，你这句话早该说呀。我可不是你在德国的顶头上司。如果只是要消磨时间，我可以带你去很多有趣的地方。

西蒙： 可是，施瓦茨先生逼迫得太紧了，也不让我们好好休息一下，放松放松。没找到人，他就没个好脸色。

莆田川： 那是一头狼。在德国，他会吃人。可现在是在上海，别理他就是。在上海，他还能吃了你？你一句话就可以给他顶回去：上海这么大，莆田川先生也在帮我找，连他都没辙，我有什么办法？到时候我也会帮你说话的，你能耐，你去找。

西蒙： 莆田川先生，你是好人。好人有好报。你知道我现在是在施瓦茨的枪口下生活。你帮了我，我不会忘记你的。

23-11. 景: 上海街头 日 外

【莆田川跟在西蒙的身边，上海街头虽然在战争中却因为涌入了大量的各阶层人士，呈现出畸形的热闹。

西蒙: 上海哪里最热闹，我们今天就去哪里。

莆田川: 那我们去城隍庙吧。不过，那里不是租界，可能会有一些危险。

西蒙: 战争中的上海，还有这么热闹的地方。

莆田川: 这都是我们大日本帝国皇军跟上海市政府共同的努力。

西蒙: 您喜欢上海吗?

莆田川: 我觉得哪里都一样。但是我很喜欢这里。上海和东京或者这个世界上任何一个地方，对我来说都一样。

西蒙: 没有故乡?

莆田川: 我不是军部的人也不是外务省的人，我只是一个很普通的日本人。在军部和外务省，想要升上去都需要背景。我没有那样的背景，我是个普通人家长大的孩子。我喜欢所有能给我带来好处的土地和人们。这就是我喜欢上海的地方。都说上海是冒险家的乐园，我喜欢冒险。不冒险哪有成功? 上海充满了成功。

23-12. 景: 城隍庙 日 外

【熙熙攘攘的城隍庙，西蒙和莆田川的身后一直有青帮的人远远跟随，看着他们的一举一动。

23-13. 景: 城隍庙饭庄 日 内

【跑堂的一见到进来西蒙和莆田川两个外国人，立刻将他们迎接到雅间里。

西蒙: 跟他们说把最贵的菜拿上来。莆田川，我要请你吃一顿好菜，代表我的心。

【莆田川站起来在跑堂身边耳语了一番。西蒙主动给莆田川倒酒。

西蒙: 这几天有您陪着我在上海找人，真是辛苦您了。

莆田川: 只是在街头转一转而已。您的这只手表很漂亮，一定很贵吧。

西蒙: 确实不便宜。而且，很有历史。

莆田川：很愿意听一听这里面的故事。

西蒙：您知道瑞士的制表工业是非常有传统历史的。我听说中国过去的皇宫里也存放了很多精美的钟表。我的家族曾经有很多人都是制作钟表的，只是我在这个方面完全没有天赋。所以，我才改行做了医药。这可是我们家传的金表，无论多少年，走时都十分准确。如果我一直做一个修表的人，说不定永远也不会来到上海。

莆田川：那我们就没有缘分在上海成为朋友了。

西蒙：您要喜欢，送给您。一点小小的礼物，但这是我的家传，也是我的心意。

【西蒙脱下手腕上的金表送到了莆田川的手边。跑堂送了菜。莆田川假意推脱，但最终还是悄悄戴在了自己的手腕上。

莆田川：这么贵重的东西，送给我，您会舍不得吧。

西蒙：我们相处的时间虽然不长，但我觉得跟莆田川先生一见如故。这只是一个小礼物。

莆田川：我也觉得西蒙先生虽然是一位德国人，但是感觉上却异常的亲切。

西蒙：如果有一天能安全地回到德国，请莆田川先生一定要来我家，让我好好招待您。

莆田川：来日方长，总有那样的时候。当大日本帝国和德意志帝国携手称霸了整个世界的时候，一切都会掌握在我们的手中。但是这么贵重的东西……

西蒙：您将是我永远的朋友。我的钱袋就是您的钱袋。

莆田川：施瓦茨早就跟我说了，您是德国有名的富豪。在战争之前，医药行业的利润都是非常可观的。只是不知道，我还有什么可以帮助您的。

西蒙：我只是觉得这些天来，一直在跟您添麻烦。在施瓦茨那里，您陪着我，也没少受气。这让我感到非常抱歉。如果您实在是难以接受，您就把这个当作是我对您的歉意。

【莆田川十分得意地大笑。

莆田川：像您这样对朋友大方的人，一定会是非常好的朋友。

西蒙：那以后我就一切都拜托您了。

23-14. 景：城隍庙街道 日 外

【莆田川脚步踉跄，西蒙也有一些微醺。两人酒足饭饱从城隍庙饭庄出来。莆田川得手了这样一块金表，十分满意。金表在阳光下闪闪发光。莆田川还在把玩这块金表，人群中闪出几个白相人，一把夺过莆田川手中的金表撒腿就跑。路边停放了一辆没有车牌的汽车，汽车里的人一直默默注视着发生的一切。

莆田川： 站住。有人抢东西。巡警！

【莆田川在路上大喊，自己也跟着追了上去。西蒙一个人站在那儿不知所终。这时，人群中又冲出一伙人，悄悄靠近了西蒙，用手枪顶住了西蒙。西蒙刚想呼救，就被两个人强行架着，塞进了那辆一直等在路边的小汽车里，绝尘而去。

23-15. 景：汽车中 日 内

西蒙： 你们要带我去哪里？！

【司机却摇了摇头暗示西蒙自己并不会说德语。西蒙无奈只好坐回了座位上。西蒙看着车窗外，一路上车子越开越远。

23-16. 景：郊区废旧库房 日 内

【西蒙被人架着走进了一间破旧库房。

【屋内几个彪形大汉将他团团围住。西蒙完全搞不清楚发生了什么状况，情急之下用德文大声呼救。

西蒙： 救命，救命，放我出去。

【西蒙努力挣扎着要往门外逃去。一个大汉上前给了他一拳。西蒙被打得有点蒙了。大汉又拔出了手枪，敲着他的头让他张嘴。西蒙吓呆了。一个看起来是他们中间首领的年轻人走过来，用英文问西蒙问题。

年轻人： 你是什么人？叫什么？

西蒙： 德国人，西蒙，菲舍尔·西蒙……

【一听到这个声音，隔壁房间的门，一下子推开了，李廷琛从隔壁房间冲了出来，原本一起待在房间里的汪墨樵和茉莉也跟了出来。李廷琛一下子抱住了菲舍尔·西蒙，西蒙满脸无法置信的表情。

西蒙： 这……上帝啊，我不是在做梦吧？李廷琛，居然可以再见到你。我以为我要被他们杀了呢。

李廷琛： 他们是我的朋友。

【西蒙和李廷琛都热泪盈眶。汪墨樵示意众人退下，他和茉莉也回避到了隔壁小屋里。

西蒙：一下子看到不知道哪里冒出来的人抢走了莆田川手上的表，我以为是遇到抢劫了呢。

李廷琛：我的朋友用这个方法让手下的人把你身边那个日本翻译引开。不能引起怀疑，不管是那个日本翻译，还是施瓦茨，都不能引起他们的怀疑。

西蒙：你不知道，你离开德国之后发生了很多事情。

李廷琛：让你受到牵连我很抱歉。

西蒙：不，每一个尚有良知和人性的人都会像我这样做的。纳粹正在寻找一个叫伦纳德·科恩的物理学家。纳粹一定要把这个人抓回德国，或者让他死。押着我来的是施瓦茨，而这些命令都是他的上级梅辛格上校下发的。

李廷琛：哦，是吗？为什么？

西蒙：我不知道。我也常常在想，这个伦纳德·科恩是个什么人？不就是个犹太人吗？值得他们漂洋过海一路追杀。

【李廷琛沉默……

西蒙：李廷琛，你听我说，你必须想办法稳住施瓦茨。梅辛格上校是个刽子手，施瓦茨就是他手中的刀。这个人冷酷无情，心里充满了恨和嫉妒。他是个魔鬼，要摧毁所有美好的人和事物。施瓦茨已经知道你的老师一家上了你开往上海的船，也知道伦纳德·科恩先生是你老师的丈夫。他们上了你的船，那就肯定是你把他们带到了上海。他们这次把我带来上海，就是要通过我找到你，再找到你老师一家。特别是伦纳德·科恩先生，他们一定要他死。我想这恐怕不仅因为他是犹太人，或许还有其他更重要的原因。

李廷琛：我明白。我会尽力保护好我的老师一家。

西蒙：李廷琛，你也要注意安全。我虽然在尽量拖延时间，不让他找到你。可你是上海淞浦医院的院长，他们可以通过日占当局很轻易地找到你。我说过，施瓦茨是个魔鬼，你务必要小心……

李廷琛：你放心。我的安全你不用担心。上海虽然是被日本人占领，但这里是我故乡，是我的国家。大凡一个有良知的中国人都不会允许纳粹在中国的土地上屠杀犹太人。西蒙先生，你现在是处于施瓦茨的控制之下。我现在要考虑的是如何帮助你逃脱施瓦茨的魔爪。

西蒙：我现在还不能逃。我的妻子和女儿已经被施瓦茨送进了警察局，现在生死未卜。我要是现在逃了，那我的妻女必遭毒手。虽然我在离开德国前已托付我的一个好友变卖我在德国所有财产，请他务必设法将我的妻女营救出狱，但现在也没准确的消息。故我现在只能稳住施瓦茨，待我的妻女有消息后，我再做最后安排。你没有带走的药品，我已经拜托了我的合伙人麦卡德，他会想办法把药品送到上海。希望你能用这些药品挽救更多人的性命。

李廷琛： 西蒙，太感谢你了。是我连累你了。等你妻小有了消息，请务必通知我。我会尽一切努力帮你脱离魔掌。

【李廷琛热泪盈眶，拥抱着西蒙。

西蒙： 李廷琛，你一定要注意自己的安全。我知道，施瓦茨对你也有很多怨气。

李廷琛： 我明白。有什么情况可来淞浦医院找我。一会儿，我的朋友会让兄弟把你送回去，路上你可能要受一些委屈。

西蒙： 我明白，我明白，不能让他们怀疑我。但愿我还有再见你的时候。

李廷琛： 会的，一定会的。照顾好自己。

【李廷琛眼看着青帮的兄弟给西蒙罩上了麻袋，把西蒙塞回了汽车上。

23-17．景：仓库隔壁小房间 日 内

【李廷琛满腹心事地来到了隔壁房间，茉莉和汪墨樵站了起来。

李廷琛： 汪老板，谢谢您的筹划。

汪墨樵： 小事情。做戏要做全套了。这是给对方面子，也是给自己后路。

李廷琛： 看来，无论是日本人、德国人，当然还有美国人，都想得到伦纳德·科恩一家的下落。

茉莉： 杰思敏会有事情吗？他们为什么这么远都不放过这家人？

李廷琛： 科恩先生不仅是德国著名核物理学家，还是世界一流的原子理论物理学家，他的理论对研制一种非常危险的武器很有帮助。德国人不能允许他落在别人的手上，只有他死了，才能安心。

茉莉： 那我去告诉杰思敏，让他们全都藏起来，不要露面。

汪墨樵： 藏？能藏多久？

李廷琛： 科恩先生不愿意躲藏。

茉莉： 那总不能看着人家上门吧。

汪墨樵：是啊。如果他们自己找到了你老师一家，那你老师一家不是很危险吗？虽然我已经派了弟兄日夜监护，但总怕有什么闪失。你看这样行不行？我让人把那个叫施瓦茨的德国赤佬弄残了，拿掉他一只胳膊或一条腿什么的，让他两三个月起不了床，以延缓他们的行动。你们在这段时间内，想个万全之策，好好地保护你老师一家。你看怎么样？

李廷琛：我是个医生，我的天职是治病救人。我不主张使用暴力，我们这样做，是不是有点……

茉莉：哎哟，我的大少爷。你的仁慈要看用在什么人身上。我就问你一句，那个叫什么施瓦茨的混蛋，是好人还是坏人？他从德国跑到中国来干什么？

李廷琛：施瓦茨当然是个坏人、恶人。他在德国杀了无数的犹太平民。他来上海的目的，刚刚西蒙已经说得很清楚。他还是要追杀我的老师一家，特别是伦纳德·科恩先生。而科恩先生曾经是他的恩师。

茉莉：这不结了吗？对这种恶人，还有什么仁慈可讲。廷琛，不是我说你。在这一点上，你远不如我的丈夫汪先生。男子汉大丈夫就应该惩恶扬善、除暴安良。汪先生没说宰了那个恶棍、刽子手，已经是从大局考虑了。给他一点小小惩罚，也是为了给你们赢得时间，也是避免你们老师一家出意外。你看你，还支支吾吾的。没要他的狗命，就算便宜他了。

李廷琛：好吧。汪夫人说得对，我听您的。感谢汪老板鼎力相助。但这事不能惊动汪伪当局，免得引起更大骚动。

汪墨樵：这你放心吧。我这样做，也不完全是为了救你老师一家。我就看不惯，在中国的土地上坏人欺负好人。茉莉说得对，没弄死他，就是不想引起更大的风波。这事就这样定了。我们赶紧回去吧。我还要做些安排。

23-18. 景：犹太社区科恩家 夜 内

【李廷琛拎着一大包食品和一束鲜花来到科恩家。

玛丽：谢谢你。

李廷琛：你们一家乔迁新居，缺东少西的。我这次来给你们带了点食品。

科恩：我们一直受到照顾，太感谢了。

莎拉：这鲜花真是太好了。爸爸，我们房间里不用再插野菊花了。这是真正的玫瑰花。好香啊。

【莎拉把花束中的玫瑰花特意挑选了出来，将其中最漂亮的那朵插在了李廷琛西装的上衣口袋里。

莎拉：廷琛哥哥，这是我送给你的玫瑰花。这可是我一生中第一次送出去的玫瑰花。请你一定要珍惜。

李廷琛：我会的。

玛丽：你在莎拉的心中是个王子。

杰思敏：妈妈，我们不能再这样无缘无故地接受他的礼物。

李廷琛：杰思敏，这不算什么礼物。

杰思敏：（赌气地）我们不能要。请把它拿回去吧。

李廷琛：我没有别的意思。

玛丽：杰思敏，我觉得你跟李廷琛之间或许有一些误会。你们要不要单独谈一谈。

杰思敏：不，我要去"大世界"上班。今天没有空。再见。

【杰思敏拿着包就出了门。李廷琛跟玛丽点了点头，跟了出去。莎拉也要跟出去被妈妈拦住了。

玛丽：莎拉，杰思敏和廷琛哥哥有一些误会，让他们自己处理，好不好？

莎拉：他们比我年纪大，还有矛盾。我看姐姐在赌气，真不懂事。妈妈，我比姐姐懂事多了。

玛丽：莎拉，你是最乖的。当然，所有人都爱你。

莎拉：好吧。妈妈，我也爱你。

23-19．景：犹太社区街道 夜 外

【杰思敏快步走在前面，李廷琛紧随其后。

李廷琛：杰思敏。

【杰思敏终于停下了脚步。

杰思敏：你走吧。你对我们家的帮助，让我觉得愧疚。

李廷琛：这只是友谊。

杰思敏：友谊是平等的，是各自都有付出。但我们没有。你用怜悯对待我们。

李廷琛：我很抱歉让你感到不舒服。

杰思敏：这是友谊，那什么是爱情。你会怎么样对待你喜欢的人。你说我们之间有很多鸿沟。但对于别人呢，你如果遇到真爱，是不是会不顾一切、不顾身份地去追求？

李廷琛：你是什么意思？

杰思敏：我也不知道我要说什么，我该怎么办。你走吧，以后没有事，不要来我们家了。

【李廷琛看着杰思敏离去的背影，十分难过。

23-20．景：久保田办公室　日　内

【施瓦茨怒气冲冲。久保田却难得的不慌不忙，甚至有点冷淡。

施瓦茨：在你们的占领区，我们居然没有人身安全，现在两个人一起失踪。我需要你的解释。

久保田：我向你解释什么？上海天天死人，天天有人失踪。我怎么保证你们的安全？听说你是职业军人，党卫军上尉。你自己都保护不好自己的人。怎么？要我派一个连队保护你们吗？上海可是有六七百万人口的城市，我们保卫得过来吗？

施瓦茨：我只是希望你保卫我们的安全，现在我们的人失踪了。是被人绑架了，还是被人杀了，你总要帮我们查清楚吧。

久保田：你刚才也看见我给特高课、警察局都打了招呼，限他们三天内，查清你们这两个失踪的人的去向。我们做的只能是这些，上尉先生。

施瓦茨：我要跟土肥原将军汇报。

久保田：请便。我想土肥原将军也很清楚，现在上海的治安有很大的问题。将军会对你的遭遇十分同情，至于办法，可能也只能劝你安静等待。

施瓦茨：因为你们的工作失误，导致我们的人失踪。你作为占领军的上海最高军事当局必须承担责任。

久保田：上尉，我劝你冷静点。你要求我们对你们来上海的事保密，我们做到了；你要求给你们行动提供方便，我们做到了；你甚至要求我们允许你进入犹太区调查犹太人，并给予你们处置犹太人的权力，我们也同意了。作为军事当局，我们做了在我们的占领区对盟国的秘密活动提供了一切必要的帮助。至于人员失踪的案件，这不是我们军队该管的事。你应该向当地警察部门报案。好了，上尉。我得开会去了。

【久保田说毕，扔下施瓦茨大步走向门外。施瓦茨脸色铁青，但又不敢发作，悻悻地

走出办公室。

23-21．景：川崎饭店西蒙房间 夜 内

【西蒙和莆田川各自带着伤，坐在房间内。施瓦茨被气得在房间里跳脚。

施瓦茨：你们两个蠢货，居然一起失踪。

西蒙：那实在是太野蛮，太可怕了。我们是遇到了强盗。幸亏有莆田川翻译在场。

莆田川：施瓦茨上尉，您也看到了，这些伤总不会是我们自己弄的。我们这样灰头土脸地回来，是很没有面子。但是这件事，我们实在是无辜的。

西蒙：我们就是遇到了坏人打劫。你看到了，我的口袋里什么也没有了，全部被他们抢走了。还好他们只是抢走了我们的东西，没要我们的命。我觉得……

施瓦茨：你觉得什么？说。

西蒙：我们在街上找了这么多天，一点科恩的下落都没有。莆田川先生也找了熟人。我们也到了所有收容犹太人的地方，依然没有一点线索。今天又发生了这样的事情。上尉，我说句话你不要生气。我觉得我们现在做的这一切都是徒劳……

施瓦茨：什么？徒劳？你什么意思，说清楚点。

西蒙：我担心我们要找的那个什么伦纳德·科恩根本就不在上海。他或许死了，或许在别的地方藏了起来。那我们这样找下去能有结果吗？再说……再说我为我们安全担忧，特别是您的安全。我们今天发生的事说不定只是个前兆。或许已经有人盯上我们了。如果上尉您再出点什么事，那我们可怎么办？

莆田川：是啊，上尉。您是待在屋里没出去，也不了解上海的情况。上海虽然是东方巴黎，可这座城市也充满杀机。我们今天遭人绑架，回来后你没有一句安慰的话，反倒是一顿呵斥。我们可都是在给你办事啊！要不你明天出去试试？

施瓦茨：好吧，莆田川先生。很抱歉，刚才我不该发脾气。希望这件事不要影响我们跟上海宪兵司令部的关系。西蒙，你这个无赖，一定是你的责任才让莆田川先生受到了牵连。你这个蠢货。

【西蒙沉默不语。

莆田川：这件事，不能怪菲舍尔先生，他非常尽力。我们都很尽力，在上海要找个人谈何容易。好在现在有了线索，等待一定会有消息。

施瓦茨： 好吧，也只能这样等待了。西蒙，我相信你和莆田川先生说的话。但我还是要警告你，你别想玩什么花样，别忘记你的妻儿还在我的手里。找不到李廷琛，找不到伦纳德·科恩，我可以立即以叛国罪处决你。你们一家也将受到惩罚。

23-22．景：川崎饭店施瓦茨房间 夜 内

【施瓦茨躺在床上，打着呼噜。房间的门被悄悄撬开，几个黑衣人一拥而入，施瓦茨在梦中惊醒，摸着枕头下的手枪，刚准备呼救，黑衣人立刻将施瓦茨嘴巴堵上按在地上，一顿猛揍。然后熟练地让他的两个胳膊脱臼，抡起一根大棒朝着他的腿猛砸下去，再将他捆起来塞进一个麻袋后，几个黑衣人把施瓦茨的行李箱、公文包和手枪拿走，悄然消失。

【窗外的海东青看着屋内发生的一切，嘻嘻一乐，也消失在黑暗里。

23-23．景：犹太救助医院李廷琛办公室 夜 内

【李廷琛正在整理病案，窗外有人轻轻地敲着玻璃。李廷琛知道是海东青来了。他打开窗户，海东青闪身入屋。

海东青： 李哥，告诉你一个特大喜讯。那条德国狼犬被人收拾了。估计两个月起不了床。你老师一家应该没什么危险了。

李廷琛： 你说什么？哪条德国狼犬？是不是那个施瓦茨？他是怎么被人收拾的？你倒是说说明白呀。

海东青： 这些天我几乎日夜看着那个什么施瓦茨。他到了什么地方，说了些什么话，我都知道。可惜我听不懂他们的话。那个施瓦茨也没什么大动作，所以我也没急着来告诉你什么。倒是今天他去了一趟鬼子宪兵司令部，气愤地出来后就直接回了川崎饭店。我也跟着他到了川崎饭店，就在他身边转悠，直到刚才那个德国鬼子睡了，还打着呼噜呢。我正准备离开，突然发现他的门被人撬开，进来几个黑衣人，手脚麻利地将那德国鬼子的嘴给堵上，捆了个结实塞进麻袋，拳打脚踢一阵狂揍。其中一个人抡起木棒朝那洋鬼子的腿上就是一棒子。这一棒子可不轻，不死也要落个残废。我也不知道死没死，反正麻袋不动了。这不，我赶紧到你这来把这好事说给你听。

李廷琛： 好，我知道了。谢谢你了，兄弟。

海东青： 谢我什么呀，又不是我干的。要不是你有交代，我早动手把那洋鬼子给收拾了。

李廷琛：当然要谢你。你辛苦了。虽然你没动手，可见公道自在人心，自有人去收拾那条恶狼。但你还得多盯住点，常去我老师家看看，特别是晚上。

海东青：知道了。我现在也放心了不少。我得回我的窝去看看了，别让人端了我的窝。我走了。

【海东青说完，穿窗而去。李廷琛关上窗户，转身拿起电话。

李廷琛：接汪公馆。汪先生吗？事情我知道了。谢谢汪先生鼎力相助。谢谢。

汪墨樵（OS）：不谢，小事一桩。这样你老师一家在近期内不会有什么危险了。你也该放心了。晚安。

李廷琛：晚安。改日面谢。

23-24. 景：川崎饭店走廊 日 内

【早晨，西蒙和莆田川敲门，施瓦茨的房内悄无声息。

西蒙：施瓦茨上尉难道不在吗？

【莆田川露出十分怀疑的神情。

莆田川：里面很安静，真是奇怪。

【莆田川一把把门推开。

23-25. 景：施瓦茨房间 日 内

【西蒙和莆田川看见地上的麻袋在不断地颤动，两人急忙过去解开麻袋，被堵着嘴巴的施瓦茨浑身颤抖。莆田川和西蒙赶紧扯下堵住施瓦茨嘴巴的那块布，解开绳索。施瓦茨一阵呀呀怪叫，趴在地上不能动弹。

第二十三集完

东方往事

下

老圃　悟正　著

百花洲文艺出版社
BAIHUAZHOU LITERATURE AND ART PRESS

第二十四集

24-1. 景: 梅辛格办公室 日 内

字幕: 德国

【副官将一份电报送进了梅辛格上校的办公室。

副官: 上校, 收到一封来自上海的密电。

【梅辛格接过电报, 边看边说:

梅辛格: (咆哮地) 施瓦茨居然在上海带着西蒙一点科恩的踪迹都没有找到。作为第三帝国的党卫军上尉, 居然被人袭击, 还被人打断了一条腿, 身边的人也遭人绑架。真是一群废物。我就不明白了, 上海是日占区。日德是盟国, 他是代表第三帝国的党卫军去上海执行秘密任务的, 日本人怎么会不配合他的工作。肯定是他以大德意志自居, 颐指气使地冒犯了日本人。现在倒好了, 科恩没找到, 自己还让人给废了。

副官: 上校。施瓦茨是有这毛病。平时自负自大, 目空一切。就说在柏林总部这栋大楼里, 他除了对您还有几分敬畏, 还把谁看在眼里? 大家碍于都是日耳曼人, 又是战友同事, 不跟他计较罢了。但日本人可不吃这套。他们的武士精神凶残霸道, 你对他们颐指气使, 他们岂能给你好脸色。搞不好还影响两国邦交。我看上校应对他严加训示, 否则他不仅完不成使命, 还将影响您的声誉。

梅辛格: 不能做他的指望了。他去了人家日占区, 却不知道利用日本军方的力量, 凭他一个人要在上海几百万人之中找到科恩, 岂不是大海捞针。真是个没有头脑的家伙。愚蠢! 你立即以柏林党卫军总部名义给我们驻上海总领馆的武官发一封密电, 请他知会日军上海最高当局, 帮助寻找叛国分子伦纳德·科恩。同时转告施瓦茨, 不管发生什么情况, 都不能放弃继续寻找伦纳德·科恩。同时尽快做好建立东亚犹太集中营的全部方案。我有可能去上海执行元首的最后解决方案。时间另行通知。好, 你去吧。

【副官行纳粹礼离开。电话铃响。梅辛格抓起电话。梅辛格立即毕恭毕敬。

梅辛格: 嗨, 希特勒! 我是梅辛格。元帅, 请指令!

电话 (OS): 伦纳德·科恩找到了没有?

梅辛格: 报告元帅。伦纳德·科恩十分狡猾, 他隐匿在上海六七百万人口之中, 我们

的人至今没有发现他的踪迹。但我们正在积极寻找。

电话（OS）：混蛋！上海虽然有六七百万人口，可逃到上海的只有三万犹太人。只要对三万犹太人进行排查，只要伦纳德·科恩在上海，还能找不到他吗？元首为这事十分不满，多次来电催训，甚至指责我，用了一批废物。元首再三指出，太平洋战争爆发后，美国已加强了"曼哈顿计划"的研制。而我们的"铀计划"，却遥遥无期。据海森堡博士讲，伦纳德·科恩所研究的成果是完成"铀计划"的关键所在。元首不会容忍美国的原子裂变研究走在我们之前，故命令我们要尽快地找到伦纳德·科恩，不惜代价。带不回德国，就将他就地处决，绝不能让这个人落到美国人手上。你懂吗？这决定战争的胜负。我们闪电战在东西欧都遭到严重挫折。元首现在指望的就是这种原子武器。

梅辛格：元帅，我现在最担心的是伦纳德·科恩他不在上海。他或许已经死了，或许在太平洋的哪个国家藏匿下来了。万一出现这种情况，世界这么大，我们上哪儿去找这个人。

电话（OS）：这个世界上还有我们德意志做不到的事吗？别说找一个人，就算我们要踏平一个国家，也不是什么难事。我告诉你，这个人必须找到。如果这个人死了，死在哪里？怎么死的？你都要拟一份详细的报告给我。你不是说你的下属亲眼看见伦纳德·科恩一家是上了抵达上海的货船逃走的吗？他不在上海，能到哪儿去？那么我们要追寻的第一个目标就是上海。太平洋沿线的欧洲国家和东南亚这些国家敢收留这么多犹太人吗？这样，5天之内，你给我亲自赶到上海。以远东战局观察团的名义，找到上海日占当局最高军事部门，要他们提供支援。日本是我们的盟国，我会以我们最高军事当局的名义给日本军部发个照会，要求他们督促占领上海的日军当局提供支援。务必协助我国找到这个伦纳德·科恩，并帮助我们将这个人送回德国。

梅辛格：我上次给您写了个对逃往中国的犹太人的处置计划，不知您看了没有。

电话（OS）：看了。我也批了。同意。你到上海后，要抓紧时间尽快实施。你的计划的核心内容就是要在上海建立一个犹太人集中营，再分批对他们做最后处理。这个计划当然要尽快实施。但靠你带去的这几个人要处理这么多犹太人，没有日本人的协助，你办不到的。只能逐步实施，你这次去最重要的任务就是找到伦纳德·科恩。元首对这件事十分关注。你知道该怎么办。还有，你的手下施莫林失踪一事，元首已经知道，也十分震怒，怀疑他是叛国投敌。甚至把挪威重水基地被炸毁和运送重水的潜艇被击沉与施莫林的失踪联系起来。如果这两件事，果真与施莫林有关，那你难辞其咎，到时我也保不了你。

梅辛格：元帅，施莫林的失踪，我已经向您详细报告了……

电话（OS）：别说了。这件事，我已经向元首做了解释。我甚至可以不予追究。但元首会怎么考虑，就不是我的职权范围了。关于你提升少将军衔，我已经给你报了，是提升少将还是以不忠于元首罪送军事法庭，你自己掂量着办吧。

【对方说完，"啪"的一声挂断了电话。梅辛格握着电话，半天回不过神来。

24-2．景："大世界" 夜 内

字幕：上海

【"大世界"夜总会，灯光璀璨，座无虚席。一位歌女正在演唱《天涯歌女》，杰思敏用钢琴伴奏，杰思敏的心中却满是对李廷琛复杂的感情。感情融入了指尖。凄婉的歌声配合激越的钢琴声，相得益彰。一曲终了，台下爆发雷鸣的掌声。台下的一群日本浪人却怪叫连连。

日本浪人：让那个弹钢琴的西洋妞给我们唱歌。

【杰思敏想要下台。

日本浪人：不愿意伺候我们，她要跑了，拦住她。

【接着，这些日本浪人就把鞋和手中的酒杯烟灰缸，但凡能抓到的东西都往舞台上扔。杰思敏被吓得呆立，不知所措。一个西装盖在了她的身上，一直守在门口的李廷琛出现在她的身边，护着已经呆住的杰思敏下了台。

24-3．景：外白渡桥 夜 外

【李廷琛和杰思敏漫步。杰思敏的身上依然披着李廷琛的西装。

李廷琛：这样的情况最近多吗?

杰思敏：一直都有一些日本浪人来闹事。但一般也就是起起哄。

李廷琛：日本人在战场上只要一取得胜利，这些人就像闻到了血的鲨鱼，就都围过来。

杰思敏：谢谢你。

【站在夜色中的外白渡桥，杰思敏望着黄浦江的黑色江水，十分感慨。

杰思敏：我们就是通过这里，下了船，到了上海。

李廷琛：杰思敏，你想家了吗?

杰思敏：当然。那是我们的家。

李廷琛：我有一件事情，本来想瞒着你，不希望你太担心。但是现在，我觉得还是应该让你知道。

杰思敏：是很糟糕的消息吗？

李廷琛：不能说是糟糕。只能说是个不好的消息。

杰思敏：好吧，让我深呼吸一下，闭上眼睛听你说一个糟糕的消息。

【李廷琛望着杰思敏明亮的眼睛，慢慢闭上，他十分不忍心，但最终还是张口。

李廷琛：那个叫施瓦茨的盖世太保已经追到上海了，正在寻找你的父亲。他同时带来了西蒙，强迫西蒙一定要找到我，当然找我也是为了找你父亲。我已经和西蒙见了面。

【杰思敏一下子睁大了眼睛，盯着李廷琛。

杰思敏：你说的是真的吗？他为什么不放过我们一家人。他如果找到我们会做什么？西蒙是怎么找到你的？会不会对你有什么不利？

李廷琛：是我设法单独找到西蒙。他和施瓦茨，还有那个叫莆田川的日本人，现在都住在川崎饭店。我已经找了些朋友把他们的住处严密地监视起来，想摸清楚，下一步他们想采取什么行动。西蒙告诉我，他在尽量拖延时间。但施瓦茨对他逼得很紧。西蒙的妻小一家都被施瓦茨送进了监狱，作为控制西蒙的人质。西蒙说，施瓦茨来上海的唯一目的，就是通过我找到科恩先生，并将科恩先生带回德国。如果无法带回德国，就灭口。

杰思敏：那您的处境也很危险。西蒙会带他们找到你吗？你准备怎么办？这事你为什么不早点告诉我？

李廷琛：西蒙是个正直的人。我相信他。即便施瓦茨能找到我，他也休想从我这得到你们一家的下落。关键是施瓦茨可以通过日本人、通过汪伪政府找到你父亲。那对你们全家来说，对科恩先生来说，都是一场灾难。所以你们全家必须转移到一个安全的地方，让施瓦茨他们找不到你们。

杰思敏：太可怕了……这太可怕了。可是你知道，我爸爸一定不肯答应继续流亡。天哪，上帝啊，我该怎么办。

李廷琛：杰思敏，你是个坚强的姑娘。你必须冷静，必须理智。现在不是要你父亲继续流亡，只需要你们全家换一个安全的地方。不能住在犹太社区，因为施瓦茨他们重点追寻目标就是犹太社区。可以说，追杀科恩先生的凶手已经找到你们的家门口了，你明白吗？

杰思敏： 是，我明白。我爸爸知道这件事吗？他明白他的处境吗？

李廷琛： 他知道这件事。我在听到这个消息后第一时间就告诉他了。他也明白自己和你们一家的危险处境，但科恩先生对这件事很固执。他的理由是不想离开他的犹太同胞。也许站在他的角度上，他有他的道理。但现在纳粹第一个追杀目标就是科恩先生。施瓦茨远涉重洋来到上海，唯一的目的就是杀害科恩先生。杰思敏，你是他的女儿，是他最亲近的人。我希望你能做好他的工作。暂时回避一下，这不是怯懦，不是东躲西藏的老鼠。在人世间，生命是最可贵的。你妈妈说得对，你们现在是处在德国和日本两台国家机器的碾压之下。只有在这种重压之下，我们能保全生命，我们能活下来，才有我们的未来，才能完成你们民族复兴的理想，才能回到你们的故乡并重建你们的家园。杰思敏，我今天是在用心跟你说话，希望你能理解。你也要保护好自己的安全，要照顾好自己。只有活着，才有未来，才有爱情，才有幸福。

杰思敏：（声音哽咽）我听你的。李廷琛，你是我心中的神。你救了我们一家，现在还在为我们一家的安危日夜操劳，也给自己带来了风险。我欠你太多，我们一家都欠你太多。但是我们家的厄运并没有过去，我不知道我该怎么办。伦纳德·科恩是我的父亲，是我最亲爱最尊重的人，也是全世界最正直的人，但也是全世界最固执的人。我不知道怎样才能让他改变主意。

李廷琛： 别灰心，杰思敏。你刚才问我为什么不早点把这个消息告诉你。你们的处境这么险恶，我要早告诉你，还不把你全家吓坏了。反而生出意外。我之所以选择今天告诉你，是要同时告诉你们一个好消息。我的一些江湖朋友出于道义，昨晚已经惩治了施瓦茨，让他至少在两个月内失去了行动能力。这两个月内，你们家还是相对安全的，你还有时间做你父亲的工作。但危机并没有过去，纳粹既能派出第一个杀手，那就还会有第二个、第三个。他们是不会善罢甘休的。不是还有一个叫什么梅辛格的党卫军上校要来上海吗？所以你们全家都必须做好你父亲的工作。他必须转移到安全的地方。你的父亲是个好人，正直善良，他深深地爱着他的亲人和犹太同胞。我想只要你妈妈、你和莎拉的意见一致，他会改变的。毕竟他不愿意因为他而使你们受到伤害。在他没有改变主意之前，你们全家尽量减少出门的概率。最好不要出门。我会送食物到你们家。我会尽自己一切能力保护好你们一家的安全。我不会让你和你的家人再次受到伤害。汪墨樵也已经暗中派青帮的人在保护你们，24 小时在你们家周围巡视。我的那个小兄弟海东青也在日夜监视施瓦茨的一举一动，但这毕竟不是长久之计。因为施瓦茨有日本人的支持，所以你们还是应该尽快地搬到一个相对安全的地方，避免铸成大错。美国人也在制定保护你父亲的方案，罗斯福总统亲自下令，不能让你父亲落到德国人手中。为此，美国国防部不惜动用海空军保护你父亲的安全，保护你的全家。

【杰思敏凝视着李廷琛诚实又真挚的双眸，百感交集地抱住李廷琛失声痛哭。

24-4．景：民航包机 日 内

【机舱内发动机轰鸣。以史蒂芬·怀兹为首的美国犹太考察团正在谈论着。空乘人员从驾驶舱进入机舱。

空乘人员：怀兹先生，机长让我通知您，我们的飞机即将着陆，请您和犹太考察团的各位女士和先生们都系好安全带。

怀兹：好的，上海的天气怎么样？

空乘人员：能见度很好，是个好天气。

怀兹：谢谢您。

空乘人员：但是，怀兹先生，有个坏消息要向您报告。地面塔台的消息说龙华机场不具备降落条件。

怀兹：不具备条件？不接受我们的降落？

空乘人员：我们可能无法降落在龙华机场，要降落在日军的江湾机场。

【这个消息引起了机舱里的一阵骚动。

怀兹：我们和日本人可是战争状态，降落在日军的军用机场？

空乘人员：我们这架飞机虽然用的民用编号，但是……

怀兹：好吧，江湾……江湾机场现在是远东最大的机场。

【飞机缓缓下降，怀兹望着飞机小小的舷窗外越来越清晰的城市。

24-5．景：土肥原办公室 日 内

【土肥原的办公室里久保田给他汇报工作内容。

久保田：将军，一切都按照您的吩咐，已经安排美国犹太考察团在我们的江湾机场降落。

土肥原：很好。

久保田： 上海市市长傅宗耀将去机场迎接，并且安排了欢迎人群。也按照您的指示，安排了记者。

土肥原： 我们跟美国人还是敌对的战争状态，需要傅宗耀作为踏板。傅宗耀这个人，不能完全信任，更不能让他脱离了我们掌控。

久保田： 我们已在傅宗耀的身旁安插了三名特高课特工。傅宗耀应该明白自己的一举一动都在我们的严密监控之下。

土肥原： 希望他也能控制住像米兹拉希那样的犹太人。不要小看了这些人，米兹拉希是个典型的犹太人，最讲究实惠。空话在他的面前不起作用。让傅宗耀一定在美国人的面前把这场大戏演好。这是一场和米兹拉希的争夺战。要是一不留神出了问题，误了皇军的军费大事，大家都脱不了干系。

久保田： 是。

土肥原： 那个德国人呢？我听说他受了伤？

久保田： 是的，已经送到了我们的福民医院里，并且安排了人员把守。

土肥原： 到底是怎么回事，居然在川崎饭店发生了这样的事情，弄得人心惶惶，保卫部门都是干什么的。我们的川崎饭店都不安全，上海还有什么安全的地方。要让这样的事情出现在宪兵司令部吗？这件事到底是不是抵抗分子干的？

久保田： 报告将军，这个德国人施瓦茨是以民间身份来上海的，并再三要求我们对他们执行的秘密任务绝对保密。故我们没有启动特高课和76号进行监护。出事后，警察局进行了调查，调查结果是入室盗窃案。如果是抵抗分子所为，那么施瓦茨早没命了。

土肥原： 德国人和我们心照不宣地约定可是不插手犹太人的这笔援助。我们和德国又是战略同盟国，所以对他们必须保持友好和亲善。

久保田： 明白。他向我们提出的一切要求，我们都满足他。比如给予他们在犹太社区行动自由。

土肥原： 行动自由并不意味着可以随便屠杀犹太人。我们现在需要和犹太人搞好关系。不要让犹太人觉得我们日本是纳粹的帮凶，这点至关重要。德国人那边也不能让他们产生错觉，使他们感觉我们对他们不友善。这样，你代表我亲自去看看他，以示友好。

久保田： 我立刻就去。

土肥原： 记住，这一笔犹太人的援助款，我们必须拿到。这是你当前工作的重中之重。

谁要是让这笔钱飞走了，那就是大日本帝国"圣战"的罪人，我必严加惩治。

久保田： 是。

24-6. 景：江湾机场 日 外

【机场停机坪上，米兹拉希带着犹太社团的人和傅宗耀安排的欢迎花队都焦急地等待。美国特使詹森也带着他的参赞陆允明站在欢迎队伍里。

傅宗耀： 这飞机怎么还没有降落，就在咱们头上打转。站了这么久，还真是熬人。这里也没个休息室。米兹拉希先生您还能坚持住吧？

米兹拉希： 能够看到自己的同胞，这样的兴奋让我居然忘记了疲倦。如果市长先生您觉得劳累，也可以先回去。

傅宗耀： 不不，我也觉得十分兴奋，忘记了疲倦。

米兹拉希： 市长先生，您百忙之中还抽出时间特意到机场迎接犹太考察团，是我们的荣幸。完全不需要劳动您的大驾亲自来机场。这完全是一个民间考察团。

傅宗耀： 我这个市长不过是个挂名。米兹拉希先生，说实在话，上海有多少事是我这个市长能做主的？市长市长，一市之长，虽然带个长字，还是要为上海市民服务。（转对詹森）詹森先生，您可要给考察团介绍上海时，多多美言啊。

詹森： 考察团应该是客观公正地评判上海犹太难民的生存现状。要是美言多了甚至言过其实，是不是就表示生活安定美满，那岂不是完全不需要援助了吗？

傅宗耀： 特使先生，您这话真是有道理，有道理啊。还是我这个市长当得不怎么样。

米兹拉希： 没想到市长先生对自己的工作有这样的看法。

傅宗耀： 我的工作在您的面前不值一提。您每天都在为上海的犹太难民奔波，为我们上海市政府分担了极大的压力，我们一直都深受感动。上海这座城市，每一个生活在这里的人，无论哪个国家哪个民族，大家都是一家人。米兹拉希先生，我是深深为你们犹太民族的团结感动啊。现在这日美宣战，美国犹太人还能这样远涉重洋地来探望在上海的同胞，你们犹太人真是重情义的民族。我傅某人十分佩服。

米兹拉希： 傅市长，没想到有一天傅市长和我们是一家人。你们中国有一个词，不胜惶恐。我现在就是这种心情。

傅宗耀： 哪里哪里，会长您太客气了。今天晚上，我们市政府做东，一定好好给代表团接风洗尘。

米兹拉希：那就不必了吧。

傅宗耀：那哪行，我们都已经安排好了，土肥原将军……

【还没等傅宗耀说完，就被米兹拉希打断。

米兹拉希：美日可是战争状态。还是尽量避免引起不必要的争端吧。

傅宗耀：是是，您说得对。这一次安全保障也是为了避免不必要的误会，特意请了行动科殷科长全权负责，务必保证不会出任何意外。

【机场上，飞机着陆。

傅宗耀：飞机，飞机着陆了。奏乐啊，你们还愣着干什么。鲜花，鲜花要舞起来。热情，热情一点。气氛要热烈。

【看到这一幕，米兹拉希也不由自主摇头叹气。

24-7．景：上海日资福民医院 日 内

【医生和护士都围着受伤的施瓦茨，给施瓦茨处理伤口。施瓦茨疼得嗷嗷乱叫，龇牙咧嘴。西蒙和莆田川都站在病房里做出关切的样子。施瓦茨头上和手臂上都扎着绷带，腿也打上了石膏，吊了起来。

日本医生：施瓦茨先生，您的腿伤已经用夹板固定。千万不要随意移动。以免骨头再次错位。必须卧床。

施瓦茨：我到底多久可以活动？

日本医生：您这是粉碎性骨折，骨折面再大一点，就必须截肢了。至于您何时能够恢复，这要看您的体质情况，总之不能急躁，不能强行活动。如果再次骨头错位，那就更麻烦了，就要花更多的时间。当然，您也不需要特别地担心，我们一定会尽力帮助您，请您好好休息。

【西蒙听到这话明显松了口气，他的这一反应却被施瓦茨看在眼里。日本医生带着护士刚离开，施瓦茨立刻露出狰狞面目。

施瓦茨：真是混蛋！混蛋！菲舍尔·西蒙，你给我老实一点。我知道你很高兴。你以为我被人暗算这样就不能一直盯着你了，是不是？你可别忘记了，还有莆田川翻译会陪着你。

【久保田带着卫兵敲门进了病房。看到久保田进来，施瓦茨示意西蒙和莆田川出去。

施瓦茨： 你们先出去吧。

久保田： 施瓦茨上尉，你遇到这样的事我很遗憾。

【施瓦茨挣扎地抬起头来。

施瓦茨： 您好，大佐阁下。

久保田： 我是代表土肥原将军来看望你的。土肥原将军对你的遭遇也深表遗憾，让我代表他向你表示问候，并祝你早日恢复健康。

施瓦茨： 谢谢土肥原将军。令我意外的是，在我们盟国的占领区居然会发生这种事情。

久保田： 我想这应该是个意外。我和土肥原将军都希望这次意外不会影响帝国和德国的亲密关系。

施瓦茨： 我和您与将军阁下有着同样的担忧。但这毕竟不是一件愉快的事情，而且这种不愉快已经发生了。我们就不必讨论它。请问大佐，犹太社团已经到了吗？

久保田： 是的，飞机已经在我们的军用江湾机场平安着陆，傅宗耀市长已经为他们准备了欢迎宴会。

施瓦茨： 真是遗憾。我在德国和犹太人打交道最多，却没有得到他们的邀请和参与，真是遗憾。但我相信，我今天的遗憾，以后必将成为我们德日两国彼此庆祝胜利的欢乐。

久保田： 其中的不便，施瓦茨上尉你应当是可以理解的。

施瓦茨： 请您回去向土肥原将军转达。我们虽然很关心日本和犹太人的合作，但绝对不会轻易插手。

久保田： 我会向将军代为转达你的意见。还请你好好休息，祝你早日康复。再见。

施瓦茨： 再见。

24-8．景：福民医院外 日 外

【西蒙递给莆田川一支烟。

莆田川： 你那个德国上司到底得罪了什么人？

西蒙： 我怎么可能知道！我在上海什么人都不认识。你可是我在上海唯一的朋友。

莆田川： 我不是说你得罪了什么人，而是那个傲慢的德国猪。你想啊，上海天天有人被打劫被绑架。按理说我们和那个德国猪是一伙的，可为什么倒霉的是那个德国佬，而我们却安然无恙。

西蒙：我觉得这一切应该都是意外。我们那天在城隍庙不是也被抢劫了吗？

莆田川：也许是吧。不过这样也好，我们就不用天天看那个德国猪的脸色了。我们也相对自由了。

西蒙：那不一定。施瓦茨吃了这么大一个亏，肯定心情烦躁愤怒。我们恐怕要更倒霉，不仅天天要伺候他，或许他不会让我离开他半步。

莆田川：唉，你也别想那么多了。找不到人有什么办法。他有本事他去找。我们找机会乐我们的。上海好吃好玩的地方多得很，就不知你的钱带足了没有。

西蒙：钱倒是没带多少，勉强够我们俩花的吧。不过，我可以打电报请德国的朋友给我汇点钱来。

莆田川：那好啊，请你的朋友多汇点钱来。你在上海还指不定要待多久，上海到处要花钱，没钱哪行。你有钱，我也跟着沾光。

西蒙：好吧，我试试。不过朋友也不可能借太多的钱给我。

24-9. 景：李家大宅李衡甫书房 日 内

【书房内只有李衡甫一个人，李季方敲门，带着楚孝仪进来。

李季方：老爷，楚先生来了。

【楚孝仪进来，李季方悄悄带上了门。

李衡甫：孝仪，你来了。

楚孝仪：心里头放不下，还不如过来跟你一起坐等。

李衡甫：坐等不是坐以待毙。我们都这把年纪了，不怕等。

楚孝仪：衡甫兄，你想好了？这一回可是要明明白白跟日本人打对台了。得罪的可不是小野个人，小野背后是日本军方。

李衡甫：上海的生意从来不简单。上海就是个大舞台，谁都想在这个台子上唱大戏，谁都想当角儿，当角儿就要挑大梁。唱什么的都有。当角儿还能怕打对台吗？做生意，有竞争是最正常不过的事情。要是什么时候哪一门生意只许少数人参与，里面不透明不能说的名堂多了，才是问题。

楚孝仪：可是小野宪一不是普通商人，土肥原虽然不出面，但他可是小野的靠山。

李衡甫：不是靠山，是日本军部的执行者。小野不是为了自己做生意，是为了日本军部。既然土肥原不出面，大家就当他不存在，该怎么竞争就怎么竞争。咱们上海工商业同仁们风雨同舟鼎力相助，共同出资办银行，就是不愿意让考察团带来的这笔款落到日本人手上。这样做或许会给我们，特别是米兹拉希先生带来很大压力，但咱们也不能让日本人就这样轻松得手。

楚孝仪：米兹拉希先生一大早就被傅宗耀请去一起去机场接机了。等会儿两家银行门对门开业，我们都不能出面，他也身不由己。谁来接待考察团？

李衡甫：接待犹太考察团当然应该是犹太人出面。我们做好配合工作就行。傅宗耀和小野当然会把考察团往他们那边拉。那就让他们拉吧。怀兹先生的考察团是要了解他们上海同胞的生存状态。我们只要做到让他们知道他们上海同胞真实的生活状态就可以了。至于怀兹先生要将这笔赈济款放在哪个银行，那就不是我们考虑的问题了。

楚孝仪：犹太银行跟日本人的东亚银行一起开业，小野要是弄了日本浪人来闹事呢？

李衡甫：青帮的汪墨樵已经答应帮我们维持秩序，没人敢轻举妄动。

楚孝仪：唉，没想到汪墨樵这个人不仅侠肝义胆，还真有一股不畏强暴、见义勇为的豪气。

24-10. 景：江湾机场 日 外

【飞机降落，舱门打开。怀兹带着美国犹太考察团依次走下飞机。傅宗耀立刻迎接了上去，摄影记者们立刻围上去拍照。反倒是米兹拉希和詹森被挤在了人群之外。

傅宗耀：记者朋友，欢迎大家。欢迎欢迎。鄙人谨代表上海市政府欢迎美国犹太考察团。

【怀兹虽然和傅宗耀握了握手，傅宗耀却一定要拉着怀兹摆好造型等记者拍照。而怀兹却在人群中走到了詹森的身边亲切地拥抱。

傅宗耀：詹森先生，别光顾着叙旧。今天真是个值得纪念的日子。咱们一起合个影吧。米兹拉希先生呢？米兹拉希先生怎么不见了？快快快。

【詹森和米兹拉希不由苦笑。傅宗耀却依然张罗着所有人一起合影。

24-11. 景：上海外滩 日 外

【上海外滩，东亚银行和犹太投资银行同时举办开业典礼。外滩的街头上挤满了围观的百姓。洪家姆妈和洪少雨一家人也带着芦柴棒看热闹，大家比画着两家银行的排场。芦柴棒在人群里窜来窜去。

洪家姆妈： 芦柴棒，你看两个银行唱大戏，这样的热闹多少年难得一次。

芦柴棒： 知道了知道了。

【两家银行的鼓乐队比着演奏。东亚银行的鼓乐队乐器锃亮，服装整齐。小野宪一站在大门口迎来送往，并且打量着对面的犹太投资银行十分得意。对面犹太投资银行的鼓乐队仿佛一个业余班子，更没有统一着装。只是这个乐队的成员都是犹太人。东亚银行的门前铺着长长的红地毯，一直延伸到街道上。但犹太投资银行的门口却只有围观的犹太难民。迎候的人群中，有哈同、沙逊、嘉道理三个家族的后人，以及银行的其他股东，楚孝仪也在其中。

【傅宗耀带队的小轿车车队穿过围观的人群，停了下来。东亚银行的乐队更加卖力了，一时锣鼓喧天，围观的百姓都往前挤，都想看得更清楚一点。傅宗耀满面堆笑地从车上下来，给美国犹太考察团代表史蒂芬·怀兹打开了车门。小野宪一立刻迎接了上去，顺着傅宗耀的手势将不明所以的美国考察团直接迎进了东亚银行。楚孝仪见这一幕，十分懊恼。傅宗耀拉着小野宪一低声耳语，手指马路对过的犹太银行。

傅宗耀： 这是犹太救助协会刚开的银行？

小野宪一： 十分不巧，我的银行和他们赶在同一天开业。

傅宗耀： 他们这手脚也是挺干脆、麻利的。

小野宪一： 商人是最讲究时机的。

傅宗耀： 我看这不仅是时机，而是心机。你想啊，美国人送钱来，这么大一笔数目，即便犹太人拿到了这笔钱，他们放哪儿？放其他银行或你的银行，他们能放心吗？所以他们要想方设法地成立自己的银行。他们这是在跟你抢这笔巨款啊。

【傅宗耀打量着围观的群众，却发现了一些异样。

傅宗耀： 青帮的人也来了？难道这家银行里也有汪墨樵的股份？这你可得注意了，好好查查这家银行的背景。

小野宪一： 通存通兑可是必须有实力的。米兹拉希的那个犹太赈济会穷得叮当响。他哪来这么大的实力。我看，除了沙逊家族他们几家犹太人的投资外，肯定还有上海本地的工商界和金融界的人做他们的后盾。

傅宗耀：我看这家银行的背景复杂，得派人到租界工部局打听打听。究竟什么来头？实力有多大？小野君，这次就看你的了。土肥原将军可对这事十分重视。

24-12. 景：犹太银行襄理办公室 日 内

【楚孝仪愁眉苦脸地上楼，李衡甫一个人稳如泰山地坐在襄理办公室里。

楚孝仪：衡甫兄，你还不赶紧下去看看。

【李衡甫认真地泡着茶。

楚孝仪：您怎么到现在都一点不着急呢。考察团都被他们拉到那边去了。

李衡甫：银行开门营业，不是一锤子买卖。怀兹先生是美国著名的实业家、金融家和政治家，他岂能被表面现象所蒙蔽。他们搞的那一套都是虚的、假的。而我们是实实在在的资本，实实在在的经营，实实在在地为犹太人服务。怀兹先生如果连这一点都不懂，他能有今天的地位和影响吗？

楚孝仪：怀兹先生的考察团能在上海待多久？如果傅宗耀和小野他们拉着怀兹先生不放手，不让他去考察难民情况，那等于就是软性绑架了怀兹先生。那么怀兹先生的考察团还有时间认真地对难民考察吗？衡甫，我真的很担心……

李衡甫：（微微一笑）孝仪，少安毋躁。傅宗耀当的是日本人的市长，他当然要给日本人办事，帮日本人达到目的。但他毕竟还是上海市市长，表面上他得一碗水端平。他向小野的东亚银行表示了祝贺。他不可能不过来向我们表示祝贺。如果我猜得不错，他现在该过来了。我倒想看看他这个戏法怎么变。

楚孝仪：不知道小野和傅宗耀的胃口有多大，是一边一半还是这笔三千万美元他们都要独吞。如果这样，那恐怕真要出事了。

李衡甫：不。这件事不是小野和傅宗耀有多大胃口，而是土肥原有多大胃口。但土肥原的胃口再大，我也不会有丝毫的让步，不存在什么一家一半的问题。这笔钱是犹太人的，就必须全部用在犹太人身上。一分一毫也不能便宜了日本人。

【李衡甫掏出怀表看了看。

李衡甫：差不多了。孝仪，你下去看看，傅宗耀应该快从那边过来了。

【楚孝仪赶紧站起来，走下楼梯。

24-13．景：东亚银行 日 内

【小野宪一带着米兹拉希和犹太考察团参观着东亚银行。大厅内，小野谄媚地向众人炫耀自己的银行，领他们到处参观。

小野宪一：怀兹先生，米兹拉希先生，我们东亚银行虽然是刚刚开业，但我们经过了长期的筹划。银行的资本金和质保金不说是世界一流，起码也是上海最多最可靠的。我们聘请了国际知名的金融家和银行家做我们的顾问，有着世界最顶端的经营人才，就连银行大楼的选址也是经过多方考虑的。这里原来是大英银行上海总部，他们撤走后，我们花巨资从市政府买来的。你们看，我们按着东亚风格重新装饰一新。我们的这些条件不是一般的银行可以比肩的。

【小野宪一把他的东亚银行吹得唾沫横飞。米兹拉希和考察团的成员们都沉默着。怀兹出于礼貌，时不时地点点头。

【趁着小野宪一夸夸其谈，傅宗耀偷偷溜出了人群。

怀兹：小野先生，真是费心了。

小野宪一：上海是一座美丽的城市，皇军占领后，上海人民开始了新的生活。我们东亚银行的宗旨是：和世界人民一起创造财富，建立世界金融共同体，努力提高东亚人民的生活水平。怀兹先生，请您相信我们银行的实力，也请您相信我们的诚信。我们绝对不是那种表面辉煌，内里空空的花子银行。所以我们的银行是全上海最诚信、最安全的银行。米兹拉希先生，您说我说得对不对。

米兹拉希：（苦笑着）愿上帝保佑你。我得回我的银行去看看。小野先生，告辞。

【米兹拉希转身对怀兹。

米兹拉希：感谢考察团来上海考察犹太难民，感谢怀兹先生对上海犹太难民的关注。我以上海犹太难民救助会的名义邀请考察团的同胞来犹太银行视察。我期待着考察团的光临。告辞。

【米兹拉希向怀兹和考察团众人行犹太礼，抚胸鞠躬后离去。

24-14．景：犹太银行襄理办公室 日 内

楚孝仪：衡甫，你可真厉害，算得真准。傅宗耀还真的从对面过来了。

李衡甫：该米兹拉希先生和哈同等家族上场了。孝仪，现在我们俩都回避一下。傅宗

耀来了，让米兹拉希他们去应付一下吧。

24-15．景：犹太银行大厅 日 内

【哈同后人、沙逊后人和嘉道理后人坐在大厅里，远远看见傅宗耀便起身拱手打招呼。

傅宗耀： 各位，我傅某人来迟了，恭喜恭喜。

哈同后人： 谢谢市长大人光临。

傅宗耀： 上海经济繁荣，市场稳定。你看，这一天就有两家银行开业。我这真是哪家都得去，哪家的面子都得捧着。上海的经济靠你们大家。

沙逊后人： 市长心系整个上海。

傅宗耀： 可不是嘛。你看看我这一天，说起来是个市长，却忙得脚不沾地。这一大早先是去了江湾机场，又是安排保卫，又是安排记者，里里外外接犹太考察团。哪一点都不能让我省心。接着再是过来给东亚银行和犹太银行庆祝开业。说是庆祝开业，惭愧惭愧，还是空着手来的。可是各位，我这个市长当得够难的。不仅要管上海几百万人口的衣食住行，还要管你们在上海的犹太难民。你们应该都知道吧。上海犹太社区的土地是我批的，解决了你们犹太难民的住房问题；给犹太难民儿童每天运送三车牛奶，是我瞒着日本人干的，解决了犹太难民儿童营养问题。我也常去犹太难民区视察，把患病的老人和儿童送进专门医院。作为市长，我做了我能做的一切。我是把你们犹太人看成是自己的同胞。现在你们犹太人有了自己的银行，我是打心眼里高兴。这不，我亲临祝贺你们开业兴隆、财源滚滚。我这一会儿还得回市政府开会。晚上还有一个欢迎美国犹太考察团的晚宴。我就不久留了，告辞告辞。

嘉道理后人： 那我们可不敢久留您了。

【傅宗耀转身出门，正好迎面碰上匆匆赶来的米兹拉希。

傅宗耀： 米兹拉希先生，您来得正好。听说这家银行是您与哈同家族等几家合资创办的。恭喜恭喜。今后犹太难民有您这棵大树为他们遮风挡雨，也不至于挨饿受冻了。刚才我对几位年轻的银行股东说了，我作为市长，把犹太人视为同胞。从吃的、住的到医疗保障，我都尽了我的责任。还请会长先生在犹太考察团面前，为我这个市长美言几句。拜托了拜托了。我这就告辞。哦，今晚市政府在国际饭店设宴欢迎美国犹太考察团，务请米兹拉希先生光临。告辞……

24-16. 景：东亚银行金库前 日 内

【怀兹等人走到一道铁门前，小野宪一没有打开铁门的意思。

小野宪一： 这里就是我们东亚银行的金库。只是情况比较特殊，今天就不能带着大家参观了。但是请大家放心，我们东亚银行的储备金是十分充足的，我们的银行是上海滩资金最安全的银行。

【傅宗耀趁着大家没有注意，又挤了回来。

傅宗耀： 小野行长，您看看，代表团的朋友一路上舟车劳顿也该让大家好好休息一下。怀兹先生，晚上，我们上海市政府特意为代表团在国际饭店安排了欢迎晚宴。

怀兹： 谢谢市长好意。我们考察团今晚还要开会研究接下来几天的考察安排，欢迎宴会还是免了吧。

小野宪一： 怀兹先生，客随主便，傅市长有很多话此刻不能尽兴，还要留着到晚宴上。

傅宗耀 就是嘛，我们中国人最讲究的就是待客之道，怎么可能来了，没有欢迎宴会呢？

【怀兹只能无奈点头，表示答应。

24-17. 景：国际饭店宴会厅 夜 内

【宴会上座无虚席，衣香鬓影，灯红酒绿。墙壁上挂着醒目的大条幅"热烈欢迎美国犹太考察团"。傅宗耀陪着怀兹、詹森、米兹拉希、小野和哈同家族等坐在首席。乐队奏着日本歌曲《菊花与武士刀》，宴会厅气氛热烈喧嚣。

【傅宗耀高谈阔论，唾沫横飞。小野向怀兹频频敬酒，被怀兹礼貌地拒绝。詹森面露微笑，打量着这滑稽的一幕。只有米兹拉希正襟危坐，面色冷峻。大厅中不时传来日本浪人的尖叫声和欢呼声……

【傅宗耀站起身来，向宴会厅的小舞台走去，示意乐队停止演奏，众人安静。

傅宗耀： 诸位来宾，今天是欢迎美国犹太考察团的欢迎会，我代表市政府对史蒂芬·怀兹先生一行来到上海表示热烈欢迎。怀兹先生是世界知名的金融家、企业家和政治家。他十分关心他在上海的犹太同胞，不远万里从美国来到上海考察他的犹太同胞的生存状态。我们对怀兹先生的这种民族情怀、悲悯仁慈之心，表示深深的敬仰。

【台下日本浪人尖声怪叫鼓掌，起哄声此起彼伏。

傅宗耀: 上海是个美丽的城市,是东南亚地区金融、贸易和航运中心,深受日本帝国天皇的宠幸。在天皇仁慈的关怀下,上海不仅恢复了往日的辉煌,而且经济腾飞,生产总值直线上升。本市长郑重承诺,不仅要大幅度提高上海市民的生活水平,而且将尽快地改善逃到上海的百万难民生活,包括犹太难民,让他们安居乐业,使上海成为他们的第二故乡。今天我给你们郑重地介绍两位外国朋友,他们今天同时在上海成立了两家银行。一位是日本金融家小野宪一先生,一位是犹太人的慈善家米兹拉希先生。两位先生请上台来,我给大家介绍一下。

【傅宗耀说罢,带头鼓掌,做欢迎状。台下又是一片起哄声。

【米兹拉希坐着没动,小野宪一却拽着米兹拉希向台上走去。

【怀兹趁此间隙,轻声地对詹森说了几句。詹森点头。

24-18. 景: 国际饭店宴会厅包厢 夜 内

【久保田一身军装端坐在桌前,身边几个日本军官陪坐在侧。几个日本歌伎模样的女人在不断地给他们斟酒,久保田和几个日本军官酒倒必干。突然,包厢门被推开,一群半醉的日本浪人涌进来,对久保田深深鞠躬。久保田手抚杵在地上的东洋刀柄,坐着没动,只冷冷地说了声。

久保田: 该你们上场了。记住,既要保持礼节,又要晓以利害。皇军不达到目的,他们离开不了上海。

日本浪人: 是,小民明白。

24-19. 景: 国际饭店宴会厅 夜 内

【台上傅宗耀介绍了小野宪一和米兹拉希,结束了他的演讲。傅宗耀假惺惺地一手拉着米兹拉希,一手拉着小野宪一走下台,回到原来的餐桌坐下。这时,一群醉醺醺的日本浪人端着酒杯子走过来,高声嚷嚷着,围着怀兹。

浪人甲: 市长大人也在这。这位先生就是犹太考察团的怀兹先生吧?

傅宗耀: 你们还不认识吧。我给你们介绍下,这位是犹太考察团的团长怀兹先生。

浪人乙: 我来自我介绍下,我们这群人都是天皇子民。久仰怀兹先生是美国最大的犹太富豪,今天又是上海犹太考察团的团长,远涉重洋来到我们东亚共荣圈的中心上海。怀兹先生辛苦了，请接收我们的敬意。干杯！

【浪人乙说完干了杯中酒。怀兹坐着没动。

怀兹： 谢谢。我不喝酒。

浪人乙： 怎么，瞧不起我？不给面子？

怀兹： 很抱歉，我真的从不喝酒。

【浪人丙端起杯子走到怀兹面前，放肆地大笑。

浪人丙： 我们是天皇的子民，是天照大神的儿子。你们犹太人是上帝的宠儿，是耶和华的羊群。我们应该是最亲密的朋友。今天无论如何得请怀兹先生干了这杯酒。我先干为敬。

【浪人丙仰脖干了杯中酒，拿着空杯朝着怀兹比画。怀兹还是没有动。

怀兹： 谢谢各位的盛情。我说过我不喝酒。请各位给我点尊重。

浪人丙： 怀兹先生，我们对您已够尊重。为了一杯酒，你这么不给面子，推三阻四，不就一杯酒吗？你们犹太人逃到上海来，我们日本人，特别是上海最高当局宪兵司令部可没有亏待你们犹太人，不仅没把他们驱逐出境，还给了他们很多优待。没地给地，没住给住，没吃的给吃的。要不是我们日本人这么关照你们，恐怕你们逃来上海的那些犹太人早已饿死冻死。还能活到今天吗？这些犹太人都是在大日本帝国的阳光普照下，在我天皇陛下的怜悯和仁慈中才活下来的。今天这杯酒，你喝也得喝，不喝也得喝。这是天皇的臣民在给您敬酒。

【怀兹鄙夷地瞧了浪人丙一眼，还是端坐未动。

怀兹： 犹太是我的民族，但我还是美国人。我正是因为我们的同胞在上海受苦受难，无法生存，才来上海的。我到上海来不是为了喝一杯酒的。请你们给一个美国公民多一点尊重。

浪人丙： （醉态狰狞）美国人？美国人可是我们的手下败将。你不会不知道吧，我们大日本帝国的海空军可是刚刚在珍珠港取得了决定性的胜利。这是改变世界的胜利。你们美国人根本不值一提，你们在世界上为傲的海军和空军，也是这样不堪一击。

【浪人丙说完一阵狂笑。傅宗耀坐不住了，站起身来正想阻止这群浪人。这时，怀兹和詹森突然站起身来，各自拿起外套。

怀兹： 抱歉了市长先生，我和詹森先生还要赶去看一个演出，我们就先告辞了。

【怀兹和詹森先后走出宴会厅，留下了呆若木鸡的傅宗耀，半天醒过神来，对着乐队狂叫。

傅宗耀： 停止奏乐，停止奏乐……

【一身军装的久保田带着几名军官冲进大厅，直接奔向那群日本浪人。那帮浪人看见满脸杀气的久保田，酒早吓醒了。几个胆小的已浑身哆嗦起来。傅宗耀看见久保田，张口结舌还想要解释，却被久保田打断。

久保田：（对着浪人）你们今天的戏演得很精彩。将军知道了一定会鼓掌叫绝。

浪人甲： 大佐，他们几位可能是喝高了，酒后失言，还请大佐在将军面前……在将军面前……

久保田： 将军知道了一定很高兴。知道你们今天没喝够，可能会把你们喝酒的家伙拿下来，端着酒坛子直接往腔子里灌。过了我这关再说吧。先受点小委屈。来人。带这几个蠢货去醒醒酒，留个活口就行。

【一群全副武装的宪兵涌进来，七手八脚将这群浪人捆了个结实，拖出宴会厅。门外传来一阵杀猪般的嚎叫声。

第二十四集完

第二十五集

25-1. 景：国际饭店房间 夜 内

【怀兹换了一套准备好的中式长衫，戴上了一顶深色礼帽，拿起桌上的一封请柬，转身出门。

25-2. 景：国际饭店走廊 夜 内

【陆允明已经等在门口。

陆允明：已经安排好了，车在楼下。

25-3. 景：美总领馆詹森办公室 夜 内

【詹森已经在办公室里等待着怀兹。陆允明陪着怀兹进来，安排怀兹坐下后，正要退出，被詹森叫住。

詹森：陆，你也坐下听一听。你对上海的情况比我熟悉。（转对怀兹）您能到我的办公室来，我很高兴。

怀兹：让您久等了。

詹森：没有。外交工作就是这样没有昼夜之分。

怀兹：上海这个东方巴黎，我一直很向往。但我从没来过。这是我第一次来，但我心情并不好。特别是看了米兹拉希先生通过您转给国会的报告，心情更加沉重。我不知道我的同胞在上海的生存状态。明天我将投入工作，希望能得到您的帮助。

詹森：作为美国特使，为您的考察团服务是我的职责。有什么需要我做的。我将尽力。

怀兹：我有几个担心，詹森先生。美日双方是交战国，我们和日本应该是敌国。我现在要在敌占区开展工作，我怕得不到真实的情况。一切都要听从他们的安排。您看，我的考察团是搭乘民用包机，本来计划在民用机场降落，可却被迫在日方军事机场降落。一下飞机就被他们的人和亲日政府围了起来。前呼后拥，没有一刻自由。晚上又设什么晚宴。情况您也看见了，一帮日本人强行劝酒。我说句极端的话，那些日本人就不是人，而是一群狼。好像我不喝这杯酒就要把我撕碎。我现在是在跟一群狼打交道。对我尚且这样，可想而知我的同胞会受到怎样的苦难。他们那样肆无忌惮地污蔑谩骂美国，我想不是教养问题，也不是他们的民族偏见，而是因为他们军国主义的嚣张和狂妄。

詹森： 这点，我恐怕帮不了您。您这才是来中国的第一天就有这么多的压抑和不快，我在这工作了近20年，深知这些日本豺狼的凶残狡诈。我搞的是外交工作，既要保持外交礼节，又要维护国家利益。我几乎天天都要面对这些日本豺狼，一举一动都在他们的监视之下，讲话都得小心翼翼，不给他们留下挑衅的借口，否则就可能引起外交纠纷。但我们还得顽强地坚持下去。您初来上海，不习惯这套法西斯做法，我很理解。但您和我不同，我是代表国家，您是民间使团。您尽可以按您的初衷去办，不受他们的牵制，也不必讲什么外交礼节，不接受他们的陪同和款待。该到哪儿到哪儿，该找谁找谁，放手开展您的调研考察工作。我能提示的是，您必须确保安全。这帮法西斯没有什么做不出来的。

怀兹： 有道理。我没必要受他们的约束。我还有个担忧是，我们募集的这笔对上海同胞的赈济款，放在哪里？委托谁？如何保证不被日方劫持？如何保证这笔钱实实在在地用在我们犹太同胞的身上，帮助他们生存下来并重建家园？

詹森： 陆，这事你跟他说说吧。

【陆允明点点头。

陆允明： 怀兹先生，我就直截了当了。您这次来上海，是干什么来的？

怀兹： 这还用问吗？我当然是关心我在上海的犹太同胞。所以实地了解他们的生存情况，并给他们发放赈济款。

陆允明： 好，那我再问您，您是相信日本人，还是相信您的同胞？

怀兹： 当然是我的同胞。我就是为他们而来的。

陆允明： 这不就结了吗？您今天也看到了。一家日资银行，一家犹太银行，同时开业。这是为什么？都是为了您带来的这笔犹太赈济款呀。日本军方觊觎这笔赈济款不是一天两天了。为了拿到这笔钱，他们专门从满洲调了一个所谓的金融家，就是那个小野宪一。这个小野宪一在满洲也就是我们的东三省，开了一家银行。因为满洲是日占区，所以小野的这家满洲银行一枝独秀。别的银行根本不能与他的日资银行抗衡。可上海不同，西方发达国家在上海几乎都有银行，如果您把这笔赈济款放在这些银行，日本人鞭长莫及，岂不是竹篮打水一场空。所以日本人故伎重演，抢在您这笔赈济款到上海之前成立一家日资银行。目的就是要把你带来的这笔赈济款囊括其中。您想想，这笔钱要进了他们的腰包，还出得来吗？还能有半分半厘用在犹太难民身上吗？日本军方现在缺钱，在他的占领区为了弄钱，明抢暗夺，手段无所不用其极。米兹拉希先生一把年纪，为了犹太难民的生存日夜操劳、奔走呼号。可收效甚微。远不足维持逃来上海的三万名犹太难民的温饱。汪政府没给一分钱，也没给犹太难民一粒粮食。幸好上海还有一批有良知、有怜悯心的工商界人士。他们出于同情和良知，花高价从黑市买来粮食，赈济那些在饥饿中挣扎的犹太难民。仅粥厂就设立了三百个，犹太难民每日都可以从粥厂无偿地领到一份食品。现在的犹太社区也是上海工商界人士出钱出力帮助建造的。虽说一切都是因陋就简，但总算使犹太难民有个遮风挡雨的地方。

怀兹：他们的市长不是说，我们犹太难民的吃的、穿的、住的都是他们给的吗？还有什么医疗保障。

陆允明：一派胡言。我不是说过，他们觊觎这笔犹太赈济款不是一天两天了。为了您的到来，为了这一笔为数不小的善款，他们开动了一切宣传机器，无耻地欺骗民众，制造一种日本人和犹太人亲善的假象。当然，也就是为了让您把这笔犹太人的赈济款放心地交给他们。米兹拉希先生也就是看见这种情况，才提议成立犹太人自己的银行。但上海犹太救助协会一贫如洗，连犹太难民的温饱都解决不了，哪有钱开办自己的银行。战前，几家富裕的犹太家族已被日本人和汪政府洗劫一空。他们自己在上海的生存都成问题，又哪有多余的钱拿来开办银行。米兹拉希先生濒临绝望，幸好又是上海工商联合总会的会长李衡甫先生挺身而出，自己拿出大笔资金，又动员工商界的同仁出资相助。这才使米兹拉希先生得以建立自己的犹太银行。说实话，成立这家银行也是不得已而为之，其目的也就是您带来的这笔赈济款有个存放之处，实实在在地帮助犹太难民能生存下来，不至于让这笔善款落入日本人之手。可以说犹太银行的资本金都是上海工商联合会李衡甫先生筹集的。他的大儿子李廷琛就是从德国纳粹的屠刀下，带着大力神号和一百多位犹太难民从德国逃出来的那个年轻人。他曾在德国留学，是上海淞浦医院的院长。他这次去德国本身是去采购药品，可他放弃了他采购的药品，却救出了一百多名犹太人。前不久，他又把自己的淞浦医院无偿地赠送给上海犹太救助协会。现在的院长是一位逃来上海的犹太难民。她原来是霍普金斯医科大学的著名教授。李廷琛曾是她的学生。现在这所医院完全由她接管。医生和病人几乎都是犹太人。

怀兹：这件事我在美国听说过，说是一位神秘人士做了一桩了不起的善举，没想到居然是这样一家人，了不起。上海居然还有这样的慈善家。有这样的人扶持，这笔善款当然放在我们犹太人自己开的银行更为妥当和安全。

詹森： 您不是还要去考察吗？多听听犹太难民的呼声，看看他们的生活状况。我想您选择犹太银行是必然的。我唯一的担心是这笔捐款数额巨大。即使全部交给犹太银行，我想您还必须考虑是否资金就一定安全。日本人貌似亲善，实际无恶不作、虎狼成性。在他们的占领区，他们可以明火执仗地抢劫，这样会不会给米兹拉希先生带来危险。上海现在是一座"孤岛"，美国政府鞭长莫及又是对日战争状态，关系十分复杂。

【怀兹陷入了沉默。

詹森： 太平洋战争爆发，香港也被日本占领。日本人对香港的做法就是明火抢劫。但上海毕竟和香港不一样，上海有租界，日本人暂时还不敢冒犯所有的西方国家。目前上海租界还是相对安全的。但日本人豺狼本性，不得不防。总之，如何能保证这笔资金的安全，如何保证这笔善款用于犹太难民。这是您当前必须考虑的问题。

【三人不由一起陷入沉默。

詹森： 我有一个请求。

怀兹： 请说。

詹森： 能不能在考察团离开的时候悄悄地混入一两个人？

怀兹： 什么意思？

詹森： 有几个很重要的人，需要带回美国。不行吗？

怀兹： 詹森，您是认真的？

詹森： 当然。

怀兹： 您是美国特使和外交家，您比我更清楚。你们搞外交工作享有很多特权。比如外交豁免权，这是国际上有明文规定的。国家外交甚至还有很多秘密通道。但我们现在仅仅是一个民间组织的考察团，不享有你们这些特权，随时处于所在国的严密监控之下。他们可以对我们考察团的人员数量、身份进行检查核实。一点小小的差错就可能导致他们对考察团人员采取措施，或扣留或羁押审查。特别是日本这样的虎狼之邦。他们可以随便找一个借口，甚至不顾国际法，对考察团采取一些更为残暴、他们认为可以达到目的的任何无耻手段，名正言顺地实施诸如杀人灭口、没收财产等邪恶行为。我现在都在考虑，如果日本人没有达到劫持这笔善款的目的，他们会不会不让我们离开上海。

詹森： 您说得有些道理，不排除这种可能。但我试图让您带走的这个人牵涉到国家利益，是个极其重要的人物。

怀兹： 那我就更不能答应您，这太危险了。万一有个闪失，那我岂不成了国家的罪人。詹森特使，很抱歉，希望您能理解。

詹森： 好吧，您说得对，不用抱歉，我很理解。

怀兹： 詹森，什么人值得用这样的方式？

詹森： 我还不知道这个人在哪里。我也没跟这个人见过面。也许，我们根本找不到这个人。或许找到了这个人，他也根本不会同意去美国。

25-4. 景：犹太社区 日 外

【清晨的犹太社区，一切显得宁静又安详。勤劳忙碌的犹太居民们已经开始了一天的工作。

25-5. 景：犹太社区科恩家 日 内

【玛丽正在准备早饭。莎拉对着一面破镜子梳理头发。杰思敏正在帮妈妈收拾药箱。她今天要同妈妈为社区那些年老的犹太人检查身体。科恩抱着一大堆烂木板走了进来。

杰思敏： 爸爸，您抱一大堆烂木板来做什么？当柴烧吗？

科恩： 这是我一大早捡来的，我要把它做成一个漂亮的擦鞋箱。爸爸要重操旧业，成为上海最好的擦鞋匠。

杰思敏： 爸爸，您还想去擦鞋吗？上次我和妈妈不是跟您说了，希望您少出门，你只需要天天带着莎拉看住我们这个家，看住豹子，按时给它吃的，别让它跑丢了。您怎么还要出去擦鞋？爸爸，您听懂了我的话吗？我和妈妈全家都希望您不要出门不要出门，就安静地待在家里。爸，您听不懂我的话吗？

【杰思敏显然十分着急。科恩却不以为然。

科恩： 杰思敏，你爸耳不聋眼不瞎，当然听得懂你的话，也看得见我们身边潜伏着的这一切危机。可我是个男人，我不能当缩头乌龟，我该做什么还得去做。事情是我引起的，他们找的也是我。如果上帝是这么安排的，那就由我去了结这件事。我只希望你们母女平安，爸爸天天在为你们祈祷。

杰思敏：爸爸，您不能这么固执……

【玛丽打断了杰思敏的话，将烤好的面包端上来。

玛丽：大家先吃早餐吧。我跟杰思敏吃完了，还得给社区的老人做检查。（对着科恩）亲爱的，你看你这双手，脏兮兮的，不像擦鞋匠，倒像挖煤工。快去洗洗手再吃吧。莎拉，你也去洗手。

【科恩带着莎拉去洗手。玛丽对杰思敏做了个眼色。两人低头吃着早餐。

25-6. 景：犹太社区 日 外

【杰思敏背着药箱同妈妈匆匆走在路上，和一些熟悉的犹太难民打着招呼。杰思敏突然停下来，将玛丽拉到一个僻静的角落站住。玛丽有些惊愕。

玛丽：杰思敏，你这是做什么？我们今天要给六个老人检查身体。

杰思敏：妈妈。施瓦茨到上海了。

玛丽：你说什么？请再说一遍。

杰思敏：施瓦茨到上海了，把那个药商西蒙也带来了。日本人给他们配了个日本翻译。他们现在到处活动。他们正在四处寻找李廷琛，当然他们寻找李廷琛的目的也是为了找到爸爸，因为他们知道我们一家都是李廷琛带到上海的。妈妈，我们该怎么办？

玛丽：（十分平静）这是意料之中的事。你爸爸知道这件事吗？

杰思敏：知道。李廷琛在知道这个情况后第一时间就告诉了他。可是爸爸很固执。他不想转移到什么安全的地方，甚至还不愿和詹森先生见面。妈妈，凶手已经追到我们家门口了。我们应该怎么办？妈妈，我真的很害怕。我知道这些情况后，我每天晚上都做着噩梦。

玛丽：杰思敏，好女儿。你不用害怕，你真的不用害怕。在这个世界上，有良知、有人性的好人总是绝大多数。你相信李廷琛吗？

杰思敏：（声音哽咽）相信……

玛丽：我也相信，相信他是个正直、善良、勇敢的人。我们应该尊重他的意见，他是在用他的全部心智和力量在帮助我们。但你也知道，你父亲是个固执的人。他一旦决定的事，他是不会轻易改变的。但他是爱你们的。我们只有用爱去感化他。我相信他，为了我们全家他会改变主意的。他为了我们，甚至可以放弃自己的生命。杰思敏，你不用害怕，也不要着急。一切都会好起来的。

杰思敏： 你看爸爸。我刚才劝他不要出门，他，他竟然……

玛丽： 好女儿，你还是不懂你爸爸。你爸爸现在走的是一条危险的道路。他是想牺牲他自己来保全我们全家，因为他知道纳粹是冲他来的。他以为这群魔鬼找到他或者是杀了他，那些嗜血成性的魔鬼达到目的了，就会放过我们全家。可是他想错了。凶残和嗜血是魔鬼的本性。即便他们杀害了你的父亲，也不会放过我们一家，甚至不会放过逃来上海的全部难民。施瓦茨一个人可能做不到这些，但这里是日占区，他们可以借助日本人来达到他们的目的。日本人也是嗜血成性的，这一点必须让你父亲明白。不要以为牺牲他一个，就可以拯救我们全家，拯救上海数万犹太同胞。杰思敏，好女儿，坚强些。让我们共同努力做好你父亲的工作，让他更加理性和理智，不要对魔鬼有任何幻想。我相信我们能改变他。走吧，杰思敏，我们今天还有很多工作。

【玛丽和杰思敏刚走出僻静处，迎面碰上米兹拉希领着怀兹等考察团成员。米兹拉希忙向玛丽问好，并向她介绍怀兹等人。

米兹拉希： 玛丽夫人，您好。上帝赐予我们新的一天，您不应该面带忧容。我们都应该感恩、快乐才对。我来跟您介绍一下，这位是美国犹太考察团怀兹先生，这位是玛丽夫人，她现在是我们犹太医院的院长。

怀兹： 您好，玛丽女士。祝贺您担任我们犹太医院的院长。我们还准备明天去您的医院看看，没想到在这碰上您了。

玛丽： 您好，怀兹先生。早就听说您要来了，很高兴认识您。我们今天还要去给几位老人检查身体，不能陪您了。明天我将在医院恭候。

怀兹： 好的。知道您很忙，我们明天再见。

玛丽： 再见，怀兹先生。米兹拉希先生为我们犹太人的生存奔走呼号，操碎了心。他会把一切真相告诉您。祝您的访问圆满成功。

25-7. 景：上海街头 日 外

【芦柴棒已经在街头摆好了擦鞋的摊子。莎拉戴了顶男孩子的帽子，悄悄地绕到芦柴棒背后。豹子一路跟着莎拉，一下子冲到了芦柴棒的怀里，吓了芦柴棒一跳。

芦柴棒： 豹子，你怎么会在这？莎拉呢？

【躲在芦柴棒身后的莎拉，大声地用上海话叫起来。

莎拉：擦皮鞋嘞……擦皮鞋嘞……阿拉擦的皮鞋可当镜子用嘞。

芦柴棒：莎拉，你这鬼丫头。上海话倒是越来越地道了。诶，你怎么弄得像个男孩子一样，差点把我也蒙过去了。

【芦柴棒上前将莎拉的帽子一把揪下来，露出莎拉满头卷曲的秀发。

莎拉：怎么样？我戴这帽子好看吗？这是我邻居小孩亚当斯送我的，我姐姐说我戴这帽子不好看，不男不女的。

芦柴棒：你戴这个帽子的样子有点怪怪的，但挺好看。

莎拉：好看吗？你喜欢，送给你。

芦柴棒：我才不要呢。这些洋玩意我都不喜欢。再说了，我爷爷活着的时候常说无功不受禄。我从不白拿别人的东西。

莎拉：不要算了。我还不给呢。诶，你知道我今天到你这来多悬吗？我爸不让我出门。我想了个主意，悄悄地叫豹子叼走我爸爸的一块破木板。我爸看见了，一边叫着一边去追豹子。趁我爸出门的那会，赶紧逃出来。这不，跑你这来了。

芦柴棒：你现在倒真的像个上海滩的小瘪三了。连你爸都敢蒙。好吧。冲你这份诚意，我生意不做了，带你玩去。走。

25-8. 景：土肥原办公室 夜 内

【土肥原一身日式浴衣刚刚泡完了澡，久保田已经毕恭毕敬地在办公室里等待了良久。

久保田：将军。

土肥原：让你久等了。

久保田：没有关系。就像您推论的一样，代表团的怀兹当天夜里就已经私下接触了美国特使詹森。

土肥原：情理之中。美国的考察团虽然是民间组织，但还是要拜访美国总领馆。可日美两国现在处于战争状态，美国官方一插手，这事就麻烦很多。

久保田：我们要不要采取什么行动？

土肥原：日美虽是交战国，但我们表面上还得根据国际法和国际惯例行事。他们这是民间访问，日本作为占领国，不宜公开出面干预。但是你一定要告诉小野和傅宗耀，怀兹带来的这笔巨款，我们必须拿到。如果是因为他们的原因让这笔巨款泡汤，那他们俩就必须为他们的失职去死。

久保田： 是。属下明白。

土肥原： 不管这件事有多么复杂，但问题的关键是那个考察团的怀兹。好好地说服那个怀兹。问题就迎刃而解。因为这笔钱掌握在怀兹手上。要傅宗耀他们好好动动脑子。不管采用什么手段，务必让那个怀兹就范，让他把钱存进我们日资银行。必要时，可以明确地告诉他，如果这笔钱不存进我们的指定银行，那他将不能离开上海。注意，干这件事不能牵扯到帝国军方。让傅宗耀和小野他们去办吧。

久保田： 是。

25-9. 景：华懋饭店傅宗耀包厢 日 内

【傅宗耀宴请了怀兹。作陪的还有小野宪一。

傅宗耀： 怀兹先生这两天都在考察，一路风尘也没有好好休息。今天特意请您尝尝我们上海的本帮菜。还请了东亚银行的小野先生作陪。

怀兹： 市长先生，您不用这么客气。我们是民间考察，一次次惊动市长，我们很不安。一会儿我还要去参加米兹拉希先生的犹太联谊会。

傅宗耀： 这不是客气。上海是个特别包容的城市，您看，我们这里这么多租界。租界里，西方人和中国人都是朋友。我作为主政上海的市长，像您这么高贵的客人光临，我岂有不接待之理。

怀兹： 那就有劳市长大人费心了。不过我们的行程很紧，过几天我们就可能离开上海。但还有很多我们该去考察访问的地方没有去。

傅宗耀： 我知道您很忙。故我们没有过多打扰，但怀兹先生此行总是有使命的吧。我想您不完成使命是不会离开上海的。

怀兹： （微微一愣）无所谓使命。我此行上海，主要是考察我的难民同胞在上海的生存情况，回美国后向总部做出汇报，由总部做出决策，并无什么特殊使命。

小野宪一： （有些着急）怀兹先生此行不是来给上海难民送赈济款的吗？您已来上海考察数日，心中该有数了吧。这笔善款如何投放、如何使用。我很想知道您的想法。

怀兹： 我个人没有想法。我只是回去后会把上海犹太难民的生存情况，向世界犹太联合总部汇报，由总部做出决定。至于说这批善款如何投放、如何使用，现在还谈不上。甚至这批善款投不投到上海，也由总部做最后决定。我个人无权表态。

　　【小野宪一和傅宗耀对视了一眼，面面相觑，神情颇为失望。

　　小野宪一：这么说，怀兹先生此行不是来给您的难民同胞送赈济款的？

　　怀兹：我说过，我此行的目的只是考察上海犹太难民生存状况，回去后向总部汇报而已。我个人无权表态，更无权决定。好了市长先生、小野先生，感谢你们的盛情款待。晚上我还要赶去参加上海犹太救助会的联谊活动。告辞了。

　　【怀兹说完，拿起大衣离去。

25-10. 景："大世界" 夜 内

　　【"大世界"夜总会，舞台灯光闪耀；座无虚席，美国犹太考察团的成员全部到场。前排的位置上坐着李家父子三人、楚孝仪、陆允明、汪墨樵夫妇以及工商界名流，还有哈同、沙逊、嘉道理家族。后排则全是犹太难民。大批记者站满了过道，一看到怀兹到来，镁光灯闪烁。米兹拉希忙起身迎接，安排怀兹坐下后，自己走上台去。李廷瑞一边摆弄着摄像机，一边还心不在焉地左右张望。

　　李廷琛：你怎么了？

　　李廷瑞：我在看杰思敏呢？等会儿杰思敏出来，我得给她拍张最漂亮的照片。

　　李廷琛：不要出风头。

　　【李廷瑞不以为然。

　　李廷瑞：杰思敏可是今天欢迎会上最大的亮点了。

　　米兹拉希：我们的民族遭遇过很多的不幸。我们甚至失去了我们唯一的故乡和家园，那就是耶路撒冷，但我们还是上帝的儿子。我们曾经与主有约，我们永远是上帝的羔羊，效忠耶和华。虽然我们今天四海飘零，被魔鬼追杀屠戮。但我们不能失去希望。我们依然憧憬耶和华的山，追寻耶和华的神殿；我们依然期待万能的主的训示与教诲。因为教诲必出于锡安，耶和华的道必出于耶路撒冷，主必在他创造的人类列国中施行审判。从此可以将刀打成犁头，把枪变成镰刀。人类不再有战争杀戮，无辜的灵魂将复活。在此之前，绵羊必须与豺狼同居，麋鹿与豹子同卧。我们必须要有耐心，等待主的训示和召唤。

　　【怀兹听到这些话不由自主鼓掌，伴随着怀兹的掌声，全场都为米兹拉希的演讲鼓掌。

　　【米兹拉希将怀兹引到台上。

米兹拉希： 我郑重地给大家尤其是上海工商业的朋友们介绍史蒂芬·怀兹先生。史蒂芬·怀兹先生对上海的复杂情况难以在短时间内全部掌握，但我相信，我们的真诚能让他感受到这里的真实生活。

【场内再次响起了热烈的掌声。但人群中李尔克那样的一群年轻人却不以为然，悄然离去。

米兹拉希： 中国上海是一座包容的城市。上海各界对我们的民族都提供了无限的帮助。在犹太社区建立的过程中，无论是土地还是资金，上海工商业协会的会长李衡甫先生都做出了巨大贡献。李衡甫先生的儿子李廷琛曾任上海淞浦医院的院长，李廷琛先生甚至将自己的医院捐献给了犹太救助协会，现在是犹太难民的救济医院。这样大爱无私的高贵品格，是永远不能忘记的。还有上海红十字救援会的会长汪墨樵先生为了帮助犹太难民免受饥饿，仅粥场就设立了一百多个。为建造犹太社区，他也出资筹款，不遗余力。他还为我们犹太族裔的孩子办了义校。这些异族同胞的善举将感动上帝，也将让我们犹太族群永远感恩。今天为了欢迎犹太考察团并为犹太银行开业所准备的欢迎演出，正式开始。

【大厅里的灯光暗了下来，随着悠扬的钢琴声响起。一束追光打向角落里光洁的白色三角钢琴，杰思敏穿着茉莉借给她的盛装，演奏着犹太人民最爱的乐曲。

茉莉： 杰思敏真是漂亮。这条裙子我可是放了很久都没有舍得穿。送给杰思敏，还真是相得益彰。

李廷琛： 谢谢你。

茉莉： 不用谢我。宝剑赠英雄，漂亮裙子送给漂亮的姑娘。

【杰思敏熟练地演奏着自己已经烂熟于心的乐谱，手指在琴键上跳跃着。杰思敏的琴声流淌出童年的美丽和自由，水晶之夜的恐怖和血腥，对未来和平的向往和呼唤。高山流水，抑扬顿挫，全场动容。

【一曲终了，全场久久的沉默，在场犹太人的脸上个个泪光闪烁，嘉道理家族的继承人激动地跳上台，拉着米兹拉希的手。

嘉道理家族的继承人： 我们嘉道理家族在上海已经生活了几代人。上海就是我们的家，我们的故乡。即使有一天我们重新寻回了我们失去的一切，上海也永远是我们的一部分。我在此宣布，我们嘉道理家族现在上海唯一的产业船型宾馆全部停业，改为接待犹太人的临时居所。

【许多工商界的年轻人也纷纷在台下举手，嚷嚷着自己将向银行投资或捐款，全场一片欢腾，米兹拉希应接不暇。

【茉莉和汪墨樵低声说着什么，汪墨樵点点头。茉莉离席，快步上台紧紧抱住杰思敏，相拥而泣。米兹拉希高声宣布。

米兹拉希： 下面由汪墨樵先生的夫人茉莉小姐为我们演唱中国歌曲《铁蹄下的歌女》。

【全场再次响起热烈掌声。杰思敏在钢琴边坐下。悠扬的琴声响起。

茉莉： （唱）我们到处卖唱，我们到处献舞，谁不知道国家将亡，为什么被人当作商女……

【琴声抑扬顿挫，歌声委婉悲凉，台下鸦雀无声。一曲终了。哑然无声的会场突然爆发雷鸣般的掌声，经久不息。全场气氛再掀高潮。李廷瑞冲上前给杰思敏拍下了一张值得纪念的照片。

【怀兹走上台，紧紧拥抱茉莉后，转向全场三鞠躬，高声说道：

怀兹： 我在这里，代表美国犹太考察团向上海人民表示最真挚的谢意。

【掌声再起，灯光转亮。杰思敏挽着米兹拉希，怀兹挽着茉莉逐级而下，全场再次爆发出更加热烈的掌声和欢呼声。人群中科恩悄然离去。

25-11．景："大世界" 夜 内

【杰思敏向人群中张望，却找不到科恩的身影。

李廷琛： 怎么了？

杰思敏： 爸爸不见了。

李廷琛： 我送你回去。

杰思敏： 爸爸是不是生气了？

25-12．景："大世界"外街道 夜 外

【满腹心事的科恩走出了"大世界"，"大世界"外虽然停满车，但和里面的热闹气氛天壤之别。李尔克显然有点微醺，和一群一向激进的年轻人聚集在门口。

李尔克： 普罗米修斯先生也出来了。您应该好好欣赏米兹拉希先生的演讲和杰思敏的天才演奏。您虽然是杰思敏的父亲，但我为她有您这样一个父亲感到遗憾。

【科恩停住脚步，冷静地看着李尔克，沉默着。

李尔克： 普罗米修斯先生，我们都是犹太人，但我们却需要别人施舍与怜悯才能活下去。这难道就是我们追求的生活？

科恩： 我们没有权利追求任何生活，一切都是主的安排。

李尔克： 是什么样的主会把纳粹那样的魔鬼安排给我们？这公平吗？普罗米修斯先生，我们现在东躲西藏。还要杰思敏跟你一样躲藏，过你一样的生活，我为她感到难过。普罗米修斯先生，杰思敏是个纯洁、美丽、善良而富有正义感的姑娘。我们很敬重您，杰思敏说您善良正直，是天下最好的父亲。我们也相信您是我们犹太教最虔诚的信徒，有着坚定的信仰和追求。看来这并不正确。你相信米兹拉希先生对我们犹太教义的认知，什么铸刀为镰，铸枪为犁，还要我们耐心等待。可是先生，我们已经等了几千年了。我们等来的结果是什么呢？是杀戮血腥、亡国灭种。这就是主的公平吗？这就是我们犹太人所等待的结果吗？

科恩： 年轻人，你只是醉了。我不想与一个醉汉再多说什么。我只想简单地提示一下，面对现实，年轻人。这里不是柏林、罗马、耶路撒冷，这里是中国，是德国人的盟友日本人占领下的上海。我希望你们义愤填膺、激情四射的行为不要为我们的同胞再制造灾难。再见。离我的女儿远一点。

李尔克： 躲避不能保护杰思敏。

科恩： （头也不回）你也不能。

【科恩离去，身影孤单。稍远处几个青帮弟子紧紧相随。

【乔装打扮的施莫林从昏暗的灯光下闪出，悄悄地跟去。

25-13．景：上海街道 夜 外

【李廷琛陪着杰思敏走在街头。

杰思敏： 妈妈知道了。我跟妈妈说了施瓦茨来的消息。

李廷琛： （沉默半晌）杰思敏……

杰思敏： （着急地）他会找到爸爸吗？

李廷琛： 我跟你说过，至少两个月内你们还是相对安全的。但杰思敏，这并不意味着你们全家已经脱离险境。你今天出席这样盛大的欢迎会，是不是有点太过张目。你知道有多少双眼睛在盯着你们，明的是记者，暗的还有汪伪特务。施瓦茨并没有离开上海，他虽然暂时不能行动，谁能保证纳粹当局没有第二个第三个施瓦茨在暗中窥视。他们或许找不到你父亲，但你今晚这样出头露面。我敢说明天全上海的大小报纸都会有你的大幅报道，还有你的盛装演出照。他们能找不到你吗？

杰思敏：米兹拉希先生再三邀请，说是为了全上海的犹太人……

李廷琛：（打断她）好了，别说了。米兹拉希先生并不知道你们全家的处境，特别是你父亲科恩先生的处境。我想，他如果知道，绝不会让你在众目睽睽之下露面的。

杰思敏：那我该怎么办？我该怎么办？我真的不希望因为我的轻举妄动而害了我的父亲，甚至我的全家。廷琛哥，我该怎么办啊？

【杰思敏说毕，竟失声大哭。

李廷琛：杰思敏，这不怪你。你现在唯一能做的就是和你的母亲一道劝说科恩先生离开犹太社区，去一个德国人和日本人都找不到的地方，以确保你们全家的安全。杰思敏，你能做到吗？

【杰思敏点了点头，又摇了摇头，猛抱住李廷琛，痛哭起来。

25-14．景：犹太社区科恩家 夜 内

【科恩推门进屋，豹子蹿过来扑到他怀里，亲热地摇着尾巴。科恩摸着它的头，示意它安静。他轻轻地关上门，走到床前看着熟睡的莎拉，给莎拉盖好被子，俯身轻轻地吻了下她。

【科恩摘下墙上挂着的全家福，将煤油灯拧大，端详着手中的照片。全家福的照片特写：伊姆雷·科恩神采奕奕的笑脸。

【科恩双手颤抖，泪流满面……

25-15．景：犹太社区科恩家门外 夜 外

【李廷琛目送杰思敏进屋。

25-16．景：犹太社区科恩家 夜 内

【杰思敏进屋。豹子蹿上来，疯舔着杰思敏。

杰思敏：爸爸，您怎么一个人跑出来了？

科恩：那边结束了吗？

杰思敏：刚结束，我和李廷琛发现您已经不在了，就追了出来。爸，这么晚了，您真不应该一个人到处闲逛。

【科恩没有理会杰思敏的话，走到窗前抬头望着天边月亮。

【李廷琛远远地注视着他们父女俩。施莫林闪出，轻轻拍了李廷琛一下。李廷琛见是施莫林，两人相顾而笑。

科恩：杰思敏，你看今天的月亮显得离我们特别近。

杰思敏：那里会有宁静吗？

科恩：非常宁静，没有生命的宁静。

杰思敏：爸爸，您还有心情欣赏月亮吗？您不知道施瓦茨他们已经追到上海了吗？您就没想过我们应该找一个安全的住处吗？

科恩：安全？这个世界上还有我们犹太人的安全住所吗？

杰思敏：爸爸，您不能这样回避。世界上有很多善良的人都在帮助和关注我们，中国人，美国人，还有其他民族。如果我们整个民族都这样不能面对恶魔对我们的伤害，不能站起来，这样低着头忍受一切是没有希望的。

科恩：杰思敏，你觉得一个民族究竟怎样才能站起来？

杰思敏：我们应该有自己的家园，自己的生活，自由且有尊严地生活。

科恩：回到几千年前的耶路撒冷吗？那已经是历史了。孩子，我们要面对现实。

【杰思敏犹豫了，科恩叹气。

杰思敏：（鼓足勇气）就算不在耶路撒冷，我们也不应该在别的国家、民族的同情和怜悯中生活。

科恩：你是在抱怨我们这种东躲西藏、寄人篱下的生活，是吗？你说得对，杰思敏。我也厌恶这种生活，我甚至厌恶自己是个犹太人。是我害了你们，害了你哥哥，牵连了你的母亲、你和你的妹妹。我对不起你们。

杰思敏：爸，请您不要再说这些。您知道我不是这个意思。您永远是我敬爱的父亲。您刚才要我面对现实，您的这些话是面对现实吗？真正面对现实，我们就应该抗争，争取生的权利，生活的权利。

科恩：你说得太简单了，杰思敏，这个世界没有那么简单，世界是复杂的。我们民族的苦难也是复杂的，不是一个敌人或者一朝一夕造成的。如果这个世界上还有一片新大陆，能够被我们发现，或许我们能有一个真正属于自己的国家。

杰思敏：不，我们不是生而流浪的人，我们原本有自己的土地和家园，我们可以夺回属于我们的土地，我们的家园，夺回我们失去的一切。我们只是之前过于软弱了。

科恩：杰思敏，这些话我不止一次地从李尔克那听到过，但从我女儿的嘴里说出来，我感到深深的不安和恐惧。杰思敏，作为父亲，我不允许你参加李尔克他们那帮人的任何活动。

杰思敏：父亲！

科恩：李尔克到底要干什么！

杰思敏：李尔克只是希望抵抗。

科恩：李尔克他们要把犹太救助协会所做的一切都毁了吗？把应该读书的孩子都推进战争中吗？

杰思敏：爸爸，我不想和您讨论这些，世界反法西斯是一体的。日本军国主义和德国纳粹是一样的恶魔。我只想告诉您，施瓦茨已经追到上海了，我们一家面临极大的凶险。我希望您面对现实，为了我们全家的安全，我们必须找一个相对安全的地方，一个德国人和日本人都找不到的地方。李廷琛和美国特使詹森先生都愿意帮助我们。

科恩：杰思敏，你太单纯了。这个世界上还有我们犹太人安全吗？特别像你父亲这样的犹太人。我们现在脚下的这块土地是宽容的，我们不是来了吗？可这块土地却被日本人占领，同样充满了杀戮和危险。我倒是觉得我们一家能和我们犹太同胞在一起就是安全的，除了我们同胞，我不会，也不敢再相信谁。

杰思敏：李廷琛您也不相信吗？

【科恩长久地沉默，掏出烟，点上火，双手微颤，青烟袅袅。杰思敏难过地转身离开窗前。

【树丛中，两双眼睛看着科恩窗前那明灭的烟火。

25-17．景：国际饭店怀兹房间 夜 内

【怀兹在楼梯口跟其他团员告别，回到自己房间。

【怀兹进屋开灯，发现床头柜上一个信函，信函上插着一把闪亮的匕首。

【怀兹拔起匕首，打开信函。信函画面特写，一排歪歪斜斜的中文：怀兹，你带来的那笔款必须留下，否则你永远离不开上海。

【怀兹拿起匕首端详着，陷入沉思。

25-18. 景：上海街头 日 外

【嘈杂的人群，街头报童们奔忙着叫卖新出的报纸。

报童： 卖报卖报……犹太协会举办盛大晚会迎接美国犹太考察团，犹太小姐和"大世界"名歌星茉莉登台献艺。卖报卖报……

25-19. 景：久保田办公室 日 内

【久保田的电话铃声大作，久保田接起了电话，只听见电话中的咆哮，直到对方挂断了电话。久保田转身抓起桌上的报纸看着。小野宪一噤若寒蝉。

久保田： 饭桶！你们看看今天的报纸。为什么没有人提前汇报他们在"大世界"的活动？

小野宪一： "大世界"是汪墨樵的地方。米兹拉希的救助会和怀兹的考察团开联谊会，他们事先并没有通知我，更没有邀请我。但怀兹考察团的一举一动都在我的监视下。昨天我还和傅市长约见了怀兹，对他此行上海的目的进行了最后的质询。但得到的答复令人失望。据怀兹说，他此行上海完全是了解上海犹太难民的生存状态。回美国后向总部汇报，由总部决定赈济款的投放方式和金额。他个人无权决定。如此看来，这笔赈济款，他此次并没有带来上海。事情果真如此，那我们何必在怀兹身上花这么大的功夫。况且……

久保田： 好好，别说了。傅宗耀昨天晚上就把这些情况跟我说了。我也向将军报告了这些情况。将军怎么想的，我不知道。那你等会儿就去这么跟将军汇报。我们现在就去将军那。

小野宪一： 我一定可以说服将军。

25-20. 景：土肥原办公室 日 内

土肥原： （强压怒气）久保田大佐，小野君，你们到底还是把接待怀兹和截留善款的工作搞砸了。

久保田： 将军……

小野宪一： 将军，请您息怒。情况您都知道了。我和傅市长对怀兹已经做了我们力所能及的全部工作。对他软硬兼施，甚至派人潜入他的住所插刀留言，公开告诉他，如果他不把这笔善款留下，他和他的团队休想离开上海。昨天我和傅市长与他约见，也向他表示了同样的意思。可得知的情况却令人失望。怀兹这次根本没有带来赈济款。这些情况，想必您也知道了。

土肥原： 是吗？小野君，你就那么相信怀兹那个老家伙吗？我的情报人员告诉我，怀兹虽是犹太裔，可从他的曾祖父起就移民到美国。他的叔叔佩莱尔·怀兹曾两次担任过美国财长，他们家族的产业遍布美国各州，甚至全世界。怀兹是地地道道的美国人。日美是交战国，美国人的话你能信吗？小野君，我可告诉你，愚蠢往往给自己引来杀身之祸。

小野宪一： 将军，我知道这件事情如果失误我将承担的后果。但我和傅市长都已经分析过，如果这一次怀兹带了这笔赈济款，只能以支票的形式兑现，而支票兑现只能通过当地银行。而上海所有的银行敢和我的银行争锋的，只有米兹拉希的犹太银行。而犹太人之所以成立自己的银行，也恐怕是为了收纳怀兹的这笔现款。如果怀兹这次把钱带来了，他选择的也必定是犹太投资银行。估计傅市长已经向您报告了，我们已做好安排，在怀兹离开上海前，他以市府财税局的名义突查米兹拉希的犹太银行，看他银行的账面变化。如果怀兹的三千万美金果真到了他的银行，账面一目了然。傅市长将以战时法令将他银行的所有现金实施扣押。不仅这笔钱丢不了，就是怀兹本人，我们也可以对他实施扣押。怎么处理他，我们都有理。将军，您看我们的考虑和安排是否妥当？再说了，怀兹是个精明的商人。我们多次明的暗的跟他挑明，要他把钱留在我的银行，否则他和他的考察团都离不开上海。他不会不考虑是这三千万美元重要，还是他那条老命更重要。

土肥原： 你说的这些情况我都知道。否则今天你也到不了我的办公室。叫你来，我只是想提醒你，史蒂芬·怀兹可不是个好对付的角色。你和傅市长都必须谨慎对待。帝国"大东亚圣战"需要这笔资金。如果怀兹的这笔巨款弄丢了，那你只能向天皇以死谢罪。

小野宪一： 是是。请将军放心。

【小野宪一唯唯而去。

第二十五集完

第二十六集

26-1．景：福民医院 日 内

【躺在病床上的施瓦茨翻动着手上的报纸，杰思敏的照片在报纸的头条上。虽然不够清晰，但施瓦茨依然端详着那张照片很久。施瓦茨打着绷带的腿微微颤抖，两眼露出凶光，嘴角露出一丝阴险的冷笑。一旁的西蒙观察着这一切。

西蒙：上尉，您好像看得很认真。

施瓦茨：是啊。看不懂的报纸上，才会有秘密。

【西蒙捡起了被施瓦茨丢在地上的报纸，发现上面居然是杰思敏的照片，十分惊讶。莆田川则接过了报纸，大声朗读了出来。

莆田川：为欢迎美国犹太考察团，昨晚在"大世界"舞台，由上海犹太救助协会举办盛大欢迎会。上海工商界名流悉数参加，"大世界"著名歌星茉莉小姐和犹太名媛杰思敏演唱欢迎歌曲。

施瓦茨：（兴奋地发抖）这个女人，终于出现了。

西蒙：这个女人是谁？他是你要找的人吗？

施瓦茨：他就是科恩的女儿，杰思敏。也是我要找的人。有了她，还怕找不到科恩吗？

西蒙：（疑虑地）不会吧？这会不会是他们的一个圈套。他们本应该躲起来。怎么……或许，他们是想引诱您上钩。上海的确很美丽，但我总感到这里充满杀机，让人心惊胆战。

施瓦茨：你是让我提高警惕吗？

西蒙：当然……造成您受伤的凶手不是还没有抓到吗，我们的行动刚开始就失败了。您看您受了这么重的伤，我很难过，也觉得这座城市很恐怖，有种防不胜防的感觉。

施瓦茨：不。我们的敌人往往会被自己的愚蠢打败。如果他们是聪明的，那天晚上既然他们得手了，那么为什么不结果了我。这就是那群犹太猪的悲悯之心害了他们。他们没有弄死我，我就绝不会放过他们。既然找到了杰思敏·科恩，还愁找不到伦纳德·科恩吗？

【施瓦茨盯着报纸上的杰思敏，发出一阵冷酷的笑声。

26-2. 景: 梅辛格办公室　日　内

字幕: 德国

【办公室内站着两排身着纳粹党卫军制服的军官。梅辛格进屋,众人向他行纳粹礼。梅辛格回礼。

梅辛格: 各位都是我精心挑选的人,是第三帝国的精英。多余的话我就不说了。你们明天将随我飞往中国上海,以远东战区观察团的名义执行元首对犹太人的最后解决方案。记住,从离开柏林起,你们的身份就是观察团的成员,不得接受任何媒体的采访。我们这次行动是秘密行动。元首对我们这次行动十分重视,派专机送我们到马尼拉,再转道上海。这次行动只能成功,否则我们就是德意志的罪人。元首不会放过我们,我们也无颜再回德国。明白我的意思吗?

众军官: (齐声)明白。

梅辛格: 好。明晨六时,我们在国会大厦门口集合驱车前往机场。有什么问题吗?

众军官: 没有。

26-3. 景: 犹太救助协会　日　内

【米兹拉希面对一屋子神情专注的犹太考察团成员,朗声说:

米兹拉希: 女士们、先生们,欢迎大家来到今天的放映会。这是我们上海犹太救助协会特意为所有在座的美国犹太考察团成员准备的放映会。上海的所有胶片都必须经由日军方管制审查才可以拍摄。今天放映的这部影片是在上海秘密拍摄的,是关于犹太难民在上海生存状态的专题纪录片,饱含了很多人心血。这个纪录片是由李廷瑞拍摄提供。但能够躲避各方面审查并把它洗印出来妥善保存,除了纪录片的拍摄者李廷瑞先生,还仰赖于一位不愿意透露姓名的上海人士,这位人士也是我们上海犹太银行的股东之一。片中的内容都是关于犹太难民在上海真实生活的记录。愿我们的同胞在这里的一切都将被铭记。

【米兹拉希拉上了窗帘,放映室内一片黑暗,放映机开启,屏幕上开始放映李廷瑞拍摄的关于救助犹太难民的场面。成员们无不专心致志。李廷瑞一边放着拷贝一边解释。

李廷瑞: 这里是河滨大厦的难民营。这里是苏州河。这里是犹太难民刚刚抵达上海时不得不寻找的临时住处。河滨大厦的卫生和居住条件都很糟糕,能够容纳的人员也十分有限。但在当时,这里是唯一能立刻收容犹太难民的地方。在这里,除了犹太难民还有很多因为战争逃难到上海的中国难民。随着欧洲情况的不断恶化，除了大力神号，还有通过其他方式辗转来到上海的难民，不得不在短期内全部生活在河滨大厦。河滨大厦的饮水和食物都十分紧缺。我们不得不寻求多方面的援助。

【镜头：苏州河畔的河滨大厦。

【大力神号抵达十六铺码头，蓬头垢面的犹太难民下船。

【河滨大厦里中国难民和犹太难民杂居的混乱场景。

【犹太难民排着长队在粥棚前领取食物的场景。

【犹太难民在河滩上杂乱的各色棚帐。

【犹太婴儿吮其母亲干瘪奶头的特写。

【莎拉犯病后的场景。

【茉莉带着芦柴棒等人给犹太难民分发馒头的镜头……

怀兹：这些食物，全部都是由捐献者提供的吗？

李廷瑞：是的。上海沦陷后，日军将上海的粮食抢劫一空。上海在很长一段时期内已经断粮，甚至发生了多起抢粮事件。

【镜头：难民抢粮，日军疯狂屠杀难民的场景。日军指挥官高举军刀，日军机枪疯狂扫射、难民纷纷倒下、现场尸横遍地、血泊中散落的大米和馒头的画面。

怀兹：太可怕了。死伤者多吗？

李廷瑞：是的。一次抢粮总要死伤百余人。最严重的一次是在城隍庙发生的抢粮事件，那一次没留一个活口。

怀兹：日方难道没有对向平民开枪做出任何解释吗？

李廷瑞：日方将饥饿抢粮的难民定为暴民，将这次惨案认定为暴动。

怀兹：物资援助在现有条件下是不可能完成的。

李廷瑞：为了解决上海的粮食缺口，上海工商业联合会不得不全面复工。

怀兹：日方的这种行为无论如何解释，都是战争中的犯罪。枪杀平民的行为与纳粹没什么两样。

李廷瑞：在河滨大厦实在无法维持之后，米兹拉希先生决定开放摩西会堂。

怀兹：摩西会堂是我们原来在耶路撒冷的时候，聚集在主身边的地方。拉比是我们在人间的导师，米兹拉希先生在这个时候将我们凝聚在主的身边。

【镜头：摩西会堂里被尽量改造出可以居住的地方和犹太难民包括科恩一家搬家的场面。

李廷瑞：摩西会堂的条件依然有限，上海工商界的朋友和平民为难民们准备的食物也仅仅满足最低的标准。

【镜头：李廷琛陪伴并治疗莎拉的场景。

李廷瑞：这是……

米兹拉希：廷瑞，我来说吧。这个小姑娘感染了水痘。水痘的传染性很强，她不能留在摩西会堂，也不能去河滨大厦，幸亏有淞浦医院的院长李廷琛把他们一家人暂时收留在自己的家中。这位李廷琛先生就是带着难民船大力神号来到上海，也就是纪录片的拍摄者李廷瑞的哥哥。而他们的父亲就是上海工商业联合会的会长李衡甫先生。

怀兹：这样的场面让我十分动容。相信我们整个犹太考察团的成员都与我有同感。上海这座城市，自己在苦难中，依然在帮助我们的民族。我们将感恩这座城市，感恩这里的人民。我和我的同胞将永远铭记上海这个圣洁的东方之城，以及这座城市的善良且正直的人民。至于这笔捐款如何投放，待我和米兹拉希先生商讨后再做决定。我有一个请求，如果方便请帮我把今天的纪录片拷贝一套。我要带回美国去，把真实的记录、真实的上海带回美国。

26-4. 景：上海犹太医院门口 日 外

【米兹拉希陪同怀兹等人下车。在门口等候的玛丽迎接他们走进医院。

26-5. 景：上海犹太医院小会议室 日 内

【会议室内，李衡甫和楚孝仪，沙逊、哈同、嘉道理等家族代表。玛丽领着怀兹和米兹拉希进屋。众人起身迎接。

玛丽：我还要陪同考察团的其他人去病房慰问。你们谈吧。我告辞了。（说毕离去）

怀兹：各位都到了。今天请你们在这里见面，也是不得已而为之。说来好笑，我的一言一行，甚至饮食起居都在日汪当局的监视之下。如果他们知道我跟各位见面，恐怕会给各位带来麻烦。故请玛丽院长约你们在她的医院见面。这里应该更安全些。

楚孝仪：怀兹先生的顾虑很有必要。不仅您在日伪特工的监视下，就是我们这些人也在他们严密监视之下。但我们已习以为常了。想必怀兹先生请我们来是有要事相商。怀兹先生不必客气，有事但请直言。

米兹拉希： 我把情况介绍一下。怀兹先生这次到上海考察，是冒着极大的危险来的。日伪当局表面对考察团表示亲善，其实他们在考察团周围安插了大量的特工。怀兹先生甚至怀疑他和考察团成员下榻的房间都被安装了窃听器，故怀兹先生一般不敢在房间说话或打电话。就在前两天晚上，怀兹先生在房间内收到一封匿名恐吓信，信上还插着一柄利刃。

【说着从怀里掏出那柄匕首和那个信函给李衡甫，李衡甫接过信函，瞄了瞄，顺手递给楚孝仪。楚孝仪又将信函递给了在座的哈同家族等人。

楚孝仪：（气愤地）这是威胁。真无耻。

【众人议论纷纷，十分愤慨。

李衡甫： 老一套。这是汪伪特工常用的手法，但是怀兹先生还得警惕。这帮人渣没有什么做不出来的，他们达不到目的绝不会放手。

怀兹： 今天请诸位来，就是和大家商量怎么应对这笔赈济款，这笔钱我确实带来了，当然是支票。但这笔钱不是我怀兹的，而是全美乃至全世界的犹太人对上海同胞的热忱关怀。我离开美国前，总部负责人再三叮嘱这笔赈济款必须用在上海犹太难民身上，帮助他们渡过难关。经过这些天的考察，我已深切感受到上海的犹太同胞在苦难和死亡线上挣扎。故决定将这笔赈济款留下来，交给米兹拉希先生的犹太银行。由他负责实施救助和赈济。刚才李先生说这帮人渣没有什么做不出来的，我相信。其实在此之前，日汪政府的上海市市长傅宗耀和那个日本人小野找了我多次，威逼利诱，要我把这笔资金留在上海，也就是留在他们的日资银行。我回答他们，我此行的目的是来上海考察我犹太同胞的生存状态，至于这笔赈济款投放何处、如何投放，我做不了主，必须回美国向总部汇报，由总部决定。我这样回答他们，他们当然很失望，恶狠狠地表示了和那封恐吓信一样的意思。当然我也做好了思想准备。这批法西斯没有什么做不出来的。他们在全世界屠杀了那么多无辜的百姓，再多杀一个史蒂芬·怀兹，当然不在话下。坦率说，我一把年纪了，生死都在意料之中。我担心的是考察团还有四名成员，他们都年轻，都有妻儿家室。我不能眼睁睁地看着他们同我一道赴死。今天请各位来，就是商量如何保护考察团其他几位成员的安全。他们如果能安全离开上海，我也就放心了。

李衡甫： 不。怀兹先生，这笔钱您不能留下来。如果您把钱存放在了米兹拉希的犹太银行，那么银行必然被日伪当局查封。这笔巨款也会落到他们手中，而且必然会给米兹拉希先生带来祸患。这帮人杀人越货和明火执仗，从来不需要什么理由。我倒有个想法，大家商量一下。

怀兹：李先生请说。

李衡甫：您既然对小野和傅宗耀他们说了这笔赈济款的归属由总部决定，那就是告诉他们这笔赈济款您没有带来。如果您现在把这笔款项放在犹太银行，他们在您走之前，肯定会突击检查犹太银行的账面收支情况。如果他们发现这笔钱您带来了，而且就存放在米兹拉希先生的犹太银行，那么不仅米兹拉希先生脱不了干系，而且您和考察团的其他成员也很可能被他们扣押。那时就真的离不开上海了。我想，这笔款项现在留在上海极不稳妥。这张支票，您怎么带来的，还怎么带回去。回到美国后，将这笔款项存放瑞士苏黎世银行。当然这只是暂时存放，收款人也只能是上海犹太救助会。米兹拉希先生可以通过苏黎世银行上海分行陆续取款。苏黎世银行总行和上海分行均凭米兹拉希先生一人的亲笔签名予以兑付。这样这笔款项就不会在犹太银行的账面有所反应。日伪当局再查也查不出什么名堂来，而米兹拉希先生的犹太救助会也随时可动用这笔资金。你们看这样办行不行？怀兹先生和考察团成员也都可安全离开上海。

【众人闻言始而沉寂，继而鼓掌叫好。

怀兹：这倒是个好主意。只是上海的犹太同胞急需这笔救命钱。我担心等我回到美国，再转款苏黎世银行，还要和苏黎世银行签订很多合同，这样信函的往来需要时间。这样会不会耽搁米兹拉希先生这边的赈济工作。

李衡甫：我想这应该不是问题。上海犹太银行已经开始营业了，对犹太难民的赈济工作也在有序地进行。要彻底解决犹太难民的生存问题，也不是一朝一夕就可以办妥的。当然，如果怀兹先生怕耽误时间，我这也有个主意。那就要辛苦怀兹先生了。您的包机离开上海后可以绕道苏黎世回国，在苏黎世降落后，您可以找一家在上海有分行的苏黎世银行，直接和这家银行签署有关合同，一次性就可把相关工作做到位。由总行通知上海分行相关事宜，比如这笔款项只能作为犹太难民的赈济款，只能凭米兹拉希先生亲手签署的支票在上海提取。这些都在合同上予以说明。这不省了很多事吗？

怀兹：（兴奋地）好。这确实是个好主意。就按李先生说的办，绕道苏黎世，也多不了几小时的航程。这样既安全稳妥，也给米兹拉希先生的赈济工作给予了充分空间。就这么定了。

米兹拉希：不不。我偌大年纪，都是主要随时召唤的人了。只怕当不了如此重任。万一有个不测，岂不耽误了上海同胞的赈济？我建议，除我的签字有效外，李衡甫先生的签名也应该有效。也就是说，我们两个人的签名都可以在存款的银行提款。我们上海的这家银行本来就是李先生出资组建的。

【众人齐声说好，表示同意。

怀兹：那好。我会在与苏黎世银行签订的合同上加上李先生的名字。现在就请两位亲笔书写自己的名字，我带去苏黎世银行。今后就凭你们两人的亲笔签名，都可以提取这笔赈济款。请拿张纸来，写上你们的名字吧。

【众人起身要去找纸。楚孝仪从兜里掏出一个空烟盒，把烟盒撕开，递到怀兹面前。

楚孝仪：这个可以吗？

怀兹：可以可以。这只是留在苏黎世银行做核查用，有你们的亲笔签名，并经核对无误，就可提款。

【米兹拉希和李衡甫在烟盒上各写上自己的名字。

26-6.景：李廷琛办公室 日 内

【身着白大褂的玛丽捧着一摞病历进来。李廷琛忙起身倒了一杯水放在了她的面前。

玛丽：廷琛，不用。我还要去病房。你看看这些病历，里面有我和另外几个医生对患者的治疗方案。

李廷琛：老师，我有些事想和您商量下。耽误您点时间，我们坐下谈好吗？

玛丽：我知道你要说什么。但这件事牵涉到我们全家，特别是我的丈夫科恩，必须由我们全家做出决定。

李廷琛：老师，杰思敏告诉我，您已经知道施瓦茨来上海了。

玛丽：是的。杰思敏告诉我了。

李廷琛：施瓦茨来到上海，而且带来了西蒙，企图通过西蒙找到我。当然，找到我也就是希望通过我找到你们一家，找到科恩先生。可以肯定施瓦茨到上海来，其最终目标就是科恩先生。只是我了解这一情况后，托朋友阻滞了施瓦茨的活动。现在施瓦茨在一家日本人的医院住院，但他们并没有放弃寻找科恩先生。据美国总领馆透露，他们已经跟日方勾结在一起。施瓦茨的汉语翻译也是个中国通。他们或许可以很快找到你们。你们的处境已十分危险。

玛丽：我明白。

李廷琛：杰思敏说你们决定不回避、不躲藏？

玛丽：是的，这是我们全家商量后的决定。让你担心了，也让你受到牵连，我很抱歉。但是我们不准备改变我们的决定。尤其是我的丈夫。

李廷琛：老师，您认为施瓦茨在上海的行动会遵守法律吗？或者还是您和科恩先生心存侥幸？

玛丽：不，我们并不天真，也没有任何的幻想。在战争中从来没有什么法律和人权。特别是我们所面对的是这批毫无人性的纳粹。在你的帮助下，我们已经逃出了德国，并侥幸活了下来。但我们已经失去了我们的亲人、我们的家园。我们已经没有什么可以再失去的了。故我们决定不再躲避，因为躲避没有意义。该来的迟早都会来，如果这是主的安排。

李廷琛：夫人，或许事情没有您想得那样绝对。主是慈悲的，人类中的绝大多数也是有正义感的。这个世界上有很多人愿意帮助你们。比如我们上海各阶层人民，比如美国政府。您就没想过寻找其他的帮助吗？比如去其他国家，去其他更安全的地方。

玛丽：其他国家？

李廷琛：是的。美国驻上海总领事馆的特使詹森先生就曾向我表示，他可以帮助你们全家去美国。

玛丽：不。我丈夫有他自己的看法。他虽然平时看起来沉默，但他在很多重要的问题上又十分固执。美国人很早以前，甚至在战争爆发之前就已经和我丈夫有过接触，表示我们全家可以移民美国。那个时候我丈夫认为他是德国人，他的工作一直在德国，他不可能去另外一个国家工作。现在，他更不会去了。美国人拒绝了所有犹太人的签证，而唯独对他青睐有加。他认为美国人这不是仁慈，而是需要他的科学成果为这场战争服务。

李廷琛：科恩先生不愿意为战争服务？包括正义战争？

玛丽：我丈夫认为战争就是杀戮，他不愿意自己的研究成为任何一方的杀人武器。这是不能被主原谅的。而我们，是一家人，我们会在一起，一起和我们苦难的犹太人面对一切。

李廷琛：我明白了。老师，我会尽一切力量保护你们的安全，但也请你们尽量小心。尤其是科恩先生。

玛丽：谢谢你。廷琛，你不必再为我们做更多事情。你也要保护好自己。

26-7．景："大世界" 夜 内

【"大世界"一如既往的喧闹。

【谢润林还是坐在吧台他的老位置上。陆允明一身浪荡公子的西装打扮打着招呼，冲着谢润林走了过来，坐在了他的身边。

谢润林：陆先生怎么今天有时间出来闲逛？我知道你们总领馆挺忙的。

陆允明：你不是也出来了吗？我们总领馆可不像你们警察局。总领馆只是个例行公事的清水衙门，而你们警察局可是直接面对社会，管制老百姓的，特别是你这个情治科长。上海有今天这样平静，也有你的一份功劳吧。

谢润林：平静什么呀，今天就差一点出事。我是刚从机场回来的，累了一天，到这来消停消停。

陆允明：哦？差点出事？有什么大事值得你这警察局情治科长累了一天啊？

谢润林：还不是你们那个什么美国犹太考察团，他们今天要离开上海。我们接到上峰命令，不能让他们登机。所以和海关联手在机场把他们扣押，说是他们的行李有违禁品，不查清不能放行。

陆允明：那你们查清了没有？有没有违禁品？

谢润林：什么违禁品，只是找个理由把他们暂时扣押。其实殷燕农带着他的行动队正在查抄他们的犹太银行，说是上面怀疑考察团把一笔巨款存放在了犹太银行。日本人现在都穷疯了，听说有钱，还不像头饿狼一样扑上去吗？但他们不出面，要我们警察局去办。这不，殷燕农那小子听见主子一声令下，像条狗似的冲在前面。听说还带了两个他们日本银行的会计师，硬把人家银行查抄了。

陆允明：你没去吗？查到什么没有？

谢润林：查出个屁！人家银行的账清清楚楚。一文不多，一文不少，分文不差。这下倒好，美国犹太考察团的人不干了，他们向日方提出强烈抗议。他们无故被扣，要日方给出解释，否则他们将在国际上提出申诉，说日军方无端扣押美国人，要日本人赔偿损失。日本人也急了，别看现在是日美交战，但他们死要面子。这事如果搞砸了，在国际上有损日本人的国家形象。日军宪兵司令部赶紧推脱，说扣押美国考察团的事他们不知道，是汪政府在例行公务，并赶紧命令我们放人。你看我们忙活了一天，最后不得不放人。还说着好话把人送上飞机。真他妈见鬼了！明明是日本人要我们干的，可这盆脏水还是泼到我们身上。你说我们这差事好干吗？

陆允明： 在哪儿干活都不容易，特别是跟着外国人干，得看人家脸色。不过你可比我强多了。我跟美国人干，就拿一份薪水。你跟日本人干，就不同了，上海还是日本人的天下，你们办差还不大把地捞钞票。我都有点眼红你了。

谢润林： 别别老兄，你可别眼红我，我可是干的苦差事。对付中国老百姓还行，可跟外国人打交道，那就够让人窝囊的了。前几天那个叫施瓦茨的德国人不是被人打伤了吗，这明明是日租界发生的事，上峰却逼着我们去破案。我们上哪儿破案去。那里住的都是日本人，我们敢惹吗？破不了案，还得天天挨骂。你说我这日子好过吗？听说又要来一个德国人，还带了一批德国人来。听说这个还是个更大的官，要我们做好保卫工作，还必须万无一失。真他妈见鬼了！我们都成了外国人的看门狗了，你还眼红我？眼红我什么呀？

陆允明： 看来也是啊。你们给日本人当差也挺不容易的。不过德国人对上海还是挺上心的。他们要在上海跟日本人争吗？

谢润林： 鬼知道他们来干吗，反正日本人对他们挺关照的。

陆允明： 上次德国人被打的那个案子，你们破了吗？

谢润林： 上哪儿破去。上海三教九流、鱼龙混杂，林子大了什么鸟都有。也不知道那个德国人得罪了什么人。我看是他自找的。好在这事是发生在日租界，我们总算有个托词，否则还真脱不了干系。

陆允明： 又来的那个德国人你知道是什么背景吗？

谢润林： 听说是个上校。德国元帅希姆莱直接委派的。叫什么远东战局观察团，搞得神神秘秘的，我看就是一帮特务。

陆允明： 谢老弟，给日本人办事谨慎点。钱是要捞的，但也要给自己留条后路。老哥别的忙帮不了你，如果有那么一天，你想到美国去，老哥倒可以帮你一把。好了，告辞。

【陆允明对谢润林拱了拱手，起身离去。谢润林怔怔地看着陆允明的背影。

26-8. 景：犹太医院李廷琛办公室 夜 内

【李廷琛的办公室，陆允明敲开了他的门。

李廷琛：你看看你这一身酒气。我这里可不收酒鬼。

陆允明：不管外面是风吹还是雨打，"大世界"都是一样的。"大世界"永远有音乐，永远有酒，有人跳舞。关上门，会让人以为从没有战争。无论外面物资多么紧俏，"大世界"里都有好东西，花钱什么都能买到。那里就是个有钱人的销金窟。

李廷琛：同时也是个冒险家的乐园。没想到你这种身份的人也常去那种地方。

陆允明：不常去，偶尔去转转。有时还有点意外的收获。

李廷琛：今天有什么收获吗？

陆允明：有。柏林盖世太保的头子梅辛格上校马上就要到达上海。

李廷琛：该来的总会来的。知道他来上海的目的吗？

陆允明：美国国防部早有情报。梅辛格将来上海，目的是屠杀逃来上海的所有犹太难民。当然第一目标还是科恩先生。今天去"大世界"，只不过是证实了最近梅辛格就要抵达上海，日伪方面已经做好了迎接和保卫他的安排。

李廷琛：我就知道你不会无缘无故这么晚还来我的办公室。你是要告诉我科恩先生一家已到了最危险的关头，可以说是生死一线，是吗？

陆允明：是的。你找过科恩先生吗？他有什么表示？

李廷琛：找过，他们全家都知道他们面临的凶险。特别是科恩先生，他决定不躲藏不搬家，他要和他的犹太同胞生活在一起。他对美国当局对他的关注与保护并不在意，他认为美国人是需要把他的科研成果变成杀人工具。他反对一切战争，他认为所有的战争都是杀戮，他不愿为战争服务。他态度很坚决，他甚至不愿和詹森先生见面。他的这种想法当然也影响了他的妻子，也就是我的老师玛丽夫人。她说科恩先生的决定就是她的决定、他们全家的决定。我没法说服他们。就是杰思敏也无法说服他。他们现在早已把生死置之度外。科恩先生认为如果他们不幸被纳粹屠杀，那也是命中注定，是命运的安排，是主的安排。

陆允明：（一阵沉吟）那好吧。科恩先生既然如此固执，不把自己的生命，甚至全家的生命放在心上，或许这真是命运的安排，我们也无能为力，我也只能这样转告詹森先生。祝他们好运，告辞。

李廷琛：等等，请转告詹森先生，我并没有放弃。事关科恩先生全家的生死，我不会放弃。我想凡是有怜悯心和正义感的人，包括你和詹森先生，都不会放弃。我会继续做他们的工作，动员一切力量，包括米兹拉希。我想精诚所至，金石为开，科恩先生一定会为我们的善意和诚心所感动。我也希望你，特别是詹森先生，要有足够的耐心。

陆允明：（有点抱怨）我不知道我们所做的一切是为了什么，凶手已经追杀到了家门口，他们全家已经处于生死一线。我们出于人道和正义在全力以赴地帮助他，他却如此轻视自己，乃至亲人的生命。我想他不会不知道自己的凶险，那他这样做是出于信仰吗？如果是这样，我们也只能尊重他的选择。

李廷琛：（认真地）学长，您这话我不赞成。科恩先生正是出于他的正直和善良，他有他的生存理念和价值观。我认为保护好科恩先生，让他和他的全家脱离险境是我们的责任。往大了说，这是一场正义和邪恶的斗争。我们不能因为科恩先生的一时固执，而放弃对人类道义的追求。即便是您和詹森先生乃至美国当局撒手不管，我也会尽全力保护科恩先生和他的一家，也请您把我的这些话转告詹森先生。

【陆允明听着李廷琛的话，感到惊愕和惭愧。

陆允明：廷琛，你说得对。我佩服你的胸襟和人品，护卫好科恩先生一家是我们的责任，让我们共同努力。

26-9．景：汪公馆麻将房 夜 内

【麻将房内依然热闹，汪墨樵陪着茉莉等人打麻将。张工品、张圣财也在其中。

【刘姆妈端着夜宵小馄饨来了。

刘姆妈：各位先吃点馄饨吧。凉了就不好吃了。

汪墨樵：（端起碗尝了一口）今天的馄饨好，弄了一点虾子，放在里面鲜得很。放一放，吃了馄饨再打八圈。刘姆妈，你先下去吧。待会儿再来收拾碗筷就行了。

刘姆妈：哎。（转身离去）

张工品：八圈不行，四圈吧。明天我还要去办公室处理点事，太晚了吃不消。

茉莉：什么大事？还要你这个总巡捕亲自出面。让下面的人办不就得了。

张工品：我的茉莉小姐。我可比不得你的汪老板。他树大不招风，人多势众，谁也奈何不了他。我可不行。租界不比华界，租界就是国中之国。能来租界安身的都是世界各国的高官巨富，出不得半点纰漏。近来，租界来了不少外国人，也涌进了数以万计的中国难民。如果出了半点差池，不仅我这个总巡捕脱不了干系，还有可能引起国际纠纷。现在全世界都处于战争状态。同盟国和轴心国两大阵营打得难分难解。如果有人在租界制造事端，

都有可能给各交战国扩大战争的借口。兹事体大，我这个总巡捕不好当啊。

汪墨樵：行了，别说了。知道你忙。有说话的时间都打完四圈了。我们先吃馄饨吧。

【大家端起碗来正准备吃，一个青帮小弟进来。

青帮小弟：老爷，夫人，外头有人找。

汪墨樵：什么人？

青帮小弟：说您认识，李廷琛少爷。

【汪墨樵看了一眼茉莉，但觉茉莉神态自如。

汪墨樵：请李少爷到这里来吧。

【青帮小弟转身离去。

茉莉：人家来找你一定有正经事，你们还是去外面谈吧。我们长着耳朵，听见了不好。总巡捕在这里，到时候抓人不抓人，叫人为难。

汪墨樵：不拿他当外人才请他过来。

张圣财：师父，我去一下吧。

汪墨樵：不用，还是请他进来。

【茉莉低着头，把刚端起的碗又放下来了，继续码牌。

茉莉：我们在这里打牌吃夜宵，叫人家吃也不是，不吃也不是。你们是正经事，我们打牌的人打牌是正经事。你们忙你们的何必混在一起。李大少爷不是平常人，他这么晚来找你，一定有急事。

【李廷琛恰好站在门口，听到了这话也不再客气，直接进屋。

李廷琛：汪老板好，夫人好。总巡捕也在这。夫人神机妙算，我还没开口，您就知道我是来求汪老板的。

茉莉：叫你听了去了。

李廷琛：惭愧惭愧。

张工品：我同夫人还是出去吧。

汪墨樵：我这里没有瞒人的事。李少爷，有什么事只管说。

李廷琛：上一次您帮忙的事，我还没来得及谢您，又来求您……

汪墨樵：上次的事情，已经过去了。

李廷琛：您能不能派人继续监视福民医院。监视那个德国人施瓦茨上尉。绝不能让他在中国的土地上再屠杀犹太人。

汪墨樵： 这是一件小事。再说，租界的治安还有总巡捕在这里。工品，我就说你不能溜。你看外国人都可以在中国的土地上杀人。你溜了，租界的治安靠谁？靠青帮吗？那样日本人可会不高兴的。

张工品： 你的事情就是我的事情。我们俩分不了家。

汪墨樵： 李少爷，你不会是因为这件小事来找我汪某吧。

李廷琛： 还需要请您继续保护科恩一家。施瓦茨虽然在医院，但他不会放过那家人。而且，他是纳粹特工出身，身边有武器。一定要特别小心。

汪墨樵： 这算什么大事。我既然当初答应了要帮你，现在就会帮到底。但我也有一件事要请李大少爷帮忙。我的事，你不用急着答应，我也知道这件事你一个人做不了主。你只要答应我把我的话照实转给令尊大人。

李廷琛： 可是，您知道家里的生意我从不插手。

汪墨樵： 这件事，我也不是为了自己。青帮，不是我一个人的青帮。大家推我做了老头子，我得服人。请你回去，跟李会长商量淞浦船运能不能分青帮一杯羹。这杯羹不是我汪墨樵要，我现在躲在家里做寓公，有茉莉陪伴，万事足矣。但青帮……不能散。

李廷琛： 家父屡次说过青帮是上海的擎天柱，一言九鼎。

汪墨樵： 擎天柱不敢说。散不散，也是看时运。我们有句话叫白鸽人，顶势利。我这里丢人的话不怕说。现在，青帮里有些弟子也不听招呼，各怀心思。殷燕农就是个例子。

张工品： 燕农嘛，是有志气。可心气太高也不是好事。成王败寇，上海滩想要出头不容易。

汪墨樵： 什么有志气？我看着这瘪三就是日本人的一条狗。工品，你是知道的。我汪某行走江湖这么多年，只有一个信条，那就是站着做人，绝不趴下做狗。这既是我做人的底线，也是帮规。今天殷燕农当了日本人的狗，当然也是我这个做师傅的管教得不好。其实这次我希望和李会长合作，也不是为了我汪墨樵个人，我是看着现在日本人占领了港口和船运，眼看着漕运上的兄弟们要吃不上饭了。没有饭吃，这些弟兄有老有小，都是拖家带口的苦人。我现在不能扔下他们不管。

李廷琛： 好。我答应您，我回去跟父亲商量。我会尽力促成李家和青帮的合作。谢谢汪老板，也打扰各位了。告辞。

汪墨樵： 能不能成全赖你了。圣财，代我送送李少爷。

【张圣财起身送李廷琛出门。

茉莉： 馄饨都要泡烂了。你们就顾着白相。

张工品： 我是不客气，我已经全消化下去了。刘姆妈的手艺是越来越精致了。

【刘姆妈来收碗。

刘姆妈： 您这案子查得不好。错了。

张工品： 错了？

刘姆妈： 里面的虾仁是夫人一只一只自己剥的，沙线也是夫人挑的。夫人说虾仁虾仁就是欢迎欢迎。

张工品： 我这住家的老客人还要欢迎。

汪墨樵： 外头乱，我这么多年，得罪的人也不少。

张工品： 你现在躲着不出来，人家以为你要让贤了。

汪墨樵： 让不让，你晓得，我这个位子，是大家给面子。大家要是不买我的面子，我也就没有这个位子。

张工品： 夫人这段时间也少去犹太社区帮忙。有的人，只怕心里的气咽不下去，不能这么轻易算了。

【茉莉点了点头，并没有再跟汪墨樵争辩。

26-10. 景：李家大宅餐厅 日 内

【清晨，李衡甫一个人坐在餐厅内。李季方给他端上早饭，依然是清粥小菜，十分俭朴。李廷琛从楼上下来，看到父亲在吃早饭，话到嘴边又有些犹豫。李季方看到李廷琛的样子，立刻猜到他必然是有事情。

李季方： 廷琛，快过来坐吧。锅里还有粥，我给你盛。

李廷琛： 父亲。

李衡甫： 医院有事？

李廷琛： 医院……医院没事。

李衡甫： 自从沦陷，咱们父子能坐在一起吃顿饭的时间是越来越难得。廷琛，淞浦产业，如果你要，说清楚，账目一应是现成的。

李季方：老爷，大少爷也不是这么回事。

李衡甫：季方，我的儿子我自己知道。他要是没有难处，不会开口。既然开口了就是他真的有解决不了的难处。

李廷琛：汪墨樵希望咱们能多用一下青帮的弟子在漕运上干活。

李衡甫：你求他办事，这是投桃报李？

【李廷琛在父亲的目光下有些尴尬，张了张口，又咽了回去。

李衡甫：李家家训还挂在墙上呢。

李廷琛：父亲，汪墨樵说漕运上很多兄弟都是穷苦人。港口和船运现在都是日本人把持着。他不想投靠日本人，但兄弟们也得有口饭吃。他还提到了殷燕农。

李衡甫：他怎么说？

李廷琛：他说殷燕农是白鸽人。

李季方：大少爷，还有豆浆呢。

李衡甫：季方，你怎么看？

李季方：白鸽人，就是这样。谁家兴旺，鸽子就飞过来住下。一败落，鸽子就走了。所以他们管势利小人叫白鸽人。汪老板原来威风，弹压得住，不在乎。

李衡甫：白鸽人还有一层意思，就是看主人脸色行事，这是上海人骂人的话。骂你是白鸽人实际上就是骂你是条狗。汪墨樵说这话的意思就是不想投靠日本人、做日本人的狗。汪先生倒是有骨气，只是此一时彼一时了。

李廷琛：汪先生也说过，做人不做狗。这是他的人生信条，也是帮规。他就是不想做日本人的狗。但他又考虑到漕运上那帮弟兄日子太难，食不果腹，更别说养家糊口了。所以才向我提出要父亲帮忙。但我想到父亲在汪墨樵大婚的日子提出想搭淞浦的船运点货，您都婉拒，所以我很为难，也没敢答应他。

李衡甫：好了，廷琛。你现在可以跟汪墨樵说，淞浦答应他的要求。工钱按照淞浦的长期工开支。另外，汪墨樵也可以入股淞浦船运。

李廷琛：（有点惊讶）父亲，淞浦从来都是独资。

李衡甫：汪墨樵的难处是中国平民的难处，这个时候必须给他搭把手。之所以要他入股淞浦船运，并不是要他投什么资金，而是我对日本人必须要有个交代。土肥原只给了淞浦船运的许可权。他入股淞浦船运，他的人和船表面上也是淞浦船运的范围，日本人要过问，我也有个说法。你告诉汪先生，他的货运收入还归他，货运通行证，我淞浦船运开。

李廷琛：谢谢父亲。还是父亲想得周到。

李衡甫：原来青帮里鱼龙混杂，经过几件事倒能看出来人心。汪墨樵算得上上海滩的人物。和他不仅可以做生意，也还可以做朋友。

李廷琛：还有一件事。前两天我接到了从新加坡来的电报，是西蒙的合伙人麦卡德发来的，电报说我在德国没带回来的那批药，已经由他押送到了新加坡了，准备在新加坡换船后再来上海。从新加坡到上海的航程，普通船只也仅需七八天时间，估计船已经离开新加坡口岸了。我担心的是这条船进不了上海港。日本人在东南沿海查得特别严。外国船只甚至进入不了上海、青岛、广州等口岸。我的犹太医院已经断药很久了，而海上的药又进不来。这事我想了几天，也没想出个稳妥的办法。父亲，你帮我出个主意吧。

李衡甫：船现在在哪里？什么时候到，你跟季方叔商量吧。季方叔码头上更熟，怎么安排能避人耳目、确保安全，他最稳妥。吃饭吧。吃饱了，咱们爷俩也有精神应付一切突发事件。你的这件事搞不好还得要找汪先生帮忙。

26-11. 景：犹太医院库房 夜 内

【深夜，李廷琛还在清点药品。然而药柜里全部都是空空的。李廷琛不由叹气。

26-12. 景：犹太医院 夜 外

【李廷琛办公室外，窗外的树枝一阵颤动。

26-13. 景：犹太医院李廷琛办公室 夜 内

【回到办公室的李廷琛听到了窗外的动静，打开了窗户，海东青穿窗而入。

李廷琛：早就听到你的动静了。

海东青：还清点你那点家底儿呢？你还有东西吗？

李廷琛：你在外头磨蹭什么？

海东青：不是常有那个犹太小娘们在你这里帮忙吗，我怕打扰你们的好事。

李廷琛：海东青，你又胡说。

海东青：我就想知道你这么长时间不会什么作为都没有吧。你看人家那小姑娘含情脉脉的眼神，你都能拒绝。我都为你着急。这要是我，早就是我的人了。

【李廷琛愤怒地一掌挥去，海东青闪身躲过。

海东青：没有就没有呗，你生什么气啊。我又不跟别人说。

李廷琛：杰思敏小姐是个很好的未婚小姐。你这样是败坏她的名誉。

海东青：现在连个玩笑都不能开。好吧好吧，我来找你是给你准备了点东西。

李廷琛：海东青，你又做了些什么？作奸犯科的事，咱们不能做。我真怕你给自己带来祸端。

海东青：待会儿你看见就知道。我这是急你所急，给你雪中送炭。我看你天天愁眉苦脸的样子，我心里就难过。我也不知道为什么，总想为你做点什么。等会儿你看见了，你就知道海东青老弟的这份心了。

李廷琛：你还卖关子了。不说清楚，我可不去。到底是什么东西？

海东青：你看见了不就知道了吗？走走，别磨蹭了。

李廷琛：我医院里有事情，怎么能说走就走？

海东青：你这个医院现在连药都没有，还能治病救人吗？走吧。

【海东青不由分说地拉着李廷琛出门而去。

第二十六集完

第二十七集

27-1. 景：苏州河畔一个垮塌小院 夜 内

【海东青带着李廷琛打开了小院的门，一片黑暗。海东青掏出一只小电筒。李廷琛借着微弱的灯光被海东青拉着来到一堆盖着油布的货物前站住。海东青揭开了盖着的油布，李廷琛不免吃惊。

海东青：（轻声而得意地）看看，这是什么东西。

李廷琛：药品？你哪儿弄来的？海东青，这可不是闹着玩的。

海东青：哪儿弄来的你别管。当然是从日本人手里。现在没时间和你说这些。仔细看看，这些药是不是你需要的？如果是你需要的，你可以随时来取。

李廷琛：太好了，海东青。这些药都是我医院里急需的。你可真是雪中送炭。你一个人干的？

【李廷琛接过海东青手中的电筒，仔细地看着药品箱子上的标识，越看越激动。

海东青：我什么时候用过别人帮忙啊。你放心，这些药是从常州那边运来的，中途被我劫下，查不到上海来。

李廷琛：这下可算解决了难民医院药品严重短缺的问题。

海东青：我不给你露两手，你就总以为我天天不干正事。

李廷琛：海东青，别人不了解你，我还不了解你吗？你虽然人在江湖，但从不做伤天害理的事情。特别淞沪战役后，你为上海的平民、难民做了多少好事。也只有我知道。你是个当之无愧的抗日侠士、孤胆英雄。我这不是夸你，而是我的心里话。但正因如此，日本人和汉奸政府可容不得你。你要处处留心，保护好自己，为抗日、为百姓做更多的事。

海东青：我知道，我知道。都跟你们读书人一样文质彬彬的，那就只能等着被人欺负了。

李廷琛：海东青，你知道这些药品有多贵重？能救活多少人吗？

海东青：我不知道。我只知道你天天为药品犯愁，总想让你轻松点、高兴点。再说从日本人手里拿点东西，应该不算作奸犯科吧？

李廷琛：可是以后千万不能再这样莽撞了。一个人的力量总是有限的。这些药对于日本人也是紧缺物资，丢了这么多东西，他们不会善罢甘休的。

海东青： 我知道。我这些天没找你，不就是为了不牵连你吗？现在好像风声也过了，我这才跟你说。不过要把这么多药品运到你的医院去，你还得多加小心，日本人查得很严的。你不用担心我。

李廷琛： 好。我还有一件事想要请你帮忙。

海东青： 可别。你让我办的事比我自己办的事还危险。

李廷琛： 还是为了我的老师玛丽夫人一家的事，你要继续保护好他们一家的安全，继续盯着那个德国人施瓦茨。施瓦茨虽然住院了，但他绝不会放弃，他随时可能行动。日本人也会帮着他。据说还有一批德国人会来上海，目的也是为了杀害我的老师一家。听说这个人是党卫军一个更大的官。注意了，我说的是一批。德国人下这么大的力气追杀我的老师一家，不达目的，他们是不会善罢甘休的。我让你做这件事，也许会有一些危险。我心里很不安，但也只有你能帮我了。

海东青：（轻笑）还是那小妞的事啊。

李廷琛： 你别乱扯。汪墨樵的青帮也找了人，保护他们一家。但是那些人的身手远不如你。我更相信你。

海东青：（有些得意）我也更相信我的本事。青帮那些人，也不过是成帮结伙，有什么用。小爷我一个，顶他们半壁江山。

李廷琛： 你先别吹。找他们也就是在外面看着，我真正依赖的还是你。海东青，好兄弟。我是认真的。这事全仗你了。

【海东青调皮地眨眨眼睛，更加认定李廷琛对杰思敏情意绵绵。

海东青： 好吧。我一定帮你看护好你的那个小妞，还有那个小妞的一家。必要时，我会把企图伤害那个小妞一家的凶手一个个除去。你就放心吧。我走了啊，东西就交给你了，你想办法找人运出去。

【还没等李廷琛反应过来，海东青就飞身离去。黑暗中，留下一脸茫然的李廷琛。

27-2. 景：福民医院 日 内

【清晨，西蒙站在日历前，轻轻地撕掉了一张日历。陷入沉思。

西蒙（OS）： 斯娃，不知你是否平安出狱？洛娃，我的小天使，不知你和妈妈是否已经上了麦卡德开往中国的船？希望你们一路平安。按日期算，船应该已经快到上海了。

亲爱的，我希望我们能在上海见面。但我又很担忧，这里毕竟是日本人的天下。我们远没有离开战争和杀戮。听上帝的安排吧。

【施瓦茨在床上大声地叫唤着，打断了西蒙的遐想。西蒙赶紧向施瓦茨走去。

施瓦茨：（凶狠地）西蒙，你在做什么？

西蒙：没什么，我正在数您拆线和去石膏的日子。

【西蒙殷勤地为施瓦茨料理一切，把他从床上扶起来，搀扶着施瓦茨站起来，被施瓦茨粗暴地一掌推开。

施瓦茨：让我自己走。今天多少号了？我躺了这么多天，一点进展都没有。科恩一家都已经在上海公开露面了，你们居然找不到他们的住所。你和那个日本人莆田川是干什么吃的，两个废物。

西蒙：上尉，您不是不让我离开您吗？您看我一天到晚都在围着您转，我哪有时间去找那个科恩。再说了，很多事情都不是我们能决定的。比如您这次发生意外……

施瓦茨：（恶狠狠地）你很满意是不是？给我拿拐杖来。

【西蒙赶紧拿来双拐，施瓦茨拄着双拐艰难地迈步。

西蒙：怎么会呢。我也是德国人。我也爱我们的元首。我只是在计算您康复的时间。只有您康复了，您才能带着我去找那个科恩。

施瓦茨：西蒙，你不必花言巧语。我不需要你成天守在我身边，也不需要你伺候我。时间不等人，我完不成上校的命令，你也别想活着离开上海，你的一家人也别想活着走出监狱。从今天起，你和莆田川可以继续去寻找科恩。那个杰思敏不是"大世界"的歌星吗？就从她身上找。跟踪她，还怕找不到科恩吗？

西蒙：可是您……

【西蒙话没说完，施瓦茨"砰"的一声摔倒在地。

27-3. 景："大世界" 夜 内

【"大世界"里依然如往日般热闹。杰思敏依然如往常一样站在台上唱歌。陆允明坐在吧台上看着李廷琛一改往日的样子，一身公子哥打扮。

陆允明：你今天可不太一样。大少爷毕竟是大少爷，这穿戴、这气派倒也和这灯红酒绿的"大世界"很协调。

李廷琛：我天天都来"大世界"，我说过我不会放弃。现在他们家最容易暴露的是杰思敏，我必须保护好她的安全，还要防止有人跟踪她。我虽然是一介书生，但必要时我会以命相搏，护卫好我恩师一家人的安全。

【李廷琛拉过陆允明的手按在自己的腰间。陆允明按了按，诧异地睁大眼睛。

陆允明：你带着家伙？这样做有意义吗？这太危险了。

李廷琛：这也是不得已而为之，我不能眼睁睁地看着我的老师一家在上海惨遭杀害。或许我敌不过那帮纳粹杀手，或许我反被那帮杀手所害，但起码我的死可以警醒科恩一家。只要他们一家能安全转移，科恩先生能够投身到反法西斯战争里，那我也就死得其所了。

陆允明：廷琛，我很敬佩你的正义凛然，但不赞成你目前的做法和想法。我们不能把事情看得这么悲观。你说过，我们要有足够的耐心。我们目前要做的工作是既要保护好他们的安全，也要让他们自己意识到自己的凶险，自觉地投身于反法西斯阵营。这是我们的责任，也是我们的使命。个人的力量是有限的，但我们可以动用一切社会力量做好这项工作，包括宗教、信仰、亲情和友情。如你所说，精诚所至，金石为开，我相信科恩先生最终会被我们的诚心和善意所感化。

李廷琛：我知道，我有足够的耐心。但等待不是办法。你刚说的要做的事，我都已经着手进行。我只是担心在等待的过程中发生意外。好吧，学长。我听你的，我会保持冷静和谨慎。

陆允明：那就好。保护好科恩先生一家不是你一个人的事，而是我们共同的责任。

李廷琛：学长，有事想求你帮个忙。

陆允明：哦？你不找汪墨樵，不找你们家老爷子，连你那个海东青都不找，我听听看你找我干吗？

李廷琛：我有一船走私的药会很快到上海。

陆允明：你担心会被扣在日方手里？

李廷琛：对，数额巨大。是我在德国一直合作的药商变卖了所有家产，弄的一船药。基本上都是最紧缺的消炎、止血、止痛药。日方现在对医院里使用药品的情况管控十分严格。我想……

陆允明：你想把药送出去？江北？

【李廷琛没想到陆允明如此干脆地指出了他想的。

陆允明：我可以帮你想想办法。但是近期可能有一些困难。

李廷琛：不行吗？

陆允明：你知道我是干什么的？

李廷琛：上海滩谁不知道你是美国驻上海总领馆参赞，但没有人知道你在国民政府军统上层还是个显赫人物，这事怕也只有我知道。

陆允明：你在日汪的地盘上说我是重庆的人，可是要置我于死地的。

李廷琛：学长，真人面前不说假。我不仅知道你在上海、重庆的身份，我还知道你在江北、延安也有不少朋友。我不想搞清楚你的身份，只希望你帮我一个忙。

陆允明：军统的情报，江北的新四军在上海的地下党原来有一条药品供给线。我们其实一直有人盯着，国共合作共同抗日。最近他们被76号盯上了。幸亏早就通知他们撤离。人员没有损失，但是整个药品运输线算是完了。

李廷琛：那怎么办？

陆允明："大世界"歌舞升平，还是得找汪墨樵帮忙。

李廷琛：找汪墨樵？

陆允明：汪墨樵会有办法换一艘船。

李廷琛：又要麻烦他了。

陆允明：我知道。别着急，你好不容易放下医院那些事，欣赏一下杰思敏小姐的歌声。

李廷琛：学长，说实话。虽然你的身份扑朔迷离，但我总觉得你和重庆、江北都有联系。如果可能，我希望能通过你把这船药品运到江北交给新四军。新四军毕竟是一支抗日的队伍。不管你什么身份，我们这样做都是为了抗日大业。

陆允明：你的医院不是也缺药吗？前段时期你还要我给你弄药，现在你倒有多余的药送到江北去。

李廷琛：实不相瞒。我的那个兄弟海东青，最近从日本人那弄到一车药品。我的医院暂时不缺药了。海上的这批药是我没带回来的那批，是西蒙的伙伴麦卡德从德国运来的。前两天我接到麦卡德的电报，说他们的船已抵达新加坡。估计他们这两天已起航开往上海。上海港是不能进来了，唯一的办法就是在海上进行交接，换成渔船直接运到江北。

陆允明：（若有所思地点点头）好吧，这事我来想办法。但我必须知道这条船的海上位置，否则我们的船出海了也没法跟他们联系。

李廷琛： 麦卡德在电报中说他会随时和我电报联系。到时我会把他们停泊的海上位置告诉你。

陆允明： 好，我知道了。你们比共产党还会做单线联系。一船这么贵重的东西，现在像断线的风筝漂在海上。你放心吧，这事我来想办法。别忘了，一定要做好科恩先生的工作，让他早日和詹森先生见面。

【李廷琛点了点头，注视着台上的杰思敏。】

27-4．景：警察局审讯室 夜 内

【审讯室内传来阵阵凄厉的受刑哀号。】

【殷燕农的耳朵伤口早已经愈合，只留下一道长长的伤疤。】

【刑架上的人已经鲜血淋漓。】

伪警甲： 科长，差不多了？

殷燕农： 行吧，歇会儿。

伪警甲： 这也不知道是哪里走漏了风声，这给新四军送药的是一个也没抓住。好不容易抓住这个，也是一问三不知。

殷燕农： 三不知，就打到他知道。好给久保田大佐一个交代。

伪警甲： 科长，您现在可是久保田大佐面前的红人，深受日本人的信任，您就是半个日本人。上海滩，您咳嗽一声，都得抖三抖。现在还有谁敢对您有什么，那就是太岁头上动土。连汪墨樵都得让您三分了。

殷燕农：（洋洋得意）做人，就得看清大势所趋。你看看现在，不在日本人面前低头，充什么硬骨头，我看他还能硬到几时。

伪警甲： 那是那是。依我看，汪老板年纪也大了，青帮也应该换一换老头子了。

殷燕农： 他敢为了那个贱货割掉我的耳朵，这样羞辱我，这口恶气我是不可能这么咽下去的。好说好散，我也是跟了他那么多年的兄弟，为了一个女人对我这样无情无义。

伪警甲： 汪老板确实下手太狠。

殷燕农： 至于说换老头子，那要看日本人觉得谁顺眼了。

伪警甲： 日本人连政府都换，还有什么不能换的。

殷燕农： 那也得找个由头。

伪警甲：这还不好办吗。我听青帮的弟兄说汪墨樵让他们收拾了一个德国人。

殷燕农：洋人？

伪警甲：还是帮李衡甫他们弄的。听说那个人现在还躺在福民医院里。

殷燕农：你说躺在福民医院的人是李衡甫找汪墨樵弄的？

伪警甲：到底是谁，他也说不清楚，但肯定是李家的人。

殷燕农：青帮可是一直谁也不沾，谁都是朋友。他为了李家收拾了洋人。这个洋人还跟日本人有瓜葛。

伪警甲：可不是吗！听说谢队长那边也一直盯着这事呢。

殷燕农：谢润林也没放过这事？

伪警甲：是啊。

殷燕农：看来，得去老头子那里探探。

伪警甲：之前的事，汪老板能既往不咎？

【殷燕农立刻站起身，拎起衣服就要走。

伪警甲：您……您怎么了？

殷燕农：我出去一趟，得给老头子准备点见面礼。

伪警甲：那这人呢？

殷燕农：审不出来就让他画押。要是汪墨樵在暗中对抗日本人，可别怪我大义灭亲了。

27-5．景：汪公馆门口 日 外

【殷燕农从黄包车下来，身后的小弟手捧大礼，但在门口却被青帮的兄弟拦了下来。

车夫：看门的兄弟不让进。

殷燕农：怎么，几天不见就不认识人了？

【殷燕农从车上下来。

殷燕农：去告诉老头子，我来了。

【殷燕农站在门口等着里面的传报。

27-6．景：汪公馆客厅 日 内

【汪墨樵已经早起跟茉莉一起吃早饭。

汪墨樵：刘姆妈这个粥熬得不错，是个新花样。

茉莉：刘姆妈现在洋盘，学着女青年会看时髦杂志，说这是杂志上教的方子，是蒋夫人爱喝的，里面有豆浆、糯米、粳米、山药、百合、枸杞、冰糖，既清淡简朴，又营养丰富。

汪墨樵：你们女人喜欢这些甜腻腻的东西。

茉莉：刘姆妈说这是跟重庆政府站在一起抗日呢。

刘姆妈：夫人又要笑话我。

茉莉：笑话什么，这是称赞你。衣食住行都是抵抗活动。

【一个青帮小弟探头探脑，看到汪墨樵还在跟茉莉吃早饭，又缩回了头。但还是被汪墨樵叫住。

青帮小弟：汪老板，殷燕农求见。

汪墨樵：人呢？

青帮小弟：拦在大门口呢。

【茉莉慢慢放下了筷子。

汪墨樵：让他进来。

【茉莉起身，准备离开。

汪墨樵：不要怕。有我在这里，他不敢做什么。

茉莉：你们有事要谈，我还是回避一下吧。

汪墨樵：不必。我没有什么可隐瞒夫人的。

【茉莉慢慢地坐下。

27-7．景：汪公馆 日 外

【青帮小弟出来通报。

青帮小弟：汪老板请您进去。

殷燕农：看看吧。世道变了。老头子还是要买日本人的账。

【反倒是其他青帮弟兄对殷燕农有所不齿。殷燕农不以为然反而洋洋得意，大摇大摆进了汪墨樵的公馆。

27-8. 景：汪公馆客厅 日 内

【汪墨樵低头喝粥，头也没抬。倒是茉莉有些坐立不安。殷燕农看到汪墨樵仿佛没看到他的到来，倒是显得有些尴尬。

殷燕农： 老爷夫人好。

汪墨樵： 哦，你来啦。早饭吃过了吗？刘姆妈，给燕农盛碗粥。燕农，好久没见你过来了。

【殷燕农有些不知所措，一时有点慌乱。

殷燕农： 不不，我刚刚在局子里已经吃过了。

汪墨樵： 办差忙吧？来坐下，尝尝刘姆妈新做的美龄粥，尝两口吧。听说蒋夫人喜欢这口味。

【殷燕农坐也不是，不坐也不是，再打量着汪墨樵的表情，无法判断汪墨樵的意思，只得讨好地说：

殷燕农： 是是。可我心里只有汪夫人。

茉莉： 别拿我寻开心。你现在是汪主席的人，我跟陈璧君可比不了。

汪墨樵： 燕农，你来有什么事。早说早走，不要耽误了你办差。

殷燕农： 没事没事。好久没有孝敬您了，惦记您，来看看。顺便给您和夫人带了点滋补品，算是孝敬您吧。

汪墨樵： 难为你还记得我。可你的孝敬我不敢收。你有话直说吧。

殷燕农： 是是。老爷，福民医院的那个洋人……

汪墨樵： 洋人怎么了？

殷燕农： 被人弄了嘛，弄了之后这不是人一直没有抓到。

汪墨樵： 让我帮你抓人？

殷燕农： 不不……

汪墨樵： 租界里治安上有总华捕。外头有 76 号，有日本宪兵司令部，还有你这个警察局的行动科长。什么时候抓人要找到我的头上了。

殷燕农： 这些人都不如青帮的弟兄听招呼。

汪墨樵： 这个忙我可帮不了。你在青帮待了这么多年，什么时候看见我们青帮帮助过政府抓人？

【碰了一鼻子灰，殷燕农更加确定了自己的判断。

汪墨樵：再说了，日本人自己抓不到的人，我们青帮要是抓到了。燕农，你觉得这样好解释吗？怕也不好解释吧。有时候逞强持勇也要掂掂自己的分量。

殷燕农：看来老爷是不愿帮这个忙了？

汪墨樵：这不是帮不帮，青帮有青帮的难处。上海是日本人的天下，你不去找日本人，倒来找我这个无权无势的老头子，这合适吗？

殷燕农：我听说码头上李家的药和粮食您可是一点没动。

汪墨樵：李家的生意现在有青帮的股份。李家的生意就是青帮的生意。怎么，自己的生意还要抽自己的头吗？

【殷燕农闻言，一时语塞。

27-9．景：汪公馆外 日 外

【殷燕农出来，在外等候的伪警立刻凑上去。

殷燕农：（大声）回去。

伪警甲：这就回去了？

殷燕农：（咬牙切齿）回去，先回去，倒了邪霉了。哼……

27-10．景：汪公馆客厅 日 内

【汪墨樵停了筷子，茉莉担忧地看着他。

茉莉：他回去……

汪墨樵：他回去不会消停。

茉莉：那你……

汪墨樵：殷燕农这个人，龌龊善变。他今天来也没安什么好心，倒还真的要提防他点。

茉莉：李家真的有那么多……

汪墨樵：李家的事情你很关心啊？

茉莉：你不关心吗？你昨天还不是答应过李家大少爷帮他们在海上换船吗？

汪墨樵：你觉得我是因为什么答应？那是因为我敬重李家父子。他们一家为上海的穷人难民做了那么多好事，我帮助他们，难道不应该吗？可我怎么老觉得你对李家的关心和

我不太一样。

【汪墨樵说到这，哈哈大笑，调侃地说：

汪墨樵：其实茉莉，你也不用犹抱琵琶半遮面，李家父子确实值得人敬重。特别是那个李廷琛。无论人品、学识、举止、相貌，哪个女人见了不为之动心？你爱慕他，我能理解。

茉莉：你……

汪墨樵：什么女人在上海滩我汪墨樵没有见过。可我只爱茉莉一个人。正因如此，我更要尊重你的选择。只要你一句话，我绝对不会为难你。说心里话，我倒觉得你和李大少爷挺般配的。

【茉莉的大眼睛闪着泪光，半晌只能哽咽着说出断断续续的话。

茉莉：我是欣赏李家两个兄弟，他们兄弟两人都心地善良，光大无私。但我没想到你今天会这样怀疑我。

汪墨樵：怀疑吗？这还是怀疑？

茉莉：你汪墨樵是我的男人，我茉莉一辈子也就只有你汪墨樵一个人终身依靠。我永远不会做对不起你的事情。

汪墨樵：茉莉，你还年轻。你不用对我说这些话，你应该有选择的自由。我是说真的。

茉莉：嫁给你的时候，我确实是报恩。我一个流落在上海滩的孤女，无依无靠。上海滩最有权势的人要娶我，正正经经娶我，我那个时候哪敢不答应。但是，从跟了你，你没让我受过任何委屈。我有事，你都是第一个帮我出头。为了我，你什么都敢干。我知道，殷燕农不怀好意，我也知道你为了我，已经把日本人得罪了。墨樵，我也是说真的。咱们不能回老家做个普通的农夫农妇吗？虽然辛苦些，但没有外面这么多烦心的事来打扰你。以后我们俩好好过日子，我就不信我们活不下去。

【听了茉莉的话，汪墨樵十分动容，不由一声长叹。

汪墨樵：你以为日本人到了这一步能放过我们？

【茉莉低下了头，抽泣起来。

27-11. 景：东亚银行办公室 日 内
【一身深色西装的小野宪一站在窗口，望着窗外的街道。

27-12. 景：上海街道 日 外

【东亚银行和犹太银行面对面，人来人往，但人都往犹太银行进。犹太银行的招牌在阳光下闪闪发光。而这一边的东亚银行却门可罗雀。

27-13. 景：东亚银行办公室 日 内

【阳光下的招牌十分刺眼，让小野宪一不由眯着眼睛，焦躁不安地摘掉金丝边的眼镜。

小野宪一：（喃喃自语）银行没有储备金，只想进，不想出，这样的银行就是一只怪兽。这样的怪兽要吞掉整个上海。不，不仅仅是上海，怪兽的主人看上的是整个中国东部的财富。可是现在一个没有储备金的银行，也不能存取款的银行，怎么攫取财富呢？将军达不到目的，能放过我吗？看来我只能是他的替罪羊了。我该怎么办呢？

【小野宪一禁不住叹气，但又无可奈何。

27-14. 景：犹太银行大堂 日 内

【犹太银行内人头攒动，在贷款的办公室门口，犹太难民都排着长队拿着申请表格，等待一个个进办公室谈贷款事宜。犹太难民耐心地等待，怯生生地互相小声谈话。米兹拉希穿过等待发放贷款的人，大家与他亲切问好。米兹拉希看了看犹太难民手中的申请表，微笑着鼓励大家。

米兹拉希：要开店了？

犹太难民：干点老本行。

米兹拉希：祝你成功。

犹太难民：我们一家都会好好经营。

【米兹拉希和排队的犹太难民看到了李季方从办公室里出来。米兹拉希赶紧迎接了上去。

李季方：各位，对不起，还得请各位再稍等片刻。行长先生，李会长已经在襄理办公室等着您了。

米兹拉希：好的。

申请贷款的犹太难民：米兹拉希先生，等到开业的时候，您能来吗？

米兹拉希：一定。我一定把主的祝福送给大家。

【李季方并肩跟米兹拉希往办公室走去，边走边聊。

李季方： 大家的动作都不慢，这才几天就要开业了。

米兹拉希： 倚靠难民救济不如自己的双手让人心安。一切都欣欣向荣。这里的居民善良友爱，这里虽然远离我们心中的故乡，远离上帝的应许之地，但这里让人觉得温暖，充满希望。

李季方： 安居才能乐业。可不是吗，一早上还没开门，申请贷款的人就在门口排上队了。这一开门，大厅里就这么多人。这几天都这个样子，加紧办理可人是一点不见少。

【李季方敲了敲门。

李季方： 老爷，米兹拉希先生到了。

27-15. 景：犹太银行李衡甫办公室 日 内

【办公室简朴稳重，李衡甫久候多时。

米兹拉希： 抱歉，来申请贷款的人实在太多了。我必须一个个亲自接谈。犹太银行和小野的东亚银行同一天开业。本来以为大家还要观望一阵子。没想到现在已经有那么多人在申请贷款了。也没想到整个审批手续都被简化，甚至不需要提供任何抵押品。

李衡甫： 米兹拉希先生，犹太银行接待的都是难民，和一般申请贷款的情况不尽相同。这么多人背井离乡，总有难处。绝大多数都是突然之间离开自己原有的生活，失去财富、失去亲人，甚至孤身一人、举目无亲。如果以抵押品的价值来决定能否提供贷款，恐怕没有一个人能拿到贷款。这也并非援助的本意。

米兹拉希： 银行到底是行业行为，不是我的难民救助会。银行要持续发展，赔钱可不行。

李衡甫： 犹太银行的情况比较特殊，不以盈利为目的。当然也不希望出现亏损。有您把关，我想犹太银行应该会越办越好。

米兹拉希： 眼镜钟表行，修理行，食品店，服装店，都是小本经营。我们都是支持的。难民中绝大多数人都是有技术的。或许，欠缺的只是一个机会，一个台阶。

李衡甫： 那我们就一起做好这个踏步的台阶。

米兹拉希： 东亚银行就在对面，现在我是担心日本方面不会善罢甘休。

李衡甫： 这也是我的担心。小野宪一只是土肥原的马前卒。他们开办东亚银行的目的就是想从上海攫取更大的利益，特别是想把怀兹先生带来的这笔赈济款弄到手。现在他们的如意算盘落空了，他们岂能罢休。对于这点，我们要有足够的思想准备，不能给他们以任何口实。

除了我们的银行账目要清晰准确外，我们托怀兹先生转存苏黎世瑞士银行的款项目前还暂时不能动用。如果土肥原小野他们知道我们已经接收了这笔赈济款，并把这笔款项转存苏黎世银行，恐怕会招来更大麻烦。还有，上海是日本人的军事占领区，他们可以动用一切暴力手段来达到他们的目的。比如突击查抄我们的犹太银行，或者将我们的银行强行兼并。这些事情都有可能随时发生。如果一旦发生这种情况，我们要有个应急措施才好。

米兹拉希：是呀。我们的对手是一群魔鬼，没有什么恶事他们做不出来。但请李会长放心，只要我米兹拉希活着，他们就休想夺走这笔钱。这可是我数万犹太同胞的救命钱啊。

李衡甫：我今天来只是提醒先生，面对强盗我们要有各种思想准备和应急措施。狗急跳墙，他们没有什么事做不出来。我们要有个应急预案才好。

米兹拉希：李会长说得很有道理。我想尽快召集银行的股东们开个会，商量一个应急方案，万一出现李会长您说的那些情况，我们该如何应对。

李衡甫：很有必要。而且越快越好。我不是银行股东，这个会我就不参加了。

米兹拉希：好的。商量出结果，我会随时向您通报。

27-16. 景：上海闹市街道 日 外

【短短时间，犹太人建立了一条自己的商业街，装饰风格也是欧洲风格，俨然一个小维也纳。虽然刚刚起步，但已经热闹非凡。正在准备开业的商店还在装修，工人们在门头上画着精致的招牌。几家店铺一起开业。甚至还有水果店在给小朋友派发糖果。一派欣欣向荣的气象。

27-17. 景：福民医院 日 内

【施瓦茨强撑着要从病床上起来，西蒙赶紧去搀扶。

【莆田川拿着一摞报纸推门进来。

莆田川：上尉，今天新闻又有好几家犹太人的店铺开业。自从犹太人搬进他们的犹太社区以后，犹太银行就不断地给他们发放贷款。每天都有犹太人的店铺开业，现在已经形成一条街了。

【施瓦茨挣扎着在西蒙的搀扶下站了起来，一把夺过莆田川手中的报纸，双手颤抖着，越看越激动。

西蒙：医生要您好好休息，您不能这样激动。

施瓦茨：激动？我岂止是激动。我是生气，我是愤怒。在我们的盟友日本人的管理下，竟能任由这些犹太猪如此逍遥吗？

莆田川：上尉，听你的意思好像在责备我们日本。犹太人开商店也好，逍遥也好，我们大日本帝国可没给他们一分钱的帮助。他们的钱都是犹太银行贷给他们的，说白了，这是他们在用自己的钱。他们有钱开店，开了店能给政府上税，帝国能增加收入。这样的事，你们德国政府不干吗？

西蒙：莆田川先生说得对。犹太人是拿自己的钱谋生计，是犹太银行在给他们发放贷款。

施瓦茨：（歇斯底里）犹太银行，犹太银行，针对犹太人提供贷款，这是要让他们在上海常住下去了。让这些犹太猪把上海当成故乡，当成乐园。不，我要把他们像野草一样清理掉，把他们连根铲除。西蒙，把我的拐杖拿过来，我要亲眼看看这些犹太猪的狂欢场面，把他们的头一个个敲碎，把他们送进死亡营，送进毒气室。我要看看他们还能得意多久。

27-18. 景：上海街头 日 外

【鳞次栉比的犹太人商店，人来人往，热闹非凡。

【施瓦茨一身西装，戴着帽子挂着拐杖，混在人群中像个普通围观庆祝的人。但两眼射出凶光注视一切。西蒙和莆田川跟在他的身后。

【芦柴棒带着莎拉在人丛中穿行着。莎拉不时停下来看着商店门前摆着的鲜花。芦柴棒从新开的商店里接过老板递给他的糖，转身又把糖塞给莎拉。两个孩子一边吃着糖，一边欢快地跳跃着。突然，莎拉惊恐地捂住嘴，她看见了挂着拐杖的施瓦茨，满眼恐惧。施瓦茨在那一刹那也看见了莎拉，四目相视。莎拉一声尖叫，掉头就跑。芦柴棒一边叫着莎拉追了上去。

【远处压低帽檐的施莫林，注视着施瓦茨的一举一动。

施瓦茨：西蒙！莆田川！西蒙！！

莆田川：出了什么事？

施瓦茨：快！给我盯住那边的两个孩子。

莆田川：哪里？哪里？

施瓦茨：快去给我追！快去！

【莆田川和西蒙追了上去，挂着拐杖的施瓦茨一拐一拐地跟在后面。施瓦茨的叫喊声引起街道一阵混乱。人群中闪出海东青，肩头一拱将施瓦茨撞倒在地，飞奔而去。西蒙见状，又回头来扶施瓦茨。几个伪警提着枪吹着警笛赶来。

施瓦茨：（对西蒙）别管我，快去追那两个小孩。其中有一个是科恩的女儿，快去！

西蒙：（轻声地）上尉，莆田川去追他们了。我得把您安全地送回医院。

【街角的施莫林冷冷地看着这一切，迈开大步向莎拉跑去的方向追去。

施瓦茨：西蒙！扶我起来！我们不回福民医院。

西蒙：那我们，那我们去哪里？

施瓦茨：我们回川崎饭店，等着日本宪兵司令部给我一个解释。科恩一家明明就在上海，为什么说找不到人？

【施瓦茨怒气冲冲。几个伪警一拥而上，见是个满面怒气的外国人，盘问了几句后离去。

【人群中，青帮的人都已经看在了眼中。

27-19．景：上海里弄 日 外

【莎拉惊恐不已，一路狂奔，芦柴棒赶上前去将她抱住。看见莎拉满脸恐惧，气喘吁吁，忙安慰她。

芦柴棒：莎拉，莎拉，没事了。你刚刚看见什么了？怎么吓成这样？

莎拉：（惊魂未定）党卫军，党卫军……就是要杀我们一家的那个人。他真的到上海来了，他不放过我们一家。

芦柴棒：什么党卫军？莎拉，不怕不怕，有我在呢。他们已经走了。他发现不了咱们了。走，我们走，我送你回家。

【莎拉腿有些软，挪不开步。芦柴棒半拽着她往前走。

莎拉：芦柴棒，今天的事情，你不要告诉我妈妈和杰思敏，好吗？

【芦柴棒点了点头。

芦柴棒：那你还吃糖吗？

【莎拉摇了摇头，艰难地走进犹太社区。

27-20．景：犹太社区科恩家门前 日 外

【两个孩子推开家门进屋，芦柴棒反手将门关上。

【跟踪而来的莆田川看着两个孩子进屋，犹豫了一下，继续往前走去。

【施莫林压低了帽檐，看了看两个孩子进去的小屋，抬头看了看门框上的门牌，门牌特写：106。随即远远地跟在莆田川身后。

27-21. 景：美总领馆詹森办公室 日 内

【施莫林气喘吁吁地推门而进，正在说话的詹森和陆允明惊讶地望着他。

施莫林：科恩家暴露了。

詹森：你说什么？施莫林，你坐下慢慢说。

【陆允明给施莫林递过一杯水。

施莫林：科恩家暴露了。这些天我一直盯着在日本医院住院的施瓦茨，这几天施瓦茨都没有动静。但今天早上施瓦茨带着西蒙和那个日本人急匆匆地离开医院，我一直跟在他们后面。他们来到犹太人新开业的那条街上，糟糕的是科恩的女儿莎拉和一个中国男孩也正好在这条街上。大概他们彼此都发现了对方。莎拉一声尖叫，扭头就跑。施瓦茨一声吼叫，拼命追赶，引起人群一阵混乱。这时，一个中国男子从人群中冲出，也不知道是有意还是无意将施瓦茨一头撞倒，西蒙回过头来搀扶倒在地上的施瓦茨，但那个日本人却一直向莎拉追去。我担心莎拉受到伤害，跟着日本人追了下去。但那个日本人只是不紧不慢地跟在莎拉和那个男孩后面，直到莎拉进了犹太社区。日本人也跟了进去，他看着莎拉推门进了自己的小屋，日本人看了看那个小屋，随即离去。我跟了过去，看见那个小屋上的门牌是106。我继续跟着那个日本人，发现他直接到了川崎饭店，我想看看那个日本人究竟想做什么，也跟着进了饭店。我发现施瓦茨和西蒙原来也在饭店，我甚至听见那个日本人正在向施瓦茨报告他已经找到了科恩一家的住所。也就是说他们已经找到科恩了。

詹森：你确认那是科恩的家吗？

施莫林：是的。科恩家从摩西会堂搬到犹太社区的那天我就知道了。这段时间我不是在总领馆，就是每天围着我老师的小屋转。只要科恩先生出门，我都会远远地跟着他。我担心意外，直到他平安地回到自己的家。那个日本人跟着莎拉并看着她进入那间小屋。这不需要做什么判断，他们已经找到了科恩的住所。

【詹森和陆允明都没有说话，屋内气氛凝重。

陆允明：看来科恩先生一家的处境已十分危险……

施莫林：（站起身来）不行，我们不能再这样耗下去，我必须行动了。

詹森：（冷静地）你准备怎么行动？

施莫林：科恩先生可能不知道他和他全家面临的凶险，或许他不愿意去美国，甚至都不愿意和我们见面。再拖下去，后果是可以预见的。或许这种不幸的后果今晚就可能发生。我准备先发制人，把施瓦茨干掉。

詹森：不行。在日占区杀人必定会引起严重后果。别忘了日本是我们的交战国。更别忘了你的身份是我的随员，是美国的外交官。你的一言一行、一举一动都代表着美利坚合众国，绝不能给日本人以任何挑起事端的借口。

施莫林：特使先生，那你说面对目前的情势，我们该怎么办？看着科恩先生和他的一家被纳粹杀害吗？请问我们这次到上海来的使命是什么？

詹森：上尉，请冷静些。我没有忘记我们共同的使命。我们的使命是维护我们国家利益。如果我们的行为造成国家利益受损，或给日本人屠杀更多的中国人和犹太人的借口，那我们就是人类和平的罪人。

施莫林：（有些冲动）特使先生，请别忘记我是美国中情局的特工，是美国海军陆战队的上尉。我必须完成我的任务，我必须要保证科恩先生的安全，同时要把他安全地护送到美国。

【詹森忽地站起身，屋里气氛有些紧张。陆允明见状赶紧插话。

陆允明：二位，二位。大家都冷静些。目前我们要做的是如何保证科恩一家的安全。我们不是有个四人小组吗？我看是不是先把李廷琛先生请来？我们四个人碰个面，尽快拿出可行的办法，确保科恩先生渡过眼前的危险。

詹森：好吧。你打电话，请他立即过来，越快越好。

27-22. 景：犹太医院李廷琛办公室 日 内

【跷着二郎腿的海东青正在向李廷琛说着他在犹太市场看见的那一幕。

李廷琛：你确定那个瘸腿的洋人就是施瓦茨吗？

海东青：我的大少爷，你还不相信我吗？我这双眼睛可是火眼金睛。我见过一次的人，他就是扒了皮我也认识。况且他身边还带着西蒙和那个日本人。我本来想教训下那个叫施瓦茨的德国佬，但我看见那个日本人去追赶你老师家的那个小囡，我也跟了下去。但奇怪的是那个日本人后面居然也跟了个洋人。我没惊动他们，只是远远地盯着他们。直到那个小囡和那个叫芦柴棒的中国男孩进了她的家，那两个人也没有什么动作。只是在你老师家门口站了一会儿，就各自离去。这不就明摆着是在找你老师家的住处吗？

李廷琛： 看来我老师一家的处境已经很危险了。

【电话铃响，李廷琛抓起电话。

电话（OS）： 廷琛吗？詹森先生请你立即来总领馆一趟，有要事商量，越快越好。

李廷琛： 好的，我立即过去。

【李廷琛放下电话，略一沉吟，转身走到海东青身旁。

李廷琛： 海东青，从现在开始，我老师一家的生死就交给你了。我希望你日夜盯住那个德国人施瓦茨。他们每次出门都要盯着他们，一定要保护好我老师一家。当然我还有其他安排。兄弟，千万注意，动手时只要能阻止他们行动，弄伤弄残都行，千万不要下手太重出了人命，免得引起更大风波。拜托了。

海东青： 知道知道。你就是菩萨心肠。放心吧，我按你说的办就是了。

27-23. 景：美国总领馆詹森办公室 日 内

【办公室内气氛凝重，詹森和施莫林都沉默着，陆允明望着李廷琛。李廷琛喝着咖啡，手微微有些颤抖。

李廷琛： 各位，情况我都知道了。施瓦茨既然已经知道我老师的住处，那科恩先生一家就面临极大凶险。施莫林先生说得对，不幸可能就在今晚或明天发生。我们不能因为施瓦茨行动不便而心存侥幸，我们也不能看着不幸发生。但詹森先生从美国利益的大局出发，也有他的道理。特别是不能让日本人挑起国际争端，借机屠杀更多的中国人和犹太人。目前纳粹已经找到科恩先生的下落，那他们下一步必然采取行动，光靠民间的力量要阻止他们是很难的，毕竟德国人背后有日本人撑腰。各位看能不能这样，请陆先生以其特殊身份给警察局的殷燕农打个电话，或者就是向他报案：有三个外国人策划今晚要在犹太社区行凶杀人。让他出动警力抓捕凶手，借伪警的力量给科恩先生多一重保护。你们看……

陆允明： 以什么特殊身份？我有什么特殊身份？

李廷琛： 学长。这里没有外人，你的身份大家心知肚明。我的意思是要请一位尊神阻止这些魔鬼祸害人类。至于说用什么名义，军统也行，共产党的特科也行，王亚樵的铁血锄奸团也行。只要能对殷燕农这个汉奸有足够的威慑力，明确告诉他，如果今晚他不出动警力抓捕这三个凶手，那他殷燕农就是我们的锄奸对象。我想殷燕农知道利害，再说这个人贪功好胜，这对他来说也是取悦日本人的机会。这事也不用你出面，你安排妥善的人告诉殷燕农就行了。

詹森：（点了点头）这倒也是个办法。

施莫林：李，你觉得这样安排就万无一失吗？你能确保科恩先生一家的安全吗？万一有个闪失，谁来承担这个责任？

李廷琛：施莫林先生，这只是我的一个思路，任何安排都不能做到万无一失。如果你有更好的安排，我听您的。毕竟您身负着美国军方和中情局的使命，代表着美国的国家利益。至于说谁来负这个责任，我想这不应该是我们目前所要讨论的问题。我想承担这个责任，恐怕我也没这个资格。我现在所想和我要做的，只是想尽一个普通中国人的道义和良心，不让我的老师一家惨遭纳粹屠戮。我也许不能保证科恩先生的绝对安全，但我今天晚上会在科恩身边，只要我还没倒下，科恩先生就不会有什么意外。

施莫林：我能不能今天晚上和你一块行动？

李廷琛：我无权答复你。我想你有你的上司和纪律。

詹森：上尉，我们没时间讨论了。不到最后关头，你我都不能出面。我们都要争取最大的国家利益。陆参赞，你看呢？

陆允明：也只能这样了。我去安排人给殷燕农报案。我只是有点担心这条狗会不会听我们的招呼。

李廷琛：我对殷燕农还有所了解。平日为虎作伥，仗着日本人的势力祸害百姓，实则贪生怕死。只要报案人亮明身份，以命令的形式告诉他不听招呼的后果，我想他不敢不听。

詹森：好吧，这事就这么定了。我和施莫林还要向华盛顿汇报，我们分头行动吧。

第二十七集完

第二十八集

28-1. 景: 犹太社区科恩家 夜 内

【杰思敏给莎拉盖好被子。莎拉却拉着杰思敏的手不肯放手。科恩则低着头坐在远处摆弄着手里的擦鞋箱。

杰思敏: 莎拉, 你怎么了?

莎拉: 姐姐, 我们一家人会永远在一起吗?

杰思敏: 只要我们有爱, 我们的心都会永远在一起。

莎拉: 姐姐, 要是魔鬼一直跟着我们呢?

杰思敏: 主会给我们勇气, 我们的勇气就是力量, 就是武器。对付魔鬼, 我们只有拿起武器。

莎拉: 要相信主, 是吗?

杰思敏: 也要相信我们自己, 睡觉吧。

【莎拉这才闭上了眼睛。杰思敏看着莎拉入睡, 才回到桌子边。科恩抬眼望了望杰思敏, 继续将擦鞋的箱子整理得整整齐齐。

杰思敏: 爸爸, 你明天还要出去擦鞋吗?

科恩: 是的, 这是我的工作。

【杰思敏嫣然一笑, 热切地望着科恩。

杰思敏: 爸爸, 有个事我一直不好意思问您, 您是喜欢擦鞋, 还是需要工作?

科恩: 擦鞋不是工作吗?

杰思敏: 当然是工作。但工作有很多种, 它们没有贵贱, 擦鞋是其中一种。我是问您是喜欢擦鞋这份工作, 还是喜欢您原来的工作?

科恩: 我原来的工作是坐在实验室里, 假设、论证、实验、推翻, 不停地论证我们的想法。终其一生也不见得有个完美的定论。我现在给别人擦鞋, 把别人的皮鞋擦得锃亮, 我只需要专心, 花一点时间, 就可以给别人带来实实在在的好处。我觉得我更喜欢这种工作。

杰思敏: 爸爸, 我今天说句您不爱听的话。擦皮鞋固然是一种工作, 但擦皮鞋不应该是您的工作, 您是个科学家, 您从事的工作应该是探寻未来, 是为了人类的文明和进步。

科恩： 人类的文明和进步？在这个时代，人类的野蛮让文明倒退，让一切人类曾经的荣光蒙尘。我觉得科学已经离我很远。我更珍惜手上的每一双皮鞋。

杰思敏： 爸爸，我相信这是您的选择，但我总感觉您在逃避什么。

科恩： 杰思敏，我在逃避吗？我只是不想再谈论什么科学不科学，我已经忘记了过去所有的事情，也不想再回忆过去，过去对你我也毫无意义。我现在就是一个擦鞋匠，一个希望能够靠自己的双手养活家小的擦鞋匠。这是我现在唯一愿意做，也最需要做的事情。

杰思敏： 这是您的真心话吗？过去的一切，您真的都能忘记吗？您能忘记我死去的大哥吗？您能忘记我们一家所遭受的一切苦难吗？您能忘记那些惨死在纳粹党徒手下的犹太同胞吗？您不觉得我们应该做点什么吗？

【科恩惊诧地注视杰思敏闪光的大眼睛，又低下头去。

科恩： 女儿，你觉得你父亲很懦弱是吗？

杰思敏： 不，爸爸。我觉得您是世界上最伟大的父亲，也是世界上最善良最有爱心的父亲。我曾经因为有这样的父亲为荣。但我不愿看到我的父亲这样生活着。这不是您真实的生活，这也不是真实的您。您不应该只为我们活着，您应该活得更挺拔、更伟岸、更有尊严。

【科恩不再言语了，低头继续整理着他的擦鞋箱。烛光照着他弓形的背影，深深地刺痛了杰思敏的心。她凝视着父亲，最后默默地起身离开。

28-2. 景：川崎饭店 日 内

【满脸杀气的施瓦茨故意当着西蒙的面擦拭手枪，并将枪的部件一个个拆下来，又组装，并对着西蒙瞄准。西蒙知道施瓦茨的枪里没有子弹，只是威胁恐吓自己。

施瓦茨： 你不怕？你知道这把枪里没有子弹，你不怕我。

西蒙： 上尉，您还需要我的帮助。不，我是您的工具。我应该还没有失去作用。

施瓦茨： 我们今天都看见了科恩家的那个小丫头。虽然今天让她跑掉了，但我一定会抓住她的。一定会把科恩一家全部都抓到。他们不可能活着离开这里。

西蒙： 您一定会完成上校交给您的任务。您是最忠诚的，无论对元首还是国家。

施瓦茨： 本来还想暂时放过他一条性命，带他回德国。但是按照现在的情况，我找到他，我就会立刻采取行动。科恩一家全部要就地处决，一个也不能留。我一刻也不能等待，我要他们全死在上海。

【西蒙十分惊讶，掩饰着自己的慌张。

西蒙：可是，您真的腿还没有完全复原。如果行动再次失败，不仅会引起上海市民的骚动，还可能引起日本当局的不满。

施瓦茨：上海市民？这跟我有什么关系？他们骚动自有日本人收拾他们，就连日本人也不敢阻挠我的行动，我还在乎什么上海市民吗？

西蒙：除了日本人，还有租界，租界是独立的。他们有巡捕和军队。

施瓦茨：（狂妄地）你是说英国人、美国人和法国人吗？英国和法国是我们在欧洲的敌人，是我们的手下败将。美国人在太平洋上居然被日本这只狼崽撕得粉碎，我有必要顾忌他们吗？告诉你，只要我找到了科恩一家，我会立即行动。梅辛格上校马上就要来上海了。我们再不行动，西蒙，我们都得死。

西蒙：或许，我们应该等您的腿伤完全复原之后再行动。他们一家全都活动在租界区域，在那里动手万一被察觉，将会引起很大的麻烦。只要您找到了他们的下落，短期之内他们也不可能离开上海，他们就活在您的视线范围内。您随时可以让他们死，何必急在一时。

施瓦茨：（目露凶光）西蒙，我知道你在想什么。你想阻止我行动是吧？你信不信，我今晚就可以毙了你……

【施瓦茨将装好的手枪推匣上膛，用冷酷的目光盯着西蒙。

【敲门声响。

施瓦茨：进来。

莆田川：我已经找到了那个犹太女孩的下落。他们就住在犹太社区。

施瓦茨：（惊喜过望）确定吗？

莆田川：错不了，我亲眼看见他们进屋。

施瓦茨：（冷酷地）好，今晚行动。莆田川，你有武器吗？

莆田川：用得着吗？对付那个犹太小女孩一家人，不需要吧。

施瓦茨：是吗？莆田川先生很自信。看来你不是第一次杀人。这支枪你还是拿着吧，这样杀人更方便。我这里还有一支。

【施瓦茨说着又从箱子里摸出一支枪来，交给莆田川。莆田川斜睨了施瓦茨一眼，没有接他的枪。

莆田川：你说对了。杀人我可不是第一次，也不是第二次。不过这次是你要我去杀人，不是我自己要去杀我想杀的人。上尉先生，我可以帮你去杀人。但你给我什么好处？帝国和天皇可没给我这样的命令。

【施瓦茨没想到莆田川说出这样的话来，一时愣住了。但他知道这时候不能得罪莆田川，他只能对着西蒙咆哮。

施瓦茨：西蒙，莆田川先生要好处，你还有多少钱？把钱全部交给莆田川先生。你本来早就该死了，是我留下了你，你总得为元首做点什么吧。

西蒙：我……我没多少钱。

施瓦茨：有多少拿多少。快去。否则我今天就崩了你。（转对莆田川）莆田川先生，他的钱都是你的了。

28-3. 景：警察局殷燕农办公室 日 内

【殷燕农和一个便衣伪警正在侃大天。

便衣伪警：那些逃到上海来的犹太人个个都抖起来了，他们新开的店铺都已经形成了一条街，整天吹吹打打，可热闹了。很多租界里的阔佬和洋人都去他们那买东西。哎，队长，我今天看见你师娘收的那个义弟也在那白相，身边还跟着个洋妞……

殷燕农：我师娘的义弟？那个叫芦柴棒的？瘦瘦的？

便衣伪警：是啊，就是他。后来也不知道出了什么事，几个洋人向他们冲过去。那个瘦小子拽着那个洋妞就跑，几个洋人就追，其中有一个挂着双拐的洋人被人撞倒了，街上一阵混乱，也不知道他们追上了没有。

【殷燕农听完思索片刻，贼溜溜的眼睛一转。

殷燕农：几个洋人？在犹太商业街上追着两个孩子？

便衣伪警：是啊。我们也怕出事啊，就赶忙让几个局里的弟兄去盘问那几个洋人，也没问出什么来。后来就让他们走了。

殷燕农：洋人？还挂着双拐？

便衣伪警：那个挂拐的洋人好像，好像就是被青帮收拾过的那个洋人，那不还挂着拐杖吗？

殷燕农：（一阵沉吟）一个是老头子的亲眷，一个是被老头子收拾过的洋人……不对，这里头有文章。那个洋人不是在川崎饭店吗？这样，你给我把这几个洋人盯好了……

【电话铃响，殷燕农抓起电话。

电话（OS）：你是殷燕农吗？

【殷燕农听电话直呼其名，不由勃然大怒。

殷燕农：我是，你什么人？

电话（OS）：你听着，听仔细了。我是戴老板的上海军统锄奸团。你早就是我们锄奸名单上的人……

殷燕农：（大惊失色）戴……戴老板……

电话（OS）：你听着，别插话。本来下一个我们要铲除的人就是你，现在我给你一条生路。据我们侦讯，几个外国人正在策划一起凶杀案，凶杀对象是犹太社区106号一家犹太难民。你必须阻止这几个外国人在上海行凶杀人。从今天晚上开始，你的警员要日夜监护犹太社区，重点保护犹太社区106号，不能出任何意外。如果凶案发生，你知道后果。殷燕农，我是看在你师父汪先生的分上给你留条生路。听好了吗？注意，那几个洋人可有武器。

殷燕农：（满头大汗）听……听好了……

【对方啪一声放下电话。殷燕农呆若木鸡。半晌，他回过神来，冲便衣伪警吼道：

殷燕农：快，去情治科把犹太社区的花名册调来。快去。

【便衣伪警扭头奔出办公室。殷燕农颓然坐下，不停地擦着脸上的冷汗。

【便衣伪警捧着厚厚的一本花名册进来。殷燕农一把夺过，慌乱地翻着。站在一旁的便衣伪警给他指点着。

便衣伪警：在这哪。队长，106号。这，这，喏，户主普罗米修斯……

殷燕农：（盯着花名册）普罗米修斯·杰拉，男，52岁，犹太裔，无国籍，无业，来自柏林，1938年1月18日来上海……妻，玛丽·杰拉，女，48岁，雅利安裔，无国籍，职业医生。（沉吟念叨）医生……医生……

便衣伪警：队长，这还有哪。长女杰思敏·杰拉，18岁，柏林音乐学院学生……次女莎拉·杰拉，8岁……

殷燕农：等等。玛丽，医生……（似有所悟）李家大少爷的那个淞浦医院不是改名犹太医院了吗？那个新任院长叫什么？不也是叫玛丽吗？对了，就是她。她是李家大少爷李廷琛的老师。就是李廷琛把她一家带来上海的。

便衣伪警：这么说，这犹太社区 106 号一家跟李家的关系可不一般。难怪……队长，我想起来了。今天街上那几个洋人追着的那个洋小囡，就是去年得了水痘，在李家养病的那个小囡。看来这 106 号一家来头可不小啊。您看，队长，李大公子把他们从柏林带到上海，又把自己的医院院长的位置让给了这个家的女主人玛丽，玛丽的女儿生病，李家把她们接到自己家养病，德国人不惜从柏林追到上海盯着她们。你们青帮的老头子还把那个德国人废了。现在居然连军统的戴老板也要我们保护这一家人的安全，看来这家人不简单……不简单……队长，戴老板我们可得罪不起啊。

殷燕农：别说了。去，通知弟兄们紧急集合。

28-4．景：犹太难民医院院长办公室 傍晚 内

【玛丽正在收拾桌上的病案。敲门声响。

玛丽：请进。

李廷琛：（推门进）老师，我还以为你回去了。正好，能不能帮我个忙？

玛丽：你不也没回去吗。什么事？说吧。

李廷琛：今天本来是我值班，可我临时有点急事，想请您帮我顶班，可以吗？

玛丽：好的，没问题。你有事先走吧。

李廷琛：谢谢老师。那我走了。

【李廷琛说完，转身离开玛丽办公室。

28-5．景：犹太难民医院李廷琛办公室 傍晚 内

【李廷琛进屋坐下，稍稍清理了下自己的思路，拿起电话。

28-6．景：汪公馆客厅 傍晚 内

【汪墨樵和张圣财在说话。青帮小弟进屋，俯在汪墨樵耳前。

汪墨樵：哦？那个负伤的德国人在追着夫人的义弟芦柴棒？

青帮小弟：还有那个犹太小姐，就是那个生水痘的小姐。

汪墨樵：（满脸疑虑）就是在李家养病的那个小囡吗？那是李家大少爷老师家的人呵。

不对啊，三个洋人追两个小孩？

青帮小弟： 是呀。三个洋人中有一个是日本人，就是那个带过一个洋人来我们家的日本人。

汪墨樵： 日本人？还到过我们家？他们追上了没有？哦，我知道了。后来怎么样？你倒是说清楚啊。

青帮小弟： 后来……后来那个挂着双拐的洋人被人撞倒了，另外一个洋人去扶他。后来殷燕农的巡警来了，问了几句，也没问出什么来，倒是那个日本人一直跟着那两个孩子追了下去。追没追上，可就不好说了。

汪墨樵：（沉吟）这么说，日本人和德国人都找到他们要找的目标了。来，你现在就去犹太社区找到我们的弟兄，要他们今晚都精神点，特别注意防护李大少爷老师一家，不能让他们受到任何伤害。不能让这些外国赤佬在上海地界行凶作恶。

【青帮小弟答应一声，匆匆离去。

【电话铃响，张圣财拿起电话，接听后将电话交给汪墨樵。

【汪墨樵接过电话。

李廷琛（OS）： 汪老板吗？又要麻烦你了。那个德国人已找到我老师的住址，估计今晚他就有所动作。今天晚上应该是我老师一家最凶险的时刻。我请求你多派几个青帮弟兄保护好我老师的安全。大恩不言谢，汪先生，拜托了。

汪墨樵： 情况我都知道了。我们现在是一家，你的事就是我的事。放心吧。我会有安排。

【汪墨樵放下电话，对站在一旁的张圣财缓缓说：

汪墨樵： 圣财，你都听见了。李家大少爷的老师一家的住处已经被那个德国杀手知道了。李家大少爷担心那个德国杀手今晚可能行动。这样，今晚你辛苦一趟，亲自带几个弟兄去犹太社区，和原来守在那儿的弟兄会合。只要他们出现就先下手，把他们绑了送去巡捕房。

张圣财： 好的。我这就去。

汪墨樵： 那个德国人有武器，交代弟兄们隐蔽好，你也要保护好自己。

张圣财： 知道。（转身离去）

28-7. 景：犹太难民医院李廷琛办公室 傍晚 内

【李廷琛放下手中的电话，沉思片刻，从病历柜中摸出一把手枪别在身后，拿起披风匆匆出门。

28-8. 景：上海街道 夜 外

【灯光昏暗，西蒙扶着拄着双拐的施瓦茨跟着莆田川。施瓦茨虽然腿脚还很不灵便，但他的脚步却始终没有放慢。

【他们一出川崎饭店，身后就跟上了青帮的人。

莆田川：施瓦茨先生，你还行吗？

施瓦茨：不用担心我。我跟得上。

莆田川：那就好。犹太社区对陌生人十分敏感。

施瓦茨：今晚我管不了那些犹太猪，我的目标是科恩一家。西蒙，你好像在浑身发抖。

西蒙：是的，上尉。我有些害怕。

施瓦茨：第一次杀人是会有些害怕。但你还是应该感谢上帝，今天杀的不是你。如果今晚死的不是科恩，那明天死的就是你。

西蒙：上尉……

施瓦茨：别说了，快走。

【施瓦茨拿起拐杖戳了西蒙一下。莆田川见状，笑笑，拉着西蒙飞快向前。施瓦茨拄着双拐奋力追赶。三人很快消失在夜色中。

28-9. 景：犹太社区科恩家 夜 内

【已经睡熟的莎拉突然一声尖叫，睁大惊恐的眼睛爬起身来。杰思敏赶紧放下手中的活凑上前去搂着她。豹子不安地趴在床沿上。

杰思敏：莎拉，莎拉。你在做梦吧？姐姐在这呢。

莎拉：我要妈妈，我要妈妈。妈妈……

杰思敏：莎拉，你醒醒，你醒醒。妈妈在医院还没回来呢。我是姐姐呀，爸爸也在这呢……

莎拉：不，我要妈妈。妈妈，妈妈……（放声大哭）姐姐，我刚才做了个梦，梦见妈妈被人杀了。就是那个到我们家来的党卫军，那个踢了豹子一脚的党卫军……哇……

【莎拉惊恐地放声大哭，豹子低鸣着冲到门口。敲门声。科恩开门，李廷琛进屋，直奔莎拉。

莎拉：（如见亲人）是李哥哥，是李廷琛哥哥。

李廷琛：是我，是我。莎拉，安静。莎拉是个勇敢的姑娘，勇敢的姑娘是不哭的。安静好吗？我今天就陪着我的小莎拉，李哥哥今天不走了。

科恩：莎拉说她今天做了个梦，说梦见……

莎拉：我妈妈被人杀了。就那个，那个到我们家的党卫军。

【莎拉说着，又"哇"的一声哭了起来。李廷琛赶紧抚摸着莎拉。

李廷琛：莎拉不怕，那只是个梦。李哥哥在这呢。安静好吗？莎拉已经长大了，都是个大姑娘了。听话，睡觉好吗？

【李廷琛扶莎拉睡下，不停地抚摸着。莎拉渐渐安静，睡去。

【油灯下，科恩捧着一本破旧的《圣经》，好像在很专注地看着，可他的双手和嘴唇都在微微颤动。灯光将他的身影拉得很长。

【李廷琛看着莎拉睡去，缓缓起身，走到窗边。窗外很平静，夜风吹动树叶，发出阵阵声响。李廷琛轻轻拉上窗帘。

李廷琛：莎拉睡着了。

科恩：（机械地重复）莎拉睡着了，睡着了。她说做了个梦。

李廷琛：不是梦。科恩先生，知道我为什么这么晚还来您家吗？朋友告诉我，施瓦茨已经找到了您家，可能今晚就会有所动作。也许现在凶手就在门外。事出突然，故我匆匆赶来。也许我发挥不了什么作用。但人命关天，我还是要来。

科恩：（平静地）我知道要发生什么，该来的迟早都会来。

李廷琛：科恩先生，莎拉睡了。这里除了豹子，只有你我和杰思敏三人。（转对杰思敏）杰思敏，今天我想对你父亲说几句心里话，也许你不爱听，或冒犯了你，但请你不要打断我，让我说完，好吗？

【杰思敏微微点了点头。李廷琛搬了把椅子坐下，目光冷峻地看着科恩。

李廷琛：先生，您是我的师长，是我玛丽老师的丈夫，是杰思敏的父亲。我很尊重您。但有些话我今晚不得不对您说。也许我要跟您说的话题很沉重，甚至很残酷，很恐怖。希望您能理解。先生，也许施瓦茨他们现在就在门外正拿着枪对着您。我相信您是世界上最勇敢的人，您可以面对死亡面不改色。但我不希望您是世界上最自私的人。您想过您的夫人和孩子吗？您如果死了，他们怎么办？让他们跟着您一块去死吗？您不觉得这很残酷很血腥吗？您只希望自己做个高尚并有信仰的人，为了您的高尚和信仰，您可以放弃妻儿。我觉得这是怯弱，是自私。高尚不是自命清高，信仰也不是真理。真正的高尚是对真理的追求。科恩先生，好好想想吧。我们都是男人，男人有男人的责任。面对现实，当前您最大的责任就是保护好您的亲人、您的族群，不能再沉默了，不能再耽搁了。法西斯不会给我们太多时间。今晚我们或许就面临生死抉择。该醒醒了，先生。做出一个丈夫和一个父亲该做的事。您不能死，必须活着，为您的妻女而活。这也就是今晚我来的目的。这些话我今后不会再说了。我尊重您的抉择。

【科恩沉默着。杰思敏悄悄地走到父亲身后，轻轻抚摸着父亲的背，闪着泪光的大眼睛温柔地看着李廷琛。李廷琛没有再说话，起身走到窗前撩开窗帘一角，窗外一片昏暗。

28-10. 景：犹太社区 夜 外

【犹太社区里一切都平静如常，月光如练，几家灯火。莆田川带着施瓦茨穿街走巷，终于在一栋楼前的阴影中停下了脚步。莆田川指着前面的一个窗户，窗户里透出灯光。

施瓦茨：这里？

莆田川：就是这家。

【窗户上拉着薄薄的窗帘，能看到里面人影走动。施瓦茨两眼露出凶光，拔出手枪，一步步地接近窗户。他们的行动都没有逃脱房顶暗处海东青的目光。海东青掏出了飞镖，但是又收了起来。他看见科恩家的房屋四周有几个黑影晃动，他知道这是青帮弟兄在盯着施瓦茨的举动。

【施瓦茨身后，殷燕农带着人追踪而来。海东青不失时机地发出一声长啸，如苍狼啸月，阴森恐怖，撕裂了宁静的天穹。

【施瓦茨打了个寒战，还没反应过来，几条黑影向他猛扑过去。施瓦茨一下被扑倒在地，仓促中，他开了一枪，一个黑影应声倒地，另几个黑影一拥而上，将他和西蒙捆了个结实。

【枪声惊醒了沉睡的社区，有几户人家推开了窗户。尖锐的警笛声响起，大批巡警纷纷跳下车，堵住社区出口。莆田川见状，拔腿就跑。

【屋檐上的海东青翻身跃下，一个扫腿将莆田川绊倒在地。海东青上前一脚踏在莆田川的背上，挽起莆田川的一只手臂向上猛翻。莆田川一声惨叫，海东青对着涌来的巡警高声大叫：

海东青： 这还有一个呢。

【哨声大作，几个巡警应声而来。海东青闪身遁去。巡警们上前将莆田川反铐了起来。

28-11. 景：犹太社区科恩家 夜 内

【窗前李廷琛一手提着枪，一手撩开窗帘，注视着门外发生的一切。科恩紧紧搂着被枪声惊呆的杰思敏。

杰思敏： （挣扎着）放开我。

科恩： 别去看。

【杰思敏挣脱了父亲的手，冲到窗前一把扯下窗帘。科恩也跟了上来，三人同时注视着门前发生的一切。

28-12. 景：犹太社区科恩家门前 夜 外

【昏暗的灯光下，张圣财和几个青帮弟兄推着施瓦茨和西蒙来到一群伪警的跟前。殷燕农恰好赶到。

张圣财： （低声地）这两个杀人犯交给你了，那边还有一个。他们刚才开枪打伤了我们一个弟兄。这是他们作案的手枪。

【张圣财说着把手枪递给殷燕农。殷燕农接过手枪，突然发现是张圣财，不由失声叫道：

殷燕农： 你，不是圣财师叔吗？

【张圣财沉着脸，没有接他的话，淡淡说道：

张圣财： 你抓了三个杀人凶手，还缴获了作案凶器。日本人该奖励你了。记住，别跟日本人说人是谁抓的。这都是你的功劳，也是你的责任。受伤的兄弟不用你管。这里交给你，我们走了。

【张圣财说毕领着弟兄们离去。殷燕农怔在当地，有点摸不着头脑，半晌才对伪警们喊道：

殷燕农： 都愣着干什么，留下十个人在社区日夜巡视！其他人把这三个嫌犯押回局子。

28-13. 景：犹太社区科恩家 夜 内

【李廷琛把手枪收起，缓缓走到床前，凝视着沉睡的莎拉。

【科恩和杰思敏一直默默地望着窗外：路灯下被架走的瘸腿的施瓦茨和西蒙的背影。施瓦茨一边挣扎着，还一边歇斯底里地大喊大叫。父女俩都辨认出了那个给他们一家人制造了巨大悲痛的罪恶身影，谁都没有再说什么，只是默默地关上了窗子。

【屋内没谁说话，李廷琛缓缓走到他们父女身旁，伸手握住科恩的手。

李廷琛：我走了。玛丽院长天亮才能回来。

28-14. 景：伪警察局审讯室 夜 内

【戴着头套的施瓦茨、西蒙和莆田川一起被带进了伪警察局审讯室。西蒙还在挣扎，此刻施瓦茨却显得十分镇静。伪警们帮他们摘掉头套，施瓦茨冷眼扫了下殷燕农，露出不屑的神情。

殷燕农：（一拍桌子）在犹太社区里携带枪支，还开枪伤人。你们到底是什么人？

施瓦茨：（傲慢地）你没资格审问我。你给日本宪兵司令部久保田打电话，我的事情，让他亲自来处理。

【殷燕农不懂德语，一时倒有些手足无措。

殷燕农：他说什么？说什么？

【众伪警面面相觑，没一个答得上来。一旁的莆田川冷笑一声，缓缓走到殷燕农面前。

莆田川：殷队长，请把我手铐打开，我是日本人。

殷燕农：（一愣）日本人？日本人怎么帮助洋人去杀人？

莆田川：我没有杀人。要杀人的是那个瘸腿的德国人。你给我把手铐打开，我会把一切告诉你。

【殷燕农考虑片刻，挥手对伪警道：

殷燕农：把那两个洋人先送回监所，注意看好。

【几个伪警推推搡搡地把施瓦茨和西蒙带走。殷燕农示意屋内的伪警给莆田川打开手铐。莆田川一只胳膊耷拉着，强忍着疼痛，不客气地拉过一张凳子坐下。

莆田川：殷队长，你不认识我了？我可是你师父汪墨樵的老朋友，我叫莆田川，日本满洲黑龙会的人。十年前从满洲来上海就认识你师父了。那时你还是汪老板的小跟班，现在你发达了，不认识兄弟了。

殷燕农：（猛拍脑门）想起来了，想起来了。你还来过我师父家好几趟呢。我们虽然不是同门弟兄，但也算是异国同道吧。

莆田川：（冷冷地）跟你说这些，可不是跟你套交情。殷队长，你闯祸了。

殷燕农：我？闯祸了？莆田川先生，你能不能说清楚点。

莆田川：你知道你抓的那个洋人是谁吗？他是德国盖世太保的上尉军官施瓦茨，是代表柏林盖世太保来上海执行秘密任务的。德国方面曾照会上海宪兵司令部，久保田大佐亲口允诺他在上海有充分自由。这牵涉到国与国之间的外交和军事，日德两国又同为轴心国。你现在把他抓了，你怎么向久保田大佐交代？

殷燕农：（满脸颓丧）那……那怎么办？久保田大佐允诺的自由也包括行凶杀人吗？他在犹太社区持枪杀人，警察局有责任维护地方治安。难道就这样把他放了？

莆田川：你现在就是放他，他也不会走，他要直接和久保田大佐交涉。你现在什么也别说，赶紧向大佐报告吧。大佐怎么说，你就怎么做。

殷燕农：好吧，听你的。天亮我就向大佐报告，那你……

莆田川：你还是把我铐上，送我回监房。要不然那个德国佬又要怀疑我了。

殷燕农：那让您受委屈了。（向伪警挥手）铐上，送回监房。

【两伪警把莆田川带走后，那个一直站在殷燕农身后的便衣伪警向殷燕农嘟囔道：

便衣伪警：这可怎么办？队长，看来我们捅了马蜂窝了，抓了这几个烫手货，还是洋人。他们要是赖在这不走，那可就麻烦了，您怎么向久保田大佐交代。

殷燕农：我还能怎么办，日本人要我维持治安，说上海的安定是帝国的命脉，这边又放纵那些洋人杀人行凶。到头来，这屎盆子还得由我们端着。唉，认命吧。反正我们在国人眼里，我他妈的就是日本人的一条狗，里外不是人。

28-15. 景：犹太医院院长办公室 夜 内

【玛丽刚脱下手术服，敲门声响。李廷琛推门而进。

李廷琛：老师，您辛苦了。医院没什么情况吧？

玛丽：还好，很平静。前不久送来一个枪伤的病人，我亲自给他做了手术，子弹取出来了，一切正常。

李廷琛：老师，您知道这个病人为什么受伤吗？

玛丽：（忧伤地点点头）知道。他为我们家挡了这颗子弹……廷琛，谢谢你。

【玛丽突然泪光闪烁，情不自禁地拥抱着李廷琛，语不成声。

玛丽：廷琛，谢谢你，谢谢你……你为我们家付出太多了……

李廷琛：不，老师。你该谢的不是我，而是上海的几百万各阶层民众。他们接纳了数万犹太人，当然也包括你们一家，现在又在守护所有犹太人，不让他们受到伤害。

玛丽：（动情地）我知道，我知道……

李廷琛：老师，我去看看那个受伤的人好吗？

【玛丽轻轻点头，目送李廷琛离去。

28-16．景：日本对华特别行动委员会土肥原办公室 日 内

【土肥原在一张长长的宣纸上泼墨挥毫，酣畅淋漓地写下八个大字：放眼四海，收容八方。写完端详一阵，觉得十分满意，又挥毫写下：敬录明治天皇玉音，土肥原贤二。译电员给土肥原送来一份情报。土肥原接过看后，重重地将毛笔拍在桌上，咬牙切齿。

土肥原：狡猾的犹太！

【门外报告声，土肥原示意译电员开门。久保田带着傅宗耀和殷燕农进来向土肥原行礼。

土肥原：你们来得正好，看看这个。

【土肥原说着把桌上那份译电递过去。久保田看后大惊，将译电递给傅宗耀。

久保田：将军，我们多次讯问过那个犹太考察团的怀兹，他口口声声说这一次来上海仅仅是考察，没有带来一文赈济款。而且他们离开上海时，我让海关搜遍了他们所有的行李，甚至搜身，没有发现任何可疑的东西。

傅宗耀：是啊，将军。久保田大佐甚至在海关扣押了他们，扣押期间我让税务部门去突查了犹太银行的所有账目，突查账目是殷队长带着会计师去的，也没发现他们的账目上多了如此一笔巨款。如果怀兹他们带来了这笔钱，而且把这笔钱交给了上海的犹太银行，不可能不留下点蛛丝马迹啊。

土肥原：愚蠢。你们仔细看看我的特工从纽约发来的密电。怀兹这只老狐狸早已想到这笔巨款将花落谁家，他已把这笔款项存放在中立国瑞士的苏黎世银行，而收款人是上海

犹太银行，上海犹太银行可以随时提取他们所要的款项。我太相信你们了。你们哪是这些犹太的对手。一群蠢货。

傅宗耀：（喃喃自语）难怪这些犹太人突然阔起来了。有钱建社区、开商店、做买卖……

久保田：（跨前一步立正）将军，是属下失职，属下无能。属下请求老师惩处。

土肥原：惩处？现在惩罚你有用吗？你知道由于你们的失职给帝国给皇军带来了多大的损害吗？这么大一笔款子居然就从你们的手中溜走了。还有那个小野宪一，我把他从满洲弄到上海来，他都干了些什么？两年来一事无成，他不配做天皇陛下的臣民，是我看走眼了，我也难辞其咎！

久保田：将军，我立即把他抓起来。这个人是帝国的耻辱，应该像清理垃圾一样把他清理掉。

土肥原：不。现在他没有死的资格。他是打着帝国和天皇的旗号发家的，他欠着帝国和天皇的债还没有还，留着他，人不死债不烂，还清债后再让他去死。追缴犹太银行这笔钱，还要落到他的身上。他在满洲的产业和银行，统统让他拿来还债。看好他，别让他跑了。

久保田：是，学生明白。

【听着土肥原的讲话，傅宗耀和殷燕农如坐针毡，两人都明白土肥原的讲话是对着他们的，可又不敢发声，只好战战兢兢地站着。土肥原斜睨了他们一眼，缓缓说道：

土肥原：久保田大佐、傅市长，犹太人的这笔巨款是从你们手中溜走的，这笔账我也给你们记下了，但看在你们苦心经营上海的分上，多少给帝国给皇军做出了贡献，故暂不追究。相反看在你们对帝国的忠心，我不撤回提交军部对你们的嘉奖令。但晋升将军和获得帝国的武士勋章都是要经过天皇御批的。天皇的圣意我就不敢揣测了。望你们各司其职，好自为之吧。你们还有什么要说的？

【久保田和傅宗耀为之一振，由极度颓丧到喜笑颜开。

久保田：学生感谢老师提携之恩。属下今天来有两件事要请示将军。一，接东京密电，德国党卫军总部派出一支以梅辛格上校为首的远东战局观察团今天抵达上海，要我妥为安排，尽可能安排好其在上海的考察活动。二，昨晚市府警察局行动队破获一起杀人凶案，当场抓捕凶犯三人，两名德国人和一名日本人。其中主犯就是那个叫施瓦茨的盖世太保上尉，开枪打伤人的也是他，现在他赖在警察局不走，口口声声说要和我交涉。我觉得很为难，这牵涉到我大日本帝国的颜面和军威。属下不敢定夺，故向您报告。

【说着从兜里掏出一支手枪交给土肥原。土肥原接过手枪端详着。

久保田：这就是施瓦茨作案的手枪。

土肥原：好枪，德制勃朗宁P35自动手枪，容弹量大，13发。看来德国的军工产业还是发达。这是德国盖世太保制式枪械，但不知性能如何。不过再好的武器也要看谁用，如果这些武器落在一帮废物手上，也没什么用。

【说着猛地拿枪对准殷燕农。殷燕农大惊失色，跪倒在地。

殷燕农：将……将军，小的该死，小的该死。小的抓错人了，让皇军为难了，小的这就回去把人放了……

土肥原：不，你没错。作为警察，维持社会治安是你的责任。在社区公然杀人，事先也不向我方报告。这种人不抓，还抓什么人？

【土肥原收回枪，啪的一声将弹匣退出，三下五除二将那把手枪拆得稀巴烂，将零件扔到桌上。

土肥原：一堆破烂！殷队长，你回去。那个德国人赖着不走，就让他在那儿待着。看来你们警察局的伙食不错，那个德国佬想在你们那蹭饭吃，那就让他吃吧，一日三餐也吃不穷你们。狂妄的家伙，他把我们大日本帝国当什么了？要不看在盟国的分上，我毙了那条德国狼。（话锋一转）我现在感兴趣的是这条狼从德国追到上海，难道就是为了要追杀一个犹太人吗？那这个犹太人是个什么样的人？职业和背景你搞清楚了吗？

殷燕农：报告将军，这个我已经查过了。那个叫施瓦茨的德军上尉要谋杀的是犹太社区106号一个叫普罗米修斯·杰拉的犹太难民，1939年1月从柏林逃来上海，无国籍，无职业，目前在上海擦皮鞋为生。小人还查到这个犹太人的妻子叫玛丽，是李衡甫的大儿子李廷琛在德国留学时的老师，现在是上海犹太医院的院长。

土肥原：有意思。德国人千里追杀的居然是这么普通的犹太人。这事还跟李会长一家人扯上了关系。看来这事不那么简单。殷队长，你起来。回去以后把这几个问题给我好好搞清楚：一、把这家犹太人的背景查清，这个普罗米修斯在德国是干什么的？德国人为什么要千里迢迢派人追杀他？二、这户人家和李会长一家究竟是什么关系？他们现在除了和李家联系外，还和谁有过接触？三、德国人这一次失手了，下一步准备如何行动？你现在就回去，情况搞清楚后，及时向久保田大佐和我报告。

【土肥原满脸微笑地走到跪着的殷燕农跟前，拍拍他的肩膀。

土肥原：（惺惺作态地）殷队长，你起来。你这次做得很好，我和久保田大佐都对你很赏识，赏识你对帝国的忠心。久保田大佐还特意举荐你当警察局的副局长，这就要看你的表现了。起来吧，你可以走了。

【一直跪着的殷燕农磕头如捣蒜，兴奋得浑身颤抖。

殷燕农：是是。小的这就去办，这就去办。

【殷燕农又向土肥原磕了个响头，爬起身来匆匆离去。

【土肥原回到办公桌前坐下，在译电上签上字，交给译电员。译电员离开，小心翼翼地关上门。土肥原示意久保田和傅宗耀坐下。从抽屉里拿出一张梅辛格穿着军装的照片递给久保田。特写：梅辛格照片。

土肥原：这个梅辛格我知道，1899 年生于慕尼黑，父母是容克家族，是魏玛贵族。梅辛格本人受过很好的教育，是兵器学博士。1921 年希特勒成立纳粹党，他就是纳粹的狂热追随者。1923 年希特勒组建冲锋队，梅辛格放弃学业加入了冲锋队，参加过啤酒馆暴动和国会纵火案，很受希特勒赏识。1933 年希特勒上台后，在原冲锋队的基础上组建了党卫军，希姆莱任首领，将梅辛格调任党卫军中尉，开始了他的反犹生涯。因其生性凶残狡诈，对迫害和屠杀犹太人毫不手软，两年后即被提拔为党卫军中校。1938 年纳粹在柏林制造了震惊中外的水晶之夜，他是策划人之一和具体执行人。水晶之夜后，他晋升上校。希特勒在吞并维也纳和苏台德区后，于 1939 年大举进攻波兰、捷克斯洛伐克等波罗的海三国，同时组建党卫军特别行动总队，梅辛格兼任行动总队副队长。德军每攻陷一个国家，他的任务就是在该国建立劳动营、集中营和死亡营。据情报反应，仅在波兰一个国家被他屠杀的犹太人不下十万人，故有"华沙屠夫"之称。这是一条纯种的德国狼犬。大佐，你准备怎么和他打交道？

【久保田不知土肥原何意，一时语塞，不知如何回答。

久保田：看照片还挺温文尔雅的，看不出是个杀人狂魔啊……他这次来可是代表党卫军来上海的，也不知道他来的真正目的是什么。

土肥原：他现在的职务是党卫军柏林支部的指挥官，跟你在上海的职务差不多吧。但他同时还是元首最终解决方案特别行动总队的支队长，盖世太保柏林支部的首脑。军警宪特他占全了。但他的工作只有一个，就是灭绝犹太人、屠杀犹太人。他这次来东京和上海，我看也只有一个目的，就是追杀在上海的犹太人。什么党卫军远东观察团，那只是幌子，他一个上校军衔能代表国家吗？能代表他们国家的军队吗？这些我们可暂时不管他，但在具体接触的过程中，你把握好分寸。一、德国是我们的盟国，他又是以国家的名义而来。不管他的真实身份和来沪目的如何，我们做到有礼有节，热情相待。二、言辞谨慎。特别是牵涉到帝国利益和国家情报，更要谨慎。任何疏忽都有可能使我们成为国家罪人，别忘记你的对手是盖世太保。三、关于犹太人的事我们不插手，也不做灭绝犹太人的帮凶，大日本帝国有自己的行为准则，也就是说在日占区皇军说了算。明白吗？

久保田：（站立）明白了，将军。

土肥原：（对傅宗耀）我的话你都听见了？你们可以去了。

傅宗耀：都听见了，将军。我们会按照您的意图办。告辞。

【久保田和傅宗耀向土肥原行礼。

第二十八集完

第二十九集

29-1. 景：犹太社区 日 外

【清晨的犹太社区，难民们三五成群窃窃私语。米兹拉希的到来让大家不由自主围拢在他的周围。

犹太难民：（七嘴八舌）米兹拉希先生，米兹拉希先生。昨晚……

米兹拉希：昨晚的事我已经听说了。

犹太难民：听说昨晚有几个德国人闯入我们社区了，为首的是一个纳粹党卫军上尉……

米兹拉希：请大家少安毋躁，这里不是德国，也不是德国占领区，这里是中国。你们是在中国的城市上海。

犹太难民：这真是太可怕了。上海居然也出现了盖世太保，他们要干什么？

米兹拉希：大家静一静，静一静。我知道，大家都很惶恐。从欧洲到上海，经历了多少生死苦难。但请大家放心，我们有勇气面对这一切。上帝是慈悲的，上海人民是善良的正义的。他们不会允许更大的不幸在他们的土地上发生。我去看看普罗米修斯先生，有事和他商量。

犹太难民：普罗米修斯先生一早就出去了。他今天出门连擦鞋箱都没有带。

米兹拉希：哦？他不在家。他女儿应该在家吧？我去看看她们。各位都回家吧。为和平祈祷，为平安祈祷，我们教堂见。

29-2. 景：犹太社区 106 号 日 外

【米兹拉希敲门。门开了，豹子蹿出屋外，满脸疲惫的杰思敏站在门口，将米兹拉希迎进屋内。

杰思敏：米兹拉希爷爷，您怎么来了？我爸妈都不在家。

米兹拉希：没关系，没关系。我只是顺路来看看你们。杰思敏，昨晚受惊了吧？我看你很疲惫。

杰思敏：估计昨晚社区的人都没睡好，几条恶犬就在我的门前吠叫，大家都很惶恐，也很担忧。

米兹拉希：没事的，没事的。狗在旁边叫，驼队还要前进。一切都会过去的。我们还要勇敢地继续生活，不要忧伤，姑娘。不管发生了什么事，不管这个黑夜有多漫长，黑夜总归过去，太阳终将升起。这不，你看看今天的太阳，多么美丽而温暖。我们应该感谢耶和华，是他把阳光洒向大地。我们又迎来新的一天，感恩吧，孩子。

杰思敏：米兹拉希爷爷，谢谢您的抚慰，谢谢您给我们家传递福音。但我很怀疑上帝真能保佑我们一家，保佑我们苦难的犹太族群吗？我们就应该在魔鬼的追杀中，在无边无际的黑暗和苦难中，过东躲西藏的生活吗？我们真的要感恩这种生活，感恩上帝的庇佑吗？我们不需要找回自己的人格、尊严、平等和自由吗？犹太人不是人类族群中的一员吗？不应该享有自己的生活吗？

米兹拉希：孩子，你说得对。你的这些疑问，李尔克他们早就对我说过。这或许就是我们犹太人都在思考的一个问题。或许李尔克和你是对的，我们要抗争，要勇敢地拿起武器对付那些驱赶我们的人、迫害我们的人、屠杀我们的人。我们要团结、要勇敢、要坚定不移地追寻上帝给予我们的应许之地，因为那就是我们的家园，是我们的族裔祖祖辈辈开拓的圣山、圣城和殿堂，那就是耶路撒冷。不过孩子，我们要面对现实，这并不意味着放弃，这里不是耶路撒冷，这里是中国上海，而且是日本占领下的上海，上海人民和我们一样饱受战争的摧残，和我们一样承受苦难，和我们一样在死亡线上挣扎。如果我们拿起武器，我们该瞄准谁。如果没有全世界人民的支持包括中国人民，我们能夺回上帝给我们的应许之地吗？能回到我们的圣山、圣城和家园吗？我担心恐怕会招来更大的灾难。因为日本法西斯和德国法西斯是一样的凶魔，而且他们已结成同盟。你想过吗，孩子。鲁莽起事、武装冲突，甚至战争将带来什么样的后果？到那时，恐怕我们的民族将陷入更深重的灾难，甚至危害世界和平，使世界更加血腥。我说过我不反对李尔克们的思维方式和行为方式，我甚至对他们很赞同很支持。但我们不能操之过急。我们要在合适的时间、合适的地点，做正确的事情。我相信这一切万能的上帝自有安排。孩子啊，好好地生活，不要放弃心中的梦，不要放弃抗争和追求，找回我们本已拥有和本应拥有的一切。这也是我的梦、我们民族的梦。

29-3. 景：淞浦医院大门 日 外

【科恩站在淞浦医院的大门口，望着大门口挂着的犹太难民医院的牌子，看着里面来来往往的难民，科恩站在门口踟蹰，但最终鼓足勇气迈进了大门。

29-4. 景: 淞浦医院 日 内

【科恩站在淞浦医院的大厅内，一身护士装束的洪阿秀看到了科恩，十分惊讶。

洪阿秀: 普罗米修斯先生，你怎么到这里了啊?

科恩: 你是?

洪阿秀: 你不记得了，我是洪阿秀。芦柴棒家里的洪阿秀。

科恩: 您好。我想……

洪阿秀: 您是来找玛丽大夫的吧。

科恩: 不不，我是想来找……我想找李廷琛。

洪阿秀: 李院长在上面的办公室里。

科恩: 谢谢你。

【洪阿秀看着科恩上楼的背影，十分疑惑。

29-5. 景: 李廷琛办公室 日 外

【玛丽还在处理病人，突然看到了科恩拿着帽子踌躇地在走廊上。玛丽放下了病历，走到了科恩的面前。玛丽没有开口问科恩来的目的，只是望着他。

玛丽: 你这一回真的想清楚了吗?

【科恩点了点头。

玛丽: 他在里面。

【科恩毅然敲响了李廷琛办公室的门。

玛丽: 伦纳德。

科恩: 怎么了，亲爱的?

玛丽: 我们都爱你。

【科恩强挤出了一丝微笑。

科恩: 别担心。我们只是聊天。有些事情，我不应该隐瞒帮助过我的人。

29-6. 景: 李廷琛办公室 日 内

【李廷琛正在给一个病人包扎伤口，突然看到了科恩进来，有些惊愕，但没有停下手中的工作。一个手托器械盘的犹太小护士向科恩点了点头。

李廷琛： 请稍微等我一会儿，我处理完这个病人。

【李廷琛仔细地给病人包扎好了伤口。病人再三感谢李廷琛，犹太护士扶着病人离开。办公室里只剩下李廷琛和科恩两人。

李廷琛： 玛丽夫人不一起吗？

科恩： 不。她相信我。

李廷琛： 科恩先生，这里已经没有别人了。你想说什么，请放心说吧。

【科恩盯着自己手中的水杯，热气氤氲，遮掩了科恩的表情，模糊了科恩的眼镜。他摘下眼镜，擦拭清楚，仿佛也理清了自己的思绪。

科恩： 回首我自己的经历，反而一下子不知道从何说起。李廷琛，你了解我们一家多少？你为什么把我们一家人带出柏林？

李廷琛： 玛丽夫人是我的老师。当时的情况很危急，救人于危难，不过仓促所为，并没有深思熟虑。当时的情况任何有良知的人都无法袖手旁观。我也没有办法看到这样的事情发生在我的老师，发生在一位我敬佩的师长身上。

科恩： 玛丽是我最敬佩最信赖的人。我能有她这样的妻子，是我的骄傲更是我的幸运。但我并没有带给她幸运，我带给她的是灾难和痛苦。如果不是因为我的事业、我的工作，或许纳粹也不会对我有这么大的兴趣。我会像普通的犹太人一样，被他们丢进集中营了事。

【李廷琛给科恩水杯又倒了一些热水，科恩握着杯子的手忍不住发抖。

李廷琛： 科恩先生，您可以慢慢说。

科恩： 我叫伦纳德·科恩，一个非常普通的理论物理学家。我不知道你对物理了解多少？

李廷琛： 一点点。您知道我学的不是这个。

科恩： 物理学是关于对这世界现象的科学研究，像其他学科一样，因为好奇而探究世界。我一生从事的就是这个工作，用物理学的观念发现宇宙中已经存在的现象及可能产生的变化。世界上的所有事物都是由微小的原子组成。特殊金属原子的撞击会发出巨大的能量，如铀钚等金属原子的聚变或裂变过程中产生的巨大能量。我们通常叫它原子能。当然，目前这仅是一种理论，但我们在实验室里的实验已经证明了这个理论是可以实现的。如果人类掌握这种特殊金属的核能反应过程，并很好地利用这些反应过程中产生的巨大能量，那将是人类社会的伟大进步；相反，这种巨大的原子核能量也可以制造成非常可怕的新型武器。这种武器一旦落入魔鬼之手，那将是人类的灾难。它可以毁灭世界。

李廷琛：什么样的武器有这么可怕？

科恩：我也不知道，我刚刚说过这仅是一个理论。从理论到应用还有个漫长的过程。我从来没有想过要把这种理论应用到人类的实际生活中来。这不是我的课题范围，我一生从事的工作就是论证这个理论的真实和可行。

李廷琛：您刚才说利用这种物理现象制造出来的武器可以毁灭世界。我很难想象。我只知道现代战争中，能杀人的武器无非是炮弹、炸弹、子弹。还能有什么比这更可怕的武器？

科恩：孩子，我想我们现在没必要过多讨论这个问题。这么跟你说吧，一公斤的原子裂变所释放出来的核能当量，相当于两万吨黄色炸药的爆炸当量。从理论上讲，一千公斤的原子核能裂变所产生的核能量，就可以摧毁地球。当然，这只是实验室数据，这一切都在我们这一批科学家的脑中，我的、居里夫人的、爱因斯坦的，还有其他人。

李廷琛：我还是不明白，科恩先生。什么样的武器可以毁灭地球？

科恩：孩子，这个问题我无法答复你。因为我也没见过这种武器。你见过的常规杀人武器不过是子弹炮弹炸弹。是啊，一颗子弹可以杀死一个人，一颗炮弹可以轰倒一面墙，一枚炸弹可以轰塌整栋房子或炸毁一座桥梁。但一枚与炸弹同样大小的原子弹，可以摧毁整座城市，可以使十万、二十万，甚至更多的人在一枚原子弹的爆炸中统统丧生。这种武器的可怕还不仅仅在于它的巨大爆炸当量，还有它在能量释放过程中所产生的强烈的核辐射和冲击波。实验室的数据表明：一公斤的原子能爆炸产生的光辐射和冲击波将覆盖三十平方公里，处于该范围内的所有生灵将逃无可逃。

李廷琛：我似乎有点明白了，科恩先生。纳粹们追杀你是希望你能帮他们研制这种可怕武器，或者不希望你去帮他们的敌人研制这种武器。

科恩：是的。但我还不知道他们需要我什么，我的双手、我的大脑，还是我的生命？李廷琛，这或许就是我今天来找你的原因。你是个富有正义感和怜悯心的人。你对我一家的关爱和守护已经太多太多。我不想再连累你，也不想对你隐瞒什么，我必须让你知道我是个什么人、什么职业，以及纳粹追杀我的原因；更不想让一个正直善良的人认为我是个自私怯弱的人，一个为了自己的信仰和所谓高尚而不顾自己亲人生死的恶徒。其实我早已做好了种种准备，我不可能去给魔鬼们研制新的杀人武器，那么这些魔鬼们就不会放过我。我已做好了赴死的准备，只要我的死能让我的亲人不再受伤害，她们能平安自由地过她们应有的生活，我也就感恩上帝了。但不幸的是，照目前的形势看，纳粹即便杀了我，也不会放过我的亲人。这是我当下最大的纠结和痛苦。说实话，李廷琛，我全然不知所措。

李廷琛： 我知道您是犹太人，是一位杰出的物理学家，但我从来不知道物理学会变成杀人凶器。不知道您的纠结和痛苦，对不起，伦纳德·科恩先生。请宽恕我的无知和幼稚。

科恩： 你不必道歉。我也曾经这么以为。科学和战争，是性质完全不同的两码事。科学要做的是保护和提高人类文明，而不是为了战争和杀人。可现实是我们的工作和研究都将变成法西斯凶魔更大规模的杀人凶器。作为一个科学家，该坚守的是自己的良知；否则即便活着，我们的灵魂也会因良知缺失而颤抖。

李廷琛： 那么现在……科恩先生，您知道您现在最需要做什么吗？德国纳粹在找您，美国特使詹森先生也在找您，您的打算呢？

科恩： 德国人追杀我，是因为我是犹太人，是因为我是个核物理学家。他们需要我的大脑、双手，或者生命，需要我为他们制造武器。可美国人找我干什么呢？也要我为他们制造武器吗？还是只需要我承诺不会为德国人制造武器。我的确有一些朋友包括以前的同事在美国。我相信他们之所以能够在美国总统面前为我争取利益，一定已经在美国人的领导下做了一些研究。虽然我无法确定那是什么，但我也可以猜到那就是一种跟希特勒抗衡的武器。

李廷琛： 您想去美国吗？

科恩： 不……我不知道。为德国人杀人，为德国纳粹杀人，和为美国人杀人有什么区别吗？

李廷琛： 可您目前的处境十分凶险，昨晚那个纳粹上尉已经追到您的家门口了，而且还开枪打伤了一个中国人，现在这个中国人就住在我们医院里。这种明目张胆地在上海行凶杀人，这背后一定不简单。事情可能比我们想象得更加严重。

科恩： 我知道，我已经看见了那个来我们家多次搜捕我的柏林党卫军上尉。我知道他们不会放过我……但是李廷琛，我希望，你能想办法保护我的家人。她们是无辜的。我们从不在家中谈论我的工作，玛丽是救人的医学院教授，杰思敏还是个学生，莎拉还是个孩子。她们一无所知。

李廷琛： 科恩先生，您之前一直不愿意承认自己的真实身份，现在呢？

科恩： 我的身份是一个定时炸弹，随时可能波及我周围的人。作为犹太人，我已经失去了祖国和家园，还有我的儿子。我现在唯一拥有的是我的妻子和女儿，这是我生命的全部。我希望无论我发生什么，我的家人都能安全。我们是在施瓦茨的枪口下逃出来的。因为我的牵连，她们已经受了太多太多的苦难。李廷琛，我希望你能保护她们……

李廷琛：我明白……科恩先生，我一定，我一定会想尽办法，保护您和您的家人不受伤害。但我一个人的力量是有限的。现在我知道了纳粹追杀您的原因，我更加为您担心，纳粹不会放过您。昨晚的事情有可能重复第二次第三次，也可能有第二个施瓦茨、第三个施瓦茨。他们不达目的是不会罢休的。

科恩：我不重要。你不用管我。我不在乎什么第二个施瓦茨第三个施瓦茨，我现在最在意的是我的亲人，希望她们平安……

李廷琛：我明白了，科恩先生。我会帮您在美国特使面前争取保护。您不想去见见詹森特使吗？我想他们也会尊重您的意愿的，他们可一直在等待着和您见面。

科恩：好吧。请转告他们，我随时可以应约。

29-7. 景：蓝玫瑰西餐厅 夜 内

【蓝玫瑰西餐厅里依然热闹。李廷琛带着科恩走进了一个被屏风遮挡的包间内。李廷琛推开包厢门，包厢里已经坐着詹森、施莫林和陆允明。施莫林见科恩进来，赶忙站起身。科恩看到施莫林满脸惊讶。两人紧紧拥抱着，谁也没有说话。

詹森：科恩先生，这里除了我和陆先生之外，您都认识。

科恩：美国特使先生，很抱歉，我虽然知道您在寻找我，但我没有勇气出现。能在这里遇见我的德国朋友，很意外也很高兴。

詹森：但是现在，您依然出现了。我为您能迈出这一步，也感到十分高兴。中国有句俗话，叫他乡遇故知，见到他您应该很温暖也很亲切。您也算不虚此行吧。我同样为您感到高兴。

科恩：是恐惧让我不得不走这一步。

詹森：科恩先生，知道施莫林先生为什么来上海吗？

科恩：不知道。我认识的施莫林是党卫军中尉，但我知道他是个好人。一个热情善良而富有正义感的年轻人。一个灵魂和双手都十分干净的人。

詹森：他是为您而来，为你们一家的安全而来上海。他现在是美国中情局的上尉探员。

科恩：这有点梦幻色彩。特使先生，很感谢美国当局这样细致入微的特意安排。希望施莫林的到来跟美国的铀计划没有关系。

詹森：一切都在计划当中。保卫您的安全是我们计划中的最重要一环。科恩先生，您了解您目前的处境吗？

科恩：是的。施瓦茨来了。

施莫林：施瓦茨的行动不是孤立的，虽然昨天他们的行动失败了，但他们不会放弃。如果昨天他们得手，今天我们就不能见面了。

科恩：我明白。这一切都是短暂的幸运。

詹森：科恩先生，我知道您是个了不起的科学家，一生埋头物理研究而从不关心政治，认为科学应该为世界和平和人类文明做出贡献。您是这样想的，也是这样做的。您也确实在您的物理研究方面取得了骄人的成就。美国方面希望您为人类文明做出更大的牺牲和奉献，但这需要更大的勇气和力量。

科恩：特使先生，我只是个被纳粹追杀的犹太人，曾经从事过物理学研究，谈不上什么骄人的成就。您要我拿出更大的勇气和力量，我不知道您指的是什么？要我干什么？

詹森：我和施莫林先生这次专程来上海的唯一使命是确保您和您一家的安全。只要您安全，我们就完成了使命。但目前的情况是您和您的家人都处于极大的凶险之中，意外和不幸随时可能发生。那就是说，我和施莫林先生都没有完成自己的使命。至于说要您干什么，那首先得看您愿意做什么，应该做什么。我想我们在座的所有人，包括美国当局都会尊重您的意愿和选择。这样吧，我从美国带来了两封给您的信，您先看看这两封信。

【詹森郑重从公文包里取出了两封信。

詹森：一封是美国总统罗斯福先生的亲笔信，另一封是您的老朋友爱因斯坦先生。

【科恩接过了信，拆开了爱因斯坦的那一封。科恩认真地阅读那封信，反复几次。

科恩：费曼先生也在其中？

詹森：费曼？

科恩：您可能不认识他。但这不重要。

【科恩认真地收好了爱因斯坦的那封信，然后看了看罗斯福总统的那封信，没有拆开，放回桌上，久久没说话。

科恩：感谢罗斯福总统对我全家的关照。我或许并没有他们想象中的那么重要，请转告总统，在全世界都拒绝收容犹太人的时候，是上海收留了我、我的全家和数万犹太人。

但现在上海的人民也处在法西斯日寇的蹂躏之中，这种时刻我不想也不会离开苦难中的上海人民。因为是他们在犹太族群最需要帮助的时候，帮助并守护了我们。我希望和上海人民共赴时艰。爱因斯坦和费曼都曾是我的同事、挚友，他们的话，我会认真考虑。但很抱歉，我目前不能答复他们。我总觉得科学不应该成为杀人的武器，不管在任何人手里。或许今天是为了正义，那么明天呢？当科学一旦成为大规模的杀人凶器时，那还有正义可言吗？我想科学家都应该坚守自己的底线。

詹森：科恩先生是不是认为战争就没有正义可言？

科恩：是的，从本质上讲，战争就是杀戮，是死亡，是残暴的，是血腥的，是兽性。

詹森：科恩先生是不是太绝对了，战争也有正义和非正义之分。非正义的战争给人类带来灾难，正义的战争给世界带来和平。

科恩：这个世界有正义吗？我们的祖先被人从埃及赶到欧洲，又被人从欧洲赶到中东，最后又被人从中东赶出来。两千多年来，犹太人没有自己的故乡、家园，四海漂泊，备受欺凌。正义在哪儿？今天纳粹公开举起屠刀，大规模地屠杀欧洲犹太人，而世界各大国都对犹太人关起了大门，犹太人逃无可逃，面临种族灭绝。正义又在哪儿？米兹拉希先生曾经对我说过，正义可能会迟到，但永远不会缺席。但迟到的正义有意义吗？也许有一天希特勒会死去，纳粹会垮台。这或许就是迟到的正义，但那一天到来时，我们一家人已经死光了，我们犹太人已经被屠戮殆尽，我们的民族已经灭绝。那么这种正义对我们还有什么意义。好了，特使先生，感谢您和在座的各位先生对我和我一家的关爱和守护，也感谢美国总统罗斯福先生对我的关注。我会尽量考虑我的朋友们对我的忠告，也感谢他们对我的帮助，愿友谊地久天长。再见，特使先生，希望我们还能再次相见。

【科恩起身向詹森鞠躬，拿起了桌上两封信，转身离去。李廷琛随即起身跟随，陆允明和詹森面面相觑，本想追随却被施莫林拦住了。

施莫林：科恩先生有他的想法，不能强迫他。

29-8. 景：犹太社区科恩家 夜 内

【坐在小床上的莎拉，百无聊赖，抱着豹子，给豹子梳毛。杰思敏正在揉面，玛丽在收拾屋子。一家人虽然各忙各的，但明显都刻意保持着安静。

杰思敏：妈妈，时间怎么过得这么慢？

莎拉：妈妈，我们会搬家吗？

玛丽：为什么要搬家？

莎拉：爸爸还没有回来，一定是商量搬家的事。我知道，外面有坏人，我们要躲起来。

玛丽：我们不会永远躲藏的。

莎拉：妈妈，我只是想知道如果我们搬家了，我是不是就再也不能见到芦柴棒了。

玛丽：莎拉，别难过。

莎拉：我不是难过，我只是觉得芦柴棒是我的朋友。妈妈，其实我有一个秘密。

玛丽：你偷偷跑出去玩了？

莎拉：你怎么知道的？

玛丽：莎拉，因为我是你的妈妈。

莎拉：是不是因为我跟芦柴棒上街玩才给爸爸惹了麻烦？如果我们搬家了，是不是就再也不能见到廷琛哥哥了？

【杰思敏停住了正在揉面的手。

杰思敏：在我们心里的人，会永远在我们心里。

29-9．景：犹太社区 夜 外

【科恩慢慢地走在犹太社区，他的身后跟着李廷琛。科恩望着家里窗户的灯光。

科恩：李廷琛，我知道这样的安静是假象。但我宁可这样的假象能够永远继续下去。

29-10．景：犹太社区科恩家 夜 内

【科恩站在门口，看到一家人都在屋里，露出了难得一见的微笑。玛丽听到了门口的动静，看到回来的科恩，拥抱他。

玛丽：回来了就好，我们都在等你。

【科恩紧紧拥抱了玛丽，在玛丽耳边轻声耳语。

科恩：对不起。对不起。

【玛丽轻轻拍着科恩的后背以示安慰。

科恩：玛丽，人类的智慧永远不应该用在寻找高效杀人的方法，是不是？

【玛丽没有回答，只是紧紧拥抱他。半响才轻声道：

玛丽： 是的，亲爱的。当然也有例外。如果你面对的是残害人类的魔鬼。

29-11．景：江湾机场　日　外

【上海郊区江湾机场，日军环伺，一长串黑色的轿车等待在机场上。德国驻上海总领事冯·基尔卡和武官古德里安上校焦急地等待在机场上，望着天空中盘旋准备降落的飞机。

【飞机的轰鸣震耳欲聋，最终停在了停机坪上。从悬梯上走下来身着笔挺德国党卫军军官制服的梅辛格上校，他的身后还跟着一群穿着党卫军制服的党卫军人。

【古德里安上前，和梅辛格互致纳粹军礼。基尔卡欲上前与梅辛格握手，被梅辛格傲慢地避开。

古德里安： 上校，您好。这一趟您辛苦了。欢迎您来到上海。

梅辛格： 上海的天气可真不如柏林。希望赶紧结束这一切。上校先生、总领事先生，你们在远东才是辛苦。

基尔卡： 您需要先休息休息吗？

梅辛格： 为了元首，我们没有时间休息。去你的办公室。请把我的这些随从安顿好。

【梅辛格并没有把基尔卡放在眼中，径自上了车。基尔卡只能跟在梅辛格的身后，小声对古德里安嘟囔道：

基尔卡： 这些党卫军，趾高气扬，目中无人。好像也没有把你这个国防军上校看在眼里。

古德里安： 习惯了，他们从来都是以元首的御林军自居。随他去吧。但愿他别挑事就好。

29-12．景：上海德国总领馆　日　内

【冯·基尔卡的办公室内，一片安静。墙壁上挂着元首的巨幅画像和纳粹的旗帜。

基尔卡： 上校，我们，我们是不是应该请总领馆的高级外交人员一起来开个会？

梅辛格： 有这个必要吗？

基尔卡： 您从柏林来，我们都想聆听一下来自元首的最新指示。

梅辛格： 伟大的元首只需要我们百分百地执行他的命令。至于人员众多的会议，我看暂时没有这个必要。我来上海有我的任务，就是执行元首的最后解决方案的命令。我问什么，你就回答什么。

基尔卡： 好好好。

梅辛格： 施瓦茨上尉呢？

基尔卡： 上尉的活动完全不受我们的控制，他是独立行动的。上尉先生牵扯到上海的一桩民事纠纷当中，现在还在市政府警察局关押着。

梅辛格： 民事纠纷？他怎么会扯到民事纠纷？你们外交机构应该向日本当局提出质询。

基尔卡： 我们曾向日军的上海最高当局日军宪兵司令部咨询此事，可他们的答复是：施瓦茨上尉是持枪杀人，是民间案件，不在军方管辖范围。他让我们咨询上海市政府，而上海市汪政府的答复是案件正在审理中。

梅辛格： 汪政府？汪政府是日本人傀儡政权，他们能不听日本人的吗？日本人是我们的盟友，你们为什么会允许出现这样的事情？

古德里安： 此后日本宪兵司令部还向我询问，施瓦茨的这种行为是不是德军方的安排，如果是我军方安排，为什么事先不通报日军方？因施瓦茨这次来上海是秘密行动，我当然否定这不是我德军方的安排。为此，日本方面还表示强烈不满，说施瓦茨的这种行为将引起社会的严重动荡，要我们总领馆对德国侨民严加管束，否则他们将把这些违反战时治安管理条例的德国人驱逐出境。

梅辛格： 这就奇怪了。日本是我们的盟国，我们在盟国的占领区从事秘密活动，居然还受中国政府的约束，甚至还抓了我们的人。你们没有向日方通报施瓦茨的真实身份吗？

古德里安： 施瓦茨上尉说他此行是秘密任务，没让我们向日军方通报。但据我了解，施瓦茨上尉曾经单独拜访了日军宪兵司令部的久保田大佐，久保田大佐也应该知道施瓦茨的真实身份。据施瓦茨说，久保田大佐也给予了他一切行动自由，唯一的条件是不能在上海公开杀人。

梅辛格： 不杀人，那怎么处决那些犹太猪？怎么完成元首的最后解决方案？

基尔卡： 日本人对待犹太人和我们完全不同。上海现在有专门的犹太社区，有专门的救助犹太难民的组织。他们很团结，日本人似乎也不干预他们。

梅辛格： 上海现在有多少犹太人？

基尔卡： 没有精确统计过。犹太人中成分很复杂，有些人早就来了上海，祖孙几代都在上海经商。这些人不是难民，大多来自俄国。还有些人是近几年来的，大都来自"满洲国"、东西欧。还有，还有一部分人直接从德国逃出来的。

梅辛格： 我是问你现在上海到底有多少犹太人。

基尔卡： 我没有具体数字，我曾经向日当局询问过上海到底有多少犹太人，他们的回答是无法统计。他们自己也没有具体数字。我估计从 1938 年到现在逃来上海的犹太难民大概有三万多人，绝对不会少于三万人。

梅辛格：（居高临下）你这个总领事就没有考虑过怎么处理这些犹太猪吗？还有您，古德里安上校。

古德里安：（淡淡地）我知道我们报告的这些情况不会让元首高兴。但是我们也毫无办法。这里是日本人占领区，不是波兰、捷克斯洛伐克、奥地利。我们说了不算，日本人才是这里的主宰。这里的犹太难民都在上海犹太救助协会的庇护下。当然，上海本来就有一些犹太富商，在战争之前他们就在这里，他们财大气粗，很有实力。日本人也不会轻易得罪他们。

梅辛格： 这么说，日本人对我们没有一点帮助？他们可是我们的盟国。

古德里安： 也不完全是这样。有时候他们对我们还是比较友好的。比如在军事情报的交换上。但在犹太人的问题上，他们对我们没有任何实质性帮助。他们之所以让这帮犹太人聚集在这，恐怕他们还是想掠夺犹太人的财富。

梅辛格： 从欧洲逃来的都是犹太难民，他们能有多少财富？

古德里安： 这些犹太难民有很多亲友都在美国加拿大。前不久就来了一个美国犹太协会的难民考察团，据说带来了几千万美金。据我们了解，日本人对这笔巨款下了不少功夫，但最终他们还是没有拿到。

梅辛格：（沉吟半晌）日本人要钱？那好啊。钱归他们，我只要人，死的活的都行，一个都不能少。我的任务就是让上海这座"孤岛"，变成这些犹太猪的东方坟墓。

基尔卡： 上校，我们一定会配合您完成任务。

梅辛格： 冯·基尔卡、古德里安，我现在传达元首的秘密命令。

【基尔卡和古德里安表情严肃，起身跟梅辛格上校行纳粹礼。

梅辛格： 元首对于上海的犹太人有最终解决方案，所有在上海的犹太人就地处决。

基尔卡、古德里安： 是。

梅辛格： 你们现在需要办理几件事。一、照会上海日本占领当局，约见他们的最高负责人，就说德国军方远东战局观察团来了。二、从今天开始，我就要在你这里办公了，成立梅机关。我会亲自制定处决全部上海犹太人的"梅辛格计划"。三、古德里安上校，你需要给我的行动小分队解决武器。

古德里安： 您需要什么武器？数量多少？

梅辛格： MP35 冲锋枪 20 支，MG4 轻机枪 3 挺，能办到吗？

古德里安： 不需要手枪吗？

梅辛格： 手枪我们都随身携带了。

古德里安： 知道了。没有问题。

梅辛格： 我相信，既然我到了上海，一定可以撕破远东地区犹太人的最后防线，把他们苟延残喘的洞穴一举荡平，完成元首的最后解决犹太人的命令。

29-13．景：陆允明办公室 日 内

【陆允明接收电报，解密电码。

29-14．景：詹森办公室 日 内

【陆允明夹着电报夹，走进詹森特使办公室。

陆允明： 三份文件，一份是国民党军统上海站情报，德国党卫军柏林盖世太保的头子梅辛格上校今天上午已飞抵上海，去机场迎接的有德国驻沪总领事基尔卡和武官古德里安；后边两份文件分别来自华盛顿白宫和中央情报局总部。

【詹森放下了手中的咖啡，接过文件夹。

施莫林： 我先出去了。

【詹森认真地翻看着手中文件，将文件递给施莫林。

詹森： 不，这三份文件都跟你有关。你自己看吧。

施莫林： 梅辛格到了上海，目的只有一个，就是追杀科恩先生，甚至是在上海的全部犹太难民。当然首当其冲的还是科恩先生和他的一家。白宫和中央情报局的两封电报都是一个意思，就是要求我们必须保护好科恩的安全，并尽快护送他去美国。

【室内一阵沉默。

施莫林： 我准备再去找科恩先生谈一谈。我也可以贴身保护，由我负责科恩一家的安全。我相信他们一家都信任我。

陆允明： 这恐怕不合适。上海是日占区，日本人的爪牙和特务遍布上海的每个角落，

你孤身一人，对上海的情况又不熟悉，语言也不通，如果你出面势必引起日本人的注意。

施莫林： 施瓦茨的行动一直受到日本宪兵司令部的帮助，现在梅辛格又亲自来了上海，日本方面肯定已经注意到科恩先生一家。科恩一家现在已经处于十分危险的境地，我们不能坐等惨案发生，必须要有所行动，而且要抢在纳粹和日本人前面。

陆允明： 现在我们首先要考虑的是科恩先生的安全，不能让他和他的家人受到伤害。这必须要科恩先生自己能意识到他和他的家人面临的凶险。从目前的情况看科恩先生并非不知道他面临的危险，但他好像丝毫没有寻求庇护的意思。我想我们可不可以在必要的时候，动用点强制手段，比如军统上海站、新四军地下组织或青帮。目的只有一个，那就是保证他的安全。

詹森： 这不行，我们不能强迫他，当然也不能任由他在危险中。必须尽快说服科恩先生配合我们，在真正的危险发生之前迅速转移到安全的地方。

施莫林： 特使先生，施瓦茨这一次没有成功，但他不会放弃。而梅辛格这次又亲自到上海，他肯定要调动日方军警宪特的全部力量围捕科恩，科恩先生依然随时会有危险。我们真的不能再等了。

詹森： 施莫林，你真的有把握说服他吗？

施莫林： 科恩的大女儿杰思敏……我想我可以通过她，说服科恩。科恩先生最在意的就是他的家人。

陆允明： 杰思敏小姐？你真的有把握吗？

施莫林： 事实上，在离开柏林之前，杰思敏小姐是我的未婚妻。杰思敏是个很单纯的女孩，她善良又纯洁。有没有把握我不敢说，但这是一条最便捷的途径，难道不值得一试吗？

【詹森露出了半信半疑的表情。

詹森： 现在我们真的已经束手无策，看来也只能试一试了。

陆允明： 我同意，现在情况紧急，只能让施莫林冒险一试。但我们得做好接下来的准备。

詹森： 好吧，这事就这么安排。施莫林上尉，你尽量在接近杰思敏小姐的时候不留下痕迹，不能让日本当局抓住美国总领馆从事间谍活动的任何把柄。

29-15. 景：警察局殷燕农办公室 日 内

【殷燕农在办公室来回踱步，神情焦虑又兴奋，耳畔萦回着土肥原的声音：……你这次做得很好，我和久保田大佐都对你很赏识，赏识你对帝国的忠心。久保田大佐还特意举荐你当警察局的副局长，这就要看你的表现了……

【一旁站着的一个便衣伪警给他倒了一杯水。殷燕农接过杯子，双手微微有些颤抖，突然对便衣伪警说：

殷燕农：去，叫人到隔壁餐馆炒几个小菜，带两瓶好酒，让他们立即送过来。你去监房把那几个外国人带到我这来，我有话对他们说。

便衣伪警：好嘞。

【伪警出门。殷燕农十分亢奋，坐立不安。

29-16. 景：警察局监房 日 内

【监房内一片沉寂，施瓦茨拄着双拐烦躁地来回走动，口中念念有词，不时地用拐杖敲击着土炕，土炕上铺着的稻草散落一地。西蒙站在一边不敢言语。莆田川却一直冷冷地注视着施瓦茨。

【便衣伪警带着两个武装狱警打开监房门。一阵哗啦啦的开锁声。

便衣伪警：（满面笑容）三位，我们队长有请。请跟我走吧。

【便衣伪警做了个请的手势。施瓦茨听不懂便衣伪警的话，瞪眼望着莆田川。

莆田川：他说他们殷队长请我们去谈话。

施瓦茨：（暴跳如雷）不去！不去！我跟他们没什么好谈的。我要见久保田。这是对盟国的背信弃义，我要当面质问他。

莆田川：（对便衣伪警）他说他不去。他要见久保田大佐，要质问大佐，这是不是对盟国的背信弃义。

便衣伪警：不去？我们队长请他，他不去？那好吧，你们愿意待就待着吧。（转身欲走）

莆田川：他不去，我去。我跟你们去见殷队长。你们监房的饭是人吃的吗？

【莆田川望了一眼西蒙，示意西蒙跟他去。可西蒙站着没敢动。莆田川轻轻地叹息了一声，跟着狱警出了监房。身后传来一阵上锁声。

第二十九集完

第三十集

30-1. 景: 警察局殷燕农办公室 日 内

【殷燕农办公桌上放着四碟小菜,两个酒杯。便衣伪警带着莆田川进来,殷燕农赶忙站起身,满脸笑容地迎上前。

殷燕农: 我就知道那两个德国佬不会来。你看,我这就放着两个酒杯,这可是特意为你准备的。兄弟,我们今天好好干一杯。坐,坐。

莆田川: (不咸不淡)难得殷队长还记得我,兄弟领情了。

殷燕农: 我怎么能忘记兄弟呢。我们是同道中人。你跟着那个德国人受委屈了。这也是没办法的事,可兄弟我无时无刻不在牵挂你。

【殷燕农端起酒杯递到莆田川面前。

殷燕农: 来来,先干了这杯。算是给你压压惊吧。

莆田川: 哦? 谢谢盛情。我看这酒就免了吧。还是先给我两个窝头,我已经两天没吃东西了。你们这伙食是人吃的吗? 烂菜叶子熬汤,狗都不吃。快,给我拿窝头来。

殷燕农: 对不起,对不起。莆田川兄受委屈了。(对便衣伪警)快,去给莆兄拿点点心来。

【便衣伪警应声而去。

殷燕农: 莆兄,现在粮食多困难。市面上饿死那么多人,这里是监房,能有菜叶子熬汤就不错了。只是让你受委屈了。来来来,先干了这杯,算是兄弟给你赔罪了。

【莆田川这才端起酒杯,一饮而干。

莆田川: 殷队长叫我来有什么训示吗? 我现在可是你的阶下囚,犯不着对我这么客气。

殷燕农: 哪里哪里。上次初见莆兄就知道你是人中之龙,不是等闲之辈。后来知道你是满洲黑龙会的首领,殷某就更加仰慕了。只想和你交个朋友,说不定今后还有借重您的地方。

莆田川: 殷队长言过了。我现在就是个给外国人打工的,处处看人脸色,混碗饭吃而已。哪比得你殷队长八面威风吃香喝辣的。

殷燕农: 莆兄这就见外了。我也是给人打工的,给你们大日本帝国打工啊。但莆兄你就和我不一样了，你才华出众，文武兼备，懂日文中文还有洋文，而且又是大日本帝国天皇的臣民，干吗给德国人打工呢？让人呼来唤去的。我还真有点替莆兄感到不平。

莆田川：人各有命，还不是因为穷呗。你们中国有句俗话叫不为五斗米折腰，兄弟我上有老下有小，他们要过日子，要吃饭。可兄弟囊中羞涩，不得不为五斗米折腰啊。

殷燕农：不至于吧。以莆兄之才，足可独立江湖，岂能为五斗米折腰？

莆田川：殷队长有什么生财之道？莆田川倒想向你讨教一二。若能指点迷津，莆某将感激不尽。

【殷燕农假装矜持，思索片刻。

殷燕农：莆兄想要弄点钱，应该不是难事，我这里就有条发财之道，就不知莆兄愿不愿干了。

莆田川：请指教。

殷燕农：你现在跟着的那个德国佬，我看他也穷得叮当响，他哪有什么油水给你。但你可以利用他的身份和需要达到你的目的。你们这次不是行动失败吗，他肯定急得像热锅上的蚂蚁，唯恐上司责罚。你可投其所需，帮他找个有钱的主，让这个人为他办事，你从中得到好处，两全其美。你拿到好处走人，岂不悠哉！

莆田川：等等，等等。我怎么听不懂你的意思。找个什么有钱的主？还要人家给我办事，办什么事？我上哪儿去找这种人，你说清楚点。

殷燕农：莆兄，你认识小野宪一吗？

莆田川：认识呀。在日本我们就认识，他也是黑龙会会员，我们同时从日本来满洲。他跟军界的人熟，他混得比我好。听说他现在也在上海，开了家大银行。可在上海我们从未见面。

殷燕农：这就上路了。告诉你，最近他出大事了。不错，他在上海开了家银行，可他栽也就栽在这家银行上。你听说过美国犹太协会最近来上海考察的事吧？这个考察团的头史蒂芬·怀兹，他带来了三千万美金的巨款，准备赈济上海的犹太难民。土肥原将军为了把这笔巨款截留，指令小野宪一开办了一个东亚银行，目的就是要把怀兹带来的这笔钱劫持到东亚银行，可小野宪一硬是把这笔钱放跑了。他向将军的报告是考察团根本没带来一文资金，可土肥原将军最近接到情报，那个叫怀兹的考察团头头不仅带来了这笔巨款，而且把这笔款项以犹太银行的名义存进了瑞士银行，上海犹太银行可以随时从瑞士银行提走这笔现金。将军得知这一情况十分震怒，命小野三十天内追回失款，否则以叛国罪就地处决。估计现在小野宪一已寝食难安，惶惶不可终日了。

莆田川： 这跟我有什么关系？

殷燕农： 莆兄，别急呀。让我慢慢说完。刚才我说考察团带来的这笔现款是以上海犹太银行的名义存进了瑞士银行，上海犹太银行是以上海犹太赈济会的名义开办的，行长和执行董事就是上海犹太难民救助会的会长米兹拉希。据我们警察局掌握的情况，米兹拉希本人是个穷得屁眼都不流油的家伙。现在上海一下子涌进了数万犹太难民，为了养活这些犹太难民，他的救助会前一段时期还在四处乞讨。他哪有钱去办什么犹太银行呢？据我得到的情报，这家犹太银行真正的后台老板是上海总商会的会长李衡甫，也就是说李衡甫夺走了美国犹太考察团的三千万资金。这些情况小野宪一还蒙在鼓里，如果小野宪一知道这些情况，他能放过李衡甫吗？他肯定要找李衡甫拼命。

莆田川： 哎，哎，兄弟。他跟李衡甫拼命，我能发财吗？这还是跟我没关系。

殷燕农： 莆兄，你也是见过大世面的人，你耐心听我说完好不好。我这都是在帮你。

莆田川： 好好，你说，你说。

殷燕农： 这个上海犹太银行的后台老板是上海总商会会长李衡甫，这个李衡甫可是上海商界独一无二的顶尖人物，连土肥原将军都要卖他三分薄面。你们要找的那户犹太人跟李家就有说不清的关系，李家大少爷李廷琛居然把自己的医院送给了犹太人，把院长的位置让给了那户犹太人的女主人玛丽，你们追踪的那个叫莎拉的小女孩是玛丽的女儿，那个小女孩上次得了水痘，也被李廷琛接进家中隔离治疗。可见这家犹太人和李家的关系非同一般。而你现在的这个德国老板，他处心积虑要杀的人就是这家犹太人的户主普罗米修斯，他现在在上海虽然是个擦鞋匠，可是他跟李家有这种特殊的关系。你的那个德国老板下得了手吗？你想想，那个德国佬刚来就被人弄断了一条腿，这次你跟着那个犹太丫头找到了他们家，可你们的行动不仅没成功，反而让人抓到了，现在还在局子里蹲着。你们不觉得奇怪吗？

莆田川： 那个德国佬成功与否，能不能杀了那个犹太人跟我没有丝毫关系。他要我帮他杀人，凭什么？他也没给我什么好处，我凭什么帮他？我现在缺的是钱，兄弟。

殷燕农： 那个德国佬想杀那户犹太人，对不对？杀不了那户犹太人，他自己就得死，对不对？

莆田川：对。

殷燕农：那户犹太人跟李家有千丝万缕的关系，对不对？

莆田川：对。

殷燕农：你认识的那个小野宪一落得今天这步田地，都是因为李衡甫李家抢了他的三千万巨款，他必须要找李家拼命，可他现在还蒙在鼓里，对不对？

莆田川：对。

殷燕农：好。解铃还须系铃人。小野宪一现在要去找李衡甫的麻烦，门都没有。他无凭无据。土肥原将军能听他的吗？他要让李家就范，把那三千万现款吐出来，还必须找到这户犹太人，从这户犹太人身上开刀，逼着李家就范。我想，凭我对李家的了解，他绝对不会让那户犹太人受到伤害。那户犹太人只要有一个人控制在小野手上，李家就必须低头，乖乖地让出那笔巨款，反正这笔钱也不是他李家的。而你现在的那个德国上司，他要控制和除掉的也就是这户犹太人。他的目的达到了，他肯定会全力以赴地去办这件事，这事可以让他去找小野，你暂时不要出头，让他们都过来求你，你再向他们提出要求，你两面中彩，钞票黄鱼大大的。

莆田川：我懂你的意思了。让小野找人控制那户犹太人，再逼李家父子就范。那个德国佬有人帮他除掉那个犹太人，他当然求之不得。看来是个好主意。可我的好处在哪儿呢？

殷燕农：哎呀，我的莆兄，你怎么聪明一世糊涂一时啊。小野有这个能力控制那个犹太人一家吗？你的那个德国上司如果有能力除掉这户犹太人，还会让人废了一条腿吗？可以说，能够帮他们达到目的的，只有你莆田川了，他们都得求你。

莆田川：（有点疑虑）我？我能行吗？

殷燕农：莆兄，真人面前不说假。别人对你不了解，我对你的能耐多少还是了解的。你是日本黑龙会的，而且还曾是"满洲国"黑龙会的首领。你到上海来，就曾经带了十几个黑龙会的弟兄。我在我师父家当差时，对你的情况就知道一些。兄弟我今天好歹在警察局混了个行动科长的位置，上海市面的情况我能不了解吗？你从"满洲国"带来的那十几个弟兄，他们现在依然听你的，你还是他们的头。可他们的一举一动都在我这个行动科长的控制之中。小野宪一和你那个德国上司要办的事非你莫属。我也认为这事只有你能办。你控制那户犹太人的最好手段当然是绑票，哪怕绑了他们家一个人，就等于控制了他们全家，甚至也控制了李衡甫，以你的江湖资历，绑票对你来说还不是轻车熟路吗？小野宪一是有钱的主吧？李家更是家财万贯、富可敌国。到时候还不是由你开口，想要多少，他们就得给多少。你左右逢源，一切都在你的掌握之中。兄弟，这个买卖你要是不能做，那我可就没办法帮你啰。

【莆田川疑信参半，端起酒杯猛喝一口。他不太相信眼前的这条日本狗会真心实意地帮助他这个日本人。

莆田川： 看来这是笔好买卖。那么殷队长，你想在这笔买卖中得到什么呢？

殷燕农： 我嘛，我只是想成全你，给你出主意，与你做个朋友。帮助朋友发起来，抖起来。你做这笔买卖，我什么都不要。但有一点，你觉得心里过意不去，就请你帮我弄清一个问题。这个德国人为什么不远万里从德国到上海追杀这个犹太人？这个犹太人是什么背景？在德国做什么工作？他们家和李家究竟是什么关系？你搞清楚了，告诉我，就算是你对我这番苦心的回报吧。

30-2. 景："大世界" 夜 内

【"大世界"依然歌舞升平。舞台下可见穿着日本军装的军官和日本浪人。

【舞台上，一群半裸的白俄舞女在杰思敏的钢琴伴奏下跳着踢踏舞。舞毕，琴声戛然而止，舞台灯光骤亮。众舞女谢幕，台下一片怪叫声。杰思敏悄然退场。

30-3. 景："大世界"舞台侧门 夜 外

【天空中飘起了点点的细雨。李廷琛撑着伞守在门口。

【下班的杰思敏洗尽铅华，衣着朴素。刚要出门，李廷琛正准备迎上去，突然看到一个身穿西服的高大男子走到了杰思敏的面前，并且自然地挽起了杰思敏的手。李廷琛十分惊愕，正准备冲上去，却发现那男子是施莫林，遂停住了脚步。

施莫林：（轻声）别怕，杰思敏，是我，施莫林。

杰思敏：（惊愕）怎么是你？你怎么到上海了？

施莫林： 我送你回家。路上慢慢对你说。

30-4. 景：上海街头 日 外

【施莫林撑伞，杰思敏略显紧张。

施莫林：你怎么不说话？

杰思敏：对不起。

施莫林：我也没有想到会是这样的重逢。

杰思敏：我们逃走没有牵连到你就好。

施莫林：杰思敏，是我没有保护好你……和你的家人。

杰思敏：这不怪你。

施莫林：杰思敏，你走以后，我每时每刻都在想念你。

杰思敏：我知道。我们一家人都很平安。

施莫林：杰思敏，我现在已经不是党卫军军官中尉施莫林，我真正的身份是美国中央情报局的特工。现在，我受美国当局的派遣到上海就是保护你们一家的安全。

【杰思敏沉默着。

施莫林：我说的这些你仿佛一点都不惊讶？

杰思敏：惊讶什么？

【杰思敏低头，又抬头直视着施莫林，摇了摇头。

杰思敏：世界的一切都在变化，变得陌生，变得可怕。从纳粹上台之前到水晶之夜，从柏林到上海，这期间发生的一切我都无法想象，也难以理解。我们为什么失去了亲人，失去了我们家，我们做错了什么，这些我都无法回答。所以，我现在学会了对什么都保持沉默，或许沉默就是镇定，就是成熟。施莫林，你不知道我们经历了怎样的苦难，你不会理解的。

【施莫林想拥抱杰思敏，却被杰思敏躲开了。

施莫林：好吧，杰思敏。我能感受到你和你们家遭受的苦难。不仅是我，还有很多善良的人，包括你刚才说到的中国人，还有美国人。他们都希望你们全家去一个远离苦难、远离战争的国家。

杰思敏：（冷冷地）你说的是美国吗？

施莫林：是的。科恩先生没有提到吗？我们已经见过了。还有美国特使。

杰思敏：去美国？去美国我们经历的苦难就没有了吗？

施莫林：我们的过去是无法磨灭的历史。人的一切包括生活、爱情、工作，以及所有的恩怨情仇、喜怒哀乐组成了我们的人生。可以说人生就是经历，这是不可改变的。但我们还有未来，还有明天。谁都希望自己的未来更美好、更辉煌，但这个未来需要我们自己去争取。比如你父亲，他的生活、他的研究，永远是他人生的一部分，永远在他的大脑和记忆中。只要他活着，对于纳粹来说都是危险，纳粹需要他，也害怕他。得不到他，就必定除掉他。

杰思敏：那么他对于美国人呢？

施莫林：同样重要。德国人和美国人都想打赢这场战争。不同的是法西斯德国发动的这场战争是侵略，是掠夺，是杀戮，包括对犹太人的杀戮。而美国不同，美国也希望赢得这场战争，但美国的战争是为了结束战争，是为了人类的和平正义，使人类免遭涂炭。用宗教的语言说就是面对邪恶、面对魔鬼，善良的人们不能有丝毫的退缩，只能拿起武器消灭这些魔鬼，将一切邪恶化为齑粉。

杰思敏：以暴制暴，是吗？

施莫林：是的。

杰思敏：那也就是说，美国人也是希望我父亲去帮助他们制造一种更大规模的杀人武器。

施莫林：不完全是，美国人制造武器不是用来杀人，是为了打赢这场战争，用正义的战争消灭邪恶的战争，让世界拥有和平；是为了更多的人有生存的权利，让更多的人不再遭受苦难，包括犹太人。

杰思敏：施莫林，你不要再说了。这些道理我懂，我和你的想法是一样的。我跟你说过，我已经不是过去的杰思敏了，苦难使我成熟。同样，苦难使我的父亲对这个世界变得绝望。他觉得这个世界没有前途、没有未来，人世间没有公平和正义，充满了杀戮和血腥。上帝已经死去，魔鬼和邪恶主宰着世界。特别是我的大哥被纳粹杀害后，他像变了一个人。他不相信这个世界上还有什么公正和道义，他心灵的衰老比他身体的衰老更胜一百倍，他更不希望用他的科研成果去制造更大的杀人武器，不希望让世界变得更血腥、更残酷。他认为所有战争都是罪恶，他不希望更大规模的战争把人类推向万劫不复的深渊。他宁可死去，也不愿做战争的帮凶，做屠戮人类的刽子手。施莫林，他不会去美国的。我是他女儿，比你更了解他。

施莫林：科恩先生有他自己的看法。但他的这些理念和意识是偏激，甚至是错误的……

杰思敏：请不要再说了。我说过我赞同你的看法，但我没法说服我父亲。为了这，我曾经和我的父亲闹得很不愉快，但他毕竟是我的父亲，是我至亲至爱的人，我必须尊重他的思想和选择。包括我的母亲也是这样。我希望你的到来，能说服他，改变他，我将会很感激你。

【施莫林沉默了。雨越下越大，街上行人稀少。施莫林把雨伞完全挡在杰思敏头上。雨很快浇湿了他的全身。两个人在雨中踽踽而行。

【稍远处，李廷琛尾随其后，心中涌起阵阵莫名的悲伤。

施莫林： 杰思敏，我觉得你变了。你忘了我们过去吗？这么多年，你就一点都不想我？我希望我们还能和过去一样。你真的变了吗？

杰思敏： 你说过，过去的生活是我们人生中的一部分，我永远不会忘记。但我们都还年轻，生命中还有很长的一段路要走，我们还要面对生活，继续生活。我不知道明天会发生什么，更不知道什么时候才有我们自己的生活。施莫林，把过去的美丽埋在心底吧。作为一种美好的回忆，让我们彼此珍惜。

【施莫林怅然若失，突然停住脚步，深情地注视着杰思敏。

施莫林： 杰思敏，这是你的真话吗？

杰思敏： 我对你说过假话吗？

施莫林： 可是这里很危险。你和科恩先生、你的一家都必须走，必须离开上海。

【杰思敏和施莫林不知不觉走到了苏州河畔，杰思敏望着眼前灯火阑珊的白渡桥，轻声叹息。施莫林想拥抱杰思敏，被杰思敏轻轻推开。

【李廷琛远远望着他们的背影，十分失落，转身离去。

【被推开的施莫林有一些尴尬，把雨伞又往杰思敏那边移了移。

杰思敏： 我可以答应你继续做我父亲的工作，劝他离开这。但父亲不一定会听我的，或许还会伤了他的心。但我希望爸爸不会被纳粹伤害。他和妈妈是我见过最善良的人。

施莫林： 杰思敏，我爱你。

【杰思敏再次沉默。

施莫林： 我多么希望你还是我们相爱时的那个杰思敏，那个纯洁、善良、对生活充满热爱的杰思敏。

杰思敏： 是的。我变了。分别的时光让我变了。残酷的现实让我变了。其实，我们两个都变了。你从一个纳粹的狂热追随者变成了一个反战分子，从一个德国党卫军军官变成了美国中情局特工。这是进步，是你的进步，也是时代的进步。我祝贺你，施莫林。我说过我们之前所有的美好我永远会记得，但是，除了那些纯洁美好的回忆，我们还有更多的东西需要回忆，需要思考。生活将改变我们每一个人……

施莫林：我明白了。是因为他吗？

杰思敏：你在说什么？

施莫林：你爱上那个叫李廷琛的中国人，是吗？

杰思敏：请不要那么狭隘，也请你给我点尊重。

施莫林：杰思敏，不管发生了什么，我都祝福你，祝你能得到幸福。

杰思敏：不，施莫林，我感谢你的祝福，但我没有那样的幸运。这样的祝福让我感到苦涩。

【杰思敏哭着想跑开，但被施莫林一把拽住。

施莫林：我爱你，杰思敏。不管你选择什么样的生活，也不管你选择什么样的爱人，我都会尊重你。我会用生命的全部为你祈福。我会永远守护在你和你的家人身边。但我今天还是要告诉你一个坏消息，德国又派了人来上海追杀科恩先生和你的一家，这次来的是柏林党卫军上校梅辛格，今天上午到的。这个人曾经是我和施瓦茨的上司，凶残狡诈，杀人如麻。据情报称，他来上海的目的只有一个，就是屠杀在上海的全部犹太人。当然他追杀的第一个目标就是科恩先生，他的到来对你们家是个凶讯，这是个魔鬼。他还不像施瓦茨受人驱使，他在处决犹太人这件事上，有着全方位自主权。他不仅可以随心所欲，他甚至还能调动日军方的力量对犹太人进行屠杀。这个情况，你父亲还不知道。你必须尽快地告诉他，告诉你妈妈和全家。杰思敏，我希望你能了解你们家面临的凶险，我也希望你能够帮助你母亲看到笼罩在你们身边的死亡阴影。梅辛格的到来绝不会放过你们一家，因为科恩先生是他的头号追杀目标。虽然你们在上海有很多中国朋友，虽然美国政府也在帮助你们，但这里毕竟是日本人的占领区。中国朋友和美国政府的帮助都是有限的，都不能确保你们的安全万无一失，最好的防护办法就是立即转移到美国或其他安全的地方。但这需要科恩先生他能认识到自己和家人的处境，需要他的配合，我们才能有效地实施营救方案。杰思敏，希望你做好全家的工作，特别是科恩先生。生死存亡，在此一举。千万不能心存侥幸。你们必须立即转移。否则，也许就来不及了。

【杰思敏开始对这突如其来的凶讯惊呆了，继而十分平静，大眼睛闪着泪光，轻轻地拥抱了下施莫林，随即放开。

杰思敏： 谢谢你，施莫林。再见。上帝保佑你，保佑犹太人，保佑所有好人。

30-5．景：上海街头 夜 外

【雨夜中，有点失魂落魄的李廷琛走在街头，手中的伞不见了，汽车溅起泥水也顾不上躲避。

30-6．景：李季方房间 夜 内

【李季方推门进屋，看见桌子上摆着一碟下酒的小菜和一坛黄酒。他跑到窗口推开窗，窗下一片漆黑，四顾无人，只听见一片风雨声。他在窗前站了半晌，嘴唇翕动着，泪光闪烁。

李季方：（喃喃自语）这猴崽子来过了。这下雨天也没忘了来看我。怎么就不多待一会儿呢？陪爷爷喝两盅也好啊。海东青，海东青……你这个猴崽子……

【李季方关上窗。还没等李季方坐定，就听见外面的响动。李季方赶紧站起身，下楼开门。

30-7．景：李家大宅院子 夜 外

【李季方拿着伞，奔到院子里开门。门外站着浑身湿透的李廷琛，李季方赶紧将李廷琛迎进院子打上伞。

李季方： 大少爷，大少爷，您这是怎么啦？怎么伞也不打。

李廷琛：（语无伦次）季方叔，好雨知时节，润物细无声。毛毛雨，不碍事，不碍事。

李季方： 着风淋雨，要病的。你看这春寒料峭的，又是风又是雨。

李廷琛： 是啊，季方叔，有句农谚怎么说？春风不入屋，外面冷得哭。我冷了还有家可回。你看，我回到自己的家看到您，我就觉得特别温暖。可上海还有多少人，特别是那些难民，他们根本无家可归，只能在风雨中漂泊了。

李季方： 进屋吧，大少爷。无家可归、缺吃少穿的人太多了。

李廷琛： 是啊，是啊。上海的坟场比活人的住房还多。

李季方：（一声叹息）别说这些话了，丧气。进屋吧。

【李廷琛随李季方进屋，李季方锁好门。

李廷琛：季方叔，你怎么还没睡啊？家里人都睡了吧？

李季方：老爷倒是睡了，可二少爷现在还没回来，二少爷天天都回来得很晚。你看，我这不还在等他吗？哦，大少爷，海东青那个小子也不知道从哪里给我弄来坛绍兴酒，您闻闻，香得很。我下去烫酒，回来后他就不见了。这大风雨夜的，也不知道他又上哪儿去了，他又没个家的。唉，这猴崽子啊，倒是个有情有义的人。只是也是个苦命的孩子哦。

李廷琛：季方叔，我陪你喝两杯。

李季方：那是最好了。正好你淋了雨，喝点烫酒，祛寒。

【李季方忙着斟酒，却发现杯中已经有半杯残酒。再看看桌上的小菜，好像也少了半盘。不由惊叫道：

李季方：这小贼又回来了。海东青！海东青！

【海东青从背后探出头。

海东青：刚吃了你两口，你就嚷嚷。

李季方：送给我的酒，你还要来喝回去。你算盘倒是打得精。

海东青：廷琛哥，你今天看起来怎么不太一样？科恩家现在没什么事，有人看着呢，你就放心吧。

李廷琛：我没有担心那个。

海东青：那你就是担心科恩家那个漂亮洋小姐吧。是不是有人横刀夺爱了？

李季方：混小子，你不要乱说。什么横刀夺爱，那个杰思敏小姐对大少爷挺好的。他们父母对大少爷也挺好的。

李廷琛：海东青，你不要瞎说。

海东青：瞎说？你们的那点事能瞒过我海东青吗？我问你，今天那小姐是让谁接走的？是谁陪她回家的？你远远地跟着他们在雨中走着，伞也不打，失魂落魄的。大哥，我见你这样，我心中挺难过的。

李季方：什么人接走了杰思敏小姐？海东青，你怎么整天就没个正行，说话也没深没浅的。

海东青：老头，你不知道。那个洋小姐在德国时就有个男朋友。我见过的。这个人不知什么时候到上海来了。这几天科恩先生进进出出，我都看到过这个男人尾随其后。

李季方：猴崽子，一定是看花了眼吧。

海东青： 我看花了眼，你以为我跟你老头一样。我可是草原上的鹰。我见过的猎物，它就跑不掉。

【李廷琛在一旁一杯杯地喝着酒，没有搭理海东青。海东青却自顾自地说下去。门铃声响，李季方知道是李廷瑞回来了，赶紧起身下楼。

【一会儿，李廷瑞风风火火地进门，进门就对李廷琛嚷嚷着。

李廷瑞： 大哥，你知道我今天到哪儿了？我刚从汪墨樵那儿来，茉莉也在。汪墨樵今天不知道搭错了哪根神经，两口子请我吃夜宵，说是夜宵，其实还备了酒席。汪墨樵还让茉莉唱了几首歌，我一高兴，就给茉莉伴奏。汪墨樵还连声叫好，说有空可经常到汪公馆来和茉莉唱唱歌弹弹琴，还说我是个热血青年，还说我们李家个个都是好样的。看来汪墨樵人还不错，挺有肚量的。他知道我喜欢茉莉，一点也不忌讳。是个人物，是个人物。

【李廷瑞自顾自地说话。李廷琛和海东青只顾喝他们的酒，没谁接他的话。他突然发现屋里的气氛不对，顿时住口。海东青斜睨了他一眼，冷冷说道：

海东青： 二少爷，说完了没有。瞧您挺高兴的，留着慢慢地乐吧。我想和你大哥说几句话。（转对李廷琛）大哥，你不会是真的因为那个洋小姐吧。大哥，你是什么人，犯得着吗？看你这失魂落魄的，海东青心里难受……

李季方： 廷琛，我可是看着你长大的。你今天是有点不对劲啊，你可是从来不喝酒的。今天你这是怎么啦？海东青说的是真的吗？杰思敏小姐的男朋友真的来了吗？

李廷琛： （轻轻点了点头）季方叔，是有这么回事。杰思敏小姐的男朋友是到上海来了。可人家是带着任务来的，是来保护科恩先生和他的家人，并不是你想象的那样。再说了，我跟杰思敏小姐的关系也不像海东青说的那样。人家杰思敏小姐是有未婚夫的，我们最多也只能说彼此有好感罢了。谈不上什么情爱不情爱，况且人家杰思敏一家都处在极度的困难和凶险之中，这时候我要心存妄念，那我李廷琛成什么人了。不是乘人之危也是夺人所爱。非礼莫为，我李廷琛岂能如此下作。

李季方： 大少爷说这话，我可不赞同。年轻人，要大胆追求爱情。抗战前，蒋委员长就提倡新生活运动。连我都知道要勇敢追求自由爱情，打破封建。廷琛，你是时代精英，可不能有这种食古不化的封建思想。

李廷琛： 我什么也没有。我跟杰思敏小姐也不是你们想的那样。

李季方： 不管怎么样，我就知道要是真心喜欢人家，人家也真心喜欢你，就不要错过了好姻缘。

海东青：就是嘛，之前就算你还顾忌有乘人之危之嫌，现在当着施莫林的面，还有什么可顾忌的？我可听说，国外的洋人，两个男的争一个女的是常事，就两个男人各拿一把枪，一二三开枪对射。谁倒下了谁认栽。谁赢了这个女人归谁。干脆，爽快。这叫什么？决斗？对，就叫决斗。

李廷琛：你们啊，这玩笑以后不要再开了。别坏了杰思敏小姐的名誉。

【李廷琛说完这句话，已经醉眼迷蒙，不胜酒力了。李廷瑞在一旁听着他们的谈话，似有所悟。

李廷瑞：哦，我知道发生什么了。不就是杰思敏的那个男朋友追到上海来了吗？我说大哥，这有什么好伤心的。他爱杰思敏，你也爱杰思敏，那就竞争呗。海东青说得对，一二三开始决斗，看谁最后抱得美人归。大哥，如果你连这点勇气都没有，还谈什么新青年？还谈什么抗日斗士？我可跟你说，杰思敏小姐是个美丽、善良、人见人爱的好姑娘。看得出来人家可是爱你的。可我知道你多次拒绝了人家。哥，我今天丑话可说在前头，你如果连向人家表白的勇气都没有，到时候可别怪做兄弟的抢在你前头了，我可就直接攻城略地，直接向杰思敏发起攻击了。

【微醺中的李廷琛似乎突然惊醒，猛拍了下桌子。

李廷琛：廷瑞，你胡说什么？现在是谈情说爱的时候吗？你知道杰思敏一家，特别是她的父亲面临的凶险吗？你知道那个叫施瓦茨的纳粹党卫军上尉前天晚上已经追杀到他们的家门口了吗？那天如果不是海东青，不是汪墨樵的青帮弟兄在那儿守卫着。科恩先生一家包括杰思敏都可能已经罹难。虽然杰思敏他们已躲过一劫，但更大的凶险还在后面。据美总领馆向我通报，那个叫梅辛格的纳粹上校今天已经飞抵上海，目的就是追杀我老师一家和在上海的全部犹太人，这个人的凶残我就不多说了，反正是个杀人狂魔，号称"华沙屠夫"，他是以屠杀犹太人发家的。我的老师一家，特别是科恩先生已面临着前所未有的凶险，这个人曾经是杰思敏未婚夫和那个前晚闯进犹太社区欲杀害科恩先生的党卫军上尉的顶头上司，他这次来是代表纳粹军方来的，有可能调动日军方对我老师一家进行围捕和杀害。在这种情况下，你有心思和谁去争夺杰思敏吗？弟弟，做人要有起码的底线，善良正直道义是中国人的传统，也是我们李家家风和做人的底线。今后你不准再提杰思敏小姐的事，还有我知道你喜欢汪墨樵的夫人茉莉，我也不准你打茉莉小姐的主意，不准你对茉莉小姐有任何妄念。汪先生和茉莉小姐都是好人。父亲也说过汪先生不仅值得交往，而且可钦可敬。面对日寇，他有着一个中国人难得的风骨和气节，这样的人，我们能伤害他吗？廷瑞，你听好了，我不管你以前做了什么，但现在你应该成熟了。爸爸和爸爸的同事们也说你成熟了，我也觉得你进步成熟了，今后不准你在我面前讲这些混账话，更不准做那些昧心事，保持灵魂的纯净与高尚。我作为大哥，这是我第一次对你说这些话，或许也是最后一次。弟弟，你好自为之吧。

【李廷琛说完，起身出门。屋内海东青向李廷瑞做了个鬼脸，向李季方拱了拱手，穿窗离去。

30-8. 景：土肥原办公室 日 内

【暴怒的久保田不停扇着小野宪一，土肥原在办公桌后正襟危坐，小野宪一站得笔直，左脸被扇又将右脸凑了过去。直到嘴角的鲜血已经滴满了衣衫。土肥原才一声断喝，举起带着白手套的左手示意久保田住手。

土肥原：好啦，不要弄脏了我的办公室，现在还不是惩罚他的时候。

久保田：是，将军。我只是给他一点小小的训诫。

【土肥原提着武士刀走到小野宪一面前，脱下一只白手套给小野宪一擦着嘴角的鲜血。

土肥原：小野君，知道大佐为什么这么暴怒吗？三千万美元的巨款从你手中溜走了。你知道你给帝国给天皇陛下犯下了什么样的罪行吗？三千万美元是我三百万皇军将士一年的军费开支，是《马关条约》清政府给我帝国军费赔偿的四分之一。由于你的玩忽职守、不对天皇陛下敬忠尽力而使这笔巨款与帝国失之交臂，给皇军"圣战"带来了巨大的，甚至是灾难性的损失。根据你所犯罪行，砍了你一百次也不为过，你死一百次也不足以谢罪于天皇。大佐今天也只是对你薄示训诫。但这事并不算完，解铃还须系铃人，这笔巨款是你丢失了，还必须由你给找回来。我给你三十天时间把这三千万美金给我找回来，不管你用什么办法，我和大佐都会支持你。三十天内如果不能把这笔钱找回来，小野君，我也保不了你。虽然我们是朋友，但帝国利益高于一切。听明白了吗？

【小野宪一接过土肥原递来的白手套，也不敢去擦满脸的鲜血，始终笔直地站着。

小野宪一：（嗫嚅着）听明白了，听明白了……

土肥原：（温和地）坐下吧，坐下说话。久保田大佐，你也坐下。小野君，这事就看你的了。我们都是天皇的臣民，我也相信你的能力，我们现在虽然占领了上海，但并没有征服上海。我们虽然占领了大半个中国，但并没有征服中国人。要彻底征服中国，需要时间和庞大的军队，庞大的军队需要庞大的军费。这些军费从哪儿来？靠我们日本国吗？不，要靠我们所有的占领区，台湾、满洲、上海、琉球、朝鲜，甚至东南亚，帝国需要资源，需要金钱。这些道理我不说，你也应该懂。这次犹太人从美国送来这么大的一笔巨款，这本应该是我们帝国囊中之物，结果却轻易地放走了。你这是对帝国的犯罪，是不赦之罪。但我念你是天皇臣民，故再给你个机会，你要好好总结一下这笔钱是如何丢失的，最后谁拿到了这笔钱，是怎么拿到这笔钱的，怎么拿到的就怎么给我吐出来。小野君，你知道这件事军方不能出面，只能由你出面了，况且这钱也是你弄丢的，但军方会全力以赴地支持你，一切都看你的了。小野君，拜托了。土肥原贤二拜托您了。

【土肥原突然站起身，对着小野深深一鞠躬。小野大惊失色，忙着站起身，身子一软又跌坐下去，两眼噙泪，双手抓住土肥原的手。

小野宪一：（泣不成声）将军……将军……小野一定不负将军所望，弄不回这笔钱，我也无颜再见将军，我将自裁以谢将军。

土肥原：你可以回去了。有情况或需要支持，立即向久保田大佐报告。

【小野宪一挣扎地起身，向土肥原深深鞠了一躬，又向久保田鞠躬，踉跄地离去。

土肥原：（对久保田）德国方面有什么动向？

久保田：（起立）将军，德国总领馆武官古德里安一早送来照会，说德国党卫军远东战局观察团梅辛格上校将来拜会我，时间约定在明天上午八时，地点就在皇军上海宪兵总部。他们要求拜会您，我不知道您的安排，故没有答应他。只说您已去南京开重要军事会议，能不能回，尚未可知。您要不要参加？

土肥原：我不去，现在还轮不到我出场，原则我已经给你交代了。我再强调几点，你把握好。一、上海是日占区，不是德占区，一切皇军说了算。他们没有资格对我们颐指气使。二、大日本帝国利益高于一切。任何不符合我国家利益的要求一概拒绝。三、一定要搞清楚梅辛格这次来上海的目的。在未搞清楚之前，不给他们任何承诺。大佐，德国虽然是我们现阶段的盟友，但毕竟是两个国家。国与国之间没有永远的友谊，只有永远的利益。这个梅辛格阴险狡诈，你要处处提防。最近有情报表明，美国和德国都在研制一种绝密的武器。搞清楚这事是不是和这次梅辛格来上海有关系。

久保田：是。

30-9. 景：上海街头 日 外

【蒙蒙细雨，街道人潮涌动。卖花的推车上，小摊贩摇着蒲扇等着主顾。茉莉花暗香浮动。芦柴棒拎着擦鞋箱坐在这些小摊贩中间也挤在街边店铺的房檐下。一家店铺的留声机中传出吴侬软语的《茉莉花》歌声，更增添了上海街头浓浓的水乡情韵。

卖花小贩：让一让，让一让。

芦柴棒：先来后到。先来后到！

卖花小贩：下雨了，没有大老板找你擦鞋。还不赶紧回去。

【芦柴棒没好气地翻着白眼。

芦柴棒：要你管，我在这里等朋友，不行吗？

【街头发放"茉莉花小姐"参选宣传单的报童一路叫卖。路上行人纷纷驻足买报，对昔日的茉莉花小姐美貌的回忆。

报童：卖报卖报，上海滩一年一度最大盛事，茉莉花小姐选举在即。踊跃报名，不分国籍。卖报卖报，上海滩最美的女人茉莉花小姐。盛况空前，奖金丰厚。

卖花小贩：你看看，我这个茉莉喷香，上海滩要说好看的小姐，哪有不参加茉莉花小姐选举的。一等一的漂亮小姐才配得上茉莉花。

【芦柴棒看到街对面，科恩家的窗子被打开了，兴奋地站了起来，冲着探出脑袋的莎拉挥手。

卖花小贩：你还有朋友呢。

【芦柴棒并不理睬跟他搭话的小贩，还是跟遥远的莎拉比画着。

芦柴棒：擦皮鞋的小把戏就不能有洋囡囡做朋友吗？你不要小看人！我在上海滩，也是有名有姓的，朋友遍天下。

卖花小贩：来来来。

【卖花小贩拿了一小束茉莉花送给芦柴棒。

芦柴棒：我才不要你的东西呢。

卖花小贩：不是给你的，给你的那个洋囡。

芦柴棒：好吧，我替她谢谢你。

【芦柴棒看了看天空中依然不停的小雨，收拾起了箱子。然后翻着自己的口袋一个一个的铜板数了半天，再塞在了卖花小贩的手里。

芦柴棒：不白拿你的，给我挑一盆最好的茉莉花。

【卖花小贩认真地给芦柴棒挑了半天，挑了一盆最端正、花骨朵最多的。芦柴棒背着擦鞋箱，抱着一盆茉莉花，路上行人匆匆，都打着雨伞。

【路边高大的商场从顶楼垂下横幅"预祝茉莉花小姐选拔大赛成功"。

第三十集完

第三十一集

31-1. 景: "大世界"门口 夜 外

【雨已经停了,但地上依然湿漉漉倒映出"大世界"的霓虹灯。

【杰思敏披着外套,走出"大世界",在人群中张望,寻找李廷琛的身影,却一无所获。

【突然一小束茉莉伸到了她的面前,吓了她一跳。拿着茉莉花的人居然是李廷瑞。

【杰思敏掩盖着自己的吃惊。

李廷瑞: 没想到,居然是我吧。

杰思敏: 送给我的吗?

【李廷瑞点了点头。杰思敏低头轻嗅,茉莉的花香沁人心脾。

杰思敏: 茉莉花好香啊。

李廷瑞: 喜欢吗?

杰思敏: 很漂亮。谢谢你。你怎么来了?

李廷瑞: 唉,杰思敏小姐,你是不是看到我特别失望。

杰思敏: 对不起。见到你很高兴。我只是觉得惊讶。

李廷瑞: 我大哥让我来接你的,说让我等你下班,送你回家。

杰思敏: 是他让你来的?

李廷瑞: 是啊。大哥说现在外面很危险。

杰思敏: 他……很忙吗?

李廷瑞: 应该很忙吧。但我看他好像有心事,不高兴。昨晚在季方叔那里喝了两杯黄酒就醉了。

杰思敏: 让你们担心了。

李廷瑞: 上海现在确实不安定,比打仗的时候还要乱。打仗的时候最起码知道什么人是敌人,什么人会开枪,现在,什么都不知道,什么都看不明白。

杰思敏: 没想到,你也有这么多心事。

李廷瑞: 他们都觉得我是无所事事。其实,他们都忙着自己的事情。父亲有孝仪叔,大哥成天在医院,有玛丽夫人也有海东青。可是,我有事,有我想做的一番大事业,没有人跟我商量，也没有人听听我的心思。

杰思敏： 每个人都有自己的心思。就算有人陪在身边，也不是什么心思都能对别人说的。自己的事只有自己知道。恐怕也只有自己才能解决。

李廷瑞： 话是这么说，可是要有可以信任的人谈谈心，有人分享自己的快乐和忧伤。我想这也是人生中的幸事吧。比如我看见茉莉花很美很香，我就想到你，希望与你分享。

杰思敏： 是嘛。你知道吗，我们德国没有茉莉花。柏林的冬天会下大雪，这样的花儿会被冻死。有一年父亲带着我们一家去意大利旅行，去罗马，去威尼斯，去看伟大的遗址和艺术品。我第一次看到茉莉，小小的白色花朵。你知道吗，普契尼的歌剧里也唱过《茉莉花》。

李廷瑞： 现在是茉莉花栀子花盛开的时候。上海过去每年都会推选茉莉花小姐。打仗的时候停办了，现在又要恢复。

杰思敏： 茉莉花，是上海这座城市的象征吗？

李廷瑞： 可以这么说吧。我们上海人喜欢茉莉花，因为它既香且美，看起来美很柔弱，可美给人以力量，是一种比恶更坚定的力量。美总是和善良、坚定、真实在一起的。爱美是人的天性。你们德国有个叫黑格尔的大胡子老头说过，人之所以是万物之灵，是因为只有人类才能辨识美和创造美。杰思敏你太美了，看见你是一种享受，会产生一种勇敢精神。我希望全上海的人都能看到你。你不参加大赛太可惜了。

杰思敏： 廷瑞，你倒是跟我父亲一样，都相信美好能够战胜一切。

李廷瑞： 杰思敏，你报名参加茉莉花小姐评选吧。

杰思敏： 我？你在开玩笑。

李廷瑞： 我怎么是在开玩笑呢。我是认真的。你美丽纯洁，就是美的化身，你既可以代表在上海的犹太人，也可以代表上海的所有女性。

杰思敏： 真的吗？我可以代表上海？

李廷瑞： 你跟所有上海的女孩子一样，都在这里生活，在这里工作，你们都是可以代表上海的女性。每一个女人看起来都很柔弱，但都是美丽的，美丽的力量是无穷的，无人可以抗拒。

杰思敏： 我可从来没有觉得自己真的充满勇气和力量。

李廷瑞： 茉莉花小姐像茉莉花一样，给人以美，每年都有，让人感觉到生命的坚强和柔韧。如果真的能够当选，杰思敏，你就可以代表上海的犹太难民，尤其是为难民中的妇女和儿童发声。让更多的人听到她们的声音，看到她们的苦难，感受到她们的憧憬和追求。

【看到杰思敏依然沉默不语，李廷瑞在口袋里翻了半天，掏出了一张已经揉得皱巴巴的茉莉花小姐宣传单。

李廷瑞：真对不起，被我揉皱了。

【杰思敏接过了那张皱巴巴的宣传单，忍不住扑哧一笑。

杰思敏：谢谢你。我想一想，想好了告诉你。

李廷瑞：一言为定。你要是参选，我一定帮你拉票。

杰思敏：好。廷瑞，你能帮我个忙吗？

李廷瑞：你说吧。

杰思敏：以后不用来送我回家。

李廷瑞：这怎么能行？这是我大哥交代的。再说了外面真的很乱。

杰思敏：能不能跟你大哥说，不用他这么费心了，我得自己照顾好自己。无论是谁，都不能照顾别人一辈子。我和我的家人，以及所有的犹太难民，都需要自己保护好自己。

31-2. 景：犹太社区科恩家楼下 夜 外

李廷瑞：听说你的未婚夫来了。

杰思敏：不……不完全是。

【杰思敏躲开李廷瑞的目光，低着头，径自快步上楼。

李廷瑞：（追上去）杰思敏，我大哥很伤心……

31-3. 景：犹太社区科恩家 夜 内

【莎拉在窗台上摆弄着那盆芦柴棒拿来的茉莉花。豹子围绕着莎拉的脚边打转。突然它仿佛听到了动静，立刻跑到门口。杰思敏推门进来，豹子绕在杰思敏脚边跳起来，又冲着杰思敏的身后叫。

莎拉：豹子，闭嘴。

玛丽：杰思敏，谁来了？

【杰思敏摇了摇头。

杰思敏：没有谁。豹子，安静一点。

【玛丽端给杰思敏一杯水。

杰思敏： 妈妈，我想参加上海的茉莉花小姐大赛。我知道爸爸可能会反对……

莎拉： 妈妈，我才是家里最漂亮的。我也要参加茉莉花小姐大赛。

玛丽： 莎拉，你当然是我们家里最漂亮的。可是，我们自己说了不算，你还要等几年才能参加比赛。到时候你会越来越漂亮。

莎拉： 好吧。那现在就把机会让给杰思敏。不过，我依然会支持她。妈妈，你也要支持杰思敏，是吧。那我们不告诉爸爸，到时候给爸爸一个惊喜。

玛丽： 杰思敏，你真的想去参加上海的茉莉花小姐大赛吗？

杰思敏： 是的，妈妈。李廷瑞说如果我能当选就有更多的人会关注我，我就有更多的机会为我们犹太难民，特别是难民中的妇女孩子们发声。我们就能争得更多的权利。

玛丽： 杰思敏，你已经是大姑娘了，你的事你自己做主。也许你爸会不高兴，但我相信他也会尊重你的决定和选择。

【玛丽说着从窄小的床下，拖出一只旧皮箱，从箱底翻出一条裙子。

杰思敏： 妈妈……

玛丽： 这条裙子是我和你爸订婚时穿的。从柏林离开的时候走得匆忙，只能匆匆拎起一只箱子，这条裙子居然就夹在箱子的底层带到了上海。杰思敏，现在我把这条裙子送给你，你穿着它去参加比赛吧。

【杰思敏接过了裙子，拥抱着妈妈。

31-4. 景：犹太社区科恩家 日 内

【科恩一家围着那张小小的饭桌正吃着早餐，豹子也在一边吃着早餐。它一边舔着盘底，一边摇着尾巴。莎拉从自己的面包上掰下一块塞进豹子的口中。

【科恩吃完早餐，开始整理自己的擦鞋箱。

科恩： 莎拉，快吃。爸爸今天要带你出门。

莎拉： （惊喜地）爸爸，真的吗？你真好。以后天天都带着我吗？

玛丽： 快吃，莎拉。妈妈和姐姐每天都要去上班，爸爸怕你一个人在家害怕，以后天天都会带着你去擦鞋。到了外边要听爸爸的话，外边也会有坏人。

莎拉： 爸爸真好，谢谢妈妈。那豹子呢？让它一个人待在家里吗？它会想我的。

科恩：只能把它留在家里了。你吃完了吗？我们得走了。

莎拉：哦，可怜的豹子。我们都要出门了，让你受委屈了。

【莎拉抱了抱豹子。科恩抱了抱玛丽，背上擦鞋箱，牵着莎拉的手出门而去。

【杰思敏收拾好桌上的碗筷，在母亲的帮助下，换上了那件富有纪念意义的雅利安长裙。深褐色的头发被梳在脑后，别上了一朵朵洁白的茉莉花。杰思敏望着镜子中的自己仿佛一个陌生人。

玛丽：杰思敏，你真的非常漂亮。整个人就是一朵茉莉花。

杰思敏：妈妈，我爱你。我爱你们所有人。

31-5. 景：犹太社区科恩家楼下 日 外

【李廷瑞早早开出了家里的轿车，等在楼下。

【杰思敏拥抱了下玛丽，玛丽送杰思敏出门。李廷瑞看到杰思敏盛装出现，被她的美丽惊呆了，竟忘记了给她开车门。围观的犹太难民也纷纷放下了手中的工作，围着汽车，嚷嚷要去南京路看热闹，并且给杰思敏投票。汽车在犹太难民们欢叫声中缓缓离去。

31-6. 景：上海南京路广场 日 外

【广场上搭着一个巨大的贵宾台，台上两侧坐满了各界名流，汪墨樵夫妇和李衡甫、楚孝仪也在其中。傅宗耀居中而坐，他的身边坐着大胡子米兹拉希。他们的前边摆着一架黑色钢琴。台上端一幅巨大的横批，横批上写着：上海茉莉花小姐选拔大赛。台上众人交头接耳地聊天喝茶。有茶坊不时地扛着巨大的长嘴茶壶给他们续水。台下鼓乐喧天，喇叭中不停地传出悠扬的歌声。看热闹的人们越聚越多，一片嘈杂。

【一架支在广场边巨大的海关钟敲响十下。霎时，鞭炮齐鸣，许多带着声响的冲天炮在广场上空炸开，五彩的焰火遮蔽了冬日的阳光。从四面八方赶来参赛的少女纷纷登场。台上顿时彩色缤纷，群芳绽放。主持人给每个上台的参赛少女裙裾上都别上一个参赛号，然后走到麦克风前宣布：现在请傅宗耀市长为大赛揭幕。

【伪市长傅宗耀走到台前，对着麦克风宣布：茉莉花小姐选拔大赛开始。傅宗耀话音刚落，一声清亮的锣声响起，台下顿时沸腾起来。

31-7. 景：上海南京路 日 外

【李廷瑞开车将杰思敏送到南京路广场比赛现场。

【杰思敏望着车窗外围观的人，略显紧张。

李廷瑞：别怕，杰思敏小姐，你肯定是全场最漂亮的茉莉花。

【杰思敏不好意思地低下头。

【杰思敏刚一下车，立刻引起围观者的一阵欢呼。记者也拥上前纷纷拍照。杰思敏在"大世界"演唱，平时就颇多听众，人群中莫不是欢呼她名字的人。艳惊四座的杰思敏，款款走上赛台，主持人给杰思敏的长裙上别上一个大大的参赛号"9"。台下再次爆发出一片雷鸣般的掌声。

【台上贵宾席汪墨樵抿了一口茶，俯在茉莉的耳边轻声道：

汪墨樵：杰思敏小姐今天看来是有备而来，她的出现还真让群芳失色。

茉莉：杰思敏那么漂亮，她夺冠也是实至名归，选了别人还真配不上这朵花冠呢。

汪墨樵：你倒是大方。你这朵老茉莉，要让给人家新花了。

茉莉：你这个人油腔滑调，嫌我这朵茉莉是朵残花了，要换新的不成。

汪墨樵：不敢不敢，夫人可不是普通的茉莉花，夫人是在我心中的茉莉花王。

【茉莉嫣然一笑。

茉莉：胡子越长，越是会胡说八道了。我既不在乎美不美，也不在乎别人怎么看我。

【汪墨樵向身后的跟班丢了个眼色。那跟班突然向台下扬手做了个手势。人群中立即有人大喊：那钢琴是个摆设吗？怎么就没人弹呢？钢琴都不会弹，还参赛什么茉莉花小姐，下去，下去。人群中一片嘈杂，主持人赶紧走到台前，对众参赛的少女说：

主持人：你们谁能弹钢琴？赶紧上去弹啊。茉莉花小姐应该是才貌双全的，多才多艺要加分的。

【人群中的李廷瑞知道这是汪墨樵的特意安排，立即扯开嗓子用英语对着台上杰思敏大喊。

李廷瑞：（英语）杰思敏，上去弹啊。

【杰思敏听见李廷瑞的叫喊声，立即缓缓走到钢琴前坐下。一曲《茉莉花》民歌的旋律款款流淌。喧天的锣鼓声突然悄无声息，人群中的嘈杂声顿时平静。舞台上广场中只流淌着《茉莉花》钢琴演奏的优美旋律。

【一曲终了，台下爆发出雷鸣般的掌声。杰思敏离开钢琴，分别向贵宾席和台下观众深深鞠躬。台下再次爆发出疯狂的欢呼声和掌声。随着鼓声最后竟然形成潮水般的呼喊声：9号，9号，9号……

【主持人捧着个巨大的票箱走到台前，哗的一声将里面的选票全部倒在贵宾席前。花花绿绿的选票撒满一地。傅宗耀站起来带头鼓掌，对主持人说：

傅宗耀：还用得着计票吗？你没听见台下的喊声吗？就9号了。

【贵宾席上所有人起立，热烈鼓掌。主持人走到茉莉跟前做了个请的姿势，引着茉莉走到杰思敏前。

主持人：现在有请上一届的茉莉花小姐为本届最新茉莉花小姐得主授冠。我们相信，真爱与善良将在茉莉花小姐的手中传递。祝上海市民永远生活在幸福和芬芳中。

【茉莉将一顶茉莉花的花冠戴在了杰思敏的头上。两人在众人的欢呼声中热烈拥抱。

【记者们的镁光灯闪成一片，记录下这个时刻。

31-8．景：上海街头　日　外

【在人群外，施莫林压低了帽檐，站在屋檐的阴影下，看着台上的杰思敏，警惕地注视着赛场发生的一切。

31-9．景：日本宪兵司令部会议室　日　内

【会议室正中墙上悬挂着日本军旗和纳粹党卐字旗。长长的会议桌两边坐着久保田和梅辛格，久保田的身边坐着清一色挎着指挥刀的日本军官，梅辛格的两旁坐着总领事冯·基尔卡和身着国防军军服的武官古德里安，以及军装笔挺的党卫军军官。

久保田：上校先生，很欢迎您来到上海。我们都是军人，说话就开门见山了。想必上校此次来远东是赋予特殊使命的，能不能把你们这一次来上海的目的讲一讲。我和上海军方可在力所能及的情况下帮助您完成使命。

梅辛格：很感激大佐先生安排的这次会面。在我回答大佐先生的问题之前，我有个问题想向大佐质询。德国军方曾派出一个叫施瓦茨的上尉来上海执行一项秘密任务，大佐先生应该知道这件事吧？可这个人最近失踪了。据了解，施瓦茨上尉已被上海当局秘密扣押。如果这是事实，我觉得这是一种很不友好的行为，我期待大佐先生给我个解释。

久保田： 这件事是不是先请您问一问你们总领馆的武官古德里安上校，他现在就在你身边。

梅辛格： 我现在质询的是日本军事当局上海驻屯军的最高指挥官，是国与国之间的对话，是两国军事当局之间的对话，我只希望得到您的答复。

久保田： 那好吧。本来施瓦茨的事情不应该在今天会谈的范围之内，既然上校先生执意要我向您做出解释，那么我告诉你，施瓦茨是因涉嫌持枪杀人被上海政府当局在作案现场逮捕的，是因触犯战时社会管理条例被捕的，不在我军方的管理范围，也不应该是我们今天的讨论范围。

梅辛格： （淡淡一笑）大佐先生真有日本皇军的威严，同时也具有东方人的幽默。我了解的情况是施瓦茨上尉是在古德里安上校的陪同下来拜会大佐的，大佐先生当时允诺施瓦茨一切行动自由并提供力所能及的帮助，但就在施瓦茨执行使命的过程中，被警察局拘押。这我就有点想不明白了。上海不是日占区吗？德日两国不是同盟国吗？大佐先生不是亲口允诺给予施瓦茨一切行动自由吗？

久保田： 行动自由包括持枪杀人吗？执行秘密任务包括持枪杀人吗？古德里安上校，我作过这样的允诺吗？如果在我们的占领区内都像施瓦茨上尉这样可以明目张胆地杀人行凶，那我们的占领区内还有治安可言吗？那我们的占领区还有长治久安吗？那我倒要问问上校先生，在华沙，在巴黎，在维也纳，你们能容忍这样的事情发生吗？上校先生，我们都是职业军人，不是什么外交家，犯不着来这么多外交辞令。我看今天上校先生的情绪不仅是极不友好，而且有点居高临下。我希望这仅仅是上校先生个人的情绪和教养，不应影响日德两国特别是两国军方的关系。我希望上校先生冷静与理智些，不要以这种质问和谴责的口气与日本军方的代表说话。

【久保田毫不客气的一顿说辞倒让梅辛格一时语塞。会议室的气氛顿时紧张起来。冯·基尔卡见状，赶紧出面圆场。

冯·基尔卡： 久保田大佐，您和我们梅上校都是军人，说话都很耿直。但你们代表的是两个国家的军方，而且两个国家都是在战火中结成的同盟和友谊，希望能互相包容、理解。

梅辛格： 我今天的话可能说得过于耿直，或许对大佐先生是一种冒犯，但这绝不是我的本意。施瓦茨上尉是我的下属，是个很优秀的青年军官，要不然我也不会派他到上海来。我想不到他怎么会卷到一场社会杀人案中来，而且是在我们最亲密的盟国占领区内。我认为施瓦茨即便有什么过失，作为盟国也应该体谅和宽容，不应该长期羁押他。明知道他是来上海执行秘密任务的，现在他连自由都没有了，他还怎么完成任务。

久保田： 上校，听你的口气，你还在谴责我，谴责我没有放任你的这位部下，没有放任这个叫施瓦茨的杀人嫌犯。那好吧，我让你亲自听听你这位部下怎么向你陈述。

【久保田起身走到会议室的一部电话机前，打通了殷燕农的电话。

久保田： 殷队长吗？立即把施瓦茨提出来，你把电话挂到我这来，叫施瓦茨听电话，告诉他，他的上司要问他话。

【久保田说完，把电话挂上，反身坐回原处。

久保田： 上校，待会儿你亲自问他。他是不是持枪进入犹太社区杀人？他是不是开枪打伤了一个中国人？他犯案后警察局是不是立即准备放他？是不是他自己赖着不肯出来？还要我去警察局回答他的讯问。上校先生，坦率地说，如果不是为了维护盟国利益，维护两国军方的生死情谊，根据我帝国最高当局颁布的战时管理条例，施瓦茨早已被我就地处决了。我作为大日本帝国的军人，已经对我们的盟国德国军方和贵国元首表示了最大的友善和尊重。你今天的这种情绪和不满，不是对我个人的冒犯，这牵涉到国家的尊严。

梅辛格： 这是不是说您现在就可以放了他？

久保田： 那得问他愿不愿意出来了。

梅辛格： 谢谢大佐阁下。

【电话铃响，久保田示意梅辛格接电话。梅辛格离座，抓起电话。电话里传来施瓦茨的声音。

梅辛格：（强压怒火）我是梅辛格上校，你现在什么都别说，离开监狱，赶紧去总领馆。

【梅辛格说完，放下电话，回桌前坐下。

久保田： 你怎么不问问他，是他不愿出来，还是我们要羁押他？上校，你如果是为施瓦茨这个人的事来与我会谈，你不觉得有点浪费时间吗？好了，情况我也说了，你的人也放了，你的目的达到了。还有什么要谈的吗？

古德里安： 久保田大佐，梅上校是代表我国军方来上海的，肩负重要的政治使命和军事使命。今天因为施瓦茨上尉的事彼此有点误会，但这并不影响两国亲密的盟友关系。梅上校来远东的使命就是完成元首对犹太人的最后解决方案。今后还需日本军方，特别是上海军方的大力协助。我作为德国总领馆武官，希望德日两国加强合作，特别是加强和巩固德日两国的军事同盟，相信两国在相互理解的基础上，在重大问题上达成一致。

久保田：梅辛格上校，我能不能问一下贵国元首对犹太人的最后解决方案是什么？

梅辛格：处决逃来远东的全部犹太人，包括所有在上海的犹太人。

久保田：您准备怎么处决上海犹太人？

梅辛格：就地处决。当然，我现在正在拟定一个实施计划，这个计划要报请元首批示后方能实施，希望能得到贵国军方和大佐阁下的协助。

久保田：还有别的秘密使命需要我方协助吗？

梅辛格：我们还要抓捕一个叫伦纳德·科恩的犹太人，并将他带回德国。

久保田：什么样的犹太人值得您这个党卫军上校亲自抓捕。他有什么重大背景吗？

梅辛格：不知道。他是元首点名要抓捕的人，是个叛国犯。

久保田：好吧。恐怕您在远东要待一些日子了。关于您在上海就地处决全部犹太难民的事，您恐怕要去东京和我们军部商量。我做不了这个主，也不能答复你。到时候我听军部的命令。您的就地处决上海犹太人的行动计划写好后，请给我一份备案，我好按军部指令予以协助。至于您的第二个使命，要抓捕那个叫伦纳德·科恩的叛国犯，这是地方治安当局的事。您应该去找他们。当然，我也会通知他们全力协助您抓捕他。我说明白了吗？

【看得出梅辛格十分愤怒和尴尬，可他又不能发作，只能强忍怒火收拾桌上那一摞文件。

31-10．景：车内 日 内

【古德里安亲自开车，冯·基尔卡坐在副驾驶座上。脸色铁青的梅辛格坐在后座一言不发。

冯·基尔卡：梅上校，您犯不着跟这批日本蛮牛生气，我们天天都要和他们打交道。他们凶横霸道，无可理喻。我们几乎天天要受他们的气。您是初来乍到，今天仅仅是个开始。如果以您这种个性和他们打交道，那今后您还有得气受。

梅辛格：（冷哼一声）我看都是你们惯出来的。

冯·基尔卡：（冷笑一声）我们得根据元首的指令办事，争的是国家利益，没考虑个人意气。元首给我们的指令是在东西太平洋让这条蛮牛拖住美国人，在远东，在西伯利亚，让他们拖住苏联人。为了实现元首的最高战略目标，我们受点气又算得了什么。

【梅辛格对冯·基尔卡表现出明显不满，但一时又无言以对。车内气氛凝重，古德里安平时对梅辛格的傲慢也十分不满，这时也冷冷地怼了一句。

古德里安： 上校，希望您别惯着这些日本猪，给我们做个榜样。希望您能出色地完成元首的指令，为德意志争得荣光。

31-11．景：德国总领馆梅辛格办公室 日 内

【施瓦茨拄着双拐始终站着，双腿微微有点颤抖。西蒙上前想搀扶他，被他粗暴地甩开。莆田川则跷起二郎腿坐在沙发上。

施瓦茨： 西蒙，上校是不会原谅我的。这正是你希望的吧？

西蒙： 上尉，您对我的偏见为什么这么深？我也是日耳曼人，我们同族同胞，我们同样忠于我们的元首，这段时间我对您悉心照顾，同您一起参加行动，同您一样出生入死。您负伤了，我们的行动失败了，我都很难过。我做过半点对不起您的事吗？上尉，您这样对我很不公平。

莆田川： 西蒙，请不要责怪上尉先生。上尉今天的情绪有点反常，我想是可以理解的。梅辛格上校来了，他担心上校责罚他，他很恐惧。我说得对吧，上尉。

【莆田川说完哈哈大笑。施瓦茨瞪了他一眼，双腿抖得更厉害了。

莆田川： 施瓦茨上尉，其实您的恐惧大可不必，我想梅辛格上校不是个不明事理专横霸道的人。您来上海后，我们做的工作还少吗？您一个连中国语言都不懂的人，硬是在这么短时期内从数百万茫茫人海中找到了科恩和他的一家。而且我们还采取了行动，虽然我们的行动失败了。可您是在身负重伤的情况下冒险采取行动的。这还不能说明您对元首的忠诚吗？况且我们还有下一步的行动方案。即便梅辛格上校不来上海，我相信您也能完成使命。你有什么可恐惧的。

施瓦茨： 你是说我们去找小野宪一的那个事？

莆田川： 是啊。这是个万无一失的行动方案。我想小野宪一这时候都可能急疯了。有人给他出这么好的主意，他能不听吗？这件事他办好了，他不仅可以向土肥原将军体面交差，也保全了性命，保住了财产。万一办砸了，那是他小野宪一的事，跟你施瓦茨上尉没半吊钱关系。犯得着你亲自犯险杀人吗？

施瓦茨： 我就这么和上校说吗？他会听吗？他会相信我吗？

莆田川： 我想梅辛格上校不是个糊涂人，他不相信你相信谁？相信大日本皇军吗？日

本皇军就能听他的吗？他还能有更好的办法吗？

【门"砰"的一声被推开。怒容满面的梅辛格闯进来。施瓦茨赶紧向梅辛格行纳粹礼，拐杖一松，差点摔倒，西蒙赶紧上前扶住。

梅辛格： 施瓦茨上尉，终于在上海见到你了。怎么样？听说你刚来上海就受了伤，现在又蹲了监狱。

施瓦茨： 是的。不过，这点伤很快就可以复原了。蹲监狱？不，不是蹲监狱，是他们警察局的临时看守所。这是因为前几天我在抓捕科恩的行动中被……被……

梅辛格： 我到上海已经几天了。你的情况我都知道。你只需回答我一个问题，日军方久保田大佐对我说，在你被捕的当晚他就通知警察局放你，是你赖在警察局不肯出来，还口口声声要大佐来见你。有没有这回事？

施瓦茨： 不是……是，我想要久保田大佐给我一个解释。古德里安上校陪我去拜会久保田时，久保田口口声声说日德两国是军事盟国，我来上海执行秘密使命，他表示我有充分自由。可我在抓捕科恩的行动中，却被警察局的人逮捕。久保田大佐这不是出尔反尔吗？所以我想问问他……

梅辛格： 蠢货。久保田大佐是你想见就能见的吗？没让你死就便宜你了。杀个人就这么难吗？都已经摸到人家家门口了，不仅没杀了人家，还反而让人家给抓了，废物！

【梅辛格暴怒地抓起桌上的一张报纸甩到施瓦茨面前，西蒙赶紧上前捡起报纸，将报纸展开，笑容灿烂、头戴花冠的杰思敏照片的特写。

施瓦茨： （一声惊叫）杰思敏·科恩？对，是她。她怎么会在这里出现？

梅辛格： （对莆田川）这位是莆田川先生吧？我不认识中文，请您翻译下这则新闻内容给施瓦茨上尉听听。

莆田川： 这是上海每年都要举办一次的茉莉花选秀大赛，照片中的女士当选了新一届的茉莉花小姐。所以她头戴茉莉花花冠。

梅辛格： 选秀？还真是逍遥。他们一家人果真就在你们的眼皮底下。他们居然毫不躲藏，你们也居然毫无觉察。他们这是对德意志明目张胆的示威，而你施瓦茨是在对元首犯罪。

【施瓦茨一言不发，挂着拐杖站得笔直，双腿微微颤抖。莆田川将报纸叠好放回梅辛格的桌上。

莆田川： 上校，早就听施瓦茨上尉介绍过您，说您军功卓著，对元首无比忠诚。我虽是天皇子民，可对贵国元首也是十分地崇拜，对您也十分仰慕。可刚才看见您这样谴责施瓦茨上尉，我心里很不安，也为施瓦茨上尉感到不平。其实施瓦茨上尉刚到上海，我们就一直跟在他身边。他的每一次行动，我和西蒙先生都参与了。上尉刚到上海就在一次行动中腿部负伤，在接下来每一次寻找科恩一家线索和追捕科恩的过程中，他都是带着伤参加的。关于科恩一家的住址和行动规律，我们早已掌握，只是由于上海情况十分复杂，犹太人又特别团结，我们一时没有得手。但这并不意味着我们的工作没有成效、没有进展。我们甚至已经拟定了下一步的行动方案，即便您没有到上海来，我相信施瓦茨上尉也能够出色地完成任务。您刚才这样指责施瓦茨上尉，我很为上尉感到委屈。好在现在您亲自来了。您有什么更好的主意，我们按照您的命令照办就是了。我相信施瓦茨上尉将是第一个冲在前面的人。

梅辛格：哦？你们还拟定了下一步的行动方案？说来我听听。

莆田川：还是让上尉向您报告吧。

施瓦茨：我们已经物色好了一个日本商人，这个人和上海商会会长李衡甫有着扯不清的利益关系，而李衡甫的长子李廷琛正是科恩夫人玛丽·科恩的学生，科恩一家也是李廷琛从德国带到上海的。这个日本商人准备绑架科恩的女儿以胁迫李衡甫就范。只要这个日本商人能成功绑架科恩的女儿，科恩就不能不露面。只要他露面，就给了我们很多机会，抓捕也好，就地处决也好，明的暗的，我们都有主动权。而且我们没有任何责任。因为我们并没有参与这个日本商人的绑架行动。

梅辛格：听起来好像是个挺不错的主意，但你怎么能确定这个日本商人就一定会去绑架科恩家的人？谁又能确定这个商人绑架行动就一定能成功？即便绑架成功了，科恩一定能露面吗？

莆田川：他要不抓到科恩家的人，他就不能胁迫李家交出那笔他想要的巨额资金。拿不到那笔资金，土肥原将军就不会放过他，他就必须死。绑架到科恩家的人，他才能从李家拿到那笔钱。他没有退路，也不能失败，所以他必须按照我们的指示去办。至于您刚才说科恩会不会出面，这就是您不了解科恩的地方了，科恩并不在乎自己的生死，他最在意的是自己的家人。这么跟你说吧，上校。如果您的女儿遭人绑架，生命危在旦夕，您会怎么做呢？听之任之吗？我想您也不会吧？如果上校您觉得我们的方法不可取，那我们听您的就是了。

梅辛格：（沉吟良久）好吧。施瓦茨，在我和日本军方没有达成一致前，你可以继续完成你的使命。前提是不能暴露你自己，不能给日本军方留下任何行凶杀人的犯罪痕迹。你能做到吗？

施瓦茨：能。在您和日方没有达成我们可以公开行动前，我继续完成您给我的秘密使命，万一有意外，只是我的个人行为，也不会影响您和日方达成共识。

梅辛格：上尉，这事就这么定了。在我们不能公开对犹太人采取行动前，你可以暂不归队，带着莆田川和西蒙继续完成你的秘密使命，必要时可以就地处决科恩和他的一家。考虑到你腿伤未愈，行动不方便，在没有采取最后行动前，有些侦查活动你不必亲自参加，就在原住地好好疗伤。你上次在犹太社区的行动已彻底暴露了身份，你的举动肯定处于有关方的监视中，这也是为了你的安全，减少风险。

施瓦茨：明白。

【梅辛格转对西蒙和莆田川。

梅辛格：西蒙，离开德国前，我仔细查阅了你的资料。你是个奉公守法的德意志公民，有着高贵的日耳曼血统。在柏林有不菲的财产和一个幸福的家庭。我相信你对元首的忠诚，好好协助施瓦茨上尉完成任务后，你就可以回到你柏林的家过你想过的生活。至于莆田川先生，很高兴能在上海认识你这位日本朋友。你的情况，总领事冯·基尔卡先生和古德里安上校都给我做了介绍，很感激你长期以来对我总领馆的工作支持，特别是这一次你对施瓦茨上尉的真诚帮助。我很想表达我的感激之情。听总领馆的同僚说你很缺钱，也很喜欢钱。这样吧，我已通知我的波兰同僚从奥斯维辛给我寄来三十盎司的黄金，我在完成这次远东之行的使命后，这些黄金就归你了。不过我得告诉你，这些黄金都是从犹太人的手指上、耳朵上、脖子上，甚至是牙齿上扒下来的，你不嫌脏吧？你们东方人是不信上帝和天堂的。只要你不嫌脏，我还可以给你更多。

【梅辛格说完一阵狂笑。那一瞬间梅辛格就是个狰狞的魔鬼。莆田川望着面目狰狞的梅辛格，冷冷地甩下一句话。

莆田川：您的黄金还是您自己留着吧。愿您的上帝能保佑您。不过有件事我得提醒您，上海真正的主宰是土肥原将军，不是久保田大佐。土肥原将军是军方参谋总部的高级参谋，是军本部特高课总联络官，是对华特别行动委员会首席执行官，他还是久保田大佐的教官，他还是我大日本国首相东条英机和支那驻屯军总司令官冈村宁次大将的同学和密友，他的话在上海甚至在全支那日占区没人敢不听。跟您说这些，或许对您有用，也算是我对您梅辛格上校、对第三帝国的情谊吧。

【莊田川说完，与西蒙扶着施瓦茨离开办公室。梅辛格抢步上前，张了张嘴想说什么，但始终没说出来。

31-12. 景：李家大宅饭厅 日 内

【李廷琛边吃饭边看着报纸上杰思敏夺冠的照片。

【一只巨大的花篮摆在客厅里，李廷瑞顾不上吃早饭就在摆弄那只花篮。

李廷瑞： 季方叔，季方叔，快给我倒一杯热水，我得把这个飘带烫平整了。

【李廷琛看着那个花篮，掩上了报纸。

李廷琛： 廷瑞，杰思敏参加茉莉花小姐选秀是你撺掇的？

李廷瑞： 是呀。杰思敏不参加，那岂不太可惜了。她美丽纯洁，她浑身散发出那种气质和芬芳，就是一朵鲜活的茉莉花。她不参加，那这次的茉莉花小姐的选秀活动还有意义吗？她不夺魁，还有谁有资格夺得花魁？

李廷琛： 你不知道她和她的家里人面临的凶险吗？前几天施瓦茨都已经摸到她的家门口了，险遭不测。现在梅辛格又来了，梅辛格可不是施瓦茨，他不仅带来了一队全副武装的党卫军，他的背后还有日军方和汪政权。杰思敏一家面对如此险恶的处境，躲避犹恐不及。你还撺掇她出头露脸。弟弟，你太不懂事了。万一杰思敏有个闪失，你良心能安吗？

李廷瑞： 大哥，我不赞同你的想法。杰思敏的生活难道仅仅是为了活着吗？为了活着，难道就应该放弃生活的权利，放弃人的尊严吗？难道就应该东躲西藏像老鼠一样地生活吗？我倒觉得无自由，毋宁死。杰思敏有勇气追求生的权利和自由，我们应该支持鼓励才对。再说了，施瓦茨、梅辛格这帮人渣干的是伤天害理的事情，是灭绝人性的犯罪。他们的罪恶阴谋就一定能得逞吗？杰思敏和她的家人周围不是还有你我和我们的父亲吗？不是还有汪先生、茉莉和青帮弟兄吗？不是还有海东青和上海数百万有良知的民众吗？我们这些人会在邪恶面前退缩吗？大哥，我知道你是个有血性的男儿，知道你哪怕是死也要保卫杰思敏和她的一家。我也是。但你的谨慎让我感到担忧，我们要保卫的不仅是杰思敏小姐和她一家的生命，而是她们的权利、尊严和追求。

【李廷琛一直低头吃饭，但看得出来他在仔细听着李廷瑞说话，最后他拿起外衣向门外走去。

李廷琛： 廷瑞，快吃饭吧。一会儿父亲下楼，别让他看见你送给杰思敏的花篮，别让他老人家生气。我只对你说一句话，珍惜生命，珍惜每一个热爱生命的人的生命，生命没有了，还谈得上什么权利、尊严和追求吗？我得去上班了，再见。

31-13. 景：犹太社区科恩家 日 内

【科恩的眼前摆着的是一份犹太报纸。照片不甚清晰，但大标题触目。杰思敏的名字用大号字体标黑。科恩的面色阴沉。

31-14. 景：犹太社区 日 外

【李廷瑞捧着一个巨大的花篮穿过整个犹太社区。一路上都有人驻足围观。李廷瑞却毫不在意。花篮上写着"献给茉莉花小姐杰思敏"的飘带飞扬。

【犹太孩子跟在李廷瑞的身后发出快乐的笑声。

31-15. 景：犹太社区科恩家 日 内

【李廷瑞捧着巨大的花篮站在科恩家门口。

莎拉： 廷瑞哥哥！好漂亮的花篮。

李廷瑞： 好看吗？这个花篮是送给你姐姐的。祝贺她。

玛丽： 杰思敏，廷瑞来看你了。

【杰思敏看到巨大的花篮呆住了。

玛丽： 这是向你表示祝贺。

莎拉： 妈妈，这是送给姐姐的花篮，真好看。明年我也要参加茉莉花小姐大赛。

【科恩沉默不语，杰思敏知道父亲并不高兴，显得十分压抑委屈。

李廷瑞： 杰思敏……

杰思敏： 谢谢你。但是，今天，今天很抱歉。爸爸可能想跟我谈一谈。

【李廷瑞点了点头，灰溜溜地走了。

杰思敏： 妈妈，你能带着莎拉去散散步，透透空气吗？上海难得有这样好的天气。

玛丽： 伦纳德？

科恩：我只是想跟杰思敏谈一谈，你放心吧。

【玛丽牵着莎拉离去，豹子跟在莎拉的后面。房间里只剩下杰思敏和科恩。

科恩：这样的荣誉让你很得意吗？

杰思敏：不，爸爸。

科恩：回答我，杰思敏，你盯着我的眼睛回答我。你为什么要去参加这样的活动？你忘记了吗？你忘记了自己是被纳粹追杀的犹太人了吗？你忘记了你的哥哥是怎么死的了吗？你忘记了我们一家人是怎么逃到上海的吗？你忘了那个人依然在上海，依然没有放弃要抓住我们吗？

杰思敏：不，爸爸，我就是因为没有忘记。犹太人没有罪，被魔鬼蒙蔽了心灵的是他们不是我们。犹太人也有人权，难民依然有追求美的权利。

科恩：美不是这样庸俗评选出来的。

杰思敏：您一直教育我们，任何时候都不应该放弃希望。您说过，拉比也说过，明年耶路撒冷见。我们一定可以等到那一天。为什么现在反而要躲藏起来？

科恩：你不知道我们全家身处的危险吗？

杰思敏：我们一家人一直在躲藏，我们没有伤害过任何人，可是退让，一步一步地退让从来没有让我们过上正常人的生活。我们再低头，魔鬼也不会放过我们！

科恩：现在只会让死亡来得更快。

杰思敏：我不怕！

【杰思敏推门而出，撞在了一直没有离开在门外担忧不已的玛丽身上。杰思敏冲出门去。莎拉被吓坏了，紧紧拉住了妈妈的手。

玛丽：杰思敏，杰思敏，你回来！你不能那样跟你爸爸说话！

【然而，杰思敏已经不见了踪影。屋子里，科恩一人颓然地坐在桌前。玛丽一声叹息，走上去拍了拍低着头的科恩。

第三十一集完

第三十二集

32-1. 景：小野宪一公寓 夜 内

【公寓内一式日式装修，榻榻米、推拉门。公寓厅堂正中挂着天皇画像。小野衣冠不整盘腿坐在案前，案上堆满了空酒瓶和杂物。小野面容憔悴已显醉态，手中还拿着酒瓶"咕咕"地往嘴里灌着，口中含糊不清地嘟囔着什么，时不时地吼叫一声，将酒瓶重重地砸在桌上。敲门声响，小野宪一咒骂着。

小野宪一： 巴嘎。什么人这么晚还来叨扰你爷爷？自己进来！

【推门被推开，西服笔挺的莆田川和挂着双拐的施瓦茨走进屋来，莆田川扫了一眼凌乱的居室和横七竖八的空酒瓶，望着满面醉容的小野宪一哈哈大笑。

莆田川： 小野君，别来无恙呀。怎么？不认识老朋友了？看来我来得不是时候，败了小野君的雅兴呀。

小野宪一： （醉眼迷蒙）你是……你是？哎呀，该死该死。你不是黑龙会的莆田川君吗？满洲一别数年，想不到我们在上海又见面了。

莆田川： 再不来看看老朋友，我们就见不着咯。来，给你介绍个朋友，这位是刚从德国到上海来的军界朋友施瓦茨。这位是我跟你说过的"满洲国"的大企业家、银行家，小野宪一先生。你们认识下，或许能成为好朋友。

施瓦茨： （伸出手去，德语）认识你很高兴。

小野宪一： 他说什么？不会说英语吗？

莆田川： 他说认识你很高兴，相信你们一定能成为好朋友。小野君，看来你今天心情很不好啊。有什么难处吗？能不能说给我听听？说不定我能给你出出主意，给老朋友分忧解愁。

小野宪一： 唉，一言难尽，一言难尽。我都是个快死的人了。不说了，不说了……难得见面，来，喝一杯，兄弟。陪我这个断肠之人，啊，不，陪我这个断头之人喝一杯。

【小野宪一说着摸到一个空酒杯，拿起酒瓶颤巍巍地往里倒，酒全洒在外面，淋淋漓漓洒了自己一身。莆田川哈哈大笑，接过酒瓶自己满上，端杯一饮而尽。

莆田川： 小野君，你今天是怎么啦？我们认识怕有二十年了吧，我从来没有看到过你这样失魂落魄。其实你那点事不用说，我早就知道了，不就是美国人给上海犹太人带来的那笔赈济款的事吗？把它要回来不就行了吗？犯得着愁成这样吗？

小野宪一：你不知道，你不知道，要回来，说得轻巧。人家的钱已存入瑞士银行，要回来？还能要得回来吗？

莆田川：你呀，你呀，小野君。你怎么聪明一世糊涂一时啊。在满洲时，你是八面来风、神通广大，怎么今天反而孙子了呢？我问你，美国人存进瑞士银行的这笔巨款收款人是谁？

小野宪一：犹……太银行。

莆田川：这不就结了吗？把这些犹太人控制起来，还怕他们不把钱交出来吗？还有，你知道犹太银行的后台老板是谁吗？这批犹太叫花子有钱开银行吗？

小野宪一：听说是上海总商会的李衡甫，但没证据啊。

莆田川：大日本皇军办事还要证据吗？你的背后可是皇军和汪政府，而且李衡甫出资给犹太人办银行，这是铁板钉钉的事情。只要你控制了犹太人，米兹拉希能不把这笔钱吐出来吗？就算米兹拉希拼了老命不肯把钱拿出来，李衡甫看见犹太人有难，他能不管不问吗？他也得乖乖地把钱拿出来。当然，这也要看你控制的是什么样的犹太人，跟李家是什么关系。

小野宪一：你是说李家大少爷李廷琛的老师一家吗？

莆田川：着啊。其实你不需要控制他们全家，大人不好弄，小孩还不好弄吗？据我所知，他们家有个9岁的小女孩，叫莎拉，就经常到外面玩，在街上闲逛，找个空子让人把她抓走，再坐下来跟犹太银行、跟李家谈条件，他们能不答应、敢不答应吗？绑架个女孩，这不用我来教你吧？

【小野宪一听到这，又惊又喜，又有点将信将疑，酒也醒了。他认真地盯着莆田川看。

小野宪一：莆君，真人面前不说假，你可是个无利不起早的人哪。您不会是特意为我出主意来的吧？我是为了保命，保住我的那点家业和妻小。你图什么呢？

莆田川：你说对了，无利不起早。你知道我缺钱也爱钱，帮你这么大的忙，你不会没有表示吧？况且你还需要我，可以这么说，没有我，你啥事都办不成。我高兴了，真心帮你了，可以说你的事就成了。命保住了，在满洲的产业和家也保住了。你能不谢我吗？

【小野宪一很兴奋，端起酒杯又猛喝了一口，指了指旁边的施瓦茨。

小野宪一：那这位德国朋友腿脚不方便，这么晚还陪着你来找我，那他又图什么呢？

你和他到底什么关系？

莆田川：他什么都不懂，他是我朋友，就是来帮忙的。因为他可以帮你控制住那些犹太人。好了，我不多说了，你也别多问。今天我这么晚跑来，总得给我个答复吧？这买卖你干不干？干，给我什么好处？

小野宪一：好吧，我知道你是有备而来。土肥原将军逼得紧，一个月的期限已经过去一半了，我没有退路，不干也得干。这样吧，事成之后，我给你二十条大黄鱼。但这件事你得继续帮我。

莆田川：不，三十条。而且你今天晚上就要有所表示。算是定金吧。过两天会有几个黑龙会的兄弟来找你，你要办的事交代他们办就是了。我住在川崎饭店，有事随时跟我联系。

【小野宪一起身从柜子里摸出三根金条交给莆田川。莆田川接过，掂了掂塞进衣兜里。

莆田川：一言为定。告辞。

小野宪一：一言为定。再见。

32-2. 景：日本对华特别行动委员会会议室 日 内

【会议桌主席位土肥原身着大将军服居中而坐，表情严肃。左右分别坐着海军中将津田梅枝和外务省次长坂西利八郎中将。会议桌两侧分别坐着久保田等日军官和傅宗耀等伪政府官员。

土肥原：接军部密电，皇军在太平洋战场和支那战场战事不利，战争呈胶着状态。总部为速胜决定增加兵源百万，即三十个陆战师团和陆军航空兵、海军航空兵旅团各十个。同时在上海建立类似满洲731部队的化武基地。有关图纸由满洲731部队派专人送来。上海军方需提前选址及安排好建造化武基地的施工人员。扩充兵源的军费和新建化武基地的费用估计千万美元，总部命令我在最短时间内筹集一千万美元或两千万银圆上缴大本营。这是死命令。

【会议室一片沉寂。

土肥原：密电上还有一条，为促进日德两国军事同盟关系，对梅辛格上校在上海的一切行动给予支持配合。关于这一点我已向冈村宁次将军和总部做了陈述并保留看法。

傅宗耀：这件事情我看倒好解决。梅辛格来上海不就是要处决逃来上海的犹太难民吗，这些难民都穷得叮当响，对我们也没什么太大用处，不如就把这些人交给梅辛格，任其处置，岂不省了很大麻烦。

【土肥原闻言大怒，猛拍桌子站了起来，随即又平静下来，淡淡说道：

土肥原：地大物博的大中华沦落到今天这步田地。傅君，恐怕就是你这样的官员太多了。德国人容不下犹太人，你也容不下吗？犹太人碍你什么事了？他们是要你养着？还是你给过他们半吊钱的帮助？他们自食其力，自己养活自己。最近他们做生意的、开店的，越来越多。好歹也给我们的政府上缴了点税收吧。近两年逃来上海的三万犹太难民中，我了解的是有一半已经在工作。有做苦力的，有在洋行做事的，有开店的，有做买卖的。你的政府向这些人征税，是他们月收入的三分之一，这一年下来是个什么概念，至少也有个三五百万吧。你作为市长算过这笔账吗？你这个政府的开支、皇军的所有军费里都有他们的贡献、他们的血汗。我是从满洲来的，也当过奉天市长，"满洲国"现在的经济总量亚洲第一，已超过日本本土。而犹太人在满洲的投资和创造的价值占了满洲经济的一半以上。就算你跟犹太人有仇，你跟钱有仇吗？德国人要杀犹太人，我大日本帝国凭什么要跟着他们也要去杀犹太人，这牵涉到我大日本帝国的国情、国策、国威、国体。市长大人，我的"河豚鱼计划"里面本来有一条，不仅接纳犹太人、欢迎犹太人，我们还准备在"满洲国"拿出一块上百平方公里的土地送给犹太人，让他们建个犹太国，也就是国中之国，并给他们高度自治权。他们可以在这里休养生息、投资开发、创造财富。这个计划可是在天皇陛下御前会议和内阁五相会议上定下来的，虽然没有最后搞成，但这作为我们的既定国策并没有改变。我们能因德国人放个屁就改变我们的国政大计吗？

【傅宗耀冷汗涔涔，不再发声。久保田正襟危坐。

土肥原：还有军部要的这一千万从哪儿来？经我与军部再三商榷，军部答应考虑由满洲和上海各拿五百万，如果不是你们，特别是小野宪一放跑了美国人带来的那三千万巨款，这上海的五百万还有什么问题吗？可现在这笔钱从哪儿出？今天请你们来，就是要向你们讨个主意。说吧，这笔钱从哪儿出？

【室内军政要员各个噤若寒蝉，一片沉寂。

土肥原：小野宪一最近在干什么？时间可是过去一半多了。到时候他如果追不回这笔款，久保田大佐，你准备怎么办？

久保田：（咬牙切齿）都是这个废物误了事，我看也不能指望他了，干脆现在就把他抓来砍了。听说他在奉天和哈尔滨还有不少资产，新京还有一家银行，加上他在上海的这家东亚银行，全给他抄了。我想加起来几百万，总应该有吧。

土肥原：杀了他又能炸出几两油来？从现在战局看，"大东亚圣战"不可能速战速决，这是一场旷日持久的战争。这一次就算我们东拼西凑完成了军部的指令，可下一次呢？我们又上哪儿筹款去？战争打的是金钱，是实力啊，况且我们现在是在跟世界最强的对手博弈。你们或许还不知道，珊瑚岛和中途岛海战后，我们的后方补给线已完全被美军切断。在马来半岛，在菲律宾，在缅甸，在泰国丛林深山中，我们的皇军将士不仅没有食物忍饥挨饿，还被蚊叮虫咬，备受疟疾、黑死病等疾病的折磨。没有吃的，他们就吃老鼠、蝙蝠、蛇、蟾蜍，他们甚至连水都没有。我在陆大的一位同学从缅北来信说，他们经常十天八天找不到水源，喝什么？吸蛇血、喝自己的尿啊。先生们，想想吧。和这些远征异域的武士们比，我们不觉得脸红羞愧吗？不觉得难过吗？有什么理由不为帝国、为天皇竭忠效力？

【土肥原声音有些哽咽，强忍住泪水。一位侍从副官给他端来一杯水。他挥挥手示意副官退下。副官屈前轻声道：

副官：将军喝口水吧。德总领馆武官古德里安上校和梅辛格上校求见。

土肥原：没看见我在开会吗？

副官：他们说是和您约好的，是私人拜会。

土肥原：让他们在侍从室等着，就说我在开会。给他们加派双岗。

副官：是。

【副官退下。

土肥原：军部的命令是不能违抗的，军部不到万不得已不会直接下这样的指令。我没有退路，为了前方的将士们，我土肥原拼死也要凑齐这笔款项。久保田大佐，给我盯死小野宪一，务必在限期内追回那三千万美金。追不回来，杀无赦，抄没家产。然后你陪我上军事法庭，我愿接受帝国的任何惩罚。傅市长，这件事你也难辞其咎，我暂不追责，希望你尽快找到一个增加财政收入的具体方案并实施。比如增加金融税、工商税、所得税、营业税、进出口海关税等，或拍卖空置土地和无主物业等。总之，你必须尽一切可能增加财政收入，三个月内必须见成效。傅市长，到目前为止我还是相信你对帝国的忠诚。可我有言在先，你虽是汪政府的人，但如果你继续这样庸庸碌碌一事无成，我绝不会让你有好下场。散会。

32-3. 景: 侍从室 日 内

【梅辛格站在窗口，看着从大楼鱼贯而出的日军将领和汪伪官员，和古德里安上校低声地说着什么。莆田川悠闲地跷着二郎腿坐在一边。副官进来向梅辛格行了个军礼，做了个请的手势。三人随副官上楼。

32-4. 景: 土肥原办公室 日 内

【土肥原的办公室极其简单，正面墙上挂着一幅巨大的世界军用地图，另两面墙上分别挂着中国地图和太平洋沿岸地图，地图上插满了各种颜色的小旗。室内除了一张大办公桌之外，就是一个茶几，茶几两边只有几个凳子，没有沙发。办公室最醒目的是一个武士刀架和茶几上的一瓶鲜艳的黄金菊，武士刀架上横架着三把武士刀。土肥原在地图边同津田梅枝、坂西利八郎和久保田比画着。从地图上拔下一些小旗又换上另外一种颜色的小旗。门外副官喊报告。门随即推开，副官带梅辛格等三人进屋。

【古德里安和梅辛格向土肥原等行礼，众人回礼。

土肥原: 不用介绍了，这位是梅辛格上校吧？我们虽然没有见过面，但你的大名已经如雷贯耳，我已久仰。我给你介绍一下吧。久保田大佐你已经见过了，这两位是津田梅枝和坂西利八郎将军。来，请坐。（转对莆田川）您是？

莆田川: 将军不认识我，我可认识将军。我也是天皇子民，莆田川，满洲黑龙会会员，现在驻德领事馆任翻译和司机。

土肥原: 既是天皇子民，不必拘礼。请坐。各位都请坐。梅上校今天是私人拜会，各位都不必拘礼。只当是朋友吧，有啥说啥，坦诚相见。很高兴认识上校。

梅辛格: 我也是一样，久仰将军威名。能在素有东方巴黎之称的上海认识将军，深感荣幸。

土肥原: 我这里太过简陋，室徒四壁，连杯茶水也没有。上校不远万里来到中国，只怕怠慢了贵客。副官，到隔壁给我拿三瓶可口可乐来，我要款待远方的盟友和贵宾。

【副官应声而去。

梅辛格: 将军不必客气。（环视了下四周）不过将军的办公室确实简朴，无一赘物。身为帝国大将、天皇重臣，却能身处陋室，日理万机。难怪将军英名在外，令人尊敬。

莆田川: 皇军攻占奉天，那时"满洲国"还没成立。整个东三省炮火连天，百姓四处逃窜。土肥原将军请缨出任奉天市长，他为了尽快地平息骚乱、恢复生产、稳定社会，硬是在战火硝烟中快速组建了一个政府班底和一支警察部队。当时奉天一片狼藉，要粮没粮，要钱没钱，将军就把自己的俸禄分发给政府人员，还把自己在冈山县老家的老房子卖了给从开拓团招募的警察发薪饷。他做这个市长没从帝国要一分钱，仅半年时间就使奉天城恢复了以往的繁荣，工厂恢复了生产，商人们又开始了贸易，逃离的百姓又回到了城内。而他自己和一些政府要员却始终在一幢窄小逼仄的民宅办公，直到"满洲国"成立他才离开奉天。这就是我们的土肥原将军。他的简朴、他的务实早已闻名"满洲国"。关东的军民对他无不敬仰。

土肥原：这有什么可值得夸赞的吗？举全国之力开展"圣战"，我作为帝国军人，不能为国献身，还在乎那身外之物吗？莆田君，以后这些话不要再说了。如果当时是你当这个市长，相信你也会这样做的。

莆田川：我会的，将军。您就是我的榜样。可惜我没这种机会。

梅辛格：看来崇尚简朴是将军的习性，梅辛格长见识了。不过将军将佩刀和这美丽的雏菊置于一室，还是引起我很大的兴趣。不知这是贵国的文化，还是将军是个既尚武也爱美的人？

土肥原：你不爱美吗？中国有句俗话叫爱美之心人皆有之。贵国元首希特勒先生不爱美吗？他的夫人爱娃小姐可是天下的第一美人呀。他还称赞你们德国的莱茵河是天下最美的河流。你刚才说我爱美，是指我桌上的这瓶花吧？上校，这可不是你们德国的雏菊，这是我们日本的黄金菊，这是我们天皇陛下最宠爱的花，它象征高贵、典雅、仁慈，有着极强的生命力。在我们日本、在我的家乡冈山县漫山遍野都盛开这种美丽的菊花，哪怕是隆冬季节，它也能傲雪临霜，不屈不挠。它不仅美丽，还有着我们大和民族的一种精神，看着它我就会想到一个帝国军人的神圣责任和使命。至于那几把佩刀嘛，我们叫武士刀，上面的那把是天皇御赐的，中间的那把是我武士家传，下边的那把才是我随身配用的。上校，您是不是觉得很新鲜？我们东方人的理念和你们西方人不同，我们既尚武，同时也很仁慈。我们和邻国交战，却并不主张杀戮，只求征服，共存共荣，这就是我们的理念。您是不是觉得很矛盾？

梅辛格：不，不，将军自有将军的道理，再说东西方文化背景不同。将军性素简朴，室无赘物，却把刀与菊置于一室，有些好奇而已。今天倒是长见识了。希望能经常向将军讨教。

【副官拿来三瓶可口可乐，开了瓶盖，分放在梅辛格等三人面前。梅辛格拿起一瓶看了看。

梅辛格： 这可是稀罕物，美国的可口可乐。将军真是神通广大，从哪儿搞来的？

土肥原： 要说到这几瓶可乐，还真是大有来头。先给你们讲个笑话。有人告诉我，在前线，美国士兵喝的是可口可乐，你们德国士兵喝的是黄啤和黑啤，苏俄士兵喝的是伏特加，我们日本士兵喝的是自己的尿！你们信吗？各位。这可是真事啊。

【土肥原说完，哈哈大笑不止，笑得眼泪都流了出来。土肥原摘下白手套，副官忙将一条毛巾递了过去。土肥原接过，擦了把脸。梅辛格和古德里安也大笑不止。几位日本将领却满脸严肃。

土肥原： 喝吧，朋友们。这几瓶可口可乐还确实来之不易，这是我在陆大的一个学生给我弄来的，他现在是海军少佐，是我海军一条鱼雷艇的艇长。珊瑚岛海战，他的鱼雷艇重创了一条美军驱逐舰，美军纷纷跳海，眼看这条美军舰艇就要沉没了，我的这个学生带着几个士兵冲上这条敌舰，来不及抓捕舰上的残敌，却冲进浓烟烈火中的舱内去寻找食物和淡水，终于他们在敌舰沉没前的一瞬间，运回了十几箱罐头和可乐。可是我们的五个士兵却随着敌舰一起沉没，五条鲜活的生命就此陨落。你们现在喝的这几瓶可乐，就是我那个学生那一次的战利品，五个士兵的生命换来的。我能喝得下去吗？朋友们，你们是盟国来的贵宾，敬奉给你们喝吧，以表示我对你们的尊崇和友善。

【梅辛格等三人拿着可乐的手顿时僵住了，室内气氛瞬间肃穆。

古德里安： 看来贵国的太平洋战争十分惨烈艰难。去年底，贵国海军在珍珠港重创美军太平洋舰队。我国元首对贵国海军大加赞许，说日本帝国是东方雄狮，日本帝国的联合舰队是世界上最强大的海军，居然在几个小时内控制了西太平洋的制海权，日本盟国的胜利也给我国军民上下极大的鼓舞。没想到，没想到仅半年时间，战局变化竟如此之大。

土肥原： 应该想到的。坦率说，没想到是我们的决策错误。我不知道这是个历史的错误，还是个历史的必然。但我们都得承认今天的处境十分艰难，无可讳言。日本和贵国一样，国土面积不大，且资源匮乏；而支那素以天朝自居，地大物博，人口众多。我帝国西征支那，虽攻城略地，占领了大半个中国，但要征服一个民族，又谈何容易。与贵国结盟后，因贵国元首之请，毅然南下发动对美战争，重创美太平洋舰队，牵制了美军在远东地区陆海空全部军力，使美军无力援助其西欧盟友。不仅如此，我帝国还在满洲屯兵百万以牵制苏俄，使苏俄亦不能全力与美欧合击贵国。贵国军队今日在全欧洲纵横捭阖，连陷十余国，贵国元首自然欣喜。我们作为盟国，也深为贵国改写历史的煌煌战绩振奋。可我日本帝国今日确是以一敌三，北御苏俄，西征华夏，南攻美利坚，可以预料我帝国的这场东亚"圣战"是注定艰苦卓绝的。你们的元首说我们是什么？亚洲雄狮？不对，真正的雄狮是中国，不过那只是一只永远睡不醒的狮子。不知道我们的炮火能不能把它震醒，可它总是一只狮子，而美国却是一头凶猛的豹子，美洲豹，苏俄这是一头贪婪的巴尔干棕熊。在他们面前，我们日本国是什么呢？贵国的铁血首相俾斯麦说我们日本只是一条东方土豺，哈哈哈。一条土豺现在面对的是狮子、豹子和熊。各位，你们是不是觉得很滑稽？不可思议？

【室内的气氛有些尴尬，日军的几位将领始终正襟危坐，一言不发。梅辛格和古德里安有点坐立不安，无言以对。

土肥原： 各位不必拘谨，不是私人拜会吗？既是私人拜会，那就是朋友相见。我刚才胡说八道了一番，各位也要畅所欲言才好。

古德里安： 将军说笑话了。贵国天皇英明神武、雄才大略，再加上有您这样百战不殆的将军辅佐，相信贵国的"大东亚共荣"很快就能建成。到那时整个东亚，不，整个西太平洋都是贵国的领地了。

津田梅枝： （冷冷地）贵国还没和美国海军交过手吧？太平洋可不是地中海。贵国如能在太平洋和美国交交手，恐怕就不会这么乐观了。

土肥原： 不，津田梅枝将军。我赞赏古德里安上校对战局的预判。我们或许不能很快荡平太平洋，和美军的惨烈争夺也是可以预见的。但帝国改变世界格局的辉煌也是可以预见的。帝国的"大东亚共荣"之梦必须实现，虽然目前帝国海军在太平洋进展并不顺利。这主要还是因为我们的舰队离母港太远，补给不足，前方将士缺乏足够的弹药、食物，甚至淡水。而美军在太平洋上则有很多港口和基地，夏威夷的珍珠港，澳大利亚的达尔文港和菲律宾的苏比克湾军事基地等。美国舰艇随时可以停靠维修维护、补充弹药和食物。而这些正是我帝国舰队的短板。先生们，战争打的是金钱。而造成这一切短板的原因都是因为帝国缺钱呀。我们的军队、我们的舰队之所以得不到军品食品等物资补充，说白了还是缺钱。所以目前无论是支那、马来半岛，还是太平洋战场，皇军都打得异常惨烈。你们是盟国的远东军事考察团，刚从东京来，想必东京军部已把情况向你们介绍了。

【梅辛格点了点头不发一言。室内一片沉寂。

坂西利八郎：（对土肥原）外务省已将太平洋战况向德国总领馆通报，梅辛格上校应该看到了。

梅辛格：我在东京时，贵国外务省和军部已将远东战局近况向我做了介绍。但我此次来不仅是要了解远东战局，更重要的是要在上海执行我最高统帅部的一项秘密指令，希望能得到盟国上海军方的支持。

土肥原：作为盟国，我们理所应当地协助您在上海的活动。可目前我压倒一切的任务是筹集军费。我刚才说了，帝国目前最大的困境就是缺钱。要打赢这场战争，必须要有强大的经济力量支撑，否则我们将输掉这场战争。那我们将是天皇的罪人，历史的罪人。所以目前除了谈钱，我没有精力涉足其他任何问题。上校在上海有何需要，可找久保田大佐，他是上海军方最高指挥官。您也可以找市政当局，他们管理着上海的行政和治安。今天您是礼节性的拜会，我也没做好接待您的准备，我期待着我们还能见面，更希望我能多一位年轻有为的朋友。希望战争结束后，我能去浏览浏览美丽的莱茵河。

梅辛格：我也期待我们下一次相见，希望我们能在更具体的领域展开磋商。战争结束后，我将邀请将军来我的庄园做客，陪将军一块游览莱茵河，请将军喝我们家酿的地中海黑啤和葡萄酒。再见，将军。我期待再见。

32-5．景：犹太社区科恩家 日 内

【科恩将桌上的几块烤面包拿纸包好揣在怀里，背上擦鞋箱。

科恩：莎拉，我们也该出工了。

莎拉：爸爸，我们今天还去老地方吗？芦柴棒也在那儿。

科恩：好的，带上你的雏菊。

莎拉：爸爸，今天把豹子带上好吗？它会想我的。

科恩：不行。它会闯祸的。它在身边转悠，哪个顾客敢上我们这擦鞋？

莎拉：（抱住豹子）哦，可怜的豹子。你今天又要一个人在家了。乖，等我回来。

科恩：走吧，别磨蹭了。

【科恩牵着莎拉的手出门。豹子想跟出门，被科恩挡在门内，将门扣上。

32-6. 景：上海虹桥路 日 内

【平时热闹的街道，此刻却有点冷清，有商铺还没有卸去门板，偶尔有卖早点的小贩大声吆喝着走过。芦柴棒的擦鞋箱摆在路边一个最显眼的位置，看见科恩和莎拉走来，忙起身招呼。

芦柴棒： 大叔，你们就在这吧，这个位置好。我到马路那边去。这样两边的客人都不会耽误。（转对莎拉）莎拉，你昨天不是想吃馄饨吗？今天我请你吃馄饨。待会儿我过来叫你。

【芦柴棒将一个窝头塞到莎拉手上，提起擦鞋箱跑过马路。莎拉扯着嗓子追着喊。

莎拉： 芦柴棒，别走远。要让我看见你……

32-7. 景：美国总领馆陆允明办公室 日 内

【陆允明伏案翻译着电文，敲门声响。陆允明随手将译电夹盖上。

陆允明： 请进。

【穿着披风的施莫林推门而进。

施莫林： 昨天梅辛格去找了土肥原，看来这几天德日双方都会有所行动。我刚才已经跟詹森先生商量了一下，目前我们要做好两方面的工作。一是要搞清梅辛格和日本方面下一步的行动方案。二就是要加强对科恩和他一家的保护，科恩先生每天带着莎拉出去擦皮鞋。昨天我跟了他们一天，他们在虹桥路上，今天在哪里还不知道。我现在就赶过去，希望他们还在那儿。你通知下李廷琛，这段时间要多加防范，一定要搞清楚梅辛格他们下一步的行动方案。我走了。

【施莫林匆匆出门。

32-8. 景：虹桥路 日 外

【科恩的擦鞋箱摆在一家店门口。科恩将箱里的擦鞋工具一样样拿出来，认真地清理着。马路对过不远处，芦柴棒高声吆喝着招揽着擦鞋的客人。莎拉跳起来，挥着手中的雏菊，学着芦柴棒用上海话吆喝着。

【一辆黑色的轿车缓缓驶过。车上坐着施瓦茨和小野宪一，莆田川开着车。路过科恩的擦鞋摊时，后车窗摇下一条小缝，露出施瓦茨凶恶的双眼，随即车窗又摇了上去。汽车飞快离去。

【两个西装革履的中年人，走到科恩的擦鞋摊边。一个男人一脚踏在擦鞋箱上，科恩正准备给这个男人擦鞋；另一个男人则趁机拿起旁边的两瓶鞋油拔腿就跑。科恩见状，一边呼喊着一边追赶。这时路旁又飞快冲出一辆黑色轿车，在莎拉身边戛然停下。留在擦鞋摊边上的另一个男人突然一把抱起莎拉。莎拉挣扎着大声呼救。马路对过的芦柴棒见状，飞快地跑过来。这时黑色轿车上又跳下一个男人，两个男人拖着莎拉就往汽车上塞。这时芦柴棒赶到，拼命地拽住莎拉的手不放，一边大声呼救。一个男人把芦柴棒的手掰开，芦柴棒摔倒在地，芦柴棒又猛地从地上爬起来蹿上去，狠狠地咬住那个男人的手不放，那个人痛极一把将芦柴棒甩了出去。芦柴棒的头撞在墙上，血流如注。莎拉被塞进车门，还在挣扎着大叫。

莎拉：芦柴棒，芦柴棒。救命，救命。芦柴棒，去找李哥哥，去找李哥哥，快……

【汽车绝尘而去，芦柴棒挣扎着跑起来，顾不上满脸鲜血，跟在车后猛追。直到看不见汽车的影子，他才停下来。芦柴棒略一迟疑，掉头而去。

【施莫林搀扶着鼻青脸肿的科恩赶到，只见满地狼藉，莎拉早已不见踪影。两人立即明白发生了什么事。科恩强忍着泪水，默默地俯下身收拾着地上一支支被践踏的雏菊。

32-9. 景：犹太医院李廷琛办公室　日　内

【芦柴棒气喘吁吁闯进了办公室。李廷琛看见满头满脸都是鲜血的芦柴棒，吓了一跳。

李廷琛：芦柴棒？

芦柴棒：（带着哭声）李哥哥，李哥哥，莎拉被人绑走了。

李廷琛：芦柴棒，不急，慢慢说。你头砸破了。我先给你处理下伤口。（转对门外叫着）护士，护士。

芦柴棒：（大叫）你不要管我，我没事。莎拉被几个男人绑走了，被塞进一辆黑色汽车里。我咬住一个绑架他的男人不放，被那个男人一把推倒。莎拉在车里挣扎着喊去找李哥哥。车子开走了，我追了一阵没追上，我就来医院找你了。

李廷琛：绑莎拉的有几个男人？在哪儿被绑的？是辆什么样的车子？车牌号你看清了吗？车子是向哪个方向开走的？芦柴棒，慢慢说，越详细越好。你这头上伤口还在流血。不行，我还得给你先处理下伤口。

【李廷琛站在门口喊道：

李廷琛：护士，护士……请拿个急救包来。请快一点。

【李廷琛反身给芦柴棒倒了一杯水，按着他坐在椅子上。杰思敏拿着一个器械盘进来，后面跟着玛丽。李廷琛望了望玛丽，从杰思敏手上接过器械盘，亲自给芦柴棒擦去满脸血污清洗伤口。

李廷琛：好，芦柴棒，你现在慢慢说。莎拉在哪儿被人绑了……

芦柴棒：今天一早我在虹桥路占了个好位置，看见科恩叔和莎拉来了。我就把我的位置给了他们，我就到马路对过去。其实并不远，我们彼此都看得到。不久，我来了个客人，正准备给客人擦鞋。突然听见科恩大叔叫喊着去追一个人。我正在迷惑，却看见一辆黑色轿车在大叔的鞋摊边停了下来。莎拉被身旁的一个男人一把抱起，莎拉一边挣扎一边大呼救命。我扔下客人拼命地朝莎拉跑去，这时那轿车上又跳下一个男人，两个男人又抱又拖把莎拉往车上塞。我赶到后，紧紧拽住莎拉不放。那个男人拼命地掰我的手，我一口死死地咬住那个男人。但还是被那个男人甩了出去，头撞在墙上。我连东西都看不清了，就听见莎拉大喊芦柴棒救命，去找李哥哥。我挣扎地爬起来，汽车已经开走了。我追了一阵，没追上，就来找你了。李哥哥，快点去救莎拉呀。

【芦柴棒说着竟放声哭了起来。玛丽和杰思敏在一旁听着，一时都惊呆了。

李廷琛：芦柴棒，不哭。都大小伙子了，还哭，不害臊吗？我问你，车牌你看见了吗？车向哪个方向开的？除了那两个绑莎拉的人，车上还有人吗？科恩先生去追的那个人，你看清了是什么模样吗？

芦柴棒：科恩先生去追的那个人我没看清。我只听见大叔一边喊着一边追前边那个人。抱着莎拉的那个人好像一直就在莎拉身边。科恩先生跑去追那个人后，那个男人才动手绑莎拉的，随后车上又下来一个人，车上还有一个开车的司机一直坐在车上没下来。车子是向出城的方向走的。

李廷琛：好的，芦柴棒。情况我知道了。你头上的伤口很大，还没有完全处理好。你现在就回去休息好吗？注意千万别发炎。你别出门，明天我会让人去你家给你换药。

芦柴棒：不，我不回家。我要去找莎拉。李哥哥，这是有坏人要害莎拉。你得想办法救她呀。呜……呜……

【芦柴棒说着又哭了起来。杰思敏将他搂在怀里，叫他不要哭。她自己却又忍不住流下泪来。

　　李廷琛：芦柴棒，不许哭。相信你李哥哥，我一定会把莎拉救回来。你现在回家去。李哥哥还有很多事要安排。

　　杰思敏：芦柴棒，听李哥哥的话，现在就回家去。我送你下楼。

　　【杰思敏挽着芦柴棒出门。室内只剩下李廷琛和玛丽两人，两人相对无言。李廷琛给玛丽倒了一杯水。玛丽接过杯子的手颤抖着。

　　李廷琛：老师……

　　玛丽：什么都别说，我都知道了。其实我早知道有些事迟早会发生，这或许是个开始。

　　李廷琛：老师，科恩先生不知道回了没有。您和杰思敏现在就回家，看看他在不在家。如果在家，你们就陪着他。这几天医院的事也不多，您和杰思敏都不用来上班，就在家待几天好吗？

　　【玛丽不置可否，似乎没听见李廷琛说什么，苍白的脸上终于流下两行清泪。桌上电话铃响，李廷琛拿起电话。

　　李廷琛：允明……我老师家的小女儿被人绑架了……好，我马上过去。

32-10. 景：汪公馆花园 日 外

　　【花园里，芦柴棒垂头丧气坐在树荫下。茉莉在不停地安慰他。小莉端来一碗馄饨和两个白面馒头放在芦柴棒面前。

　　茉莉：芦柴棒，听话。先吃点东西好吗？你姐夫打电话去了。待会儿他来了，我一定让他想办法救莎拉。

　　【芦柴棒倔强地把头扭向一边，眼中又涌起泪花。

32-11. 景：汪公馆客厅 日 内

　　【汪墨樵在打着电话。

　　汪墨樵：工品，你还是来一下吧。李家大少爷老师家的那个小囡被人绑架。我看这不是一般的绑票，这恐怕还是和前些时候到犹太社区杀人的那帮人有关。目的还是冲着李廷琛的老师一家来的。你是租界的总巡捕。在租界内杀人绑票你也脱不了干系。来吧，茉莉给你准备好了你喜欢吃的馄饨……

32-12．景：汪公馆花园 日 外

【芦柴棒还是不肯吃东西，只是不停地抹着眼泪。茉莉劝说无效，也急了，站起身来。

茉莉：这个老汪，打个电话怎么这么久。我去找他。芦柴棒，你要吃点东西，听话。我一定让他亲口答应你去救莎拉。

【茉莉说完，匆匆奔向里屋。

32-13．景：汪公馆客厅 日 内

【汪墨樵放下电话。茉莉匆匆奔进屋来。

茉莉：哎呀，你打个电话怎么这么久。芦柴棒那孩子不信我的，不吃不喝，又不肯休息，头上的伤还在流血。这孩子一向身体单薄，这样下去身体会垮的。他平时听你的，你去劝劝他吧，答应他一定找回莎拉，呵。

32-14．景：汪公馆花园 日 外

【茉莉拉着汪墨樵急匆匆赶到花园，却发现芦柴棒已经不见了。石桌上的两个馒头也没有了。一碗馄饨也只剩下一半。茉莉大吃一惊，惊呼道：

茉莉：他走了。他一定是去找莎拉去了。他一个孩子上哪儿找去。这要出人命的。绑架莎拉的不是普通的绑匪……

32-15．景：美国驻上海总领馆詹森办公室 日 外

【詹森、施莫林、陆允明和李廷琛分坐在科恩身旁。科恩神情呆滞一言不发，放在他身边的一杯咖啡早就凉了，手里还紧紧地搂着那束莎拉的雏菊。室内无人说话，空气仿佛凝结。科恩突然站起来向外走去。施莫林赶上去挡在他前边。

施莫林：伦纳德，你要去哪儿？

科恩：回家。玛丽和杰思敏还在等我。

施莫林：您不能回去，这几天发生的事您都看见了。不管是纳粹还是日本人，他们都是冲您来的。这几天您必须留在总领馆。

【科恩站着没动，做了个手势请施莫林让开。施莫林也站着没动。两人有些僵持。詹

森起身走到科恩身旁。

詹森： 科恩先生。您现在回家太危险，纳粹们已经动手了。前几天发生在您家的事和今天绑架莎拉的事，仅仅是个开始。他们最终目标是您。如果您不放心玛丽院长和杰思敏，我们可以把她俩也接到总领馆来。这里毕竟是总领馆，是美国领土，他们还不敢胡来。你们可以以政治避难的身份住在这。

【李廷琛和陆允明也走了过来。

李廷琛： 莎拉的事请您放心，我一定毫发无损地把她找回来。请相信我。

科恩：（坚定地）请各位让开，请给我点尊重，我要回家。

【众人面面相觑，一时不知如何是好。陆允明打破僵局。

陆允明： 我看这样好不好。科恩先生一定要回家，我们应该理解。不过您回家后，请和家人待在一起。你们一家人都不要出门，我们也好集中力量加强保卫。

【陆允明说完，望着詹森。詹森无奈点了点头。

李廷琛： 科恩先生一定要回家，我们也只能尊重他的意愿。这样吧，允明和施莫林送科恩先生回家。我已请玛丽老师和杰思敏这几天不要来医院上班，就在家陪科恩先生。我还要去找下汪老板，还要去寻找莎拉，我就先告辞了。科恩先生，答应我这几天您不要外出，好吗？

【科恩微微点了点头。李廷琛拿上披风匆匆离去。

32-16. 景：汪公馆客厅 日 内

【茉莉陪着张工品吃着馄饨，张工品边吃边夸赞茉莉的手艺，汪墨樵在一旁打着电话。

汪墨樵： ……怎么，我就不能报案吗？发案地虽不在华界，可你是民国警察。两个孩子失踪，这两个失踪的孩子可都住在华界，你能不管吗？

殷燕农（OS）： 不不，我哪能不管呢。就凭师父您一句话，我掘地三尺把上海翻个遍也要把这几个绑匪找出来。我只是觉得这点小事用得着师父您亲自打招呼吗？好说，好说，师父，我一定尽力。

汪墨樵： 燕农，别忘了你还是青帮弟子。希望你尽快抓到绑匪。我等着你的答复。

【汪墨樵放下电话，回到桌边，对张工品。

汪墨樵： 听见了？这个瘪三现在不仅是油腔滑调，又多了些官腔官调。看来他是靠不住的。

张工品： 崽大不由爹。他现在有日本人做靠山，觉得自己翅膀硬了，是个人物了。

汪墨樵： 听说他给日本人出了不少坏水，干了不少坏事。久保田很欣赏他，还准备提拔他。这一桩桩一件件我给他记着，到时候我会亲自给他做个了断。

张工品： 殷燕农现在是越来越邪行了。上次跑到租界来抓共产党，说这批共党用高价收购违禁药品，破坏了皇军的战时药品管理法，被我怼了回去，他还不服。我叫来大批武装巡捕，我限他三分钟离开租界，否则以武装侵犯租界罪实施逮捕。他这才灰溜溜地撤走了。日本人把他当狗用，放他出来到处咬人，他也把日本人当靠山当踏板，想一步步往上爬。

汪墨樵： 我都怀疑这次这个犹太小囡被绑票的事跟他有关。只有他这种人才能做出绑架小孩这种下三烂的事。不过上一次那个叫施瓦茨的德国人在犹太社区杀人的事，他倒是蛮及时地赶到现场。否则张圣财不会把凶手交给他，而会交给巡捕房。这样你可以弄清更多的情况。

张工品： 我也有这种预感，前几次的事都跟他有关，可惜线索断了。这次这个犹太小姑娘被绑的事，我看这不是一件普通的绑票讹钱的事。听茉莉的干弟弟描述，好像那几个绑匪是日本人。日本人绑犹太难民干什么？还是个犹太小姑娘。这件事一定有复杂的背景。我会交代手下尽力缉捕这几个绑匪。只要抓住一个，我都有办法撬开他的嘴，整个案子也就真相大白了。

汪墨樵： 拜托了，工品。多余的话我就不说了，这事还牵涉到茉莉的那个干亲芦柴棒。都是小孩，两条人命啊。

【李廷琛风风火火地闯进来，后边追进来一个青帮小弟，抓住李廷琛就往外拽，嘴里还在不干不净地骂着。汪墨樵见是李廷琛，忙喝止青帮小弟。

李廷琛： 汪先生，茉莉，张总巡捕也在。廷琛失礼了，冒犯了。实在是没时间了，我老师的那个小女孩叫莎拉的被绑架了，我现在还要赶去找人，就讲几句话我就走。

汪墨樵： 别说了，情况我都知道了。刚才茉莉的那个干弟弟芦柴棒来过了。

茉莉： 芦柴棒都来过了，不吃不喝，哭得像个泪人似的，求着墨樵一定要救救那个莎拉。可一眨眼的工夫他就不见了，还带走了两个馒头，估计他是找那个莎拉去了。他还是个孩子呀。

【茉莉说着忍不住哽咽起来。

李廷琛： 别担心，汪夫人。芦柴棒是个聪明孩子。两个孩子有着最纯真的友谊。此刻他肯定是去寻找莎拉了。我会带人跟着他们的踪迹寻找。（对汪墨樵）汪先生，找您有两件事。莎拉被绑架的事还要请您多费心，交代手下兄弟们尽力寻找。正好张巡捕也在，本来还想请汪老板和您打招呼，现在见面了，就算我向您报案了。

张工品： 墨樵就是因为这个事情让我过来的。情况我都知道了。您就放心吧，我一定尽力。

李廷琛： 拜托了，总巡捕。忙完这阵子，我和家父一定登门拜望。（转对汪墨樵）汪先生，还一件事，这两天我要去寻找莎拉，我老师那边没人，请您加派人手日夜蹲候，防止发生最坏情况。我一介书生无人可托，只能仰仗您了。

汪墨樵： 李院长，无须多言。你不打招呼，我也会有安排。只是你自己也要注意安全。这批绑匪背景复杂，个个穷凶极恶。你带着防身的家伙没有？要不要我给你一把？

李廷琛： （拍了拍腰间）不用，我带着呢。那我告辞，改日面谢。

【李廷琛匆匆离去。汪墨樵等注视他远去的背影，不由感叹。

汪墨樵： 李家父子都是仁义之人，这种人物怕上海滩再也找不到了……

第三十二集完

第三十三集

33-1. 景：上海郊外 傍晚 外

【一抹斜阳渐渐沉入远处的山峦。乡间道上，芦柴棒带着莎拉平时戴的帽子，身上背了个褡裢，手中拿着根短棒，正急匆匆地赶路，身边跟着豹子。落日的余晖在他们身上映出一片光华。

33-2. 景：淞浦船厂 夜 内

【一辆卡车停在暗处，十几名手拿榔头等器械的工友悄无声息地上了车。李廷琛关上后车厢，钻进驾驶室。车子向工厂大门驶去。突然他发现厂门被人关上了，门中间站着一人。他把车大灯开了一下，又立即关上，他看清厂门口站着李廷瑞。车停了下来，他跳下车。

李廷琛：廷瑞，你干什么？

李廷瑞：大哥，你干什么？车上装这么多人，还带着家伙。你这是要干吗？

李廷琛：你不要管也不要问。这样对你，对家里都好。

李廷瑞：我知道你去哪儿。莎拉被人绑票了，你现在去找莎拉。对吧？我刚从杰思敏那来，杰思敏把什么都跟我说了。

李廷琛：知道就好，快让开。

李廷瑞：大哥，这么大的事，你连招呼都不跟我打一个。你关心杰思敏一家，我就不关心吗？平时我都听你的，今天对不起，我也要去。

李廷琛：廷瑞，你不要任性，好不好？绑架莎拉的不是德国人就是日本人，他们可都是武装的匪徒。你去也帮不了什么忙。

李廷瑞：你才是任性的人。我帮不了忙？我还带着家伙呢。我知道你也带了家伙。可这种拼命的事，你行吗？干这种事还非得我去不可。要不你让开，我开车去。

李廷琛：你别胡搅蛮缠好不好？我不想在这里耽误时间，我知道你对杰思敏一家都很关心。错过了时机，事情就更麻烦。要不这样，杰思敏一家人这两天都很危险。日本人和德国人都有可能动手，我正愁他们家那边没人防守。你就去他们家那边吧。有你在那儿，我更放心。

李廷瑞：这还像句话。好吧。这事我还听你的。你放心，这边的事就交给我。不过大哥，天都这么晚了，你上哪儿去找这帮绑匪去。盲人骑瞎马可不行，这会误事的。

李廷琛：我知道绑匪汽车的出城方向，他们把人劫走了，放在哪儿了？总要有人回来报信吧。我只要在路上截住这辆车，就能抓到车上的人，就知道他们把莎拉放哪儿了。好的，廷瑞。我们不能再耽搁了。我得赶在劫匪回城之前堵住他们。杰思敏一家安危的事，就交给你了。你千万不能出纰漏。

【李廷瑞点了点头，李廷琛跳上车发动汽车。

李廷瑞：大哥。

李廷琛：怎么了？

李廷瑞：你要一切小心。

李廷琛：嗯，我们都要小心。

【李廷瑞打开大门，看着汽车呼啸而去。

33-3．景：李衡甫书房 夜 内

【李衡甫正在接着电话。李季方在一旁伺候着。

李衡甫：……汪先生，绑架莎拉的这件事和上次那个叫施瓦茨的纳粹上尉闯入犹太社区杀人的事一样，有着复杂的政治背景。您和张总巡捕分析得很对。德国人和日本人可能已经有了约定，要不然不会有日本人掺和在里面。特别是那个德国的什么梅上校来了以后，他们的目标可能不仅仅是针对玛丽院长一家，而是针对逃来上海的全部犹太难民。我现在就去找米兹拉希先生，要他们做好防备。我会把你和张总巡捕的意思转告，以莎拉失踪的事为契机向日方讨个说法，事情闹大了，无论对德国人还是日本人都能形成一定的压力。有情况请及时联系。谢谢。

【李衡甫放下电话，略一沉思。对李季方道：

李衡甫：季方，快去备车。我们去找米兹拉希先生。

33-4．景：上海郊区 夜 外

【夜色茫茫，豹子边走边闻，带着芦柴棒一路前行。突然豹子停下来，低着头仔细嗅着地上，嘴还在动。

芦柴棒： 豹子，你在吃什么，不要磨蹭了，我们要赶紧去找莎拉。

【芦柴棒把豹子嘴里的东西拿出来，却发现是白果。

芦柴棒： 白果？你一直在找白果吗？

【芦柴棒顺着白果，注意到路边停着的一辆黑色轿车。轿车的后备厢旁边散落着零星的白果。后座的玻璃窗只有一条很细小的缝隙。芦柴棒看到车里没有人，周围也没有人，于是哐当一声打开了汽车的后盖箱，后箱空空如也。豹子立刻蹿了进去，东闻闻西嗅嗅，摇着尾巴，嘴里还不住地发出呜呜声。芦柴棒知道这辆车就是劫持莎拉的那辆车。他怕有人过来，赶紧招呼豹子出来，蹲伏在路边守候。不久，两个日本浪人打扮的人说笑着过来，手上提了满满的两筐食物和酒。他们钻进了汽车，发动汽车绝尘而去。

【芦柴棒跟在汽车的后面，奋力追赶。在奔跑的过程中芦柴棒摔倒在地，满脸是血。但他顾不上伤痛，胡乱一抹，可是汽车早已消失在视野中。芦柴棒垂头丧气的时候，豹子嗅着轮胎印兴奋地冲他摇着尾巴，向前直冲，芦柴棒紧随其后。

33-5. 景：郊区道路 夜 外

【李廷琛的卡车停在了一个村前的小酒馆门口。他跳下车，向老板打听莎拉的下落，瞬间却又匆匆地回来。

工友： 有消息吗？

李廷琛： 没有。

工友： 真丧气。找了这么多地方，连个影子都没有。

李廷琛： 别丧气。他们绑了人，还开着车，总会留点踪迹。

33-6. 景：郊区田野 夜 外

【月色朦胧，站在一望无垠的荒废田埂上，李廷琛从车上跳下来。

工友： 我们现在去哪个方向，总不能这样大海捞针。

【李廷琛看着眼前疲惫的工友，又看了看手表。

李廷琛： 时间很晚了，大家都累了。我们就在这附近找个地方休息。

工友： 救人如救火，怎么能休息。

李廷琛： 我们现在这样找，也不会有头绪，反引起当地村民怀疑，就更麻烦。听我的，我们先把车子靠路边停着，派人守候着。这里是回到上海的必经之路。只要发现可疑车辆，就上前拦截。这叫守株待兔。如今晚没什么发现，明天再继续寻找。现在大家就地休息吧。你，你，你，你们三个同我就在这守着。

【四个人找了四个不同的位置，或站或坐，警惕地注视着前方。

33-7．景：野外 夜 外

【蜷伏在灌木丛里的芦柴棒因为寒冷而瑟瑟发抖，突然豹子一声低吼，又持续地发出呜咽吼声，芦柴棒拍拍豹子的头，示意不要出声。他从灌木丛里探出头，发现不远处突然亮起一束车灯，接着传来汽车马达声。一辆车缓缓驶来，车灯越来越近。芦柴棒抱着豹子蹲候着。随着车慢慢开近，发现这辆车正是绑走莎拉的黑色轿车，他隐约看见车内只有一个人在开车。芦柴棒没动，等车开过之后，顺着黑车开来的方向一路搜寻。

33-8．景：小野家 夜 内

【小野宪一穿着浴衣坐在榻榻米前，有些微醺，还在不停地为自己斟酒。空酒瓶散落一地。一旁坐着莆田川和施瓦茨，正在冷冷地注视着醉眼迷蒙的小野。

莆田川： 小野君，恭喜你啊。没想到事情办得这么顺利。那个犹太妞就这么水不动鱼不跳地给逮着了。现在该关押在那个指定的地方了吧。

小野宪一： 可报信的人怎么还没来呢？这都已经过子夜了。不会再出什么纰漏吧？

莆田川： 小野君，您就放心吧。给您办事的这几位弟兄都是久经江湖的老刀客了。办这种事不过是驾轻就熟小菜一碟。他们没很快来给你报信，总有他们的考虑。或许他们觉得开车目标大，想等到晚上再行动；也或许他们还想找个更稳妥更隐蔽的地方。哎，反正他们有他们的考虑吧。您就甭担心了。他们现在可是端着您的饭碗，吃着您的俸禄。您现在是他们的衣食父母，他们能不为您出力卖命吗？

小野宪一： 但愿如此，但愿如此。我可是把身家性命都压在你们这几个兄弟身上了。如再有点意外，我可就死定了。

【电话铃响。小野宪一一边爬起身接电话，一边嘴里嘟囔着。

小野宪一： 这么晚了来电话，还要不要让人活了……喂，谁呀？哦哦，是傅市长啊。这么晚来电话，有事吗……

傅宗耀（OS）：小野君啊，看着我们相交多年的分上，我是冒险来给您报个信的。今天我到宪兵司令部开会，久保田大佐宣布了几项命令。其中最重要的一项是筹集军费的问题。他们说你误了帝国的大事，说你放跑了那犹太人的三千万美元，肯定是和犹太人达成了什么密约，得了犹太人什么好处。土肥原将军很愤怒，但还是给了你一个将功补过的机会，限你一个月追回那笔流失的巨款。久保田大佐说他和将军的压力都很大，军部命令他们在月底之前要上交五百万美元或一千万大洋的军费，这是死命令。他们现在把宝都押在你必须追回的那三千万美金上了。小野君哪，我可是好意跟你通个气啊。将军给你一个月的期限已经不多了，如果到时候你追不回这笔巨款，久保田大佐可是说了，先拿你开刀！好了，该说不该说的我都跟你说了。你掂量着办吧。晚安，做个好梦。

【对方说完，啪一声挂断电话。小野宪一拿着电话的手僵在空中，半天半天才放下电话，步履踉跄地走回榻榻米前。

小野宪一：听见了吧？听见了吧？一天几道催命符。我的东亚银行也基本上让特高课的人控制了，所有银行款项只让进不让出。可砸锅卖铁也凑不齐五百万美元啊，更别谈追回那三千万巨款了。前两天久保田大佐让我从满洲东亚银行汇三百万美元到上海来，现在我的满洲银行也几乎被掏空了。辛苦了一辈子，我落下了什么呀。完了，莆田君。我这一生算是完了。

莆田川：别那么垂头丧气的。你这不是还有最后一招吗？只要你按照我的话去做，追回了犹太人的那三千万美金，不就什么事都没有了吗？说不定你还要发更大的财。

小野宪一：我不想发财了，不想发财了。只要能过了这一关，捡回一条命。我还是回我的名古屋老家去，守着老婆孩子热炕头。安分守己地做个天皇子民吧。

莆田川：好了，小野君。丧气话就别说了，关键是你要过好目前这条坎。人你是抓到了，接下来就看你怎么操作了。你想好了这是要和谁谈这笔买卖吗？怎么逼他们就范？怎么跟他们谈？你的底线是多少？甚至怎么通知他们，怎么约见他们？怎么不暴露你自己？你都想好了吗？你要做的事情还很多。你的这条坎不好过啊。这可是条断头坎。

小野宪一：莆田君，我可一直都在仰仗你的呀。我现在是心乱如麻，一切都指望你多加指点。

莆田川：中国有句老话叫"人为财死，鸟为食亡"，我这样提着脑袋给你办事，给你出谋划策。你给了我什么？三条黄鱼。我的命你的命就值三条黄鱼吗？还有那么多为你办事，为你玩命的弟兄们。他们可是到目前为止一文钱的好处也没看到。你不应该对他们表示表示吗？再说你小野君的命就值三条黄鱼吗？你这命也太贱了吧？

小野宪一：不是答应事成之后给三十条黄鱼吗？

莆田川：我做生意从来是一手交钱一手交货，跟你做这笔买卖，我可算是破了例了。人都给你抓到了，事情已办好了一多半，可你才给我三条黄鱼。还有五个弟兄的卖命钱，你一文没给。你还要人家继续给你玩命？小野君，你这不是抠门呀，你这是在抠你自己的命！

小野宪一：（急了）莆田君，你不是在开玩笑吧？我可是把身家性命都托付给你了，你怎么出尔反尔说变就变呢？

莆田川：我没变，说好三十条，不多要你的。但你必须立即给我结清。还有五个弟兄在玩命给你办事。每人两条黄鱼，不算多吧？五人十条，加上我的三十条，全部四十条，今晚一并结清。明天弟兄们工作继续，我继续给你谋划，你也就捡回一条命。怎么样，没亏你吧？

小野宪一：你你你，莆田川……

【莆田川冷笑一声，站起身来，拉过呆坐在一边的施瓦茨。

莆田川：上尉，我们走。

【莆田川拉起施瓦茨就走。小野宪一十分愤怒，但又深感无奈，只能低声下气地拦住莆田川。

小野宪一：莆兄，莆兄，有话好说，好商量。我不是不给你，你今晚就要四十条黄鱼，我上哪儿给你弄去？把我这房子拆了，我也拿不出这么多黄鱼。

莆田川：有多少拿多少，不足部分你明天给我。

【小野宪一打开壁橱，从里面摸出一根金条递给莆田川。

小野宪一：只有一条了，你先拿着，剩下的明天补齐。

莆田川：只有一条？你一个银行行长家里就放一条黄鱼？你骗鬼吧？

【小野宪一忍无可忍，摸起一把榔头把壁橱的门全部砸烂，从里面摸出一把手枪。

小野宪一：你自己看吧。不放心你可以全部搜一遍。这玩意你要不要？

【小野宪一说着把手枪送到莆田川面前，莆田川一手挡过。

莆田川：这家伙你自己留着用吧。我全部拿了你四条黄鱼，还剩下三十六条你怎么给我？

小野宪一： 明天，明天你到东亚银行来找我。

莆田川： 不。明天上午十点，你派人送来。我在川崎饭店等着。别让我不高兴。掂量下吧，是你这条命贵还是四十条黄鱼贵。再见。

【莆田川说完拉着施瓦茨出门而去。

33-9. 景：科恩家 夜 内

【杰思敏陪着父母，无声地坐在桌边，昏暗的灯光映衬着三张失神脸庞，泪光闪烁，屋内像死一般的寂静。门外响起轻轻的敲门声，杰思敏看了下父母，起身开门。门开了，李廷瑞闪身入内，反手将门关上。

玛丽： 廷瑞？这么晚了，你怎么来了？

李廷瑞： 我大哥让我来的，他带人找莎拉去了，不放心你们，让我今晚一定过来陪陪你们。

玛丽： 真谢谢你们兄弟俩。其实不需要的，我们能够面对。

李廷瑞： 夫人，你什么都别说了，我就是过来陪陪你们。莎拉还是个孩子，突然被绑票，生死未卜，谁心里都不好过。我父亲也去找米兹拉希先生去了，汪墨樵先生也安排了青帮弟兄四处搜寻，估计施莫林先生和美国总领馆的那些先生们，今晚也都有个不眠之夜。关心你们的人很多，不是我们李家一家。上海的几百万居民和难民都是你们的朋友。莎拉一定能平安地回到你们身边，这点我敢保证。你们不必太担心。这个世界上善良的人总是大多数。

玛丽： 廷瑞，谢谢你。谢谢我们在上海的所有朋友们。每次当我们面临黑暗、面临凶险的时候，总是你们在帮助我们、鼓励我们，给我们带来希望。

李廷瑞： 杰思敏，你不应该这样面带愁容，你是个勇敢坚强，有信仰有追求的人。这种时刻你应该多和你爸爸妈妈说说话，不是安慰，是温暖和力量，是对光明的信念和追求。你在我心里是女神级的人物，你曾经对我说过的每一句话，我都铭记在心。你曾经说我成熟了，更像大男人了。就为你这句话，我深受鼓舞，觉得自己就是个顶天立地的男子汉，觉得自己浑身充满了力量，觉得自己能搬动地球。杰思敏，我觉得你现在应该向我学习，做个温柔美丽顶天立地的女强人。

【杰思敏感动地注视着李廷瑞，眼中泪光闪烁。

33-10. 景：摩西会堂 夜 内

【深夜来访的李衡甫敲开了摩西会堂的门。米兹拉希将李衡甫领进了内室。汪墨樵已经在内室里坐着。

李衡甫： 汪先生倒是性情中人，先我而来了。

汪墨樵： 跟你通完电话，知道你要到米兹拉希先生这来。故早你一步过来等你，我们也有日子没见面了。

米兹拉希： 李先生来，一定也有要紧的事情。很抱歉，汪老板，您刚才的话还没有说完。但我想，你们应该是为了同一件事情而来。

汪墨樵： 我是因为莎拉被绑票而来的。

李衡甫： 我也是。我预感到莎拉被绑的事不是一起单纯的绑票，这里面肯定有更大的阴谋。

汪墨樵： 首先我们要弄清楚绑架莎拉的人是谁。上海滩绑票的事经常发生。但绑票一个孩子，特别是一个犹太难民的孩子，这种下三烂的事情，除了日本人还有谁做得出来？

米兹拉希： 汪先生，您刚才没有说完。您说您找了殷燕农，他怎么说的？

汪墨樵： 我是以报案的形式告诉他莎拉被绑票的事。他说他毫不知情。我说希望他能抓紧破案，尽快抓到绑匪。他满口答应，说他会抓紧办案，有情况会立即告诉我。但我这个弟子现在是日本人的一条狗，我这个师父的话未必会放在心上。但上海滩除了汪政府和青帮，到底还有哪些人有这个企图和能力？青帮肯定没这么下作，下边的人也不敢瞒着我这样明目张胆地作孽，剩下敢这样做的人也就只有汪政府和他的警察局了。

李衡甫： 还有德国人。上次那个叫施瓦茨的德国人不是还带人闯入犹太社区行凶杀人吗？最近又来了个叫梅辛格的德国纳粹上校。据说他也是为了追杀普罗米修斯先生一家而来的，而这次被绑架的正是普罗米修斯先生的小女儿。我怀疑这件事跟德国人有关，他们或许想通过绑架莎拉诱杀普罗米修斯先生。更麻烦的是，绑架莎拉的是几个日本人，这就说明德国人或许已经跟日本人沆瀣一气共同对付普罗米修斯先生一家，甚至是全部逃来上海的犹太难民。在莎拉绑架案的背后酝酿着更大阴谋。米兹拉希先生，这正是我和汪先生最大的担心。所以深夜造访您，希望您有个提防。

米兹拉希： 日本和德国都是虎狼之邦，奉行的都是野蛮残暴的法西斯主义，他们要联手对犹太人动手，也没有必要绑架一个小姑娘啊。

李衡甫： 昨天我接到汪政府通知，让我今天去市府开个会，我借故没去。据开会回来的人对我说，汪政府这一次又要大幅度地提高税收。营业税增加到12%，增值税增加到20%，个人收益税增加到25%。这次征税范围之广，增幅之高前所未有。这说明什么？日本人缺钱，为了维持庞大的军费开支，为了弄到钱，他们现在不仅仅是巧取豪夺，他们已经开始明火执仗地抢劫了。这让我想到前不久日本人为了弄到怀兹先生带来的那笔对犹太人的救济款，那种穷凶极恶，不择手段。其实这件事他们并没有放弃。他们或许已经知道这笔钱存在瑞士银行，或许知道收款人是上海犹太银行。米兹拉希先生，那个东亚银行的小野宪一不是找过你多次吗？不是多次提出要和你合作吗？甚至提出要把他的东亚银行并入你的犹太银行吗？这都说明他们还在打这笔钱的主意。他们不仅没有放弃，而且在加紧活动。我总觉得这次莎拉被绑架跟这件事有关系。莎拉被绑架仅仅是个开始，只是一种要挟。绑架莎拉不是目的，他们的真正目的还是为了弄到这笔钱。汪先生，你说呢？

汪墨樵： （沉思）有道理。我也总觉得这次绑架事件有着复杂的政治背景，跟那个德国纳粹上校有关系，他们想把普罗米修斯先生的女儿做钓饵，再诱捕普罗米修斯先生。但我还没想到跟那笔犹太赈济款有什么关系。让你这么一提，我还真觉得有这种可能。你看啊，绑架莎拉的是日本人，日本人不可能不知道廷琛少爷和莎拉一家的关系，不可能不知道犹太银行和李家的关系。米兹拉希先生也多次和我提到那个日本人小野宪一找他合作的事。这几个方面的情况凑起来，非常有可能绑架莎拉就是为了这笔赈济款。他们想以此胁迫米兹拉希先生和李先生就范。事情如果是这样，而我们一时半刻又找不到绑架莎拉的人，后果将十分严重。

李衡甫： 当务之急有两件事。第一是要保护好普罗米修斯先生一家的安全。第二就是要尽快找到绑架莎拉的绑匪。汪先生，你我都是犹太银行的股东。汪夫人和我家廷琛与普罗米修斯先生一家都有着极深厚的情谊，于公于私，我们都不能坐视不管，而是要全力以赴地管到底。我就是拼了这条老命也不能让这帮杀人越货的强盗得逞。

汪墨樵： 我已通知青帮各香堂堂主全力寻找绑匪下落，与租界巡捕房商量，要求尽快抓捕案犯。相信这几天总会找到些线索。如果绑票莎拉真是为了这笔赈济款，那么绑匪下一步要找的就是两个人。米兹拉希先生是绑匪要找的第一个人，因为只有您能掌握这笔赈济款。廷琛少爷是他们要找的第二个人，因为他们知道廷琛和莎拉一家的关系，他们会以撕票相要挟，强迫李家答应他们的条件或拿出巨额赎金。如果事情到了这一步，我们如何应对？

李衡甫：您在电话里不是说了吗？真到这一步，那就豁出去干了，把事情闹大，向绑架莎拉的后台老板施压，也就是向日本军方施压，不管这些绑匪是日本人还是德国人。上海是日占区，日本军方说了算。我考虑日军方还得利用犹太人。他们不是还没有放弃那笔赈济款吗？那他们就一定会对犹太人保持一种所谓友善的态度，尽管这种友善是表面的。米兹拉希先生，这就是我和汪先生今晚来找你的目的。

米兹拉希：您是不是说以犹太女孩被绑票为契机，组织犹太难民上街游行或抗议集会，向日当局施压，要日方尊重人权，反饥饿、反迫害，争自由、争平等、争生存……

汪墨樵：对，就是这个意思。还有上次德国人闯入犹太社区企图行凶和这次莎拉被绑的事凑在一起，足以说明犹太人还在惨遭杀戮和迫害，犹太人的事情还必须犹太人自己解决。我们也会动员各行各业、社会各阶层予以声援。

李衡甫：犹太人是最团结的民族，他们绝不会坐视自己的同胞受迫害。我听廷瑞告诉我，说你们很多年轻人很活跃，已经有了锡安会、复国会等组织。这次该他们露露锋芒，显示力量的时候了。

米兹拉希：好的。这事就这么定了。我明天开始做他们工作，尽量争取多一些人参与，把声势造大些。

李衡甫：好，这事先这么定。有情况及时沟通。我和汪先生就告辞了。

33-11. 景：乡下屋外 夜 外

【芦柴棒摸索着沿着轿车驶来的方向一路寻去。野外小河边，有一栋孤零零的房子。芦柴棒贴着围墙，靠近了小屋。屋里透出微弱的灯光。他蹑手蹑脚地靠近那小屋的窗口。努力贴近窗口往里望，却因为身高不够什么都看不到。

【芦柴棒环视四周，搬了块石头，小心翼翼垫在脚下，终于站在石头上可以看到窗户里的情景。朝里一看，差点叫出声来。

33-12. 景：乡下屋内 夜 内

【屋内一盏马灯发出微弱的光，莎拉疲惫地半躺在屋角。被捆住的双手还在无助地挣扎。屋子的另一边杯盘狼藉，旁边躺着两个烂醉如泥的日本浪人，两把武士刀放在一边，鼾声如雷。

33-13. 景：乡下屋外 夜 外

【芦柴棒从石头上小心翼翼地下来。豹子此时也仿佛非常懂事，一声不吭。芦柴棒想了想，离开了屋子。环视四周，看上了不远处的一棵大树。三两下爬上了树。从树上挑选了一片树叶，轻轻吹响。

33-14. 景：乡下屋内 夜 内

【本来还在挣扎的莎拉听到了树叶的呜呜声，停下了挣扎，侧耳倾听。莎拉坐了起来，兴奋又紧张地望着窗口和门口，注意着动静。一会儿只见窗户上伸出一只手摇着跟她示意。

33-15. 景：乡下屋外 夜 外

【芦柴棒示意莎拉不要出声，见周围没有动静，悄悄地推开了窗户，跳了进去。他悄悄地将一把武士刀拿了过来，抽刀割断了捆绑莎拉双手的绳索，再次示意莎拉噤声。芦柴棒趴在地上，让莎拉踩着他的背爬上窗户跳出去。然后将那把武士刀递给窗外的莎拉。他自己正准备从窗口爬出去，发现一个日本浪人突然醒来，嘟囔了一声什么，翻了个身又沉沉睡去。芦柴棒惊出一身冷汗，悄悄回到窗边，翻窗跃下。

33-16. 景：乡下屋外 夜 外

【窗外抱着豹子的莎拉迎向芦柴棒。芦柴棒一把捂住莎拉的嘴巴，捡起地上的武士刀，拉着莎拉消失在茫茫夜色中。

33-17. 景：上海郊外 夜 外

【李廷琛和几个工友守在路边，突然看见前方有亮光，一下子警觉了起来。亮光移动着，直到看清是汽车的前灯。李廷琛叫人赶紧唤醒其他休息的工友，自己将卡车开上公路，横在路中央停下。工友们迅速从卡车上跳下来。疾驰而来的小汽车发现前面横亘的大货车，一个急刹车停了下来。工友们迅速冲了上去，拉开车门，将开车的司机一把揪下来，发现是个浪人装束的日本人。那个日本人看见攻击他的是一群中国人，大叫一声就要拼命，被几个工友按倒在地，七手八脚地将他捆了个结实。

【李廷琛仔细地检查了汽车的前后座，发现后座上有几颗白果。他明白这就是绑架莎拉的那辆车。他一把将那个日本人提起来，喝问道：

李廷琛：你什么人？

日本浪人：（傲慢地）大日本天皇的子民，你什么人？胆敢劫持我的车。

李廷琛：人呢？

日本浪人：什么人？就我一个人，你没看见吗？

李廷琛：你们绑架的小姑娘呢？

日本浪人：我没见过什么小姑娘。

【李廷琛见浪人不肯说实话，不想浪费时间，示意工友动手。

【一个工友抢起大棒，一下就将那浪人揍趴在地。那人在地上翻滚着，鬼哭狼嚎起来，嘴里还不干不净地骂着中国人。李廷琛看着那日本人的丑态，旧恨新仇霎时涌上心头。他拔出手枪，将枪管顶住那人的嘴。

李廷琛：限你一分钟，再不说实话，就送你去见天照大神。

【那日本人一看情况不对，不由大骇，忙说：

日本浪人：我说我说，那个小姑娘还活着，还活着。我们把她藏在一个小屋里……

李廷琛：哪里的小屋？离这有多远？

日本浪人：不远，不远，二三十公里吧。

李廷琛：有人看守吗？几个人？什么人？

日本浪人：两个，两个。和我一样，日本人，日本人。

李廷琛：带我去。

日本浪人：好吧。好吧。哎哟，我牙掉了……

33-18. 景：乡下野外 夜 外

【李廷琛带着被绑住的日本浪人一路疾驰。车上的人都神色紧张。

33-19. 景：上海街道汽车内 夜 内

【莆田川开着车，旁边坐着满脸蒙逼的施瓦茨。

施瓦茨： 你刚才在跟小野说什么？你们好像在吵架，他不会反悔了吧？

莆田川：（一声冷笑）反悔？他还没那个胆。但他觉得他的代价太大，而你却坐享其成。你没拿一文钱，也不担风险。事情都是他在做，钱也是他拿，他凭什么为你服务？

施瓦茨： 你就说我是你朋友，我可以帮他控制那些犹太猪。

莆田川： 你是我朋友吗？我倒是在真心实意地为你办事。你到现在连句真话都不跟我讲。你拿我当朋友吗？

施瓦茨： 你要我跟你讲什么真话？

莆田川： 我问你，你要我帮你追杀的那个叫科恩的犹太人，到底是什么人？在德国他是干什么的？你们为什么要追杀他？你跟我讲过实话吗？

施瓦茨： 这个……这个……

【莆田川猛地一个急刹车。车子停在路中央。

莆田川： 我不是西蒙，任你摆布。你既然不把我当朋友，连句真话都不跟我讲。我凭什么帮你？下去！

施瓦茨： 你，你……

莆田川： 下去！

施瓦茨： 蒲先生，别生气嘛。不是我不跟你讲真话，是我们有纪律……

莆田川： 下去！你再别想我帮你去追杀那个什么科恩了。

施瓦茨： 好好好。其实对你也没什么可保密的。我们要追捕的这个人叫伦纳德·科恩，在德国是个原子物理学家。我们元首正在秘密研制一项原子武器。据说美国人也在研制这种武器，这种原子武器威力巨大，一颗原子弹可以毁灭一座城市。但我们的进展很不顺利。而这个科恩正是核能物理领域的国际著名专家，他掌握了很多原子裂变方面的数据，但他却逃来了上海。元首下了死命令，一定要把他缉捕回国，如他顽抗，就地处决。这次梅辛格上校来上海，第一个缉捕目标也就是这个科恩，当然他还有其他使命，就是要处决逃来上海的全部犹太人。目前正在和上海日本军方磋商。莆先生，这可是我们国家的最高机密。我是冒着被枪决的危险告诉你的，希望你遵守承诺，帮助我完成使命。

【莆田川一言不发，启动马达，车子很快消失在夜色中。

33-20．景：河边树林 夜 外

【李廷琛的车在路旁的一个小树林里停下来，隐约可以看见前面的小河边有一幢小屋，屋内射出微弱的灯光。李廷琛指挥车上的人下车，一把揪过那个日本人。

李廷琛：就那小屋吗？

【日本人点了点头。

李廷琛：能确定那小姑娘就在里面吗？

【日本人又点了点头。李廷琛拿出手枪，留下两个工友看住那个日本人，自己带着其余工友悄悄向小屋靠近。这时那个日本人突然用日本话大声喊叫起来。李廷琛来不及细想，回身用枪柄猛击日本人头部，日本人猝然倒地。李廷琛对看守他的工友说：

李廷琛：堵上他的嘴，扔到车上去。

33-21．景：河边小屋外 夜 外

【李廷琛带人摸索着接近小屋，四周一片沉寂，透过窗棂，李廷琛借着微弱灯光看见屋内空荡荡的，地上杯盘狼藉。两个日本人和衣躺卧在地，身边放着一把武士刀，鼾声隔着窗棂还能听到，看来还没醉醒。但却不见莎拉的踪影。李廷琛有些着急，带着众人直奔前门，一脚将门踹开。两个醉鬼还没反应过来已被众人利索地捆了起来。李廷琛一眼看见墙角的另一端有几根被割断的绳索，他捡起绳索看了看，对着那两个日本人大声喝问：

李廷琛：那个小姑娘呢？

浪人甲：（眨着醉眼）小姑娘？啊，那个犹太妞呢？

【几个工友上前挥棒就要揍，被李廷琛制止。但一个工友还是冲上前照着两个日本人左右开弓，顿时鲜血顺着日本人的嘴角流了下来。

工友：我让他清醒清醒，看他还不说实话。

李廷琛：（凑近日本人）你好好说实话，我们不为难你。那个犹太小姑娘呢？

浪人乙：是啊，那犹太妞呢？昨天，我们是把犹太小丫头放了在了这。可现在人呢？去哪儿了？

李廷琛：慢慢说，说清楚。你们是怎么绑架这个小姑娘的？怎么现在人又不见了？

浪人甲：那个犹太妞确实是我们抓的，我们跟踪她已经好几天了。昨天我们把他父亲

成功地引开了，然后就把她抓了。当时还有个中国男孩冲上来要跟我们拼命，我手上还被他咬掉了一块肉，但被我一把甩开，然后直接开车出城，就把小妞放这儿了。喏，就放在那边墙角。事情办得很顺利。昨晚我们就喝了点酒。这不，我们还没睡醒呢，就被你们给捆了吗？是啊，那个小妞呢？肯定是跑了，趁我们熟睡时跑了。

李廷琛： 你们一共有几人参与绑架这个小姑娘？

浪人乙： 四个。一个在擦鞋摊把他父亲引开了，我们三个就把她抓了，到这来时我们也是三个人。

李廷琛： 那你们还有一个人呢？

浪人乙： 他去给小野宪一报告了。

李廷琛： 小野宪一？就是那个日本商人？是他让你们干的吗？

浪人甲： 当然，只有他，只有他肯花这么大的价钱。

浪人乙： 还有一个洋人。据说是德国人，还是个德军上尉，他也要找这个犹太妞。

李廷琛： 知道小野和这个德国人为什么要绑架这个犹太小姑娘吗？

浪人甲： 小野是为了钱，听说犹太人有一笔巨款，要通过绑架这个犹太妞把那笔钱讹出来。那个德国人嘛，好像跟这个小妞父亲有什么瓜葛，想通过这个小妞找到她父亲。那个洋人还说如果有什么麻烦，他会出面找日本人摆平这件事。

李廷琛： 那个去给小野宪一报告的人是怎么回城的？

浪人乙： 开车去的。就是我们把小妞抓到这来的那辆车。

李廷琛： （对众人）行了，把他们扔到车上。

浪人甲： （挣扎着）你们是什么人？敢这样对我，我可是大日本帝国的子民，我有治外法权……

【一名工友对着浪人甲的脸颊就是一拳，又飞起一脚踢向他的下腹。浪人甲按住下腹，杀猪般的嚎叫起来。众人上前三下五除二地把这两个浪人拖了出去。

【李廷琛沉思着，走到屋角把那几根割断的绳索拿在手上，又拾起地上那把武士刀，环视着四周。

工友： 大少爷，莎拉还没找到，我们怎么办？要不要继续找？

李廷琛： 如果他们说得没有错，另外那个也在找莎拉的人很可能是德国人施瓦茨。施瓦茨如果采取行动，莎拉应该还有危险，好在我们已经把回去报信的那个日本人逮住了。

小野和施瓦茨他们都不知道莎拉准确的关押地点，莎拉现在又失踪了。从现场看，她是割断了绳索跑出去的，她的出逃很可能跟芦柴棒有关。两个孩子能到哪儿去呢？芦柴棒是个精明的小家伙，走大路危险大。他很可能绕小路回上海，这样要找到他们就麻烦得多。

工友：但我们现在知道他们是安全的。

李廷琛：这样，我们现在先赶回上海，把这三个家伙交给巡捕房，让巡捕房严加审讯。我再与父亲和汪先生商量一下，多派出些人分头寻找，总会有下落的。我们现在这就走吧。

33-22. 景：小野宪一公寓 凌晨 内

【小野宪一赤身裸体，头发蓬乱，两眼血红，坐立不安，在屋内不停地来回走动。突然他抓起桌上的手枪端详着，嘴唇抽搐着，青色的脸上似哭似笑。

小野宪一（OS）：没人来报信。是出意外了？还是被莆田川给控制了？他是要等我把所有的黄鱼送到他手上，他才肯动手吗？可我上哪儿去找这么多黄金啊。我那东亚银行本身就是个空壳，早已折腾得差不多了。啊，不，我就是把钱都给了他，他也不会兑现他的承诺。这个流氓，这个土匪，这个骗子，这个恶棍……一辈子打雁，今天却让雁啄了眼睛。

【小野宪一一阵怪笑，笑得全身颤抖。

小野宪一（OS）：莆田川啊，莆田川，看来我是死定了，死在你手里，我变厉鬼也不能放过你，你等着吧。黄泉路上有你做伴，我不孤独……

33-23. 景：上海工商联合总会会议室 日 内

【会议室满满当当聚满了人。李衡甫、汪墨樵、楚孝仪都在其中。

李衡甫：上海工商总会难得济济一堂。各个协会的会长基本都到齐了。这个时候大家能来，说明我们是同心协力同仇敌忾的。我很欣慰。蒙大家的信任，鄙人就开诚布公，向各位畅所直言。

楚孝仪：李会长有话请说，大家可以一起商量。

李衡甫：日本人最近变本加厉，对各行业都增加了税收，其增幅之高，前所未有。据老朽所知，日本人的侵华战争遭到国军的顽强抵抗，现在已陷入僵持阶段，日军每推进一步都要付出沉重代价。日军挑起的太平洋战争进展也并不顺利。去年年底日舰队偷袭珍珠港讨了个便宜。可美国人回过神来，战争立即进入僵持阶段。特别是最近中途岛一战，日海军舰艇损失过半。日本的愚蠢是与他的贪婪和野心分不开的。他是在和世界两个大国中国和美国打一场消耗战。他国土窄小资源匮乏，他经得起这样的消耗吗？所以他必须加强对中国上海及其他占领区的掠夺，以维持他的侵略战争。这次傅宗耀宣布的增加各行业的税收，仅仅是个开始。接下来还会有更野蛮更无耻的强征暴敛，甚至明火抢劫。

【众人议论纷纷，有人十分愤慨，却又十分无奈。

楚孝仪：各位请安静，听李会长把话说完。

李衡甫：我没什么多说的，相信大家对日本人的暴行和我一样感同身受。最近一个9岁的犹太女孩被人绑架，据说绑匪是几个日本人。我和汪先生还有米兹拉希先生都觉得这不是一起普通的绑票，这背后有着复杂的政治背景，甚至和犹太银行的那笔赈济款有关。相信大家都没有忘记去年日本人是如何劫持这笔赈济款的吧，他们虽然失败了，但他们并没有放弃。这次劫持犹太女孩的事，很可能就是他们劫持那笔赈济款的继续。他们妄图以劫持的这个女孩为要挟，逼迫米兹拉希先生交出这笔赈济款，甚至放弃整个犹太银行。

【众人又是一阵交头接耳，表示强烈的愤慨。

李衡甫：大家不必议论纷纷。在座的大部分都是犹太银行的股东，不是股东也为犹太银行的组建出过力。我想大家都不会眼看着日本人的阴谋得逞。但眼下上海是日本人的占领区，他们的凶残贪婪，我想大家都是见识过的。米兹拉希先生对我和汪先生都有所表示，他绝不屈服，他就是死也不会把犹太人的这笔赈济款拱手交给日本人，不会帮助魔鬼扩大战争屠杀人类。下面请汪先生说说米兹拉希先生下一步的打算，以及我们应该如何帮助犹太难民维护自己的权益。

汪墨樵：各位，我就直言了。米兹拉希先生向我和李会长表示，他们准备就上一次那个德国人施瓦茨带人闯入犹太社区行凶，以及这一次犹太女孩被绑票事件组织一次游行抗议活动，向当局讨个公道，要求要生存要人权、反对迫害犹太人，要日方缉拿凶犯、严惩绑匪。我和李会长觉得犹太人的要求合情合理合法。他们要采取的这个抗议活动是正义的。有良心的上海人，特别是我们上海工商界的同仁们应予以声援，支持犹太同胞这次争生存争人权的抗议活动。在座的各位都是行业首脑。犹太人举行抗议活动的那一天，希望我们上海工商界的各行业都有人上街表示我们的态度，为犹太同胞助威呐喊。这也显示我们上海工商业者的团结和良心。我没什么多说的，大家赞不赞成？给句话吧。

李衡甫：对，给句话吧。这也是在为我们自己争取权益。

楚孝仪：我支持。我的纺织行业协会一定旗帜鲜明地上街声援。支援犹太人也是在维护我们自身的权益。我们也可以放出话去，如果没有基本人权和生存保障，我们将罢工罢市。

【众人纷纷表态，有食品行业的、金融界的、交通运输行业的……一时群情激昂表示响应。李衡甫挥手打断大家。

李衡甫：好，这事就这么定了。汪先生说得对，这也是我们工商界显示力量、显示团结的时候，也是在为我们工商界争取自己的权益。但各位请注意，我们这一次上街主要是支持犹太人，帮助犹太人要生存反迫害的合法要求。我们工商各界暂不提出自己的诉求，我们上街声援的队伍，不要有过激的行动，不要呼口号，要井然有序，沉默沉静沉稳本身就是一种力量。希望大家千万注意，不要给日本人以任何制造暴力的借口。当然我们也要做好最坏的思想准备，这帮畜生是没有理智没有底线的。如果事情到了这一步，我们中间可能有人会死，那好吧，我李衡甫将第一个去死。但我相信我们的血不会白流，我们的血将唤醒民众，我们也可以让上海瘫痪，让上海变成一座死港臭港，切断日军的补给线，使他们更早灭亡。那我们作为一个中国人也算是死得其所了。

【李衡甫说完，众人一片沉寂，继而热烈鼓掌。

【李廷琛急急走来。

李衡甫：廷琛你回来了，有什么情况你就说吧。这里都是你的叔叔伯伯。

李廷琛：父亲，我们找到了绑架莎拉的日本浪人。现在绑了他们，已经带回来了。三个人都已经承认莎拉是他们绑架的。

楚孝仪：真的是日本人干的。

李廷琛：可是，莎拉现在不知去向，一点踪影都没有。据这几个日本人说，是莎拉自己逃脱的。我担心……

【众人面面相觑，汪墨樵此刻打破了平静。

汪墨樵：依我看，事情还不至于像我们所担忧的那样。莎拉虽然没有回来，但是芦柴棒也没有回来。两个人都没有回来，他们或许藏匿在什么地方。我们现在只有多派人出去搜寻，相信一定能找到他们。

李衡甫：汪老板言之有理。廷琛，不可气馁。现在人不见了，我们固然着急，但绑匪已经抓住了。只怕日本方面比我们更被动。

李廷琛：更被动？他们可不担心莎拉有意外。那个日本商人小野宪一根本不是什么正经商人，他就是日本军方的一个牟利工具，说白了就是个经济特务。

李衡甫： 绑架的证据在我们手上这就是事情的转机。应该利用现在的情况，大做文章。日本用绑架的方式就是不希望事情闹大。我们偏要让所有人都知道。撕下他们的面具，我倒要看看他们怎么收场。

汪墨樵： 廷琛，刚刚我们正在和大家商量，日本人绑架莎拉，现在事情败露，这件事正好向日占当局施压，要求保护上海犹太人的安全及生存权利。现在上海各界都准备上街游行抗议，要求日占当局不再迫害犹太人，严惩小野。

李衡甫： 廷琛，没时间讨论了，你去找米兹拉希先生，同他去犹太社区。他知道要办什么事。你把那几个绑匪交给我，我同汪先生去一趟巡捕房。汪先生，劳你走一趟。

汪墨樵： 好的，我陪你去。（对众人）各位，散了吧。记住，把自己该做的事做好，随时准备上街游行支援犹太人抗议活动。具体行动时间我和李会长另行通知。

第三十三集完

第三十四集

34-1. 景: 犹太社区 日 外

【在李廷琛的陪伴下, 米兹拉希来到犹太社区。犹太难民看到他, 纷纷向他行礼, 米兹拉希一一给他们送上祝福。

34-2. 景: 犹太社区科恩家 日 外

【米兹拉希敲门, 开门的是李廷瑞。

米兹拉希: 是廷瑞, 你在这。普罗米修斯先生在吗?

李廷瑞: 在, 您请进。

【米兹拉希进屋, 科恩和玛丽忙迎上来。

科恩: 米兹拉希先生。

【米兹拉希把祝福送给科恩。

米兹拉希: 普罗米修斯先生, 告诉您一个消息, 绑架莎拉的绑匪已经被李廷琛先生抓到了, 但莎拉不见了。据绑匪说, 是莎拉自己割断绳索逃跑的。李会长和青帮汪先生都派了大批人去找, 但目前还没找到。

玛丽: (担忧地) 可她还是个孩子呀, 她自己怎么能割断绳索呢? 她又能跑哪儿去呢?

李廷琛: 老师, 虽然我们还不知道她的具体下落, 但她至少不在绑匪的手里。芦柴棒也不见了, 他也没有回来。我考虑他们是不是在一起, 也未可知。我相信我们一定能找到她。

杰思敏: 妈妈, 我觉得这是个好消息。豹子也不见了, 很可能是被芦柴棒带走了。别担忧, 妈妈。有芦柴棒和豹子, 莎拉不会受到伤害的。

米兹拉希: 杰思敏, 你说得对。上帝保佑每一个善良的人, 莎拉一定能平安回来。杰思敏, 现在要请你做一件事。

杰思敏: 我做什么都可以。您说吧。只要我能做到的。

米兹拉希: 你和李尔克他们常说我们犹太人沉寂了两千多年, 但我们的命运没有改变。我们不能再等待了, 我们自己的事情需要我们自己解决。我们要人权、要自由, 不能再任人迫害、任人杀戮。上次那个德国人施瓦茨追杀到你们家门口, 这次莎拉又被绑架, 我觉得这仅仅是个开始。再不抗争，恐怕更大的不幸在等着我们，所以我支持李尔克他们的复国会和其他的抵抗组织，同意他们为争取生存权利向有关当局讨公道争人权，包括集会游行示威。杰思敏小姐，请你现在就陪我去联络他们。

科恩：（迟疑地）米兹拉希先生……

米兹拉希：普罗米修斯先生，请您不要阻拦。在很长一段时间里，我和您一样都不愿意采用这样的方式，甚至一直在退让、在等待。可等待有用吗？你们从柏林来到上海，我们的命运改变了吗？今天莎拉被绑架了，明天被绑架的，甚至被杀害的可能就是另一个莎拉，或者是我们逃来上海的全部犹太难民。先生，这个时候，我们需要觉醒。年轻人的想法是对的，我们需要抗争，要回我们作为人类一员该有的一切；要让永远的耶和华知道我们所受的迫害和苦难，听到我们的诉求和呐喊。我们不能只是在心中祈祷，我们要让主听见。走吧，杰思敏。

34-3. 景：巡捕房 日 内

【汪墨樵和李衡甫等人押着三个被绑的日本浪人来到巡捕房。

汪墨樵：我们是来报案的。绑架犹太姑娘的绑匪我们已抓到了。请总华捕出来看一看。

守卫：好的，请稍候。

【守卫入内禀报。

浪人甲：（嚣张地）我们可是日本人，你们巡捕房无权处理我们。宪兵司令部的人不会坐视不管。

浪人乙：你们租界可不要自找麻烦，我们不是租界的人，你管不了我们。

【张工品来到门前，听到几个日本人的狂妄叫嚣，对身后的几个巡捕说：

张工品：关起来。

【巡捕们把几个日本人押走，张工品转对李衡甫和汪墨樵。

张工品：二位楼上请。

34-4. 景：巡捕房张工品办公室 日 内

【张工品带汪墨樵和李衡甫进办公室。办公室一侧坐着两个录事已备好了纸笔，神情严肃。张工品走到他们面前，对他们低声交代着什么。

录事：是。（说完起身离开办公室）

张工品：（对汪李）两位怠慢了，我这里连茶都没有。

汪墨樵：喝茶也不到你这来。我是来给你通气的。那个犹太孩子莎拉·杰拉昨日在虹桥路被人绑架。现在那几个绑匪已被抓获，且都已承认绑架莎拉是他们所为，但这几个绑匪拒不交出被绑的犹太小姑娘。现将绑匪送交你，请严加询查，务必确保犹太小孩的人身安全。

张工品：这几个绑匪是主谋吗？为什么要绑票这个犹太小孩，他们说了吗？

汪墨樵：据这几个日本人讲，他们是受人指使，主谋另有其人。

张工品：说了主谋是谁吗？

汪墨樵：他们说指使他们绑票犹太女孩的是日本商人小野宪一。主谋应该就是此人。巡捕房应该立即拘捕此人，严加审讯，才能查清事件真相。

张工品：那么这个肉票莎拉，现在还没有找到吗？

李衡甫：还没有。

汪墨樵：所以，还要请巡捕房去尽全力搜寻莎拉。

张工品：墨樵，这事有些难办。有了绑匪，却不见肉票，这如何能认定。若是这几个日本人翻供，这案就永远是个悬案。

【张工品此刻态度有些迟疑。

张工品：还有，莎拉·杰拉是犹太社区里的犹太人。犹太社区一向由日方管理。我们巡捕房是无权插手的。

李衡甫：莎拉虽然住在犹太社区，但她是在租界里被人绑走的。案发地在租界，这样光天化日之下的行凶，难道要先问了户籍，巡捕房再出面吗？

张工品：李会长，我不是这个意思。只是巡捕房抓了人，必要有个结果。这件事如果法理不通，我这里扣着人也不过是个时间长短。只怕还是不能解决问题。

李衡甫：张总华捕，绑匪我们已经抓到了，也交给你巡捕房了。绑架案是在租界发生的，那个主谋小野宪一也是租界的人。我们只希望你把案子审查清楚，罪案嫌犯的作案动机是什么？是否还有其他主谋？如果你因为绑匪和主谋都是日本人，你不好处理，你至少可以把绑匪的作案动机调查清楚，确认这批日本人的行为是否构成犯罪。然后将这帮日本案犯和犯罪证据移交日本当局。这你应该可以做到吧？

【见张工品还在犹像，一旁沉默的汪墨樵这时有些坐不住了，铁青了脸。

汪墨樵：总华捕，在租界绑票的绑匪，我们已经帮你抓到了，也交给你了，还给你提供了主谋的线索。我们只是报案人，我们已经尽力。你或有你的为难之处，你就看着办吧。多余的话我就不说了。李会长，我们走。

【汪墨樵说完拿着帽子就要走人，被张工品一把拽住。

张工品：墨樵，你这是干吗？别人不了解我，你还不了解我吗？我虽然是总华捕，有很多事牵一发动全身，也不是我这个总华捕能办得了的。再说了，要把这案子办成铁案，让日方无可挑剔，才能真正起到震慑作用。这么多年来，只要是你汪老板说的话，我哪件事推诿过？况且这件事牵涉到善恶是非，你和李会长做的是惩恶扬善、除暴安良的义举，我张工品也是中国人，我能置身事外吗？

汪墨樵：（脸色缓和）我是说这件事你能办则办，实在不能办，我也不能勉强。

张工品：你放心，这件事我一定要想办法。最起码要把小野抓住，拿到口供和证据，办成铁案才好向日方施压。但小野是日本公民，在中国有治外法权。我这里因犯罪嫌疑抓捕他，扣人时间也不可能太长。只要日本人得知小野被抓捕的消息，必然会对租界施压。我这里我也不能百分之百做主。这就是我担心的原因。你们还要再想想其他办法。

汪墨樵：（微微点头）我和李会长自然还会再想其他办法。莎拉还没有找到，犹太人要讨公道，上海人也不会允许这帮匪徒在光天化日下行凶作恶，这件事不算完。

【汪墨樵拉着李衡甫一道离开了巡捕房。张工品起身送客，却不由一声长叹。

张工品：一辈子躲闪腾挪，避重就轻，这回可要当面锣对面鼓，实打实硬碰硬地干一场了。

34-5.景：林间小路 日 外

【林间小路上，走不动的莎拉被芦柴棒拽着，艰难地往前走。但最终她一屁股坐下来再也不肯往前走。莎拉脱下了鞋子，脚上都起了泡，有的地方甚至磨破了皮。莎拉疼得满脸泪流。

莎拉：我走不动了，我的脚好疼。

【芦柴棒蹲下来，仔细看着莎拉脚上的伤口。干脆把手中的东洋刀丢了一边。莎拉红肿的脚上，双脚流着血。芦柴棒心疼地对着伤口吹气，又心疼地捧起她的双脚揉搓着。

豹子也跟着在身边着急绕圈圈。芦柴棒想了想，蹲在了地上。

　　芦柴棒：莎拉，上来。

　　莎拉：上来？

　　芦柴棒：你这个傻丫头，你这样怎么走。我背你。赶紧上来。

　　【莎拉还在犹豫，芦柴棒干脆把莎拉扛在肩上，背着她往前走。

　　芦柴棒：莎拉，你别着急。我可有个好东西给你留着呢。你在我的褡裢里找一找。

　　【莎拉从包里摸出来一个白面馒头，十分惊讶。

　　莎拉：白面馒头？你从哪儿弄来的？

　　芦柴棒：这我怎么能告诉你，你赶紧吃吧。吃饱了伤口才能好。

　　莎拉：我不要，要吃一起吃。

　　【莎拉挣扎着从芦柴棒的背上下来，把馒头掰成三份，塞了一块给芦柴棒，将另一块塞到豹子的嘴里，剩下的那一小块正准备吃。芦柴棒却不由分说将手上的馒头塞在了莎拉的嘴里。芦柴棒又从褡裢里掏出一个破碗，他东张西望，看上了路边的一棵大树。

　　芦柴棒：莎拉，你就待在树下，看到人来就躲一躲。我去给你找点水。

　　【莎拉只好点了点头。莎拉望着同样一瘸一拐的芦柴棒的背影，大眼睛泪如泉涌。远处传来一阵凄厉的狼嚎，莎拉不知道是什么怪物，吓得缩紧了身子。豹子也立刻显得十分警觉。莎拉拿起了身边的那把东洋刀壮胆抱在身上，满脸恐惧，嘴里却连连说道：

　　莎拉：不怕不怕。莎拉长大了，是大姑娘了。

　　【豹子也紧紧靠着莎拉。

　　【莎拉耳边仿佛响起了悠扬的牧笛声，笛声把莎拉带回到那些无忧无虑的快乐岁月。

34-6．【回忆】景：莱茵河畔 日 外

　　【科恩一家坐在草地上正在野餐。科恩在篝火上烤着烤肠，小狗豹子在烤着烤肠的篝火边转来转去，玛丽将一块切好的腊肠递给它。杰思敏用牧笛吹奏着他们家乡欢快的丰收歌谣。一家人在欢快的乐声中享受着美味。

34-7．景：林间小路 日 外

　　【芦柴棒小心地捧着半碗水走过来，看到芦柴棒回来豹子也激动得摇着尾巴。芦柴棒

把水递给了莎拉。

芦柴棒：莎拉，你怎么哭了？想回家了吗？别着急，我们很快就能回去。

莎拉：我想妈妈，想姐姐。一定是因为我淘气，我没有听他们的忠告，他们一定很着急，很担心。这一切都怪我。我真是觉得难过极了。

芦柴棒：没关系，我们只要安全回家，跟他们道歉，他们会原谅你的。再说，这件事也怪我。那些坏人抓你的时候我要有力气把他们揍趴下，他们也就抓不走你，你也不会受这般苦了。唉，都怪我，都怪我。

莎拉：不，你是我最好的朋友。要不是你，我现在还在那帮坏人手里。

芦柴棒：那你就别哭了。你这么一哭，我心里更难过。我也想哭了。

【芦柴棒装作哇哇大哭。莎拉的大眼睛又一次泪花闪烁。她掏出手绢要帮着芦柴棒擦眼泪，手中的半碗水"嘭"的一声摔在地上，莎拉看着流了一地的水，一把搂住芦柴棒轻轻地啜泣起来。芦柴棒赶紧拍着她的后背安慰她。

34-8. 景：乡镇集市 日 外

【集市上，人群熙攘，叫卖声不绝于耳，芦柴棒和莎拉互相搀扶着在人群中疲惫地走着，莎拉贪婪地看着小摊上的包子和窝头，说道：

莎拉：我很饿，真的走不动了，浑身都痛，想睡觉。

芦柴棒：我知道，我知道。我们很快就到家了。来，我们先到前面休息下。

【芦柴棒把莎拉扶到一个集市旁的小树林，让她靠在自己身上。不一会儿，莎拉就睡着了。芦柴棒轻轻放她躺下，脱下自己的上衣盖在莎拉身上，然后光着上身，捡起地上的破碗，悄悄地离去。豹子想跟着芦柴棒离去，芦柴棒拍拍它，示意它守在莎拉身边。豹子懂事地趴下。

34-9. 景：乡镇集市空地 日 外

【空地上的一棵大树旁围了一大圈人，光着上身的芦柴棒挤了进去。只见一个敞着半边胸脯的高大壮汉正在练着把式，手中一柄带着红穗儿的单刀上下翻飞，壮汉闪转腾挪，刀刃不时砍在场地一块块石头上，将石头砍得粉碎。人群中不时地爆发出一阵阵叫好声。突然，大汉一个收式，握刀向四周观众深深一揖。观众还没反应过来，大汉抬起头来，单臂举手一扬。一枚带着红穗儿的飞刀脱手而出，一道红光飞驰而过，飞刀稳稳地扎在那棵大树上的一个白圈内。人群中爆发出一阵雷鸣般的叫好声。大汉满脸堆笑，捡起地上的一个簸箕，朝四周一拱手说道：

尚云谦：出门在外世道艰难，有钱的捧个钱场，没钱的捧个人场，鄙人这里谢过了。

【几个乡丁模样的无赖冲着尚云谦吼道：

乡丁甲：这什么狗屁玩意儿，这都是事先做过手脚的，还敢到这儿来混吃混喝。

尚云谦：（冷冷地）我跟各位素不相识，功夫就是功夫，什么叫先做过手脚？要不各位也进场露两手让鄙人开开眼？

乡丁乙：（嘲讽地）你要有真功夫，就给大家伙儿练一套飞刀砸活人，让树下站个人，你的刀要从那人头顶三分处砸下去，这才是真把式，到时候我自会重赏你。

尚云谦：（笑道）那你站过去试试？

【听到这话，那几位乡丁立马蔫儿了。

乡丁乙：没看见我公务在身吗？你找别人去。

乡丁甲：有本事立马给我练，没本事立马走人。啰唆什么啊。再啰唆砸了你场子。

【人群中有人也跟着起哄。尚云谦不想惹事，瞪了那几个乡丁一眼，回身收拾地上的空簸箕准备走人。芦柴棒挤出人群向尚云谦走去。

芦柴棒：大叔，能不能让我试试？

尚云谦：（俯身）你不怕吗？

芦柴棒：（怯怯地拍着胸脯）不怕，我相信你的身手。

【芦柴棒说着走到树下，挺直腰板。尚云谦走上前去，将芦柴棒手上的破碗拿过来放在芦柴棒的头顶上，轻声安抚。

尚云谦：别怕，我有把握。你闭着眼睛别动就行。

【尚云谦说着大步走回场中，突然一个鲤鱼打挺，反手一镖，一道红光闪过，芦柴棒头上的那碗砰然粉碎。围观的人轰然叫好，那几个乡丁想溜，被尚云谦赶上拦下，双眼射出一道寒光。芦柴棒拾起地上的簸箕伸到那几个乡丁面前，那几个无赖见势不妙，纷纷掏出钱币扔在簸箕里。尚云谦向众人一拱手，围观的人也纷纷将钱币投向场中。芦柴棒将地上的钱币一枚枚拾起来放进簸箕，捧着簸箕走到尚云谦面前。

【尚云谦拿起一个竹筒，将簸箕里的钱全部倒入竹筒，将竹筒递给芦柴棒。芦柴棒摇了摇头，只抓了几个铜板，向尚云谦一鞠躬反身跑去，被尚云谦一把拽住。

　　尚云谦：小弟弟，你叫什么名字？

　　芦柴棒：芦柴棒。

　　【芦柴棒说完，转身跑开。尚云谦一直注视着他。

34-10．景：乡镇集市旁小树林 日 外

　　【芦柴棒冲进树林里，见莎拉正搓着自己红肿的脚。芦柴棒跑来将两个窝头塞到她手上。

　　芦柴棒：赶紧吃了，吃饱了我们还要赶路。

　　【莎拉瞪着惊诧的眼想说什么，芦柴棒没让她说出话来，又将手上的一个窝头塞到她张开的嘴里，接着又摸出一个窝头自己狼吞虎咽地吃起来，莎拉将嘴里的窝头拿出来，掰了一半塞在豹子的嘴里。她一边嚼着窝头，一边泪光闪烁地盯着芦柴棒。芦柴棒无暇跟莎拉说话，大口地嚼着窝头。豹子突然对着后面大声吠叫。芦柴棒回头一看，见一个人悄无声息地来到他们身后。芦柴棒大吃一惊，忙从地上捡起那把东洋刀，身后那人笑着喊道：

　　尚云谦：芦柴棒。

　　【芦柴棒见是那个耍飞刀的壮汉，立即奔了过去。尚云谦迎上去抱住他，尚云谦安抚道：

　　尚云谦：先吃，别说话，别噎着。

　　【莎拉也一瘸一拐地跟上来，豹子却冲上去一口咬着尚云谦的裤腿，被芦柴棒喝止。尚云谦将两个孩子都搂在怀里，开始慢慢地跟他们攀谈起来。

　　芦柴棒：大叔，你怎么知道我在这？

　　尚云谦：（哈哈大笑）芦柴棒，你大叔可是长着千里眼顺风耳。我不仅知道你叫芦柴棒，我还知道这位小姑娘叫莎拉。小妹妹，你是叫莎拉吗？

　　莎拉：（惊奇地睁大了眼睛）你怎么知道我叫莎拉？我们犹太人有个叫摩西的先知，他可是天上地下、过去未来的事，他都知道。你也是先知吗？你叫什么名字？

　　尚云谦：我叫尚云谦，我不是什么先知。我只是一个普普通通的中国人。可我昨天晚上做了个梦，梦见一个白胡子老人告诉我，说有一位叫莎拉的犹太小姑娘被坏人绑架了，又被一位中国小伙子给救了，告诉我今天一定能遇到他们，要我送他们回家。这不，我今天果然遇到你们了。

芦柴棒：你叫尚云谦？我常听李哥哥和廷瑞哥哥说起什么云谦师父，云谦师父。你不会就是我李哥哥的那个云谦师父吧？

尚云谦：（又一阵大笑）你那位李哥哥叫李廷琛，对吗？莎拉被坏人抓走的时候，你就在身边，你还狠狠地咬住那坏人不放。也是你第一个把莎拉被抓走的消息告诉你李哥哥的，对吧？

芦柴棒：对的，对的。你怎么什么都知道？难道你真的就是我李哥哥的云谦师父？

【尚云谦微微点头，怜惜地抚摸着两个孩子，又捡起地上的那把东洋刀端详着。

尚云谦：孩子，你们受苦了。居然是自己逃出来的，好样的。这把刀是那两个日本人的？

芦柴棒：（点头）我就是用这刀割断莎拉的绳索才逃出来的。云谦师父，今后我也叫你师父好吗？刚才我看见你那一身好功夫，嘿，那刀法，水都泼不进，只见刀光不见人影。云谦师父，我也要拜你为师，行吗？

莎拉：我也要拜你为师。妈妈和姐姐都说东方的功夫很神奇，李哥哥也说过他的那个兄弟叫海东青的，来去无踪。这都是东方功夫。

尚云谦：（温和地）孩子，我们现在不谈这些。我还有很多事要办，你们也要赶紧回家。你李哥哥这会还不知道怎么着急呢，还有你爸妈，以后有机会我们再谈这事，我们现在得先回去找到你李哥哥。这把刀我们路上带着不方便，暂时放在这，需要时我给你送去。

【芦柴棒点点头。尚云谦站起身打了个呼哨。林子的另一边跑来一个人，尚云谦把刀递给那个人。

尚云谦：三黑，这把刀放你这保管，这是日本人的作案凶器。有需要我会叫人来取。通知突击队分散隐蔽，等待命令，随时出击。新的联络地址城南旺记杂货店，有情况会另行通知。我走了。炸药送到后，立即通知我。

三黑：（立正）是！

【三黑走后，尚云谦摸摸莎拉红肿的脚，一把将莎拉背在肩上，牵着芦柴棒走出小树林。

34-11. 景：上海街头 日 外

【浩浩荡荡的犹太人游行队伍，一眼望不到头，队伍的前面打着一幅巨大的横幅，上书"停止迫害，还我人权"，横幅下李尔克等一群年轻人走在最前面。整个游行队伍没有喧嚣，没有呼喊，井然有序，杰思敏挽着科恩和玛丽也赫然出现在游行示威者中，随着队伍坚定而沉默地穿过租界和华界的大街小巷。街道两旁被围观的群众堵得水泄不通。众多记者也争先恐后地抢拍下这壮观的一幕，镁光灯不停地闪烁。

【与此同时，上海的各大街道都出现了游行队伍，每支队伍横幅上都写着"反饥饿反迫害""支持犹太人的人权诉求"等，下面的落款是上海纺织行业协会、上海食品行业协会等。街道两边同样挤满了围观的市民。每支游行队伍都缓慢而井然地向着市中心行进。

34-12. 景：上海日军宪兵司令部会议室 日 内

【会议室正中挂着天皇画像，画像两旁分别挂着日本国旗和日军军旗。土肥原正在主持会议，会议桌旁坐满了日军的各级将领。

土肥原：宣布一件事，久保田大佐任上海军事长官以来，四年间功勋卓著。经天皇御准，军部授久保田长官少将衔，继续担任上海宪兵司令部司令长官，同时兼任上海警备旅旅团长。此任命即日起生效。

【久保田起身向土肥原行礼。土肥原拿起桌上一个小托盘，托盘里放着一对陆军少将领章和一张任命书。久保田接过托盘，正步走到天皇画像前深深一鞠躬。

久保田：谢天皇恩赐。久保田誓死效忠天皇陛下。

【回到土肥原跟前，再次向土肥原行军礼。众将佐掌声祝贺。

久保田：谢将军提拔。

土肥原：祝贺你荣升少将，望效忠天皇，再立军功。请归座。第二件事，我最近可能奉召回国。我走后，上海的军政大计由津田梅枝将军、坂西利八郎将军和久保田将军共同主持。原驻屯上海的混成第十八旅团和海军陆战队第八旅团，各抽出一个联队组成一个新编独立旅团，我再请冈村宁次将军征调一个装甲联队常驻上海，编入上海独立第八旅团。该旅团暂由津田梅枝将军指挥。也就是说原驻屯上海的三个旅团扩编为四个旅团，由原来的三万人扩编到五万人。扩充兵源和经费问题自行解决，上海市政府协助解决。装备问题我回国后敦请总部解决。为什么要做这样的调整？不用我多解释，大家都清楚。总之一句话，前方战事吃紧，军需匮乏，部队损失过大，急需补充兵员，缺钱缺粮缺装备，关键是缺钱、缺黄金美元硬通币。第三件事，昨天市政府给我送来一份文件，是有关犹太人的。待会儿大家传阅一下。我认为可行。其主要内容是：德国军方要在上海修建集中营，对犹太人进行种族屠杀。该计划不符合我帝国国策和利益，已被我断然拒绝。考虑到两国邦交和进一步加强军事合作，我们可以在不损害帝国利益的情况下达成某种一致。如不大规模地建立集中营，但可以以隔离形式对犹太人就地关押，不动用军队大规模屠杀犹太人。但对德国军方指名索要的少数犹太人，我们可以以遣返形式交德方处置。但原则是：一、皇军军方不公开参与，由市政当局予以协助。二、德国军方不得在上海市区公开杀害犹太人，只以市政当局名义遣返少量犹太人交德方处置。三、有关在犹太人的问题上和德国人合作，其实是一笔交易。是交易，帝国就要从中获取应有的利益。目前帝国最缺的是钱。你德国人要犹太人，我可以给你一部分，但我缺钱，你能给我多少？说白了，也就是帝国不做亏本的买卖。这就是我们的底线和原则。我没离开上海前，这件事我会亲自处理。如果我离开上海了，各位根据职责自行处理。底线和原则都已经交给你们了。昨天傅宗耀市长给我出了个很好的主意，目前来上海的犹太难民已超过三万人，这些难民虽然身无分文，但他们在海外的亲友各个腰缠万贯。趁这次对无国籍难民隔离的机会，把犹太难民全部集中控制起来，不让进不让出，甚至不给粮食和食品配给。政府可出台一项政策，给他们犹太人发放在上海的临时暂住证，那他们在上海的居住就是合法的，他们将重新获得自由和食品配给，条件是每人每年必须交给政府一千或两千美元的市政管理费。傅市长说全世界都没人收留犹太人，只有我们上海收留，他们已逃无可逃。他说犹太人精于算计的，一千或两千美元可以买到一条人命，这样的买卖他们会不会干？他们没有钱，但他们哪个在海外没有亲眷。他们拿不出，他们的亲眷也拿不出吗？傅宗耀给我算了一笔账，就算一张暂住证一千美元，三万多犹太难民，一年我们就可以从犹太人身上增收三千多万美元，而这还仅仅是一年。听了傅宗耀这番话，我土肥原也茅塞顿开，我怎么就没想到呢？看来中国人要黑起来，可比我们日本人黑得多。我当时给傅宗耀开了个玩笑，我说看来汪政府用你是用对了，因为你是中国人里坏水最多的人。你有不择手段点石成金的本事，我土肥原没有。你是帝国合格的同盟者，但你也是全世界最龌龊最贪婪的人，我欣赏你。我还祝福他，愿他官运亨通、长命百岁！他得意地笑了。是的，我们就要用这样的人。中国的一位法家人物曾对他的君主说：你想让你的天下太平吗？那你就用那些天下最凶残最无耻的小人当你的官吏。各位，话说远了，我只是要告诉大家，傅宗耀给我们出了个很好的主意。我们缺钱、缺美元、缺硬通币，他在设法给我们弄。我们就按他的主意去办，只要能打好这场"圣战"，实现我们"大东亚共荣"的帝国梦想，我们就欢迎，就支持。

【土肥原说到这，众将佐喜笑颜开。久保田带头鼓掌，顿时掌声一片。这时，门外一声报告。土肥原皱了皱眉。门已被打开，两个宪兵扶着气喘吁吁的傅宗耀进门。

久保田：（不悦地）我在开军事会议，什么事这么急？

傅宗耀：不，不好了。他，他们在游行示威……

久保田：（站起身）什么人在游行？你的警察呢？

傅宗耀：犹，犹太人。哎呀，大佐，我那几个警察有什么用。你去看看他们的架势，多少人哪。

土肥原：傅市长，久保田大佐现在是将军了，您应该叫他将军。您有话慢慢说，天塌不下来。

傅宗耀：将军，将军。事情发生得非常突然，事先我也没听到任何消息。等我接到报告，我立即通知警察局弹压驱赶。但这时犹太人的游行队伍已经穿过了租界，向我市政府蜂拥而来。虽然他们没有呼口号，也比较有秩序，只是默默地穿街过巷。但他们的长长队伍一眼望不到头，两边围观的市民也挤得水泄不通，还有那些记者跟着队伍推波助澜。哎，那阵势好像全上海的人都在为他们助阵，不由你不惊心啊。

久保田：巴嘎！这是暴乱。这帮犹太人，给脸不要脸！卫兵，卫兵。通知宪兵一、二、三大队，还有机枪中队，全体出动，武力弹压！

土肥原：（喝止）等等。傅市长，你知道他们为什么游行吗？

傅宗耀：不知道。前段时期，因那个叫施瓦茨的德国上尉持枪进入犹太社区的事，犹太救助协会给了市政府一个照会，要求保护犹太难民在华的合法利益和生命安全，要求市政当局严惩凶手。我没有理睬他们。这次他们组织这么大规模的游行抗议，据一位记者告诉我，也跟上次那个德国人施瓦茨夜闯犹太社区企图杀人有关，但更直接的原因是一个叫莎拉的犹太女孩被绑架事件。这女孩至今生死不明、下落不明。他们觉得犹太人在上海没有生存权利，连最起码的生命保障也没有。所以他们组织了这一次游行抗议活动。将军，这还不是最糟糕的。最糟糕的是上海工商界的各行业都组织了对犹太人的声援活动，有纺织协会的有金融协会的有食品协会的，还有很多行业工会的。反正吧，上海工商界各行业都组织了游行活动，公开地支持犹太人。他们的横幅上赫然写着：我们支持犹太人的合法要求、正义斗争，保障犹太人的人权、生命权等等。据那个记者告诉我，如果政府当局没有个合理解释，不对杀人凶犯和绑架犯以惩罚，他们将罢工罢市予以抗议。

久保田：这是威胁。这是有组织有预谋的反日活动，不杀他几个，他们会更加嚣张。

土肥原：（冷冷地瞅着久保田）是威胁。是一次有组织有预谋的反日活动，也是要杀他几个，事情才能平息。但杀的不是上街游行的犹太人，而是那几个绑架犹太女孩的绑匪，那企图进入犹太社区杀人的凶手……

傅宗耀：（急忙）将军，听说那几个绑票的是日本……

土肥原：（厉声）我不管是日本人还是德国人，谁要是坏了帝国的扩张大业，我就要了他的命！

久保田：将军，施瓦茨可是德国人。

土肥原：（勃然变色）久保田，你现在是我大日本帝国的高级将领了。我不想像过去那样训斥你，但作为你曾经的老师，我只想提醒你一点，遇事要审时度势，一切为了帝国利益。德国人怎么了？德国人就可以在我帝国势力范围内胡作非为，坏我帝国一统东亚的大业吗？他想保命，可以，谈条件，或拿钱来买，或在其他问题上做出让步。是的，这也是威胁，是一笔交易。你想杀人也好，想保命也好，你想得到你想要的东西，我也要得到我想要的东西。懂吗？

【宪兵向久保田报告。门外法租界工部局华董总巡捕张工品求见。久保田望着土肥原，土肥原微微点了点头。

久保田：请。

【宪兵退下。张工品带着几个巡捕走进会议室，递给久保田一张法租界的照会。

张工品：正好土肥原将军和傅市长也在。（转对久保田）阁下，这是我法租界工部局给上海军政当局的照会。几个日本人在租界绑架了一个九岁的犹太女孩，这几个绑匪疑犯已被我巡捕房抓获。他们供认不讳，并已供出主谋是东亚银行的董事长小野宪一，我巡捕房立即拘捕了小野宪一。小野已承认是他指使这几个日本人去绑架这个犹太女孩的，他还供出还有一个叫施瓦茨的德国人和一个叫莆田川的日本人也是主谋之一。但这两人都已逃进德国总领馆，目前没有归案。考虑到已抓获的五名案犯包括主谋小野都是日本人，租界工部局决定将该案移交日方处理。五名案犯现已押送到宪兵司令部，这是有关该案所有卷宗材料，有他们的供词和他们的画押及详细的作案过程。现全部移案给你，请查验。

【张工品将手中的文件夹递给久保田。久保田接过翻看着。

久保田：一个犹太女孩被绑架，你们处理不就行了吗？何必闹这么大动静，又是照会又是移案的。我们哪有时间处理这些事？

张工品：阁下，问题恐怕不像你说的那样简单。现问题是这几个绑票疑犯和主谋拒不招供被绑犹太女孩的下落，这个犹太女孩至今生死不知。出于对贵国的尊重，我们对本案疑犯没有采用特殊的审讯手段，更未对其做任何处理。这更大大地激怒了犹太人，引起了一系列的社会骚动。这种骚动不仅影响了华界的治安和稳定，也影响了租界的治安和稳定。把疑犯和罪案卷宗移交贵国，就是因为绑匪和主谋都是日本人。租界方面希望上海日当局对案犯加强审讯，尽快找到被绑女孩的下落并确保其人身安全，给犹太人和上海民众一个交代，以维护社会稳定。

久保田：（冷冷一笑）华董阁下，一个犹太女孩的失踪就能引起整个上海社会的不稳定吗？阁下是不是有点小题大做了？你们的照会还要我方承担一切后果，什么意思？

张工品：照会是租界当局代表国家意愿的表述。我无权过问，阁下个人也无权质疑。至于说会不会引起社会的不稳定以及因此而产生的后果，请阁下自己看看吧。

【张工品引久保田走到窗前，土肥原等日军将佐也跟到窗前。

【楼下广场上已经坐满了静坐抗议的犹太人，一幅横亘广场的巨幅标语铺在地上："停止迫害停止屠杀尊重生命还我人权"。黑压压静坐的人群井然有序、鸦雀无声，一大群记者手捧相机争先恐后地抢拍着这些场景。远处，多支游行队伍还在向广场行进，横幅上都写着"我们支持犹太人的合法权益""反饥饿反屠杀""保障生命尊重人权"等。广场周围的大街小巷早已被这些队伍挤得满满当当。这是上海各行业工会的声援人群。

【久保田铁青着脸，将手中的望远镜递给土肥原。土肥原没有接，对着久保田、津田梅枝、坂西利八郎缓缓命令道：

土肥原：宪兵三个团全部出动，另加一个重机枪中队，从陆战旅调一个装甲大队和两个特战中队，三十分钟内赶到广场。听清楚了吗？注意，没有我的命令不准开枪。行动吧。

久保田、津田梅枝、坂西利八郎：是。

【张工品大惊，想说什么又没说出来。土肥原让会议室其他的将佐都回去准备。众将佐纷纷离去。土肥原笑着让张工品坐下。门外一声报告，两个宪兵领着米兹拉希和李衡甫等一众工商业者进来。土肥原忙起身迎接。

土肥原：李会长、米兹拉希先生都来了。喔，还有这么多工商巨子也来了。稀客，稀客。来来，请坐。

张工品：（紧张地）将军刚才调那么多军队来，什么意思？难道要开枪镇压吗？

土肥原：（笑嘻嘻地）华董阁下，别紧张，别紧张。这只是正常的军事部署。你要感兴趣，可留在这，待会儿让你看一场好戏。看过杀人吗？我土肥原好久没杀人了。今天想杀几个人，让大家开开眼。哇，这么大的场面，偌大的一个广场挤得满满当当的，怕有上万人了吧。哦，还有那些声援犹太人的上海各行业的声援队伍。加起来不下两万人吧？好，也让他们开开眼，长长见识。让他们看看皇军，看看我土肥原是怎么处置那些危害帝国的人渣的。张华董，绑架犹太女孩的那几个绑匪，你说已经带来了。他们在哪儿？那个小野宪一带来了没有？

张工品： 带来了。他们都在楼下，等着你们接收呢。

土肥原： 不急不急，绑架犹太女孩的这件事皇军管定了。我也一定会给你们一个满意的答复。想必李会长、米兹拉希先生和各位也是为这件事情来的吧。中国人也好，犹太人也好，只要在帝国管辖范围内，就都是我天皇子民，就应该受到皇军的保护。忠信礼义、惩恶扬善，是我的老祖宗向中国人学来的。今天就让你们看看大日本皇军是怎么惩恶扬善的。

【久保田匆匆进屋，向土肥原行礼。

久保田： 报告将军，一切安排妥当。三十分钟后，包括装甲部队全部到达广场。

土肥原： 知道了。你现在立即通知特高课、76号和全部警务人员，全城搜救那个叫莎拉的犹太女孩，务必保证她的安全。通知德国总领馆，我要召见那个远东战局观察团的梅辛格上校。请他把那个上尉施瓦茨和翻译莆田川带来。还有，去楼下把小野宪一带到你的办公室去，我一会儿过去和他谈几句话。其他几个参与绑架的日本人和全部卷宗交给傅市长，请市政府警察局按战时治安管理条例处置，随时将案件进展报宪兵司令部，我要亲自过问。

久保田： 是。（转身退去）

土肥原： 傅市长、李会长、米兹拉希先生，我这样处理可以吗？

傅宗耀： 将军，这案子警察局办得了吗？涉案的疑犯可都是，都是外籍人士和日本侨民啊……

土肥原：（打断）我说过，凡在帝国管辖范围内的所有民众都是天皇子民，都受我皇军的保护。所有违反战时治安管理条例的都是犯罪，都是抗日分子。我不管什么外籍人士或是日本人，该抓的抓，该杀的杀，一律按战时条例办，有什么办不了的？

【傅宗耀无言，土肥原走到窗前看了一下，回头招呼大家。

土肥原：各位过来参观一下吧。场面挺壮观的。我去久保田将军的办公室看看小野，我和他相交怕有二十年了吧。他也是我从满洲调来的，他就要死了，虽说是罪有应得，但毕竟认识二十年了。让他死，也让他死个明白。各位，慢慢观赏下边风景，边看边品，我马上回来。

【土肥原说完，大步走出会议室。

34-13. 景：宪兵司令部久保田办公室 日 内

【换上少将领章的久保田坐在办公桌，戴着手铐的小野宪一站在窗前，四个全副武装的日本宪兵在他左右分立。小野宪一倒显得十分平静，西装笔挺，皮鞋锃亮，头发也梳得整整齐齐，只是那副锃亮的手铐十分扎眼。此刻他正望着窗外，十分轻松悠闲，仿佛真在欣赏一道难得的风景。

34-14. 景：广场 日 外

【广场上的犹太人黑压压一片，他们手挽着手坐在地下，秩序井然，鸦雀无声。铺在地上的白底黑字巨大横幅十分醒目。广场周围和街道上都挤满了声援的队伍和群众。十几辆军车呼啸着开来。几百名带着白色袖章的宪兵从车上跳下来，迅速地包围了广场，架起了机枪。军车开走后，几十辆轰鸣着的装甲车和坦克也迅速赶到。这些装甲车队排好战斗队列，枪口和炮口都对着广场人群。远处还有很多装甲车和日军军车拉响警笛，封锁广场的各个出口。

34-15. 景：久保田办公室 日 内

【土肥原推门而进。久保田起立躬身。土肥原从桌上拿过那本案卷，挥手示意那几个宪兵退下。轻轻叫了声。

土肥原：小野君。

【小野宪一缓缓转身，冷冷地望着土肥原，脸上毫无表情。

土肥原：（拍着卷宗）这卷宗上的供词笔录都是你说的吗？这画押是你亲自画的吗？

【小野宪一没有说话，只点了点头。

土肥原：我知道了，你还有什么要说的吗？

小野宪一：（突然地）你要杀了我吗？

土肥原：你说呢？杀你我很难过，毕竟我们认识二十年了。但我今天不杀你，我就得把广场上的那两万余名犹太人和中国人杀了。可这两万人还在为帝国效力，帝国还在从他们身上收取税赋，他们还在给帝国"圣战"输血。如果今天我不杀你，我就得把他们给杀了。那么这广场，甚至上海就会血流成河，那今后谁给军国"圣战"输血？

小野宪一：土肥原，是你把我从满洲调来的，我也在兢兢业业地为你做事，为帝国效忠。我没做错什么，都是按照你的指令办的。你却要杀我。这不公平，我不服！

土肥原：我原本以为人之将死其言也善，没想到你死到临头，还不明白自己为什么要去死。好吧，小野君。看在我们二十年的交情上，我让你死个明白。看见下面这些犹太人和中国人了吗？这是暴动，这是向皇军示威。而这场暴动是你引起的，甚至可以说是你挑动的。上海是"大东亚共荣"的中心，是帝国共存共荣的皇道乐土，在给帝国"圣战"提供着军费和军需，帝国需要上海，上海的稳定压倒一切，而你却引起了上海这么大规模的骚乱，你不该承担责任吗？如果任其发展下去，那上海将变成一座死城死港。如果我把广场上那两万犹太人和中国人杀了，那我们大日本国际声誉也将荡然无存，甚至比德国纳粹还要糟糕。国际上会骂我们在帮助纳粹屠杀犹太人，会骂我们是德国人的一条狗，那我们日本国还怎么在国际上站住脚？那还怎么实现一统东亚的霸权伟业？你闯了这么大的祸，你还不该死吗？借你一颗人头平息上海的骚乱，是帝国的需要，也是帝国的利益所在。你还能说什么公平不公平吗？

小野宪一：就算如此，我也是为帝国尽力的过程中犯的错，也是在执行你指令的过程中犯的错。是那个莆田川和德国人施瓦茨给我出的主意，他们才是真正的元凶和主谋。现在我成了替罪羊，这公平吗？

土肥原：这就是你的愚蠢所在，你在执行我的指令吗？我要你去绑架犹太女孩吗？你明明是在执行那个莆田川和那个德国人施瓦茨的指令。你说是他们给你出的主意，知道为什么他们给你出这个主意吗？那个莆田川是为了钱，我不知道你给了他多少钱，否则他凭什么给你出主意？至于那德国人施瓦茨，他让你去绑架那个女孩，无非是想把她父亲引出趁机杀了他，完成他来上海的使命。否则他和你素不相识，又怎么会去帮助你，给你出主意？这么浅显的道理，你就没想过吗？实施绑架的人是你，他们可以不承担任何责任。再说你有他们参与谋划罪案的证据吗？如有，你拿出来，我立即逮捕他们。

【小野宪一沉默。

土肥原: 好了，小野君。没时间再跟你说什么了，我过来见你最后一面，只当为你送行吧。别再怨天尤人了，是你自己的愚蠢和无能杀了你自己。上次你放走了犹太人的三千万美元，给帝国造成难以估计的损失，那时我就该杀了你。可我没有，而是给了你救赎的机会，可没想到你竟捅出这么大的乱子来。如你不死，帝国在上海多年的苦心经营将毁于一旦。去死吧，就算你是为国靖难，为"圣战"献身，为天皇尽忠。我回东京后会要求大藏省将你在名古屋所有财产留给你后人。我知道你还有个女儿叫小野美枝子，她现在在名古屋国立大学学金融。她将接管你的一切遗产，包括你在满洲的东亚银行和满铁的股份。你的名字小野宪一将进入靖国名单载入史册，受后世崇敬。小野君，作为老友，我已经做了能做的一切。你可以安心地走了。

【小野宪一此时面目僵滞，看不出是出于感激还是害怕，身体竟有点站立不住。土肥原向久保田做了一个手势。久保田点了点头，向门外喊道:

久保田: 宪兵，宪兵，带走。

第三十四集完

第三十五集

35-1. 景：宪兵司令部会议室 日 内

【李衡甫和米兹拉希等人都站在窗口，静静地看着广场上发生的一切。傅宗耀独自一人坐在会议桌旁，室内无人说话。土肥原推门进来，大步走到众人前。

土肥原：（朗声道）李会长，各位，好看吗？三万人集会的大场面，犹太人一万，中国人一万，皇军一万。够热闹也挺壮观。这样的场面我还是第一次在上海看见。

【李衡甫和众人都站着没动。李衡甫甚至没瞅土肥原。

李衡甫：民不畏死奈何以死惧之。将军准备大屠杀吗？

土肥原：不不。我们日本有句谚语：面对女人，请放下你的刀。我们日本崇尚武士精神，一言不合则拔刀相向。可女人在日本是弱者，面对弱者，你也拔刀相向吗？那就请收起你的刀吧。广场上的犹太人都是从西方逃到东方来的，都是难民，他们都是弱者，我怎么能向他们开枪。

李衡甫：那你调这么多军队来干什么？又是坦克又是装甲车，成建制的机枪部队，想把上海变成南京吗？

土肥原：李会长，真人面前不说假。今天的这场戏应该是你策划的吧。上海滩除了您和汪墨樵先生，谁有这么大能耐闹出这么大动静。我只不过是为阁下站台，做些必要的军事部署，防范暴民闹事。和您一样为犹太人遭遇的不公讨个说法。当然，和李先生一样也有另一层意思，李先生安排这么大的场面，不是也有向皇军示威的意思吗？我也是，显示皇军的威武和实力。皇军有能力平息任何形式、任何规模的暴动和骚乱。这是一次检阅，也是示威。上海是东亚重镇，不允许有任何骚乱。为了维持稳定，皇军将采取一切可能的手段，不排除武力镇压。当然，这不是我所希望的，我想也不是大家所希望的。

李衡甫：土肥原将军，多余的话就不说了。我今天和米兹拉希先生等人来，就是想请将军给句话。德国人在犹太社区持枪行凶和犹太女孩被绑的事，你管不管？

土肥原：李会长，我说过不管吗？刚才我做的部署你没听见吗？当然，我也可以不管。犹太社区的行凶杀人案和犹太女孩绑架案都是治安案件，应由市政当局管理和处置，这不是军方的管理范围。但我刚才当着众位的面亲自做了安排，而且表示这事不仅要管，我还要亲自管。李会长，请你有点耐心，好戏还在后头。我会管给你看的。（突然手指窗外）哦，各位，好戏开始了，请看楼下。

【李衡甫等人顺着土肥原的手指看向窗外。一队宪兵押着小野宪一来到广场前，一个宪兵用手枪朝他的后膝弯开了两枪，小野啪的一声跪倒，另一个宪兵上前对他的后脑开了一枪，小野趴倒在地。顿时红白飞溅、血污满地。楼上众人愕然。广场上一片躁动，不知哪辆装甲车上的机枪响了，弹道划过天际，留下缕缕青烟。广场顿时又安静下来。土肥原大怒，对站在门边的两个宪兵吼道：

土肥原：混蛋，谁让他们开枪的？去，告诉津田梅枝将军，查到那个开枪的射手和他的曹长，各责三十军棍，立即执行。告诉津田梅枝，没有我的命令不准开枪，再有违令者就地处决。

两宪兵：是。（飞奔出门）

土肥原：李会长、米兹拉希先生、张华董，你们各位都看见了，绑架犹太女孩的主谋小野宪一已经被处决了，案子的继续侦破工作我已责成警察局继续办理，寻找犹太女孩的工作已让皇军特高课 76 号和警察局全力搜寻。你们还有什么要说的吗？

张工品：既然将军做了如此周密安排，租界方面也就放心了。告辞。

李衡甫：土肥原将军，犹太人诉求，我们的目的都已经达到了。皇军的威风我们也看到了，看来您的目的也达到了。这次风潮能顺利解决，很感谢将军您的睿智。告辞。各位，我们走。

【李衡甫带着众人就要离开，被土肥原拦下。

土肥原：好剧收场了，各位请回吧。我不希望看见这种骚乱在上海再次发生，皇军也不允许。李会长和米兹拉希先生请留一下，有些事还要向你们通报下。（转对傅宗耀）傅市长，你也请回，让警察局把楼下的几个绑匪带走，办案的进展情况随时向我报告，特别是寻找那个犹太女孩的下落。

【众人纷纷离去。土肥原热情地请李衡甫和米兹拉希入座。

35-2. 景：汪公馆花园 日 外

【大榕树下的石桌旁坐着汪墨樵、茉莉和张圣财。小莉捧着茶壶在一旁给他们筛茶。

汪墨樵：圣财，这茶还不错，这是去年留下来的雨前龙井，封口封得好，味道倒是一点没变。难得在今天的上海滩，特别是这种季节，还能喝到这种好茶。茉莉，别老呆坐着，喝茶啊。

张圣财：是啊，嫂夫人。正宗的雨前龙井，难得喝到的。品品。

【茉莉拿起茶盅喝了一口，突然又喷了出来，手一松，茶盅掉地上摔得粉碎。

茉莉：（捂着嘴巴）烫，烫，烫死我了……

汪墨樵：怎么了？烫到了没有？你这个人哪，好茶是品的，一小口一小口地边抿边品。哪有像你这样的，大口大口地喝，你以为是老牛喝水啊（说毕大笑）。

茉莉：（娇嗔）人家都烫死了，你还笑。笑你个头啊。

【张圣财帮小莉拾起地上的碎茶盅，拿起一个空茶盅给茉莉筛上。

张圣财：嫂夫人，我看你今天有点不对劲啊，心不在焉，好像有满腹心事啊。

汪墨樵：她啊，一天到晚有操不完的心。别看她人在这，她的心哪早已飞到广场去了。

茉莉：你不也是吗？昨晚嘀咕了一个晚上，说就怕今天要出事。今天早饭也没吃，特别是广场那边的兄弟来报信后，说日方调动了大批军队还有坦克装甲车什么的，之后又听说广场那边响起了枪声，你就干脆连中饭也不吃了。你还笑我呢。

【汪墨樵脸色霎时阴了下来。

汪墨樵：（喃喃地）看来鬼子真要动手了。官逼民反，真活不下去了，老子就跟他们拼了。

张圣财：还好，我们帮里的弟兄这次一个都没去，要不然……

汪墨樵：好个屁！我还在后悔呢。我就该让我们的码头协会、粮运工会帮着犹太人闹腾一下，大不了鱼死网破。

茉莉：（声泪俱下）我就担心杰思敏他们，他们家的小莎拉现在还下落不明，今天他们全家都去游行了，万一再出点事，那可怎么办啊？唉，还有那么多犹太人……

张圣财：别担心，夫人。吉人天相，善有善报，恶有恶报，真有个什么意外，大不了像师兄说的那样来个鱼死网破。真要拼命，鬼子也好不到哪儿去。

【一青帮小弟进来禀报。

青帮小弟：先生，门口有个叫谢润林的要来见您。

汪墨樵：谢润林？警察局那个情治科的？让他进来。

茉莉：你有客人来，你们谈吧。我回房休息一下。

【茉莉说着边擦眼泪，边在小莉的扶持下回屋。

【戴着墨镜一袭长衫的谢润林走了进来，见了汪墨樵抬手一鞠，张圣财赶紧起身让座。

谢润林：汪先生好兴致，上海滩都闹翻了天，先生还在这喝茶品茗。难得，难得。

汪墨樵：谢科长是夸我呢，还是黑我呢？我现在就是个闲人，两耳不闻窗外事，也不读什么圣贤书，喝杯清茶，有碗饭吃也就知足了。张科长是忙人，在警局身居要职，春风得意，今天怎么有闲暇光临寒舍？难得，难得。

谢润林：春风得意个屁！像我这种人在官场混，还有什么大出息吗？得过且过，混碗饭吃而已。哪像你那位高徒殷燕农殷科长，他倒是春风得意、前途无量啊。

汪墨樵：殷燕农怎么啦？大字不认识几个，还能强过你这位军统杭州警校毕业的高才生吗？

谢润林：我说汪老板，您就别给我打哈哈了。警局的那点事您还不知道吗？心要黑、嘴要大、手要狠才能吃香喝辣、八面来风，像我这样的有口饭吃就不错了，哪能跟你那位高徒比啊。人家殷科长又要高升了，真是名师出高徒啊，还是你这个师父带得好。

汪墨樵：（脸色一沉）谢科长，别把我和殷燕农扯一起，他是他，我是我，他升他的官，他发他的财。我现在和他没任何牵扯，在我这请你不要再提他。

谢润林：该死，该死。不知汪先生对殷燕农早有芥蒂。话说到这，我倒是想多说两句了。以汪先生的人品人望，上海滩谁不敬仰？可您这位弟子却令人不敢恭维，自从他进了警局巴结上了久保田，就成了久保田的一条狗，欺压良善，横行霸道，滥捕滥杀，无恶不作。上海民众无不对他恨之入骨。可就是这样的一个人，却官运亨通。听说最近他又要当警局的副局长了。

【听谢润林又说到殷燕农，汪墨樵颇为不耐烦，只低头喝茶，也不再理他。张圣财不客气地站起身，下了逐客令。

张圣财：谢科长如果没有别的事，那请回吧。我和汪先生还有些事要处理。

谢润林：（笑嘻嘻地）不急不急，张老板，您请坐。我今天来还就是要跟汪先生谈谈殷燕农的事。我谢润林心里还有些礼义廉耻，和上海民众一样深深敬佩汪老板的操守人品。有些事我不告诉汪老板，我良心不安。（转对汪墨樵）汪先生，据我所知，您的这位弟子觊觎您这把交椅已经很久了，最近可能要对您下手了。他了解并掌握了您很多信息，其中有几条足够置你于死地。比如"八一三"淞沪战役打响，您组织战地服务团上前线抢救伤员，给国军将士送大饼和水。最糟糕的是李家大少爷从虹口战区救出来的那48位重伤员是您派人和船送到江北的，他甚至知道您派了哪些人护送，送到江北什么地方，您又派了曹家湾的哪些兄弟将那批国军伤员送到新四军驻地的。这些情况如果让日本人知道，证据确凿，有鼻子有眼，他们能放过您吗？这就是殷燕农所说的通敌、抗日、反日、仇日，是有组织的抵抗活动。

张圣财：你怎么知道殷燕农了解这些情况？是他告诉你的吗？

谢润林：听我说完，还有更致命的。他还知道汪先生在江北雷公山和曹家湾组织了两支抗日义勇军，人数120人，3个东北军教练，全部德式枪械，都是杜先生留下来的，连枪支的型号、数目他都知道，青帮几个堂主在那儿担任什么职务，上海哪些人常去江北送情报送给养，他全知道。刚才圣财兄问我怎么知道这些情况，殷燕农告诉我的。我跟他共事三年，他对我滴水未漏，我还是警局负责情治，可见这个人心机之深。我只是昨天晚上才知道这些事，这也是他从久保田那知道他要当副局长了，有些得意忘形吧，他请局里的同僚们喝酒，我见他眉飞色舞，知道他必有好事，故意拿酒灌他，他居然来者不拒喝得酩酊大醉。酒后我又开车把他送回家，我故意放慢车速，在车上一句一句地套他的话，他说久保田很赏识他，土肥原马上奉调回国，土肥原走后久保田立即提拔他当警局的副局长，我情治科也归他管了，他说他上任后的第一件事就是要把你扳倒，他对你咬牙切齿，他说你为了一个娘们居然割了他一只耳朵，他说这种深仇大恨，他做鬼也不会放过你。我问他有什么本事扳倒你，他就跟我说了他了解你的这些情况，他之所以迟迟没有对你下手，是因为土肥原将军的"河豚鱼计划"有一条是不动帮会，他要下手不仅除不了你，反而会被你所害，他说他是忍辱负重熬到今天。他还得意地告诉我，如果你落到他手上，他也要先割了你一只耳朵，再割你的鼻子，挖掉你一只眼睛，再割掉你的舌头，再敲掉你的全部牙齿，他说不会痛痛快快地一枪结果你，他会让你慢慢地在痛苦折磨中死去。他甚至还不放过茉莉，要在你还活着的时候把茉莉再次送给久保田，让你亲眼看见久保田是怎么糟蹋茉莉的……

【汪墨樵听着谢润林说话，脸色铁青，端茶的手颤抖的厉害，始终没说一句话，茶盅里的水洒了出来，最后他实在憋不住了，咣的一声将茶盅摔得粉碎。

汪墨樵：（低声喝道）行了！

谢润林：该说的都跟你说了，信不信由你。这种下三烂，连我都瞧不起，汪先生还是提防些为好。

汪墨樵：我信你。谢先生，看来日伪警察局也有好人。圣财，去拿两条黄鱼给谢先生。

【张圣财应声而去。

谢润林：别别，我也不是什么好人，我只是看不起这种卑鄙无耻为虎作伥的下流坯。告诉你这些，只是不想您遭小人暗算。他要当了局长，我也不会再干了，回家种田去。这世道我算看透了。汪先生，咱们后会有期，告辞。

【谢润林起身就走，被汪墨樵一把拽住，恰好张圣财拿着两条黄鱼赶到。汪墨樵拿过黄鱼硬塞进谢润林的长衫内兜。

汪墨樵：您的忠告，不是两条黄鱼能够换来的。这只是我的一点小小心意，只要汪某不死，有事尽管来找，汪某无不从命，我就不送了，愿后会有期。

35-3. 景：宪兵司令部会议室 日 内

【会议室坐着土肥原、李衡甫和米兹拉希。

土肥原：今天的情况二位都看见了，绑架犹太女孩的主谋小野宪一已处决。全上海的军警特都在搜救那个失踪的女孩，案件还在侦破中，我也算对这件事有个交代了。当然我也可以采取另一种处理办法。战争没有结束，中国人的抵抗还在进行，皇军占领区还极不稳定，乱世用重典，特别是像上海这样的都市不能乱。可你们今天的这种做法造成了上海社会性的骚乱，根据皇军以往的做法和战时管理条例，我本可以对骚乱予以弹压，对暴乱的参与者就地处决。你们也看见了皇军不是没有这种能力，我可以在半小时内将参与暴乱的两万人全部解决，可我没有这样做。目的当然还是为了维持上海的稳定，保持上海的繁荣和民生稳定。当然也希望能让所有上海民众感受到我日本帝国对犹太人的亲善和友谊。纳粹德国仇视迫害屠杀犹太人，我们没有。希望二位能感受到帝国的包容和善意。特别是米兹拉希先生，您是上海犹太人的精神领袖，您有责任引导您的犹太同胞与帝国保持同样的亲善与友谊。既然生活在这块土地上，不管是不是天皇子民，都必须承担相应的责任和义务。前几天我收到傅宗耀市长一份报告，鉴于上海还处于战时状态，社会极不安定。各国的难民、流民、移民都蜂拥上海，身份参差不齐、错综复杂，极难管理。市政府准备出台一项政策，即建立无国籍难民隔离区，限制国际难民的某些活动，符合条件的国际难民，政府可发放临时或永久居住证，这也是为了保证难民的安全，不再发生类似德国人闯入犹太社区杀人和绑架事件，这也是为了维持上海的社会治安。傅宗耀市长这个报告我是认同的，估计这项政令很快出台实施，希望米兹拉希先生全力配合，防止再发生类似今天这样的事件。我刚才说过在这块土地上生活就必须承担相应的责任和义务，服从当局的管理和各项政令法令，否则将引起严重后果。当然，我们也可以将这些无国籍难民遣送回国，德国来的送回德国，法国来的送回法国，还有波兰的、苏俄的统统遣返。

米兹拉希：将军刚才说符合条件的，市政当局可以发放永久或临时的居住证。不知你们说的符合条件具体有哪些条件？

土肥原：具体条件由市政当局设定，军方不参与，军方只保障政府政令法令的实施。李会长，您有什么要问的吗？

李衡甫：我能有什么好问的。您口口声声说要服从政府的政令法令，否则后果严重。这分明就是最后通牒，特别是这些话由您讲出来，还有什么可商量余地吗？

土肥原：李会长，您对帝国的敌对情绪太深。我是把您作为朋友。好吧，请您留下来。作为朋友我还得给您一些忠告。米兹拉希先生，我要跟您说的话已经说完了，您可以走了。记住我对您说的每一句话。不要再发生像今天这样的事件。请把广场上您的人带回去。

【门外一声报告。久保田进屋。

久保田：将军，都按您的指令办了。广场上的示威者都在撤离，宪兵和皇军部队还在广场镇守，请示下一步行动。

土肥原：通知部队迅速撤回驻地，你现在派人把米兹拉希先生护送回家，你以后还要和他多打交道，必须保证他的安全。你到办公室等我，我不叫，你别过来。我还要和李衡甫先生说几句话。

久保田：是。米兹拉希先生，请吧。

【米兹拉希随久保田离开。会议室只留下土肥原和李衡甫。

李衡甫：我们还有什么可谈的吗？

土肥原：告诉您一件事，我马上就要离开上海回国了，不知今后还有没有机会见面。我知道您没把我当朋友，但我们毕竟认识也有二十年了吧。我们虽然交道不多，但毕竟彼此还有些了解。就像当年我们在天津分手一样，您给了我很多忠告，我至今铭记。今天我们在上海分手，我也想给您一些忠告，也是劝告吧，这也是我对朋友一番情谊。我希望我们今天的谈话能开诚布公、轻松愉快，朋友式地畅所欲言。

李衡甫：可您听了我的忠告吗？1927 年您离开天津去东北，1928 年就发生了皇姑屯事件，1931 年又发生了"九一八"事变，1932 年"满洲国"成立，日军攻占热河，紧接着您又策划"华北自治"，您能说这些事情都跟您没有关系吗？三十年来您在中国的所作所为罄竹难书，我们还有什么朋友可言吗？

土肥原：您知道我一直很敬重您的才华和人品。如果不是因为战争，我们或许可以成为很好的朋友。但世事难料，人生无常，中国和日本现在是敌对国，是交战国。你我都必须服从各自国家的利益，忠于自己的国家。但我对您个人道德人品的敬重没有变，这也就是我为什么要再次分手时与您谈谈的目的。

李衡甫：有话请直说吧，不用绕弯子了。

土肥原：我知道您不会与日本亲善，也不会把我土肥原当您的朋友。我只是为您可惜，可惜您出生在中国的这片土地上。以我对您的了解，您的才华智慧足以安邦定国、名留青史。您的人生也应该绽放出更耀眼的光芒。

李衡甫：土肥原将军，我想您把我留下来，不是为了赞颂我的吧？我没想过什么安邦定国、名留青史，也没想过什么人生光芒。我只是个中国的平民，我只想当个老百姓，不想做贱民，做亡国奴。

土肥原：我很理解李先生的这种民族自负，设身处地，换了我可能也跟李先生一样。但您的这腔热血和脊梁没有用，因为您生活在这无望的国度，一个没有未来的民族。这是你们的历史和文化造成的。蒙古族的铁木真、满族的努尔哈赤不也统治了你们几百年吗？你们不也做了几百年的顺民、贱民、亡国奴吗？这些我就不说了，我只想告诉李先生识时务者为俊杰，像李先生这样的才俊应该放眼世界和未来，为人类发展和建立世界新秩序建功立业，这才是智者所为。死守着一个没有未来的国家和民族，您能改变它的命运吗？

李衡甫：阁下，我不知道您在说些什么，到底想干什么？请开诚布公好不好？

土肥原：您别急啊，不是说好我们这是一次轻松愉快、朋友间的话别吗？唉，李会长，为了调节气氛，我跟你讲个故事好吧？小时候我听我爷爷说，一个法国使臣对大清皇帝说，你们的太监制度很不人道，竟然把一个男人的生殖器给割了，这是对人性的一种摧残。大清皇帝一时无言以对，他身后的那个太监跳了出来，指着使臣吼道：休得在万岁面前胡言乱语！我能在皇上身边伺候皇上，是皇上的恩典，也是我的福气，我心甘情愿地永远伺候皇上，包括我的子孙后代。

【土肥原说完一阵大笑。李衡甫冷冷地打量着。

土肥原：李先生，我猜想您现在应该很愤怒，您觉得我在侮辱您的国家和人民。但我请先生撑开眼睛看看，在这块土地上有多少像那个太监那样的人，生殖器被人割了，不分昼夜地伺候别人，还说自己是心甘情愿的，是皇上的恩赐，是自己的福分，甚至还要自己的子孙后代也把生殖器割了，继续伺候他的皇上，以沐皇恩。哈哈，他还能有后代吗？先生想想，你们华夏这个族群，从当朝宰相到每一个庶民百姓，无不充斥这种思维。这个民族还有未来吗？这就是你们的文化。什么君臣父子、三纲五常，什么万般皆下品，唯有读书高，什么学而优则仕、刑不上大夫礼不下庶人，等等，这种文化从西汉开始到现在，在你们土地上已经传承两千多年了，积重难返，无可救药。你们有个叫鲁迅的作家，不，应该是个了不起的思想家。他写了很多文章，他在文章中尖锐地指出华夏文化充斥着专制性、奴性，他称这种文化叫"奴性文化"，把所有人驯化成狗，而且只能做乖乖狗、巴儿狗。在这种文化熏陶下的民族能有未来吗？

李衡甫：（冷峻）您说的这些我听不懂，我只是一个商人，我没有您那么博学多才，有话请直说。

土肥原：以您的高才睿智，您不会听不懂。好吧，既然您这么紧张，那我就直说了。我希望先生改弦更张、弃暗投明，能真心实意地为大日本帝国服务，为"大东亚共荣"建功立业。上海是"大东亚共荣圈"的中心腹地，需要一个睿智能干、勤政奉公的人来治理。我这次奉召回国，我会向天皇陛下和军部力荐先生为上海市市长。我来中国三十年，阅人无数，很多中国人都是我的故友同窗，还没见过一个像先生您这样有思想、有能力，又忠勉坦诚的人。先生现在只是个意识问题，一旦意识改变过来，您将是帝国难得的好帮手。李先生，人生苦短，是人才就要人尽其才，与其做些对抗帝国的蠢事，还不如为帝国的东亚共荣伟业做些轰轰烈烈的事情，否则不仅埋没了先生的雄才高智，而且会给自己招来祸患。您应该懂我的意思吧？

李衡甫：阁下，您是在警告我，还是威胁我？希望我像条巴儿狗一样乖乖地匍匐在您面前？您看错人了，也抬举我了。我没有这个能力当你们的市长。说句您不爱听的话，我不会当你们的贱民，更不想当亡国奴，我还会当你们的一条狗吗？您今天就可以杀了我，我也做好了这种准备。多余的话我们就不要再说了。

土肥原：李先生，您既然这么决绝，我也勉强不了。我即将回国，分手在即，作为朋友，我最后再问您一次，您真不愿为我帝国的"大东亚共荣"出力吗？

李衡甫：土肥原阁下，我本不想跟您多谈，道不同不相为谋。我不知道跟一个打家劫舍的土匪有什么好谈的，但您既然这么咄咄逼人，今天我也就冒犯了，也请您不要跟我谈什么"大东亚共荣"。所谓"大东亚共荣圈"，就是抢劫，是掠夺，是侵略，是想用武力征服东亚、南亚，包括中国和印度，甚至南太平洋的新西兰和澳大利亚，然后再对这些国家进行政治、经济和文化掠夺。你们就是要把你们的太阳旗插到你们想去的任何地方，你们想和德国纳粹瓜分世界。这就是你们所谓的"大东亚共荣圈"。愚蠢使你们高估了自己的军事实力、经济实力和世界影响力。你们忘记了全人类热爱和平的是绝大多数，充耳不闻全世界正义的呼声和力量。是你们的愚蠢和贪婪发动了侵华战争，又发动了太平洋战争。您不是要回东京吗？请把一个中国平民的话转告您的天皇陛下，转告你们军部那些狂妄无知的军国主义者，你们的侵略行径必将导致你们的最后灭亡。犹太人有一句话，上帝要让他灭亡，必先让其疯狂。这种疯狂就是你们死亡前最后一搏，你们必将灭亡。你们让贪婪蒙住了眼睛，你们的残暴和贪婪本性让那些你们国策的决定者变成了脑残。你们何尝不知道日本只是一个弹丸之地、蕞尔小国，竟悍然发动大规模战争，还妄图占领东南太平洋近四十个国家，这不是挑衅世界、自取灭亡吗？你们有这个能力、实力、军力吗？你们这是自作孽不可活。是野心和贪婪使你们变得疯狂和凶残，所以最终灭亡的必定是你们。您也可以转告你们军部的那帮军国主义者，国土窄小、资源匮乏不是你们侵略扩张的理由。明治维新以后，你们改弦更张学习更多的西方军事和科技。在一段时期内，你们经济发展势头也不错。你们本可以让你们的老百姓生活得更好，提高他们的教育水平，把你们的国家建设得更富强、更美丽、更强大。可是你们的野心却让你们挑衅人类正义的底线，发动大规模的侵略战争，妄图以日本为中心占领世界舞台。您回国后，看看你们的老百姓过的是什么生活吧。他们现在缺衣少食，连粮食都要配给，过着牛马不如的生活，还在死心塌地地为你们的侵略战争服务。我听说日本国内很多地方出现了妻子送丈夫上战场，并勉励丈夫要战死沙场，不要活着回来这样的人间惨剧。而丈夫则反过来勉励并亲送自己的妻子去当慰安妇，为天皇和帝国献身。这种情况在你们日本比比皆是。我看这就是你们的文化。这种文化不仅野蛮，而且丧失了最基本的人性、人道和人伦，是你们日本特色的军国主义文化。再看看你们的教育，孩子们从小受到的是军国主义教育，在天皇万岁和为帝国献身的喧嚣中成长，这些孩子们长大后，能不成为你们军国扩张的狂热追随者吗？还有你们的舆论宣传颠倒善恶、散布仇恨、鼓吹侵略，充满了欺骗性和煽动性，不仅蒙蔽了你们国家那些善良的百姓，让他们心甘情愿地为你们的侵略战争走上一条不归路。甚至蒙蔽了你们那至高无上的天皇，让他以为日本已经天下第一，有实力挑战世界而悍然发动战争，让日本走向灭亡。这就是你们的民族、你们的文化。这样的民族会有前途有未来吗？土肥原阁下，您刚才给我讲了一个中国太监的故事，是耻笑我华夏民族被人割了生殖器还要为那个割他生殖器的人唱赞歌、抬轿子。那我不客气地说一声，你们日本人不仅被人割了生殖器，还被人剜了大脑，是个脑残民族，已经丧失基本的思维能力和判断能力，分不清善与恶、美与丑、正与邪。这样的人民、这样的民族能有希望和未来吗？土肥原阁下，二十年前您的身份没有暴露时，我觉得您是个可交的朋友，今天我才知道您是个腐朽到骨子里的军国主义者。我倒想给您几句忠告，放下屠刀，回头是岸，不要做一个杀人狂魔，不要做军国主义的殉葬品，否则您不会有好下场的。我言尽于此，要杀要剐，请便吧。

土肥原：（哈哈大笑）高论高论。李会长，其实我早就知道您不是个会轻易改变信仰的人。但我还是想做一次尝试，希望您能为我所用，用您的影响、您的能力、您的财富为帝国效劳。看来这是我的一厢情愿，其实以您刚才的那番话，我就可以一刀劈了您，不是因为您轻慢了我，而是因为您在侮辱我的民族和人民，甚至亵渎了我们的天皇。我知道您不怕死，甚至想求速死，因为您在中国人的眼中是汉奸卖国贼。您和您的后代将永远被您的同胞所唾弃，他们永远不会懂您、原谅您、饶恕您。他们永远不会理解您为了他们不会饿死、冻死、被杀死所付出的代价，永远不会理解您为上海民族工业的存活而做的努力。您将像明朝的袁崇焕和清朝的李鸿章一样，被永远钉在你们历史耻辱的十字架上。这就是你们民族的悲哀。可我懂您、知道您是个有脊梁有担当的支那人，当然也了解您对皇军的阳奉阴违，甚至公然对抗的种种行径。但我不会杀您，因为您还有利用价值。您有您的目的，我有我的盘算。我还希望我们能够继续合作，互利双赢。我不想让上海变成一座死城，这样对帝国没有好处。所以我不会杀您，但我不杀您，并不意味着别的皇军将领不杀您。皇军中有我这种思维的将领不多。您刚才给了我忠告，我也给您几句忠告吧。我离开上海后，您好自为之，不要处处与皇军为敌，不要明修栈道，暗度陈仓。您的所作所为，您的目的企图，我能看得出，其他的将领也应该看得出，他们不会放过您。这不是因为我的仁慈，而是我的思维方式和行为方式与他们不同，我是希望以争取帝国利益最大为原则，我认为杀您解决不了问题。可他们不同，他们是谁和帝国玩虚的，就杀了谁，更不用说反抗。好吧，作为对朋友的忠告，我也言尽于此。我们就此别过，希望还有再见时。您可以走了。（对门外）宪兵，送李会长下楼。

35-4. 景: 上海巷弄 夜 外

【小巷深处，月色昏暗，到处是断瓦残垣，没有行人。

【尚云谦领着疲倦不堪的莎拉和芦柴棒踽踽而行。莎拉脸上都是灰。已经走了一天一夜，两个孩子都疲惫不堪。

尚云谦: 小姑娘，还走得动吗？

莎拉: 我，我可以的。

芦柴棒: 我来背你。

莎拉: 不，你也很累了。我只是脚有点疼。

【芦柴棒扶莎拉坐下来，掰起莎拉的脚，脚上的水泡已经磨破了，血肉模糊。

芦柴棒: 莎拉，你脚上的水泡已经磨破了，不能再走了，还是我来背你吧。

尚云谦: 还是我来吧。天快亮了。

芦柴棒: 我们会被他们发现吗？

尚云谦: 天亮前赶到家就好。

芦柴棒: 还有多远？

尚云谦: 已经到上海了。我们沿着苏州河走就行，犹太社区就在苏州河边上。莎拉，来，趴我身上。大叔背你走。

【尚云谦蹲下身子，芦柴棒将莎拉扶到尚云谦背上。尚云谦背起莎拉大步走着，芦柴棒小跑着跟上。三人很快消失在茫茫夜色中。

35-5. 景: 李家大宅书房 夜 内

【李衡甫伏案秉笔，李季方推门进屋。

李季方: 老爷，夜深了，您该休息了。我叫吴妈给你做点夜宵好吗？

李衡甫: （放下笔）不用了，我不饿。好久没给老家写信了，侄儿侄女们的情况也不知道怎么样了。听说老家也被日本人占领，我希望他们能出洋的都赶紧走吧。当亡国奴的日子不好过。家里的财产都已经捐出去了，也没什么拖累可牵挂的。我那几个老兄弟老姐妹都上年纪了，他们不动也罢，但那些年轻的必须离开，走得越远越好。听说当地国军和新四军游击队等也活动得很厉害，他们参加当地的抗日组织也好，也是我们李家为中国的抗日多出了一份力。哪怕战死沙场，也总比当亡国奴好。

李季方： 老爷，听您这话，我怎么觉得像有点交代……

李衡甫： 交代后事，是吧？来来，季方。你也坐下吧。我们哥俩也好久没坐在一起聊了，今天正好，我们也聊聊吧，只怕今后没这个机会了。季方，鬼子可能要对我动手了。今天为犹太人的事情，我去见了土肥原。他告诉我他就要奉调回国，他准备推荐我当上海市市长，被我严词拒绝。他说他一直知道我反日抗日，背地里做了很多不利于中日亲善的事，他说他之所以没有杀我，不是因为他的仁慈，而是觉得杀我对恢复上海的工商业没有好处。如果换了其他的日本将领或许早就把我杀了。他还劝我不要处处与皇军为敌，要识时务，否则我不会有好下场。我倒觉得他今天说的是真话，就是他不离开上海，他迟早也会杀了我，因为他知道我永远是他们的敌对面，明的暗的我都在跟他们斗。他之所以放过我，是因为我在上海工商业还有点基础、还有点影响，也就是说我对他们还有用。他们不想让上海重新变成一座孤城死港。他奉劝我要改弦更张、弃暗投明，做他们的良民、顺民，甚至做他们的一条乖乖狗。他说这是对我的忠告，其实是对我的警告。他这是瞎了眼、看错人了。我能与这些豺狼为伍吗？我都是快七十的人了，我还怕死吗？他的警告对我还有用吗？但这起码是一种信号。这帮财狼没什么事做不出来的，特别是在他们南北战场都失利的情况下，他们变得更疯狂、更残暴、更没有人性。

李季方： 老爷，您……

李衡甫： 我不在乎这帮畜生对我怎么样，我倒是担心他们会对上海的工商业更疯狂地掠夺，对上海的民众，特别是对上海的犹太难民采取更凶残的抢劫和屠杀。据土肥原说，傅宗耀又给他出了主意，要把无国籍难民隔离。所谓无国籍就是针对犹太难民的，所谓隔离就是圈禁，就是要把这些犹太难民拘禁起来，限制自由。我估计还要限制难民的食物和水。然后日伪当局发放一种临时暂住证，有了这种暂住证才可以进出隔离区或配给少量食品。我想这又是傅宗耀为日本人敛财的一种手段，他的暂住证能够白白地发给你吗？他是要你花钱来买他的暂住证。没有获得他的暂住证，你就没有自由，甚至要活活地饿死。他们这是要讹取犹太难民最后的一点财产，否则将把这些犹太人遣返回国，也就是说要把这些犹太难民交给德国纳粹，真毒辣呀。中国人要坏起来，真的比日本人还黑、还狠、还凶残。上次给工商界全面增加税收，据说也是傅宗耀的主意。他这样死心塌地地为日本人效劳，他忘记了自己还是个中国人吗？他是要把上海工商业这点菲薄的家底全送给日本人吗？有时候我想这些中国人中的败类就该有报应，就该去死。他们不死，我李衡甫死不瞑目！

李季方： 老爷，会有报应的，天网恢恢，疏而不漏。上海人乃至中国人都不会放过他。这种恶人必遭天谴，他会死得很难看。老爷，别想了，多想无益，还是早点休息吧。您最近身体不好，又是上年纪的人了。这样下去，我真担心您撑不住。

李衡甫： 别担心我，我已是将死之人。季方，我们相处也有四十年了，感谢你一生为我、为我们家的付出。我不希望你在这种时刻还待在我身边，你回老家去吧，粗茶淡饭做个自由民，总比守在我这强。这话我跟你说了多少次了，你就是不听……

李季方： 老爷，您别说了。我无儿无女无亲眷，家乡也没什么亲人，您让我到哪儿去？在您身边都四十年了，虽说我们是主仆关系，可您一直把我当亲人，我们比亲兄弟还亲。这种时候我能离开您吗？今天我也把话说透了吧，我不会离开您的。您活着我在您身边，您死我陪您去死。好啦，已经过午夜了。您去休息吧。听我一句话，留得青山在，不怕没柴烧。真希望您有个好身体，才有力气和这帮畜生斗啊。

李衡甫： 季方，你真的没有必要在这待下去。李家的处境已经很危险了。日本人是不会放过我，这批汉奸也不会放过我。这种事也许就在最近发生。我不想连累你。

李季方： 别说了老爷。四十年了我们没红过脸。您再说就是瞧不起我李季方了。走，我送您上楼休息去。

【李季方不由分说，搀扶着李衡甫离开书房。

35-6. 景：苏州河畔 夜 外

【月色朦胧，河水粼光闪烁。尚云谦背着莎拉在河边疾行。芦柴棒和豹子紧随其后，月色给他们留下一串朦胧的身影。

【万籁俱寂，突然传来一阵隐隐笛声。莎拉听后精神一振。

莎拉： 芦柴棒。你听！笛声！

【莎拉挣扎着从尚云谦身上滑下来，拉着芦柴棒仔细地听着那远处传来的缥缈笛声。

莎拉： 姐姐！是姐姐！是姐姐的牧笛声！

【莎拉站起来，忘了脚痛，嘴里大呼"姐姐"，向着笛声一路跑去，豹子也咆哮着向前猛冲，尚云谦和芦柴棒紧紧相随。

35-7. 景：外白渡桥畔 夜 外

【江边，一曲哀伤的《少女的祈祷》笛声随风飘荡着。

【杰思敏吹着牧笛，眼泪从她的眼角大滴大滴地滚落。她边吹奏边流泪，李廷琛守候在她身边，灰暗的天际映出他们两人的剪影。

【莎拉奔跑着，笛声越来越近，她已经看见姐姐和李哥哥的身影了，她的脚步慢了下来，停止了呼喊，两行热泪夺眶而出，一步步向他们靠近。突然，莎拉站住了。她痴痴地看着姐姐杰思敏伏在李廷琛的胸前痛哭。

莎拉： （口中喃喃）姐姐……李哥哥……

芦柴棒： 莎拉……

【李廷琛仿佛突然感觉到了背后的声音。杰思敏也感觉到了李廷琛的迟疑。夜色中，她好像看到了一步步向她走来的莎拉。

【李廷琛大叫一声，和杰思敏一起朝着莎拉狂奔过去。莎拉站住了，李廷琛冲上前一把抱住了她。莎拉一下子瘫倒在李廷琛的怀里。杰思敏不敢相信自己的眼睛，半天不敢动弹。莎拉挣扎着从李廷琛怀中下来，大叫着冲向杰思敏。

莎拉： 姐姐，姐姐！

【莎拉一步一步走向了杰思敏。杰思敏慢慢地回过神来，也一步步向莎拉走来。

【姐妹俩相拥而泣。

【尚云谦和芦柴棒也跟了上来。李廷琛一下子愣住了，尚云谦反而笑声朗朗。

尚云谦： 廷琛，不认识了吗？

李廷琛： 云谦师父！怎么是您？

尚云谦： 这就是缘分。踏破铁鞋无觅处，得来全不费功夫。

【李廷琛又看了看芦柴棒，急忙俯下身也把他抱了起来。

芦柴棒： （喜极而泣）李哥哥，是我把莎拉弄丢的，可我把她找回来了。你不会怪我弄丢了莎拉吧？

李廷琛： 不会。不会的。你是最勇敢的小伙子，你们都是最勇敢的孩子。

【芦柴棒的眼泪唰唰而下，又委屈又高兴。

第三十五集完

第三十六集

36-1. 景：犹太医院李廷琛办公室 日 内

【李廷琛的办公室里，寂静无声。尚云谦侧身站在窗口，轻轻拉上了窗帘。李廷琛已经表情严肃地坐在桌前，等待尚云谦的谈话。

李廷琛：师父，我一直想找您，想知道您的消息。

尚云谦：李廷琛，我现在是以苏北新四军特派员的身份来找你。你参加了上海淞沪会战、四行仓库保卫战，以及你把抢救的国军伤员送到江北抗日根据地，这些组织上都是了解的。

李廷琛：云谦师父，我们不谈这个了。现在上海是日本人的天下，能在这里见到您，我真的很意外。

尚云谦：上海地下党截获了日本人正在浦东建立生化武器基地的情报。经过中央和苏北新四军领导们的讨论，一定要摧毁他们这个基地。

李廷琛：生化武器基地？

尚云谦：日本军部在"满洲国"建立过一个类似的基地。那支部队有个秘密代号731。他们抓捕平民和抵抗组织人员做活体实验。他们研制的毒气弹和生化武器多次用于抗日战场，造成我军极大伤亡。

李廷琛：这是违反国际法反人类的行为。他们要在上海建这个？

尚云谦：根据已经获得的情报，他们准备抓捕上海的难民和犹太人。上级的命令就是坚决不能让日寇的这一计划得逞。

李廷琛：我能做些什么？

尚云谦：组织上已经派出数支武工队潜入上海周边。我这次来就是通知他们集结待命，同时等候运送炸药的船只。还有，现在我们还不清楚日寇生化武器基地建在浦东什么地方，一旦摸清他们的情况，炸药运到，武工队将立刻实施摧毁。

李廷琛：让犹太难民成为试验品……现在的犹太社区被严格控制，看来他们是早有打算。

尚云谦：那位叫西蒙的德国友人送来的药品已经收到。

李廷琛：那真是太好了。看来陆允明还真是有办法。

尚云谦：陆允明？你认识陆允明？

李廷琛：陆允明是我中学同学，长我两届，是我学长。我们一直有来往。上海港口一直被日本人封锁。西蒙给我送来的那船药进不了港，我就是托他设法送到江北去的。怎么，你也认识陆允明？

尚云谦：啊，不。我不认识什么陆允明。不过这一船药确实解了燃眉之急，极大缓解了新四军医药匮乏的情况。但现在更严重的问题是整个新四军系统专业的医护人员奇缺。受伤的战士没有人做手术，有很多药品新四军的医生也没有见过。上级命令是在上海尽快组织一批政治上靠得住的专业医生投身革命，去苏北根据地。尽快解决新四军的缺医少药问题。

李廷琛：我医院倒有两个年轻的犹太医生，也都是我玛丽老师的学生。其中一个叫李尔克的是个激进分子，用我们的话来说就是进步青年，犹太复国主义者。我去做做他们的工作，看看他们愿不愿意去江北。

尚云谦：这样的年轻人非常好，在江北，那可是专家了。好好做做他们的工作，争取尽快送到江北。

李廷琛：上海的局势风云变幻，我一定想办法。

尚云谦：还一件事，这一船药是你那个叫西蒙的朋友送来的。他的家属斯娃·西蒙和女儿洛娃都刚从纳粹监狱里放出来。他们已随船来到上海近海，她说她一定要找到她丈夫。我们现在把她安排在新四军黄桥驻地。你有机会尽快通知西蒙，要他来苏北看望妻女。他妻子是不方便来上海的。

李廷琛：西蒙妻女也来中国了？那真太好了。可现在西蒙还被德国人控制着，我来想办法，一定设法跟他联系上，把这好消息告诉他。

尚云谦：好的，西蒙可是给革命、抗日做了贡献的。虽然他是德国人。我们首长说他是世界反法西斯同盟的一员，是我们的战友，必须和他联系上，让他们一家团聚。他有什么要求，我们都设法帮他解决。

李廷琛：好的，我知道了。师父还有什么要交代吗？

尚云谦：廷琛，形势越来越紧张，日寇越来越猖狂。你一定要注意安全，保护好自己。下次，我不会再来医院找你，以后的见面地址会在《沪江晚报》的寻人启事上刊登。我先走了。

李廷琛：知道了，师父，您多保重。

36-2. 景：犹太社区科恩家 夜 内

【科恩家十分安静。莎拉躺在床上已经安静入睡。玛丽和科恩坐在她的床边，为她轻轻拭去挂在眼角的眼泪。莎拉的手中还紧紧握着半块面包。科恩紧紧握住妻子的手。

科恩：感谢上帝，感谢你们都在。

玛丽：愿这样的幸运永远伴随我们一家人。你看莎拉，真是饿坏了。

科恩：莎拉手中的面包，我们怀中的孩子，都是活下去的希望。

【科恩把莎拉手中的半块面包轻轻拿开，把散落的面包渣擦拭干净。科恩忍不住叹息，眼泪也不由自主地蕴含在眼眶中。

科恩：我是个罪人，我是个有罪的人。是我害了你，亲爱的，是我害了你和孩子们，让全家人的生活陷入悲剧。是我给你们带来了灾难，这一切的灾难都是因为我的存在。这都是上帝在惩罚我的罪恶。

【玛丽定定地看着他。

玛丽：这样的自责是没有意义的。

【玛丽站起身，从床底下拿出一只小箱子，打开箱子，拿出了两封信。罗斯福和爱因斯坦的信被摆在了桌子上。玛丽扶着科恩坐下来。那封没有开启的罗斯福总统的信就摆在科恩的面前。而那封爱因斯坦的来信却因为经常阅读，信封的边缘已经磨毛了边。

玛丽：爱因斯坦的信我知道你看了无数遍，但这位美国总统的信你从来没看过。拆开看看吧，看看罗斯福总统对你说了些什么。

科恩：不，不。我不想看。

玛丽：你应该看，伦纳德。出于礼貌，你也应该看。这起码是一个大国总统对你的关心。如果他邀请你去美国，为了保证你自己的安全，你也应该去。

科恩：不，亲爱的，你不要这样逼我。我没有你们，我就一无所有。我不能自己走。

玛丽：我们没有抛弃你，只是希望你能逃出去，活下去。

科恩：不，就算死了，我也要跟你们在一起。

【玛丽的眼中流出柔情，轻轻地吻了吻科恩。

玛丽：上次施瓦茨追杀到我们家门口，这次莎拉又被他们绑架，这些事情不会是意外。伦纳德，你应该知道这是冲你来的，或者说，是冲我们全家来的。魔鬼已经追杀到门口了。亲爱的，我们没时间再犹豫了。

科恩：我知道我知道。所以，我才感到恐惧。这一切仿佛无可避免，如果这是上帝的安排，我们无处可逃。

玛丽：不，伦纳德，上帝只惩罚那些有罪的人。你没有罪，你甚至没有做错任何事。你是我遇到的最好的人。你不可能是罪人。真正有罪的是那些妄图征服世界的嗜血者、杀人狂。是他们挑起战争、制造战乱、灭绝种族、毁灭人类，他们才是真正的罪人、恶人，是魔鬼，是邪灵，是上帝永远不可能宽恕的人。他们该下地狱，万劫不复……而你，伦纳德，你没有罪，你和全世界那些无罪的人一样，像米兹拉希先生那样，还有李尔克那样的年轻人，犹太人、雅利安人、日耳曼人、斯拉夫人、阿拉伯人，东方人、西方人，世间万灵都是大地的儿子，都是上帝创造的，都有生的权利、活的权利，都应该在上帝制定的地域有自己的家园、自由的生活。而我们犹太人，都应该在耶路撒冷获得重生。

科恩：既然我们都是上帝的儿女，可是为什么，为什么我们却沦落到今天这步田地。没有祖国、没有家园，甚至没有活的权利。为什么？这是为什么？

玛丽：所以，伦纳德，不要再心存幻想了，我们必须面对，必须战斗，我们没有任何侥幸的可能，我们也不能再等待了。不要再相信会有最后的晚餐。这个世界哪有什么最后的晚餐，那只是一个荒唐的故事。

科恩：好在仁慈的上帝把莎拉还给了我们。他在怜悯我们，在宽恕我们的罪。愿上帝能看见我们的苦难。

玛丽：上帝不会制造种族仇恨，更不会用邪恶和仇恨毁灭人类。如果上帝有偏见，要毁灭，那是上帝的错，那是不公正。犹太人没有罪，我们不能等待上帝的恩赐，我们需要去抗争，用战斗去捍卫犹太人生的权利。

科恩：玛丽，你也要像那些犹太青年复国会的年轻人一样吗？我们说好了，远离政治，远离那些可怕的钩心斗角，那些纷争。现在人们都要我去美国，连你也要求我去美国，那我不是还要陷入肮脏的政治旋涡中去吗？

玛丽：去美国不是逃生，不是贪生怕死，更不是去搞肮脏的政治和钩心斗角，而是去战斗。用上帝给的智慧，像亚里士多德那样，像东方的勇士后羿那样，去消灭邪恶，拯救世界。人类不要歧视，不要仇恨，不要杀戮，不要战争，人类要和平，要光明，要正义，要文明。仁慈的上帝说，让世界充满阳光，让世界充满爱。

科恩： 玛丽，亲爱的，我知道造成这一切黑暗都不是神的意愿。我也知道，你把我看作是懦弱而顽固的，已丧失面对现实的勇气和战斗精神。

玛丽： 不，你不是懦夫，你一定会成为一个勇士。你会用智慧和你的科研成果，锻造出人类最强大的弓箭，向邪恶宣战，向黑暗宣战，向恶魔宣战，向法西斯宣战，向上帝讨还一个纯净、美丽，充满阳光、充满爱的世界。

科恩： 上帝还会听见我们的声音吗？

玛丽： 我相信你能做到。我和孩子们，犹太社区里所有活下来的同胞和孩子们，全世界所有热爱和平的人们，都会等着你凯旋，等着你成为英雄。我期盼归来的丈夫将是一名身披铠甲，托举太阳的武士。

【玛丽热泪纵横，强压着声调，生怕吵醒了莎拉。她将桌子上的信仔细叠好，揣在了科恩的衣兜里，衣兜里的东西却硌了她的手。她掏出了硌手的东西——那是一枚曾经沾满了儿子鲜血的族徽。科恩握着那个族徽，不禁老泪纵横。

玛丽： 好好看看罗斯福总统的信吧。如果他需要你去战斗，是为光明和正义而战，亲爱的，我希望你去战斗。我和孩子们等着你凯旋。

科恩： 我会看的，我一定会看的。我知道，但请不要逼我。让我再想一想，想一想。我真希望永远不再和你们分离啊。

36-3. 景：犹太社区 日 外

【清晨，大批的警察和治安军杀气腾腾地来到社区，殷燕农指挥他们封锁了社区的各个出入口，许多外出的犹太人被强行堵了回去。几辆装着民工的卡车也纷纷赶到，民工们在军警的驱赶下开始修建社区围墙。要求外出的犹太人在出入口越堵越多，终于和军警爆发了冲突。一辆黑色轿车在社区门前停下，后边几辆装满日本宪兵的卡车也纷纷停下，全副武装的宪兵们跳下车，迅速排好战斗队形，架起机枪，杀气腾腾。黑色轿车里钻出傅宗耀和一个日军少佐。殷燕农赶紧上前报告。

殷燕农： 市长，他们要强行往外冲。这是闹事，他们的人越来越多，我们都快挡不住了。

傅宗耀： 挡住，必须挡住。从今天起，这里的犹太人只能进不能出。这里的事今后就交给你了。围墙建好后，隔离区的大门二十四小时派军警警戒，没有市政府发的暂住证一律不得放行。懂吗？出了问题，拿你是问。

殷燕农：是是，我知道，知道。可这眼前的事怎么办？他们的人越来越多，我们怕挡不住了。

【社区门口的犹太人越聚越多，有的已经和军警扭打在一块，一片喧嚣，场面十分混乱。傅宗耀和日军少佐嘀咕了几句。日军少佐点了点头，拔出指挥刀向上指了指，两个端着机枪的宪兵立刻开了枪，子弹在众人的头顶呼啸而过。出入口顿时安静下来。

36-4. 景：日租界 日 外

【日租界的高楼上，土肥原拿着望远镜，身后跟着久保田和一众日本军官。

【望远镜的视角下，犹太社区里的一切清晰可见。

土肥原：傅宗耀的行动这一回倒很积极、很及时。

久保田：傅宗耀也是很精明很识时务的人。

土肥原：这说明我们对上海的把控更加稳固了。傅宗耀在支那人眼里就是个汉奸。他没有人可以依靠，不再首鼠两端，才会更加积极地为我们工作。

久保田：他好像忘记自己是支那人，我倒希望所有的支那人都像他才好。也免得我们防不胜防。可惜像他这样的支那人太少了。

土肥原：傅宗耀不是支那人里面最能干最聪明的人，但他却是支那人里面最无耻最贪婪的人。皇军就是要用这样的人，把他们推到前面，所谓以华制华。有些事情皇军是不能出面的，要杀要抢也让他们出面，跟皇军没有关系。

久保田：是啊，这次把犹太人隔离，让犹太人花钱买暂住证，否则他们就失去自由，皇军的军需军饷又多一条来源。这主意是他出的，就让他去办。这样我们在德方面前也更好交代。

土肥原：犹太人永远都是一座移动的金库，到了这个时候还可以挖出金子。真的是像河豚鱼一样，美味又危险。不过傅宗耀这次这么积极，恐怕还有另一个原因，他仿佛已经看见了这群衣衫褴褛的犹太人身上闪光的金子，他可以借着给皇军办事的名义为自己敛财，他可以无限度敲诈勒索这批犹太人。这是他的贪婪所决定的，就像狗改不了吃屎。帝国在用他的同时，也要防止他危害帝国。他也像河豚鱼一样既美味又危险。久保田将军，你今后要防止他把中国人和犹太人都榨取得干干净净，杀鸡取卵，断了帝国的输血管道。他给犹太人签发的每一张暂住证，宪兵司令部都要有备案，到了要收拾他的时候再把这些东西拿出来，随时可以收拾他。

【一日本军官报告。

军官：报告将军。德总领馆武官古德里安上校和梅辛格上校求见。现在司令部会议室等候。

土肥原：知道了。去通知傅市长处理好犹太社区的事后，立即去司令部开会。

【军官应声离去。

久保田：将军，昨天又收到军部电报，要求我们全力配合梅辛格上校解决上海犹太人问题。

土肥原：（火冒三丈）东京的这帮军头都他妈是脑残，德国人给了我们帝国什么好处？无非就是一种政治联盟而已。他让我们去杀犹太人，我们就去杀？杀光了这些犹太人，我们的军需补给从哪儿来？军费军饷从哪儿来？他们给还是那些德国人给？还尽全力！调动飞机大炮屠杀犹太人吗？我这次回东京倒要问问他们，他们到过前线吗？他们见过我们前方将士缺吃少穿还在和支那人殊死血战的惨状吗？走，回去。久保田将军，你记住，不管我在不在上海，对德国人的无理要求一概予以拒绝，一切以帝国利益为重。这话我早跟你说过了。在犹太人的问题上我们和德国人就是一笔交易，交易是对等的。你要我给你办事，行，你给我什么好处？

【久保田唯唯。一行人大步走下高楼。

36-5．景：上海宪兵司令部会议室 日 内

【会议桌边坐着古德里安、梅辛格、施瓦茨和莆田川，门被推开，土肥原和久保田等入室。梅辛格等赶忙起身。土肥原摆了一下手，示意大家坐下。

梅辛格：没想到这么快又和将军见面了。将军这次召我来，是有事要商量吗？

土肥原：我最近要回东京一趟，听说上校搞了个针对上海犹太人的"梅辛格计划"，我想走之前拜读一下，看看我们军方能帮您做点什么？

梅辛格：我的计划已报柏林最高统帅部，暂时还没有批复，待批复后再呈请将军协助。

土肥原：不方便给我看是吧？没关系，那我就不看了。我想上校此行上海无非是要解

决上海犹太难民的事，这事可以慢慢协商，具体问题具体对待。但协商的基础是日德双方都应以各自的国家利益为重。我想提醒阁下的是，上海不是华沙，上海没有集中营死亡营，也没有焚尸炉和毒气室。如果阁下要在上海制造大规模屠杀，恐怕上海目前没有这种条件，这些事我们慢慢再商量。现在有件事，我想找您和古德里安上校质对一下。

【土肥原从怀里摸出一把手枪，将手枪推到施瓦茨跟前。

土肥原：这位是施瓦茨上尉吧，这把枪是你的吗？

【施瓦茨看了一眼，不敢拿枪，望了一眼梅辛格，又低下头。

土肥原：怎么？不敢承认吗？一个军人丢了武器还不敢承认，你算什么军人！我们皇军一个士兵丢了武器都是要切腹自杀的。亏你还是个堂堂的德国党卫军军官！

施瓦茨：（鼓起勇气）是我的。

土肥原：承认就好。我再问你，5月22号晚上是不是你带这个莆田川和另一个德国人西蒙闯进犹太社区企图杀人？

施瓦茨：是我。

土肥原：好。6月26号晚上，你是不是同这个莆田川到过一个小野宪一的日本人家里，同小野宪一商量绑架一个犹太女孩，还讹走了小野宪一四根金条。

施瓦茨：（梗着脖子）有这事，可我没拿金条……

土肥原：行了！（转对莆田川）他说得对不对？

莆田川：（低声地）对……可那都是为了帮助小野。

土肥原：帮助小野？小野就是在你们的帮助下昨天已被公开处决，你不知道吗？你们三人实施凶杀、策划绑架、制造动乱，公然藐视帝国战时管理条例，你知道你们这样做的恶果吗？昨天上海犹太人，还有中国工商界人士，共两万余人参加大游行。幸亏皇军有准备，否则皇军五万将士殉国换来的上海就要毁在你们的手上。

施瓦茨：（站起身来吼道）他们游行，跟我们有什么关系？

【土肥原一听，勃然大怒。但他强压怒气，没有理睬施瓦茨，转身对着门外高呼。

土肥原：宪兵，宪兵！

【门外冲进四个全副武装的宪兵。傅宗耀也随即走了进来。

【土肥原指着施瓦茨和莆田川对宪兵命令道。

土肥原：把这两个人抓起来，先看守着，然后送警察局。（对傅宗耀）傅市长，你来的正好，这两个杀人绑架的主谋，我已经帮你逮捕了。现在交给你归案。交待警察局严刑审问。根据皇军的战时管理条例，该关就关，该杀就杀。把处理结果报告上海宪兵司令部。你坐下吧。

【傅宗耀唯唯。梅辛格情绪十分复杂，惊愕、愤怒，但他强压怒气平静地质问土肥原。

梅辛格：土肥原将军，这就是你对盟国的态度吗？我不知道这两个使馆工作人员犯了什么错遭将军羁押。

土肥原：不是羁押，是逮捕。你看见了，这两个人是策划两起杀人绑架案的元凶主谋，我已经把他们交给了中国政府归案，只是作为刑事犯罪和制造社会动乱案处置，详细情况你可以去询问中国政府。

梅辛格：可这两个人里面有一个是我的下属，是德国军人，也可以说是我远东战局军事观察团的成员。你这样处置，妥当吗？将军，我们是军事同盟国。

土肥原：上校，如果我不是考虑日德两国军事同盟关系，我应该把你也抓起来，作为俘虏送到满洲的俘虏营去。刚才你自己说了，这个施瓦茨是你的下属，是德国现役军人，还是你的远东战局观察团的成员。作为一个军事组织，携带武器进入一个主权独立的国家开枪杀人，事先也未给这个国家任何知会，这是什么行为？这是入侵！施瓦茨是受你的派遣来的，他的所作所为你不应该负责吗？我不应该抓捕你吗？古德里安上校，您是外交官，这点外交常识您应该懂吧？你们如果对我的做法不满，你们可以通过外交途径采取相应措施。现在我作为日本帝国上海最高军事指挥官向德国提出抗议，并请您就此事作出解释，否则我们将就德国军人携枪入侵日本宗属国一事做出回应，并向国际社会公布。

梅辛格：将军，您这是小题大做，挑起事端，您在蓄意制造……

【土肥原拍案而起，看也没看梅辛格一眼，直接对着门外呼叫宪兵。

【门外又进来四个全副武装的宪兵，笔直地站立等着土肥原的命令。古德里安见情况不妙，不愿看到自己人吃眼前亏，忙起身协调。

古德里安：将军，请息怒。您这样做恐怕对两国邦交不利。德日两国毕竟是军事同盟关系。我是德国外交官，有事我们可以协商解决。

土肥原：外交官先生，您都看见了。我刚才仅仅是把这件事作为刑事案件交给中国政府。如果外交官先生对中国政府处理结果有看法，可以通过外交途径向中国政府交涉。我是日本帝国军人，我只对我的国家和我的宗属国负责。鉴于日德两国是军事同盟关系，贵国如果有军事问题，我们可以协商。

古德里安： 我是德国军人，也是德国的外交武官。无论两国的外交或军事我都有发言权。我觉得您和梅辛格上校有点误会。我希望我们能坐下来好好谈谈。

【被日军宪兵押在一边的莆田川，这时突然挣扎着朝梅辛格用德语吼道：

莆田川：（德语）上校，我想提醒您，这里是日占区，您面对的这个将军是日本帝国举足轻重的人物，他还是我天皇陛下的御前参事，请您以日德两国的邦交和同盟为重，不要再意气用事。我们两个人死不足惜，您来上海还背负着元首的使命。我希望您冷静，这样僵持下去对两国都不利，况且施瓦茨上尉和我持枪闯入犹太社区和策划绑架犹太女孩事，是我们失礼在先。无论在军事、外交、法律层面，日当局都站得住脚。古德里安上校，这时刻你应该站出来说话啊。刚才土肥原将军说了，在军事问题上可以商量啊。我们不能吃这个眼前亏啊。

古德里安：（用德语）莆田川，你说得对。闹僵了对谁都不好。（转对土肥原）将军，先别动怒，我们都以两国利益为重，冷静地谈谈好吗？

【室内气氛似乎缓和了些。土肥原朝宪兵挥了挥手，宪兵们把施瓦茨和莆田川押着离开。

土肥原： 古德里安上校，您是德国使臣，我该尊重您的意见，梅辛格上校的来头更大，他可是代表德国元首来的，按理我更应该尊重他，可他尊重我了吗？尊重了我们大日本帝国吗？尊重了我们帝国的法律法规吗？本来我们都是军人，应该坦诚相见，可他到现在为止，还在为他的下属辩护开脱，我甚至还不知道他究竟要在上海干什么？我怎么协助他？你眼睛里还有我这个大日本帝国的将军吗？还谈得上对大日本帝国和对我的尊重吗？我们还有什么好谈的吗？

古德里安： 将军，少安毋躁，少安毋躁。我和梅上校讲几句话。（转对梅辛格，德语）上校，刚才莆田川提醒我们这是日占区，我们说了不算，我们也不能吃这个眼前亏，您还负有重大使命。希姆莱将军还等着您的回话。我们应该把这次您来上海的使命坦率地和日方上海军事当局商讨，哪怕有个折中方案也好，这样下去恐怕我们将一事无成，甚至造成军事和外交损失。这是我的提醒，您斟酌办吧。

梅辛格：（德语）好吧，我会尽力。（转对土肥原）土肥原将军，作为德国军事代表，我刚才有点不冷静，请谅解。将军刚才说到我此行上海的目的，我现在就可以坦诚告诉将军，我是受德国最高军事当局指令来上海，任务很简单：一、抓捕一个叫伦纳德·科恩的犹太人，并把他送回德国。二、执行元首的最后解决方案，就地处决逃来上海的三万多犹太人，他们犯有叛国罪。将军，这就是我来上海的全部目的，希望能得到您的帮助。

土肥原：这个伦纳德·科恩是什么人？

梅辛格：嗯……不知道。他是元首指名要抓捕的逃犯。

土肥原：你不知道是吧？那我来告诉你。这个叫伦纳德·科恩的犹太人是你们德国的一位核物理学家，1933年前就职于哥廷根大学，是爱因斯坦、海森堡的同事。你们现在在搞一项物理武器的军事研究，需要这个人。你们也怕这个人落到美国人手上。美国也在搞这类物理武器的研究。我说上校，您就不能坦诚点吗？您刚才指责我对盟国不该这么粗暴，不该抓你们的人。可您刚才居然说您不知道这个伦纳德·科恩，这个您不远万里从欧洲来到上海要抓这个人是什么人。您这是什么行为？这是撒谎还是狡诈？还是故意隐瞒军事情报？这是盟国应有的态度吗？

【梅辛格十分惊愕，自知理亏，但也只能坚持。

梅辛格：将军，我真的不知道这个人的来历。我只是奉命……

土肥原：（挥手打断）行了行了，我对这个人不感兴趣，没必要讨论了。你刚才说你来上海是要执行元首对犹太人的最后解决方案。您准备在上海如何处决这三万多犹太人？你们来了多少军队？怎么抓捕这三万多犹太人？怎么杀死他们？枪杀还是毒气室？在哪儿杀死他们？在上海市区吗？在众目睽睽之下吗？杀人后，尸体怎么处理？抛入大海还是就地掩埋？我跟您说过上海没有焚尸炉。这些问题，您和您的统帅部考虑过吗？

梅辛格：嗯……这恐怕就要将军您的帮助了。

土肥原：怎么帮助？派军队把他们抓起来，然后再动用飞机大炮机枪将他们集体屠杀？那这些尸体怎么办？继续出动军队将他们运到海边抛入大海还是就地掩埋？埋哪儿？上海有这么大坟场吗？上校，我们来点实际的好吗？天方夜谭是儿童的故事，我们都是成年人，都是军人，你到底要我们日本军方给你干什么？需要我帮你干什么？请开诚布公。

【梅辛格左右为难，他实在难以启齿，也不敢狮子大开口。他知道如果提出过分要求，一旦遭到拒绝将很难收场。故一直沉吟，犹豫。古德里安再次出面为梅辛格解围。

古德里安：将军刚才提到的问题都是很现实很具体的问题，但也确实很棘手，我和梅上校都能体会将军的难处，我们一个问题一个问题地商量好吗？

土肥原：我没有什么难处。对于盟国提出的请求，我能办的我会立即满足，但前提是：

一要符合帝国利益，二要我有这个能力办。如果没有这两个基本点，那我们就不要浪费时间了，我耗不起，也没这么多时间耗。梅上校来上海也有两周多了吧。我听说德国人办事是十分严谨和认真的，相信上校会有周密的考虑，那就请说吧，究竟要我怎么协助你？

梅辛格：既然将军这么坦诚，那我就直接提要求了。我希望上海日军方帮我方建造集中营，将在上海的所有犹太人抓捕送进集中营，限制他们自由，再分期分批地予以消灭。我们元首指名要抓的那个犹太人伦纳德·科恩，希望日方能予以逮捕，然后移交给我送回德国，这就是我的全部请求。

土肥原：我说过我不想再说多余的话。阁下刚才提出的那两点要求看似简单，但在实际操作中会有很多麻烦，而且这不符合帝国的国策和利益。但作为军事盟国，我依然会认真考虑，尽量满足上校的要求。当然在实施的过程中要根据我们现有的条件可行则行；不可行，则可以寻求折中方案。比如说建造集中营需要钱，集中营建好后要关押三万多名犹太人，你不可能一天一个月把他们处决干净，这些犹太人一天的伙食费多少钱？谁来帮你看守这些犹太人？上校，这可都是要花钱的。你知道我们日本现在缺的就是钱，这笔钱我们可拿不起。钱的问题怎么解决？

梅辛格：（支吾）将军，这事我恐怕做不了主。您不知道我们德国的财政也很困难，特别是军费……

土肥原：我知道你做不了主。关于钱的问题，我也做不了主。世界各交战国哪国的军费不紧张？你作为德国国家军事使团尚且做不了主，我能做得了主吗？这次你来上海要解决所有的犹太人，这应该是你们国家的军事行动，经费问题理应由你们国家解决。钱的问题不解决，我们没法配合。那就一切免谈。

梅辛格：那如果将军配合我完成我来上海的那两项使命，需要多少钱？

土肥原：一亿美元。如果阁下把一亿美元汇来上海，我将把从贵国逃来的三万犹太人交给你处理。用中国人的话说，那就是一手交钱一手交货。

【梅辛格望了望古德里安，古德里安假装没看见，会议一时陷入沉寂。

土肥原：德国人办事讲究时效，我也是。上校肩负贵国元首的重托，要解决逃来远东的数万犹太人，如果就这样毫无建树地回国，恐怕您在元首面前也不好交代。这样吧，我就替我们军部做个主吧，钱不要你们拿了。但您必须给我们办一件事，前一段时间，美国一个慈善组织向瑞士苏黎世银行汇了一笔款，金额三千万，收款人是上海犹太银行，用途是对上海犹太难民的赈济款，但这笔款迟迟没有到账。我希望上校尽快让苏黎世银行将这笔款汇来上海。款到之日，我土肥原负责协助上校完成来上海的使命。怎么样？我这可都是为上校着想。我不愿看见阁下无功而返。当然也是为了两国的国家利益，互利双赢嘛。

梅辛格：（面露难色）将军，瑞士可是中立国……

土肥原：我知道瑞士是中立国，可瑞士是你们的邻国，翻过阿尔卑斯山就是，是在你们的绝对控制下。苏黎世国家银行在柏林也有分行，你是柏林党卫军和盖世太保的头领，我不相信你会没有办法。这笔钱本来就是上海犹太人的钱，物归原主而已。说得直率一点，我把人交给你，你把他们财产交给我。你们在日本的宗属国采取军事行动，难道还要日本为你们的军事行动付费吗？这说得过去吗？好了，我们的约见时间已经到了，我就先走了。

【土肥原说毕，起身要走。梅辛格赶紧接话。

梅辛格：请等等，将军。如果我答应您，我回柏林后向苏黎世银行施压，并负责把那笔给犹太难民的赈济款汇来上海。我们是不是现在就可以开始合作？

土肥原：可以。我相信你。德国和日本都是务实的国家，犹太人的那笔赈济款没有汇来之前，我们可以开始合作。但这种合作必须是在我军条件允许的前提下的合作，同时你和久保田将军必须签署一份备忘录。备忘录中明确双方的责任、义务和权力范围。具体细节你可和久保田将军商榷。

古德里安：很高兴能看到我们双方达成谅解。将军刚刚拘捕了我两名总领馆工作人员，我恳请将军予以释放。如果通过外交途径，恐怕会引起很大的麻烦。

土肥原：古德里安上校，根据皇军战时管理条例，恐怕等不到你走什么外交途径，这两个家伙早已被处决了。但我觉得上校先生是个务实的人。既然您开口为这两个家伙求情，我可以暂不追究，但不希望再有这种事件发生。（对门外）宪兵。

【四个宪兵应声而入。

土肥原：把刚才逮捕的那两个人放了，让他们在下面候着。

【宪兵们应声而退。古德里安面露喜色。

土肥原：各位还有什么话说？

梅辛格：将军，我还有个请求。那个叫伦纳德·科恩的犹太人是我们元首指名抓捕的要犯，如果他跑了，我将很难向元首交代。我想最近对他采取行动，希望得到您的同意。

土肥原：您所采取的行动应该是军事行动，这应该是在您和久保田将军议定的备忘录范围之内。这事等你们的备忘录签署之后再说吧。但有一点是肯定的，就是不能大规模地在光天化日之下进行抓捕，绝对不能再引起社会动乱。皇军不公开参与你们任何军事行动。一切都是秘密进行。具体细节您和久保田将军商议。（转对久保田）久保田将军，你留在这陪上校继续谈吧，谈得成谈不成，也就是今天了。谈成了，你即以皇军上海宪兵司令部的名义，和柏林党卫军总部签署一份备忘录，这是两个城市之间的军事往来，在你们的军事职权范围之内，不牵涉到国家层面。如果谈不成，我们已经做了我们该做的一切，那就请他们去东京找军部吧。记住，一切以国家利益为重。为别人做嫁衣，我们不做这种蠢事。我走了，你们继续吧。

【土肥原起身离座，众日军将佐起立目送土肥原离去。

36-6．景：犹太银行米兹拉希办公室 日 内

【室内坐着米兹拉希、李衡甫、楚孝仪和哈同、沙逊、嘉道理犹太家族族人等。

米兹拉希：（面色凝重）所谓无国际难民隔离区实际上就是犹太人的集中营，二十四小时军警看守，不准出入，甚至不配给粮食，那犹太人只能被关在里面等死。看来日本人和那个德国上校已达成某种交易，准备和纳粹一样开始屠杀犹太人了。

李衡甫：我看这还仅仅是个开始，随着日军在太平洋战场和中国战场受挫，他们会变得更加疯狂和凶残。搞无国籍难民隔离区，显然是针对犹太难民的。接下来有两种可能。一种是在经济上进行盘剥，甚至是抢劫，比如以政府名义出台一种暂住证，没有这种暂住证，在上海留居就是非法，他们可以任意处置。而这种暂住证是要花钱去买的。居留一年是一年的钱，居留两年是两年的钱，这实际上是他们一种抢劫性的敛财手段。还有一种可能更可怕，日本人已经成为纳粹德国的帮凶，要开始在上海建立集中营毒气室，帮助德国人直接屠杀犹太人。这两种可能赫然摆在我们面前，也可以说是一种必然，迟早都会发生的。

【众人沉默，室内被悲情所笼罩。

米兹拉希：李会长，那我们该怎么办？

李衡甫：我这个会长恐怕也当不久了。从我当会长的那一天起，我就做好了最坏的准备，随时准备赴死。如果日本人知道这个犹太银行的幕后真相，知道怀兹先生带来的那三千万美元归属，日本人还能放过我吗？土肥原不是个轻言放弃的人，我敢断言，他现在还在盯着那笔赈济款，或许他已经知道了那笔款子的下落。米兹拉希先生，我们对此要有足够的

准备。这笔款本身就是犹太人的，如何处置，你们商量着办。我不便多发表意见。至于日寇要在上海屠杀犹太人，我李衡甫不会坐视不管，哪怕是以卵击石，拼上这条老命也要和这群豺狼斗一斗。能救一个人也是一份功德。这就是我今天要跟大家说的话。我们今天的见面或许也是我跟大家见的最后一面。

米兹拉希：李会长，您说这话让我很意外。事情真的到了不可挽回的地步吗？

李衡甫：不，我没有放弃。但目前的形势确实很险恶。日寇的疯狂也是显而易见的。我只是提醒诸位做好眼下我们该做的工作，以应付最糟糕的局面。特别是米兹拉希先生，您和我一样面临巨大的凶险，我想我们目前要做的最重要的工作就是尽快将犹太银行留存的款项尽量分散。如果日本人知道这个银行已经没有钱了，是个空壳，或许他们会考虑放弃。而分散留存款的最好办法，就是把款项发放到每位犹太难民手中。瑞士银行的那笔款子我们没有动，估计日本人也拿不到。因为那需要我们两人的签字。我相信日本人永远也拿不到我们的签字。目前最关键的是要把犹太银行现有的账上存款尽快分到难民的手中。这可以暂时缓解隔离区中难民的生存问题。只要活着，就有希望。

米兹拉希：如果日本人要帮德国人在上海修建集中营，那上海岂不又成了第二个柏林、华沙。

李衡甫：也不是没有这种可能。但日本人眼下有点自顾不暇。前方战事失利，缺钱缺物缺兵源。他有能力帮助德国人修建大规模的集中营毒气室焚尸炉吗？况且目前日本人还要把犹太人作为敛财工具，他们不可能，起码目前不可能把这上海的犹太难民全部杀害。但如果万一出现这种情况，米兹拉希先生，诸位，我倒倾向李尔克他们的做法，与其坐着让他们屠杀，还不如孤注一掷跟那帮法西斯匪徒拼个鱼死网破。那就不是救一个算一个，而是拼掉他们一个算一个。即便死了，那也是反法西斯战士，为世界反法西斯出了一份力。当然，这仅仅是我个人的想法。不到万不得已，我们还不能和他们这样硬拼。

哈同族人：我也多次想过这个问题。与其这样任人宰杀、坐而待毙，还不如拼个鱼死网破。可上海的这些难民手无寸铁，又多是拉家带口的，怎么和他们拼命？那不是以卵击石吗？

李衡甫：犹太人是最团结最有智慧的民族。就拿上海的三万犹太难民来说，抛去一半妇幼老弱，恐怕青壮年至少也有一万五六千人吧。这一万多人如果组织起来，就是一个军团。我们不会是赤手空拳。我们不是还有三千万款项在瑞士吗？我们可以拿那笔钱购置武器。当然这需要时间。我今天来，就是提醒各位要有准备。德国人和日本人都已经疯狂了。

他们的反人类罪行已经在世界变得公开而直接，他们没有什么干不出来的。所以我们要有准备，现在就要开始行动了。现在世界反法西斯阵线已经壁垒分明，中国的国共两党也已经形成抗日民族统一战线。无论在世界还是在中国，我们如果要和法西斯抗争，绝不是孤立的。我们这一万多犹太难民组成的军团，可以是世界反法西斯组织的一员，也可以是中国抗日民族统一战线的犹太独立军团，或远东反法西斯犹太独立军团。现在的问题是，我们要做好应付最坏局面的准备，比如组织问题，谁来出面组织这个军团？怎样和世界反法西斯联盟和中国抗日民族统一战线联系？军费问题，武器问题，如何疏散犹太难民中的老弱妇孺问题，这都是需要提前准备的，需要有专人负责。各位，只要有准备就有希望。目前最大的问题，就是活着，忍辱负重地活着，活着就有希望。不轻举妄动，不给日本人以任何屠杀的借口。只要活着，犹太人才有未来，中国人才有未来，世界才有未来。

【众人纷纷议论，情绪激昂。米兹拉希陷入沉思。

李衡甫： 米兹拉希先生，各位，我还有些要紧事要处理，我和楚先生就先走了。你们讨论吧。形势险恶，时不我待。希望能有个最后的处理方案。

【李衡甫说毕，与楚孝仪离去。

36-7. 景：李家大宅院落 日 外

【院内停着一辆黑色轿车，李衡甫的轿车缓缓驶入，李季方拉开车门，满脸疲惫的李衡甫下车。

李季方： 老爷，您怎么这么晚回来？中午吃了饭吗？汪先生还在里边等着您。

李衡甫： 汪先生？汪墨樵先生吗？

李季方： 是的。他都等您快一个时辰了。还有二掌柜张圣财张老板。

李衡甫： 走，去看看去。

李季方： 老爷，我让吴妈先给您弄点吃的吧。

李衡甫： 不用了，我不饿。

【李衡甫边说边走，李季方跟在后边。

第三十六集完

第三十七集

37-1. 景：李家大宅客厅 日 内

【李衡甫进屋，坐着喝茶的汪墨樵和张圣财起身，李衡甫拱手道歉。

李衡甫：不知汪先生来，让您久等了。失礼失礼。

汪墨樵：来得匆忙也没打个招呼，该赔礼的是我。

李衡甫：这几天事多，在外面耽搁了。听说二位等了很久了。有事吧？请讲。

汪墨樵：有个不情之请，只怕唐突了。汪某还真有点不好启齿。

李衡甫：你我之间谈什么唐突不唐突。但讲无妨。

张圣财：李会长，汪先生和我要去江北办点事。恐怕要盘桓十余日，家中无人。汪先生担心夫人一人在家不方便，想让夫人来您家小住几日，遇事有个照料。不知李会长可否应允？

李衡甫：（诧异地）汪夫人？茉莉小姐？来我家？

汪墨樵：惭愧，惭愧。汪某半世江湖，竟无一个信得过的朋友。想外出几天，又怕家里出事。世道不太平，茉莉又怀有身孕。汪某一生树敌甚多，总担心祸及夫人，故想让夫人来您家小住几日，以防意外。尚望李先生俯允。

李衡甫：（哈哈大笑）汪夫人来寒舍小住，那是汪先生看得起老朽。汪先生就那么信得过老朽吗？那可是汪夫人啊，怎么好屈尊来寒舍。万一照顾不周，岂不开罪汪先生夫妇！

汪墨樵：李会长不必客气。汪某既将贱内送贵府小住，就是将身家性命托付给先生了。汪某纵观上海滩，至仁至善者莫过于先生您了。圣财，李会长不是外人，你把我最近的情况跟会长说说吧。

张圣财：李会长，汪先生此来其实还有很多事要和您商讨。您知道殷燕农这个人吧。

李衡甫：知道呀，他不是汪先生的高徒吗？他现在可风光了，警察局的行动科长，吆五喝六的。

张圣财：对啊，就是他。这个人觊觎汪先生帮主的位置已经很久了。久保田很赏识他，准备提他当警局副局长。最近他放出话来，他当了副局长后，第一个要扳倒的就是汪先生，还说扳倒汪先生后，要把汪夫人献给久保田。我和汪先生都觉得此人太恶毒，日本人做不出的坏事都是他去干，上海百姓都被他害苦了，他已成为上海滩的一霸一恶一害，此人断不可留。故汪先生和我商量，准备除去此人。

李衡甫： 殷燕农死心塌地地当日本人的狗，其斑斑劣迹我也听说了。但他是汪先生的弟子呀，再说他又凭什么扳倒汪先生呢？

汪墨樵： 这就是我要告诉您的事。"八一三"战事期间，我在帮中选了一些身强力壮的后生组成医护队、运输队去前线运送食物和抢救伤员。上海沦陷后，鬼子和汉奸在全城捕杀国军伤员和曾经支前的上海百姓。我怕这些弟兄遭到不测，干脆将这些弟兄送到江北，组成抗日小分队，发给他们武器。武器是杜老板留下来的，一式德械装备，并聘请了一批原东北军军官对他们进行训练。旗号是抗日救国军雷公山支队和曹家湾支队，其实两个支队也就一百二十人。我派人每月给这些人家里送两块大洋生活费。听说他们最近还打了几次小胜仗，拔掉鬼子十几个据点，我很高兴。但这些事情却瞒不过那个殷燕农，他在我家待了多年，他知道哪个香堂去了哪些弟兄，谁给他们送的给养，他都了如指掌。他原来之所以没有把这些事报告久保田或土肥原，主要是考虑土肥原的"河豚鱼计划"里有不轻易伤害上海帮会，他怕扳不倒我反倒对自己不利。但最近他放出话来，要把这些情况报告日本人。

【李衡甫仔细地听着，没有插话。敲门声响。李廷琛走了进来，见汪墨樵打过招呼。李衡甫示意他坐下。

李衡甫： 那汪先生准备怎么除掉殷燕农？

汪墨樵： 这就是我要跟李会长商量的。殷燕农今非昔比，他现在就住在警察局，平时很少出门。即便出门也是带着警队。单独对他下手很难。我的人已经观察他有些日子了，一直找不到下手的机会。但庆父不死，鲁难未已。这种汉奸一日不除，上海百姓就多一份凶险。还有一层，这条恶犬是我青帮养出来放出去的。就从清理门户的角度说，我也不能留他。所以我跟圣财商量，干脆一不做二不休，把警察局那个狗窝给端了。要干就干一票大的，也给鬼子看看，中国人也不是好欺负的。也让上海的百姓振奋一下，我青帮给他们除了一害。也算是给抗日出了一份力。

李衡甫： 汪先生这次去江北是不是想把那两支抗日武装调回上海端了殷燕农的窝？

汪墨樵： 是的。养兵千日，用兵一时。那百十个人虽也没闲着，但除掉殷燕农这条恶犬是当务之急。他做的恶不会比76号的丁默邨李士群少。

李廷琛： 不知汪先生除掉殷燕农怎么善后？

张圣财： 没有善后。汪先生这次是破釜沉舟，这次行动前准备解散青帮。青帮弟子现有五个香堂三万余人，加上船帮和粮帮共五万余人。汪先生准备每人发三块大洋安家费，今后他们自寻出路，不受帮规约束，也不是我青帮中人。送去江北的那一百二十名青帮弟子每人发二十大洋的安家费。这支队伍不能散，端掉警察局这一票干完后，我带着他们全部撤回江北投靠国军或新四军。汪先生与夫人则离开上海，离开这个他为之拼杀了大半生的十里洋场，回浙江老家务农。

【吴妈进屋。

吴妈： 老爷，晚饭做好了。大家请过去吃饭吧。

汪墨樵： 我在这叨扰半天了，耽误李会长吃饭。很抱歉。有机会再来拜访，告辞。

【汪墨樵说毕，起身就要走，被李衡甫拦下。

李衡甫： 汪先生请留步。好不容易见个面，多聊几句。廷琛，你和季方叔先去吃吧，我不饿。

李廷琛： 我也不饿，陪父亲和汪先生坐会。季方叔，您去吃吧。

李季方： 我也不饿，我还要招呼老爷和汪先生。吴妈，你先去吧。

【吴妈应声而退。

李衡甫： 二位不在寒舍用餐也罢，也没有准备，用不用餐我都失礼，不怪罪就好。汪先生，你把老朽当自家人，那就恕老朽直言。二位刚刚说准备拉队伍进上海端殷燕农的窝，这本来是件好事，不仅给上海百姓除了一害，也是抗日义举。老朽没想到汪先生如此忠肝义胆，早已着手抗日救亡大业，令老朽十分钦佩。但拉队伍进城端警察局灭殷燕农一事，尚请先生斟酌而行。百十人的队伍，不多也不少，而且都是青帮弟子，轻车熟路。进上海好进，可借道法租界直奔警察局。但不知汪先生考虑过没有，端了警察局灭了殷燕农后，怎么撤退？日宪兵和警备旅团二十四小时巡逻警戒，都是机械化部队，枪声一起，都会蜂拥而至。据老朽所知，日军的机动装甲部队和宪兵特勤队闻警三十分钟内可赶到事发现场。你能保证你的部队三十分钟就能端了警察局？就能灭了殷燕农吗？如果鬼子一旦封锁了江边，你的部队往哪儿撤？你的人往哪儿疏散？或许你认为还可以从租界走，可租界当局还会让你进吗？携枪械进入租界就是入侵，租界当局不要考虑后果吗？就算你进入租界，鬼子已封锁江边，你的武装人员又怎么出得来？更严重的后果是，你端了鬼子的警察局，他们能善罢甘休吗？他们肯定要进行全城大搜捕，到时候遭涂炭倒血霉的还是老百姓。二位，为了除掉日本人的一条狗，引来这样的结果，值当吗？

【汪墨樵和张圣财陷入沉思，不发一言。

李衡甫：汪先生何许人物，上海滩谁不仰慕先生。今天和先生见面才知道您在抗日救亡方面，早在我辈之先，对您的敬重又增加了几分，深感先生超群的智慧和胆略。今天为了殷燕农这样一条狗，舍弃自己多年的积累，甚至身家性命，值吗？常言道，善有善报恶有恶报。像殷燕农这样的汉奸，人人得而诛之。他的恶报只是个时间问题，多留他几日，离开日本人他也掀不起大风浪，又何必操之过急。

汪墨樵：可这条狗实在太过凶狠，为非作歹，无恶不作。上海人无不恨之入骨，不除了他我也寝食难安。

李衡甫：至于说到解散青帮，老朽认为汪先生更应慎重。青帮起自大清乾隆年间，香堂烟火不绝，至今怕有两百年的历史了。早年都是由船帮粮帮漕帮等穷苦汉子组成，虽鱼龙混杂、良莠不齐，但帮中弟子遍布上海滩的各个阶层。今天仅上海恐怕有数万之众。这里边又有多少青帮前辈们的心血和苦痛。日本人之所以没敢动青帮也是惧怕青帮弟子之众，分布之广。青帮要与他们对着干，他们自然也不得消停。因此，如今国难当头，在老百姓眼里，青帮是一种力量，也是他们反日抗日的一种精神支柱。事实上青帮拥有上海市民唯一的抗日武装。如果青帮解散了，这个民间帮派组织在汪先生您的手上消失了，这个存在于上海百姓心中的精神力量垮塌了。高兴的是日本人，他们消除了一个心腹大患；失望的是上海人，他们失去了一种可与鬼子抗衡的精神寄托。别人不讲，就老朽而言，我就一直把汪先生和您的青帮看成是上海百姓唯一可与鬼子周旋抗衡的一种民间力量。汪先生，百年青帮在您的手上消失，您不心痛吗？

【汪墨樵以手掩面，泪水从指缝溢出。

李衡甫：汪先生是个有大智慧、干大事业的人。我倒有个想法，想和二位商榷一下。汪先生的家国情怀，老朽已深知不疑。既走到这一步，何不更积极一点？主动与国军或共军联系，从青帮的五万余众选出年轻力壮者一两万人，组成国军或共军的新编抗日军团。好在国共两党现已团结抗日，已组成抗日民族统一战线，无论投靠国军或者共军，都是抗日，这样就有了统一的领导和调度。训练和住房也会有统一安排，甚至武器装备问题，我想无论是国军还是共军都会安排解决。万一解决不了也不是问题，我们出钱出资去海外购买武器。比如通过美国或意大利的黑手党，我们就可以弄到世界最先进最精良的武器装备，抛去重武器不算，每个士兵的武器装备费用，我想有个一千美金也就足够了。一万士兵的装备总费用也就一千万美金左右。您有遣散青帮的费用，何不用这笔费用来购买抗日战士的武器装备。如您一时筹措不及这笔费用，老朽愿以全部身家给予支持，这样我们连人带枪械都送给国共两军，他们焉有不欢迎之理。汪先生，大丈夫立于天地之间，就要轰轰烈烈地为国为民干点事。不想名垂青史，但愿问心无愧。汪先生正值盛年，我想这才是您应该干的事。

【汪墨樵认真地听着，羞愧感动之情溢于言表。

汪墨樵：听君一席话，胜读十年书。汪某能认识李会长，今生不虚！您的话我会认真考虑，今后但有烦难事，我会随时就教先生。

李衡甫：汪先生不必客气。还有您说您准备去江北一趟，我看很有必要。队伍是您拉起来的，您当然要对他们负责。他们的生存状态、活动规律、战斗情况，您都要了解。我想可以在隐蔽性较好的情况下，将队伍拉到上海近郊，随时保持联系，也随时可以通过租界进入上海，以应付意外发生。老朽还有一事相托，先生如去江北，请给我带两个手雷来，要威力强大的，最好是德国造。至于老朽干什么用，先生就不用问了，日后自然知道。哈哈，不为难吧。

汪墨樵：不为难，不为难。我一定办到。只是李会长要手雷何用？

李衡甫：我说过您不用问，日后您自然知道。如果为难就只当老朽没说。至于尊夫人来寒舍小住，那是汪先生看得起老朽，老朽随时恭候。她来了就是我的女儿，请放心。

汪墨樵：好，我不问。贱内事让您费心了。这里先谢过。

【汪墨樵对李衡甫深深一躬，一直不发一言的李廷琛突然插话。

李廷琛：父亲，我也想去一趟江北，跟汪先生涨点见识。

汪墨樵：李大公子想去，好哇。身边多一个有学问的年轻人，我也好随时讨教。李会长，怎么样？

李衡甫：儿大不由爷，他想去总有他的想法。随他去，他的事我不干预。

汪墨樵：好，一言为定。廷琛，什么时候走，在哪儿碰头我会通知你。好，叨扰了，告辞。

【汪墨樵说完离去。李家父子送到门口，拱手告别。李季方送汪墨樵张圣财出门。

李廷琛：父亲，你要手雷干什么？

李衡甫：你先别问。我最近总有种预感，这东西我或许用得上，以防不测罢了。这两天你也没回来，上哪儿去了？

李廷琛：这两天跟陆允明他们商量点事，还有施莫林和詹森先生。主要还是科恩先生安全问题。刚才我就是从他家里来。父亲，犹太人从下个月开始已经没有自由了。我刚才从他们家出来，被殷燕农的人盘问了半天。他们在大门口贴了告示，从今天起，犹太社区改名为无国籍外国人隔离区。没有汪政府签发的暂住证，各个外国人一律不准进出隔离区。这当然都是针对犹太难民的，而去市政府领取暂住证要交一笔城市管理费，每人每年一千美金，最多可办三年。市政府限时一个月所有无国籍的外国人都必须办理暂住证，否则将视为非法移民，不仅失去自由，同时失去粮食配给，而且随时可遭逮捕，遣返回原居住国。

李衡甫：意料之中。但没想到傅宗耀这次动作这么快，听说犹太社区的围墙很快就可以修好了。限制犹太人自由，逼他们购买暂住证，否则视为非法移民，这是他们一种敛财手段。工商界的情况也一样，今天我去商会见到汪政府的通知。从下月开始，汪政府不仅大幅度地提高了税收，而且所有工商企业不得收留没有暂住证的外国务工人员。政府警局税局将随时突查，查到有收留非法务工者，将给予重罚。看来犹太人的日子现在是越来越难过了。你老师家的情况怎么样？

李廷琛：他们还好，很乐观。虽然他们感到身处凶险，但他们还是庆幸一家人能够团聚。只是莎拉这孩子身体一向羸弱，上次被绑架逃出后，身体状态一直不好，头昏乏力，有时还发烧起不了床。我几次想把莎拉送我医院住院，都被玛丽老师以病床紧张为由给拒绝了，他们家一直是在危险和艰难中度日。好在最近玛丽老师倒是十分坚定，她明确支持科恩先生去美国，她希望丈夫能为世界反法西斯出一份力，成为一个真正的反法西斯战士。

李衡甫：他会的。你和美总领馆当前的第一要务就是要确保科恩先生一家的安全。形势越来越复杂，他们现在要面对的不仅是德国纳粹，还有日本人。你们的守护总是有限的，还是要让科恩先生越快离开越好。我刚才让汪先生把队伍拉到上海近郊，也有这种考虑。如果你老师那边有什么不测，只要事先得到消息，汪墨樵的人可以随时赶到支援，他的人对付小股武装纳粹应该还是可以的。哦，对了。你对汪先生说准备陪他去江北，你是怎么想的？

李廷琛：没什么太多想法，只是想去江北看看抗日形势。有机会去找找云谦师父，看看新四军的苏北或皖东根据地，这也是受父亲刚刚对汪先生讲话的启发。父亲是大手笔，希望将汪先生门下的数万弟子组织起来，成立抗日军团。我没有父亲的大手笔，但我是中国人，必要的时候我也可以投笔从戎，直接用大刀向鬼子们的头上砍去。还是您那句话，不当亡国奴。

李衡甫：有志气，孩子。多一个人抗日多一分力量。不过从淞沪战役开始，你在前线抢救那么多伤员，给他们治疗，最后把他们送到江北。你也没闲着。这也是抗日。你把那一船犹太人从纳粹枪口下抢救出来，这也是抗日。这几年你在上海救助难民，包括犹太难民，保护你老师一家，我认为这也是抗日，是为世界反法西斯阵营出力。孩子，我还是那句话，你自己的事你做主。你觉得自己在哪儿能为抗日发挥最大作用，你就去哪儿。父亲永远支持你。

【李季方进屋。

李季方：老爷，天黑了。您一天没吃东西了。吴妈热好了饭菜，去吃点吧。大少爷，您两天没回家了，陪老爷吃个饭吧。

李廷琛：不了，医院还有很多事，我得走。父亲，季方叔说您一天没吃东西了，去吃点吧。做儿子的不能常在身边照顾您，希望您爱惜自己，有个好身体和鬼子斗到底。

37-2. 景：李家大宅院子 夜 外

【月光如练，李季方默默站在李家大宅的院子里，望着李衡甫书房的灯光，不由一声叹息。墙头，树影摇晃。

李季方：下来吧。别躲了。

海东青：老头，夜深了，年纪大了也不怕招风。

李季方：小兔崽子，就你话多。

海东青：我就是路过来看看你。我都绕了一圈了，你和大少爷房间都没人。知道你会来院子，在这等你好半天了。

李季方：找我喝酒？那下来吧。大少爷二少爷都不在家。老爷整天在书房忙着，这个家除了我，没人陪你。

海东青：（纵身跃下）你这个老酒鬼，就知道喝喝喝。我也就是过来看看你，知道你活着，我也就放心了。

李季方： 兔崽子，小鬼子不滚回东洋老家，我能死吗？这些天你没来，怪想你的。你都干吗去了？

海东青： 别以为我游手好闲，我忙着呢。大少爷要我看好那小妞一家。他们家的人出门我都得跟着。抽空我还得干掉几个小鬼子。我干的也都是正经事。

【李季方拉着海东青在树下的石桌旁坐下。

李季方： （关切地）小崽子，在外面干活千万要当心啊。特别干你这行的。虽说你功夫好，可人还是没有子弹快呀。听老爷和大少爷说鬼子现在越来越凶恶。大街上他们看见稍不顺眼的人就打就抓，甚至拔刀就砍。还有汪政府那些狗官尽帮着鬼子干坏事、出坏主意。那个叫傅宗耀的狗市长，最近就帮鬼子出了很多坏主意，什么增加工商税啦，什么强迫上海的百姓缴纳城管捐啦，什么建立犹太人隔离区啦，上海的百姓和难民都让他们坑苦了。这不，老爷和大少爷、二少爷就为这些事成天在外面奔忙着。这些天他们就没在家吃过一顿正经饭。大少爷二少爷年轻还好些，可老爷是上了年纪的人了，我真担心他身体呀。你看，早晨出去，一天没吃饭，现在还在书房忙着。唉……

海东青： 我说这段时间鬼子加强巡逻，犹太社区也在建围墙，全副武装的鬼子和二鬼子看守着大门，不让进不让出，这不是要把人往死里逼吗？

李季方： 听老爷和大少爷说这都是傅宗耀那个狗汉奸出的主意，他说像大少爷老师一家这样的难民，都是无国籍难民，是非法移民，要他们到市政府去买暂住证，据说一张暂住证一年就要一千美金，否则就抓捕遣送回国。这不是抢钱吗？还有更狠的，没有买暂住证的不仅没有自由，连粮食配给都没有。这不是明摆着就要弄死这些难民吗？老爷说这些汉奸比日本人还坏，中国的事就坏在他们手上。

海东青： 你怎么早不告诉我？行了，回房歇息吧。夜深了，当心着凉。老头，保重。我走了。

【海东青飞身就上了墙头。李季方知道自己说多了，忙喊着。

李季方： 小子，你给我回来。

【墙头上的海东青咧嘴一笑。

海东青： 老头，别大呼小叫的。小爷今天得去干点正经事，改天再来陪你喝酒。

【海东青说着，身形一闪，消失在夜色当中。

37-3. 景: 傅宗耀私宅大院 夜 外

【大院前门和内宅门都是武装双岗，两组伪警打着手电在院内交叉巡视。内宅门口的警卫室里，七八个伪警正在呦五喝六地划拳行令，有几个已经喝得差不多了，东倒西歪地呦喝着、比画着。

【巡逻的伪警手中电筒乱晃，交头接耳地说着什么，时时传来阵阵浪笑。树梢深处的海东青瞅个空当，借着树枝的弹力飞身跃出，轻轻落在屋顶上。

【卧室里的傅宗耀和菊子已经酒过三巡，傅宗耀却没有结束的意思，依然眉飞色舞，对着菊子滔滔不绝。

傅宗耀: 你不知道，土肥原将军这几天天天开会，每次开会都要夸赞我，说我给皇军出了好主意，给帝国做了大贡献。还说这次他回东京后，要在军部保荐我去南京当财长。看来我是熬出头了，上海这个市长我早不想当了。天天在他妈军统和共党的枪口下胆战心惊地活着，还要诚惶诚恐地看着宪兵司令部那帮将佐的脸色。这个市长我真不想干了，不想干了……

菊子: 哟，瞧你说的。你当这个市长也没少捞呀，皇军也没亏待你啊。再说了，你给皇军又做了什么啊? 土肥原将军那么器重你。

傅宗耀: 菊子，这你可不知道了。伺候皇军没啥好说的，我心甘情愿，可还要伺候租界里的那些洋人老爷。将军一直强调维稳维稳，上海不能出任何问题，只要牵涉到洋人问题，都有可能引起国际纠纷。你看，上次德国来了个叫施瓦茨的党卫军上尉，来了上海没几天就叫人做了，被人打断了一条腿。久保田大佐把我叫去，劈头盖脸地一顿臭骂，说我警察局都是一些饭桶，国际友人被人暗算了都不知道，还说德国是盟国，影响了盟国的关系要我负责。这次德国又来了个更大的官，叫什么梅辛格上校，是代表德国军方来上海的。昨天我才和他见了个面，一看就知道那个家伙是冷面杀手。听说他在波兰杀了十几万犹太人，号称华沙屠夫。就这么个人也要我们警察局负责他的安全保卫，出一点事都会影响盟国关系。好在这个家伙住在总领馆，但他的出行还要我们负责安全。这不，昨天那个德国佬对我说，他7月10号要去看赛马，要我给他做好安排。怎么安排? 跑马厅是英国人开的，无非是要我们给他买好票，给他安排最好的看台，多派警察保护他。就这些狗屁事也要我这个市长管，我忙得过来吗?

菊子: 你这个市长不就是管这些事，还有啥事让你管? 大事皇军都管了，轮得到你吗?

皇军叫你干啥你就干啥不就得了呗。

傅宗耀：菊子你可别这么说啊。我可是死心塌地地为皇军效力。就说我最近干的这几件事吧，哪件不是大事？军部要土肥原将军在十天内筹集一千万大洋军费。将军原来做了小野的指望，可小野这个熊包不仅没给弄到钱，还捅了天大的篓子，绑架了一个犹太女孩，闹得全城的犹太人游行抗议。李衡甫这个老家伙也推波助澜，让全上海的工商界停工停产，上街声援什么犹太人的合理要求。这风潮一起，后果十分严重。将军对此十分震怒，当场就把小野给毙了。骚乱倒是平息了，可这筹集一千万大洋的期限已到了。将军正急得不行，还是我给将军解的围。

菊子：你怎么给将军解的围？

傅宗耀：弄钱呗。我别的不行，弄钱可是行家里手。我给将军出主意，我说，将军，您别急，不就一千万大洋吗？只要您点头，我三天给您弄齐。将军问我，你怎么弄？我说，您给我一队宪兵，先把黄埔港封锁起来，勒令所有进出港货物和转口海运船只全部扣押，按照货运清单先行缴纳海关进出口税。否则所有船只和货物一律不得离港。你想想，那些轮船公司的老板和进出口商们耗得起吗？都争先恐后地到海关排队缴纳。我特别交代海关，每一单进出口货物和每一条进港离港的轮船都按照数量和吨位的大小增征一笔港口维修费。就这样不到三天我就给将军弄到了现大洋一千二百万。将军大喜过望，着实地夸奖了我一番，还说早该把我弄去南京国民政府当财长。我接着又给将军出主意，大额度地增加工商税和所得税。犹太人也不能放过他们，他们在海外都有钱，可先以无国籍偷渡者的身份把他们圈禁起来，限制他们的自由，不给他们配备食物，逼他们到市政府购买暂住证。没有暂住证的一概视为非法偷渡者，政府可以任意处置，主动权永远在皇军手里。我对将军说，仅此两项，我每年可给帝国创收两到三亿。将军听后大加赞赏。我对将军说，别看这些犹太难民衣不蔽体、食不果腹、上无片瓦、身无分文，可他们要活下去，就得来买我的暂住证。否则，他们就死路一条。他们没钱，可他们在海外的亲朋会给他们钱，再干瘪的穷鬼，我也能从他们身上榨出油来……

【一直倒挂在窗户外的海东青听到这，再也按捺不住，一个鹞子翻身撞碎玻璃，飞身进入室内直奔傅宗耀。菊子见状，赶紧奔到床前摸出一把手枪，还没回转身来，海东青已跃身到她身后，手中利刃寒光一闪，菊子的咽喉已被割断，鲜血直喷，菊子手中的枪也同时响起，枪声惊醒了吓呆了的傅宗耀，杀猪般地嚎叫起来。海东青出手如电，一支蝴蝶镖稳稳地扎进傅宗耀的大嘴里。傅宗耀一下跌坐在椅子上。海东青这一镖用了十分力，镖刺已从傅宗耀的后脑勺穿出，海东青还怕他不死，闪身近前，在他脖子上又补了一刀。楼下执勤的伪警们已乱成一团，哇哇叫喊着。楼梯的脚步声和敲门声响成一片。海东青走到窗前看了一下，见楼下的伪警们都端枪注视着窗户，他后退数步，一个箭步穿窗而出。此时，门已被伪警砸开，对着跃身而出的海东青开枪。顿时楼上楼下的枪声响成一片。已落树上的海东青不敢迟疑，直接跃上围墙，身形闪处又是一片枪声。枪声惊破沉寂的夜空。一时警笛声、摩托声呼啸而起……

37-4．景：李家大宅李季方房间 夜 内

【李季方已经和衣而卧，却丝毫没有倦意。听到了外面的动静，李季方立刻翻身而起。一开门，海东青就站在门口。

李季方：你这个小子，刚刚上哪儿去了？

【李季方话未说完，海东青已瘫倒在地。李季方一声惊叫，这才发现海东青的裤子已经被鲜血浸透。他赶忙一把将海东青抱进屋，放在自己的床上，惊恐地呼叫着。

李季方：海东青，海东青……你怎么啦？说话呀。哎呀，这是枪伤。

【远处传来阵阵警笛声和警车的呼啸声。李季方没有犹豫，冲出房间直奔二楼书房。

37-5．景：李家大宅书房 夜 内

【李季方口里叫着老爷冲进书房。书房已关灯，李季方打开灯，室内已空无一人。李季方抓起电话拨通了犹太难民医院。

李季方：……廷琛吗？快，你快回来一趟，海东青受伤了，是枪伤。哎呀，我也不知道伤在哪儿，裤子都让血浸透了。好好，快。

【李季方放下电话，发现李衡甫站在门口，他正要开口，李衡甫挥手打断了他。

李衡甫：别说了，走，看看去。

37-6．景：李季方房间 夜 内

【海东青已经苏醒，见李季方和李衡甫进屋，挣扎着要爬起来。李衡甫抢前一步按住他。

李衡甫：别动，孩子，别动。什么都别说了，廷琛一会儿就到。季方，倒杯水来。

【李季方应声而出。

海东青：（面露得色）大伯，我……我把那狗汉奸给做了。

李衡甫：（摸他额头）我知道，我知道。别说话，闭着眼睛躺一会儿。

【李季方端来一杯水，李衡甫接过，就要将海东青扶起来，李季方赶忙上前将海东青扶起。海东青挣扎着接过杯子，咕噜咕噜自己一饮而尽。

海东青：……傅宗耀死了。

【李衡甫微微有些吃惊，但没说话。门外的警笛声和军队杂沓的脚步声、吆喝声响成一片。门开了，李廷琛和杰思敏快步进屋。

37-7．景：上海街道 日 外

【上海街头一片喧嚣，报童们挥舞着手中的报纸，大声叫卖报卖报。市民们纷纷涌上街头抢购，翻阅着手中的报纸，欢呼声一片。几家商铺放起了鞭炮，霎时间鞭炮声响成一片。

报童：（高声叫喊）卖报，卖报，特大新闻，伪市长傅宗耀和他的日本婆娘昨夜毙命，被义侠草上飞所杀，一剑封喉，死得干脆利落。哎，卖报，卖报……

37-8．景：上海对华特别行动委员会土肥原办公室 日 内

【土肥原军容肃整地走进办公室，他拿起桌上报纸，傅宗耀被杀的消息赫然在目，下方配有案发现场和傅宗耀惨死的图片。土肥原皱了下眉头，随即把报纸扔到桌上，他开始浏览起自己的办公室，挨个走过那三幅巨大的地图前注视着，在地图上拔下一些小旗，又换上不同颜色的小旗。茶几上的黄菊花有些蔫了，他拔出一支端详着，又插回去。随即叫来传令兵，吩咐把花拿去换了，交代传令兵，在他离开上海期间每三天换一次鲜菊花，不准中断。传令兵捧起花瓶应声退下。土肥原又走到刀架前，拿起天皇御赐的那把刀，拔出看了看，寒光闪烁，他收刀回鞘，系在身上。门外一声报告，久保田匆匆进屋。

久保田：老师，傅宗耀昨晚被人杀了。

土肥原：慌什么，我知道了。知道是什么人杀的吗？

久保田：警察局已经去人封锁了现场，我又让特高课和76号去勘察了。他们给我回复，初步认定是一个叫草上飞的飞贼给杀的，据说那飞贼擅用飞镖，傅宗耀就是被飞镖穿喉刺死。菊子也死了，是被匕首割断颈动脉致死，死前还开了两枪。

土肥原：（不屑地）活得混账，死得冤枉。在自己的家里被人用冷兵器弄死，可笑！通知南京政府了吗？

久保田：现在还没有。我想等抓到凶手后再通知南京。

土肥原：民间飞贼，一时半刻上哪儿去找凶手。好在不是国共两党所为，否则又提振了他们的士气。尽快通知南京政府，让他们赶紧派人接替傅宗耀。命令全城戒严，挨家挨户搜查。通知特高课、76号、警察局和治安军，凡有嫌疑者一律逮捕，严讯拷问，宁可错杀，不可放过。

久保田：学生已做了安排，昨晚就出动了全城的军警宪特予以搜捕。老师，听说军部急电，命您今天回东京。

土肥原：是啊，急电是东条首相发来的，说今天有一架直飞上海的军机抵上海，让我就搭乘这班飞机回东京。听说是要召开一个紧急军事会议。估计内阁和军部又有什么情况了。党棍和军头总是矛盾不断，我去又有什么用呢？军部的那些少壮派能听我的吗？我倒希望这次回京能见到天皇陛下，向陛下进言谈谈我对时局的看法。

久保田：您是陛下最信任的将军，您的进言天皇陛下一定会重视。

土肥原：好，不谈这些了。你还有事吗？

久保田：有。昨晚听说您今天要离开上海，学生连夜将与梅辛格上校的会谈纪要整理了一份，请老师过目。

【久保田说着，将一份卷宗递给土肥原。土肥原摆摆手。

土肥原：我就不看了，你说说内容吧。

久保田：是。主要内容有两点：一是梅辛格上校回柏林后负责将美国人给犹太人的三千万存款汇来上海，收款人是上海犹太银行。二是从即日起，上海军方配合他在上海的秘密使命。我同意了，但条件是皇军不公开出面，只是暗中协助，一切行动由他们自己执行，不得在市区搞大规模屠杀。他们的任何活动不得影响社会稳定，他也同意了。这就是我们会谈纪要的全部内容。备忘录还没有签，等老师命令。

土肥原：我看可以签。我还是那句话，帝国不做亏本的买卖。只要他把那三千万美金从苏黎世银行汇来上海，一切皆可商量，但要落到实处。要防止他回到柏林后不履行备忘录，那我们就亏大了，这就要看你的把握了。

久保田：是，学生明白。

【传令兵喊报告，进屋。

传令兵： 报告将军。各旅团、联队长官都在会议室，等候为将军送行。

土肥原： 怎么他们都知道我今天启程？（对传令兵）我知道了，你去吧？

【传令兵退下。

久保田： 梅辛格还有一个请求，他要在犹太隔离区没建好之前，对那个叫伦纳德·科恩的犹太人再采取一次行动。他说隔离区的围墙修好后，二十四小时有人看守，他的活动就很不方便了。还说只要这一次他的行动成功，即返回柏林，为我方处理苏黎世银行的汇款问题。

土肥原： 可以。但只能小规模行动，而且是秘密行动，皇军不参与。这个叫伦纳德的犹太人，我已经搞清了他的身份。他是个核物理学家，德国人正在搞一项大规模杀伤性武器实验，需要这个科学家。他们很担心这个人落到美国人手上。这个人对我们没有什么大用处。我们国家现在还没有开展有关核武器的研究和实验，如果这个人落到美国人手上，恐怕对我们也很不利。他们要除掉这个人也好，对我们也少了一个威胁。但仅此一次，不能再搞类似行动。特别注意不能引起风潮。

久保田： 属下明白。

土肥原： 走，我们去会议室看看。

37-9. 景：上海对华特别行动委员会会议室 日 内

【会议室坐满了为土肥原送行的各级将领，见土肥原和久保田进屋，众将领齐刷刷地起立行礼。土肥原满面笑容招呼大家坐下。

土肥原： 我是昨天深夜才接到军部通知，要我今天赶回东京，看来你们的消息比我还灵。好吧，既然来了，我就说两句。今天也不是什么军事会议，大家尽可放松。不管我能不能再回到上海，我都说几句临别赠言。

【土肥原说到这，脸色突然凝重。

土肥原： 我喜欢中国，相信各位也有同感。我在中国为帝国工作三十余年，踏遍了中国山山水水，熟悉中国的每一个城市、每一个乡村，甚至每一条道路、每一处水源。我喜欢中国不仅是因为中国幅员辽阔、山清水秀、资源丰富，还因为这块土地上的人淳厚、勤劳、麻木，甚至喜欢这块土地上那些当权者愚蠢、无能和专制，中国迟早将划入帝国的版图。我早把中国看作是帝国的皇道乐土。今天我要离开中国，不知还能不能回来，很有些不舍。但是各位，帝国目前在支那的战争进展并不顺利。皇军虽然占领了支那除西南西北外的大半个中国，但我们并没有征服中国，中国的军队、中国的老百姓还在抵抗，战争还在残酷地进行，皇军还在浴血奋战，每天都有成千上万的皇军将士流血殒命，帝国的"大东亚共荣"之梦远远没有完成。特别是太平洋战争爆发后，战局对帝国更加不利，仅六月四日的中途岛海战，帝国海军损失过半，被击沉航母四艘、大型战列舰十七艘，损毁飞机近两百架，殉难将士两万七千余人，帝国太平洋战局已由进攻转为防御，坦率说这种后果是可以预见的。我海军在袭击美国珍珠港之前，我曾就帝国应北上还是南下的问题，专程去了一趟东京，对天皇陛下和军部阐述了我的个人看法，我们最大的祸患在北方而不是南方，也就是说最大的威胁是苏俄而不是美利坚。纵观历史，俄罗斯扩张成性、凶残贪婪，从彼得一世、二世到叶卡捷琳娜一世、二世，到今天的斯大林，他们从来没有放弃过侵略扩张。他们从一个小小的莫斯科公国，不断地拓展自己的势力范围。从东西欧到北欧，甚至到美洲，再到东亚、西亚、中亚、中东，从波罗的海到黑海、里海、地中海，从北冰洋到太平洋、大西洋、印度洋，处处留下他们侵略扩张的痕迹。为了和我日本帝国争夺中国，更是与我帝国多次交战，中国更不在其话下。两百年间，他们已侵占了中国土地三百余万平方公里，这还不包括中国的河西走廊和新疆地区。而中国则是帝国"大东亚共荣"的核心利益所在，控制中国，防止苏俄继续侵吞中国才是我日本帝国永远的要务。可东京的那帮脑残们却偏偏放弃北方，而搞什么南下太平洋与美利坚争霸。美利坚远在太平洋彼岸，距中国日本万里之遥，美国要控制的无非是东太平洋及沿线的岛屿国家，留有足够的空间和时间让帝国发展"大东亚共荣圈"。可东京的那些把持军政的大员们听得进吗？他们甚至都没有到过美利坚，连欧洲英法等国都没去过，就悍然发动太平洋战争。我今天说句不客气的话，他们就是井底之蛙。无知，狂妄，老子天下第一，妄图一夜之间把帝国军旗插遍全世界。中国《孙子兵法》有句话叫"知己知彼，百战不殆"，你连对方的虚实都搞不清楚，贸然动手能不吃亏吗？我很欣赏石原莞尔将军那句话，如果挑衅美国需要一万的实力，而我们只有一千，而美国有一百万！世界政治就是强权政治。你没有这样的军力财力人力去招惹人家，吃亏是必然的。一盘好棋让东京的这帮疯子们搞成这样，造成帝国今天这样被动局面，这些人就该死！我这次奉诏回京，如蒙天皇陛下召见，我还要御陛进言，现在收手，还来得及，这样死磕下去，后果不堪设想。

【众军官一阵骚动，纷纷议论。一中佐起立问土肥原。

中佐：报告将军，不知将军所说的就此收手，如何个收法？

土肥原：停战，太平洋战场停战。通过外交途径与美利坚秘密议和，撤销与美利坚的宣战令，恢复邦交和贸易往来。以太平洋中线为界，东太平洋是美利坚的势力范围，西太平洋归我大日本帝国。美国是个讲民意的国家，他们的老百姓并不希望打仗，所以欧战爆发后，甚至于我们拿下大半个中国后，美国国会和罗斯福都并没有要插手欧亚战场的意思，这从他们的工业布局和军事部署可以看出来。珍珠港事件前，美国面临严重的通胀和经济危机，金融业和制造业大幅度整顿和压缩。可去年十二月七日我联合舰队袭击珍珠港后，美国在一夜之间开动其全部国家机器，正式对我及所有轴心国宣战。迄今为止，仅半年时间，九艘两万七千吨的大型航母、二十余艘巡洋舰和大型战列舰建成服役，全部装备美海军太平洋第五舰队，还有飞机一千八百余架，轻重型坦克装甲车一千二百余辆，两百万预备役官兵转为正规军，这样的工业制造速度和战争潜力，是我帝国所能企及的吗？和这样的对手开战，仅半年时间已见优劣，再打下去，帝国有胜算吗？所以选择停战是军部唯一可考虑的战略部署。

【众将佐沉寂。

土肥原：跟大家讲这些，是不是有点涨了他人志气，灭了自己威风？不，恰恰相反。在座各位都是帝国精英，我只是希望各位能审时度势，保持清醒头脑，不要盲目乐观，帝国的目标宏远，现在还远不是骄吟自大的时候。我们需要振奋精神，完成帝国的复兴伟业。目前我们要做的就是扩大支那战场的战果，彻底征服中国。要征服中国不是看我们占领了中国多少土地和城市，而是要让支那数亿百姓臣服帝国，包括他们的统治者，要让他们心甘情愿、死心塌地地效忠天皇，为帝国的"大东亚共荣"出钱出力出人。这需要智慧、需要谋略。就拿上海来说，各位都是帝国上海驻屯军的军官，光靠杀和抢是解决不了问题的，那是杀鸡取卵，不可能长治久安，更不能让支那人心甘情愿，那样做的后果只能使皇军捉襟见肘疲于奔命。我多次说过上海是东亚最大的工业中心、制造中心、经贸中心和海运中心。上海和满洲一样是皇军东亚"圣战"的输血管、造血机，上海是东亚共荣不可替代的中心，上海必须稳定，必须繁荣。上海的繁荣稳定决定整个支那占领区的繁荣稳定。我也多次强调以华制华是我们的基本策略，让中国人去管理中国人，时间长了中国人就不会有异族入侵的感觉。他们会觉得一切都是那么合情合理，不会有逆反心理。他们会感到统治他们的是他们的同类，而不是大日本帝国。只要这些统治者绝对服从我们，说得更直接一点，要杀人越货，也要让他们自己人去干。帝国包括帝国军人是仁慈的、宽容的，在引领他们走向富裕。要能做到这点，才谈得上征服。各位，这就要看你们的了。好了，时间差不多了。我该说的话也差不多说完了。感谢各位相送，我们就此别过。久保田君，你陪我去机场。

久保田：是。

【全体将佐起立行礼，目送土肥原离去。

第三十七集完

第三十八集

38-1. 景：车内 日 内

【行驶着的车内，前排是司机和副官，后排坐着土肥原和久保田。

土肥原： 那一千万大洋汇东京了吗？

久保田： 昨天就已经汇了，收款是参谋总部。剩下的二百万大洋封存在东亚银行，如何处置，等您示下。

土肥原： 知道了。东亚银行有人接管吗？

久保田： 暂时还没找到合适的人。我接触过的人里还没有几个真正学过金融或是搞过金融的。

土肥原： 你以为搞金融就非要懂金融吗？你只要找条听话的狗就可以了，当然这条狗必须聪明。我看莆田川这个人就可以，莆田川虽然不是日本人里最聪明的，也不算是最坏的，但他是最贪婪的也是坏主意最多的。这从他对小野和那个德国人施瓦茨就可以看出来，皇军就是要用这样的人。不管是对付中国人还是其他外国人，用这样的人对帝国有利。坏水再多，他也不敢背叛帝国。

久保田： 好的，我回去就安排他顶小野的缺。

土肥原： 让小野办东亚银行，不是给他个人发展机会，而是要把来自美国的那笔巨额赈济款攥在手里。但由于他的愚蠢和无能坏了我们的大事，最后死于非命。对莆田川也是一样，用他是因为他是日本人，而且是日本人里坏主意最多的，必须利用他这一点为帝国牟利。万一出了点什么事，可以让他去为皇军顶缸。同样，如果发现这个人和小野一样无能愚蠢，这个人也不能久留，大和民族不缺这么个废物。

久保田： 明白。

土肥原： 记住，犹太人的那三千万赈济款不能放松。除抓住梅辛格的那份备忘录外，米兹拉希那边也要抓紧，那个老家伙十分狡猾。可以用莆田川去对付他。那笔巨款从我们眼皮底下溜走了，跟他有很大关系，因为收款人是他的银行。如果莆田川对付不了他，必要时可以对他上点手段。只要这笔钱进了上海，米兹拉希和犹太银行在我们手上，这笔钱就跑不掉了。总之，这笔钱我们一定要弄到手。

久保田： 明白。据特高课从苏黎世提供的情报，上海犹太银行收款人是两个人，米兹拉希和李衡甫。李衡甫究竟和犹太银行有什么特殊关系，我已命令76号和上海警察局予以查实。

土肥原： 很好。李衡甫这个人老谋深算，他在上海工商界，乃至全支那的工商界都有一定影响。不到万不得已，不要轻易动他，避免引起上海工商界和社会动荡。这个人是中国典型的顽固派。非我族类，其心必异。他永远不会真心诚意地为帝国效力。但此人不惧斧钺，不贪生怕死，且有超人的胆略，与这种人斗法不要轻易使用暴力。要找到他的软肋，让他没有回旋余地，让他彻底就范为我所用。

久保田： 他现在已经没有回旋余地，支那人都骂他是汉奸，甚至上了国共两党的锄奸名单。他只能死心塌地地为我们效力。

土肥原： 久保田君，我还是要提醒你，这种人在支那并不多见。他不贪财不惜命，更可怕的是他认准了的事，他就义无反顾，不惜以命相搏。好在他只是一介商人，掀不起大浪。如果他在张学良之流这个位置，恐怕我们帝国要多一个强悍的对手，支那之战也不可能如此顺利。讲这话只是想提醒你，跟李衡甫这种人打交道要慎之又慎。

久保田： 学生明白。还有一事要报告老师，崇明化武基地已经开工，因为该工程是秘密进行，所以没派大部队进入。施工人员都是临时抓来的难民。听说进展还挺快，只是军部的军费还迟迟未到。再拖下去就要影响进度了。

土肥原： 化武基地一定要如期建成。化武的使用十分重要，甚至决定皇军"圣战"的最后胜负。这项工程一定不能耽搁。军部的经费迟迟未能到位，恐怕是遇上了前所未有的资金压力。我们也要体谅军部的难处。想方设法筹措资金，务必不能使工程停下来，必要时可先动用封存在东亚银行的那两百万。久保田君，上海就交给你了。上海的重要性我就不多说了，帝国缺钱缺物资，而上海就是我们的摇钱树聚宝盆。你在上海首要的任务就是为皇军的"大东亚圣战"筹钱筹粮筹物。目前太平洋战场和支那战场的形势都很不乐观，三个月占领中国，那是痴人说梦，珍珠港一役就想控制太平洋，那更是天方夜谭。帝国面临的是一场艰苦卓绝的持久战，战局的结局关键还得看我们后勤补给能否跟上。而上海作为东亚中心，又是关键中的关键。久保田将军，你是任重道远啊。还有，上海警备师团已纳入皇军建制，要抓紧筹措。化武基地要尽快完工，前者是保证帝国"圣战"的输血功能，后者是保证帝国"圣战"的最后胜利，而这都是需要大笔资金的，不要指望大本营的军费，这一切都要靠我们自行筹措。目前有两个筹措军费的办法。一就是提高征税范围和幅度，特别是上海工商界的税收，包括个人财产税和海关税的征收标准。还一条途径就是充分利用逃来上海的那数万犹太难民，抓住梅辛格和米兹拉希。我们可以把这批犹太人交给梅辛格任其处置，但他必须把犹太人的钱和财产交给我们。对米兹拉希也是这样，如果他能把怀兹带来的那笔巨款给我们，我们可以放过那些犹太人，甚至可以像我在满洲实施我的"河豚鱼计划"一样，在上海专门划出一块土地供犹太人居住、经商和发展。这样我们既赢得了国际声誉，也增收了一笔巨大的税收，名利双收。这就是我的设想。我走了，你看着办吧。一切为了帝国利益。

久保田：是。学生谨记恩师教诲。

【汽车飞驰而过，留下一路尘烟。

38-2. 景：李家大宅李季方房间 日 内

【躺在床上的海东青已经苏醒，守护在床边的李廷琛、李廷瑞、李季方和杰思敏都松了一口气。海东青揉揉眼睛看见这么多人在他身边，咧嘴一笑。李廷琛赶紧示意他不要说话，随手在桌上的托盘里拿出一颗子弹头，在海东青面前晃了晃。被海东青一把夺过，凑到眼前看了看，然后往嘴巴上一抹，咕噜一声吞下去。杰思敏尖叫一声，下意识就要去掰开海东青的嘴巴。海东青调皮地将嘴巴张开。杰思敏看了半天什么也没发现，十分着急。海东青则十分得意，又将手在嘴巴上抹了下，张开五指，那个黄灿灿的子弹头稳稳地在他掌心。杰思敏眼睛都直了。众人都哈哈大笑起来。

李廷琛：季方叔，去给老爷说一声，就说海东青苏醒了。顺便告诉吴妈，请她弄点吃的来，稀饭和鸡蛋都行。

【李季方应声而去。李廷琛见海东青脸色苍白，冷汗直冒，知道他疼，忙拿过一块毛巾给他轻轻擦拭着。杰思敏赶忙上前接过毛巾，小心翼翼地为海东青擦拭起来。海东青冲杰思敏咧嘴一笑，露出两颗虎牙，享受地闭上了眼睛。

【李季方端了碗粥进来。

李季方：大少爷，二少爷，老爷请你们到书房去一趟。

【李廷琛应了声，从李季方手上接过粥碗，又递到杰思敏手上，示意杰思敏给海东青喂粥，杰思敏点了点头。李廷琛、李廷瑞离去。

【李季方帮杰思敏扶海东青，海东青痛得直咧嘴。

李季方： 小子，别龇牙。昨晚要不是大少爷和杰思敏小姐，你这条小命就没了。你知道你昨天流了多少血吗？你知道你现在身上流着杰思敏小姐的血吗？

【海东青茫然地摇了摇头，正要说什么，杰思敏的汤勺已塞到他嘴里。

杰思敏： 别说话，保持体力，先吃东西。

李季方： 大少爷昨天跟你剪开裤子，你两条腿都泡在血里啦。大少爷说要赶紧给你输血，又不知道你的血型，便叫二少爷拎着你的裤子去犹太医院验血型。二少爷赶紧开车去医院，血型倒是验出来了，可医院哪还有现成的血浆呢？大少爷又不能出去给你找，外面戒严了，满大街的鬼子和警察想必都是在抓你这小贼呢。大伙正急得不行，杰思敏小姐说她的血型和你的一样，可以输她的血，就这样一边大少爷给你做手术，一边杰思敏小姐给你输血。也不知输了多少，大少爷说不能再输啦。再输，杰思敏小姐身上的血就干了。你看，你这小子闯的祸。

杰思敏： 季方叔，别说了。他是英雄，他没有闯祸，他是上帝派来剪除恶魔的天使。为他死我也愿意。

【海东青什么也没说，热泪盈眶。

38-3．景：汪公馆客厅 日 内

茉莉： 把我送到李家去，你什么意思？嫌弃我了，你就明说。

汪墨樵： 茉莉，别胡搅蛮缠了好不好。我这还不是为了你吗，跟你说了一百遍了，我们家不安全不安全，你又怀有身孕。我和圣财都不在家，万一出点事怎么办？李家是坏人吗？你在那儿住几天，我一回来就把你接回家，还不行吗？

茉莉： 每次出门你都要带上我，为什么这次问都不问我一句。你这次出门准没什么好事，你不放心我，我还不放心你呢。

汪墨樵： 你不放心我，李家大少爷你也不放心吗？他能跟我做什么坏事吗？

茉莉： 我不是担心你做什么坏事，我是担心你……李廷琛也去吗？你怎么不早说？

汪墨樵： 夫人，我和廷琛这次出去是办正经事，是大事，也可以说是秘密出行，知道的人越少越好。

茉莉： 那你什么时候回来？

汪墨樵：这可说不好，估计也要个十天半个月吧。哎呀，夫人，你放心，我办完事就回来。把你一人留在上海，我也不放心。

茉莉：为什么要去这么久？圣财和廷琛少爷也去，办什么大事，能跟我说说吗？

汪墨樵：（犹豫地）呃……呃……茉莉，你还是不知道的好。

茉莉：不嘛，你不告诉我，我就不让你去。

汪墨樵：好吧。你一定要知道，我就告诉你。江北有两支抗日小分队，是我拉起来的，而且都是我青帮的人。听说最近打了几个小胜仗，干掉了鬼子和伪军几十个人。鬼子最近调了两个大队的兵力对他们进行分割围剿，他们现在的处境应该很危险。我和圣财想过去看看他们，一是犒劳犒劳他们，二是看看形势。我打算把两支小分队集中起来，找一个更隐蔽更安全的驻地，最好是离上海更近一点的地方隐蔽起来，躲过日军的这一次围剿。上海如果有什么突发情况，他们要进城也更快捷方便。廷琛少爷说也想同我过去看看，我当然很高兴，我知道廷琛少爷和江北新四军经常有联系。这支队伍说不定今后还得仰仗他。就这样，我们约了九号，也就是明天晚上九点出发。茉莉，现在什么都跟你说了，你可不能再跟任何人说了，这可是性命攸关的大事。

【茉莉不知是惊呆了还是吓呆了，半天说不出话来，突然间泪如泉涌，纵身紧紧地抱住汪墨樵抽泣起来……

茉莉：墨樵，我知道你这次出门是去办大事，做抗日为民的事，我不拦你。李家我就不去了，他们都是好人，我不想给他们添麻烦，我就在家里等你，不管等多久，你就放心去吧，做你该做的事，好吗？

【汪墨樵注视着梨花带雨的茉莉，紧紧地将她搂在怀中。

38-4. 景：李家大宅李衡甫书房 日 内

李衡甫：汪老板说九号晚上也就是明晚九点钟，他在十六铺盐运码头等你，让你最好带着防身武器，如果没有他给你准备。

李廷琛：好了，我知道了。防身武器我自己带。谢谢他了。

李廷瑞：大哥，你要去哪儿？我怎么一点都不知道。

李衡甫：你大哥要同汪老板出去办点事。这段时间家里也有很多事，你得留下来。玛丽老师那边还要人守护。哦，对了，汪老板还说九号晚上送廷琛，最好你去送。因为这是秘密出行，不能让任何人知道，别人他不放心，最好你去。还有，汪夫人暂时不来我们家，她怕打扰我们。汪先生说他已派了帮中的几个兄弟在汪府二十四小时执勤，想必不会出大事情。

李廷瑞： 茉莉小姐来我们家？

李衡甫： 是的，汪先生原准备他和廷琛外出期间让茉莉小姐来我们家小住，现在不来了。这样也好，我们家也没几个人。汪夫人又怀了孕，万一有点闪失还真不好交代。

李廷琛： 弟弟，汪先生让夫人来我们家小住是把我们当亲人。现在虽然不来了，但任何时候我们对人家都要有礼貌，处处检点，不要冒犯了汪夫人。

李廷瑞： 大哥，我知道你要说什么，你把我看成什么人。

李衡甫： 廷瑞，你大哥说得对。汪夫人是你们的长辈，对长辈一定要有礼貌，千万不要怠慢了人家。这段时间家里的事多，你要在家多待待。你大哥老师家也要多去。两个家都不能有半点意外。这就看你的了。

【电话铃响，李衡甫拿起电话。

李衡甫： 哦，玛丽院长。廷琛？在，在。您等等。

【李廷琛接过电话。

李廷琛： 什么？莎拉高烧不退？现在在医院。好，好。我马上过去。（放下电话）父亲，莎拉病了，现在在医院，我得赶紧过去一趟。

李衡甫： 病得很严重吗？

李廷琛： 应该是吧。否则玛丽老师不会打电话。莎拉从上次被绑架以后一直不舒服，身体和精神都不正常，有时还低烧。刚刚玛丽老师说，从昨天下午到现在一直发烧，她已经把莎拉送到医院去了。我这就去医院。

李衡甫： 那你快去吧，把杰思敏带上。

38-5.景：李家大宅李季方房间 日 内

【李廷琛进屋。

李廷琛： 杰思敏，莎拉病了，现在在医院，你同我去医院吧。

杰思敏： 又病了？严重吗？

李廷琛： 不知道。你母亲说从昨天下午到现在一直高烧。别问了，去了不就知道了吗？

【杰思敏看了看脸色苍白的海东青，有点为难。

杰思敏： 我们俩都去了，这边就没人了。你去吧，我在这边照看海东青。医院里人多，我就不过去了。

李廷琛： 也好，那你留这边，我先过去了。

【李廷琛摸了摸海东青额头，海东青点了点头，想说什么。李廷琛示意他不要说话，转身离去。

38-6．景：犹太医院走廊 日 内

【李廷琛和玛丽从莎拉的病房出来，轻轻将门关上，穿过走廊，推门进了玛丽的办公室。

38-7．景：玛丽办公室 日 内

【李廷琛招呼玛丽坐下，给她倒了一杯水。玛丽接过茶杯，手有些颤抖。

李廷琛： 老师，从莎拉的临床表现看，浑身红疹，低烧持续，惊悸梦呓，关节疼痛，甚至偶有高烧，应该是受了惊吓和风寒所致。当然也有一些白血病的症状。这需要做进一步的检查。但是老师，这一切都是臆测，没有结论之前，我们只能做常规治疗。我建议从现在开始，莎拉必须住院，一边观察一边治疗。

玛丽： （微微点头）我担心，我担心……

李廷琛： 老师，你什么也不用担心。科恩先生不是常说一句话吗，该来的都会来的，不该来的即便碰上了，也就擦肩而过了。你们家没有白血病史，莎拉得白血病的概率很小很小，一切都是未知，只能观察，做进一步检测。

玛丽： 好吧，命运是上帝安排的，我们只能听上帝的安排了。现在家里没人了，就我丈夫一人在家。现在犹太社区的隔离墙也快修完了，他今后的进出都会受到限制，他要是再出点意外，我们这个家也就彻底毁了。

李廷琛： 老师，走一步看一步吧。三万多逃来上海的犹太同胞和你们家一样面临困境。科恩先生又不肯接受我们的帮助，其实只要科恩先生愿意，我们随时可以给他找一个安全的地方住下来。美国总领馆的詹森先生就多次邀请他，可他……唉，不说了。不过老师，您放心，我会尽一切力量加强对科恩先生的防护，食物也会有人按时给他送去，只要他不出门就相对安全，您和杰思敏也可以常回家看看。哦，老师，我明天要出去几天，不会去

很久，十天左右吧。我会尽快赶回来。这段时间您和杰思敏还得多回家陪陪科恩先生。您知道海东青已经负伤了，这段时间他还不能行动。科恩先生的安全只能都靠他自己了，希望您还能给他多做做工作。说句极端的话，活着，才有未来。

玛丽：你放心去吧。医院有我。我和杰思敏也会常回家照看科恩。我们一家，所有犹太人，一切看上帝最后安排。

38-8. 景: 李家大宅李季方房间 夜 内

【杰思敏正在给海东青输液，躺在床上的海东青则躁动不安，他几次想从床上爬起来，都被杰思敏强行摁了下去。李季方端了只碗进来，后面跟着李衡甫。海东青见李衡甫进来，又要爬起来，被杰思敏一把控住。

李季方：猴崽子，你这就是猴性难改，老这么不安分，你的伤好得了吗？老爷来看你了，你老实点。

李衡甫：孩子，你感觉好点了吗？

海东青：大伯，我好了。你看，我这不好好的吗？

【海东青说着又要爬起来。李季方将碗递给杰思敏，赶忙上前扶住他，口中叨叨的。

李季方：崽子，崽子，我的猴崽子，你安分点好不好？你看现在多少人在为你日夜操劳。杰思敏小姐和大少爷昨宿一夜没睡。老爷也是，今天一早就吩咐我，把他珍藏了多年的老人参和燕窝找出来给你熬汤煮粥。这不，我又给你端来了燕窝粥。老爷时刻问你的情况怎么样，怎么样。他老人家也为你熬了一宿，今天又忙了一天。我倒不担心你这个猴崽子，我担心老爷的身体，他毕竟上了年纪了，不像你猴精猴精的。这不，他又来看你了。你让大家都安心点好不好？你要乖点，伤才好得快。你要伤好了才可以陪我喝喝酒聊聊天，你现在这个样子，李家上下合宅不安啊。杰思敏小姐，我扶着他，您把这碗粥喂给他吃吧。

【李季方絮絮叨叨地说，海东青闭上了眼睛，眼角闪着泪光，也不说话，大口大口地吃着粥。

38-9. 景: 上海蓝玫瑰西餐厅 夜 内

【靠窗的小桌边坐着陆允明和谢润林。

谢润林：听说这家餐厅的小牛排不错，所以约你到这来。怎么样，牛排的味道还好吧？

陆允明：不错。味道都已赶上红房子了，挺正宗的法国牛排。

谢润林：红房子有什么好，人多眼杂，吃顿牛排还得等几个小时，价钱又贵，味道也就那样，哪有这里好，又安静又惬意。你发现没有，我们刚喝的那个杜松子酒，人家可是正宗的法国酿。

陆允明：喝酒我可是外行，乌龟吃大麦不知粗细。好了，牛排也吃了，酒也喝了，时间也不早了，我得回去了。要不总领馆都关门了。

谢润林：别别别，陆兄。你是大人物，你出来一趟不容易。兄弟我还有些话没和你说呢，我想你一定会感兴趣的。

陆允明：有话就说，别吞吞吐吐的。上海滩谁不知道你谢科长是特情高手。说吧，我听着呢。

谢润林：你上次托我打听的事，现在都有眉目了。日本人在上海的化武基地应该在崇明岛。最近日本人让警察局抓的那几批难民都往崇明岛送了，都是身强力壮的。听说就在吴淞出海口附近。至于那个德国人梅辛格上校，倒没发现有什么特殊活动。他平时都是窝在德国总领馆，一般也不出来，有事也总是找那个住在川崎饭店的叫施瓦茨的德国佬。听说他最近和久保田签了一份备忘录，内容是对付逃来上海的那些犹太人。

陆允明：知道什么具体内容吗？比如他们下一步要对犹太人采取什么行动？时间、范围、谁来执行？

谢润林：这倒不是很清楚。但有一点是肯定的，那个叫梅辛格的这次来上海就是为了两件事。一件事就是要把一个叫伦纳德·科恩的犹太难民抓住，并送回德国。听说这个犹太人是世界著名的核物理专家。另一件事就是要就地处决逃来上海的全部犹太人。我想他们签的这份备忘录，只有这两个内容。土肥原已经离开上海，估计这个备忘录是他授意签的。有可能日本人把这批犹太人交给德国人处理，日本人从中得到好处。现在日本人都穷疯了，什么缺德事他们做不出来。哦，还有，最近那个德国佬梅辛格上校似乎很得意、很轻松，他十号要去看马赛，日本人让我们警察局给他做好安排，还要保证他的安全。看来日本人也是他妈的德国佬的一条狗。

陆允明：消息确实吗？

谢润林：确实。这不就后天的事吗？警察局都已经在安排了。当然这一切都是暗中布置。其实也没什么好布置。无非就是给他安排好座位，多派几个警员暗中保护呗。

陆允明：还有什么要说的吗？

谢润林：没了。有什么情况我会和你联系。

陆允明：好，我得走了。今天这顿西餐算我请客，最好能搞清那份备忘录的具体内容。等着你的消息。

【陆允明掏出厚厚的一沓美元押在盘子底下，起身离去。

38-10. 景：美总领馆詹森办公室 夜 内

【詹森、陆允明、李廷琛、施莫林在座。

陆允明：情况就这些。关键是要搞清那份备忘录的内容，才能了解德国人和日本人达成了什么交易，下一步他们到底要干什么。

施莫林：梅辛格十号看赛马，确实吗？

陆允明：应该确实。警察局已经开始给他安排，还加强了安保措施。

施莫林：我们这样老防着也不行。他们可以随时对科恩先生采取行动，我们防不胜防。要彻底消除隐患，必须把梅辛格一伙消灭掉。

李廷琛：我明天同汪先生去江北，也有这个意思。看看能不能把他的那两支抗日武装拉到上海近郊，只要摸清梅辛格的活动规律，提前得到情报，这两支青帮武装可以迅速进入上海采取行动。但现在的情况是，我这一走，我老师家只有科恩先生一人在家。白天还好些，如果他们晚上突然采取行动，那科恩先生就十分危险。允明，你跟军统方面联系过没有？他们能不能出面帮这个忙？至少在我离开的这段时间内，他们派人负责科恩先生的安全。他们有武装，光靠青帮的那帮兄弟是不行的。

陆允明：军统的情况你可能不太了解，他们只接受戴老板直接指令，其他任何部门包括国防部，他们都不买账。特别最近军统上海站跟汪伪 76 号打得不可开交，军统方面损失很大，自顾不暇已撤至二线，现在要和他们联系都很困难。要他们出面去保护一个犹太人，除非戴笠和委员长亲自下命令。

詹森：好了，情况我都知道了。美日是交战国，美国也不可能派军队进入日占区。刚才李先生的设想，我倒认为可行，动员一切民间力量，包括青帮的武装力量，对科恩先生以及其他的犹太难民予以保护。我们能做的也只有这些。我会连夜将情况报告华盛顿，请求指示。

【施莫林不满地瞄了瞄詹森，想说什么，但还是没有开口。

38-11. 景：日军宪兵司令部久保田办公室 日 内

【久保田正在擦拭着军刀，他面前站着莆田川。

久保田：你害死了小野，引起上海社会动乱。你知道你对帝国犯下的罪行吗？

莆田川：（强装镇静）知道。下民愿接受将军的任何处置。

久保田：这就是你的聪明之处。那你是想死还是想活？

莆田川：想活。莆田川上有老下有小，为了他们我也得活着。

久保田：（冷冷地）不想为帝国活着吗？

莆田川：想，当然想。我也是天皇子民。

久保田：那好。给你个机会，你去接替小野宪一的职位。

【莆田川大吃一惊，脸色惨变。

莆田川：我？接替小野宪一？不不，将军。我不懂银行管理，我不行不行……

久保田：那就由不得你了。不去，你就去死吧，为天皇而死。

莆田川：（语无伦次）将军，将军。我不是这个意思。我，我，我现在在德国领事馆当翻译……

久保田：（厉声）辞了。没时间跟你啰唆，不愿给天皇陛下效忠的人，格杀勿论！

莆田川：（顿时瘫软）好好，将军，听您的，听您的。

久保田：这还像个日本人。听着，从现在起，你就是日本东亚银行的行长。你唯一的任务就是把从小野手上流失的那笔款给我追回来，你用什么手段我不管，坑蒙拐骗欺讹诈抢都行，就是不能用皇军的名义，当然皇军会支持你一切行动。我要提醒你的是，你的对手就是犹太银行的米兹拉希，这人是个狡猾的犹太人。土肥原将军说你是聪明人，一定有办法对付他。美国人带来的那笔钱，你应该知道前因后果，不用我多说了吧。

莆田川：（强打精神）知道。将军交办的事，莆田川明知是个死，为天皇尽忠也万死不辞。

久保田：去吧。有何措施，进展如何，三天给我报告一次，干好了，给你奖励。干砸了，你不切腹我也劈了你。

38-12. 景: 李宅李季方房间 日 内

【杰思敏注视着海东青把盘子里的食物全部吃完，十分高兴。

杰思敏: 海少侠，请允许我这样称呼你。你今天比昨天好多了，照这样下去，有个十天八天，你就可以行动自如了。

海东青: 十天八天？杰思敏小姐，我躺一天都难受，这两天都快把我憋死了，你让我躺着浑身难受。我海东青就是个贱骨头，从小到大都是这样，没过过一天好日子，也没睡过一天好觉，三天不上墙，浑身都痒痒。我就是这么个货。

杰思敏: 海少侠，听廷琛说您从小就吃了很多苦，练就了一身的绝技，做了很多除暴安良的好事。跟您比，我很惭愧。

海东青: 别别，杰思敏小姐，别叫我什么少侠少侠，我不是什么少侠，也不配。就叫我海东青吧，像大少爷一样叫我，他是了解我的，在这个世上我已经没有亲人了，他就是我唯一的亲人，为他去死我都愿意，他是我在这个世上遇到的最好的人。杰思敏小姐，你说呢？

杰思敏: 好的，我今后就叫你海东青。廷琛当然是好人，和你一样，为他去死，我也愿意。我喜欢他，可他……唉，不说了，不说他了。还是说说我们吧。听说你从小父母双亡，受了很多苦，这一点我可比你好多了。

海东青: （神色黯然）你不是在这长大的。听大少爷说你过去很幸福，你们一家都很幸福。

杰思敏: 是啊，那时候我们一家都很幸福。你知道我们一家在德国。我是在欧洲最美丽的莱茵河畔长大的。纳粹上台之前，我的父母从事科研和教育工作。我在欧洲最好的音乐学院柏林莫扎特音乐学院学习。每个周末父亲都要带着我们去郊游，去乡村农场体验生活。莱茵河离我们的城市只有几十公里，有时我们就在河边搭个帐篷、烧着篝火、吃着烤肉，有时就在农场里赶着羊群骑着马。我哥哥是个马术天才，每次骑马他都把我和父亲远远地甩在后面，他那个时候还是个学生，虽然学的是理工，但他的小提琴也拉得特别好。爸爸特别喜欢听我吹奏牧笛、弹钢琴，妈妈特别喜欢哥哥拉小提琴。爸爸妈妈都说喜欢听我俩合奏。每次我们来到莱茵河畔，游艇泛舟是我们全家必需的运动，爸爸驶着风帆，妈妈掌着舵，我和哥哥则荡着桨。有时爸爸兴趣来了，叫哥哥和我，来点音乐吧。我和哥哥放下桨，他拉琴、我吹笛。爸爸妈妈大声喝彩，任小船在碧波荡漾的河中漂流。金色的晚霞中充满了我们全家的欢声笑语。

【杰思敏说着说着，幸福愉悦的脸上却闪烁着泪光。海东青却不知什么时候悄悄地下了床，在屋里走来走去，目光却始终没有离开杰思敏。

海东青：杰思敏，你哭了。

杰思敏：（赶紧擦去脸上泪痕）是啊，那是我最幸福的岁月。我感到父母对我的爱，感到我们家园的美丽，觉得我就生活在天堂里，过着天使般的生活。可是，后来一切都变了。1933年，纳粹上台，一切都变了。爸爸妈妈失去了工作，我和哥哥也被学校赶了出来，因为我们是犹太人，从此我们失去了一切，厄运降临到我们全家。莎拉那时还小，还没上学，她不知道我们曾经的幸福，也不知道我们是怎样变得如此艰难和苦难。特别是1938年11月9号那个晚上，我们失去了我们家，还永远失去了我亲爱的哥哥。然而，灾难并没有结束，纳粹的党卫军和盖世太保天天来找我们，要把我们全家投入集中营或死亡营，就因为我们是犹太人。

【杰思敏说到这，又一次泪流满面。

杰思敏：幸亏这个时候你和李廷琛找到我们，你们不顾危险把我一家和一船的犹太难民救出虎口，在海上漂泊数月来到上海。可厄运并没有离我们而去。恶魔们又追到了上海。最近来上海的那个梅辛格上校就是个恶魔，他是柏林党卫军和盖世太保的头目，他在柏林、在华沙、在巴黎杀害了无数的犹太人，在柏林也是他要杀害我们一家，现在又追到了上海。

【杰思敏泣不成声。海东青不敢再望她，脸上毫无表情，只是步子越走越快，越走越快……李季方又端了个碗进来，见海东青已下床走路，忙放下碗一把拽住海东青。

李季方：爷爷，我的小爷。你怎么就下床了呢？还走得这么快，这么急。你屁股上还缝了十几针呢。去，给我躺着。

海东青：（一声低吼）放开，别烦我。躺什么躺，我好了。

李季方：你你，你这是怎么了？（也火了）好什么好，这才几天哪，你屁股上的线还没拆呢。不想活了早说，你烦什么烦，我还烦呢。杰思敏，让他把这碗参汤喝了，老爷吩咐的。

【杰思敏赶紧端起碗，轻轻走到海东青身旁。海东青一把夺过碗，咕噜咕噜对着嘴巴就倒，一口气把那碗参汤喝了个精光，然后把碗重重往桌上一撂，赌气式的一屁股坐在椅子上。李季方看着海东青的举止反常，又看见杰思敏脸上的泪光，十分诧异。

李季方：杰思敏小姐，您刚刚跟他说什么了？是不是您把他惹毛了？

杰思敏：（有些慌乱）我？没有啊。我只是跟他讲了讲我家的过去，讲了讲我哥哥是怎么死的……

李季方：小姐，你闯祸了。你不了解这个猴崽子，跟他说这些他受得了吗？能不发毛吗？唉，算了算了，说了就说了吧。这猴崽子就这么个狗脾气，谁拿他都没辙。你不是说今天要回去一趟吗？两天两夜没回去了，你也是该回去看看了。早点回去吧。一会儿大少爷还要来，晚上我在这。你今晚陪陪你父母，也不用过来了。

【杰思敏有点茫然，也不知道自己闯了什么祸，嗯了一声，忙着收拾屋内的东西。

杰思敏：好的。我今晚就不过来了，明天一早我过来，还要给他挂水换药。

【杰思敏端起盘碗，出门而去。

李季方：崽子，闹腾够了吧？去，歇着去。

海东青：（逐渐平静）别怪人家杰思敏，她和我有着相同的童年和遭遇，这倒让我想起了很多过去的事情，但她还是比我幸运，起码她的父母还在她身边，她还有人爱、有人疼。

李季方：你？她和你有着相同的童年？

海东青：怎么？谁不是人生父母养的。我是石头缝里钻出来的？不跟你说了，说得心里难受。（突然）老爷子，今天几号了？

李季方：你叫我什么？叫我什么？老爷子？你小子的嘴倒是越来越甜了。但我爱听。我要有你这么个儿子就好了。唉，可惜呀……

海东青：问你今天几号呢。你扯那么多干什么。叫你老爷子，你就是老爷子呗。我再问一句，老爷子，老爷子，今天几号了？

李季方：（兴奋地）哎，哎，好儿子。今天九号啦，大少爷今天要出远门了，我能记错吗？

海东青：廷琛要出远门？上哪儿去？

李季方：我也不太清楚，只听见老爷说他要和汪先生出趟远门，今晚就要走。崽子，今天家里就我们两人，大少爷要出门，二少爷要去送他，还要去杰思敏家。老爷从上午出门说是要去工商总会开会，还要去银行，去米兹拉希先生处，现在还没回，今晚还不知道什么时候回来。唉，毕竟是上年纪的人了，他这样苦撑着，能撑多久呢？

海东青：老爷是个好人，和廷琛大哥一样，是个正经人。但愿他老人家长命百岁！

李季方：崽子，你今天是怎么啦？我觉得你今天突然乖起来了。好好，我高兴，我高兴。我无儿无女，真有你这么个儿子就好了。崽子，我也希望你快点养好伤，多在我身边待待，少在外面野，真想我们爷俩好好在一起活几年。唉，可你这样，我担心啊。

海东青： 担心什么啊？我这不好好的吗？真的，我全好了。你看，你看……

【海东青比画着，纵身一跃，轻轻落到桌子上。

海东青： 还不信吗？那我上梁揭两片瓦给你看。

李季方： （忙抱着海东青）别别，小爷。我服你了，服你了。这才几天呀，就上房揭瓦。你安分点，安分点，给我留条老命。

【海东青冲李季方做了个鬼脸，轻轻从桌上跃下。

38-13. 景：淮海路广安大厦 日 外

【熙熙攘攘的人流从大厦门口进进出出，李衡甫和楚孝仪从门口出来，他们一个捧着鲜花，一个提着两大包食物。不远的巷子口停着一辆厢式货车。他们上了车。汽车缓缓移动。

38-14. 景：汽车内 日 内

【繁华的南京路街市，从两边车窗掠过。

李衡甫： 廷琛老师的孩子莎拉病得很厉害，现在正在住院。估计是上次受了惊吓，我们顺路去看看她。

楚孝仪： 那孩子几岁了？得的是什么病？

李衡甫： 八九岁了吧。听廷琛说，那孩子被绑架后一直身体不好，浑身红疹，苍白乏力，最近又高烧不退，有可能是受惊吓后引起的造血功能障碍。

楚孝仪： 白血病就比较麻烦了。那帮畜生对一个八九岁的孩子也下得了手。

李衡甫： 现在还不能确诊，我们先去看看再说吧。诶，孝仪，刚刚米兹拉希先生好像还有点犹豫，不想把银行的储备金全部贷下去，我也不想好好一个银行眼看就要被掏空了。可除此还有别的办法吗？总比全部落到日本人手上好吧？

楚孝仪： 老先生也是好意。银行垮了，几万犹太难民的活路也就断了。他何尝不知道银行的大部分资金都是您的，在他手上败个精光，他不甘也不愿啊。

李衡甫： 留得青山在，不怕没柴烧。怀兹带来的那笔赈济款不是还放在苏黎世没动吗？当初办这个犹太银行，也就是为了保住这笔赈济款，款子保住了，没被日本人抢走，我们的目的也就达到了。况且银行还给那么多犹太人发放了贷款，为那么多难民提供了生路活路。我们的这份心血总算没有白流。如果银行垮了，日本人见抢无可抢，或许就此罢手，也未可知。好在苏黎世银行那笔款的收款人是上海犹太赈济会，只要米兹拉希先生在、犹太赈济会在，就有翻身之日。犹太人在生存上就多一份保障。

楚孝仪：所以你刚才再三告诫老先生把银行现有全部余款和储备金都放给犹太难民，让他们熬过日德合谋的这次灾难。银行垮了不足惜。但苏黎世银行的那笔钱必须保住，不能丢。衡甫兄，我真是服了你了，你的想法总是这样与众不同。那犹太银行可都是你的资金啊，银行垮了，你的几千万大洋也就打了水漂了。还有，今天工商总会开会你动员工商界的同仁们把该搬走的都搬走，全部搬到重庆去。开银行的把银行的黄金美钞弄走，办工厂的把工厂的机器设备拆走，搞仓储运输的把所有的存货和期货搬走。你没听见下面的同仁们议论纷纷吗？他们说……（苦笑）

李衡甫：说什么？

楚孝仪：不活了？

【李衡甫没吭声，看着车窗外疾驰而过的街道，若有所思，继而自言自语，仿佛是说给自己听的。

李衡甫：日本人能让我们活吗？他们已经是穷途末路了，能放过你吗？与其做他们的一条狗，不如做一个堂堂正正的人。即便死了，我也是一个直立的人，困死他们，饿死他们，穷死他们，大不了同归于尽！

【汽车拐进犹太医院。

38-15.景：犹太难民医院莎拉病房　日　内

【莎拉躺在床上吊着盐水，脸色苍白，眼睛半睁半闭，显得十分疲惫。洪阿秀将床头柜上的杂物收进盘子，芦柴棒则蜷伏在旁边，贴着莎拉的耳朵说话。

芦柴棒：莎拉，快点好，哥哥还等着带你出去玩呢，等你好了，我们去海边捡海贝、捡蛤蜊，捡好多好多，我们再去换白果，换好多好多白果，刚起锅的白果。我们坐在海边，一边看着大海，一边嚼着又香又脆的白果。哇，真好啊。我都要流口水了。

【莎拉甜甜一笑。

莎拉：（声音微弱）真的吗？把我的口水也说出来了，真想同你去海边啊。可我走不动了。

芦柴棒：（拍拍胸脯）没关系。有我呢。只要他们同意你出院，像过去一样我背着你，你想去哪儿，我背你去哪儿。

洪阿秀：芦柴棒，别跟莎拉说话了，让她好好休息。

莎拉：（勉强点了点头）芦柴棒，你说过等打跑鬼子了，你带我去你老家。你说……你说你家比海边还漂亮，有山有水，有田园有树林，还有……

【莎拉说着话就已经睡着了。

洪阿秀：芦柴棒，莎拉睡着了，你来了这么久，也该回去了。好好让她睡一会儿，呵。

芦柴棒：（倔强地）回去？我回哪儿去？我到哪儿都是一个人，我以后就在这陪莎拉了，哪儿也不去。

【洪阿秀还要说什么，两手提满东西的李衡甫和楚孝仪在一个小护士的带领下走了进来。

洪阿秀：是李会长，请先等等，莎拉刚睡着，我去叫院长来。

【李衡甫和楚孝仪将食品摆在地上，李衡甫拿着一束鲜花到处找可以摆放的地方，芦柴棒机灵地上前接过鲜花。

芦柴棒：李爷爷，我来。

李衡甫：芦柴棒是你呀，辛苦你了，莎拉好吗？

【芦柴棒一边答话，一边从床底下拖出一个尿壶，灌上半壶水，再把一支支鲜花插在壶里。门开了。洪阿秀领着李廷琛、玛丽和杰思敏进来，屋里顿时转不下身。

李廷琛：父亲、孝仪叔，你们来了。听阿秀说莎拉刚睡着。走，到玛丽院长办公室坐坐。

【李衡甫点点头，众人悄悄地离开了莎拉病房。

38-16. 景：玛丽办公室 日 内

【玛丽招呼大家坐下。杰思敏要去倒水，被李衡甫拦下。

李衡甫：不用倒水了，我们坐坐就走。孩子的病怎么样了？

李廷琛：还好，就是乏力嗜睡，但神志清醒。目前正在做观察治疗，没有诊断结果之前，还不能给她多用药。玛丽院长也是这个意见。

李衡甫：多听听你老师的意见。莎拉还小，平时体质也比较虚弱。刚才我看孩子的脸色不太好，是不是需要加强点营养，如果需要，我和孝仪都有办法。

玛丽：不需要，不需要。李先生，一再打扰您我们很不安。莎拉很坚强，能挺过去。只要查到病因，我们对症下药，她很快就会好起来的。

李衡甫：那就好，那就好，愿她早日康复。廷琛，你今天要出趟门，跟玛丽院长说了吗？

李廷琛：说了。我跟老师已商量了，我出门的这段时间，她也不要值夜班了，天天回去陪着科恩先生，另外过几天还要请她去我们家给海东青拆线。倒是杰思敏这几天要忙一些，医院要照顾莎拉，我们家那边要照顾海东青，要输液换药，好在廷瑞在，他可以接接送送。我已经给廷瑞打过招呼了。

李衡甫：很好，我也给汪先生打过招呼，请他这几天多派几个兄弟去"隔都"那边，务必保护好科恩先生，并按时送去食物。我想"隔都"那边也不会有什么大问题。

玛丽：谢谢李先生关照。其实不必太费心，人皆有命，我们每个人都是上帝的羔羊，一切听从上帝的安排。

李衡甫：玛丽院长，我和您一样相信命运，有信仰。只不过您的信仰是上帝，我的信仰是佛祖，是上帝和佛祖在主宰着我们一切，但是人的命运是可以改变的，当一个人的命运被改变，这就是上帝的力量、佛祖的意愿，所以我们只相信我们心中的神，我们心中的上帝和佛祖。我们只服从神的意愿、上帝给我们安排的命运，而不是那些魔鬼和法西斯强加给我们的命运。对于那些魔鬼和法西斯强加给我们的一切厄运，我们需要抗争、需要力量、需要消灭他们，因为这就是神的意志，是神赋予我们力量，是神需要我们去消灭这些魔鬼和法西斯。玛丽院长，很冒昧，这是我对信仰的理解，真希望有一天能和您、科恩先生坐下来聊聊，给你们沏上两杯我们东方的绿茶，我们品茶聊天，谈谈我们各自对信仰的理解。好了，今天我还有些事要办，我这就告辞了。能看见您和莎拉很高兴，知道你们一切都好，我也就放心了。请转告科恩先生一句话，人的命运是可以改变的，只要不放弃。因为这是上帝的安排。

【李衡甫说完告辞。玛丽表情复杂，说不上是感激还是感动，默默地将李衡甫和楚孝仪送到门口。

第三十八集完

第三十九集

39-1. 景：李家大宅李季方房间 日 内

【海东青在仔细地翻腾着那个黑色的褡裢，将里面的蝴蝶镖一支支地取出来，又仔细地插回去，又从褡裢里取出一对镣钩，这是攀缘用的，他从镣钩中抽出两根细细的钢丝绳，足有三四米长，然后又把它装回去。他似乎一切都整理好了，长吁了一口气，最后掏出两柄寒光闪闪的利刃，端详了一下，取过叠在床头的一件紧身袄，将利刃插在衣襟上。这时，门开了，李季方走了进来。

李季方：又在折腾你那些宝贝了，这都什么年代了，放着现代兵器不用，还在用这堆破玩意。

【海东青白了他一眼，继续埋头整理那件紧身袄。

海东青：破玩意？你知道我这两把匕首沾了多少血吗？告诉你还别信。就这堆破玩意，光收拾草原的王公贵胄就不下七八个。我这两把匕首既是飞刀又是利刃，既可防身又可宰人。行了，行了，不跟你说了，说了你也不懂。反让小爷心里难受。

【门开了，李廷琛和李廷瑞拎着大包东西进来，见海东青坐在床上。李廷琛忙上前拉住海东青的双手。

李廷琛：你怎么坐起来了？伤口还疼吗？

海东青：不疼了，早不疼了。廷琛，替我谢谢杰思敏，我身上流着她的血，她就是我的恩人。只要我海东青不死，我就要报她的恩。

李廷瑞：海东青兄弟，人家可没指望你报她的恩，人家把你当作大英雄，说你除暴安良、杀富济贫，说你是上帝派来的天使，对你崇拜得五体投地，说为你这样的英雄去死都愿意。要我说呀，你这段时间就老实点，好好让自己身体康复，就是对杰思敏最大的报答。大哥，你说是不是？

李廷琛：是啊，是啊，廷瑞说得对，好好养好伤就是对杰思敏最大的感谢。海东青，这段时间你可要规矩点啊，外面的风声很紧，鬼子的军警宪特都在大街小巷转悠，时不时地就要抓捕一些人。你可不能再出事了啊。好好在家养伤，无聊时就和季方叔聊聊，杰思敏每天都会过来照顾你，给你打针换药。玛丽院长过两天也会过来给你拆线。你自己也要注意休息，加强营养。这不，廷瑞给你买了这么多吃的来，都是高蛋白高营养的食品。知道你爱吃肉，廷瑞还专门去上海最大的一家广东烧腊店给你买来了一大堆肉食，够你吃几天的。

【海东青听说给他买了这么多好吃的东西，从床上跳了起来，奔到桌边把兜里的东西一样样掏出来，先掏出一只烧鹅比画着。

海东青：这是什么？

李廷瑞：烧鹅，广东烧鹅。

【海东青又掏出一包东西准备打开，被李廷瑞一把夺过，扔进兜里。

李廷瑞：这是卤牛肉，反正大哥说你喜欢吃的这里都有了，什么牛肚、羊排、叉烧肉全有，待会儿叫吴妈切好了装盘给你端上来。你要一个人吃得不来劲，让季方叔陪你一块吃。这边还有，这也是大哥要买的，这些都是奶制品，鲜奶、炼奶、奶粉都有，没事当茶喝。大哥说吃这些高蛋白东西，伤口好得快。可有一样，不准喝酒。大哥说喝酒加速血液循环，他担心你伤口流血。

海东青：好好好，少爷，都听你的，都听你的。这么多好吃的东西，馋死我了。廷琛，听说你今天要出远门。去多久啊？

李廷琛：是啊，马上廷瑞就要送我去码头，去多久说不好，怎么的也得十天八天吧。我走的这段日子里，让我最担心的就是你和我老师一家，特别是你，性子野、脾气暴、闯祸不怕天大。这段时间我不在家，你哪儿也不准去，老老实实待在家里等我回来。海东青，我是认真的，别让我为你提心吊胆，养好伤，保护好自己。拜托了，兄弟。

【李廷琛念念之情溢于言表。海东青鼻子一酸，眼圈发红，什么话也说不出来。

李季方：大少爷，您就放心去吧。家里有我呢。这崽子再野也折腾不到哪儿去，我会看住他的。

李廷琛：好的，季方叔。我父亲这段时间回家很少，您就多陪陪海东青吧。那我就走了。海东青，记住我的话，爱惜自己、保护自己，我们都需要你。

【李廷琛临走拉过海东青拥抱了一下，和李廷瑞出门而去。

39-2. 景：十六铺盐运码头 夜 外

【黄浦江像一条闪着粼光的巨蟒蜿蜒东去，两岸的一切都笼罩在一片黑暗之中。江边的盐运码头孤零零地泊着几条帆船，其中一只正在扯起风帆。

【岸边公路上，李廷瑞开车小心地驶来。公路边站着两个青帮装束的年轻人不停地挥手，李廷瑞将车停下，提着手枪下车，路边的两个年轻人赶紧凑前。

年轻人：（轻声）李公子吗？汪老板怕你找不到，让我俩在这迎候，他在船上等着，请跟我来。

【李廷琛这时已站在车门口。

李廷瑞： 大哥，汪老板的人。

李廷琛： 知道了。把车上行李拿下来。

【李廷瑞打开车后盖，拿出行李。俩青年赶紧上前接过，引着李廷琛向江边走去。李廷瑞站在车边目送。

【漆黑的江岸上，没半点星火。码头上，一条扯足风帆的帆船缓缓离开码头，消失在茫茫江面。

39-3. 景：李家大宅李季方房间 夜 内

【李季方和吴妈端了满满的五六个盘子进来，那张小桌都快摆不下了。海东青馋得不行，抓起一只大鹅腿就往嘴里塞，被李季方打了一下手。

李季方： 瞧你这馋样，有点规矩好不好，筷子还没拿来，你怎么就直接用手抓。

海东青：（咧嘴一笑）我从小吃东西就用手抓，从来不带筷子的。筷子是你们斯文人用的，我用不惯。这多好，抓起就吃，想怎么吃就怎么吃。

【海东青说着又咬了一口。李季方白了他一眼，吩咐吴妈。

李季方： 吴妈，去拿两双筷子来。

【吴妈唉了一声退下。

海东青： 老爷子，今天我高兴，你也高兴，能不能赏口酒喝？

李季方： 那可不行。少爷有交代，你那伤口没好，不能喝酒。

海东青： 交代什么？谁说我伤没好？不就喝喝酒吗？哎，哎，老爷子，平时都是我陪你喝，今天我想喝了，就算你陪我喝两盅好不好？

李季方： 那那……就两盅，可不许多喝。

海东青： 听你的，听你的，就两盅。去啊，去拿酒啊。

【李季方从床下拖出一扎白酒，拿剪刀剪开绳子，取出一瓶放桌上。

李季方：这可是地道的山西老汾酒，性子烈。上次楚先生送我的，我没舍得喝，今后都留给咱爷俩喝。你看还得去拿杯子。

【李季方反身要走，海东青一把拽住他，顺手摸起桌上那瓶酒，放在嘴里一咬，瓶盖掉了。海东青又从地上摸起一瓶酒，把瓶盖咬掉了，往李季方面前一摆。

海东青：拿什么杯子，我阿爸喝酒从来不用杯子。喏，像我这样。

【海东青拿起酒瓶就往嘴里咕噜咕噜倒，抹了一下嘴，抓起一块牛肉塞嘴里。

海东青：（嚼着牛肉）痛快，我阿爸就这样的。你试试？

【李季方看呆了。吴妈送两双筷子进来，转身退下。

李季方：崽子，你老阿爸阿爸的，你阿爸在哪儿啊？他就这么喝酒吃肉的吗？上次你说和杰思敏有着相同的童年和遭遇，人家的父亲科恩先生可是个斯文人，不像你这么鲁莽。

海东青：（脸色陡变）是啊，杰思敏小姐比我幸运多了……不说了，喝酒吧。

【海东青摸起酒瓶又往嘴里倒了一口，将酒瓶重重地摞在桌上。窗外漆黑的天空掠过几道刺目的闪电，紧接着一声炸雷震得桌上的杯盘直晃动。

李季方：崽子，别想多了。知道你阿爸不在，我不该问的。来来，喝酒，喝酒。

【李季方学着海东青的样子，拿起酒瓶在海东青酒瓶上碰了一下，对着酒瓶嘴对嘴喝了一口。海东青又拿起酒瓶咕咚喝了一大口。窗外又响起一声炸雷，紧接着大雨哗哗而下。

海东青：老爷子，我知道你是个好人，也没什么亲人，把我当亲人，关心我，疼我。我海东青不是畜生，不会没有感觉。其实，我和你一样，除了大少爷我视他为亲人外，也早把你当成自己的亲人。你三番五次地想知道我的出身家世，这是你对我的关心。好吧，我今天都告诉你。也是时候该让你知道了。昨天杰思敏给我讲起他们一家的变化，勾起我很多回忆，有欢乐的、痛苦的、悲伤的。是啊，人生无常。特别是我这种被世界遗忘的人，过的又是江湖漂泊的生活，吃了上顿未必能有下顿，过了今天不知还能不能活到明天。您和大少爷都是我的亲人，也该让你知道我的一些前尘往事。来，老爷子，再喝一口，听我慢慢跟你说。

【海东青拿起酒瓶，又灌了一口。李季方也跟着喝了一口。

李季方：崽子，说好喝两盅的，我看你这一瓶酒已经差不多了。得得，我不想知道你什么了。你也别再喝了。我知道你是好人，把我当亲人就行。我无儿无女，你就是我儿子，不指望你给我养老送终，指望我们爷俩多待待，多聊聊，让我经常能看见你就行。现在你给我上床休息去，只要你早日养好伤，我比什么都高兴。

海东青：过了这个村就没这个店了，今天不告诉你，怕以后就没机会了，还是听听吧，知道海东青的来龙去脉，也免得你以后老念叨。

李季方：好好，那你说吧，可不准再喝酒了。

【海东青没理他，端起酒瓶又灌了一口。

【窗外，大雨如注。

海东青：我不是石头缝里钻出来的。我有家，我的家在内蒙古科尔沁草原，杰思敏说她家乡有一条美丽的莱茵河，我的家也有一条美丽的大河叫纳吉里河，河两岸是无边的大草原，还有很多大大小小的海子。

李季方：海子？什么海子？

海东青：别打岔，海子就是湖泊，我们草原人叫海子。我阿爸叫阿登巴措，是蒙八旗科尔沁王爷的鹰马包奴。

李季方：（好奇地）什么是鹰马包奴？

海东青：（不耐烦）叫你别打岔，听着，鹰马包奴就是给王爷驯鹰放马的奴才。我阿妈是中原人，十五岁那年，中原闹饥荒，饿死好多人。她阿爹阿妈带着她随着大批饥民走西口，谁知刚出口外，就碰上草原大瘟疫，她阿爹阿妈先后染上瘟疫死去。我阿妈孤身一人辗转来到包头，无依无靠，流落街头。幸好碰见我阿爸来包头给王爷办差，阿爸把阿妈带回科尔沁，在王爷赏赐的一个破毡房里成了亲，以后就有了阿姐和我。我阿姐长我两岁，是草原上最美的姑娘……

切入回忆画面（意识流镜头）：

【蓝天白云下，美丽的纳吉里河，辽阔的草原开满了金色的格桑花，大大小小的湖泊像璀璨的翡翠，镶嵌在广袤的草原上。

【天空一排大雁飞过，一少年策马飞驰，弯弓射雁。

【海子边一位美丽少女唱着歌，飞着羊鞭赶着雪白的羊群。

【毡房前的驿道上，驼队缓缓走过，少女手捧奶茶献给驼背上的商旅，又给他们献上雪白的哈达，少女向远去的驼队挥手，驼铃叮当。

【雪原茫茫，一只火红的狐狸在雪中逃窜，马上少年穷追不舍，甩手一杆将红狐套住，提到空中。

【月光下，毡房旁，阿妈在讲着故事，少女的脸上闪着晶莹的泪珠……

【回忆画面中，同时出现海东青画外音：

海东青（OS）：草原上的大叔大爷们都叫她格桑，她的本名反而被大伙忘了，格桑就是我们草原上四季常开的一种美丽小花，意思是阿姐就是草原上的花。她不仅人美，还有一颗金子般的心，她常去帮助那些年老的牧民们挤奶、打理牲口，每逢有远道而来的马队、驼队经过我们家时，她总要请驼马上的商旅下来歇歇，给他们奉上一碗奶茶，献上雪白的哈达，祝他们一路平安吉祥如意。我七岁时阿爸就带着我去牧场跑马放鹰，教我些骑射功夫，如无缰控马、卧里藏镫等绝技。十岁时阿爸就带着我去王爷的猎场打猎，记得有一次我在雪中追一只红狐，追了十几里地吧，最后被我一杆套住。阿爸夸我有出息，将红狐献给王爷，王爷赏阿爸一头羔羊，阿爸连夜就把羔羊宰了，说是给我过十岁生日。那一段童年生活，或许比不上杰思敏，但对我来说却是最幸福、最美好的岁月。白天我可以和阿爸去牧场放鹰遛马，还可以同阿姐去海子边放羊。晚上一家人坐在毡房外听阿妈讲中原的故事。阿妈没读过什么书，不知道哪来这么多学问，总有讲不完的故事。记得有一个晚上，我们在月光下听阿妈讲一个荞麦姑娘的故事，说他们家乡有个聋哑姑娘，父母早亡，无依无靠。那年他们家乡大旱，赤地千里，饿殍遍野，乡亲们死的死、逃的逃。聋哑姑娘心中悲伤，乞求上苍将她变成一棵荞麦。上苍为她的诚意所感，随她所愿将她变成一棵荞麦。荞麦入土后竟神奇地瞬间长大，随风扬穗。眨眼工夫，天地间长满了沉甸甸的荞麦。乡亲们得救了，可聋哑姑娘却永远地离开了我们。阿妈的故事讲到这，阿姐的脸上早已挂满泪珠……

【返回原场景，李季方房。

海东青：（十分动情）可以说我的童年是在阿爸的老背上、阿妈的故事中长大的，是在蓝天白云、美丽的海子和无边的大草原上度过的。

【窗外电闪雷鸣，雨下个不停。海东青突然沉寂了，拿起酒瓶又灌了一口。

李季方：（迫不及待）以后怎么啦？发生了什么？我特别想知道你这一身功夫怎么来的。

海东青：草原上每年都要举办那达慕大会，那年的那达慕盛况空前，八旗二十四盟的骑手都来了，科尔沁王爷怕被其他旗盟的骑手抢了彩头，让阿爸去参加竞技，阿爸凭着精湛的骑术，马射马叼马杆连夺三魁。

李季方：什么是马射马叼马杆？我怎么听不懂。

海东青：叫你别打岔，你再要说话我不说了啊。马射马叼马杆就是骑在飞快的马上，三箭射死奔跑的三只羊，三杆套住三只羊，马上擒拿三只羊，要招招不虚、杆杆到位、箭箭见血，一招虚发算输⋯⋯

【海东青继续说道：

海东青（OS）：我阿爸连夺九彩，获"科尔沁第一骑手"称号，全场欢声雷动。阿姐代表科尔沁的姑娘给阿爸送上花环。那一天是我们家最光鲜的日子，阿爸将捕获的那九头羊拿回家，但那天也是我们家厄运的开始。就在那天那达慕会上，科尔沁王府的四王子看上了阿姐，第二天就派来管家找到我阿爸，要阿爸送阿姐进王府给四王子当侍应，侍应其实就是未成年的侍妾。只要进了王府，随时可能被他糟蹋。这个四王子是草原上的狼魃，平时欺男霸女，恶名遥播。我阿爸当然不答应，灾难就此降临。草原上的暴风雪说来就来。那天我和往常一样赶着羊群去海子边放牧，谁知晌午一过，突然乌云四合，狂风骤起。科尔沁的第一场暴风雪铺天盖地袭来，羊群受惊，四处逃散。我在风雪中追赶着羊群，一只只地把它们关进山洞。午夜后，才拖着疲惫的身体，踏着没膝的深雪回家。回到家我惊呆了，毡房被烧了，灰烬冒着余烟，父母双双倒在雪地上，厚厚的雪上殷红一片，阿姐不见了。我不知道发生了什么，不知所措，大声地呼叫着阿姐。这时，一个牧民大叔骑着马奔到我身边，他是我阿爸最好的朋友，他急急地跳下马，塞给我一袋肉干和奶酪，对我说，孩子，快走吧。四王子带人把你阿姐抢走了，你阿爸阿妈也被他们杀了，他们现在正在到处找你。感谢长生天，你还活着。快走吧，孩子。走得越远越好，他们不会放过你的。我哭叫着要去找我阿姐。大叔不由分说，一把将我扔上马，在马屁股上猛抽一鞭，扔下一句话：往南走，越远越好，要活着，活着才能救你阿姐。马负痛，在雪原狂奔起来。暴雪不停地下，分不清东南西北，也不知道在风雪中奔跑了多久，马终于倒下了，我从马背上摔下来，滚进了雪窝窝，失去了知觉。醒来时，我发现自己躺在一座寺庙里，身旁的一个老和尚在不停地给我搓揉拿捏，以后我才知道，这座庙叫铁观寺。老和尚叫德吉巴丹，原是西藏昭仁寺的护法大喇嘛，人称德吉活佛。昨儿从中原讲禅回寺，恰在路上救了我。我一看就知道这是位得道高僧，挣扎地爬起来就要拜他为师，老禅师微微摆手道，你面露杀机，内蕴戾气，调教好了是个风尘义士，调教不好你就是个杀人疯魔。我年事已高，风中残烛，当不起此重任，做不了你师父。这样吧，我们能相遇就是佛祖恩缘，你可以在寺中住下来，但不能入我佛门，你只需每日在佛祖前供奉三鲜供果，晚上方可进寺，供果必须日日换新，你可去寺后狼山采撷，一日不得鲜果供佛，一日不得进我寺门。你若愿意，则留下；若不愿，你自奔前程。老禅师的话，我似懂非懂，但出门就是个死，不是饿死冻死，也被野狼吃了，再说老禅师救了我，就是我的恩人。他已风烛残年，留下来照顾照顾他，也是善事。就这样，我留在了铁观寺。那年，我十三岁。

【随着海东青的讲述，切入如下回忆画面（意识流镜头）：

【万头攒动的那达慕大会，一骑手一马当先勇冠群雄，一杆套住一只羊，一箭射死一只羊，从飞驰的马上徒手擒拿一只羊，将羊高高举起，绕场一周。

【一群载歌载舞的少男少女簇拥着夺魁骑士来到领奖台。格桑从队伍中挤出，献上哈达和花环，紧紧地拥抱着阿爸。领奖台上，一双贼眼死死地盯住格桑。

【毡房门前，王府管家带两名侍卫，和阿爸发生激烈争吵。侍卫拔刀行凶，阿爸拔刀相拒，管家暴怒，但最后悻悻而去。

【暴风雪袭来，羊群四散奔逃，少年海东青在狂风暴雪中驱赶着逃散的群羊。

【天黑如漆，风雪未止，海东青拖着疲惫的身躯，在没膝的深雪中艰难地行走。

【旧毡房只剩下一堆灰烬，冒着余烟，阿爸阿妈的尸体倒在雪地上，雪地上殷红一片。少年海东青哭叫着摇晃着父母的尸体，又爬起身大声呼叫着阿姐。呼叫声被狂暴的暴风雪淹没。

【远处，一骑飞驰而至，骑手下马拽住海东青，塞给他一包东西。疯狂的海东青挣扎着，被骑手提起，扔上马鞍，骑手在马腚上猛抽一鞭，马儿驮着海东青狂奔而去。

【雪海茫茫，寒风凄厉。马儿喘着粗气，终于体力不支，倒下了。马上少年摔了下来，晕了过去。

【崇山峻岭下的古刹，"铁观寺"特写，大殿中烛光昏暗，护法神像恐怖阴森。一位老禅师正在给昏迷中的少年施救，少年醒来，跪拜禅师。老禅师摆手，直指佛案供果，又直指庙后群山，口中念念有词。

【返回原场景，李季方房。

李季方： 那你这一身飞檐走壁的功夫，是不是就是老禅师传授的？

海东青： 世上哪有什么飞檐走壁的功夫，一切都是机巧应势而已。老爷子，平日里你老叫我猴崽子狼崽子，我倒也不恼。因为我本来就是猴崽子狼崽子，我的攀缘和飞镖功夫都是跟它们学的，狼和猴才是我真正的师父。以后我才知道老禅师讲究佛缘，他这样安排我，其实是用心良苦，成就我现在身轻如燕、纵跃翻弹的所谓轻功。铁观寺后边的这座山叫狼山，后来我才知道这狼山是蒙古草原的阴山余脉，山上山下没有路，每次上山必须攀岩而上。

【随着海东青的讲述，切入以下画面（意识流镜头）：

【少年海东青艰难地攀上山峰，一群狼围视少年，少年逃无可逃。猴群在树梢吱吱乱叫，少年攀援上树，躲过狼群，在树上艰难地追逐着猴群，树枝折裂，少年数次失手坠地，险象环生。

【古佛青灯前，老禅师在一旁打坐，口念佛号，少年虔诚地跪拜佛祖，然后添油换香，给佛祖撤换鲜果。老禅师含笑颔首，对少年一顿嘱咐。

【残雪消融，山花烂漫，狼群环视少年，少年从容不迫，敏捷地攀藤上树，从怀中摸出几颗石子甩手砸出，连伤数头狼，老狼负痛，哀号着逃窜，一只狼崽子似乎受了伤，一瘸一拐跑不快，少年飞身下树，提起那只狼崽，追着群狼，将狼崽放在狼窝口。

【山泉叮咚，少年手捧清泉饮水，不料几条小鱼在他手中蹦跳，他把小鱼放在一边，再去接水，又得小鱼数条。少年大喜，正准备再去接水，一只兔子蹦跳地奔来，少年随手摸起一块石子砸出，正中野兔额头，野兔顿时晕厥，少年上前拎起野兔，咧嘴一笑。

【一轮满月高挂树梢，树下燃起一堆熊熊篝火，海东青在篝火上烤着野兔和鱼，边烤边吃。他虽已长成高大威猛的青年，但还没脱孩子气，边吃边吧嗒嘴。

【铁观寺内，老禅师将两把利刃和几只飞镖交给海东青，海东青领谢，将利刃和飞镖放进了一个黄色的香客袋中。

【深山密林中，海东青苦练飞镖利刃。狼群远远地看着，却并无敌意，倒像围观的看客。海东青偶尔瞪它们一眼，它们扭头就跑。群猴也一样，在树上围观海东青，但只要海东青一扬手，它们便吱吱叫着跑开。

【铁观寺正殿，老禅师已坐化升天，海东青匍匐在地给老禅师磕头。

【铁观寺院墙内，香塔旁垒起一座新的坟茔，海东青跪拜。

【上述回忆画面中，同时出现海东青画外音：

海东青（OS）：山上都是茂密的原始森林。因野狼成群，肆虐一方，故得名狼山。山上还有无数猴群，啸聚森林，野狼也拿它们没辙，猴群与狼群树上树下，各霸一方，倒也能相安无事。老禅师要我每日在佛前供奉鲜果，山上林木虽多，可哪有那么多果树，我每日必须跟踪猴群找到它们的窝，窃取它们储藏的果实。这样日复一日跟着猴群飞来蹦去，猴儿们的那点技巧不就变成了我的攀援功夫了吗？所谓飞檐走壁，无非就是我刚才说的四个字"纵、跃、翻、弹"，况且我是人，有脑子，能相机行事就势而为。这就是我的轻功由来。至于我的蝴蝶镖和飞刀，老禅师曾说过一句话，碰见野狼不必躲闪，更不能逃跑，而要立起身拿石头砸它，对着它的眼睛砸。我记住老禅师的话，每次遇到狼群，我不躲不闪不跑，摸起石头就砸，开始还砸不准。大概野狼没见过我这个高大的怪物，每次石头砸去，它们都是扭头便跑，后来次数多了，砸石子十拿九稳，说打头狼的左眼就不会打右眼。有几次狼群逃跑了，扔下几只狼崽子，我还把狼崽子给它们送回窝，狼们都远远地盯着我，似很感激。就这样一来二去，天长日久，我和狼们居然成了朋友，我的扔石子的基本功也成就了我的飞镖功夫。有一次我跟老禅师讲到这些事，老禅师笑笑说道，是时候了。他拿出一个包，从包里摸出几只镖和一对利刃交给我说，拿去练吧。你觉得怎么方便就怎么出手。记住，只准防身不许伤人。就这样，我每日在山中，除了在树上追猴子，摘果实，就是演练飞镖和刀功。我的这对飞刀你是见过的，就是老禅师送我的。光阴荏苒，我也不知道在这深山古刹里过了多久，只知道山花开了三茬，山果结了三回。一天晚上我回到寺庙，见老禅师已经圆寂，但面如生人。我默默地焚化了老禅师，将他灵骨葬于铁观寺中。

【上述画外音要和回忆画面相吻合。

【返回原场景，李季方房。

海东青： 做完了这一切，我想到的第一件事就是去找我阿姐。我徒步走了七天，日夜兼程，终于到了科尔沁，我原来的家已经夷为平地，长满了骆驼草，阿爸阿妈的尸骨也找不到，我只能对着原来的毡房遗址东西各磕了三个响头，算是祭拜了阿爸阿妈。

李季方： 那你阿姐呢？她怎么样了？

海东青： 那天夜晚，月黑风高，我潜入王府，抓住一个王府侍卫逼问阿姐的下落，才知道阿姐从被抓进王府的那一天起，就遭到四王子凌辱，以后王府的六个王子轮流拿我阿姐开心取乐。半年前我阿姐病重，他们将我阿姐抛进柴房，每日只给一点剩奶残浆，现在已人不人鬼不鬼，生死只在旦夕。我乍听此言，急怒攻心，扬手一刀结果了那个侍卫，找到柴房，见到阿姐，她已是骨瘦如柴奄奄一息。我给阿姐留下了一句话："阿姐，等着我，你不能死，我给你报仇来了。"说完出门，飞身闯进四王子房间。

【切入以下画面（意识流镜头）：

【科尔沁王府四王子房间，三个恶少正围着一个被扒得精光的姑娘灌酒，姑娘浑身发抖。海东青破门而入，拎起一个恶少，手起刀落，污血喷了姑娘一身。另两个恶少要跑，被海东青堵住门口，利刃寒光一闪，两个恶少同时倒地。

【海东青闯进另一个房间，室内金碧辉煌，却空无一人。海东青气急，将灯油四处泼洒点燃。顿时烈焰腾起。海东青穿窗而出，直奔马厩。

【海东青牵来两匹骏马，到柴房将阿姐抱上马背。此时王府已烈焰腾空，人声喧嚣，乱成一片。海东青翻身上马，抱着阿姐冲开人群，冲出王府。

【古驿道上，两马飞驰，将王府的火光、喧嚣远远甩在身后，消失在茫茫夜色中。

【上述回忆画面中，同时出现海东青画外音：

海东青（OS）：说来也巧，三个王子都在他房间里围着一个姑娘喝酒取乐。那个姑娘已被他们扒得精光，泪流满面缩在床头瑟瑟发抖。我来不及细想，手起一刀，先把四王子宰了。另两个王子想跑，被我堵住门口，一刀一个也给结果了。我来不及对那姑娘说什么，只对她喊了一嗓子：姑娘，快跑！回身我又找到另外三个王子的卧室，三个卧室都空无一人，我恨不解气不消，随手将油灯点起丛丛大火，反身奔进马厩，牵着两匹快马到柴房把我阿姐抱上马。这时整个王府已人声喧杂火光冲天。我翻身上马，抱着阿姐冲出王府。在向南的驿道上一路狂奔。

【返回原场景，李季方房。

海东青：老爷子，这是我第一次杀人，一次就宰了他妈四个。

【海东青神色漠然，抓起酒瓶又往嘴里倒，可瓶里没酒了，他又抓起李季方的酒瓶咕咕灌了两口。窗外一道闪电，海东青拿起酒瓶往地上一摔，酒瓶摔得粉碎。

海东青：不喝了，再喝就误事了。老爷子，你想知道的都知道了。天快亮了，你陪了我一宿。谢谢你，你去睡吧。

李季方：还没完呢，你阿姐后来呢？

海东青：死了。她本已病入膏肓，这一路鞍马劳顿，几天几夜没吃没喝，还没到包头就已经不行了。马上坐不住，我把马卖了，换点吃的喝的，找了个郎中给她抓了两服药。阿姐对我说，她的病是好不了了，不该花这个冤枉钱，她只想回到阿妈生长的中原，看看那块长满荞麦的中原大地，她死也安心。阿姐直到临死前还在想着阿妈，想着阿妈故事中的那个救了无数乡亲的聋哑姑娘。这是阿姐最后的愿望，我必须满足她。于是我恳求一个去北平的车把式，把身上所有的钱都给了他，求他顺道把我们带到北平。路上又走了两天两夜，终于到了北平城，车把式把我们放下来，我们又饿又困，身无分文又举目无亲。偌大的北平车来熙往，人海茫茫，也没有我姐俩的安身之地。我不知道阿妈的故乡在哪里，我们该往哪里走？可此刻我顾不了这些，只想给我阿姐找点吃的，把她安顿好，让她能活下去。可我已身无分文。万般无奈之下，我从一个小摊上抢了两个窝头，店主在后穷追不舍。我捡起块小石子轻轻弹出，正中店主额头。店主不敢再追了，捂着额头跳起脚破口大骂起来。老爷子，这是我第一次偷东西，不，应该说是抢，抢了两个窝头。

【海东青声音嘶哑，李季方神色黯然，两人相对无言。

李季方: 后来呢？

海东青: 我噙着泪将抢来的窝头撕碎，一片片塞进阿姐干瘪的嘴里时，发现身边站着一个清癯的年轻人。年轻人俯身仔细看了看我阿姐，对我说，小阿弟，这个姑娘病得很厉害，必须立即去医院。我苦笑笑，不知说什么好。他没理我，扬手叫来一辆人力车，将阿姐抱上车，吩咐车夫去医院。这是我跟大少爷第一次见面。

【海东青说到这不说了，脸色呆滞，久久沉默。

李季方: （连连追问）后来呢？后来呢？大少爷肯定帮助了你们。

海东青: 你嚷什么嚷，后来的事还用问吗？要问你问大少爷去。我只告诉你，廷琛是我生平遇到的最好的人。当时我们萍水相逢，他陪我在医院看护我阿姐三天三夜，给阿姐找来最好的大夫，弄来最好的药。只可惜我阿姐还是走了，他又买来棺木，安葬了我阿姐。我是在阿姐的坟头上，才给他讲起我是如何流落到这一步的。他告诉我，我的情况他已知道，蒙古贵族院已经来了广捕公文，我的通缉令已经贴满了北平的大街小巷，我随时可能遭到逮捕。廷琛把我留在他身边。他那时还是个学生，是来北平念书的，怕我遭到意外，竟放弃了学业，每日陪着我形影不离。时间虽然不长，只有一年多。可在这一年多的时间里，他教我汉字、汉语、中原礼节及许多做人的道理。我要回蒙古去给阿爹阿妈阿姐报仇，我不仅要把科尔沁王爷一家杀光，还要把蒙古所有的王公贵族杀光，为天下的穷苦牧民、穷苦百姓报仇雪恨。是大少爷阻止了我，说报仇不是我一个人的事，天下的恶人那么多，你杀得完吗？说现在从蒙古到中原的官府都在抓我，要我保护好自己，好好活着一切都有希望。之后他回上海又把我带到上海，他去德国留学我们才分开的，临分手时还千叮咛万嘱咐，要我做个好人、善良正直的人、对社会有用的人。我虽然听不懂，但我知道他这是为我好，把我当作亲人。我能辜负他吗？今生今世，他的爱就是我的爱，他的恨就是我的恨。我这一生跟定他了。你知道吗？为了保护我，他给我另取了个名字叫海东青，意思就是草原上的鹰，这就是海东青的由来。我说我跟杰思敏有着相同的童年和遭遇，是因为她的童年是幸福的，我的童年也是幸福的；她全家被纳粹追杀，失去了哥哥，我的家却被蒙古王公灭门，失去了阿爸阿妈阿姐。我现在还是被官府追捕的逃犯……好了，什么都跟你讲了。老爷子，睡觉去吧。希望我们还有机会这样坐在一起。

【李季方听傻了，半晌动弹不得，最后一声长叹，黯然离去。

39-4. 景：犹太"隔都" 日 外

【清晨，杰思敏离开家，李廷瑞突然从屋旁蹿出，笑嘻嘻地和杰思敏打着招呼。

李廷瑞：杰思敏，早上好。

杰思敏：你怎么这么早就来了，吓我一跳。

李廷瑞：早吗？我可是从凌晨就在这转悠了。昨天好大的雷雨呀，没吓着你们吧？

杰思敏：那么大的雷雨您还在外面转悠，没着凉吧？

李廷瑞：越是这样的坏天气，我越得围着你们转悠。这可是大哥吩咐的。放心，我们都是好人，雷劈不了。倒是那冷风暴雨浇在身上有点受不了，冻得我浑身打哆嗦。

杰思敏：廷瑞，那可不行，会生病的，下次可不能这样。你看我们一家不是好好的吗？说过多少次了，我们不需要保护。这样拖累你们，我们真的很不安。

李廷瑞：杰思敏，你不用不安。你们远涉重洋来到中国，你们就是客人。保护好客人，是我们的义务，也是责任。我担心的是这倒霉的围墙就要修好了，到时候我和青帮那些兄弟们进进出出，怕就没这么方便了。

杰思敏：是啊，不仅你们不方便，我们怕也失去自由了，听说他们二十四小时有军警值班。什么隔离区，这不就是集中营吗？日本人到底想干什么？帮助纳粹把犹太人杀光吗？

【两人边说边走。"隔都"大门正在进行最后一道工序，七八个壮汉正在安装两扇巨大的铁门，很多工人在围墙顶部安装电网。李廷瑞放慢脚步。

李廷瑞：你说得对。你看看这架势，这不就是集中营吗？到时候别说自由，恐怕吃喝生存都有问题，这可不是个小事，我回去还得请父亲跟米兹拉希先生商量一下，要有个应对办法才好。

杰思敏：我妈昨天没回家，我陪了父亲一夜，也不知道莎拉的病怎么样了。廷瑞，我现在去你家，今天还得给海东青处理伤口打消炎针，完了我还得到医院看看莎拉。我得赶紧走。

李廷瑞：我也得回家换衣服，我们一块走吧。

39-5. 景：李季方房间 清晨 内

【李季方推门进屋，桌上杯盘狼藉，满屋杂乱不堪，但房间却空无一人。海东青的紧身袄、随身褡裢和武器包不见了。李季方隐约感到事情不好，略一沉思，赶紧向楼上跑去。

39-6. 景：跑马场 日 外

【巨大的上海跑马场，东边正中是一座高达四十三米的钟楼，钟楼呈矩形，有点像埃菲尔铁塔，顶部是一座立体罗马大钟，钟楼下是跑马场工作人员和服务人员的办公场所，前排还有出售各种糖果饮料等食品专柜，很多赌马客聚集在这里，吆喝着叫卖各种赌马彩票。钟楼的两旁是露天马厩，里面的每匹马腔上都挂着一个号，紧靠马厩就是观众看台。看台分南北西三面，九级排座，可容纳看客九千人。看台中央就是宽敞的马道，六条马道一次可容纳六匹赛马竞技。此刻整个跑马场已人喧马嘶，看台上坐满了观众。

39-7. 景：跑马场看台 日 外

【两个伪警带着梅辛格等人登上看台，在几个预留的位置上落座。梅辛格西装革履，戴着墨镜，在众人的簇拥下居中落座。施瓦茨紧挨着梅辛格坐下。

【距离梅辛格座位稍远的位置上，化了妆的施莫林压低帽檐坐好。

39-8. 景：跑马场内 日 外

【钟楼上的大钟指向九点整。一声清脆的发令枪响声。

【六匹赛马冲出赛道护栏，沿马道狂奔。跑在最前边的骑手伏案冲刺，一声锣响，全场欢声雷动。那个获得第一名的骑手高声吼叫着，手中的马鞭发出响亮的呼啸声。

39-9. 景：跑马场看台 日 外

【看台上的观众几乎全部起立欢呼。梅辛格、施瓦茨及数位随从也起身鼓掌。

【戴着礼帽的施莫林趁乱起身，飞快地穿越人群从梅辛格眼前掠过。施瓦茨眼尖，发现施莫林，一声惊叫，几乎是同时，施莫林手中三声枪响。

【梅辛格和身边的两个随从应声倒下。但梅辛格随即爬起，拔枪对着人群中的施莫林射击。施瓦茨及其他随从也几乎同时开枪。

39-10. 景：跑马场内 日 外

【场内一片尖叫。看客们纷纷夺路而逃，人流滚滚，互相践踏，惨叫声不绝于耳，看台上混乱不堪。

【施莫林听着身后不断响起的枪声，唯恐流弹伤及惊慌的看客，不敢往人群中钻。他穿过人群，纵身从高高的看台跃下，便转身在空旷的马道上狂奔。

【梅辛格及枪手们就近也冲上了马道，眼看离施莫林越来越近，梅辛格指挥分两路包抄。前边的一路枪手在另一条马道上几乎与施莫林平行。

【危机间，一声响亮的长啸直达天际。马厩围栏全开，数十匹赛马夺栏而出。

【海东青骑乘一匹骏马，带领着马队向梅辛格的枪手们冲去。马群将枪手们冲得七零八落。海东青追到施莫林的身边，弯腰一使劲将施莫林薅上马背，趁乱送到马场围墙边。

海东青：快走！

施莫林：你呢?

海东青：小爷跟这帮狗贼有账要算。

【施莫林攀上围墙，回过头，只看见海东青折返回内场的背影。

【海东青骑着骏马冲撞着赶来维持秩序的日伪军警，纵横驰骋，宛如战神附体，无人可挡。

【负伤的梅辛格眼看着施莫林逃出跑马场，自己的枪手和日伪军警也被海东青的马队冲得人仰马翻，恼怒地向海东青开枪射击。

【马背上的海东青中弹落马。

【倒在地上的海东青被日伪军警团团围住。几个胆大的记者蜂拥上前，镁光灯闪烁。

【梅辛格在随从的搀扶下，走进包围圈。

梅辛格：你是什么人？

海东青：小爷行不更名坐不改姓，你爷爷海东青在此。

梅辛格：你和刚才的刺客什么关系。

海东青：没有关系。今天就该结果了你们这些洋牲口，可惜了，被他抢先一步。如果是小爷出手，根本没有你现在跟小爷胡咧的机会。

【梅辛格还欲盘问，海东青突然挣扎起身，手一扬，寒光一闪，一柄飞刀脱手而出（慢镜）。可惜身受重伤的他力道有限，被梅辛格闪身躲过。飞刀刺进一个随从的胸膛，随从惨叫着倒下。

梅辛格：（暴怒地）杀了他。

【枪声一片。梅辛格还不解恨，夺过一挺机枪，对着海东青一阵扫射。

第三十九集完

第四十集

40-1. 景: 德总领馆梅辛格办公室 日 内

【梅辛格怒冲冲地进办公室, 紧跟进屋的施瓦茨和两个随从小心翼翼地将他染满污血的外套脱下, 七手八脚地对梅辛格的伤口进行简单的包扎。疼痛让梅辛格更加恼怒, 他挥手对两个随从吼道:

梅辛格: 你们出去吧。

【两个随从应声退下。房间里只剩下施瓦茨和梅辛格, 施瓦茨紧张地看着梅辛格。

施瓦茨: 上校, 您应该去医院。

梅辛格: 你别管。我问你, 看台上那个开枪的人, 你看清楚了吗?

施瓦茨: 报告上校。当时场面很混乱, 我没看清楚那个人的脸。但我怀疑是一个人……

梅辛格: 谁?

施瓦茨: 施莫林!

梅辛格: 能确定吗?

施瓦茨: 不能。这个刺客戴着礼帽, 几乎遮住了他整张脸, 只是他抬头看我们的那一瞬间, 我掠到他一眼。我觉得他很像施莫林, 故惊叫一声。但同时他手中的枪也响了。

梅辛格: 你说得对。那个人绝对是我们认识的人。虽然他化着妆, 我也可以断定就是施莫林。

施瓦茨: 这, 这不太可能。施莫林怎么会在上海。再说我们在上海的行动都十分隐秘。

梅辛格: 上海, 上海, 上海的可怕也正在这里。你以为这里是东方巴黎吗? 不, 这个地方曾经传说是冒险家的乐园。这里鱼龙混杂, 到处是铤而走险的亡命之徒, 各交战国的间谍特工云集于此。我怀疑施莫林就是同盟国派来的人。

施瓦茨: 施莫林平时是同情犹太人。但这个人一向性格懦弱。他有这个勇气吗? 特别是对您。

梅辛格: 是吗? 一个坠入爱河的人, 什么疯狂的事做不出来。我料定他多半是为了杰思敏·科恩一家而来, 否则他就是受了同盟国的派遣。那他就是我们敌国的间谍特工, 他们也许有我们所不知道的情报渠道。

施瓦茨： 是我工作的失误，才让您受伤。

梅辛格： 我这点伤不算什么。关键是德国的最高机密铀计划看来已经不是什么高级机密了。鬼知道施莫林知道多少。我怀疑我们运送铀的潜艇出事，以及挪威的重水基地被炸毁都与他有关。

施瓦茨： 我无法想象，也无法判断。

梅辛格： 你对于元首的铀计划知道多少？

施瓦茨： 我只知道元首的这个计划，但对这个计划如何实施一无所知。只知道该计划在实施过程中，遭遇了一些挫折。但科恩跟这个计划有很深的渊源。

梅辛格： 铀计划是一个极其秘密的武器研发计划。通过原子碰撞改变能量，将发挥出比 TNT 炸药猛烈成百上千倍的能量。科恩虽然脱离了物理学研究，但对于这种从未有过的巨大杀伤型武器，他的研究成果依然是理论研究的基石。它的破坏力比元首十个百个装甲师还要高。这也就是最高统帅部要抓捕他的原因。

施瓦茨： 既然如此，处决科恩的计划必须马上实行。

梅辛格： 从科恩逃出德国的那一刻起，他就是第三帝国的罪人。如果这次再让他逃脱，那么我和你都是国家的罪人。为了德国军人的荣誉，我们必须立刻捕杀这个叛国逃犯科恩。施瓦茨上尉，我命令你，三天之内必须抓到科恩。三天，要活的，万一抓不到活的，就地击毙，绝不能落到同盟国手上。

施瓦茨： 是！我带多少人去？

梅辛格： 人多目标大。我给你选四个人，就四个，抓一个科恩，应该够了吧？

施瓦茨： 是。我想明晚就行动。犹太隔离区的围墙这两天就要修好了，趁日本人还未派人过去，行动方便些。

梅辛格： 可以，去准备吧。记住，这次行动只许成功，不能失败。

【施瓦茨退下，与进门的基尔卡和古德里安相遇。

基尔卡： 上校，希姆莱将军来电。您看看吧。他似乎对上海的工作进展不太满意。

【基尔卡递过电文，梅辛格仔细地阅读电文。

梅辛格： 要你们协助并督促我。这下你们该满意了吧？

基尔卡： 您这是什么意思？我们对您在上海的工作难度都向柏林做了汇报，对您这次负伤也深表同情，我们还早早地为您去医院做了安排，救护车还在楼下等。您这样说话我们很遗憾。

古德里安：好了，好了，都是自家人。梅上校的行动进展有些不顺，这次又遭人袭击，心情肯定不好。梅上校，还有一件不愉快的事情，日军宪兵司令部久保田将军刚刚来电话，询问跑马场枪击案是怎么回事？已造成三死五重伤，轻伤无数。他得到的报告是参与此次枪击案的都是我总领馆的工作人员，要我们作出解释，他们也正在开展调查。

梅辛格：解释，解释，有什么好解释的。在他的占领区居然有人刺杀外国使节，我还没找他们的麻烦呢。

基尔卡：上校，您可以这么说，我们可不行，特别是对我们的军事盟国，弄不好就要引起外交纠纷。出了问题谁去负这个责？

古德里安：好了，这些事以后慢慢再说吧。上校，我看您还是先去医院吧，车在下边等着，医院已经联系好了，先把伤养好了，才能对付一切你想要对付的人。我们先告辞，有事找我们。

【古德里安说完拉着基尔卡离去。恼怒的梅辛格将桌上的一个水杯摔得粉碎。

梅辛格：该死。

40-2. 景："隔都"围墙 清晨 内

【"隔都"围墙已经完工，大门也已装上。天刚蒙蒙亮，围墙的老虎灶边已挤满了打开水的犹太难民。

难民甲：犹太银行又在发放贷款，听说这次每户可贷一百大洋。你去贷了吗？

难民乙：还没呢。这两天我在到处找店面，准备开个修钟表铺。可一打听，现在要租个店铺还真不容易。这几天我跑了好几条街，空店铺几乎都让我们的人给租完了。我今天还得出去找。

难民甲：我看你还是先去贷款吧。银行的资金也是有限的，这次贷款额度又高，贷完了就没钱了。你看这围墙已经完工了，听说这两天日本人就要派人来看守了，到时候进出都不方便，能拿到就该早拿到手，到时好歹有个退路。

难民丙：（凑前，神秘地）二位听说了没有。昨天柏林的那个纳粹头子在跑马场被打死了，听说开枪的是个中国人。感谢上帝，中国人给我们犹太人除去了一个魔鬼。听说那个中国人也受伤了，愿上帝保佑他，保佑所有像他一样善良正直的中国人。

难民乙： 是吗？我怎么没听说。我今天倒要好好打听打听。

难民甲： 我倒听见一点风声，愿主保佑那个为我们除害的天使。哦，到了，到了，我们去打开水吧。

40-3．景：上海街道 清晨 外

【上海街头和往日一样热闹，赶早市的人们行色匆匆。卖煎包、汤圆等早点的小贩大声招揽客人，餐车上热气腾腾。几个卖花姑娘也用吴侬软语兜售着自己的鲜花。报童们穿梭在人群中，大声吆喝。

报童： 卖报卖报，号外号外，头条新闻，上海滩侠盗草上飞，真名海东青，昨日在跑马场再显神威，英雄本色，力挫洋人。号外号外，独家新闻，全新解密侠盗草上飞。卖报卖报……

【路人们纷纷停下脚步，掏钱买报，议论纷纷。

40-4．景：李家大宅李衡甫书房 日 内

【李季方拿着几张报纸进来，老泪纵横。

李季方： 老爷，果然是他，果然是他……

【李衡甫接过报纸，仔细阅读。报纸图片特写：穷凶极恶的梅辛格端着机枪向海东青扫射的图片。李衡甫潸然泪下。

40-5．景：犹太医院玛丽办公室 日 内

【玛丽夹着一摞病历，正准备去查房。门被突然推开，杰思敏冲进来。

杰思敏： 妈妈，他死了，海东青死了……

【杰思敏话未说完，已号啕大哭起来。玛丽惊呆了，手中的病历撒落一地。她毫无表情，只是轻轻地将杰思敏揽在怀里，两眼失神，轻轻地抚摸着她的头发。

玛丽：（喃喃地）他是英雄，英雄……

杰思敏： 不，他是为我们而死的，为我们！

【李廷瑞领着茉莉和小莉进来，茉莉手上拿着花，小莉手上提着两大包食品。杰思敏看见茉莉进来，又一把抱住茉莉失声痛哭。茉莉将花放桌上，紧紧地搂住杰思敏，泪如泉涌。

茉莉：我都知道了，知道了……不哭，杰思敏，我们不哭。海东青死得其所，死得值……

【李廷瑞假装低头帮玛丽捡病历，偷偷地擦着泪，他将捡起的病历收拾好，交给玛丽。玛丽接过病历，擦去眼泪。

玛丽：我得去查房了，你们谈吧。

【玛丽掩饰着自己的悲痛，匆匆出门。

李廷瑞：好了，都别哭了。人死不能复生。茉莉说得对，海东青死得其所，死得值。（故意调侃）如果能把海东青哭回来，我李廷瑞愿意哭他七天七夜。茉莉，我们是来看莎拉的，还是去看看莎拉吧。待会儿我还要送你回去。

【李廷瑞几乎是强制性地把相拥痛哭的茉莉和杰思敏分开，拉着茉莉离去。

40-6．景：上海街道 日 外

【隔街相望的两家银行。犹太银行门前门庭若市，进出人流不断，各个喜笑颜开。东亚银行却门庭冷落，几乎空无一人。

40-7．景：犹太银行米兹拉希办公室 日 内

【米兹拉希正伏案签发着他身边厚厚的一摞贷款书，仔细地翻阅着每一份贷款合同。莆田川坐在沙发上，几次欲言又止。

莆田川：米兹拉希先生，没想到您的银行这么红火热闹。看来你们犹太人不仅是经商天才，理财搞金融，你们也是天才。我都看得眼红了。

米兹拉希：（头也没抬）莆田川先生，有话请说，很抱歉我没时间接待你。

莆田川：看见您这么忙，我都不好意思说什么了。其实也没什么，老听人说您这边的业务十分红火，真是生意兴隆通四海，就想过来看看，顺便看看您，与您谈谈合作的事。

米兹拉希：（依然没抬头）现在您都看见了，合作的事免谈。犹太银行虽然资本不多，但从不和别的银行合作。

莆田川：您知道，我刚刚接管了小野的东亚银行。可我对金融业纯粹外行，总希望有个行家里手帮我掌舵。我来找您这尊真神，就像孙猴子去西天拜佛求经一样，是来请真神取真经的，是真心诚意地请教您，投靠您……

米兹拉希：（打断他）莆田川先生，别说那么多了，我听不懂。我跟您说过了，合作

的事免谈。好好去经营自己的银行吧。您已经打扰我工作了。如没别的事，请离开吧。我真的很忙。

【莆田川还想说什么，米兹拉希已站起身来，指了指门，做了个请的手势。莆田川无奈，悻悻而去。

40-8. 景：汽车内 日 内

【李廷瑞开着车，茉莉坐在他身边。街道两旁的店铺和喧嚣声从车窗外划过，茉莉将车窗摇起来。

茉莉：也不知道墨樵和你大哥什么时候回来，真急死人了。

李廷瑞：我大哥说最多不会超过十天，我估计也就在这两天吧。我看你也没什么急事。有事可找我。

茉莉：你看这几天出了多少事。莎拉病了，看来还病得不轻，海东青刺杀傅宗耀的事，紧接着又是跑马场的事，德国人公开亮相，海东青的死……

【说到这，茉莉忍不住又抽泣起来。

李廷瑞：别难过，茉莉。海东青的仇，我们一定要报，我向你保证，我绝不会放过杀害海东青的那个纳粹刽子手。

茉莉：还有，犹太社区的围墙据说已经完工了。日本人这两天可能就要设立岗哨，到时候进出都不方便，还怎么给他们送食物呀。

李廷瑞：这是明摆着要把犹太人置于死地。看来日本人和德国人是联手了。这样吧，茉莉，我们回去后，赶紧找两家面包店给我们加工一些面包，趁着日本人还没设岗，给他们送过去，能送多少算多少，好歹应个急，以后再想办法。这两天汪先生和我大哥也该回来了，看看他们还有什么主意。

茉莉：好的，就这么说定了，我们保持联系。

【汽车冒着青烟驶过街道。

40-9. 景：李家大宅李衡甫书房 日 内

【李廷瑞轻轻推开了父亲的书房。李衡甫正在打着电话，李季方站在一旁。

李衡甫：……跑马场属租界管辖，听说海东青的尸体现在停放在租界巡捕房，想请总华捕帮个忙，我想把海东青给安葬了，请总华捕给个方便。

张工品（OS）： 海东青是义士，是豪侠。我早料到会有人给他收尸，但没想到是您亲自出面。李会长，这事我答应您，海东青的尸体我一定会保护好，但这两天还不能给您。日军宪兵司令部和汪政府都来人过问此事，查询办案结果，特别要求要搞清海东青的身份背景，还追查傅宗耀被刺的事。这两天我还要和他们周旋。估计他们还要验明正身。这样吧，我这里抓紧结案，再给他们一纸公文。死人不会开口，他们也拿我没辙。到时候我再通知您派人过来收领。

李衡甫： 好，就这么说了。让你费心了。我等你电话。待会儿我让人送两根条子到你那去，算我请你喝茶。

张工品（OS）： 您这是什么话。李会长，您把我张某看成什么人了。海东青是我们中国人里的豪杰。您景仰他，我也敬重他。说句不过分的话，他才是真正的英雄，他死了还不应该好好安葬他吗？这是你我分内的事。请不要再谈什么钱不钱的事。我张某人是爱钱，但不会收这种昧心钱。您等我通知吧。

【电话啪的一声挂断。李衡甫怔住了，半晌才叹息一声，将电话放回。】

李衡甫： 季方，你都听见了，去买一口好棺木吧，找个地方好好安葬他。落葬的时候我也去。

李季方： 老爷……

李衡甫： 去吧，去吧。我想静一静。

【李季方默默退出。李廷瑞上前给李衡甫倒了一杯水。】

李廷瑞： 父亲。

李衡甫： 你回来了，有事情吗？

李廷瑞： 安葬海东青我也要去。

李衡甫： 好吧，去吧，应该的。他是英雄，是一个有血性有脊梁的中国人，是我们所有人的榜样。你去给他定一块碑吧，以你大哥的名义，碑上刻七个字：中国义士海东青。

李廷瑞： 好的。我这就去。爸，"隔都"的事您知道了吗？听说日本人要断绝他们的粮食供应。

李衡甫： 意料之中，日本人必然走到这一步，他们的目的是要逼犹太人拿出钱来，榨干犹太人最后一滴血。

李廷瑞：那怎么办。

李衡甫：走一步看一步吧。日本人是野兽，没什么做不出来的，但有一点，不能看着犹太人没有生路，对他们也要像对我们的同胞一样，总得让他们活下去。

李廷瑞：爸，我想这样，趁日本人现在还没有对"隔都"进行控制，这两天给他们送点粮食或者食品，您看……

李衡甫：去吧，孩子。做你认为该做的事。你也长大了，成熟了，知道什么事该做，什么事不该做。老爸不干预你。等你大哥回来，我还得跟你们哥俩商量一下。日本人随着太平洋战争的失利，会变得更加穷凶极恶，迫害犹太人仅仅是第一步，他们何尝又会放过中国人，特别是我们这帮工商业者？到时候你们哥俩怎么办？

李廷瑞：拼了！跟这帮畜生拼个你死我活、鱼死网破。我早说过我要上前线，上前线。大不了是个死，总比坐以待毙好。

李衡甫：好样的，孩子。你长大了，老爸没白养你，白疼你。可上前线和鬼子拼命，不是唯一的出路。我和你大哥，还有你，我们一家，还有很多人都在和鬼子斗，我们没闲着，更没有坐以待毙，为了保住上海的这点民族产业，让上海民众能够生存下去。这些年你也看见了，可以说正是由于我们的努力，上海才得以保存下来。好了，我今天很疲倦，不多跟你说了，等你大哥回来了，我们一家好好聚聚，好好谈谈。

李廷瑞：爸，我还觉得你应该和米兹拉希先生谈谈，他是犹太救助会会长，又是犹太拉比，他说话还是有分量的。还有汪先生，他手下有几万青帮弟兄，真要走到那一步，那几万弟兄也够鬼子喝一壶的。

李衡甫：你说得对，我已经找过米兹拉希先生了。鬼子并没有放过怀兹先生带来的那笔赈济款。土肥原久保田他们下一步要对付的估计就是犹太银行和他了。我已让他把银行的那些储备金全部放出去，银行空了，或许鬼子对银行和他就没那么大兴趣了，但也难说，一条疯狗见人就咬，他们能放过米兹拉希先生吗？汪墨樵的青帮倒是上海民间唯一有点武装的组织，这次你大哥同他一块去江北，也是想去看看这支武装能不能发挥点作用。等他们回来再商量吧。廷瑞，你去吧，很高兴你能想到这些问题，去做你想做的事。

李廷瑞：爸，你放心吧。我知道该怎么做。你好好保重自己。

40-10. 景：李家大宅大院 日 外

【李季方看见李廷瑞出来，忙迎上去。

李季方： 廷瑞，马上吃晚饭了，吃了饭再走吧。

李廷瑞：（边走边说）不了，季方叔。我要去找几家面包店给"隔都"的难民准备点食品，晚上还要去杰思敏家，晚饭我就不吃了，你们吃吧。父亲的情绪好像不太好。季方叔，您多留点神。

【李廷瑞钻进汽车，冲出院门。

40-11. 景：上海某餐馆包房 夜 内

【莆田川已经半醉，还在不停地给自己杯子斟酒。殷燕农冷冷地看着他。

莆田川： 殷科长，哦，不，现在要叫你殷局长了。为了你当这个副局长，我可没少在久保田面前说好话。其实久保田将军对我也不错。你看，我现在也是东亚银行的行长了。看来帝国和久保田将军对我俩都不错。来，为你荣升副局长，我们再干一杯。

殷燕农： 也祝贺你荣任东亚银行行长。干杯。

【两人碰杯，一饮而尽。

莆田川： 殷局长，我跟你不同。你这个局长是升官发财，名利双收。我这个行长是拜你所赐，是小野第二，是准备掉脑袋下地狱的。

殷燕农： 莆兄，你这话什么意思？喝多了吧。

莆田川： 什么意思？别装蒙了。小野不就是死在你我的手上吗，你给我们出的好主意，去绑架那个犹太女孩，我听了你的，小野又听了我的。小野死了，现在该轮到我了。

殷燕农： 莆兄，你喝多了。我听不懂你的话，我晚上还有公务，我得走了。

【殷燕农起身要走，被莆田川一把拽住。

莆田川： 想溜？太不仗义了吧。我要记恨你，你也活不到今天。不过我丑话说到前面，我真要死了，你也活不了，拉个垫背的，黄泉路上也不孤单。

【莆田川一使劲，殷燕农又跌坐在椅子上，眼看溜不掉，口气随即缓和下来。

殷燕农： 你今天这是怎么了？这可不像黑龙会的大哥。看来你是遇上什么麻烦了，有话说出来。咱哥俩有什么不好商量吗？

莆田川： 姓殷的，你是官运亨通，我也为你高兴，可你如果撇下我不管，我说过我不会放过你。但我今天还确实不是来找你麻烦的。我连你叫我们绑架犹太女孩的事，我都没跟土肥原和久保田两位将军说，目的就是保全你。这也是我们黑龙会的规矩，不出卖朋友。我把你当朋友，今天兄弟落到这份上，你总不能撒手不管吧。

殷燕农：到底遇到什么麻烦，你倒是说呀。

莆田川：麻烦？是要掉脑袋，我的局长。看见小野的下场了吗？我的下场会比小野更惨。这件事如果办不好，土肥原将军会劈了我。

殷燕农：到底什么事你倒是说呀，我的老丈人。你有事我能不帮你吗？

莆田川：小野怎么死的？不就为了犹太人那三千万赈济款？我比小野更冤，那笔赈济款是在小野手上溜掉的，现在要我追回来。你以为久保田给我这个行长是好事吗？这个东亚银行是个空壳，没有几文钱的储备金，久保田就是要我用这个空壳银行去空手套白狼，是要我去把小野漏掉的那笔款子追回来。我上哪儿追去？久保田说了，追不回来你就给我去死。

殷燕农：我还以为什么大事呢，不就是追回那三千万美金吗？我跟你说，这事你就咬住两个人。一个是米兹拉希，他是犹太银行行长、董事长；一个就是李衡甫，犹太银行后台老板就是李衡甫。只要让他们两人就范，你的事不就解决了吗？

莆田川：你说得轻松，米兹拉希我请他三次，他连搭理都没搭理我，今天我是硬闯进他的办公室，还没开口，就被他撵出来了。至于李衡甫，都知道他是犹太银行的后台老板，可谁奈何得了他。他是土肥原将军一心要仰仗的上海工商界的头面人物。连久保田都不敢轻易冒犯的人，我能奈何他吗？

殷燕农：没有奈何不了的人。拿米兹拉希来说，他一个孤老头子，无儿无女无亲朋。你只要盯住他，咬住他不放。他跑得了吗？如果最后他还是软硬不吃，你可以把所有的过错都推给他，让久保田去收拾他。整死了那老家伙，不关你的事，你也脱了干系。这种做法，我们中国人有种说法叫金蝉脱壳。

【莆田川认真听着殷燕农讲话，久久没吱声，端起杯子又干了一杯。

殷燕农：当然，对付米兹拉希时，也要加紧做李衡甫的工作。李衡甫这个老王八确实不好对付，但此一时彼一时，原来是土肥原将军一直倚重他，他毕竟是上海工商业的头领。可现在土肥原将军不在上海了，久保田可不吃这一套。你依然可以用久保田来收拾他，这不就没你什么事了吗？莆兄，我真为你感到憋屈，堂堂的黑龙会大哥还对付不了这两个老家伙。你让别人怎么帮你?

　　莆田川: 你说得轻巧,老家伙这么好对付,你恨你们青帮老大汪墨樵恨得牙痒痒,你不现在也奈何不了他吗?

　　殷燕农: 我跟你说过此一时彼一时,汪墨樵倒腾不了几天。我要不把他弄死,我殷燕农誓不为人,而且我不依靠别人,我要亲手弄死他。你就等着瞧吧。我真要走了。告辞。

　　【殷燕农说完就走,发现莆田川已昏然睡去。

40-12. 景: 犹太"隔都" 夜 外

　　【深夜,"隔都"死一般寂静。科恩的小屋窗户射出微弱的亮光。不远处,黑影晃动,几个青帮弟兄游弋着。

　　【一辆汽车无声地驶进"隔都"。李廷瑞和几个青帮弟兄立即迎了上去。

　　【汽车一直向着科恩的小屋驶来。李廷瑞一看情况不对,赶紧上前拦截。汽车却加速向他们冲过来。一个青帮兄弟闪避不及,被撞翻在地。李廷瑞来不及思考,拔枪就向那辆汽车射击。

　　【车上射出一梭子弹,两个青帮弟兄应声栽倒,李廷瑞腿部中弹倒下,他试图爬起来,可刚爬起来又跌倒在地,他不断地呼喊着青帮的人,一边不停地向那车射击,顿时枪声一片。

40-13. 景: "隔都"科恩家 夜 内

　　【门外传来清脆的枪声,科恩和玛丽都十分紧张。

　　玛丽: 伦纳德,你赶紧走。不要再在家里逗留了,现在就走。

　　科恩: 不,我不走。

　　玛丽: 你必须走。不管外面的声音是冲着谁来,你先躲起来。躲过了今天再说。

　　科恩: 不,我不走。我哪里都不去。

　　玛丽: 你必须走。必须! 否则你不是在爱我们。

　　【玛丽不由分说把科恩拽到了门口。

　　【门外传来汽车尖锐的刹车声,紧接着又传来杂沓的脚步声。

　　玛丽: 大门出不去了。你不能从这里走。他们就冲我们来的。快走! 你必须活着。

　　【玛丽拼尽全力将科恩推向了窗边,打开了窗户,猛地将科恩推出窗外。

【大门"砰"的一声被推开，施瓦茨一伙端枪闯进来。

【看到施瓦茨，玛丽气得浑身发抖，但依然尽量维持着镇静，端坐在桌前。

【施瓦茨立刻发现屋中没有了科恩的踪影。施瓦茨走到窗前，窗外漆黑一片。他发疯似的吼道：

施瓦茨：人呢！给我找！

【几个武装匪徒立即出门寻找。

40-14．景："隔都"街道 夜 外

【科恩蜷缩在黑影中，身体微微发颤。施瓦茨的同伙从他身旁跑过，所幸没有发现他。

【远处一伙青帮兄弟搀扶着李廷瑞一瘸一拐地奔来，嘴里不停地呼喊着。施瓦茨一伙忙掉头跑回科恩屋内。

40-15．景："隔都"科恩家 夜 内

众匪徒：上尉，他们的人来了，我们要快离开，否则来不及了。

施瓦茨：人呢？科恩呢？没找到吗？

匪徒：没有。外边太黑。

【屋内已经听得见李廷瑞的呼叫声。施瓦茨一跺脚。

施瓦茨：又让他跑了。快，把这个女人带走。

【两个匪徒上前架起玛丽就走。

40-16．景："隔都" 夜 外

【玛丽挣扎着，但还是被塞进了车中。汽车亮起车灯，发现李廷瑞一伙向他们冲来。施瓦茨命令司机：

施瓦茨：开车，撞死他们。

【李廷瑞不顾受伤的腿艰难行走，几个青帮弟兄架着他。汽车迎面而来，他挡在汽车前面，举起枪。汽车没减速，反而加速冲来。李廷瑞连开三枪，车玻璃被击得粉碎。几个青帮兄弟忙把他拽到一边。汽车呼啸着冲出"隔都"。

李廷瑞：快！去杰思敏家。

【李廷瑞等人奔向科恩家。

40-17．景："隔都"科恩家 夜 内

【李廷瑞等人冲进屋内，室内已经空无一人。李廷瑞脚下一软跌倒在地上。

李廷瑞： 我真是太笨了。太笨了！

【科恩听到了屋里的动静，从窗口爬了进来。李廷瑞一见，顾不得脚伤，从地上一跃而起。

李廷瑞： 科恩先生！怎么是你？你还在这里。

【科恩泣不成声。

科恩： 我的妻子，我的妻子，玛丽被他们带走了！玛丽还是被他们带走了！

【科恩忍不住抽泣，肩膀一直在颤抖。

科恩： 都是我。我是罪人。施瓦茨是个魔鬼，他们不会放过她的。我该怎么办？我该怎么办？

【科恩喃喃自语，众人束手无策。李廷瑞略一沉思。

李廷瑞： （冷静地）科恩先生，请不要自责。上帝已经听到你的忏悔，他把您留给了我们。现在请您跟我走。（对身边的几个青帮弟兄）请把科恩先生送上我的汽车，我的汽车就在前边的转弯处。快。

【几个青帮兄弟架着科恩就要走。科恩大声呼喊。

科恩： 廷瑞，等等，我跟你去。

【众人放开科恩，科恩转身在床下拖出一只箱子，在箱子的夹层里翻出两封信，把它们叠好放在口袋里。

科恩： 廷瑞，现在我们可以走了。

40-18．景：上海美国总领馆 夜 外

【美总领馆大院两扇沉重的铁门紧闭着。院内的办公大楼只看见黑黝黝的一个轮廓。李廷瑞的汽车飞快地冲到铁门前戛然停下。李廷瑞打开车门准备下车。

【黑暗中突然响起低沉的警报声，几乎同时院内大楼顶部突然亮起两道探照灯光，不断地交叉照射。大门外顿时如同白昼。李廷瑞被灯光照射得睁不开眼睛，捂着眼睛下车，

发现门里站着四个全副武装的美国海军陆战队士兵。

美士兵：（厉声，英语）什么人？

李廷瑞：（英语）请陆允明和施莫林先生下来，有重要情况。

美士兵：（英语）你是什么人？

李廷瑞：（英语）中国人，李廷瑞。

美士兵：（英语）请关上车门，原地等候。

【一士兵奔进哨所。李廷瑞的伤口还在不断地流血，但他咬牙站在原地没动。这时他注意到大楼顶部有人影晃动，同时传来枪械的碰击声，他估计是美军在上面布置警戒。但探照灯光太强，他撑不开眼。

【陆允明和施莫林一前一后来到大门。李廷瑞因捂着眼睛看不见他们。陆允明看见负伤的李廷瑞，隔着大门问道：

陆允明：怎么是你？廷瑞，你负伤了，出什么事了？

李廷瑞：刚刚纳粹袭击了"隔都"，抓走了玛丽夫人，科恩先生现在在我车上。

【施莫林不知什么时候已来到铁门外，他拉开车门，看见里面端坐着的科恩，随即把车门关上，对着门内士兵吼道：

施莫林：（英语）开门。

【大门随即打开。施莫林向李廷瑞点了一下头，随即跳上车，将汽车开入院内。陆允明出门扶着李廷瑞走进总领馆，铁门随即关上。

陆允明：（边走边说）你负伤了，到底发生了什么事？你怎么把科恩先生带回来的。

李廷瑞：哎呀，陆先生。现在跟你说不清。科恩先生交给你们了，你去问他吧。

陆允明：好吧。你的腿还在流血，你必须马上去医院。能开车吗？要不要我送你去？

李廷瑞：不用，我现在去找杰思敏，我得把情况告诉她。

陆允明：好吧。科恩先生交给我们，你就放心吧。你大哥还没回来吗？

李廷瑞：没呢。也就在这两天吧。哎，先生，人可交给你们了，可别再给弄丢了。哦，还有，玛丽夫人现在落在他们手上，你们可得想办法把她救出来。否则，科恩先生哪儿都不会去的。

陆允明：知道，等你大哥来了再商量。

【两人来到车前，科恩已经下车了，李廷瑞跳上车，一个急调头，总领馆铁门已开启，汽车冲出大门，绝尘而去。

40-19. 景: 詹森办公室 夜 内

【詹森陪着科恩，面对着施莫林和陆允明。

詹森: 科恩先生，我们已经等你很久了，很高兴我们又见面了。你给了我们一个惊喜。

科恩: 很抱歉，我现在才来。我的妻子被纳粹党徒抓走了，我不能失去她。她不是犹太人，她是雅利安人。我希望你们，不，我求求你们救救她。她是无辜的。她是这个世界上最好的女人。

施莫林: 科恩先生，您先冷静。我去给您热杯咖啡。

科恩: 不，我现在很冷静。我知道我面对的是什么。

【施莫林起身去热咖啡，科恩颤抖着掏出了西装内的两封信。

科恩: 我一直没有勇气打开信封。我担心我一直坚守的科学家的底线会在命运和生活面前崩溃。

施莫林: （递过咖啡）那么现在您要看看这封信吗？

【科恩接过咖啡，点了点头。施莫林和詹森、陆允明一起离开了房间，将科恩一个人留在了那里。科恩颤抖地打开了信封，眼泪模糊了他读信的视线。

【美国总统罗斯福的画外音:

伦纳德·科恩先生:

听爱因斯坦和费曼博士介绍过您，对您和您的一家不幸遭遇深表同情和愤慨。世界法西斯正在用战争机器毁灭人类，无数像您这样善良无辜的人们和族群正惨遭屠杀和迫害，人类世界正面临着生与死、正义与邪恶、光明与黑暗的最后决战，我们没有选择，只能拿起武器消灭法西斯，为和平而战，为人类的美好未来和正义而战。我谨代表美利坚合众国人民和政府，欢迎您和家人来我们的国家，共同守卫人类的和平和未来。

富兰克林·德拉诺·罗斯福

1942 年 4 月 26 日

40-20. 景: 淞浦医院病房 夜 内

【淞浦医院里十分安静，病人们都已经酣然入睡。

【病房里微弱的灯光下，莎拉在输液，已经昏睡。杰思敏紧紧握着莎拉的手，抚摸着莎拉的额头，不住地呢喃祈祷。

【芦柴棒蜷伏在旁边，抱着豹子已蒙眬睡去，旁边放着擦鞋箱。

【一身护士打扮的洪阿秀轻手轻脚地进来，朝杰思敏招了招手。杰思敏随出，轻轻带上了门。

洪阿秀：（压低声音）杰思敏，李廷瑞在院长办公室里等您。

杰思敏：李廷瑞？

40-21. 景：犹太难民医院院长办公室 夜 内

【杰思敏推门进来，看见浑身是血的李廷瑞。

杰思敏：怎么是你？你受伤了？伤在哪儿？

李廷瑞：（艰难站起）先别管我，告诉你一件事，不许哭。

杰思敏：发生什么事了，你倒是说啊。

李廷瑞：玛丽夫人被施瓦茨一伙匪徒抓走了。

杰思敏：你说什么？

李廷瑞：你妈妈被他们抓走了。就在刚才。

【杰思敏如雷轰顶，顿时僵住了。

李廷瑞：杰思敏，你是个坚强的姑娘，请听我说完。

【杰思敏仿佛已经猜到发生了什么，身体摇晃了一下，急切地问道：

杰思敏：我的父亲呢？伦纳德·科恩？

李廷瑞：你的父亲很安全，上帝把他留给了我们，他现在在美国总领馆。

【杰思敏目光呆滞，双腿微微发抖，她一把抓住李廷瑞的手。

杰思敏：（十分虚弱地）是你把他送走的？

李廷瑞：是的。可惜我当时受了伤，否则我死也不会让他们抓走玛丽夫人。

杰思敏：你流了很多血，必须马上手术，我去给你找医生。

【杰思敏松开李廷瑞，刚迈开步，身体摇晃了一下，昏了过去。李廷瑞赶紧扶住她，大声呼叫。

李廷瑞：洪阿秀，洪阿秀……

40-22. 景：德国总领馆梅辛格办公室 日 内

【梅辛格虽然一夜未眠，却显得十分兴奋，听着施瓦茨的汇报。

施瓦茨： 昨晚审讯一夜，玛丽·科恩还是不肯开口。

梅辛格： （冷酷地）施瓦茨，这一回还是让科恩跑了。

施瓦茨： 但我们抓到了他的夫人。他不会不顾他的妻子的。

梅辛格： 哦？是吗？

施瓦茨： 他们之间有很深厚的感情。

梅辛格： 很深厚的感情，你是说爱情？

施瓦茨： 是的。卑贱的爱情。

梅辛格： 生命诚可贵，爱情价更高，是吗？我告诉你，爱情在生命面前一文不值。我不相信这个科恩会为了这个女人自投罗网。但这个女人对我们还是有价值的，无论科恩上不上钩，她都可能给我们提供些有用的信息。听着，对玛丽要严加看守，二十四小时不许离人。我要慢慢想好怎么处置这个背叛了自己民族的雅利安女人。

施瓦茨： 是，二十四小时每日四班，每班双岗。保证二十四小时她不脱离我们的视线。

梅辛格： 施瓦茨，又一次行动失败，你知道后果吗？日军方还会允许我们采取这样的行动吗？现在别说抓捕科恩，我们现在连他的藏身之地都找不到。你考虑过下一步我们该如何行动？怎么向柏林交代？

施瓦茨： 有一个人可以利用，莆田川。他在上海待了十几年，人头熟，关系多。他跟当地的帮会组织也有联系，又懂中国话，他虽然已经辞职，但我知道他是十分不情愿的，我知道这个人爱钱重利，只要有钱他什么都可以干。他不愿在日本生活，想带着全家去欧美，我想在这个人身上下点功夫，或许我们可以得到我们想要的东西。

梅辛格： 你说的就是那个我们总领馆原来的那个司机吗？可以做做他工作，但不要做他指望，他毕竟是日本人。那个东亚银行的行长小野不就是听了他的话丢了命吗？

施瓦茨： 现在他接替了小野位置，土肥原给他的任务，就是要他把小野失去的那笔犹太赈济款追回来，追不回来他比小野的下场更惨。这也就是为什么他始终都想逃离上海和日本的原因。我想在他身上下点功夫，说不定会有点收获。

梅辛格： 你可以按照你的想法去做，但我们的工作重点还应该放在久保田身上，因为只有他才能允许或配合我们下一次的行动。尽管这个人又野蛮又狡猾，但他身上还是有很多弱点我们可以利用。也许基尔卡说得对，在日占区我们也只得看着日本人的脸色行事，否则我们一事无成，怎么向希姆莱将军交代？给柏林的报告你写好了没有？

施瓦茨： 还没有，这两天忙于行动，来不及写。

梅辛格： 赶紧写，不要让柏林对我们的工作能力产生怀疑，我们已经采取了一系列行动，而且都取得了效果，虽然科恩现在还没有被抓捕，但我们正在实施下一步方案。崇明的集中营方案及日方提出经费问题都要写上。写好了给我看看，尽快发出去。

施瓦茨： 是。

梅辛格： 我答应过给莆田川两根金条，他说他不要，你拿着吧。不管他要不要，你拿在身上方便一些。我发现这个地方没有理想、没有信仰、没有追求，只认钱。好吧，只要能对我们完成任务有帮助，能得到些可靠情报，我不怕花钱，如果需要，我这还有。

【梅辛格从抽屉里拿出两根金条，施瓦茨接过。

梅辛格： 标准十盎司纯金，挺值钱的。走，我们现在该看看那个雅利安贵妇了。

施瓦茨： 上校，那个西蒙怎么办？科恩一家我们已经找到了，只是还没抓到科恩。他对我们已经没有了价值。要不干脆……

梅辛格： （边走边说）他是你带来的，还是让他跟着你吧。他老婆孩子不还在你手上吗？尽量发挥他的作用。

40-23．景：德国总领馆房间 日 内

【玛丽被锁在一间房间内。房间的窗户也被封死。玛丽坐在桌前，面前的食物没有被动过，注视着坐在对面的梅辛格，目光坚定且充满轻蔑，丝毫没有恐惧。

梅辛格： 很抱歉，我们暂时还没有找到科恩先生。

玛丽： 感谢上帝，你们还没有得手。

梅辛格： 夫人，您知道这并非我的本意。

玛丽： 本意？这不是你的本意，是你们元首的本意。你不过是你们元首麾下的一条狗。

梅辛格： 恶语伤人可不是雅利安贵妇应有的风度。昨晚让您感到很不舒服是吧？我很抱歉。

玛丽： 收起你这一套吧，梅辛格。我虽然不认识你，但披着羊皮的狼还是狼，你身上

的血腥味已经让我感到恶心。

梅辛格：夫人，您误会我了。我和您一样出身名门、血统高贵，受过很好的教育，我是日耳曼容克家族，柏林大学兵械学博士。和您不同的是，我效忠祖国，效忠元首。而您却不是这样，这让我感到十分遗憾。

玛丽：是吗？你杀死了那么多无辜的人，帮助你的元首做了那么多的坏事恶事，现在又把魔爪伸到上海，要杀害这里所有的犹太人。你现在又把我抓来，还要杀害我的丈夫。这就是你的高贵？这就是你所受的教育？

梅辛格：您错了，夫人。我对科恩先生没有丝毫个人恩怨，几乎可以说对他一无所知。一直以来，我也只是在执行命令，服从国家意志，尽一个军人的本分。

玛丽：是吗？我的丈夫只是一个科学家，他既不懂政治也不懂军事。他的罪只是因为他是个犹太人。杀害一个无辜的人，甚至屠杀整个族群，这就是你的军人本分吗？

梅辛格：夫人，您还是误会了我。我知道你们夫妻之间的感情很深。但您并不了解您丈夫的工作。您的丈夫，伦纳德·科恩，一个原子物理学家，他的研究看起来跟军事毫无联系。但他的研究对未来战争影响很大，甚至可以改变战争的结局。这正是元首重视他的原因。我们的敌人也在开足马力地开发新式武器。如果您的丈夫落到我们敌国的手上，那对我们的国家将造成灾难性的后果。您和您的丈夫都是德国人，我相信您依然是热爱这个美丽的国家的，美丽的阿尔卑斯山、美丽的多瑙河、美丽的家园，多么让人怀念。难道你忍心看我们美丽的祖国、我们年轻优秀的小伙子毁灭在敌国的致命武器下吗？让我们的母亲为此心碎，痛哭整夜？

玛丽：我也是失去过儿子的母亲。但杀害他的是你们。

梅辛格：我知道，您对我们的工作有一些误会。但您想一想，美国人也在寻找您的丈夫。如果他们得到您的丈夫，而且造出这种毁灭性武器，那对我们的国家，对我们的母亲和孩子就是噩梦，就是灾难，而且万劫不复。您现在知道您丈夫的重要性了吧？

玛丽：我倒希望我的丈夫真有这种能力。做一个当代的普罗米修斯，拯救人类，消灭法西斯。

梅辛格：夫人，看来您对我们国家和元首成见太深，元首和科恩对于科学都是尊重的。元首派我到上海来，只是阻断他在叛国的路上越走越远，希望他回到自己的祖国。元首对他还另有重任，希望他履行德意志公民的职责，并没有加害他的意思。从某种意义上说，我来上海是来迎接你们回祖国，报效祖国，难道这不是每个大德意志公民的义务吗？

玛丽：梅辛格，你走吧，我不想再看见你。我什么都不会为你做。如果你为此感到愤怒，可以立刻杀了我。但我不会相信或参与你的欺骗。如果你认为杀了我可以得到你想要的一切，那你就动手吧。我相信，杀人，你毫不畏惧。

梅辛格：看来，我没有争取到您的信任。

玛丽：信任？跟你说话都让我觉得可悲。你们已经做出了那么多的罪恶，欺骗了那么多的人，甚至是当初投票让你们当选的选民。你们发动战争，制造种族仇恨，杀了那么多的犹太人和无辜平民，犯下了反人类的滔天罪行，你们就是魔鬼，就是撒旦。人民不会饶恕你们，上帝不会饶恕你们。

梅辛格：想激怒我？您以为这样可以羞辱我？

玛丽：你不够资格，元首才是德国最大的耻辱。而你，还有门外站着的那些人，你的手下，都是希特勒残忍的帮凶。是你们将我们美丽的祖国拖入了恐怖的罪恶深渊。

【玛丽冲向梅辛格，意欲脱下他腰中的手枪，被梅辛格一把推倒在地，随即冲进来的两个德国卫兵将她拽住。梅辛格气得发抖，整理了自己的军装，恢复了镇静。

梅辛格：看来，您并不想好好把握住这个机会。我替您感到惋惜。跌入罪恶深渊的不是我，而是您。您很快就会体会到什么叫作深渊。（对卫兵）好好看住了这个女人。不能让她有任何意外。

玛丽：你这个魔鬼。

梅辛格：夫人，我一定会让您亲眼看着，我是如何抓住您的丈夫。并且要让您看见，我是如何处决躲在上海像老鼠一样卑贱活着的全部犹太人。

【梅辛格离去，玛丽才颓丧地跌坐在椅子上，把头深深埋入胳膊里。

第四十集完

第四十一集

41-1. 景：宪兵司令部久保田办公室 日 内

【久保田正在听莆田川汇报，电话铃响。

久保田：（接电话）殷局长，说。

殷燕农（OS）： 报告将军，昨天晚上那几个德国人又在犹太"隔都"采取了行动，他们带着自动武器，针对的还是那个叫伦纳德·科恩的一家，听说还开了枪。今天那个犹太救助会长米兹拉希带着几个犹太人来警局报案，说是德国人闯入犹太社区，抓走了科恩夫妇。米兹拉希会长很激愤，说德国人可以到上海来抓人杀人，犹太人的生命财产得不到保障，他们准备再次采取行动向政府请愿，要求保障犹太人的人身安全，及生命财产不受侵犯，并要求当局严惩凶犯，现请示将军要不要深入调查，如何善后？

久保田： 立即启动警局行动科全部警员，以保护犹太难民的安全为由，封锁无国籍难民隔离区，并以市政府的名义张贴告示，所有无国籍难民限月底前去警局办理暂住证，无暂住证的无国籍难民一律不得进出隔离区，并停止粮食配给，限时离开上海，否则当局则押送出境。快去执行吧，现在。

殷燕农（OS）： 是，我现在就去。

久保田： 为防止难民闹事，再从特情科调两个中队的治安军协助你们看管隔离区，这两个中队的治安军暂时也由你指挥，出入人员严格盘查，有工作的需要有雇主的证明，并登记在册，以后可直接向雇主征收其个人收入税，明白了吗？

殷燕农（OS）： 明白。

【久保田放下电话，冷冷地望着莆田川。

莆田川： 将军是不是要这批犹太人拿钱购买暂住证，否则就是非法偷渡，可任由皇军处置。

【久保田不置可否，只微微点了点头。

莆田川： 米兹拉希不可能让这数万犹太人失去自由，可不可以先诱使他，先从美国人拿来的那笔赈济款中拿出一部分给这些犹太人办个暂住证，只要钱到了犹太银行账上，我们就有办法冻结他银行账面的全部资金。

久保田：可以，但米兹拉希会吃你这一套吗？我可警告你，莆田川，你再拿他没办法，非逼着皇军动手，你可记住我的话，到时候你就和这老家伙一块去死吧。

41-2. 景：吴江路张园 日 内

【张园，民国时上海第一名园，也是上海百姓喜爱的休闲场所，这里的水榭亭台，花木葱茏，秦楼楚馆，笙歌不绝。说书的、卖艺的、唱评弹的、耍把戏的、品茗的、赏花的、喝酒的、摆地摊的、卖字画的、看西洋景的，人来人往，络绎不绝。小商小贩操着方言游弋其中，兜售着香烟瓜子汤圆馄饨等食品。卖花少女们将茉莉花白兰花编织成各种吊坠手镯之类的花环花圈放在托盘里，殷勤地送到客人们面前。三弦琵琶鼓韵声、弹唱喝彩声和叫买叫卖声不绝于耳。这里既有北京天桥式的广场喧嚣热闹，又有江南水乡的园林清幽。

【一身长衫的尚云谦，从一个报童手上买过一份报纸，在一个说书台前找了张桌子坐下来，桌子的另一边坐着正嗑着瓜子的陆允明。

【书场周围已围满了人，有站的，有坐的，有端碗正在吃东西的，有正在抽烟吐着烟圈的，密密匝匝，水泄不通。啪的一声醒木声响，众人目光齐刷刷地转向台上说书艺人。

说书艺人：话说上海滩聚集着南来北往的豪侠义士，可谓群英荟萃。今日单说十里洋场的一个草莽英雄，此人江湖人称草上飞，真名海东青，尊他一声海大侠。此公行侠仗义，杀富济贫，除暴安良，替天行道。为报家仇国恨，深山学艺，苦练轻功，飞檐走壁，笑傲江湖。凭着两把雁翎刀、七支蝴蝶镖，杀贪官、除恶霸，一马驰骋，纵横蒙古大草原，将蒙古的王公贵族杀个尸横遍野、七零八落，算是为父母姐姐报了仇。后七七事变，日寇大举侵华，我华夏大地山河破碎、烽烟四起、百姓涂炭、民不聊生，海大侠又转战中原杀鬼子、除汉奸，誓死把倭寇赶出中华，真是"大将南征胆气豪，腰横秋水雁翎刀。风吹鼍鼓山河动，电闪旌旗日月高"。至于海大侠是何方人士，有何血海深仇，如何随师学艺、练就绝世武功，又如何除暴安良、扶贫济世，杀倭寇、除汉奸，抗日救亡、精忠报国，最后杀身成仁，成为一代大侠、民族英雄，各位看官听客少安毋躁，听在下一一道来。诸位可知大侠海东青的由来？海东青是何物？海东青者，乃是蒙古草原展翅高飞的雄鹰。大鹏振翅一飞冲天三万里……

【旧帽遮颜的陆允明也悄悄地拿着报纸，悠然自得，嗑着瓜子，口中念念有词，仿佛在读着报纸上的新闻。

尚云谦：（压低声音）药品已经送到了江北，上级组织对这次运送任务提出表扬。但这条紧急运输通道，不能长期使用，以免被敌人发现。还需要开辟新的运输通道。

陆允明：好。明白。药品是李廷琛的朋友德国人西蒙托人运来的。李廷琛知道这事吗？

尚云谦：知道。我还告诉他西蒙夫人已安全抵达江北，不知他是否已通知西蒙。他们下一步将去哪里？基地首长将尽力提供帮助。

陆允明：西蒙现在还在盖世太保手上，没有行动自由。李廷琛是否通知他，也不知道。这种为我们的抗日事业做出过贡献的国际友人，我们应该尽快把他救出虎口，让他们全家尽快团聚。

尚云谦：这事你和李廷琛商量。如西蒙愿意，江北欢迎他。

陆允明：日寇的化武基地建在崇明岛，具体位置尚不清楚，只知道在浦江入海口的一个小渔村，原渔村的所有渔民已被日寇集体屠杀，化武基地就是在原渔村的旧址上建造的，日本人为了保密，建造化武基地的民工都是从难民中抓捕的。监管的日军也不多，只有一个中队的鬼子，听说现在已接近完工。如果要行动，还得要快，否则工程一旦结束，鬼子将派重兵守护，那些民工必被他们屠杀，也增加了我们摧毁它的难度。

尚云谦：这个情报很重要。我们的人四处打探日军化武基地的位置，但均无确切消息。基地首长对此十分重视，两个月前就已派出突击分队，分散潜伏在上海周边，炸药等也已到位。只是找不到日军化武的具体位置，故迟迟没有动手。这下好了，我们就可以制定作战方案。

陆允明：这只是个大体方位，还需要进一步落实其准确位置才好制定具体作战方案。

尚云谦：是的，具体位置我会亲自落实后报基地首长，同时制定行动方案。等待命令，实施摧毁。

陆允明：柏林党卫军头目梅辛格上校已到上海，目的有二。一是抓捕原子物理专家伦纳德·科恩，德国和美国都在研制一种大规模杀伤性武器，而伦纳德·科恩正是研制这种武器的关键人物，故德国和美国都想得到这个科恩。二是梅辛格要执行他们元首的最后解决方案，屠杀逃来上海的近三万犹太难民，看来他已和上海日当局达成交易，日军已在上海建立犹太隔离区，限制犹太人自由，并停止供应粮食。实际上等于建立变相的集中营，极有可能日军帮助纳粹在上海对犹太人进行屠杀。李廷琛父子为此事日夜操劳，还有青帮首领汪墨樵。这次李廷琛随汪墨樵去江北，估计也是为了此事。我想李廷琛是想借助青帮在江北的两支抗日武装，必要时出手保护犹太人。

【说书人一声醒木响，随后一句且听下回分解，台下掌声雷动，有人竟高呼海东青的名字，群情激奋。一个八九岁的儿童兜着香烟托盘走到桌前兜售香烟，尚云谦摸摸那儿童的光脑袋，掏出一张花花绿绿的票子，塞给那儿童，顺手拿了一包老刀牌香烟，拍拍那儿童肩膀让他走开，那儿童又拿出一包香烟和一盒火柴放在桌上，尚云谦笑笑，将香烟放回烟框内，卖烟儿童离去。尚云谦拆开香烟，抽出一支点燃，吐出一个大大的烟圈。随着一声清脆的醒木响，说书人又开始了他的话本。

尚云谦：你刚才说的情况因没有报告给首长，我只能给你几个原则。一、那个叫科恩的物理学家绝不能落到德国人手上，要尽力保证他的安全。二、动员一切社会力量，不让日本人和德国人联手屠杀犹太人。三、尽可能地帮助犹太人存活下来，必要时，可转移到江北，中国共产党领导的新四军可帮助他们成立世界反法西斯东方纵队。当然，这仅仅是我个人意见。具体做法必须等待组织决定。

陆允明：那位犹太裔科学家在李廷瑞的帮助下，已经进了美国总领馆。但是，他的夫人还是落在了德国人的手中，就是那个梅辛格上校和他的手下施瓦茨。这次海东青就是为了刺杀他们而殉难的。

尚云谦：可惜了海东青。我看了报纸，他不仅是民族义士，还是世界反法西斯战士。对他的死，我代表新四军首长表示深深悼念。

陆允明：下次我们如何见面？

尚云谦：等我电话。

【随着说书艺人的一声醒木响。尚云谦放下报纸，跟着茶客一起鼓掌叫好。再一转身，陆允明已经不知去向。尚云谦随即起身离去，身后传来苏州评弹艺人对海东青故事的说唱声：壮士马革裹尸还，千古流芳海东青……

【余音袅袅。

41-3.景："隔都"大门 日 外

【数辆装满伪警和伪军的卡车在两辆警车的开道下，向"隔都"奔来，在"隔都"门前停下。尖锐的警笛声和刹车声中，全副武装的伪警和伪军们纷纷跳下车。殷燕农指挥着他们排岗布哨，瞬间岗哨林立。"隔都"大门和围墙都被封锁了起来。

【“隔都”内的犹太人都纷纷涌向大门，他们发现紧闭的大门前已布满了武装岗哨。几个伪警正在将一张巨大的告示贴在大门的岗楼上。犹太难民们不知道发生了什么事，纷纷向伪警们提出质询，伪军警们端枪不让他们靠近。殷燕农跳上岗楼，拔枪对空连开三枪，满脸杀气地对着越来越多的犹太难民吼道：

殷燕农： 听着，奉皇军宪兵司令部命令，自即日起，对无国籍国际难民隔离区实行军事管制，所有难民必须到市政府警察局领取在中国境内暂时居留证，没有暂住证的无国籍难民一律不得出入隔离区。强行闯关者按暴民处置实施抓捕，如与军警发生冲突，就地处决。下边的告示有宪兵司令部的命令内容，你们都可以去看，皇军给你们留有余地，所有无国籍的难民，必须在十天内，也就是在月底前办理暂住证，在这段时间内，每个在隔离区的难民都必须重新登记，没有登记又没有领取暂住证的难民，一律抓捕关押，交由皇军处置。

【殷燕农唾沫横飞，边吼边挥舞着手枪。大门里的难民们群情激奋，高呼着口号就要往前冲。殷燕农指挥着伪军的机枪手，在岗楼上架起机枪。千钧一发之际，一辆插着日本军旗的轿车在“隔都”门前戛然停下，挎着军刀的久保田从车上下来，拉开后车门，两个日本佐官押着米兹拉希下车。米兹拉希抬头看了看军警林立的“隔都”，从容地走到大门前。

米兹拉希： 各位同胞、难友们，请平静。我正在与日本军方交涉，他们这样做是违反人性、人道和国际法的，是在帮助纳粹屠杀和迫害犹太人，我们绝不会答应，上帝也不会容忍。善恶终有报，犹太人的苦难全世界的人民都看在眼里，纳粹魔鬼的凶狠只能得逞一时。但是，我亲爱的同胞们，我们必须正视现实，不做无谓的牺牲，我们已经失去得太多太多，我不能再失去你们，活着就有光明，就有希望，就有未来。我，你们的拉比，向你们保证，我绝不会向魔鬼低头，绝不向邪恶屈服，我要和你们一道，战斗到最后一刻。但是现在你们必须冷静，必须面对，我还是那句话，你们必须活着。这不是妥协、不是退缩、不是投降，而是抗争、是战斗。请相信我，为了光明、为了希望、为了未来，你们现在都回去吧，安静地等待着上帝最后的裁决。我相信万能的主现在正在注视着我们。我们随时听候主的召唤。当主需要我们和魔鬼拼搏时，我相信各位都是勇敢的战士，但是现在，主需要我们的智慧，需要我们冷静面对。回家吧，同胞们，好好活着才能争取未来。

【米兹拉希说完，右手抚胸向大门内的犹太人深鞠一躬，反身离去。他没有上久保田的汽车，而是拖着老迈的身体踽踽而行。两个佐官要上去追赶，被久保田挥手止住。

41-4. 景：李家大宅李衡甫书房 夜 内

【李衡甫满脸憔悴与李廷瑞和李季方说话。

李衡甫：海东青的棺椁与冥装都准备好了吗？

李季方：都准备好了，老爷。

李衡甫：墓碑呢？

李廷瑞：昨天就刻好了，怕人看见，我藏在船厂仓库里。

李衡甫：张工品刚来电话，让我们明天一早去领尸，要早一点，免得惊动巡捕房其他人。墓地不会有什么变动吧？

李季方：不会，金山县的青浦浜，我去看过，依山傍水，我是找他们族长交涉的，整整一个小山包，那也是他们族长的私产，他还答应每年清明代我们祭扫一次。

李衡甫：好。明早四点钟去巡捕房，我也去。

李季方：老爷，我想今晚就去巡捕房一趟。我得给海东青整理一下，给他穿好冥服。还有，明天您就不要去了。等我们安葬好了海东青，那时候大少爷也回来了，再让大少爷陪你去祭奠一下。

李廷瑞：爸，季方叔说得对，这段时间您太操劳了，天气也不好，您明天就不要去了，等大哥回来，您再去。我明天陪季方叔去。不，我今天就陪季方叔去巡捕房给海东青收殓一下。

李衡甫：好吧，廷瑞，你今天就陪季方叔去巡捕房给海东青收殓。你季方叔年纪大了，白发人送黑发人，心里肯定难过，你就帮帮你季方叔。但是，明天我还是要去，我要代你大哥给海东青扶灵。哦，廷瑞，你待会儿同你季方叔去巡捕房时，到车行订一辆黄包车，海东青的灵骨不能用板车或汽车送，只能用黄包车，我们好扶灵。还有，棺椁要用汽车送到目的地，这都是明天的事，你们就先去安排吧。

【李季方和李廷瑞正要离去，拉开门，发现泪流满面的李廷琛站在门口。一时大家都镇住了，相对无言。李廷琛朝他们挥挥手，自己进屋。李廷瑞和李季方无言地离去。

李廷琛：爸，我回来了。

李衡甫：回来了就好，回来了就好。这几天……

李廷琛：爸，什么都别说，我都知道了。

【父子俩泪眼相对，一时无言。李廷琛掩饰着悲痛，上前扶李衡甫坐下。

李廷琛：爸，我回来了，明天您就别去了。安葬海东青的事有我和廷瑞还有季方叔就可以了，我知道这些天你太操劳，为了我们、为了上海的百姓请您保重。

李衡甫：廷琛，你也坐下。我知道这些天你也很辛苦，但我还是有很多话想要对你说。

李廷琛：爸，今天不行。我还得到美总领馆去一趟，玛丽老师还在纳粹手上，必须把玛丽老师救出来，否则科恩先生哪儿也不会去。

李衡甫：好吧，孩子。做你认为该做的事。科恩先生现在也在美总领馆，是廷瑞送去的，他为此还受了伤。

李廷琛：我知道，我和汪先生回来时，是青帮兄弟来码头接应的。汪先生拉着我一块到他们家，他到家立即给张工品挂了电话，电话里张工品把这些天发生的情况都说了。跑马场的事，施瓦茨夜袭"隔都"的事，玛丽夫人被抓的事，我都知道，我现在要去总领馆，他们总领馆十二点戒严，戒严了就什么人都不能出入了。爸，您现在去休息吧，您一定要保重啊，我去了。

【李廷琛说完，起身出门。】

41-5. 景：美总领馆陆允明办公室 夜 内

【李廷琛、詹森、施莫林分别坐在沙发上，陆允明给李廷琛递上一杯咖啡。】

李廷琛：我必须提醒各位的是，科恩先生没有见到他夫人之前，他是哪儿都不会去的。所以目前我们当务之急是如何尽快救出玛丽夫人。施莫林先生，海东青为了救你不幸遇难，我很想听听你对这件事的看法。您不觉得您刺杀梅辛格的行动过于草率吗？

施莫林：对海东青的遇难，我是有责任的。我很悲痛，我很理解你作为海东青的好友此刻的心情。如果有可能，我愿意用我的生命去换回海东青的生命，请相信我是真诚的。

李廷琛：我相信你，施莫林先生。我没有谴责你的意思，我只是希望我们不要再犯类似的错误，没有把握的事，我们尽量不要去做，我们经受不起这样的损失、这样的失败。比如下一步我们该如何救出玛丽夫人，如何把科恩先生平安送到美国，必须要有完整的预案，再不能出半点纰漏。

詹森：李博士说得很对，施莫林上尉的这次行动是十分轻率的，况且他事先没向任何人打过招呼，也没有得到任何人的批准。但是现在不是追究个人责任的时候，我们得拿出一套确实可行的方案营救玛丽夫人，并把科恩先生安全护送到美国。

陆允明： 我觉得我们要先弄清楚玛丽夫人关押地点，以及纳粹对她关押地的布防情况，才好制定完整的营救计划，当然这就意味着一场武装冲突。在日占区发生武装冲突的胜算有多少？营救的武装从哪儿来？如何实施营救？以及营救得手后如何与科恩先生同时撤离？这都是问题，也就说武装营救的方案是否有可能实行？

李廷琛： 据张工品告诉汪墨樵，玛丽夫人已经被梅辛格他们羁押在德国总领馆。如果是这样，那武装营救的可能性极小。任何武装力量总不可能冲击外国领事馆吧，况且这是在日占区。可不可以考虑通过德国人或日本人先获取一些有关玛丽夫人的信息，再考虑营救方案。据我所知，德国人西蒙是唯一可能进出德总领馆的人，他也可以接触到梅辛格和施瓦茨。可惜我现在和他的联系完全中断，如果能和他接上关系，我想最少我们可以得到一些玛丽夫人被关押的情况。

陆允明： 廷琛的这个思路对我倒很有些启发，要了解玛丽夫人关押情况，不一定非通过我们的人或同情犹太人的朋友，我们甚至也可以通过他们内部的人。我就认识一个叫谢润林的人，他是日当局警察局情治科科长，我有些情报也是从他那来的。他和殷燕农、日本人莆田川都很熟悉，这个人只要有钱，他什么事都会干。我倒可以让他想想办法弄到点玛丽夫人的情报。

李廷琛： 这个谢润林跟汪墨樵、张工品也很熟悉，倒是可以通过他弄到些有价值的情报，不仅是有关玛丽夫人的，还有有关德国人和日本人对犹太人下一步的行动。听说今天日本人已经封锁了犹太人住宅区，他们称它为隔离区，就是要把犹太人和外界隔离，限制他们的自由，断绝粮食供应，强迫他们拿钱购买暂住证，否则视为非法，日本军方可对其任由处置。这实际上是日军在帮助纳粹屠杀犹太人。所谓"隔都"也就是关押犹太人的集中营。他们下一步到底会采取什么措施，对此我们一无所知。我想这也应该是我们必须了解的，否则我们将毫无防范能力，只能任由德日联手屠杀犹太人。

詹森： 梅辛格这次来上海的目的很清楚。一是抓捕科恩，二就是屠杀在上海的犹太难民。但梅辛格要做到这两点，光靠他一己之力是不行的，他必须依靠日本人，我们只要能掌握日本人的动态，提前知道日本人的行动方案，我们就有可能预防惨案的发生。我很赞同李博士和陆参赞的思路。目前我们的工作重点，应该利用一切社会资源，包括我们的敌对势力，了解德日双方下一步的行动方案，才能防患于未然，或采取行动予以打击。李博士，你刚从江北回来，江北那边有什么情况吗？

李廷琛：我们没有跟新四军接触。我只是同汪先生去看了一下他的两支青帮武装。汪先生对他两支武装的活动范围和驻地做了些调整，这也是为了上海有意外情况时，他的部队进城更便捷些。倒也没什么其他情况。

詹森：那好吧。今天已经很晚了，大家先休息。有什么好的设想，我们可随时商量。

李廷琛：我想去看看科恩先生。

施莫林：估计科恩先生已经睡了。我陪你去吧。

41-6．景：巡捕房 夜 内

【李季方提着一个包袱和李廷瑞跟在一个巡捕的后面，刚进门，张工品迎了上来。

张工品：你们来了，李会长打电话说你们会来，我一直等候在这里，我领你们去吧。我没把他放在监房，我把他放在我经常值班的一间房间。

李廷瑞：谢谢总华捕，家父要我代他向您表示感谢。

张工品：（边走边说）谢什么？他做这一切又是为什么，谁来向他表示感谢？告诉你父亲，张工品敬重他，谢谢他。全上海有良心的民众谢谢他。

【他们来到最里间的一间房间。张工品推开门，打开灯，明亮的灯光下，海东青安详地躺在一张大木板床上，面如生人，嘴角仿佛还露出一丝嘲讽的微笑，显然已经被整容过，只是那身上的一身衣服血迹斑斑，留下无数窟窿。李季方忍不住老泪纵横，不忍心看，哆哆嗦嗦地移动着脚步走向床前。同样潜然泪下的李廷瑞抢前一步，夺过李季方手上的小包袱。

李廷瑞：季方叔，我来。

【张工品悄悄退出，轻轻带上门，站在门口良久，摇了摇头，叹息一声，离去。

41-7．景：李家大宅李季方小屋 夜 内

【门被推开，李廷瑞扶着颤巍巍的李季方进屋，发现李廷琛一人坐在桌旁，面前摆着三双酒筷，桌上放着四碟小菜。酒杯已经倒满了酒，但显然没喝。李季方看见呆坐桌旁的李廷琛，一声尖叫。

李季方：大少爷……

【李廷琛仿佛从冥思中惊醒，赶紧上前将李季方扶住。

李廷琛： 季方叔，以后就叫我廷琛，和海东青一样，我就是你儿子。

李季方： 廷琛，海东青，他，他……

李廷琛： 海东青死了，他死了，我知道他把你当父亲，他就是你的儿子，今后我也是你的儿子。我和廷瑞都是您看着带着长大的。在我和廷瑞的心里早把你看成是自己的父亲。海东青走了，还有我们。

李廷瑞： 是啊，季方叔。我们都是你的儿子。这么多年来，我们一直把你当成自己的父亲。

李季方： 我哪有你们这样的儿子啊。海东青他是见我无儿无女无兄弟，孑然一身，无家可归，而他也无父无母无兄妹，漂泊江湖，居无定所。我们是同病相怜啊，蒙他看得起我这个老头子，叫我一声老爷子，经常来看看我，他是个情义中人啊。

李廷琛： 季方叔，这里就是您的家，我们会和海东青一样孝敬您，尽一个儿子的责任，给您养老送终。

李季方： 这个淘气的孩子。你是没看见他。刚才我和廷瑞给他换冥装，他脸上虽然挂着笑，但还是那副顽皮的样子。可身上已经被打成了筛子，真惨啊……

李廷琛： 不惨，他是为了拯救那些无辜的犹太难民殉难的，他死得其所。他是义士、英雄，是我和廷瑞的楷模和榜样，也是每个有良知的中国人的榜样。他永远活着，活在我们心里，我们都会永远怀念他。

李季方：（泣不成声）可他还是走了呀。他那么年轻，如果我和他换下多好啊。

李廷琛： 这不还有我们吗？中国人杀得净吗？这不，今天晚上我备了小酒小菜，就是对他的祭奠、对他的怀念，也是代他陪你小酌两杯呀。来，季方叔，我们先敬他一杯。

【李廷琛端起一杯酒送到李季方颤巍巍的手上，自己端起一杯，李廷瑞也端起桌上的酒。三人一起将杯中酒浇在地上。李廷瑞给大家斟满酒，端起杯子。

李廷瑞： 季方叔，这杯酒我代海东青敬您。今后我和大哥陪您喝。来，我先干了啊。

【李廷瑞说着干了杯中酒，李季方颤巍巍地端杯抿了一口，不由又热泪盈眶。

李季方： 谢谢，谢谢……廷瑞，明天我还要去青浦，你们早点去休息吧。哦，你腿上的伤怎么样了？去得了吗？你看，人一老就糊涂了，这两天只想着海东青的事，也没管你腿伤的事。唉……

李廷琛： 是啊，廷瑞。我一回来东跑西颠的，倒把你腿伤的事忽略了。听杰思敏讲，你的手术是李尔克做的，他还是个实习医生。你感觉怎么样？我给你看看好吗？

李廷瑞：哥，你放心吧。我感觉好着呢。不用看，不用看。明天安葬海东青后，我去医院换换药就行了。

李廷琛：不行，我得看看。青浦到这三十多里，你瘸着一条腿怎么行，万一伤口撕裂或发炎就麻烦了。

【李廷琛说着不由分说将李廷瑞按坐在椅子上，卷起裤腿，仔细审视他的伤口。

李廷琛：不行，廷瑞。你伤口还是红肿的，周围还有点发烫，看来这两天你就没好好休息，明天你不能去。父亲说我们去的人都是要扶灵的，三十多里地，你这伤腿怎么走？

李廷瑞：大哥，对不起。这事我可不能听你的，父亲和季方叔这么一把年纪都能走，凭什么我就不能去，我这次去定了，你别管我。

李季方：廷瑞，你大哥说得对，不是不让你去，是你的腿伤不能去，祭奠、想念海东青不是这一两天的事情，今后日子有的是，你随时可以去。别发犟了，听你大哥的，啊。

李廷瑞：不，季方叔。今后是今后，明天可是给海东青下葬的日子，我必须去。你们不让我去，我自己也要去。

李廷琛：（十分生气）你要不把我这个大哥和医生放在眼里，不怕这条腿废了，那你就去吧。我现在就去找父亲。

【李廷瑞眼皮都没抬，自顾自地又给自己倒了一杯酒。

李廷瑞：你要找就去找。大哥，实话跟你说，今天就是父亲站在我面前不让我去，我也要去，你们拦不住我。海东青是你的朋友，就不是我的朋友吗？不让我去，莫名其妙。

【李季方一看李廷瑞的倔劲又上来了，知道拦不住。

李季方：要不这样吧，廷瑞，你能开车吗？

李廷瑞：开车有什么不能的，我受伤的那天晚上，不就是我把科恩先生送去总领馆的吗？这几天我一直在开车。

李季方：那就好了，明天不是还要请人送棺椁和墓碑去墓地吗？你就亲自开车把棺椁和墓碑送到青浦去，让老爷也跟你车去，老爷毕竟上年纪了，这几天他几乎没有休息，也没在家吃过一餐正经饭，三十多里地怎么走。扶灵有我和大少爷就够了，你就负责把老爷和棺椁送去就可以了。这样行吗？

李廷琛：这倒是个办法。廷瑞，我们就按季方叔说的办。这样，反正明天要开辆车去的，你就辛苦一趟。季方叔也上年纪了，把季方叔也带上，你们三人就负责把棺椁和墓碑送到墓地，另外再在船厂找几个民工，送灵的事我去就行了。这总可以了吧？

李廷瑞：这还差不多。这事就这么定了。季方叔，你早点休息吧。明天你和父亲都坐我的车去。（转对李廷琛）哎，父亲那边你去说啊。

【李廷瑞说完仰头干了杯中酒，离去。

41-8．景：上海郊外小道上 清晨 外

【风雨如晦，一辆人力车在风雨中颠簸而行，李廷琛扶着车，手中提着个小包。晨光熹微，留下他们踯躅剪影。

41-9．景：青浦河畔 清晨 外

【依山傍水的竹林边，放着棺椁和墓碑。李氏父子在雨中抡锄飞铲，一个巨大的墓穴逐渐形成。

41-10．景：摩西会堂 清晨 内

【会堂内略显昏暗，祷告厅已挤满了做晨祷的犹太人。他们每人手上都拿着一支蜡烛。整个大厅寂静无声，一片烛光闪烁。布道台上，米兹拉希和哈同、沙逊、嘉道理族人在摩西的画像前换上新的蜡烛，这是一幅摩西率领犹太人出埃及、渡红海的巨大画像。摩西庄严圣洁，目光坚定。米兹拉希和哈同家族等虔诚地在圣像前祈祷，台下烛光摇动，传来一片嗡嗡的祈祷声。

【米兹拉希祈祷完，缓缓转过身来面对台下，台下的祈祷声立即停止。会堂内，一切又归于寂静。

米兹拉希：万能的天父啊，请保佑世界万灵，我们曾与你有约。我们都是你最宠幸的孩子，你将赐予我们自由、光明和幸福。我们天天为此祈祷，愿这一天早日到来，早日回到耶路撒冷，回到你庄严的圣殿，我们美丽的家园。

【台下又是一阵嗡嗡的祈祷声。

米兹拉希：同胞们，今天有件事和大家商量，上帝已经看见了我们的苦难，让世界各地的犹太同胞为上海的难民同胞募集了一笔义款，前段时期犹太银行给你们的贷款就是从

这里来的，上帝希望我们能自立自强，顽强地生存下去，重建家园，凭着我们的智慧和勤奋重新得到幸福。可最近发生很多意外，德国纳粹的党卫军和盖世太保已经追到了上海，这些魔鬼要把我们赶尽杀绝。他们先是绑架了一个叫莎拉的女孩，之后又把罪恶的魔爪伸向犹太社区，制造恐怖杀人案。前几天又在跑马场制造惨案，幸亏一个年轻的中国人帮助我们脱离险境，可这个中国人却被纳粹残忍地杀害了，纳粹们最终目的是要屠杀来到上海的全体犹太同胞。而日本人却为虎作伥，与纳粹达成肮脏的交易，帮助纳粹把在上海的犹太族群赶尽杀绝。日本人的目的很明确，就是要抢劫世界同胞给上海犹太难民同胞的赈济款，榨干我们赖以生存的最后一滴血。为此日本军方通过汪政府多次找到我，威逼利诱，就是要我把这笔钱拱手交给他们。最近，他们又在犹太社区修建了隔离墙，限制我们的自由，断绝我们的食品供应，企图把上海变成第二个第三个柏林和华沙。他们为了达到目的，下一步可能会有更残酷、更灭绝人性的手段来对付我们。同胞们，我一把年纪了，随时听候上帝的召唤，死亡对我是一种解脱。我也希望早去天国陪伴我的天父，我不可能和魔鬼做交易，不会把同胞们赖以生存的财产交给魔鬼。但如果这样，我们今后的日子会更艰难，处境会更险恶，甚至被法西斯魔鬼集体屠杀。我现在就想征询你们的意愿，是把这笔钱交给魔鬼赎买我们的生命、自由和尊严，还是与法西斯恶魔抗争到底，不给魔鬼们扩大战争、杀戮人类的任何资本。我认为我们的生命、自由和尊严是上帝赐予的，没有谁可以剥夺，更不是金钱财富可以换来的。但我还是要遵从你们的意愿。要么向法西斯恶魔们屈膝投降，用世界同胞募集给我们的这笔活命钱交给魔鬼；要么与魔鬼抗争，用鲜血和生命维护天主赋予我们生存和自由的权利，维护人类的尊严。

【米兹拉希说到这，祈祷厅发出一阵阵雷鸣般的呐喊：不与魔鬼做交易，要自由、要尊严，抗争到底，绝不屈服……犹太们高举手中的蜡烛，整个会堂烛光一片，呐喊声此起彼伏。

41-11. 景: 海东青墓地 日 外

【风雨如晦，阴沉沉的天穹下是海东青的新坟，墓碑上刻着：中国义士海东青之墓，愚兄李廷琛恭立。风雨中，李衡甫和李廷琛、李廷瑞父子三人与李季方虔诚地在坟前摆上祭品，然后肃立在海东青墓前，谁也没有说话。

【李衡甫老泪纵横，晨风吹动着他满头白发。

李衡甫（OS）： *海东青，好儿子，安息吧。*

【良久，李季方和李廷瑞默默地扶着李衡甫转身向停放在远处的汽车走去，李廷瑞把父亲和李季方扶上车，三人在车里静静地等候着李廷琛。墓前的李廷琛见父亲离去，从怀中掏出一支蝴蝶镖深埋在海东青墓前，悲痛欲绝、泣不成声地喃喃道：

李廷琛： *兄弟，永别了，一路走好。*

41-12. 景："隔都"大门 日 外

【"隔都"大门紧闭，军警林立，岗楼上架着机枪，楼旁摆着一张小方桌，每个离开"隔都"的犹太难民都必须填表，他们排队等候着。殷燕农神气活现地在那儿指手画脚，每个难民填好表他都要亲自过问，还要盘问几句，然后指挥军警搜身，将大门开成一条小缝放行。

【一辆卡车在"隔都"门前停下，一身平民打扮的茉莉和小莉从车上下来。几个军警立即围了上来。排队等候填表的犹太难民见是茉莉，知道是送来了食品，也都纷纷地围了上来，隔着大门和茉莉打招呼，被军警们用刺刀和枪托赶了回去。

军警： 什么人？有通行证吗？

茉莉： 什么通行证？

军警： 根据治安管理条例，所有进入"隔都"的人和物资都要有通行证。没有通行证的一律不得入内。

茉莉： 我们这一车都是食品，绝对没有任何危险物品。大哥，行个方便吧，我们下次来就知道了。

军警：（神气活现）不行不行，走开走开。没有警察局的通行证，一律不得入内。

茉莉：（强忍怒气）大哥，这里虽是"隔都"，但毕竟不是军管区。这里住的都是难民，我只是给他们送点食品。以前也常来，怎么今天就不让进了。

军警： 走开，没工夫听你这些道理。要讲理你去找皇军宪兵司令部去，我们可管不着。再不走开，我可要动粗了。

【茉莉无可奈何，给小莉使了个眼色，小莉忙从包里拿出了一沓钞票想要塞到军警的手上。军警却把钱推开了。

小莉： 一点小心意。请大家喝茶。请给个方便。

军警： 说不行就不行。再啰唆我可开枪了啊。

【军警说着就举枪对着茉莉和小莉，卡车司机赶紧从车上跳下来，洪阿秀也从车上跳下来，拦在茉莉前面。

卡车司机： 军爷军爷，这都是误会。（低声对茉莉）师娘，咱们先回去吧。回去找师父想想办法。

【茉莉心有不甘，对军警怒目相视。殷燕农闻讯赶来，见是茉莉，抬手对军警就是一个耳光。

殷燕农： 你瞎眼了？这是我师娘。（转对茉莉）师娘，是您哪，您怎么不早点打个招呼，下边的人不会办事，得罪了，得罪了。

茉莉：（厌恶地）是殷局长啊，还没恭喜你升官发财呢。改日我同墨樵去向你道喜。今天就请你给个方便吧，就一车食品，不放心可以上车去搜搜。

殷燕农： 还不是局长，不是局长。还没宣布呢。宣布了我会去向汪老板报告。今天这事嘛……夫人，我很为难，您看，昨天宪兵司令部才下令封锁，今天您就来了。我敢放行吗？这可搞不好是要掉脑袋的。在日本人手下混口饭吃也不容易。夫人，您就别为难我了，弟子给您赔罪，给汪老板赔罪。

茉莉：（冷冷地）这么说，殷燕农，你是一点面子都不给了。

殷燕农： 不是不给，不是不给，是给不起啊，夫人。面子要紧还是脑袋要紧？改日我上门赔罪，好吗？

【茉莉冷冷地盯着殷燕农，猛地转身爬上车，对车上的民工和司机命令道：

茉莉： 给我往里扔！

【茉莉拿起一包食品就往大门里扔。司机和洪阿秀也爬上车，和民工们一起将一包包食品往里扔。一时食品像雨点般飞进"隔都"大门，犹太难民们蜂拥上前，捡起一包包的食品，口中说着。

难民们： 谢谢，谢谢。愿主保佑你，感谢主赐给我们食物。

【殷燕农和军警们呆若木鸡。

41-13.景："隔都" 日 内

【接到了食物的犹太难民怀抱着食物，挨家挨户地发给同胞。

41-14. 景："隔都"科恩家 日 内

【科恩家的门也响了。杰思敏开门，看到门外的同胞。同胞把食物交给了杰思敏。

犹太难民：杰思敏，茉莉小姐给我们送来了面包。快拿着，这是你们家的。

杰思敏：谢谢。

犹太难民：你爸爸妈妈还没有消息吗？

【杰思敏泪如泉涌，咬着嘴唇摇了摇头，飞快地跑进屋。犹太难民望着跑开的杰思敏长长地一声叹息。

41-15. 景：汪公馆客厅 日 内

【茉莉一身疲惫地回到汪公馆，刘姆妈立刻端上了茶。

茉莉：先生人呢？

刘姆妈：先生在小客厅里跟几个堂主说事呢。夫人，您一身灰，我去打水给您洗一洗吧。

茉莉：嗯，告诉先生我马上过去。

刘姆妈：晓得了。

41-16. 景：汪公馆小客厅 日 内

【茉莉换了干净的家常衣服进小客厅，汪墨樵一个人在认真地看着一份地图，地图是手绘的，但河流村庄道路都标绘得很详细。汪墨樵低头看着，也没留意到茉莉已经进来。

茉莉：怎么一个人在这里，看什么好东西，客人呢？

汪墨樵：人家晓得夫人回来了，一个个跑光了。

茉莉：瞧你说的，我是母夜叉还是母老虎。

汪墨樵：人家是觉得夫人漂亮，见了夫人自惭形秽，不敢见你啊。

茉莉：你少跟我贫，我可是有正经事要问你。

汪墨樵：夫人的事就是我的事，夫人是今天不顺利吗？

茉莉：你都知道了？

汪墨樵：知道一些。殷燕农小人得志，巴结上了久保田，听说马上要提什么副局长了，他眼睛里还有谁？你当面顶撞他，没把你抓起来就不错了。

茉莉：墨樵，听你这么说，我们都得叫他一声爷了，都得看着他的脸色过日子了。你没看见他那副神气活现的样子，对难民吆吆喝喝的，进出都要搜身，动不动就是枪托刺刀。一条疯狗。

汪墨樵： 夫人，现在不是殷燕农的问题，是他背后的日本人。殷燕农是个什么东西我还不清楚啊，借他一百个胆也不敢这么猖狂，是日本人在给他撑腰。夫人，别为这种下三烂生气了，气坏了身子不值。善恶终有报，先忍忍吧。

茉莉： 墨樵，我觉得你变了，变得不像我刚刚认识你时的青帮大哥了。你以为是我看不惯他吗？我是看不惯他这样欺负那些难民，这样为非作歹、穷凶极恶。你听听上海百姓是怎么说的吧。他过去是你的一条狗，是你的家奴，现在变成了日本人的一条狗、一条恶犬，为害一方。他们说这条狗是你养出来的。你不觉得他的恶行也玷污了你的名誉吗？

汪墨樵： （淡淡一笑）哦？是吗？我变了吗？我倒觉得是夫人你变了，变得更懂事、更善良、更正直勇敢，这才是我汪墨樵的夫人，我喜欢。茉莉，我们是夫妻，你怎么看我不重要，我只告诉你，汪墨樵还是原来的汪墨樵。汪墨樵造的孽，汪墨樵会去赎罪。养了殷燕农这条疯狗或许是我汪墨樵一生造的最大的孽。别的我不敢说，除掉这条疯狗，于公于私我都义不容辞。夫人，我说过善恶终有报，你就等着看他的下场吧。好了，你忙了一天，不多说了，你歇息去吧。

【一青帮小弟来报。

青帮小弟： 先生，李会长求见。

汪墨樵： 快请。我马上下来。

41-17. 景："隔都" 夜 外

【李廷琛在"隔都"门口凭借自己的医生职业身份证明，经过了搜身，进入了"隔都"。

【科恩家大门虚掩，李廷琛推门而入。

41-18. 景："隔都"科恩家 夜 内

【昏暗的灯光下，杰思敏呆呆地坐在桌旁，手中捧着那张全家福，泪眼婆娑，发现李廷琛进屋，忘情地扑上去，紧紧抱住李廷琛。

杰思敏： （抽泣地）廷琛哥，你回来了……

李廷琛： 回来了，我刚到医院，洪阿秀说你回家了。杰思敏，这里你不能待了，我是特意过来接你的。

杰思敏: 妈妈,妈妈被他们抓走了……

李廷琛: 杰思敏,你什么都别说,我什么都知道了。你收拾一下,现在就跟我走。

杰思敏: 走?去哪儿?我得在这等爸爸妈妈,他们会回来的。

李廷琛: 去医院。听话,杰思敏,这里已经不能待了,鬼子和纳粹已经把这里严格封锁了,他们可以在这里任意胡为。你爸妈也不会再回来了,走,莎拉还在医院,我还在医院。医院里还有那么多员工和病人,他们都是你的同胞,还有廷瑞,我们都会守护你。

杰思敏: (哭叫着)我不要你们守护,我要爸爸妈妈,他们会来找我的。你放开我,放开我……

李廷琛: 安静,杰思敏。你今天必须离开这,莎拉需要你,你父母需要你,我们也需要你。你不能再出意外。别任性,你已经不是小姑娘了。别让我为你担心好吗?

杰思敏: 如果我走了,爸妈回来找不见我,他们该怎么办?

李廷琛: 我跟你说过他们不会再回到这来了。杰思敏,你相信我吗?

【杰思敏抽泣着点了点头。李廷琛给杰思敏擦去了眼泪。

李廷琛: 相信我就请你跟我走,这里多留一分钟就多一份凶险。走,收拾几件衣服就可以了。

杰思敏: 好,廷琛哥,我听你的。

【杰思敏简单地拿了几件衣服,放在一个小箱子里,拿起桌上全家福的相框,又摘下挂在墙上的牧笛,全放在箱子里。

第四十一集完

第四十二集

42-1．景：汪公馆会客室 夜 内

【汪墨樵提着个小包进屋，正在喝茶的李衡甫起身拱手。

李衡甫： 汪先生，您刚回家我就来叨扰了，冒昧得很。

汪墨樵： 您屈尊寒舍，蓬荜生辉。请坐。您不来我也准备登门拜访。

李衡甫： 听犬子说您这次江北之行夜以继日马不停蹄，辛苦了。

汪墨樵： 哪里哪里，廷琛跟着我不也辛苦吗？红尘中人大半生都是这么过来的。倒是这几年养尊处优，人变得慵懒了。

李衡甫： 您和廷琛走的这十来天，上海滩发生了不少事。

汪墨樵： 我和廷琛在江北就有风闻。德国人夜袭犹太社区抓走了玛丽夫人。令郎廷瑞冒死救出科恩先生。鬼子在犹太社区建起了隔离墙，限制犹太人的自由。特别是跑马场的事，海东青遇难。上海滩几乎无人不晓，家家传颂，可见公道自在人心。张工品还给我来电话，说您领走了海东青的尸体，安葬了海东青。衡甫兄，像您这样的仁人君子，上海滩不多了。汪某十分敬佩。

李衡甫： 汪先生言过了，海东青少年英雄，见义勇为。他虽出身草莽，但他的家国情怀、民族大义，却是我辈的楷模。他这是为国捐躯，给他料理后事还不应该吗？可惜了一代英豪，他是我上海的荣光和骄傲。

【李衡甫说到这，又不由悲从中来。汪墨樵也神色黯然。

汪墨樵： 衡甫兄不必过于悲伤，人死不能复生。但我们活着的人却不能庸庸碌碌。以牙还牙、血债血偿是江湖道义，不仅海东青的仇要报，中国上百万为国捐躯的前方将士、上千万被鬼子杀害的无辜平民的血债也要报。衡甫兄，您来得正好，有些事我正要向您讨教。我目前的处境，我这次去江北办的事，想必廷琛都跟您说了。

李衡甫： 廷琛回来后就忙于他老师一家的事，我也就是今天安葬海东青的时候和他见了一面，还来不及谈他和您去江北的事，但我也猜到了一些。这就是我今天来探望您的目的。

汪墨樵： 日本人现在已经红了眼，像一条疯狗见人就咬，今后你我的日子、上海百姓的日子都会越来越艰难，我看不下去，也忍不下去了。记得上次我曾经跟您说过，拼了，

拼他个鱼死网破。我这次去江北就是和弟兄们见见面，因为我已知道鬼子已布下重兵，要对他们重点扫荡。我已把他们的驻地布防在上海近郊，由原来的雷公山和曹家湾布防到崇明岛，这样他们出入上海也方便。但我不懂军事，我不知道我下一步应该如何袭击鬼子，哪里是我们的打击目标。我甚至想到把上海的青帮船帮粮帮漕帮二三十岁的弟兄，全部整合成军队。我把我在工商界和各家银行的股份全部兑现，去国外购买武器装备。我做这些也是受了您的指点。但我不知道下一步我该如何进行。

李衡甫：看来这次汪先生真的是要孤注一掷，和鬼子拼个你死我活了。

汪墨樵：这还不是跟衡甫兄学的吗。哦，衡甫兄，您要的东西我给您带来了，德国造，爆炸直径十米。

【汪墨樵递给李衡甫一个小包。李衡甫打开包，从里边摸出一个方盒，方盒里装着两个乌黑发亮的手雷。李衡甫拿出一个久久地端详着。

李衡甫：谢谢费心了。我知道当年杜老板从冯玉祥那弄了一批军械，还是我牵的线。杜老板去香港，这批军械就留给您了，所以我找您帮忙。这东西上海滩除了您，没有第二个人有。

汪墨樵：您不让我知道您要这东西干什么，其实我也猜到了几分，您不也是要跟鬼子拼命吗？其实我现在跟您的想法一样，以命偿命，血债血偿，大不了同归于尽。知道这玩意怎么用吗？

李衡甫：知道。

【李衡甫将方盒放回包里，轻轻地放在地上。

李衡甫：汪先生，我还得向您说声谢谢，谢谢您了解我，也成全了我。您刚才说到下一步该怎么做，其实我也不懂军事。但我可以谈谈如果我是您我会怎么做，您这次去江北把队伍拉到上海近郊来很好，上海如有变故，可随时出击。下一步要考虑的，就是这支部队的归宿，是投国军还是共军，要提前联系好，以及撤退的路线，如果在撤退过程中遇到意外怎么办。要制定第二方案、第三方案。我还是那句话，收拾殷燕农那个祸害不难也不急，凭您这百多号弟兄，武器装备也不差，端掉警察局这个狗窝，随时可行。但我担心的是打草惊蛇。要避免和鬼子发生正面冲突。为了除掉一个殷燕农，而使自己的弟兄蒙受重大的损失，这不合适。我倒希望在灭掉殷燕农的警察局的同时，消灭更多的汉奸鬼子，尽可能地扩大影响、扩大战果，毕其功于一役，然后从容撤离，按预定方案，该投奔谁投奔谁，最好有人接应。因为您的弟兄进城袭击日伪也就是一次而已，这种袭扰不可能接二连三，一锤子买卖，若打他个措手不及，这样胜算较大。故必须等待时机，加强收集情报，切不可轻举妄动。

【汪墨樵静静地听着，频频点头。

汪墨樵： 衡甫兄所言极是，进城袭扰一次而已，杀一条狗是杀，杀两条狗三条狗也是杀，最好能多杀几个鬼子，给上海民众一个惊喜。衡甫兄，您的话句句说到我心里。我会多派眼线收集情报，与东北军的几位教官拟定突袭和撤退方案。行动前我会通知您。

李衡甫： 至于您说到要把二十到三十岁的帮中弟兄组建军队，您这是大手笔，这也是一个很大的工程。要在日占区完成这么大一个工程，会有巨大的危险和难度。我想有这么几件事是必须要提前做好的。一、内定人选，当然是要年轻力壮、无牵挂无拖累的，有点报国意识的热血青年最好。二、决定投奔谁，是共军还是国军。最好由他们拿出组建方案，并派人策应。三、将您和青帮名下的一切动产、不动产兑成现金，存放到澳门或中立国银行，由您亲自把握。四、立即从帮中挑选出几位您最信任、最有能力和最有经验的弟兄去美国意大利等可提供武器的国家购买武器装备，当然途径很多，最重要的是通过这些国家的军队或帮会组织，要他们提供运输，送货到指定地点。我想这几件工作是最基础的。这些事没有落实之前，万不可盲动。

汪墨樵： 衡甫兄言之有理，我一定按照您的指点和教官们商量步骤。我知道做这些事的危险和艰难，但我不会放弃。鬼子已经把刀架到脖子上了。拼是个死，不拼更是个死。我不怕死，但死也要死个人样，要站着死。吉鸿昌将军有句话："恨不抗日死，留作今日羞。国破尚如此，我何惜此头。"这才是一个中国人的担当和血性。我虽是草莽中人，但国破家亡之时，这点血性还是有的。衡甫兄，现在有两件事最让我放心不下。一是我死了，我那百十号抗日义勇军的弟兄们怎么办，谁来带领他们，让他们走在正道上，最后有个好的归宿。二是我那夫人茉莉怎么办。她是个好女人，善良贤惠仁慈。您知道我现在这么做就是九死一生。我死了，她还得活下去，但江湖险恶，我的仇家也多，又生逢乱世。她一个弱女子，无依无靠，孑然一身，又如何生活。这两件事是我最不放心的，我也无法善后。很惭愧，李会长。跟您说这些，您是不是觉得我汪某很无能？

【李衡甫静静地听着，不发一言，只低头喝茶。良久。

李衡甫：（淡淡地）人之常情，这些身前身后事，汪先生准备怎么处置？

汪墨樵：衡甫兄，说来惭愧，我汪某半世江湖，交友无数，可危难之际，竟无一可托付之人。纵观上海滩，人品道德让我心折者，唯衡甫兄而已。特别这次大少爷廷琛随我去江北，我对你们李家又多了一层钦佩，他不仅风餐露宿，能吃苦耐劳，且学识渊博遇事冷静。他所到之处，走村串巷、体察民情、跋山涉水、了解地形道路，和弟兄们同吃住共进退，给他们讲家国天下大势，头尾不过一周，他竟能将百多名弟兄的姓名、身世、家庭、苦痛都能了然于心。弟兄中无论年长年幼，见面都亲切地称他为李大哥，弟兄们对他的那份亲热远胜于我。说句玩笑话，我都看得有些眼红心酸，眼红的是弟兄们对他的尊重远超对我的尊重，心酸的是我这个青帮老大的位置，在弟兄们心里还不如一个毛头小伙。但我也很欣慰，钟鸣鼎食的李家后继有人，我中华族裔有如此的热血青年，国家有望。衡甫兄，汪某有个想法很难启齿，但我还是要说出来，如您觉得荒唐，可一笑置之，这事就算过去了，您不必介怀。

李衡甫：汪先生有话但说无妨，交友贵在交心，推心置腹便好。

汪墨樵：我那百十来个兄弟现已隐蔽在崇明岛，端掉殷燕农这个狗窝，我想不会太久。这实际上是和日本人的一场较量，我深知凶险。万一我在战斗中丧生，我的这些弟兄群龙无首，他们将何去何从，而且这些弟兄都出身草莽，今日他们也算是在为抗日救亡出一份力，在和鬼子拼命。可日后谁知他们又会干出些什么事来，弄好了这是一支抗日武装，弄不好也可能成为一支祸害百姓的土匪豪强。说白了，他们需要一个好的头领，需要一个有民族大义、正直能干的带路人。我觉得令郎李廷琛是最合适的人选，他刚毅正直、多才多智，唯有他能当此重任。我老了，不管我死与不死，我都想把这支武装交给他，也只有他能让这帮弟兄走上正道，留个善果。我曾为此事与他浅谈，他没有固辞，只说兹事体大，他很难胜任，说这事要从长计议，要征求您的意见。我想廷琛是个知书达理深明大义的人，您不点头他是不会干的，所以我今天不揣冒昧直面相求。

【李衡甫满脸冷峻，不说话，不作答，直直地盯着汪墨樵。

汪墨樵：如衡甫兄觉得我刚才的话荒唐不靠谱，尽可一笑作罢，汪某再不提及此事。你衡甫兄永远是我心中的仁人君子。

【李衡甫依然沉默，气氛一时有些尴尬。

汪墨樵：衡甫兄不必为难，不管您允与不允，不影响我们的交情。其实我有话没说完，我只是难以启齿而已。既然衡甫兄如此为难，那我就干脆得罪一回，把心中的心愿一并端出，也好绝了这个妄念、死了这条心。

李衡甫：请说。

汪墨樵：如果我死了，我把茉莉托付给李家，请把她送到澳门，不要再把她托付给任何人，让她自立门户，独立生活。我不会给她一文钱，因为钱对她是个祸害，钱多了祸害就多，算计她的人也多。在这个恶浊的世界我不相信任何人，我心悦诚服的只有你们李家。你刚才劝我把所有动产不动产兑换成现金，存放在澳门或其他中立国银行。我现在想把这笔钱汇往你们李家的海外账户，茉莉如生活上拮据或遇有什么难事，尚望你们李家伸出援手，帮她一把。她现在是个孕妇，今后生下孩子，那他们母子就相依为命。茉莉还年轻，如果今后她遇上心仪的男人，成全她。只要她活得好，无论我在天堂还是地狱，我都安心。还有上海的数万青帮弟兄，也请你们李家一并照管。特别是组建抗日军队的事情，我活着我会把这支队伍拉起来，如果我死了，我也希望你们李家能把这支队伍拉起来。张圣财是个忠勇汉子，但他没有这个能力。有能力做这件事的只有你们李家。张圣财在青帮熟门熟路，有一定的威望和影响，可以帮你们李家打下手。这就是我身后的两件事。不管你老哥允与不允，如何看我，这都是我的心愿。我能向您说出来，我是鼓足了勇气的，我汪某是个讲究面子的人，在您面前我不在乎颜面扫地。好了，衡甫兄，我该说不该说的都说了，不管结局如何，也算了了一桩心愿。

李衡甫：汪先生，您能对我说这些话，我很感动，感动您对我的信任，感动您的真诚，感动您的一腔报国热血。仅凭这几点，我就无法拒绝您的心愿和托付，而应该把这看成一种责任和道义。您真正做到了四个字：毁家纾难。您这不是壮士断臂，而是面对国难不惜断头断命。您的壮怀激烈，又更胜海东青一筹。在您面前真正惭愧的是老朽。能帮助实现您的遗愿，老朽深感荣幸。长话短说吧。从现在开始，您的事就是我的事，您的心愿就是我的心愿。但有几点我必须跟您说清楚。第一，您说要把这支抗日武装交给廷琛，我不反对。但廷琛是成年人，他的事必须由他做主。抗日救亡的路有千万条，看他如何选择。这事我不能越俎代庖，您还必须和他商量。第二，您说要把全部身家兑成现金汇往李家的海外账户，我不能接受。李家不缺钱。但我深知您目前的花销太大，上海数万青帮弟兄的生活，崇明百多号弟兄的军需军饷以及他们家属的生活费，还有您要组建军队的这笔开支，包括武器装备的购置及安家费。您纵有万贯家资，也经不起您这般挥洒消耗。我给您留下一句话：日后但凡您在资金运作上有困难，尽管来找我要，我当尽全力支持，只要是用在抗日上。第三，这也是最关键的，如果我死在您前面，那今天你我说的这些话都是废话。汪先生，您是有大智慧的，日本人不放过您，鬼子就会放过我吗？他们能放过犹太人的那笔巨额赈济款吗？他们不知道犹太银行真正的幕后策划和出资人是谁吗？当然他们第一个要对付的是米兹拉希。如果他们从米兹拉希那什么都没得到，下一个要对付的就必定是我。您已经知道我向您讨两个手雷的真正用途，其实我想的和您一样。我不可能出卖犹太人把犹太人的钱交给鬼子，给鬼子输血，让他们更嚣张，更疯狂，更有资本扩大战争。如果是这样，我的结局能好吗？真到这一步，我的想法和您一样，拼了，拼一个算一个。这帮畜生也休想从我这捞到一文半子，我一把年纪了还在乎死吗？这一天或许已经不远了。汪先生，如果我死了，我今天的承诺、您的遗愿我都无法做到。所以我希望您活着。您比我年轻，应该给我们这个苦难的民族和百姓做更多的事，这是我的心愿，也是我对您的嘱托。

【汪墨樵听完，突然仰天长笑，笑得泪流满面。李衡甫也忍不住失声大笑。两人的手紧紧握在一起。

汪墨樵： 人生得一知己足矣。汪某有您这样一位长兄为友，此生不虚。好，今天我也不讲什么客套话了。衡甫兄，您比我幸运多了。您死了，两位令郎还能继承您的衣钵，完成您的遗愿，您后继有人。可我呢？一世风尘，五十岁成家，得茉莉为妻，无子无嗣，好在茉莉怀有我的身孕，但也不知前景如何。衡甫兄，我总有一种穷途末路之感，这就是当亡国奴的悲哀吧。想想我帮中的那些穷苦弟兄，再想想上海的数百万平民百姓，还有那些尚无片瓦、食不果腹的无数难民，再想想我中华大地在鬼子的铁骑屠刀下讨生活的亿万民众，我们的这点劫难也算不了什么。这样吧，今天我们约定，只要是为了抗日救亡，您的事就是我的事，不管谁死了，活着的人都把对方的心愿完成。您把茉莉当成女儿，她的儿子就是您的孙子。我把廷琛、廷瑞当作我的兄弟，不管是我的遗愿还是您的遗愿，都由他们兄弟完成。还有我和茉莉的孩子也是你们李家的孩子，我会嘱托茉莉把他抚养成人，不指望他成为什么达官显贵，只希望他像我辈一样，做一个有血性有担当的中国人。

李衡甫： 好，一言为定。

【两人击掌为誓，四只手紧紧攥在一起。

42-2. 景：日本宪兵司令部久保田办公室 日 内

【参谋官给久保田送来一封信后退出，久保田仔细地阅读那封信。

土肥原（OS）：

久保田君

前方战事不理想，军部对上海 731 工程进展缓慢十分不满，我多次强调这是因为军部的拨款未到造成的，但军部明确表示已无款可拨，731 工程的建办经费，由上海筹款解决，并做出决定，该工程必须在一个月内完成，否则军部将做出严厉处置。你现在已无退路，必须在军部规定的时间内完成该工程，包括向德方购买十台高倍光学显微镜和一应医用设备（清单附后）。我知道资金缺口大，你现在唯一可行的就是尽快追回犹太人逃逸的那三千万资金。现已查明那笔资金确存放在瑞士苏黎世银行，收款单位是上海犹太银行，实际收款人是米兹拉希和李衡甫。你必须要千方百计让这两人按我们的指示办，也可通过梅辛格的党卫军出面让苏黎世银行改变汇款渠道。另加大对上海工商业的征税力度，必要时可采取强制措施。

土肥原贤二

1942 年 8 月 4 日

【久保田沉思有顷，拿起电话。】

42-3. 景：犹太银行米兹拉希办公室 日 内

【米兹拉希伏案审批着桌上的贷款书，殷燕农带人闯了进来。米兹拉希见状，微微一惊。】

殷燕农：（满脸堆笑）米兹拉希先生，好久不见了，看见您一把年纪了还这样辛苦，我很惭愧。

米兹拉希： 殷队长比我辛苦，日夜看守着隔离区，进出人等您都要亲自盘查，还要动员犹太人去您那买暂住证，您是警局"隔都"两边跑。哦，还要随时把情况报告宪兵司令部。您还不辛苦吗？怎么样，找我有事吗？

殷燕农： 不辛苦，不辛苦。我就是为这个事情来的。米兹拉希先生，现在要麻烦您一下，请您同我到警局去一趟。

米兹拉希： 去警局？是羁押还是逮捕？

殷燕农： 都不是，都不是。几个犹太人吸食毒品并贩卖毒品，据说毒资是从犹太银行来的。我们想请您过去核实一下。请不要误会，千万不要误会。

米兹拉希：这么说，我今天是非同殷队长去不可了？好吧，我先去和几个业务负责人打个招呼。

【米兹拉希说着就要出门，被殷燕农拦下。

殷燕农：不用，不用。主要是核实情况，问完话也就回来了。

【米兹拉希无奈，只好跟着殷燕农离去。

42-4．景：犹太银行大门口 日 外

【门前停着一辆黑色警车。殷燕农及警察们把米兹拉希请上车。许多犹太人和银行员工都跑到门口。警车呼啸而去。

42-5．景：警察局殷燕农办公室 日 内

【烦躁不安的莆田川坐在屋内，看见殷燕农带着米兹拉希进来，赶忙站起身来。

莆田川：米兹拉希先生，见您一趟真不容易，今天总算又见面了。难得难得，请坐。

米兹拉希：莆田川先生也在。殷队长，是你找我还是莆田川先生找我？

殷燕农：是我是我。其实我也是受久保田将军之命，让你们二位在我这见个面，说你们有事要商量，让我做个保人。你们二位也是老熟人了吧。那就不用我张罗了，你们谈吧。

米兹拉希：我跟他没什么好谈的。你有话就问吧。

殷燕农：不不，还是你们谈，你们先谈。我这也没什么好款待二位的，喝杯茶吧。

【殷燕农给米兹拉希递过一杯茶，米兹拉希没有接，站起身来就要往外走，门口出现两个武装警察，一左一右堵在门口。殷燕农假笑一声，拽着米兹拉希坐下。

殷燕农：话还没说呢，怎么就要走？这招待不好？我想应该还是比宪兵司令部好吧。先委屈一下吧。莆先生，你有话倒是说啊，磨磨蹭蹭地干什么。

莆田川：米兹拉希先生就这么讨厌我吗？我可是给您送财富来的。

【莆田川从怀中掏出一张纸展开，递到米兹拉希面前。米兹拉希看也没看。

米兹拉希：我看我们还是免谈了吧。你不还是要把你的银行和我的银行合并吗？对了，不是合并，是要把你的银行送给我，你不拿股份。

莆田川：现在不是白送，是合并。我虽不拿股份，但我对金融业还是挺感兴趣，想弄个襄理当当，也好跟着您学点本事。

米兹拉希： 莆田川先生，您这样一次两次地纠缠有意思吗？早跟你说过我的银行是犹太银行，是全体在上海犹太人的银行，不跟其他任何银行合作，更谈不上合并。你还想当个襄理，是不是我死了你就好接班，犹太银行就由你操控，你说了算。莆先生，死了这条心吧。我虽然不是天使，但我遵从上帝的意愿，绝不和魔鬼打交道，我不会和你合作的。

【莆田川恼羞成怒，终于撕去伪善的面目，恶狠狠地吼道：

莆田川： 米兹拉希，别不识抬举。你以为不跟我合作，就能把怀兹带来的那笔巨款吞了吗？帝国会放过你吗？土肥原久保田将军会放过你吗？别做梦了，好言相劝你不听，那你就等着死吧，等着去见你的上帝吧。

殷燕农：（赶紧圆场）别别，二位，都消消气。米兹拉希先生，我们还有话没说呢。

米兹拉希： 殷队长，你不是要找我核实情况吗？有话你就问吧。

殷燕农： 不急不急，一点小事。

【殷燕农从桌前拿起一份合同递到米兹拉希面前。米兹拉希接过合同看了看，不知何否，又还给了殷燕农。

殷燕农： 认识这份合同吗？这上面有您的审批签名。这是我们从抓获的那个犹太毒贩身上搜到的，他也承认贩毒的资金是从你们银行来的。最近我们抓获了不少这样贩毒的犹太人，据他们供认他们的毒资都是来自你的银行，当然也有吸毒的。按照战时管理条例，凡擅自买卖军用物资者一律处以极刑，毒品，如大麻、海洛因、可卡因等都属于军用物资，按律都要枪毙，毒资追缴，并追查毒资来源。现在看起来这批犹太人的毒资来源是从您这来的，没错吧？

米兹拉希： 我们犹太教都是清教徒，不偷盗财物、不淫人妻女、不吸食毒品，怎么谈得上买卖毒品？你没搞错吧？

殷燕农： 你们的教会教义我管不着，但倒卖毒品的毒资是从你们犹太银行出来的，这可是铁证如山。看来这些犹太人是活不成了，你们的银行恐怕也要一并查封。

米兹拉希： 早料到你们会这样做，魔鬼的行径。上帝啊，狼与羊不能同圈，就像光明与黑暗不能相容……

【米兹拉希神色悲痛，喃喃祈祷。

殷燕农： 不过嘛，米兹拉希先生。我觉得这些犹太难民还是挺可怜的。您看，缺吃少穿不算，现在住在隔离区，进出也受限制，不仅失去自由，而且也断了粮食供应。这不活活地要了人家命吗？这些贩毒吸毒的犹太人也是因为精神苦闷空虚生命无望，才走上这条路的吧。不过米兹拉希先生，也许您可以拯救他们。

【米兹拉希没有理睬殷燕农，自顾祈祷。

殷燕农：其实您不仅可以拯救这些贩卖毒品的犹太人，您甚至可以挽救上海的数万犹太难民生命。您给他们每人办一张暂住证，他们不就自由了吗？他们不就可以去做他们想做的事吗？不就可以去谋生了吗？米兹拉希先生，我知道只有您有这个能力。隔离区的那些犹太难民不来警局办暂住证，或许是因为他们海外亲友的钱还没有汇过来，可您手上有钱啊。上次那个美国人怀兹留下的赈济款，不都在您手上吗？您就眼睁睁地看着您的那些同胞，被关在集中营一样的隔离区等死吗？米兹拉希先生，您是他们的拉比，在他们的眼里您就是上帝的使者，是上帝派来拯救他们的人，您能看见他们受尽苦难死去而无动于衷吗？救救他们吧。只有您能救他们。

米兹拉希：（停止祷告）殷队长，这就是您要对我说的话吗？谢谢您的仁慈。魔鬼有时也能发出天使的声音。还有话要问吗？我走了。我诅咒那些披着羊皮的狼。

【米兹拉希说完，从容离去。殷燕农和莆田川面面相觑。

42-6．景：犹太银行米兹拉希办公室 日 内

【米兹拉希拖着疲惫的身躯进屋，等候在室内的李衡甫和楚孝仪忙迎上去。

李衡甫：回来了，怎么样？

米兹拉希：用警车把我接走的，莆田川也在那儿，莆田川逼我在合并银行的合同上签字，殷燕农则要我把怀兹留下的那笔钱买暂住证。我没理他们。殷燕农还说有些犹太人吸食贩卖毒品，而毒资都是从犹太银行贷出去的，他们有可能随时查封银行。

楚孝仪：欲加之罪，他们在为查封银行寻找理由，下一步您准备怎么办？

米兹拉希：赈济款是全部难民的救助款。前两天我在摩西会堂征求了大家的意见，大家都不同意，毋宁死，不弯腰。

李衡甫：那您个人是怎么考虑的？

米兹拉希：这钱是大家的钱，我死也不能把这个钱交出去。不能用这些钱给法西斯战争输血，这也是大家的意愿。

李衡甫：我尊重您的意愿，但如果这样，您的处境将更危险。殷燕农把您带走这已经

不是信号，而是表示他们已经动手了。

楚孝仪：这样您太危险了，要不要再开个股东会商量一下？

米兹拉希：不用。难民的意见和股东的意见我都征求过了。大家的看法很一致，就是不能把这笔钱交给日本人。你们不用担心我的安危，我已经到了陪伴上帝的年纪了，死亡是每个人的归宿，我只是希望能对得起我的同胞，死后不下地狱。

李衡甫：银行还有多少钱？

米兹拉希：不多了。您从淞浦银行转来的钱和您在工商界的集资款都已经贷得差不多了。

李衡甫：很好。抓紧把所有的款项放出去。苏黎世银行的钱不要动，那是犹太银行东山再起的资本，也是上海数万难民的活命钱。米兹拉希先生，我估计日本人不会放过您，甚至也不会放过我。他们下一步就是查封银行，最后强行接管。再以银行的名义，把苏黎世银行的那笔钱弄到上海来。这是我们特别要警惕的。我的想法和您一样，宁死也不能把这笔钱交给日本人，我们互相珍重。

米兹拉希：上帝保佑您。好人一生平安。

【米兹拉希热烈地拥抱李衡甫。

42-7. 景：上海街市 日 外

【热闹的上海街市，肩挑手提的小贩们吆喝着，人来人往，热闹非凡。李廷琛走在一个书摊前，海东青的连环画摆在书摊最醒目的位置。

摊主：先生，新到的，看看伐？海东青晓得吧？江湖侠士，少年英雄，就发生在上海的事哇，买一本吧？

【李廷琛接过摊主递过的一本连环画，随手翻着。摊主又递过几本海东青的连环画。

摊主：（压低声音）这几本卖得最好，不让卖，但最畅销。先生，侬看看。

李廷琛：把所有关于这个人的书，都给我找出来。

摊主：好好好。每本书说法都不一样。都好看。这些书都是不给卖的。偷偷卖一卖。看了解解气。

【摊主故作神秘地对着李廷琛的耳朵说：

摊主：我听说有人已经把海东青的尸首给运出来了。

李廷琛：运出来了？

摊主：侬这个人，听不明白？就是有人把海东青的尸体运出来安葬了，这个世上还是有良心的人多。

李廷琛：听说是什么人干的吗？

摊主：说不好。有人说是他的徒弟们干的，有人说是青帮干的，有人说是江北新四军的人干的。还说这个海东青也是新四军。

【李廷琛接过摊主递来的一包书，掏出一张票子给摊主。

李廷琛：不要找了，这样的话以后不能再说了。万一被特务听见，可能会引起很大的麻烦。

42-8. 景：犹太医院莎拉病房 日 内

【莎拉正在输液，芦柴棒正在跟她说着话。李廷琛推门进来，豹子站起来扑向李廷琛，围着他转来转去。莎拉见李廷琛进来，十分欣喜。

莎拉：廷琛哥哥，好久没见到你了，好想你。你想我吗？

李廷琛：我当然想你。莎拉，感觉好点了吗？

莎拉：（喋喋不休）廷琛哥哥，好多了。你不在的时候，芦柴棒和姐姐陪着我，还有豹子。他们陪着我就在这房间里走哇走哇，就是不让我出门。我都快憋疯了，还好芦柴棒每天都会给我讲点外面发生的事。

李廷琛：外面风大，也有坏人，不让你出门是对的。莎拉现在是大姑娘了，该懂事了。

莎拉：知道知道。廷琛哥哥，你好久没给我讲故事了。上次的故事你还没讲完，我还在等着你呢。

【李廷琛把那包书打开，将一摞连环画放在莎拉床头。

李廷琛：莎拉，我给你带来了些小人书，书中说的故事就是我上次没给你说完的故事。你先看，看不明白的地方让芦柴棒给你解释。下次哥哥来看你的时候，一定把那没讲完的故事给你讲完，好吗？（转对芦柴棒）芦柴棒，这些书你也看一看。边看边给莎拉讲，好吗？

芦柴棒：好嘞。

【一身护士服的杰思敏走了进来，看见李廷琛，眼圈突然红了。

李廷琛：杰思敏，你来了。这两天医院还好吗？你好吗？

【杰思敏强忍泪水，点了点头。

李廷琛： 走，到办公室去。把这两天情况给我说一说。

42-9. 景：犹太医院李廷琛办公室 日 内

【李廷琛和杰思敏进办公室，杰思敏回首关上门，霎时，泪如泉涌。

李廷琛： 杰思敏，怎么了？

【杰思敏摇了摇头，猛冲进李廷琛怀中，搂住李廷琛，抽泣起来。李廷琛轻轻地拍打她，取掉她的护士帽，抚摸着她的秀发。

李廷琛： 想爸爸妈妈了吧？

【杰思敏点了点头又摇了摇头，泪眼婆娑地盯着李廷琛。

杰思敏： 还有你，也想你，好想……

李廷琛： 抱歉，杰思敏。我也想你，可这两天的事实在太多，我抽不出时间回医院。别难过，一切都会好起来的，很多人都在为你的父母，为所有上海犹太难民奔忙着。

杰思敏： 我知道，我知道。谢谢你，廷琛。我知道你一直在为我父母的事情奔忙着。廷琛哥，我有个心愿。我知道妈妈是见不着了，我想见见我父亲，好想好想……

李廷琛： （沉思片刻）好，杰思敏。你的心愿也是我的心愿。你父亲我现在就带你去见他。你母亲那，我代你去见她。我也很想念她。

【杰思敏惊恐地一把推开李廷琛。

杰思敏： 你疯啦，我妈妈在德国人手上，你怎么能见到她？

李廷琛： 试试吧。我也想见见这帮纳粹。看看他们把你妈妈到底怎么样了。

【李廷琛说着拨通了美总领馆电话。

李廷琛： 我马上过去一趟。杰思敏同我去。

42-10. 景：美总领馆大门 日 外

【李廷琛汽车缓缓驶近大门。大门徐开，施莫林和陆允明站在大楼门口，汽车驶进，大门关上。

42-11. 景：美总领馆楼口 日 内

【李廷琛、施莫林、陆允明领着杰思敏走近楼口。詹森站在楼口等待着，见他们过来，近前一步拥抱杰思敏，朗声笑道：

詹森： 欢迎欢迎，杰思敏小姐。看见你，真高兴。你比我们美国所有的大明星都美，能见到你这样的大美人，我这个老家伙也算是开了眼了。

杰思敏： （羞怯地）过誉了。您是詹森特使吧？早就听说您了。我代表全家向您问好。

詹森： 好好，一切都会好起来的。走，看你父亲去。

【詹森牵着杰思敏的手上楼，边走边说边笑。

42-12. 景：美总领馆科恩居室 日 内

【科恩背着手站在窗前，桌上放着一摞报纸和一杯热腾腾的咖啡。敲门声响。科恩站着没动。门开，詹森带着杰思敏等人进屋。杰思敏看见科恩，一声尖叫。科恩见是杰思敏，竟半天没有反应。杰思敏猛扑过去，搂住科恩。

杰思敏： 爸爸，爸爸……

科恩： 杰思敏，真的是你吗？你好吗？莎拉好吗？

杰思敏： （泣不成声）好，好。你好吗？爸……

詹森： （朗声大笑）杰思敏小姐，我听说越美的人越爱哭，但我的感受是越美的人越坚强。你们父女见面应该高兴才是。不许哭，杰思敏小姐。难得你父亲高兴一回。你们谈吧。我们走吧，都走吧。

【詹森领着众人离去。

42-13. 景：美总领馆詹森办公室 日 内

【陆允明给李廷琛倒着咖啡。

詹森： 你想去找玛丽夫人？以什么名义去？那可是纳粹的窝。

李廷琛： 学生。我是玛丽老师的学生，这个理由还不充分吗？

陆允明： 梅辛格会让你见吗？他来上海已经四十多天了，他也一直在找你。你这不是送上门去吗？

李廷琛： 我不这样认为。这里毕竟不是柏林华沙，虽然是日占区，但毕竟是在中国的土地上，他即便想把我怎么样，他也得问问日本人同意不同意。中国有句话不入虎穴焉得虎子，探望老师的安危固然是我的心愿，但还有一点十分重要，那就是我要看看这个狼窝的结构和兵力部署。如果形势需要，我考虑有没有可能借助青帮武装端了纳粹的这个窝。

陆允明：这倒是个大胆的想法。青帮武装对上海熟门熟路，进退裕如，也可以打着国军和共军的旗号，也不至于引起日本人对上海平民的疯狂报复。只要能救出玛丽夫人，科恩先生也就没有后顾之忧了。只是你如何能调动青帮武装呢？汪墨樵能同意吗？如果能救出玛丽夫人，那又怎么把她和科恩先生送出上海呢？

李廷琛：我这仅仅是个设想，一切都要看情况而定。总之玛丽夫人不能落到德国人手上，她是个好人。她信任我才会带着全家同我来上海。如果她有什么不测，我会负疚一辈子。再说科恩先生不见到夫人，我想他哪儿都不会去。至于汪先生那边，我和我父亲都可以做他工作。其实汪先生是个深明大义之人，或许我们所想的正是他所想做的。走一步看一步吧。我现在最想知道的是玛丽夫人的安危，我想这也是在座诸位最应该了解的。

詹森：李院长这个想法确实大胆，可行却也充满凶险。法西斯是没有人性的，更不会给你讲什么法律和道义。图穷匕首见，还是要加强防范。

李廷琛：考虑不了这么多了。不涉点险怎么知道玛丽夫人安危，又如何向科恩先生交代，又怎么拟定我们下一步的营救方案。当然，能不能见到玛丽夫人尚难说，但总得试一试。

42-14. 景：美总领馆科恩居室 日 内

科恩：杰思敏，我希望你能理解父亲。你父亲在这个世界上已经一无所有，像一条狗一样地活着。对他来说活着已经毫无意义，他唯一放心不下、割舍不下的就是你们三人。但他不是懦夫。只要你们平安，只要能制止法西斯的战争和杀戮，他或许会成为一名战士战死沙场。杰思敏，你相信你父亲吗？但离开上海前，我必须见到你们，见到你妈妈，否则我哪儿也不会去。希望你理解。我是在为你们而活着，屈辱和卑贱地活着。

【杰思敏擦干眼泪，连连点头。敲门声响。詹森与众人进来。

詹森：杰思敏小姐擦干眼泪了。好好。今天是个阳光灿烂的日子。你们父女相见，都应该高兴，我们也很高兴。欢迎杰思敏小姐常来总领馆做客，多看看你父亲。其实你父亲在这很好，很安全，但我们知道他心里很苦，他心里布满阴霾，因为他想念你妈妈，想念你们。今天他能见到你，我想他一定会阴霾散尽，这正是我们期盼的。

【杰思敏没有回答詹森的话，只是感激地向詹森点了点头，眼泪又忍不住夺眶而出，她跳起来紧紧地拥抱着科恩。

杰思敏：（哽咽）爸爸，您的话我记住了，我希望您也记住我的话，记住妈妈的话，悲伤的日子就要过去了。明天我们就要回到耶路撒冷。您是世界上最伟大的丈夫，最伟大的父亲，也是世界上最伟大的科学家。我和妈妈都希望您成为一个伟大的战士，保卫您的亲人，保卫您的同胞。爸爸，您能做到的。这是我和莎拉的心愿，更是妈妈的心愿。爸爸，我走了。如果您还在上海，我会常来看您。当然，最好我们能在耶路撒冷见。

【杰思敏拥抱着父亲，轻吻着父亲，冲詹森等人点了点头，转身离开房间。众人跟着离去。科恩追到门口叫道：

科恩：杰思敏，保重，好好照顾妹妹……

杰思敏：（回头）我会的，爸爸。您也保重。

42-15. 景：犹太医院门前 日 外

【李廷琛的汽车在门前停下，杰思敏下车。

李廷琛：杰思敏，我这两天很多事，不会常过来，你看好莎拉。你和莎拉都千万不要离开医院。廷瑞的脚伤还没好，我会让他老实待在医院多陪陪你，洪阿秀和芦柴棒也在，有事可找他们。记住，千万不要离开医院。

【杰思敏点头。李廷琛看着杰思敏进了医院大楼，开车离去。

第四十二集完

第四十三集

43-1. 景：李家大宅李衡甫书房 日 内

【李衡甫、楚孝仪和淞浦产业银行的股东们在喝茶。

李衡甫： 今天巧了，大家不约而同地来到寒舍。刚才听了听各位分管的企业情况，觉得很好，一切都在按计划进行，大家辛苦了。最近时局变化快，也希望大家还要加快点节奏。除了面粉厂不能停产之外，其他产业都可以停下来。比如船运公司，除留下几条内河轮船运输粮食外，其他吨位较大的货轮全部出手转让，包括两艘远洋轮和码头港口的全部设备。转让价格低一点都可以，而且出手要快。日本人现在是一条恶狼，穷疯了，也饿疯了，破棉烂絮他们都要撕咬一番，他们能放过淞浦产业吗？

【敲门声响。李廷琛进屋。

李廷琛： 爸，我回来了。哦，各位叔叔伯伯都在，你们有事要谈吧。那我先走了，回头再来。

李衡甫： 廷琛，你也坐下听一听吧。我们谈的这些事跟你多少有点关系。坐下听一听，难得这些叔叔伯伯都在。

李廷琛： （坐下）哎。

李衡甫： （继续）日本人下一步就是要抢钱，而我们不能给日本人留下一文钱的财产，我们是在跟日本人抢时间。我要求是在十月份之前，把所有在沪的淞浦产业清理干净，万一时间来不及，那就把所有的厂房设备、码头机械设备和所有的轮船全部运送到重庆，拆得越干净越好，到了重庆再重打锣鼓另开张。总之，不能给日本人留下一文钱的财富。

李廷琛： 爸，能不能留下两条小型轮船，内河沿海都可以用的。

李衡甫： 我们的事以后再谈吧。我先把我的意图和大家说说吧。（继续）又比如淞浦银行，刚才听罗行长说，流动资金已经处理得差不多了，但还有储备金和保证金，黄金运输和兑换都不方便，可以把它换成美元啊。美元汇兑都方便，而且境外接收银行也多。总之这些工作都要加紧进行。我刚才说过，这些工作都要在十月份以前完成。希望大家再加把劲，抢在日本人前面把这些事做好。不仅要快，而且要隐蔽，不能让外界知道，否则就会节外生枝后患无穷。拜托了，各位。

【李衡甫起身向大家一鞠躬。众人起身，齐声响应，纷纷离去。李氏父子送到书房门口。屋内只留下李衡甫和李廷琛。父子俩刚刚坐下，电话铃响，李衡甫接电话。

李衡甫：哦，汪先生，他正好在我这，你跟他说吧。

【李衡甫把电话递给李廷琛。李廷琛接话。

汪墨樵（OS）：廷琛少爷吗？茉莉闹着要去祭奠一下海东青，我想陪她一起去，可我们也不知道海东青葬在哪儿呀。您能详细跟我们讲一下他是在哪儿下葬的吗？

李廷琛：海东青下葬的地方比较偏僻，那地方还真不好找。这样吧，我陪你们去。这两天我有点事，你们晚两天去好吗？我去接你。

汪墨樵（OS）：那好，给你添麻烦了，我等你通知。

李廷琛：（放下电话）汪先生和茉莉想去祭奠海东青，我怕他们找不到，答应过两天陪他们去。

李衡甫：恐怕还不光是祭奠海东青吧？我估计他还有话要对你说，就是上次我跟你说的，他想把他的那两支武装交给你。

李廷琛：爸，这件事我还真有点吃不准。我走了，您怎么办？上海这一摊子事怎么办？淞浦医院的事，还有上海的这么多中国难民和犹太难民，当然我可以交给廷瑞，可廷瑞毕竟少点阅历啊。

李衡甫：你自己的事你做主，我跟汪先生也这么说的。你觉得在哪儿能为我们这个苦难的国家多出一份力，你就去那。国难当头，每个中国人都有自己的一份责任，老爸不需要你管，老爸也有自己的一份责任，也不要廷瑞管，廷瑞有廷瑞的责任。忠孝不能两全，我希望你们兄弟都能为国家尽一份力。

李廷琛：爸，有件事我一直不敢问，怕您伤心，但今天我必须知道您的想法。您向汪先生要两个手雷干什么？

李衡甫：本不想跟你说，也是怕你们兄弟难过，既然你问得这么直截了当，想必你已经知道我要干什么。我准备和鬼子同归于尽，尽一个中国人的本分。

李廷琛：爸，您……

李衡甫：儿子，别说了，爸都多大年纪了，还怕死吗？从当这个总商会会长起，爸就做好了赴死的准备。道理我就不跟你说了，你比我懂得多。只跟你说一点，我跟鬼子拼，不光是为了多杀一个鬼子，也是为了洗刷我自己，还李家一个清白。在国人的眼里，我当这个日本人治下的商会会长，带头复工就是汉奸卖国贼，国共两党都把我列入了锄奸名单，我还能不是汉奸卖国贼吗？但善恶自心知，清夜扪心，不羞愧、不脸红、不后悔，自觉是个堂堂正正的中国人，死又何惧。现在日本人赶尽杀绝，不给上海工商界留一条活路，也不给上海六百万百姓留活路，更不给难民包括犹太难民留活路。这正给了为父一个机会。我不仅考虑要打乱日本人掠夺抢劫的计划，我还要自证清白，与双手沾满鲜血的敌酋同归于尽。儿子，你现在该明白你父亲是怎么想的。所以你也不用再多说什么，说也无益。保家卫国的路有千万条，各有各的选择。我尊重你的选择，也希望你尊重我的选择。好的，这事不再讨论，今后也不准再提。你今天回来，有事找我吧？

【李衡甫一席话，把李廷琛要说的话全噎了回去。父子一时相对无言。

李衡甫： 没事了吧？没事了早点回房歇息。

李廷琛： （怯怯地）父亲，还有一件事，我想去找下梅辛格。

李衡甫： 谁？

李廷琛： 梅辛格，就是那个纳粹党卫军上校。

【李衡甫没作声，沉默。

李廷琛： 我想看看玛丽老师，很多人都担心她的安危，也不知道她现在如何。

李衡甫： 恐怕还不仅仅是看看吧。下一步呢？武力救护吗？

李廷琛： 是的，有这个想法，在没有搞清德总领馆的地形和守卫部署前，我不会轻举妄动。

李衡甫： 考虑过这样做的后果吗？那个纳粹上校一直在找你，他能让你见到玛丽老师吗？你送上门去，他能放过你吗？武力营救有把握吗？日本人知道是你干的，你在上海还能待吗？

李廷琛： 我现在只是想去见见玛丽老师，德国人让不让见，还难说。武力营救仅仅是个设想，我还没有完整地考虑。

李衡甫： 你准备什么时候去看你老师？

李廷琛： 明天。

李衡甫： 知道了，回房休息去吧。我也想安静一会儿。

【李廷琛默默走出父亲的书房。李衡甫沉思有顷，抓起桌上电话。

李衡甫： 久保田将军吗？我是李衡甫。

久保田（OS）：是李会长，难得难得，您怎么想到给我打电话？

李衡甫：两件事。一是德国总领馆的武装人员闯进隔离区，抓走了犹太医院的玛丽院长和她的丈夫。外国领事馆的武装人员在日占区公然持枪抓人，这好像不符合外交惯例。这件事不知道警察局是否向您报告。算是我给您报案吧。希望宪兵队出面交涉，营救无辜被抓的人员。

久保田（OS）：李会长真是个热心肠，这事还让您亲自打电话来报案，说明这事还真引起了社会的不安。放心吧，李会长，这事我一定亲自过问。

李衡甫：还有一件事，被抓的玛丽院长是我孩子李廷琛的导师，我孩子明天会去德总领馆探望他的导师。今天特向您知会一声，德国人可以明目张胆地在日占区持枪抓人，我担心他们会对我孩子不利。记得土肥原将军和您对我都有过承诺，要保护我和我的家人，如果德国人做出什么对我孩子不利的事，我该找谁说理去？

久保田（OS）：找我，哈哈哈哈。难得李会长找我一次，我能不给李会长这个面子吗？放心，有我在，谅他们不敢，他们敢对你儿子过不去，就是跟大日本帝国过不去，我会亲自去收拾他们。李会长，放心放心，希望你常来宪兵司令部做客。李会长今天来找我，正好给了我释放善意的机会，我立刻知会他们，不准他们胡来。

李衡甫：好的，谢谢。期待您对在日占区胡作非为的外国武装人员做出处置。

久保田（OS）：一定，一定，请放心。

43-2. 景：日本宪兵司令部久保田办公室 日 内

【久保田对着躬身站着的殷燕农和莆田川大发脾气。

久保田：混蛋，饭桶，帝国养着你们有什么用？连个老家伙都搞不定，米兹拉希所有转移赃款的证据都在我们手上，他银行的钱从哪儿来的？他拿这些钱做了什么用？他放在瑞士银行还有多少钱？他又准备把犹太人的钱做什么用？他是准备把这些钱贩卖毒品还是购买武器？他是想搞武装抵抗还是想搞反日同盟？这些事都可以做文章，软的不行，不能来硬的吗？我可没这个耐心了。军部一天一个电话催促追缴这笔款。上海的皇军扩编、沿江工事和化武基地都要钱。我上哪儿弄钱去？坏事就坏在你们这些蠢猪身上。今天我跟你们说清楚，军部如果对我不利，我就先宰了你们这两个蠢猪。宪兵！宪兵！

【一个日军少佐和两个宪兵应声而入。

久保田： 去，把米兹拉希那条老狗请到宪兵司令部来。注意，是请。

日军少佐： 是，知道了。

43-3．景：德总领馆基尔卡办公室 日 内

【基尔卡和古德里安神情肃穆地坐着，梅辛格推门进来。

梅辛格： 找我有事吗？

基尔卡： （拿起一封电文）你自己看吧，希姆莱将军的。

【梅辛格接过电文，仔细阅读，沉默。

基尔卡： 你准备怎么办？希姆莱将军的脾气可不太好，我和古德里安上校好像也被牵扯进去了，看来我们都要被罢免了。

古德里安： 罢免倒也罢了，只怕要上军事法庭。梅上校，你说怎么办吧？

基尔卡： 早跟你说过这里是日本人的天下，日本人的天下，是上海，不是柏林华沙维也纳。日本人不点头，我们一事无成。你看看，刚刚久保田又来电话，说我们抓了犹太医院的院长夫妇，口气很不亲善，问我们凭什么在日占区的土地上胡作非为，凭什么持枪抓人，这是外交问题还是军事问题？如果是军事问题，这就是入侵；如果是外交问题，这就是外交挑衅，那他们将向我们提出严重抗议，并要我做出解释。你说吧，我怎么答复他们？

【梅辛格一直神色黯然，保持沉默，听了基尔卡的话，突然火冒三丈、暴跳如雷。

梅辛格： 我怎么答复他们，你们干什么的？你们不是外交官吗？我来远东是带着任务来的，就是要抓到科恩，杀光在上海的犹太人，怎么答复他们是你们的事，完不成任务是我的事，进集中营、毒气室、砍头、枪毙我梅辛格认了，不会牵连你们。

基尔卡： （冷笑一声）你吼什么，我还没说完呢。久保田将军要我立即把持枪抓人凶犯和被抓的人送到宪兵司令部，并说如果因此引起罢工罢市风潮，而造成的一切经济损失由德方承担。知道什么概念吗？梅上校。上海停工停产、罢工罢市一天，影响上海财政收入就是三千万银圆。如果日本人硬要把这盆脏水泼在我们头上，我们解释得清吗？

梅辛格： （十分傲慢地）有必要向他们解释吗？他们还是我们的盟国吗？领事先生，你们就是这样和这群东方豺狼打交道的吗？我真不知道第三帝国派你们到这来是干什么的。

【基尔卡十分恼怒，霍地站了起来。

基尔卡：梅上校，请你说话放尊重些，傲慢和偏见蒙蔽了你的双眼，如果你这样一意孤行，产生的后果将使德意志、日耳曼、第三帝国和元首蒙羞。你以为只有你是负有特殊使命的？我们这些人都是草包饭桶？上校，你不要自视甚高。元首说过，一个不懂政治的军人还不如一条军棍。古德里安上校，梅上校不懂政治，你给他讲讲。

古德里安：（冷冷地）梅上校，基尔卡先生不仅是上海的总领事，他还是最高统帅部情报局的少将参谋，是元首亲自派驻东方战场的最高情报官。他有权利直接向元首报告远东战局所有情报。元首派他常驻远东，不仅是收集情报，而且负有战略使命，就是密切监视中国战场和太平洋战场日军的战况和动向。

梅辛格：（满脸狐疑）基尔卡领事是最高统帅部的？

古德里安：是的。最高统帅部现役高级参谋，少将军衔。本来这些是最高军事机密，刚才是基尔卡将军命令我给你讲点政治，不错，大和民族是个野蛮凶残，又不讲诚信道义的国家，可元首为什么要跟日本人结盟，就是要利用日本人北御苏俄、南制美帝，也就是让日本人牵制苏俄和美利坚，分散他们的军力、财力和物力，不让他们集中力量在欧洲对付我第三帝国。这就是我元首的战略构想。现在这种构想已经基本完成。基尔卡先生的任务就是监视日军，提防日军倒戈反水，确保不给第三帝国造成伤害。上校，现在该明白基尔卡先生和我是干什么的了吧。更多的就不跟你说了，你自己去体会吧。

【梅辛格听了古德里安的话，一下焉了，一扫刚才的趾高气扬，满脸颓丧，说不出话来。

基尔卡：上校，你很年轻，也很优秀。我本不想责备你，可你的这种傲慢会损害第三帝国的利益。你来上海已经一个多月了，三次行动，三次失败，而且引起日方的强烈不满，还引起社会的极大不安，更严重的是你的言行举止和工作方式，已经严重影响了我们完成元首的使命，违反了我们谍报工作纪律。老实说，就凭你目前造成的这种状况，希姆莱将军不送你上军事法庭，我一个报告也可以把你送上军事法庭。当然，你知道我不会这样做，毕竟都是日耳曼军人，但你的这种不文明的，甚至是缺乏教养的个性，要改一改了。

【梅辛格垂头丧气一言不发，希姆莱电文垂在他的手上。基尔卡走到他身边，拍拍他的肩膀，把电文从他手上抽出来。

基尔卡：好啦，别这么无精打采，希姆莱将军训斥人是常事，我倒认为将军的愤怒对我们是一种鞭策，现在拨乱反正，正视我们的难题和使命，我们还来得及。说说吧，下一步怎么办？

【梅辛格依然无精打采，一言不发。

基尔卡： 上校，这可不好，面对使命、面对难题，我们都要始终保持日耳曼军人的荣誉，您这样垂头丧气的，怎么完成元首赋予我们的神圣使命。

古德里安： 上校，我看你现在最大的难题是没有和日当局保持友善，而友善的关键是土肥原和久保田两位将军，土肥原将军已经回国了，我们现在只要做好久保田的工作，工作起来就会顺利很多。其实你早应该想到这一点，日当局这一关你是绕不过的，科恩的事我们权且先放一放，就说在上海的这三万犹太人，就凭你这十来个党卫军队员，你怎么抓？怎么杀？这里没有集中营，没有毒气室，你在短时期内能把它们赶尽杀绝吗？这是硬道理，更何况日本人会允许你这样做吗？抓人、关人、杀人你都离不开日本人，更何况还有一个你需要捕获的对象科恩，他藏在上海六百万民众中，茫茫人海，没有日本当局的协助，你上哪儿找他去？所以我认为我们第一步要做的工作，就是要和日当局搞好关系，也就是说要跟久保田搞好关系，让他感到我们的真诚友善，真心诚意甚至死心塌地地帮助我们，事情才会有转机。

基尔卡： 古德里安上校说得对，在上海要干事，必须得到日当局的支持，他们要是不乐意，他们可以找出一万条理由阻挠你的计划实施，这道理就不用我再多跟你说了吧。

梅辛格： 那要怎样才能跟他们搞好关系？

基尔卡： 两点，放下架子，投其所好。首先你得放下你目空一切的派头。日耳曼当然是世界上最优秀的民族，但东方人也不是一无是处，特别是日本人，他们也有自己的民族自尊和国家尊严。特别是像久保田这样的人，几千年的民族屈辱和苦难，养成了他们卑微屈辱的民族特性。一旦得势，他们将以百倍的野蛮和疯狂来报复世界。你这个时候如果居高临下、盛气凌人，他们接受得了吗？到时候他们能听你的、服你的吗？如果我们对他表示尊重，满足他们卑微的自尊，他们会感到很亲切、很温暖，会死心塌地地跟着你的棒棒转。这是我们首先必须做到的。第二点就是投其所好。现在日本人都穷疯了，他们缺钱、缺装备。据我所知，日本在中国战区和太平洋战区都没什么进展，特别在太平洋战区，珍珠港战役以后，日本在太平洋战场节节败退，几乎完全丧失西太平洋的制海权，日本把国民收入的百分之五十到百分之六十用于扩充军备、制造舰艇武器。上海的城防工事、沿江工事、兵源扩张和化武基地工程，日本大本营明确表示无款可拨，要上海自行筹措解决。我想现在久保田也急得跳脚。如果这时候你能给他点承诺，向他表示点同情和友善，我想他的态度会转过来的。当然，这就要看你的工作怎么做了，我们可以给你敲敲边鼓，但我们不能对他做任何承诺，你代表的只是一个城市，我们代表的是整个国家。

梅辛格： 那我怎么向他表示友善呢？送上门去吗？这样示好不明显地表示我有求于他吗？

古德里安： 我们现在就是有求于他。我看你不仅仅是要表示友善，还要向他表示一种个人友谊，哪怕他是一只野兽，但他现在还披着一张人皮，多少会有点人味。不管是魔鬼还是天使，多少总是要讲点交情的。中国有句话，拳头不打笑脸汉，唾沫不啐送礼人。如果你这情谊并重，我不信他会无动于衷。

基尔卡： 梅上校，如果你觉得古德里安这个方案可行，我来为你做个铺垫，还有几天就是 9 月 27 日，这一天是德日结盟两周年的日子，我来办个庆祝晚宴，把久保田等一干将佐和有关外国使臣请来，以表庆贺。这段日子也是我德军追歼苏俄红军到莫斯科城下的日子，莫斯科指日可下。双重庆贺，久保田也不能不来。宴会上你尽可以释放你的真诚和友善，甚至表示你对他个人的尊重和友谊，我想他不会无动于衷的。你看这样可以吗？到时候就看你的了。

梅辛格： 看来也只好这样了。只是让总领事先生费心了。

基尔卡： 多余的话就不用说了。一切为了元首，为了德意志军人的荣誉。

【电话铃响，基尔卡接电话。

基尔卡： 探监？探什么监……他是什么人……中华民国国民李廷琛……告诉他，楼上在开会，让他在值班室等等。

【基尔卡挂上电话。

基尔卡： 上校，麻烦又要来了。知道这个李廷琛是谁吗？他就是从我们柏林救出一百多个犹太人的那个中国人，他的父亲就是上海工商总会的会长李衡甫，土肥原将军的朋友。

梅辛格： 他凭什么来探监？他怎么知道我们这关了人？跟他有什么关系？

古德里安： 我的上校先生，总领馆人员在他国的领土上持枪抓人，抓了人又关押在总领馆，上海是什么地方，这么大的事还有几个上海人不知道？久保田将军能不知道？他之所以开始并没有过问，我认为他就是想睁一只眼闭一只眼，他实际上是在帮我们。现在可能舆论大了，他想遮盖也遮盖不过去了，所以他才打了个电话知会我们，幸好没有动用外交途径和军事手段。所以我们现在要做工作还来得及。

梅辛格：（再露狰狞本性）我来接待他，我还不相信了，一个亡国之民敢闯我德意志的外交使馆，这个人我已经找他很久了，今天他不把科恩的下落说出来，我把他也抓起来。康斯但丁，康斯但丁。

【两个党卫军军官进屋。基尔卡冷冷地看着梅辛格。

梅辛格：集合队伍，把楼下的那个中国人带到我的办公室，听我号令。

基尔卡：（一声断喝）慢着。

【基尔卡向两位党卫军军官挥手。

基尔卡：出去！

【两位军官望望梅辛格，退出。

基尔卡：上校，你这老毛病又犯了，你还要抓人？抓了人，还关在我领事馆？上校，我这不是监狱，不是集中营。领事馆关押人犯是非法的，再说这是中国的土地，他是中国人。你抓了他，日本人能放过你吗？土肥原久保田能放过你吗？上海的六百万市民能放过你吗？你还想离开上海吗？刚刚就跟你说过，来的这个中国人是上海总商会会长的儿子，土肥原都要敬他三分。你抓他，凭什么抓他？他是犹太人吗？他在中国的土地上犯了什么法？轮得到你抓他吗？上校，我可警告你。你再这么不计后果，一意孤行，再给我惹事，再把帝国的利益置之脑后，可别怪我不念同僚之情。

古德里安：梅上校，冷静点。基尔卡先生提到的那些问题，你都考虑了吗？你这样冲动可不好，你现在首先应该想到的是这个叫李廷琛的中国人来干什么，有没有正当理由，满不满足他的要求，有什么后果。这才是你应该考虑的。而不是考虑抓不抓人。抓人好抓，后果呢？你现在抓来的玛丽夫人已经成了个烫手山芋，正主没抓着，反而引起日方的强烈反弹，甚至兴师问罪。我们现在都没法答复人家。你还想着要抓人抓人，他要怕你抓，他敢来吗？他不就是做好了种种准备才找上门的吗？我劝你现在什么都别想。先想想怎么应付人家，要不要让他跟那个玛丽见面。这才是你要考虑的。

梅辛格：那我要不要让他跟玛丽见面？

基尔卡：不能！你甚至都不能承认抓了人，更不能承认关在总领馆，否则我们就彻底被动，久保田都不会放过你。不，不是不放过你，而是不放过我。他会直接把你抓起来。上校，傲慢和偏见我还可以原谅，如果再加上愚蠢，元首也会把你当垃圾处理。

梅辛格：那我该怎么办？把他当上宾？把他供起来？真他妈邪了！在这块土地上，一个亡国奴还这么嚣张，这日子没法活了……

基尔卡： 他是亡国奴吗？中华民国垮了吗？国民党政权垮了吗？中国版图从地图上抹去了吗？中国人停止战斗了吗？中国人投降了吗？你连这些常识性的问题都搞不清楚，我倒要问问希姆莱将军，派你到这来是干什么的。

古德里安： （赶紧圆场）上校，我看你今天有点不冷静，你今天就别和这个李廷琛见面了，你和他见面说不定捅出个大的篓子来。（对基尔卡）基尔卡先生，今天就别让梅上校和那个李廷琛见面了，找个理由把他打发回去算了……

基尔卡： 不，见还是要见的。别忘记他们李家在上海举足轻重。我来吧。要打发，也要客客气气地把人家打发了，免得人家处处跟我们作对。

古德里安： 那好吧，我陪你会一会儿这个李廷琛。

43-4．景：久保田办公室 日 内

【米兹拉希在宪兵少佐的带领下进了久保田办公室，久保田笑容洋溢地接待他。然而，米兹拉希在久保田的办公室里看到躬身站立的殷燕农和莆田川。

久保田： （满脸堆笑）很久不见米兹拉希先生，您的身体怎么样？上海的天气阴晴不定，还真不如我的老家北海道。

米兹拉希： 感谢将军您的问候。不知道今天您邀请我来有什么事？

久保田： 没什么事，就是聊聊天，谈谈上海的天气、经济和您的那些难民同胞。对了，您跟莆田川先生是老熟人吧？是不是，莆田川先生？

莆田川： 很早就认识，可米兹拉希先生从来没把我当朋友。

久保田： 不是朋友吗？可你们现在是同行啊，一定有业务往来吧。

米兹拉希： 不。我们的银行主要的客户是犹太难民，只是一间业务范围很狭窄的银行。我们并没有业务往来。

莆田川： 我们很想和米兹拉希的犹太银行有业务往来，也多次找米兹拉希先生洽谈业务，可米兹拉希先生根本没把我们东亚银行放在眼里，甚至谈都不愿跟我们谈。

久保田： 不会吧。米兹拉希先生虽然是拉比，可他是犹太人，都说犹太人是天生的商人，商人都讲究和气生财。米兹拉希先生不会有生意不做吧？莆田川先生，米兹拉希先生今天是我请来的，你就当着我的面跟他谈谈生意吧，我也可以做个保人。

【莆田川掏出两份合同。

莆田川：这是两份合同，主要内容就一条，我的东亚银行无偿并入犹太银行，不持有股份，只是我个人在米兹拉希手下当个襄理，这等于白送犹太银行数千万大洋，可米兹拉希先生就是不干。

久保田：是吗？白送几千万大洋都不要？怎么就没人送给我呢？（一阵狂笑）米兹拉希先生，是这样的吗？

【米兹拉希背过脸去，不再理睬久保田。殷燕农插话。

殷燕农：是的，将军。我可以作证，莆田川先生找了他很多次，他都是爱理不理的，根本没法跟他谈业务。米兹拉希先生就是个守财奴，他手上掌握着大把的银子，可就是不肯为他那些住在隔离区的同胞买一张暂住证。其实一张暂住证才一千美元，三万犹太难民才三千万美元，他情愿让他的数万同胞饿死困死冻死，也不愿意拿出一文钱赈济他们。这种人用皇军的话来说，就是良心大大的不好。

久保田：胡说。米兹拉希先生是他们的拉比，怎么可能这样对待他的同胞。米兹拉希先生，不会是这样的吧？

米兹拉希：（充满蔑视）犹太银行所有款项都已经放下去了，现在已无款可放。我拿什么给我的同胞买暂住证。我这把老骨头谁要吗？谁要，我可以给他。

【久保田有点气急败坏，终于沉不住气了。

久保田：真的吗？那怀兹留下的那笔钱呢？

米兹拉希：那我怎么知道，你问怀兹去吧。殷队长不是带人查过我银行的账吗？那上边有怀兹的钱吗？

久保田：（强忍怒气）米兹拉希先生，看来你是不想跟我们合作了，或许你现在是没想明白，我想你慢慢地会想明白的，我有这个耐心。实话对你说吧，现在摆在你面前的有两条路。一条是跟莆田川先生合作，将东亚银行和犹太银行合并成一个银行。你当总理，他当襄理。你们就慢慢耗吧，他接你的班，你让他管事。第二条路就是你拿钱出来，给你的同胞买暂住证。刚才殷队长算了账，三万犹太人一年才三千万美元。怀兹留下来的足够买三万张暂住证。你是犹太人的拉比，你应该算过账。是你手中的这三千万美元重要还是你的三万犹太同胞的生命重要。再说这钱本来也不是你的，你又有什么舍不得呢？难道你想独吞吗？米兹拉希先生，这是我最后的宽容和耐心。好好想想吧。想好了，给我个承诺。

你回去办你的事，我不怕你飞到天上去。想不好，你别想走出我这个宪兵司令部的大门。

米兹拉希：（淡定地）不用想了，上帝早已做好了安排，你爱咋的咋的吧。久保田，主教导我们，面对邪魔，不说假话。想抢夺犹太人的这笔最后的活命钱，你休想！

【久保田面色铁青，图穷匕见。

久保田：好，我倒要看看是你这把老骨头硬，还是我刑讯室的刑具硬？宪兵，宪兵，把这老家伙给我关起来。

【两个宪兵应声入内，架起米兹拉希就走。

43-5. 景：德总领馆基尔卡办公室 日 内

【两个警卫带李廷琛进屋，基尔卡和古德里安起身迎接。

基尔卡：是李廷琛先生吗？久仰久仰。

李廷琛：您是？

古德里安：这位是总领事基尔卡先生，我是总领馆武官古德里安。您请坐。我给您泡杯德国柠檬茶。

李廷琛：我是来探望我的老师玛丽教授的，梅辛格不在吗？

古德里安：梅上校今天正好有事，基尔卡总领事接待您，有事可以对我们说。

李廷琛：梅辛格和施瓦茨把我的老师玛丽教授劫持到这来了，我是来探望我老师的。

基尔卡：没听说过梅上校抓了什么人啊，我们这是总领馆，不是监狱，他抓了人也不会放在这吧。

李廷琛：我没说他抓人，他还没这个资格，他只能偷偷摸摸地劫持、绑架。他人呢？全副武装的党卫军还害怕一个中国平民吗？

古德里安：李先生，李先生，别误会。梅上校今天确实是有事，我和总领事先生真没听说过他劫持过什么人。我们久仰李先生是个有胆有识、有教养的青年才俊。您还在我们德国留学深造过五年，您是在我们德国霍普金斯医科大学攻读博士的吧。您的大名我们倒是如雷贯耳，可您的这位玛丽教授，我们还真是第一次听说。

基尔卡：是啊，李先生。自您从柏林劫持一船犹太人来到上海，我就知道您的大名了。很钦佩，不愧是青年才俊。我来上海数年，总想多结识些像您这样的中国青年，可惜一直无缘结交。今天您来得正好，总算认识了，希望能成为忘年交。

李廷琛:（淡淡一笑）这么说，二位不承认我的老师玛丽教授被梅辛格拘禁在这？这也好。这说明二位虽然是纳粹，但还人性未泯。因为你们还能够感受到你们的这种做法是罪孽。你们不敢承认你们犯下的罪行。好了，我不想跟你们多说什么。我今天是来探望我老师的，既然你们连我的老师被梅辛格关押在这都不敢承认，那只能请土肥原将军或者是久保田将军来找你们要人。

古德里安: 李先生，您误会了。我们确实没听到过梅上校说他劫持过什么人。我们总领馆也不可能关押任何人，如果真有这个事，您来了，我们还能不让您和您的老师见面吗？其实我们的总领事基尔卡先生对您拯救犹太人的义举，还是十分赞赏的。您看，听说您来了，我们会都不开了，基尔卡先生就急着要见您，见了您，也是称赞有加、以礼相待，就想交您这个年轻的中国朋友。我也是这样。我陪总领事先生来中国多年，也交了不少中国朋友，有很多也是像您这样既正直又热情的中国人，但看起来您并不喜欢我们。我想这应该是我们彼此缺乏了解，更没有建立起应有的友谊。中国有句俗话叫"朋友不怕多，冤家怕一个"，如果我们能互相了解，或许您就不会对我们有这种糟糕的看法了。

李廷琛: 是吗？我也希望是这样。但我们是两个世界的人。当然，日耳曼是个伟大的民族，否则我也不会选择去德国留学。我在德国留学时，接触的都是德国的平民。他们善良、勇敢、充满智慧，跟今天疯狗似的法西斯德国，完全两回事。可见一个族群有好人也有坏人。我不知道二位是什么样的人，是像梅辛格那样的杀人狂魔，还是正直善良的日耳曼人。既然二位这样抬举我，愿意交我这个中国人做朋友，那好，我有个小小请求，你们能同意吗？

基尔卡: 有话请说，只要我能办到的。

李廷琛: 你们这栋领事馆是我的祖业。鸦片战争前，我的祖上就在这苏州河北盖了这栋花园洋楼。1840 年鸦片战争中国战败，清政府把这栋楼拨给你们德国做领事馆。1844 年，你们又对这栋楼进行了扩建改造，一直使用到现在。这栋楼本来是我家的祖业。可我从来就没在这住过一天。今天我来了，就想看看我们家曾经的祖业是个什么样子，我也能知道我们家族自鸦片战争以来的兴衰荣辱。能让我看看这栋房子吗？

【基尔卡和古德里安对视了一下，彼此点了点头。

古德里安: 不知道我们这总领馆还是李先生的祖业，看来我们德意志还沾了李先生祖上的光了。李先生想瞻仰一下祖上的遗产，这也是情理之中。我陪李先生去看看。可以吗，总领事先生？

基尔卡： 去吧，去吧。李先生这点要求却之不恭。看来我们今天又交了个中国朋友了。李先生，我就失陪了。欢迎您和令尊常来总领馆做客。

43-6. 景：犹太医院李廷琛办公室 夜 内

【李廷琛脱下外衣，疲惫地靠在椅子上。杰思敏进来，倒了杯水递给李廷琛。

杰思敏： 回来了。这么疲倦，上哪儿了？

李廷琛： 去了德总领馆，本想看望玛丽老师的，可他们根本不承认劫持了玛丽老师，更不承认关押在他们那。

杰思敏： 没见到梅辛格吗？他没为难你吧？

李廷琛： 他根本没出面。是总领馆的总领事和一个武官和我见面的。这两个人要么是还有一丝人性，要么是害怕舆论。他们始终不敢承认劫持了玛丽老师，这说明他们知道这是罪孽。他们对我说尽了好话，表示真诚和友善，甚至解释一个民族也有好人和坏人之分，意思就是撇清他们和梅辛格不是一路人。他们死不承认，事情变得有点复杂，这也是我始料未及的。

【杰思敏傻了，鼻子一酸，眼泪又要掉下来。

杰思敏： 这么说，你今天没见到我妈妈。

李廷琛： 是的，没见着。现在问题是，我们还真不能断定玛丽老师就关押在他们领事馆。我以瞻仰祖业为名，上下三楼，前后左右，二十九间房间，我都全部浏览了一次，还确实没有发现关押玛丽老师的房间。当然我也趁机看了一下领事馆的地形地貌、房屋结构、楼梯通道等。但现在的麻烦是，我不能确定玛丽老师就在那栋楼里。我明天还要去找施莫林他们商量一下。但杰思敏，你别难过。在他们没有找到科恩先生之前，你妈妈应该是绝对安全的。相信我，我会继续寻找。

【杰思敏强忍悲痛，大眼失神，一言不发。

李廷琛： 杰思敏，请不要这样。没找到你妈妈，我很难过，但我不会放弃。哦，对了，我明天想陪汪墨樵夫妇去祭奠海东青，估计很晚回来。你明天好好照看莎拉吧。我晚上过来看她。

杰思敏： 不，我也想去看看海东青，同你们一块去。

李廷琛：（略一迟疑）好吧。明晨四点，我们从医院出发。

43-7．景：海东青坟墓 清晨 外

【晨光熹微，秋风萧瑟，李廷琛带着杰思敏、汪墨樵夫妇和小莉在林间穿行。

【海东青墓前，草木荒疏。李廷琛接过小莉拎着的纸钱和祭品，亲手将祭品摆放在海东青碑前。汪墨樵拿出一瓶酒两个酒杯，把酒杯倒满，将一杯酒泼洒在地，另一杯一饮而尽。

汪墨樵：海东青，你老叔看你来了。你活着时老叔没机会跟你喝酒。你走了老叔给你补上。

【远远的江边，海东青孤坟屹立，坟前五个身影肃立。山风起处，冥火腾升。

43-8．景：李家大宅花园 日 外

【李家的花园里铺着竹笠，上面摆着晾晒的青梅。天空中，电闪雷鸣。

【李季方从屋子里奔出来，忙着收拾这些晾晒的青梅。

【刚收拾完，雨就噼里啪啦下了下来。李季方抬头望着灰色的天空。

43-9．景：李家大宅李衡甫书房 日 内

【风雨打进敞开的窗户。李衡甫赶紧起身关窗，看到楼下正在收拾青梅的李季方。李衡甫若有所思。电话铃响，李衡甫反身抓起电话。

李衡甫：……一夜未归，一点消息都没有吗？好，我知道了……通知所有银行股东，立即去银行开会……对，现在。

43-10．景：李家大宅客厅 日 内

【李季方还在门口收拾竹笠里的青梅，看到李衡甫从楼下匆匆下来，急忙迎上去。

李季方：老爷，您这是要出门？下着大雨……

李衡甫：季方，快，叫司机把车开过来。快去。

李季方：哎。

43-11. 景：汪公馆庭院 日 外

【李廷琛轿车驶进，一群青帮小弟涌上来，打着伞把汪墨樵夫妇和李廷琛杰思敏接下车，送进屋内。

43-12. 景：汪公馆客厅 日 内

【众人进屋，茉莉和杰思敏的裙裾还是被打湿。一青帮小弟进来，悄声对汪墨樵说：

青帮小弟： 先生，人都到齐了，都在三楼等着您。

汪墨樵： 知道了。你告诉他们，让他们先等等。

【青帮小弟离去。

汪墨樵： 茉莉，你和杰思敏小姐的裙子都湿了。你们去你房间收拾下吧。我和廷琛有点话要说，不叫你不要出来。

【茉莉哎了一声，拉着杰思敏离去。

汪墨樵： 廷琛，今天很巧，几件事都凑到一块来了。有些事本不想今天和你谈，可老天作美，把你留下来了。那就今天和你谈了吧。上次我们去江北我曾和你谈过的事，之后我和令尊又深谈了一次。估计令尊大人也跟你谈过了。不知你现在考得怎么样了。

李廷琛： 您是要我接下您这支武装？

汪墨樵： 是的。我相信这支武装在你的管教下，一定能走上正途。我的这帮弟兄草莽出身，将来正邪难说。如果有你的带领，我放心。

李廷琛： 您真的放心我？

汪墨樵： 这是说着玩的事吗？我是个直性子，不喜欢绕弯子。你今天就给我一句话。行与不行？行，就干；不行，一拍两散。

李廷琛： 不行，这是您辛辛苦苦拉起来的队伍。我怎么能坐享其成。帮着您干可以，只要是杀鬼子抗日。您能给我一个拿着枪和鬼子面对面干的机会，我感激您。但您要我取代您，不唯我没这个能力，弟兄们也不服。

汪墨樵： 这么说你是愿意跟着我上前线。只是不愿取代我当头。那好，你当我副手行不行？

【李廷琛有点犹豫，汪墨樵却已经耐不住了。

汪墨樵： 男子汉大丈夫，别犹犹豫豫的。说心里话，上海滩六百万人，能让我心悦诚服的，还只有你们李家父子。行与不行，给句话。这是上前线和鬼子拼命。你不干，我依然敬重你们李家父子。

李廷琛： 好吧。既然您这么信任我，我答应当您副手，我们一同和鬼子干。可有句话我要说清楚，无论发生什么情况，我只当副职。不管您在不在这支队伍，我都不当正职，但我可以和您的这支部队同生死。

汪墨樵： 好，痛快。一言为定，生死不渝。走，上楼去。

李廷琛： 干吗？我今天就算答应您了，有事我们再慢慢商量，医院里还有很多事等着我，我得先回去了。

汪墨樵： 我让张圣财把队伍上的几个头都请过来了，还有东北军的三个教官，现在都在我楼上。算是第一次军事会议吧。原本是想商量下，帮里还有几十名弟兄要参加这支队伍，收不收。再就是研究下一个攻击目标的事。比如怎么除掉殷燕农那条恶狗。听圣财说，弟兄们天天念叨你，正好今天你也在，你就和他们见个面吧，见完面你就走。

李廷琛： 那好吧，我也挺想念他们的。走。

43-13. 景：汪公馆三楼香堂 日 内

【香堂满满当当坐满了人，张圣财正与几位堂主和教练们说着什么，不时爆出阵阵笑声，气氛十分融洽。见汪墨樵和李廷琛进来，齐刷刷起身迎接。

众人： （七嘴八舌）汪先生好，李大哥好。

汪墨樵： 你们看我把谁给带来了，你们天天念叨的李大哥呀。不过今天李大哥还有事，他是特来看望你们的。今天的会他就不参加了。来，廷琛，跟他们讲几句话。大家坐下吧。

【众人落座，神情严肃，李廷琛乐呵呵地和大家一一打招呼。

李廷琛： 各位，我来得匆忙，没什么好说的，就是想来看看大家。你们都是老兵，都是和鬼子汉奸面对面干过仗的。而我是刚刚向汪先生报名参加这支队伍的，算是个刚入伍的新兵吧。今后我们就要在一个锅里吃饭，一个铺上睡觉了。行军打仗、出操生活都在一起了。也就是说，从此以后我们除兄弟情谊外，还是同生死共患难的战友了。我今天只想跟弟兄们说一句长久憋在我心里的话，我是个中国人，决不能眼睁睁地看着日本强盗欺负中国人，保家卫国是上苍给我们每个中国人的神圣使命。好了，弟兄们，我的话说完了，我们很快就会再见的。

【众人起立，热烈鼓掌。李廷琛抱拳向众人深深一鞠。

李廷琛： 各位，各位，请安静，这是在汪先生家里，请安静，安静。我走了，你们开会吧。

汪墨樵： 李先生是我临时请来的，他还有很多事要去办，我会把今天我们商量结果告诉他。各位请留步。圣财，代我送送廷琛。

【张圣财陪李廷琛离去。

第四十三集完

第四十四集

44-1. 景：犹太银行会议室 日 内

【室内坐满了人，坐不下的人只能站着，人人神情肃穆，用期待的目光望着李衡甫。

李衡甫： 米兹拉希先生被请去日本宪兵司令部的事，大家议论了很多，也揣测了很多。我想我们现下要做的工作只有一个，就是把所有的银行资金全部转运走，包括流动资金、业务储备金和保证金，所有的银行动产和不动产，所有的黄金、银圆、美元等硬通币。这个工作很早就有安排，但我不知道现在做得怎么样，是不是全部变现转移。

众股东：（七嘴八舌）流动资金、储备金和保证金几乎全部变现转移到外资银行，而且都是硬通币。剩下的都是每日业务需要发放的贷款，数量也不多了，好像就剩两三千大洋了吧。

李衡甫： 很好。接下来的工作就是各位推选出一位襄理，米兹拉希先生没有回来之前，由这位襄理主持工作，审批对难民们的贷款和赈济，把剩下的资金全部放出去，让犹太银行变成一个空壳。

股东甲： 那日本人能罢休吗？米兹拉希先生已经被他们带走了，现在还生死不知。

李衡甫： 日本人当然不会罢休，他们的目标是怀兹带来的那笔赈济款。他们不拿到那笔赈济款，他们能罢休吗？他们第一个要对付的目标就是米兹拉希先生。如果从米兹拉希先生那得不到，那他们下一个目标就是犹太银行。他们不需要任何理由，就可以查封银行、冻结资金。我们能给日本人留下财产吗？

【众人黯然，会议室鸦雀无声。

李衡甫： 我刚才提议选一个襄理，全权处理银行的善后事宜，还有对米兹拉希先生的营救工作。各位，我还有很多工作要做。我还要去宪兵司令部和他们交涉，你们继续开会吧。时间紧迫，请你们务必抓紧。

【李衡甫起身离座。嘉道理族人突然起身。

嘉道理族人： 李会长慢走，日本人是处心积虑要把怀兹先生带来的那笔赈济款弄走，现在已经明火执仗地开始抢劫了。我们犹太同胞是死都不会答应的。我看米兹拉希先生这一回凶多吉少，万一米兹拉希先生回不来，这么糟糕的局面，谁能应付？这个银行本身就是您出面筹建的，股东都是工商会的同仁，您还从您的淞浦银行调集了大批资金过来，可以说犹太银行就是淞浦产业的银行。您刚才说要选举个襄理处理善后，我看这个襄理非您莫属。大家同意吗？

众股东：（一片呼声）同意，同意。就李会长了……

李衡甫：不行，我不是犹太人，我在银行也没有任何职务。虽然筹建这个银行我出了些力，但从一开始，我就没在银行拿半分股份。现在我来当这个襄理，名不正言不顺。日本人更加有口实侵吞这个银行了，我不能当这个襄理。

楚孝仪：李会长说得对，这个银行是犹太人的银行，李会长不是犹太人，这不正给日本人以口实了吗？他们现在已经对米兹拉希先生动手了。李会长要当了这个襄理，他们能放过李会长吗？恐怕他们下一个要对付的就是李会长。虽然说李会长为筹建这个犹太银行花了大力气，这个银行的一半以上资金都是李会长出的，但他没在银行拿一分一毫的股份。为了帮助犹太人成立这个银行，并维持银行业务，他奔走呼号，殚心竭智，帮助了多少犹太人生存下去。李会长这是在做善事，用我们中国人的话来说，他这是积德行善。这个时候你们把他推到第一线和日本人拼命，合适吗？情理上说得过去吗？

【全场哑然，沉寂。李衡甫打破沉寂，缓缓起身。

李衡甫：好吧，既然众位这么信任我，那我就暂时当这个襄理。米兹拉希先生不在银行期间，我暂时代行他的工作。他回来后，我立即辞退。我现在要走了，你们继续你们的会议，你们要选我当襄理，你们就选吧。但这封推举函，我不要。可存放在一个你们认为正直且有影响的犹太同胞那里。孝仪，我们走。

【楚孝仪随李衡甫离场。

44-2．景：犹太银行楼梯间 日 内

【楚孝仪和李衡甫边走边谈。

楚孝仪：衡甫，你怎么能答应当这个襄理。久保田已经把米兹拉希带走了，至今生死不知，我看是凶多吉少。你这个时候接这个襄理，久保田能放过你吗？

李衡甫：他当然不会放过我，但这种时刻我不出面，谁出面？德国纳粹已经到上海来了，他们就是要屠杀这些犹太人。这个时候犹太人能出面吗？我现在还真担心日本人和德国人互相勾结，达成某种肮脏交易共同对付犹太人，那这次犹太人将九死一生、在劫难逃。

显然这时候让犹太人自己出面是很危险的。

楚孝仪：那你能怎么办？米兹拉希已经被他们抓走了。你准备硬闯宪兵司令部，找久保田要人吗？你这不是送肉上砧吗？

【沉默。

李衡甫：顾不了这么多了，好在我还有个商会会长头衔，日本人也知道我和犹太银行的关系，继续遮盖已经没有意思了。我去一趟，起码可以了解米兹拉希先生的生死，也可以了解一下久保田下一步的做法，好提前做点准备。

楚孝仪：衡甫，我们是多年知交，你从来都是我心目中的兄长，我对你从来也是言听计从。可这次我不同意你去宪兵司令部，明摆着日本人下一个要找的人是你，你倒好，送上门去。

李衡甫：孝仪，你考虑的，我都考虑过了。我还是那句对你讲过无数次的话：我不下地狱，谁下地狱。为了那些逃来上海的可怜的犹太难民，为了保住他们赖以生存的那笔资金，我也必须去会一会儿久保田。如果万一我回不来，那今后上海工商界的事情，你就要多费心了。上海工商界是当下中国民族产业的基础。当下中国也就剩下这点菲薄的资产了，要保住它。而且要唤起民众保护它。不到万不得已，不能玉石俱焚。我的信念不变，鬼子长不了。中国上下五千年，谁真正征服过我巍巍中华。保住上海的这点民族产业，就是保住我中华民族复兴的基础和希望。好了，好兄弟。国家兴亡，匹夫有责。不用劝我了，我们共勉吧。

【两人说着话已出了银行大门。李衡甫车子开过来，李衡甫上车关门。楚孝仪怔怔地站在路边，望着李衡甫汽车离去。

44-3. 景：犹太医院莎拉病房 日 内

【莎拉挣扎着从病床上起来，把滴管上的开关关了，然后猛地把针管从胳膊上拔出来，用棉签捂住创口。她这一整套动作做得十分娴熟，看来她不是第一次做这种事了。她开始翻起床头的那一摞小人书，拿出一本，翻了起来，还没翻几页，眼泪就噼啪噼啪地滴落下来，口中轻轻呼唤道：

莎拉：海东青哥哥，你在哪里呢？在天堂？在森林中的小屋？还是在镶满蓝宝石的大草原？莎拉想你了……

【房门被推开，一身护士服的杰思敏走了进来，看见莎拉拔了针管坐着一边翻书一边流泪。

杰思敏：莎拉，莎拉，你怎么了？你怎么把针管给拔了？你是病人，你不能这么任性。

【莎拉头也没抬，继续翻着书流着泪。

杰思敏：来，把头抬起来，姐姐给你擦擦泪，药还没打完呢。上床去，姐给你把针打完。

【莎拉依然没动，泪眼婆娑地注视着杰思敏。

莎拉：姐，你说海东青哥哥现在会在哪儿？在大草原？在狼山？在山间的篝火旁？还是在伊甸园的苹果树上？姐，书上说他是江洋大盗，芦柴棒说江洋大盗就是抢劫杀人的坏人，可他和廷琛哥哥把我们从柏林救出来，带着我们漂洋过海来到上海。他是好人啊，他救了我们这么多犹太人，又帮助我们除掉那些追杀我们的党卫军……姐，他怎么能是坏人呢？书上说他死了，死人能去哪儿呢？我们还能见到他吗？我想他了，姐……

【杰思敏听到这，眼泪也禁不住噼里啪啦地滴落下来。

杰思敏：（语不成声）先别想你海东青哥哥，姐扶你上床，把针打完，啊。

莎拉：不嘛，你们老把莎拉当孩子，什么都不跟我说。我讨厌你们，我就是想念我的海东青哥哥。他是个好人……

【莎拉说着，竟大哭起来。门被突然撞开。芦柴棒背着擦鞋箱，手里拿着一束紫罗兰闯了进来，豹子也跟着窜进来，围着莎拉，又舔又咬，窜来窜去。

芦柴棒：莎拉，看我跟你带来了什么……

杰思敏：莎拉，你海东青哥哥的事问芦柴棒吧。

【杰思敏捂着脸跑了出去。

芦柴棒：怎么了？怎么了？你惹你姐生气啦？

莎拉：（泪眼蒙眬）没……我就是问她，我海东青哥哥在哪儿。我说我海东青哥哥是好人，是他和廷琛哥救了我们。

芦柴棒：你不该问的，你真不懂事。海东青哥哥走了，她比谁心里都难过。海东青哥哥救了你们，可她也救了海东青哥哥，海东青哥哥身上还流着她的血。唉，你呀你呀。好了，不说了。看我给你带了些什么来。

【莎拉坐着没动，芦柴棒拿起那束紫罗兰在她面前晃动着，见莎拉还是没动，从左边的口袋里掏出大把的烤白果，又从右边的口袋里掏出几根灌香糖，一一放到莎拉面前。

芦柴棒： 这些东西都是我在张园搞来的，我答应过你，要带你去张园玩的。其实我也没去过张园，我今天是第一次去张园擦鞋。哇，好大的一个花园哪，唱戏的、说书的、卖艺的、喝茶的、看西洋镜的，什么样的都有。人来人往，好热闹哇，我今天的生意也特别好，不停地给别人擦鞋，赚了二十多个铜板，除了给你买了这些东西，还给豹子买了两个大肉包子，这么大……

【芦柴棒拿手比画了一下，见莎拉还是没有反应，有些着急。

芦柴棒： 莎拉，你今天是怎么啦？我给你带这么多东西来，你怎么反而不高兴呢？你看，这是你喜欢的紫罗兰。你说你德国家的院子里就栽种这种紫罗兰。开花的季节，你们全家每天都要看看这种花。我原来不知道什么是紫罗兰，是一个卖花的小囡告诉我的。她手里就拿着这一束花在我眼前晃来晃去。我问她这是什么花，她告诉我是紫罗兰，就剩下这最后一束了。我想起你说过你喜欢紫罗兰，就问她多少钱。她说先生，你随意给吧，卖完了这束花，我好回家，家里还有弟弟妹妹等着我。我看这小囡也是穷苦人家的女孩，一件破大褂都拖过膝头了，我大方地说，给你十个铜板吧。那小囡千恩万谢，就差没给我磕头了。你不喜欢吗？还有，这是我们常吃的白果，你最喜欢吃的，这是灌香糖，里边黑黑的是芝麻。我们平时没钱，只吃过一次，你说好吃，又甜又香，你看，我今天也给你买来了。豹子围着我转了半天，我也没舍得给它尝一点点。全在这了，都是你的。你不高兴吗？

莎拉： 芦柴棒，你别说了，谢谢你，谢谢你为我做的这一切。可我想起海东青哥哥，我心里就难受，这样的好人怎么会死呢？常听人说，好人死了会上天堂。海东青哥哥这会在天堂吗？他知道我们都在想他吗？

芦柴棒： 莎拉，别难过。其实海东青哥哥没死。我今天在张园就听见好几个说书的都在说海东青哥哥。还有那些唱评弹的，也在唱着海东青哥哥。我听得只想哭，可我心里明白，海东青哥哥没死啊，他像一盏灯，一直在我们心里亮着呢。我说得对吗？莎拉。

【莎拉使劲地点头。豹子懂事地叼着那束紫罗兰，走到莎拉面前，不停地摇着尾巴。莎拉望着憨态可掬的豹子，终于破涕为笑。

44-4. 景：日宪兵司令部久保田办公室 日 内

【久保田正在大声地训斥莆田川和殷燕农，两人躬身低眉受训。日军参谋给久保田送来一份请柬。

日军参谋： 德总领馆宴请将军的请柬。

久保田： 宴请？什么意思？

日军参谋： 请柬上写着九月二十七日是德日结盟两周年纪念日，德总领馆举办盛大晚会予以纪念，同时庆祝德军连克苏俄数大城市的辉煌战果。邀请将军和各国使节共同出席庆贺。

久保田：（接过请柬）九月二十七日晚七时。好，知道了。去通知刑讯室，把那个老犹太米兹拉希带这儿来。

【参谋应声而去。

久保田： 你们两人给我听着。如果这一次米兹拉希那个老狐狸交出这笔钱，我放你们一马，还给你们庆功。如果米兹拉希还不肯就范，就查封了他的银行，封冻他境内外的所有银行账户，特别是苏黎世银行，绝不能让那笔巨款流失。如果再有失误，小野的下场就是你们的下场。

【两个宪兵推着满脸倦意的米兹拉希进来。久保田假惺惺地迎了上去。

久保田： 听说米兹拉希先生一夜没休息好，我还真有些怜悯先生，毕竟上年纪的人了，这一夜审讯下来，虽是没动刑，可不让座，不让躺，不让休息，这年轻人也吃不消啊。米兹拉希先生，您受苦了。怎么样？想明白了吗？

【米兹拉希摇晃着身体，背过脸去，没有搭理久保田，只是喃喃祈祷。

久保田： 看来米兹拉希先生还是不愿和我们合作。其实犹太银行不是您个人的财产，您何苦这样作践自己呢，您的选择很不明智，您这样抗拒，以为就能保住这笔财富吗？米兹拉希先生，那可是一大笔钱，很大一笔钱。您是犹太人的拉比，智慧的象征。您这样固执，不仅保不住这笔钱，还将把您的妻儿老小全部搭进去。犹太人是最善于算计的，您算过这笔账划算吗？再说您一把年纪了，您挺得住、熬得过吗？

【米兹拉希缓缓转身，轻蔑地注视着久保田。

米兹拉希： 看来，久保田将军在怀疑我的勇气和能力，在怀疑所有犹太同胞的信心和意志。

久保田： 不是怀疑，米兹拉希先生。是无论您有多么强大，我们都准备摧毁它。您手上的这笔钱必须用在大日本帝国伟大的事业上，因为我们需要这笔钱，用它充作军费。不过我们不会白用这笔钱，我们对犹太人没有偏见，没有仇恨。我们只是借用而已。如果大日本帝国建立了真正的荣光，实现了真正的帝国复兴，完成了真正的"大东亚共荣圈"，取得了"圣战"的胜利，我们不会忘记犹太人的。您放心，绝对不会忘记你们做的贡献。你们总不会愚蠢地把这笔钱交给德国人吧。现在德国人已经追到上海，他们可不仅要钱，他们还要你们的头颅。好好算计一下这笔钱给谁更合适。您还不知道吧，我可以把您和您在上海的数万同胞全部交给德国人。

【久保田说着说着一阵狂笑。

【门外一声报告，两个宪兵带着李衡甫进来。久保田十分惊诧，正要开口怒骂宪兵，被李衡甫淡淡一笑，挥手止住。

李衡甫：奇怪是吗？我怎么闯进你的办公室来了？久保田将军，有这个行吗？

【李衡甫掏出一张卡片，递给久保田。

李衡甫：这是土肥原将军亲手签署的通行证，允许我二十四小时可以到他的寓所找他。不知道这东西对你有没有用。

【久保田接过卡片，仔细看后，满脸堆笑。

久保田：土肥原将军的训令谁敢不遵，有用，有用。（将卡片递还李衡甫）李会长来得正好，米兹拉希先生的犹太银行出了些问题，我们正在对他进行质询。金融业的事情也应该是你工商总会旗下的吧。最近银行的事出得特别多，真让我头疼。你看，米兹拉希先生又不配合。殷队长和莆先生也在这开导他。您来得好，帮我劝劝他吧。

李衡甫：殷队长和莆先生也在这？两位都是贵人。外面传说殷队长马上要当副局长了，位高权重，财源滚滚。可喜可贺。老朽给殷局长贺喜了。

殷燕农：（慌忙撇清）不敢不敢，还没当呢，还没当呢，坊间传言不可信，不可信……

【李衡甫不再理睬殷燕农，热烈地拥抱米兹拉希，轻轻地拍拍他的肩膀，松开他。直接向久保田问话。

李衡甫：老朽今天来就是以上海工商总会会长的名义来的。请问将军，米兹拉希先生犯了什么罪？劳将军大人亲自询问。

久保田：他的事可不小。殷队长，你给李会长说说吧。

殷燕农：是。李会长，米兹拉希先生犯的事可不小，利用他的犹太银行为犹太人提供毒资、贩卖毒品，扰乱社会治安，违反帝国战时管理条例，侵占并倒卖皇军战备物资。这个罪名还小吗？

李衡甫：这个罪名是不小，但不知殷队长有何证据。

【殷燕农从怀中掏出一份合同，递给李衡甫。李衡甫接过，仔细看。

殷燕农：所有吸食倒卖毒品、军品的资金都是从犹太银行出来的，这合同上有米兹拉希的亲笔签名。战争时期，毒品就是军品，鸦片、大麻、海洛因、可卡因都是军品。在警察局关押的毒贩们的毒资都是来自犹太银行，按帝国战时管理条例，贩卖军品毒品的人一律就地枪决，追缴毒资，并追查提供毒资的银行和个人。

李衡甫：这合同上写了贷款用途是用作毒资吗？

殷燕农：（支支吾吾）这，这好像没有。

李衡甫：既然没有，那银行怎么知道贷款人是用他们银行的钱去做了毒资。而且这合同上明明写着贷款用途是用着购买粮食，维持一家五口的生计。至于贷款人用他贷款的钱作何用途，难道银行还要派人跟踪、监督他买了些什么不成？银行有这个义务吗？还有上海的银行少说也有几百家吧，你怎么就知道贷款人的毒资是从米兹拉希的犹太银行出来的？贷款人难道不能向其他的银行贷款吗？更可笑的是，这张贷款合同上的贷款金额只有三十大洋。殷队长，你是青帮出身，对吸毒贩毒这一行你是很在行的。三十块大洋啊，能吸食几次鸦片大麻，更不用说可卡因海洛因了。三十块大洋能做毒资吗？

【殷燕农一脸煞白，支支吾吾，无言以对。

李衡甫：还有我不知道殷队长看过这张合同没有，这合同上明明写着贷款用途是用于购买粮食。请问殷队长，粮食是用来维持生命的，维持生命的钱不借，那银行该借钱给谁？银行何罪之有，米兹拉希先生又何罪之有。

【殷燕农理屈词穷，结结巴巴，无言以对。久保田鹰隼般的目光盯着殷燕农。殷燕农突然像疯狗一样跳了起来。

殷燕农：（吼道）我管不了那么多，我是个警察，我只知道按帝国的战时管理条例办事，吸毒的，贩毒的，提供毒资的，我都要抓。这个案子人赃俱获、铁证如山，还能抵赖吗？

米兹拉希：（虚弱地）别听他的，别听他的……我们犹太人都是清教徒，不吸毒，更……不会贩毒。

久保田：米兹拉希先生，这可不好，您这样的狡辩毫无意义，您能保证你们犹太人里面就没有吸毒贩毒的吗？您能否认他们的毒资是从你们银行出来的吗？您现在就是拒绝和大日本帝国合作，跟皇军作对。您这样下去对您、对您的家人和您的银行都没有好处。莆田川先生不是也找过您合作吗？白送您几千万大洋您都不干，您这不是明摆着要和大日本帝国为敌吗？莆田川先生，是不是这样？

莆田川： 是的，是的。我多次请求和米兹拉希先生合作，我的东亚银行可以无偿地并入犹太银行，不拿一分股份，可米兹拉希先生就是不同意。真是不识抬举。

李衡甫： 真是不识抬举。莆先生有这样的好意，米兹拉希先生居然不干。但合作应该是两相情愿吧。他既然不干，你们就能以这种方式请到宪兵司令部来吗？这样吧，莆田川先生，他不识抬举，我识抬举。我愿意和莆田川先生合作，把你的东亚银行并入我的淞浦银行，我还给你股份，该拿多少拿多少。怎么样？

【莆田川哑巴了，望着久保田不敢出声。

久保田： （哈哈大笑）李会长真是大度，跟帝国同心同德。好样的。土肥原将军没看错您，我现在也更加钦佩李会长。可李会长刚才说了，合作是双方的事，是不能勉强的。莆先生愿意跟犹太银行合作，他愿意跟您的淞浦银行合作吗？这就得问问莆先生了。莆先生，你愿意和李先生合作吗？

莆田川： （吞吞吐吐）不，不愿意。

久保田： 您看，李会长，莆先生不愿意和您合作，我不知道他是害怕您的精明，还是害怕您的强势。他怕您呀，哈哈哈哈。其实他的害怕有些多余。实话实说了吧，他的背后站着皇军。皇军是无坚不摧的，皇军要办的事就必须办到，而且一定能办到，谁跟皇军作对，只有死路一条。

李衡甫： 久保田将军，我今天是来拜会你的，以上海工商总会的名义，了解一下米兹拉希先生犯了什么罪被你们带到这来。刚才殷队长和莆先生的话已经很能说明问题了。老朽认为三个字可以概括：莫须有。将军是占领军，我不想和你闹得不愉快。我只想告诉将军，你不懂中国人，多跟土肥原将军学着点，起码土肥原将军懂得大多数中国人是不怕死的，而且也杀不尽。其他的话我就不多说了，只想问将军一句，你准备把米兹拉希先生怎样？

久保田： 这个嘛……这得看米兹拉希先生配不配合了，他进来的时候我就跟他说过，摆在他面前的路就两条。一是接受莆田川先生的东亚银行，他不要股份，给他个襄理当当就行。二是接受殷队长的建议，给在上海的犹太难民每人办一个暂住证，让他的同胞获得自由，也解决了犹太难民的生存问题。可他死活不干。如果他这样坚持下去。李会长，我也坦率地告诉您，这恐怕对他和他的全家都不利。他也别想走出我这司令部大门。李会长，这是您来了，我坦诚相告。我刚才说过皇军无坚不摧，他一把年纪了，能撑多久呢？本来我还希望您能劝劝他，可您把我们殷队长和莆先生堵得哑口无言。李会长，我们今天见面，我虽然增加了几分对您的佩服，可您也让我很失望。我希望我们下次见面会在一种愉快、亲善的氛围中度过，这样对帝国、对犹太人、对您、对我都好。

李衡甫： 很好，我也希望这样。你刚才也说了，米兹拉希先生一把年纪，撑不了多久。我提请将军能不能考虑一下，暂时先把米兹拉希先生放了。我可以做做他的工作，让他和你合作，不就是殷队长和莆先生的那两个要求吗？选择其中一个，互相谈谈条件，我看也不是绝对没有可能。你看呢？

久保田： 这恐怕不行，米兹拉希犯的实际是蔑视帝国和抵抗皇军罪。而且我话已出口，他要不低头就范，就休想走出我司令部大门。这也是长官的意思。很抱歉，李会长，我不能满足您。

【米兹拉希听着他们的对话，挣扎地走过来，腿一软摔倒在地。

米兹拉希： 李会长，您不要管我，这是他们的阴谋，他们就是要……就是要……

【米兹拉希话未说完，昏了过去。李衡甫奔过去，轻抚着他，低声道：

李衡甫： 我知道，我知道。您好好保重。生命是上帝给的，上帝不同意，妖孽们夺不走您的生命。

久保田： 好了好了，李会长。他只是晕了过去，在我这是常发生的事。很抱歉，我这次不能满足您。我期待我们下一次见面。（对门外）宪兵，把米兹拉希先生带回监房。

【两个宪兵应声而入，架起米兹拉希半拖着出去。

李衡甫： （轻蔑地）但愿你永远这样得意。

44-5．景：日军宪兵司令部大门外　日　外

【站在街边等候的楚孝仪看见李衡甫的轿车驶出大门，忙迎了上去。汽车停住。楚孝仪上车。

44-6．景：汽车内　日　内

楚孝仪： （急切地）怎么样？见到米兹拉希先生了吗？

李衡甫： 先别问。司机，去米兹拉希先生家。

44-7. 景：米兹拉希家 日 内

【梅丽娅夫人正在收拾行李，见李衡甫和楚孝仪进来，平静而安详地问候。

梅丽娅：李先生、楚先生，这个时候来，是为米兹拉希的事吗？

李衡甫：是的，我刚从日军宪兵司令部出来，也见到了米兹拉希先生，他的情况不是很好，日本人暂时还没有对他动刑，但看来短期内是不会放他。我来，就是来通知您。您和孩子们现在都必须避一避。日本人很可能会对您和孩子们动手，抓你们的目的就是要逼米兹拉希先生就范。

梅丽娅：不用躲避，我这就准备去日军宪兵司令部找我的丈夫，共同度过我们生命的最后一程。其实这个结局，在他担任犹太银行行长的那一天起，我们就已经预料到了。我们认为这是上帝的安排，所以我们没有恐惧。

楚孝仪：夫人，您准备去日军宪兵司令部？

梅丽娅：是的。我准备现在就去。结局早就意料到了。我希望我们能互相搀扶走向天堂。我有个小小的请求，能不能把我两个孩子送离上海。他们还很年轻。男孩十八岁，叫都隆尔·米兹拉希，在码头做工。女孩二十岁，叫伊莎丽尔·米兹拉希，在一家服装厂做工。请你们帮助他俩离开上海，不完全是为了他们的安全。我只是担心他们落到日本人手上，我了解我的丈夫，他为了信仰可以放弃一切。但如果日本人利用他的亲人，用他无辜的同胞来威胁他，那将会对他身心造成最大的摧残。

李衡甫：夫人，我们尊重您的意愿。送孩子离开上海的事，我们将尽力办到。可您去宪兵司令部的事，很危险，事关您和米兹拉希先生的生命安全。请慎重考虑。

梅丽娅：我了解我的丈夫，我们共同生活了这么多年。我对他的了解甚至超过对我自己。我有时候怀疑自己，但我从未怀疑过他的坚定、他的信仰。跟他在一起，我会让自己变得更加坚定。在充满爱中走完自己人生的最后旅程。他每天不知疲倦地奔走就是为了难民同胞。就是因为他的心中充满爱，我希望能和他一样，把生命献给爱、献给主。

【李衡甫和楚孝仪悲痛中有些失落、有些茫然、有些惋惜，表情十分复杂。最后李衡甫长叹一声。

李衡甫：尊贵的梅丽娅夫人，我们尊重您的意愿。孩子的事情，我们将尽快安排。愿主保佑您。

44-8．景：美总领馆陆允明办公室　夜　内

【李廷琛、陆允明、詹森和施莫林分别坐在沙发上。

李廷琛：情况就这些。那个德国领事和武官表面看还不是那种穷凶极恶的纳粹，但他们的话有几分可信，那就难说了。我现在还真担心梅辛格没把玛丽院长关押在德总领馆。

陆允明：你确信所有的房间你都看过吗？

李廷琛：那栋楼不大，起码上下三层我都去了。虽然我没有每个房间都进去，门也是关着的，但凭感觉，我能嗅出那里边的味道。哪间房是他们总领事住的，哪些房是他们武官参赞们住的，哪些房是他们工作人员住的，我甚至能感觉到梅辛格的卧室和办公室，还有那些党卫军的房间。通道、楼梯进出口，我都注意到了。当然，他们不可能带我到地下室和主楼周围的零星建筑物里面去，我想他们也不可能把我老师关到地下室和其他建筑物里去吧？那他们看管起来也很不方便。

詹森：如果，我说的是如果，如果你感觉到玛丽院长关在那栋楼里，你有过什么考虑？

李廷琛：武力营救。当然，这必须在我们有了妥善的送科恩夫妇去美国的安排下实施。时空和计划都很重要。

陆允明：有这样的力量吗？

李廷琛：我没有，但共产党和国民党有，都是为了抗战大业，为了抗击法西斯，我想他们不会袖手不管。

【李廷琛别有深意地望了望陆允明。

李廷琛：对吧，学长。如果他们不管，我将从此不再相信国民党和共产党，但我不会放弃，我将借用民间武装。比如青帮武装，也要把我的老师救出来。好了詹森领事，我今天是来看望科恩先生的，我得把去德总领馆的情况告诉他。陆学长能陪我去一趟吗？

【陆允明望了望詹森，詹森点了点头。陆允明起身陪李廷琛离去。

44-9．景：总领馆走廊　夜　内

【陆允明和李廷琛边走边说：

陆允明：（笑着）廷琛，你现在是越来越锋芒毕露了。你刚才说的那句话是针对我的吧？即便我跟国共两党都有联系，可我能替他们调兵遣将吗？上海有日军的重兵把守，平

民进出都有可能被抓被杀，何况是战斗人员。要不要带武器？怎么带？但如果我们有好的营救方案，我倒可以说服他们冒一次险。就如你说的那样，他们也不会袖手不管。

李廷琛：学长，说真的，你的身份不用对我隐瞒。你不仅是跟他们有联系，你就是他们的人。我这次冒险去德总领馆，除了希望见到我的老师外，我还把那个狼窝的地理位置、地形通道和制高点都注意到了，甚至苏州河和黄浦江到他们那的距离，我都有过估算。为什么？就是准备在万不得已时，动用武力救出我的老师，端掉这个王八窝。陆学长，你没考虑过吗？我的老师也好，科恩先生也好，上海数万犹太难民最大的威胁就是那个纳粹党卫军上校梅辛格。这个人不除掉，我老师一家、上海所有犹太难民就永远处于危险之中。现在日本和德国是同盟关系，如果日本人插手帮助他，那么解救科恩一家和上海数万犹太难民的使命，几乎无法完成。你刚才问我有没有这个力量。我坦率说，我没有。但你有。国军和新四军的武装都有。很大程度上我是寄希望于你呀，还有美国。连美国总统罗斯福都恳请科恩先生去美国。为什么？说白了还不是美国需要科恩先生吗？需要他的智慧，需要他的研究，需要一种足以制服法西斯的高能武器吗？既然是这样，我们首先要做的就是要保护好科恩夫妇一家，这道理不用我说了，你比我懂。我也希望你把我的话转达给詹森特使。目前形势十分紧急，纳粹和日寇都已经露出獠牙了。莎拉被绑架，党卫军们公然抓走玛丽老师，这一系列事件的发生，不都是针对科恩先生吗？中国和美国都是世界反法西斯同盟国，出于人类良知和反战需要，都有责任保护好科恩一家和所有犹太难民。当然大家都在尽力。但被动地防御总不是办法。海东青是怎么死的。海东青原本去跑马场就是为了刺杀梅辛格，最后为了营救施莫林不幸遇难。连他都能想到的问题，我们想不到吗？我不是说大家没有尽力。但目前的形势允许我们再拖下去吗？日寇和纳粹还能给我们时间拖下去吗？

陆允明：你说得很对。我一定把你的话转达给詹森先生和所有统一战线的组织与个人。廷琛，我服你了。深谋远虑，有识有胆，再不是学校时那个寡言少语、埋头课本的青年了。作为学长，我很惭愧。哈哈哈哈……

44-10. 景：美总领馆科恩卧室 夜 内

【科恩趴在桌上写着什么，他身边放着一摞稿纸，可他没写几个字就烦躁地把刚写的稿纸撕下来，揉成团丢在地上，地上已铺满了揉成团的废纸。

【李廷琛、陆允明进门。科恩面无表情，冲他们点了点头。

科恩：你们来了。请坐。

李廷琛：科恩先生，您好。（望着满地废纸）您这是？

陆允明：科恩先生最近的情绪稳定多了，准备把他原来搞物理研究时的一些方程、数据记录下来。

科恩：稳定不下来，心里很乱。（指着地上的废纸）一堆废纸。我夫人有消息吗？

李廷琛：暂时还没有。我今天去了德国总领馆，梅辛格没露面。倒是见了一下他们的总领事基尔卡和武官古德里安。他们矢口否认总领馆关押了任何人，也没听到过梅辛格劫持或绑架了玛丽夫人，说总领馆不是监狱，不可能关押任何人。我找了个理由把整栋大楼的上下三层的每个房间都过了一遍，确实没看见大楼关押了什么人。

科恩：他们没难为你吧？没问你和我夫人是什么关系吗？

李廷琛：那倒没有。那个总领事和那个武官好像还挺客气的，玛丽夫人是我的老师，是我告诉他们的。学生看望老师不应该吗？我就是以这种名义找上门去的。

科恩：（神色黯然）这么说，玛丽依然没有消息。

李廷琛：科恩先生，虽说玛丽老师暂时没有消息。但这说不定是个好消息。如果玛丽老师真在总领馆关押，那还真有点难办。因为我们不可能冲击总领馆，他们有外交领事权。如果梅辛格把玛丽老师关押在总领馆外任何地方，只要我们得到老师真正关押地点，我们都有办法营救她。

【科恩十分伤感，一屁股坐在椅子上，神色木然。

科恩：（喃喃自语）他们能把玛丽关在哪儿呢？

李廷琛：科恩先生请放心，不找到玛丽老师，我们永远不会罢手。我虽然去了一趟德总领馆，他们否定总领馆关押了任何人，我也没看到玛丽老师的任何踪迹，所以我不能确定玛丽老师是不是在总领馆关押。如果在总领馆以外的任何地方关押，那倒反而给我们寻找玛丽老师提供了方便。也给玛丽老师自救或逃跑提供了方便。玛丽老师是个坚强的女人，充满了智慧。她不会甘心任人摆布。往好处想，说不定她哪天摆脱了敌人的监视而重获自由，也有可能。当然，不找到她，我们永远不会放弃。

【科恩没有说话，两眼定定地注视着李廷琛，神色失落。

李廷琛：杰思敏和莎拉都在我那，莎拉的病也一天比一天见好，她们都很安全，您请放心。至于玛丽老师，我们会继续寻找，一旦找到她的准确下落，我们就会实施营救。科恩先生，很晚了，您早点休息吧，见到您很高兴，晚安。

【李廷琛说着，同陆允明离开房间，轻轻地关上房门。科恩呆呆地目送他们离去。脑海里又想起李廷琛刚才说过的话：（李廷琛OS）玛丽老师是个坚强的女人，充满了智慧。她不会甘心任人摆布。往好处想，说不定她哪天摆脱了敌人的监视而重获自由，也有可能……

44-11. 景：日军宪兵司令部监房 日 内
【阴森恐怖的日军宪兵监房，监房内几乎空无一物，只有一张破席子铺在地下，监房没有窗户，只有牢房顶部露出一点点亮光。浑身血迹斑斑的米兹拉希跪在地上，向着亮光祈祷。

【两个宪兵推开牢门，拖拽着米兹拉希向审讯室走去。

44-12. 景：日军宪兵司令部审讯室 日 内
【审讯室没有灯光，只有审讯桌上一盏小小的台灯。几个行刑的日军扒光了米兹拉希的衣服，七手八脚地把他绑在如十字架般的行刑架上。突然一阵强光射向米兹拉希，米兹拉希扭动着头颅和身躯，想摆脱那阵强光，可那阵强光紧紧地咬住他，他无法挣脱。

【黑暗中传来一个日军的声音。

日军：米兹拉希，你的夫人昨天就来看你了，久保田将军不忍心她见你这个样子，所以没让她过来。将军让我最后一次问你，你服不服从帝国的安排？如果服从，你可以马上和你夫人见面，而且你从此自由了，你可以继续做你的拉比、当你的银行行长；如果你不服从帝国安排，那今天恐怕就是你的末日了。

【强光笼罩中的米兹拉希停止了挣扎，双眼紧闭，没有搭理日军的喊话，开始祈祷。

日军：动刑。

44-13. 景：日军宪兵司令部空屋 日 内
【日军宪兵司令部一间普通的房间，墙壁上是日本天皇的画像和日本国旗。梅丽娅站在窗边望着楼下巡逻的日军宪兵。

【门在她的身后打开，久保田站在了门口。

梅丽娅： 我现在可以见我的丈夫了吗？

久保田： 当然。但您的丈夫至今拒绝跟我们合作，其实我们已经把您来看他的信息告诉了他，可他依然无动于衷。看来他并不特别想和您见面。

梅丽娅： 我的丈夫我了解，如果你们还有一丝人性，请让我和丈夫见面，不管他是死是活。

久保田： 看来我昨天对您的忠告，您并没有放在心上。这就不能怨我了，夫人。其实我的要求很简单，只需要您丈夫和我们合作。怎么合作，可以慢慢谈。可他固执得很，宁肯下地狱，也不答应合作，所以他受了些皮肉之苦。您见了他，请以妻子的名义开导开导他，或许您的温情能感化他，寄希望于您哪。（对门外）宪兵，把米兹拉希夫人带去见她丈夫。

44-14.景：日军宪兵司令部监房 日 内

【已经被折磨得奄奄一息的米兹拉希躺在席子上，衬衫破烂，血迹斑斑。米兹拉希已经不能动弹，但嘴唇却在翕动着，发出微弱的祈祷声。

米兹拉希： 明天，柠檬树将绽放花朵，橄榄树将尽情欢乐，你的双眼将雀跃，鸽子也将飞回你的神圣高塔。这就是我们的圣殿、我们的乐园、我们的耶路撒冷……

【监门被推开，久保田走了进来，他在黑暗中站立了一会儿，似乎在仔细地听着米兹拉希的祈祷。

久保田： 鸽子也将飞回你的神圣高塔？米兹拉希先生，您还在祈祷？

【米兹拉希似乎并没有感到久保田的存在，依然祈祷着。

米兹拉希： 芸芸众生中，身负重荷的异教徒，必须承受以色列的仇恨之重，希伯来的复仇之火……

久保田： 这是您对我们大日本帝国皇军最大的谴责和诅咒？声音很微弱啊，这样微弱的声音您的主真的听得到吗？不过，我也很钦佩您的虔诚。米兹拉希先生，您准备好了跟我谈一谈吗？

米兹拉希： （继续喃喃祈祷）狗在旁边叫，骆驼队照样前进。大漠中传来清脆的驼铃声，那是我的圣主耶和华在召唤……

久保田： 米兹拉希先生，我很敬佩您对信仰的追求。我们大和民族也有自己的追求，那就是建立"大东亚共荣圈"。但您的信仰是虚无缥缈的，而我们的追求是实实在在的，我知道您为自己的信仰可以放弃生命。可您的亲人呢？您的夫人、您的孩子，他们也随您而去吗？这也太残忍了吧。您的夫人现在就在门外。不是我们带她来的，是她自己要来陪伴您。她是个娴雅柔弱的女人，您的坚持将拖连她一块死去，我很同情她。所以满足她的要求，让她陪伴您，希望她对您的爱能融化您的冷酷，改变您对帝国的敌视。你们老夫妻还可以携手回家。如果她还不能改变您，那你们夫妻，包括你们的孩子就都是大日本帝国的敌人，皇军绝不宽恕。

【久保田推开门，向稍远处的宪兵挥了挥手。宪兵们把梅丽娅押进来。

【梅丽娅看到躺在草席上的米兹拉希，却克制着撕心裂肺的疼痛和愤怒，奔到米兹拉希身旁，双膝跪下，轻抚着他。

梅丽娅：米兹拉希，是我，我来陪你了。你能看见我吗？

米兹拉希：（声音微弱）亲爱的，你不应该来这里。梅丽娅，你应该回家。孩子们都在家……

梅丽娅：不，亲爱的。我来陪你走完最后的路，我将随你而去。

久保田：夫人，您的丈夫不肯跟我们合作，我相信您可以让他回心转意。我现在给你们一点时间。记住，我的耐心是有限的。

【久保田离去。梅丽娅紧紧握住了米兹拉希的手，用自己包头的围巾给米兹拉希擦拭着脸上的血迹。

米兹拉希：梅丽娅，还记得我们祖先的故事吗？公元前8世纪我们的祖先就是所罗门王的祭司，他们的存在甚至比摩西还早，他们是圣主耶和华选定的先知，他们创造了希伯来语言和文字，分别统治着犹太王国和以色列王国，他们是我们的荣光和骄傲，我以他们为荣。现在我就要去寻找他们了。请他们给我解释我心中的疑惑，给我和所有的犹太后裔指出一条光明之道。

梅丽娅：（啜泣）我知道，我知道……

米兹拉希：别为我担心。夫人，死亡是每个人的归宿，特别对我而言。死亡对我是一种解脱，是对我灵魂的一种救赎，甚至是一种重生。

【梅丽娅连连点头，啜泣着说不出话来。

米兹拉希：可我不希望你随我而去，你一定要活着离开这个魔窟，你还有很多事要做。

孩子的事、难民的事、布道的事……如果你能够活着出去，你必须找到李衡甫，告诉他我相信他，尊重他的一切决定。请他关照我的同胞，在上海的犹太难民。

梅丽娅：我明白。

米兹拉希：魔鬼想要霸占那笔捐款。不能给他们，那是全世界犹太同胞对上海同胞的一片爱心，不能把同胞的爱心给魔鬼，不能。

梅丽娅：我知道，我知道。

米兹拉希：梅丽娅，不用难过，我们会在天堂相遇。我现在很恐惧，不是恐惧死亡，而是恐惧愧对圣主、愧对先人。我现在每时每刻都在忏悔。因为我自知自己是个罪人。

梅丽娅：不，你没有做错过任何事，你是个好人。

米兹拉希：大家尊我为拉比，是上帝使者，替上帝给众生传播福音。我每天带着大家读《圣经》，但我其实从没有读懂过。我祈祷，但我不知道我的祈祷来自哪里。我总是对同胞说，上帝跟我们有约，耶路撒冷是我们的应许之地，明年耶路撒冷见。可直到现在，才发现自己根本不认识去耶路撒冷的路，才发现自己也是一只迷途羔羊。却把同胞带上了歧路。我现在的悔恨超过了恐惧。

【梅丽娅擦着眼泪。

梅丽娅：没有祖国的犹太人都是迷途的羔羊。可这不是你的错，你也不用悔恨，你没做错什么。

米兹拉希：梅丽娅，我现在才知道面对邪恶，我们不能有丝毫的退让，因为那是对恶的纵容和放任，是一种更大的恶。我不应该阻止年轻人拿起武器，或许那样才能保护着我们的亲人、我们的家园，才能保住世间的一切美好，才能抵抗住强盗和魔鬼，才能找到去耶路撒冷的路。可是，现在所有的一切都似乎太晚了。梅丽娅，这就是我的悔恨。我死后，无论在天堂地狱，这种悔恨对我都是永远的煎熬。

【米兹拉希夫妇俩老泪纵横。

【久保田带着一群宪兵进来。

久保田：商量得怎么样了？如果现在和皇军合作，你们可以立即回家；如果继续和皇军顽抗，夫人，您的丈夫恐怕熬不过今天。

梅丽娅：我的丈夫刚刚对我说，面对邪恶，不能有丝毫退让。魔鬼们，继续你们的恶行吧。

久保田：看来你丝毫没有改变你丈夫，你对我们也已经失去意义，那我就让你看看与皇军作对的下场。（对宪兵）把米兹拉希押去审讯室。

第四十四集完

第四十五集

45-1. 景：德总领馆基尔卡办公室 日 内

【基尔卡和梅辛格、古德里安、文化参赞冯·洛曼奇正在商量着什么。莆田川推门进来。

莆田川： 总领事先生，您找我？

基尔卡： 是啊，你看我们都在等你。我不请你，你可能永远都不会过来。你现在是稀客，来，请坐。

莆田川： （坐下）各位先生，我现在已经不是你们的雇员了。你们都是大人物，我还能帮你们做什么呢？

古德里安： 你不是我们的雇员，但你还是我们的朋友啊。久保田将军器重你，知道你是个人才，所以才把你要回去。听说你现在当行长了，这不正符合你心愿吗？确实在我们这当个雇员，真是屈才了。

莆田川： 古德里安先生快别这么说，我辞职后无时无刻不在想念你们。我怀念我们三年多在一起相处的日子，怀念你们给我的尊重与信任。我也把你们当成最好的朋友。表面看，我现在是东亚银行的行长。可你们知道我现在过的是什么日子吗？（大发牢骚）我现在活得还不如他妈一条狗。久保田将军的武士刀就架在我的脖子上，稍一不慎就得掉脑袋。在你们这工作，你们还给我不菲的报酬。可现在……不提了，不提了。说吧，找我来有什么事？

冯·洛曼奇： 是这样，田川君。九月二十七日是德日同盟两周年纪念日，我们总领馆要办一个庆贺晚会，请了上海日军最高指挥官久保田将军和有关各国外交使节。我们不懂东方人的礼仪礼节，特别是久保田将军的个人兴趣和爱好。你是日本人，所以请你当个参谋，给我们出出主意，让这个晚会气氛更加融洽，使我们总领馆工作今后能得到日军方的支持。

莆田川： 我明白了。你们是不是想借这个晚会跟久保田将军套套近乎？

古德里安： 莆田川君果然精明。是的，有这个意思。你知道我们是在日占区工作，很多工作必须得到日军方的支持。特别是梅上校，他有很多工作亟待展开，必须得到久保田将军的支持。你和他接触多，应该知道他的一些兴趣爱好吧。

莆田川： （冷哼一声）他嘛，喜欢女人，喜欢杀人，你们能满足吗？还有，他现在急需要的就是钱。军部现在把他逼疯了，要做的事一件不能少，比如军队扩编、沿江工事、

731工程等。这些事情都限期完成，可钱一文不给。上海不是大都会吗，你们自筹。我不是说他天天把刀架在我脖子上吗，他是找我要钱。他以为给我一个空壳的东亚银行，我就有钱了。可我上哪儿给他弄钱去。上次美国的那个犹太考察团带来的那三千万赈济款是他们弄丢的，现在要我帮他们找回来，我上哪儿给他们找去。这不，前两天他把那个叫米兹拉希的犹太人拉比抓来了。还是想从他身上榨出那笔钱来。看来那个老家伙熬不过今天了。我看久保田将军现在是红眼了，他只要能弄到钱，叫他干什么他都会干。

基尔卡：好啦，莆田川，别发牢骚了，你不是喜欢我这吗？他是军人，不可能在一个地方老待着。等他调走了，你再回我这来不就行了吗？我给你更高的报酬。

莆田川：恐怕我等不到这一天我就被他劈了。如果真有这一天，我倒真想带着全家移民去你们德国。我懂德文，德国人的严谨认真也与我挺相像。我很小的时候就随我父亲到过几趟德国，不讲别的，光你们的几条河流，多瑙河、易北河、莱茵河就叫我流连忘返。哪像我们家乡，连条像样的河流都没有。

冯·洛曼奇：那你当年怎么就没考虑过移民呢？

莆田川：洛曼奇先生，不瞒您说，移民欧洲一直是我心底的梦。可当年我有这个能力吗？这么多年我一直拼着命想赚钱，不就想实现我心底这个梦吗？

古德里安：你现在想去德国也不晚呀。别的忙我们可能帮不上，可你想去德国，我们在座的每个人都可以帮你。喏，梅上校就是柏林党卫军盖世太保的头，他一句话不就让你定居柏林了吗？梅上校，是不是？

【一直在思索中的梅辛格赶紧接话。

梅辛格：是啊，这点小忙我还是帮得上的。我不仅可以让你移民德国，我还可以让你一家在德国过上好的生活。

莆田川：得了，得了，梅上校。我可不敢再跟你们党卫军打交道了。我怕你们的施瓦茨上尉了，我本来是奉基尔卡领事的指示去协助他工作的，给他充当翻译和司机，可他对我也像对西蒙一样凶神恶煞、呼来唤去。凭什么？我是作为友邦去支持他的工作的。不是我瞧不起他，就凭他这德行能办得了什么事。谁乐意帮他？我倒是挺同情你们那个西蒙的，动不动就拿枪顶着人家脑袋，西蒙不是德意志公民吗？不是纯粹的日耳曼人吗？据西蒙跟我说，他作为一个守法爱国的商人，每年缴纳给政府的税收不下一千万马克，人家西蒙犯了什么罪？在我们日本这种人应该是天皇陛下最忠诚最优秀的臣民。施瓦茨倒好，就因为人家跟中国人做了一笔生意，就把人家弄到中国来。现在也不给人家自由，还把人家家眷全部关起来作为人质。这他妈叫怎么回事！军人是受尊重，但也不能这样欺负自己的同胞。我也是你们元首的崇拜者，元首教他这么办事的吗？这也就是西蒙，一个老实巴结的软蛋。换了我，我跟他没完。

梅辛格： 是这样的吗？这我倒不太清楚。好，莆田川君。我相信你。从现在起，西蒙自由了。我回柏林后，立即通知警察局释放他的家属。这你该满意了吧？我们党卫军办事也得按照元首的训令来。基尔卡领事都这么欣赏你，我没理由不信任你。

冯·洛曼奇： 你看，梅上校真是从善如流，也给足你面子了，别再抱怨了。快给我们说说怎么才能从明天的晚宴上让久保田将军感受到我方对他的真诚和友谊，特别是梅上校。

莆田川： 诸位既然这么抬举我，那我就直说了。久保田将军是个自尊心很强的人，满足他的自尊尤为重要。他也是个很喜欢热闹的人，把晚会气氛办得热闹些、规格高一点，让他感受到各位对他的尊重明显超过其他各国使节。他自然也就满足了。我看连晚宴都不必搞。搞晚宴既花钱，还体现不出各位对他的特殊尊重。我这是在为领事先生省钱哪，哈……

冯·洛曼奇： 不搞晚宴？那怎么体现我方对德日结盟两周年的重视，那规格不是太低了吗？

莆田川： 哎呀我的文化参赞先生，规格高就体现在一顿晚宴上吗？久保田将军会在意这一顿晚宴吗？晚宴上大家同吃同喝，能体现出诸位对他的特殊吗？您是搞文化的，怎么把这个晚会搞得气氛热烈，高潮时让他感到诸位对他的善意和尊重，让他感到自己与众不同。这才是我们需要的效果。

梅辛格： 这怎么才能让他感到自己与众不同？

莆田川： 上校，这就得看你的了。哎，我怎么觉得明天这场晚会好像是为你举办的。在座的各位官员都在为你敲锣打鼓。你应该才是明天晚会的主角，你的表现才是决定明天这场晚会成败的关键。

梅辛格： 我这不是在向你讨教吗？东方人的规矩我们不懂，更不了解久保田将军的习惯爱好。

莆田川： 没规矩，特别是对久保田将军，投其所好就是规矩。他不是挺自尊的吗？使劲夸他呀。他不是喜欢女人吗？你没有，上海有啊。找些白俄女人来对付他不就行了吗？不搞晚宴，我搞酒会行不行？又省钱又省事。这规格不就上去了吗？如果还嫌不够，再搞一只白俄西乐队，吹吹打打，这气氛不就上去了吗？他好面子，您和领事先生和各位官员单独向他敬酒，不也给足他面子了吗？如果要把他弄得七荤八素，让那些白俄女孩轮番敬酒，他能不喝吗？他不趴下，我看也差不多了。他能不感到自己的与众不同吗？不过这些都是要花钱的。请白俄女孩、请白俄乐队、搞来世界名酒，他能不感受到你们这份诚心和友情吗？他能不感动吗？如果你担心还不到位，就以你个人的名义单独送给他一些礼物。你是军人，他也是军人。军人没有不喜欢武器的，我第一次见你时，看见你佩戴的那把手枪就不错。你送他一把同样的手枪，他能不高兴吗？他能不感受到你对他的敬意和友情吗？当然，他现在最需要的是钱，大笔的钱。如果你能满足他这方面的需要，我想他也能满足你们的一些需要。行啊，上校。该说不该说的我都说了，就看您怎么做了。基尔卡先生，我得走了。久保田将军找不到我，我的日子又难过了。

基尔卡： 等等，莆田川君。如果要找白俄小姐、白俄乐队，还要你帮我们去找，事先还要向他们做些交代。还有，既然是酒会，那就要好酒，世界各国的名牌酒，还要有好的调酒师。你能给我们弄来吗？这可都要您帮忙的。

莆田川： 可以。可这都是要钱的。我可没这个钱。

梅辛格： 这钱我给。正好我的同僚从欧洲给我弄了点黄金来。一公斤黄金够不够？

莆田川： （冷冷地）够了。可你那黄金我不敢要，你还是找个人代我付款吧。

梅辛格： 可以。我带来的人里你挑一个吧，作为你的副手。这些人可都是绝对忠于元首的党卫军将士。

莆田川： 你的党卫军我可不敢用，你不是说西蒙现在自由了吗？就让他跟着我，我谈交易他付钱，多的钱他还会还给你。

梅辛格： 好的。就这么说定了。莆田川君，拜托了。

45-2. 景：日本宪兵司令部审讯室 日 内

【一束强光照射着正在受刑的米兹拉希，他的双臂被捆绑在十字架上，头像受难的耶稣低垂着，衣服沾满了血迹，奄奄一息，嘴唇翕动着，看得出他依然在祈祷。

【场内响起夸张的祈祷声。

米兹拉希： 你是我脚前的灯，你是我路上的光，在黑夜里没有迷失方向。我必不遭害因为神常与我同在。行走也不疲乏，奔跑也不困倦。耶和华是我的力量，无论在哪里，无论在何方，主是我道路上的光……

【久保田带着一队宪兵押着梅丽娅进来，梅丽娅看见自己的丈夫，发疯般尖叫着冲过去，被身后的宪兵死死拽住。

【久保田随手翻着桌上已经沾满鲜血的《圣经》。

久保田：这就是你丈夫唯一携带的东西，一本《圣经》。

梅丽娅：把你的脏手拿开。

久保田：你的丈夫现在还不肯与皇军合作，这就是下场。他把自己献给他的主。现在他的主却不来救他，得到他保护的难民也没有人来救他。他的主在哪儿？我们日本人信奉日照大神。太阳才是最伟大的。

梅丽娅：我们的信仰不是你这种禽兽可以明白的。

久保田：希望你能明白，夫人。和皇军作对不会有好下场的。（对宪兵）放开她。

【宪兵放开梅丽娅，梅丽娅冲到米兹拉希身边，捧着他的头，疯狂地吻着丈夫的额头和嘴唇。

梅丽娅：亲爱的，我早应该过来陪伴你。没有什么能让我们分开。哪怕是死亡。我们已经相守了一生。我们会永远相守下去。死亡也不能将我们分开。亲爱的，你没有必要对我做任何嘱托。我们没有遗憾，我们的一生可以忏悔的都已经忏悔。我们将同往天国。

米兹拉希：有遗憾，亲爱的。我遗憾没有祖国，遗憾我的同胞还在遭受蹂躏和屠杀，遗憾我们至今没有找到去耶路撒冷的路，遗憾我始终没看见神圣的耶和华给我们圣洁的光。我还遗憾我最亲密的伴侣与我同赴天堂。亲爱的，你能让我的遗憾少一点吗？

梅丽娅：（泣不成声）你是说你去天堂，把我孤零零地留在这黑暗的地狱？不，亲爱的，我们曾相约同去天国，我不会放弃我的誓言。我们同生同死、同赴天堂。

【米兹拉希长叹一声，点了点头，喷出最后一口鲜血，头一歪，咽下最后一口气，倒在梅丽娅的怀里。

【梅丽娅抱住丈夫，她缓缓扶起丈夫的头，大粒大粒的眼泪掉在米兹拉希那满是血污已经变形的脸上。她却没有哭出声，只是伏在丈夫身边，不停亲吻他的额头。久保田见米兹拉希死了，勃然大怒。对几个行刑的日本军人每个人狠狠地给了一个耳光。

久保田：怎么能让他这么轻易地死掉！没有我的命令，你们就让他死了。宪兵，把这几个混蛋拉出去，各打三十军棍。

45-3. 景: 上海里弄的一家小酒馆 夜 内

【莆田川和西蒙坐在一张小桌旁,桌上杯盘狼藉。莆田川已经喝得醉眼蓬松、口齿不清了。

莆田川: 西蒙,知道我为什么把你从施瓦茨的控制下弄出来吗?我觉得你是个好人,善良、诚实,而且也富有。就是性格太懦弱,受人欺负也不反抗,逆来顺受。不像我,一辈子坑蒙拐骗、欺老凌弱、杀人越货什么都干。把你从施瓦茨那个党卫军凶魔的控制下解脱出来,或许是我今生做的头一件好事。我今天的下场或许就是我的报应,用中国话说这就叫恶贯满盈吧。

西蒙: 莆先生,你怎么这么悲观呢?你这不是活得好好的吗?久保田将军欣赏你,还让你当了银行行长,名利双收,升官发财,你该是春风得意,扬眉吐气呀。你看,你一句话就把我解脱出来了。连梅辛格上校都这么赏识你,你还有什么不满意的呢?

莆田川: 你不知道,不知道。我在日本也是有妻儿老小的人。原来我独闯江湖,打打杀杀,日子虽也不易,但毕竟闲云野鹤,是个自由身,还能养活一家人。可现在久保田把我弄到他的手下,接替那个倒霉蛋小野的行长位置,你以为这是个好差事吗?不仅失去了自由,还得处处卑躬屈膝,看他的脸色,受他的呵斥。他要我去给他弄钱,我上哪儿给他弄钱去。弄不到钱,我的下场能比小野更好吗?他随时可以劈了我,我上哪儿喊冤去。我的家小都在日本,都控制在他手上,我要跑了,他就拿我家小开刀。西蒙,我的处境和你一模一样,感同身受,我和你一样有切肤之痛啊。这也是我为什么要帮你一把的原因。你看吧,我的下场绝不会比小野更好。久保田现在就是一条疯狗,他是被军部逼疯的,他为了保住他的官阶军衔,他什么事干不出来?他会拿我当替罪羊,我会死得比小野更惨。我完了,西蒙……

西蒙: 莆先生,你可千万别这么悲观。中国人说天无绝人之路,以你的聪明才智,你一定能摆脱危难、逢凶化吉。

莆田川: 西蒙,有件事我想找你帮忙,不知你能答应我吗?

西蒙: 希望我能帮上忙,你说吧。

莆田川: 从久保田要我当这个行长开始,我就知道厄运开始了。我就通知我在日本的亲人全部办理德国移民。但现在是战争期间,各国的移民办理都很紧张,好在德国和日本同为轴心国。如果他们真能移民德国，你回到德国后还得请你多关照，他们孤儿寡母在异域他乡生活肯定艰难，他们也没有什么积蓄，生活上还得靠你帮他们一把。不知你能答应我吗？

西蒙：这没有问题。天涯沦落，帮一把理所当然。只是你呢？你能不能过去？你要能过去，我们一块干。

莆田川：（苦笑）我恐怕等不到那一天了。久保田要是弄不到钱，他会把上海变成一个屠场，上海工商界的那些头面人物他一个都不会放过。以他野蛮凶残的性格，他下一步的做法就是逼着这些人拿钱来换命，要么给钱，要么丧命。上海又将是一片血雨腥风。还有那些犹太人他也不会放过。他的做法很简单，没有在上海买他的暂住证的犹太人一律抓起来，送给德国人，再从德国人那讹一笔钱。他就是个人贩子，拿犹太人的命去换钱。这个主意就是那个警察局行动科的科长殷燕农给他出的。他现在把上海的犹太人都已经隔离起来。这说明他已经在实施这个计划。前几天他把那个叫米兹拉希的犹太拉比抓了起来，逼他把美国人带来的赈济款交出来，连日用刑，估计那老人也撑不过这一两天了。你想想在这种情况下能放过我吗？我现在就指望我的家小能逃出他的控制。如果他们安全了，我要去德国倒也不难。今天我去德国总领馆也是想为自己留条后路。只怕我熬不到那一天。

西蒙：不要放弃。莆田川君，你比我聪明，你一定能熬到这一天。只要我回到德国，我会等着你，我答应你的事我也一定会办到。我现在得回去了，施瓦茨那个混蛋如果没看见我，又该找我麻烦了。

莆田川：找什么麻烦？你自由了。你是德意志的合法公民，这是梅辛格当着使馆那么多人的面说的话。他还答应回到柏林就放了你的妻小。施瓦茨还管得了你吗？

西蒙：我，我总担心他找我麻烦。

莆田川：你呀，你呀，你就是太老实。施瓦茨那个混蛋就是梅辛格的一条狗，他敢不听梅辛格的吗？严格地讲，你现在是我的人，是我把你要出来，在帮我办事。我去总领馆，你跟着我。他们看见你在我身边，还能说什么呢？你大胆回去，看看施瓦茨还敢放个屁？倒是我现在该回去了，久保田要是找不到我又该火冒三丈了。这样，你明天一早到东亚银行来找我，我们一同出去办事。（对柜台）老板，结账。

【西蒙赶忙从挎包里拿钱，被莆田川一把摀住。

莆田川：你傻呀。你这包里都是黄金，他们找得开吗？这金子里有着无数条犹太人的生命，我还不稀罕用这种脏钱。每次吃饭都你请我，今天我来吧，算是庆贺你重获自由。

【莆田川结完账拍拍西蒙肩膀，匆匆离去。西蒙呆呆地看着离去的莆田川。

西蒙：（喃喃自语）……鸟之将亡，其鸣也哀。

45-4. 景：犹太医院李廷琛办公室 夜 内

【李廷琛正在和李廷瑞、杰思敏、李尔克说着话。四人分别穿着医疗服和病员服。李尔克的情绪有点激动。

李廷琛：李尔克，请先不要激动，成立抵抗组织不是你一个人的事。上海各阶层有多少人在为难民的事日夜操劳。犹太隔离区成立不久，全副武装的日伪军和警察二十四小时坚守。这个时候你怎么组织活动？暴动？你有武器吗？有后援吗？你能保证这些拖家拉口的难民们都会跟着你走吗？暴动以后的出路在哪儿？你投奔谁？还是孤立作战？怎么突出日军的重围？你想过吗？有预案吗？李尔克，我理解你的心情。米兹拉希先生被抓，我们都很难过。这么多天了，他和梅丽娅夫人都音讯全无，我们也很担心。可这不是冲动能解决的事。武装暴动也好，武装营救也好，请愿也好，游行也好，总得具备相应的条件。冒冒失失地行动，不仅没有成功的几率，只能是白白丧命，这是我们需要的结果吗？

李尔克：那就看着米兹拉希先生不管吗？他可是我们的拉比，是我们最尊敬的人，是天父的使者，是神的化身。他为我们的事操碎了心。我们就忍心看着他死在日本人的屠刀下吗？

李廷瑞：李尔克，你太激进了。你这样要坏事的。你听谁说过不管吗？米兹拉希先生我们都很尊敬他，都希望他平安。日本人的凶残不会比德国人差，我们要管，拿什么管？暴动吗？请愿吗？那只是白白送死，死更多的人，反而给了日本人屠杀的借口。那样值吗？李尔克，我想我们年龄差不多，我和你一样，遇事冲动、热血沸腾。可这有用吗？你今天就说说吧，你有什么好办法能把米兹拉希先生救出来？能把几万犹太同胞救出隔离区？你说吧，我们听你的。只要你说得有道理，我李廷瑞第一个跟着你干。

【李尔克一时语塞，屋内一阵沉默。敲门声响，洪阿秀带着西蒙进屋，西蒙热泪盈眶，拥抱着李廷琛。室内众人见状都悄悄离去。

李廷琛：你终于找来了。施瓦茨放弃你了？

西蒙：不完全是。但也许以后我会常来。今天来是有几个重要情况告诉你。你的老师科恩夫人就关押在德国总领馆地下室，玛丽老师十分坚强，梅辛格多次审讯她，她始终没有透露科恩先生的去向，每次都把梅辛格斥责得体无完肤，梅辛格之所以没有杀害她，就想把她当诱饵，把科恩先生引出来。施瓦茨每天带着梅辛格带来的那批党卫军穿着便装、带着武器，在街头巷尾巡视，包括犹太隔离区、你们医院，还有美国总领馆。他们从来没有松懈。最近他们显得更忙，好像在商量怎么和日军合作。今天我得到准确消息，他们将在九月二十七日举办一场晚会。据那个日本人莆田川告诉我，梅辛格主要宴请对象就是上海日军宪兵司令久保田，希望通过日本人的力量屠杀上海的犹太人。据莆田川说，日军正在浦东修建一座化武基地，还要在上海长江段建造若干军事工程，可是没钱。日本军部又催得很紧，有可能梅辛格和久保田达成某种肮脏交易，即梅辛格给久保田钱，久保田则把这些犹太人以某种名义抓起来，交给梅辛格。据说梅辛格还要修建关押犹太人的集中营。具体位置还不知道。总领馆的那个武官倒是陪着梅辛格和施瓦茨去看过几个地方，没听说他们准备在哪儿建造。

李廷琛：你说的这些情况很重要，我们应该继续关注。你这么久没露面，我一直很担心你的安全。你这次是怎么出来的，以后还有这样的机会吗？如果没有，你就别回去了。告诉你一个大大的喜讯。你夫人和小姐都已平安来到中国，现在苏北新四军总部。受到新四军总部领导的热烈欢迎，给她们做了妥善安置。你让朋友送来的那船药品已送苏北新四军部。新四军的领导派专人要我转达对你的敬意，欢迎你随时去抗日根据地与夫人团聚。

【西蒙呆了，不敢相信自己的耳朵，痴痴地说：

西蒙：真的吗？太意外了。感谢上帝。他们来了很久吗？

李廷琛：有些日子了。你还在川崎饭店时，我就让青帮的人找过你好几次。可惜你都跟施瓦茨在一起，我们没机会把这个喜讯告诉你。玛丽夫人失踪时，你们也搬走了。我估计施瓦茨把你也带进了总领馆，找你就更加无望了。

西蒙：施瓦茨一直死死盯着我，玛丽夫人被他抓来后，他一直留在总领馆看押夫人，把我也留在总领馆，我没法脱身，也出不来。这次倒是亏了那个莆田川的日本人，梅辛格要他帮忙办事，他乘机提出了我的事，说施瓦茨羁押我很不公平，既不符合法律，也违背了元首训令。据说当时梅辛格就撤销了对我的看押，宣布我是自由人。当时总领馆的很多人在场。我这次出来是莆田川把我带出来的，我想今后这样的机会应该还有。

李廷琛：这就好，西蒙。现在的形势很紧迫，你刚才也说到了，久保田和梅辛格可能达成交易，联手迫害犹太人，甚至有可能日本人直接参与屠杀。我们现在是苦于得不到准确情况，比如玛丽夫人的事。前两天我还到了一趟德总领馆，他们的领事和武官都矢口否认总领馆关押玛丽夫人，甚至否认梅辛格抓捕了夫人。他们的武官古德里安还陪着我整栋大楼都浏览了一下，也没发现什么关押玛丽夫人的痕迹。我不知道玛丽老师被他们关押在地下室。你这次来，就证实了玛丽夫人确实被关押在总领馆，这就为我们的营救工作提供了方向。随着形势越来越残酷，我很希望你能继续提供一些梅辛格和久保田的交易内幕。这也是我们为和平和正义做了一点贡献。

西蒙： 我会的。以后有机会我就来找你，把我了解到的一些情况告诉你。其实这段时间我也想清楚了很多问题。无论是西方还是东方，法西斯分子之所以这么猖狂，就是因为我这种人太多了。拿我来说，平时虽然没有作恶，也没有为虎作伥，但只顾自己做生意，只顾自己发家致富，对作恶者和受难者都无动于衷、听之任之。其实这不仅仅是自私和冷漠，这也是一种罪孽，是人性的背叛。有时候我想，我怎么才能为那些承受苦难的人做点什么，或许这样才能让我的余生得到平静、灵魂得到救赎。其实我有这样的想法是从你离开柏林码头开始的，你放弃了整船的药品，却救走了数以百计的犹太人，那可是一百多条活生生的生命啊。从这个意义上讲，是你启蒙了我对生命意义的思考。李博士，我能为你做点工作，我认为这是我的自我救赎，也是我新生命的开始。

李廷琛： 西蒙先生，不能这么说。你没做错什么，更谈不上什么救赎。我倒认为你帮了我的大忙，没有你，我救不出来那一百多犹太人，你后来给我运来的那船药品，挽救了多少反法西斯战士的生命。而且，为了我你还受了牵连，甚至连累了你的全家。该感到不安和深深歉意的应该是我。好在这一切都已经化险为夷。我本应该立即送你去苏北和妻子团聚，但现在局势太紧张，怕有一定的风险，况且现在苏北的人还没来，还得委屈你一下，等苏北的人来了，我再通知你。

西蒙： 不，不，就是现在你送我去，我也不会去。三万多名犹太人的生命危在旦夕，你们又得不到准确的信息，也不知道梅辛格和久保田下一步要做什么，这个时候我能走吗？好歹总能给你提供些信息。李博士，感谢你给我个重新做人的机会。我现在立即回去，我将继续待在梅辛格施瓦茨的身边，把了解到的情况及时告诉你。

李廷琛： 好吧，西蒙先生。也只能委屈你了，希望保持联系。

西蒙： 我该回去了。我会和你保持联系。相信我，李博士。我不是一个好战士，但我希望做个好人。有机会请告诉我妻子，说我一切平安，我会尽快去苏北看望她和女儿。

李廷琛：好的。苏北来人了，我会及时通知你。

45-5. 景：日军宪兵司令部会议室 日 内

【会议室长长的会议桌边，一边坐着军容整肃的日军将佐，一边坐着上海汪伪政府各级官员，代理市长苏锡文也在其中，久保田居中而坐。

久保田：像这样的会议我们开得不多，算是军政联席会议吧。一年也难得开一次。今天请各位来，只是宣布皇军的一个重大决定，就是从明年开始，皇军上海驻屯军收回上海所有租界。

【久保田此言一出，上海伪政府官员立刻交头接耳、议论纷纷。一日军少佐猛拍一下桌子，站起身来。

日军少佐：各位安静，请让将军把话说完。

苏锡文：（书生气）请问将军，您说的接管租界，是您的决定还是贵国军部的决定，南京国民政府是否知道，我们怎么没有接到通知。

久保田：是土肥原将军和我的建议，报帝国军部决定，至于说南京政府是否知道，那是帝国军部的事，我只负责通知各位。明年，也就是1943年帝国驻屯军将收回上海各国租界，但租界收回后的财政、治安、交通、工商等各项管理工作都由上海市政府统一管理，也就是说还得依靠在座的各位，所以先和各位通个气，提前打个招呼。今天是9月27日，到明年还有三个月的时间，这几个月希望你们做好准备接管的有关工作，并提前拿出一个接管后开展各项工作的具体报告，如财政、治安……

【苏锡文毕竟文人出身，听了久保田的话，有点沉不住气，迫不及待地插话。

苏锡文：将军，租界当局代表的是一个主权国家。我国从清政府开始，跟这些国家是有约定的，比如时间约定，也就是租期约定。现在租期未到，我们却要收回。不知怎么收回，以什么理由收回，是南京政府收回还是贵国军部收回……

久保田：（极不耐烦，一声冷哼）这不是你一个代理市长应该提出的问题。我刚才已经说了，我是来宣布决定的，不是来跟各位商量的。租界收回后，你按皇军的要求做好各项管理工作就可以了。怎么收回？这用得着商量吗？还需要什么理由吗？皇军的决定还用得着跟谁讨论吗？到时候南京政府只需把帝国的决定告诉他们，让他们立即滚蛋！如果不识相，皇军就武力占领。犯得着跟谁商量吗？帝国占领亚洲、太平洋三十多个国家和地区跟谁商量过吗？

苏锡文： （继续争辩）可租界是在中国的土地上，中国和租界各国是有条约的，中途收回、违约的、不守信誉的是中国。当然，我一个小小的代理市长是管不了这么大的事，但……

久保田： （勃然大怒）管不了你就少管，要管你找你们南京政府去。苏代市长，我本不想再与你说什么，但既然你们的政府要员都来了，我就多说两句。皇军占领上海以来，产值在原来的基础上几乎增加了一倍。可你们上缴南京政府的财税却和当年蒋政权一样，这么多年没有增加一分钱。这些钱上哪儿去了？还有，原来上缴蒋政府的财税中五分之四都是租界收入。现在不升反降，你们上缴南京政府的财税中，由五分之四变成了五分之三。谁都清楚上海真正的繁荣是在租界，上海所有的财税收入绝大多数都来自租界，租界才是上海真正的贸易中心、金融中心、世界货运中心和制造业中心。可这么好的一块风水宝地，你们却拱手让给了那些外国人，让他们在这大发其财，再把钱转到欧美各国，用这些钱、这些物资来与皇军对抗，使皇军的军需、军费、后勤补给、交通运输捉襟见肘。我今天实言相告，皇军的这一连串举措都是为了钱。帝国缺钱，军部缺钱，我上海驻屯军也缺钱，皇军就是要钱。为了钱，为了打赢这场战争，为了实现"大东亚共荣共存"、八纮一宇的帝国梦，皇军可以不择手段达到目的。现在各位该明白了，皇军的决心和措施不可动摇。别说收回租界，只要能弄到钱、打赢这场战争，皇军还有一系列增加财源的措施都要实施。比如大幅度地增加各项税收，如工商税、贸易税、货运转口税、进出口关税、个人所得税、个人财产税等等，甚至外国侨民居留税、保护费等。谁要是胆敢抵制阻挠或破坏皇军各项政令实施，三个字：杀无赦。

【会场无人再敢发声，一片死寂。久保田放缓语气。

久保田： 在座的都是政府要员。我请问一声，你们天天吃什么？穿什么？你们家人孩子生活得怎么样？这些不用我说，你们心里都该有数吧？都应该还可以吧？可你们知道我大日本帝国的天皇子民天天吃什么吗？我们的前方将士天天吃什么吗？你们看不到，想不到，也不知道帝国的艰难，不知道天皇子民和皇军将士正经历着怎样的饥饿和苦难。

【久保田顿了一下，眼露凶光地扫视了一下在场的官员，伪官员们低头无语。

久保田： 据我所知，在座各位的月俸不低于一百大洋，以年计，每年不低于一千二百大洋，远高于我的军俸。当然我不是拿各位跟我比，我跟各位没有可比性。我作为天皇将士，能维持温饱，已是皇恩高厚，为帝国大业出征异域，就没打算活着回去，能为天皇玉碎靖难是我的荣誉。我只是想说，各位都是帝国最亲密的朋友，同盟同道、生死相依。现在帝国有难，各位应同心同德、肝胆相照才是。可恕我直言，我感觉不到各位跟我有同舟共济之感。今天我干脆把话挑明了吧，明年再接管租界的同时，也要改组市政府。原因很简单，政府部门没有尽力，或者说没有尽全力。各位想想这些年来你们的业绩在哪里，上海市政府刚组建，土肥原将军就给了你们施政纲领。他的"河豚鱼计划"大家都看了，那就是施政纲领。整个纲领就围绕着一个字——钱。可几年过去，上海表面繁荣了，银行多了，工厂多了，劳工多了，产值多了，利润多了。可政府收到的财税倒越来越少了。为什么？各位心里比我明白。我不说这里边有人贪赃枉法，我倒希望这是个人的能力问题。远的不说，就拿上海的工商业来说，你们管了多少？管好了吗？上海工商业是上海的财源、聚宝盆，政府财税大多来自工商业。可你们扪心自问，政府也好，皇军也好，到底从他们那得到了多少好处。蒋政权时他们交了多少财税，现在产值翻番，他们又交了多少财税。当然他们工商总会的那个会长李衡甫老谋深算、诡计多端。他的目的倒是达到了，复工增产，既保住了他们的产业，又使上海数百万人口免于饥饿，能够生存下来。可你们呢？帝国给你们的使命完成了吗？上海工商界是听你们的还是听他李衡甫的？是你们的威信高还是他李衡甫的威信高？是你们说了算还是他李衡甫说了算？当然我知道你们玩不过他。可你们是政府啊，政府是干什么的？他李衡甫再有能力也是一介平民呀。这样的政府还不该改组吗？我想土肥原将军如果在，他也不会看着你们这样无所作为。我今天说这些，不想责备你们，更不想为难你们。至于说改组政府的事仅仅是我个人的想法，这还要请示军部并和南京政府商量。我只是给大家提个醒。有些事皇军是不好出面的，只能依靠政府。所谓华人治华，这也不是什么秘密。中国人的事就得中国人来管。当然万一你们管不了，皇军也顾不了那么多，该出手还得出手。比如李衡甫，你们对付不了，我来。他能跟皇军一条心，按皇军的意图办事，当然是我所希望的。否则，我让他家破人亡。

【会场一片沉寂，久保田拿起桌上的文件夹，从里边抽出一摞文件交给苏锡文。

【苏锡文乖乖地接过，推了推眼镜，正想仔细看看。久保田又递来那个文件夹。

久保田： 签个字吧。这些文件都是皇军接管租界前政府要做的工作，包括犹太人在上海的居留问题，没有暂住证的一律抓起来。散会。

45-6. 景：久保田办公室 日 内

【在办公室等候的莆田川见久保田进来，忙起身行礼。

久保田：有情况吗？

莆田川：暂时还没有。犹太银行门前冷冷清清，好像已经停了业。昨天我看见他们的股东全部去了银行，应该是在开什么会，李衡甫也去了。

久保田：知道他们开什么会吗？李衡甫也去了，他在犹太银行是什么角色？

莆田川：我约了他们银行的一个职员今天见面，见面了我就清楚了。

久保田：一定要把他们银行的情况搞清楚，银行怎么会突然停业？米兹拉希死了，谁来接替他的职务？他们银行的账面资金是不是还在账上？他们银行和其他银行，特别是外资银行有些什么大宗的业务往来？这些都要尽快搞清楚，必要时可通知警察局和政府财税部门对银行突击检查，如果确认他们已经停业，立即封冻他们的一切账户。你去吧，有情况随时报告。

莆田川：明白。将军，有个情况要跟你报告，今天晚上德国总领馆要举办晚宴，听说主要的宴请对象是您，好像是那个叫梅辛格的党卫军上校要求您办事。

久保田：办事？好啊，拿钱来。有钱什么事都好办，没钱免谈。

莆田川：我看将军还是应该去。他们特意为您举办这种高规格的晚会，不会没有目的，也不会没有准备。我想他们的目的无非是要请将军您抓捕那些犹太人。我知道那位党卫军上校来上海就是要处决逃来上海的犹太人，他们也有过几次行动，可一无所获，只抓到一个叫玛丽的科恩夫人，他们当然也知道在上海办事离开您将一事无成。所以他们现在是有求于您，您不妨跟他们谈谈条件，或许他们能满足您也未可知。

久保田：知道了。德国人那边有什么情况，随时向我报告。

莆田川：是。将军，我走了。

【莆田川行礼离去。久保田陷入沉思。

第四十五集

第四十六集

46-1. 景：德总领馆门前 夜 外

【总领馆大门敞开，敞开的大门两边站着八个全副武装、身着制服的党卫军。大门稍后处竖立着两根高高的旗杆，旗杆上分别挂着纳粹的卐字旗和日本军旗。军旗下站着两个身着制服的党卫军护旗手。办公楼顶的两盏聚光灯分别射向风中飘动的两国军旗，楼内传来阵阵的音乐声。

【一辆辆轿车驶进总领馆，武官古德里安和一群使馆官员在台阶上迎接着。

46-2. 景：德国总领馆宴会厅 夜 内

【乐声悠扬，宴会正厅挂着希特勒和日本天皇的画像，画像下斜挂着巨幅的纳粹卐字旗和日本军旗，大厅一侧是一个突出的小乐台。乐台上一群身穿制服的白俄乐手正在演奏。一个身材矮小如侏儒般的乐队指挥，正扭动着身躯挥动着指挥棒。乐台的东西两边临窗处分别放着两个酒吧柜，里面放满了各色名酒和点心食品。两个调酒师将一杯杯调好的彩色鸡尾酒放进托盘。大厅中围绕着酒吧形成一个椭圆形舞池，周围按主贵宾席位摆满四人餐桌。每个餐桌上放着一瓶鲜花，整个大厅灯光璀璨，灯光中垂下的小卐字旗和太阳旗排排成串，格外醒目。

【大厅门外不时传来某国某某使节到的传唤声。基尔卡总领事忙不迭地迎接着各国使节，一群身着艳装的白俄少女安排他们就座，给客人们端上茶点。在音乐的衬托下，宾客们笑声阵阵，气氛热烈。主宾桌前端坐着全身戎装的梅辛格，似与整个大厅的气氛不太协调。

【门外传来上海宪兵司令部久保田将军到的传呼声，梅辛格赶紧起身，与基尔卡到门口迎候。

【久保田带着两位身着军装的佐官，在古德里安及随从的陪同下谈笑风生地走来。基尔卡和梅辛格将他们迎进大厅，将久保田安排在主宾席就座，基尔卡和梅辛格相陪。两位佐官则被安排在久保田身后的贵宾席就座。

【一个身穿布拉吉的白俄少女端来茶点，笑容满面地向久保田行了个俄式屈膝礼，然后离去。久保田注视着她们婀娜离去的身影，基尔卡凑近久保田说了句什么，引起久保田的哈哈大笑。他环视了一下大厅，竖起大拇指。

久保田：领事先生，不错。有格调、有气派，不愧是外交官，我就不会想得这么周到，想到了也做不到。看来当外交官还真的要有学问。您看，我这一段时期军务缠身，他们政府方面的事也要我管，心情特别烦躁。可一到您这，就有一种雨过天晴、神清气爽的感觉。看来我还得多来，天天有个好心情。

基尔卡：哪里哪里，将军过奖了。我这也不是天天都这样。今天是个特殊的日子，庆贺我们两国结盟两周年纪念。再说听说将军要出席，我们加了点码就是了。梅上校听说您肯赏光，他也特别高兴，特意嘱托规格要高一些。很多安排都是他亲自交办的。

【久保田笑着向梅辛格点了点头，带点挑剔的口气说：

久保田：有劳了，有劳了。上校真是多才多艺，用心良苦啊。不过嘛，我怎么觉得这音乐有点不对劲，缠缠绵绵、软不奋拉的。今天是什么日子？是庆贺我们两国的军事同盟两周年纪念，严格地说，是军人的一次盛会。您听听这音乐，没一点军人的气派嘛。

梅辛格：那将军喜欢听什么音乐？

久保田：军歌。你们德国的军歌我也很喜欢。

梅辛格：好啊，您也喜欢我们德国军歌，我们德国军歌很多，不知将军喜欢哪一首？

久保田：你们德国军歌确实很不错，我都喜欢。什么《黑森林之歌》呀，《保卫莱茵河》哪，我最喜欢你们的《装甲兵之歌》。

梅辛格：我也很喜欢这首歌，可不知这乐队能不能演奏。

【基尔卡见状，忙起身把正在安排客人的冯·洛曼奇叫来。

基尔卡：冯，久保田将军想听《装甲兵之歌》，您去问问乐队，他们能不能演奏这首歌。如果行，让他们立即演奏。

冯·洛曼奇：（笑笑）知道了，请稍等。

【洛曼奇走到乐队的指挥旁，打断他的指挥，音乐骤停。

冯·洛曼奇：能不能演奏《装甲兵之歌》？

【侏儒指挥耸了耸肩，做了个怪相。

指挥：旋律倒是知道一些，但从来没有演奏过呀。这种舞会演奏军歌，合适吗？

冯·洛曼奇：这您就别管了，给我一张空白的线谱纸。

【指挥从琴谱上撕下一张空白线谱纸。冯接过，拿出水笔，就着谱架唰唰地画了起来。

几分钟后，他把画好的线谱交给指挥。

冯·洛曼奇：这是《装甲兵之歌》的主旋律，和音部分我做了标记。您跟乐队说，钢琴我来，他们能跟得上就跟，但注意和音部分跟上就行。这就看您的啦。开始。

【指挥把乐谱递给乐队，让他们传阅了一下，交代了几句。钢琴手退下，冯·洛曼奇上。停留在空中的指挥棒重重落下。雄浑的《装甲兵之歌》霎时响起。明快的节奏震撼大厅，众人随着节拍起立。有的打着拍子，有的低声哼唱。一曲终了，全场沸腾。

久保田：我最喜欢歌词中的这几句：硝烟滚滚，马达轰鸣，我们的钢铁洪流锐不可当冲向敌营，让敌军在我履带下变作尘土，假如我在战斗中死去，请不要悲哀，那是我作为军人最高荣誉，我会在钢铁的坟墓中安息。

梅辛格：将军，我也很喜欢这几句。

【梅辛格说着小声地哼唱起来。古德里安走过来向基尔卡示意，基尔卡点了点头。古德里安随即大声宣布。

古德里安：各位请安静。德日同盟两周年纪念酒会现在开始。请总领馆主官基尔卡先生致祝酒词。

基尔卡：（起立）尊敬的久保田将军，尊敬的各国贵宾，今天是个值得纪念的日子，我要讲的只有三句话。第一句话是，热烈庆祝德意志共和国和大日本帝国缔结军事同盟两周年，祝愿两国军队的战斗友谊牢不可破、代代相传。第二句话是，我们庆贺德意志人民有了自己的英明领袖阿道夫·希特勒，他说要让每个德国家庭的餐桌上都要有牛奶面包，他做到了；他说德国要消灭失业，让每个德国人都有工作，他做到了；他说他要让德意志一雪国耻，让《凡尔赛条约》变成一张擦屁股的手纸，他做到了。现在他正带领我们向统一欧洲的宏伟目标前进，我们的军队已经占领了除英国和苏俄外，几乎欧洲全部国家，统一欧洲胜利在望，他不仅是我们德意志的元首，也是全欧洲的元首。元首万岁！第三句话是，祝愿欧洲早日统一在德意志的旗帜下，早日结束战争，早日实现和平。请各位举杯，为和平干杯。

【宴会厅众人纷纷举杯，随基尔卡一饮而尽。

基尔卡：请久保田将军讲话。

久保田：（起立）我今天的心情很复杂。很高兴也很难过。高兴是德国盟友为我和各国嘉宾举办如此隆重和盛大的酒会。看到各国盟友为日德两国的军事同盟而兴高采烈，感到德国盟友对大日本帝国的浓浓情谊。我难过的是我大日本帝国为"大东亚共荣"，为亚洲的统一大业，我帝国将士在前方浴血奋战，特别是战斗在马来半岛和南太平洋诸国的皇军将士，他们忍饥挨饿、缺吃少穿，还要忍受丛林中的蚊叮蛇咬，随时准备靖国殉难。各位朋友嘉宾，知道他们吃什么吗？草根树皮吃完了，就吃蟑螂蚂蚁蚯蚓毒蛇。知道他们穿什么吗？军装破了，不能穿了，没有补给，他们就光着膀子端起刺刀和敌人肉搏拼杀，用血肉之躯维护帝国军人的悲壮和荣誉。想到他们，我心里就特别难过。我想念他们。我特别感慨的是，我们的德国盟友为我们准备了这么丰盛的酒会，有各国名酒食品。喏，俄罗斯的伏特加、苏格兰的威士忌、法国的白兰地，还有各色奶酪蛋糕红肠甜点巧克力，有的我都叫不上名字来。我感谢我的德国盟友为我和各位准备了这么丰富的酒会，但我很难下咽。我想起光着膀子饿着肚子在前线浴血鏖战的弟兄们、将士们，我就难过，我就惭愧。我真希望我能够和他们在一起冲锋陷阵、同生共死、以身许国。先生们，我的这些话可能有些不祥，但这是我的心里话。希望我的话不要扫了大家的兴。大家该吃的吃，该喝的喝。我希望各位今宵快乐、尽情享受。愿日德同盟牢不可破，愿大日本帝国"大东亚共荣圈"早日形成，皇军万岁，天皇万岁。

【大厅一阵沉寂，乐队也仿佛停止了演奏，旋即响起一片掌声，悠扬的乐声又响了起来。

古德里安： 将军，听了您这番话，我很感动，也深受启发。您让我知道了什么是军人的壮烈和荣誉。请接受我的敬意。干杯。

【古德里安从白俄女孩的酒盘中拿起两杯酒，递过一杯给久保田，两人碰杯，一饮而尽。

久保田： 谢谢。我们都是军人，不必拘礼。

基尔卡： 将军，您让我知道什么是真正的军人，请接受我的敬意。干杯。

【两人拿起酒，一饮而尽。

梅辛格： 久保田将军，我率柏林军事观察团来远东快两月了。您是我遇到的最优秀的军人。作为军人，您是我的榜样。干杯。

【梅辛格拿起两杯酒，递过一杯给久保田。两人碰杯，一饮而尽。

梅辛格： 还有，我离开柏林前，希姆莱将军给了我一把手枪，授权我来远东后如果遇上盟军中最优秀的军人，请把这支枪作为礼物送给他。这是他的礼物，也是元首的礼物。

【梅辛格起身向站在门口的党卫军挥了挥手。一党卫军军官立即捧来一个橡木盒。梅辛格打开盒盖，里面露出一把精巧的手枪和两个弹夹。

梅辛格：这是我们元首佩戴的手枪，瓦尔特 P138 手枪。据我所知，元首送过一支这样的手枪给意大利首脑墨索里尼。今天我代表德国军方送给您，以表示我对您的敬意。

【梅辛格双手捧起木盒，郑重地递给久保田。久保田没有接木盒，却随手拿起木盒里的手枪把玩着。

久保田：好枪，精巧、漂亮，更像个玩具，管用吗？

梅辛格：管用不管用要看在谁手上。放在将军您的手上，可以说三十米内弹无虚发，枪枪致命。将军您看，全自动十连发，无后座双保险，人工雕花橡木贴柄。应该说这是军械中的珍品。听说戈林、隆美尔、曼施坦因等将军平时都舍不得用，都珍藏着。只有元首经常佩戴。

【梅辛格从久保田手中取回手枪，啪的一声推匣上膛，举枪击发。随着一声枪响，大门一侧的一盏壁灯应声而灭，碎玻璃四散飞溅，厅内一片惊叫声。站在灯下的一个党卫军本能地抱头蹲下。乐队的乐手们惊呆了，侏儒指挥的指挥棒掉在地上。

【几个党卫军听见枪声，持枪冲进大厅。梅辛格挥手让他们退下。久保田哈哈大笑。

久保田：好枪，我也试试。

【久保田从梅辛格手上接过枪，掰开保险，信手一挥。随着又一声枪响，门旁另一侧的壁灯应声而灭。厅内又是一阵惊叫声，几个白俄舞女四散逃开，手中的酒托哐当坠地。场内顿时大乱。

【古德里安忙起身挥动双臂，大呼。

古德里安：各位镇静，这是梅上校和久保田将军互赠礼物的赞礼。大家尽情地吃，尽兴地喝。想唱就唱，想跳就跳。今晚不拘礼节。这么多白俄小姐陪伴，愿大家尽情尽兴、今宵快乐。

久保田：各位先生，惊扰了，惊扰了。刚才是我一时兴起，惊扰大家了，很抱歉。这里我给各位先生赔不是了，我自罚三杯，向各位谢罪。

【久保田随即从白俄小姐托盘中拿起三杯酒，口中数着一二三，手起杯干，哈哈大笑。略显醉态。

【大厅中又响起一阵掌声，久保田摆了摆手，却难掩得色。

【乐声再起，这是一首青楼的舞曲。一些来宾拥着身材妙曼的白俄姑娘进入舞池，翩翩起舞。

【古德里安向梅辛格使了个眼色。梅辛格会意，微微点了点头，转对久保田。

梅辛格： 怎么样，将军？

久保田： （故作懵懂）什么怎么样？心情吗？很好啊。

梅辛格： 我是指送给您的礼物。

久保田： 这把手枪吗？不错啊，我很喜欢。我收下了。谢谢您，谢谢希姆莱将军。很抱歉，我可没准备什么礼物送给你们。请回国后向希姆莱将军转达我的谢意。

梅辛格： 好的，一定一定。将军，我还要给您一个惊喜。我个人还有一件礼物要送给您，请随我来。

久保田： 您个人的礼物？那就不必了吧，无功受禄，吃下去肚子要疼的。

【但久保田还是起身，跟基尔卡和古德里安打了个招呼，随梅辛格而去，脚步有些踉跄。

46-3．景：美总领馆詹森办公室 夜 内

【詹森、陆允明、施莫林、李廷琛正在讨论着，看来个人观点不一，气氛有点紧张。

陆允明： 这两天德总领馆活动频繁，今天他们又举行了盛大酒会，说是庆祝德日同盟两周年，主请嘉宾就是久保田。我担心梅辛格和久保田一旦联手，那我们这个总领馆都将置于日军的严密监视之下。到那时再要转移科恩先生，那就更加困难。现在上海的情况越来越复杂，当务之急是要尽快地把科恩先生转移到安全地方。我认为这事不能再拖了。美日两国现在是交战国，日本人现在没什么事干不出来的，他们如果知道科恩先生现在在我们总领馆，他们有可能会武装封锁总领馆，强行搜查。

施莫林： 现在的问题是科恩先生不同意转移，我了解科恩先生的性格，他要不见到玛丽夫人，他是绝不会一个人离开的。强行把他带走吗？像施瓦茨那样绑架玛丽夫人吗？

陆允明： 那你说怎么办？我们就坐在这干等吗？万一科恩先生落到日本人或者德国人手上，我们怎么交代？

李廷琛： 陆兄，你考虑的问题我们都在考虑。不错，当务之急是要把科恩先生转移。可转移到哪儿？哪里才是最安全的？我们的最终目的是要把科恩先生一家安全护送到美国。现在科恩先生已经同意去美国，他只是想跟他夫人见一面，知道她的死活。生离死别，我想这也是人之常情。就这点愿望我们也不能满足他？他怎么能舍弃他一家人而孤身出走。

陆允明： 那你说吧。你有什么更好的办法？现在已经确定了玛丽夫人就在德总领馆，

你能把他救出来吗?

李廷琛: 救出玛丽夫人不是没有办法。但救出以后,如何把她和科恩先生甚至她全家送到美国,我们有方案吗?我们假设一下,我今天晚上把玛丽夫人救出来,玛丽夫人和科恩先生都在我们总领馆,我们如何把他们送出上海,如何把他们护送到万里之遥的美国?我们有准备吗?各位,我今天实话相告,我已经做好孤注一掷最坏的打算,那就是借助社会力量武装冲击德总领馆,武力营救玛丽夫人。如果人救出来了,下一步呢?总不能也放在美总领馆吧?所以,如何把科恩先生或他们夫妻转移出上海,如何安全地送到美国。这才是目前我们最应该考虑的问题。

詹森: 各位说得都很有道理。现在的问题是我们没有一个妥善的方案能一次性把科恩夫妇转移到美国。我看这样吧,我们分头准备。李博士去准备营救工作,施莫林上尉立即和中情局联系,请示将科恩夫妇护送到美国的途径。上海的形势确实很紧迫,随时都有可能发生意外。我希望我们能在一周之内有一个完整的营救方案和转移方案。各位分头行动吧。我负责和华盛顿联系,请求支援。

【众人正准备离开,却突然发现科恩站在门口。众人赶紧上前将科恩扶进屋内。

【科恩满面憔悴、浑身颤抖,李廷琛赶紧扶科恩坐下。陆允明倒过一杯热水递给科恩。科恩双手捧着这杯热水,紧紧地捂着,仿佛这是最后的温暖。

李廷琛: 科恩先生,已经深夜了,您应该去休息。

科恩: 你们刚才的谈话我都听见了。我很感激你们,为了我和我一家的安全,你们日夜操劳,这让我很不安,也很惭愧。

李廷琛: 科恩先生,你完全没有必要感到不安。但凡一个有良知的人,看着你们一家的处境,也不可能撒手不管。感到惭愧的应该是我们,特别是我,我把你们从柏林接来上海,却不能保证你们的安全,特别是对我的老师玛丽夫人,她是教育我成长的人。知恩图报是我们中国人的道德传统,可我却做不到。刚才我们就是在这商量,如何把你们一家转移到安全的地方。但坦率地说,我们现在还没有一个很好的方案。日本人和德国人现在已经联手,这增加了保证你们安全的难度。但请相信我们一定能把你们安全地转移。

科恩: 我知道,我知道。其实我个人的安危不值一提。我只是一个侥幸从纳粹屠刀下逃出来的普通犹太人。我现在已经一无所有,战争毁灭了一切。我关心的是我的夫人和孩子们,她们是我的全部。失去她们,生命对我毫无意义。我这样说,你们可能觉得我很狭隘，但我确实是这么想的。我已经答应你们去美国，这是我的决定。趁着自己还活着，为人类和平做点有意义的工作，但我有个小小请求，在我离开上海之前，我希望能和我的亲人见个面，特别是我的夫人，她是我最信任最敬重的人。没有她的陪伴和帮助，就没有今天的科恩，我只希望和她们见上一面，知道她们还活着，我也就安心了。我会全身心地投入到世界反法西斯的战斗中去。我也让我的亲人们知道，她们的丈夫、父亲不是懦夫，而是一名坚强的战士，我希望你们能满足我这个要求，否则我将终身愧疚。

詹森： 您的要求，我们完全可以理解。我们会尽力满足您的要求。我们刚才讨论的就是如何从德国人手里营救玛丽夫人。

科恩： 我知道这很难，但我依然充满期待。

李廷琛： 请科恩先生放心，我们将不遗余力。

科恩： 至于我的女儿们，李先生，如果您愿意，我想将我的两个女儿托付给您照顾。在上海，您是她们共同信任的人，也是我们夫妻最重要的朋友。

李廷琛： 科恩先生，您真的要把杰思敏和莎拉都托付给我吗？

科恩： 您感到为难吗？

李廷琛： 不，我没有想到您对我是这样的信任。

科恩： 您为我们一家人做的事情太多了。我只希望我的这个请求不会给您再添麻烦。

李廷琛： 科恩先生，感谢您的信任。

科恩： 我想这应该也是玛丽的意思。

【科恩慎重地从内衣口袋里掏出一枚族徽，交给李廷琛。

科恩： 这是我给儿子的那枚族徽，是我们全家的信物，现在我把它交给您。

【李廷琛有些激动，双手接过。

46-4．景：宴会厅的一个小房间 夜 内

【两个党卫军守着桌上的一个精美锦盒，见梅辛格和久保田进屋，忙起身行礼。梅辛格向他们摆了摆手，两个党卫军退出。

梅辛格：（指了指桌上锦盒）知道这是什么吗，将军？

久保田： 不知道，也不想知道。有话请讲。

梅辛格： 将军要知道这是什么，恐怕就不会这么说了。还是请先看看吧。

【梅辛格掏出一把极小的钥匙，将锦盒上的那把小锁打开，掀开盒盖，露出一柄镶满宝石、精美绝伦的短剑。久保田近前看了一下，没有作声。

梅辛格： 这是俄罗斯女皇叶卡捷琳娜二世随身之物，世间唯一的一把女皇防身利刃。

久保田： 珠光宝气，精美绝伦，价值连城吧？您是怎么得到的？

梅辛格： 这就说来话长了。长话短说吧。这把短剑恐怕不能用价值连城来形容，因为它无价。俄罗斯女皇叶卡捷琳娜二世您应该是知道的。她是世间独一无二的女皇。别的不说，她在位期间把俄罗斯的国土面积从三百余万平方公里拓展到一千八百万平方公里，俄罗斯的领土在她手上翻了六倍，仅此一项，她的功业就举世无双、无与伦比。再说这柄短剑，为了锻造和装饰这柄剑，三个俄罗斯顶级锻造师被流放，两个宝石镶嵌师被流放。据说这五位工艺大师都死在流放地西伯利亚。再说说这柄短剑是怎么到我手里的。1812 年法兰西皇帝拿破仑东征俄罗斯，死伤将士无数，最后攻下莫斯科。他从克里姆林宫无数的奇珍异宝中，仅选了这柄短剑带回巴黎，保存在罗浮宫，成为罗浮宫的镇宫之宝。后来拿破仑兵败滑铁卢，波旁王朝复辟，法国经济大萧条，王室成员靠变卖罗浮宫的宝物度日。一位犹太巨富一眼看上了这把短剑，花十万金珐琅买了下来，成了他家的传家宝。去年我随冯·曼施坦因将军攻陷法国，我奉命清除抵抗分子和犹太余孽，那家犹太人为了活命献出了这柄短剑，只求放他们家一条生路。我本想让他们离开法国，可后来希姆莱将军知道了这事，说他们资助了法国的抵抗组织，最后这一家人三十三口还是被处决。

久保田： （干笑一声）于是这柄短剑就到了您的手里。

梅辛格： （毫不掩饰）是的，我本想交国库。可国库的那帮混蛋个个贪得无厌，这样的宝物到了他们手上，还留得住吗？将军，这把短剑之所以无价，不仅是剑鞘上无与伦比的宝石奇珍，更在于剑刃的锋利无比，再就是它的出身高贵，是女皇叶卡捷琳娜二世的佩戴之物。

久保田： 您说您个人赠送我一件礼物，就是这把短剑吗？

梅辛格： 是的。宝剑赠英雄。我说过您是我遇见的最出色的军人，只有您才配享有这样的宝物。怎么？不喜欢吗？

久保田： （淡淡一笑）喜欢。但我没有资格享有这样的宝物。再说它对我也不合适，我觉得武士刀对我更合适。尽管如此，但这是您的一番心意，那我就收下了。上校，今天晚上您给我留下了很好的印象。作为军人，您恪尽职守、不遗余力地完成长官和元首的命令。我很欣赏。我知道您有事找我，请直说吧。我们两国是盟国，两国军队是盟军，你我现在是朋友，朋友之间无话不谈，只要我能做到的，我一定尽力。

梅辛格： 既然将军这么坦诚，那我就直说了，我确实有事要将军相助。将军也知道我此次来上海是奉命而行，就是要处决逃来上海的全部犹太人，他们是叛国者。元首和希姆莱将军对此十分关注，三令五申要我加快行动，务必完成使命。可坦率说，上海是皇军占领区，将军是这里的主宰，没有将军的首肯，我带来的二十几个党卫军将一事无成。所以我希望能得到将军的支持，帮助我完成使命。

久保田： 您要我怎么帮您，请直说。

梅辛格： 请将军帮助我逮捕这些犹太人，并就地处决。

久保田： 我们虽然是盟国盟军，我也很感激您对我的一番盛情。但我们毕竟是两个国家，不管我们之间是什么关系，都有各自的国家意志和利益。作为军人，维护自己国家的意志和利益是军人天职。德国的国家意志是灭绝犹太人，而大日本帝国的国家利益是利用犹太人，让他们为我们创造财富。您大概也知道我们军部已签发了外国人暂住证令，允许外国人在上海暂住，但要领取暂住证。一个外国人在上海留居一年必须缴纳城管费和保护费一千美金。上校先生刚刚提到要我帮助逮捕并处决逃来上海的这批犹太人，我很愿意帮助阁下完成使命。但这样我帝国利益将遭受严重损害。就拿这批犹太人来说吧，仅逃来上海的难民就不下三万，如每年缴纳一千美金的暂住费，每年他们就应该缴纳不下三千万美金的暂住费，这还仅仅是暂住费，不包括他们在上海还要为帝国创造财富，还要不断地向帝国缴纳各种税费。阁下想想，我把他们都抓了杀了，我帝国的国家利益是不是遭受损失？这笔损失谁来承担？

【梅辛格有些失望，但他不想放弃这个机会，只能强装笑脸做进一步试探。

梅辛格： 那将军的意思是，这个忙您帮不上？

久保田： 不，为了您的这份盛情，我也应该帮这个忙。但帮忙的前提是我不能损害帝国利益。如果上校您能帮我解决这个困扰，不让我帝国受太大的损失，我愿意帮这个忙。我不在乎杀人，但我不能背叛国家利益。

梅辛格： 我不是已经答应将军追回苏黎世银行的那笔钱吗？

久保田： （冷哼一声）上校，我相信您，可我的长官不相信我。如果我把这些人抓起来交给您，您把他们杀了，而您回国后却兑现不了您的诺言，或者说您帮不了这个忙，那我该怎么办？我能到柏林去找您吗？我面临的将是军法审判。上校，我们还是来点实在的吧。为了我们的友谊，我可以帮您这个忙，但您也必须考虑我的处境，让帝国利益损失降到最低。

梅辛格： 将军的意思是不是要我弥补贵国的经济损失。但不知您要我怎么弥补？

久保田： 钱，而且要立即兑现。我负责抓人，您负责给钱。我们各取所需。您知道我已经把所有的犹太人隔离起来了，我随时可以抓捕并交给您，您怎么处理我不管，但您的钱呢？钱什么时候交给我，这不是人口买卖，这是出于两国利益的需要。

梅辛格： 那您需要多少钱弥补您的帝国损失呢？

久保田： 这好办。按最低标准。我刚刚给您算过账，一个犹太人在上海一年的暂住费一千美金，按三万犹太人一年计，帝国一年损失三千万美金，其他的损失我可以忽略不计。您弥补给我方的最低不能少于三千万美金。

梅辛格： 可我手头哪有这么多现款哪？即便我答应您，也得等我回柏林后再筹措啊。

久保田： 那我恐怕等不及，您知道我已经把这些犹太人隔离了，您随时要我随时抓。我给您的是现货，可您答应我的是期货。到时候我拿不到这笔钱，我怎么向军部交代？上校，我是个讲究情谊的人，我刚才给您开的这个数目，其实我已经冒了很大的风险，您要知道瑞士银行的那笔钱就是三千万美金，而我把三万犹太人交给您处置，我也只要价三千万美金。你们党卫军可没多拿一块美金，坦率说这三千万美金不出一月我就唾手可得。您想想那帮犹太人，他们在隔离区没吃没喝没自由，他们撑得住吗？是生命对他们重要还是这一千美金对他们重要？他们不买暂住证行吗？想活命的拿钱来，最多十天八天的，这笔钱我也就凑齐了。这可是现金交易。而您答应我仅仅是个承诺。我说过我相信您，可我的长官不相信我啊。

梅辛格： （十分无奈、几近哀求）将军，我现在手上实在没有这笔钱呀。将军您就不能宽容我几天吗？我以军人的名义向您保证，不，以德国贵族的人格向您保证，我回到柏林十天内一定将这三千万美金直接汇到您的上海宪兵司令部。由您验收或您指定银行存放。您看这样可以吗？

【久保田现出醉意，他打了个哈欠，有些不耐，却故作诚恳。

久保田： 好吧，好吧。我们不是在买卖人口，都是为了国家利益，我感动于您的真诚。您现在赶回柏林筹措资金，只要资金一到，这三万犹太人全部交由您处置。您刚才说十天内筹措这笔资金并汇来上海，我相信您。但如果十天后这笔钱到不了上海，那就是您食言了。那我也只能按照帝国的政令执行。该放就放，不会有第二次抓捕了。

【梅辛格脸色苍白，一阵沉吟。

久保田： 还有，即便您的钱到了上海，我也只能把抓捕的犹太人交由您处置。皇军不替您处决他们，您怎么处决他们是您的事。还有，您刚才说要把您的这把短剑送给我。我收下了，但我只是暂时保存，等您诺言兑现之后，我原璧归还。我个人不接受您的任何财礼，这是我的底线，干不干给个话吧。

【梅辛格咬了咬牙，似下了最大的决心。

梅辛格： 好吧，将军。但我有个小小请求，我来上海四十余天，不能空手而返。否则我无法向希姆莱将军交代。我希望我离开上海前，将军交给我一批犹太人，一百两百个也好。我处决他们后，立即回柏林复命，同时为将军筹款。我保证回柏林后十天内凑齐汇到将军指定账号。这个要求不过分吧？

久保田： 好的，我答应您先交一百人。但交接地不能在上海市区，交接地点由您选定。皇军也不直接参与处决，你们国家的人由你们自行处置，而且只能是秘密进行，不准公开。

梅辛格： 好，成交。

久保田： 一言为定。

【直到这时梅辛格和久保田的神情都略显轻松，梅辛格笑笑，有些不解地问久保田。

梅辛格： 将军刚才说这柄短剑您只是代我保存，是什么意思？

久保田：（笑笑）是的。如果您兑现承诺，这柄短剑我将原物奉还。我说过我个人不收您的任何财物。但到时您不能兑现承诺，您答应的三千万美金到不了帝国国库，那我就得上军事法庭，接受军法审判。那么上校，明人不说暗话，那我只能把这柄短剑呈交法庭，并请法庭向贵军的希姆莱将军讲明这柄短剑的来龙去脉，并告诉希姆莱将军这柄短剑是怎么到了上校手里。上校，您很清楚您得到这把短剑不怎么光明正大，隐匿战利品不上交国库，恐怕为军法不容吧。那将是个什么样的后果，您应该很清楚。其实我这也是为自己留个后手，减轻我对帝国犯下的罪过，这也是不得已而为之啊，尚请上校理解。

【久保田说完，哈哈大笑。梅辛格脸色煞白。

46-5．景：美总领馆院子 夜 外

【黑暗中，屋顶两道聚光灯的灯柱交叉扫射着。院子里不时有武装人员巡逻，显得戒备森严。科恩匍匐在草木的阴影里，慢慢地接近围墙。他手上拎着两个木箱，躲过灯柱在围墙下摞起木箱，爬上高墙，小心地翻过电网，纵身向墙外跳下。

【科恩重重地摔在地上，几次爬起来又跌倒在地，最后终于爬了起来，一瘸一拐地消失在夜色中。两条身影悄无声息地跟了上去。

46-6．景："隔都" 夜 外

【科恩跌跌撞撞地进了"隔都"，却没有遇到丝毫的阻拦。

46-7．景："隔都"科恩家 夜 内

【房门虚掩着，科恩推开了房门，打开了灯，眼前的一切是他不想看到的，又是他意料之中的。屋子里空无一人。妻子玛丽的旧披肩还在床头搭着。科恩将披肩搂在手上，失神地跌坐在椅子上。

46-8．景：日军宪兵司令部久保田办公室 日 内

【莆田川躬身垂首对着久保田，久保田对着一旁端坐的两位佐官哼了一声，挥了挥手。一位佐官站起身，打开手中的文件夹，念了起来。

佐官： 久保田将军，电悉。今与军部商议，回复如下：一、同意你和梅达成的约定，犹太人的抓捕由中国警察执行，梅赴柏林应派人同往，督其履行约定。二、梅留下的礼物不宜留置军中，可暂存东亚银行金库。该物件除你、我和天皇陛下特使外，任何人无权提取。强行索要者一律击毙。三、正告莆田川，他在九州的家眷已在我军情处和当地警署的严密监视中。他必须效忠帝国，否则他及亲属均就地正法。四、军部对犹太人的那笔赈济款流失十分震怒，你必须高度重视，把追回该款作为你的主要工作。米兹拉希死了，犹太银行还在。据报，李衡甫已接替犹太银行襄理，彻底查清他与犹太银行的关系。总之，谁能主宰犹太银行，就找谁要这笔款项。土肥原贤二，1942 年 9 月 28 日。

久保田： 莆田川，听见了吗？土肥原将军的命令。这个物件就放你们银行金库。（指了指桌上的锦盒）一会儿我派人押送到你们银行。还有，你现在开始接触李衡甫，彻底查

清李衡甫与犹太银行是什么关系。将军说他是犹太银行的襄理。米兹拉希没了，那接班的应该是他，那就找他算账，让他把这笔钱交出来。这些事你必须尽快给我答复，我可没那么好的耐心。这笔钱如果要回来了，你继续当你的银行行长，另外我还给你十万美金的奖励。如果要不回来，你们包括李衡甫都给我去死。听清了吗？

【莆田川移动了一下身体，抬眼望了望久保田，没有吭声。久保田猛拍了一下桌子，两眼露出凶光，站了起来。

久保田：（大声吼道）听见了吗？

莆田川：（哆嗦了一下）听，听见了。

久保田：滚吧。

【莆田川退下，与匆匆赶来的殷燕农差点撞了个正着。殷燕农进门。

殷燕农：将军，有重要情况。

久保田：什么情况？讲。

殷燕农：昨晚那个叫科恩的犹太人已经回到隔离区，我已派人严密监视。请示下一步如何处理。

久保田：哦？他还是自己回来了。你没搞错吧？

殷燕农：怎么会呢。您下命令后，我们一直在找他。凡他可能去的地方，我们都派了暗哨。也是他自己作死，昨天他就是从美国总领馆翻墙逃出来的，他一出来，我们的人就盯上了，没想到他直接进了"隔都"。他现在就在他原来住的那间屋子里，106号。我已经加派了警卫人员对他严密监视。

久保田：好，很好。你算立了件大功。你现在先别惊动他。最近在隔离区有个大的抓捕行动，你回去好好准备一下。怎么处理这个人，到时我会告诉你。你现在回去，好好看着这个科恩。

殷燕农：还有，今天早上我们在"隔都"发现了这个。

【殷燕农从兜里掏出一张传单，递了过去。久保田接过扫了一眼，突然哈哈大笑起来。

久保田：他们要造反？好哇，我正找不到借口。

【久保田把传单递给两位佐官，佐官边看边念。

佐官：反迫害、反饥饿、还我人权、还我自由，强烈抗议日军逮捕米兹拉希先生，要求日方立即释放被逮捕的所有犹太人……看这架势，他们又要组织暴乱了。将军，行动吧。

我立即带人过去，杀他一批，他们就老实了。

久保田：不，再等等。他们是煮熟的鸭子，飞不上天。（转对殷燕农）殷队长，你现在回去集中警力，做好一切行动准备，等待命令实施抓捕。等这件事结束了，我让上海市市长立即宣布你的晋升令。

【殷燕农十分得意，眉飞色舞地凑近久保田，故作神秘地压低声音。

殷燕农：将军，还有一个更重要的情报。江北那两支经常袭扰皇军的游击队，原来既不是国民党的也不是共产党的。

久保田：嗯？那是谁的武装？

殷燕农：青帮。说具体点就是汪墨樵的队伍。清一色的德械装备，谁有这么阔绰，只有他汪墨樵。

久保田：殷燕农，军中无戏言，谎报军情是要掉脑袋的。上海青帮数万之众，牵涉到上海社会各阶层，包括上海现政府。你不也是青帮吗，这可是成千上万人头落地的事。汪墨樵不是你的师父吗？你可要想好了。

殷燕农：（急了）将军，将军，我敢跟您说假话吗？汪墨樵的这批军械从哪儿来的，数量多少，青帮哪个香堂去了多少人，堂主是谁，在游击队担任什么职务，汪墨樵是怎么给他们送军饷、送补给的。我都清清楚楚，我甚至知道他们的家属住在什么地方……

久保田：（打断）好了，先别说了。这事我知道。这牵涉到军事行动，也牵涉到上海社会的稳定，我也必须慎重。你回去后，立即给我写一份详细报告。把你所了解的情况，包括他们的驻防地和活动区域，详详细细地写进报告交给我。你刚才说的这些情况，不准向任何人透露。听见吗？

殷燕农：听，听见。

久保田：殷燕农，你知道土肥原将军训令吗？轻易不动上海的帮会组织，但如果情况真像你说的那样，那我将立即进行围剿，第一个掉脑袋的就是汪墨樵。如果情况不是像你说的那样，那第一个掉脑袋的就是你。去吧。

【殷燕农本想在久保田面前邀个大功，没想到久保田这个态度，顿时泄了气，像只斗败的公鸡，喔喔而退。

46-9. 景：犹太医院莎拉病房 日 内

【李廷琛给莎拉做完检查，对一旁的洪阿秀交代着。

莎拉：李哥哥，我的病什么时候能好？在这医院里我都快憋死了。

李廷琛：你的病已经好啦。只是现在身体还很弱，必须好好调养一段时期，让体力恢复。莎拉，我这段时间很忙，不能经常来看你。你不怪我吧？

莎拉：我知道，姐姐都跟我说啦。说你为我们一家的事，还有在上海的犹太人日夜奔忙。但我还是很想你。

李廷琛：我知道，我知道。等我忙完这一阵子，我会天天来看你。那时候你的病也好了。我会带着你姐姐还有你全家，到上海最好玩的地方去玩。天天给你讲故事，讲上海的故事，讲我们东方的故事，好吗？我现在要走了，我还要去查房。你要好好休息，这样好得更快些。

莎拉：（懂事地）好的，李哥哥，我听你的。姐姐经常对我说，你是世上最好最好的人，是我们全家最好的朋友，你说过的话都能做到。我等着这一天，你带着我，带着姐姐到上海最好玩的地方去玩，天天跟我讲故事。

【莎拉说着，眼泪又流了下来，紧紧地拉着李廷琛的手不放。

洪阿秀：莎拉，你是个懂事的孩子，不，你已经是个大姑娘了，不许再撒娇。放开李院长，他还要去查房，还很多事要做。

莎拉：（放开手）李哥哥，你去吧。阿秀姐说得对，我已经是个大姑娘了，也懂事了。我只希望我能快点长大，能永远在你身边。

【李廷琛给莎拉擦去眼角的眼泪，拉着她的手拍了两下，又摸了摸她的额头，匆匆离去。

46-10. 景：李廷琛办公室 日 内

【杰思敏坐在办公室，李廷琛夹着一摞病历推门进来。

李廷琛：杰思敏，你昨晚值了夜班，怎么还没去休息？

【杰思敏没说话，拿出一张传单递给李廷琛。李廷琛接过，仔细地看着，脸色大变。

李廷琛：哪儿来的？

杰思敏：李尔克给我的，今天早上。

李廷琛：他人呢？去把他叫来。

杰思敏：他不在医院，他去摩西会堂了。他说有人在那儿等他。

李廷琛（又急又气）他这样要坏事的，这不正好给了日本人口实吗？他到底要干什么？

杰思敏：这两天他天天和复国会那帮人在一起。昨天晚上他当班，可他一夜都没来医院，早晨回来了一下，给了我这张传单。我问他晚上上哪儿去了，他说他去"隔都"了。

李廷琛：坏了，坏了。他昨晚肯定是在"隔都"送传单，这要让日本人知道了，能放过他吗？他知道他这样做要牵连多少人吗？他真的想搞暴动吗？他考虑过后果吗？这个人哪，太偏激太冲动了……

【电话铃响，李廷琛接电话。

李廷琛：是我……（脸色陡变）什么？他跑了？你们是怎么看护的。昨晚不还是好好的吗？你们哪，你们哪。

陆允明（OS）：全领馆的人都去找他了。我和施莫林刚回总领馆。

李廷琛：找到了吗？

陆允明（OS）：没有。

李廷琛：你们上哪儿去找了？

陆允明（OS）：摩西会堂和"隔都"我们都去了，可"隔都"进不去，警察和治安军守在门口。

李廷琛：詹森先生知道吗？

陆允明（OS）：知道。

李廷琛：好吧，我知道了。

【李廷琛无力地放下电话，有些失神落魄。一旁的杰思敏看着情况不对，急忙凑前问道：

杰思敏：是不是我爸有什么事？

李廷琛：杰思敏，你要镇静，你父亲昨晚从总领馆跑了，现在不知下落。

杰思敏：（大惊失色）我爸，他，他，他这是干什么？他要到哪儿去？他，他……

【杰思敏忍不住，顿时哭出声来。李廷琛一把将她搂在怀里，捂住她的嘴巴。

李廷琛：杰思敏，镇静。我们说好的，不管发生什么事，我们都要勇敢地面对，是吗？况且科恩先生仅仅是跑了，还没有任何迹象证明他落到日本人或者德国人手上。施莫林和陆允明一发现科恩先生不在，他们包括使馆全部工作人员就出去寻找了，暂时还没有找到。不过杰思敏，你放心，我们一定能找到他的，我们不会放弃。

杰思敏：不，我要去找我的爸爸和妈妈！妈妈已经落到德国人手上了，不能再让他们抓住爸爸。我现在就要去找他们。你放开我。

【李廷琛抱紧冲动的杰思敏，杰思敏在他的怀中逐渐安静下来。

李廷琛：杰思敏，这个时候你必须坚强。你听我说，科恩先生是天亮前离开美国总领馆的。日本和德国方面应该都没有立刻行动。现在你要做的就是和平时一样，不要让监视你们姐妹的任何人注意到你们的波动，更不要让莎拉伤心。你是个大姐姐，你非常勇敢。你应该支撑住。

【杰思敏含着眼泪，轻轻点了点头。

李廷琛：杰思敏，我现在需要你的帮助，不要让我牵挂你们姐妹，不要分散我的精力，不要让我有后顾之忧，这样我才能放手一搏。不管发生什么事，你都应该从容应对。杰思敏，你一定可以做到的。你一定可以。是不是？

【杰思敏把眼泪憋了回去，重重点了点头。

第四十六集完

第四十七集

47-1. 景: 犹太银行米兹拉希办公室 日 内

【屋内坐满了银行股东，李衡甫正在向他们做着最后的交代。

李衡甫: 各位把该做的事都做了，很好。职员的薪水和遣散费也结清了。银行的账面上也清空了。我和大家都没有后顾之忧了。我宣布，银行从今天起歇业。不管米兹拉希先生是死是活，我是银行襄理，我必须对这个银行负责，对上海的数万犹太难民负责。各位请回吧。记住，不管发生什么事，你们都不要出头。日本人不会放弃犹太银行，但一切有我。希望我们还能见面。散会。

【众人像开了锅一样，表示对李衡甫的关心。几位犹太股东上前一一拥抱着李衡甫，个个眼含热泪。

一股东: 李会长，就没有更好的办法吗? 你，你……

李衡甫: 走吧，走吧。我的事你们就不用管了，你们各位好好保重。犹太银行只是暂时歇业，相信它还有复兴的那一天。到那时，银行还需要你们。

【股东们依依不舍地离去。李衡甫目送着他们全部离去后，长长地叹了口气，重重地坐到椅子上。

【莆田川探头探脑地在门口出现，见屋内只有李衡甫一个人，随即挺着胸进屋，笑容满面地朝李衡甫一拱手。

莆田川: 李会长，您好啊。几天不见，您清瘦了很多。还在忙啊。

【李衡甫收拾着桌上的东西，眼皮也没抬一下。

李衡甫: 有事啊?

莆田川: 没事没事，就是过来看看。既然碰上了会长，就想和会长套套交情。请会长去我那边喝个茶，不知肯不肯赏脸?

李衡甫: 喝茶没工夫，有话请直说。

莆田川: 有个事想告诉您。米兹拉希先生死了，他的夫人也死了。挺惨的。我虽然是日本人，可我也是人嘛，人都是有恻隐之心的。看见无辜的人死去，心有不忍，也不安。

【李衡甫虽然早有所料，但陡听噩耗，还是有所震动，但他马上恢复了平静。

李衡甫：你找我，不光是告诉我米兹拉希先生的噩耗吧？

莆田川：是的，是的。是久保田将军让我来找您的，我也是奉命差遣。他说米兹拉希死了，谁接替他的位置就找谁。犹太银行必须和东亚银行合作。这不，我找您来了。

李衡甫：你找我，找对了。我是犹太银行的襄理，经理死了，襄理当家。

莆田川：那好，那好。李会长，我们早该好好谈谈了。

李衡甫：是该好好谈谈了。这件事总得有个了断。可我不会跟你谈，因为你做不了主。我这人不喜欢办事拖拖拉拉，一把年纪了，也没那工夫，要谈就跟能拍板、能做主的人谈。

莆田川：这……

李衡甫：谁让你来的？

莆田川：久保田将军呀。

李衡甫：那你让他来跟我谈。对不起，我没工夫陪你，请走吧。

莆田川：那，那也得约个时间吧。

李衡甫：不用约。他不是要找我吗？我随时恭候。我要走了，你也请便。

【李衡甫夹起一摞文件，出门而去。屋内只剩下站着发蒙的莆田川。

47-2. 景：日本宪兵司令部久保田办公室 日 内

【几个军曹在屋里挂上一张新的长江江防图，久保田在一边不停地指挥着调整高度。一参谋进门报告。

参谋：德总领馆梅辛格上校求见。

久保田：来得好快啊。请。

【参谋出门，一会儿，领着梅辛格进来。

梅辛格：久保田将军，昨晚睡得好吗？那些白俄姑娘不错吧？

久保田：昨晚一夜没睡，我想上校也没睡好。军旅生涯，几宿不睡觉是常事。我感兴趣的不是那些白俄姑娘，我倒更喜欢东方女人。我倒是很感念您和你们总领馆的几位首脑的盛情，特别是您转送的那支瓦尔特手枪，昨晚我把玩了一夜，好枪。你们德国的军械就是不错，我很喜欢。请一定代我向希姆莱将军致谢。

梅辛格：一定一定。将军，昨晚您答应我的那一百个犹太人，什么时候交给我？我还得赶回柏林复命啊。

久保田： 上校什么时候要，我什么时候给。我还在等着上校兑现自己的承诺呢。说吧，您什么时候要？在哪儿交？

梅辛格： 将军倒是爽快。不过将军抓人好抓，而我却要处决这批犹太猪。将军又不让我就地处决，我总得找到解决他们的地方吧。您能提供给我个地方吗？

久保田： 这还不好解决吗？出黄浦江就是大海。上海周边的海岸滩涂几百公里。找个杀人的地方还有什么问题吗？我只是不想引起上海社会的震动。当然是越隐蔽越好。

梅辛格： 您不在浦东滨海建了个化武基地吗？我看那地方就挺隐蔽，地方也足够宽敞，也不用掩埋，把尸体往大海扔就行了。我甚至想把集中营修在那儿。上海的犹太人那么多，少说也有数万吧，一次两次也处理不了，总得有个关押他们的地方。集中营就建在那儿，这样贵国化武基地做人体实验也方便，要人，到集中营拉走就是了。您看这样行吗？

久保田： 您是讲这次这一百人在浦东滨海交人是吧？可以。不过您得给我个具体位置。到时，我们一次性送达。否则人送过去，找不到接收的人，那就不是我们的事了。责任和后果由您承担。

梅辛格： 这是自然，到时我一定告诉您准确地址。

久保田： 这事要尽快。就这两天吧。我还希望您早点回柏林，早点把钱汇过来。至于修建集中营，我可以同意您建造，我也可以代您建造，但钱要您出。皇军现在缺的就是钱，可没余钱搞什么额外的工程建设。这可是一笔不小的开支。

梅辛格： （哈哈大笑）没想到大日本帝国这么缺钱。其实战争期间，我第三帝国也缺钱，但我还是答应了您。好吧，我回到柏林就在我们约定的时间内把钱汇过来。不过钱来了以后，请立即动手修建集中营。其实这事也简单，能够关住这些犹太猪就行，也不需要修什么焚尸炉毒气室之类，修几个水泥匣子，便于看管，别让这些猪跑了就行，当然到时我们总领馆会有人和你们接洽。将军，您这算是帮了我一个大忙。我对您心怀感激。

久保田： （哈哈一笑）您要感激我的恐怕还不止这些。您不是要抓那个叫科恩的物理学家吗？如果我帮您抓到了，您怎么感激我？

梅辛格： （大喜过望）真的吗？将军不是跟我说笑话吧？

久保田： 军中无戏言。我久保田什么时候说过假话虚话。

梅辛格： 将军，如果您能帮我抓住科恩，我给您一吨黄金酬劳。

久保田： 不，不。一吨不行，三吨。而且您回柏林后立即发货。

梅辛格：（犹豫）将军，我答应您的这些黄金，可不是我第三帝国国库的。我是通过关系从占领国给您弄来，再多我可就……

久保田：抓捕科恩不是帝国的需要，也不是皇军的使命。而是我久保田想帮您这个朋友完成使命。我这么做也许会给自己招来很多麻烦，但我还是愿意帮您。如果您把这看成是一种交易，那就免谈。

梅辛格：（十分无奈）将军，我这已尽最大努力了。您看，我仅是个上校，权力有限……好吧，两吨，两吨可以吧？这可是个金子做的犹太猪。

久保田：（哈哈大笑）好吧，两吨，成交。科恩连同那一百个犹太人一次性交给您。上校，别嫌官小，我知道您马上就会升官了。可说实在的，您答应给我的三千万美金、两吨黄金，我可都是要上缴帝国的。我交给您的是现货，您答应我的可是期货。如果到时兑不了现，我可是要上军事法庭的。您是军人，您知道军法无情，您可别坑我。这样，您必须给我个书面承诺，就以您柏林党卫军远东军事观察团的名义，还要签上您的大名。这样我们双方都没有后顾之忧，您看怎样？

梅辛格：怎么会呢？昨晚我就向您保证了。那我怎么做您才相信呢？要不我向您起誓……

久保田：别别，别来这个。如果您连这都不想办，那只能说明您的心不诚，说明您根本就不想兑现诺言，那就一切作罢，现在还来得及。

梅辛格：（十分无奈）好吧，我答应您。我派专人给您送来。

久保田：还有，事情处理好您回柏林，我要派一个人与您同去，他只是个民间人士，一个搞金融管理的平民，但作为我的特使，您得给他一些特权，帮助您完成承诺我的这些事，您工作起来也方便些。这样可以吗？

梅辛格：您还是不相信我。您是要派人监督我。

久保田：您怎么理解是您的事，我只希望我派去的人能够帮您尽快地兑现您的承诺。

梅辛格：好吧好吧。这样也好，您的人可以随时知道我是否尽力了，您也好放心。好了，将军。我们一言为定。我等着您交人。告辞。

久保田：您尽快把交接时间地点告诉我。

【梅辛格行了军礼，匆匆离去。

47-3．景：宪兵司令部楼梯口 日 内

【梅辛格下楼，莆田川上楼，两个人照面，梅辛格悄悄地凑近莆田川说了句。

梅辛格： 晚上请到总领馆来一趟。

【莆田川点了点头。

47-4．景：久保田办公室 日 内

【久保田正在打电话。敲门声，莆田川进屋。

久保田：（对着电话）写好了？很好，你亲自送过来。绝对机密。不能让任何人知道。

【久保田放下电话，对着局促不安的莆田川。

久保田： 怎么样？有收获吗？

莆田川： 人是找到了，他也承认了犹太银行就是他当家，他是襄理。我去的时候他正开完股东会。看来他还是银行的大股东。可他拒绝跟我谈，说我做不了主，他说他很愿意把犹太银行的事有了断，但他要和做得了主的人谈。

久保田： 他不跟你谈，你就没别的办法对付吗？

莆田川： 我能有什么办法，他们银行都已经关门了。我能找谁去。这个银行就他能做主，他谈都不跟我谈，我也不能拿枪逼着跟我谈。他没说错，我本来也做不了主，谈也谈不出个名堂来。

【莆田川有些豁出去了，态度也比较强硬。久保田的语气倒反而缓和下来。

久保田： 那他要和谁谈？

莆田川： 他说要和能做主的人谈，也就是说要和您谈。

久保田： 好，我知道了。我看这老家伙还能硬几天。我会找他的，他也跑不掉。莆田川，这里有个更重要的事还要你去办。

莆田川： 什么事？

久保田： 同梅辛格去柏林，就在这几天。听着，这不是商量，是命令。

莆田川：（一惊）什么？要我去柏林？在这我都做不了主，到了柏林我能做他的主吗？柏林是他的天下、他的地盘。他甚至可以随时杀了我。将军，您这不是让我去送死吗？他可是出了名的华沙屠夫。他还怕多杀一个日本人吗？

久保田：（哈哈大笑）莆田川，你怕死了。你作为一个天皇子民，你怕死了。（突然

变脸）就是死也必须去，为天皇尽忠，你也只是尽了一个天皇子民的本分。况且我还不希望你死，我还对你寄予厚望，对你委以重任，希望你为帝国建功立业。但你却怕死了。我为你感到羞耻。

莆田川：我不是军人，但我是日本人，我不怕死，但我不能莫名其妙地死在异国他乡。将军要我死，您现在就可以劈了我。我情愿死在您的刀下，不愿死在那只德国狼的手上。

久保田：我不想多跟你废话。你要不去，不仅你现在就得死，你在九州的一家七口也必须死。听着，让你去柏林是土肥原将军和我对你的信任，是让你监督梅辛格兑现承诺。他承诺我三千万美金和两吨黄金，是用来买上海犹太难民和科恩人头的。我这两天就有个抓捕行动，要把一百个犹太人和科恩交他处置。然后他回柏林，十天内把这笔款项和黄金运来上海。你同他去柏林，就是督促他兑现承诺。他可是有白纸黑字留在我这的，而且我手上还有他其他把柄。他敢对你下手吗？你虽然不是军人，可你也说过你是天皇子民。这么大的事情交给你，难道不是对你的信任吗？况且你是最合适的人选，你懂德文，他的钱汇过来也是汇到东亚银行，你是东亚银行的行长，你向他讨债，要他兑现，难道不是顺理成章的事吗？还有别人比你更合适的吗？莆田川，你应该感激我给了你这个机会。本来你现在就得死，我让你去找李衡甫，让你不择手段都要让犹太银行和我们合作，可你做得怎样？你连跟人家谈判的机会都没有，还要我出面做你完不成的工作。你还不该死吗？帝国还有必要留着你这个废物吗？现在我给了你这个将功赎罪的机会，你还跟我讨价还价。莆田川，你要作死，那我只有成全你。（对着门外）宪兵，宪兵。

【两个宪兵应声而入，没等久保田开口，莆田川不在意地望了久保田一眼。

莆田川：将军，您这是干什么？我作为天皇子民，我难道不希望为帝国效忠吗？我也没说我不去啊。梅辛格是什么人您不是不知道，我只是跟您说说此行的难处也有错吗？您杀了我对您有好处吗？难道我不知道对天皇尽忠吗？将军，久保田将军，今天我冒死说一声，您这两下子比土肥原将军可差远了，土肥原将军可不像您这样对待天皇子民。

久保田：好，我就喜欢你这样有骨气的人，我再问你一句，你去不去？

莆田川：我没说不去啊。可您都没把任务交代清楚，我去了可以干什么，不可以干什么。要我去的主要任务是什么？怎么样才算完成了任务？您都没跟我说清楚。您叫我怎么去？

【久保田朝宪兵挥了挥手，俩宪兵退下。

久保田：莆田川，想清楚了就好。让你去柏林就是一件事，督促梅辛格在到达柏林十天内，将他承诺的款项和黄金送到上海东亚银行，也就是说，送到你的银行。这回说清了吧？至于说哪些事该做哪些事不该做，这还用问吗？对帝国有利的事就必须做，对帝国不利的事就不能做，而且随时把情况向我报告，我会给你具体指示。

莆田川： 好，知道了。什么时候启程？

久保田： 这要等梅辛格通知，我不允许他在闹市杀人，他去找一个隐蔽的交接地点去了，等他把这批人处理了，他即启程回柏林。估计也就两三天吧。你做好准备等我通知。

47-5．景：美总领馆詹森办公室　日　内

【茶几上铺着上海地图和黄浦江地图。

【墙壁上挂着世界地图。标注着日军的基地和美军在太平洋的基地。

【詹森、陆允明和施莫林等美国外交人员围着这两张地图。地图上标注的线路有的已经被打上了重重的黑叉。

詹森： 陆，黄浦江是没有一点可能性吗？如果我们把船伪装一下，再插上日本国旗？

陆允明： 黄浦江沿线和入海口被日本人严密监视，每天二十四小时都有人值守。江面还有日军的巡逻艇巡逻，随时可以拦截搜查。即使到了深夜，探照灯一直会对着江面。

詹森： 没有换班的时间吗？

陆允明： 即使有换班的时间，时间太短了。船根本不可能在几分钟时间内从内河入海。

施莫林： 日本人将整个黄浦江封锁。就只能想其他的办法。

詹森： 上海整个地区都被日军严密控制，如果要把科恩先生送离上海，必须另想办法。

陆允明： 送离上海只有两条路，沿着长江往上游走更不可能。要么就去江北。但是如何去江北，还是需要船。如果科恩先生是普通中国人，还可以想办法，但是他的长相很难隐藏在普通中国难民中。一旦被发现，事情就更麻烦了。

詹森： 真是糟糕透了。如果拖延下去，上海的情况进一步恶化，到底该如何把科恩先生送到华盛顿。

【李廷琛敲门进屋，陆允明迎上去。

陆允明： 科恩先生的事你知道了，我和施莫林，还有几乎全部使馆工作人员都在外边寻找，但到现在为止，全无踪迹。

李廷琛： （十分不快）你们刚刚在讨论什么？

陆允明：詹森先生已经和国防部联系上了，海军舰艇只能在东海外海潜伏等待，我们正在讨论如何把科恩先生从上海送到东海。现在看起来难度很大。

李廷琛：先生们，科恩先生在哪儿呢？我们现在连科恩先生的死活都不知道，谈什么送他去外海，先找人哪。如果科恩先生落到日本人或者德国人手上，我们要讨论的应该是如何把他救出来。

【众人一阵沉默。

李廷琛：要找到科恩先生，首先我们得分析科恩先生为什么要逃出总领馆。他已经答应了转移到美国，只是他有一个心愿，想与孩子们和夫人见一面，以确定她们是否安全。那么他要去的地方只能是有可能找到她们的地方。照此推测，他要去的只可能三个地方。一是德国总领馆，因为他知道玛丽夫人已经被德国人抓了。二就是犹太医院，因为他知道孩子们都在医院，但我一直在医院，他没有去。还有一个地方他可能去，那就是犹太隔离区，因为他知道无论是玛丽还是孩子们，她们都要回家的，而"隔都"就是她们的家。他并不知道外边情况的变化，不知道"隔都"已经被日伪层层封锁。他有可能去"隔都"等待夫人和孩子们回家。所以这三个地方是我们的搜寻重点。

陆允明：这三个地方我们都考虑了。我和施莫林还去了摩西会堂，就是考虑到他有可能去那打听夫人的下落，但那没有任何人见过科恩。德总领馆和"隔都"我们也去了，但都进不去。我们留下了几个总领馆人员守在大门附近。一旦发现科恩，立即劝他回来。可现在还没有踪迹。施莫林和詹森先生已经和中情局和国防部联系了，他们决定派出潜艇在指定海域等候。可现在发生了科恩失踪的情况，整个计划都打乱了。

李廷琛：退一步讲，就算科恩先生现在还在总领馆，我们怎么把他送到外海去，有方案吗？

陆允明：我们刚才正在讨论这个方案你就来了。

李廷琛：那好。你们继续讨论吧。我要去寻找科恩先生了。不管他是死是活，总要找到他，这才能确定我们下一步的方案。只要能找到科恩，我们还有最后的方案，那就是送他到江北新四军根据地。但愿他不要落到日本人或德国人手上。先生们，我得先走了。

【李廷琛匆匆离去。

47-6. 景：犹太银行 日 外

【犹太银行门可罗雀，银行大门口异常安静。

【突然，一队驾驶着摩托和吉普车的日军呼啸而来，停在了银行门口。

【从车上下来的久保田带着大队日军将银行团团围住。

47-7. 景：犹太银行大厅 日 内

【久保田的军靴踩在银行光洁的地板上。银行前台柜面上却空无一人，只有一个拿着扫把还在扫地的老人。久保田巡视整个大厅，却只有久保田一个人的军靴回响。

久保田：人呢！

老人：（侧着耳朵）什么？

久保田：人呢？为什么一个人都没有？都死了吗？

老人：你在说什么？大点声！

久保田：（一把揪住）你是也想死了。

老人：你是要问人去了哪里？

久保田：是。

【老人指了指楼上。

【久保田放下揪着老人领口的手，跟身后的日本兵挥手。久保田带着人冲上楼。

47-8. 景：犹太银行 日 内

【日本兵踹开了一间间办公室，但都空无一人。久保田愈发气急败坏。

47-9. 景：犹太银行襄理办公室 日 内

【在走廊最后的襄理办公室里，久保田故作姿态地敲了敲门。从屋里传来了李衡甫的声音。

李衡甫：请进来。

【久保田打开大门，房间里只有李衡甫一个人。李衡甫端坐在屋中，正在喝茶，刚刚烧开的水还冒着白烟。久保田露出狰狞的微笑。

久保田：看来李会长已经等候多时了。

李衡甫：水刚刚烧开，也不算久等。

久保田：这是胸有成竹了。如果，我今天不来，那么李会长的茶岂不是浪费了。

李衡甫：浪费点茶是小。您不来，我也要喝茶。只是让将军枉跑了一趟，那才叫罪过。不过将军好像不是来喝茶的。带着这么多的士兵，将军又这么杀气腾腾的，好像要把我这小小的银行掀翻。您也不怕惊吓了老朽，老朽可是上了年纪的人，可受不了这种惊吓。来，请坐。

久保田：哦？您害怕了？

李衡甫：有一点，谁不知道将军的威名啊。杀人如麻，视生命如草芥。老朽也是人，岂有不怕死的。知道将军迟早要找上门来，老朽惴惴不安啊。

【久保田知道李衡甫话中带刺，但恼怒中挤出一丝笑容。

久保田：不必不必。我今天来并无恶意，只是听说犹太银行十分火爆，顾客盈门。故过来看看。也想拜会下李会长。可我怎么觉得今天你这很安静。

李衡甫：是的。银行的所有业务已经停止。将军没看见门口挂着停业的牌牌吗？银行都停业了，自然空空荡荡。眼下这里只有你和我，还有你的那些兵。

久保田：行动干脆利索，一向是您的风格。

李衡甫：将军把我想得太厉害了。我不过就是个普通的中国老头。

久保田：银行的所有业务，您已经停止了吧？

李衡甫：银行是一门生意，是生意就有赔有赚。开张关张是常事。将军很惊讶吗？

久保田：我只是想知道，李会长是否已经清楚关闭银行的后果。

【李衡甫慢慢地泡着茶，语带笑意，不以为然。

李衡甫：哦？自己的银行开不下去了，也不借政府或者任何人一文钱，歇业关张能有什么后果。我倒想向将军讨教能有什么后果。当然，将军是占领者，什么后果都可以制造出来。是不是？

久保田：（连连摆手）我只是觉得李会长糊涂一时。在土肥原将军面前，您依然是他希望结交的朋友，是他所欣赏的那种人。不是普通的中国人，是大日本帝国应该努力亲善的人。

李衡甫：中国古话，无利不起早。亲善也是因为值得亲善。土肥原将军有他的盘算，我有我的利益所在。否则，就我一个老头，有什么值得亲善的。

久保田： 您知道，我可是不太信任您。您和您的上海工商业联合总会，对皇军总是表面应付，而实际上要拿到您自己想要的东西。明修栈道，暗度陈仓。这让我十分失望。同样，您现在关闭银行这样极不亲善的行为更让人失望。

李衡甫： 将军对我的失望恐怕有点道理。其实我对将军同样失望，不，恐怕还不能用失望这个词来概括。

久保田： （强装淡定）那我很想知道李会长对我是一种什么感觉？

李衡甫： 仇恨！当初土肥原将军来找我，要我出任这个会长，要我领头复工复产。我可是有条件的，复工复产可以，当这个会长也可以，可我的要求是日本军队不能在上海屠杀老百姓，要让上海老百姓和难民填饱肚子，要让上海工商业有生存和发展空间。土肥原将军答应了，我也做到了。这三年来，上海的工商总值不仅恢复到了战前的水平，而且在原来的基础上翻了一番，上缴政府的税收甚至超过了满洲。可你们现在却要强加高额税赋，强制一些民生企业搞军工生产，停止对难民的粮食配给，甚至向他们强征人头税。您这样做不是要置上海的百姓和难民于死地吗？不是要毁灭上海的工商业吗？您刚才问我关闭银行的后果，您知道您这样做的后果吗？您想把上海重新变成一座死城臭港吗？这恐怕不是您想要的后果吧？

久保田： 很好，您终于说出心里话了。您是在威胁我，那我今天也坦诚相告。在上海谁要是违背了我的意愿，都没有好下场。您知道米兹拉希的结果吧？

李衡甫： 别吓唬我，久保田将军。教你一个常识，世界上有很多像米兹拉希先生这样的人，米兹拉希先生是正直而善良的。你们对他的残忍和暴行，成就了他的成圣之路。他死了，可他的灵魂永生。

久保田： 这我就不能理解了。生命只有一次，难道您就不怕死吗？而且您跟米兹拉希不同，您家大业大。犹太银行虽然关闭了，这本来也不是您的，您还有医院、银行、船舶厂、面粉厂，甚至港口码头。您的外贸业务遍布世界，您的身家至少也有几亿吧？您还有儿子，很优秀，您舍得扔下这些去死吗？

李衡甫： 还真有点舍不得。我的生死不是攥在您的手上吗？可有些事不是您这种人能理解的。我也不想跟您多说。因为您听不懂人话。我想您今天来，不是为了跟我讨论我的生死吧？有话直说吧。您要做什么？要我做什么？

久保田： 看来，李会长您已经把财产全部转移完毕了。我要提醒您，我们是不会认可您的行为的。日本军方跟淞浦产业是有业务往来的。淞浦船厂还有一架皇军的水上飞机、数艘舰艇在修理，淞浦面粉厂还有我们数百吨要加工的面粉。为了皇军的财产不受损失，我可以随时接管淞浦产业。

李衡甫：淞浦产业不是土匪无赖，您还怕我吞了您那点东西不成？其实您要吞掉淞浦产业，不需要找那么多理由，您可以直接拿走。不过您想要的恐怕不仅仅是淞浦产业，那就直说吧。您想要什么？

久保田：犹太银行，因为犹太银行是怀兹带来那笔巨款的唯一接收行，我们不会让那笔巨款从我们的眼皮底下白白流失。

李衡甫：那就对了嘛，我现在是银行襄理。米兹拉希先生死了，您不找我找谁。这事可以商量。这银行本来也不是我的，但这事我一个人做不了主，我起码还得召开股东会议吧。把您的要求向股东们说一下，让股东们都签个字，这样您在海外提款也方便些。把犹太银行交给您，至少我们还得有个交接议定书。议定书上还得签上您的大名，把交接事宜落到实处。做这些事您得给我点时间吧。

久保田：我现在管不了你们那帮股东，也对他们没有兴趣。我现在只要您一句话。您对皇军征用这笔赈济款的事，您是什么态度？

李衡甫：我有选择吗？您说过在上海不按照您的意思办都没有好下场。我是选择掉脑袋，还是选择交出犹太银行。您说我会选择什么呢？

久保田：好，您明白就好。可我不会给您太多的时间。三天，三天之内您必须给我答复。不管您的答复如何，三天之内我还过来。皇军不受制于任何人，只做自己要做的事。

李衡甫：好吧，三天后我还在这等您，我希望我的答复能让您满意。

久保田：这就好。这才是对皇军亲善嘛。好，三天后我过来。告辞。

【久保田说着就要离开，李衡甫站起身来。

李衡甫：等等。我话还没说完呢。我们这不是一笔交易吗，您拿到了您想要的东西，我也是有条件的。

久保田：您有什么条件？

李衡甫：很简单。一、立即收回对所有工商企业强征税赋的命令，维持现状。二、立即收回要犹太难民购买暂住证的命令，拆除"隔都"围墙，给他们自由。就这两条。而且您也必须在三天内将命令传达到上海政府。

久保田：（略一沉吟）好，我答应您。我们一言为定。记住，李会长，我最后提醒您，您别无选择。

【久保田说完，大步离去。李衡甫陷入沉思。

47-10．景：德总领馆梅辛格办公室 日 内

【梅辛格坐立不安，在屋内来回踱步。施瓦茨在一旁躬身待立。基尔卡和古德里安进屋，递给梅辛格两份电报。

基尔卡： 上校，同时收到两封密电。一份是最高统帅部的，一份是希姆莱将军的。两封密电都与您有关。统帅部的电报是说东线战场进展不利，莫斯科久攻不下，我军被迫后撤，中央集团军群围攻列宁格勒，进展也十分不顺。元首考虑到即将进入到冬季，气候、道路、给养都给我军推进造成巨大困难，已不宜大兵团装甲化闪电战，下令加快火箭与原子武器研发。要我不惜代价收罗东方战场这一领域的科技人才，特别是日本在这方面的研发成果和人才。希姆莱将军的电报是直接给你的回电，你找到科恩的信息很让他兴奋。命令你务必将他尽快带回柏林，也就是说你必须把一个活的科恩送回柏林。上校，统帅部和希姆莱将军的命令我都向你转达了，密电原件你也看了，请签个字吧。

【梅辛格在文件上签完字，将文件夹交还基尔卡。

古德里安： 梅上校，恭喜你终于找到了这个科恩。看见吧，连希姆莱将军都很兴奋，看来你是立了大功一件，我们都为你高兴。

梅辛格：（垂头丧气）有什么可高兴的，即便久保田把科恩交给我，科恩要不配合，我怎么把他送到柏林？把他绑起来吗？

基尔卡： 这就看您的了。这我们可帮不了您什么忙。人都抓到了，送到柏林还会有什么问题吗？我和古德里安上校过两天还要去美国一趟，有几个中国留学生留在美国从事原子学科的研发，据说还取得了不凡的成绩。我们要去落实一下，尽一切努力把他们弄到德国去。这可是元首的命令。

梅辛格： 中国的核能专家，中国还有这样的专家吗？

古德里安： 上校，这就是你来中国这么久连人都找不到的原因，你太不了解中国了。中国这个民族虽然不能跟日耳曼相提并论，但也是世界最优秀的民族之一。告诉你吧，中国不仅有核能方面的专家，还有空气力学和火箭动力方面的专家，而且还不止一位两位，

在核物理学、原子力学和原子化学等各个领域都取得了骄人的成就。如果这些人才都在德国，元首要的高能杀伤性武器恐怕早就问世了。好了，我们不扯那么远了，你抓紧办你的事吧，柏林还在等着你的消息呢。我们也该忙我们的事去了。领事先生，我们走吧。

【古德里安和基尔卡离去，在门口碰上匆匆赶来的莆田川，彼此打了个招呼。莆田川进屋。

莆田川：上校，找我有事吗？

梅辛格：（客气地）来了，请坐。看您这一天到晚挺忙的，辛苦了。施瓦茨，给莆先生开瓶黑啤。

莆田川：不用了不用了。我还没吃饭呢，不能喝酒。上校有话请吩咐吧。

梅辛格：其实也没什么大事。久保田将军答应我这两天交给我一批叛国的犹太猪。我得要找个地方处理这批犹太猪。久保田要求不能惊动上海社会，越隐蔽越好。我是第一次来上海，对上海的情况非常陌生。请你来，就想请你帮个忙，帮我找一个远离市区的开阔场地。我想这事对莆先生来说应该不是难事。

莆田川：哦，我明白了，要我帮你找个屠场，你好神不知鬼不觉地宰了这批犹太猪。

梅辛格：呃……是这么回事。不过还有几个要求，既要场地开阔，还要隐蔽，交通也要方便，起码能通汽车，而且我还准备在那个地方建集中营。逃来上海的犹太人有三万多，总得要有个关押他们的地方，所以希望找个合适点的地方。这就得辛苦你了，帮我这个忙，我不会亏待你的。

莆田川：建集中营的计划，久保田将军知道吗？

梅辛格：知道，知道。他还主动提出可以代建，但资金要我方出。你们这位将军哪，真是有点贪得无厌。在上海的三万犹太人一个没抓，开口就提出要三千万美金，而且要我到柏林十天内就要把这笔钱汇来上海。

莆田川：他不是答应你，这两天先交给你一批人吗？

梅辛格：这两天他答应交给我的只是一百人。可在上海的犹太人是三万多。

莆田川：（冷冷地）恐怕还不止三千万吧。还有两吨黄金你不准备给吗？

梅辛格：那两吨黄金是他用一个犹太人与我的交换。这个犹太人还没交给我呢。谁知他有没有把握能抓捕这个犹太人。

莆田川：这个犹太人叫伦纳德·科恩是吧？是个核物理学家。是你们元首要的叛国逃犯。他既然答应你了，自然他有把握抓捕。我看你还是做好付钱的准备。

梅辛格：（诧异地）你怎么知道得这么清楚？

莆田川：因为我要同你去柏林。

梅辛格：久保田说要派个人陪我去柏林，不会就是你吧？

莆田川：正是我。没想到吧？

梅辛格：没想到，没想到，还真没想到。没想到我们居然还是同路人。你甚至还成了我的债主，成了我兑现承诺的监督者。好好，太好了。我今天算找对人了，从现在起，我的事应该就是你的事。帮我找块场地不会有什么问题吧？

莆田川：这场地什么时候要用？

梅辛格：这两天就要用。当然是越快越好。我想明天就请你带我去看看。如果合适，后天我就让久保田交人，当天就处理完这批犹太猪，然后我们就离开上海回柏林。

莆田川：你安排得这么紧凑，久保田将军知道吗？

梅辛格：他比我还着急。他说过这一次一百只犹太猪，我随时要他随时抓。他希望我今天就回柏林为他筹款。可我不处理了这批犹太猪，并把那个叫科恩的逃犯带回柏林，我没法回国复命。

莆田川：那好吧，我明天陪你去找个地方。你觉得这个地方放在哪儿比较好呢？

梅辛格：当然是海边，处理尸体也方便，不用掩埋，往海里拖就可以了。久保田将军也说了，上海有一百多公里的海岸线，他们的化武基地也在海边，就在他们的基地附近找个地方就可以了，这样他们做人体实验也方便了，要人就到集中营去拉。可我去海边的路都不认识，这事可就要靠你了。

莆田川：（起身）就这么说好了。明天一早，我来你这。

47-11．景：滨海滩涂　清晨　外

【清晨的草丛中，尚云谦和两个战士藏在草木后。望远镜中的景象清晰可见。

【滨海处是日军化学武器基地，三面环山一面向海。离基地不远处还在兴建房屋。一队队的日本兵在基地周围巡视。

【通向基地的公路上，不时有插着太阳旗的鬼子军车在运送物资。

【尚云谦放下了望远镜，递给了身边的新四军战士。

新四军战士：看来日军化武基地的主体建筑已经完成，现在在建的可能只是些附属工程，如兵营、仓库和关押犯人的场所等。

尚云谦：总算找到这个地方了。这里离洋山港只有三十公里，水陆运输都很方便，但不知现在这里驻扎了多少鬼子。不行，我要亲自去打探一下。

47-12. 景：川崎饭店酒吧 夜 内

【莆田川似有满腹牢骚，不停地给自己灌酒。西蒙在一旁安慰他。

西蒙：莆田川先生，去柏林说不定对你是件好事，至少目前你可以摆脱久保田的控制。你不是想全家移民去德国吗，我倒觉得这是个好机会。

莆田川：你不懂，西蒙。你太天真。你永远不了解这些人的歹毒。你以为久保田那么信任我吗，放手让我脱离他的控制。他们早把我一家七口作为人质扣押在九州。我现在只能听他们摆布，稍一不慎就有灭门之祸。我还敢想移民的事吗？

西蒙：（深表同情）看来你的情况和我一样，他们把我的家小也扣在柏林，他们可以随时以叛国罪处置我全家，我还以为只有德国才这么邪恶，没想到你们日本也一样。

莆田川：他们都是一样的禽兽魔鬼。原来我以为我是世界上最坏最黑的人，为了谋财不择手段。现在我知道了，久保田梅辛格这样的人才是最歹毒最凶残的野兽。我只是想让自己和家人日子过得好一些，所以不择手段地弄钱，巧取豪夺，欺行霸市。可这些畜生却是要把世界踩在他们的脚下，屠杀人类，灭绝种族，生命在他们的眼里一钱不值。梅辛格这次来就是要屠杀全部在上海的犹太人。而久保田为了三千万美金，竟然就把三万犹太人卖给了梅辛格，而且还帮助梅辛格实施抓捕，随要随抓，而且将抓捕的犹太人送到梅辛格的指定屠场。这些禽兽根本没把人当人，开口闭口犹太猪，在他们眼里犹太人就是牲口，是可以任他们宰杀的牲口。这帮魔鬼还有半点人性吗？他们还算人吗？他们就是魔鬼，就是野兽。他们的凶残连我这个黑帮中人都为之战栗。

【莆田川又给自己斟满了一杯酒，一口灌下，将杯子重重地磕在桌上。

西蒙：别再喝了，蒲田君。您其实不是个坏人，我不知道您做过什么伤天害理的事，即便做了也只是希望自己和家人的日子过得好一些，人都是自私的，谁不希望自己和亲人生活好一点呢。您不必过于自责，您不是那种毫无人性的法西斯魔鬼。您现在要考虑的是怎么拯救您自己和亲人、摆脱这些魔鬼的控制。您现在准备怎样？

莆田川: 我现在能怎么办？我和我一家人的性命都控制在久保田的手上，只能听他的。他让我去柏林，我的生命又控制在梅辛格的手上。像梅辛格这种人哪有什么诚信可讲，为了达到目的，他可以做任何承诺。一旦到了他的地盘，他可以随时变脸，他可以随便编一个理由，随时杀了我。他可是出了名的屠夫。据说十多万犹太人就死在他的手上。我厌恶这种禽兽，更不想跟这种禽兽打交道，可我明天还得陪他去找杀害犹太人的场所。希望到了柏林，这个魔鬼能放过我，可如果他放过我，久保田能放过我吗？所以，西蒙兄弟，我左右都是个死啊。

西蒙: 莆田先生，您可不能这么悲观。我们德国有句谚语：黑夜来了，黎明也会来的。您是个有智慧的人，我相信您能渡过这个难关。可惜我帮不了您什么忙。

莆田川: 西蒙，我们相处两个多月了。我知道你是个诚信善良的好人，我这次去德国，或许我永远回不来了。梅辛格不杀我，我也不能回来，回来久保田会杀了我。如果我在德国能侥幸活下来，我还希望能得到你的帮助。不管我的家人能不能到德国，你是德国人，你总要回到你自己国家。我希望那时你能帮我一把，总领馆那帮王八蛋是靠不住的，到时候能帮我的只有你，你能答应我吗？

西蒙: 我答应您，不仅是答应您，而且我向您做出承诺，只要我能回到德国，您的事就是我的事，我将尽其所能帮助您和您的一家。来，我们干杯为誓。

【莆田川十分感动，拿起酒杯和西蒙重重碰了一下，两人一干而尽。

莆田川: 好。有你这句话，我很安慰。你甚至成了我的希望，或许你的这句承诺将诞生一个新的莆田川，因为我也希望做一个好人。

西蒙: 我现在可以不受施瓦茨控制，这都得感谢您。我觉得您原本就是正直善良的人。

莆田川: 谢谢你的鼓励，我会努力的。我去柏林前希望天天见到你。明天我们还在这见面。

西蒙: 好的。晚安。

第四十七集完

第四十八集

48-1. 景: 汪公馆会客室 夜 内

【汪墨樵、张圣财、李廷琛坐在沙发上。

汪墨樵: 廷琛, 我这边圣财已经把该做的工作做得差不多了。转移到浦东的那两支队伍也休整得差不多了, 随时可以展开行动。你刚才说的情况固然很重要, 但你的老师现在被关在德总领馆, 而那个科恩先生下落不明, 这样攻击目标就不明确。你说日本人最近可能有一次大的搜捕行动, 但具体什么行动我们也不知道, 关押地点也不知道。就算这些情况我们都搞清楚了, 那要同时营救你老师、科恩先生和那些被抓的犹太人, 我们也要同时攻击三个地方, 兵力够吗? 这种突击性的攻击也就一次而已, 不可能重复两次三次。既然只有一次机会, 我就希望能给予日军和伪军最大打击。日军方面当然最好能消灭久保田, 他是上海日军的头目, 但除掉他恐怕不易。伪军汉奸方面当然就是殷燕农了, 他现在是上海一大祸害。能消灭他们, 起码对上海市民是个鼓舞。我的意思是发动一次袭击, 总希望有点成效。当然这仅仅是我个人想法。

李廷琛: 汪先生没有明白我的意思。我今天来, 主要是想知道是不是做好了战斗准备, 队伍能不能随时拉得出去, 因为最近有可能有战斗机会。如果能同时救出科恩夫妇, 又能打击日军, 我觉得这就是机会。但我们要事先安排好撤退路线。现在科恩先生下落不明, 我估计他很可能回到"隔都"的家。但现在"隔都"日伪军控制得很严, 特别是殷燕农的警察。他们几乎出动了全部警力, 不让进不让出。我想请汪先生想想办法, 派人去"隔都"落实一下科恩先生在不在里面。如果在里面, 怎么样想办法解救出来, 这样我们的行动也有个方向。

汪墨樵: 殷燕农现在跟我势同水火, 我也一直在等待时机除掉这个祸害。如果我现在出面, 他恐怕不仅不会买账, 反而给他留下了口实, 他又好去日本人那邀功。

【一青帮小弟进门报告。

青帮小弟: 先生, 警察局谢润林科长求见。

汪墨樵: (有些犹豫)哦? 谢润林? 这么晚了他还来。

李廷琛: 还是见一下吧, 说不定有什么重要情况要告诉你。我还是回避一下。

汪墨樵: 不用, 没什么可避讳的。我们的关系他迟早会知道的。这个人虽然是伪警,但还算是有良心的。（对青帮小弟）请他进来。

【张圣财站到门口将谢润林迎进屋来，汪墨樵起身拱手。

汪墨樵： 谢科长是忙人，夤夜来访，怕是有要事吧？请坐。

谢润林： 李公子也在，您可是难得一见的贵人。我还准备改日去拜访令尊大人的，难得在这遇到您，倒省了我一趟辛苦。

【谢润林掏出一份材料，递给汪墨樵。汪墨樵接过，细看，脸色陡变。

汪墨樵：（边看边说）哪儿来的？

谢润林： 您先看看完吧。够详细的。去了多少人，哪些堂主去了，他们的家眷住哪儿，您是怎么给他们送军饷、送给养的，谁送去的，这两支队伍的活动区域、常驻地，可都写得清清楚楚，有名有姓、有鼻子有眼。估计这份东西可能已经在久保田的桌上了。

汪墨樵： 你是怎么弄到的？

谢润林： 昨天殷燕农从宪兵司令部回来就忙得不亦乐乎，拉着局里的文书一夜没睡。两人在机要室嘀嘀嗒嗒地打着材料，这个文书原来是我的旧部，殷燕农走了，我找他问一夜没睡，忙什么呢。他把这份文件给我看，说是殷科长让他加班，久保田将军等着要的。我让他给我誊印了一份。我一看这事可不小，得尽早让您知道，一分钟也不敢耽搁，这不，给您送来了。

汪墨樵：（十分平静）谢谢，谢谢谢科长关照。圣财，看看家里还有多少条子，都拿来给谢科长。

谢润林： 别别，汪先生。我谢某是想发财，可不是什么钱都要的，我穿这身狗皮就是想多弄钱，但我也没忘了自己是中国人，国难当头却只顾自己发财，我还是个人吗？汪先生，您这钱我不会要。我没有您的本事，不能像您这样拉队伍打鬼子，但我也不能像殷燕农那样做鬼子的打手走狗。您是好人，是英雄，能帮您一下，也是我作为一个中国人做了该做的事。其实我也干不了几天了，殷燕农马上当局长了，这条狗上来了我也不会有好日子过，我也准备回家和老娘孩子过几天自在日子。汪先生，情况您都知道了，您不能再耽搁了，久保田不会放过您，殷燕农也不会放过您。上海您是不能留了，趁着他们还没有动手，您早做准备吧。告辞。

【谢润林说完，转身就要走，被汪墨樵一把拽住。

汪墨樵： 那可不行，桥归桥路归路，我汪某人做事向来恩怨分明。谢科长如此关照我，我可不能不知好歹。圣财……

　　谢润林：（正色）汪先生，再这样就没劲了，别把我谢某当下三烂，只是个要钱不要脸的家伙。平时我攀不上您，但我知道您是个好人。淞浦会战时您组织抗日后援会，为保卫大上海募捐筹款，组织战地医院和十几支义勇服务队上前线抢救国军伤员，为国军运送粮食，为保卫上海、为上海百姓做了很多好事。今天我能为您做点事，我算是沾了您的光。别把我看得像殷燕农那样的走狗卖国贼就行。

　　李廷琛：汪先生，既然谢科长如此仗义，您就别勉强他了。他一番真诚，我们还得随了他的心愿才好。谢科长，我还有一事相求。

　　谢润林：你看，我们只顾说话，倒把李大公子撂一边了。罪过，罪过。李公子，说吧，什么事？

　　李廷琛：我要找一个犹太朋友，昨晚突然失踪了，我担心他落到日本人或者德国人手上。想请您帮我打听一下。

　　谢润林：您说的就是那位叫伦纳德·科恩的犹太难民吧？他是个德国物理学家。土肥原贤二还没走的时候就交代警察局要特别关注这个人，一旦发现这个人，立即逮捕。我们已经关注这个人很久了，可一直没有他的下落，但我们知道他住在"隔都"106号。他在警局登记的姓名叫普罗米修斯·杰拉。他的夫人前几天被德国人绑架，现在他又突然失踪了，如果他没有落到日本人和德国人手上，我想他现在十有八九还应该在"隔都"106号他的家里。当然我不敢确定。

　　李廷琛：您怎么能判断他在"隔都"呢？

　　谢润林：那个叫科恩的如果失踪，应该是前天晚上。"隔都"本来在月底之前只是象征性防守，可殷燕农半夜调集警队，将"隔都"前后门都加强了防卫，不让进不让出。如果不是有突发情况，或者是网住了一条大鱼，殷燕农是不至于半夜行动的。估计可能就是那个科恩去了"隔都"，被他或他的人发现了。或许就是他设的圈套。很不幸，那个犹太人上套了。情况如果是这样，那还确实很麻烦。因为现在人进去了就出不来，他随时可以实施抓捕。

　　李廷琛：（沉吟）那您知道他们在"隔都"抓了人吗？

　　谢润林：现在还没听说。至少殷燕农那边还没什么大动静，但听局长说这两天有个大行动，几乎要出动全局警力，不知道是不是跟这个叫科恩的犹太人有关。

李廷琛：谢谢，谢科长。您告诉我的很重要，只是我现在还不能完全证实科恩先生就在"隔都"。

谢润林：现在要完全证实很困难。据说久保田下了命令，不许进不许出，强行冲关者就地击毙。"隔都"已经和外边完全隔绝了。好了，李公子，我能提供的也就这些。还有一件事请转告令尊大人，他目前的处境很险恶。犹太银行的米兹拉希死了，李会长是银行襄理，久保田要对付的下一个目标就是令尊。特高课也给我情治科发来协查令，要我们搞清楚李会长在犹太银行的真实地位，还有诸如他在银行的占股比例以及他和瑞士银行的资金往来情况等细节，我估计令尊现在可能已置于特高课和76号的监控之内。本来这两天我还想把这些情况面告令尊，今天正好碰上您了，也免了我一趟了。请务必转告。总之一句话，令尊的处境很险恶，久保田的下一目标就是他。好了，我得回局里去了。这几天全局上下集结待命，连假都不让请。汪先生，李公子，你们记住我的话，善自珍摄吧。

【谢润林离去。汪墨樵和李廷琛送到门口。两人都心情沉重，久久没有说话。

汪墨樵：这条狗终于动手了。

李廷琛：汪先生准备怎么办？

汪墨樵：上海是不能待了，必须马上离开。好在事先该做的准备都做了，队伍也转移了，也到了放手一搏的时候了。

李廷琛：茉莉怎么办？

汪墨樵：这几天我一直做她工作，她死活不依，非要跟我走。我现在唯一放不下的就是她。

李廷琛：那可不行。听说她怀了身孕，游击生活很艰苦，别说行军打仗，就是驻地换防一日数次，她也撑不住。你必须妥善地安排她。

汪墨樵：我知道，好话歹话跟她说了一箩筐，可她就是要跟着，说什么要死就死在一块。

李廷琛：可以先找个地方把她安顿下来，这样联系起来也方便。

汪墨樵：上哪儿找这么个地方去，全中国都快被鬼子占了，她一个妇道人家，又有身孕，逃难逃命都不容易，别说生存。我也不能给她钱，否则更加招来杀身之祸。唉，我这个女人哪，她现在是我唯一的羁绊。殷燕农这条狗，我在上海他都敢打她的主意，我要走了，他能放过她吗？这条恶狗的鼻子可灵了。

李廷琛：我听家父说，上海青帮在香港和澳门各有一个分会，香港现在被鬼子占了就不说了，澳门不是还有个堂会吗？能不能先把她送去澳门？澳门现在还没有战乱，应该还是相对安全的。合适的时候你去澳门也方便。

汪墨樵：（一声长叹）这世道，人为刀俎我为鱼肉，有几个不是见利忘义之徒，特别是帮会中人，靠得住吗？她信得过，我也信不过。万一有个闪失，她一弱女子如何应付。她如果有个好歹，我也断子绝孙了。如果她身边有个正直可靠的人……

李廷琛：汪先生，这事已迫在眉睫，不能再拖了。你也必须尽快离开上海。久保田接到殷燕农的报告能放过你吗？说不定这一两天他就可能动手。这样吧，茉莉的工作我们大家做。我回去和家父商量下，让他也想想办法。你们越快离开越好。你的事好办，这两天可能有战斗行动，还要你归队指挥。关键是茉莉如何安排。

汪墨樵：我看这事就不要麻烦令尊了。没听谢润林说吗，久保田要对付的下一个目标就是你父亲。你父亲的处境也很险恶。你还得赶紧回去把谢润林的话转告你父亲，让他早点做好准备。该离开上海还得赶紧离开。谢润林是警局情治科科长，负责情报侦讯。他提供的情报还是比较可靠的。万一令尊落到久保田手上，那就不仅仅是他个人安危问题，恐怕整个上海工商界都要乱套了。

李廷琛：那好，汪先生，我现在就回家。不过据我观察，家父对自己的处境很了解，也早有准备。不过他不轻易示人罢了。倒是您，汪先生，殷燕农的告密来得太突然。您必须尽快离开上海，多一分钟多一份凶险。汪夫人的安置我们大家想办法，我们好随时归队。告辞。有事请及时联系。

【汪墨樵点点头，什么话也没说，双手握住李廷琛的手，将他送到门口。

48-2. 景：李家大宅庭院 夜 外

【李廷琛的轿车缓缓驶进院落，李季方赶紧将大门关好，迎向下车的李廷琛。

李季方：大少爷，您怎么才回来？老爷中午回来饭也没吃，就打电话找您和二少爷。二少爷倒是找到了，可您一直不在医院。您快上去吧。老爷和二少爷都在书房等您。

李廷琛：（点点头）季方叔，我爸还好吧？

李季方：不太好。中午回来后，饭也没吃就给您和二少爷打电话。还给楚先生和很多工商业同行通话，脸色一直很凝重。

【两人边说边上楼。

48-3. 景：李衡甫书房 夜 内

【李衡甫淡定地低头喝茶，李廷瑞情绪有点激动。

李廷瑞： 爸，您不公平。大哥为什么就能离开上海，我为什么就不能？我知道大哥去哪里，他可以去打鬼子，我为什么就不能？我不是中国人吗？我不是你儿子吗？你怎么可以这样厚此薄彼。我不同意。

【李衡甫没有理睬儿子的不满，慢条斯理地说：

李衡甫： 你有什么不同意的？我阻拦你了吗？廷琛是人家汪先生请去的，廷琛也愿意去。他是去打鬼子，我能阻拦吗？人家汪先生请你了吗？如果汪先生请你，你也可以去呀。我只是担心你的腿伤没好，怎么行军打仗？你去了不是给人家添麻烦吗？再说了，杀敌报国的机会很多。路在自己脚下，国军共军都是抗日的队伍，你要去随时可以去。过去老爸不让你走，是你留在上海自有你要做的事。保护上海的百姓、保护上海的难民也是抗日。这道理不用我跟你多说吧？可现在情况不同了。我今天把你和廷琛叫回家，就是要你们立即离开上海，去你们想去的任何地方。只要是抗日救国，老爸都同意，都支持。而且这次由不得你们。三天之内都必须给我走。去陕北也行，去西南也行，投国军也行，投共军也行，做你们认为一个中国人该做的事。

【敲门声，李季方和李廷琛进屋。

李季方： 廷瑞，又和你爸拌嘴了？你的嚷嚷声楼下都听得见。你呀，你呀，你爸自有你爸的考虑，我们都能体会，你就别给你爸过不去了。

李廷琛： 爸，我回来了。这两天没来看您，您还好吗？

李衡甫： 科恩先生找到了吗？你老师的情况怎么样了？

李廷琛： 现在还没着落。美总领馆已派出人在科恩先生可能去的地方蹲守，估计这两天会有着落。爸，我刚从汪先生那来，本来也是想请他帮助打听科恩和我老师的情况，但得到一个很不好的消息。殷燕农把汪先生拉队伍的事向久保田告密了，而且整了详细的文字材料。这材料我也亲眼看到了。看来汪先生的处境现在十分凶险，他必须尽快离开上海，多留一分钟多一份凶险。

李衡甫： 那汪先生有什么表示？他准备什么时候离开上海？

李廷琛： 我找汪先生，本来也是跟他商量转移到浦东的那两支队伍什么时候可以行动，因为最近李尔克他们在"隔都"散发传单，号召犹太人冲出"隔都"上街游行，向日本人讨还自由和生存权。估计久保田这次对犹太人会有一次大的搜捕行动。我本来是想和汪先生商量如何解救这批犹太人，正好碰上谢润林上门说殷燕农出卖汪先生的事，并给了汪先生一份殷燕农给久保田的告密信誊印件。汪先生也感到事态严重。他本来是可以随时离开上海的，这段时间他也一直在做去浦东的准备。可汪夫人死活不依，说要死死在一块。汪先生为这事十分头痛，可他对夫人的感情太深，又考虑到她怀有身孕。在没有安排好夫人之前，他也不想离她而去。现在事情就这么僵持着。

【李廷瑞一听，跳了起来。

李廷瑞：这茉莉怎么这么不懂事？生死攸关，这都什么时候了，她还拉着汪先生不放。她这不是要了汪先生的命吗？我去找她去。

李廷琛：廷瑞，你听我把话说完。父亲，听谢润林讲，您的处境也很凶险，米兹拉希先生死了，久保田下一个目标就是你。日本人绝不可能放弃那笔赈济款。犹太银行是那笔赈济款的唯一接收行，而您是犹太银行的襄理。特高科和76号都已经向警局下了协查令，要侦查清楚您和犹太银行的关系、占股比例，甚至您和海外的资金往来等情况。谢润林要我务必转告您，久保田不拿到这笔钱，他绝不会放过您的。爸，我知道您早有准备。但我还是要劝您。您也要尽快离开上海。不管到哪儿去，先到外边避避，避过这次风险再说。

李衡甫：谢谢谢科长的关照。我的事你们就不用管了。本来我不想对你们说的，其实久保田昨天已经找了我。我当然知道他的意图，我也知道他下一步会怎么做，但我自有应对他的办法，你们就不用给我操心了。倒是汪先生夫妇必须尽快离开上海，一刻也不能耽误。汪夫人那边也要有个安排才好。她目前有两个地方可去。一是重庆，一是澳门。她还怀有身孕，不可能徒步涉险。上海和所有日占区都没有飞重庆的航班。溯扬子江而上去重庆也不可能，日军的炮艇昼夜不息地在江面巡逻。现在唯一能去的地方只有澳门，去澳门可以通过黄浦江入海，走海上去澳门。沿海虽然也有日军舰艇巡逻，但毕竟海路宽阔。世界各地去澳门的船只也多，日海军要查恐怕也查不过来。我看这是唯一比较安全的通道。

李廷琛：上海的邮轮已经全部停航，外轮也进不了上海港。汪夫人如何去得了澳门。

李衡甫：你上次让我留下两条货轮是准备做什么用的？

李廷琛：那是为云谦师父准备的。云谦师父的突击分队是准备要去炸毁日军的化武基地的，而化武基地就在海边，我怕云谦师父用得上，所以我请您留下两条货轮。

李衡甫： 你说晚了，所有船只已全部送往重庆。不过，如果云谦确实要用船，淞浦船厂倒是有几条正在维修的日本舰艇。听说其中的一条补给船已经修好。云谦如果急用，这条船倒是用得上。你找船厂的王工程师落实一下吧。汪夫人的转移是个问题，走水上肯定比陆路更安全。如果尚云谦不用那条日本船，我看汪夫人的转移也用得上。那条船上有日军标志，相对安全些。

李廷琛： 汪夫人的安排是个问题。现在烽烟四起，到处都在打仗，她一个妇道人家，又有身孕，要找个安全的地方确实很困难。但他又必须离开上海。听汪先生说，还不能给她钱，说留钱给她会招来杀身之祸。这样看来她的生存都是个问题。而她的问题不解决，汪先生是不可能归队的，那两支队伍就会处于群龙无首的状态。这事确实很麻烦，处理不好，后果将是毁灭性的。目前最要紧的是他们夫妇俩必须立即离开上海，不能落到日本人手上。

李衡甫： 我们大家都帮着想办法吧，特别是汪墨樵不能落到日本人手上。廷琛，廷瑞，今天让你们回来是有些事情要嘱托。上海的形势越来越险恶，日本人现在就是一条红了眼的疯狗，见人就咬，见钱就抢，什么丧尽天良的事情他们都可能做得出来。你们一定要有思想准备，走好自己的路，做你们应该做的事。老爸不会干预你们，你们自己好自为之，永远不要忘记自己是个中国人。这点我相信你们做得到。你们都已经成年了，而且都受过很好的教育。你们早年丧母，从小在我身边长大，老爸也算是尽力了。你们能走好自己的路，是我对你们最大的期盼。老爸风雨一生，如今一把年纪了，生逢乱世，什么意外都有可能发生。我只希望能守住晚节，从一而终做个好人。不管外人怎么评价，但求自己心安。如果我在临死前回顾自己的一生，不脸红，不羞愧，不悔恨，无愧于自己的良心，我也就心安理得。天堂地狱我都能灵魂平静。有句话我得告诉你们，如今国难当头，百姓都在战乱中求生，什么事情都可能发生。今后不管发生什么事，你们都不要感到意外，都要镇定、冷静，一切以家国利益为重。望你们切记，切记。老爸这一生没给你们留下什么，本来也没准备给你们留下什么，一切靠你们自己。但我这还是留下了两张汇票，一张是重庆中央银行的，一张是澳门上海银行的。写的都是你们兄弟俩的名字，但这些钱不是给你们弟兄俩的，而是留给国家、留给百姓的。只有在国家需要、百姓需要时，你们才可以动用。能做到吗？

【李衡甫从桌上拿起两张汇票。

李衡甫： 李家在上海的财产这几年已消耗殆尽，主要用于支援抗战、赈济难民和复工复产。这两张汇票上的存款是我最近变卖了所有产业，包括土地工厂、港口码头所得。李家拜鬼子所赐，现在是一片白茫茫大地真干净。好了，该说的我都跟你们说了。这两张汇票你们谁拿着？

李廷琛： 爸，您这是干什么？您刚才说的这些话我听不懂，怎么给我一种不祥的感觉。

李衡甫： 这年头，我们就在不祥中生活。老爸一把年纪了，但求心安，无所谓祥与不祥，走好你们自己的路，这对我就是最大的安慰。好啦，别磨蹭了，这两张汇票你们谁拿着？

李廷琛： 给廷瑞吧。我马上就要同汪先生出远门了……

【李廷瑞霍地站起来，什么话也不说，抬腿就往外走。李季方赶紧追了上去。

李季方： 二少爷，二少爷，你上哪儿去？

【李廷瑞头也不回，甩下一句话，夺门而去。李季方追了出去。

李廷瑞： 我还有事，没工夫在这干坐着。

李衡甫： 让他去，让他去。季方，拦不住的……

李廷琛： 爸，廷瑞就这脾气。别生气，过两天就好了。这汇票过两天再给他吧，我也该走了。医院那边还一大堆事呢。

李衡甫： 你现在最要紧的是找到科恩先生，尽快把他们夫妇营救出来，送离上海。否则夜长梦多，什么事都可能发生。

李廷琛： 据谢润林讲，科恩先生十有八九还在"隔都"。我找汪先生就是准备武力营救的，可就是把他救出来，他怎么离开上海？怎么去美国？美国倒是派了潜艇在东海等待。可怎么把他送到东海，这事还没个稳妥办法。鬼子封锁太严。

李衡甫： （沉吟）美总领馆有人会开飞机吗？

李廷琛： 不知道。用飞机送当然好，可上哪儿弄飞机去？

李衡甫： 你赶紧问问詹森先生，能不能找到驾驶飞机的。从上海到东海少说也两三百公里，没有飞机是很难突破日军封锁的。我们船舶厂倒是放了一架日军的水上飞机，是日军放在这维修的。飞机早修好了，可他们一直没来提货，现在还放在船厂内港。如果有飞机驾驶员，送科恩夫妇离开上海就安全便捷多了。

李廷琛： （十分兴奋）爸，真的吗？修好了吗？还放在咱们船厂吗？

李衡甫： 据船厂总工讲，那架飞机都是小毛病，早修好了。前几天我去船厂还看见了，今天久保田还对我说，说有一架飞机放在我这。说不定他们很快就会来提走。

【李廷琛脸色一下阴沉下来。

李廷琛：爸，飞机开走了，你怎么向久保田交代？

李衡甫：现在还顾得了那么多吗？你知道科恩先生去美国意味着什么，还用得着我多说吗？但愿能把科恩先生平安地救出来，但愿能找到飞机驾驶员，但愿科恩先生能平安去美国。至于我，请相信你爸，我会有办法解决，久保田占不到我半点便宜，我会有办法应对。

李廷琛：好吧。我去跟总领馆商量下，看能不能找到合适的驾驶员。爸，我走了，你保重。

李衡甫：这两张汇票你先拿着。如果要放廷瑞那，你给他。

李廷琛：好的。我先拿着，但我马上就要同汪先生走了。走之前我会把汇票给他。

【李廷琛接过汇票匆匆离去。李衡甫呆呆地看着他离去的身影。

48-4. 景：汪公馆汪墨樵夫妇卧室 夜 内

【汪墨樵夫妇和衣坐在床头，茉莉不停地擦着眼泪，汪墨樵在一旁劝慰着。

汪墨樵：不哭，不哭，傻女人，你身上还怀着我孩子呢。你把身体整坏了，我儿子怎么办。他可全靠你了。哎，茉莉，跟你说点正经的。我嘛，一个大男人，少小离家半世江湖，在十里洋场打打杀杀，过着刀口上舔血的日子。自从有了你，总算安分了些，有了家的感觉，觉得你就是我今生今世唯一的亲人。我也想过我这一辈子就守着你了，哪儿也不去了，就像你常说的我们离开上海，离开这个是非之地，回老家去过几天安稳生活，守着你和孩子，哪怕粗茶淡饭我也认了，也会感到幸福和满足。中国人不都是这么过来的吗？可你知道我汪墨樵就不是个安分的人，眼看着日寇在我们的土地上烧杀抢掠，无恶不作。我们的四万万同胞国破家亡、流离失所，被人驱来赶去。你就看看上海有多少难民，你就知道我们的国家、我们的同胞在遭什么罪。我作为一个男人，作为上海数万人众的青帮首领，我想安分，可安分得下去吗？常言道：国家兴亡，匹夫有责。上次我跟大少爷喝茶，大少爷给我讲了一个抗日名将吉鸿昌的故事，说这位将军后来被北洋军阀逮捕。他在临死时用树枝在地上写了一首诗："恨不抗日死，留作今日羞。国破尚如此，我何惜此头。"这个人对我的震动很大，我虽是个粗人，没半点文墨，但我是个男人，我能感觉到这位将军视死如归的豪气，感觉到这才是中国的脊梁、民族魂。茉莉，我现在就在学习这位将军。上战场和鬼子面对面地干。事实上，我现在不走也不行了。殷燕农已经把我拉队伍的事报告了久保田，久保田他能放过我吗？

茉莉：（毫不思索）墨樵，我知道你什么意思。我不拦你，我只告诉你一句话，你去哪儿我去哪儿，这一辈子你别想抛开我。

汪墨樵：如果我死了呢？

茉莉：那我也不活了，跟你去死。

汪墨樵：那我们的儿子怎么办？他也跟我们去死吗？

【茉莉听到这，泪如泉涌，半晌说不出话来。

汪墨樵：傻女人，别再说傻话了。我死了，你得活着，好好把我们儿子拉扯大。长大了不要学我，我这一生做了些善事，也做了不少恶事，半是豪强半君子，我希望我们的儿子做个堂堂正正的好人，做个对国家、对社会有用的人，这就是我的全部心愿。茉莉，不要让我留下遗憾。这样，我死了不管上天堂还是下地狱，我都能心安。茉莉，希望你成全我。

【茉莉一声尖叫，一把推开汪墨樵，捂着脸号啕大哭起来。

48-5．景：汪公馆大门 夜 外

【李廷瑞的车在大门前停下，按着喇叭，喇叭声在静夜格外刺耳。

48-6．景：汪公馆汪墨樵夫妇卧室 夜 内

【尖锐的喇叭声传来，汪墨樵从床上跳了起来，从枕下摸出一把手枪，提枪快步走到楼口。

48-7．景：汪公馆大门 夜 外

【几个青帮小弟持枪对着汽车，喝问。

青帮小弟：什么人？

李廷瑞：开门。找茉莉。

【张圣财拿着电筒从屋内赶来，手上提着枪。一看是李廷瑞，忙招呼青帮小弟。

张圣财：是李公子，开门。

【院门大开，李廷瑞的汽车窜了进来，在房前停下。李廷瑞从车上下来，边进屋边喊。

李廷瑞：茉莉，茉莉，你下来，我是李廷瑞。

【这时茉莉也来到楼口，和汪墨樵站在一起，听见是李廷瑞的喊声才松了口气，转身

对汪墨樵说：

茉莉： 是廷瑞，找我的。

汪墨樵： 那快去呀，我陪你去。

【两人咚咚下楼。李廷瑞见茉莉下楼，朝她嚷道：

李廷瑞： 茉莉，你怎么这么不懂事？这时候你也拽着汪先生，等着久保田来抓他是不是？你太不像话了。你这样会送了汪先生命的。你知不知道，知不知道。

【茉莉委屈得说不出话来，又哇的一声大哭起来。汪墨樵赶紧上前，拉着李廷瑞坐下。

汪墨樵： 廷瑞，廷瑞，茉莉现在想通了。她同意我走。只是希望和我一块走。可行军打仗我怎么能带着她。这不给队伍添麻烦吗？这不，我正在给她解释。

李廷瑞： 解释？还有什么好解释的。久保田会听你解释吗？汪先生，不是我做晚辈的说你。你平时大义凛然、杀伐果断，连家父都十分敬佩你。你今天倒是婆婆妈妈起来，不放心茉莉是吧？你的担心是对的，久保田殷燕农他们抓不到你，他们能放过茉莉吗？所以茉莉也得走，而且必须马上走，不过不能跟你一块走。你得对她有个安排。不能让她落到久保田手上。

汪墨樵： 是啊，是啊。这不正为她的事犯难嘛。我还请你大哥向令尊讨主意呢。

李廷瑞： 没什么好主意。最好的主意就是你汪先生必须立即离开上海。如果你信得过李家，把汪夫人送到李家来。李家在，汪夫人就在。我李廷瑞负责夫人的安全，负责把她送出上海并妥善安排。

【汪墨樵十分感动，但事出突然，一时竟不知如何回答。

汪墨樵： 那，那你准备把她送哪儿去？

李廷瑞： 不知道，我只知道你们夫妻都必须立即离开上海。你走你的，茉莉走茉莉的。只要我李廷瑞活着，就没人能伤害茉莉。我话说完了，你们看着办吧。汪先生，不能再拖了，鬼子可不会等你们。我走了。

【李廷瑞说完就要离去，被汪墨樵一把拽住。汪墨樵凝视着李廷瑞。

汪墨樵： 李公子，你刚才说的话算数吗？

李廷瑞： 汪先生，您这什么话？把我李廷瑞看作三岁孩子吗？我是年轻，在你们眼里我或许有点放浪，也做过不少错事。可我什么时候说过假话屁话。你信得过，就把汪夫人送我家来，我负责她安全；信不过，就只当我今晚没来，我们各走各的道。

汪墨樵： 好，李公子。我也不把茉莉送李家了，我现在就把茉莉托付给你。（转对茉莉）茉莉，这样行不行，廷瑞的话刚刚你都听见了，现在就等你一句话了。

【茉莉浑身颤抖，眼泪像断线的珍珠，咬着嘴唇点了点头。

汪墨樵： 看见了吧？茉莉也愿意。廷瑞，你知道茉莉对我意味着什么。茉莉有你的庇护，我放心。从此刻起，你李家、你李廷瑞就是我的恩人。

李廷瑞： 别说那么多了。你信任我，我很感激。我也许近日就要离开上海，到时我会带她一块走。我还是那句话，只要我活着，茉莉就是安全的。我即便离开，也会在确保她安全和生存的情况下离开。你这两天不是要和我大哥一块走吗？我去哪儿，我大哥会告诉你，你可随时和茉莉取得联系。

汪墨樵： 我明天会去找你大哥，茉莉的事就拜托你了。我这里有一本瑞士银行的支票，世界通用，我会通知瑞士银行，只要填上你的名字就可以支取现金，你收下吧。

李廷瑞： 你还是放茉莉那吧，我不缺钱。真要用钱，我会找茉莉。

汪墨樵： 放茉莉那也没用。我填上你的名字，那瑞士银行的唯一取款人是你李廷瑞。我不能把钱放在茉莉名下，那对她是个祸害。

李廷瑞： 那也不行。我既然承诺了你保护茉莉，那一切都是我的事。为防万一，你可以把支票放茉莉处，急需用钱我找茉莉。好了汪先生，别磨蹭了。现在不是客套的时候，你必须马上离开上海。我和我哥都在犹太医院，你和茉莉都可随时来找我。（转对茉莉）茉莉，不准再牵扯汪先生，他是为民族大义而离开你。打跑了鬼子，你们还会团聚的。

【茉莉噙着泪水使劲点了点头，李廷瑞大步离去。

48-8. 景：犹太医院李廷琛办公室 夜 内

【室内西蒙在焦躁地等着李廷琛，李廷琛推门而进。

李廷琛： 西蒙先生，有什么情况吗？

西蒙： 今天莆田川陪梅辛格去了浦东，听说是久保田最近要向梅辛格交一百个犹太人，他们准备去选个方便交接的地方。实际上就是梅辛格准备在那儿屠杀那批犹太人，他们找到了一个叫南头岙的滨海渔村，前段时期日本人在那儿附近修建化武基地，把周围二十公里内的村庄全造成无人区，南头岙也在其中。渔村被烧毁，渔民被杀光。那个村庄已经空无一人。梅辛格看上了村前的那块空地，觉得在这杀人比较隐蔽。他还准备就在这修建集中营，听说他明天就会去找久保田。这些情况我是刚听莆田川回来后告诉我的。

李廷琛： 莆田川说的这些可靠吗？

西蒙： 这地方是他陪梅辛格去找的，应该可靠。莆田川最近对日当局似乎很不满。久保田把他在九州的亲属扣押做了人质，这里逼着他要把犹太银行的赈济款追回来。听说梅辛格处理完了这批犹太人后，他还要陪梅辛格去柏林，说久保田将这一百个犹太人卖了三千万美金，要他去柏林监督梅辛格汇款。还有两吨黄金，这两吨黄金是梅辛格给久保田抓捕科恩先生的酬劳。也就是说久保田交给梅辛格一百个犹太人，还有科恩先生。梅辛格必须付给久保田三千万美金和两吨黄金，而这笔钱要莆田川去柏林催收。莆田川知道梅辛格是个反复无常的家伙，到了柏林他不仅拿不到这笔钱，反而自己的生死攥在梅辛格手中。看来他现在好像也良心发现，知道自己的处境凶险，想移民德国，还希望到德国后能得到我的帮助。他说他厌恶这种肮脏交易、厌恶梅辛格久保田这样的刽子手、厌恶这场战争。我看他态度还比较真诚，他也没有必要欺骗我。

【杰思敏推门进来，看见李廷琛和西蒙在说话，又退了回去，被李廷琛叫住。

李廷琛： 杰思敏，有事吗？请进来说。

杰思敏： 不了。你们谈吧，我没什么大事。莎拉哭了一个下午，说她病好了，要去找爸爸妈妈。还说李哥哥为什么不来看她。我和芦柴棒怎么劝都劝不住。这不，刚刚才睡着。哦，李尔克来找过你两次。有时间，见见他。

李廷琛： 现在不行，我马上还要去总领馆。告诉莎拉，我明天去看她。李尔克有事，让他跟你说。我这两天很忙。

杰思敏： 知道了，我还要去值班。我走了。

【杰思敏和西蒙点了一下头，离去。

李廷琛： 西蒙，莆田川说了什么时候交接这批犹太人吗？

西蒙： 没有。他说明天梅辛格会去找久保田，久保田答应过他，随时要随时抓，并送到指定地点，日方不负责关押。

李廷琛： 久保田答应逮捕科恩，要价两吨黄金。科恩现在在日本人手上吗？

西蒙： 应该还没有吧。久保田只是说如果把科恩交给梅辛格，要价两吨黄金，并没有说科恩在他们手上。但看久保田如此有把握抓到科恩，应该是已经找到科恩的藏身之处了。

李廷琛： 西蒙，看来德日已经达成交易了。而且他们这两天就可能动手。还要辛苦你一趟，你务必把他们实施抓捕的时间搞清楚。这还要充分利用那个莆田川，他现在是局内人，应该不会引起久保田和梅辛格的怀疑。必要时可跟在莆田川身边，随时把情况告诉我。这牵涉到一大批犹太人的生命，还有我老师夫妇。这已经到关键时候了。如果我不在医院，你可把情况告诉杰思敏或我弟弟李廷瑞，他现在在医院住院，一般不会离开，他就住在这层楼100床病房。知道吗？

西蒙： 好的，我现在就回去。莆田川今晚和我住在一起。

【西蒙离去。李廷琛穿上风衣，将一把手枪放兜里，匆匆出门。

48-9．景：犹太医院护士站 夜 内

【杰思敏抬头，见李廷琛走来，忙站起身。李廷琛悄声说道：

李廷琛： 杰思敏，这两天你跟莎拉都不要出门，交代李廷瑞和李尔克也不要出门，让他们在医院等着我，我有重要事找他们。

【杰思敏点点头，李廷琛匆匆离去。

48-10．景：美总领馆詹森办公室 夜 内

【詹森等人披着衣服。在微弱的灯光下，陆允明拉着窗帘，又从窗户缝隙里看了看外面的情景。

李廷琛： 情况紧急，惊扰各位的好梦了，抱歉。有几个情况跟各位通报一下。一、久保田答应梅辛格抓捕一百个犹太人，梅辛格今天已经选好了屠杀场地，就在浦东滨海南头岙渔村，离日军化武基地不足二十公里。二、久保田可能已经发现了科恩先生，答应帮梅辛格抓捕。梅辛格给久保田的酬劳是两吨黄金。三、我父亲讲，淞浦船厂存放了一架已修好的日本人的水上飞机，可以作为送科恩先生离开上海的交通工具。现在的问题是还没有科恩先生确实消息，一旦有他的消息，我们可立即采取行动。

詹森： 消息可靠吗？

李廷琛： 这是从梅辛格那里得来的消息。不能说百分百准确，但应该是可靠的。

陆允明： 那你下一步有什么考虑？

李廷琛： 梅辛格连屠杀犹太人的地方都找好了，这说明久保田将立即对犹太人实施抓捕。我们也知道久保田交人地点是在浦东滨海南头岙，我们只需事先在南头岙埋伏一支军

队，就能把这批犹太人营救出来。我们犯难的是不知科恩先生下落。如果知道他的下落，哪怕在德国人手上，我们也可以搞一次武装袭击救出他，再用水上飞机送他离开上海。

陆允明： 廷琛，你这个想法很大胆。但目前有几个基本条件还不成熟。一，科恩先生在哪儿？二，如果在德国人或日本人手上，你准备用哪里的武装营救？三，水上飞机的航程、性能如何？谁能驾驶飞机把科恩先生送到指定海域？四，日本人肯定实行了空中管制，如何保证飞机在航空过程中的安全？

李廷琛： 这就是我连夜来找你们的原因了。我不知道科恩先生在哪儿。如果我知道，恐怕我早就动手了。你说的第二个问题，应该没有问题。上海周边有无数国共两党的武装抗日部队，仅戴笠留下的抗日义勇军就号称十万，共产党的皖南苏北新四军和抗日游击队也远超十万。他们都是抗日的军队，只要能找到他们，我想他们不会置之不管。再不济，上海社会的武装力量我们也是可以借用的，比如青帮的两支武装现在已从江北转移到了浦东。这也是为了应付上海的突发事件，寻找更多歼灭日伪的战机而准备的。现在的问题是如何在我们需要的时候，这些武装部队能赶到现场实施营救。飞机驾驶员是个问题，不是找不到，而是时间来不及。我有两个同学就在杭州笕桥航校，抗战前他们就是教官了，可现在笕桥航校搬到昆明去了。即便能找到他们，时间也来不及。这就要大家想办法了。至于陆兄说的安全问题，我倒觉得这是最安全的一条途径，水上飞机可以超低空飞行，避开日本人的雷达，而且机身上有日军军徽，地面上可以很清楚地看到，鬼子会误以为是他们自己的飞机在执行公务。如果各位有比这更好的办法也可以提出来商讨。

詹森： 李先生，你能不能把你的计划说得更具体一点。

【李廷琛站在地图前，将线路画了出来。

李廷琛： 只要能把飞机从库房运出来，最终就可以从江面起飞，只要飞到东海，或者外海的任何一个地方，或许就可以离开上海。只要在水上飞机燃油耗尽之前，能够飞到外海，找到美军军舰接应，就应该安全了。

詹森： 这个方案虽然有点冒险，但到目前为止，我也认为这是唯一可行的办法。虽然还有很多细节的问题值得推敲。

陆允明： 如果这个方案能够确定，那么我们有以下三件工作要做。一、尽快找到科恩先生。二、尽快找到飞机驾驶员。三、尽快和美军方确定飞机和潜艇的交汇点。

詹森： 是啊。目前这三个问题是重中之重。寻找科恩先生自不必说，要找到一个合适的飞机驾驶员也不容易。飞机是日本造，其性能、航程、通讯、定位能力等都不清楚。一时半刻恐很难找到这样的驾驶员。

李廷琛：的确如此。如果定好了时间，遇到恶劣的天气，计划一旦推迟，或许就无法再次启动。

陆允明：还有飞机一旦上天，我们就可能无法再与他取得联系。那么，飞机上的驾驶员就必须跟美国军舰取得联系，确定接应的舰艇必须在指定海域、指定时间等待。这一切都必须要有周密计划。

李廷琛：不确定因素如此之多，我们是不是要另外再想其他的方案。

施莫林：我或许可以试一试。

詹森：你开过那样的飞机吗？

施莫林：没有，但我可以试一试。大学时，我参加过军事航空俱乐部，学习驾驶过战斗机和水上飞机。在柏林党卫军特务队，也接受过系统的水上训练。在中央情报局也接受了两年的间谍训练，包括驾驶飞机的技术。我只是需要先去淞浦船厂熟悉一下那架飞机。

詹森：那真是太好了。李先生，你觉得方便吗？会引起日方的怀疑吗？

李廷琛：日本飞机的性能和导航系统，跟别的国家的飞机有一些区别。

施莫林：但我愿意试一试，现在这是唯一的办法，我也是唯一合适的人选，不是吗？如果没有问题，我愿意承担护送科恩的任务。

詹森：那就太好了。如果大家一致认为这个方案是现在唯一可行的，那我们就必须从各个方面完善它，尽量降低风险。

陆允明：（脸色阴沉）廷琛，如果飞机开走了，你父亲怎么向久保田交代？你考虑过吗？

李廷琛：考虑过，我也问过他。他说不用担心他，他自有应付的办法。最近我父亲好像也在做些离开上海的准备，交代我和廷瑞三天内务必离开上海，我相信我父亲。没把握的事他是不会做的。

【陆允明欲言又止，神色黯然，没有再说什么。施莫林却很兴奋，催促着李廷琛。

施莫林：李博士，离天亮还早，我们能不能去看看你父亲船厂的那架飞机。

李廷琛：也好，早一点确定你能不能驾驶这架飞机，也能早一点确定营救方案。

第四十八集完

第四十九集

49-1. 景：淞浦船厂 夜 内

【淞浦船厂里一片漆黑，李廷琛举着手电来到船坞内。电闸被推起来，船坞亮了起来。

【在油毡布下，一个庞然大物安静地停放在船坞内。

【李廷琛和施莫林揭开了油毡布，一架水上飞机出现在面前。飞机上日本国旗赫然醒目。

【施莫林跳进机舱。一按启动钮，飞机轰然鸣响起来，巨大的轰鸣声在静夜十分刺耳。他仔细地检查着飞机的各种仪表，轻轻推动着操纵杆，一切正常。施莫林跳出机舱，热烈地拥抱着守在一边的李廷琛。

施莫林： 放心吧，这种飞机很原始，但导航系统和马力都不错，航程八百公里，可以飞到中国内海的任何地方。李，把科恩先生送出上海完全没问题。

李廷琛： 我们先回总领馆再说。

49-2. 景：犹太医院护士站 夜 内

【李廷瑞悄悄走进护士站，杰思敏抬头望着他。

杰思敏： 有事吗？怎么还不休息？

李廷瑞： 请到我哥办公室来一趟。

49-3. 景：李廷琛办公室 夜 内

【杰思敏点了一盏小小的油灯放在办公桌上。李廷瑞跟了进来。

杰思敏： 现在医院限电，只能这样了。

李廷瑞： 没事。在黑暗中，有一点光明已经足够。

杰思敏： 希望这点光明是黎明前的光明。

李廷瑞： 杰思敏，光明已经来到，就在你面前。

【杰思敏回头，有些尴尬地看着李廷瑞。

李廷瑞： 杰思敏，我要走了。

杰思敏：这么晚了，你要去哪里？

李廷瑞：我是说我要离开上海了。

【杰思敏不由顿了一下，但立即又低头收拾着桌上的病历袋。

杰思敏：你们都要走了。你哥最近好像也要离开上海。

李廷瑞：他离不离开上海我不知道，反正我是要走了。所以这些话我今天都要说出来。不管你怎么想，我都要说出来。

【杰思敏坐了下来，顺手拨了拨油灯，火苗在她明媚的双眸中跳跃。

李廷瑞：我知道你很喜欢我哥，我哥也很喜欢你。但不知道为什么他不愿意向你表白。或许他有顾虑，他觉得你在德国已有恋人。或许他觉得把你们接来上海再向你表达爱情，怕人误会他是乘人之危。但我不一样。我也爱你。我的爱一点都不会比哥哥少。

杰思敏：事情不是你想的那样。

李廷瑞：我第一次见到你是你们刚刚到上海。码头上那么多人，可我第一眼看到的是你，因为你太出众。后来莎拉生病，你住在我们家里，你不知道我有多高兴，因为我天天都能看到你。那段时期是我回家最多的日子，回家不是想看我爸，而是因为能看到你。我不如哥哥沉稳、能干、伟岸。可是，我对你也是一片真心，真心喜欢你。

杰思敏：廷瑞，我们犹太人有一句谚语，说世界上有三样东西无法掩盖，咳嗽、贫穷和爱情。你的感情，我并非毫无知觉。只是……

李廷瑞：杰思敏，你不用担心，你完全可以拒绝我。我只是想在走之前把我心中所爱告诉你，我有这个勇气。我只是希望假如有一天我死在战场上，你也能记得我。那将是我最大的幸福，很多人觉得我是一个纨绔子弟、一个浪荡公子、一个没有家国之爱的懦夫。告诉你，杰思敏，我不是。

杰思敏：我明白。你跟李尔克他们一样，都是这个世界上最好的青年。

李廷瑞：可惜，这个世界太恶浊了，并不能给你这样的姑娘幸福。我真想做一个你们西方传说中的白马骑士，带着你冲出这黑暗的世界去寻求光明，寻求幸福。

杰思敏：我的不幸和幸运一样多。从梅辛格和施瓦茨的手中逃出来，是我们一家人的幸运。在上海得到了这么多人的帮助，他们无私又不求回报。你和所有人，我都会永远记住。

李廷瑞：不，提供帮助并不是希望对方记住，并不是希望对方感恩或者回报。我哥是这么想的，所以他不敢向你表白。我也是这么想的，但是我却向你表白了。

【杰思敏苦笑。

杰思敏：这就是你和你哥的最大不同。我想，他不愿意做一个道德上有任何负累的人。在他身上我看见一个东方男人宽厚、包容、善良和正直。他是我心中的图腾、偶像。其实廷瑞，你也是个很不错的青年，热情澎湃、疾恶如仇，同样善良和正直。你也是我心中仰慕的人，但你知道仰慕和爱慕是不同的。我们德国有个伟大的诗人叫歌德，他写了一本书叫《少年维特之烦恼》。里边有首小诗我很喜欢。我念给你听吧：我只是一股潺潺溪流，你却是一条汹涌澎湃的大河。我向往你那宽阔的胸怀。可是，我的目标是大海。

【满脸疲惫的李廷琛推门而进。

李廷琛：你们在这？廷瑞，你腿伤还没全好，要注意休息。

杰思敏：你回来了，你们谈吧。

【杰思敏接过李廷琛的风衣，把油灯拨大了些，离去。

李廷瑞：哥，这么晚回来，有情况吗？

李廷琛：嗯，正好你在，你坐下吧。

李廷瑞：我晚上去汪公馆找茉莉。茉莉哭得像个泪人似的，汪先生也有点恋恋不舍，我看不下去，狠狠说了茉莉一顿。汪先生说想把茉莉寄放在李家，我答应了。让汪先生赶紧离开上海，茉莉的安全我李廷瑞负责。哥，你不会怪我吧？

李廷琛：怪你什么？你做了好事。扶危济困、见义勇为，这是我们李家家风。廷瑞，你做得很好。你不是也想离开上海吗？那你准备怎么安顿茉莉？

李廷瑞：既然答应了汪先生，我就要对茉莉负责。爸不是要我们三天内离开上海吗？我知道你是要和汪先生走的，可我现在还没个去向。但我也必须走。我走会把茉莉带上一起走，先把她安顿好，保证她的安全和必要的生存条件，我再去寻觅我自己的路。就像你当初收留海东青姐弟一样，行善举、做好人。

李廷琛：弟弟，你能这么想，我很高兴。其实你肩上的担子很重。你不仅要保证茉莉的安全，还有杰思敏莎拉怎么办？如果这次我能把我的老师玛丽夫人救出来，那还好说；如果万一救不出来，她们也就成了孤儿，鬼子和纳粹能放过她们吗？不管我这次营救科恩先生和那百多个犹太人是否成功，他们都必须离开上海，不能把她们置于法西斯的屠刀下。我和汪先生走了，科恩先生要去美国。父亲年纪大了，且一直处于鬼子的监视之中，处境凶险，那么保护杰思敏她们的责任，就只有你来承担了。所以你要保护的不仅是汪夫人，还有玛丽夫人、杰思敏和莎拉。

李廷瑞： 你是说，玛丽夫人、杰思敏和莎拉也要我保护？

李廷琛： 是的。立即带她们离开上海，保证她们的安全并安排好她们生活，你才能离开。

李廷瑞： 好的，哥。我能做到。但我有话说在前头。当我把他们安顿好之后，我还是要离开她们的。我不可能一辈子守在她们身边。我来到这个世界上有很多事需要我去做。我也想和你一样投身于抗日救亡的洪流，为保卫家国而战斗，和鬼子面对面地干，做个顶天立地的中国男人。

李廷琛： 弟弟，我了解你，其实父亲也了解你。你是个热血男儿，无愧于我们李家后代，你甚至比我更勇敢、更豁达、更坚定，你要做的事情就义无反顾。但有个观念我必须纠正你，你以为我们现在和上海沦陷以来所做的工作就不是抗日救亡吗？淞沪保卫战时，我们上前线送水、送食品、抢救国军伤员就不是抗日吗？父亲为上海数百万民众和难民的生存而忍辱负重，不惜背上汉奸卖国贼的千秋骂名，就不是抗日吗？你冒死拍摄那么多日寇屠杀我百姓的影像资料，让子孙后代和人类历史永远记住法西斯反人类罪行。你还给那么多的中外难民送水送食品，帮助他们得以生存。这不是抗日吗？你现在即将要做的保护茉莉和犹太难民一家，这不是抗日吗？弟弟，作为一个普通的中国人，你能做到这些，你已经尽力了，你对得起自己的良心和祖宗。作为你的亲哥，我为你自豪。

李廷瑞： 别说了，哥。我懂。我现在要和你商量的是我什么时候带她们走？怎么离开上海？去哪儿合适？

李廷琛： 久保田已答应梅辛格这两天抓捕一百个犹太人交给他。梅辛格甚至已经选好了屠杀这批犹太人的场地，就在浦东滨海南头岙。我和汪先生早已商量好了，就在南头岙对鬼子发动一次袭击，救下这批犹太人。但现在科恩先生下落不明。久保田要交给梅辛格的这批犹太人里是不是包括科恩夫妇，故行动方案迟迟定不下来。但不管我们这次能不能把科恩夫妇救出来，杰思敏姐妹都是日寇和纳粹的追捕目标。茉莉的情况你是知道的，她随时都有凶险，所以杰思敏姐妹和茉莉都应该越早离开越好。你现在就是等汪先生把茉莉送来。茉莉一到你们就必须走，一刻也不要停留。

李廷瑞： 原想带一个走还可以轻车简从，必要时还可以冒充夫妻，躲过鬼子的检查。可现在是要带三个走，还有个小孩。这么多人怎么才能安全离开上海？

李廷琛： 上次我向父亲要两条货轮，原本是给云谦师父准备的。父亲说我说晚了，淞浦船厂的所有船只都已送往重庆。但他说淞浦船厂有条已经修好的日军补给船，前几天我通知船厂王工这条船我要用，请他配备好船员。估计他已经准备好了。可云谦师父现在也没来联系我，估计他不需要了。现在看来你们要平安离开上海，也只能指望这条船了。我现在就可以通知王工，让他在船厂等着，随时准备起航。可是廷瑞，你准备把茉莉她们安置在哪儿？

李廷瑞：这我还没想好。我原来考虑的不是延安就是重庆。

李廷琛：延安不通航，从上海到延安关山万里，几乎都是日占区，怎么去？父亲虽然说路在自己脚下，但其实他早已给我们做了安排。

【李廷琛从兜里摸出两张汇票，递到李廷瑞面前。

李廷琛：你看这两张汇票，一张是重庆中央银行，一张是澳门上海银行。父亲就是父亲，他想得比我们深远，他就是希望我们去重庆或者澳门。现在看来，日本人已封锁长江，溯江去重庆风险很大，我觉得去澳门比较稳妥，葡萄牙是中立国，澳门也没有烽火战乱，在那儿安置茉莉她们比较稳妥。父亲的这两张汇票你拿着吧，去哪里你自己拿定主意。

李廷瑞：我不要。哥，还是你拿着吧。我想我能养活自己。

【李廷琛勃然变色，拍案而起。

李廷琛：拿着！这不是给你的。父亲说过是留给国家、留给百姓的。你肩上背着四条活生生的生命，这些生命是国家的希望、民族的希望。你一个人好办，她们呢？跟着你流离失所，上前线跟鬼子拼命吗？恐怕你要带走的还不止三个人，如果我的老师玛丽能够救出来，她走不走？如果茉莉带上小莉，就是你救出来的那个女孩，你管不管？还有那个天天在我们医院照顾陪伴莎拉的芦柴棒，他是个孤儿，只有十三岁，把他扔下吗？他是茉莉的义弟，唯一的亲人，也是莎拉在中国最好的朋友，你能不管吗？这些人不要吃饭生活吗？

李廷瑞：哥，我真的不需要……

李廷琛：（一声断喝）拿着！否则以后你别叫我哥。

【李廷琛举着汇票的手一直没放下。李廷瑞最后只好乖乖地接下。

李廷琛：天快亮了。去休息会吧。有事明天再谈。

49-4. 景：犹太医院 日 内

【清晨，穿着披风的李廷琛匆匆地走在过道上。莎拉的病房里传出嘈杂声。李廷琛轻轻推开门，见屋内李廷瑞带着莎拉和杰思敏逗着豹子。芦柴棒整理着擦鞋箱，正准备出门。

【李廷琛看着病房里欢乐的场面，默默地掏出科恩家的族徽看着，面色黯然。

【杰思敏突然看到了站在门口的李廷琛，连忙跑了过去。

杰思敏：你怎么了？

李廷琛：没什么。我正要出门，听见莎拉的笑声过来看看。

杰思敏：看到莎拉太闷了，大家过来陪陪她。

【莎拉从屋里冲出来，一把抱住李廷琛。豹子也冲过来围着李廷琛上蹿下跳，兴奋地摇着尾巴。

莎拉：李哥哥，李哥哥，你好几天都没来看我了，那么忙吗？想死我了。

李廷琛：我也很想你呀。可我这两天确实很忙。莎拉已经是大姑娘了，杰思敏和芦柴棒不天天都陪着你吗？乖，李哥哥今天还有事，就不陪你了。听姐姐的话啊。

杰思敏：莎拉，放手。李哥哥有事还要去办，我们进屋。

【莎拉恋恋不舍地放开李廷琛。李廷琛摸了摸莎拉的额头，见没有异常，随冲她招了招手，转身离去。李廷瑞跟了出来。李廷琛走了两步又回到门口，对芦柴棒说：

李廷琛：芦柴棒，这两天你姐可能会过来，你就别出去了吧，就在医院陪陪莎拉。

芦柴棒：（高兴地）真的吗？好久没看到我姐了，我等她。

【杰思敏看着李廷琛离去，有些迷惘。

49-5．景：犹太医院楼梯 日 外

【李廷琛和李廷瑞边下楼边说话。

李廷琛：廷瑞，你今天必须做好杰思敏的工作，让她有思想准备，她和莎拉都必须准备随时离开上海。估计汪先生今天一定会送茉莉过来，只要茉莉一到，你们就可以离开。定了去哪里吗？

李廷瑞：先去澳门，到了澳门再根据她们自己的意愿送她们想去的地方。澳门的航空航运都通畅。我把她们安顿好以后，再回来找你和父亲，或者直接从军。不管是投国军还是共军，我都会事先跟你们联系。

李廷琛：好。我支持，我想父亲也会支持。

49-6. 景：汪公馆客厅 日 内

【汪墨樵一袭长衫，礼帽放在一边，和洗尽铅华的茉莉坐在一起。身旁站着小莉和张圣财。堂前一字排开站着七八个保镖司机，刘姆妈也在其中。

【汪墨樵站起身来，亲切地对着大家。

汪墨樵： 都收拾好了？

众人： 都收拾好了，老爷。

汪墨樵： 各位都是我家的老人了，这么多年来，辛苦你们了。我汪墨樵夫妻很感激，可天下没有不散的宴席。虽然我们相处像一家人一样，可也总有分手的一天。今天我们夫妻就要出远门了，什么时候回来也不知道。各位就先回家吧。哪天我汪墨樵回来了，只要你们还愿意，你们还可以回来。圣财，把佣金都给他们吧。

【张圣财端起桌上的一个托盘，将托盘里的金条每人一条发给他们。

众人： （感动地）老爷，夫人，你们……

茉莉： 拿着吧，拿着吧。我们要去很远的地方，什么时候回来还不知道。其实我也舍不得你们。老爷说过你们先回家去。等我们回来了，只要你们愿意都可以再回来。刘姆妈，特别是你，我会想你的。

【茉莉说着，忍不住呜咽起来，竟上前抱住刘姆妈不放。刘姆妈也泪流不止，哽咽着。

刘姆妈： 夫人保重，老爷保重……

49-7. 景：上海街头 日 外

【清晨的上海街头，熙熙攘攘的行人川流不息，小贩们的叫卖声不绝于耳。几个报童扬起手中的报纸，高声喊叫。

报童： 哎，头条，头条，汪政府推迟收缴上海工商界各项新增税收，免收犹太难民收容费……哎，卖报，卖报……

【李衡甫的汽车停下，李衡甫下车拦住一个报童买了两份报纸，又匆匆上车。汽车离去。

49-8. 景：二月花茶楼 日 内

【这是紧靠苏州河畔的一幢茶楼，中西合璧，茶客盈门，大厅座无虚席，有小姐清唱。靠江边是一排包厢，窗外景色优美。整个茶楼喧杂中又透出一份典雅、宁静。

【李廷琛走到一个包厢前，抬头看看包厢门上一个大大的"九"字，环顾了一下四周，推门而进。

49-9．景：二月花茶楼九号包厢 日 内

【室内坐着尚云谦和陆允明。李廷琛看见陆允明，有点惊讶。

李廷琛： 云谦师父，接到你电话我就赶来了。陆兄，你也在。

陆允明： （笑道）怎么？你有师父就不兴我有师父吗？

尚云谦： 廷琛，快坐下。没吃早餐吧？吃一点吧，我们边吃边谈。

【李廷琛显然是饿了，也不客气，拿起一块冰糖糕就往嘴里塞。陆允明给他倒了一杯茶。

陆允明： 云谦师父是我约来的，有些事总领馆不好谈，故把你们约到这来。我知道你们师徒关系，也没什么好避讳的，大家就在一块商量吧。

尚云谦： 廷琛，鬼子的化武基地我们已经找到了。这两天我们就准备端了它。允明说你有事要找我，约我到这和你见个面。是那个科恩的事吧？

李廷琛： 是的。听西蒙讲，西蒙你还记得吧？就是那个送了我们一船西药的德国朋友。他说久保田这两天要抓一百个犹太人交给梅辛格，梅辛格已经选好了杀害这批犹太人的场地，就在浦东滨海南头峇海滩，还说久保田准备抓捕科恩交给梅辛格，代价是两吨黄金，估计久保田已经找到或者控制了科恩。也不知道久保田交给梅辛格的这批犹太人里有没有科恩先生。但到现在为止，我们还不知道科恩先生的下落。我找你是想请你通过内线关系，打听下科恩先生的下落。特别是科恩先生是不是已经落到日本人手上。如果科恩先生已经被久保田抓捕，那么我们在营救那批犹太人的同时，也要对科恩先生实施营救。我担心汪墨樵的那两支抗日武装实力有限，如果兵分两路出击，那就更加没把握。我知道您的武工队就潜伏在浦东，故想请师父帮忙，到时请予以增援。

尚云谦： 有关情况允明已跟我说了一下。这不存在帮忙的问题，而是共产党新四军应该做的。但我的这支武工队是有任务的，任务就是摧毁鬼子的化武基地。这样在鬼子眼皮下的突击只能是一次而已。如果鬼子发现他们的化武基地被摧毁，肯定会在全城包括浦东进行大搜捕，那我们要撤退都困难，更谈不上发动第二次袭击。

李廷琛： 师父，您知道营救科恩先生的意义吗？

尚云谦： 知道。不管是出于人道，还是出于世界反法西斯战争需要，我们都义无反顾。

我这不是来与你商量吗？如何在摧毁化武基地后，在鬼子还没反应过来的时候，同时营救科恩先生及那批犹太人。你刚才说的那个南头岙，我倒是去侦查过，那离日军的化武基地不足二十公里。日军化武基地摧毁后，一个小时急行军就可以赶到南头岙。现在我们要搞清楚的是，梅辛格准备在什么时候屠杀这批犹太人。我们才能制定作战计划。

李廷琛： 现在还不清楚。现在只知道的是久保田这两天交给梅辛格一批犹太人，交人地点就在南头岙，而且日本人不直接参与屠杀，只负责交人。科恩先生是不是在这批交付的犹太人中也不清楚。但我想我们今天就能搞清楚。梅辛格急着抓住科恩先生带去柏林复命。久保田也催着梅辛格回国筹款。

【陆允明从提包里拿出一张地图摊在桌上，地图上画了些圈圈点点。

陆允明： （指着地图）廷琛，这里是洋山港，这里是日军化武基地，两地相隔约三十公里。再往东就是南头岙，南头岙与化武基地二十公里。武工队原来的撤退路线是向西边的洋山港撤退。现在是摧毁基地后，还要再往东赶到南头岙增援。那如果是这样，原来向西撤退的方案就要从头拟定，否则将被日军所拦截。刚才云谦师父已经说了，营救犹太人和科恩先生责无旁贷，也就是说新四军武工队一定参战，关键是现在不知道久保田什么时候交人，他们的行动时间定不下来，撤退路线也定不下来。

李廷琛： 这样吧，师父。您等我搞清楚久保田的交人时间后再安排您的行动时间。只要能在梅辛格杀害这批犹太人之前赶到或者预先埋伏就行。至于撤退问题，从地图上看，洋山港到日军化武基地三十公里，到南头岙也只有五十公里，只要把握好时间，提前通知他们赶到指定地点接应，那么撤退应该不是问题。

尚云谦： 这个方案大体可行，但战斗中什么情况都可能发生。化武基地有日军一个小队守卫，约三十多人。我的武工队也只有四十来人，且武器装备远不如日军，只能突袭。在二十分钟内解决战斗并实施爆破，然后再赶到南头岙。南头岙有多少日伪军和梅辛格的党卫军尚不知道。仅凭我这四十余人的武工队肯定没有胜算，这还要从长计议。

李廷琛： 云谦师父，您说的这个问题我已经考虑很多次了。我觉得这次战斗还是有把握的。第一，我了解的情况是日军不参与屠杀，也就是说日军不一定派部队到现场，押送犹太人到现场的只能是警察或治安军。上海的警察您应该是了解的，他们欺负老百姓行，真正打仗他们能跟您的部队比吗？我看他们最有战斗力的恐怕还是梅辛格带来的那批党卫军。他们的武器好，可他们只有二十个人。可汪先生的青帮武装有一百二十人，武器装备也不差。我亲自考察过这支部队，这支部队的一半以上都是国军和东北军的溃散人员，不能说身经百战，但个个都十分凶悍，具有较强的战斗力。这次战斗我和汪先生亲自带队。第二，我们是突袭，敌人猝不及防。第三，我们是两边夹击，形成南北钳形攻势，敌人则首尾不能相顾。师父，打仗您是行家。您看这仗我们有没有胜算。

【尚云谦沉思了一下，点了点头。

尚云谦： 好吧，也没时间多考虑了。这仗有没有胜算都得打。廷琛，你比为师老辣，是个将才。你的想法很大胆，但这险值得冒。你怎么把久保田交人的时间告诉我？

陆允明： 廷琛恐怕很难找到你，还是我通过联络站通知你吧。

李廷琛： 云谦师父，汪先生曾委托我带领他的这支青帮武装。主要还是希望这支队伍不要走上歧途。青帮的人身上总难免有些匪气、霸道，一旦走错了道，再回头就难了。他也是希望这些弟兄有个好的归宿。上个月他去江北，把部队换防到浦东也是听了我的意见。这里离上海更近，进退也方便，战机相对较多，影响也会更大。这次去江北是我陪他去的，我也仔细地观察了这支队伍。我觉得这支队伍的整体素质和战斗力还是不错的。刚才我也跟您说了，这支队伍的一半以上都是原国军官兵。另一半虽说是青帮出身，但都是经过汪先生精心挑选的，年轻、身强力壮、不怕死，特别是具有一定的文化素质，最低的都是初中文化，甚至还有几个是大学生，爱国热情很高。正因为他们年轻，他们在青帮待的时间也不长，我觉得他们是可以造就的。这一次营救犹太人的战斗结束后，他们也面临撤退问题。特别是投奔谁的问题，也就是汪先生说的希望他们有个好的归宿，真正为国家为百姓做出贡献。当下中国站在抗战第一线的，除了国军就是共产党领导下的新四军八路军。我不知道新四军能不能收容这支抗日武装。

尚云谦： （十分高兴）好哇。皖南事变后，新四军一直处于重组阶段，也收编了不少地方武装，包括很多土匪武装。如果我们能收编这支队伍，这无疑是壮大了新四军的力量。我想军师首长也是十分欢迎的。

李廷琛： 师父，我冒昧地问一声，您能做这个主吗？这牵涉到汪墨樵先生一腔爱国热忱，也牵涉到这支青帮武装的一百二十个弟兄的命运和前途。如果您能做这个主，我和汪先生带着这一百二十个弟兄就算是投靠您，投靠新四军了，服从新四军的统一指挥和号令。如果您做不了这个主，那打完这仗后，汪先生将带着他们另有所投。总之，不能耽误了这些弟兄。

尚云谦：（哈哈大笑）廷琛，你问得好，我们不能辜负了这批年轻人的报国热情。你我都要对他们负责。我现在明确地告诉你，这不存在谁做不做得了主的问题。共产党领导下的新四军八路军在整个抗日期间的组织原则和军事原则，就是扩大武装。在山地战和运动战中不断发展壮大自己，这是每个新四军指战员都必须遵循的原则，也可以说是一项长期的战略使命。现在你应该清楚我为什么敢答应你收容这支武装了吧。

李廷琛：师父，有您这句话我就放心了。

49-10. 景：犹太医院病房走廊 日 内

【张圣财和小莉陪着汪墨樵和茉莉上楼，正好碰到李尔克和洪阿秀从病房出来。洪阿秀见是茉莉，忙迎上前。

洪阿秀：茉莉小姐？好久不见您了。找李院长的吧？来，我带您去。

茉莉：阿秀，你这身穿戴，我差点都认不出来了。

洪阿秀：我来这做事已经三四年了，只是您来得少，没见过。

【洪阿秀领着他们边走边说。汪墨樵注意着病房门上的房号，他突然看见一间病房上写着一百号。他叫住了茉莉。

汪墨樵：茉莉，廷瑞住在这，我们还是先去看看他吧。

洪阿秀：那是李二少爷的病房，你们找他吗？他好像出去了。

茉莉：是的，我们找他。

【汪墨樵轻轻敲了敲门，没有反应。

洪阿秀：二少爷虽说在这住院，可他经常外出，他腿伤也没好利索，我们也不好多说……

【洪阿秀话没说完，李廷瑞噌噌跑上楼来，手上拿着一束花。

李廷瑞：谁说我腿没好利索？

【李廷瑞见汪墨樵夫妻忙迎上前。

李廷瑞：是汪先生，来，你们先到我哥办公室坐坐。我去看看莎拉就过来。阿秀，带汪先生去我哥办公室。

【李廷瑞说着就要去莎拉病房，被茉莉喊住。

茉莉：廷瑞，我也去看看莎拉。

李廷瑞：好的，我带你去。莎拉住三楼。

【茉莉和汪墨樵打了个招呼，随李廷瑞而去。小莉随即跟上。

【洪阿秀领着汪墨樵和张圣财敲李廷琛办公室门，半晌没有反应。洪阿秀打开门，屋内无人。

洪阿秀：真是不巧，李院长也不在。可能查房去了，我去找找，你们先在这休息吧。汪先生，这里很简陋，连茶水也没有，我去给你们倒杯水来。

汪墨樵：不用，不用。李院长不在，我们就在这等等。

洪阿秀：那好，你们先坐坐吧。我去找找他。

【洪阿秀离去，李廷瑞奔了进来。

李廷瑞：很对不起，汪先生，我不能久留您。您必须马上离开上海。父亲让我这两天也离开上海。茉莉你就交给我，我走会带她走。我哥昨晚对我说，我要带走的恐怕不仅是汪夫人，还有杰思敏、莎拉、芦柴棒等人。他们也不能留在上海。

汪墨樵：有没有设想把他们安置在哪儿？

李廷瑞：去澳门，我原来是准备去延安或者重庆，但父亲和大哥都觉得去延安重庆的风险太大，必须走旱路，不仅汪夫人身体吃不消，就是杰思敏和莎拉也吃不消，而且旱路都是日占区，鬼子盘查紧。万一出事，后果不堪设想。去澳门就相对安全得多，海上可直航澳门。淞浦船厂有条修好了的日军补给船，我已通知船厂的王工程师在船上等候，可随时起锚。汪先生，现在没时间商量这些事了，汪夫人请您放心。我们一家担心的是您的安全，久保田可不会等您把什么都搞得妥妥帖帖。

汪墨樵：我知道，我知道。谢谢令尊，谢谢你全家。茉莉的事定了，我走也心安了。可我走之前，必须跟你大哥见个面。

【汪墨樵话未说完，门被推开。李廷琛风风火火地走了进来，看见汪墨樵和张圣财，忙回身将门反锁。

李廷琛：汪先生来了，汪夫人呢？

汪墨樵：她去看莎拉去了。我们聊聊吧。

【窗外传来一阵警笛声。

李廷琛：汪夫人就让她留这儿吧。廷瑞这两天会送她走。倒是您必须尽快离开。我把大体情况跟您说说。我已经联络上了江北，他们答应接应并收容您的这支抗日武装，由他们统一部署，统一指挥，您对这不会有异议吧？

汪墨樵：很好。我早把这些弟兄交给你去了，弟兄们也相信你，只有你能把他们带上正路，为抗战、为百姓做点事情。你的决定我都赞成。

李廷琛：上次跟您说了营救科恩先生的事。我觉得这是我们的一次战机，但现在迟迟没有科恩先生的下落。而这两天久保田要抓捕一批犹太人交给梅辛格是我们已掌握的。不管科恩先生有没有下落，营救这批犹太人也是我们当下要做的事。我的意思是您必须尽快离开上海，回驻地等待。我这里一有科恩先生的下落，或知道久保田抓捕犹太人的时间，即去浦东找您商量营救方案，给日伪一次沉重打击。

汪墨樵：那好。我在驻地等你，浦东见。

【汪墨樵说着戴好礼帽准备离开，突然门被轻轻敲响。屋内顿时有些紧张。李廷瑞、张圣财等都拔出手枪藏在腋下。

李廷瑞：（大声喝问）谁？

杰思敏（OS）：我，杰思敏。

【屋内众人似乎松了口气，李廷瑞抢步上前开门。杰思敏带着西蒙进屋，一看屋内这么多人，有点惊讶。

杰思敏：李院长，西蒙先生找您，你们谈吧。

【杰思敏对汪墨樵略一点头，离去。门被轻轻关上。李廷琛看见西蒙，急切地问道：

李廷琛：西蒙，有情况吗？

西蒙：有，久保田答应梅辛格，他们今晚实施抓捕那批犹太人。明天凌晨四点在浦东南头岙交人，科恩先生也在这批犹太人中。

李廷瑞：明天凌晨四点？这也太突然了。

李廷琛：还有什么情况吗？

西蒙：抓捕行动久保田让警察局执行，领头的就是那个新上任的副局长叫什么殷燕农的。负责去浦东交人的也是这个殷燕农。但今晚十点全城戒严，由日宪兵警备旅负责治安。

【室内一阵沉寂。汪墨樵掏出怀表看了看，霍地站了起来。

汪墨樵：廷琛，鬼子今晚就要动手，没时间多考虑了。

李廷琛：您的意思是？

汪墨樵：打！打他狗日的！救犹太人，救科恩先生。这仗必须打，也出出我胸中的这口恶气，这口气在我心中憋了四年了。殷燕农参与抓人交人，肯定在南头岙屠杀现场，就冲着灭了殷燕农这条恶狗，这一仗也必须打。

李廷瑞： 哥，汪先生都发话了，你还犹豫什么呀。没时间再琢磨了。打不打，给句话吧。

李廷琛： 你瞎嚷嚷什么呀。谁犹豫了？这仗怎么打？新四军怎么配合？怎么接应？我和汪先生还有他的这支部队怎么撤退？怎么转移？不都要考虑吗。就算我们顺利地把这批犹太人和科恩先生都救出来了。怎么把科恩先生送出上海？谁来保证他的安全？这不都是问题吗。

李廷瑞： 没时间了，哥。鬼子今晚十点就要戒严，这说明他们十点钟就要动手了，到时候我们出都出不去，还谈什么救人、撤退。要安排就快安排吧。

李廷琛： 汪先生，时间确实很紧了。要不这样吧。您和圣财兄立即去浦东，一刻也不要耽误。先把队伍整合整合，向弟兄们说说这次战斗的必要和紧迫，和几位顾问商量一下这仗怎么打，计算一下从驻地到南头岙的行军时间以及伏击地点。我现在去美总领馆跟他们碰头，敲定新四军如何接应及科恩先生的转移问题，然后赶去浦东与您会合。您看这样行不？

汪墨樵： 好的，我在浦东等你。不过廷琛，时间很紧，你可得尽快赶到驻地，我和弟兄们可都在等着你。

【汪墨樵拿起披风就要离去。

李廷琛： 不和汪夫人道个别吗？

汪墨樵： 不用了，该说的都跟她说了。她也好像在刻意回避这一时刻，这两天她好像也明白了很多事。我想她可能是因为你们李家，她有依靠和安全感。

李廷琛： 那好，汪先生，圣财大哥，你们先去浦东，我随后赶到。廷瑞，送送汪先生。

【李廷瑞答应一声，陪汪墨樵张圣财离去。

49-11. 景：莎拉病房 日 内

【茉莉扶着莎拉和芦柴棒站在窗口，豹子也挤上来，趴在窗口望着楼下。

49-12. 景：犹太医院大门 日 外

【院子里停着汪墨樵的黑色汽车，李廷瑞将汪墨樵送到车边，两人紧紧握手，汪墨樵上车，汽车缓缓离去。

49-13. 景：莎拉病房 日 内

【茉莉和莎拉、芦柴棒久久伫立窗前，豹子摇着尾巴低声鸣叫着，仿佛在和远行人做最后道别。

49-14. 景：犹太医院李廷琛办公室 日 内

【李廷琛一边匆匆地收拾桌上的病历，一边和西蒙说话。

李廷琛：西蒙，我还是希望你留下来。我走了，这个医院就没人主事了，这里还有几十个犹太病人。虽然还有几个犹太医生，可他们毕竟没有管理经验。你是学医的，又从商多年。你留下来对他们的帮助会很大。等打完这一仗，我会派人接你去苏北。你放心，你妻女在根据地很好。据说新四军的首长对她们也很照顾。

西蒙：李先生，你别说了。这次我非同你去不可，我虽然没打过仗，但我绝不会给你添麻烦。你一个中国人可以为解救犹太人和法西斯匪徒面对面地干。我还有什么不应该的？这些犹太人中绝大多数是德国人，我和他们一样都是德国人，都在这场罪恶的战争里妻离子散、家破人亡。我能看着他们死在纳粹的屠刀下吗？

李廷琛：西蒙，这次行动很危险，是和日军、纳粹党卫军的正面搏杀。说实在的，我也没有很大的把握……

西蒙：（脸色陡变）李院长，请不要再说了，再说就是把我弃之门外了，是对我极度的不尊重、不信任。我不想再说什么了，反正这次的行动我必须参加！

李廷琛：这次行动是打仗，你会开枪吗？

西蒙：从小接受军训，大学也是。你在德国留学没受过训练吗？李院长，我真不希望你这样不信任我。

李廷琛：不，西蒙。正是因为我信任你，所以把这个医院让你和李尔克接手，给苦难中的犹太难民留一个医疗保障。还有，不知你想过没有，纳粹今晚屠杀犹太人的情报是你送出来的。如果他们发现你失踪了，有可能引起德国人和日本人的警觉，或许他们会中途改变计划，转而进行对你的搜捕。如果这样，后果不堪设想。所以我想，西蒙，最好还是请你留下来，而且回到莆田川和施瓦茨他们中去，先稳住他们。如他们的计划有变动，你也可及时和美总领馆联系。等打完这一仗，你想去哪儿我都支持。西蒙先生，事关大局，希望你慎重考虑。

【西蒙脸露难色，但想想李廷琛说得对，顿时踌躇起来。

李廷琛：当然，如果你执意要同我去，我也没法阻止你，因为你是要上前线，消灭法西斯。

西蒙：那，那好吧。我听你的安排。我今后怎么和你联系？

李廷琛：我会主动和你联系，只要你在医院，我们的联系就不会断。如有紧急情况，你可找美总领馆的陆允明先生。

西蒙：好的，知道了。我走了，希望早日再见。

李廷琛：再见。

【西蒙热烈地拥抱李廷琛后，离去。

【有顷，李廷瑞带着李尔克和提着小小挎包的杰思敏进屋。

杰思敏：（对李廷琛）你要走吗？

李廷琛：杰思敏，你们来得正好，前几天我就跟你说过，一旦知道你父亲的下落，我们将有一次营救行动。刚刚西蒙先生送来消息，说久保田在今晚将你父亲交给梅辛格，同时交给梅辛格的还有一百个犹太人。交人地点在浦东的一个渔村，时间很紧，来不及跟你打招呼。你和莎拉都不能再留在上海，廷瑞将会带你们去一个安全的地方，还有汪夫人茉莉……

杰思敏：别说了，情况我都知道。廷瑞也跟我说了，你的这次行动不是营救我父亲吗？我做女儿的能不参与吗？我必须参加这次营救行动。

李廷琛：（斩钉截铁）不行！杰思敏。我们这是去打仗。这次行动不仅是营救你父亲，还有一批犹太人。我们并不清楚梅辛格和久保田的兵力部署。事出突然，我们也是仓促应战。战斗中什么事都可能发生。再说莎拉还在这，你走了，莎拉怎么办？好了，杰思敏，没时间讨论这些事了。这次你必须听我的，廷瑞会把你们带到一个安全的地方。我会和你们保持联系。

【杰思敏眼眶一红，把挎包摔在李廷琛桌上，狠狠说道：

杰思敏：李院长，这次行动是要营救我的爸妈，营救我的犹太同胞。我是犹太人的女儿，我能不参加吗？你不能这样……

【杰思敏说着说着声音嘶哑，脸上泪光闪烁，几近哀求。李廷琛丝毫不为所动，撇开杰思敏，有些恼火地对着李尔克。

李廷琛：李尔克，你来干什么？你也要去参加这次行动，是吗？

李尔克：是的。我也要去。李院长，我想你没有理由不让我们去。特别是杰思敏小姐，我们都是犹太人，你去营救的这些人是我们的同胞、父母。你能去，我们为什么不能去？

李廷琛：李尔克，你觉得你还闹腾得不够吗？这次日军抓捕犹太人，不就是前几天你散发的传单引起的吗。向魔鬼去讨还什么自由和生存权，你这不是与虎谋皮吗？正是你的这种鲁莽行为给了强盗明火执仗的理由。他们说你们的行为是暴乱，是抗日组织在操纵。由原来的绑架暗杀上升到大规模抓捕。他们甚至都不屑于出手，让伪警和盖世太保去完成这一罪恶的屠杀阴谋。我都感到好笑。说你们是暴动，你们手无寸铁，拿什么暴动？用血肉之躯与法西斯蒂的装甲车、大炮、机枪拼命吗？李尔克先生，你太鲁莽了，你的鲁莽行为已经给给你的同胞带来了无穷的祸殃。

【李尔克一时语塞，似有所悟，但迟疑着说不出口。窗外又传来一阵警笛和汽车的轰鸣声。

李廷琛：（语气稍缓）尔克，我无意指责你。只是希望你和你的朋友们今后行事慎重些。不要给你的同胞们带来更大的不幸。你刚才提出要参加这次战斗行动。你和杰思敏都有足够的理由，为你们的父母同胞而战斗。我不想也没有理由阻拦你们。可你们拿什么战斗？凭仇恨、热血和理想就能赤手空拳和全副武装的法西斯们去战斗吗？好了，李尔克，没时间和你说这些道理。我只问你一点，你是医生，你和杰思敏都走了，那这医院里几十个住院的犹太同胞怎么办？他们也是你的同胞。我本来是想把你和西蒙先生留在这管好这个医院。上海还有数万犹太难民，他们也需要救护。医院还有十多个医护人员，他们要工作、要生活。我信任你，也知道你的能力，能挑起这个担子，直到我重返医院。但如果你坚持要上战场，认为这是复兴犹太民族的唯一途径，我也不会阻拦你。你掂量着办吧。在我这你是自由的。

【李廷琛穿上披风，转身对李廷瑞。

李廷琛：廷瑞，对你我就不多说了。你答应汪先生的事情你知道该怎么做。我要嘱托你的就一件事，把杰思敏、莎拉和芦柴棒也带走，把他们送到安全的地方并妥善安置。这事越快越好，不要等鬼子找上门来就麻烦了。弟弟，我现在就要走了。父亲知道我去哪儿，你代我向父亲辞个行。父亲毕竟是上年纪的人了。我们都走了，他孤身留在上海，想想挺揪心的。但眼前的形势容不得我们家国兼顾。我想父亲会理解的。

李廷瑞：（有些难过）哥……

李廷琛：弟弟，鬼子长不了。我们还会回来的。我还会回到这个医院做我的医生。弟弟，我们就此别过。联系我可找美总领馆陆允明先生。珍重。

【李廷琛避开众人目光，拿起衣物，准备离去。杰思敏发疯般冲上来，忘情地拥抱着李廷琛。

杰思敏：（呜咽着）我知道你去哪儿，我会找到你的，我会找到你的……

【窗外尖锐的警笛声掩盖了杰思敏的呜咽。李廷琛拍拍她的肩，轻轻推开她，大步离去。

第四十九集完

第五十集

50-1．景：犹太银行襄理办公室 日 内

【办公桌上铺着一张宽大的宣纸，李季方捧着一方石砚站在一旁。李衡甫饱蘸墨汁，在宣纸上泼墨挥毫。

【特写：随着李衡甫力透纸背的笔锋，宣纸上现出一行行苍劲的行草：录文山公天祥诗过零丁洋赠孝仪先生。辛苦遭逢起一经，干戈寥落四周星。山河破碎风飘絮，身世浮沉雨打萍。惶恐滩头说惶恐，零丁洋里叹零丁。人生自古谁无死，留得正气在人间。李衡甫于中华民国三十一年仲秋。

【楚孝仪推门而进，见李衡甫，仿佛放下了心中的一块石头。

楚孝仪：（嚷道）哎呀，衡甫兄，工商界同仁满大街找你。我也去了你府上、淞浦银行找你，都没见你的影子。你倒好，到这躲清闲来了。你知道吗，日本人取消了对上海工商界全部加征税项，还免除了犹太难民的暂住费……

李衡甫：（淡淡一笑）知道知道，孝仪。我还知道你今天一定会来，快来看看我糊涂了些什么。

【楚孝仪这才看见李衡甫的手上还拿着笔，忙凑前看。

楚孝仪：好兴致，好行草。啊，你这是给我的？

李衡甫：是的。三十年前答应送你一幅手书，三十年了，该兑现了。

楚孝仪：（十分感慨）是啊，时光荏苒。三十年前我第一次到您府上，看见您手书的一幅中堂是岳武穆的《满江红》，笔锋如链，行云流水，飘逸且不失苍劲，深深地钦慕仁兄一手好书法。我当即向你讨要一幅墨宝，你慨然应允。可一晃三十年过去，你却惜墨如金，没舍得给我呀。今天你这是怎么啦？

李衡甫：今非昔比呀，贤弟。当初我们还风华正茂，何等壮怀激烈。可叹流年似水，三十年过去，白了少年头。我们都老了，可说过的话我是不会忘记的。

【楚孝仪频频点头，欣赏着李衡甫的书法，十分感慨。突然他失声叫道：

楚孝仪：衡甫，你最后这几个字不对呀。应该是留取丹心照汗青吧？

李衡甫：（哑然一笑）改了几个字是吧？你别急，你别急，待会儿我给你解释。我还

要给孩子们留个条幅。来，搭把手。把这幅字放地上晾晾。

【两人把墨迹未干的书纸拎到地上。李衡甫又抽出一张空白的宣纸铺在案上。李季方往石砚中倒了点水，拿起石磨磨了几下，端到李衡甫面前。

【李衡甫饱蘸墨汁，洋洋洒洒，一幅工丽的行书条幅立呈笔端。特写：录放翁公诗示儿。死去元知万事空，但悲不见九州同。王师北定中原日，家祭无忘告乃翁。李衡甫于中华民国三十一年仲秋。

【李衡甫笔锋刚落，楚孝仪击掌叫好。李衡甫信手将笔抛掷，两行老泪潸然落下。李季方忙递上一块手帕，轻声说道：

李季方：（声音嘶哑）老爷，您……擦擦脸吧。

楚孝仪：怎么了？怎么了？今天你俩怎么了？不对，衡甫。你们有事瞒着我。

李衡甫：我倒是想瞒你，可瞒得住吗？来，坐下。季方，水还热吗？给孝仪泡杯茶。

李季方：这水都放一天了，茶是泡不开了。老爷，上次给您带来的一瓶青梅酒您还没尝过，我给你们倒杯尝尝吧。

李衡甫：好哇。当年曹孟德青梅煮酒论英雄，我们可不是什么英雄。英雄无须论，历史自有评。

【李季方拿出酒和杯子斟酒。李衡甫接过酒瓶，凑到瓶口闻了闻。随手将杯子满上。

李衡甫：嗯，好香。梅子的清香加酒香。来，孝仪，尝尝我们家的青梅酒。梅子是我们家那棵老梅树上结的，酒是季方亲手酿的。

【李衡甫端杯抿了一口，摇了摇头，又点了点头。

李衡甫：嗯，有点酸涩，还有点梅子的清香和甘甜。我不善品酒，但我觉得好喝。这味道让我想起乡间的味道，想起我外婆的味道，想起我无羁的童年。哎，你们喝啊。季方，谢谢你的青梅酒。你也坐下。今天我们三个公公乐和乐和。来，喝。

【李季方坐下。楚孝仪有点狐疑地端起酒杯，品了品，赞不绝口，连呼好喝。李季方把酒满上。

楚孝仪：好喝，香，一股奇特的清香。我这一辈子喝了不少名酒，可还从来没喝过这么清醇酸甜的家酿。季方，我也要谢谢你，谢谢你的情谊、你的酒。

李衡甫：可惜廷瑞不在。他要再给我们拍一张"三公品"多好。可就是后人不知道我们是品茗还是品酒。不过那也无伤大雅。知道这非常的一天有三位老人在一起乐和就行。

来，喝酒。自家的酒，好好品品。喝着你的酒倒让我想起很早很早的一件事来。我八岁那年母亲带我回湖南乡下看外婆，认识了一个与我同龄的少年，叫海儿。他家很穷，父亲早逝，寡母带着他长大，守着几亩薄地的租佃度日。海儿天资聪慧、勤奋好学，我俩成了好朋友。记得那是个中秋之夜，天上的月亮又大又圆，我偷偷地拿了外婆的两个月饼，跑去找海儿，塞给他月饼。海儿的母亲在油灯下缝补着什么，我本以为海儿会给他母亲一个，可他没有，将月饼揣在兜里，拉着我到外边看月亮。我们爬过一座山丘，来到一座大庄院前，海儿说他累了，死活不肯走，掏出月饼，大嚼起来。我初到乡间，一切都感到新鲜好奇，特别是这满月之夜。宁静的村舍，点点萤火，秋风中传来的蛙声，一切都让人着迷。我突然看见大庄院的围墙里伸出枝丫，枝丫上挂满了青梅，不觉口生酸液。也是少年心性，我让海儿骑着我的肩攀上围墙，摘些梅子下来。他说他不敢，我说那你蹲下。我骑着他的肩攀上围墙。谁知刚刚爬上墙，还没摘几个梅子。围墙内一阵狗吠，紧接着冲出几个彪形大汉，手里提着长枪短炮，呐喊一声围了上来。我见势不妙，跳下围墙，拔腿就跑。海儿肥胖，跑不快，被庄丁追上按住，一顿胖揍。海儿狂呼救命，发出撕心裂肺的哀号。我一听知道这事闹大了，弄不好要出人命。来不及细想，折回身冲向那群庄丁，大喊着：不许打人，偷梅子的是我，你们抓错人了。一个提着盒子炮的壮汉骂骂咧咧地走了过来。我估摸着这家伙是这伙庄丁的头，直接冲他喊道：没听见吗？爬围墙、摘梅子的都是我。你们抓他干什么？我是后山佟家的。要杀要剐，我跟你们去，快放了那小孩。大概是后山佟家把那个庄头给镇住了，气焰立刻收敛了许多，一看又是俩小孩，口气也软了下来，问道：后山佟家的？我还以为是哪里的小毛贼，吃了豹子胆，敢爬我赵家的围墙。你真是后山佟家的？不料这时，趴地上喊救命的海儿挣扎着爬起来指着我：就是他，就是他爬了你们家的围墙，偷了你们家梅子。不是我，我没偷。是他，是他。哎哟，呜呜……那壮汉一听，立马又神气起来，冲我喝道：说，深更半夜爬我们家围墙干什么？我一看海儿那熊样，不由怒从心头起。从兜里掏出那几颗青梅，摔在那壮汉脸上，嚷道：不就摘了几颗梅子吗？你心疼，还给你。这时，山丘那边一串灯笼火把移动着，人们敲着锣，呼叫着我的乳名涌了过来。我知道这是外婆家的人来找我了，胆气也立时壮了起来，冲那群壮汉喊道：不信我是佟家的吗？我们家的人来找我了，想打架吗？当然，这架是没打起来，可从此以后我再也没跟海儿来往。是外婆不让我再跟他来往，说三岁看大，七岁看老。小小年纪就首鼠两端、卖友求安，这孩子不是怂，是坏，是骨子里往外冒的坏，是贼坏。长大一定不会是好人，这种人，不能交。

【李衡甫说到这，缓缓端起酒杯抿了一口。楚孝仪对李衡甫今天的反常始终迷惑不解。此时淡淡地问道：

楚孝仪： 那家庄院姓赵？不会是湖南军阀赵恒锡的宅院吧？

李衡甫： 正是赵恒锡，湖南大土豪大军阀赵恒锡。那座庄院是他的乡间别院。

李季方： （气愤地）最可气的，是那个叫海儿的小瘪三。无仁无义，这种小赤佬你就不该护着他。

李衡甫： 你知道这个海儿是谁吗？

【李衡甫说着笑出声来。

李衡甫： 他就是现在南京政府的三号人物、伪行政院长兼财长和警政部长、大名鼎鼎的大汉奸周佛海。想不到吧？当年的农家子弟、落魄少年，变成了今天沐猴而冠的国民领袖，中华民国最大的卖国贼。还是我外婆说得对呀，从小就是贼坏。哈哈哈……

【李衡甫放声大笑，笑出了眼泪，浑身发抖。

【李季方端杯抿了一口，摇了摇头，忍不住老泪纵横。

李季方： （迟疑地）老爷，有些事你不能憋在心里。楚先生不是外人，把实情跟他说说吧……

【李季方话未说完，被李衡甫挥手打断。

李衡甫： 有些事我瞒天瞒地，但瞒过他吗？孝仪，这三十年来，你我肝胆相照，除了家事我哪件事瞒过你。你今天来得好，我还真有一事相托。地上那幅中堂是给你的，作为你我之交三十年的留念。桌上那个条幅是给我儿子的，让他们知道父亲一生的为人和心愿。这个条幅还要请你转送他们。能答应我吗？

楚孝仪： 为什么要我送？衡甫，你不是说醉话吧？不对，你今天有点反常。一会儿《过零丁洋》，一会儿《示儿》，似有万般悲愤、万般无奈。你一向豁达，这不是你的风格。

李衡甫： 你不会是在拒绝我吧？如有难处，那就作罢。我们继续饮酒。来来，季方亲酿的美酒。不喝对不起他。只怕今后再也喝不上了。我们哥仨今天就把这瓶酒给喝了。

【李衡甫端起杯来，一饮而尽，接着又往杯中倒酒。李季方接过酒瓶，将酒杯一一斟满。

【楚孝仪见李衡甫谈笑自若，没有丝毫怪罪他的意思，只好默默地走到桌前，将那条幅折叠好，放进拎包，又默默地动手收起那幅中堂。李季方见状忙上前帮他收拾。李衡甫满脸笑容，一把拉过楚孝仪。

李衡甫：毕竟是老兄弟！孝仪，谢谢。（掏出怀表看看）哦哦，四点了，还有点时间，我们还可多聊一会儿。你刚才不是说那首《过零丁洋》最后一句不对吗？是的，我把最后一句"留取丹心照汗青"改为"留得正气在人间"。人常说，诗言志，字如人。文山公千古一杰，朝廷栋梁，自然志向高远。你我普罗大众，岂能和文山公比肩。有道是人间有正气，心安自浩然。众生芸芸，我心知，不必标榜，但求心安。又何必光照千古，名垂青史。人在人性在，人死无遗憾。其实人哪能做到无遗憾，能做到死前扪心自问，不羞愧、不脸红、不后悔，足矣。

【李衡甫滔滔不绝，似很兴奋，端起酒杯又抿了一口。楚孝仪虽频频点头，但仍心存疑虑，箴默不语。

李衡甫：喝啊，季方。今天喝了你亲酿的酒，也是领了你数十年的不了情。快，陪楚先生喝了杯中酒。无牵无挂地上路。

【李季方颤巍巍地端起酒杯，老泪纵横。

【窗外传来尖锐的警笛。

50-2. 景：美总领馆詹森办公室 日 内

【詹森、陆允明、施莫林和李廷琛围在一张地图前，施莫林拿着尺子在地图上比画着。

施莫林：地图上找不到南头岙渔村的具体位置，只能找到黄浦江的入海口，从浦江入海口往西五十公里处应该就是南头岙了。这里是东经 120.52°、北纬 31.31°。你们看看，没错吧？

詹森：飞机上有夜航仪吗？

施莫林：夜航仪倒是有，但大海茫茫，又是夜航，我很难判断南头岙的准确位置。

陆允明：没时间多考虑了，这段路虽然不长，但这是一次冒险的旅程。只要能找到浦江的出海口，再沿着海岸线向西五十公里，应该就是目标区了。进入目标区再仔细搜寻。这样吧，上尉。我陪你去，机上多个人多一双眼睛，多一份判断。

李廷琛：最要紧的是要把握好起飞时间、航向和航速。我们在南头岙的战斗结束后，立即向你们发出信号，我们在地上燃起三堆篝火，你们看着篝火降落。没看见篝火说明行动还没有结束，或有意外。你们千万不要降落。还有，起飞后就要呼叫潜艇并保持联系，知道潜艇准确位置。

詹森： 也只有这样了。虽然冒险，但这是营救科恩先生唯一可行的途径。我现在就要呼叫潜艇，弄清楚他们的位置，你们起飞前知道最好。李博士，你还要赶去集合队伍。我看我们分头行动吧。

李廷琛： 允明兄，请立即通知尚师父我们的行动时间，务必明日凌晨四点前赶到南头岙。

50-3.景：犹太银行襄理办公室　日　内

【李衡甫摇着空瓶，不善饮酒的他已有三分醉意，笑盈盈的。

李衡甫： 孝仪，酒喝光了，我也尽兴了。数十年来，我还没有今天这样的好兴致。虽说一瓶酒三人喝，可今天就我喝得最多，话也最多。你喝得最少，话也最少，不会有什么心事吧？好了，天快黑了。你该回家了，谢谢你陪了我一个下午。我们就此别过。

【李衡甫说着站起身来，楚孝仪却坐着没动。

楚孝仪： （苦笑）我能有什么心事。衡甫兄，我倒是觉得你有什么事在瞒着我。你我三十年至交，风雨共沐。你有事瞒我，不应该啊。

李衡甫： 你真那么想知道？

楚孝仪： 你今天不说，我不走。

李衡甫： 好吧。你既然这么想知道，那我告诉你。你不是说日本人把增征的各项工商税全部免征吗，把犹太人的暂住费也取消了吗？那是我跟久保田做的一种交换。

楚孝仪： 交换？你拿什么跟他交换？

李衡甫： 犹太银行。我同意犹太银行并入日本人的东亚银行，也就是说放弃犹太银行，把犹太银行让给日本人。

【楚孝仪一听，跳了起来，失声喊道：

楚孝仪： 你怎么可以这样做，你疯了吗？那是人家犹太人的银行，是上海数万犹太难民的生存保障，是米兹拉希先生夫妇用生命做代价留下的唯一产业。我们有什么权利、有什么资格这样做？

李衡甫： 孝仪，你先别激动。看来你还是不了解我。我是那样的人吗？我会做这种伤天害理的事吗？我还告诉你，久保田答应我三天内取消对工商界的征收税项。我也答应他三天内将犹太银行交给他。今天是第三天。久保田已经兑现了他的承诺，我也该兑现我的承诺了。

楚孝仪：（冷冷地）那你今天准备把犹太银行交给他？

李衡甫：不！我把人交给他。

楚孝仪：什么意思？

李衡甫：很简单，一命换一命。我不活了，久保田也必须死。只有他死了，上海才有片刻的宁静。上海民众、犹太难民和上海工商界才有喘息的机会。

楚孝仪：衡甫，我还是没听懂你的意思。你究竟想干什么……

李季方：（声音嘶哑）楚先生，您别问了，快走吧。一会儿久保田就要过来了。他不会放过老爷的。老爷也准备跟他同归于尽。老爷不会把犹太银行交给他的。您快走吧，走吧……

楚孝仪：（不知所措）衡甫，你想干什么，同归于尽？你不会……

【电话铃响。李衡甫拿起电话。

李衡甫：……久保田将军，知道是您，我都等您一天了……文件早准备好了，连钥匙都准备好啦。这么晚了，您还过来吗？……过来？那好，我等您。

【李衡甫放下电话，从衣兜里摸出一张纸来，递给楚孝仪。

李衡甫：孝仪，这是一份犹太银行全体股东委托我全权处理犹太银行的授权书，上边还有你的签名。你拿着吧。不管发生什么事，银行都要保存下来。这是数万犹太难民赖以生存的命根子。记住，不要辜负他们。犹太人是人，也是我们的同胞。他们有生存的权利。

楚孝仪：（一脸惶恐）不行不行。衡甫，这是银行全体股东对你的信任。我不行，真的不行……

李衡甫：（勃然变色）孝仪，你害怕了？你这是在推脱？

楚孝仪：没有，没有。你都不怕，死都不怕，我怕什么？

李衡甫：那就收下。这是我和银行全体股东对你的信任，不要辜负我和他们的信任。请收下。犹太银行不能丢。

【楚孝仪还在犹豫。李季方上前夺过那张授权书，叠好揣进楚孝仪兜里，推着他往外走。

李季方：走吧，走吧，没时间磨蹭了。久保田就要来了。

李衡甫：季方，别推他。让他自己走。孝仪，走吧。没时间了。

楚孝仪：我走了，你怎么办？

【李衡甫哈哈一笑，打开抽屉捧出一个锦盒放在桌上，打开盒盖，拿出一颗手雷在楚孝仪面前晃了一下，又放了回去。

李衡甫： 别担心我。我有这个，久保田占不了便宜。

【楚孝仪大吃一惊，正想说什么。远远地传来警笛声。李衡甫上前紧紧搂着楚孝仪，小声道：

李衡甫： 孝仪，请立即去犹太医院告诉廷琛、廷瑞兄弟，让他们立即离开上海。久保田死了，鬼子不会放过他们。我希望他们活着。告诉他们，鬼子长不了，活着一切都有希望。兄弟，拜托了。我们就此别过。

【楚孝仪频频点头，泪流满面，久久地凝视着李衡甫。李衡甫推了他一把，楚孝仪才蹒跚着离去。

李衡甫： 季方，你也走吧。这里已经没有你可做的事了。

李季方： 老爷，季方在你身边都已经快五十年了。我虽然大不了你几岁，可我一直是把你当做小弟弟般地呵护。你是在我的呵护中长大的、变老的。现在我已是奔七的人了。你是不是觉得我年纪大了，不再需要我的呵护了。

李衡甫： 季方，你知道这里将要发生什么，这里不需要两个人。我希望你活着，活着看着鬼子完蛋，活着回乡安度晚年。快走吧季方哥，现在走还来得及。给你准备的养老钱和李家的所有房契都放在我书房的案头上。你现在就回去，带着这些东西离开上海。越快越好。季方哥，求你了。快走。

李季方： 别说了老爷。我十八岁到你家，无儿无女无牵挂。老家上无父母亲人，下无片瓦寸土。你让我走哪儿去？老爷，我这一生陪你的时间最长，让我留下来给你做个伴吧。

【一阵警笛声由远而近。李季方忙奔到窗口张望。

50-4．景：犹太银行门前 日 外

【一辆满载着日军宪兵的卡车呼啸而来，后边紧跟着一辆插着太阳旗的黑色轿车。路上行人纷纷躲避。两辆车一前一后在犹太银行门前停下。宪兵们纷纷跳下车，迅速在银行四周布岗。

【轿车里钻出一身戎装的久保田。他抬头望了一下银行的窗户，挥手示意宪兵们在门口守卫，带着一名军官大步进入银行。

50-5. 景：犹太银行襄理办公室 日 内

李季方： 老爷，他们来了。

【李衡甫点了点头，转过身坐在办公桌前，从抽屉里拿出一份文件和银行金库钥匙及账本，放在锦盒边。

【李季方快步走到桌前，打开锦盒，摸出一个手雷揣兜里。

李季方： 老爷，这个归我了，以防万一。

【李衡甫想阻止已来不及，只默默地点了点头，将盒盖关上。敲门声响。

李衡甫： 会用吗？

【李季方点了点头，走去开门。久保田大步进屋，一军官紧随其后。

李衡甫： 久保田将军，等你一天了。我还以为你不来了呢，你到底还是来了。请坐。

久保田： 今天是我们三天期限的最后一天，我不会失信的。我已经满足了李会长所有条件。如果李会长今天不能兑现您的承诺，那就是不守规矩。恐怕接下来发生的事就不那么愉快了。

李衡甫： 守规矩？看来将军是个重承诺守规矩的人。很好，那就先听老朽说几句什么是规矩，规矩应该对谁而言。中国有个笑话，一伙强盗明火执仗闯进了一个庄户人家，那家主人躲无可躲。情急中闪身进了厕所，将门关上。对外大叫：有人在此，不得入内。那伙强盗听见厕所有人，一脚把门踹开，将主人拎出，一刀劈了。将军刚才不是说要讲规矩吗？那个主人就是想跟强盗讲规矩，心想我在上厕所，你总不会进来吧。可他想错了，跟强盗讲规矩，结果把命丢了。这就是礼仪之邦的规矩。中国人的规矩把中国人害惨了。

【久保田一听话音不对，情知有变。但他一时判断不了李衡甫究竟要干什么。他自恃武力，摆出一副猫戏耗子的宽容神态，笑盈盈斜视着李衡甫。

久保田： （轻蔑地）李会长毕竟是李会长，这时刻还有心情跟我讲笑话。高人。您知道接下来会发生什么吗？

李衡甫： 当然知道。图穷匕首见呗。无非是杀人抢劫。

久保田： 知道就好。说呀，继续说。我常听人说李会长雄才大略、心怀天下、满肚子学问。我今天倒要看看，李会长的肚子装了些什么杂碎？

【久保田说着，嗖的一声拔出佩刀，拍在案上，恶狠狠地盯着李衡甫。他身后的那个中佐也将手按在刀柄上。

李衡甫: (淡淡一笑) 沉不住气了吧。别急,我这条老命在你手上攥着哩。你不是让我把话说完吗?那我就多说两句。可见,讲规矩也得看跟什么人讲,你不就是那伙明火执仗的强盗吗?跟你还有规矩可讲吗?记住,久保田,中国人可不全是孬种,张学良汪精卫那样的人毕竟是少数。别忘记中国有四万万五千万人,你们杀得尽吗?就像今天,你杀了我,你活得了吗?我能放过你吗?你小日本充其量不过一万万人,我们一个拼一个,你小日本死光了,我中华大地还有三万万五千万中国人。这么简单的数学题你算不清吗?不过这笔账我本来是想跟土肥原算的,让你给撞上了,那就跟你做个了断吧。(话锋一转)喏,这是银行的钥匙,这是银行的账本。你不就想要这个吗?都给你了。

【李衡甫把大把的钥匙咣当一声掷在地上,又把那些账簿抛掷在空中。一时纸片像雪花般飘在空中。久保田茫然中看看满地钥匙,又望着空中飘飘撒落的账页,一时手足无措。李衡甫趁机掀开盒盖,抓起手雷,拉开引爆环,闪电般冲向久保田。久保田看见冒烟的手雷,一声怪叫,连退几步,拿起案上的武士刀。可为时已晚,李衡甫已将他紧紧抱住,顺势将手雷塞进久保田的上衣兜。两人扭打着,翻滚着。此时久保田的武士刀已失去作用。久保田发出阵阵哀号。

【提着刀的日本军官围着他们转悠,可迟迟不敢出手,唯恐误伤了久保田,只能大声地呼叫来人。守卫在门口的李季方猛冲上前,从后面挽住军官的脖子,顺势拉开兜中手雷的引爆环。日军官扔了手中的武士刀,两人在地上翻滚。李季方死死地抱住日军官不放。

【门外的日军终于将门揣倒,蜂拥进屋,将扭打在一起的四人团团围住。"轰、轰"两声巨响,烈焰腾空,血肉横飞……

50-6. 景: 银行外街道 日 外

【冲天的火光让街上的行人和巡警乱作一团。警笛长鸣。

【楚孝仪的车停靠在犹太银行的稍远处,猛地听见车外传来的爆炸声,不由浑身一颤。

司机: 老爷,发生爆炸了,恐怕要戒严,我们得快走。

楚孝仪: 哪里爆炸?是不是犹太银行?

司机: (点了点头) 好像是……

楚孝仪: 快去打听一下!

【司机下车拦住了几个急匆匆的行人打听，行人边跑边说。司机反身匆匆上车。

司机：他们说是犹太银行。老爷，咱们快走吧。

【楚孝仪从车上下来，站在街道上，望着远处的熊熊大火。

司机：老爷，李会长他们不是在银行吗？

【楚孝仪没有回答，老泪纵横。

司机：老爷，咱们回去吧。

楚孝仪：（喃喃自语）他应该是万事准备妥当了……（对司机）去犹太医院。

50-7．景：美总领馆詹森办公室 日 内

【詹森站在窗前看着窗外远处升腾起的滚滚浓烟，面色凝重。陆允明急匆匆来报告。

詹森：确定了吗？

陆允明：是银行，犹太银行。

詹森：我是问能确定是李会长？

【陆允明缓缓点了点头。

陆允明：李衡甫会长和他的管家都在其中……日军宪兵司令久保田和一名日本军官也死了。爆炸就在李会长的办公室。

【詹森闭上了眼睛……

詹森：日本人一定会立刻报复。要防止他们滥杀无辜。

陆允明：是。

詹森：立刻发送密电，一定要联系到接科恩先生的潜艇，弄清他们的具体位置。我们很可能要提前行动。还有，和新四军武工队联系上了吗？

陆允明：联系上了。他们这会可能在奔袭日军化武基地的路上。他们要摧毁基地后才去驰援南头岙。

詹森：保持联系，务必请他们提前赶到南头岙。

陆允明：是。

50-8．景：犹太银行大门 日 外

【黄昏，整条大街已经封锁，街上布满了日伪军警。银行三楼的窗户已全部破碎，还

有缕缕余烟从窗户冒出。

【两辆救火车收拾好水管，摇动警铃，缓缓驶离现场。

【蓬头垢面，一身水淋淋的殷燕农从银行大门奔出，向一匆匆赶来的日军大佐行礼。

殷燕农：报告村田大佐，经清理现场，久保田将军和岸田文雄少佐已为国玉碎。初步判断此次爆炸是犹太银行的襄理李衡甫和他的管家所为。室内四人无一幸存。看来这是一起蓄意谋杀。

村田：那你还在这啰唆什么，还不快去把所有的嫌疑人给我抓起来，严刑拷问：主谋是谁，为什么要谋杀久保田将军。连夜审讯，明天一早到宪兵司令部向我报告。

殷燕农：（结结巴巴）大佐阁下，久保田将军命令我今天晚上要抓捕一批犹太人，并送到浦东南头呑。这是他和那个德军上校梅辛格约定的。他们在那儿等着。那您看将军的这个命令要不要执行？

村田：混蛋。将军的命令怎么能不执行。我看今天的谋杀案就和这批犹太人有关。那这样，你带你的人去执行将军的命令。这边的爆炸案我让特高课和76号侦讯，务必查清楚久保田将军的死因。

殷燕农：是是，大佐阁下把这个案子交给76号办就对了。这可是个国际大案。敢谋杀皇军将军，中国人没那个胆。我看这事八成和犹太人、德国人都有关系。不过大佐，卑职今晚的行动动静太大。久保田将军给我的命令是要抓捕一百个犹太人，还要送到浦东。我担心，担心警力不够。

村田：你什么意思？说明白点。

【殷燕农鼓起勇气，站得笔直。

殷燕农：报告大佐，这事我本也要跟将军请示的。我手下能调集的警力只有六十名警员。虽说只抓捕一百名犹太人。可我们要进去的犹太隔离区有两万名犹太人。如果他们聚众反抗，只怕我这点警力难以应对，到那时就坏了皇军的大事了。

村田：你是想要皇军支援？

殷燕农：（抖擞精神）是的。

村田：好的。给你一个宪兵特勤中队，由你指挥抓捕行动。

殷燕农：谢谢大佐。

村田：记住，按将军的命令办。我给你的这个中队只参与现场抓捕行动，不参与押送和处决犹太人。为了确保不出意外，我给你增派一个特勤分队负责押送。记住，皇军和你只负责把人交给梅辛格，不参与德国人的任何行动。

殷燕农： 是。

50-9. 景：德总领馆梅辛格办公室 日 内

【茶几上铺着一张上海地图，梅辛格拿着尺子和铅笔不断地在地图上比画着，用铅笔做着记号。施瓦茨站在一边。

梅辛格： 施瓦茨，这地图是五万分之一的比例，不知道这地图是否精确。按图上所标，从使馆出发到浦东沿海，也就两小时二十分钟车程。图上找不到南头岙坐标，到了沿海我们还要搜寻，我再给他加上一半的搜寻时间。也就是说，从这出发到达南头岙需要三个半小时。我们必须在十一点半出发，对吗？

施瓦茨： 是的，上校计算得很精确。我也计算了一下，从这出发到南头岙渔村，也就三小时左右。上校预留了足够的时间，我看可以。当然一切按上校的命令办。

梅辛格： （摇头）我看我留的时间还不够。南头岙那个地方我们只去过一次。如果晚上行车我们迷失了方向，或发生其他意外，我们都需要时间处理。到了南头岙我们还需要时间部署。这样吧，我们晚上十一点出发，提前一点到达目的地更好。要知道这是我在远东最后一次行动，绝对不能出差错。

施瓦茨： 是！党卫军特勤队二十名队员早已做好准备，等待上校命令！

梅辛格： 今晚行动要把那个犹太人的贱货带上。她最近怎样？

施瓦茨： 不太好。我们反复地劝她放弃犹太立场，回归到正统的日耳曼族群，劝说她的丈夫回德国，我们确保她与丈夫孩子的安全。可她每次都是轻蔑地望着我们，不说话，或把脸撇过一边去，根本不理睬你。看来这个女的是无可救药了。

梅辛格： 意料之中。

施瓦茨： 还有更糟糕的。这个人可能活不长了。地下室十分潮湿，白天都满地的蟑螂老鼠，蝎子虱子就更不用说了。她晚上根本不能睡觉。把她关在地下室已经二十多天了。她已经全身浮肿，并开始溃烂。每天吃的食物只是正常人的五分之一，甚至六分之一。看来她活不了几天了。不能再做她的指望。

梅辛格： （咬牙切齿）死就死吧。这是她自找的。这个贱女人，她以为我们会放弃、会手软，那她就错了。我要折磨她，直到她死。我早已不做她的指望。但只要她存在一天，她就是我们的筹码，我绝不放过她。今晚把她带上，让她看看，没有她我们也能抓住科恩。让她看看，她心爱的丈夫是个多么猥琐、多么无能的犹太。

【门外敲门声。

梅辛格： 进来。

【莆田川带着西蒙进屋。

莆田川： 上校，外面出事了，乱哄哄的。我觉得您这挺平静的。

梅辛格： 这不正常吗？外边出事，那是日本人的事，跟我有什么关系。说吧，出什么事了？不会又是久保田将军出什么新招了吧？

莆田川： 正是久保田将军的事。他死了。

梅辛格： 死了？久保田将军死了？怎么死的？

莆田川： 他死于一场爆炸，爆炸的发生地是犹太银行。据说犹太银行的新任襄理李衡甫也死了，死在同一场爆炸中。警方正在调查，估计是同归于尽。

【梅辛格惊愕，顿了一下，继而开怀一笑。

莆田川： 您笑什么？上校，您觉得好笑吗？请恕我直言，您不会觉得久保田将军死了，您承诺的三千万和两吨黄金就灰飞烟灭了？您就可以甩开这个包袱了，是不是？

梅辛格： （诡谲地）有这个意思，最少这个包袱不会这么沉重，也没人会像久保田将军那样把我逼到退无可退的地步吧。起码我还有喘息的空间吧。

莆田川： 不，上校。您不了解我们日本人，我们日本人咬住的猎物是不会松口的。我刚从村田大佐那来，大佐命令我，久保田将军的所有命令继续执行，包括今晚抓捕科恩和犹太人，以及将这批犹太人移交给您。上校，您高兴得早了些。久保田将军虽然脾气暴躁，可据我所知他对您还是很宽容的。您和您的部下在没有得到他允许的情况下，数次在上海绑票抓捕犹太人，引起社会的动荡和犹太人的极端反弹。但他对您还是礼尚有加，答应抓捕科恩和一批犹太人交给您。可村田大佐就没他那么宽厚啰。他刚才命令我要时刻掌握你的行踪，不能容许您再在日占区犯事，并让我转告他要对您说的话。我们这次抓捕行动，必将引起犹太人强烈反抗，为了确保梅辛格上校的安全，上校必须在接受这批犹太人后三日内离开上海。

梅辛格： （冷笑）呵呵，村田大佐给我下逐客令了。

莆田川：还没完。大佐同时命令我按久保田将军的命令办，随您去柏林，随时提醒您兑现约定。

梅辛格：（恼怒）你们村田大佐可真是个人物。在上海，我被他监视。回到柏林我还要受他的控制。哼，凭什么？

莆田川：上校息怒。我没冒犯您的意思。我只是把村田大佐的原话转告。这一切在您和久保田将军的备忘录上写得清清楚楚。我只不过是例行公事。

梅辛格：（愤怒）什么备忘录？这是讹诈，是绑票，是抢劫，是威胁……

莆田川：（冷冷一笑）上校说这话可就不友善了。威胁吗？可能有一点吧。村田大佐还说，如果梅辛格上校不配合，他将把您和久保田将军签的备忘录，提交给德国最高统帅部。还有叶卡捷琳娜女皇的那柄短剑。

【梅辛格顿时气馁，涨红着脸，有点气急败坏。

梅辛格：你，你什么意思？把我整死了，你们能得到什么？

莆田川：不是我，上校。我没这个意思，是村田，村田大佐。他想得到什么您不知道吗？他和久保田将军、土肥原将军一样，不就想得到犹太人的那笔赈济款吗，和您承诺的那两吨黄金吗？我可没那么大胃口。是帝国，是大日本帝国需要这笔钱。

【梅辛格冷静下来。

梅辛格：那好，你回去转告村田大佐，为了表示我的诚意，我在接收那批犹太人和科恩的当天就离开上海。也就是说明天凌晨你们移交人犯后，我当天下午就走，去柏林为你们筹措资金。

莆田川：您准备怎样去柏林？我呢？随你一道去吗？

梅辛格：当然。日航两点三十上海飞柏林班机，机票我给你准备。

莆田川：那好，明天下午两点我们机场见。

梅辛格：不，走之前你还有一件事要做，你必须参与我们今晚的行动。

莆田川：什么意思？

梅辛格：没什么特别意思。我们道路不熟，请你当个向导。

莆田川：（略一思考）好吧，几点出发？

梅辛格：今晚十一点。

50-10．景：犹太医院李廷琛办公室 夜 内

【李廷瑞有点沉不住气了，对着李尔克大声道：

李廷瑞：李尔克，你究竟要干什么？这可是犹太医院。我们都走了，这么多住院病人怎么办？他们可都是犹太人。你为什么一定要离开医院？反法西斯只有上前线一条路吗？在这里治疗、照顾你的同胞就不是战斗吗？李尔克，我们年龄差不多，受的教育也差不多。我能理解你。我曾经和你一样，认为只有拿起枪和法西斯面对面地干才是男人，才是英雄。现在，我知道自己的狭隘和浅薄。我要如果像你那样，直接去和鬼子拼命，我倒是光彩了，解气了，可汪夫人怎么办？小莉和芦柴棒怎么办？还有杰思敏和莎拉怎么办？把他们交给法西斯，交给纳粹吗？

李尔克：李公子，我不是跟您说了吗，医院的犹太医护人员我和杰思敏都已经做了安排。他们也想上前线，被我劝住了……

【李廷瑞发现杰思敏和莎拉站在门口，后边跟着豹子。豹子这时蹿进屋来，围着李廷瑞低声鸣叫。杰思敏和莎拉进屋。

杰思敏：廷瑞，请不要把我扯上，我也是要走的，我去找我的爸爸妈妈。我想你不至于阻拦我吧？

李廷瑞：（烦躁地）不行！你们这是干什么？逼我是吧？大哥刚走你们就……

杰思敏：我不是来请你批准的。我只是出于礼貌向你辞行，另外你不是要把汪夫人送走吗？请你把莎拉带上，让她跟着汪夫人。汪夫人已经同意了。能答应我吗？

李廷瑞：你，你什么意思？请说清楚点。

杰思敏：不同意是吧？那好，莎拉，我们走。

【杰思敏牵着莎拉，扭头就走，李廷瑞抢步上前将她拦住。

李廷瑞：你要去哪儿？

杰思敏：找詹森先生，找施莫林，找陆允明。他们都答应过我，有事就找他们。我去美总领馆，求他们收留莎拉。莎拉太小……

【杰思敏说到这声音哽咽，眼泪滚滚而落。莎拉早已泪流满面，抱着豹子鸣咽起来……

【李廷瑞顿时失措，不知道该说什么好，一把拉过莎拉。

李廷瑞：莎拉，莎拉，不哭。李哥哥走了，还有我呢。别哭。莎拉，小李哥哥问你，你是愿意跟着小李哥哥还是愿意跟着你姐姐。

莎拉：（大哭起来）不要，不要。我谁也不要。我要爸爸妈妈，我要去找他们……呜呜……莎拉长大了，不要你们照顾，芦柴棒哥哥会陪着我，会陪着我去找爸爸妈妈。呜呜……

【不知什么时候背着擦鞋箱的芦柴棒和茉莉走了进来。茉莉早已泪流满面。豹子轻轻地鸣叫了一声，莎拉扭头看见芦柴棒，疯狂地上前一把抱住他，放声大哭起来。

茉莉：廷瑞，让杰思敏走吧。她是要去找爸爸妈妈，你拦不住的。莎拉，别哭。茉莉姐姐带着你，姐姐到哪儿你就到哪儿，好吗？

莎拉：（倔强地摇头）不，我就跟着芦柴棒哥哥，我帮他擦鞋，帮他整理擦鞋箱，帮他烧饭烤面包，他到哪儿我都跟着他。他会保护我。

【莎拉泪眼望着芦柴棒，将他抱着更紧了，摇晃着。

莎拉：哥，行吗？你回答我。

【芦柴棒咬着嘴唇，点了点头，强忍着的泪水终于喷薄而出，滴落在莎拉脸上。

【茉莉背过身去，不忍心看。李廷瑞一脸茫然，他望了望杰思敏，杰思敏猛地冲向莎拉，一把抱过她，失声痛哭。

杰思敏：莎拉，好妹妹，姐姐好难哪……（痛哭）

【面对相拥而泣的杰思敏姐妹，李廷瑞有些手足无措，咬牙喊道：

李廷瑞：杰思敏，你这样干什么？生离死别吗？我们是在黑暗中，可还有明天，明天太阳还会升起来，还会有光明。你们都要走是吧？我知道拦不住你，那好，你们都走吧。我也走。我们就此分手，祝你好运。我答应过汪先生要把汪夫人保护好，送她去一个安全的地方。茉莉，我们走。你快去收拾东西，带上小莉和芦柴棒，我们现在就走。

【李廷瑞说完，撂下众人，气呼呼地出门。

【楚孝仪跌跌撞撞地上楼。李廷瑞看见，抢前将他扶住。

李廷瑞：孝仪叔，你怎么来了？来，到我病房坐坐。

第五十集完

第五十一集

51-1. 景：李廷瑞病房 夜 内

【李廷瑞将楚孝仪扶进屋。楚孝仪转身将门关上。

李廷瑞：孝仪叔，找我哥的吧？我哥不在，有话对我说。您请坐。

【楚孝仪未开口，早已老泪纵横，颤巍巍地从包中摸出那张条幅，双手递给李廷瑞。

楚孝仪：出事了，出事了。廷瑞，这是你父亲给你的。你先收下好好看看。

【李廷瑞狐疑地接过条幅，展开一看，顿时呆了。

李廷瑞：《示儿》？我爸给我的？孝仪叔，出什么事了？

楚孝仪：（哽咽着）你爸，你爸……

李廷瑞：我爸怎么了？

楚孝仪：你爸，他死了……

李廷瑞：您说什么？叔。请再说一遍。

楚孝仪：（颤颤地）就是刚才，刚才。你没听见爆炸声吗？他是与久保田同归于尽的。他，他死了……

【李廷瑞如雷轰顶。他很难相信这是事实，痴痴地说：

李廷瑞：他死了，我的父亲……

【李廷瑞拿着条幅的手竟颤抖起来，脸色茫然，泪如泉涌，大滴大滴的泪珠滴在条幅上。

楚孝仪：孩子，难过归难过，你父亲是好样的。我是在久保田来之前最后离开你父亲的，知道他的心愿。你看看你手中的条幅，我看着他写的。这是陆游的《示儿》诗。……王师北定中原日，家祭无忘告乃翁。孩子，这就是他的心愿。他是在告诉你们，现在国难当头，山河破碎，我四万万同胞在流血，他已经看不到国军光复山河、驱逐日寇的那一天。他希望你们能看到，希望你们能把九州一统的消息告诉他。他让我转告你们哥俩的最后一句话是鬼子长不了。他希望你们哥俩好好活着，为光复家国尽力。孩子，记住你父亲的遗愿，好好活着。你和廷琛都必须马上离开上海。鬼子知道是你父亲杀了久保田，一定不会放过你和廷琛。他们今晚一定会有行动。我刚来的路上已经布满了军警。看来他们是要全城戒严。廷瑞，你马上找到你哥，让他和你赶紧离开上海，一刻也不要耽误，赶紧走。

【李廷瑞呆呆地听着，面无表情，似还没回过神来，只是大滴眼泪不停地滴落。

楚孝仪： 廷瑞，你听见我说的话吗？快走。晚了就走不了了。

【李廷瑞点了点头，似从悲痛中顿醒，他迅速把手上的条幅折叠好，小心地放进身边的一个挎包，又把几样东西和一把手枪塞进包里。

李廷瑞：（镇定地）孝仪叔，您快回家吧。情况我都知道了。拜托您老一件事，如果可能，请将我父亲的遗体埋葬。您知道海东青的墓地吗？将我父亲和海东青葬在一起，不必立碑，有个标记即可。那块坟地是我们家买下的。等我和大哥回来后再分别移灵。

楚孝仪： 廷瑞，你快走吧。你父亲的后事我会处理的。你父亲一生淡泊名利、刚直不阿，最后与日酋同归于尽。这种视死如归的人品风范，不仅是你，也是我辈的标杆。孩子，此刻我似有千言万语对你说，可没时间了。我不想耽误你，我走了。

【李廷瑞给楚孝仪开门，拉开门大吃一惊。杰思敏、李尔克、茉莉、莎拉、芦柴棒、小莉都在门外。看来他们已经站了很久。他没有理会他们，默默地把楚孝仪送到楼梯口，挥手告别。

【李廷瑞回身直奔李廷琛办公室。

51-2. 景：李廷琛办公室 夜 内

【李廷瑞进屋拿起桌上电话。杰思敏等人都跟了进来。李廷瑞看了她们一眼，拨打电话。

李廷瑞： 百乐门吗？给我找下小六子……你不认识？浙江督军卢永祥的儿子卢小嘉，卢大公子，你不认识吗？快去。说李小五找他，有要紧事。

【李廷瑞把电话从左手换到右手，望了望茉莉。

李廷瑞： 汪夫人，我马上把你和莎拉送到轮船上，还有小莉芦柴棒他们，我让船长立即起锚，开到浦东南头岙附近海面等我。战斗一结束，我即登船同你一道去澳门。你看这样行吗？

【茉莉没有说话，背过身去。

李廷瑞： 那好。茉莉，现在请你带莎拉和芦柴棒去休息一下，莎拉一天没休息了。出发时我通知你。

【茉莉点点头，正想带莎拉和芦柴棒离开。莎拉却扭头跑向杰思敏。

莎拉： 不，我要跟着姐姐。

【电话里传来声音，李廷瑞接电话。

李廷瑞： 小六子吗？我是李小五。你的那辆吉普车能用吗？……对，对。就那辆威利斯中吉普，我们打猎用的……对，就那辆。我想借用一下，现在就要。还有你的两支卡宾枪，我的两支猎枪。……对，都要……什么？我煞风景？坏了你的好事是吧？我说小六子，我们不能再这样声色犬马、夜夜笙歌了。中国人就要做中国人的事，我们都不年轻了。好了，电话里就不跟你多说了……是的，我在犹太医院等你……对，就现在。

【茉莉不停地擦着眼泪。李廷瑞把莎拉带到一边，轻声说道：

李廷瑞： 莎拉，跟着茉莉姐姐好吗？我带你们去一个很美丽很好玩的地方，那也是我们中国，叫澳门。那里有大海有小溪，有大雁和小鸟，那里风和日丽，蓝天白云。那里没有哭声，没有硝烟，还有很多小森林。说不定还可以找到你梦中的小木屋。莎拉，我们去那好吗？

【莎拉倔强地摇了摇头，像个大人似的，十分严肃。

莎拉： 不，小李哥哥。我知道您和廷琛哥哥都是好人。廷琛哥哥去救我的爸妈了。杰思敏也要去，我要跟着姐姐一同去。就算我帮不了什么忙，但我也要看到爸爸妈妈。我想他们。

【李廷瑞还想说什么，莎拉伸手捂住了他的嘴，缓缓地摇了摇头。李廷瑞十分无奈，缓缓起身，转对茉莉。

李廷瑞： 汪夫人，看来只有你、芦柴棒和小莉要先走一步了。

茉莉： 廷瑞，我知道你的好意。杰思敏和莎拉都想念着她们的亲人。我也一样想念墨樵，牵挂他……我想和杰思敏一同去浦东。她要去寻找父母，我也想去寻找丈夫。

李廷瑞： （脸色阴沉）茉莉，你可是答应了汪先生的，我也是答应了汪先生的。你这样出尔反尔，汪先生会怎么想，我又该怎么做。茉莉，莎拉是年幼不懂事，你不是孩子了，怎么可以像她那样。我们这次不是去玩，是去跟鬼子拼命。你一个女人又怀有身孕，到了前线谁来照顾你？你这不是添乱吗？汪夫人，今天这事可由不得你。你带莎拉回房休息吧。

【茉莉很委屈，但知道李廷瑞说得对。只好再次走到莎拉身边。莎拉这时似乎也领悟到了什么，默默地跟着茉莉出门。

【李廷瑞看着她们出去，长长一声叹息。

李廷瑞： 杰思敏，你是坚持要去南头岙？

杰思敏：（坚定地点头）是的！

李廷瑞：那好。你是要去寻找亲人，我没权利阻拦你。但你必须做好莎拉的工作。她还是个孩子，她不能跟你去。她必须要有一个安全的生长环境。你们的安全应该是你爸妈最大的期盼。能答应吗？

【杰思敏满脸感激地朝李廷瑞点点头，同李尔克芦柴棒离去。

【李廷瑞随即拿起电话，拨通了淞浦船厂。

李廷瑞：老二，我是廷瑞。我哥都跟你说好了吗？那艘日军补给船今晚我要用，我现在就问你一个问题，你能确保这条船的海上航行吗……你是船厂的机械师，不找你找谁。老二，别哈哈了，这可是人命关天的事。或许这是一次危险的航行。你我都要有足够的心理准备……还有，我大哥要你招聘几个临时船员和水手，都到位了吗……哦哦，真有你的。你把人家一条船上的人员都挖过来了。好，太好了。老二，这样，待会儿我让卢小六送几个人上船。她们上船后立即起锚，先到南头岙……对对，凌晨四点前务必赶到。我会在那儿等你……对，对，灌满油，准备好足够的淡水和食物。靠岸时注意观察。我们不见不散……什么？到了澳门请你喝花茶？你想得倒美。不行！你要多少钱都给。我说老二，我们再不能像过去那样活下去了，花天酒地、纸醉金迷。你是机械师、工程师，父母生你养你不容易。该醒醒了，干点人事吧，二哥。

【李廷瑞放下电话，长长地吁了口气，思索着。

51-3. 景：犹太医院莎拉病房 夜 内

【泪流满面的莎拉抱着杰思敏失声痛哭，茉莉背过脸去，芦柴棒低头整理着自己的擦鞋箱，豹子在他们身边转来转去。

杰思敏：莎拉，不哭。姐姐是去找爸爸妈妈，等找到爸妈后，姐姐回来接你。你已经是个大姑娘了，你不是喜欢海东青哥哥吗？希望你能像海东青哥哥那样坚强勇敢，好吗？

莎拉：（含泪点头）姐姐，你什么时候来接我？你会来吗？

杰思敏：（泪流满面）会的。找到爸妈，姐就回来接你。姐知道你在哪儿。这段时间你就跟着茉莉姐姐和廷瑞哥哥，要听他们的话，不要再淘气，不要惹他们生气。好好把身体养好，姐一定回来接你。听见了吗？

莎拉：听见了，姐。我不会惹茉莉姐姐、廷瑞哥哥生气的。我自己的事情自己会料理。

【莎拉把豹子拉到自己怀里，轻轻抚摸着它。

莎拉：它怎么办呢？我不能带着它吗？

杰思敏：（缓缓摇头）不能。我也不能……

芦柴棒：我带着它！莎拉，你和茉莉姐姐今晚先上船，明天我带豹子去找你。

茉莉：（闻声惊呼）芦柴棒，你，你要干什么？

芦柴棒：姐，我今晚同廷瑞哥哥去南头峁，明天同廷瑞哥一块上船。

茉莉：你疯了吗？廷瑞是去打仗，你还是个孩子……

芦柴棒：（坚决地）姐，你不要拦我。我都十四岁了，还是孩子吗？廷瑞哥哥去打鬼子，杰思敏姐姐去找爸爸妈妈，我代你去看看姐夫，看看汪先生，不行吗？

茉莉：（拭泪）芦柴棒，你们都走了，把姐一个人撂下吗？姐除了汪先生，只有你这个弟弟了……

芦柴棒：姐，我明天就同廷瑞哥上船找你，我们又在一起了。我保证我这一辈子都会在你身边，像保护莎拉妹妹一样，保护你，照顾你。姐，你不信我吗？我今晚同廷瑞哥去，只想看看姐夫，再把他的情况告诉你。就去一个晚上，好吗？

杰思敏：芦柴棒，你要去南头峁？廷瑞同意了吗？

芦柴棒：不管廷瑞哥同不同意，他不同意我也要去。他能去打鬼子，我为什么不能？浦东的路我又不是不认识，他不同意我自己去。

莎拉：芦柴棒，你真的要走吗？

芦柴棒：是的，莎拉。就一个晚上，明天我们就在一起了。莎拉妹妹，你放心，我不会把你弄丢的，明天，明天我就带着豹子上船找你。现在我要走了。

莎拉：芦柴棒，好哥哥。我相信你。上次是你把我找回来的，你也答应过我永远不会把我弄丢。我们明天见。

【莎拉紧紧地抱住芦柴棒。茉莉一声叹息……

51-4. 景：犹太医院李廷琛办公室 夜 内

【门被推开，西蒙大步进屋。

西蒙：廷瑞，怎么是你？你哥呢？

李廷瑞：我哥已经走了。西蒙先生，有事请对我说吧。

西蒙：情况有点变化。日军增派了一个中队协助警察局对犹太人实施抓捕，又派了一个分队协助殷燕农押送犹太人。现在到达浦东南头岙的日伪军，加上梅辛格的党卫军，估计有近百人。这情况得尽快通知你哥，让他们有所准备。

李廷瑞：还有吗？

西蒙：没有了，其他一切照旧。你哥呢？我还有事找他。

李廷瑞：有什么事跟我说吧。这会他可能随部队开拔了。

西蒙：他把我留在上海主要是担心怕引起纳粹的警觉。现在这个担心应该没有了。莆田川告诉我，他和梅辛格明天将离开上海，搭日航班机先回柏林。我想我应该自由了，我应该可以去南头岙了。打完这一仗，把科恩先生和那批犹太人营救出来后，我可以随他一道去苏北。我夫人和家小还在苏北等我。

李廷瑞：这里的情况我会设法转告他。你要去浦东只能同我一块走。

西蒙：好，我不回去了，就在这等你。

李廷瑞：那好，我们就先商量一下吧。

【芦柴棒不知从哪儿钻了出来，挺起胸脯喊道。

芦柴棒：廷瑞哥，我想要支枪。没有枪给我把刀也行。我总不能拎根木棒去杀鬼子吧？

李廷瑞：你要去南头岙？

芦柴棒：是的，去南头岙杀鬼子。廷瑞哥，别把我当小孩子。（夸张地）我都十五岁了。那个什么……蒋委员长不是说地无分南北，人无分老幼……皆有，皆有守土抗战之责。守土抗战不就是杀日本人吗？廷瑞哥，你能去，我也能去。

【李廷瑞凝视着芦柴棒，十分感动，缓缓点了点头。

李廷瑞：你会用枪吗？

芦柴棒：（拍了拍胸脯）会！

【芦柴棒比画着，拉枪栓，扣扳机。

芦柴棒：……叭！

李廷瑞：好。到时哥给你一支枪。芦柴棒，可有一点，不管在哪儿你都必须跟在我后边，我不发话，不准乱跑乱动。听见了吗？

芦柴棒：（兴奋地）好嘞。

51-5. 景："隔都"大门 夜 外

【冬夜，寒风凛冽。"隔都"灯火昏暗，死一般寂静。

【凄厉的警笛声由远而近，满载日伪军警的车队在路上疾行，惨白的车灯撕开夜幕，枪刺闪烁着寒光。

【看守"隔都"的伪警迅速打开大门，车队轰鸣而入。

【刺耳的刹车声。车上的日军和伪警纷纷跳下车，将社区团团围住。一日军少佐拔出指挥刀，大吼了一声，车上十余挺机枪同时发射，弹道在空中形成一张巨大的火网。

【枪声刚停，车上的麦克风响起殷燕农变态的吼叫声。

殷燕农（OS）： 皇军抓捕抵抗分子和暴乱分子，任何人不准出门，出门者就地枪毙……

【日军和伪警五人一组蜂拥至犹太人门前。一时，砸门声、吆喝声和哭叫声乱成一片。

【殷燕农跳下卡车，带着几个伪警和日军直奔科恩家。

51-6. 景：一个犹太家庭的屋里 夜 内

【房门被一脚踹开，几个日伪军闯进屋里，手电乱晃，一对犹太夫妻正在穿着衣服，床上还有一个瑟瑟发抖的老妇。伪警喝叫着，将犹太夫妻推搡出门，老妇哀号着从床上翻滚下来，死死地抱住一日军的脚，被日军一枪托打晕。

日军： （吼叫）带走。

51-7. 景：科恩家门前 夜 外

【一束电光锁定106号，门被一脚踹开。殷燕农一伙闯入。

51-8. 景：科恩家 夜 内

【一灯如豆。科恩手捧《圣经》，喃喃祈祷，没有理会涌入的军警。

科恩： 万能的主啊，愿魔鬼的毒焰不再喷涌，愿善良的众生不再呻吟。我愿今天随主而去，不再看到流血的大地……

殷燕农： 普罗米修斯，你是普罗米修斯吗？

【科恩缓缓转身，点了点头。

殷燕农： 你的夫人呢？那个叫玛丽的女人。还有你的两个女儿。一个叫杰思敏，一个叫莎拉。她们都在哪儿？说！

　　科恩：感谢上帝，她们还没有落到魔鬼的手中。

　　殷燕农：（对军警）搜！

　　【军警们一阵翻箱倒柜，从里到外翻了个遍。床掀翻了，柜子砸碎了，碎片满地，一无所获。

　　殷燕农：你不叫普罗米修斯，你叫伦纳德·科恩。你自己作孽，从美国总领馆逃出来。从那一刻起，我就盯死你了。带走！

51-9. 景："隔都" 夜 内

　　【哭喊声中，一个中年犹太人挣脱军警向围墙跑去，被堵在弄口的日军堵住，一道强烈的聚光灯将他罩着。一伙日军冲上去，几把刺刀同时扎进中年犹太人身体，犹太人惨叫一声，颓然倒下。

　　【一批批犹太人被推搡着拖上车。车上的军警们大声地报告着上车犹太人的数目。科恩被推搡到一辆卡车前，也被拖上车。殷燕农对车上军警喊道。

　　殷燕农：捆上。看好了。这是要犯。

51-10. 景："隔都" 夜 外

　　【夜幕深重，空中弥漫着血腥，日军的探照灯像怪兽的眼睛。犹太人居住区笼罩在一片惨白中，间或传来几声女人的哭泣。

　　【殷燕农跑步至日军少佐前，递上一份名单。

　　殷燕农：少佐，一百名犹太人犯已抓捕完毕。两名企图逃跑已被当场击毙，实际抓捕九十八名。这是抓捕名单，请过目。

　　日军少佐：名单我不要过目。你让梅辛格在上面签字，明天交给村田大佐。把那两具尸体抬上车。告诉梅辛格上校，就说我们帮他处决了两名人犯，我们可不帮他处理尸体。

　　殷燕农：是。

51-11. 景：德总领馆大院 夜 外

　　【院子里停着一辆大客车，十几个身穿黑制服的党卫军列队等候。梅辛格悠闲地站在一边。

【满身伤痕的玛丽夫人被捆着，推搡到梅辛格跟前。梅辛格打开电筒照着玛丽。玛丽双眼被强光刺激，扭头躲避着，身体微微发抖，有些站立不稳。

梅辛格：夫人，看来你身体虚弱，也不太适应地下室的环境。施瓦茨，给夫人松绑。

施瓦茨：是。十一号十二号出列，给夫人松绑。

【两个纳粹士兵上前割断玛丽身上的绳索。

玛丽：要带我去哪里？刑场吗？

梅辛格：我知道，您不怕死。

玛丽：是的。但我要看着你们这些刽子手犯下的罪行，永远记住你们的狰狞和邪恶。

梅辛格：不，您误会了。您总是对我们持有敌意。这是偏见。偏见会蒙蔽住事物的真相，会让迷途羔羊走上歧途，甚至掉下悬崖送了命。但如果这份敌意可以化解。如果能够早一点将你的敌意变成友谊，那对你我都是一件美好的事。

玛丽：偏见？蒙蔽？我宁可被偏见蒙住眼睛，也不愿意我的人性和良知蒙尘。

梅辛格：可惜，我们已经走在了不同的路上。夫人，这一切都让人遗憾。我们本来有很多共同的语言和信仰。你们的祖先虽然是斯拉夫人，可后来从斯拉夫族群中脱颖而出，挥师西进南下，横扫东西欧和中西亚，创建了伟大的罗马军团和古罗马文明。之后融入我们日耳曼民族和奥匈帝国。从血缘上讲，我们应该有共同的认知。我们的元首对雅利安人也十分敬重。可你却背叛了你高贵的血统，背叛了元首，成了国家的罪人。我为你可惜。

玛丽：梅辛格，收起你那一套。任何族群和民族都是人类。可你们挑起战争，开动杀人机器，修建集中营、死亡营、毒气室、焚尸炉，制造种族灭绝。你们的所作所为还可称之为人吗？你们是恶魔，是野兽。不管你如何伪装，披上什么外衣，你的身上都永远散发着魔鬼的恶臭，让人恶心。

梅辛格：夫人，我依然为你感到可惜。你本来是我们元首和我崇尚的贵妇，可犹太邪教却腐蚀并吞噬着你的心。你的丈夫有什么好？一个丑陋的犹太人。他不知道你今天的处境吗？他不知道你今天的劫难吗？可他为什么不来救你？还有那些和你丈夫一样丑陋的犹太人，为什么不来救你？他们现在在哪儿？他们一个个像耗子一样躲藏着，管了你的死活吗？他们有什么值得你这样用生命去维护？

玛丽：闭嘴，野兽！你不配提到我丈夫。他的善良和高尚，不是你们这帮畜生所能理解的，特别是像你这样的屠夫刽子手。

梅辛格： 看来，我们的友谊完全没有发展的必要了。不过我今天给夫人准备了一份礼物，希望夫人看见我的礼物后能回归理性。（对党卫军）带走！

51-12. 景：上海街道 夜 外

【警笛如野狼的嚎叫声，一队黑篷盖住的日军卡车呼啸着穿街而过。

【坐在驾驶室中的殷燕农扬扬得意。

51-13. 景：崇明岛林间小道 夜 外

【月色如练，李廷琛和汪墨樵带着队伍在林间穿行。

51-14. 景：上海外郊马路 夜 外

【一辆大客车在颠簸中行驶，车上两盏巨大的探照灯将马路照得雪亮。

【车内，施瓦茨紧张地开着车，全神贯注。后座第一排坐着莆田川和梅辛格。梅辛格被颠簸得七荤八素，头重重地顶着车顶，又重重地摔下来。一旁的莆田川抓紧把守，冷冷地望着他。

51-15. 景：大海 夜 外

【外海上，波涛汹涌，一艘潜艇在海面上。潜艇上涂着美国国徽。

51-16. 景：潜艇舱内 夜 内

【潜艇艇长在潜望镜前。

船员： 艇长，已经抵达指定地点，没有收到新的命令。暂时没有跟踪船只。

艇长： 下潜。静默。暂不接受任何空中信号。

船员： 是。

51-17. 景：大海 夜 外

【潜艇慢慢潜入海底。海面上无一丝痕迹。空中响起嘀嘀嗒嗒的电报声。

51-18. 景：犹太医院院内 夜 外

【李廷瑞和杰思敏等一干人在楼外等候。

【一辆中吉普轰然驶入，雪亮的车灯让众人忙不迭闪避。中吉普在一辆轿车旁停下。卢小六提着一支卡宾枪跳下车。李廷瑞等人迎上去。

李廷瑞：小六子，辛苦你了。

卢小嘉：对不起，老五。我是刚刚听见你父亲遇难的消息。老人家死得……壮烈！

李廷瑞：我们不谈这个。六子，枪带了吗？

卢小嘉：带了，在驾驶室，两支猎枪，两支卡宾枪，都上了膛。

李廷瑞：好的，谢谢。你现在就把我的车开走，把这三个女人送到船厂。老二会在那儿等着，他会安排。这是我的车钥匙，把枪给我。

【李廷瑞把车钥匙交给卢小嘉，接过他手中的枪。

卢小嘉：（有些迷茫）老五，你这是要干什么？去和鬼子拼命吗？

李廷瑞：别问，知道就好。我不会去杀人放火的。没时间跟你细说，明天你就知道了。拜托，请快走。把她们三人送到船厂。

【卢小嘉迟疑地把轿车门打开。李廷瑞将茉莉、小莉送上车，莎拉抱着豹子在一边轻声啜泣，杰思敏将豹子拉开。李廷瑞将莎拉抱上车，轻声说道：

李廷瑞：你们在船上等我！

【杰思敏飞快地跑上前去，将一支牧笛塞到莎拉手中。

杰思敏：拿着。这是廷琛送我的。好好练习，做一个出色的表演艺术家，实现你儿时的梦。这支牧笛是你廷琛哥和我对你的祈祷，带着它，我和廷琛哥就永远在你身边。

【李廷瑞关上车门，抱了抱卢小嘉。

李廷瑞：小六，拜托了。快走吧。后会有期！

卢小嘉：后会有期！

【豹子猛冲上前趴在车窗上，前爪不停地敲着车窗，呜呜呜叫。芦柴棒上前将豹子抱到一边，不停地抚摸着它。

【李廷瑞等目送着轿车离去，转身对杰思敏、西蒙、李尔克、芦柴棒等。

李廷瑞：上车。

【还没等众人上车，豹子第一个跳进车厢。

51-19．景：美总领馆陆允明办公室　夜　内

【办公桌上放着收发报机。陆允明戴着耳机，不停地调整着频道。电台中不时地传来嗡嗡声，施莫林拿着步话机在不停地呼叫。

施莫林： ……鲨鱼九号，鲨鱼九号。我是黑蝴蝶，我是黑蝴蝶……听见请回答，听见请回答……

陆允明： 鲨鱼现在的潜伏位置应该在无线电呼叫范围之内，为什么没有回应？我们这次无线电收发和话报同时搜寻，不会有意外吧？

【詹森推门而入。

詹森： 联系上了吗？

【陆允明和施莫林摇了摇头。

詹森： 继续，万一联系不上，改呼第五舰队。你们把握好起飞时间，升空后继续呼叫。

51-20．景：山间马路　夜　外

【黑篷车队颠簸着前行。

【卡车内，犹太难民挨着人互相依傍。有人轻声啜泣，也有人默默祈祷，显得十分平静，平静的人在安慰啜泣的人。

犹太难民甲： 安静吧。如果我们今天死去，这都是命，是主的安排，因为我们有罪。

犹太难民乙： （啜泣）不，我们没有罪。如果这是主的安排，那是主的错。拉比被带走的时候，我就知道会有这么一天。

【几道强烈的手电射来，传来日军的吆喝和枪栓声。

日军： 什么人？不准说话！

【电光中日军的刺刀闪亮，但还是有人低声哭泣。

【科恩平静地坐在难民中，没有祈祷，也没有眼泪……

51-21．景：美总领馆陆允明办公室　夜　内

【詹森点着烟，猛吸着香烟。陆允明也全神贯注地面对着发报机。

詹森：还没有回音吗？

【陆允明摘下耳机，无奈地摇头。

陆允明：没有回音。

詹森：第五舰队呢？

陆允明：第五舰队也无法联系上潜艇。潜艇应该在下潜之中，关闭了发报机静默。没有回应。

詹森：静默？

陆允明：是的。为了避免被雷达发现，关闭了声呐和所有电波。

詹森：这么说完全失去了联系。

陆允明：只有等潜艇在约定时间浮出水面才可能有所回应。

詹森：继续联系。

51-22. 景：淞浦船厂码头 夜 外

【一艘日军补给船正悄无声息地起锚，惨淡的灯光照着船翼鲜红的太阳旗，船尾留下长长的浪花。

51-23. 景：崇明荒郊 夜 外

【吉普车在山林中跳跃着前行，车灯上的一盏加强聚光灯像怪兽的独眼，将两边的山林照得雪亮。

【驾驶室中，紧握方向盘的李廷瑞随车跳跃着，一旁的杰思敏则双手拽住车门把守。

51-24. 景：崇明山间公路 夜 外

【月色朦胧，尚云谦和新四军特别行动队一路急行军。

【战士们边跑边擦汗。突然队伍有点乱。一战士跑步向尚云谦报告。

战士：报告，后边好像有一辆车正在向我们开来。

【尚云谦随后望去，果见一束光跳跃着向前移动，忙喝令部队停止前行。

尚云谦：全体隐蔽！一班二班去路边找几块石头封锁道路，大木头也行。快！抓活的！

【战士们纷纷跳下公路隐蔽起来，几个战士抬了几块巨石横在路中间。尚云谦拔出盒枪匍匐在草丛中。

【轰鸣声由远而近。李廷瑞驾车疾驰，急转弯后，猛发现几块巨石挡在路中。李廷瑞紧急刹车，吉普车横在巨石旁停了下来。

【李廷瑞跳下车，动手搬着路上的巨石。车上西蒙等人见状也纷纷跳下车，帮着移动巨石。这时，匍匐在公路两边的新四军呐喊着冲上公路。李廷瑞等人还没反应过来就当了俘虏。

【尚云谦提枪上前，被李廷瑞一眼认出，李廷瑞失声叫道。

李廷瑞： 云谦师父，怎么是你？

尚云谦： 廷瑞？你怎么来了？（对新四军战士）放开他。

李廷瑞： 我去南头岙找我大哥。

【李廷瑞指着还被新四军战士死死拽着的杰思敏、西蒙等人。

李廷瑞： 这是杰思敏，是那个被绑架的犹太女孩的姐姐，后边的那几位是要去和鬼子拼命的，一个叫西蒙，一个叫李尔克，还有个孩子叫芦柴棒。

尚云谦： 廷瑞，你怎么还像个孩子似的不懂事。这是什么地方，前面就是战场，那里有鬼子，二鬼子，还有纳粹党卫军。你把他们带来干什么？

李廷瑞： （十分不悦）云谦师父，你是在责备我吗？那我倒要问问你来这干什么？我知道你是来打鬼子的，我们跟你一样也是来打鬼子的，有什么不应该吗？好了，没时间跟你多说了。我们还要赶路。

【李廷瑞撇开尚云谦，转身对新四军战士喝道。

李廷瑞： 放开他们。（转对杰思敏）上车。

【李廷瑞扭头就走，被尚云谦一把拽住。尚云谦知道李廷瑞的少爷脾气又犯了，有些哭笑不得，只好委婉地说：

尚云谦： 小爷，我没有责怪你。你知道前边是战场，你们赤手空拳地跑这来，还有女人小孩……

李廷瑞： 谁说我们赤手空拳？我们有武器，有枪！芦柴棒，把你的枪拿来给他看看。

【芦柴棒挣脱了一直拽着他的新四军战士，跑到尚云谦面前。

芦柴棒： 云谦叔叔，是我，芦柴棒。你忘了我吗？我们有枪，真的有枪。

【芦柴棒说着爬上车，从车上拿着一支双筒猎枪跳下车。

芦柴棒：（骄傲地）云谦叔，你看，这是我的枪。

【尚云谦这才发现是芦柴棒，他没说什么，拉过芦柴棒问道。

尚云谦：芦柴棒，谁让你来的？

芦柴棒：（昂着头）没有谁，是我自己要来的。您刚才说得不对，我不是孩子。

【尚云谦无可奈何地摇摇头，放开芦柴棒。

尚云谦：好吧，廷瑞。你一定要去我拦不住你，可有一点，你们几个不能单独开车去，得跟着队伍走，也不能擅自行动。只能听从命令、服从指挥，和其他战士一样。

李廷瑞：不行，这车我是借的，我还得还给人家。

【尚云谦也火了。

尚云谦：那你今天就别想走了。军情如火，容不得你讨价还价。我不能看着你们白白送死。（对新四军战士）捆起来。

【几个战士上前就要动手，被李廷瑞一把推开。李廷瑞拔出手枪指着尚云谦吼道。

李廷瑞：云谦师父，您这是干什么？翻脸不认人吗？

尚云谦：随你怎么说，我就是不能看着你们去送死。捆上！

【李廷瑞的手微微颤抖。西蒙上前将李廷瑞持枪的手按下。

西蒙：廷瑞，你云谦师父说得对。我们是上前线杀敌人的，不是去送死的。听你师父的话，他是为了我们好。

【此刻杰思敏也走了过来，对李廷瑞轻轻说道：

杰思敏：廷瑞，冷静些。你师父是好人，他是为我们好，你得听他的，我们都要听他的。

【李廷瑞望着尚云谦坚定的目光，渐渐冷静下来。

李廷瑞：好吧，师父。我听你的。但这车我不能留下来，我的确是借的，我必须还给人家。这样，我开车在前边慢慢走，给你们开路，你们跟着我的车前行，我保证听您的，行吗？

尚云谦：（略一思考）好，我相信你。但你不准开车灯，没有我的命令不准行动。还有，不准再发少爷脾气！

李廷瑞：（有些憋屈）知道了。（对杰思敏）上车。

尚云谦：二班三班的机枪手上车保护，控制行车速度。

【两名战士手提机枪应声跳上车门两侧。

【新四军战士移开路上石头。李廷瑞关闭了车灯，汽车缓行。部队跟在车后跑步前行。

51-25. 景：美总领馆陆允明办公室 夜 内

【陆允明坐在电台前不停地调整频道，敲击着键盘。施莫林拿着步话机不停地呼叫。詹森在沙发上抽着烟。

【突然电台传来清晰的电波声。陆允明挥手打断了施莫林的呼叫，埋头抄录着电波信号，兴奋地站起身来。

陆允明：（失声）来了，找到他们了。

【詹森扔掉手中的烟头，起身和施莫林围着陆允明。

詹森： 他们在哪儿？赶紧译成电文。

陆允明： 不用译。他们已到达指定海域，现在东经 120.52°、北纬 31.31° 下潜等候。终于找到他们了。

【施莫林兴奋地拥抱着陆允明。詹森又习惯地点上一支烟，面露欣喜，抬手看了看手表。

詹森： 你们该出发了。

51-26. 景：滨海公路 夜 外

【殷燕农的黑篷车队亮着车灯在公路疾驰，汽车两翼飘荡着日军军旗。

【头车驾驶室内，殷燕农叼着烟，跷着二郎腿坐在车内，志得意满。

殷燕农：（对司机）快到了吧？还有多远？

司机： 应该快到了。估计最多还有十来公里。

殷燕农： 真他妈晦气。没日没夜给日本人当差，得什么好处了，钱没捞到一文，搞不好还要送命。

司机： 殷副局长，您可不能说这话，好歹日本人还给了您个副局长。现在上海滩谁敢不买您的账，您吃香喝辣，黄金大洋大大地有，连日本人也得敬您三分，没有您他们什么事也干不成。可弟兄们就不同咯，当兵吃粮，自己倒是不愁吃喝，可家里的妻儿老小谁管？不过殷副局长，好歹弟兄们有您罩着，日子还总算过得下去。

殷燕农： 阿三，别他妈总发牢骚！这年头有口饭吃就不错了。好好干，我殷某不会亏待弟兄们。别看我一天到晚吆三喝四、吃香喝辣，我的难处比你们多得多。我原来在青帮混，没少受汪墨樵那老东西的气，一天到晚要看他的脸色行事，还没落个好。真他妈憋气！

现在穿上这身狗皮也没少受日本人的气，还一天到晚被人骂着汉奸卖国贼。我里外不是人，弄不好还得掉脑袋。我有什么好，我他妈当了一辈子狗！

司机：您现在不同啦。您现在是副局长，吆喝一声，谁敢不听您的？说不定您还要当更大的官。您虽然受了些苦，活得也挺憋屈，可您有奔头，更好的日子还在后头。

殷燕农：有没有奔头我不管。可我受的这些憋屈我是不能忘的，有仇报仇，老子第一个要收拾的就是那个汪墨樵。老东西，竟然为了个臭婊子割了我一只耳。（捂着耳朵）哎哟……

司机：（突然惊叫）殷局长，好像前面有情况！

【殷燕农一惊，俯身前看，果见前面似有几个人影。殷燕农急叫停车。

【车队停了下来，殷燕农下车，跑步奔向最后一辆日军卡车。卡车边站着日军中尉中村秀一和几个日军，殷燕农向中村行礼。

中村秀一：为什么停车？

殷燕农：中尉，前边好像有人。

中村秀一：什么人？

殷燕农：不清楚，好像还带着武器。

中村秀一：你，去前边看看。（对身后日军）你们几个跟上去看看。

【殷燕农有些犹豫，几个日军拿枪刺顶着他，他只好拔出手枪硬着头皮向前面走去。

【挡在路上的党卫军见车上来人，拉动枪栓喝问：

党卫军：站住，什么人？

【殷燕农这时看清前边的人是穿着制服的党卫军，顿时放下心来，大步上前。

殷燕农：我是上海警察局局长殷燕农，押送犹太犯人。你们是谁？

党卫军：我们是梅辛格上校的部下。请跟我来，往这边走。

【殷燕农回身向车队摆了摆手，车队缓行，随党卫军进村。

51-27．景：崇明滨海南头岙渔村外 夜 外

【南头岙本是个依山傍海的小渔村，三面环山，林木丛生。村前是一条滨海公路，公路下边就是大海。昔日的渔村现在已变成一片瓦砾残垣。丛林中不时有惊鸿飞起,啼声凄凉。

【渔村外的空旷地上，被德军的移动探照灯照得雪亮。三名党卫军机枪手在空地周围

架起机枪。

【一身戎装的梅辛格拿着皮鞭悠闲地敲击着手掌，身后站着一排党卫军。黑篷车队缓缓驶过，在废墟边停下。

【殷燕农带着伪警和日军将犹太难民从车上赶下来，在空旷地上排成队列。科恩也被拽下车，殷燕农带着几个伪警冲上去，将科恩推搡到梅辛格跟前。

殷燕农： 上校，这个就是伦纳德·科恩。

梅辛格： 哦？他就是伦纳德·科恩吗？你们中国人真野蛮，你们怎么可以这样对待他？他是我们元首的朋友，是我万里追寻的德国精英。你们真粗野，快给他松绑。

【两名党卫军闻声上前将科恩的绳索割断。梅辛格满脸笑容地走到科恩身边。

梅辛格： 您就是伦纳德·科恩吗？我们虽然从未谋面，但我一直都对您十分景仰。很遗憾我们今天在这种情况下见面，您受委屈了，不过这并不妨碍我们今后成为朋友是吗？

【科恩撇过脸去，没有搭理梅辛格。

梅辛格： 我在离开柏林前，您的好朋友沃纳·卡尔·海森堡先生嘱托我，务必找到您。您看，天从人愿，我终于找到您了。

科恩： 我是犹太人，请让我回到犹太人中间去，我愿意和他们死在一起。

【科恩说着就向被押着的犹太人群走去。两个党卫军上前把科恩拽了回来。梅辛格向党卫军喝道：

梅辛格： 混蛋！你们怎么可以这样不礼貌地对科恩先生。科恩先生是我的朋友，滚下去。

【党卫军松手。殷燕农带着中村秀一过来，身后的伪警拖着两具尸体放梅辛格跟前。殷燕农将一份名单递给梅辛格。

殷燕农： 上校，一百名犹太罪犯已移交完毕，活着的九十八名，这两名是拒捕逃跑被击毙。这是引渡名单。请签字。

【梅辛格皱皱眉头，以手掩鼻，接过名单签字，转对中村秀一。

梅辛格： 中尉先生，辛苦了。请转告村田大佐，感谢他对大德意志国军方的支持。

中村秀一： 知道了。我的任务已经完成。告辞。

【中村秀一转身集合队伍上车离去。

第五十一集完

第五十二集

52-1. 景：南头岙村后山林 夜 外

【李廷琛和汪墨樵的队伍潜伏在林木中，张圣财悄无声息地凑上来对汪墨樵道：

张圣财： 大哥，下山侦查的弟兄已经回报。党卫军二十名，加上梅辛格和施瓦茨共二十二名，机枪三挺。殷燕农的伪警约六十名。日军的一个分队已经撤离，要不要现在发起攻击？

【汪墨樵望望李廷琛。

李廷琛： 云谦师父的部队好像还没到，再等等。等他们到了再发起攻击。命令继续侦查，新四军到了，立即报告。

52-2. 景：上海黄浦江面 夜 外

【波光粼粼的江面，一架水上飞机腾空而起，很快消失在夜空。

52-3. 景：崇明滨海南头岙渔村外 夜 外

【殷燕农带着伪警和几个党卫军把难民驱赶到临海的公路边，把公路两头封锁了起来。自己在一旁悠闲地抽着烟。

【探照灯下，梅辛格狞笑着走向科恩。

梅辛格： 科恩先生，您想与他们在一起吗？这可不好。他们马上就要下地狱了，他们就像地上躺着的这两个人一样，变成一具具死尸。您和他们不一样，我不能看着您死。您有聪慧的大脑，元首需要您，第三帝国需要您。您不能死。当然，他们也可以不死，但需要您的怜悯，需要您的一个承诺。您只要给我一个承诺，我立马就可以放了他们。他们还可以继续活着享受春天和阳光。

科恩： 我能承诺你什么？

梅辛格： 忠于元首，忠于国家，随我回柏林。

科恩： 忠于那个杀人狂魔希特勒？忠于法西斯的纳粹政权？办不到！

梅辛格： 科恩先生，我很遗憾，也为您可惜，这是您活下去的最后希望。我不希望您轻易放弃。生活很美好，不是吗？活着才能享受这世上的一切，享受大自然的美丽和家庭的温馨。还有无数人对您所取得的成就的赞美和敬仰。您要是死了，这一切也就没有了。您不觉得遗憾吗？科恩先生，我相信您是个善良的人。您眼前的这些犹太人都是您的同胞，他们就要死了，您都没一点怜悯心吗？

【科恩头向梅辛格轻蔑地一瞥，背过身去。

梅辛格： 您怎么不说话？我是把您当朋友才这样推心置腹的。希望您不要辜负我的好意。我甚至还给您准备了一份礼物，希望我送您的这份礼物能激起您求生的欲望，放弃您愚蠢的偏见。（对施瓦茨）去，把那个女人给带过来。

【施瓦茨应声走到废墟后，与两个党卫军把玛丽推出来。

【饱受折磨的玛丽，衣服破碎，脸色浮肿，头发散乱，憔悴不堪。突然发现面前的丈夫，她的眼睛瞬间充满了欣喜，又瞬间黯淡。

【梅辛格一把将玛丽拉到了自己身边。

梅辛格： 科恩先生，这是我给您准备的礼物。你们夫妻分手有些日子了，您一定很牵挂她。您看，她现在就在我这。还是那句话，您给我一个承诺，你们夫妻就可以团聚。

【科恩看见玛丽，高声呼唤着、挣扎着冲向玛丽，被身后的党卫军死死拽住。

科恩： 玛丽……玛丽……

【玛丽眼帘低垂，似没有听见科恩的呼唤。梅辛格走近她，用皮鞭抬起她的下颌。

梅辛格： 夫人，您来我们这做客已经有些日子了，应该感到我们对您的善意。您是个睿智的人，有着高贵的血统，又受过很好的教育。我想您不希望您的丈夫是个可耻的叛国者，不希望看到您的丈夫和那些犹太猪一样，倒在血泊中死去。去，劝劝您的丈夫，或许您的温存、您的劝慰能让他回归祖国，重温你们过去的美好。（对党卫军）放开她。

【玛丽微微抬头，凝视着科恩，缓缓向他走去。

玛丽： 亲爱的，你不应该在这出现，你让我失望了，你本可以逃离这些禽兽的魔掌，可是你放弃了。我不知道这是为什么，或许是因为我和孩子们，你不舍得离开我们。可是你错了，你忘记了你作为人的责任。我们是人，亲爱的，我们是直立的人，我们有人性，有灵魂，有追求，还有责任和担当。你还是个科学家，科学家更应有永不言败的责任和担当。可是你放弃了。我很痛苦，这或许是我一生最大的不幸。

科恩： 玛丽，玛丽，你听我说……

玛丽： 别说了，伦纳德。你们刚才的对话我都听到了，别相信他。他不过是希特勒的一条狗，一条披着人皮的恶犬。他和他的主子曾经用这些谎言，欺骗蒙蔽着无数善良的人，荼毒并吞噬着他们善良的心，甚至让这些善良的人也变成像他们一样的恶狗。这个教训还不够惨重？他说我们是叛国者，以国家和人民的名义对我们审判。我们是叛国者吗？我们清白地做人、勤奋地工作，给这个世界创造财富。我们错了吗？有罪吗？我看有罪的是我们面前站着的这个满口仁义道德的恶犬和他的纳粹主子。他们是一群篡夺了国家政权军权的流氓刽子手，无视国家人民的利益发动了罪恶的战争，把国家推向血与火的旋涡。他们才是最大的叛国犯、屠杀人类的罪犯。这种非常时刻，你作为人类的一员，作为科学家，你不知道你的责任吗？亲爱的，醒醒吧。不要指望这些魔鬼会有什么善意，发什么慈悲。他不会放过我们，也不会放过我们眼前的这批犹太人。他们今晚把我们押送到这来，就是准备屠杀我们。这是他们蓄谋已久的阴谋。

科恩： 玛丽玛丽，请相信我。我不会听他的。我知道他们是一群禽兽，我不会跟他们走的……

梅辛格： 夫人，你辜负了我的好意，我原本以为你应该劝说你的丈夫，让他回归祖国，用他的智慧为国家、为元首服务。现在看来你们都是一对蠢货，和这些犹太猪一样的蠢货。今天我就要让你们看看这些犹太猪的下场。

【玛丽没有理会梅辛格的咆哮，继续对科恩柔声说道：

玛丽： 亲爱的，我相信你。我们是三十年的夫妻，我了解你胜过了解我自己。你即便死也不会屈从于法西斯。我只想对你说一句话，柏林不能去。那里没有光明、没有正义、没有人性，有的是谎言和欺骗，军队和警察。那里的人们只能像狗一样活着，听任纳粹的吆喝和杀戮。在那强权暴力下，久而久之，你也可能变成一条狗，变成一条没有尊严、没有思想、没有信仰的畜生，只能像狗一样活着。这是你的追求吗？伦纳德，为了孩子们，为了我们子孙后代不这样屈辱地活着，你也不能去柏林。

【梅辛格暴跳如雷，凶相毕露，抢起皮鞭狠狠地抽了玛丽一鞭，喝令党卫军拉开玛丽。

梅辛格： 臭婊子，死到临头还有这么多废话，那你就跟着这帮犹太猪一起去死吧。

【玛丽挣扎着，狠狠地啐了梅辛格一脸唾沫。

玛丽： 滚开，畜生，我自己走。

【梅辛格气急，他脱下手中的白手套，擦拭着脸上的唾沫。

【玛丽被党卫军拉到一块空地上。她拢了拢头发，用尽最后气力对着不远处的犹太难民大声说道：

玛丽： 同胞们，我亲爱的同胞们。在这最后的时刻，你们就这样沉默地等待死亡吗？我知道你们在祷告。我不知道你们在祷告什么。三千年前我们就皈依了万能的主，乞求主的慈悲，祈望主的解救。可三千年来我们得到了什么？我们一直像老鼠一样被人赶来撵去，可最终我们还要死在这些法西斯的屠刀下，这个世界还有真理正义吗？还有主的慈悲和怜悯吗？同胞们，该醒醒了，能解救我们的只有我们自己。沉默只能使我们加速死亡，我们要生存就必须拿起武器，和这些法西斯拼个你死我活，撕开他们的人皮伪装，露出他们的豺狼本色，然后杀死他们，消灭他们，否则这个世界将永远黑暗，我们犹太人将永远在噩梦中挣扎。同胞们，不要乞求主的怜悯，拿起武器去战斗，消灭法西斯……

【犹太人队伍开始骚动。梅辛格气急败坏，猛地夺过身边一个党卫军的自动步枪，快步走到玛丽跟前。

梅辛格： 闭嘴，给我闭上嘴。（对党卫军）你们这些蠢货还愣着干吗！闭上她的嘴。你们让她闭上嘴！

【施瓦茨赶紧用破布堵上了玛丽的嘴。

梅辛格： 把她的衣服给我扒了！

科恩： 住手！你们这些禽兽。

【科恩疯狂地挣脱党卫军的控制，发疯般冲向玛丽，被党卫军一枪托砸倒在地上。党卫军铮亮的皮靴踏在科恩身上。

【玛丽被按倒在地上，衣裤被一件件扒光，只剩下短裤和护胸。

【梅辛格上前，用枪把玛丽背过的脸拨过来，狞笑着。

梅辛格： 真是可惜啊。一个出身贵族的雅利安女人，应该高贵典雅。漂亮的皮肤应该一尘不染，指甲干净，衣着整齐，从事高尚的事业。现在居然让自己变成了这个样子。像个动物一样，求生不得，求死不能。

【玛丽挣扎着抬起头来，把堵在嘴上的破布拿掉。

玛丽： 你这个卑劣的恶棍，只配生活在地狱里。你从来不知道廉耻，不知道什么是真正的贵族。贵族是血统决定的吗？滚开！畜生！

梅辛格： 你是贵族吗？你知道廉耻吗？别自以为高贵了。我今天倒要开开眼，高贵的雅利安女人究竟是什么样。（对党卫军）把她的护胸扯下。

【党卫军迟疑着不敢下手。梅辛格吼叫着踢了党卫军一脚，自己上前将玛丽的护胸一把扯下。玛丽用尽全身力气狠狠地甩了梅辛格一记耳光，乘势又是一口唾沫啐在梅辛格脸上。

玛丽： 人渣！畜生！禽兽！

【梅辛格捂着脸，用手擦拭着脸上的唾沫，上前推开党卫军，端枪对着玛丽一阵猛射。玛丽挣扎着抬起头，对着科恩微笑着，嘴唇翕动，似乎想跟科恩做最后告别。可头还是沉沉垂下。

【鲜血染红了滩涂，也溅到梅辛格的脸上，更显得他面目狰狞。

【科恩疯狂地往前冲，却被死死拽住。科恩冲着天空嘶吼，仿佛一只受了重击的野兽发出哀鸣，晕了过去。

52-4. 景：滨海公路 夜 外

【吉普车在夜色中缓行，后面是跑步前进的尚云谦和新四军。

【车厢内。豹子似有些躁动不安，在车厢内打着圈圈，低声咆哮。芦柴棒搂着豹子，低声安抚它。西蒙和李尔克摆弄着手中的卡宾枪，好像在低声探讨什么。

【驾驶室内，杰思敏突然说道：

杰思敏： 前面好像有灯光。

李廷瑞： 我看见了。前边可能就是南头岙。你做好准备，不管发生什么情况，你必须跟在我后边。

【杰思敏点点头，拿起身边的猎枪。李廷瑞微微加了点油门，对站在踏板边的新四军战士说：

李廷瑞： 请通知后边部队，前面发现目标。

【尚云谦率领部队紧跟在吉普后面。尚云谦不时地向部队发出指令。

尚云谦： 跟上……快……跟上。

52-5. 景：南头岙村后山林 夜 外

【埋伏在山林中的李廷琛和汪墨樵听见枪声一惊，张圣财赶来问道：

张圣财：听见枪声了吗？新四军可能还没赶到，怎么办？

李廷琛：（掏出怀表看了看）不能再等了，全线出击。

【张圣财掏枪，放了一枪，高喊道：

张圣财：弟兄们，冲啊！

【李廷琛和汪墨樵手提机枪跳出掩体，机枪喷着火舌。后边的战士呐喊着，排山倒海地向前冲。一时杀声四起，火光冲天。

【梅辛格被这突如其来的袭击惊呆了，不知道来了多少敌人，但转身即做出反应，命令将探照灯调整方位，机枪压制，并传令殷燕农的警察全力反击。瞬间汪墨樵的义勇军战士全部暴露在探照灯的光照之下。党卫军的三挺机枪同时开火，义勇军被密集的火网压制得抬不起头来。

【殷燕农的警察被突如其来的袭击吓蒙了，四散奔逃，被殷燕农喝止。

殷燕农：（声嘶力竭）不准跑！谁跑谁死！以犹太人作掩护，还击……还击……

【李廷琛唯恐伤害了犹太人，手中的机枪只能点射。很快被党卫军的火力压制住。几个战士倒了下去。急忙命令道：

李廷琛：（对张圣财）命令部队停止冲锋，全体就地隐蔽，上刺刀，准备肉搏。

【张圣财高声传令。战士们各自寻找掩体隐蔽。战斗进入僵持。

52-6. 景：海上 夜 外

【平静的海面上，一艘黑色的潜艇浮出水面。空中传来嘀嘀嗒嗒的电波声。

52-7. 景：天穹 夜 外

【熹微中，一架飞机冲出云层，蜂鸣声震撼海空。

【机舱内，施莫林戴着耳机，全神贯注地驾驶着飞机。飞机平稳地飞行着。

施莫林 飞机已收到鲨鱼的电波，估计已进入无线传呼的范围内，打开话报机直接呼叫。

【舱内后座的陆允明开启话报机，拿起话筒呼叫。

陆允明：鲨鱼九号……鲨鱼九号……听见请回应。我现在已在迎娶新娘的路上，你现在在哪里……你现在在哪里……听见请回答……听见请回答……

【话报机一阵嗡嗡声后，传来清晰的回答。

话报机（OS）：收到，收到。鲨鱼九号收到黑蝴蝶的传呼。我已在指定海域等候，请保持联络，请保持联络。

52-8. 景：滨海公路 夜 外

【夜色中，尚云谦带着新四军武工队紧跟在吉普车后，跑步前行，战士们气喘吁吁。

【吉普车驾驶室中，李廷瑞猛见前面火光冲天，还隐隐传来爆炸声和喊杀声。他顿时紧张起来。

李廷瑞：不好，他们已经打起来了。杰思敏，你坐好了，我不发话你不准下车。

【李廷瑞说着，猛踩油门。吉普车像野马一样狂奔起来。

【吉普车一路狂奔，在村前空地前猛地一刹车。车还没有停稳，车厢里的豹子一声低嗥，挣脱芦柴棒，跃出车厢，箭一般地向前奔去。芦柴棒反应过来，紧跟着跳下车追着豹子。

芦柴棒：豹子，豹子……回来……回来！

【吉普车上的聚光灯蓦然亮起，前方一片雪亮：慌乱的犹太难民、难民群后的伪警、梅辛格和他的党卫军、向前狂奔的豹子和芦柴棒。

【李廷瑞也跳下车，高声呼叫着芦柴棒向前追去。

【刹那间，车上的李尔克和西蒙也跳下车，李尔克对着犹太人群大喊道：

李尔克：（希伯来语）犹太人趴下！犹太人趴下！

【慌乱的犹太人瞬间全部趴下。李尔克和西蒙手中的卡宾枪也喷射着火舌，两个新四军战士端起机枪一阵猛扫，瞬间伪警倒下一片。

【慌乱中的梅辛格向废墟边跑去，施瓦茨跟在后边。豹子飞一般地冲过来，一口咬住施瓦茨的后腿，将施瓦茨扑倒在地。施瓦茨拼命挣扎，无奈被豹子死死咬住，不能动弹，发出凄厉的惨叫。梅辛格回头，对着豹子连开数枪。豹子中弹，却死死不肯松口。

【聚光灯下，芦柴棒一路狂奔，追赶着豹子。李廷瑞紧跟在芦柴棒后边。党卫军调转枪口一阵扫射。芦柴棒应声栽倒。李廷瑞不顾机枪扫射，冲向前一把抱起芦柴棒，滚向身边的一个低洼地。

李廷瑞：（嘶叫着）芦柴棒，芦柴棒。你怎么了？伤在哪里？

【芦柴棒无力地撑开眼睛，鲜血不住地从腋下和胸前冒出，湿透了衣衫。芦柴棒用尽最后的力气对李廷瑞说：

芦柴棒：李哥哥……我，我不能再去找茉莉姐姐，也再不能去找莎拉妹妹了……请代我向……向她们说声对不起。

【芦柴棒说着，慢慢闭上眼睛，头一歪死去。李廷瑞长嗥一声，放下芦柴棒，拿起他的猎枪，跳出洼地向前猛冲。这时李尔克和西蒙也追了过来。李廷瑞对着逃散的伪警连开两枪。两个伪警应声倒下。李廷瑞还要往前冲，被西蒙飞身扑倒。一阵机枪扫射，李尔克中弹倒下……

【在施瓦茨的哀号声中，豹子的身体慢慢地软了下来，但仍死死地咬住施瓦茨不放。施瓦茨求生心切，一边哀号，一边拖着豹子向着废墟爬行。豹子被拖了几米远，终于无力地倒下，嘴里咬着一块血淋淋的肉。

【尚云谦领着新四军赶到，消灭了封锁公路的伪警。尚云谦一声令下，新四军战士向伪警和党卫军发起猛烈攻击，喊杀声和枪声四起。被火力压制的义勇军战士跃出掩体，呐喊着向敌人冲去。在两路夹击下，伪警们撂下犹太难民仓皇逃命。

【党卫军在梅辛格的指挥下拼死抵抗，三挺机枪不停地向两翼扫射。多名义勇军和新四军战士中弹倒下。可两边的战士还是呐喊着奋勇冲击。

【李廷琛和汪墨樵端着机枪一路横扫。几个伪警和德军的一名机枪手也栽倒毙命。后边的战士像潮水般涌来，喊杀声震天动地。

【殷燕农的伪警早已溃不成军。现在犹太人全伏在地上，他们失去了屏障，全暴露在新四军的枪口下。殷燕农知道大势已去，撒腿就想逃跑。一阵密集的子弹射过，在殷燕农脚下溅起阵阵尘烟。殷燕农只得趴下，双手抱住脑袋。

【光照下，科恩苏醒过来，他爬起身，目光呆滞，全然不顾周围横飞的子弹和震耳的喊杀声，跌跌撞撞，一步步向血泊中的玛丽走去。

【李廷琛突然看到弹雨中的科恩，不由自主冲着科恩高喊。

李廷琛：科恩，趴下！科恩！

【科恩却仿佛没有听见他的呼喊，依旧一步步向玛丽走去。

李廷琛：（对汪墨樵）掩护我！

【汪墨樵点了点头，手中的机枪喷着火舌。

【在汪墨樵的掩护下，李廷琛疯狂地奔向科恩，子弹在他身边呼啸掠过。最终把跌跌撞撞的科恩一把扑倒。

【梅辛格一直躲在废墟后指挥反击。这时见数倍于己的军队前后夹击，知道败局已定。他发现殷燕农已经不见了，知道他已逃窜，顿时气急败坏，跳出废墟，向党卫军发令。

梅辛格：抓住那个姓殷的警察局长，我要亲手毙了他！

【汪墨樵慢慢举起了狙击步枪，瞄准了梅辛格。一声枪响，梅辛格腿部中弹，跌倒在地。

【殷燕农看到梅辛格中弹，又看到漫山遍野的新四军和义勇军潮水般涌来，知道今天难逃一死。他几次站起来想逃跑，却又被一阵阵弹雨吓趴在地上。他只能假装中弹，翻身滚进死人堆中装死。

52-9．景：南头岙渔村 夜 外

【大场景：（俯视）新四军和义勇军从四面八方潮水般向废墟和空地涌去。喊杀声、手榴弹爆炸声和枪声震天动地。党卫军的机枪在手榴弹的爆炸中飞上了天。顽强抵抗的党卫军被一个个击毙。伪警们或疯狂逃窜，或跪地缴械，都被战士们击毙或俘虏。

【战斗结束了。枪声稀弱。在战士们的欢呼声中，李廷琛指挥着在滩涂上燃起三堆篝火。一时烈焰腾起，火光冲天。

【尚云谦指挥着战士们打扫战场，搜索漏网的敌人。

【汪墨樵慢慢放下了枪。

张圣财：汪先生，战斗结束了。

汪墨樵：不。那个人还没找到。你亲自带人去搜捕，生要见人死要见尸。

【李廷瑞和西蒙奔到吉普车前，打开车门，里面空无一人，杰思敏不见了。李廷瑞大吃一惊，惊呼：

李廷瑞：糟糕，杰思敏不见了！西蒙，快，我们分头去找！

【李廷瑞围着空地和废墟，一边搜寻，一边高喊着杰思敏的名字。

李廷瑞：（声嘶力竭）杰思敏……杰思敏……你在哪里？你出来呀，杰思敏！

【李廷瑞和西蒙转了一圈也没发现杰思敏的踪影。

李廷瑞：（问西蒙）找到了吗？

【西蒙摇了摇头。

李廷瑞：（语带哭声）都怪我，都怪我。我就不该让她跟着来。现在可怎么办？

【一个义勇军战士跑过来告诉李廷瑞。

战士：二少爷，我好像看见一个女人，战斗最激烈的时候穿过火线跳进前边的一个坑里。就在前边……

李廷瑞：在哪儿？快带我去。

【战士带着李廷瑞走到一个洼地前，只见杰思敏呆呆地坐在芦柴棒的遗体前，脸上满是泪痕。她没有理会李廷瑞他们的到来，只淡淡地对李廷瑞说：

杰思敏：找到我爸妈了吗？带我去见他们。

杰思敏说着从洼地走了出来，目光呆滞：

杰思敏：快去告诉廷琛，梅辛格和施瓦茨都没死，他们就在废墟后面。

【李廷瑞见杰思敏安然无恙，惊喜交加，答应一声，向李廷琛跑去。

【张圣财和一帮兄弟发现了满脸抹着血污的殷燕农，一把把他从死尸堆中拎了出来，拖着他到汪墨樵的面前。

【殷燕农一见汪墨樵，忙趴在地上抱着汪墨樵的脚跟，不住磕头求饶。

【汪墨樵厌恶地一脚踢开了他。殷燕农跪在地上磕头如捣蒜。

汪墨樵：装死可躲不过去。

殷燕农：弟子知道，弟子错了。弟子真的知道错了。求师父放过我这一回。师父，我……我是一时糊涂了。

汪墨樵：燕农，你过我青帮门，就是我青帮人。可你都做了些什么？

殷燕农：弟子知道错了。弟子有罪，求师父开恩。弟子以后再也不敢了。

汪墨樵：你还知道你有罪，那你说一说，你罪在哪里。

殷燕农：弟子犯了帮规，弟子愿受帮规处罚。

汪墨樵：看来你到死还不知道自己犯了什么罪。你叛国投敌、为虎作伥、卖国求荣、残害百姓，你犯的是叛国罪，是祸害民众罪。我见过走狗，可没见过像你这样的恶狗疯狗。你作为青帮中人，又曾拜我为师。你说，我能放过你吗？

殷燕农：都是弟子的错，都是弟子的错。是弟子不识教诲，不敢怪罪师父。

汪墨樵：我本以为要了你的一只耳朵，你可以长个记性，收敛收敛自己的恶行。没想到，你却变本加厉，不仅将鬼子的大腿抱得更紧，而且还舔着鬼子的皮靴，更加肆无忌惮地残害上海民众。今天不杀你这个败类，你还会作恶。燕农，你今天不死，我对不起上海民众，也枉为中国人。

【汪墨樵端起手中的枪。殷燕农忙跪着爬行了两步。

殷燕农：（哀号道）师父，师父！您听弟子说两句。我是做过对不起师父的事，我不该把师娘送给久保田。弟子是畜生，以后再也不敢了。求师父看在往日的情分上，网开一面，放过弟子这一次。您就是我的再生父母……

【汪墨樵听得窝火，拉动枪栓……殷燕农又跪行两步，一把抱住汪墨樵的大腿，忙不迭地说：

殷燕农：师父，师父，您先别动手，听弟子把话说完。现在上海滩都是日本人的天下。弟子这也是没有办法。投靠日本人也是要混口饭吃，这也是为了师父好。我在日本人手下当差，说不定师父今后有什么为难事，我也好为师父说说话，暗中也好给师父帮点忙……

【汪墨樵怒不可遏，一脚将殷燕农踹翻。殷燕农就地打了个滚，趁机偷偷拔出手枪。

汪墨樵：你这个泼皮无赖，任你巧舌如簧，今天我也不能放虎归山。

【汪墨樵端起枪，扣动扳机。几乎就在同时，殷燕农拿起手枪对着汪墨樵连开数枪。

殷燕农：师父，咱们谁都不能放过谁。

【殷燕农被机枪扫射，当即毙命。汪墨樵也身中数弹，鲜血从胸口汩汩流出，跌倒在地。张圣财上前扶起他，捂住他的伤口，连呼：

张圣财：汪先生，汪老板，我是圣财，你说话呀……

【汪墨樵无力地睁开眼睛，双手握着张圣财的手，断断续续地说：

汪墨樵：圣财……队伍，队伍交给李先生。你……你得好好帮助他，不要离开队伍。还有，还有照看好茉莉……

张圣财：（含泪点头）大哥，您安心吧。圣财记住了。

【汪墨樵在最后一刻，眼前仿佛看到茉莉缓缓向他走来。

一组蒙太奇镜头：

【上海街头，未成年的茉莉衣衫褴褛，跪在路边，端着破碗向路人乞讨。

【上海"大世界"，茉莉一曲唱罢，台下掌声雷动。汪墨樵上台给茉莉献上花环。

【日本艺伎馆。茉莉依偎在汪墨樵怀中瑟瑟发抖，汪墨樵举枪对着久保田。

【上海路边粥棚，难民们排着长队，茉莉一身农妇打扮，给难民们打粥、送馒头。

蒙太奇镜头结束。

【汪墨樵脸上泛起笑容，慢慢地闭上了眼睛。

【周围的义勇军战士无不动容，齐刷刷地跪在汪墨樵身边。

52-10. 景: 南头岙渔村 夜 外

【泪流满面的杰思敏跪在玛丽的身边，轻轻帮她梳拢头发，擦拭着脸上的血污，又脱下自己的衣服给她换上。杰思敏没有哭，她缓缓地站起身来，拥抱着面色呆滞的父亲。

杰思敏: （轻声道）爸爸，坚强些，妈妈走了，我和莎拉只有您了，您还有很长的路要走。您还要带着我们走更远的路。黑暗总会过去，噩梦总会结束，我们都要坚强地走下去、活下去。我们和所有善良的人有力量改变这一切。我们都应该投身革命，消灭法西斯！这是女儿对您的祈祷，也是很多像李廷琛这样善良的人对您的期待。

【科恩频频点头，老泪纵横。李廷琛、李廷瑞、尚云谦、西蒙等人站在玛丽遗体前默默致哀。

【废墟后的梅辛格从昏迷中苏醒，听了杰思敏的话，不由咬牙切齿。他伸手推了推一旁捂着大腿呻吟的施瓦茨，一把夺过他的自动枪，悄悄地举枪对准了科恩。

【千钧一发之时。手疾眼快的尚云谦甩手一枪，击中梅辛格的肩胛骨。梅辛格惨叫一声，手中枪哐当落地。李廷琛反应过来，失声叫道：

李廷琛: 科恩先生，小心！

【李廷琛想扑倒科恩，被科恩推开。科恩一把夺过李廷琛腰间的手枪，步伐坚定地走向废墟后的梅辛格。众人跟了上来。科恩颤巍巍地向梅辛格举起了枪。

梅辛格: 科恩先生，你放下枪。枪不属于你。你是个有学问、有教养的人。是不是？我是战犯，我杀过人，可我现在是俘虏。根据《日内瓦公约》，任何国家的军队不准杀害俘虏。

【科恩的手一直颤抖。

科恩: 不。你是个魔鬼。你杀害了无数善良的人，你刚刚还杀了我的妻子。我不知道什么《日内瓦公约》，我也不是军人，我只知道血债血偿。

梅辛格: 不，不。伦纳德·科恩，您是德国公民，我也是德国公民。我们只是职业不同，您是科学家，我是军人，所以我们的责任也不同。我的职业就是杀人。而您呢？您的职业是从事科学研究，为国家服务。可您做到了吗？您为什么就不肯回到自己的祖国去？

科恩: 那是我的祖国吗？那里只有杀戮，只有独裁、野蛮和残暴。我的同胞在那儿已经血流遍地，我能回去吗？

梅辛格： 我知道美国人一直在招揽您，您也想去美国，可美国是我们德国的敌人，而您要去美国，这不是叛国投敌吗？正是您的叛国行为让您的妻子受到侮辱，让您的女儿颠沛流离。这都是您的错。科恩先生，我知道您是个善良的人，您不想杀人，不想看见流血。可您却要去美国帮他们研制原子武器。他们的武器就不会用来杀人吗？科恩先生，您想想，武器就是用来杀人的，不管是在德国还是在美国。您放弃德国想投靠美国，元首会原谅您吗？

科恩： 去哪儿是我的选择、我的自由。我的几百万同胞，他们没有去美国不也被你们屠杀了吗！我的妻子没有去美国，不也被你杀了吗！我的儿子没有去美国，你们不也杀了他吗！梅辛格，今天你不死，会有更多无辜的人死在你手上。去死吧，魔鬼！

【科恩颤巍巍地扣动扳机，射出复仇的子弹。梅辛格露出难以置信的神情，死在了上海浦东的滩涂上。

【施瓦茨看见倒在身边的梅辛格，挣扎着爬起来，惊恐地望着向他走来的杰思敏。

施瓦茨： 杰思敏，你要杀我吗？

杰思敏：（平静地）你不该死吗？你比梅辛格更该杀。你本来是我父亲的学生，他很器重你。可你却出卖了他，投靠纳粹，你杀害了那么多无辜的犹太人。为了追杀我们一家，从柏林追到上海。绑架我的妹妹，又亲手抓捕了我的母亲。你这样的人渣还不该死吗？

施瓦茨：（歇斯底里）不，我是军人，我只是服从命令。元首命令杀死所有的犹太人，我能不服从命令吗？我忠于元首、忠于国家。我有什么罪？战争哪有不死人的？你没有资格审判我，你可以杀死我，但我没有罪。如果有来生，我还会这样做。

【一旁的李廷瑞早已按捺不住，冲上前一把夺过杰思敏手中的猎枪。

李廷瑞： 你还跟他废话什么。就凭他刚才说的这些话，就是个怙恶不悛、死不改悔的畜生！（转对施瓦茨）听着，畜生。你在中国的土地上残害无辜、绑票杀人、为非作歹，就凭这一点你就该死。我作为一个中国人，就不能放过你这个畜生。

【李廷瑞说罢，抬起手中猎枪，连开两枪，打得施瓦茨百孔千疮、血流满面、死于非命。

52-11. 景：大海 晨曦 外

【东方泛白，浩瀚的海面上停泊着一艘黑色潜艇，艇首悬挂着美国国旗。嘀嘀嗒嗒的电波声响个不停。

52-12. 景：南头岙渔村滩涂 晨曦 外

【滩涂上，三堆篝火依然熊熊燃烧，义勇军战士不断地往里添柴。

【瓦砾旁，安放着汪墨樵、玛丽、芦柴棒、李尔克和豹子的遗体。众人默默地向遗体致哀告别。犹太难民排成几列长队，手上都拿着一支点燃的松枝，嘴唇翕动着为死者祈祷，诵经声飘向天穹。松枝燃烧着，照亮死者去天堂的路。

52-13. 景：天空 晨曦 外

【一架水上飞机出现在熹微的天穹。

52-14. 景：飞机驾驶舱内 晨曦 内

【驾驶舱内，施莫林远远地看见滩涂上三堆篝火及篝火后的一片火光。

施莫林： 陆，看见篝火了吗？看来他们营救成功了。

陆允明： （兴奋地）看见了，看见了。我们成功了。快，可以降落。

52-15. 景：南头岙渔村滩涂 晨曦 外

【水上飞机在海上降落，溅起一堆水花，缓缓地滑向岸边篝火。

【众人向飞机涌去。机舱内走出了陆允明。李廷琛上前和陆允明热烈拥抱。

陆允明： 我们又见面了。

李廷琛： 战斗刚结束，你来得正是时候。玛丽夫人遇难，科恩先生被成功营救。

【陆允明和尚云谦握手打招呼，李廷琛带着陆允明到玛丽的遗体旁。一旁的杰思敏扶着科恩。

【陆允明走向科恩，向玛丽的遗体三鞠躬。

【看着泪流满面的科恩和他那深情留恋的目光，众人无不动容。

李廷琛： 科恩先生，我们会好好安葬夫人和其他壮士。

科恩： 李廷琛，谢谢你。我知道，玛丽在这里不会孤独。这里有她信赖的中国朋友。

李廷琛： 谢谢。

科恩： 杰思敏想留在这里？

【李廷琛点了点头。

李廷琛：杰思敏希望能亲身参加反法西斯的斗争。

【科恩欣慰地叹了口气。

科恩：我是全家最软弱的人。连我都可以开枪了，杰思敏绝对不会让人失望。她会是一个好战士。我相信她，如果这是她的决定，我会为她祈祷，为她祝福。

李廷琛：科恩先生，我会照顾好她。如果战争结束，和平来临时，所有人都会团聚。莎拉我已安排她去澳门。战争结束后，我会送她去美国找您。

科恩：谢谢。廷琛，谢谢。希望明年，明年我们耶路撒冷见。

【众人将科恩扶进机舱。窗盖慢慢关上。科恩透过玻璃窗向岸边的人们挥手致意。

【飞机滑向大海，飞向蓝天。画外传来科恩的声音：

科恩（OS）：再见了，上海。再见了，朋友们。我在这块土地上生活了四年，在这里我失去了我挚爱的妻子，但我却感受到了这块土地的包容和温暖，也感受到了这块土地上的人民的善良、坚韧和爱心，帮助我完成了人生的蜕变。再见了，朋友们。再见了，上海。

52-16. 景：大海 晨曦 外

【主题音乐响起。

【茫茫大海，一轮红日跃出海面，把世界染成一片金色。飞机在天空翱翔，向远处的潜艇飞去。艇首上的美国国旗在熹微中飘荡。

【飞机降落在金色海面，缓缓向潜艇靠拢，科恩探出机舱，被美国海军战士扶进潜艇。潜艇舱门慢慢关上，潜艇沉入海底。

52-17. 景：南头岙渔村滩涂 晨曦 外

【李廷琛和杰思敏众人在海边目送着飞机远去。战士们爆发出阵阵的欢呼声。

【字幕加画外音：战斗结束了，汪墨樵、玛丽、芦柴棒、李尔克殉难，义勇军和新四军以伤亡二十六人的代价，全歼以梅辛格为首的党卫军，及参与屠杀的全部伪警汉奸，解救了犹太科学家科恩及百名犹太难民。科恩到达美国后参与曼哈顿计划，为抗击法西斯，提前实现世界和平做出了贡献！这些故事离我们或已遥远，就像我们脚下的这块土地，古老而沧桑。但请记住，正是这块土地在法西斯最猖狂的三年内，接纳了三万多名无家可归的犹太难民，使他们得以生存，为人类正义，为世界和平添写了浓墨重彩的一笔。也正是这块土地，养育了像李衡甫、汪墨樵和芦柴棒这样的先贤先烈们。他们用自己的生命诠释了生命价值和国家尊严。这些在黑暗中发生的故事，或许并不华彩耀眼，但感天动地、熠熠生辉，点燃我们心中的光、照亮我们脚下的路、引领我们渡过重重雾障、走向美好未来。

【随着字幕闪现如下意识流画面：

52-18. 景：江北新四军军营 日 外

【穿着一身新四军制服的杰思敏和李廷琛已经看不出过去的痕迹。杰思敏脸上挂着灿烂的笑容，向山川、原野和世界挥手。她已成长为一名杰出的新四军战士。

52-19. 景：浙江汪墨樵故乡农舍 夜 内

【屋内屋檐低垂，陋室空空，正面墙上挂着一张汪墨樵身着长衫戴着金丝眼镜的遗像，遗像下摆放着一盏莹莹的长明灯和三炷点燃的香烛。汪墨樵的孩子已长成一个英俊少年，此刻他正在窗边月色下伏案苦练书法。茉莉坐在一边，昔日光彩照人的她这时已人到中年。她一边在灯下纳着鞋底，一边课子寒窗，欣慰地看着儿子。

【画面传来少年的诵读声：葡萄美酒夜光杯，欲饮琵琶马上催。醉卧沙场君莫笑，古来征战几人回……

【窗外，一轮皓月，夜静如水。

52-20. 景：维也纳金色演奏厅 夜 内

【长大成人的莎拉已成为出色的东方民乐演奏家。此刻她穿着华丽的演出服，在金色大厅的舞台上用牧笛演奏着中国民谣《茉莉花》。一曲终了，台下掌声雷动。科恩走上台去，献上鲜花。父女热烈拥抱。

【一身西服的李廷瑞台上台下奔忙着，手中照相机的镁光灯不停地闪烁着。咔嚓一声，画面呈现出一张莎拉手挥鲜花满脸幸福的特写照片。定格。

【画外音和意识流镜头同时结束。

全剧终